Mo Yan, de son vrai nom Guan Moye, est né en 1955 dans une famille de paysans pauvres à Gaomi, dans la province du Shandong. Il quitte l'école pour travailler aux champs dès la fin de ses études primaires. En 1979, il s'enrôle dans l'armée et entre, en 1984, à l'Institut des arts de l'Armée de libération. Il commence à écrire en 1981. Il a publié plus de quatre-vingts nouvelles et romans, ainsi que des textes de reportage, de critique littéraire et des essais. Il est désormais un écrivain mondialement reconnu. Plusieurs de ses ouvrages ont été traduits en français, notamment, *Beaux Seins, Belles Fesses, Enfant de fer, Le Supplice du santal, Quarante et Un Coups de canon, La Dure Loi du karma* et *Le Chantier.* Il a reçu le prix Nobel de littérature en 2012.

Mo Yan

PRIX NOBEL DE LITTÉRATURE

LA DURE LOI DU KARMA

ROMAN

*Traduit du chinois
par Chantal Chen-Andro*

Éditions du Seuil

Ouvrage traduit avec le concours du Centre national du livre

TEXTE INTÉGRAL

TITRE ORIGINAL
Shengsi pilao
PREMIÈRE PUBLICATION
Zuojia chubanshe, Pékin, 2006
ISBN original : 7-5063-3505-0
© Mo Yan, 2006

ISBN 978-2-7578-1958-6
(ISBN 978-2-02-094780-0, 1ʳᵉ publication)

© Éditions du Seuil, août 2009, pour la traduction française

Un adage bouddhique dit :

« La dure loi du karma trouve son origine dans la convoitise. Restreignez vos désirs, pratiquez le non-agir et vous vous sentirez libres dans votre corps comme dans votre esprit. »

Liste des personnages
par ordre d'entrée dans l'histoire

XIMEN NAO, propriétaire terrien au village de Ximen. Nao signifie « le Trublion ». Après avoir été fusillé, il renaîtra successivement dans le corps d'un âne, d'un bœuf, d'un cochon, d'un chien, d'un singe, puis d'un être humain, sous le nom de Lan Qiansui (« le Millénaire »), le bébé à la grosse tête (« Grosse Tête »). L'un des narrateurs de ce récit.

DAME BAI, épouse principale de Ximen Nao, appelée « Ximen née Bai » par sa belle-famille, « dame Bai » ou « Bai Xinger » (« Abricot ») par son mari, « femme Bai » par les membres de la commune populaire, « Bai Xing » par Hong Taiyue.

YINGCHUN (« Qui accueille le printemps »), servante de dame Bai. Elle deviendra la première concubine de Ximen Nao, prenant le nom de sa maîtresse : Bai. Après la Libération elle se mariera avec Lan Lian.

WU QIUXIANG (« Parfum d'automne »). Recueillie par Ximen Nao, elle deviendra sa seconde concubine. Après la Libération, elle se mariera avec Huang Tong.

HUANG TONG (« Prunelles jaunes »), Huang (« Jaune ») étant le patronyme, chef de la milice populaire du village de Ximen. Il deviendra chef de la grande brigade de Ximen.

LAN LIAN (« Visage bleu »), Lan (« Bleu ») étant le patronyme, valet de Ximen Nao. Il restera paysan indépendant après la Libération. Nom donné aussi au bandit dans la série télé, à la fin.

XIMEN JINLONG (« Dragon d'or »), fils de Ximen Nao et de sa concubine Yingchun. Après la Libération, il prendra le patronyme de Lan, celui de Lan Lian, son père adoptif ; à la fin des années 70, il se fera de nouveau appeler Ximen.

XIMEN BAOFENG (« Phénix précieux »), fille de Ximen Nao et de sa concubine Yingchun, sœur jumelle de Ximen Jinlong, « médecin aux pieds nus » au village de Ximen. Elle se mariera avec Ma Liangcai, puis, après la mort de celui-ci et après celle de Pang Kangmei, elle aura pour compagnon Chang Tianhong.

LAN JIEFANG (« Libération »), fils de Lan Lian et de Yingchun. L'autre narrateur de ce récit.

HUANG HUZHU (« Entraide mutuelle »), fille de Huang Tong et de Wu Qiuxiang, mariée d'abord à Ximen Jinlong. Après la mort de Huang Hezuo puis après celle de Pang Chunmiao, elle aura pour compagnon Lan Jiefang.

HUANG HEZUO (« Coopération »), fille de Huang Tong et de Wu Qiuxiang, sœur jumelle de Huang Huzhu. Elle épousera Lan Jiefang.

HONG TAIYUE, chef du village de Ximen, puis chef de la coopérative, secrétaire de la cellule du Parti, ennemi de Lan Lian.

CHEN GUANGDI, chef de région, puis chef de district, protecteur de Lan Lian.

PANG HU (« Tigre »), héros de la guerre de Corée, mari de Wang Leyun, protecteur de Lan Lian.

WANG LEYUN (« Nuage de joie »), épouse de Pang Hu.

CHANG TIANHONG (« Ciel rouge »), mari de Pang Kangmei. Après la mort de celle-ci, il deviendra le compagnon de Ximen Baofeng.

MA LIANGCAI (« Capable »), professeur au village de Ximen, mari de Ximen Baofeng.

PANG KANGMEI (« Combattre l'Amérique »), fille de Pang Hu et de Wang Leyun. Elle épousera Chang Tianhong et sera la maîtresse de Ximen Jinlong.

PANG CHUNMIAO (« Pousse de printemps »), fille de Pang Hu et de Wang Leyun, maîtresse de Lan Jiefang qu'elle épousera à la mort de Huang Hezuo.

LAN KAIFANG (« Ouverture »), fils de Lan Jiefang et de Huang Hezuo, amoureux de Pang Fenghuang.

PANG FENGHUANG (« Phénix »), fille de Pang Kangmei et officiellement de Chang Tianhong, mais en réalité de Ximen Jinlong.

XIMEN HUAN (« Liesse »), fils adoptif de Ximen Jinlong et de Huang Huzhu.

MA GAIGE (« Réforme »), fils de Ma Liangcai et de Ximen Baofeng.

Première partie

Les tourments de l'âne

Chapitre premier

Après maints supplices, il crie à l'injustice au tribunal des enfers.
Une rouerie, et le voilà réincarné en âne aux blancs sabots.

Mon histoire commence le 1er janvier 1950.

Pendant les deux ans et plus qui ont précédé cette date, j'ai enduré, dans le monde des enfers, des tortures si atroces qu'elles dépassent tout ce que peut se représenter l'imagination humaine. À chaque comparution pour interrogatoire, je n'ai pas manqué de crier à l'injustice. Les sons lugubres et pathétiques de ma voix se sont propagés en vagues d'échos jusqu'aux moindres recoins de la salle d'audience du roi des enfers. Si j'ai souffert dans mon corps sous les plus terribles supplices, je n'éprouve aucun repentir, cela m'a valu une réputation de dur. Je sais fort bien qu'un grand nombre de sbires m'admirent en secret, je sais également que ce bon vieux roi des enfers est excédé. Afin de m'amener à résipiscence, ils ont mis au point la plus cruelle des tortures qui ait jamais existé dans le monde des ombres : ils m'ont jeté dans un chaudron d'huile bouillante, où ils m'ont tourné et retourné pendant un bon moment, tout comme on fait frire un poulet, la douleur que j'ai ressentie ne peut être exprimée par des mots. Ensuite ils m'ont harponné avec une fourche, puis, me gardant soulevé haut au-dessus du sol, ils ont gravi une à une les marches menant à la salle d'audience. Les sbires, de chaque côté, émettaient des sifflotements qui faisaient penser à des chicotements de chauves-souris vampires. L'huile gouttait de mon corps, tombait avec bruit sur les marches, dégageant des volutes de fumée jaune… Avec beaucoup de précautions, ils m'ont déposé sur la dalle en pierre sombre devant la salle d'audience, se sont agenouillés et ont dit au roi des enfers :

« Votre Majesté, le supplice est achevé. »

Je sais que je suis grillé à point, croquant et croustillant, et que, au moindre heurt, je peux être réduit en pièces. J'entends, venant de la vaste et haute salle d'audience, s'élevant parmi les lumières des cierges, la question posée par le roi des enfers sur un ton presque moqueur :

« Ximen le Trublion[1], tu feras encore des tiennes ? »

[Je vais être franc avec toi, à ce moment-là j'ai eu un passage à vide.]

Je suis tout calciné, à plat ventre dans la flaque d'huile tandis que de mon corps montent des crépitements de chair qui éclate. Je suis conscient du fait que ma capacité à supporter la souffrance a atteint ses limites, que si je ne cède pas, allez savoir quel châtiment atroce ces fonctionnaires cupides et corrompus vont encore inventer pour me tourmenter. Mais voilà, si je capitule ainsi, toutes les tortures subies auparavant ne l'auront-elles pas été en vain ? Je m'efforce de redresser le crâne pour regarder en direction de la lumière des cierges. J'ai l'impression que ma tête peut, à tout moment, se détacher de mon cou. J'aperçois le roi des enfers entouré de

1. Le prénom du personnage est Nao, qui signifie « Trublion », Ximen étant le nom de famille. [Toutes les notes sont de la traductrice.]

juges, tous ont le visage oint d'un sourire finaud. Un flot de colère m'envahit soudain. Et puis advienne que pourra, me dis-je, au risque d'être broyé sous leur meule, d'être réduit en bouillie dans leur mortier en fer, c'est plus fort que moi, il me faut lancer ce cri :

« Je suis innocent ! »

Je clame ainsi mon innocence tout en envoyant des postillons d'huile à l'odeur forte. « Je suis innocent ! Moi, Ximen Nao, j'ai vécu trente ans dans le monde des humains, j'ai aimé travailler, je me suis montré diligent et économe dans la tenue de ma maison, j'ai donné pour la construction de ponts et de routes, j'ai fait le bien autour de moi. Dans chaque temple du canton de Dongbei relevant du district de Gaomi on peut voir des statues des divinités restaurées avec mes dons ; chaque pauvre de ce canton a pu se nourrir grâce aux aumônes en grains que je lui ai faites. Mais chaque grain de céréales a été engrangé dans mon grenier à la sueur de mon front, chaque sapèque de mon coffre a été le fruit de ma peine. Je me suis enrichi grâce à mon labeur, et c'est mon ingéniosité qui a fait prospérer ma famille. Je suis sûr de n'avoir rien fait de toute ma vie qui pèserait sur ma conscience. Pourtant, et là je m'égosille, moi, un homme si bon, si droit, un si brave homme, voilà qu'ils m'ont ligoté serré, m'ont poussé jusque sur le pont et m'ont fusillé !... Ils ont tiré sur moi à bout portant avec un fusil de fortune rempli à moitié de poudre et de grenaille, et, dans un fracas terrible, m'ont fait exploser la cervelle, laquelle est allée éclabousser le tablier du pont et, en contrebas, les galets gris, gros comme des calebasses... Mais je ne capitulerai pas, je suis innocent, je vous supplie de me relâcher, afin que j'aille me présenter à ces gens pour leur demander quel crime on me reproche en fin de compte. »

Au travers de ces paroles qui sortent de ma bouche comme un feu roulant, je vois se déformer le gros visage luisant du roi des enfers. Les juges à ses côtés ont le regard fuyant, ils n'osent me fixer droit dans les yeux. Il est clair qu'ils sont au courant de mon innocence, que, depuis le début, ils savent que je suis l'esprit d'une personne morte victime d'une injustice, mais voilà, pour des raisons inconnues de moi, ils jouent les sourds et les muets. Je continue de crier, je répète les mêmes phrases comme autant de cercles de la réincarnation. Le roi des enfers échange quelques phrases à voix basse avec les juges à ses côtés, puis il frappe la table du bâton destiné à intimider l'auditoire et dit :

« Ça suffit, Ximen Nao, on le sait que tu es innocent. Sur terre, ils sont nombreux ceux qui mériteraient la mort mais qui ne meurent pas pour autant, alors que tout aussi nombreux sont ceux qui ne devraient pas mourir mais qui meurent pourtant. Il s'agit d'une réalité sur laquelle notre tribunal n'a aucune prise. Pour l'heure, nous allons faire une exception en ta faveur et te rendre à la vie. »

Cet heureux événement, si subit, si écrasant, semble vouloir briser mon corps. Le roi des enfers jette alors devant moi une tablette triangulaire d'un rouge écarlate[1] et déclare avec impatience :

« Vous deux, Tête de bœuf et Face de cheval[2], raccompagnez-le ! »

Puis il se retire de la salle d'audience dans un grand mouvement de manches[3], suivi par la foule des juges. La flamme des cierges vacille sous le souffle d'air provoqué par leurs amples robes aux larges emmanchures.

1. Tablette portant des décrets de l'empereur ou les instructions des mandarins.
2. Les monstres, satellites du roi des enfers dans la mythologie chinoise.
3. Dans la Chine traditionnelle, les fonctionnaires impériaux portaient des robes à larges manches qu'ils agitaient de mille façons pour exprimer leurs humeurs ou pour signifier son congé à un interlocuteur.

Deux sbires vêtus de noir, les reins ceints d'une haute bande d'étoffe orangée, s'approchent de moi depuis les deux côtés. L'un d'eux se penche pour ramasser la tablette et la fourre dans sa ceinture, l'autre me tire par un bras dans l'intention de me relever. J'entends le bruit sec que fait ce bras, sensation que les nerfs et les os se rompent. Je pousse un cri perçant. Le sbire qui détient la tablette donne une bourrade à son compère et dit sur le ton qu'un vieil homme expérimenté prendrait pour faire la leçon à un jeune blanc-bec écervelé :

« Merde ! Ma parole, t'as un petit pois dans le cerveau ou bien un vautour cendré t'aura crevé les yeux de son bec ? Tu vois pas qu'il est croquant comme un gros beignet de la dix-huitième rue de Tianjin ? »

Face à ses remontrances, le plus jeune des sbires lève les yeux au ciel, ne sachant plus que faire. Celui qui porte la plaquette reprend :

« Qu'est-ce que t'attends planté là ? Va donc chercher du sang d'âne ! »

L'autre se frappe la tête, son visage s'éclaire. Il se détourne, court vers la partie basse de la salle d'audience, déjà il revient portant un seau en bois tout taché de sang. L'ustensile semble très lourd, le sbire en a le corps ployé en avant, il trébuche comme s'il allait tomber à tout moment.

Il pose brusquement le lourd seau à côté de moi, j'en suis tout secoué. Je sens une puanteur à vous donner envie de vomir, une puanteur toute chaude qui semble encore garder la chaleur du corps de l'animal. L'image d'un âne que l'on vient de tuer surgit dans mon esprit pour disparaître immédiatement. Le sbire portant la plaquette attrape dans le seau une brosse faite de soies de porc, l'imbibe de ce sang visqueux, rouge foncé, et me la passe sur le crâne. Je ne peux retenir un cri bizarre sous l'effet de cette sensation étrange, faite de douleur et d'insensibilité à la fois, c'est comme si dix mille pointes d'aiguille me piquaient. J'entends le léger crépitement que font ma chair et ma peau brûlées, je les sens qui s'humectent de sang, je pense alors à la terre qui, après une longue période de sécheresse, reçoit la pluie tant attendue. En cet instant, la confusion règne dans mon esprit, je suis en proie à des sentiments divers. Le sbire, avec des gestes vifs et d'une grande dextérité, ceux d'un peintre chevronné, me barbouille tout le corps avec le sang d'âne, un coup de brosse après l'autre. À la fin, il élève le seau et me déverse le restant en pleine figure. Je sens la vitalité déferler à nouveau dans mon corps, je retrouve force et courage. Sans leur aide, je me mets debout.

Malgré leurs noms, les deux sbires ne ressemblent guère à ces corps d'hommes surmontés d'une tête de bœuf ou de cheval que l'on peut voir sur les images représentant le monde des enfers. Leur corps est structuré comme celui des humains, la seule différence vient de la couleur de leur peau, elle semble teinte avec un élixir mystérieux, elle brille d'un éclat bleu éblouissant. Dans le monde des humains, j'ai rarement vu un bleu aussi distingué, il n'existe sur aucun tissu, sur aucune feuille d'arbre, seule une fleur, une toute petite fleur, éclose dans les marais du district de Dongbei, est de cette couleur, une fleur éclose le matin pour se faner le soir.

Soutenu sous les bras par les deux sbires à la taille élancée et au visage bleu, je traverse un tunnel sombre qui semble ne jamais avoir de fin. Sur les parois, de chaque côté, tous les trente ou quarante mètres, apparaît une applique étrange faisant penser à un corail ; une lampe en forme de coupe y est suspendue ; les effluves odorants de l'huile de soja qui s'y consume se font prégnants ou lointains tour à tour, et mon cerveau, selon le cas, passe de l'état de torpeur à celui de lucidité. À la lumière des lampes, je peux distinguer, accrochées au plafond voûté du tunnel, de nombreuses chauves-souris de taille gigantesque, leurs yeux lumineux brillent dans la pénombre, leurs fientes puantes, en forme de grains, tombent par moments sur mon crâne.

On finit par sortir du tunnel, puis on escalade une haute terrasse[1]. Une vieille femme aux cheveux blancs avance vers moi une main blanche et grassouillette à la peau délicate, qui jure avec son âge. Munie d'une louche de bois toute noire, elle puise dans une marmite en fer crasseuse un liquide, noir également ; elle verse le breuvage qui exhale une odeur aigrelette dans un grand bol en laque rouge. Le sbire prend le bol à deux mains, me le tend et, avec un sourire visiblement mal-intentionné, il me dit :

« Allons, bois ! Une fois bu le contenu de ce bol, tu auras oublié souffrances, tourments et haines passés. »

J'agite la main en signe de refus et renverse le bol en répondant :

« Pas question, je veux ancrer profondément dans ma mémoire souffrances, tourments et haines passés, sinon mon retour dans le monde des humains n'aurait plus aucun sens. »

Je descends fièrement de la terrasse, les marches en planches de bois vibrent sous mes pieds. J'entends les sbires m'appeler par mon nom, ils dévalent les gradins en courant.

Alors nous foulons la terre du canton de Dongbei. Montagnes, rivières, végétation, tout m'est familier, sauf les poteaux blancs en bois fichés dans le sol, sur lesquels sont inscrits des noms que je connais et d'autres qui me sont étrangers. Il n'est pas jusqu'aux terres

1. Dans les temps anciens, quand les Chinois étaient loin des leurs, ils montaient sur des hauteurs pour regarder en direction du pays natal, ou bien ils faisaient édifier des terrasses élevées dans le même but. Ils pensaient que de telles terrasses existaient aussi dans le royaume des ombres.

fertiles familiales qui ne soient hérissées de tels poteaux. Plus tard je devais comprendre que, pendant mon séjour outre-tombe, tandis que je réclamais qu'il me fût fait justice, on avait mis en œuvre la réforme agraire ; les terres des familles influentes avaient été distribuées aux pauvres qui ne possédaient rien et, bien sûr, ma famille n'était pas une exception. Certes, le partage des terres n'est pas un fait sans précédent dans l'Histoire, mais, avant de procéder à cette opération, quel besoin avait-on eu de me fusiller ?

On dirait que les sbires ont peur que je ne prenne la fuite, ils me collent de près, chacun de son côté, leurs mains glacées agrippent mes bras, comme feraient des serres. Le soleil brille, l'air est vivifiant, les oiseaux chantent dans le ciel, les lapins courent sur la terre, sur les bords non exposés au soleil des canaux d'irrigation et des cours d'eau l'éclat de la neige accumulée est aveuglant. Je jette un regard au visage bleu des sbires, je trouve soudain que ces deux satellites des enfers ont tout l'air d'acteurs en costume, maquillés, sur une scène de théâtre, à cette différence près : c'est qu'ici-bas on ne pourra jamais peindre un visage d'un bleu aussi pur et distingué.

Nous suivons la route le long de la rivière, dépassons une dizaine de villages, en chemin nous croisons de nombreuses personnes. Je reconnais plusieurs bons amis de localités voisines, mais chaque fois que je m'apprête à ouvrir la bouche pour leur donner le bonjour, les sbires, juste à temps, avec précision, me serrent à la gorge, si bien que je ne peux proférer le moindre son. J'exprime le vif mécontentement que je ressens en leur distribuant des coups de pied dans les tibias, ils ne bronchent pas, on dirait que leurs jambes n'ont pas de terminaisons nerveuses. Je donne de la tête dans leurs visages, ils semblent faits en caoutchouc. Leurs mains qui serrent ma gorge ne se relâchent que lorsque nous ne croisons personne. Une charrette à cheval équipée de pneumatiques nous dépasse à vive allure, soulevant un nuage de poussière, l'odeur de sueur qui se dégage du corps de la bête me semble familière. Je vois Ma Wendou, le charretier, assis sur les brancards, il tient son fouet contre lui, une veste blanche en mouton usée jusqu'à la peau est jetée sur ses épaules, sa pipe à long tuyau et sa blague à tabac sont attachées ensemble, fourrées en biais dans le col au dos du vêtement. La blague se balance, comme la carte d'un débit de boisson. Si la charrette et le cheval sont bien ceux de la maison, le conducteur n'est pas un valet de chez nous. Je voudrais bien le rattraper pour lui demander de quoi il retourne, mais il m'est difficile d'échapper aux deux sbires qui me retiennent comme feraient des lianes. J'ai l'impression que le charretier a pu apercevoir ma silhouette, entendre le bruit de mes efforts pour me débattre, sentir cette étrange odeur, peu courante ici-bas, que dégage mon corps, pourtant il nous a dépassés à vive allure, comme s'il voulait fuir quelque malheur. Puis nous rencontrons une troupe, marchant sur des échasses et qui joue l'histoire du moine parti, sous les Tang, chercher les livres saints[1], ceux qui interprètent Sun Wukong et Zhu Bajie sont des gens du village que je connais bien. Au vu des banderoles qu'ils portent et à entendre leurs propos je comprends que nous sommes le premier jour de l'année 1950.

Alors que nous approchons du petit pont en pierre à l'entrée de mon village, je sens monter en moi des vagues d'inquiétude. Déjà j'aperçois, sous le pont, les

1. Récit du *Voyage en Occident (Xi Youji)* : un moine bouddhiste partit en Inde en 629 et en revint en 645 avec de nombreux manuscrits sanscrits qu'il traduisit en chinois. Les personnages cités ensuite sont deux des disciples qui l'accompagnent : le singe et le cochon. Texte daté de la dynastie Yuan.

galets teintés par ma chair et mon sang. Des lambeaux d'étoffe et des cheveux sales y sont collés, il s'en dégage une forte odeur de sang. Dans les cavités délabrées du pont sont rassemblés trois chiens sauvages, deux couchés, un debout, deux noirs, un jaune. Ils ont tous le pelage luisant, la langue d'un rouge éclatant, les dents étincelantes, leurs yeux brillent.

Dans sa nouvelle *La Vésicule biliaire*[1], Mo Yan décrit ce petit pont en pierre, il y parle aussi de ces chiens, fous de chair humaine. Il raconte l'histoire d'un fils aimant, lequel avait prélevé la vésicule biliaire d'un homme qu'on venait de fusiller et l'avait rapportée chez lui pour soigner une maladie des yeux dont souffrait sa mère. Bon nombre de récits rapportent l'efficacité de la vésicule biliaire de l'ours dans la guérison de telles maladies, mais l'on n'a jamais entendu dire que celle d'un être humain eût de tels pouvoirs. Ce sont là pures inventions de la part de ce petit drôle, n'allez surtout pas prendre ces fantaisies pour argent comptant.

Alors que nous sommes sur la portion de route entre le pont et ma demeure, la scène de mon exécution me revient à l'esprit.

On m'avait attaché les bras dans le dos avec une cordelette de chanvre, dans mon col était inséré un écriteau avec la mention « Condamné à mort ». Nous étions le vingt-troisième jour du douzième mois du calendrier lunaire, à sept jours de la fête du Printemps. Le vent était froid et mordant, des nuages noirs couvraient l'horizon, le grésil, pareil à des grains de riz blancs, entrait dans mon cou par poignées. Mon épouse dame Bai, non loin derrière moi, pleurait, se lamentait, mais

1. Les récits du personnage Mo Yan qu'on lira dans ce roman sont tous imaginaires, à l'exception de *Récit d'une vengeance*, non traduit en français, et *Explosion*.

je n'entendais ni la voix de Yingchun, ma première concubine, ni celle de Qiuxiang, la deuxième. Yingchun avait deux enfants en bas âge, qu'elle ne fût pas venue m'accompagner pouvait se comprendre, mais Qiuxiang n'avait pas cette excuse, et puis elle était jeune, son absence était une déception pour moi. Après m'être arrêté sur le pont, je me suis retourné brusquement, alors j'ai vu à quelques mètres de moi Huang Tong, le chef de la milice populaire, ainsi que la dizaine de soldats qui le suivaient. Je leur ai dit :

« Messieurs, nous sommes tous du même village, il n'y a jamais eu entre nous d'inimitié, ni d'injustice, et si moi, votre cadet, j'ai quelque tort envers vous, il suffit de me le dire, à quoi bon tout cela ? »

Huang Tong m'a lancé un regard profond, mais déjà ses yeux se faisaient fuyants. Ses pupilles dorées étaient tellement brillantes qu'on aurait dit deux étoiles d'or. Huang Tong, ah, Huang Tong, tes parents ont bien choisi ton nom[1]. Huang Tong m'a dit :

« Trêve de bavardages, c'est la politique qui le veut ! »

J'ai poursuivi ma plaidoirie :

« Messieurs, il faut au moins que je sache pourquoi je vais mourir, quel article de la loi ai-je donc enfreint ? »

Huang Tong a répondu :

« T'auras qu'à le demander une fois que tu seras devant le roi des enfers. »

Il a élevé soudain le fusil dont j'ai parlé, le canon n'était qu'à une dizaine de centimètres de mon front, puis j'ai eu comme l'impression que ma tête volait, puis j'ai vu l'éclat du feu, j'ai entendu le bruit d'une déflagration qui me semblait venir de très loin, j'ai senti la bonne odeur de la poudre flottant dans l'air…

---

1. Huang, le patronyme, signifie « Jaune », Tong, le prénom veut dire « Prunelles ».

25

Le portail de ma demeure est entrebâillé, par la fente on peut apercevoir de nombreuses silhouettes dans la cour : sauraient-ils que je suis de retour ? Je dis aux messagers d'outre-tombe :

« Frères, la route a été dure pour vous ! »

Je vois le sourire rusé sur le visage bleu des sbires, mais, avant même que j'aie pu réfléchir au sens qu'il revêt, me tenant par les bras, ils me poussent violemment en avant.

Tout est noir devant moi, j'ai l'impression d'être englouti dans une masse d'eau, quand soudain une exclamation de joie retentit à mes oreilles :

« Ça y est, il est né ! »

J'ouvre les yeux et me vois, le corps tout collant d'un liquide poisseux, allongé derrière la croupe d'une ânesse. Juste ciel ! Qui aurait pu imaginer que moi, Ximen Nao, un notable authentique, qui a reçu l'éducation auprès d'un précepteur privé, qui sait lire et interpréter les textes, deviendrais un ânon aux quatre sabots blancs comme neige et au mufle rose pâle !

Chapitre deuxième

Ximen Nao fait une bonne action en sauvant Lan Lian.
Bai Yingchun avec tendresse caresse l'ânon orphelin.

L'homme qui se tient derrière l'ânesse et dont le visage tout entier exprime la joie est mon valet, Lan Lian. Dans mes souvenirs, il était resté un jeune homme chétif ; qui aurait imaginé que, pendant les deux années qui ont suivi ma mort, et en si peu de temps, il deviendrait ce grand gaillard ?

C'était un enfant que j'avais ramassé dans un champ enneigé devant le temple de Guanyu[1]. Il était alors protégé par un simple sac de chanvre et avait les pieds nus, son corps était tout raide, son visage bleui, ses cheveux étaient emmêlés. À l'époque, je venais juste de perdre mon père, ma mère était encore en vie. J'avais reçu des mains du patriarche la clé en laiton du coffre en camphrier. Y étaient conservés le titre de propriété de nos cinq hectares de champs fertiles, ainsi que tout l'argent et les objets de valeur que nous possédions. J'avais tout juste vingt-quatre ans et je venais d'épouser la seconde fille de la plus riche famille du bourg de Baima, dont le chef se nommait Bai Lianyuan. À défaut de prénom officiel, la demoiselle avait pour petit nom Xinger, une

---

1. Général célèbre, exécuté en 219 av. J.-C., qui devint le dieu de la guerre.

fois entrée dans ma famille comme épouse elle devait répondre au nom de « Ximen née Bai ». C'était une fille de bonne famille, elle était cultivée et intelligente, mignonne et délicate, ses seins faisaient penser à deux poires douces et le bas avait du charme, j'étais satisfait au lit, la seule ombre au tableau était que les années passaient sans qu'elle donnât naissance à un enfant.

À l'époque, on pouvait vraiment dire que j'avais réussi. Après plusieurs années consécutives de bonnes récoltes, les fermages affluaient, les greniers débordaient. Les animaux domestiques proliféraient, notre jument noire avait même mis bas deux poulains. Il s'agissait vraiment d'un de ces prodiges dont parlent les légendes mais qui se produisent rarement dans la réalité. Les gens venus voir les poulains formaient une file ininterrompue et les compliments ne cessaient de fuser de toutes parts. On avait préparé du thé au jasmin et des cigarettes de la marque Fort vert en l'honneur des gens du pays qui s'étaient déplacés. Huang Tong, ce garnement qui était alors presque un adulte, avait volé un paquet de cigarettes et on me l'avait amené en le tenant par l'oreille.

Le môme avait les cheveux clairs, la peau très foncée, ses prunelles jaunes roulaient en tous sens, un vrai sac à malices. J'avais fait un signe de la main pour qu'on le relâchât et lui avais donné en prime un paquet de thé pour son père. Ce dernier, Huang Tianfa, était un de mes fermiers, un brave et honnête homme qui fabriquait un excellent tofou. Il cultivait trente-quatre ares de terres fertiles qui m'appartenaient au bord de la rivière. Personne n'aurait imaginé qu'il engendrerait un galopin de cette espèce. Peu après, Huang Tianfa m'avait livré une palanche de tofou desséché, lequel aurait tenu au crochet d'une balance, le tout accompagné d'excuses en veux-tu, en voilà. De mon côté, j'avais demandé à ma femme de lui donner un morceau de vénitienne noire pour se confectionner une paire de chaussures à l'occasion du Nouvel An. Huang Tong, ah, Huang Tong, rien que pour les bonnes relations que nous entretenions ton père et moi, tu n'aurais jamais dû me fusiller avec ta pétoire. Je sais bien que tu obéissais aux ordres, mais tu aurais pu tout à fait viser ma poitrine, laisser mon cadavre intact. Ingrat, bâtard !

Moi, Ximen Nao, j'en imposais, j'étais généreux, on me respectait. Quand j'avais pris les rênes de la maison, les temps étaient troublés, il m'avait fallu faire face à la guérilla et aux Peaux jaunes[1], pourtant, en ce qui concerne le patrimoine familial, les plus-values s'étaient accrues en quelques années et j'avais pu acheter sept nouveaux hectares de bonnes terres, tandis que le gros bétail comptait désormais huit bêtes au lieu des quatre du début. J'avais une nouvelle charrette, équipée de pneumatiques, j'étais passé de deux valets à quatre, d'une jeune servante à deux, et j'avais, de plus, deux autres vieilles domestiques pour les repas. Telle était ma situation lorsque j'étais revenu du temple de Guanyu, portant Lan Lian dans mes bras, lequel n'avait plus qu'un filet de souffle. Ce jour-là, je m'étais levé très tôt pour ramasser les excréments, vous ne me croirez peut-être pas : comment moi, qui appartenais à la plus riche famille du canton de Dongbei, avais-je pu garder ces habitudes de travail ? Tenir la charrue au troisième mois, semer au quatrième, faucher le blé au cinquième, puis, au fil des autres mois, planter les courges, sarcler les pois, couper le chanvre, pincer le riz, retourner la terre ? Et même le dernier mois, au cœur de l'hiver, pas question de se laisser prendre à la chaleur du *kang*[2], au point

1. Soldats chinois qui se sont rendus aux Japonais. L'uniforme de l'armée était jaune.
2. Lit en brique réfractaire sous lequel on fait du feu, en usage dans la Chine du Nord.

du jour, après avoir attrapé le panier à fumier, il fallait aller ramasser les crottes de chien. Une plaisanterie circulait dans le village selon laquelle, m'étant levé trop tôt, j'avais pris un jour une pierre pour de la merde. Car enfin, pour faire un bon propriétaire foncier, il ne faut pas cracher sur les crottes de chien.

Ce jour-là il était tombé une grande quantité de neige, aussi les toits, les arbres et les routes n'étaient-ils plus qu'une vaste étendue blanche. Les chiens s'étaient mis à l'abri, aucune crotte à ramasser. J'étais sorti cependant, foulant la neige. Il faisait frais, un petit vent vif soufflait, à l'aube il y a tant de phénomènes étranges et mystérieux, si on ne se lève pas tôt, que peut-on espérer voir ? J'avais tourné de la rue de devant dans celle de derrière, escaladé le mur fortifié et fait le tour du village, j'avais vu, à l'est, le ciel passer du blanc au rouge, les nuages de l'aurore pareils à du feu, un soleil rouge monter à l'horizon et, sous le vaste ciel, la neige, illuminée par des lueurs flamboyantes, on aurait dit ce monde de vitrail dont parlent les légendes. J'avais alors aperçu ce petit bonhomme devant le temple de Guanyu, la neige le recouvrait à moitié. Au début j'avais cru qu'il était mort et j'avais songé à faire acte de charité en lui achetant un mince cercueil et en l'ensevelissant, afin que son cadavre ne fût pas dévoré par les chiens sauvages. Un an auparavant, un homme nu était mort de froid devant l'autel du dieu du sol, son corps était tout rouge, son sexe se dressait comme le canon d'une arme, les badauds tout autour n'en finissaient plus de s'esclaffer. L'événement a été relaté par ton ami Mo Yan, ce type bizarre, dans une de ses nouvelles intitulée *L'homme peut mourir mais son pénis ne meurt pas*. Le type « tombé sur la route », c'est moi qui avais donné l'argent pour son inhumation dans le vieux cimetière à l'ouest du village. Une bonne action comme celle-là a un impact plus grand encore qu'ériger une stèle ou écrire une hagiographie à la gloire de tel ou tel. J'avais posé mon panier, bougé un peu le petit corps, de la main j'avais tâté le creux de l'estomac, il y avait encore un peu de chaleur, j'avais compris qu'il n'était pas mort, j'avais ôté ma veste ouatinée pour l'en envelopper. J'avais pris le chemin de la maison, portant l'enfant tout raide de froid à plat sur mes mains, j'avais suivi l'avenue, à la rencontre du soleil. À ce moment, entre le ciel et la terre, ce n'était que rayons colorés du levant, les gens de chaque côté de la rue avaient ouvert leurs portes et balayaient la neige, tout le village avait pu voir la bonne action que j'étais en train d'accomplir, moi, Ximen Nao. À cause de cela, vous n'auriez pas dû me fusiller avec un fusil de fortune ! À cause de cela, roi des enfers, tu n'aurais pas dû me faire renaître dans le corps d'un âne ! On dit souvent que sauver une vie humaine a plus de valeur que construire une pagode de sept étages, or moi, Ximen Nao, il est absolument vrai que j'ai sauvé une vie humaine. Et moi, Ximen Nao, je ne me suis pas contenté de sauver une seule vie. Au printemps de la grande famine, j'ai vendu une tonne de sorgho à un prix modeste, j'ai exempté tous les fermiers de taxes, permettant ainsi à de nombreuses personnes de survivre. Et pourtant ma fin a été si tragique ! Y a-t-il quelque justice ici-bas ou dans l'autre monde ? Existe-t-il encore quelque sens moral ? Mais je ne capitulerai pas. Tout cela me dépasse.

J'avais porté le petit dans mes bras jusqu'à la maison et l'avais déposé sur le kang bien chaud des valets. Je pensais monter le feu pour le ranimer, mais leur chef, le vieux Zhang, lequel était un homme d'expérience, m'avait dit :

« Maître, il ne faut absolument pas le mettre à la chaleur. Les choux et les navets qui ont gelé à cœur doivent être décongelés doucement, si on les approche du feu, ils deviennent immédiatement un magma informe. »

C'est qu'il avait raison. Il fallait le laisser se réchauffer doucement sur le kang, j'avais demandé en outre chez moi qu'on lui fît une décoction sucrée de gingembre et qu'avec une baguette on lui desserrât les dents pour faire couler le liquide dans sa bouche. Quand ce dernier eut gagné le ventre, des gémissements s'étaient fait entendre. J'avais sauvé ce petit. J'avais ordonné au vieux Zhang de le débarrasser, avec un rasoir, de sa tignasse hirsute et des poux par la même occasion. On lui avait fait prendre un bain, lui avait mis des vêtements propres et on l'avait conduit auprès de ma mère. Le petit gars était très éveillé, il lui avait donné du « grand-mère », ma mère était aux anges, elle avait invoqué Amitofu[1], avait déclaré que ce devait être un moinillon relevant de quelque temple. On lui avait demandé son âge, il avait secoué la tête pour indiquer qu'il ne le connaissait pas, on lui avait demandé de quelle région il était, il avait répondu qu'il ne s'en souvenait plus, on lui avait demandé s'il avait encore de la famille, il avait secoué la tête dans un mouvement rappelant celui d'un tambour de marchand ambulant. Alors on l'avait gardé comme fils adoptif. Le garçon était malin comme un singe, il savait comment s'y prendre ; quand il me rencontrait, il me donnait du « père adoptif », quant à dame Bai, il l'appelait « mère adoptive ». Mais tout fils adoptif qu'il fût, il aurait à travailler dur, tout comme je trimais moi-même malgré mon statut de patron. Pas de travail, pas de nourriture, cette formule, qui devait apparaître bien plus tard, était en fait une idée déjà répandue. Le garçon n'avait ni

1. Amitâbha en sanscrit. Bouddha qui réside au paradis de l'Ouest.

nom ni prénom, or comme une tache bleue, grosse comme la paume, s'étalait sur sa joue gauche, je lui avais dit spontanément :

« Mon garçon, on t'appellera "Visage bleu"[1], tels seront désormais ton nom et ton prénom. »

Le garçon avait répondu :

« Père adoptif, je souhaite porter le même nom que vous, Ximen, et garder Lanlian comme prénom. »

Je lui avais répliqué que c'était là chose impossible, que ce patronyme ne pouvait pas être adopté à la légère.

« Travaille, mets du cœur à l'ouvrage et dans vingt ans on en reparlera. »

Le garçon avait commencé par faire quelques menus travaux avec les valets de ferme, mener paître le cheval, l'âne (Ah ! roi des enfers, comment as-tu pu fomenter le noir dessein de me transformer en un âne ?), puis il s'était attaqué peu à peu à de la besogne plus conséquente. Certes, il était un peu malingre, mais il avait le geste prompt, était perspicace et astucieux, ce qui venait pallier son manque de force physique.

À présent je ne quitte pas des yeux ses larges épaules et ses bras musclés, je vois bien qu'il est devenu un gaillard résolu.

« Ha, ha, il est né ! » crie-t-il, il se penche, étend ses deux grosses mains pour me soutenir. Je ressens une honte et une colère sans pareilles, je m'égosille :

« Je ne suis pas un âne ! Je suis un être humain ! Je suis Ximen Nao ! »

Mais c'est comme si les satellites au visage bleu serraient toujours ma gorge, malgré tous mes efforts aucun son n'en sort. Je suis désespéré, affolé, furieux, j'écume, mes yeux sécrètent des larmes visqueuses. Sa

1. Lan signifie « Bleu » et Lian « Visage ».

main glisse et je tombe à terre dans le liquide amniotique avec le délivre gluant, pareil à de la peau de méduse.

« Vite, une serviette ! » En réponse au cri de Lan Lian, une femme enceinte sort de la maison. Je vois soudain son visage, un peu marqué par l'œdème et par des taches de grossesse, ainsi que ses grands yeux mélancoliques. « Hi-han, hi-han ! » Mais c'est ma femme, à moi, Ximen Nao, c'est Yingchun, ma seconde concubine !

À l'origine c'était une servante qui faisait partie de la dot de mon épouse, dame Bai, comme on ne connaissait pas son nom de famille, on l'avait appelée Bai comme sa maîtresse. Elle devait devenir mon épouse au printemps de la trente-cinquième année de la République[1]. Cette fille avait des yeux immenses, un nez droit, un front large, une bouche étirée, de fortes mâchoires, elle respirait le bonheur et, de plus, elle avait surtout des bouts de seins qui pointaient et un bassin bien large, au premier coup d'œil on voyait qu'elle était bâtie pour procréer. Mon épouse, qui était restée trop longtemps sans me donner d'enfant, en était toute confuse, aussi avait-elle poussé cette Yingchun dans mon lit. Elle me l'avait dit dans un langage très clair, mais sur un ton grave et plein de sentiment :

« Mon mari, acceptez-la ! On ne laisse pas l'eau fertile couler dans le champ d'autrui ! »

Et effectivement, elle s'était avérée être une terre fertile. La nuit même où elle avait partagé ma couche, elle s'était retrouvée enceinte, qui plus est de jumeaux. L'année suivante au printemps, elle m'avait donné un dragon et un phénix, le garçon avait reçu comme nom

1. 1946. Avant la Libération, le compte se faisait à partir de l'année 1911.

Ximen Jinlong et la fille Ximen Baofeng[1]. L'accoucheuse devait dire qu'elle n'avait jamais rencontré une femme si apte à procréer, son large bassin, son vagin élastique avaient fait merveille et elle avait mis au monde ces beaux bébés, tout en douceur, comme on fait rouler des pastèques d'un sac en chanvre. Alors que presque toutes les primipares, lors de la délivrance, se lamentent à grands cris, hurlent de douleur, pour ma Yingchun l'on n'avait entendu aucun bruit dans la pièce. L'accoucheuse devait raconter encore que, lors de l'accouchement, un sourire mystérieux n'avait pas quitté son visage, comme si elle jouait à quelque jeu passionnant, si bien que la femme avait été inquiète, redoutant de voir surgir un monstre du ventre de la parturiente.

La naissance de Jinlong et de Baofeng avait constitué un grand bonheur pour la famille Ximen ; pour ne pas effrayer l'accouchée et les bébés, j'avais demandé au vieux valet Zhang et à Lan Lian d'acheter dix chapelets totalisant cent pétards et de les faire partir sur le mur d'enceinte au sud du village. Le bruit des salves successives de détonations m'avait rendu fou de joie. J'ai une drôle de réaction : à chaque événement joyeux, mes mains me démangent et je ne peux venir à bout de ces démangeaisons qu'en travaillant d'arrache-pied. Alors que les pétarades retentissaient, j'avais retroussé mes manches et avais sauté dans l'enclos pour lancer à l'extérieur une dizaine de brouettées du lisier accumulé pendant l'hiver. Un spécialiste de la géomancie, Ma Zhibo, qui avait pour habitude de faire des mystères de tout, était accouru près de l'enclos et m'avait dit sur un ton énigmatique :

« Mon cher petit frère, quand on a une accouchée sous son toit, il ne faut pas entreprendre des travaux de construction, et encore moins évacuer le lisier ou curer

1. Respectivement « Dragon d'or » et « Phénix précieux ».

le puits, ce serait offenser la divinité Taisui[1] et cela constituerait un mauvais présage pour le bébé. »

En entendant ces propos, mon cœur s'était serré, mais une fois la flèche partie de l'arc, elle n'y revient plus, aussi toute chose commencée doit-elle être menée jusqu'à son terme, l'enclos vidé à moitié ne pouvait être remblayé. J'avais répondu :

« Selon les anciens, "les dix ans où l'être humain n'est que vitalité, diables et esprits n'osent l'approcher". Moi, Ximen Nao, je suis quelqu'un de droit et je n'ai pas peur des influx néfastes, quand on se conduit bien, on n'a pas peur des esprits, et quand bien même j'offenserais le Taisui, qu'est-ce que cela pourrait bien faire ? »

Et sur paroles dites par cette langue de vipère, en curant l'enclos, ma bêche avait heurté une chose bizarre qui ressemblait à une calebasse. L'objet semblait de la glu coagulée, de la gelée de viande, il était transparent et opaque, fragile et flexible à la fois, je l'avais porté avec la bêche au bord de l'enclos pour l'examiner à loisir, serait-ce là ce Taisui dont parlent les légendes ? J'avais vu que le visage de Ma Zhibo était devenu blême, que sa barbichette tremblotait, les bras croisés sur la poitrine il s'était incliné à plusieurs reprises devant la chose étrange, à chaque salut il reculait, il s'était retrouvé ainsi près du mur, alors il s'était détourné et avait pris la fuite. J'avais dit en ricanant :

« Si c'est ça le Taisui, il n'y a pas de quoi avoir peur. Taisui, Taisui, si je te nomme par trois fois et que tu ne peux disparaître, alors il ne faudra pas t'étonner si je change de ton ! Taisui, Taisui, Taisui ! »

---

1. Taisui est le nom chinois de la planète Jupiter, laquelle, dans la cosmogonie ancienne, s'appelait la « planète Bois ». La divinité Taisui, installée dans la terre, est une correspondance terrestre de cette planète.

Les yeux fermés, j'avais hurlé trois fois de suite son nom ; en rouvrant les yeux, j'avais vu que la chose n'avait pas bougé, serrée contre le mur, mélangée au crottin de cheval, tel un objet inanimé, alors j'avais élevé la pelle et l'avais tranchée en deux ; j'avais vu que la matière à l'intérieur avait la même consistance qu'à l'extérieur : du caoutchouc ou de la gelée, pareille à la résine qui sort des cicatrices sur le tronc des pêchers. Je l'avais soulevée avec la pelle et l'avais lancée avec force hors de l'enclos dans le crottin, avec un peu de chance la chose aurait quelque vertu fertilisante qui donnerait des épis de maïs gros comme des défenses d'éléphant et des épis de blé pareils à des queues de chien.

Mo Yan, ce petit drôle, a écrit dans sa nouvelle *Taisui* :

Dans une bouteille transparente à large goulot, j'avais mis de l'eau, du thé noir et de la cassonade, j'avais laissé le tout dix jours derrière un feu modéré, il s'était formé alors une chose bizarre qui avait la forme d'une calebasse. Quand les gens du village ont eu vent de l'affaire, ils sont tous accourus voir le prodige. Le fils de Ma Zhibo, Ma Congming, l'Intelligent, a dit, alarmé : « C'est terrible, c'est un Taisui ! Celui que le propriétaire terrien Ximen Nao avait déterré cette année-là était du pareil au même. » Moi, je suis un jeune homme moderne, je crois en la science, non aux esprits. J'ai chassé Ma Congming, j'ai fait sortir la chose étrange de la bouteille, l'ai ouverte, l'ai coupée en petits morceaux que j'ai fait sauter dans la poêle, un parfum extraordinaire s'est répandu, faisant saliver. Une fois en bouche, c'était comme de la galantine ou des feuilles de gelée de soja, la saveur était délicieuse, c'était très nourrissant… Après avoir ingéré ce Taisui, en trois mois je devais prendre dix centimètres en taille.

Un vrai clampin, celui-là !

Les pétards devaient mettre fin à la rumeur qui courait sur la stérilité de Ximen Nao et ils furent nombreux ceux qui achetèrent des cadeaux pour la cérémonie prévue neuf jours plus tard. Mais les vieilles rumeurs étaient à peine mises en pièces qu'une nouvelle prenait jour : celle concernant l'offense faite par Ximen Nao au Taisui lors du curage de l'enclos, en une nuit elle fit le tour des dix-huit villages et bourgs relevant du canton de Dongbei. Mais on ne se contenta pas de la rapporter, on broda, on enjoliva, on raconta que le Taisui était un gros œuf en chair dont les sept orifices supérieurs, yeux, oreilles, narines et bouche, avaient une grande efficience, que la boule avait roulé par l'enclos quand elle avait été tranchée par moi d'un coup de pelle et qu'alors un rai de lumière blanche était monté vers le ciel. Quand on offense un Taisui, il faut s'attendre à ce que, dans les cent jours qui suivent, survienne un meurtre. Je savais fort bien que le grand arbre attire le vent, que trop de richesses provoquent la jalousie, que de nombreuses personnes attendaient en secret que Ximen Nao fût dans la déveine. J'étais un peu inquiet, mais concentrais mon énergie sur d'autres choses, si le ciel voulait me punir, pourquoi m'aurait-il donné ces deux chérubins ?

À ma vue, Yingchun manifeste elle aussi de la joie. Elle se penche avec difficulté, à cet instant je vois distinctement l'enfant dans ses entrailles, il s'agit d'un garçon, lui aussi a une tache bleue sur le visage, il ne fait aucun doute qu'il s'agit bien d'un rejeton de Lan Lian. Je ressens une profonde humiliation, une colère pareille à celle du dard du serpent brûle en moi. Je voudrais lancer des injures, j'ai une envie de meurtre, de réduire Lan Lian en chair à pâté. Lan Lian, espèce

38

d'animal, quel ingrat tu fais ! Canaille, salaud, où est ta conscience ? Tu me donnais du « père adoptif » à tout bout de champ, tu avais même fini par m'appeler « père », carrément, or si je suis ton père, Yingchun est ta belle-mère, et toi tu as fait de ta belle-mère ton épouse, tu l'as engrossée. Tu as perverti les principes qui président au comportement moral. Tu aurais dû subir de terribles châtiments, être dépecé en enfer, y être broyé avant d'être réincarné en animal. Mais le ciel n'a pas de règle, l'enfer non plus, car c'est moi, Ximen Nao, moi qui de toute ma vie n'ai rien fait de mal, qui ai subi ce mauvais sort. Quant à toi, petite Yingchun, petite traîtresse, combien de douces paroles ne m'as-tu dites quand tu étais blottie contre moi ! Combien de serments de fidélité éternelle ne m'as-tu pas tenus ! Et pourtant, avant même que mon cadavre n'ait été refroidi, tu couchais avec le valet. Espèce de dévergondée, comment as-tu encore le front de vivre en ce monde ? Tu devrais mourir sur-le-champ ! Je t'avais offert un coupon de fine soie blanche, pffft ! tu ne méritais pas de porter une telle étoffe, tu n'es bonne qu'à te pendre avec une corde souillée de sang ayant servi à ligoter les cochons, oui, à te pendre à une poutre pleine de crottes de rats et de fientes de chauves-souris ! Tu n'es bonne qu'à t'empoisonner avec quatre *liang*[1] d'arsenic, à sauter dans le puits où l'on noie les chiens sauvages à l'extérieur du village ! On devrait, ici-bas, te faire chevaucher un âne en bois et te promener par les rues ou, en enfer, te jeter dans la fosse à serpents où l'on punit les femmes adultères afin que tu succombes à leurs morsures venimeuses avant d'être réincarnée en animal pour dix mille vies ! « Hi-han, hi-han ! » Mais c'est moi, Ximen Nao, moi, un honnête

---

1. Deux cents grammes.

homme, qui ai été réincarné en animal et non ma concubine.

Avec beaucoup de difficultés, elle s'accroupit près de moi et, à l'aide d'une serviette très douce à carreaux bleus, essuie avec soin le liquide visqueux qui me recouvre. Le frottement de la serviette sèche sur mon corps mouillé est très agréable. Elle a des gestes délicats, comme elle en aurait pour son propre bébé. « Oh, le mignon petit ânon, l'adorable petite chose, c'est qu'il est vraiment beau, regardez-moi ces grands yeux, si expressifs, ces petites oreilles toutes duveteuses… » Et elle essuie les parties du corps qu'elle nomme. Je vois qu'elle a toujours aussi bon cœur, je sens cet amour qui monte d'elle. J'en suis tout ému, et le feu mauvais qui m'avait envahi finit par s'éteindre, tandis que la mémoire de mon existence en tant qu'être humain en ce monde se fait lointaine, vague. Mon corps est bien séché. Je ne frissonne plus. Mes os sont plus durs, mes pattes sont plus solides. Une force, un désir me poussent à faire des efforts. Oh là là, comme je ne suis finalement qu'un ânon, elle essuie mon sexe. J'en ressens de la honte et voilà que, d'un seul coup, tous nos ébats amoureux passés me reviennent bien distinctement en mémoire. De qui suis-je le fils ? Je suis le fils de l'ânesse, je la vois, debout à l'écart, qui frissonne de tout son corps, elle, ma mère ? Une ânesse ? Poussé par la colère et la nervosité, je me mets debout sur mes quatre pattes, tel un tabouret qui aurait de longs pieds.

« Ça y est, il s'est mis debout ! » dit Lan Lian tout content en battant des mains. Il allonge un bras pour relever Yingchun qui est encore à croupetons. Il y a beaucoup de tendresse dans ses yeux, on voit bien qu'il est très attaché à elle. Je repense soudain à des faits passés, il me semble que quelqu'un avait essayé de me faire comprendre que je devais prendre garde à ce que le petit valet que j'avais élevé ne commît pas d'entorse à la morale dans les appartements des femmes. Peut-être existait-il entre eux une liaison de longue date ?

Je suis debout dans la lumière de ce matin de Nouvel An ; pour ne pas tomber, je ne cesse de déplacer mes pattes de derrière. Je fais un premier pas en tant qu'âne sur un chemin inconnu, semé d'embûches et d'infamies. Je fais un second pas, mon corps chancelle, la peau de mon ventre est tendue terriblement. Je vois le soleil, énorme, le ciel tout bleu et les pigeons très blancs tournoyer dans les airs. Je vois Lan Lian, soutenant Yingchun par le bras, rentrer dans la maison. Je vois deux enfants, un garçon et une fille, entrer en courant par le portail, ils sont vêtus de vestes ouatinées toutes neuves, portent des chaussures à tête de tigre, ils vont coiffés de bonnets en poil de lapin. Leurs petites jambes franchissent avec effort le seuil élevé. Ils ont tout juste trois ou quatre ans. Ils appellent Lan Lian « père » et Yingchun « mère ». « Hi-han, hi-han ! » Je sais, moi, qu'à l'origine ils étaient mes enfants, que le garçon se nomme Ximen Jinlong et la fille Ximen Baofeng. Ah, mes petits, comme votre père a pensé à vous ! Il espérait que vous deviendriez dragon et phénix pour honorer les ancêtres, mais vous voilà les enfants d'un autre, tandis que moi, votre père, je suis maintenant un âne. J'éprouve une grande tristesse, la tête me tourne, ma vue se brouille, mes quatre pattes frissonnent, je retombe au sol. Je ne veux pas être un âne, je veux retrouver mon corps d'humain, redevenir Ximen Nao et leur régler leur compte. Alors que je m'affale, l'ânesse qui m'a mis bas s'écroule avec fracas, comme fait un mur en mauvais état.

L'ânesse qui m'a mis au monde est morte, ses quatre pattes raidies semblent des morceaux de bois, elle a les yeux grands ouverts, elle ne les a pas fermés, comme si elle avait le cœur plein d'un sentiment d'injustice. Je ne ressens pas la moindre tristesse pour cette mort, je n'ai fait qu'emprunter son corps pour venir à la vie, tout cela est ruse de la part du roi des enfers, à moins qu'il ne s'agisse d'un malheureux concours de circonstances. Je ne devais pas téter la moindre goutte de son lait, la seule vue de ses mamelles gonflées entre les pattes me donne la nausée. Je devais grandir avec du brouet de farine de sorgho préparé de la main de Yingchun, c'est elle qui m'élèvera, m'entourant d'attentions. Elle me nourrira avec une cuiller de bois, et quand j'aurai atteint l'âge adulte, cette cuiller, mordillée par moi en tous sens, ne ressemblera plus à rien.

Quand elle me fait manger le brouet, je peux voir ses seins gonflés, pleins d'un lait bleuté. Je connais la saveur de son lait, j'y ai goûté. Il est de bonne qualité, propice au développement des enfants, les deux miens n'en arrivaient pas à bout. Le lait de certaines femmes est toxique, et même un enfant sain peut en mourir. Tout en me nourrissant, elle dit :

« Pauvre petit ânon qui a perdu sa mère à la naissance ! »

Je vois, alors qu'elle prononce ces paroles, ses yeux humides, tout embués de larmes, son affection est sincère. Ses deux enfants, Jinlong et Baofeng, lui demandent, curieux :

« Maman, pourquoi elle est morte, la maman du petit âne ? »

Elle répond :

« Elle était arrivée au terme de sa vie, le roi des enfers l'a rappelée. »

Les enfants reprennent :

« Maman, toi tu ne vas pas être rappelée par lui au moins, sinon on sera comme le petit âne, on n'aura plus de maman et Jiefang non plus. »

Elle les rassure :

« Maman ne partira jamais, le roi des enfers a des dettes envers notre famille, il n'oserait pas venir jusque chez nous. »

On entend dans la pièce les pleurs de Jiefang.

[« Sais-tu qui est Lan Jiefang ? me demande à brûle-pourpoint Lan Qiansui, dit "Grosse Tête", l'autre narrateur de cette histoire, lequel, malgré son très jeune âge, a le regard cruel et matois, et qui, s'il n'est pas plus haut que trois pommes, a un débit d'élocution qui n'a rien à envier à l'écoulement des eaux d'un fleuve.

– Je le sais, bien évidemment, car je suis Lan Jiefang, Lan Lian est mon père, Yingchun est ma mère. Alors, comme ça, tu étais autrefois notre âne ?

– C'est exact, j'étais autrefois votre âne. Je suis né le matin du premier jour du premier mois de l'année 1950, et toi, Lan Jiefang, tu es né le même jour dans la soirée, nous étions tous les deux les nouveau-nés de la nouvelle époque. »]

Chapitre troisième

Hong Taiyue, furieux, chasse l'âne récalcitrant.
L'âne Ximen provoque un malheur en mordillant
l'écorce.

Malgré mon déplaisir, je n'ai pu échapper à ma condition d'âne. Le profond sentiment d'injustice qui emplit l'âme de Ximen Nao, tel un magma brûlant, se rue dans l'enveloppe corporelle de l'âne ; dans le même temps, le comportement et les penchants propres à sa nature d'âne s'épanouissent avec une telle vigueur qu'ils sont irrépressibles. Je me retrouve ainsi ballotté entre le statut d'âne et celui d'humain, les sensations de l'âne et la mémoire humaine s'entremêlent, souvent elles voudraient se désolidariser l'une de l'autre, mais toute tentative en ce sens aboutit à un amalgame plus resserré. Alors que ma mémoire d'homme vient tout juste de me faire souffrir, ma vie d'âne me remplit de joie. « Hi-han, hi-han ! »

[Toi, Lan Jiefang, fils de Lan Lian, tu comprends ce que je veux dire ? C'est pourtant simple : quand je voyais ton père Lan Lian et ta mère Yingchun se livrer à leurs ébats amoureux sur le kang, moi, Ximen Nao, quand je voyais ainsi ensemble mon valet et ma seconde concubine, j'en ressentais une telle souffrance que je cognais ma tête contre la porte à claire-voie de mon

44

étable et que je mordais les bords du panier plat contenant le fourrage. Mais quand cet aliment, fait de soja noir fraîchement grillé mélangé à de la paille hachée, se trouvait dans ma bouche, c'était plus fort que moi, je mâchais et j'avalais, et au cours de ce processus de mastication et de déglutition je ressentais une joie purement animale.]

Il me semble qu'en un clin d'œil j'atteignis la moitié de la taille adulte d'un âne, ce qui mit fin à l'époque où on me laissait gambader en liberté dans la grande cour de la famille Ximen. On m'a passé une longe autour de la tête pour m'attacher à la mangeoire. Dans le même temps, Jinlong et Baofeng, qui ont changé leur nom patronymique pour celui de Lan, ont pris chacun six ou sept centimètres, quant à toi, Lan Jiefang, né le même jour que moi, tu marches, te dandines dans la cour comme un petit canard. L'autre famille qui habite dans l'aile est, pendant une tempête qui a eu lieu dans ce laps de temps a vu la naissance de jumelles. Cela montre que la fertilité du sol sur lequel est assise la demeure des Ximen ne décline pas, qu'elle reste riche de potentialités. Les deux fillettes se nomment Huzhu pour l'aînée, Hezuo pour la cadette[1]. Leur nom de famille est Huang, ce sont des rejetons de Huang Tong, les fruits conçus par ce dernier et la deuxième concubine de Ximen Nao, Qiuxiang. Mon maître [ton père], après la réforme agraire, a reçu l'aile ouest où a toujours habité Yingchun, la première concubine. Huang Tong a reçu quant à lui l'aile est, la propriétaire, Qiuxiang, a été comme annexée à la transaction et est devenue la femme de

1. Tous ces prénoms étaient en vogue à l'époque de la prise de pouvoir par les communistes (1er octobre 1949). Jiefang signifie « Libération », Huzhu « Entraide mutuelle » et Hezuo « Coopération ».

Huang Tong. Le corps principal de la demeure des Ximen, imposant, composé de cinq pièces, fait depuis office de siège de l'administration locale du village de Ximen, chaque jour des gens y viennent pour travailler ou tenir des réunions.

Je suis dans la cour à mordiller le gros abricotier, le frottement de la rude écorce sur mon mufle tendre me brûle, pourtant je ne vais pas arrêter la partie, je veux savoir ce que recouvre l'écorce. Hong Taiyue, le chef du village, qui est aussi le secrétaire de la cellule du Parti, s'époumone, il me lance une pierre tranchante qui vient heurter une de mes pattes avec un bruit sonore, le choc est violent, c'est donc ça, la douleur ? Une sensation de chaud, le sang qui pisse. « Hi-han, hi-han ! » Comme j'ai mal, pauvre orphelin que je suis. À la vue du sang sur ma patte, je me mets à trembler de tout mon corps. Ma patte est estropiée, je m'éloigne en boitant de l'abricotier situé dans la partie est de la cour et fuis vers la partie ouest. Devant la porte de notre demeure, orientée vers la lumière, adossée au mur sud, il y a une cabane faite de bâtons et de nattes de roseaux. C'est mon nid, je peux m'y abriter du soleil et de la pluie, c'est là où je me réfugie quand quelque chose m'a effrayé. Mais cette fois je ne peux y entrer, mon maître est à l'intérieur à nettoyer le crottin de la nuit. Il me voit avancer en boitant, il voit le sang qui coule sur ma patte. Je suppose qu'il a aperçu toute la scène. La pierre a volé dans les airs, le côté tranchant a fendu l'air incolore avec le bruit d'une belle soie qu'on déchire, ce bruit m'a donné des palpitations. Je vois mon maître debout à l'entrée de la cabane, son corps gigantesque semble une tour en fer, la lumière comme une cascade coule sur son corps, la moitié de son visage est bleue, l'autre est rouge, la ligne de partage étant le nez, cela fait penser à celle entre les zones d'occupation et les zones libérées.

[De nos jours une telle comparaison est déjà complètement dépassée, mais à l'époque elle passait pour très nouvelle.]

Mon maître crie avec douleur :
« Mon âne ! »
Mon maître rugit de colère : « Hong, mon vieux, en quel honneur tu as blessé mon âne ! »
Mon maître me dépasse, avec des gestes agiles de félin il barre le chemin à Hong Taiyue.
Ce dernier est le plus haut dirigeant du village, grâce à son passé glorieux, alors que la plupart des cadres ont remis leurs armes aux autorités supérieures, lui continue de porter un revolver. L'étui en cuir d'un rouge brun pend avec ostentation sur ses fesses, réfléchissant la lumière. Il en émane une odeur de révolution, comme une mise en garde pour les mauvais éléments : attention de ne pas agir à la légère, vous avez intérêt à renoncer à vos noirs desseins, inutile d'essayer de résister ! Il porte une casquette militaire grise à longue visière, une chemise blanche en coton, près du corps, boutonnée devant, flanquée sur les hanches d'un large ceinturon en cuir, et une veste en coton gris non doublée jetée sur les épaules, le tout surmontant un ample pantalon gris et des chaussures en toile de gabardine foncée à semelles renforcées, mais il n'a pas mis de bandes molletières. Il a un peu l'allure de ces travailleurs armés en temps de guerre[1].
Or, pendant les années de guerre, les années où je n'étais pas un âne mais Ximen Nao, l'homme le plus riche du village Ximen, un notable éclairé, possédant une épouse, deux concubines et une quinzaine d'hectares

1. Ils travaillaient en équipe, opérant sous la direction du Parti pendant la guerre de résistance contre le Japon.

de bonnes terres, ainsi que des chevaux et des mulets en quantité, toi, Hong Taiyue, oui, toi, Hong Taiyue, qu'est-ce que tu étais ? Un minable, la lie de la société, un gueux qui mendiait sa pitance en frappant sur un os de bœuf. Il s'agissait d'un os coxal de taureau, un peu jaune, tout lustré par l'usage, au bord étaient enfilées neuf sapèques, et quand on secouait l'instrument, cela faisait un bruit de grelots. Tous les jours multiples de cinq du mois lunaire, jours de foire au village, tenant l'os par le manche, le visage maquillé, une poche en toile autour du cou, ton ventre grassouillet en avant, pieds nus, dos nu, tête nue, écarquillant tes yeux noirs étincelant de mille feux, tu étais debout sur l'espace pavé de pierres blanches devant le restaurant Au bon accueil, à chanter et à faire des tours d'adresse. Tu étais le seul au monde à pouvoir faire résonner ton os de bœuf de mille façons, et tchacatchac, tchacatchac, tchacacatchac, catchac, tchac, tchactchac, chacatcha-catchac… L'os virevoltait dans tes mains, éclairs de lumière blanche qui devenaient le point de mire de tout le marché. Il attirait les regards, les badauds s'attroupaient, très vite un cercle se formait, le mendiant Hong Taiyue, tout en frappant sur son os, s'éclaircissait la voix qu'il avait un peu nasillarde, mais il mettait toutes les inflexions et les pauses requises, avec un sens du rythme et de la mesure, aussi son chant ne manquait-il pas de charme :

> Le soleil, au levant, le mur ouest éclaire,
> l'est du mur en face reste dans le couvert,
> le foyer chauffe, la chaleur gagne le *kang*,
> je dors sur le dos, elle me brûle l'échine,
> à chaque gorgée je souffle sur mon brouet,
> faire le bien, c'est mieux que le contraire,
> et si tu ne me crois pas,
> rentre chez toi interroger ta mère…

Voilà l'oiseau, mais quand son identité fut rendue publique, il s'avéra qu'il était l'un des plus anciens membres du Parti communiste clandestin du canton de Dongbei, il avait été informateur pour le compte de la huitième armée de route, c'est lui qui avait fait mourir de sa main ce traître invétéré qu'était Wu Sangui[1]. C'est lui encore qui, après que j'eus remis l'argent et les objets de valeur que je possédais, changeant d'expression, avait proclamé d'une voix solennelle, le regard perçant comme une flèche, le visage soudain impassible :

« Dis donc, Ximen Nao, pendant la première réforme agraire, avec tes misérables aumônes et tes tartufferies tu as bien eu ton monde, tu as pu t'en tirer en bluffant. Cette fois, tu es dans les choux, t'es fait comme un rat ; t'as extorqué l'argent du peuple, t'es un as de l'exploitation, tu t'es comporté comme un tyran, opprimant tout le monde à la ronde, tes forfaits sont abominables, seule ta mort pourra apaiser la colère du peuple. Si l'on ne dégage pas la pierre noire que tu es et qui obstrue le chemin, si l'on ne t'abat pas, toi, ce grand arbre, la réforme agraire ne pourra se poursuivre au canton de Dongbei et les pauvres du village Ximen ne pourront s'émanciper complètement. Le gouvernement de la région a donné l'autorisation, et de plus l'a notifiée par écrit à l'administration du district, lui demandant d'amener au plus vite sous escorte le propriétaire despote Ximen Nao jusqu'au petit pont en pierre à l'extérieur du village pour l'exécuter ! »

Dans un énorme grondement, un éclair avait brillé, la cervelle de Ximen Nao s'en était allée barbouiller les galets, pareils à des calebasses, éparpillés sous le pont,

1. Il s'agit d'un traître à la patrie du début de la dynastie Qing. Les fanfaronnades de Hong Taiyue sont complètement anachroniques.

il s'en était dégagé une odeur forte qui avait pollué une grande partie de l'air ambiant.

Arrivé à ce point de mes souvenirs, j'ai le cœur chaviré, à l'époque, quand bien même j'aurais eu cent bouches au lieu d'une, j'aurais été incapable de dire quoi que ce fût car, de toute façon, on ne m'avait pas permis de me défendre, dénoncer les propriétaires terriens, « briser les têtes de chiens », « faucher les herbes haut poussées », « arracher les gros poils[1] », et puis, comme dit le proverbe : « Qui veut noyer son chien l'accuse de la rage. » Comment aurais-je pu échapper à tous ces malheurs ? « Nous ferons en sorte que tu meures pleinement convaincu », avait dit Hong Taiyue, mais ils ne m'avaient pas donné l'occasion de me justifier. Hong Taiyue, tes paroles ne sont pas dignes de foi, tu as manqué à tes promesses.

Il est debout au portail, les poings sur les hanches, face à Lan Lian, tout son corps en impose. Bien que, à l'instant, je me sois remémoré la scène où il me faisait des courbettes en frappant sur son os de bœuf, l'être humain suit son destin, tout comme le cheval attend de pouvoir engraisser ou le lièvre malchanceux rencontre l'aigle, en tant qu'âne blessé je le crains. Mon maître et Hong Taiyue se mesurent du regard, ils sont environ à deux ou trois mètres l'un de l'autre, mon maître vient d'une famille pauvre, il est politiquement correct, mais il a eu avec moi, Ximen Nao, des liens de fils adoptif, somme toute assez proches. Certes, par la suite il a pris conscience de son erreur et, au cours de ma dénonciation, a été une force de choc. Cela lui a valu d'être

1. Expression employée par les bûcherons pour désigner les beaux arbres de haute futaie, qui renvoie ici aux familles riches inquiétées par les communistes pendant la campagne pour la réforme agraire.

classé dans la catégorie favorable des « valets de ferme pauvres », on lui a attribué une maison, de la terre et une femme. Toutefois, les relations particulières qu'il a entretenues avec la famille Ximen ne devaient pas laisser de plonger ceux qui étaient au pouvoir dans la méfiance à son égard.

Les deux hommes se mesurent du regard un long moment, le premier à prendre la parole est mon maître :

« Au nom de quoi tu as blessé mon âne ?

– Si tu oses encore le laisser mordiller l'écorce de l'arbre, je le fusille ! dit Hong Taiyue sur un ton péremptoire en tapotant l'étui en cuir de son revolver sur ses fesses.

– C'est un animal, inutile d'employer de tels procédés !

– Et moi, je dis que ceux qui boivent l'eau en oubliant la source et qui renient leur origine de classe ne valent même pas un animal ! dit Hong Taiyue sans lâcher Lan Lian du regard.

– Qu'est-ce que tu entends par là ?

– Lan Lian, tu vas me faire le plaisir d'écouter attentivement ce que je vais te dire. » Hong Taiyue fait un pas en avant, allonge un doigt et, comme si c'eût été le canon d'un fusil, il vise la poitrine de mon maître. « Après la victoire de la réforme agraire, je t'avais conseillé de ne pas épouser Yingchun. Certes, elle est, elle aussi, d'extraction misérable, et c'est sous la contrainte qu'elle s'est donnée à Ximen Nao ; certes, le gouvernement populaire soutient le remariage des veuves. Toutefois, comme tu appartiens à une classe sociale extrêmement pauvre, tu aurais dû épouser une femme comme la veuve Su, celle qui habite tout au bout, à l'ouest du village. Elle n'a ni toit ni lopin de terre depuis la disparition de son mari, mort de maladie, elle survit en mendiant ; bien qu'elle ait le visage grêlé, c'est une prolétaire, elle est des nôtres, elle t'aurait permis de garder ton intégrité, d'aller jusqu'au bout de ta ferveur révolutionnaire, mais tu n'as pas entendu mes conseils, tu voulais épouser Yingchun, au nom de la liberté de mariage je ne pouvais aller contre les lois édictées par le gouvernement, aussi t'ai-je laissé faire. Et, effectivement, il n'a pas fallu trois ans pour que ton ardeur révolutionnaire en soit complètement émoussée, tu es égoïste, tu as un esprit rétrograde, tu ne songes qu'à faire prospérer ta famille, à t'enrichir, à mener la vie dépravée de ton maître Ximen Nao. Tu es l'exemple typique de la dégénérescence morale, et si tu ne te ressaisis pas, tu tomberas plus bas encore et deviendras un ennemi du peuple ! »

Mon maître, hébété, regarde Hong Taiyue, il reste un bon moment sans bouger, comme pétrifié dans la mort, puis il finit par retrouver un souffle et demande d'une voix éteinte :

« Mon vieux Hong, si la veuve Su a tant de mérites, pourquoi ne l'épouses-tu pas ? »

Hong Taiyue reste interdit en entendant cette phrase prononcée sur un ton mourant, il ne trouve rien à répondre pendant un certain temps, il a l'air décontenancé, puis la parole lui revient, manifestement il est à côté du sujet, mais les mots qu'il emploie sont sévères et justes :

« Ne joue pas au plus malin avec moi, Lan Lian, je représente le Parti, le gouvernement et aussi les pauvres du village. Je te donne une dernière occasion, je te sauve une dernière fois, dans l'espoir que tu t'arrêteras au bord du gouffre, que tu sauras revenir de ton égarement, que tu rejoindras notre camp. Alors nous excuserons tes faiblesses, nous te pardonnerons pour cette période peu glorieuse de ta vie pendant laquelle tu as préféré être l'esclave de Ximen Nao, nous ne te tiendrons pas rigueur de ton mariage avec Yingchun et nous te laisserons ton appartenance à la classe des ouvriers agricoles, comme une plaque incrustée d'or, et cette plaque, ne la laisse pas rouiller, ni prendre la poussière. Je te dis tout cela officiellement, dans l'espoir que tu adhéreras tout de suite à la coopérative, tirant derrière toi ton ânon espiègle, apportant la brouette et le semoir reçus lors de la mise en place de la réforme agraire, portant sur l'épaule pelle, pioche, clochettes en bronze pour harnais, crochets et faucille, tirant par la main femme et enfants, y compris ces rejetons de propriétaires terriens que sont Ximen Jinlong et Ximen Baofeng. Rejoins la coopérative, ne travaille plus pour ton propre compte, ne revendique plus ton indépendance. Le proverbe ne dit-il pas "Pour traverser la rivière, le crabe suit le courant principal" ou "Celui qui comprend son temps est un homme éminent" ? Ne t'enferre pas dans ton obstination, ne sois pas la pierre qui obstrue le chemin, arrête de jouer les durs, ils sont des mille et des cents plus capables que toi et qui se sont rangés bien gentiment après une bonne punition. Or moi, Hong Taiyue, si je suis apte à laisser un chat dormir dans mon pantalon, je ne tolérerai pas que tu travailles pour ton compte comme ça sous mes yeux ! Est-ce bien clair ? »

Cette belle voix, il l'avait exercée lorsqu'il vendait des emplâtres en frappant sur son os de bœuf ; avec un tel organe et une telle éloquence, il eût été étrange qu'il ne fût pas devenu fonctionnaire. Je l'écoute quelque peu fasciné, je regarde la position dominante qu'il a adoptée pour admonester Lan Lian, bien qu'il ait une demi-tête de moins que ce dernier, il semble beaucoup plus grand. Quand je l'entends nommer Ximen Jinlong et Ximen Baofeng, une épouvante sans nom s'empare de moi, le Ximen Nao caché dans le corps de l'âne se fait du souci pour ses enfants, la chair de sa chair, qu'il a laissés dans ce monde bouleversé, quel destin les attend ? Lan Lian peut être un parapluie qui les protégera comme il peut devenir pour eux leur mauvaise étoile, leur apportant une vie de malheur.

À ce moment-là, ma maîtresse, Yingchun (il vaut mieux que je m'efforce d'oublier qu'elle a partagé ma couche et m'a donné deux enfants), surgit du bâtiment latéral est. Avant de sortir, elle s'est certainement refait une beauté devant le miroir délabré enchâssé dans le mur. Elle porte une veste d'un bleu synthétique, boutonnée devant, et un pantalon noir à la mode resserré aux chevilles, elle a noué à sa taille un tablier bleu à fleurs blanches, sa tête est protégée par un mouchoir du même tissu, l'ensemble est du plus bel effet. Le soleil éclaire son visage très pâle, ce front, ces yeux, cette bouche, ce nez évoquent pour moi des souvenirs à la file, c'est une femme, une vraie, de celles que l'on voudrait garder comme un petit trésor bien au chaud dans sa bouche, Lan Lian, mon salaud, t'as vraiment le coup d'œil, si tu avais épousé la veuve Su, celle qui a le visage grêlé et qui habite à l'ouest du village, quand bien même tu aurais été dans la peau de l'empereur de Jade, quel intérêt aurais-tu trouvé à ce mariage ? Elle s'avance, s'incline profondément devant Hong Taiyue et dit :

« Frère aîné Hong, un personnage important comme vous ne devrait pas le prendre mal, ne vous abaissez pas à discuter avec ce vulgaire porteur de palanche. »

Je vois les rides qui ont envahi le visage de Hong Taiyue s'estomper soudain, il profite de l'occasion pour dire :

« Yingchun, tu connais parfaitement l'histoire et la situation de votre famille, vous deux, vous pourriez rester dans cette situation sans issue, mais vos enfants ont encore un long chemin à parcourir, vous devez penser à eux. Lan Lian, si tu regardes les huit à dix ans qui viennent de s'écouler, tu comprendras que ce que je t'ai dit, moi, Hong, aujourd'hui, c'est pour ton bien, pour celui de ta femme et de tes enfants, ce sont des conseils précieux !

– Frère aîné Hong, je connais vos bonnes intentions. » Elle tire Lan Lian par le coude et dit : « Dépêche-toi de t'excuser auprès du frère aîné Hong, et nous allons discuter à la maison de notre adhésion à la coopérative.

– Y a pas à discuter, dit Lan Lian, même les frères doivent partager les biens, tous ces gens de noms différents qui vivent ensemble, qui mangent dans la même marmite, où est l'intérêt ?

– T'es vraiment une tête de lard, autant vouloir faire mariner un œuf en pierre avec des légumes salés, rien ne peut entrer dans ton crâne, dit Hong Taiyue, furieux. Fort bien, Lan Lian, si tu en es capable, alors reste seul à l'écart, on verra bien qui sera le plus fort : la collectivité ou toi. Aujourd'hui c'est moi qui essaie de te mobiliser, je suis venu te solliciter avec toutes les bonnes intentions du monde, le jour viendra où toi, Lan Lian, tu me supplieras à genoux, et ce jour n'est pas si loin !

– Je n'adhérerai pas ! Je ne me mettrai jamais à genoux devant toi pour te supplier de faire quoi que ce soit ! » Lan Lian baisse les paupières et ajoute : « Les statuts mis en place par l'administration parlent de "liberté d'adhésion", de "liberté de retrait", tu ne peux pas me contraindre !

– Tu es de la merde ! rugit Hong Taiyue.

– Frère aîné Hong, n'allez pas…

– Ça suffit avec tes "frère aîné" par-ci, "frère aîné" par-là, dit Hong Taiyue à Yingchun avec mépris et même un peu de dégoût, je suis secrétaire du Parti, chef du village et agent de la sécurité du canton !

– Secrétaire, chef, agent de la sécurité, reprend Yingchun sur un ton craintif, nous allons rentrer en discuter… » Elle pousse alors Lan Lian et dit en pleurnichant : « Espèce d'âne bâté, espèce de tête de lard, tu vas me faire le plaisir de rentrer…

– Non, je n'ai pas fini de dire ce que j'ai à dire ! » Lan Lian s'entête : « Chef du village, tu as blessé mon ânon, tu dois me dédommager pour les frais de médicaments.

– Je te paierai le dédommagement de la balle qui te tuera ! » Hong Taiyue donne un coup sur l'étui de son revolver et part d'un éclat de rire inextinguible. « Lan Lian, ah, Lan Lian, t'es vraiment fort ! » Puis il élève soudain le ton : « Cet abricotier a été donné à qui ?

– À moi ! » répond Huang Tong, le chef de la milice populaire, qui est resté debout sur le seuil de la porte de l'aile est à regarder la scène. Il accourt jusque devant Hong Taiyue et dit : « Secrétaire, chef du village, agent de la sécurité, lors de la réforme agraire l'arbre m'a été attribué, après cela il n'a pas donné le moindre fruit, je m'apprêtais à le détruire. Cet arbre est comme Ximen Nao, il a une dent contre nous autres, pauvres valets de ferme.

– Foutaises ! dit Hong Taiyue sur un ton sec, Tu dis n'importe quoi ! Si tu veux te faire bien voir, faut que tu parles en accord avec les faits, si l'abricotier ne donne plus, c'est que tu le soignes mal, ça n'a rien à voir avec Ximen Nao. Même si l'arbre t'a été attribué, tôt ou tard il est appelé à devenir un bien collectif, et sur le chemin de la collectivisation il convient de détruire le système de la propriété individuelle, d'extirper jusqu'à la racine les phénomènes d'exploitation, il s'agit de la tendance générale des événements, aussi tu dois soigner cet arbre, et si tu laisses l'âne mordiller son écorce, c'est ton écorce à toi que j'écorcherai ! »

Huang Tong en présence de Hong Taiyue hoche plusieurs fois la tête, il arbore un sourire feint, ses yeux plissés en une fente dardent des lueurs d'or, il grimace, montrant ses dents jaunes, ses gencives violettes.

56

C'est alors que sa femme, Qiuxiang, la seconde concubine de Ximen Nao, arrive, portant une palanche à deux paniers, avec, dans chacun d'eux, une enfant, Huang Huzhu et Huang Hezuo. Elle s'est fait une coiffure en forme de cockpit, elle a oint ses cheveux d'huile d'osmanthe au parfum prégnant. Son visage est poudré, elle porte un vêtement bordé de guipure, sur ses chaussures en satin vert sont brodées des fleurs cramoisies. Elle a un culot monstre, elle va vêtue de la même façon que lorsqu'elle était ma concubine, fardée et poudrée, ses yeux sont brillants et expressifs, elle est charmante et libertine, ne ressemblant en rien à une travailleuse. Je suis très lucide à son égard, ce n'est pas quelqu'un de bon, elle a un cœur méchant, c'est une langue de vipère, on ne peut voir en elle autre chose qu'un objet de plaisir, on ne peut entretenir avec elle de relations profondes. Je sais qu'elle a du caractère, et si je ne l'avais pas dominée, dame Bai et Yingchun auraient péri de sa main.

Avant que l'on ne m'ait fait exploser ma gueule de chien, cette femme a deviné ce qui allait se passer, elle a tourné ses armes contre moi, m'accusant de l'avoir violée et de m'être emparé d'elle, accusant dame Bai de la maltraiter à longueur de journée, elle est même allée devant un parterre d'hommes, lors d'une réunion de liquidation, jusqu'à ouvrir sa veste pour montrer des cicatrices sur sa poitrine. Elles auraient été faites par dame Bai, la femme du propriétaire, avec le fourneau d'une pipe chauffée à rouge et par le tyran Ximen Nao avec une alène, ses pleurs et ses cris étaient mélodieux, chargés d'émotion, il est clair qu'une femme qui a étudié le théâtre connaît les ficelles du métier, celles qui permettent de gagner les cœurs.

Moi, Ximen Nao, je l'avais recueillie, animé de bonnes intentions, à une époque où elle n'était qu'une fillette âgée d'une dizaine d'années, avec deux petites nattes dans le dos. Elle accompagnait son père aveugle qui gagnait sa vie en chantant par les chemins : par malheur il était mort dans la rue, alors elle s'était vendue pour avoir de quoi l'enterrer, devenant une servante dans ma demeure. Ingrate, si je ne t'avais tendu la main pour te secourir, tu serais morte de froid dehors ou tu aurais fini au bordel.

Cette pute était là à pleurer, à se plaindre, rendant plus vraies qu'elles ne l'auraient jamais été dans la réalité toutes ces choses fausses. Parmi les femmes au pied de l'estrade, c'était un concert de sanglots, et que j'élève mes manches pour essuyer mes larmes, les manches étincelaient. Des slogans étaient montés, le feu de la colère s'attisait, ma mort approchait. Je savais que j'allais périr de la main de cette pute. Elle était là à pleurer, à crier, de temps à autre un regard en coin partait de ses yeux effilés. Sans les deux solides miliciens qui maintenaient mes bras derrière le dos, je n'aurais pas réfléchi un seul instant, je me serais élancé pour lui donner une, deux, trois gifles.

C'était la vérité, je l'avais effectivement giflée par trois fois parce qu'elle semait la discorde dans la maison, elle s'était mise à genoux à mes pieds, enserrant mes jambes de ses bras, et m'avait regardé en pleurant à chaudes larmes ; devant ce regard charmeur, pitoyable, émouvant, mon cœur s'était attendri sur-le-champ tandis que mon sexe, lui, était devenu dur comme fer, et bien que cette femme fût faiseuse d'histoires, qu'elle fût gourmande et paresseuse, j'avais passé outre. Après ces trois gifles, nous avions été complètement enivrés dans notre passion, ah, cette femme avec ses mille coquetteries avait été mon remède miracle. « Mon seigneur, mon seigneur, mon chéri, tu auras beau me frapper, me tuer, me couper en huit morceaux, mon âme, elle, restera attachée à toi… »

Elle a soudain saisi une paire de ciseaux sur son sein et approché les pointes de ma tête, quelques miliciens l'ont retenue et l'ont entraînée au pied de l'estrade. Jusqu'à ce moment-là, je pensais encore qu'elle jouait la comédie dans le but de se préserver, je n'arrivais pas à croire qu'une femme qui avait partagé ma couche, attachée à moi au point de ne pouvoir me quitter, était capable de me haïr aussi profondément…

Elle porte ses filles dans les paniers de la palanche, sans doute compte-t-elle se rendre à la foire. Elle fait la coquette devant Hong Taiyue, son petit visage est foncé, une pivoine noire. Hong Taiyue dit :

« Huang Tong, tu dois être autoritaire avec elle, la rééduquer, afin qu'elle perde son comportement de jeune dame du temps où elle était mariée à un propriétaire foncier, tu dois l'envoyer travailler aux champs et non la laisser courir ainsi les foires !

– Tu as entendu ? » Huang Tong se met en travers du chemin de Qiuxiang. « Le secrétaire te gronde.

– Ah oui, et pourquoi ? Si on ne peut même pas aller aux foires, alors supprimez-les. Si tu as peur que je fasse du charme aux hommes, va chercher une bouteille d'acide et verse-m'en sur le visage pour qu'il soit couvert de marques ! » La bouche mignonne de Qiuxiang parle, parle, tant et si bien que Hong Taiyue en reste tout embarrassé.

« Garce, je vois que ça te démange, tu es en manque de raclée ? vocifère Huang Tong, furieux.

– Ose me frapper ! Si tu touches à un seul cheveu de ma tête, je te mets le poitrail en sang ! »

D'un geste extrêmement vif, Huang Tong donne une gifle à sa femme. Pendant un bref instant, tout le monde en reste frappé de stupeur. Je m'attends à ce que Qiuxiang fasse une scène, se roule par terre, y aille du chantage au suicide, cela faisait partie de ses ruses. Mais mon attente est déçue, elle ne riposte pas, elle se contente de jeter sa palanche et se met à pleurer, le visage dans les mains. Les deux fillettes, effrayées, pleurent aussi, chacune dans son panier. Ces deux petits crânes sont tout dorés, duveteux, de loin on dirait vraiment deux têtes de singes.

Hong Taiyue, qui a lancé l'attaque, se positionne déjà dans le rôle de médiateur, il exhorte les deux époux à faire la paix, le regard droit devant lui il entre dans ce qui était autrefois le corps de logis principal de la famille Ximen, sur les murs en brique près de la porte est suspendu un panneau en bois où sont tracés, d'une écriture peu lisible, les mots « Comité du village de Ximen ».

Mon maître, enserrant ma tête de ses bras, me caresse l'oreille de sa main rude. Sa femme Yingchun lave la blessure de ma patte de devant avec de l'eau salée, puis elle l'entoure d'une étoffe blanche. En ces instants mélancoliques et doux, je ne suis pas ce Ximen Nao, je ne suis plus qu'un simple ânon qui va vite grandir et partager les bons et les mauvais jours de son maître. Ou, comme le dit cette canaille de Mo Yan dans une ballade de sa nouvelle pièce d'opéra du Shandong, *Le Dit de l'âne noir* :

Âme humaine dans corps d'âne noir,
le passé s'éloigne tel un nuage en errance,
des six voies[1] renaître en animal est intense souffrance
car les désirs empêchent de renoncer aux vains espoirs.
Pourquoi ne pas oublier cette vie antérieure
et vivre en âne heureux de l'aube jusqu'au soir ?

1. Les six voies par lesquelles peuvent passer les êtres dans le cycle des existences : *deva*, homme, esprit malfaisant, animal, esprit affamé, damné dans les enfers.

Chapitre quatrième

Au son des gongs assourdissants on entre à la coopé-
rative.
Avec ses sabots comme foulant la neige l'âne est ferré.

Nous sommes le 1er octobre 1954, fête nationale et premier jour de la création de la coopérative agricole du canton de Dongbei. C'est également le jour de la naissance de ce petit drôle de Mo Yan.

Tôt le matin son père accourt jusque chez nous ; à la vue du maître de maison, il ne dit rien, essuie ses larmes dans la manche de sa veste doublée. Mes maîtres sont en train de prendre leur repas, devant une telle scène ils repoussent leurs bols à la hâte et demandent :

« Oncle, que se passe-t-il ? »

Le père de Mo Yan dit au milieu de ses sanglots :

« Il est né, c'est un fils.

– La tante a mis au monde un garçon ? demande ma maîtresse.

– Oui, dit le père de Mo Yan.

– Alors pourquoi pleures-tu ? demande mon maître. Tu devrais être content. »

Le père de Mo Yan arrondit les yeux et dit :

« Mais qui prétend le contraire ? Si je ne l'étais pas, aurais-je besoin de pleurer ? »

Mon maître rit.

« Mais oui, bien sûr, on ne pleure que parce qu'on est content, dans le cas contraire pleurer rimerait à quoi ? Sors l'alcool, dit mon maître à ma maîtresse, que les deux vieux frères que nous sommes puissent boire deux coupes.

– Grande belle-sœur Yingchun, dit le père de Mo Yan en s'inclinant profondément devant ma maîtresse, si j'ai pu avoir un fils, c'est grâce à votre onguent de fœtus de cerf. La mère de mon fils a dit que, passé le mois, elle viendrait vous saluer avec l'enfant. Elle a dit encore que le destin vous avait favorisée et qu'elle vous offrait l'enfant comme fils adoptif. Elle a dit que si vous refusiez, je devrais me mettre à genoux devant vous. »

Ma maîtresse sourit à son tour.

« Vous deux, vous valez votre pesant d'or. C'est bon, j'accepte pour t'éviter ce geste. »

[C'est pourquoi Mo Yan n'est pas seulement ton ami, c'est aussi ton frère par adoption. Le père de ton frère par adoption vient à peine de partir que, dans la cour de la famille Ximen – on devrait dire dans la cour du siège de l'administration du village – on s'affaire.] Ce sont d'abord Hong Taiyue et Huang Tong, opérant de concert, occupés à apposer des sentences parallèles sur le portail, puis arrive un groupe de musiciens, lesquels restent à croupetons à attendre dans la cour. Leur allure me dit quelque chose. Les souvenirs de Ximen Nao reviennent à flot continu, mais, fort heureusement, le fourrage que m'apporte mon maître interrompt ce processus. Par la porte entrebâillée de l'étable, je peux, tout en mangeant, voir ce qui se passe. Au milieu de la matinée, un adolescent, brandissant un petit drapeau confectionné dans du papier rouge, entre en coup de vent, criant :

« Les voilà, ils arrivent, le chef du village a dit de faire jouer la musique ! »

Les musiciens affolés bondissent sur leurs pieds et font entendre par trois fois les sons retentissants de leurs gongs et de leurs tambours, puis, tant bien que mal, jouent une musique de bienvenue. Je vois Huang Tong, il est de profil, il se retourne tout en courant et hurle :

« Écartez-vous, laissez le passage, le chef de région est arrivé ! »

Conduit par Hong Taiyue, le chef de la coopérative, le chef de région Chen franchit le portail, flanqué de quelques gardes armés. Il a les orbites profondément creusées, il est maigre, sa vieille tenue militaire flotte ; après son entrée, les paysans qui ont adhéré à la coopérative, tirant leur bétail paré de rouge, les outils sur l'épaule, affluent dans la cour. En un instant, elle est envahie par les animaux domestiques et par une multitude de têtes formant une foule compacte et mouvante, le spectacle est animé. Le chef de région est assis sur un tabouret, il ne cesse de saluer la foule de la main, chacun de ces saluts est ponctué d'un tonnerre d'acclamations, la contagion gagne les bêtes, et de hennir, de braire, de meugler, leurs cris sont comme la cerise sur le gâteau. En cet instant grandiose, avant que le chef de région ne prenne la parole, mon maître, me traînant derrière lui, ou plutôt Lan Lian tirant son âne, se fraie un passage parmi les gens et les bêtes, et, au vu et au su de tous, sort par le portail.

Une fois dehors, nous prenons la direction du sud ; au moment de passer le stade de l'école primaire près de l'étang aux lotus, nous apercevons les mauvais éléments du village au complet[1]. Sous la surveillance de deux miliciens tenant des lances ornées de glands rouges,

1. L'une des cinq catégories sociales condamnables, les autres étant les propriétaires fonciers, les paysans riches, les droitiers et les contre-révolutionnaires.

ils accomplissent des travaux de terrassement destinés à agrandir et à surélever la plate-forme en terre au nord du terrain de sport, qui a servi pour la représentation de grandes pièces de théâtre et pour des réunions, et sur laquelle moi, Ximen Nao, je me suis tenu debout lors de la séance de critiques dont j'ai fait l'objet. Il me suffit de me replonger dans les souvenirs de Ximen Nao pour tous les reconnaître. Par exemple, le petit vieux tout maigre qui porte dans ses bras une grosse pierre et qui se déplace avec efforts sur ses jambes arquées est Yu les Cinq Bonheurs, il a été pendant trois mois chef fantoche d'un groupement de familles[1]. Et encore, le gaillard qui porte à la palanche deux larges corbeilles pleines de lœss, c'est Zhang Dazhuang, lequel, lors de la contre-attaque lancée par le corps des retournés au pays[2], avait dérobé un fusil et était passé à l'ennemi. Il a été charretier chez moi pendant cinq ans, sa femme Bai Susu est la nièce de mon épouse Baishi, laquelle a servi d'entremetteuse pour garantir ce mariage. Lors de la séance de critiques où j'étais sur la sellette, ils ont soutenu mordicus que Bai Susu avait été déflorée par moi avant d'être mariée à Zhang Dazhuang. Il s'agissait d'une rumeur sans fondement, quand on a demandé à Bai Susu d'apporter des preuves, elle a caché son visage avec un pan de son vêtement, elle pleurait à chaudes larmes sans prononcer un mot, elle est parvenue ainsi par ses pleurs à faire passer pour vrais des faits imaginaires et à envoyer Ximen Nao sur la route des sources jaunes, dans l'autre monde. Il y a aussi ce

1. Fonctionnaire chargé d'encadrer dix familles, mis en place par l'occupant japonais.
2. Pendant la guerre de libération, ces troupes locales armées, à la solde du Guomindang, donnaient l'assaut contre les zones libérées. Elles ont été anéanties par l'armée de libération des paysans de ces mêmes zones.

jeune homme dont le visage a la forme d'une courge allongée et dont les sourcils font penser à des balais, et qui porte sur l'épaule un bois de sophora tout frais, il s'agit de Wu Yuan, un paysan riche du village et un ami intime. Il joue fort bien du violon à deux cordes et sait souffler dans un suona, pendant la morte saison il aimait suivre la troupe d'instruments à percussion le long des rues et des ruelles, non dans l'espoir de gagner quelque argent, mais par plaisir. Tiens, le type avec quelques poils de moustache de rat au menton, debout sur la plate-forme et qui porte à deux mains une bêche tout usée, qui lambine, joue au plus malin en essayant d'économiser ses forces, c'est Tian Gui, le patron du prospère Alambic, cet avare qui, avec une tonne de blé engrangée chez lui, laissait femme et enfants se nourrir de son et de légumes. Mais voyez, voyez, oh, voyez… celle qui avance difficilement de guingois sur ses petits pieds, portant au bras un demi-panier de terre, et qui se repose tous les trois pas, c'est ma femme légitime, dame Bai, et, debout devant elle, le responsable des gardes de la sécurité publique, Yang le Septième, une cigarette au bec, une badine en rotin à la main, il lui dit sur un ton rude : « Ximen née Bai, ici le travail, c'est pas du tricot ! » Mon épouse en est tellement effrayée qu'elle manque chuter, le lourd panier plein de terre tombe au sol, juste sur son petit pied. Elle pousse un cri aigu, puis ce sont des pleurs assourdis, des sanglots étouffés, on dirait ceux d'une petite fille. Yang le Septième élève sa badine, l'abat pour frapper un coup violent, alors je dégage brusquement la longe de la main de Lan Lian et me rue sur Yang le Septième. Comme la badine s'abat à quelques centimètres du nez, on entend un sifflement, Baishi n'est pas blessée, le coup porté par Yang le Septième est magistralement contrôlé. Ce bâtard, toujours à rechercher les femmes, à ripailler, boire, courir la gueuse, jouer et fumer, a tous les vices de la terre, il a dilapidé le patrimoine qu'avait constitué son père, sa mère en a été si en colère qu'elle a mis fin à ses jours en se pendant à une poutre. Il a pourtant obtenu le statut de « paysan vivant dans l'indigence », celui de pionnier de la révolution. Je pensais au départ donner un coup de poing à Yang le Septième, mais en fait c'est un geste impossible à réaliser pour moi, je ne peux que lui donner un coup de sabot, je ne peux que le mordre grâce à mes grandes dents dans ma bouche d'âne. Yang le Septième, espèce de bâtard avec ta badine, ta bouche dont la lèvre supérieure est surmontée d'une moustache et de laquelle pend une cigarette, moi, l'âne Ximen, tôt ou tard je te mordrai.

Mon maître rattrape à temps la longe que je lui ai arrachée, permettant ainsi à la tête en forme de bois creux[1] de Yang le Septième d'échapper à une catastrophe. Mû par l'instinct, je rue, je sens que mes sabots donnent dans quelque chose de mou, il s'agit du ventre de Yang le Septième. Depuis ma réincarnation en âne, mon champ de vision est beaucoup plus large que celui de Ximen Nao, je peux apercevoir ce qui se passe derrière moi. Je vois donc ce sale bâtard tomber au sol sur les fesses, il a le teint cireux, il reste un moment avant de pouvoir reprendre son souffle et de crier : « Bonne mère ! » Espèce de bâtard, ta mère s'est pendue de colère à cause de toi et toi, t'es encore là à l'appeler !

Mon maître jette la longe et se hâte de relever Yang le Septième. Ce dernier ramasse la badine, le dos courbé, il l'élève pour m'en frapper la tête. Mon maître arrête son geste en lui saisissant le poignet, si bien que la badine ne peut porter son coup. Yang le Septième, avant de frapper un âne, regarde qui est son maître.

1. Instrument en bois évidé dont se servaient autrefois les veilleurs de nuit.

« Lan Lian, espèce d'enculé, toi, le fils adoptif de Ximen Nao, toi, ce mauvais élément infiltré dans les rangs de ta classe, moi, je vais te corriger dans la foulée. »

Alors qu'il est là à brailler, mon maître lui tient toujours aussi fermement le poignet, en douce il serre plus fort, si bien que Yang le Septième, qui se ruine la santé à longueur d'année à courir après toutes les « peaux de chiens », gémit à n'en plus finir, tandis que la badine tombe à terre. Mon maître donne une bourrade pour repousser Yang le Septième et lui dit :

« T'as de la chance, mon âne n'est pas encore ferré. »

Mon maître franchit la porte sud en me traînant derrière lui, sur le mur de défense les graminées queues-de-chien, toutes jaunies, se balancent dans la brise. Si ce jour est celui de l'établissement de la coopérative, c'est aussi une cérémonie pour moi, l'âne Ximen, car j'ai atteint l'âge adulte. Mon maître me dit :

« Hé, l'âne, aujourd'hui je t'emmène chez le maréchal-ferrant, être ferré, c'est comme porter des chaussures, les pierres ne te feront plus mal, les objets pointus ne se mettront plus dans tes sabots. Une fois ferré, tu seras considéré comme un âne adulte et tu devras me seconder dans mes travaux. »

Travailler pour son maître, tel est sans doute le destin de tout âne. Je redresse fièrement la tête et pousse des hi-han, hi-han. Ce sont mes premiers braiments en tant qu'âne adulte, ma voix est forte et sonore, une expression de surprise joyeuse apparaît sur le visage de mon maître.

Le maréchal-ferrant est aussi forgeron. Il a la face toute noire, le nez rouge, les sourcils rasés, l'arcade sourcilière proéminente, il n'a plus de cils, ses paupières sont rouges et enflées, trois rides profondes barrent son front, dans les plis desquelles s'est incrustée de la poussière de charbon. Quant à son apprenti, au vu des rigoles formées par la sueur sur son visage, je peux deviner que sa peau est blanche. Il est en nage et je m'inquiète qu'à la longue toute l'eau de son corps ne vienne à s'épuiser. Le vieux forgeron est sec, on dirait qu'il a été asséché par le feu pendant bien des années. Le jeune homme attise les flammes avec le soufflet qu'il tient dans la main gauche, de la droite, à l'aide des tenailles, il retourne le travail dans le feu. Si l'objet chauffe trop, il le retire du foyer, tout rayonnant de lumière, alors maître et apprenti y vont de concert, le gros marteau pilonne avec force, le petit marteau frappe plus en douceur, coups sonores ou tintinnabulements s'élèvent, des étincelles jaillissent, les coups ébranlent les murs et moi, l'âne Ximen, je reste là, fasciné par la scène.

Je me dis que ce jeune homme fringant au teint si blanc a plutôt l'étoffe d'un acteur et qu'il serait plus à sa place sur une scène de théâtre à flirter avec les demoiselles, à leur parler d'amour, à leur couler des regards tendres, à leur donner des rendez-vous, et que lui faire battre le fer est une belle erreur. Je n'aurais jamais imaginé que ce beau jeune homme au visage pareil à celui de Pan An, le plus bel homme des temps anciens, puisse receler en lui une telle énergie, car ce marteau au manche flexible et pesant ses huit kilos, même un forgeron chevronné ne peut le manier sans dépenser une force de cheval, or lui le tient avec aisance, on dirait que l'outil est le prolongement de son corps. Sous ces martèlements, le fer sur l'enclume semble un amas de boue, prêt à recevoir la forme que décideront le maître et son apprenti. D'un morceau de fer de la taille d'un oreiller ils font un hache-paille, le plus gros parmi les outils dont se servent les cultivateurs.

Profitant d'une petite pause dans leur travail, mon maître s'avance et prend la parole :

« Maître Jin, je suis désolé de vous déranger, ce serait pour ferrer notre âne. »

Le vieux forgeron fume, la fumée sort par volutes de ses narines et de ses oreilles. L'apprenti, portant à deux mains un bol en porcelaine grossière, boit à grandes lampées. L'eau ainsi bue semble se transformer immédiatement en sueur, je sens un parfum étrange, c'est celui émanant du corps de ce beau jeune homme au cœur pur et qui aime ce travail manuel.

« Quelle belle bête, avec ces sabots blancs on dirait qu'elle est debout dans la neige ! » dit le vieux forgeron avec un soupir admiratif en me jaugeant du regard.

Je suis debout à l'extérieur de l'abri du forgeron, au bord de la large rue qui mène à la ville du district, la tête de profil, je vois pour la première fois mes sabots blancs. Des souvenirs concernant Ximen Nao affluent, ces quatre sabots comme foulant la neige sont vraiment ceux d'un bon coursier, pourtant les paroles du vieux forgeron me font l'effet d'une douche froide : je regrette de n'être qu'un âne, ah, si j'étais un cheval !

« Un cheval n'est guère plus opérationnel à présent, dit le jeune homme en posant son bol. À la ferme d'État sont entrés récemment deux tracteurs de la marque l'Orient rouge, chacun a une puissance de cent chevaux-vapeur, il peut remplacer cent chevaux. Un peuplier avec un tronc si gros qu'il faut deux hommes pour l'enserrer entre leurs bras a été ceinturé avec un câble en acier accroché au tracteur, à peine a-t-on appuyé sur l'accélérateur que voilà le gros arbre déraciné au milieu d'une pétarade, et la longueur des racines faisait bien la moitié de la rue.

– Parce que tu crois être le seul à savoir des choses ! » gronde le vieux forgeron, mais déjà il s'adresse à Lan Lian : « Mon vieux Lan, bien qu'il ne soit qu'un âne, avec sa belle apparence il est remarquable, qui sait si quelque grand général, las de chevaucher un fin coursier, ne voudra pas soudain aller à dos d'âne, et pour toi, Lan Lian, l'âne sera alors ta chance. »

69

Le jeune forgeron ricane, puis part d'un bon rire qui soudain s'arrête net, sur son visage souriant passe subitement, comme l'éclair, une expression qui disparaît tout aussi brusquement, il est dans son monde à lui, il n'a plus rien à voir avec ce qui l'entoure. Le vieux forgeron a manifestement été ébranlé par le rire étrange de son apprenti, son regard devient vague, il semble tourné vers le jeune homme mais en fait ne fixe rien de précis. Il dit :

« Jin Bian, est-ce qu'il y a encore des fers ? »

L'apprenti, sûr de lui, répond :

« Il y en a beaucoup, mais pour des chevaux. Pour les adapter à l'âne, il va falloir les chauffer et les travailler afin de leur donner la forme convenable. »

Le temps de fumer une pipe, ils ont opéré la transformation. Le jeune forgeron place un lourd tabouret derrière moi, son maître soulève une de mes pattes et me rogne les ongles avec une pelle plate. Après avoir fait les quatre sabots, il recule de quelques pas, m'examine un moment et dit, vivement impressionné :

« C'est vraiment un animal remarquable, de ma vie je n'ai jamais vu un si bel âne !

– Malgré tout, il ne fait pas la paire avec la moissonneuse-batteuse Kombaïne rouge importée d'URSS pour la ferme d'État, celle-là, d'un coup, vous fauche dix rangées de blé, elle avale les épis par l'avant, recrache les grains par l'arrière, ces derniers coulent en cascade et vous remplissent un sac de chanvre en cinq minutes ! » dit le jeune Jin Bian, plongé dans ses réflexions.

Le vieux forgeron soupire longuement.

« Jin Bian, je sens bien que je ne pourrai pas te garder ici. Toutefois, quand bien même tu voudrais partir demain, aujourd'hui il te faut ferrer l'âne. »

Jin Bian s'approche de moi, de son bras gauche il enserre une de mes pattes, de la main droite il saisit le marteau, il a cinq clous dans la bouche, de la main

70

gauche il plaque le fer sur mon sabot, sur chaque clou il donne deux coups de marteau, et voilà, c'est propre et bien fait, un fer est déjà mis en place. Cela ne prend qu'une dizaine de minutes pour les quatre pattes. Alors il jette l'outil qu'il tenait dans la main et entre sous l'abri. Le vieux forgeron s'adresse à mon maître : « Lan Lian, mène-le faire un tour, vois s'il ne boite pas. »

Le maître me tire par la longe dans la rue, de la coopérative d'approvisionnement et de vente nous allons jusqu'à l'abattoir, on y tue précisément un cochon noir, la lame entrée blanche ressort rouge, c'est excitant, le boucher porte une veste vert émeraude, ce rouge et ce vert si marqués forment un contraste frappant. De l'abattoir nous nous rendons jusqu'à l'administration de la région, où nous tombons sur le chef de région Chen et ses gardes, je comprends que la cérémonie officielle pour la coopérative agricole du village de Ximen est terminée. La bicyclette du chef de région est cassée, un garde la porte sur l'épaule. Le chef me remarque au premier coup d'œil, son regard s'attarde longuement. Je sais que mon allure martiale a capté son attention. Je sais que je suis le plus imposant des ânes, sans doute le roi des enfers, se sentant des torts envers Ximen Nao, m'a-t-il gratifié des plus belles pattes, de la plus belle tête intelligente qu'un âne puisse avoir. J'entends le chef de région dire : « C'est vraiment un âne superbe avec ces sabots de neige ! »

Le garde qui porte la bicyclette sur l'épaule déclare à son tour : « Il pourrait être étalon au centre d'élevage.

– Tu es Lan Lian, du village de Ximen ? » demande le chef de région à mon maître.

– Oui », répond mon maître. Il me donne une claque sur la croupe, pressé de s'esquiver. Le chef de région le retient, lève la main pour me caresser, je fais un bond. Mon maître dit : « L'âne est vif.

– Il faut l'éduquer en douceur, ne pas s'emporter, sinon ce sera peine perdue, on n'en fera plus rien. » Le chef de région semble parler en connaisseur, il reprend : « Avant de rejoindre la révolution, j'ai été maquignon, j'en ai vu des ânes, des mille et des cents, je connais leur caractère sur le bout des doigts. » Et il part d'un bon rire, mon maître à sa suite se met à rire bêtement. Le chef de région poursuit : « Lan Lian, Hong Taiyue m'a mis au courant de ta situation, je lui ai adressé des critiques, je lui ai dit : "Lan Lian est un âne têtu, s'emporter ne servira à rien sinon à ce qu'il rue et morde." Lan Lian, tu peux ne pas adhérer pour un temps à la coopérative et entrer en compétition avec elle, je sais que tu as reçu un demi-hectare de terres, à l'automne prochain on verra quels seront ton rendement et celui de la coopérative, si le tien est le plus élevé, tu pourras rester indépendant, si le cas inverse se présente, alors on en rediscutera à ce moment-là.

– Chef de région, c'est bien vous qui dites cela ! dit mon maître, soulevé par l'enthousiasme.

– Absolument, et il y a des témoins. » Le chef désigne les gardes et ceux qui ont formé cercle autour de nous.

Mon maître me conduit de nouveau devant la forge et dit au vieux forgeron : « Il ne boite pas, son pas est assuré, les appuis sont bons, je n'aurais pas imaginé que le petit maître Jin, malgré sa jeunesse, pouvait accomplir de la si belle ouvrage. »

Le vieil homme fait un signe de dénégation de la tête tout en esquissant un sourire amer, comme s'il était accablé de soucis. C'est alors que je vois le petit forgeron sortir de l'abri, portant sa literie sur le dos, autour de la couverture grise est enroulée une peau de chien. Il déclare : « Maître, je m'en vais. »

Le vieil homme lui dit avec tristesse : « Eh bien, va ! Va vers ton avenir radieux ! »

Chapitre cinquième

*Déterrés argent et objets de valeur, dame Bai est jugée.
Après avoir fait du grabuge dans la salle, l'âne saute
le mur.*

Je suis ravi d'avoir les quatre sabots ferrés et aussi de
toutes ces louanges qu'on m'a prodiguées, mon maître
se réjouit des propos que lui a tenus le chef de région. Le
maître et l'âne, Lan Lian et moi, gambadent, courent dans
la campagne nimbée de l'or automnal, c'est le jour le plus
heureux de mon existence d'âne. Au lieu de vivre comme
une andouille dans la peau d'un humain, autant être un
âne recueillant tous les suffrages. Ou, comme le dit Mo
Yan, ton frère par adoption, dans *Le Dit de l'âne noir* :

> Une fois ferrées, les pattes sont légères,
> en chemin, elles vont grand-erre.
> Oubliées les inepties passées,
> l'âne Ximen se sent détendu et gai.
> La tête vers le ciel, il brait :
> hi-han, hi-han, hi-han !

Alors que nous approchons de l'entrée du village, Lan
Lian cueille sur le bord de la route des tiges souples et
des chrysanthèmes d'Inde jaunes, et en tresse une couronne ovale qu'il fait tenir à la base de mes oreilles.
Nous rencontrons l'ânesse de Han Shanjia, le tailleur de

73

pierre qui habite à l'ouest du village. Menée par la fille de la maison, Han Huahua, la bête porte deux hottes, une à chaque flanc, dans l'une il y a un bébé coiffé d'un bonnet à oreilles, dans l'autre un petit cochon rose. Lan Lian bavarde avec Huahua, l'ânesse et moi nous regardons dans les yeux. Les hommes ont leur propre langage, les ânes ont, eux aussi, des modes d'information bien à eux, déterminés par les odeurs, les postures et une intuition toute primitive. Lors de cette brève conversation, mon maître apprend que Huahua, mariée loin du village, revient chez elle pour les soixante ans de sa mère. Le bébé dans la corbeille est son fils, le cochon dans l'autre panier est un présent de la belle-famille.

[En ce temps-là, les gens aimaient offrir des choses vivantes, un porcelet par exemple, un agnelet, un poussin, l'administration, quant à elle, donnait parfois comme prime un poulain, un veau, un lapin angora.]

Je constate que les relations entre mon maître et Huahua ne sont pas ordinaires. Je me souviens que du temps où Ximen Nao était en vie, lui gardait les vaches et elle aussi, ils ont joué à l'âne qui roule. En fait je n'ai guère l'esprit à m'occuper de leurs affaires, en tant qu'âne mâle ce qui m'intéresse, c'est surtout l'ânesse devant moi. Elle est plus âgée, elle a l'air d'avoir entre cinq et sept ans. On peut en gros déterminer son âge grâce au creux au-dessus de ses yeux, quant à elle, il lui est plus facile encore de deviner le mien. N'allez pas croire que, du fait que je suis la réincarnation de Ximen Nao, je sois le plus intelligent des ânes de la terre, même si je me suis laissé prendre effectivement un temps à cette illusion. Peut-être elle, de son côté, par le même phénomène de réincarnation, a-t-elle été quelque haut personnage dans sa vie antérieure. À ma naissance j'avais le poil gris, il a foncé au fil des mois, et sans ce pelage noir mes sabots ne seraient pas aussi éblouissants. Elle a la robe grise, la taille assez élancée, les traits plutôt fins, les dents très bien alignées, quand elle avance sa bouche pour me manifester de l'amitié, je sens un parfum de tourteau de soja et de son de blé passer entre ses dents. Je sens aussi une odeur troublante et, en même temps, la chaleur qui l'habite, l'ardent espoir que je la monte. Alors ce même désir grandit en moi. Le maître dit :

« Chez vous aussi, là-bas, on a mis en place une coopérative ?

– On a le même chef de région, comment pourrait-il en être autrement ? » répond Huahua posément.

Je passe derrière l'ânesse, peut-être a-t-elle pris elle-même l'initiative de m'offrir sa croupe. L'odeur de son émoi se fait plus forte, je renifle, j'ai la sensation qu'un alcool violent pénètre dans ma gorge, je ne peux m'empêcher de lever la tête, de montrer les dents, les narines fermées, pour que l'odeur ne s'échappe pas, en une superbe posture qui fait chavirer le cœur de l'ânesse. En même temps mon sexe se dresse vaillamment, si raide qu'il bat mon ventre. C'est l'occasion ou jamais, surtout ne pas la laisser échapper, au moment où je vais lever mes pattes de devant pour la monter, je vois le bébé qui dort à poings fermés dans le panier qu'elle porte sur le dos, et, bien sûr, le porcelet qui couine comme un beau diable. Si je la monte tout de go, mes fers fraîchement posés risquent d'anéantir les deux vies contenues dans les hottes. Et alors l'âne Ximen que je suis serait, je le crains, condamné à rester à jamais dans les enfers, sans réincarnation possible. Le temps de cette hésitation, mon maître a tiré sur la longe, mes pattes de devant retombent sur le sol derrière l'ânesse. Huahua pousse un cri d'effroi et s'empresse d'entraîner sa bête à une certaine distance.

« Mon père m'avait pourtant bien expliqué que l'ânesse était en chaleur, il m'avait dit de prendre des précautions, et voilà que j'ai oublié tout cela, dit Huahua, il m'avait prévenue contre l'âne mâle de la famille Ximen, vois, Ximen Nao est mort depuis plusieurs années et pour mon père tu es toujours son valet, et il fait de ton âne celui de ton ancien patron.

– Encore heureux qu'il n'ait pas dit que cet âne est la réincarnation de Ximen Nao », dit mon maître en riant.

Les propos de ce dernier me surprennent au plus haut point : aurait-il deviné mon secret ? S'il sait vraiment que son âne est la réincarnation de son ancien patron, est-ce une bonne chose ou non pour l'animal ? Le soleil rouge est sur le point de sombrer à l'horizon, Huahua prend congé de mon maître :

« Frère aîné Lan, on reprendra la conversation un autre jour, je dois y aller, c'est que je suis encore à sept ou huit kilomètres de chez nous.

– L'ânesse ce soir ne rentrera pas, elle non plus ? » demande mon maître avec sollicitude.

Huahua esquisse un sourire, elle baisse la voix et dit sur un ton mystérieux :

« Cette ânesse a beaucoup de finesse, quand elle aura mangé son fourrage et bu son content, je lui ôterai son licou et elle reviendra seule. Je fais toujours ainsi.

– Pourquoi lui ôtes-tu son licou ?

– Pour qu'elle ne soit pas attrapée par quelque personne malhonnête, et puis avec le licou elle ne court pas vite, dit Huahua, si elle rencontrait un loup, le licou la gênerait.

– Oh… » Mon maître se caresse le menton et demande : « Veux-tu que je te fasse un bout de chemin ?

– C'est pas la peine, dit Huahua, ce soir il y a une représentation théâtrale au village, rentrez vite pour arriver à temps. » Huahua presse l'ânesse, fait quelques pas avant de reprendre :

« Frère aîné Lan, mon père dit que tu ne dois pas trop faire l'entêté, c'est plus sûr de marcher avec tout le monde. »

Mon maître secoue la tête en signe de dénégation, ne dit rien, me lance un regard mordant et dit :

« Hé, dis donc, le gars, ainsi même toi, tu penses à ça ! Tu as bien failli m'attirer de gros ennuis. Est-ce que je te fais castrer par le vétérinaire ou non ? »

En entendant ses propos, je suis saisi d'effroi, mes testicules se contractent, l'épouvante me gagne. « Mon maître, surtout ne me faites pas castrer ! » Alors que je pense avoir crié ces mots, au sortir de ma gorge ils se sont transformés en longs braiments : « Hi-han, hi-han ! »

Une fois dans le village, en marchant sur l'avenue, les fers de mes sabots frappent les pierres qui pavent la route, produisant des sons clairs et bien rythmés. Même quand je pense à autre chose, dans mon esprit s'agitent les yeux gracieux de l'ânesse, ses lèvres tendres et roses, tandis qu'à mes narines l'odeur de son urine chargée de désir me met en transe, mais ma vie antérieure d'être humain fait que je ne suis pas un âne ordinaire. Les événements imprévus qui frappent les hommes continuent de m'intéresser grandement. Je vois tout un tas de gens courir vers un même endroit. D'après les mots qu'ils échangent lors de cette cavalcade, je comprends de quoi il retourne : dans la cour de la famille Ximen, c'est-à-dire dans celle de l'administration du village et du bureau de la coopérative, c'est-à-dire, bien sûr, dans celle de mon maître Lan Lian et de Huang Tong, on a exposé une jarre en porcelaine émaillée à décor polychrome. Elle contient un trésor en or et en argent. Elle a été découverte l'après-midi même sur le chantier d'édification de l'estrade pour les représentations théâtrales, lors de travaux de terrassement. Je pense immédiatement au regard ambigu qui doit être en cet instant celui des spectateurs à la vue de cette jarre resplendissante. Les souvenirs de Ximen Nao affluent comme une marée, estompant le béguin de l'âne Ximen pour l'ânesse. Je ne me souvenais plus que des objets de valeur en or et en argent avaient été enterrés à cet endroit, les mille pièces d'argent qu'on avait gardées cachées dans la terre de l'enclos ainsi que le gros du trésor dans la double cloison, trouvés lors de nouvelles vérifications au moment de la réforme agraire, avaient été emportés par le groupement des paysans pauvres. Cela avait été une source de souffrances sans nom pour mon épouse dame Bai…

Au tout début, Huang Tong, Yang le Septième et les autres avaient enfermé dame Bai, Yingchun et Qiuxiang dans une pièce pour leur faire subir un interrogatoire, Hong Taiyue avait pris l'affaire en main. J'étais dans une autre pièce, je ne pouvais voir ce qui se passait, mais j'entendais tout ce qui se disait : « Avoue ! Où Ximen Nao a-t-il caché les objets de valeur en or et en argent ? Allez, accouche ! » Je pouvais entendre le claquement de la badine en osier et du bâton frappant la table. J'avais entendu Qiuxiang, cette traînée, crier tout en pleurant :

« Chef de village, chef de la milice, oncles, frères aînés, je suis d'humble extraction, dans la famille Ximen je mangeais du son et des légumes, je n'ai jamais été considérée par eux comme un être humain, j'ai été violée par Ximen Nao, pendant l'acte Baishi me maintenait les jambes et Yingchun les bras, pour que Ximen Nao, cet âne en rut, me besogne !

– Foutaises ! C'était Yingchun qui criait… »

Bruit de personnes qui en viennent aux mains, qu'on sépare.

« Elle ment ! » C'était au tour de dame Bai de s'expliquer.

« Chez eux je ne valais pas mieux que chien ou que cochon ! Oncle, frère aîné, frères, j'ai eu une vie dure, je suis de votre classe, je suis votre sœur de classe, c'est vous qui m'avez délivrée de cet océan de souffrances, je vous suis reconnaissante pour vos bienfaits, j'enrage de ne pouvoir ôter à Ximen Nao sa cervelle pour vous en régaler, je suis prête à lui arracher le cœur et le foie pour accompagner votre vin… Alors vous pensez bien que pour le trésor, ils n'allaient pas m'indiquer l'endroit où ils l'avaient caché, mes proches parents de classe, il faut que vous compreniez bien cela, c'est une question de bon sens. » Qiuxiang pleurait, criait…

Yingchun n'avait pas fait de scène, se contentant de répéter les mêmes mots : « Je ne faisais que travailler, élever les enfants, je ne savais rien d'autre. » Et c'était vrai, toutes deux ignoraient l'endroit où était caché le trésor, seuls dame Bai et moi le savions. Une concubine reste une concubine, on ne peut pas lui faire confiance comme à une épouse légitime. Dame Bai ne soufflait mot, quand on l'avait pressée de parler, elle avait fini par dire : « On nous fait une réputation qui ne correspond pas à la réalité, comme quoi nous aurions eu des armoires pleines d'or et des coffres pleins d'argent, en fait depuis longtemps les rentrées d'argent ne couvraient plus les dépenses, et s'il y a eu quelques liquidités, il ne me les aurait pas données. »

J'avais supposé qu'en disant cela elle regardait avec haine de ses grands yeux vides Yingchun et Qiuxiang. Je savais combien elle détestait cette dernière, Yingchun était malgré tout la servante attachée à sa personne et qui l'avait suivie après son mariage, car les os, même cassés, restent liés aux tendons. L'idée d'en faire ma concubine était venue d'elle, afin d'assurer ma descendance, Yingchun, de son côté, ne s'était pas montrée indigne, dans l'année qui avait suivi elle m'avait donné des jumeaux. Mais l'arrivée de Qiuxiang avait été le fruit d'un comportement volage de ma part. Tout allait bien pour moi, j'étais grisé par le succès, un chien redresse la queue quand il est content, le mâle humain, lui, redresse sa zigounette. Bien sûr, j'en voulais à cette petite diablesse de m'aguicher du regard à longueur de journée, de m'avoir avec ses bouts de seins, et moi, Ximen Nao, je n'étais pas un saint, je ne pouvais résister à ses séductions. Aussi Baishi m'avait-elle maudit avec rage : « Mon mari, tôt ou tard cette petite démone provoquera votre ruine. » Lorsque Qiuxiang avait dit que dame Bai lui maintenait les jambes pour que je la viole, c'était pure invention de sa part, en revanche que dame Bai l'eût frappée, c'était tout ce qu'il y avait de plus vrai, mais elle avait également frappé Yingchun. Ils devaient relâcher les deux concubines, j'avais été enfermé dans l'aile ouest, au travers du treillis de la fenêtre j'avais vu les deux femmes sortir du bâtiment principal : Qiuxiang avait le visage sale et les cheveux en désordre, mais entre ses sourcils on lisait une joie cachée, ses pupilles roulaient en tous sens. Yingchun était très inquiète, elle s'était ruée vers l'aile est, en montaient les pleurs rauques de Jinlong et de Baofeng. Mon fils, ma fille, mon cœur se lamentait, je ne savais quelle faute j'avais bien pu commettre, offensant les lois du ciel, pour subir ainsi de telles épreuves, non seulement le malheur était sur moi, mais il touchait aussi ma femme et mes enfants. Je me disais aussi : ces millions de propriétaires terriens dans tout le pays, qui subissaient dans chaque village des séances de critiques et de lutte, qu'on liquidait, dépouillait, chassait de chez eux, auxquels on « brisait leurs têtes de chiens » parce qu'elles ne valaient pas davantage, avaient-ils donc tous commis des choses si abominables pour recevoir une telle rétribution de leurs actions ? Il s'agissait d'une fatalité, d'un grand chambardement, du temps qui passe, j'étais promis à la ruine, et si ma tête était encore attachée à mon cou, c'était grâce à la protection de mes ancêtres, au train où allait le monde, pouvoir sauver sa peau c'était une chance, qu'est-ce que je demandais de

plus ? Mais je me faisais beaucoup de soucis pour
dame Bai, si elle ne tenait pas le coup et crachait le
morceau au sujet de l'endroit où était caché le trésor,
non seulement cela ne minimiserait pas mes crimes,
mais, bien au contraire, cela hâterait mon trépas. « Dame
Bai, ma première épouse, si réfléchie, si avisée, en cet
instant crucial ne va pas jouer l'étourdie ! » Le milicien
de faction était Lan Lian, son dos était appuyé contre la
fenêtre, il me cachait la vue. Je ne pouvais qu'écouter,
écouter le nouvel interrogatoire qui se déroulait dans le
bâtiment principal. Cette fois, c'était sérieux. Les cris
étaient assourdissants, badine en osier, planche, fouet
claquaient sur la table, frappaient ma femme dame Bai
avec un bruit mat, elle criait à s'égosiller, ses cris me
perçaient le cœur, m'épouvantaient.

« Allez, avoue, où est caché le trésor ?

– Il n'y a pas de trésor…

– Née Bai, ah, née Bai, tu es vraiment têtue ! Il
semble bien que sans des moyens plus coercitifs elle ne
lâchera pas le morceau. »

La voix semblait être celle de Hong Taiyue, mais ce
n'était pas sûr. Pendant l'instant qui avait suivi, l'on
n'avait plus rien entendu, puis étaient montés les hurlements de dame Bai, cette fois, à les écouter, mes cheveux
s'étaient dressés sur ma tête. Je ne parvenais pas à deviner
quel type de supplice on pouvait bien lui infliger, pour
qu'elle, une femme, poussât des cris si effroyables.

« Alors tu parles ? Sinon, on remet ça !

– Je vais le dire… je vais le dire… »

Mon cœur avait été comme soulagé d'un grand poids.
« Bien, dis-le, de toute façon on n'a qu'une mort. » Plutôt que de la voir souffrir pour me sauver, mieux valait
que ce fût moi qui meure.

« Avoue, où est-il caché ?

– Il est… il est caché à l'autel du dieu du sol à l'est
du village, il est caché dans le temple de Guangong, il

est caché dans l'étang aux lotus, il est caché dans le ventre de la vache… Je n'en sais rien, moi, il n'y a pas de trésor, lors de la première réforme agraire nous avons déjà tout remis !

– Quel culot, née Bai, ainsi tu oses te jouer de nous !

– Laissez-moi partir, c'est vrai, je ne sais rien…

– Traînez-la dehors ! »

J'avais entendu l'ordre solennel tomber dans le bâtiment principal. Celui qui l'avait donné était peut-être assis dans ce même fauteuil en bois de palissandre où je prenais place en temps ordinaire. À côté du siège était placée une table pour huit convives sur laquelle étaient posés les quatre trésors du lettré : papier, pinceau, encre et encrier, sur le mur derrière la table était accroché un portrait du prince Wuzi, des Xia. Derrière le tableau c'était le mur à double paroi or, dans ce mur étaient cachés quarante lingots d'argent de deux kilos et demi chacun, vingt petits lingots d'or de cinquante grammes, ainsi que tous les bijoux de dame Bai. J'avais vu les deux miliciens traîner cette dernière jusqu'à l'extérieur. Elle avait les cheveux en désordre, les vêtements en pièces, le corps trempé, je ne sais si ce qui gouttait était de la sueur ou du sang. À la voir dans cet état, moi, Ximen Nao, j'avais perdu tout espoir, dame Bai, ah, dame Bai, tes dents sont restées bien serrées, ta fidélité envers moi est sans faille, avec une femme comme toi, moi, Ximen Nao, je ne me serai pas démené en vain ici-bas. Puis étaient sortis deux miliciens tenant un fusil, j'avais eu soudain le sentiment qu'ils allaient fusiller dame Bai. J'avais les deux bras ligotés dans le dos, je me trouvais dans la situation de Su Qin portant son épée dans le dos[1], autant me tuer en me précipitant

1. Politicien de l'époque des Royaumes combattants, qui a duré de 403 à 222 av. J.-C.

la tête contre le treillis de la fenêtre, tout en criant :
« Faites-lui grâce ! »

Je devais dire ensuite à Hong Taiyue : « Toi, ce bâtard qui mendiait en frappant sur un os de bœuf, tu es vraiment un moins que rien, pour moi tu ne vaux pas un de mes poils de cul, mais je n'ai pas de chance d'être tombé dans les mains de gueux comme vous, je n'ai pas l'intention de lutter contre la volonté du ciel, je reconnais ma défaite, je suis votre inférieur. »

Hong Taiyue avait répondu en riant : « Que tu aies pu te rendre compte de cela, c'est une bonne chose. Moi, Hong Taiyue, je suis effectivement un moins que rien, et sans le Parti communiste je crains bien que j'aurais eu à frapper cet os de bœuf jusqu'à la fin de mes jours. Mais, à présent, c'est à ton tour d'être dans la déveine et pour nous, pauvres gueux, la chance tourne, nous sortons la tête de l'eau. En vous réglant votre compte, nous ne faisons que reprendre ce qui nous appartient. Je t'ai déjà maintes fois répété tous ces grands principes : ce n'est pas toi, Ximen Nao, qui faisais vivre les valets et les fermiers, mais ce sont ces derniers qui t'entretenaient, toi, Ximen Nao, ainsi que tous les tiens. Avoir caché ce trésor est un crime impardonnable, mais si tu peux le remettre dans sa totalité, alors, bien sûr, nous traiterons ton cas avec indulgence. »

J'avais dit : « Cette histoire de trésor, c'est une affaire qui ne concerne que moi, aucune des femmes n'est au courant, car je sais qu'on ne peut se fier à une femme, on frappe un petit coup sur la table, on lui fait les gros yeux et elle livre tous les secrets. Je peux produire tous les trésors, leur nombre est impressionnant, cela vous permettra d'acheter un canon, mais il faut me garantir que vous allez libérer dame Bai, que vous n'ennuierez pas Yingchun et Qiuxiang, elles ne savent rien.

– Sur ce point je te rassure, nous agirons selon la politique en vigueur.

« – Bien, défais mes liens. »

Les miliciens m'avaient regardé, indécis, puis leurs regards s'étaient portés sur Hong Taiyue.

Ce dernier avait dit en riant : « Ils craignent que tu n'agisses au pire : le sursaut de la bête aux abois. »

J'avais ri. Hong Taiyue avait détaché mes liens lui-même et m'avait même tendu une cigarette. Je l'avais prise d'une main tout engourdie, assis dans mon fauteuil, je ressentais une tristesse infinie. J'avais levé la main, tiré sur le tableau et dit aux miliciens : « Frappez avec la crosse d'un fusil ! »

Le trésor ainsi mis au jour avait laissé les présents les yeux ronds, la bouche bée, j'avais lu dans leurs regards ce qu'ils pensaient, tous souhaitaient pouvoir s'approprier ces richesses, ils échafaudaient même sur-le-champ plusieurs hypothèses : « Si cette maison m'avait été attribuée et si j'avais par hasard trouvé ce trésor… »

Profitant de ce qu'ils étaient abîmés dans la contemplation de ces richesses, j'avais étendu le bras pour attraper un revolver sous le fauteuil, j'avais tiré un coup sur le sol pavé de carreaux foncés, la balle avait rebondi pour aller s'incruster dans le mur. Les miliciens en désordre s'étaient plaqués au sol, seul Hong Taiyue était resté debout, le bâtard avait effectivement quelque chose dans le ventre. J'avais dit : « Hong Taiyue, écoute bien, si j'avais visé ta tête à l'instant, tu serais à présent aplati à terre comme un chien crevé, mais je ne l'ai pas fait, je n'ai mis en joue personne, je n'ai aucune inimitié particulière contre quiconque d'entre vous. Si vous n'étiez pas venus porter des accusations contre moi, d'autres l'auraient fait, c'est l'époque qui le veut, c'est l'adversité qui s'acharne sur ceux qui ont de l'argent, aussi je ne toucherai pas à un de vos cheveux.

– C'est tout à fait vrai, avait renchéri Hong Taiyue, tu sais tenir compte de l'intérêt général, tu sais envisager la situation dans son ensemble, j'éprouve une grande estime pour toi, j'aimerais même pouvoir trinquer avec toi, j'aimerais que nous devenions frères jurés. Mais voilà, en tant qu'appartenant à la classe révolutionnaire, je me dois de te vouer une haine implacable, de te faire disparaître, il ne s'agit pas là d'une haine personnelle, mais bien d'une haine de classe, si tu me tues, je deviens un martyr de la classe révolutionnaire, notre gouvernement te fusillera et c'est toi qui deviendras un martyr pour votre classe de propriétaires terriens contre-révolutionnaires. »

J'avais ri, haut et fort. J'avais ri à gorge déployée, j'en avais les larmes aux yeux. Puis j'avais dit : « Hong Taiyue, ma mère était bouddhiste, de ma vie je n'ai tué d'être vivant, ce fut une façon de lui exprimer toute ma piété filiale, elle m'avait dit que si après sa mort je tuais un être vivant, elle souffrirait dans le monde des ombres. Aussi, si tu veux devenir martyr, tu vas devoir trouver quelqu'un d'autre. Quant à moi, j'ai assez vécu, j'ai envie de mourir, mais ma mort n'a rien à voir avec cette histoire de classes dont tu me parles, c'est par mon intelligence, ma diligence, et grâce aussi à la chance que j'ai amassé cette fortune familiale, je n'ai jamais pensé à entrer dans je ne sais quelle classe sociale. La mort ne fera pas de moi un martyr. Je trouve simplement que continuer à vivre ainsi serait vraiment aller au-devant des vexations, il y a trop de choses qui me dépassent et qui me mettent mal à l'aise, alors autant mourir. » J'avais appuyé le pistolet sur mon front et j'avais dit : « Dans l'enclos est enterrée une jarre, elle contient mille pièces d'argent ; désolé, il vous faudra d'abord curer l'enclos de tout le fumier, supporter la puanteur avant de découvrir les pièces.

– C'est pas grave, avait dit Hong Taiyue, pour gagner ces mille pièces d'argent, sans parler de curer tout l'enclos, nous sommes prêts à plonger dans le lisier et à nous y vautrer. Mais je te conseille, pour ma part, de ne pas mourir, peut-être te laisserons-nous une voie de salut afin que tu puisses assister à l'émancipation totale des pauvres gueux que nous sommes, que tu nous voies, devenus maîtres de notre destin, le visage rayonnant de joie, construire une société où la justice régnera.

– Désolé, avais-je repris, j'en ai assez de vivre. Moi, Ximen Nao, je suis habitué à voir les gens s'incliner devant moi et je n'ai pas envie de m'incliner devant quiconque, s'il existe un lien prédestiné entre nous, nous le reprendrons dans une vie future, mes braves ! » J'avais appuyé sur la détente, le coup n'était pas parti ! Comme je détachais le canon de ma tempe pour essayer de comprendre d'où venait le problème, Hong Taiyue s'était précipité sur moi tel un tigre sur sa proie et s'était emparé du revolver, les miliciens s'étaient avancés à la suite et m'avaient ligoté de nouveau avec les cordes.

« Le gars, tu manques de connaissances en la matière, avait dit Hong Taiyue en levant le revolver, en fait nul besoin d'écarter le canon comme tu l'as fait. L'avantage d'une telle arme, c'est justement qu'un coup qui ne part pas n'est pas un obstacle, il suffisait que tu reprennes la détente pour que la balle suivante soit percutée. Si la balle était partie, c'est toi qui aurais été aplati comme un chien contre le sol à mordre la poussière. » Il jubilait, riait à gorge déployée, il avait ordonné aux miliciens d'organiser des équipes afin qu'elles aillent vite curer l'enclos. Puis il s'était de nouveau adressé à moi : « Ximen Nao, je suis sûr que tu ne m'as pas raconté d'histoires, celui qui veut se donner la mort n'a plus besoin de mentir. »

Mon maître, me tirant derrière lui, se fraie avec difficulté un passage et franchit le portail. En effet, à cet instant précis les miliciens, obéissant aux ordres des cadres du village, font refluer la foule vers l'extérieur. Les plus timorés, frappés aux fesses par la crosse des fusils, veulent quitter les lieux au plus vite, d'autres plus hardis souhaiteraient, quant à eux, jouer des coudes pour entrer voir au juste ce qui se passe. On peut imaginer les difficultés rencontrées par mon maître, me tirant derrière lui, moi, un âne, pour franchir le portail.

Au village, ils ont bien essayé de faire déménager de la grande cour les deux familles Lan et Huang afin que la demeure des Ximen devînt l'empire unifié du siège de l'administration du village. Mais, d'une part à cause du manque de logements vacants, d'autre part parce que ni mon maître ni ce Huang Tong ne sont du genre à se laisser mener par le bout du nez, les faire bouger se révèle pour l'instant plus difficile que de monter au ciel. Aussi moi, l'âne Ximen, je peux passer par le portail que franchissent les cadres du village, voire ceux de la région et du district venus en inspection.

Après un moment de pagaille et de tapage, de nombreuses personnes affluent dans la cour, de leur côté les miliciens, fatigués, se retirent carrément à l'écart pour fumer. Debout dans l'étable, je vois la lumière étincelante et dorée du couchant teinter les branches du gros abricotier. Sous l'arbre, deux miliciens, le fusil à la main, montent la garde. Les choses qui se trouvent sur le sol à leurs pieds sont masquées par la foule, mais je sais que la jarre emplie de richesses est là. La foule pousse, par petites avancées, dans le but de voir le trésor. Je jure tous mes grands dieux que cette jarre n'a rien à voir avec moi, Ximen Nao. C'est alors que je vois avec terreur ma femme dame Bai, sous l'escorte d'un soldat armé et du responsable de la sécurité, entrer par le portail.

Les cheveux plus emmêlés qu'une pelote de chanvre, le corps couvert de poussière jaune, elle semble sortie tout droit de la tombe. Se servant de ses bras comme d'un balancier pour garder l'équilibre, elle avance avec difficulté, trébuchant à chaque pas. À sa vue, les gens qui faisaient un beau tapage deviennent muets comme des carpes, ils se redressent et, spontanément, laissent libre le passage qui mène au bâtiment principal. Face à l'entrée de notre cour existait autrefois un mur-écran dans lequel était incrusté un grand idéogramme « bonheur »[1]. Pendant la deuxième phase de perquisitions effectuées durant la réforme agraire, le mur avait été déposé la nuit même par des miliciens poussés par l'appât du gain, les deux hommes avaient fait le même rêve leur indiquant que dans le mur-écran étaient cachées des centaines de lingots d'or, mais ils ne devaient exhumer qu'une paire de vieux ciseaux rouillés.

Ma femme dame Bai se prend les pieds dans un galet qui dépasse, elle est projetée en avant et se retrouve à plat ventre par terre. Yang le Septième ne laisse pas passer cette occasion et lui administre un coup de pied tout en l'injuriant haut et fort :

« Debout ! Pas la peine de faire la morte ! »

J'ai la sensation qu'une flamme d'un bleu pur se met à brûler avec force dans mon cerveau, l'inquiétude et la colère me font gratter du sabot dans le sol. L'expression des gens dans la foule est grave, l'atmosphère est soudain empreinte d'une grande tristesse. La femme de Ximen Nao pleure en poussant des cris d'oiseau, le postérieur en l'air, les deux mains appuyées sur le sol, elle essaie de se relever, sa posture fait penser à une grenouille blessée.

Yang le Septième lève de nouveau son pied dans l'intention de porter un autre coup, il est apostrophé par Hong Taiyue qui se tient debout sur le perron :

1. Mur placé à l'entrée de la cour et destiné à empêcher les mauvais esprits de pénétrer à l'intérieur.

« Yang le Septième, qu'est-ce qui te prend ? La Libération s'est faite depuis longtemps et toi tu es encore là, les injures à la bouche, la main prête à frapper, tu couvres de boue le Parti communiste ! »

Yang le Septième, tout piteux, se tord les mains, marmonnant dans sa barbe.

Hong Taiyue descend les marches, s'arrête devant Baishi, se penche pour l'aider à se relever. Les jambes de cette dernière ont une faiblesse, comme elle va s'agenouiller, elle dit en pleurnichant :

« Chef de village, soyez indulgent, je n'étais au courant de rien, c'est la vérité, chef de village, grâce, laissez ma pauvre vie sauve…

– Ximen née Bai, pas de ça. » Il la soutient avec force de ses deux mains pour l'empêcher de se mettre à genoux. Son visage a pris un air conciliant, mais déjà il retrouve sa sévérité. Il dit d'un ton rude à l'adresse des badauds massés dans la cour : « Circulez ! Qu'est-ce que vous faites agglutinés ici ? Y a rien à voir, circulez ! »

La foule se disperse, la tête basse.

Hong Taiyue fait un geste de la main à l'intention d'une femme corpulente aux cheveux défaits et dit :

« Yang Guixiang, approche, relève-la ! »

Yang Guixiang a été présidente de l'Association des femmes pour le salut du pays, elle est à présent responsable de la Ligue des femmes, elle est la cousine germaine de Yang le Septième. Elle s'avance, ravie, relève dame Bai et, la soutenant, entre dans le bâtiment principal.

« Née Bai, réfléchis bien, cette jarre et son trésor ont-ils été enterrés par Ximen Nao ? Réfléchis encore, y a-t-il quelque autre trésor caché ailleurs ? N'aie pas peur, dis-le, ce n'est pas ta faute, c'est Ximen Nao qui est coupable pour tout. »

Le ton sévère sur lequel se déroule cet interrogatoire filtre de la pièce, assaille mes oreilles d'âne dressées pour écouter, en cet instant Ximen Nao et l'âne ne font plus qu'un, je suis Ximen Nao et Ximen Nao est l'âne, c'est-à-dire moi, l'âne Ximen.

« Chef de village, vraiment je ne sais rien, là-bas, ce n'est pas chez nous, si mon mari avait un trésor à cacher, il ne l'aurait pas enterré dans ce lieu… »

Paf ! Bruit d'une main frappant la table.

« Puisqu'elle ne crache pas le morceau, suspendez-la !

– Qu'on lui prenne les doigts en tenaille ! »

Ma femme gémit, elle demande grâce à plusieurs reprises.

« Née Bai, réfléchis bien, Ximen Nao est mort, tous ces trésors enfouis ne lui sont plus d'aucune utilité, leur découverte permettrait à notre coopérative d'être plus forte. N'aie pas peur, le pays est libéré, on applique une politique, on ne te torturera pas, c'est sûr. Avoue et je te donne ma parole que tu seras citée pour ce grand mérite. » C'est la voix de Hong Taiyue.

Mon cœur est plein de tristesse, mon cœur s'embrase, j'ai la sensation qu'un fer me brûle la croupe, qu'un couteau pique mes chairs. Le soleil s'est couché, la lune est montée, sa lumière d'un gris argenté, glacée, se répand sur le sol, sur les fusils des miliciens, sur la jarre polychrome dont le vernis étincelle. Ce n'est pas une jarre appartenant à la famille Ximen, et nous autres, nous ne serions pas allés enterrer un trésor dans un tel endroit, il y a eu des morts là-bas autrefois, il est tombé des bombes à cet endroit, les âmes en peine sont légion au bord de l'étang aux lotus, pourquoi y serais-je allé enterrer un trésor ? Je n'étais pas la seule fortune du village, pourquoi affirmer aussi catégoriquement que la jarre a appartenu à ma famille ?

Je suis à bout, je ne peux plus supporter les pleurs de dame Bai, ils me font souffrir et me donnent des remords, je regrette de m'être mal comporté envers elle dans ma vie précédente, dès que j'ai eu Yingchun et

90

Qiuxiang, je ne suis plus allé une seule fois sur son kang, chaque nuit je l'ai laissée, elle, une femme de trente ans, dormir seule dans sa chambre, elle lisait les soutras, priait Bouddha, frappait sur le poisson en bois qui avait été celui de ma mère, pan, pan, pan, pan, pan, pan, pan… Je relève brusquement la tête, la longe est attachée à un montant. Je fais une ruade et envoie valser en l'air un vieux panier. Je m'agite, pousse des braiments ardents. Je sens que la longe se desserre. Je suis libéré, je me rue dehors par la porte entrebâillée de mon abri, fais irruption dans la cour. J'entends Jinlong, en train de pisser au pied du mur, qui crie :

« Papa, maman, notre âne se sauve ! »

Je fais quelques cabrioles dans la cour, essaie mes nouveaux fers, ils claquent sous mes sabots, des étincelles jaillissent. Je vois le clair de lune briller sur ma croupe toute ronde. Je vois Lan Lian sortir en courant, quelques miliciens surgissent de même du bâtiment principal. La porte ouverte déverse sur la moitié de la cour la lumière des bougies. Je fonce en direction de l'abricotier, lève les deux pattes vers la jarre émaillée, paf ! elle se brise, des morceaux volent plus haut que la cime de l'arbre pour retomber sur les tuiles de la maison avec un bruit clair. Huang Tong sort en courant du bâtiment principal. Qiuxiang fait de même depuis l'aile est. Les miliciens actionnent la culasse de leurs fusils. Je n'ai pas peur, je sais que s'ils tirent sur des êtres humains, ils ne tireront pas sur un âne. L'âne fait partie du bétail, il ne comprend rien aux affaires des hommes, et celui qui tirerait sur un âne deviendrait bétail à son tour. Huang Tong met le pied sur ma longe, je lève le cou et il se retrouve à terre. La longe s'élève, tel un fouet, et va frapper Qiuxiang au visage. En entendant ses gémissements, je ressens du plaisir. Espèce de petite pute au cœur mauvais, je vais te montrer. Je bondis par-dessus sa tête. La foule s'approche pour faire cercle.

Je m'arme de courage et me rue dans le bâtiment principal. C'est moi, Ximen Nao, je suis de retour ! Je vais m'asseoir dans mon fauteuil, prendre mon narguilé et mon petit pichet à vin, boire quatre onces d'Erguotou, l'alcool fort de la région, et manger un poulet cuit à petit feu. J'ai soudain l'impression que la pièce est plus étroite, plus étouffante : dès que je bouge les pattes, j'entends des bruits de choses qui tombent. Les vases et les pots sont tous en pièces, tables, chaises, bancs et tabourets sont sens dessus dessous ou renversés. Je vois le gros visage jaune, aplati, de Yang Guixiang, laquelle s'est réfugiée contre le mur, ses cris aigus me percent jusqu'à mes yeux. Je vois ma chère épouse, dame Bai, assise sans force sur le sol pavé de carreaux foncés, tout s'embrouille dans mon esprit, j'oublie ma tête et mon corps d'âne. Alors que je veux la prendre dans mes bras pour la relever, je constate qu'elle s'est évanouie entre mes pattes. Comme je veux lui donner un baiser, je vois soudain que son crâne saigne. Il n'y a pas d'amour possible entre les ânes et les humains, chère épouse, adieu. Comme je m'apprête fièrement à bondir hors de la pièce de réception, une ombre noire passe derrière la porte et enserre mon cou, des griffes dures me saisissent par les oreilles et par la bride. Je ressens une vive douleur à la base de l'oreille et baisse malgré moi la tête. Mais, immédiatement, je comprends que celui qui est couché contre mon garrot, comme une chauve-souris vampire, est mon pire ennemi, le chef de village Hong Taiyue. Moi, Ximen Nao, dans ma vie d'être humain je ne t'ai jamais cherché querelle, me faudra-t-il, une fois devenu un âne, être victime de toi ? Arrivé à ce point de mes réflexions, je sens la colère monter en moi, supportant la douleur, je redresse la tête et me rue vers l'extérieur. J'ai l'impression que le chambranle de la porte m'a comme ôté une excroissance : il a retenu Hong Taiyue à l'intérieur de la pièce.

Je pousse un long braiment, me précipite dans la cour, quelques personnes avec des gestes maladroits ferment le portail. Mon esprit ouvert à de plus grands espaces ne peut plus se contenter de cette cour étriquée où je galope, tandis que tous se mettent à l'écart. J'entends Yang Guixiang crier :

« La née Bai a été mordue à la tête par l'âne, le chef de village a le bras cassé !

– Faites feu, tuez-le ! »

J'entends des gens crier. J'entends les miliciens actionner la culasse de leurs fusils, je vois Yingchun et Lan Lian accourir vers moi, je cours, le plus vite possible, puisant dans toutes mes forces, visant la brèche faite dans le mur par les pluies violentes de l'été, je prends mon élan et saute, mes quatre sabots s'envolent, mon corps s'allonge, je dépasse le mur de la cour.

[De nos jours encore, la légende de l'âne volant de Lan Lian est évoquée par les anciens du village de Ximen. Bien sûr, dans ses œuvres romanesques, ce petit drôle de Mo Yan en rajoute sur le côté miraculeux des faits.]

Chapitre sixième

D'une tendre affection naît un couple heureux.
Avec intelligence et courage ils combattent les loups
cruels.

Je me rue en direction du sud, avec grâce et légèreté je m'envole au-dessus du mur. Mes sabots de devant retombent dans la boue du fossé, je suis pratiquement sûr de m'être cassé la patte. Je me débats, affolé, mais plus je me débats, plus je m'enfonce. Je retrouve mon calme, prends appui avec mes pattes de derrière sur le sol ferme, je m'allonge, me mets sur le côté, fais une roulade, extirpe mes pattes de devant, puis me hisse hors du fossé. Comme le dit Mo Yan : « La chèvre peut grimper à l'arbre, l'âne est apte à l'escalade. »

Je m'élance sur la route de terre en direction du sud-ouest.

[Tu dois te souvenir que je t'ai raconté que l'ânesse du tailleur de pierre Han, portant le fils de Han Huahua et le porcelet, était revenue à la maison.] Pour l'heure, débarrassée de sa longe, elle doit se trouver sur le chemin du retour. Quand nous nous sommes séparés, nous sommes convenus que ce soir serait celui de nos noces. Ce qui est dit est dit, promesse d'âne est d'or, on ne se quittera pas sans s'être revus.

Je cherche sa trace amoureuse dans l'air, je galope, suivant la route qu'elle a prise à la tombée de la nuit.

Mes sabots résonnent, le son porte loin, j'ai l'impression de courir après cet écho, que c'est le bruit de mes sabots qui me presse. Au cœur de l'automne, les roseaux ont jauni, la rosée se transforme en givre, les lucioles volent parmi les herbes desséchées, devant, contre la terre, des feux follets vert émeraude scintillent par à-coups. Un relent de pourriture vient parfois avec le vent, je sais qu'il provient d'un cadavre en putréfaction depuis longtemps, bien que la peau et la chair soient déjà complètement décomposées, le squelette continue d'émettre une odeur pestilentielle. La maison de la belle-famille de Han Huahua se trouve dans le village du vénérable Zheng, le richard du coin, or ce Zheng Zhongliang était un ami de Ximen Nao, malgré leur différence d'âge. Je repense au temps passé ; en leurs moments d'ivresse, Zheng Zhongliang frappait l'épaule de Ximen Nao et lui disait : « Mon vieux, amasser des richesses, c'est amasser des haines, les dépenser, c'est faire provision de bonheur, aussi profitons des bons moments, menons une vie dissipée, argent dilapidé, c'est bonheur assuré, allons, point d'entêtement !… » Ximen Nao, va te faire foutre, Ximen Nao, ne viens pas troubler la belle histoire qui commence, je suis à présent un âne brûlant de passion, dès que je mentionne Ximen Nao, quand je replonge au cœur de ses souvenirs, c'est pour revoir des scènes historiques sanglantes emplies de puanteur. Une rivière traverse la campagne entre les deux villages, de chaque côté de la digue s'étend une dizaine de dunes de sable ondulant comme un dragon, sur lesquelles poussent des tamaris, bosquets touffus, dont on ne voit pas la fin. Autrefois, en ces lieux, s'était déroulée une grande bataille, avions et tanks étaient entrés en action, les cadavres jonchaient les dunes de sable. La rue principale du village du vénérable Zheng était encombrée de carcasses de tanks ainsi que de soldats blessés qui gémissaient, accompagnant les croassements des corbeaux, et les gens en frissonnaient de peur. Assez ! Je ne peux pas non plus parler de guerre, car elle transforme les ânes en moyens de transport, chargés de mitrailleuses et de balles, ils avancent bravant le feu ennemi. En temps de guerre, le superbe et vigoureux âne noir que je suis échapperait difficilement à l'enrôlement comme âne de l'armée.

Vive la paix ! Pendant les périodes de paix, un âne a tout loisir de se rendre à un rendez-vous galant avec l'ânesse dont il est épris. Le lieu a été fixé sur le bord de la petite rivière, à cet endroit l'eau est vive et peu profonde ; sinueux comme un serpent d'argent, le cours d'eau reflète la lueur de la lune et des étoiles. Il y a aussi les insectes d'automne qui chantent tout bas et la fraîcheur du vent du soir. Je saute en contrebas de la route de terre et marche sur la grève, je me tiens debout au milieu de la rivière, l'eau recouvre mes quatre sabots. Les souffles humides assaillent mes naseaux, j'ai le gosier desséché, j'ai soif. Après m'être désaltéré un peu de cette eau douce et claire, je n'ose continuer à boire car, après, je vais devoir galoper, et mon ventre fera des glouglous. J'atteins l'autre rive, je suis un petit sentier qui serpente, disparaissant pour réapparaître dans les bosquets de tamaris, je franchis une dune de sable et me tiens en haut de la pente, son odeur afflue soudain, si violente, si pénétrante. Mon cœur bat à tout rompre, frappe mes côtes, je sens mon sang déferler, je suis au comble de l'excitation, je ne peux braire longuement, je lance juste quelques appels brefs. Mon ânesse adorée, mon trésor, toi, ma précieuse, toi, si chère, toi, mon ânesse adorée. Je voudrais t'enlacer, t'enserrer entre mes quatre pattes, embrasser tes oreilles, tes yeux, tes cils, le dessus de tes naseaux d'un rose tendre, tes lèvres pareilles à des pétales ; ma douce, mon trésor, j'ai peur que mon souffle ne te brûle, de te réduire en miettes en te montant, mon ânesse aux tout petits sabots, tu es déjà si proche. Mon ânesse aux tout petits sabots, si tu savais comme je t'aime !

Je galope en direction de l'odeur, à mi-hauteur de la dune je découvre un spectacle qui me fait un peu peur. Mon ânesse fonce tête baissée parmi les tamaris, tourne en rond, se cabre, pousse de longs braiments pour impressionner l'adversaire, elle n'ose s'arrêter, même un instant, devant elle, derrière elle, à ses côtés, deux gros loups grisâtres. Sans la moindre précipitation, à une allure régulière, parfois l'un devant, l'autre derrière, ils se répondent, parfois ils coopèrent, un à chaque flanc, ils tâtent le terrain, font semblant de lancer des assauts. Sournois et perfides, avec patience, ils s'emploient à épuiser les forces physiques et mentales de mon ânesse, attendant qu'elle tombe au sol, alors ils se jetteront sur elle, la mordront à la gorge pour boire son sang, puis ils lui ouvriront le poitrail et dévoreront ses viscères. Pour un âne, tomber la nuit dans les dunes sur deux loups qui chassent ensemble, c'est la mort assurée. Mon ânesse, si tu ne m'avais pas rencontré, ce soir tu n'aurais pu échapper à cette infortune, c'est l'amour qui va te sauver. Existe-t-il en ce monde une autre situation qui peut conduire un âne, au mépris de la mort, à s'élancer vaillamment ? Aucune autre, il ne peut y en avoir d'autre. Moi, l'âne Ximen, je pousse des braiments et me rue en opérant une insertion oblique, je galope tout droit sur le loup qui se trouve derrière elle. Mes sabots et mes pattes chargés de sable soulèvent des nuages de poussière, devant la puissance de celui qui est en position dominante, sans parler d'un loup, même un tigre chercherait à parer le coup. Le loup est surpris par l'attaque, mon poitrail vient donner contre lui, il est culbuté, s'esquive. Je fais demi-tour et dis à mon ânesse : « Ma chérie, n'aie pas peur, je suis là ! » Elle se serre contre moi, je sens ses côtes se soulever violemment, j'entends le bruit de sa respiration haletante, je sens son pelage tout trempé de sueur. Je la mordille à l'encolure, la console, l'encourage, n'aie pas peur, calme-toi, n'aie pas peur des loups, je vais leur défoncer le crâne avec les fers de mes sabots.

Les yeux des deux loups lancent des lueurs mauvaises, côte à côte, ils ne reculent pas. Visiblement, ils n'apprécient guère de me voir là, comme tombé du ciel, sans mon arrivée ils se seraient déjà repus de la chair de l'ânesse. Je sais pertinemment qu'ils ne lâcheront pas ainsi le morceau, ces loups qui ont fui les collines ne laisseront pas partir une si belle occasion. Ils ont pourchassé mon ânesse jusqu'aux dunes, jusqu'aux bosquets de tamaris, pour profiter du fait que les sabots d'un âne s'enfoncent dans le sable. Afin de triompher d'eux, il faut au plus vite quitter ce terrain peu favorable, je les laisse avancer lentement, je vais à reculons, je grimpe pas à pas la dune de sable. Au début, les deux loups me suivent, impuissants, puis ils se séparent, me contournent, se retrouvent devant moi et se lancent soudain à l'attaque. Je dis à mon ânesse :

« Ma chérie, tu as vu ? Au bas de la dune il y a la petite rivière, la grève est couverte de galets, le sol est ferme, l'eau est claire, elle peut tout au plus recouvrir nos pattes au-dessus des boulets. Si nous nous armons de courage, pour courir jusque-là, une fois dans l'eau les loups n'auront plus l'avantage et nous aurons le dessus. Ma chérie, courage, galope jusqu'en bas de la dune, nous avons un corps colossal, notre inertie est grande, nos sabots de derrière soulèvent de la poussière, et les loups seront désorientés, il suffit de filer comme le vent pour être en sécurité. »

Mon ânesse suit mon conseil, nous courons ensemble côte à côte. Profitant de notre masse, nous traversons un bosquet de tamaris, puis un autre, les branches souples effleurent la peau de nos flancs, nous donnons l'impression d'être portés par le courant, et nos corps sont comme deux vagues énormes qui déferlent. Ma vision périphérique me permet de voir les deux loups derrière, ils suivent avec difficulté, font piteuse figure. Comme nous nous arrêtons dans la rivière pour reprendre notre souffle, les deux loups, le corps couvert d'une épaisse couche de poussière, arrivent au bord de l'eau. Je laisse mon ânesse boire. « Ma chérie, humecte ton gosier, bois doucement, n'avale pas de travers, ne bois pas trop, tu prendrais froid. » Mon ânesse me mordille la croupe, les yeux pleins de larmes. Elle me dit :

« Mon bon petit frère, je t'aime, si tu n'étais pas venu à mon secours, j'aurais déjà fini dans le ventre des loups.

– Ma bonne grande sœur, mon ânesse chérie, en te secourant je me délivre moi-même, après ma renaissance dans ce corps d'âne j'avais du vague à l'âme, depuis que je t'ai rencontrée, j'ai compris que même un animal aussi humble qu'un âne, pour peu qu'il y ait de l'amour dans sa vie, peut être extrêmement heureux. J'étais un être humain dans ma vie antérieure, cet homme avait une épouse et deux concubines, il n'y avait que le sexe dans sa vie, pas d'amour, autrefois je pensais à tort qu'il était très heureux, mais à présent je sais qu'il était bien à plaindre. Un âne dévoré par le feu de l'amour est plus heureux que tous les hommes de la terre. Un âne qui délivre son aimée de la gueule des loups montre à cette dernière sa vaillance, sa force et son intelligence, tandis que, dans le même temps, il satisfait à l'amour-propre d'un cœur noble. Ah, grande sœur, c'est toi qui as fait de moi un âne plein de gloire, qui as fait de moi l'animal le plus heureux sur cette terre. » Nous nous mordillons l'un l'autre, nos peaux se frottent l'une contre l'autre, moments de tendresse infinie, de mots aimants échangés. Notre passion s'est renforcée dans ces instants de doux contacts, si bien que j'en ai presque oublié les loups assis sur la rive.

Les bêtes sont affamées et notre chair succulente leur met l'eau à la bouche. Ils n'ont nullement l'intention d'en rester là. Je voudrais tant m'accoupler sur-le-champ avec mon aimée, mais je sais que cela reviendrait à creuser notre propre tombe. Les loups visiblement ne guettent que l'occasion. Ils sont d'abord restés debout sur les galets de la rive, ont allongé leurs langues et ont lapé l'eau comme font les chiens, puis ils se sont assis, toujours comme font les chiens, ils ont levé la tête vers la moitié de lune froide et désolée et ont poussé des hurlements aigus.

À plusieurs reprises je perds ma lucidité, j'élève mes pattes de devant pour monter mon ânesse, mais avant même que mon corps ne retombe, les loups bondissent en avant. Je m'arrête à la hâte tandis que les attaquants retournent sur la rive. Ils semblent avoir assez de patience. Je me dis que je dois prendre l'initiative de l'assaut et, pour ce faire, il faut que l'ânesse coopère. Nous nous élançons tous deux sur les loups restés au bord de l'eau, ils s'esquivent d'un bond, reculent lentement vers la dune. Nous ne tomberons pas dans leur piège. Nous traversons le courant et galopons vers le village de Ximen, les deux loups se précipitent dans la rivière, ils ont de l'eau jusqu'au ventre, ce qui ralentit leurs mouvements. Je dis à l'ânesse : « Ma chérie, à l'assaut, donnons-leur le coup fatal. » Suivant une tactique arrêtée d'avance, nous volons jusqu'au milieu de l'eau et faisons porter nos sabots sur leurs corps, nous faisons jaillir des gerbes d'écume afin de les aveugler. Les loups se débattent, l'eau les alourdit. Je lève soudain mes sabots de devant et en vise un, il esquive à la hâte, je fais brusquement volte-face, mes deux sabots retombent sur les reins du second. Il s'affaisse sur le coup, je le garde sous l'eau pour qu'il s'asphyxie, de grosses bulles remontent avec force glou-glous. L'autre loup s'est redressé, il se précipite sur la gorge de mon ânesse adorée, il y a danger, je relâche la pression sur son compère, lève un de mes sabots de derrière et en frappe le loup à la tête. Je sens ses os se briser, il s'affale dans l'eau, à plat, sa queue s'agite, il n'est pas encore mort. L'autre, à demi noyé, lutte pour grimper sur la rive, ses longs poils sont collés à son corps, montrant un squelette décharné, il est hideux. Mon ânesse adorée se rue sur lui, lui assène coup de sabot sur coup de sabot, le fait rouler sur la grève, le ramène dans l'eau. Je lève une patte de devant et lui pilonne la tête. Dans les yeux du loup passent un ins-tant des lueurs mauvaises qui peu à peu s'éteignent. Dans la crainte qu'ils ne soient pas morts, nous les pié-tinons à tour de rôle, jusqu'à ce qu'ils se coincent entre les galets. La vase et le sang ont souillé une bonne par-tie de la rivière.

Nous marchons côte à côte vers le cours supérieur jusqu'à trouver de l'eau claire, loin de l'odeur du sang nous nous arrêtons. Elle me regarde du coin de l'œil, me mordille, gazouille, elle est toute tendresse, elle se tourne, m'offre son corps dans la position la plus appro-priée. « Mon amour, je te veux, monte-moi ! » Et moi, âne pur s'il en est, au corps resplendissant de santé, aux gènes d'excellence qui décideront de la supériorité de ma descendance, je me donne à toi, avec ma virginité, je ne peux les donner qu'à toi, mon ânesse Huahua.

Je me dresse telle une montagne, enserre ses reins de mes deux pattes, puis me hisse, un plaisir intense monte, envahit mon corps entier, envahit le sien. Juste ciel !

Chapitre septième

Huahua devant les difficultés enfreint son serment.
Naonao se fait menaçant et mord le chasseur.

Nous nous sommes accouplés six fois pendant la
nuit, ce qui, pour la physiologie d'un âne, est chose
pratiquement impossible. Mais je ne mens pas, et j'en
garantis l'empereur de Jade, souverain du Tao, j'en fais
le serment à la lune au milieu de l'eau, c'est la vérité,
car je ne suis pas un âne ordinaire, et l'ânesse de la
famille Han n'est pas, elle non plus, une ânesse commune. Dans sa vie antérieure elle a été femme et s'est
suicidée par amour, elle a laissé de côté tout désir char-
nel pendant des dizaines d'années, aussi, une fois solli-
citée, il a fallu du temps pour l'assouvir. Quand le soleil
rouge se montre, nous éprouvons enfin de la fatigue.
Une fatigue faite de vide, de transparence. Nos âmes
semblent sublimées par cet amour bouleversant, elles
sont d'une beauté sans pareille. De nos bouches respectives nous lissons nos crinières emmêlées et nos queues
souillées de vase, dans ses yeux je lis une tendresse
infinie. La race humaine a une haute opinion d'elle-
même, s'imaginant être la plus capable de comprendre
le sentiment amoureux, en fait c'est l'ânesse qui est
l'animal le plus passionné, je désigne par là bien sûr
mon ânesse, l'ânesse Han, l'ânesse de Han Huahua
Debout au milieu de la rivière, nous buvons un peu

d'eau claire, puis nous marchons jusqu'à la grève pour manger les roseaux, jaunis déjà, mais qui ne sont pas complètement vidés de leur sève, ainsi que des baies au suc violet. Par moments, des oiseaux effrayés s'envolent, de rares serpents, énormes, se faufilent hors des touffes d'herbe. Trop occupés à chercher un endroit où hiberner, ils ne s'intéressent pas à nous. Après avoir bavardé un peu pour faire mieux connaissance, nous nous trouvons l'un l'autre un nom pour l'intimité. Elle m'appellera Naonao et elle, je l'appellerai Huahua.

« Naonao, hi-han !

– Huahua, prrrou pou-pou…

– Nous resterons toujours ensemble et vous, père Ciel et mère Terre, n'allez pas chercher à nous séparer, hi-han, qu'en penses-tu ?

– Hi-han, c'est épatant ! Soyons des ânes sauvages parmi les dunes ondulantes, parmi les tamaris luxuriants, au bord de cette rivière limpide ; quand nous aurons faim, nous brouterons l'herbe verte, nous boirons l'eau de la rivière pour étancher notre soif, nous dormirons enlacés, nous nous accouplerons souvent, nous prendrons soin l'un de l'autre, nous nous protégerons l'un l'autre. Je te fais le serment que jamais je ne m'intéresserai à une autre ânesse et tu dois, de ton côté, me promettre que tu ne te laisseras jamais monter par un autre âne.

– Prrrou pou-pou, Naonao, mon bien-aimé, je te le jure.

– Hi-han, Huahua, ma chérie, j'en fais le serment, moi aussi.

– Non seulement tu ne dois pas t'intéresser à une autre ânesse, mais le serment vaut aussi pour les juments, Naonao, me dit Huahua en me mordillant, les hommes sont sans vergogne, ils font s'accoupler un âne et une jument, et cela donne un animal étrange appelé mulet.

– Sois tranquille, Huahua, même si l'on me cachait les yeux, je ne monterais pas une jument, toi aussi tu dois jurer que tu ne t'accoupleras pas avec un cheval, le résultat de l'accouplement d'un cheval et d'une ânesse s'appelle un bardot.

– Sois tranquille, petit Naonao, quand bien même on m'attacherait, je mettrais ma queue entre mes pattes, je n'appartiens qu'à toi… »

Quand nos sentiments sont ainsi à leur paroxysme, nos cous s'enroulent, comme ceux de cygnes jouant dans l'eau. Sentiments inextricables, tendresse impossible à exprimer entièrement. Nous sommes debout côte à côte devant une étendue d'eau claire, regardant nos reflets à la surface. Nos yeux brillent, nos lèvres sont gonflées, l'amour nous transfigure, nous sommes un couple d'ânes, œuvre de la nature.

Alors que nous restons là, au milieu de l'eau, perdus dans notre passion, de derrière monte un grand tumulte. Je relève brusquement la tête pour apercevoir une vingtaine de personnes disposées en éventail, qui nous débordent.

« Hi-han, Huahua, file !

– Prrrou pou-pou, Naonao, n'aie pas peur, regarde bien, ce sont tous des connaissances. »

L'attitude de Huahua me refroidit à moitié. Comme si je ne savais pas que les arrivants sont tous des connaissances ! J'ai la vue aiguisée, j'ai repéré tout de suite, parmi la foule, mon maître, Lan Lian, ma maîtresse, Yingchun, ainsi que les frères Fang Tianbao et Fang Tianyou, villageois amis de mon maître. Ces deux frères sont des personnages importants du roman *La Hallebarde de Fang Tianhua*, Mo Yan en a fait des maîtres en arts martiaux. Lan Lian a noué à sa taille la longe dont je me suis défait, il tient à la main une longue perche à l'extrémité de laquelle est attaché un lasso. Yingchun porte une lanterne dont le papier rouge est déjà brûlé, laissant apparaître la carcasse en fil de fer noir. Les frères Fang ont chacun dans une main une longue corde, dans l'autre un bâton. Il y a là aussi le bossu et tailleur de pierre Han, son demi-frère Han Qun, de même père que lui mais de mère différente, et encore quelques connaissances dont le nom pour l'instant m'échappe. Ils ont l'air épuisés, ils sont couverts de poussière, on voit bien qu'ils ont dû se démener toute la nuit.

« Huahua, cours !

– Naonao, je ne peux pas.

– Prends ma queue entre tes dents pour que je t'entraîne.

– Naonao, où pouvons-nous aller ? Tôt ou tard, ils nous captureront, dit Huahua en baissant les sourcils avec humilité, et puis ils vont aller chercher des fusils, et nous aurons beau courir, nous serons rattrapés par les balles.

– Hi-han, hi-han, hi-han ! » De désespoir, je lance des braiments tonitruants. « Huahua, aurais-tu oublié le serment que nous nous sommes prêté à l'instant ? Tu as accepté de rester avec moi pour toujours, que nous devenions ensemble ânes sauvages, libres de toute contrainte, de toute préoccupation, nous laissant aller au sein de la nature. »

Huahua garde la tête baissée, ses grands yeux s'emplissent soudain de larmes. Elle dit :

« Prrrou, pou-pou, Naonao, toi tu es un âne mâle, une fois castré tu peux aller le cœur léger, libre et sans attaches, mais moi je suis grosse de ta progéniture, vous autres, qui venez de la cour de la famille Ximen, que vous soyez homme ou âne, vous êtes des forces de la nature, vous faites d'une pierre deux coups, il y a neuf chances sur dix pour que je porte des jumeaux. Mes flancs vont vite grossir, j'aurai besoin d'être bien nourrie, j'aurais envie de manger des grains de soja noir grillés à point, du son de blé fraîchement moulu, du sorgho broyé, de la paille hachée menu, tamisée par trois fois pour la débarrasser de tout corps étranger, cailloux ou plumes de poulet, sable. Nous sommes au dixième mois déjà, peu à peu le froid va s'installer, la terre va geler, la neige se mettra à tomber à gros flocons, la rivière sera prise en glace, les herbes desséchées seront recouvertes par la neige, et moi, traînant mon corps engrossé, qu'est-ce que j'aurai à manger ? Prrrou pou-pou, qu'est-ce que j'aurai à boire ? Prrrou pou-pou, et quand j'aurai mis bas, où me feras-tu dormir ? Prrrou pou-pou, et si je prends la décision de te suivre et de fuir dans ces dunes, nos ânons, comment supporteront-ils, eux, les rigueurs de l'hiver ? Prrrou pou-pou, s'ils venaient à mourir de froid dans la neige, leurs corps raidis, durs comme du bois ou de la pierre, toi, leur père, n'en aurais-tu pas de la peine ? Naonao, si un âne peut abandonner sans pitié sa progéniture, pour une ânesse c'est chose impossible. Peut-être toute autre pourrait-elle agir ainsi, mais pour Huahua c'est chose impossible. Une femme peut abandonner ses enfants pour ses convictions, non une ânesse. Prrrou pou-pou, Naonao, peux-tu comprendre les sentiments d'une ânesse qui porte ses petits ? »

Devant ce flot de paroles, mitraillé par tant de questions, moi, l'âne Naonao, je n'ai aucune marge pour riposter. Je demande mollement :

« Hi-han, hi-han, Huahua, tu es sûre d'être grosse ?

– Arrête ! » Huahua me fait les gros yeux, elle s'emporte : « Naonao, ah, Naonao, six fois en une nuit, et à chaque fois ça a été une vraie inondation, alors même une ânesse de bois ou de pierre, même un arbre mort seraient engrossés de ta progéniture, sans parler d'une ânesse en chaleur !

– Hi-han, hi-han ! » La tête baissée, découragé, je pousse tout bas quelques braiments, je vois Huahua s'avancer bien docilement vers ses maîtres.

Des larmes brûlantes me montent aux yeux, mais bien vite elles sont séchées par le feu d'une colère indicible, je vais fuir, bondir, je ne veux pas supporter la vue de cette trahison justifiée mais si dure, je ne veux pas continuer à mener cette vie d'âne, où je dois tout supporter en silence, dans la famille Ximen. « Hi-han, hi-han ! » Je me rue vers la rivière resplendissante, mon but : les hautes dunes, les bosquets de tamaris, masses vaporeuses, leurs branches rouges si flexibles. Ils abritent des renards roux, des blaireaux à tête versicolore et des gangas des sables au plumage sobre. Adieu, Huahua, profite bien des honneurs et des richesses, quant à moi, je ne suis pas attaché à la douceur de mon étable, j'aspire à une liberté sauvage. Mais avant même d'atteindre la grève, je vois plusieurs personnes tapies dans les tamaris. Elles portent sur la tête des chapeaux de camouflage faits de tiges d'osier tressées et sur les épaules des capes de paille de la couleur des herbes séchées, elles tiennent toutes à deux mains un fusil de fortune, le même que celui qui a fait voler en éclats le crâne de Ximen Nao. Je me retourne, sous le coup de l'épouvante je me rue vers l'est, suivant la grève, face au soleil levant. Mon pelage entier semble fait de flammes rouges, je suis une boule de feu, un âne resplendissant de lumière. Non que j'aie peur de la mort, face aux loups féroces je n'avais pas peur, mais face à ces fusils tout noirs, c'est vrai, j'ai peur, non pas tant des fusils eux-mêmes que de la scène tragique qu'ils provoquent : celle de la cervelle éclaboussant alentour. Mon maître a sans doute deviné depuis longtemps quel itinéraire je vais prendre car il a coupé par la rivière, sans même retirer ses chaussettes et ses chaussures. Ses jambes malhabiles font jaillir des gerbes d'écume. Il arrive face à moi, je fais demi-tour, au même moment la longue perche qu'il tient à la main s'envole, je suis pris au lasso. Je ne me rends pas, je ne me résigne pas à être ainsi dompté par lui. Je mets toutes mes forces en balance pour continuer à progresser, redresse la tête et le poitrail. La corde entame la peau de l'encolure, me gêne pour respirer. Je vois ses mains agrippées sur la perche, son corps qui résiste vers l'arrière, presque perpendiculaire au sol. Il prend appui sur ses deux talons, est tiré en avant par mes efforts. Ses talons, tels des socs de charrue, laissent deux profonds sillons sur la grève.

Je suis en perte de vitesse, mais surtout le lasso m'étouffe, je dois arrêter ma course. La foule m'encercle dans un beau désordre, mais on dirait que tous ont un peu peur de moi, ils essaient de donner le change mais n'osent s'approcher. Je me dis alors que ma mauvaise réputation d'âne prompt à mordre s'est largement répandue. Dans des villages où la vie est si paisible la nouvelle d'un âne qui mord est tout naturellement une nouvelle à sensation, en un instant elle fait le tour des chaumières. Mais je défie bien quiconque parmi les villageois, homme ou femme, de deviner les tenants et les aboutissants de cette affaire, et encore moins d'imaginer que le trou dans la tête de dame Bai est une marque faite par un baiser de son mari réincarné en âne dans un moment d'égarement passionnel, oubliant son corps d'âne, croyant qu'il est toujours un être humain.

La téméraire Yingchun, tenant à la main une poignée d'herbes vertes, s'avance lentement vers moi, me parle :

« Petit Noiraud, n'aie pas peur, n'aie pas peur, on ne te frappera pas, reviens avec moi à la maison... »

Elle est tout près, enserre mon cou de son bras gauche, tandis que sa main droite me fourre l'herbe dans la bouche. Elle me caresse, son buste cache ma vue, je sens ses seins doux et tièdes, les souvenirs de Ximen Nao m'assaillent soudain, des larmes brûlantes coulent de mes yeux. Elle me parle doucement à l'oreille, cette odeur brûlante, cette femme brûlante, la tête me tourne, mes pattes tremblent, je m'agenouille sur la grève. Je l'entends dire :

« Petit Noiraud, petit Noiraud, te voilà grand, je le sais, tu penses à une compagne, un homme une fois grandi prend épouse, une femme se marie, petit Noiraud, tu vas être papa, nous ne t'en voulons pas, c'est tout naturel, elle est grosse, la graine a pris, allez, reviens bien gentiment à la maison… »

Ils réparent à la hâte la bride, attachent la longe, ajoutent au bout de la bride une chaîne dégageant une odeur de rouille. Ils enfoncent cette chaîne dans ma bouche et tirent d'un coup sec, ma lèvre inférieure en est toute comprimée, Dieu que ça fait mal ! J'ouvre grands mes naseaux, respire bruyamment. Yingchun écarte d'une tape la main qui serre le mors en fer et dit :

« Donne du mou, tu ne vois donc pas que ça le blesse ? »

On essaie de me faire mettre sur mes pattes, je tente de mon côté de me lever. Les autres animaux domestiques peuvent se coucher, un âne ne se couche que pour mourir. Je lutte, mais le poids de mon corps m'en empêche. Est-il possible qu'un âne de trois ans tout juste meure d'une telle mort ? Même si ce n'est pas une bonne chose pour moi que d'être un âne, mourir ainsi serait trop idiot. Face à moi, c'est une large route, avec maints embranchements, chacun mène à un paysage, je suis curieux et j'aime les beaux lieux, je ne peux pas mourir, il faut que je me mette sur mes pattes. Sous la conduite de Lan Lian, les frères Fang glissent un bâton sous mon ventre. Lan Lian passe derrière et soulève ma queue, Yingchun me tient par le cou, les frères Fang élèvent le bâton, crient en même temps : « Oh, hisse ! » Profitant de cet élan, je me relève. Mes pattes tremblent, ma tête est lourde. Je mobilise toute mon énergie, je ne dois pas retomber sur le sol, je me stabilise dans cette position.

On m'entoure, devant les blessures qui saignent sur mes pattes de derrière et sur mon poitrail on marque de l'étonnement, on ne sait trop quoi penser. L'accouplement avec une ânesse peut-il provoquer de tels dommages ? Dans le même temps, je perçois les discussions animées des gens de la famille Han au sujet des blessures de leur ânesse.

« Est-ce que ces deux ânes, au lieu de copuler, auraient passé toute une nuit à se mordre ? » demande l'aîné des Fang au cadet qui secoue la tête, réservant son avis.

Quelqu'un venu pour aider la famille Han, en aval, non loin, montre la rivière et crie :

« Venez vite voir ce qu'il y a là ! »

Des cadavres des deux loups, l'un roule lentement, l'autre a été arrêté par un énorme galet.

Tous se précipitent, regardent fixement vers l'endroit indiqué. Je sais qu'ils voient les poils des loups flottant sur l'eau, le sang qui macule les galets, sang de loups et sang d'ânes, je sais qu'ils sentent cette puanteur qui ne s'est pas encore dissipée, qu'au vu des nombreuses empreintes mêlées sur la grève, empreintes de loups, empreintes d'ânes, ils peuvent imaginer la violence du combat, nos blessures, à Huahua et à moi-même, sont là aussi pour la prouver.

Deux personnes du groupe ôtent chaussures et chaussettes, remontent les jambes de leurs pantalons, descendent dans le courant et, les tirant par la queue, rapportent sur la grève les cadavres des deux loups tout dégoulinants d'eau. Je sens que je leur inspire un grand respect. Je sais que Huahua reçoit le même honneur. Yingchun serre ma tête entre ses bras, la caresse, ses larmes gouttent sur mes oreilles.

Lan Lian jubile, il s'adresse à la foule : « Merde alors, celui qui viendra me dire encore que mon âne est mauvais, celui-là, je lui tiendrai tête jusqu'au bout. On dit toujours que l'âne est un animal peureux, qu'il est paralysé à la vue d'un loup, mais mon âne à moi a tué ces deux loups à coups de sabot.

– Mais il n'a pas été le seul à accomplir cet exploit, rétorque Han, le tailleur de pierre indigné, mon ânesse aussi y a participé. »

Lan Lian dit en riant : « Mais oui, bien sûr, ton ânesse partage ce mérite, d'autant plus qu'elle est notre bru.

– Avec toutes ces blessures, l'union ne s'est sans doute pas conclue », fait remarquer quelqu'un plaisantant à moitié.

Fang Tianbao se met à genoux pour examiner mon sexe, puis se place derrière la croupe de l'ânesse des Han, il lui relève la queue et dit, catégorique :

« Si, et j'ose le garantir, mon vieux Han, attends-toi à avoir un ânon.

– Mon vieux Han, tu feras porter une mesure de deux litres de grains de soja noir comme fortifiant pour mon âne, dit Lan Lian, le plus sérieusement du monde.

– Compte là-dessus ! » répond Han.

Ceux qui sont restés tapis dans les bosquets de tamaris accourent, le fusil à la main. Ils ont le pas léger, les gestes discrets, on voit bien qu'il ne s'agit pas de simples paysans. Le chef est trapu, il a le regard perçant. Parvenu devant les loups, il se penche, pointe le canon de son fusil sur la tête d'un des deux puis sur le ventre de l'autre, avant de déclarer, étonné mais non sans regret :

« Ce sont bien eux, ils nous en ont donné, du fil à retordre ! »

Un de ses compagnons portant un fusil lance à l'intention de la foule :

« Cette fois, c'est la bonne, nous allons pouvoir rendre compte de notre mission.

– Vous n'avez sans doute jamais vu des bêtes comme celles-ci. Ce ne sont pas des chiens sauvages, ce sont deux gros loups gris comme on en voit rarement dans les plaines, ils ont fui les steppes de Mongolie-Intérieure. Ils ont commis leurs méfaits tout le long du chemin, affinant leur tactique au fil des expériences, ils sont rusés, cruels, et cela fait plus d'un mois qu'ils infiltrent la région, ils ont tué une dizaine de grosses bêtes domestiques, chevaux, bœufs, sans compter un chameau, sous peu ils s'en seraient pris aux êtres humains. Quand les autorités du district ont eu vent de l'affaire, pour éviter une panique générale elles ont organisé des équipes de chasseurs, six en tout qui jour et nuit ont patrouillé, sont restées en embuscade, cette fois c'est terminé », dit avec suffisance un autre homme armé en s'adressant à Lan Lian et à son groupe. Il donne des coups de pied dans les loups morts en les injuriant : « Sales bêtes, qui aurait pensé que cela se terminerait ainsi pour vous ! »

Le chef des chasseurs vise un loup à la tête et tire un coup de fusil. Une traînée de lumière engloutit le loup. Après la lumière, c'est au tour d'une fumée blanche de s'échapper de la gueule du fusil. Le crâne du loup est pulvérisé, comme cela s'est passé quand Ximen Nao a été fusillé, du blanc et du rouge viennent barbouiller les galets.

Un autre chasseur, avec un sourire entendu, élève son fusil et tire sur le ventre de l'autre loup, y ouvrant un trou gros comme le poing, des choses sales en jaillissent.

Leur conduite laisse Lan Lian et sa troupe abasourdis, puis ils se regardent les uns les autres. La fumée met un moment à se disperser, l'eau coule avec un bruit clair et mélodieux, un vol d'au moins trois cents étourneaux arrive du lointain, vol ondoyant, en un nuage brun, puis dans un frou-frou d'ailes les oiseaux se posent ensemble sur un bosquet de tamaris et font plier les branches. On dirait autant de fruits. Ils crient de concert dans un beau vacarme, les dunes en sont tout animées. La voix de Yingchun s'élève comme une filandre :

« Qu'est-ce que vous comptez faire ? Pourquoi faire feu sur des loups morts ?

– Merde alors ! Vous avez l'intention de tirer la couverture à vous ? rugit Lan Lian en colère. Les loups ont été tués sous les sabots de mon âne, vous n'avez rien à voir là-dedans. »

Le chef des chasseurs sort de sa poche deux billets flambant neufs, en coince un dans ma bride, fait quelques pas et met l'autre dans celle de Huahua.

« T'as l'intention de nous faire taire avec du fric ? dit Lan Lian, suffoquant de colère. Cela ne se passera pas comme ça !

– Reprends ton fric, dit Han le tailleur de pierre sur un ton résolu, les loups ont été tués par nos bêtes, nous avons l'intention de les emporter. »

Le chasseur dit en ricanant :

« Mes amis, dans l'intérêt de tous, fermez les yeux là-dessus. Vous aurez beau raconter l'affaire à vous en écorcher la bouche, personne ne vous croira quand vous direz que vos ânes ont tué les loups à coups de sabot. De plus, la preuve évidente est que le crâne d'un des loups a été pulvérisé par un fusil, tandis que le ventre de l'autre a été traversé par une balle.

– Sur le corps de nos ânes ils verront les blessures faites par les morsures des loups, toutes ces traces de sang ! crie Lan Lian.

– C'est vrai, le corps de vos ânes est couvert de blessures et de sang, et personne ne mettra en cause le fait qu'il s'agit de morsures de loups, et justement, dit le chef des chasseurs en ricanant à son tour, cela prouve bien ce qui s'est passé : alors que les deux ânes couverts de sang en raison des morsures des loups se trouvaient dans une situation critique, trois membres de la sixième équipe des chasseurs sont arrivés. Au mépris

113

du danger, ils se sont élancés pour mener contre les loups une lutte à mort, leur chef Qiao Feipeng s'est précipité soudain devant les bêtes et a visé l'une à la tête, et, le coup parti, la moitié de la tête s'est envolée. Liu Yong, un des chasseurs, a tiré en direction de l'autre loup. Par malchance, le coup n'est pas parti, car nous étions restés toute la nuit tapis dans les bosquets de tamaris et la poudre était mouillée. L'animal féroce, montrant des dents blanches comme neige, la gueule pratiquement étirée jusqu'aux oreilles en un rire démoniaque à vous dresser les cheveux sur la tête, s'est jeté sur Liu Yong. Ce dernier a roulé au sol et a pu ainsi esquiver ce premier assaut, mais ses pieds se sont pris dans une pierre, si bien qu'il est tombé à la renverse sur la grève, le loup s'est envolé dans les airs, traînant derrière lui sa queue jaunâtre, on aurait dit une fumée jaune qui se jetait sur Liu Yong. En cet instant critique, en moins de temps qu'il n'en faut pour le dire, Lü Xiaopo, le plus jeune de la troupe, a tiré en direction du loup, comme ce dernier était une cible en mouvement, il a été atteint en plein ventre. La bête est retombée et a roulé au sol tandis que ses intestins sortaient sur une bonne longueur, offrant ainsi un aspect des plus tragiques, et bien qu'il s'agît d'une bête sauvage féroce, c'était un spectacle insupportable. C'est alors que Liu Yong, qui avait rechargé son fusil, a tiré sur le loup qui se tordait au sol. Comme il était à une bonne distance, l'explosif au sortir du canon a balayé le champ de visée et le loup a été mitraillé, ses pattes se sont raidies et cette fois il a été tué sur le coup. »

Sur les indications de Qiao Feipeng, le chef de l'équipe qui a capturé les loups, Liu Yong recule de quatre ou cinq pas, lève son fusil et fait feu sur la bête qui se retrouve avec le ventre perforé. Des dizaines de plombs se répartissent sur tout le corps de l'animal, laissant sur le pelage des marques de poils brûlés.

« Alors ? » Qiao Feipeng rit, fier de lui, il demande :
« Selon vous, quelle histoire est la plus crédible : la
mienne ou la vôtre ? » Qiao charge son fusil en disant :
« Bien que vous soyez plus nombreux, faut pas songer
à vous emparer des loups. Parmi les chasseurs, il y a
une règle non écrite qui veut que lorsqu'une proie est
disputée par plusieurs personnes qui ont tiré en même
temps, la bête revient à celle dont la balle est retrouvée dans le corps. Il existe encore une autre règle : si
quelqu'un s'empare des proies d'un autre, le chasseur
peut faire feu sur le spoliateur afin de défendre sa
dignité.

– Merde alors, t'es un vrai brigand, dit Lan Lian, tu
feras des cauchemars la nuit, espèce de voleur, c'est toi
le spoliateur, tu seras puni pour tes actes. »

Le chasseur nommé Qiao Feipeng dit en riant :
« Réincarnation et rétribution des actions sont des sor-
nettes destinées à embobiner les vieilles, moi j'y crois
pas. Mais comme finalement cette affaire nous a liés, si
vous acceptez de nous aider en faisant porter à vos ânes
les cadavres des loups jusqu'à la ville du district afin
que nous rendions compte de notre mission, le chef de
district vous récompensera généreusement, et moi je
vous offrirai à chacun une bonne bouteille. »

Je ne le laisse pas continuer, j'ouvre la bouche,
montre les dents contre son crâne tout aplati. Il esquive
à la hâte, il a de bons réflexes, sa tête est dégagée, mais
son épaule est sous ma bouche, brigand, je vais te montrer de quel bois je me chauffe, moi, l'âne Ximen.
Vous pensez que seuls les félins et les canidés pourvus
de griffes et de crocs tuent des animaux vivants pour se
nourrir, et que nous autres, les ânes boiteux et borgnes,
sommes juste bons à manger de l'herbe et du son, vous
êtes trop respectueux de la forme, des dogmes, de ce
qui est dit dans les livres, vous êtes trop empiristes,

aujourd'hui je vais vous apprendre une vérité : quand un âne est contrarié, il mord !

L'épaule du chasseur entre les dents, je lève brusquement la tête, la remue de droite à gauche, je sens une chose acide, visqueuse et nauséabonde qui déjà coule dans ma gorge, tandis que ce vieux renard beau parleur, l'épaule amochée, en sang, s'affaisse sur le sol, sans connaissance.

Bien sûr, il pourra dire au chef de district que la peau et la chair de son épaule ont été arrachées lors du combat féroce avec les loups. Il pourra dire encore ceci : tandis que la bête sauvage lui mordait l'épaule, luimême mordait le crâne du loup, quant aux tricheries opérées sur le corps des loups, ce sera comme ils voudront.

Mon maître, voyant que les choses se gâtent, me fait avancer à la hâte pour quitter les lieux, abandonnant sur la grève les cadavres des loups et les chasseurs.

Chapitre huitième

L'âne Ximen, dans la douleur, perd un testicule.
Pang le héros nous fait l'honneur de sa visite.

Nous sommes le 24 janvier 1955, premier jour du premier mois de la trente-deuxième année selon le calendrier lunaire. [Ce petit drôle de Mo Yan devait plus tard faire de ce jour la date anniversaire de sa naissance. Une fois entrés dans les années 80, les fonctionnaires, pour rester plus longtemps en poste ou pour obtenir une fonction plus importante, se faisaient passer pour plus jeunes qu'ils n'étaient et déclaraient posséder des diplômes élevés. Qui aurait pensé que Mo Yan, qui n'était pourtant pas fonctionnaire, s'amuserait, lui aussi, à ce petit jeu-là ?]

Le temps est superbe, le demi-hectare de terres de Lan Lian a donné deux mille huit cents livres de céréales, ce qui représente en moyenne trois cent cinquante livres par *mu*[1]. Il convient d'ajouter à cela vingt-huit grosses courges musquées, récoltées sur les bords des fossés, ainsi que vingt livres de ramie de la meilleure qualité. Bien que la coopérative ait proclamé un rendement de quatre cents livres par mu, Lan Lian n'en croit pas un mot. Je l'ai entendu plusieurs fois dire à Yingchun : « Avec des cultures comme les leurs, obtenir un

1. Un *mu* représente un quinzième d'hectare.

117

tel rendement, à d'autres ! » Ma maîtresse riait, mais ce rire cachait mal son inquiétude, elle insistait :

« Mon époux, ne les défie pas, ils sont nombreux et nous travaillons seuls, le meilleur tigre ne peut rien contre une bande de loups.

– T'as peur de quoi ? disait Lan Lian en la foudroyant du regard, Chen, le chef de région, nous soutient ! »

Mon maître porte un chapeau de velours marron et des vêtements ouatinés à moitié neufs, une sangle de portage en toile foncée. Il tient à la main un peigne en bois et m'étrille. Ces brossages sont délicieux, les éloges de mon maître aussi. Il dit : « Petit Noiraud, mon vieux, l'an passé tu as donné, toi aussi, de bons coups de collier, et si j'ai pu récolter autant de céréales, le mérite t'en revient pour moitié. Cette année nous allons tous les deux mettre le paquet, battre à plates coutures cette coopérative de mon cul ! »

La lumière se fait de plus en plus radieuse, mon corps peu à peu se réchauffe. Les pigeons sont encore là à tournoyer dans le ciel, le sol est recouvert d'une couche blanche de débris de papier laissée par les pétards en explosant. Hier soir au village ce n'était qu'éclairs et pétarades à la file, l'odeur des explosifs était partout, on se serait cru en pleine guerre. L'odeur des raviolis mis à cuire se répandait dans la cour, toute mêlée de celle des gâteaux de Nouvel An[1], des bonbons et des fruits. Ma maîtresse, après avoir passé un bol de ravio-lis dans de l'eau froide, les a mélangés à la paille dans l'auge. Elle m'a caressé la tête en disant :

« Petit Noiraud, c'est le Nouvel An, tu vas manger des raviolis, hein ? »

Je dois reconnaître que, pour un âne, manger les mêmes raviolis que ceux que dégustent ses maîtres à

1. Fabriqués avec du riz glutineux ils sont offerts au dieu du foyer pour l'empêcher de raconter des choses qu'il aurait vues.

l'occasion du Nouvel An est une faveur insigne. Ils me considèrent pratiquement comme un être humain, comme un membre de la famille. Depuis mon combat contre les deux loups, leur sollicitude à mon égard s'est considérablement accrue et je me suis fait la plus haute réputation dont puisse jouir un âne à cent lieues à la ronde dans les dix-huit villages de ce canton de Dong-bei. Même si ces maudits chasseurs se sont appro-prié les dépouilles des deux loups, tout le monde sait ce qui s'est réellement passé. Bien que personne n'ait nié la participation au combat de l'ânesse des Han, tous ont compris que j'ai été la force principale engagée dans ce combat, l'ânesse n'ayant joué qu'un rôle secon-daire, et puis c'est moi qui lui ai sauvé la vie. Aussi, bien qu'ayant atteint l'âge de la castration depuis long-temps, et mon maître m'en ayant souvent menacé, depuis cet exploit il n'en a plus reparlé.

L'automne passé, alors que j'allais aux champs der-rière lui, Xu Bao, le vétérinaire spécialisé dans la castration des taureaux, des ânes et des chevaux, portant au dos sa besace, agitant une clochette, marchait derrière moi, lorgnant mon entrejambe de ses yeux sournois. J'avais senti depuis longtemps cette odeur atroce qui émanait de son corps, j'avais compris qu'il couvait de mauvaises intentions. Cette graine d'engeance qui accompagne son vin de testicules d'âne ou de taureau ne mourra certainement pas de belle mort. J'étais sur mes gardes, je me préparais, quand il sera à la distance convenable, me disais-je, je ferai une ruade et je viserai son engin dans l'entrejambe. Je veux que cette graine d'engeance, coupable de forfaits répétés, soit battue à plates coutures. Peut-être passera-t-il devant moi, alors je lui mordrai la tête. Mordre, tel est mon point fort. Le type était rusé, il esquivait, restait à bonne distance, ne me donnait pas l'occasion d'agir. Les badauds des deux côtés de la rue, à la vue de cet entêté de Lan Lian traînant son âne célèbre, suivi de cette graine d'engeance experte en castration, pensaient qu'il allait y avoir du spectacle, ils attendaient. Chacun y allait de son commentaire :

« Lan Lian, tu vas faire castrer ton âne ?

– Xu Bao, t'as trouvé de quoi accompagner ton vin ?

– Lan Lian, faut pas le castrer, cet âne capable de tuer des loups à coups de sabot a besoin de ses testicules, chacun d'eux lui donne du courage, il en a beaucoup, autant qu'un pied de pommes de terre a de tubercules. »

Une bande d'écoliers qui allaient entrer dans l'école suivait Xu Bao en gambadant et en chantant un couplet rythmé :

Xubao, Xubao veut mordre dans toute coucougnette
  en vue,
s'il ne peut mordre dedans, à grosses gouttes il sue.
Xu Bao, Xu Bao est bite d'âne,
n'est pas un gars sérieux, est sur la mal pente…

Xu Bao avait marqué un arrêt, fait les gros yeux aux galopins, il avait sorti de sa besace un petit couteau étincelant et avait dit, furieux :

« Sales petits bâtards, vous allez la fermer. Le premier qui ose me mettre en scène ainsi, je lui coupe les roubignoles ! »

Les garnements s'étaient regroupés tout en riant bêtement face à Xu Bao. Ce dernier avait fait quelques pas en avant, eux avaient reculé d'autant. Xu Bao s'était élancé, ils s'étaient égaillés comme une volée de moineaux. Xu Bao s'était avancé dans l'intention de m'ôter les testicules, les enfants avaient formé de nouveau un groupe, ils le suivaient tout en chantant :

Xu Bao, Xu Bao veut mordre dans toute coucougnette
  en vue…

Xu Bao, sans plus s'occuper de ces polissons qui le harcelaient, les avait contournés et était venu se placer devant Lan Lian, il marchait à reculons tout en parlant avec mon maître :

« Lan Lian, mon vieux frère, je sais que cet âne a mordu de nombreuses personnes, et quand cela se produit, il faut dédommager les personnes blessées pour les frais de soins, leur prodiguer des paroles de réconfort. Autant le castrer, un coup de bistouri, trois jours de convalescence, et je me porte garant du fait qu'il sera devenu un âne parfaitement docile ! »

Lan Lian n'avait pas prêté attention à lui, j'avais senti des vagues d'emportement monter en moi. Lan Lian, connaissant mon tempérament, tenait fermement le mors afin de ne me laisser aucune marge de manœuvre pour que je m'élance sur lui.

Les talons de Xu Bao soulevaient la poussière de la rue, ce bâtard marchait lestement, ce devait être son allure coutumière. Il avait un petit visage tout ratatiné, des yeux triangulaires et, dessous, des poches prononcées, l'espace entre les incisives laissait passer des bulles quand il parlait.

« Lan Lian, avait-il repris, suis mon conseil, fais-le castrer, ce sera mieux, et tu auras beaucoup moins de soucis. Aux autres je prends cinq yuans, mais à toi je ne demanderai rien. »

Lan Lian avait marqué un arrêt et avait lancé sur un ton sec :

« Xu Bao, rentre d'abord chez toi châtrer ton père.

– Toi alors, comment peux-tu dire des choses pareilles ? avait dit Xu Bao en haussant le ton.

– Ça te choque que je te dise ça ? Alors écoute bien ce que va te dire mon âne », avait ajouté Lan Lian en riant. Il avait donné du mou au licou et m'avait lancé : « Vieux Noiraud, vas-y ! »

Furieux, j'avais émis des braiments comme j'avais fait pour monter Huahua, je m'étais cabré pour frapper la tête ratatinée de Xu Bao. Les badauds sur le bord de la rue avaient poussé des cris de peur, la troupe de garnements avait cessé son vacarme. J'attendais la sensation et le bruit causés par mes sabots frappant le crâne de Xu Bao, mais rien, je ne voyais pas non plus le petit visage qui aurait dû être déformé par la peur, je n'entendais pas non plus le cri escompté, modulé comme un hurlement de chien. J'avais vaguement senti une ombre se glisser sous mon ventre, un pressentiment sinistre avait traversé mon cerveau, alors que je voulais esquiver, c'était déjà trop tard : dans mon entrecuisse était passée comme une sensation de froid suivie immédiatement d'une vive douleur. J'étais déboussolé, je savais que je m'étais fait piéger, je m'étais empressé de faire volte-face pour constater que du sang coulait sur la face interne de mes pattes de derrière, tandis que Xu Bao, sur le côté de la rue, tenait à plat dans une main un testicule grisâtre, tout sanguinolent. La face réjouie, il le montrait avec ostentation aux badauds, du bord de la route étaient montées des acclamations.

« Xu Bao, espèce de bâtard, tu as abîmé mon âne ! » avait crié mon maître avec douleur, il avait voulu me laisser un instant pour s'avancer et en découdre avec Xu Bao, mais ce dernier avait fourré le testicule dans sa besace, dans sa main brillait de nouveau le petit couteau étincelant, mon maître alors avait faibli.

« Lan Lian, tu n'as pas à m'en vouloir. » Xu Bao avait pointé un doigt en direction des badauds. « Tout le monde l'a bien vu, et même ces petits, c'est toi, Lan Lian, qui as lancé ton âne, moi, Xu Bao, j'étais en position de légitime défense. Et si moi, Xu Bao, je ne m'étais pas montré vigilant, à l'heure où je vous parle, ma tête serait déjà transformée en calebasse sanglante par les sabots de l'âne. Lan, mon vieux, tu n'as pas à m'en vouloir.

– Oui, mais tu as amoché mon âne…

– J'aurais pu amocher ton âne si je l'avais voulu, j'ai toutes les capacités pour ce faire, mais en pensant à l'amitié qui lie deux vieux pays comme nous, j'ai voulu t'épargner cela, dit Xu Bao. Je vais te dire la vérité, ton âne avait trois testicules, je ne lui en ai pris qu'un, son humeur sauvage en sera adoucie sans qu'il perde son ardeur de mâle. Merde alors, t'attends quoi pour me remercier ? »

Lan Lian s'était penché en avant et avait tourné la tête de biais pour voir l'état de mon entrejambe, il devait constater que Xu Bao n'avait pas raconté d'histoires, il s'était senti soulagé, mais quant à remercier, non, car en fin de compte ce type qui tenait plus du diable que de l'être humain, avant même d'en avoir discuté, à la vitesse de l'éclair, avait trouvé le moyen de m'enlever un testicule.

« Xu Bao, je te préviens, dit Lan Lian, s'il arrive quelque chose à mon âne, je n'en resterai pas là.

– À moins que tu ne mélanges de l'arsenic à son fourrage, je garantis que ton âne vivra cent ans ! Aujourd'hui mieux vaut ne pas le mener travailler aux champs, reconduis-le à la maison, donne-lui une bonne nourriture, fais-lui boire un peu d'eau salée et dans deux jours la blessure aura cicatrisé. »

Lan Lian n'était pas convaincu, mais, malgré tout, il avait observé les recommandations de Xu Bao, il m'avait ramené à la maison. La douleur que je ressentais, si elle s'était un peu apaisée, restait forte, je tenais sous mon regard haineux ce bâtard qui allait se régaler de mon testicule, je ruminais un plan de vengeance, mais, à vrai dire, ce malheur qui avait fondu sur moi comme l'ouragan m'avait fait éprouver une crainte respectueuse pour ce petit homme, malgré sa piètre apparence et ses jambes torses. Le fait qu'il existât sur terre un être aussi bizarre, faisant profession d'exciser les testicules, et de le faire avec autant de brio, cette cruauté qui le poussait à l'action, la précision et la rapidité de ses gestes, tout cela doit sembler peu crédible à ceux qui n'ont pas eu affaire à lui personnellement. Hi-han, hi-han ! Mon testicule, ce soir, accompagné d'eau-de-vie, tu vas finir dans le ventre de Xu Bao, demain tu tomberas dans la fosse d'aisances, ô mon testicule !

Alors que nous avions parcouru quelques dizaines de mètres, nous avions entendu Xu Bao crier derrière nous :

« Lan Lian, tu sais comment s'appelle ce coup de maître ?

– J'encule tes ancêtres, Xu Bao ! » Tout en lui lançant cette injure, Lan Lian s'était retourné.

On avait entendu des rires dans la foule, Xu Bao braillait dans ce brouhaha, son ton était jubilatoire :

« Écoute bien, Lan Lian, et toi aussi, l'âne, ce coup s'appelle "dérober la pêche sous la feuille".

– Xu Bao, Xu Bao sous la feuille a dérobé la pêche, Lan Lian, Lan Lian devant tous a perdu la face… » La meute des gamins espiègles, avec ce génie de la parole qui est le leur, nous avait suivis en criant jusqu'au portail de la famille Ximen.

Dans la cour l'atmosphère est de plus en plus animée, les cinq enfants des bâtiments latéraux, avec leurs vêtements flambant neufs, cabriolent de concert. Lan Jinlong et Lan Baofeng, bien qu'ayant déjà atteint l'âge requis, n'ont pourtant pas encore pris le chemin de l'école. Le garçon a une expression mélancolique, comme s'il était accablé de soucis, sa sœur, qui est toute candeur, est une future beauté. Ce sont les rejetons de Ximen Nao, ils n'ont pas de liens directs avec moi, l'âne Ximen, alors que les deux ânons mis bas par

124

l'ânesse Han Huahua en avaient, eux ; malheureusement, ils ont suivi leur mère dans la mort, alors qu'ils n'avaient même pas six mois. La mort de Huahua a été un gros chagrin pour l'âne Ximen. Elle est morte pour avoir mangé du fourrage empoisonné, quant aux deux ânons, mes propres enfants, ils ont été contaminés à leur tour en buvant le lait de leur mère. Leur naissance avait réjoui le village entier, aussi à ces trois morts tous ont eu de la peine. Han, le tailleur de pierre, a pleuré comme une fontaine, mais quelqu'un, sûrement, a dû s'en réjouir en cachette : celui qui avait mis le poison. L'affaire a alerté les autorités de la région, lesquelles ont dépêché sur place Liu Changfa, un agent de la sécurité publique expérimenté, pour tirer la chose au clair. L'homme était assez balourd, il ne devait rien faire d'autre que convoquer un à un les habitants au siège de l'administration du village et leur poser des questions, comme s'il avait appuyé sur le bouton d'un magnétophone et, bien entendu, on ne s'est pas trouvés plus avancés. Plus tard cette canaille de Mo Yan, dans son *Dit de l'âne noir*, devait faire porter la responsabilité du crime à Huang Tong, mais, malgré toute son habileté à ficeler un récit, il ne faut pas accorder de crédit aux dires d'un romancier.

Quant à la suite, la voici : ce Lan Jiefang, né la même année, le même mois, le même jour que moi [c'est-à-dire toi, il suffit que tu saches qu'« il », c'est toi, car pour une question de commodité je préfère employer la troisième personne en racontant mon histoire], a déjà plus de cinq ans, la tache bleue qu'il a sur le visage s'accentue avec l'âge, c'est un enfant qui, malgré sa laideur, est gai, ouvert, vif et actif, il ne reste pas une minute en place et la remarque vaut surtout pour sa langue : elle ne chôme jamais. Il est habillé de la même façon que son demi-frère Lan Jinlong, mais comme il est plus petit, les vêtements sont trop grands, on a roulé les jambes du pantalon et les manches, cela lui donne l'air d'un brigand. Mais je sais bien, moi, que c'est un bon garçon et, s'il n'est pratiquement aimé de personne, je suppose que c'est sans doute en raison de cette tache bleue sur son visage et du fait qu'il est un vrai moulin à paroles.

Après avoir dit ce que j'avais à dire sur Lan Jiefang, je vais parler à présent des deux petites filles Huang : Huang Huzhu et Huang Hezuo. Les deux fillettes portent la même veste ouatinée à motifs imprimés, le même gros nœud dans les cheveux, elles ont toutes deux la peau très blanche et des yeux effilés et charmeurs. Les Huang et les Lan entretiennent des rapports complexes, qu'on ne saurait qualifier d'intimes, pas plus que de distants. Quand les adultes se retrouvent ensemble, il y a comme une certaine gêne entre eux, Yingchun et Qiuxiang, en fin de compte, ont toutes deux partagé autrefois la couche de Ximen Nao, elles sont sœurs et ennemies tout à la fois, à présent elles se retrouvent mariées chacune de son côté et, allez savoir par quelle magie, elles habitent l'une et l'autre dans ce qui avait été autrefois leurs logis respectifs, mais le maître a changé, l'époque aussi. Les enfants, quant à eux, ne s'embarrassent pas de toutes ces contradictions, leurs relations sont simples et sans mélange. Lan Jinlong est de nature sombre, il est difficilement abordable ; Lan Jiefang, lui, est très proche des deux petites beautés. Et elles de lui donner du « grand frère Jiefang » à tour de rôle, le garçon, qui est très gourmand, parvient toujours néanmoins à garder un bonbon pour chacune d'elles.

« Maman, maman, Jiefang a donné des bonbons à Huzhu et à Hezuo, dit en cachette Lan Baofeng à sa mère.

– Puisqu'il a reçu ces bonbons, il est libre de les donner à qui il veut ! » dit Yingchun, bon gré mal gré, tout en tapotant la tête de sa fille.

L'histoire des enfants n'a pas encore commencé, la pièce de théâtre qu'ils jouent ensemble atteindra son point culminant dans une dizaine d'années, pour le moment leur tour n'est pas venu d'interpréter les rôles principaux.

À présent, un personnage important va entrer en scène. Il se nomme Pang, Hu de son prénom, son visage est comme un jujube, d'un noir rougeoyant, ses yeux sont des étoiles brillantes. Il porte un chapeau militaire ouatiné et une veste également ouatinée avec de grosses surpiqûres, à sa poitrine sont accrochées deux décorations, un stylo à plume est fiché à une poche, au poignet une montre envoie des éclats métalliques. Il s'appuie sur deux béquilles, sa jambe droite est intacte, mais la gauche est amputée à partir du genou. À l'endroit du moignon, la jambe du pantalon jaune est nouée. Bien qu'il n'ait qu'un pied, ce pied est chaussé d'une chaussure en cuir flambant neuf ornée de fourrure à la cheville. À son entrée dans la cour, tous, y compris les enfants, et moi-même, l'âne, sommes pénétrés de respect, en cette époque un homme comme lui ne peut être qu'un héros qui s'est porté volontaire, de retour de la guerre de Corée.

Le grand homme s'avance vers Lan Lian. Les béquilles en bois résonnent fortement sur les briques carrées pavant le sol, la jambe prend appui lourdement, on dirait qu'elle va s'enraciner à chaque pas, le pantalon sur la jambe mutilée flotte. Il se plante devant mon maître.

« Si j'ai bien deviné, tu es Lan Lian. »

Les muscles sur le visage de ce dernier se crispent en guise de réponse.

« Bonjour, oncle engagé volontaire, vive l'oncle engagé volontaire ! » Lan Jiefang, qui décidément ne sait pas tenir sa langue, accourt jusque devant lui, il continue avec un profond respect : « Vous êtes certainement un héros, vous vous êtes couvert de gloire, pour quelle affaire venez-vous voir mon père ? Il n'aime pas parler, si vous avez quelque question, posez-la-moi, je suis son porte-parole.

– Jiefang, ferme ton bec ! l'interrompt Lan Lian. Quand les grandes personnes parlent, les enfants n'ont pas le droit de se mêler à la conversation.

– Ce n'est pas grave, dit le héros en riant, magnanime. Tu es le fils de Lan Lian et tu t'appelles Jiefang, c'est bien ça ?

– Tu sais faire la divination par les trigrammes ? demande Jiefang, surpris.

– Pas par les trigrammes, mais je lis le destin sur les visages », répond le héros avec un air rusé, mais déjà il a recouvré tout son sérieux, il coince sa béquille sous son bras, tend une main jusque devant Lan Lian et dit : « L'ami, faisons connaissance. Je suis Pang Hu. Je suis le nouveau responsable de la coopérative d'approvisionnement et de vente venu des services administratifs de la région, et Wang Leyun, ma femme, est vendeuse à la boutique d'outils agricoles. »

Lan Lian reste interdit un moment, puis il tend la main à son tour pour serrer celle du héros, mais, vu son regard perplexe, ce dernier sait qu'il est toujours dans le brouillard. Alors il lance vers l'extérieur du portail :

« Hé, venez aussi, vous autres ! »

Une femme de petite taille, toute rondouillette, portant dans ses bras une jolie fillette, franchit le portail. Elle est vêtue d'un uniforme bleu, arbore des lunettes à monture blanche, on voit bien qu'il ne s'agit pas d'une paysanne. L'enfant a des yeux immenses, les joues si rouges qu'on dirait des pommes à la fin de l'automne. Le petit visage est souriant, on reconnaît là une enfant heureuse.

« Ah ! Il s'agit de la camarade ! » crie Lan Lian tout content, en même temps il tourne la tête et lance en direction de l'aile ouest : « Maman, viens vite, nous avons des hôtes de marque ! »

Bien sûr, je l'ai reconnue, moi aussi, et je me souviens fort bien de ce qui s'est passé au début de l'hiver dernier.

Ce jour-là, Lan Lian m'avait conduit jusqu'au chef-lieu du district pour transporter du sel, sur le chemin du retour nous avons rencontré cette Wang Leyun. Elle était assise sur le bord de la route, elle soutenait son ventre de femme enceinte tout en gémissant. Elle était vêtue d'un uniforme bleu, dont les trois derniers boutons étaient détachés pour laisser de la place à son ventre trop gros. Elle portait des lunettes à monture blanche, avait le teint très clair. Au premier coup d'œil, on voyait bien qu'il s'agissait de quelqu'un qui mangeait au râtelier de l'État. Elle nous a regardés comme ses sauveurs, elle a prononcé avec grande difficulté :

« Frère aîné, ayez pitié, venez à mon secours...

– D'où viens-tu comme ça ? Qu'est-ce qui se passe ?

– Je me nomme Wang Leyun, je suis de la coopérative d'approvisionnement et de vente de la région, je dois participer à une réunion, ce n'est pas encore le terme, mais... mais... »

Nous avons aperçu la bicyclette posée de travers sur les herbes séchées du bord de la route, nous avons compris que la femme était dans une situation critique. Lan Lian, que l'inquiétude faisait tourner en rond, a dit en se triturant les mains :

« En quoi puis-je t'être utile ? Comment t'aider ?

– Conduis-moi jusqu'à l'hôpital du district, vite ! »

Mon maître a détaché les deux sacs de sel que je portais, il a ôté sa veste ouatinée, l'a attachée avec une corde autour de mon corps, a pris la femme dans ses bras et l'a hissée sur mon dos.

« Camarade, essaie de te caler. »

La femme gémissait, agrippée à ma crinière. Mon maître, la longe dans une main, soutenant la femme de l'autre, m'a dit :

« Vieux Noiraud, cours, et vite ! » J'ai levé mes sabots, j'étais tout excité, j'avais porté bien des choses, du sel, du coton, des céréales, du tissu, mais jamais une femme. J'ai fait une gambade, le corps de la femme a vacillé pour se retrouver contre l'épaule de mon maître.

« Contrôle tes pas, mon vieux Noiraud ! » m'a ordonné mon maître. J'ai compris, le vieux Noiraud a compris. J'ai avancé à pas rapides mais tout en douceur, je filais comme le nuage ou comme l'eau vive, et ça, c'est ce qui fait le fort de l'âne. Pour ne pas donner de secousses, le cheval doit aller au triple galop, l'âne, lui, est apte à la marche rapide, mais pour garder l'allure stable, ne lui demandez pas de courir. J'éprouvais toute la solennité, tout le côté sacré et bien sûr excitant d'un tel moment. Ma conscience se situait entre celle de l'être humain et celle de l'âne, j'ai senti un liquide tiède mouiller mon échine au travers de la veste ouatinée, ainsi que de la sueur qui gouttait de la pointe des cheveux de la femme avant de tomber sur mon cou. Nous n'étions en fait qu'à quelques kilomètres du chef-lieu et, en plus, nous avions pris un raccourci, chaque côté de la route était envahi par des broussailles qui arrivaient à hauteur de genou, un lièvre affolé a déboulé contre nous. Bon, c'est ainsi que nous sommes arrivés à la ville et que nous sommes entrés dans la cour de l'hôpital du Peuple. À cette époque, l'attitude du personnel soignant, médecins et infirmières, était remarquable. Mon maître, debout à l'entrée du portail, hurlait : « Vite, venez ! Au secours ! » J'en ai profité pour lancer des braiments. Immédiatement, des gens vêtus de blanc, hommes et femmes, sont sortis en courant et ont porté la parturiente à l'intérieur. Au moment où on l'a tirée de mon dos, j'ai entendu des vagissements venant de l'entrejambe de son pantalon. Sur le chemin du retour, mon maître était morose, il marmonnait à la vue de sa veste souillée. Je le savais superstitieux au plus haut point, il pensait à tort que les pertes d'une accouchée étaient sales et portaient malchance. Quand nous sommes arrivés à l'endroit où nous avions rencontré la femme, mon maître a froncé les sourcils, son visage virant encore plus au bleu, il a dit :

« Vieux Noiraud, qu'est-ce que tout cela signifie ? Voilà une veste neuve à jeter au rebut, arrivé à la maison, comment me justifier devant ma femme ?

– Hi-han, hi-han ! ai-je lancé non sans malice, la piteuse figure de mon maître me réjouissait.

– Et toi, l'âne, ça te fait rire ! » Mon maître a dénoué la corde, puis, du bout de trois doigts de sa main droite, il a ôté la veste de dessus mon dos. Quant à la veste, bah, n'en parlons plus, mon maître a penché la tête de côté tout en retenant sa respiration, il a saisi le vêtement lourd d'être mouillé, qui faisait penser à une veste en peau de chien tout abîmée, il l'a levé en l'air et l'a jeté avec force, comme un gros oiseau bizarre, dans les broussailles au bord de la route. Il y avait aussi des traces de sang sur la corde, mais comme il fallait l'utiliser pour attacher les sacs de sel, on ne pouvait la jeter, il ne restait plus qu'à la poser sur le sol et à la rouler en s'aidant du pied pour que la terre jaune de la route la fît changer de couleur. Mon maître ne portait plus qu'une chemise à laquelle il manquait des boutons, son poitrail était tout violacé de froid, ajouté à cela son visage bleu, il avait quelque peu l'air d'un juge du tribunal du roi des enfers. Il a pris à deux mains de la terre jaune sur le sol et en a éparpillé plusieurs poignées sur mon dos, puis il m'a frotté avec de l'herbe sèche. Tout en s'activant, il m'a dit :

« Vieux Noiraud, nous avons accompli tous les deux une bonne action, tu ne trouves pas ?

131

– Hi-han, hi-han ! » lui ai-je répondu. Mon maître a arrimé les sacs de sel sur mon échine, à la vue de la bicyclette sur le bord de la route il a dit :

« Logiquement, ce vélo devrait nous revenir pour nous dédommager de la perte de cette veste ouatinée et du temps passé, mais si nous cherchons ce petit profit, nous perdrons les mérites gagnés, tu ne trouves pas ?

– Hi-han, hi-han !

– Bien, accomplissons notre bonne action jusqu'au bout, ne nous arrêtons pas à mi-chemin. »

Mon maître, poussant la bicyclette, me pressait par-derrière – en fait, il n'avait nul besoin de me faire avancer –, et c'est ainsi que nous sommes retournés au chef-lieu, jusqu'à l'entrée de l'hôpital. Là, mon maître a lancé haut et fort :

« Hé, la femme qui vient d'accoucher, écoute bien : ta bicyclette, je la pose à l'entrée !

– Hi-han, hi-han ! »

De nouveau, de nombreuses personnes sont sorties en courant.

« Vite, en route, vieux Noiraud ! » Mon maître m'a frappé la croupe avec la longe et a répété : « Vite, cours, vieux Noiraud ! »

Yingchun, les deux mains pleines de farine, sort en courant du bâtiment latéral. Ses yeux étincelants restent fixés sur la jolie petite fille blottie contre Wang Leyun, elle tend les bras tout en susurrant :

« Ô la belle enfant… la petite mignonne… si potelée, si adorable… »

Wang Leyun lui met l'enfant dans les bras. Elle la prend, la serre contre elle, baisse la tête, sent le petit visage, l'embrasse et répète à la file :

« Comme elle sent bon… mais comme elle sent bon !… »

L'enfant, peu habituée à de telles effusions, se met à pleurer bruyamment. Lan Lian gourmande sa femme :

« Qu'est-ce que t'attends pour rendre l'enfant à la camarade ? Regarde-toi, on dirait une louve, tu ferais pleurer n'importe quel enfant.

– Ce n'est rien, ce n'est rien. » Wang Leyun récupère l'enfant, lui tapote le dos, la cajole, les pleurs de la petite diminuent, s'arrêtent.

Tout en frottant la farine sur ses mains, Yingchun s'excuse :

« Je suis vraiment désolée… Regardez-moi dans quel état j'ai mis cette enfant, ses vêtements sont pleins de farine…

– Nous sommes tous des paysans, dit Pang Hu, à quoi bon tant de façons ? Nous sommes venus aujourd'hui tout spécialement pour vous exprimer notre reconnaissance. Sans toi, mon vieux, je n'ose pas imaginer ce qui se serait passé.

– C'est que tu ne t'es pas contenté de me conduire à l'hôpital, tu as refait la course pour rapporter ma bicyclette, renchérit Wang Leyun, très émue. Le personnel de l'hôpital a été unanime pour dire que même aidé par la lueur d'une lanterne, il serait difficile de dénicher un homme bon comme le frère aîné Lan Lian.

– C'est surtout grâce à l'âne, il a marché vite, sans secousse…, dit Lan Lian, gêné.

– Mais oui, bien sûr, l'âne aussi a été très bien, dit Pang Hu en riant, ton âne est vraiment une célébrité. Hé, l'Âne célèbre, l'Âne célèbre !

– Hi-han, Hi-han !

– Hé, mais c'est qu'il comprend le langage humain ! dit Wang Leyun.

– Mon vieux Lan, si je te donnais de l'argent, ce serait te déconsidérer et cela porterait atteinte à notre amitié. » Pang Hu sort de sa poche un briquet et, clac, l'allume en disant : « C'est un butin pris aux Américains, je te le donne en souvenir. » Il sort encore de sa poche un grelot en laiton jaune et poursuit : « J'ai envoyé quelqu'un tout exprès au marché aux puces se le procurer, c'est pour l'âne. »

Pang Hu le héros s'approche de moi et attache le grelot avant de me dire en me tapotant la tête :

« Toi aussi, tu es un héros, je te décore ! »

Je remue la tête, je suis si ému que je suis sur le point d'éclater en sanglots. « Hi-han, hi-han ! » Le grelot égrène ses sons cristallins.

Wang Leyun sort un paquet de bonbons et en distribue aux enfants des Lan, ainsi qu'à Huzhu et à Hezuo. « Vous allez à l'école ? » demande Pang Hu à Jinlong. Jiefang, toujours prompt à la parole, s'empresse de répondre le premier :

« Pas encore.

– Il faut aller à l'école, c'est obligatoire. Dans la société nouvelle, dans ce pays nouvellement créé, la génération des jeunes est la relève rouge, et elle ne pourra l'être sans avoir reçu de l'éducation.

– Nous ne sommes pas dans la coopérative, nous sommes à notre compte, papa ne veut pas que nous allions à l'école.

– Comment ? Tu cultives toujours pour ton compte ? Un homme éclairé comme toi ? C'est une plaisanterie, non ? Mon vieux Lan, c'est vrai ?

– Tout à fait vrai ! » Une voix sonore s'élève de l'entrée. Nous apercevons Hong Taiyue, le chef du village, secrétaire de la cellule du Parti et chef de la coopérative, vêtu de son éternelle tenue, mais un peu amaigri, un peu plus mince, plus squelettique, qui s'avance à grands pas pour tendre la main au héros Pang Hu : « Responsable Pang, camarade Wang, mes meilleurs vœux !

– Bonne année, bonne année ! » Une foule afflue dans la cour, et de se congratuler, sans employer les

134

formules démodées, à coup d'expressions nouvelles, les temps ont bien changé, et le changement est perceptible jusque dans ces petits détails.

« Responsable Pang, nous nous sommes réunis pour discuter de la marche à suivre afin de mettre en place une grande coopérative d'excellence, qui réunirait tous les petits groupements embryonnaires existant déjà dans les villages environnants, vous êtes un héros, faites-nous un discours », demande Hong Taiyue.

– C'est que je n'en ai pas préparé, répond Pang Hu, je suis venu remercier ce bon vieux camarade Lan d'avoir sauvé la vie de deux des miens.

– Pas besoin de préparer quoi que ce soit, vous parlerez librement, de vos actes héroïques par exemple, nous sommes tous demandeurs. » Et Hong d'applaudir, donnant le signal.

« Bon, je prends la parole comme ça, en toute liberté. » Pang Hu est escorté jusque sous le grand abricotier, quelqu'un glisse une chaise derrière lui, il s'écarte, ne s'assied pas dessus, reste debout et donne de la voix : « Camarades du village de Ximen, je vous souhaite une bonne fête du Printemps ! Et si cette année la fête est belle, elle le sera encore plus l'an prochain, car sous la direction du Parti et du camarade Mao Zedong les paysans affranchis sont entrés sur la voie de l'organisation en coopératives. C'est une voie lumineuse, qui va s'élargissant !

– Cependant certains s'obstinent à poursuivre sur celle de l'exploitation pour leur propre compte, pensant rivaliser avec la coopérative, ils refusent de reconnaître leur défaite, intervient Hong Taiyue, interrompant le discours du héros Pang Hu, et celui dont je parle n'est autre que toi, Lan Lian ! »

Tous les regards se portent sur mon maître. Il garde la tête baissée, occupé à jouer avec le briquet que lui a offert le héros. Clac, une flamme, clac, une autre, clac, encore une flamme. Ma maîtresse, incapable de se contenir plus longtemps, lui donne une bourrade, il lui lance un regard furieux et ordonne : « Rentre à la maison ! »

« Lan Lian est un camarade dont la prise de conscience est grande, dit Pang Hu haut et fort. Avec son âne il a lutté vaillamment contre les loups. Toujours menant son âne, il a secouru ma femme. S'il ne fait pas encore partie de la coopérative, c'est que, pour le moment, il n'a pas encore compris quels sont les enjeux, vous ne devez pas le brusquer avec vos injonctions, je suis convaincu que le camarade Lan Lian participera à la coopérative et nous rejoindra sur cette voie lumineuse.

– Lan Lian, quand notre coopérative d'excellence sera en place, si tu n'as pas encore adhéré, je me mettrai à genoux devant toi ! » dit Hong Taiyue.

Mon maître défait ma longe et m'entraîne vers le portail. Le grelot offert par le héros tintinnabule à mon cou.

« Alors Lan Lian, en fin de compte, tu adhères ou non ? » lance Hong Taiyue.

Mon maître s'arrête de l'autre côté du portail, se retourne et dit d'une voix sourde à l'intention des gens dans la cour :

« Tu pourras toujours te mettre à genoux, ça ne me fera pas adhérer pour autant ! »

Chapitre neuvième

L'âne Ximen en rêve rencontre Baishi.
Une foule de miliciens mandatés arrêtent Lan Lian.

[Le gars, je voudrais parler de l'année 1958. Mo Yan, ce petit drôle, dans ses œuvres romanesques l'a fait à plusieurs reprises, mais ce ne sont là que billevesées très peu dignes de foi. Je vais vous parler de choses que j'ai vécues moi-même et qui ont valeur de documents historiques. À l'époque, dans la grande cour des Ximen les cinq enfants, y compris toi, étaient tous élèves de deuxième année de l'école primaire communiste du canton de Dongbei. Nous ne parlerons pas de la campagne pour l'acier, des hauts fourneaux de fortune qui pullulaient partout, cela ne présenterait aucun intérêt. Nous ne parlerons pas non plus des réfectoires où les paysans déplacés dans tout le district mangeaient à la même marmite, tout cela, vous l'avez vécu vous aussi et il n'est pas besoin que j'en rajoute sur ce point. Nous ne parlerons pas non plus de la suppression des cantons, des régions et des villages au profit de grandes brigades, de la mise en place en une nuit du système des communes populaires dans tout le district, tout cela vous est familier, et puis cela ne me passionne pas outre mesure. En tant qu'âne, et un âne nourri par un paysan travaillant à son compte, pendant cette année 1958, qui fut bien particulière, se sont produits des faits relevant presque de la légende, et c'est cela dont je voudrais parler. Je pense que, de ton côté, tu es tout disposé à les écouter. Nous éviterons de notre mieux de parler de politique, et si parfois mon récit touche à ce domaine, je te prierai de bien vouloir m'en excuser.]

C'est par une nuit de mai où le clair de lune brille, un vent tiède venu des champs souffle par vagues, tout chargé de senteurs : l'odeur des blés mûrs, celle des roseaux au bord de l'eau, celle des tamaris sur les dunes, des grands arbres abattus... Toutes ces odeurs m'enchantent, mais pas suffisamment pour fuir votre foyer de paysans s'obstinant à travailler pour leur compte. À vrai dire, l'odeur qui m'attire, celle qui m'amènerait, au mépris de tout, à couper de mes dents le licou et à me sauver, c'est celle qui émane du corps des ânesses. Il s'agit là d'une réaction physiologique normale pour un âne mâle, adulte, bien portant et vigoureux, et il n'y a pas à en être gêné. Après l'ablation d'un testicule par ce bâtard de Xu Bao, je pensais avoir perdu toute performance sur ce point et que les deux testicules qui me restaient n'étaient là que comme décoration. Mais cette nuit ils se sont soudain éveillés de leur dormance, se sont échauffés, sont entrés en turgescence, si bien que mon sexe est devenu dur comme du fer et s'est allongé une fois et une autre encore pour faire baisser la température. Les événements du monde des humains ne m'attirent plus, l'image d'une ânesse se présente dans mon esprit : son corps bien proportionné, ses pattes élancées, son regard limpide, son pelage lustré. Je veux la rencontrer, m'accoupler avec elle, cela seul importe, tout le reste ne vaut pas tripette.

Le portail de la cour des Ximen a été déposé, on raconte qu'il a été emporté sur le chantier des hauts fourneaux pour y être débité en bois de chauffage. Aussi il me suffit de couper la longe avec mes dents pour me retrouver libre. En fait, quelques années auparavant déjà, je suis sorti en sautant le mur et, quand bien même il y aurait eu l'obstacle du portail, j'aurais pu tout à fait recommencer cet exploit.

Je galope éperdu dans l'avenue, sur les traces de cette odeur qui me fait tourner la tête. Les spectacles ne manquent pas en chemin mais je n'ai pas le temps de m'y intéresser, ils ont tous à faire avec la politique. Je me rue hors du village en direction de la ferme d'État, là-bas un flamboiement illumine en rouge la moitié du ciel, il s'agit de celui du plus grand haut fourneau du canton de Dongbei. [Plus tard il sera prouvé que seul ce haut fourneau a pu affiner de l'acier véritable, car la ferme d'État était une pépinière de talents, certains droitiers envoyés là pour être rééduqués par le travail étaient des ingénieurs en sidérurgie qui avaient fait leurs études à l'étranger.]

Les ingénieurs se tiennent près du haut fourneau, ils dirigent avec un grand sérieux les paysans qui ont été affectés provisoirement à l'affinage de l'acier, les flammes sont ardentes, elles rougeoient sur leurs visages. Les hauts fourneaux de fortune, une dizaine, sont alignés le long de la rivière, à l'ouest s'étendent les terres du village de Ximen, à l'est c'est le territoire de la ferme d'État. Les deux cours d'eau du canton de Dongbei se jettent dans ce canal[1], au confluent il y a des marais, des roseaux, des bancs de sable et aussi, sur un périmètre de plusieurs dizaines de kilomètres, des bosquets de tamaris. Les gens du village en principe n'entretiennent pas de relations avec ceux de la ferme, mais l'heure est à l'unification, elle est de mise dans

1. Il s'agit de la rivière Jiaolai, qui traverse la péninsule du Shandong. Sous les Yuan, elle servait au transport des grains, aussi a-t-on continué à l'appeler communément « canal de transport des grains ».

l'ensemble du pays, on mobilise toutes les forces. Sur la voie la plus large, on aperçoit des charrettes, tirées par des bœufs, par des chevaux ou par des hommes. Tous ces véhicules sont chargés de pierres brunes qui seraient du minerai de fer, ânes et mulets portent aussi sur leur dos ces mêmes pierres brunes qui seraient du minerai de fer ; vieillards, femmes et enfants transportent tous ces pierres brunes qui seraient du minerai de fer. C'est un défilé incessant de chevaux et de voitures, un grouillement de personnes, tous empruntent cette route pour converger vers le haut fourneau de la ferme d'État. [Plus tard on devait raconter que, lors de la campagne pour les hauts fourneaux, on avait produit des résidus, c'est faux, les dirigeants du district de Gaomi s'étaient montrés sagaces en utilisant au mieux les ingénieurs droitiers et c'est ainsi qu'on avait pu produire de l'acier véritable.]

Pris dans le courant impétueux de la collectivisation, les gens en ont oublié provisoirement Lan Lian et ses velléités de faire bande à part, ils l'ont laissé tranquille ces quelques mois. Tandis que les céréales de la commune populaire se sont mises à pourrir sur pied, faute de main-d'œuvre pour moissonner, lui, imperturbablement, a fait sa récolte sur son demi-hectare. Par ailleurs, dans les friches sans propriétaire il a coupé plusieurs milliers de livres de roseaux, en prévision des longs moments libres de l'hiver pendant lesquels il tisserait des nattes pour faire quelques profits. Comme ils ont oublié le dissident, ils ont aussi oublié son âne. Alors qu'on est allé jusqu'à réquisitionner des chameaux squelettiques pour leur faire porter le minerai, moi, l'âne dans la force de l'âge, je peux en toute liberté et sans retenue partir sur les traces de cette odeur excitante.

Je galope, dépassant bêtes et gens, dont des dizaines d'ânes, mais nulle trace de cette ânesse dont l'odeur m'appelle, de plus en plus ténue, moins puissante et concentrée qu'elle ne l'était au début, absente et présente tour à tour, on dirait que le but s'éloigne de moi. En plus de mon odorat, je me fie à mon intuition, je ne peux aller contre, l'ânesse que je cherche doit porter du minerai ou bien tirer une charrette, hormis ces deux hypothèses, en ces temps bien particuliers, dans un système d'organisation sociale aussi resserré, gouverné par une discipline de fer, est-il possible qu'il existe une ânesse libre comme je le suis et, de plus, en chaleur ? Avant l'instauration de la commune populaire, Hong Taiyue a pratiquement rugi à l'adresse de mon maître : « Lan Lian, j'encule tes ancêtres, tu es le seul paysan indépendant de tout le district de Gaomi, tu es un mauvais exemple, attends que je sois moins occupé et tu verras comment je te réglerai ton compte ! » Mon maître, se donnant des airs de cochon mort qui ne craint pas d'être ébouillanté, a répondu posément : « J'attends. »

Je traverse en courant le grand pont sur la rivière, coupé par des bombardements une dizaine d'années auparavant, il vient tout juste d'être reconstruit, je fais le tour des hauts fourneaux brûlants, sans apercevoir l'ânesse. Ma vue semble exciter les hommes, ivres de fatigue, qui affinent l'acier, ils m'encerclent, armés de longs crochets de fer et de pelles, dans l'espoir de me capturer, mais c'est peine perdue. Ils titubent et ils auront beau déployer toute leur énergie, ils ne pourront jamais me rattraper dans ma course, pas plus que leurs bras ne pourront me capturer. Tous leurs cris ne sont que du bluff. Les lueurs du feu me font plus imposant, font briller mon pelage, on dirait du satin noir, je suis persuadé que dans leurs yeux, que dans leur mémoire mon image restera gravée comme celle d'un âne impressionnant, tel qu'ils n'en ont jamais vu auparavant et tel qu'ils n'en reverront plus.

« Hi-han, hi-han ! » Je m'élance contre ceux qui essaient de m'encercler, leur groupe se disloque, certains tombent au sol, d'autres se sauvent, traînant leur pelle à l'envers derrière eux, on dirait des soldats en déroute. Un seul parmi eux, un homme téméraire de petite taille, coiffé d'un chapeau en osier tissé, touche ma croupe avec son crochet. « Hi-han ! » Le fils de pute ! Le crochet est brûlant, une odeur de roussi s'élève immédiatement, le type me laissera une marque indélébile. En quelques ruades je m'élance hors de la clarté du feu pour me fondre dans l'obscurité, foulant les grèves boueuses, je me faufile parmi les touffes de roseaux.

Leur fraîcheur et celle des souffles humides calment mes ardeurs, la douleur sur ma croupe s'atténue tout en restant violente ; elle est plus forte que celle qu'avaient occasionnée les morsures des loups. Foulant de mes sabots le sol spongieux, j'arrive au bord de la rivière, je bois quelques gorgées d'eau, elle a un goût de pisse de crapaud, il y a dedans des choses en suspension, je comprends que j'ai avalé des têtards. Cela me donne un peu la nausée, mais qu'y puis-je ? Peut-être cela aura-t-il quelque bienfait antalgique, alors autant penser que je viens de prendre un médicament. Comme je suis là, ne sachant plus trop que faire, incapable de décider quoi que ce soit, cette odeur disparue me revient tel un fil rouge flottant dans le vent. Ce que je redoute le plus, c'est de la perdre de nouveau, je la suis, convaincu qu'elle me conduira auprès de l'ânesse. Une fois laissé au loin les lueurs des hauts fourneaux, le clair de lune, lui, se fait plus lumineux, dans la rivière de nombreux crapauds coassent, parfois on entend monter de loin des cris de joie ainsi que des sons de gongs et de tambours, je sais qu'il s'agit de manifestations d'hystérie de la part de personnes rendues frénétiques par une victoire fictive.

Je marche longtemps sur les traces de l'odeur, laissant loin derrière moi les hauts fourneaux de la ferme d'État dont les feux ardents montent jusqu'au ciel. Après avoir traversé un village désolé et habité par le silence, je prends un étroit chemin au milieu des terres. À gauche s'étend un champ de blé, à droite c'est une forêt de peupliers blancs. Les blés sont bien mûrs, malgré la fraîcheur extrême du clair de lune ils dispensent une odeur sèche de roussi, parfois de petites bêtes courent éperdues dans les champs, alors on entend les bruissements des épis brisés ou qui s'égrènent. Les feuilles des peupliers brillent, on dirait de la monnaie d'argent. [En fait, je n'ai pas le cœur à contempler ce superbe spectacle, et si je t'en parle, c'est comme ça, en passant.] Soudain…

L'odeur excitante se fait pénétrante, comme celle du miel, comme le bouquet d'un vin, comme du son que l'on vient de griller, le fil rouge imaginaire est devenu une grosse corde rouge. Après toute cette moitié de nuit passée à me démener, au terme de maintes tribulations, je rejoins enfin mon amour, tout comme en suivant les tiges rampantes on trouve la pastèque. Je cours encore avec fougue quelques pas avant d'opter brusquement pour une démarche prudente. Au beau milieu de la sente, dans le clair de lune, une femme vêtue de blanc est assise en tailleur, pas de trace d'ânesse. Pourtant l'odeur forte d'une ânesse en chaleur existe toujours bel et bien. Y aurait-il dans les parages un traquenard, un piège ? Est-ce qu'une femme peut exhaler une telle odeur capable de rendre un âne fou ? En proie au doute, je m'approche lentement de la femme, plus je m'approche, plus les souvenirs liés à Ximen Nao prennent corps, comme des étincelles qui se rejoignent en brûlant pour former un grand feu, dans le même temps la conscience de l'âne, elle, s'estompe au profit des passions humaines. Sans avoir vu son visage, je sais déjà qui elle est. Quel corps de femme, sinon celui de Ximen née Bai, peut exhaler cette odeur d'amande amère ? Ah, ma femme, toi, l'infortunée !

Pourquoi dis-je d'elle qu'elle est infortunée ? Car de mes trois femmes, elle est celle qui a connu le destin le plus tragique, Yingchun et Qiuxiang se sont remariées à des hommes pauvres qui se sont émancipés de leur condition de serviteurs, elles ont ainsi changé de statut social. Elle seule, affublée de l'étiquette de propriétaire terrien, vit dans le logis de l'ancien gardien des tombes de la famille Ximen, subissant une rééducation par le travail que son corps n'est pas en mesure de supporter. Cette masure a des murs en terre et un toit en chaume, elle est basse et exiguë, mal entretenue depuis bien longtemps et menace de s'écrouler à n'importe quel moment, et si cela devait arriver, elle serait son tombeau. Les mauvais éléments comme elle ont tous intégré la commune populaire et, dans ce cadre, ils sont placés sous la surveillance des paysans pauvres et moyennement pauvres, et doivent subir la rééducation par le travail. Normalement, elle devrait être, avec ses compagnons d'infortune, dans les rangs de ceux qui transportent du minerai, ou sur le chantier à casser ce même minerai sous l'œil de gens comme Yang le Septième. Elle devrait avoir le visage sale, les cheveux hirsutes, les vêtements en guenilles, pareille à une diablesse, comment peut-elle se trouver assise vêtue de blanc, exhalant un tel parfum, dans ce paysage digne d'un tableau ?

« Mon mari, je sais que vous êtes là, je sais que vous viendrez, qu'après toutes ces années d'épreuves, de trahisons et d'infamies vous vous rappellerez ma fidélité. » Elle semble se parler à elle-même, mais aussi s'épancher auprès de moi, sa voix est triste, pleine de choses non dites. « Mon mari, je sais que vous êtes devenu âne, mais vous n'en restez pas moins mon mari, mon protecteur. Mon mari, maintenant que vous êtes devenu un âne, je sens à quel point notre entente est parfaite. Vous souvenez-vous de notre rencontre lors de la fête de la Pure Clarté, l'année de votre naissance ? Vous étiez allé avec Yingchun dans la campagne pour déterrer des légumes sauvages quand vous avez dépassé cette maison du gardien des tombes où j'habite, je vous ai aperçu au premier coup d'œil. J'étais en train de remettre en cachette de la terre sur la tombe de ma belle-mère et sur la vôtre, vous êtes venu droit vers moi et vous avez saisi un coin de mon vêtement dans vos lèvres toutes roses, toutes petites. Je me suis retournée, je vous ai vu, quel adorable petit ânon vous faisiez ! Je vous ai caressé au-dessus des naseaux, j'ai caressé vos oreilles et vous avez léché ma main, j'ai soudain ressenti un pincement au cœur accompagné de chaleur, une douce tristesse, les larmes me sont montées aux yeux. Au travers de ce voile j'ai aperçu vos yeux si limpides, je me suis vue reflétée dans vos yeux, j'ai reconnu ce regard si familier. Ah, mon mari, je sais que vous avez été accusé à tort, j'ai porté de la terre fraîche sur le haut de votre tombe, je me suis allongée dessus, le visage contre la terre jaune, j'ai sangloté furtivement. C'est alors que vous m'avez tapoté doucement les fesses de vos petits sabots, je me suis retournée et j'ai vu de nouveau ce regard. Mon mari, j'étais convaincue que vous étiez réincarné en âne, mon mari, l'être qui m'est le plus cher au monde, convaincue que le roi des enfers s'était montré d'une profonde injustice envers vous. Puis je me suis dit que le choix venait peut-être de vous, comme vous vous inquiétiez pour moi, vous avez préféré devenir âne pour rester près de moi, alors que le roi des enfers allait vous faire renaître dans une famille de haute lignée, pour moi vous avez préféré être rabaissé au rang d'âne, ah, mon mari… Ma tristesse est montée du plus profond de moi, je ne pouvais pas la retenir, malgré moi j'ai laissé échapper des gémissements de douleur. À ce moment-là, de très loin sont parvenus des sons de clairon, de tambour de bronze et de cymbales. Yingchun, qui se trouvait derrière moi, m'a dit tout bas : "Ne pleure pas, on vient." Yingchun n'avait pas encore perdu son bon cœur naturel, dans le panier qu'elle avait au bras, recouvert par des légumes sauvages, il y avait de la monnaie de papier, j'ai deviné qu'elle était venue pour la brûler en cachette en offrande pour vous. Je me suis efforcée de retenir mes pleurs, et je vous ai vu, à la suite de Yingchun, aller vous cacher précipitamment dans la forêt de pins toute noire, vous vous retourniez sans cesse, vous hésitiez à chaque pas, ah, mon mari, je sais quelle est la profondeur de vos sentiments pour moi… La troupe s'approchait, musique mêlée de roulements de tambour, et tong tsoin tsoin, tong, tsoin tsoin, rouges les drapeaux, blanches les couronnes de fleurs, c'était les enfants et les maîtres de l'école primaire venus entretenir les tombes de leurs martyrs, la bruine voltigeait, les hirondelles faisaient du rase-mottes. Là-bas, au cimetière des martyrs, les fleurs de pêcher étaient nuages rouges crépusculaires, les chants montaient comme la marée, mais, mon mari, devant votre tombe votre épouse n'osait pas se laisser aller à la douleur… Ah, mon mari, ce soir où vous avez fait du grabuge à l'administration du village, vous m'avez mordu. Tout le monde a pensé que ce remue-ménage était dû à un accès de folie, moi seule savais que vous étiez indigné par ce que je subissais. Nos richesses avaient depuis longtemps été exhumées, comme s'il pouvait y avoir encore des trésors nous appartenant cachés vers l'étang aux lotus ! Ah, mon mari, cette morsure, je l'ai considérée comme un baiser que vous me donniez, même si c'était un peu rude, c'était le seul moyen pour qu'il s'imprime profondément dans ma mémoire. Merci, mon mari, pour ce baiser car il m'a sauvée, quand ils ont vu le sang qui coulait de la blessure à ma tête, ils ont eu peur d'être accusés d'atteinte à la vie d'autrui et ils m'ont laissée rentrer chez moi. Ma maison est cette masure en ruine devant votre tombe. Quand je suis allongée sur ce petit kang humide en adobes, espérant la mort, je souhaite me réincarner dans le corps d'une ânesse pour être de nouveau unie à vous...

– Xinger, Bai Xinger, ma femme, mon aimée ! » crié-je, mais ces paroles en sortant de ma bouche se transforment comme d'habitude en braiments. De ma gorge d'âne ne peuvent venir des paroles humaines, j'ai en horreur ce corps d'âne, je lutte, essaie de te parler avec la voix d'un humain, mais la réalité est cruelle, j'ai beau m'acharner à proférer des mots pleins de sentiment, il ne sort de ma bouche que des « Hi-han, hi-han ! » à la file. Je n'ai plus qu'à te donner des baisers, te caresser de mes sabots, laisser couler mes larmes sur ton visage, les larmes d'un âne sont énormes, comme les plus grosses gouttes de pluie. Je te lave le visage de mes larmes, tu es allongée sur la sente, le visage tourné vers moi, tes yeux à toi aussi sont pleins de larmes, ta bouche répète sans fin ces mots : « Mon mari, mon mari... » Je déchire de mes dents ton vêtement blanc, je te tourmente avec mes lèvres, je repense soudain à ce qui s'était passé juste au début de notre mariage, Bai Xinger toute rougissante, Bai Xinger qui respirait délicatement, elle était vraiment une demoiselle de bonne famille, aussi habile à broder que cultivée...

Une foule vociférante entre dans la cour de la famille Ximen, me fait sortir en sursaut de mon rêve, m'empêchant d'accomplir cette chose si agréable, de réaliser les retrouvailles entre époux, m'oblige à quitter cet état où j'étais, celui d'un être mi-homme, mi-âne, pour retrouver ma condition d'animal pur et simple. Ces gens ont l'air furieux, pleins d'arrogance, ils se ruent dans le bâtiment latéral ouest et en tirent Lan Lian, ils enfoncent un petit drapeau en papier blanc entre son vêtement et sa nuque. Mon maître essaie de résister, mais eux le maîtrisent sans se donner trop de mal. Mon maître voudrait bien placer quelques mots, mais ils lui disent :

« Nous obéissons aux ordres. Les autorités supérieures ont dit que puisque tu veux absolument travailler pour ton compte, on est bien forcé de te laisser faire, mais voilà, à présent l'affinage de l'acier et la construction des ouvrages hydrauliques sont des affaires importantes pour le pays, et il est du devoir de chaque citoyen d'y participer. Lors de la construction du réservoir, tu es passé à l'as, mais cette fois faut pas que tu comptes là-dessus. »

Deux hommes escortent Lan Lian vers l'extérieur tandis qu'un autre me tire de mon étable. Il est très expérimenté, on voit qu'il a l'habitude du bétail, il est contre mon cou, sa main droite tient fermement le mors passé dans ma bouche, à la moindre manifestation de résistance de ma part il va serrer plus fort et le mors s'enfoncera dans les coins de ma bouche, rendant ma respiration difficile, provoquant une douleur insupportable.

Ma maîtresse sort en courant du bâtiment latéral, elle essaie de me reprendre :

« Que vous emmeniez mon homme travailler, passe, et moi aussi je peux aller casser le minerai, affiner l'acier, mais vous ne pouvez pas emmener notre âne. »

Les hommes, furieux, à bout de patience, répliquent :

« Citoyenne, tu nous prends pour qui ? Pour une troupe de belettes voleuses d'ânes ? Nous sommes des miliciens de la commune populaire, nous obéissons aux instructions données par nos supérieurs, nous agissons en fonction des mesures politiques. Nous réquisitionnons votre âne provisoirement, ensuite nous vous le rendrons.

– Je vais prendre la place de l'âne ! dit Yingchun.

– Désolé, les autorités ne nous ont pas donné de telles instructions, nous n'osons pas prendre cette initiative. »

Lan Lian se débat entre les deux hommes, il dit :

« Pas besoin de me traiter comme ça. Construire des réservoirs, affiner l'acier, ce sont des grands travaux de l'État, il est juste que je participe à ce travail, je ne me plaindrai pas, et puisqu'on manque de main-d'œuvre, je veux bien y remédier, mais j'ai une exigence, il faudra me laisser travailler avec mon âne.

– Sur ce point tout ce que nous pourrions te dire ne compte pas, si tu as des exigences, il faut en parler avec nos supérieurs. »

Je suis emmené sous bonne garde, Lan Lian, quant à lui, est escorté et tenu sous les bras comme s'il était un déserteur. Une fois sortis du village, nous nous dirigeons tout droit vers l'ancienne administration de la région, devenue le siège de la commune populaire, là où le maréchal-ferrant au nez rouge et son apprenti m'avaient posé mes premiers fers. Quand nous passons devant les tombes de la famille Ximen, nous voyons un groupe de lycéens, sous la conduite de quelques enseignants, en train de creuser les tombes et de défaire les briques, une femme en vêtement de deuil blanc sort en courant de la petite masure du gardien de tombes et se rue vers eux. Elle se précipite sur un élève, comme pour l'étrangler, mais déjà une brique vient frapper l'arrière de sa tête. Son visage devient blanc comme un linge, on le dirait enduit de chaux, elle pousse des cris perçants qui me bouleversent. Des flammes plus brillantes que de la fonte en fusion brûlent en moi, j'entends une voix humaine sortir de ma gorge :

« Bas les pattes, je suis Ximen Nao ! Je vous interdis de creuser ma tombe, de frapper ma femme ! »

Je lève brusquement mes sabots de devant, supportant la douleur de mes lèvres déchirées, et je soulève l'homme à mon côté, le projette dans la boue au bord de la route. En tant qu'âne je peux regarder avec indifférence ce qui se passe devant moi, mais en tant qu'être humain je ne peux tolérer qu'on creuse les tombes de mes ancêtres, que l'on frappe ma femme. Je me rue au milieu des gens, mords à la tête un professeur de haute taille et donne un coup de sabot à un élève en train de forcer la tombe, l'envoyant au sol. Les élèves se sauvent en tous sens, les professeurs se baissent. Je lance un regard à Ximen Baishi qui se roule par terre, un autre au trou noir de la tombe, je me détourne et me précipite vers la sombre forêt de sapins.

Chapitre dixième

J'ai l'insigne honneur de porter le chef du district
et par malheur me casse un sabot de devant.

Après avoir couru comme un fou deux jours entiers
sur tout le territoire du canton de Dongbei, la colère qui
m'habitait a fini par s'apaiser, la faim m'a poussé à
manger des herbes sauvages et de l'écorce. Ces nourri-
tures grossières m'ont permis d'appréhender ce que peut
être la vie difficile d'un âne vivant en toute liberté. La
pensée du fourrage parfumé me fait rentrer peu à peu
dans la peau d'un âne domestique ordinaire. Je commence à m'approcher des villages, des lieux habités
par les hommes.

À midi, à l'entrée du village de Taojiaguan, j'aperçois une charrette à cheval arrêtée sous un gros gingko.
La forte odeur du tourteau de soja mêlé à de la paille
vient chatouiller mes naseaux. Deux mulets sont plantés devant un panier plat posé sur un trépied, ils sont en
train de se régaler.

J'ai toujours méprisé ces bâtards qui ne sont ni des
chevaux ni des ânes, et ce n'est pas l'envie qui m'a
manqué de les mordre tous jusqu'à ce que mort s'ensuive.
Mais aujourd'hui je n'ai pas l'intention d'en découdre
avec eux, j'ai simplement envie de me faire une place
près du van pour partager quelques bouchées de vrai

151

fourrage, afin de nourrir mon corps épuisé par cette course folle.

Je m'approche subrepticement, sur la pointe des sabots, retenant mon souffle, faisant de mon mieux pour que le grelot accroché à mon cou ne tinte pas. Certes, ce grelot en laiton dont le héros invalide m'a gratifié me donne encore plus d'allure, mais il présente un inconvénient, car dès que je prends de la vitesse, il émet une enfilade de tintements et, s'il me donne des allures d'âne héroïque, dans le même temps on peut me suivre à la trace.

Et le grelot finit par se faire entendre. Les deux mulets noirs, à la taille bien plus imposante que la mienne, relèvent brusquement la tête. Au premier coup d'œil, ils ont deviné le manège. Ils essaient de m'intimider en grattant du sabot antérieur dans le sol et en s'ébrouant, ils veulent me mettre en garde au cas où je viendrais à pénétrer sur leur territoire. Mais il y a cette bonne nourriture, là, devant mes yeux, comment pourrais-je abandonner ainsi la partie ? J'observe un moment la situation : le mulet noir le plus âgé est dans les brancards, il ne peut pratiquement pas lancer d'attaque contre moi, son compagnon plus jeune, qui est tout harnaché, entravé par son équipement, ne pourra pas, lui non plus, mener une offensive efficace, il me suffira d'éviter leurs bouches pour chaparder un peu de nourriture.

Les mulets irascibles lancent des cris pour m'intimider. Espèces de bâtards, arrêtez de vous montrer aussi enragés, quand il y a de la nourriture, c'est pour tout le monde, plus question de manger tout seul dans son coin. Nous sommes à l'heure du communisme, ce qui est à moi est à toi, et vice versa, pas de distinction entre le tien et le mien. Je repère un espace vide, me précipite vers le panier et me sers à pleine bouche. Ils me mordent, les mors cliquettent. Espèces de bâtards, s'il s'agit de mordre, je suis un professionnel. J'avale une bouchée de fourrage, ouvre la bouche et tiens l'oreille du plus vieux des mulets entre mes dents, je tire violemment dessus, un bout d'oreille se détache. Puis je vais mordre son compère au cou, et je me retrouve avec du poil de crinière plein la bouche. Aussitôt, je sème la pagaille, j'attrape le bord du van entre mes dents et recule rapidement de quelques pas. Le mulet harnaché se précipite, je me place dans la bonne position pour faire une ruade, un de mes sabots frappe le vide, l'autre l'atteint en plein sur le chanfrein. Sous le coup de la douleur, la tête du gars touche le sol, les yeux fermés il fait un tour, emmêlant le guide du harnais qui se prend dans ses pattes. J'en profite pour manger le fourrage. Mais les bonnes choses ne durent jamais longtemps, le charretier, un balluchon bleu à la taille, un long fouet à la main, déboule d'une cour à l'entrée du village, il vocifère. Je me dépêche de manger le fourrage. Il se précipite en agitant son fouet avec un claquement sec et trace une arabesque faisant penser à un serpent. L'homme est trapu, solide, il est campé sur ses jambes aux pieds écartés en canard, on voit au premier coup d'œil qu'il connaît son métier, qu'il sait manier le fouet et qu'il ne s'agit pas d'une portion négligeable. Je ne redoute pas le bâton, car pour m'en appliquer des coups, il faut se lever de bonne heure. Mais un fouet, ça change tout le temps, difficile de l'éviter. Celui qui s'en sert avec adresse peut mettre à terre un cheval fougueux, je l'ai vu de mes propres yeux et j'en ai encore peur rien que d'y penser. Le fouet vole, s'approche. Je dois m'écarter. Une fois sorti du périmètre dangereux, je regarde le panier. Le charretier me course, je m'échappe. Il ne court plus après moi, je m'arrête, le regard toujours fixé sur le van. À la vue de ses deux bêtes blessées le charretier déverse un torrent d'injures.

Il dit que s'il avait un fusil, il me fusillerait au premier tir. En l'entendant, je suis ravi. « Hi-han, hi-han ! » Je veux lui dire par là que s'il n'avait pas ce fouet, je me précipiterais pour le mordre à la tête. Visiblement il a compris, visiblement il sait que je suis ce mauvais âne qui a blessé par ses morsures de nombreuses personnes. Il n'ose pas lâcher le fouet qu'il tient à la main, ni s'approcher trop près de moi. Il regarde de tous côtés, il est clair qu'il cherche de l'aide. Je sais qu'il a peur de moi, mais qu'il aimerait bien me capturer.

De loin, des gens s'avancent dans le but de m'encercler. À leur odeur je sais qu'il s'agit des miliciens qui, quelques jours auparavant, me pourchassaient. Bien que je n'aie pas le ventre plein, toutefois une bouchée de cet excellent fourrage en vaut bien dix, j'ai repris des forces, mon esprit combatif s'en trouve encouragé. Je ne me laisserai pas cerner par des crétins à deux pattes comme vous.

À ce moment-là, du plus loin de la route, une chose étrange, de couleur vert pré, de forme carrée, arrive en cahotant mais à vive allure, soulevant derrière elle un nuage de poussière jaune. Je suis un âne et nous sommes en 1958, je ne sais pas qu'il s'agit d'une jeep fabriquée en Union soviétique, plus tard je connaîtrai ces engins, mais aussi les Audi et autres Mercedes, BMW ou Toyota, et même les navettes spatiales américaines et les porte-avions soviétiques. Cette chose étrange pourvue de quatre roues en caoutchouc à sa partie inférieure, sur cette route plane, court manifestement plus vite que moi, mais sur terrain accidenté elle ne fait pas le poids. Comme l'a dit Mo Yan il y a longtemps déjà : « La chèvre peut grimper à l'arbre, l'âne est apte à l'escalade. »

Pour les commodités du récit, nous dirons que je sais qu'il s'agit d'une jeep soviétique. Je ressens un peu de peur, mais aussi de la curiosité. Alors que je suis là, hésitant, les miliciens lancés à mes trousses se déploient en éventail, tandis que la jeep qui arrive en face me barre le chemin. À quelques dizaines de mètres devant moi, le chauffeur coupe les gaz, trois personnes sautent les unes après les autres du véhicule. Le premier à descendre est une vieille connaissance, le chef de région devenu entre-temps chef de district. Je ne l'ai pas vu depuis plusieurs années et pourtant son aspect physique n'a pas changé, et il en va de même pour les vêtements qu'il porte.

Je n'éprouve pas d'aversion pour lui, les éloges qu'il a prononcés sur moi plusieurs années auparavant continuent à produire leur effet, à apaiser mon cœur. Son expérience de maquignon m'est également très familière. En un mot, ce chef de district aime les ânes et j'ai confiance en lui, j'attends sa venue.

Il fait un geste de la main aux hommes à ses côtés pour leur intimer de ne pas avancer davantage, il en fait un autre à l'intention des miliciens qui me pourchassent et qui comptent bien me capturer ou me frapper à mort afin d'obtenir mérites et récompenses, leur demandant de ne plus bouger. Seul, une main levée, produisant des sifflements doux et mélodieux avec sa bouche, il s'avance lentement vers moi. Il est à présent à quatre ou cinq mètres. Je vois dans sa main un tourteau de soja jaunâtre, le parfum qui s'en dégage vient chatouiller mes naseaux. J'entends le petit air très familier qu'il sifflote, j'en éprouve une légère tristesse. La tension que je ressentais se relâche, mes muscles se détendent. J'ai envie de m'appuyer contre cet homme et qu'il me caresse. Finalement, le voici près de moi, de sa main droite il enserre mon cou, tandis que la gauche me fourre le tourteau de soja dans la bouche. Puis il élève cette même main pour me caresser au-dessus des naseaux tout en répétant :

« Sabots de neige, tu es un brave âne, dommage que ces types qui ne connaissent rien aux ânes t'aient rendu peureux. Mais maintenant tout est pour le mieux, tu vas venir avec moi, je vais bien m'occuper de toi et te dresser, pour que tu deviennes un âne éminent, docile, mais courageux, aimé de tous ! »

Le chef de district congédie les miliciens et ordonne à la jeep de retourner à la ville du district. Bien que je ne sois pas sellé, il monte quand même à califourchon sur mon dos. Ses gestes sont expérimentés, il s'installe juste là où je peux porter au mieux. C'est effectivement un bon cavalier et qui connaît parfaitement les ânes. Il me donne une tape sur l'encolure et dit :

« Le gars, en route ! »

C'est ainsi que je devais devenir la monture du chef de district Chen. Portant ce communiste, lequel, bien que chétif, n'en est pas moins d'une vitalité débordante, je vais désormais parcourir le vaste territoire du district de Gaomi. Avant, mon champ d'activité ne dépassait pas le canton de Dongbei. Avec le chef de district, mes pas vont me porter des grèves du golfe de Bohai aux mines de fer des monts Wulian au sud, de la rivière Muzhu aux flots impétueux à l'ouest à Hongshitan, d'où l'on peut sentir les souffles saumâtres de la mer Jaune.

C'est la période la plus faste de ma vie d'âne, celle pendant laquelle j'oublie Ximen Nao ainsi que les personnes et les événements attachés à lui, où j'oublie aussi Lan Lian, qui éprouvait pourtant pour moi une profonde affection. Quand j'y repenserai plus tard, la satisfaction que je ressens m'apparaîtra liée sans doute inconsciemment au statut de fonctionnaire de mon nouveau maître, les ânes, eux aussi, éprouvent la peur du gendarme. Chen est le chef du district, il me manifeste une affection sincère et je m'en souviendrai à jamais. Il me prépare lui-même mon fourrage, m'étrille, il m'a attaché au cou un cordon auquel il a fixé cinq boules en velours rouge avec le grelot, et un épi fait de fils de velours rouge également.

Le chef du district part faire ses inspections dans les campagnes à califourchon sur mon dos, partout où nous allons les gens me traitent avec les plus grands égards. Ils me préparent le meilleur fourrage, me donnent à boire de l'eau de source fraîche, m'étrillent avec un peigne en os, me préparent un terrain plat recouvert de fin sable blanc pour que je m'y roule à mon aise afin d'effacer toute trace de fatigue. Tous savent bien que s'ils traitent correctement son âne, cela fera plaisir au chef du district. Ils savent qu'en me passant la main sur le dos, c'est comme s'ils ciraient les bottes au chef du district. Ce dernier est un brave homme, il délaisse sa voiture pour aller à dos d'âne, afin d'économiser de l'essence, mais aussi parce qu'il doit souvent se rendre en inspection dans des mines et des carrières situées dans des zones montagneuses, et là, faute de pouvoir chevaucher un âne, il n'y a pas d'autre solution que la marche à pied. Mais, bien sûr, je sais que le motif le plus fort reste que, pendant toute sa carrière de maquignon, le chef du district a développé une passion pour les ânes. D'autres hommes, à la vue d'une jolie femme, auront le regard enflammé, le chef du district, lui, quand il aperçoit un âne fringant, se frotte les mains. Or je suis un âne aux « sabots de neige », dont l'intelligence n'a rien à envier à celle des humains, il est donc tout à fait normal que j'aie gagné l'affection du chef du district.

Depuis que je suis devenu la monture du chef Chen, la bride n'a plus sa raison d'être. L'âne récalcitrant qui avait mordu plusieurs personnes et dont la mauvaise réputation était faite s'est transformé contre toute attente, grâce au dressage rapide du chef du district, en un compagnon docile, pliant l'échine, vif et intelligent.

157

Cela relève du prodige. Le secrétaire Fan a fait une photographie de son chef allant sur mon dos inspecter une mine de fer ; accompagnée d'un petit texte, elle a été envoyée au journal de la province et a même paru en bonne place.

Pendant tout le temps où je resterai avec le chef de district, je ne reverrai Lan Lian qu'une seule fois.

Notre rencontre se fait sur un étroit chemin de montagne. Lan Lian descend, portant à la palanche deux corbeilles de minerai, le chef de district me chevauche, nous gravissons la pente. À ma vue, Lan Lian abandonne sa palanche, les paniers se renversent et le minerai dévale la pente. Le chef de district, en colère, le réprimande :

« Comment tu te débrouilles ? Ce minerai est un trésor, pas question d'en perdre un morceau, va les ramasser ! »

Je sais que les paroles du chef de district n'ont aucune prise sur Lan Lian. Les yeux brillants, il s'élance, m'enserre le cou de ses bras tout en répétant :

« Le Noiraud, mon bon vieux Noiraud, enfin je t'ai retrouvé... »

Le chef de district reconnaît Lan Lian, il sait qu'il a été mon maître. Il se retourne pour échanger un regard avec le secrétaire Fan qui nous suit par monts et par vaux, juché sur une rossinante, il attend de lui qu'il règle ce problème. Le secrétaire lit les pensées du chef Chen, il saute de sa monture, entraîne Lan Lian à l'écart et lui dit :

« Qu'est-ce qui te prend ? C'est l'âne du chef de district.

– C'est mon âne, c'est mon vieux Noiraud, il est orphelin de naissance, c'est ma femme qui l'a élevé en lui faisant boire de l'empois de millet, il nous est aussi cher que notre vie.

– Quand bien même ce serait votre âne, s'il n'avait pas été sauvé par le chef de district, il aurait été battu à mort et mangé par les miliciens. À présent il effectue un travail de toute importance, il transporte le chef de district dans ses inspections, faisant économiser ainsi à l'État les frais d'une jeep. Le chef de district ne peut se passer de lui, que ton âne puisse avoir un tel rôle devrait te réjouir.

– Je m'en moque, s'obstine Lan Lian, je sais seulement que c'est notre âne, je vais le ramener à la maison.

– Lan Lian, mon vieil ami, dit le chef de district, nous vivons des temps peu communs, cet âne parcourt les chemins de montagne comme s'il était sur un terrain plat, il m'est très utile, disons que nous te réquisitionnons ton âne provisoirement, quand la première phase de l'affinage de l'acier sera achevée, je te le restituerai. Pour tout le temps de cette réquisition, l'État te dédommagera en conséquence. »

Lan Lian veut en rajouter quand un cadre de la commune populaire arrive, l'empoigne et l'entraîne sur le côté du chemin avant de lui dire d'un ton et d'un regard sévères :

« Merde alors, c'est vraiment ce qu'on entend par "se plaindre que la mariée est trop belle" ! Que le chef du district chevauche ton âne, c'est la bonne fortune assurée pour ta famille pendant trois générations. »

Le chef de district lève la main pour mettre un terme à l'attitude grossière du cadre en disant :

« Lan Lian, restons-en là, tu as un fort tempérament et je t'estime beaucoup, mais en même temps j'éprouve des regrets en ce qui te concerne, en tant que chef de district j'espère que tu intégreras la commune populaire, tirant ton âne derrière toi, que tu n'iras pas contre le sens de l'Histoire. »

Le cadre de la commune pousse Lan Lian sur le côté du chemin pour laisser le passage au chef de district et, en fait, à moi. Je vois Lan Lian chercher mon regard, je ressens un peu de honte. Je me dis : en me comportant ainsi, est-ce que je ne trahis pas mon maître pour chercher appui auprès d'un personnage haut placé ? Le chef de district semble deviner dans quel état d'esprit je me trouve, il me tapote la tête de sa paume et dit pour me consoler :

« Sabots de neige, en route, et vite, tu portes sur ton dos le district tout entier, ta contribution est plus grande que lorsque tu étais avec le seul Lan Lian, d'ailleurs il finira tôt ou tard par entrer dans la commune populaire, lorsqu'il l'aura intégrée, tu deviendras la propriété de tous. Que le chef de district pour son travail monte à dos d'un âne appartenant à la commune populaire, ne le fait-il pas en tout bien, tout honneur ? »

Comme le dit le dicton : « À joie trop forte succède la tristesse », ou encore : « Chose poussée trop loin se change en son contraire. » Cinq jours après ma rencontre avec mon maître, à la tombée de la nuit, alors que je reviens de l'exploitation minière des monts Woniu, portant le chef de district sur mon dos, la nuit tombe, un lièvre bondit devant moi en travers du chemin, je fais un écart, un instant d'inattention et voilà mon sabot antérieur droit coincé dans une fente du rocher. Je tombe sur le flanc, le chef de district pique du nez vers le sol. Sa tête va heurter l'arête d'une pierre, le sang se met à pisser, il perd connaissance. Le secrétaire appelle à l'aide pour qu'on transporte le chef de district au pied de la montagne. Quelques paysans essaient de me tirer de là, mais mon sabot est profondément enfoncé, impossible de le dégager. Ils poussent, tirent avec force, j'entends un crac ! qui monte de la fente de la crevasse, je sens une violente douleur m'assaillir et je m'évanouis. Quand je reviens à moi, je vois que mon sabot droit et le boulet sont restés dans la fente du rocher et que le sang qui coule de ma jambe amputée a souillé une bonne partie du sol du chemin. Je ressens une grande tristesse, je sais que, en tant qu'âne, je ne suis plus d'aucune utilité, non seulement le chef de district ne voudra plus de moi, mais même mon maître ne voudra pas recueillir un âne qui a perdu toute aptitude au travail, ce qui m'attend, c'est le coutelas du boucher. Ils m'ouvriront la gorge et, quand ils auront recueilli mon sang, ils m'écorcheront, puis me dépèceront pour faire de moi des morceaux de choix pour l'estomac des humains… Plutôt que d'être tué par eux, autant en finir par moi-même. Je jette un regard en coin sur la pente escarpée de l'autre côté du chemin et sur les villages dans l'épaisse brume au fond de la vallée, pousse un « Hi-han ! », prêt à me laisser rouler de toutes mes forces vers le bas. C'est alors que le cri plein de sanglots de Lan Lian me retient.

Mon maître arrive en courant du pied de la montagne, il est en nage, ses genoux sont maculés de sang, manifestement il a fait une chute en chemin. Quand il voit dans quel état je suis, il éclate en sanglots :

« Mon Noiraud, mon vieux Noiraud… »

Mon maître met ses bras autour de mon cou, quelques paysans venus à la rescousse relèvent ma queue, tandis que d'autres déplacent mes pattes de derrière. Je lutte désespérément pour me remettre debout, mais quand ma patte amputée touche la terre, la douleur est intolérable. La sueur se met à couler en petits filets sur mon corps et, comme un mur, je m'abats sur le sol.

Un paysan fait observer avec compassion :

« Il est estropié. Il ne peut plus reprendre du service. Mais il ne faut pas avoir de chagrin, l'âne est bien gras, on peut en tirer une bonne somme à l'abattoir.

– Putain, arrête de dire des conneries ! » Mon maître, furieux, injurie l'homme. « Si ton père avait la jambe blessée, t'irais le vendre aux abattoirs par hasard ? »

161

Tous les gens alentour restent interloqués un moment, le paysan qui a pris la parole répond, fâché :

« Espèce de trou du cul, comment tu peux raconter des choses pareilles ? Cet âne, c'est ton père peut-être ? »

L'homme retrousse ses manches, prêt à en découdre avec Lan Lian, il est retenu par ses compères qui l'exhortent en ces termes :

« Laisse, laisse, ne le provoque pas, c'est un fou, c'est le seul du district à travailler pour son compte, il est connu chez le chef de district et chez le commissaire préfectoral. »

La foule se disperse, il ne reste plus que mon maître et moi. Sur la montagne, le croissant de lune est accroché au bord du ciel, paysage, état d'âme sont d'une tristesse tragique. Tout en s'en prenant au chef de district, aux paysans, mon maître ôte sa veste, la déchire en bandes pour panser ma patte blessée. « Hi-han, hi-han ! Que je souffre ! » Mon maître entoure ma tête de ses bras, ses larmes tombent dans mes oreilles. « Le Noiraud, mon vieux Noiraud, je ne sais que te dire. Comment as-tu pu accorder foi aux paroles d'un fonctionnaire ? Au moindre pépin, on ne songe qu'à sauver l'officiel. Ils t'ont abandonné là… S'ils avaient fait venir un tailleur de pierre, il aurait ouvert davantage la crevasse, et ta patte aurait peut-être été sauvée… » Sur ce, comme s'il prenait subitement conscience de quelque chose, il lâche ma tête, court jusque vers le rocher, enfonce sa main dans la fente pour essayer d'en retirer mon sabot. Tout en pleurant, il tempête, la fatigue le fait haleter bruyamment. Il finit par extraire le sabot. Quand il l'a dans les mains, il éclate en sanglots. À la vue du fer rendu brillant par l'usure des chemins de montagne, je me mets, moi aussi, à pleurer comme une fontaine.

Sous les encouragements et avec l'aide de mon maître, je parviens finalement à me mettre debout. Le pan-

162

sement est épais, ma patte cassée tant bien que mal supporte le contact avec le sol, mais mon corps malheureusement est déséquilibré. C'en est bel et bien fini de l'âne Ximen au pas rapide et assuré, lui a succédé un âne bancal qui branle du chef à chaque pas tout en tanguant. À plusieurs reprises je songe à m'élancer tête la première au bas de la pente pour mettre fin à cette vie de misère. L'affection de mon maître me retient.

De l'exploitation minière des monts du Bœuf couché jusqu'au village de Ximen, il y a une trotte d'une soixantaine de kilomètres, si mes sabots étaient tous en état, ce serait une bagatelle. Avec un sabot en moins, la marche est difficile, la plaie est un amas de chair et de sang, mes plaintes montent sans cesse. La douleur fait trembler mon pelage malgré moi, on dirait ces ondulations que la risée fait courir à la surface de l'eau.

Une fois sur le territoire du canton de Dongbei, une odeur pestilentielle commence à s'exhaler de ma patte blessée, des nuées de mouches me suivent dans un vrombissement assourdissant. Mon maître casse des branches à un arbre, les ficelle ensemble et s'en sert pour les chasser. Ma queue n'a plus la force de s'agiter, la diarrhée a souillé la partie inférieure de mon corps. En un seul mouvement de ce fouet improvisé, mon maître peut exterminer plusieurs dizaines d'insectes, mais immédiatement ils reviennent en force. Mon maître ôte alors son pantalon qu'il met aussi en pièces et il en emballe ma patte blessée. Il ne porte plus qu'un caleçon juste bon à cacher ce que l'on ne saurait montrer, mais il va chaussé de lourdes galoches au cuir largement usé, cela lui donne une drôle d'allure.

Nous mangeons dehors, couchons à la belle étoile, je broute du foin, mon maître, pour calmer sa faim, arrache des patates douces pourries dans les champs jouxtant le chemin. Nous délaissons les grandes routes pour les petites voies et nous nous cachons à la vue de la foule, on dirait deux soldats blessés fuyant le champ de bataille. Un jour, alors que nous entrons dans le village de Huangfu, nous tombons sur le service du repas à la « grande cantine », une forte et délicieuse odeur de nourriture vous chatouille les narines, j'entends le ventre de mon maître gargouiller. Il me lance un regard, des larmes coulent sur mes joues. Il touche ses yeux de son bras sale, les globes sont tout rouges, soudain il lance :

« Et puis merde, mon vieux Noiraud, qu'avons-nous à craindre ? Pourquoi devrions-nous toujours nous cacher ? Qu'avons-nous fait de mal ? Nous sommes des gens droits, nous n'avons rien à craindre, mon vieux Noiraud, ta blessure t'a été causée par l'État, normalement c'est à lui de s'occuper de toi, et si moi je le fais, c'est comme une corvée que j'effectue pour le compte de l'État ! En route, entrons dans le village ! »

Mon maître, me conduisant – en fait, il semble mener une armée de mouches –, pénètre dans le lieu où l'on sert le repas. Le service se fait en plein air, il y a au menu des petits pains à la vapeur fourrés au mouton. Par paniers entiers on les apporte des cuisines, les pose sur les tables et, en un clin d'œil, tout est nettoyé. Ceux qui ont pu en attraper un l'enfilent sur une branchette et mordent dedans, la tête penchée de côté, d'autres l'ont posé sur leur main et le tournent et retournent tandis que leur bouche fait toutes sortes de bruits.

Notre entrée capte tous les regards. Nous sommes dans un piteux état, si repoussants, si sales ! De nos corps monte une odeur pestilentielle, nous sommes affamés, épuisés, nous les avons surpris, peut-être dégoûtés, nous leur avons coupé l'appétit. Mon maître manie ses branches d'arbre et en frappe mon corps, les mouches effrayées s'envolent, tourbillonnent, elles se dispersent pour se poser sur les pains fumants, sur les ustensiles de cuisine, si bien que les gens dégoûtés font : « Ouste ! »

Une femme grande et forte, vêtue d'une tenue de travail blanche et qui semble être la gérante de la cantine accourt, à quelques pas de nous. Se bouchant le nez, elle dit d'une voix étouffée :

« Qu'est-ce qui vous prend ? Partez, et vite ! »

Quelqu'un reconnaît mon maître et crie de loin :

« Mais c'est Lan Lian du village de Ximen, non ? C'est bien toi, mon gaillard, non ? Comment as-tu fait pour te mettre dans cet état… »

Mon maître jette un regard en direction de l'homme, ne souffle mot, me tirant derrière lui, il marche vers le milieu de la cour. Les gens qui s'y trouvent s'enfuient à la débandade.

« C'est bien lui, le seul paysan du canton de Dongbei travaillant pour son compte, il est connu jusqu'à la région spéciale[1] de Changwei, continue de crier l'homme, son âne est un âne prodige, il est capable de voler dans les airs, il a tué à coups de morsures deux loups féroces, a blessé de même une dizaine de personnes, quelle pitié, comment a-t-il pu s'estropier ainsi ? »

La grosse femme arrive à notre suite en criant :

« Quittez vite les lieux, nous n'acceptons pas ceux qui travaillent pour leur compte ! »

Mon maître marque un arrêt et crie, lugubre et véhément :

« Espèce de grosse truie, je travaille pour mon compte et je préfère mourir de faim plutôt que de recevoir quoi que ce soit venant de toi. Mais mon âne est la monture du chef de district, c'est en le portant dans la descente qu'il s'est tordu et cassé la patte dans une anfractuosité de rocher, et si ce n'est pas un accident de travail, c'est quoi ? Si c'est le cas, votre devoir est de bien le traiter. »

---

1. Circonscription administrative placée sous la compétence d'un commissariat spécial.

165

Pour la première fois mon maître s'en prend à quelqu'un en termes vifs, son visage bleu vire au noir, il est maigre comme un clou, on dirait un coq déplumé, il sent franchement mauvais, il s'approche, imposant, menaçant, la grosse femme est contrainte de reculer, puis, couvrant son visage de ses mains, elle s'enfuit en pleurant : « Bouh, bouh !… »

Un homme, vêtu d'un vieil uniforme, avec une raie dans les cheveux et qui a l'air d'un cadre, arrive en se curant les dents. Il nous toise de la tête aux pieds, mon maître et moi, avant de dire :

« Quelles sont tes exigences ?

– Je veux que vous donniez à manger son content à mon âne, que vous prépariez un chaudron d'eau chaude pour le laver, que vous fassiez venir un vétérinaire pour lui panser sa blessure. »

Le cadre crie en direction des cuisines, une dizaine de personnes répondent à l'appel et sortent en courant. Le cadre leur dit :

« Préparez tout selon ses ordres. »

Ils me lavent avec l'eau chaude. Ils demandent au vétérinaire de désinfecter ma plaie avec de la teinture d'iode, d'appliquer un onguent et d'entourer la blessure d'une gaze épaisse. Ils m'apportent du blé et de la luzerne.

Pendant que je mange mon fourrage, ils reviennent avec un plat de pains à la vapeur encore tout fumants et le posent devant mon maître. Un homme qui a l'air d'être un cuisinier dit à voix basse :

« Mon vieux, mange, ne fais pas l'entêté. Une fois pris ce repas, ne pense pas au repas suivant, la journée passée, ne pense pas au lendemain, cette foutue époque arrive à son terme. Hein ? Tu ne manges pas ! »

Mon maître se courbe, s'assied sur deux morceaux de brique placés l'un à côté de l'autre, le regard fixé sur ma patte blessée qui ne me sert plus d'appui sur le sol, il ne semble pas avoir entendu les propos que lui a tenus le cuisinier en aparté. J'entends ses intestins gargouiller, je sais que les petits pains bien blancs, bien dodus, sont pour lui une tentation. Je vois sa main noire et sale faire mine à plusieurs reprises de se tendre vers eux, mais il parvient finalement à se dominer.

Chapitre onzième

Le héros apporte son aide pour un sabot de bois.
Les paysans affamés tuent l'âne et partagent son
cadavre.

Ma patte est cicatrisée, je ne suis plus en danger de mort, mais j'ai perdu toute aptitude au travail, je suis un propre-à-rien. Les bouchers de l'abattoir viennent souvent chez nous pour proposer de m'acheter afin d'améliorer l'ordinaire des cadres, chaque fois ils sont chassés avec force injures par mon maître.

Mo Yan dans son *Dit de l'âne noir* raconte :

La maîtresse de maison, Yingchun, avait ramassé, allez savoir où, une vieille chaussure, de retour à la maison elle la lava, enfila de la ouate dedans, cousit des lanières sur l'empeigne et les attacha à la patte de l'âne estropié, ce qui permit à l'animal de garder grosso modo son équilibre. Ainsi, au printemps de l'année 1959, sur les chemins de campagne, on put voir cette scène singulière : Lan Lian, paysan travaillant pour son compte, torse nu, le visage tourmenté, qui poussait une charrette à roues en bois chargée de fumier ; l'âne qui tirait la charrette portait une vieille chaussure, la tête pendant bas il avançait clopin-clopant. La charrette progressait lentement, les essieux grinçaient avec un bruit strident. Lan Lian ployait le dos, concentrait toute son énergie

168

sur les brancards, l'âne de son côté déployait une force pathétique pour que son maître peinât moins. Au début les gens regardèrent du coin de l'œil ces deux étranges associés, ils étaient nombreux à rire en douce derrière leurs mains, mais plus tard ils devaient moins rire. Au début de nombreux écoliers suivirent le convoi, certains gamins espiègles jetèrent des pierres sur l'âne estropié, mais ils furent réprimandés sévèrement par leurs parents.

La terre au printemps est pareille à de la farine qui lève, les roues s'enfoncent jusqu'au moyeu, mon sabot aussi s'enfonce dans la terre. Il nous faut transporter le fumier au milieu des champs. Au travail ! Pour épargner les forces de mon maître, je déploie toute mon énergie. Mais au bout d'une dizaine de pas la chaussure attachée à ma jambe par ma maîtresse reste dans la terre. Ma jambe mutilée, pareille à un bâton, se fiche dans le sol, la douleur est insupportable, je ruisselle de sueur, ce n'est pas la fatigue, c'est la douleur qui me met dans cet état. « Hi-han, hi-han ! » Tuez-moi, mon maître, je ne suis plus bon à rien. Grâce à ma vision périphérique, je peux voir le visage bleu sur sa moitié et les yeux globuleux de mon maître, pour remercier ce dernier de sa bonté, pour riposter aux ricanements des autres, pour donner un exemple à ces petits bâtards, même à plat ventre je vais aider mon maître à tirer la charrette jusqu'au milieu du champ. Le manque d'équilibre me fait tomber en avant, mes genoux touchent la terre, ha ! c'est plus confortable que lorsque ma patte amputée est en contact avec le sol, je peux mettre plus d'énergie, je vais donc tirer à genoux ! Je me mets à genoux et, déployant toutes mes forces, j'avance, le plus vite possible. Je sens la sous-gorge me serrer, j'ai du mal à respirer. Je sais que ma posture est laide, qu'elle va attirer des moqueries, eh bien, qu'ils rient, si je peux arriver à tirer la charrette jusqu'à l'endroit où veut aller mon maître, j'aurai gagné, quel honneur !

Après avoir déversé le fumier dans le champ, ce dernier se précipite sur moi, enserre ma tête entre ses bras. Je l'entends dire d'une voix entrecoupée par les sanglots :

« Mon vieux Noiraud… t'es vraiment une brave bête… »

Mon maître sort le fourneau de sa pipe, le bourre de tabac, l'allume, fume une bouffée, puis me fourre le tuyau dans la bouche.

« Essaie une bouffée, mon vieux Noiraud, pour t'ôter la fatigue », dit mon maître.

Depuis le temps que je suis avec mon maître, je suis devenu, moi aussi, dépendant du tabac. J'aspire avec bruit, deux grosses volutes de fumée sortent par mes naseaux.

Arrive l'hiver, mon maître reçoit alors une inspiration en voyant la jambe de Pang Hu, le responsable de la coopérative d'approvisionnement et de vente, nouvellement appareillée d'une prothèse, il décide de me fabriquer un sabot en bois. Comptant sur la vieille amitié qui les lie, mon maître et ma maîtresse vont trouver Wang Leyun, la femme de Pang Hu, et lui font part de leur idée. Avec son aide, ils étudient en long et en large la prothèse. Elle a été commandée dans une usine de Shanghai qui fournit tout spécialement les mutilés militaires révolutionnaires, aussi, en tant qu'âne, il est impensable que je puisse bénéficier d'un tel traitement et, même si l'usine acceptait de fabriquer une prothèse pour un sabot d'âne, mes maîtres ne pourraient jamais assumer des frais si importants. Mes maîtres décident alors de se mettre eux-mêmes à l'œuvre. Cela va leur prendre trois mois de travail, une fois la prothèse achevée, lorsqu'elle se casse, ils recommencent, ils finissent par réussir un faux sabot qui, vu de l'extérieur, peut passer pour vrai et ils le fixent à ma patte amputée.

Ils me font faire quelques pas dans la cour et trouvent le résultat plus probant que la vieille chaussure. Certes, ma démarche est raide, mais le boitement est grandement atténué. Mon maître, me tirant par le licou, avance dans l'avenue, la tête haute, bombant le torse, satisfait de lui-même, comme pour une démonstration de force. De mon côté, je m'emploie à marcher de la meilleure manière afin de lui faire honneur. Les enfants du village nous suivent pour profiter du spectacle. Je croise les regards des gens le long de l'avenue, j'entends leurs remarques. Ils éprouvent tous beaucoup d'admiration pour mon maître. Nous tombons nez à nez avec Hong Taiyue ; l'homme est très maigre, il a le teint cireux, il dit avec un sourire sarcastique :

« Lan Lian, alors comme ça, tu fais une démonstration de force à l'encontre de la commune populaire ?

– Oh non, je n'oserais pas », répond mon maître, et d'ajouter : « Je ne fais pas d'ombre à la commune populaire, elle et moi, c'est comme l'eau du puits et l'eau du fleuve.

– Oui, mais tu empruntes l'avenue de la commune populaire. » Hong baisse la main vers le sol, puis pointe son doigt vers le ciel et dit, tout aussi sarcastique : « Et tu respires l'air de la commune populaire, tu profites de sa lumière.

– Avant l'existence de la commune populaire, cette rue était là, tout comme l'air et la lumière étaient là aussi, répond mon maître, tout cela, le ciel l'a donné à chaque être humain et à chaque animal, et votre commune populaire n'a aucun droit pour se l'arroger. » Sur ce, il prend une longue inspiration, frappe fermement le sol du pied, relève le visage pour que le soleil le baigne et il poursuit : « Que l'air est bon, que la lumière est belle, comme c'est agréable ! » Il me tapote le plat des épaules et me dit : « Allez, mon vieux Noiraud, respire à pleins poumons, foule énergiquement le sol de tes pattes, mets-toi au soleil !

– Lan Lian, ton obstination ne m'intimide pas, tôt ou tard tu devras reconnaître tes torts ! dit Hong Taiyue.

– Mon vieux Hong, si tu en es capable, eh bien, dresse cette rue à la verticale, cache le soleil, bouche-moi le nez.

– On verra bien ! » dit Hong Taiyue, furieux.

Appareillé de mon nouveau sabot, je me dis que je ne ménagerai pas ma peine, que je pourrai travailler pour mon maître quelques années encore, mais la grande famine qui s'installera peu après va transformer les gens en bêtes sauvages.

Ils ont mangé l'écorce des arbres, les racines des herbes, à présent ils se ruent comme une horde de loups affamés dans la grande cour de la famille Ximen. Mon maître a beau essayer de me protéger, un bâton à la main, les lueurs féroces qui s'échappent de tous ces yeux l'effraient, balayant son courage. Il jette son gourdin et prend la fuite. Face à cette foule famélique, je frissonne de tout mon corps, je sais que c'en est fait de ma pauvre vie, que je peux mettre un point final à mon existence en tant qu'âne. La scène de ma réincarnation dans ce corps d'âne, dix ans auparavant, en ce même lieu, me revient distinctement à la mémoire. Je ferme les yeux, j'entends des gens crier dans la cour :

« Pillons, pillons, emportons les céréales de ce paysan qui travaille pour son compte ! Tuons, tuons, mettons à mort son âne boiteux ! »

J'entends les cris de douleur de ma maîtresse et de ses enfants, le bruit des rixes entre les gens pendant la course pour le pillage. Je sens un coup subit au beau milieu de la tête, mon âme sort de son orifice, reste suspendue dans les airs, je vois les gens à la hache ou au couteau dépecer le cadavre de l'âne en d'innombrables morceaux.

Deuxième partie

Le bœuf déploie
une force opiniâtre

Chapitre douzième

Grosse Tête révèle l'histoire des réincarnations.
Le bœuf Ximen prend demeure chez Lan Lian.

[« Si j'ai bien deviné… » Je fixe le regard perçant de
Lan Qiansui, dit « Grosse Tête », et, tâtant le terrain, je
me risque à continuer : « En tant qu'âne, tu as eu le
crâne fracassé à coups de marteau en fer par la popu-
lace affamée et tu es tombé raide mort sur le sol. Ton
cadavre a été partagé entre tous ces gens faméliques.
Tout cela, j'ai pu le voir de mes propres yeux. Mais
j'ai dans l'idée que ton âme en peine ne s'est pas éloignée, qu'elle s'est attardée un moment dans les airs
au-dessus de la cour de la famille Ximen avant de plonger tout droit dans l'autre monde, qu'après plusieurs
détours elle s'est réincarnée, cette fois dans le corps
d'un bœuf.

– Bien vu, dit-il sur un ton un peu chagrin. Je t'ai
conté mon existence en tant qu'âne, ce qui revenait à te
dire, pour la plus grande partie, ce qui se passerait
ensuite. Pendant ces années de ma vie de bœuf, nous ne
nous sommes pratiquement pas quittés d'une semelle
et tu es au courant de tout ce qui m'est arrivé, il me
semble inutile de revenir là-dessus, non ? »

Je regarde sa tête disproportionnée par rapport à son
corps et à son âge, sa grande bouche fonctionnant
comme un moulin à paroles, et toutes ces expressions

bestiales furtives sur son visage : l'allure dégagée et dissolue de l'âne, l'opiniâtreté et l'honnêteté du bœuf, la voracité et la violence du cochon, la fidélité et la flagornerie du chien, la vigilance et l'espièglerie du singe. Je regarde donc cette expression de tristesse qui est la synthèse de ces divers éléments et la marque de celui qui a vécu toutes les vicissitudes de la vie, les souvenirs du bœuf se succèdent sans trêve, telles des vagues affluant sur la grève ou comme des phalènes se précipitant à la file vers les flammes ; ou encore comme de la limaille de fer allant se coller à vive allure sur un aimant ; ou bien comme des filets d'odeurs venant vous chatouiller les narines ; ou comme des couleurs absorbées par du papier de riz de la meilleure qualité ; ou encore comme mes pensées à propos d'une femme qui posséderait le plus beau visage au monde, pensées qui ne peuvent s'interrompre, qui ne pourront jamais être interrompues…]

Mon père m'a emmené à la foire pour acheter un bœuf. Nous sommes le 1er octobre 1964. Le temps est clair et frais, il fait un soleil radieux, de nombreux oiseaux crient dans le ciel, il y a des sauterelles sur le bord de la route, elles enfoncent leur abdomen mou dans le sol dur pour y pondre leurs œufs. Tout au long du chemin, j'attrape les sauterelles, je les enfile sur une brindille dans l'intention de les cuire une fois rentré à la maison.

La foire est très animée. Les temps difficiles sont passés. Cet automne, les récoltes, de nouveau, ont été excellentes, les visages rayonnent de joie. Mon père, me tenant par la main, se dirige tout droit vers le marché aux bestiaux. Mon père est Lan Lian Senior, je suis Lan Lian Junior. À nous voir ainsi, le père et le fils, de nombreuses personnes s'exclament : « Ces deux-là avec leur marque de fabrique, ma foi, c'est qu'ils auraient

176

peur que quelqu'un ne vienne les reconnaître pour fils ! »

Dans le marché aux bestiaux, on trouve des mulets, des chevaux, des ânes. Il n'y a que deux ânes, l'un est une ânesse au poil gris, aux oreilles tombantes, complètement abattue, le regard éteint, les yeux chassieux, inutile de lui ouvrir la bouche pour regarder ses dents, on voit bien qu'elle est vieille. Un autre âne, un mâle celui-là, noir, châtré, de bonne taille, presque pareil à un mulet, a une face blanche qui vous dégoûte, « Âne à face blanche, âne sans postérité », il fait penser à ces ministres félons sur les scènes de théâtre, distillant perfidie et cruauté, qui voudrait d'un tel âne ? Autant profiter de ce qu'il est encore temps pour le vendre aux abattoirs, « Dans les airs chair de dragon, sur la terre viande d'âne », les cadres de la commune populaire raffolent de chair d'âne, et spécialement le nouveau secrétaire, qui fut celui du chef de district Chen, il se nomme Fan, a pour prénom Tong, aussi lui a-t-on donné le sobriquet de « Glouton » car il est doté d'un appétit renversant[1].

Si le chef de district Chen éprouve une profonde affection pour les ânes, la passion du secrétaire Fan envers eux est très orientée. La vue de ces deux ânes, vieux et laids, vient assombrir le visage de mon père, les larmes lui montent aux yeux. Je sais qu'il pense de nouveau à notre âne noir, Sabots de neige, cet âne dont on a parlé dans les journaux et qui a accompli des exploits remarquables, comme aucun autre âne au monde ne l'avait jamais fait. Il n'est pas le seul à penser à notre âne, moi aussi je pense à lui. Je me rappelle toutes ces

1. Le nom du secrétaire est Fan (« riz »), son prénom, Tong, signifie « Bronze ». Il y a ici un jeu sur l'homophonie : en effet « glouton » en chinois se dit « seau à riz », expression qui se prononce aussi *fantong*.

années où j'étais écolier et pendant lesquelles l'âne avait donné aux trois enfants du foyer de nombreux sujets de fierté. Et non seulement à nous, mais aussi aux jumelles Huang Huzhu et Huang Hezuo, car malgré les relations plus que distantes qu'entretiennent mon père et Huang Tong, ma mère et Qiuxiang – ils ne se disent pratiquement pas bonjour –, j'ai toujours trouvé que des liens particuliers me liaient aux deux sœurs et, à vrai dire, des liens bien plus intimes que ceux que j'entretiens avec ma demi-sœur Ximen Baofeng, laquelle a pourtant la même mère que moi.

Les vendeurs d'ânes semblent connaître mon père car ils lui adressent tous les deux un signe de tête, avec un sourire plein de sous-entendus. Comme pour les fuir, ou peut-être est-ce là l'œuvre de la providence, nous quittons le carré des ânes pour celui des bœufs. Nous ne pouvons pas acheter un autre âne, car aucun âne au monde ne serait en mesure de rivaliser avec celui que nous avions avant.

Si le carré des ânes est désert, celui des bœufs est florissant. Des bœufs, il y en a, de toutes tailles, de toutes les couleurs. Papa, il y a tant de bœufs, comment ça se fait ? Et moi qui pensais que ces trois années difficiles avaient signé leur extermination, comment se fait-il qu'en un clin d'œil il y en ait tant, ils semblent sortis d'une crevasse de la terre. Il y a des bœufs Lunan, Qinchuan, Yuxi[1], mongols et d'autres de race hybride. À peine entrés, sans regarder ailleurs, nous marchons droit vers un petit bœuf auquel on vient tout juste de mettre le licou. Il doit avoir un an, il est de la couleur des châtaignes, son pelage est lustré comme du satin, il a des yeux lumineux qui expriment vivacité et

1. Appellations qui désignent des races de bœufs, mais aussi des régions, respectivement : le sud du Shandong, le centre du Shaanxi, l'ouest du Henan.

espièglerie. Ses sabots sont vigoureux, ils dénotent une marche rapide et puissante. Malgré sa jeunesse, son corps a déjà les proportions d'un bœuf adulte, on dirait un adolescent arborant un duvet noir naissant au-dessus de la lèvre supérieure. Sa mère est une vache mongole élancée, dont la queue balaie le sol, dont les cornes sont affublées de franges. Cette race a une ample foulée, le caractère vif, elle résiste au froid et aux conditions de vie difficiles, elle peut vivre en plein air, tirer une charrue, être attelée à une charrette. Le propriétaire de la bête est un homme dans la force de l'âge, au teint foncé et dont les lèvres minces ne parviennent pas à cacher les dents ; à la poche de son uniforme noir, auquel il manque un bouton, est fiché un stylo, il a tout d'un comptable d'une brigade de production ou d'un magasinier. Derrière lui se tient un garçon aux cheveux en bataille et qui louche. Il a à peu près le même âge que moi et, comme moi, il ne va pas en classe. Nous nous mesurons du regard, nous avons l'impression de nous connaître.

« C'est pour un bœuf ? » demande le garçon, prenant l'initiative de me saluer, puis il ajoute sur un ton mystérieux : « Ce petit bœuf est un bâtard, son père est un taureau reproducteur suisse de la race Simmenthal, sa mère est une vache mongole, on l'a fait engrosser à la ferme par insémination artificielle. Le taureau pèse huit cents kilos, on dirait une petite montagne. Si vous voulez acheter une bête, prenez le veau, surtout n'achetez pas cette vache.

« Taoqi, sac à malices, tu vas me faire le plaisir de la fermer ! » L'homme au teint foncé tance sévèrement le garçon : « Si tu continues, je te couds la bouche ! »

Le garçon tire la langue et, tout en riant, va se placer derrière l'homme, en cachette il désigne la queue tordue de la vache, il entend manifestement attirer mon attention sur ce point.

Mon père se penche, allonge une main en direction du petit bœuf, il fait ce geste avec l'élégance d'un gentleman qui, sous les lustres d'une piste de danse, inviterait une dame richement parée. Plusieurs années plus tard, je devais voir une telle scène dans des films étrangers et repenser alors au geste de mon père à l'intention du petit bœuf. Les yeux de mon père brillent d'un éclat qui m'émeut, je me dis qu'un tel éclat ne peut apparaître que dans les yeux de quelqu'un qui retrouve, après de dures épreuves, et par un heureux hasard, un être qui lui est cher. Le plus étrange est que ce petit bœuf remue la queue et vient se placer devant mon père, il tire sa langue bleutée pour lui lécher la main, puis il la lèche de nouveau. Mon père lui caresse le cou et déclare :

« Je veux acheter ce veau.

– Si vous le voulez, faut prendre les deux, je ne le sépare pas de sa mère, dit le vendeur sur un ton péremptoire qui n'admet pas la discussion.

– Je n'ai que cent yuans et c'est le veau que je veux ! » dit mon père, têtu, tout en sortant l'argent du profond de sa veste doublée. Il tend la liasse à l'homme.

« Cinq cents les deux ! Je ne reviendrai pas là-dessus, si tu le veux, tu les prends, sinon tu t'éloignes, tu vas me faire perdre des ventes.

– Et moi, je n'ai que cent yuans, s'obstine mon père qui pose l'argent aux pieds de l'homme, je ne veux que le veau.

– Ramasse ton fric ! » rugit l'autre.

Mon père est à croupetons devant le petit veau, son visage exprime une douloureuse émotion, il le caresse, il est clair qu'il n'a pas écouté les paroles du vendeur.

« Oncle, vendez-le-lui…, dit le garçon.

– Assez de balivernes ! » Le vendeur tend la longe de la vache à l'enfant et dit : « Tiens-la bien ! », puis il se place près du veau, se penche en avant et écarte mon père, il pousse le petit veau près de sa mère et reprend :

« J'ai jamais vu quelqu'un comme toi. Alors, comme ça, tu me le prendrais de force ? »

Mon père se retrouve assis par terre, son regard semble ensorcelé, il répète comme s'il était en proie à quelque maléfice : « Je m'en moque, quoi qu'il arrive, je veux ce petit veau. »

[À présent, bien sûr, je sais pourquoi mon père s'entêtait à vouloir acheter ce petit veau. Sur le moment, je ne pouvais pas comprendre que cette bête était la réincarnation de Ximen Nao devenu âne. Je pensais que l'attitude distraite de père pouvait s'expliquer par les rudes pressions subies pour son manque de prise de conscience qui le faisait s'obstiner à rester à son compte. Maintenant, je suis convaincu qu'entre le bœuf et lui existait une secrète communion d'esprit.

Finalement, si nous avons acheté le petit veau, c'est que tout avait été arrangé par le destin, en secret et depuis longtemps.]

Comme mon père est au beau milieu de cet imbroglio avec le vendeur, Hong Taiyue, le secrétaire de la cellule du Parti de la grande brigade du village de Ximen, surgit dans la foire avec Huang Tong, le chef de cette même grande brigade. Ils font porter leur choix sur la vache et, bien sûr, sur le petit veau. Avec un geste expert, Hong Taiyue ouvre le mufle de la mère et dit :

« Elle a l'âge de sa dentition, la bête est bonne pour l'abattoir. »

Le vendeur fait la moue. « Frère aîné, vous pouvez ne pas acheter mes bêtes, mais vous ne devez pas dire des choses contre votre conscience. Devant une si belle dentition vous osez affirmer qu'il s'agit d'une vieille bête ? Je tiens à vous dire que si notre grande brigade n'avait pas un besoin urgent de liquidités, nous ne la vendrions pour rien au monde, cette vache pourra vous servir pour la reproduction et au printemps prochain elle mettra bas un petit veau. »

Hong Taiyue sort ses mains cachées dans ses larges manches, pensant marchander à la façon des courtiers en bœufs sur les foires, mais le vendeur refuse d'un geste :

« Pas de ça. C'est très simple : le petit veau est vendu avec la mère pour cinq cents yuans, pas un sou de moins, inutile de perdre votre précieux temps en paroles. »

Mon père, enserrant le cou du petit veau entre ses bras, dit, furieux :

« Ce petit veau, je le veux, cent yuans.

– Lan Lian, dit Hong Taiyue sur un ton moqueur, inutile de faire tant d'efforts, rentre chercher femme et enfants et intègre la commune populaire, si tu aimes les bœufs, nous t'affecterons tout spécialement à leur élevage. » Hong Taiyue lance un regard à Huang Tong, le chef de la grande brigade, et lui demande : « Et toi, Huang Tong, qu'est-ce que tu en dis ?

– Mon vieux Lan, nous savons à quel point tu es opiniâtre et c'est au moins une qualité qu'il faut te reconnaître, allons, entre dans la commune, fais-le pour ta femme et tes gosses, et pour le renom de notre grande brigade, dit Huang Tong. Chaque fois que nous nous rendons à des réunions de la commune populaire, il se trouve toujours quelqu'un pour demander : "Hé, dites donc, votre entêté, il fait toujours cavalier seul ?" »

Mon père ne prête aucune attention à eux, les membres affamés de la commune populaire ont battu à mort son âne noir et se sont partagé sa dépouille, ils ont pillé tout notre stock de céréales, on peut comprendre de tels actes même s'ils sont détestables, pourtant la blessure qu'ils ont causée à mon père n'est toujours pas guérie. Plusieurs fois il a dit que les liens qui l'unissaient à son âne n'étaient pas ceux qu'entretiennent couramment un maître et son animal domestique, qu'il s'agissait d'une entente secrète des cœurs, comme peuvent en avoir deux frères. Même si mon père ne pouvait savoir que son âne noir était la réincarnation de son maître Ximen Nao, il avait à coup sûr perçu ces affinités prédestinées qui l'unissaient à l'âne. Les propos tenus par Hong Taiyue et consorts sont pour lui de vieilles rengaines, il n'a même pas envie d'y répondre, il se contente de dire, enserrant la tête du veau entre ses bras :

« Ce petit veau, je le veux.

– Ah, c'est toi le paysan à son compte ? demande le vendeur, surpris. Mon vieux, chapeau ! » Il examine le visage de mon père, puis le mien, la lumière se fait dans son esprit et il dit : « Visage bleu ! Effectivement, il s'agit bien de visages bleus, c'est bon, cent yuans, le veau est à toi ! » Le vendeur ramasse l'argent posé à terre, recompte les billets, les fourre dans sa veste et dit à Hong Taiyue : « Vous êtes tous du même village, alors je vous fais une petite faveur en l'honneur du frère Lan Lian, cette vache, je vous la vends à trois cent quatre-vingts yuans, ça vous fait un rabais de vingt yuans, allez, emmenez-la. »

Mon père défait la corde nouée à sa taille et la place au cou du veau. Hong Taiyue et sa suite mettent une longe neuve à la vache et rendent la vieille au vendeur. La longe n'est pas vendue avec la bête, c'est la règle. Hong Taiyue demande à mon père :

« Lan Lian, tu rentres avec nous ? Sinon le petit veau pensera à sa mère et tu ne pourras pas le ramener. »

Mon père fait non de la tête et s'en va tirant son veau. Et voilà que ce dernier se met à le suivre, malgré les mugissements tristes de la vache mongole, et bien que lui-même tourne la tête à plusieurs reprises pour pousser quelques beuglements, il ne se débattra pas.

[Sur le moment, je me suis dit : peut-être le veau est-il assez grand et son attachement pour sa mère moindre, mais à présent je sais que le bœuf Ximen à l'origine était un âne, et avant d'être un âne, c'était un être humain, or, comme les liens qui l'attachaient à mon père n'étaient pas épuisés, à sa vue ce dernier a eu un penchant pour lui, c'était comme s'il retrouvait un vieil ami, et il n'a plus voulu être séparé de lui.]

Comme je m'apprête à suivre mon père, le petit vendeur accourt pour me dire à voix basse :

« Faut que je te dise quelque chose : cette vache est une tortue chaude. »

L'expression désigne une vache qui, lorsqu'elle travaille l'été, se met à écumer et à haleter sans fin, mais moi je ne sais pas encore ce que signifie cette appellation, toutefois, devant l'expression sérieuse du garçon, je comprends que ce n'est pas une bonne vache.

[Aujourd'hui encore, je ne sais pas pourquoi le petit vendeur m'avait dit cela, ni d'où m'était venue cette impression de le connaître déjà.]

Sur le chemin du retour, mon père reste silencieux. À plusieurs reprises je voudrais lui dire quelque chose, mais le voyant plongé ainsi dans des pensées mystérieuses, je refoule cette envie. Quoi qu'on en dise, mon père a pu acheter le veau, et ce veau, je l'aime énormément, moi aussi, c'est une excellente chose, mon père est content, et moi aussi.

En approchant du village, mon père marque le pas, allume une pipe, reste là à fumer tout en m'examinant, soudain il se met à rire.

C'est rare de l'entendre rire, mais encore plus de l'entendre rire ainsi. Je suis un peu inquiet, redoutant qu'il ne soit victime de quelque maléfice. Je demande :

« Papa, pourquoi tu ris ?

– Jiefang ! » Mon père ne me regarde pas, il fixe les yeux du bœuf, il me demande : « Regarde bien ses yeux, ils font penser à qui ? »

Je suis vraiment étonné et inquiet, il me semble que mon père ne tourne pas rond. Cependant je m'exécute et je regarde les yeux du veau. Ils sont limpides comme de l'eau, d'un noir bleuté, dans les prunelles d'un noir d'encre je vois mon reflet inversé. Le petit veau semble me regarder, lui aussi. Il est en train de ruminer, son mufle bleu clair mastique sans hâte ni lenteur, parfois une boule de foin, telle une petite souris, passe le long de sa gorge, descend dans son ventre, alors, immédiatement, une nouvelle boule de foin remonte pour entretenir la rumination.

« Père, que voulez-vous dire ? demandé-je, perplexe.
– Mais tu ne vois donc pas ? fait mon père. Ses yeux sont parfaitement identiques à ceux qu'avait notre âne noir ! »

Grâce à la remarque de mon père, je me remémore l'impression que m'avait laissée l'âne, je me souviens vaguement de son pelage tout luisant, de sa grande bouche souvent ouverte montrant des dents blanches, de son cou rejeté en arrière pour lancer de longs braiments, mais ses yeux, je ne me les rappelle absolument pas.

Mon père ne me sollicite pas davantage sur la question, en revanche il me raconte des histoires de réincarnation. Dans l'une d'elles, un homme rêve que son père, disparu, lui dit : « Mon fils, je suis réincarné en bœuf, demain je vais renaître. » Le lendemain, sa vache met effectivement bas un veau. L'homme est aux petits soins pour cette bête, il lui donne du « père », il ne lui passe pas d'anneau dans le nez, pas plus qu'il ne lui met de licou, chaque fois qu'il le mène au champ, il lui dit : « Père, on y va ? », et le bœuf le suit. Quand la bête est fatiguée, il lui dit alors : « Père, repose-toi un peu ! », et le bœuf se repose. Arrivé à ce moment de son histoire, mon père se tait, comme je reste sur ma faim, je le presse : « Et après ? » Mon père hésite un instant avant de reprendre : « Ce n'est pas chose facile à raconter aux enfants, mais bon, je continue mon récit. Comme le bœuf est là à se coller une douce (expression que je ne devais comprendre que par la suite), la maîtresse de maison s'en aperçoit, elle lui dit : "Père, comment pouvez-vous faire une chose pareille ! Vous n'avez pas honte !" Alors le bœuf se jette la tête la première contre un mur pour en finir avec la vie. Hélas ! » soupire mon père.

Chapitre treizième

*De fins diplomates affluent pour nous convaincre
d'adhérer.
Les paysans indépendants en gentilshommes
s'entraident.*

[« Qiansui, je n'ose te laisser m'appeler "grand-père"
plus longtemps. » Je lui tapote craintivement l'épaule
et poursuis : « Bien que je sois un vieil homme qui a
passé la cinquantaine et que tu n'aies que cinq ans, si
l'on revient quarante ans en arrière, c'est-à-dire en
1965, en ce printemps de troubles, nos relations étaient
celles d'un jeune de quinze ans et d'un petit veau. » Il
dit avec un grand sérieux, tout en hochant la tête en
signe d'approbation : « J'aperçois distinctement toutes
les choses du passé. » Je vois alors dans ses yeux cette
expression faite d'espièglerie, de candeur, d'indocilité
qui était celle du petit veau…

« Tu n'as certainement pas oublié la terrible pression
qui pesait sur notre foyer ce printemps-là. Réduire le
dernier paysan travaillant pour son compte semblait
être devenu une affaire de première importance pour la
grande brigade du village de Ximen et pour notre commune populaire Voie lactée. »]

Hong Taiyue mobilise les anciens du village dont la
vertu éminente est auréolée d'un grand prestige ; il y a

l'oncle Mao Shunshan, l'oncle Qu Shuiyuan, le quatrième grand-père Qin Buting. Il va également chercher les femmes fortes en boniments pour qu'elles sortent le grand jeu ; on retrouve dans ce groupe la belle-sœur Yang Guixiang, la troisième tante Su Erman, la grande belle-sœur Chang Suhua et la tante Wu Qiuxiang. Il sollicite encore les écoliers à la parole aussi rapide que leur esprit que sont Mo Yan, Li Jinzhu et Niu Shunwa.

[Toutes les personnes mentionnées ci-dessus sont celles dont je peux me souvenir, en fait il y avait encore beaucoup plus de monde. Ils affluaient les uns après les autres, par groupes, on aurait pu croire qu'il s'agissait d'entremetteurs accourus pour le mariage d'un fils ou d'une fille, ou bien de gens venus là pour faire étalage de leur savoir ou pour déployer leur talent oratoire.]

Les hommes entourent mon père, les femmes ma mère, tandis que les enfants pourchassent mon frère et ma sœur, et moi non plus, bien entendu, je ne suis pas épargné. Le tabac des pipes fumées par les hommes enfume les petits lézards sur le mur, tandis que les postérieurs de ces dames usent jusqu'à la corde les nattes du kang ; les enfants, quant à eux, mettent nos vêtements en pièces à force de tirer dessus. « Allez, entre dans la commune populaire ! », « S'il te plaît, intègre la commune ! », « Prends conscience de ce que tu fais, arrête tes folies ! », « Si tu ne le fais pas pour toi, fais-le au moins pour tes enfants ! ».

[Je pense que, pendant ces jours-là, tout ce que voyaient tes yeux de bœuf, tout ce qu'entendaient tes oreilles de bœuf avait trait à notre adhésion.]

Quand mon père nettoie l'étable des excréments et de l'urine qui s'y trouvent, les vieillards, pareils à de vieux soldats fidèles et dévoués, montent la garde à l'entrée et disent : « Lan Lian, cher neveu, adhère, si tu ne le fais pas, les gens ne seront pas contents, et même le bœuf ne sera pas satisfait. »

[Et pourquoi donc aurais-je été mécontent ? Pour moi tout allait très bien, comment auraient-ils su que j'étais Ximen Nao, un propriétaire terrien qui avait été fusillé, que j'étais l'âne Ximen, un âne qui avait été dépecé, aussi comment aurais-je pu frayer avec ces ennemis ? Pourquoi aurais-je manifesté autant d'attachement à l'égard de ton père ? C'est parce que je savais qu'avec ton père je pourrais être en dehors du système.]

Les femmes sont assises en tailleur sur le kang, on dirait des parents éloignés, sans vergogne, venus de loin. Elles ont de l'écume blanche aux coins de la bouche, comme dans ces enregistrements diffusés par les petites boutiques au bord des routes elles répètent inlassablement les mêmes paroles qui m'ennuient. Je rugis, furieux :

« Yang les Gros Seins et toi, Su les Grosses Fesses, foutez-moi le camp d'ici, vous me cassez les pieds ! »

Elles ne se mettent pas en colère pour autant, elles disent en riant :

« Suffit que vous acceptiez et nous levons le camp immédiatement, mais si vous refusez, il faut vous attendre à ce que nos postérieurs prennent racine sur votre kang, à ce que nos corps bourgeonnent dans votre maison, puis forment des feuilles, fleurissent, nouent des fruits, à ce que nous devenions des arbres gigantesques qui perceront le toit. »

De toutes les femmes, celle que je déteste le plus est Wu Qiuxiang, peut-être table-t-elle sur la relation particulière qu'elle entretient avec ma mère du fait qu'elles ont partagé autrefois le même mari, toujours est-il qu'elle lui dit sans la moindre politesse :

« Yingchun, ta situation n'est pas comparable à la mienne, moi j'étais une servante que Ximen Nao a violée, toi tu étais sa petite concubine adorée, de plus tu lui as donné deux enfants, tu as eu une chance inouïe qu'on ne t'ait pas étiquetée comme femme de propriétaire terrien et que l'on ne t'ait pas rééduquée par le travail. Et si je suis intervenue en ta faveur auprès de Huang Tong, c'est parce que tu ne t'es pas mal comportée envers moi. Il faut pourtant que tu saches si c'est la cendre ou le feu qui est brûlant ! »

Quant aux enfants, à la tête desquels on trouve Mo Yan, eux qui ont déjà la langue bien pendue et de l'énergie à revendre, comme ils ont les encouragements du village et ceux de l'école, on peut dire qu'ils tiennent là une occasion de chahuter tout leur content. Ils sont si excités qu'ils gambadent en tous sens comme des singes ivres. Certains grimpent aux arbres, d'autres se mettent à califourchon sur le mur, levant haut des porte-voix en tôle, ils voient dans notre maison une forteresse de la réaction, lancent une attaque psychologique de persuasion :

Qui travaille à son compte est pont fait d'un seul tronc,
à chaque pas il remue,
jusqu'à être englouti.
La commune populaire rejoint les voies du Ciel,
le socialisme est pont indestructible,
exterminons les racines chétives pour des plants vigoureux.
Lan Lian, ce vieil irréductible,
reste à son compte, voie sans issue.
Une seule crotte de souris
gâte une jarre de vinaigre,
Jinlong, Baofeng, Lan Jiefang,

la main sur le cœur réfléchissez.
Suivre votre entêté de père,
c'est rester arriéré, conservateur,
progresser avec difficulté.

Ces propos rimés sont l'œuvre de Mo Yan, depuis tout petit il excelle dans le genre. Je suis très en colère, je déteste Mo Yan, ce petit drôle, tu es cependant le fils adoptif de ma mère, et du coup mon frère par adoption ! Chaque année, la nuit du Nouvel An, ma mère m'envoie porter au vaurien que tu es un bol de raviolis. Tu parles d'un fils adoptif ou d'un frère adoptif ! Les sentiments et toi, ça fait deux, et moi, de mon côté, je ne montre guère plus d'amabilité. Caché dans une encoignure, je lève mon lance-pierres et envoie le projectile sur le crâne rasé de Mo Yan, lequel, assis à califourchon sur la fourche d'un arbre, les yeux mi-clos, braille dans son porte-voix à l'intention des membres de notre famille. Il pousse un cri atroce et dégringole de l'arbre. Mais le temps de fumer une pipe, ce petit drôle a déjà regagné l'arbre, une bosse sanguinolente sur le front, et de reprendre sa propagande à notre intention :

Lan Jiefang, petit entêté,
tu suis ton père sur une mauvaise voie,
tu oses commettre une agression sur moi,
on va te conduire à la sécurité !

Je lève mon lance-pierres, le vise à la tête. Il lâche son porte-voix et se laisse glisser sous l'arbre.

Jinlong et Baofeng ont craqué, ils discutent avec notre père.

« Papa ! Il vaudrait mieux adhérer, non ? dit Jinlong. À l'école, on nous considère comme des moins que rien.

– Quand nous allons devant, il y en a derrière nous qui disent en nous montrant du doigt : "Regarde, ce

191

sont les enfants du paysan indépendant" », ajoute Bao-feng.

Jinlong enchaîne : « Papa, vois comme les membres de la brigade de production, lorsqu'ils travaillent ensemble, rient de bon cœur, chahutent, sont joyeux. Quelle différence avec toi et maman, qui êtes toujours seuls ! Et même si vous faites quelques centaines de livres de céréales de plus, ça rime à quoi ? Quitte à être pauvres, autant l'être tous ensemble, et si l'on est riches, soyons-le tous. »

Papa ne souffle mot. Maman, qui n'ose jamais aller contre les décisions de papa, cette fois s'enhardit :

« Le père, les enfants ont raison, adhérons. »

Mon père fume une pipe, lève la tête et dit : « S'ils ne me pressaient pas autant, peut-être aurais-je vraiment adhéré, mais avec leur méthode consistant à vous faire mariner dans votre jus, ah, vraiment, je n'adhérerai pas. »

Mon père regarde Jinlong et Baofeng et ajoute : « Vous allez bientôt être diplômés du premier cycle du secondaire. Normalement, je devais pouvoir vous permettre de suivre le second cycle, puis l'université, d'aller étudier à l'étranger, mais je n'ai plus les moyens d'assumer ces frais. Il y a quelques années j'avais mis de côté des ressources, mais tout cela m'a été pris. Et quand bien même je pourrais le faire, ils ne vous per-mettraient pas de continuer, et pas uniquement parce que je fais cavalier seul, est-ce que vous me compre-nez ? »

Jinlong, mon aîné, hoche la tête et dit franchement :

« Papa, nous comprenons, bien que nous n'ayons jamais vécu un seul jour en tant qu'enfants de proprié-taires terriens, bien que nous ne sachions même pas si Ximen Nao faisait partie des bons ou des méchants, nous n'en sommes pas moins ses descendants, son sang coule dans nos veines, son ombre, telle celle d'un génie maléfique, nous hante sans répit. Nous sommes des jeunes vivant à l'époque de Mao Zedong, si nous n'avons pas choisi notre origine sociale, nous pouvons au moins choisir notre voie. Nous ne voulons pas rester avec toi en tant que paysans travaillant pour leur compte, nous voulons adhérer à la commune, si vous ne le faites pas, toi et maman, Baofeng et moi le ferons.

– Papa, nous te remercions de nous avoir éduqués pendant ces dix-sept ans. » Baofeng s'incline profondément devant notre père et poursuit : « Pardonne notre manque de piété filiale, mais avec un tel père de sang, si nous ne cherchons pas à nous améliorer davantage, nous n'aurons jamais l'occasion de nous émanciper en cette vie.

– Fort bien, tu as raison, j'ai à plusieurs reprises pesé le pour et le contre, je ne peux pas vous laisser me suivre sur une mauvaise voie, vous tous, dit notre père en nous désignant de la main, vous allez adhérer, je continuerai seul. Je me suis juré depuis longtemps que je travaillerais pour mon compte jusqu'au bout, je ne peux pas me donner une claque à moi-même.

– Le père, dit notre mère les yeux pleins de larmes, s'il faut adhérer, adhérons tous ensemble, que tu continues seul dans ton coin, cela rime à quoi ?

– Je l'ai déjà dit, pour que j'adhère, il faudrait que l'ordre vienne de Mao Zedong lui-même. Or Mao Zedong a dit ceci : "Adhésion de plein gré, liberté de retrait." De quel droit me contraindraient-ils à le faire ? Leurs fonctions sont-elles plus hautes que celle de Mao Zedong ? Eh bien, moi, je ne céderai pas, et par ma conduite je vais voir si les paroles de Mao Zedong comptent ou non.

– Père, dit Jinlong sur un ton moqueur, ne prononcez plus à tout bout de champ le nom de Mao Zedong, c'est un nom que nous autres ne disons pas, il faut dire "le président Mao" !

– Tu as raison, c'est ainsi qu'il faut l'appeler. Bien que je sois à mon compte, je suis un citoyen du président Mao. Ma terre, ma maison m'ont été attribuées par le Parti communiste sous sa direction. Avant-hier, Hong Taiyue m'a envoyé quelqu'un pour me dire que si je n'adhérais pas, ils adopteraient à mon encontre des mesures coercitives. Est-ce qu'on peut forcer un bœuf à boire en lui appuyant sur la tête ? Non, eh bien, je vais aller voir les instances supérieures, je vais aller au district, à la préfecture, à Pékin. »

Notre père ordonne à notre mère : « Après mon départ, tu adhéreras avec les enfants. Nous avons un demi-hectare de terres et nous sommes cinq, cela fait un peu plus de mille mètres carrés pour chacun de nous, vous disposez de quatre mille deux cent soixante mètres carrés, le reste me revient. Il y a un semoir, distribué lors de la réforme agraire, vous l'emportez, mais vous me laissez le bœuf. Quant aux trois pièces du pavillon latéral, il est clair qu'on ne peut les partager. Les enfants sont tous grands, la maison de toute façon était trop petite, une fois entrés dans la commune vous pourrez demander un lopin à vous pour y construire une habitation. Quand vous serez installés, vous déménagerez, moi je resterai là, mordicus, et tant que la maison tiendra, je ne partirai pas, si elle s'écroule, je ne partirai pas pour autant et je me ferai une cabane sur les ruines.

– Papa, mais pourquoi ? demande Jinlong, mon frère aîné. Pourquoi aller contre le sens dans lequel avance la société ? N'est-ce pas s'écarquiller les yeux devant le miroir pour se chercher des poux dans la tête ? Je ne suis pas bien vieux, papa, mais je sens venir la lutte des classes. Pour des gens comme nous, qui n'avons pas des origines révolutionnaires et qui n'avons pas poussé droit, suivre le courant est peut-être une chance d'éviter bien des malheurs, aller à contre-courant, c'est le pot de terre contre le pot de fer !

– C'est pourquoi je vous laisse adhérer, je suis un valet de ferme, de quoi aurais-je peur ? J'ai passé la quarantaine, je ne me suis jamais mis en avant. Je n'aurais jamais imaginé qu'en travaillant pour mon compte je deviendrais un personnage. Ha, ha ! » Notre père rit, les larmes coulent sur son visage bleu. « La mère, dit-il, fais-moi cuire quelques provisions de voyage, je vais aller en référer aux instances supérieures. »

Notre mère dit en pleurant : « Le père, je suis avec toi depuis tant d'années, je ne peux pas te quitter, laissons les enfants adhérer à la commune, moi je reste avec toi. »

Notre père lui répond : « Ce n'est pas possible, tes origines ne sont pas bonnes, une fois dans la commune populaire tu seras protégée, si tu restes avec moi, ils auront tous les prétextes pour te les rappeler, et ce sera aussi une source d'ennuis supplémentaires pour moi.

– Papa, crié-je, je reste avec toi !

– Sottises ! rétorque notre père, tu es un enfant, tu ne comprends rien !

– Si, je comprends tout. Je déteste, moi aussi, Hong Taiyue et Huang Tong, et encore plus Wu Qiuxiang, elle a l'air de quoi quand elle plisse ses yeux de chienne, quand elle caquette avec sa bouche en cul-de-poule, en qualité de quoi vient-elle chez nous se donner des airs d'élément progressiste ? »

Notre mère me fait les gros yeux : « Les enfants ne doivent pas dire des choses aussi blessantes ! »

Je reprends : « Je reste avec toi, quand tu transporteras le fumier, je mènerai le bœuf tirer la charrette. Les roues en bois font du bruit, elles grincent, c'est un son peu commun, c'est mélodieux. Restons indépendants, visons l'héroïsme individuel, papa, je t'admire énormément. Je reste avec toi. Je n'irai plus à l'école, je ne suis pas fait pour les études, dès que j'entre en classe, ça me fatigue, ça me donne envie de dormir. Papa, tu as la moitié du visage bleue, moi c'est l'autre moitié de mon visage qui l'est, comment est-il possible de séparer nos deux visages ? Je me suis fait souvent moquer à cause de mon visage, eh bien, qu'ils rient tout leur content, qu'ils rient à en crever ! Les deux visages bleus vont rester à leur compte, nous serons les seuls du district et même de toute la province, il y a de quoi être fier ! Papa, il faut me dire oui ! »

Notre père accepte. Je pensais, au départ, faire le voyage avec lui, mais il me dit de rester pour prendre soin du veau. Notre mère sort d'un trou dans le mur des bijoux qu'elle donne au père. Cela montre que la réforme agraire n'a pas été totale, elle a pu garder cachés quelques biens. Père les vend pour son viatique, il se rend d'abord au district, où il rencontre le chef de district Chen, celui qui a amoché notre âne noir, pour lui demander le droit de travailler pour son compte. Ce dernier essaie de le convaincre un bon moment, en vain, père ne cède pas, il se défend énergiquement avec tous les arguments.

Le chef de district lui dit : « Sur le plan des mesures politiques en cours, tu peux, bien entendu, faire cavalier seul, mais mon souhait est que tu ne le fasses pas. »

Père répond : « Chef de district, rien que pour l'âne, donnez-moi une lettre afin de me couvrir et stipulant que Lan Lian a le droit de travailler pour son compte. Je collerai le papier au mur et personne n'osera plus me persécuter.

– L'âne noir… c'était vraiment une bonne bête, dit le chef de district avec de la tristesse dans la voix, je t'ai privé de son affection, j'ai cette dette envers toi, Lan Lian, mais je ne peux pas rédiger le papier que tu me demandes. Je vais écrire une lettre où j'expliquerai ta situation et tu iras à la section des travailleurs agricoles du comité provincial du Parti. »

Muni de cette lettre, mon père se rend à la section en question, il y est reçu par le chef en personne. Ce dernier, à son tour, essaie de convaincre père d'adhérer à la commune. « Non, dit père, je voudrais une autorisation pour travailler à mon compte. Quand le président Mao donnera un ordre interdisant d'être à son compte, j'adhérerai, mais puisque le président Mao n'a pas donné un tel ordre, je n'adhère pas. » Le chef de section est touché par l'opiniâtreté de père, il donne son accord en quelques lignes sur la lettre même du chef de district : « Bien que nous espérions que tous les paysans adhèrent aux communes populaires, prennent le chemin de la collectivisation, cependant, s'il se présente quelque cas refusant l'adhésion, le paysan en question est dans son bon droit et les organisations locales ne doivent en aucune manière le contraindre par des ordres, et encore moins le forcer à adhérer par tout procédé illégal. »

Cette lettre est un vrai édit impérial, père devait la mettre sous un cadre en verre et l'accrocher au mur. Après son retour, il se montre d'excellente humeur. Mère a adhéré à la commune avec Jinlong et Baofeng, du demi-hectare entouré par les terres collectives il ne reste plus que deux mille cent mètres carrés, une bande mince, tout en longueur, on dirait une jetée sur la mer. Pour être plus indépendant, père sépare les trois pièces avec des adobes et ouvre une porte d'accès plus commode. Il construit un fourneau et un kang en terre, j'habite avec lui. En plus de cette pièce, l'étable contre le mur sud dans la cour nous revient, à nous, les deux visages bleus. Nous avons deux mille cent mètres carrés de terre, un veau, une charrette à roues de bois, une charrue en bois, une houe, une bêche, deux faucilles, une petite pioche, un bident, une marmite en fer, quatre bols, deux assiettes en porcelaine, un pot de chambre, un couteau de cuisine et une pelle, et aussi une lampe à pétrole et un briquet pour faire du feu.

Même s'il nous manque des ustensiles, peu à peu nous compléterons. Mon père dit en me donnant une tape sur la tête :

« Fiston, en fin de compte pourquoi as-tu voulu rester avec moi ? »

Je réponds sans hésitation : « Parce que c'est amusant ! »

Chapitre quatorzième

Le bœuf Ximen, en colère, charge Wu Qiuxiang.
Hong Taiyue, tout content, fait les louanges de Jinlong.

[Entre avril et mai 1965, pendant que mon père était parti soumettre son cas aux autorités supérieures, Jinlong, Baofeng avec notre mère sont entrés dans la commune populaire. Le jour de leur adhésion s'est tenue dans la cour de la famille Ximen une cérémonie grandiose. Hong Taiyue a fait un discours sur les marches du bâtiment principal ; ma mère ainsi que Jinlong et Baofeng portaient, accrochées à la poitrine, de grandes fleurs en papier rouge, même le dessus de notre portail avait été décoré d'un tissu, rouge également. Mon frère aîné Jinlong, très exalté, devait prononcer un discours débordant d'enthousiasme dans lequel il exprimait sa ferme décision de marcher dans la voie du socialisme. Lui qui d'habitude ne disait mot, voilà qu'il employait des tournures comme « les plats en porcelaine des monts Boshan par services entiers ». Je devais en concevoir une grande aversion envers lui. Je me suis réfugié dans l'étable, j'ai enserré ton cou de mes bras de peur qu'on ne t'emmenât de force.

Avant son départ, mon père m'avait fait maintes recommandations : « Fiston, occupe-toi bien du bœuf, tant qu'il sera là, nous n'aurons pas à nous faire de souci, nous pourrons travailler à notre compte jusqu'au bout. » J'en avais donné l'assurance à mon père. Cela, tu l'avais entendu, tu t'en souviens, non ? J'avais dit : « Papa, pars vite et reviens au plus tôt, tant que je serai là, le bœuf le sera aussi. » Père avait caressé tes cornes naissantes et avait dit : « Le bœuf, tu lui obéiras. Nous sommes à un mois et demi des moissons, si le fourrage ne suffit pas, demande-lui de te mener sur les grèves mordiller l'herbe en friche, cela permettra de tenir jusqu'à ce que le blé soit mûr et que l'herbe neuve se mette à pousser, nous n'aurons alors plus de souci à nous faire. »

Je voyais ma mère, décorée de fleurs rouges, les yeux emplis de larmes, regarder souvent du côté de l'étable. En fait, elle n'aurait pas voulu franchir ce pas, mais elle ne pouvait faire autrement. Mon aîné Jinlong, malgré ses dix-sept ans, était résolu, ses paroles comptaient, ma mère le craignait un peu. Je sentais que l'affection qu'elle portait à mon père était loin d'avoir la profondeur de celle qu'elle avait éprouvée pour Ximen Nao. Elle s'était mariée à mon père, un peu forcée. Son amour pour moi n'était pas aussi grand que celui qu'elle vouait à Jinlong et à Baofeng. À semences autres, rejetons différents. Mais je n'en restais pas moins son fils, elle ne pouvait pas ne pas s'inquiéter à mon sujet. Mo Yan, à la tête d'une bande d'écoliers, braillait des slogans devant l'étable :

Le vieil entêté, le jeune entêté,
pour leur compte veulent travailler.
Menant leur bœuf pas plus gros qu'un criquet,
ils tirent leur charrette à roues usées
finiront bien par adhérer,
alors pourquoi, pourquoi tarder ?…

Dans un tel contexte, j'avais un peu peur, mais j'étais surtout très excité. J'avais l'impression que ce qui se passait devant mes yeux était du théâtre, et que moi je jouais le rôle du personnage négatif de second ordre. Mais, malgré tout, j'étais plus important que les spectateurs, lesquels étaient pourtant des acteurs positifs. Je sentais que je devais entrer en scène. Pour ce personnage qu'était mon père, pour sa dignité et aussi pour prouver mon courage, et aussi pour toi, le bœuf, pour ton honneur, je devais entrer en scène.]

Sous les regards de tous, je sors de l'étable, te tirant derrière moi. J'ai pensé que tu aurais le trac, mais pas du tout. Ta longe n'est qu'une fine corde, attachée pour la forme à ton cou et que tu pourrais rompre comme un rien, et si tu avais refusé de me suivre, je n'aurais pas pu te forcer. Mais tu me suis, docile et content, et c'est ainsi que nous faisons notre entrée dans la cour, attirant tous les regards sur nous. Je relève la tête, bombe le torse tout exprès, pour me donner l'allure d'un brave. Je ne peux voir de quoi j'ai l'air, mais les rires me font comprendre que je suis comique, pareil à un petit clown. Tu te mets à gambader de façon intempestive, à meugler d'une voix faible, finalement tu n'es qu'un bœuf qui n'a pas atteint l'âge adulte. Puis tu fonces tout droit sur les huiles du village à l'entrée du bâtiment principal.

Qui est parmi eux ? Hong Taiyue en fait partie, Huang Tong aussi, et Yang le Septième, il y a aussi Wu Qiuxiang, la femme de Huang Tong, elle remplace déjà Yang Guixiang comme responsable de la Ligue des femmes. Je tire sur la longe, je ne veux pas te laisser aller dans cette direction. Je veux juste te montrer un peu, pour qu'ils voient à quel point toi, le veau de ces paysans qui travaillent pour leur propre compte, tu es superbe, tu as de l'allure, et comment sous peu tu vas devenir le bœuf le plus beau du village de Ximen. Mais voilà que, soudain, poussé par une force mauvaise, avec à peine un tiers de ton énergie, tu m'as traîné comme un petit macaque bondissant. Déployant la moitié de ton énergie, tu romps la longe. Serrant dans ma main l'autre bout de la corde, les yeux écarquillés, je te vois te ruer en direction des hauts personnages. Je me dis que tu vas donner un coup de tête à Hong Taiyue, ou bien à Huang Tong, jamais je n'aurais pensé que tu te précipiterais sur Wu Qiuxiang. [Sur le moment je n'ai pas compris pourquoi, mais à présent, bien sûr, je le sais.] Elle porte une veste zinzoline sur un pantalon bleu foncé, elle a huilé ses cheveux, retenus par une barrette synthétique en forme de papillon, elle est très coquette. La foule reste bouche bée devant cet événement inattendu, quand on commence à réagir, tu as déjà mis à terre Wu Qiuxiang, puis, non content de cela, tu l'as poussée à plusieurs reprises, elle gémit, roule au sol, se relève, elle veut s'enfuir mais n'y parvient pas, elle est aussi maladroite qu'un canard, ses grosses fesses se dandinent, tu la pousses sur les reins, elle lance un croassement, son corps s'incline vers l'avant et elle tombe devant Huang Tong. Ce dernier fait demi-tour et prend la fuite, tu le pourchasses. Mon aîné Jinlong d'une enjambée s'avance, lève une jambe – c'est fou ce qu'il a les jambes longues – et se met à califourchon sur toi, enserrant ton cou, le corps plaqué contre ton dos telle une panthère noire. Tu grattes le sol de tes sabots, fais des bonds, agites la tête, secoues le cou, impossible pour toi de te débarrasser de lui. Tu te rues dans tous les sens, à droite, à gauche, les gens sont massés pêle-mêle en un groupe compact, ils en appellent au ciel et à la terre. Ses mains tirent tes oreilles, s'enfoncent dans tes naseaux, il te dompte. Les autres alors affluent comme un essaim d'abeilles et te terrassent, braillant à qui mieux mieux :

« Vite, qu'on lui perce les naseaux ! Qu'on le châtre ! »

Je les fustige avec mon bout de corde, les injurie haut et fort :

« Laissez mon bœuf tranquille, espèces de brigands, laissez mon bœuf ! »

Mon aîné – pffft, tu parles d'un aîné ! – est encore à califourchon sur ton dos. Il a le visage blême, le regard fixe, ses doigts sont enfoncés dans tes naseaux. Je frappe son dos avec la moitié de longe, l'injurie, furieux :

« Espèce de traître ! Bas les pattes, allons, bas les pattes ! »

Ma sœur aînée Baofeng m'empêche de frapper son frère, elle est toute rouge, de sa bouche sortent des sanglots, mais elle n'est pas très convaincante. Notre mère est figée sur place, elle crie, la bouche tremblante :

« Mes fils… arrêtez ! Quel malheur avez-vous attiré sur vous… »

Hong Taiyue hurle :

« Vite, une corde ! »

Huzhu, la fille aînée de Huang Tong, part comme une flèche dans la maison et revient en traînant une corde de chanvre qu'elle jette devant le bœuf, puis elle tourne les talons et fait un bond. Sa sœur cadette, Hezuo, à genoux sous le gros abricotier, masse la poitrine de Wu Qiuxiang, elle dit la bouche fendue par les pleurs :

« Mère, oh, mère, tu n'as rien de grave, dis… »

Hong Taiyue passe lui-même à l'action, il ligote avec une dizaine de tours de corde les pattes de devant du veau, puis il attrape Jinlong sous les aisselles et le tire du dos de la bête. Mon aîné a les deux jambes repliées et toutes tremblantes, le visage jaune et sec comme un coing, ses mains sont raidies dans leur posture. Les gens s'écartent rapidement, il ne reste plus que le petit veau et moi. Ah, mon vaillant petit veau qui voulait être indépendant lui aussi, te voilà mort sous la correction infligée par le traître à notre foyer de paysans travaillant

203

pour leur compte. Je tapote la croupe du veau, chante pour lui un chant funèbre. Ximen Jinlong, tu as tué mon bœuf, je te voue une haine éternelle ! Je rugis, sans même réfléchir, au lieu de l'appeler Lan Jinlong, je l'ai appelé Ximen Jinlong, le coup est cruel. Cela signifie que moi, Lan Jiefang, je me démarque de lui quant à notre appartenance de classe, mais j'attire aussi l'attention des gens sur le fait qu'il ne faut pas oublier ses origines sociales, il descend de propriétaires fonciers, dans son corps coule le sang du propriétaire despotique Ximen Nao, et entre eux et lui il y a une haine implacable.

Je vois le visage de Ximen Jinlong devenir soudain pareil à une feuille de papier blanc tout usé, son corps oscille comme s'il avait reçu un coup de massue. Dans le même temps, le petit veau qui était resté couché raidi sur le sol se met soudain à se débattre.

[« À l'époque, je ne savais pas, bien sûr, que tu étais la réincarnation de Ximen Nao, et encore moins que tu éprouvais des sentiments aussi complexes quand tu te trouvais en présence de Yingchun, Qiuxiang, Jinlong, Baofeng. Mille pensées et sentiments entremêlés, c'est bien ça ? Car lorsque Jinlong t'a frappé, cela revenait à ce qu'un fils frappe son père, c'est bien ça ? Et quand moi, j'ai injurié Jinlong, n'était-ce pas ton propre fils que j'injuriais ainsi ? Comment le seul mot "confusion" pourrait-il rendre compte de ton état d'esprit d'alors ? Confusion, encore et toujours, rien que confusion ou, comme on dit, "avoir l'esprit confus comme une pelote de laine tout emmêlée", de cela toi seul peux parler.

– Non, moi non plus, je ne le peux pas ! »]

Tu te relèves, visiblement tu es encore tout étourdi, tes pattes sont engourdies. Tu voudrais continuer à te comporter comme un sauvage, mais immédiatement tu es entravé par les cordes qui lient tes pattes de devant, tu trébuches, manques de tomber, mais finis par te tenir debout. Tes yeux sont rouges, il est clair que la colère te brûle, ta respiration précipitée montre à quel point tu n'arrives pas à apaiser ta rancœur. De ton mufle bleu clair coule un sang foncé, tes oreilles aussi saignent, mais là le sang est rouge vif, la déchirure à ton oreille est probablement le résultat d'une morsure faite par Jinlong. Dans ma précipitation, je n'ai pas trouvé où a atterri le bout de chair, sans doute Jinlong l'a-t-il avalé. Quand le roi Wen des Zhou avait été contraint de manger la chair de son propre fils, il avait recraché quelques boulettes qui étaient devenues des lapins, lesquels avaient détalé. L'hélix de l'oreille avalée par Jinlong est un morceau de la chair du père mangé par son propre fils, mais lui, il ne recrachera rien, ça se transformera tout au plus en excréments qui seront rejetés, mais après cela deviendra quoi ?

Tu es debout au beau milieu de la cour, il serait plus juste de dire que nous sommes tous les deux debout au beau milieu de la cour, il est difficile de déclarer si nous sommes les vainqueurs ou les vaincus et donc si nous sommes couverts de honte ou bien de gloire. Hong Taiyue tapote l'épaule de Jinlong en disant :

« T'es un brave petit gars, le jour de ton entrée dans la commune populaire tu accomplis un brillant exploit. Tu as l'esprit vif et tu es courageux, tu sais faire preuve de sang-froid devant le danger, notre commune populaire a précisément besoin de jeunes comme toi ! »

Je vois une rougeur monter au visage de Jinlong, l'éloge de Hong Taiyue l'a visiblement ému. Ma mère s'avance près de lui, lui caresse le bras, lui pétrit les épaules, tout dans son expression indique un seul mot : sollicitude. Jinlong ne se montre pas du tout sensible à cette démonstration, il la laisse là pour se rapprocher de Hong Taiyue.

De ma main j'essuie le sang sur ton mufle et je vocifère des injures à l'adresse de la foule : « Bandits que vous êtes ! Faut me dédommager pour le bœuf ! »

Hong Taiyue répond sur un ton grave : « Jiefang, ton père est absent, je vais donc te parler. Ton bœuf a blessé Wu Qiuxiang en la chargeant, les frais de traitement, c'est à vous de les assumer. Quand ton père sera de retour, tu lui diras tout de suite qu'il devra mettre un anneau dans le nez du bœuf, et si votre bête charge de nouveau un membre de la commune et le blesse, nous la tuerons. »

Je réplique : « Tu fais peur à qui ? Moi, j'ai été élevé avec des céréales, pas avec des menaces. Il y a des orientations politiques, tu crois peut-être que je ne les connais pas ? Un bœuf est un animal domestique d'importance, c'est un moyen de production, tuer un bœuf est un acte illégal, vous n'avez pas le droit de le tuer !

– Jiefang ! » C'est la voix sévère de ma mère, elle me fait des remontrances : « Tu n'es qu'un enfant, comment peux-tu parler ainsi à ton oncle ?

– Ha, ha, ha, s'esclaffe Hong Taiyue, et il dit, s'adressant à la foule : « Vous avez bien entendu le ton qu'il a pris. Alors, comme ça, il sait qu'un bœuf est un moyen de production ! Eh bien, moi, je te dis ceci : les bœufs de la commune populaire sont des moyens de production, mais ceux des paysans travaillant pour leur compte sont des moyens de production réactionnaires. Eh bien, oui, un bœuf de la commune populaire qui chargerait quelqu'un, nous n'oserions pas le tuer, mais s'il s'agit du bœuf d'un paysan travaillant pour son compte, il est bon immédiatement pour l'abattoir ! »

Hong Taiyue assortit ses propos d'un geste catégorique, comme s'il tenait à la main un couteau tranchant invisible et pouvait, d'un seul geste, décapiter mon bœuf. Je suis bien jeune et père n'est pas là, je perds toute mon assurance, envolés mon bagou et mon impétuosité. Devant mes yeux apparaît une scène d'épouvante : Hong Taiyue lève un couteau bleuté et décapite mon bœuf. Mais voilà que du cou de la bête surgit une tête, après chaque décapitation elle réapparaît, Hong Taiyue jette son coutelas et détale, je ris aux éclats, ha, ha, ha…

« Ce petit drôle est devenu fou, ma parole ! » Les gens se parlent de bouche à oreille, faisant des commentaires sur ce rire incongru.

« Putain, tel père, tel fils ! » dit Huang Tong sur un ton résigné.

J'entends Wu Qiuxiang, qui a repris son souffle, se répandre en invectives saignantes contre Huang Tong :

« Et tu oses encore ouvrir ta bouche puante ! Espèce de tortue timorée, de graine d'engeance, t'as vu que le bœuf me chargeait et tu n'es pas venu me secourir, tu m'as même poussée en avant, sans Jinlong j'aurais trépassé sous les cornes de ce monstre de petit veau… »

Tous les regards se portent de nouveau sur le visage de mon frère aîné. Pffft, tu parles d'un frère aîné ! Mais malgré tout nous sommes nés de la même mère et il est difficile de s'affranchir des liens entre frères utérins. Parmi tous les regards qui se sont portés sur mon aîné, celui de Wu Qiuxiang est un peu étrange. Quant à sa fille aînée, Huang Huzhu, le sien est empli d'affection.

[À présent je sais bien sûr que le corps de mon frère à l'époque rappelait déjà celui de Ximen Nao, Qiuxiang reconnaissait en lui son premier mari, certes elle avait dit qu'elle était une servante violée par son maître, que ses souffrances avaient été aussi grandes que sa haine était profonde, mais la vérité était tout autre. Un homme comme Ximen Nao était une mauvaise étoile pour les

207

femmes qui se laissaient séduire, au fond d'elle-même son second mari, Huang Tong, comptait pour de la merde. Quant aux regards pleins d'affection de Huang Huzhu, ils étaient l'expression d'un amour naissant.

Vois, Lan Qiansui (je n'ose pas trop vous appeler ainsi), comment, avec le pénis de Ximen Nao, vous avez emberlificoté un monde pourtant très simple au départ !]

Chapitre quinzième

Sur les grèves, faisant paître les bœufs, les frères se battent.
L'attachement au monde empêche de prendre parti.

[Tout comme l'âne avait attiré l'attention générale en faisant du grabuge au siège de l'administration du village, toi, le bâtard, issu du croisement du bœuf Simmenthal et de la vache mongole, tu t'étais rendu célèbre pour avoir mis la pagaille dans la cérémonie d'accueil de ma mère, de Jinlong et de Baofeng. Aussi célèbre que toi, Jinlong, mon frère utérin, l'était devenu, les gens avaient vu de leurs propres yeux avec quelle adresse et quel héroïsme il t'avait dompté, ils avaient mesuré sa force de caractère qui l'avait fait s'élancer au mépris du danger. Selon celle qui allait devenir ma femme, Huang Hezuo, sa sœur Huzhu était tombée amoureuse de lui au moment même où il s'était mis à califourchon sur le bœuf.]

Père n'est pas rentré de la préfecture, le fourrage manque, m'en remettant aux recommandations qu'il m'a faites au moment de son départ, tous les jours je mène paître le bœuf sur les grèves de la rivière. Du temps où tu étais un âne, tu as passé plusieurs jours en liberté en ces mêmes lieux, tu ne devrais pas avoir l'impression de te trouver en terrain étranger. Le printemps est tardif, bien que nous soyons déjà au quatrième mois, l'épaisse couche de glace sur la rivière n'a pas encore fondu, sur les grèves les herbes séchées bruissent, souvent des oies sauvages se posent au beau milieu, et souvent elles lèvent de gros lièvres effrayés, parfois même on peut apercevoir fortuitement des renards au pelage éclatant, pareils à des flammes, passer au travers des roseaux.

La commune populaire connaît elle aussi une pénurie de fourrage, les vingt-quatre bœufs, les quatre ânes et les deux chevaux appartenant à la collectivité sont également menés paître en cet endroit. Les bergers sont Hu Bin, le responsable de l'élevage, et Ximen Jinlong. Ma sœur aînée Ximen Baofeng a été envoyée en stage de formation des sages-femmes au bureau de la santé publique du district, elle sera la première accoucheuse du village à recevoir une vraie initiation. Dès leur entrée dans la commune, mon frère et ma sœur ont été appelés à des tâches importantes. Tu vas peut-être me rétorquer que, si la formation de Baofeng peut être effectivement considérée comme telle, il n'en va pas de même pour Jinlong, chargé, lui, de faire paître le bétail. Certes, mais Jinlong, en plus de cette tâche, est contrôleur des points-travail. Chaque soir, dans la salle de pointage de la grande brigade, sous la lampe à huile, il inscrit dans un registre, sans rien omettre, les résultats de chaque travailleur pour la journée, alors tenir ainsi le stylo, si ce n'est pas une tâche importante, qu'est-ce qui en est une ? Devant la réussite de ses enfants, notre mère a le visage rayonnant de joie. Quand elle me voit sortir pour mener paître le bœuf, elle soupire profondément. Malgré tout, je suis son fils.

Bon, trêve de balivernes, parlons plutôt de Hu Bin. Il est de petite taille, il a un accent d'une autre province, à chaque fin de phrase l'intonation monte de façon exagérée. Il était au départ le chef du bureau des postes et télécommunications de la commune populaire, comme il a eu des relations illicites avec la fiancée d'un militaire en service actif, il a été condamné au travail forcé, une fois sa peine purgée, à sa libération, il s'est installé au village de Ximen. Sa femme, Bai Lian, était au départ standardiste dans un central téléphonique installé par les postes et télécommunications au village. Elle a une grosse figure pareille à une boule de pâte, des lèvres rouges et des dents blanches, une voix claire, et elle est bien avec les cadres de la commune populaire. Devant sa fenêtre est installé un poteau en bois de sapin d'où partent dix-huit fils électriques qui entrent dans sa maison par la fenêtre. Une chose qui fait penser à une table à coiffer est reliée à ces fils. Quand j'allais à l'école, de la classe on pouvait l'entendre crier en faisant traîner sa voix, comme si elle chantait : « Allô, vous demandez qui ? Le village du vénérable Zheng, un moment je vous prie… vous êtes en communication… » Avec des enfants de ma classe, comme nous nous ennuyions, nous grimpions souvent sur le rebord de sa fenêtre pour regarder au travers des trous faits dans le papier huilé, et nous l'apercevions, écouteurs aux oreilles, un enfant au sein dans un bras, tandis que son autre main enfonçait les fiches très élastiques dans les trous de la machine ou les en retirait. La scène était mystérieuse, étrange, nous la regardions tous les jours sans pourtant nous lasser. Les cadres du village nous chassaient, mais nous nous regroupions. Non seulement nous pouvions observer Bai Lian dans son travail, mais aussi bien des choses qui n'étaient pas pour les enfants : les cadres de la commune populaire qui demeuraient au village venaient flirter avec la standardiste, la pelotaient ; nous pouvions voir aussi cette dernière, sur un registre aigu, comme si elle chantait, emportée par la colère, injurier Hu Bin à cor et à cri. Nous savions aussi pourquoi aucun des enfants de Bai Lian ne ressemblait à ses frères et sœurs. Plus tard, on posa des carreaux en verre à la fenêtre et des rideaux à l'intérieur, nous ne pouvions plus rien voir, mais de l'extérieur nous entendions ce qui se passait dedans. Plus tard encore, on enterra les fils qui étaient à l'extérieur, on les relia au courant électrique, Mo Yan, ce petit garnement, fut électrocuté sur le rebord de la fenêtre, il couinait, en pissa dans son pantalon, comme j'essayais de le tirer de là, je fus électrocuté, moi aussi, et me mis à couiner à mon tour, mais je ne l'imitai pas plus loin. Après cette mésaventure, nous n'osâmes plus aller écouter sous la fenêtre.

Hu Bin porte un chapeau en velours à oreilles, il est affublé de lunettes protectrices comme en ont les mineurs, vêtu d'un vieil uniforme et d'une capote militaire crasseuse, dans la poche du manteau il y a une montre et un code. Lui demander de mener paître le bétail, c'est vraiment une injustice. Mais voilà, sa zigounette n'avait qu'à se tenir tranquille. Il demande à mon aîné de rassembler le troupeau qui s'est dispersé, il est assis sur la digue, au soleil, et feuillette son code tout en récitant, à la longue ses yeux s'emplissent de larmes, puis il se met à pleurer bruyamment, puis il braille :

« C'est injuste, trop injuste, pour un petit moment, qui n'a même pas duré trois minutes, voilà tout mon avenir gâché ! »

Les bœufs de la commune populaire, débarrassés de leurs longes, se sont dispersés sur la grève, bien qu'ils n'aient plus que la peau sur les os et le pelage terne, comme ils goûtent pour la première fois à la liberté, leurs yeux brillent, ils ont l'air très contents. Pour que tu ne te mêles pas à eux, je tiens bien ta longe en main. Je te mène près des panics desséchés pour que tu puisses brouter ces plantes très nutritives et au goût agréable. Mais tu refuses obstinément et tu m'entraînes dans ta course vers l'eau, là-bas se dressent bien droits les roseaux de l'an passé, à leur extrémité poussent des feuilles grisâtres qui font penser à des lames de couteau, les bœufs de la grande brigade se montrent par instants entre les tiges. Inutile de dire que mes forces ne valent pas les tiennes, aussi, malgré la longe, je ne peux te faire changer de direction, tu m'entraînes là où tu veux aller. Tu as déjà pratiquement la corpulence d'un bœuf adulte, sur ton front deux cornes foncées pointent, en forme de pousses de bambou, lisses comme du jade. Dans tes yeux l'on ne voit plus seulement la candeur du jeune âge, on y lit de la ruse et de la tristesse. Tu m'entraînes vers les roseaux, peu à peu nous nous rapprochons des bœufs de la grande brigade. Les roseaux s'agitent, les bœufs arrachent les feuilles sèches à leur pointe, ils lancent leur tête en arrière pour manger, scrunch, scrunch, on dirait qu'ils mâchent du fer, ce n'est pas là la façon de manger des bœufs, c'est celle des girafes. J'aperçois la vache mongole avec sa queue tordue, ta maman. Vos regards se croisent, la vache pousse un meuglement auquel tu ne réponds pas, tu te contentes de la regarder, comme si elle t'était étrangère et aussi comme si tu éprouvais de l'animosité pour elle. Mon frère, un fouet à la main, frappe avec bruit les roseaux comme pour épancher les tourments qui le hantent. Depuis son entrée dans la commune populaire, je ne lui ai pas adressé une seule fois la parole et je ne peux pas, bien sûr, en prendre l'initiative, et quand bien même il ferait le premier pas dans ce sens, je suis bien décidé à ne pas prêter attention à lui. Je vois briller le stylo sur sa poitrine, je suis envahi par des sentiments difficiles à exprimer. À travailler pour mon compte avec père, je ne réfléchis pas trop, je suis l'impulsion du moment et cela fait penser à une pièce de théâtre où il manquerait un personnage, l'excitation donnée par le rôle me pousse à être volontaire. Pour jouer un rôle, il faut une scène et des spectateurs, mais à présent il n'y a ni l'une ni les autres. Je me sens seul, je jette un regard en douce à mon aîné, lui ne me regarde pas, il me tourne le dos et fait claquer son fouet sans discontinuer.

Les roseaux se plient, répondant au bruit, comme si ce qu'il tenait à la main n'était pas un fouet mais un sabre. La glace sur la rivière commence à fondre, la surface est toute cabossée, montrant l'eau bleue, la réverbération fait mal aux yeux. Sur l'autre rive, c'est le territoire de la ferme d'État, un gros pâté de maisons à l'occidentale avec des toits en tuile rouge, elles forment un grand contraste avec les maisons aux murs en terre et aux toits de chaume du village, elles ont un style étatique fait d'arrogance cossue. Souvent, un vrombissement assourdissant s'élève de là. Je sais que les labours de printemps vont bientôt commencer ; le bruit provient de la révision des machines qu'effectue la brigade chargée de l'entretien du matériel. Je vois aussi les ruines des hauts fourneaux qui ont servi lors de la campagne d'affinage de l'acier, on dirait des tombes abandonnées que personne ne vient plus balayer, sur lesquelles on ne se recueille plus. Mon aîné s'arrête de fouetter les bambous, se raidit et lance d'une voix glacée :

« Ne sois pas l'homme de main du tyran Zhou ! »

Je lui réponds du tac au tac : « Et toi, ne te laisse pas griser par le succès ! »

– À partir d'aujourd'hui, je te donnerai un coup de fouet par jour, jusqu'à ce que tu adhères à la commune populaire avec le bœuf ! dit-il, toujours de dos.

– Tu me frapperais ? » Tout en regardant son corps plus costaud que le mien, j'ajoute d'un air un peu fanfaron : « Essaie voir, pffft, si tu oses me frapper, je ferai en sorte que cela se termine mal pour toi ! »

Il se retourne, me fait face et dit en souriant : « Fort bien, voyons voir comment tu vas t'y prendre ! »

Il étend le manche du fouet, adroitement il enlève le bonnet ouatiné que je porte, avec précaution il le pose sur une touffe d'herbe et dit : « Faut pas salir le bonnet, sinon notre mère ne sera pas contente. »

214

Puis il me frappe à la tête avec le même manche. Je ne dirais pas que le coup est douloureux, quand j'allais en classe, je me cognais souvent la tête contre le chambranle et, souvent également, j'ai reçu des morceaux de tuile et de brique lancés par mes camarades, tout cela était bien plus douloureux que le coup que je viens de recevoir, mais aucun ne m'a mis autant en colère. J'ai la sensation d'un vrombissement incessant dans ma tête, le bruit va se mêler à celui des tracteurs sur l'autre rive, des étoiles dansent devant mes yeux. Sans réfléchir davantage, je lâche la longe du bœuf et me rue sur mon frère. Il m'esquive et en profite pour me donner un coup de pied au derrière. Je trébuche et tombe à plat ventre sur les roseaux, à leur pied il y a une peau de serpent, laquelle a bien failli se retrouver dans ma bouche, c'est une mue, elle peut servir en médecine. Une année, Ximen Jinlong avait un énorme abcès à la jambe, il braillait à en ameuter ciel et terre, ma mère eut vent d'un remède : il fallait manger une mue de serpent sautée avec des œufs. Elle m'envoya en chercher une parmi les roseaux. Je revins bredouille à la maison. Notre mère me traita de bon à rien. Notre père m'accompagna. Nous finîmes par en découvrir une au plus profond des roseaux, elle devait bien avoir deux mètres de long, elle était toute fraîche et le serpent qui l'avait abandonnée n'était pas loin, il crachait en notre direction sa longue langue noire fourchue. Notre mère fit sauter la peau avec sept œufs de poule, cela faisait un bon plat tout doré qui dégageait une odeur si alléchante que j'en bavais de gourmandise. Je m'efforçais de ne pas regarder dans la direction du plat, mais mes yeux, d'eux-mêmes, lorgnaient de ce côté. À l'époque tu étais un petit frère aîné tellement sage, tu me dis : « Petit frère, viens, on va en manger tous les deux. » Je répondis : « Non, je n'en mange pas, c'est pour toi, pour te guérir, je n'en mange pas. » Floc, floc, je vis tes larmes goutter dans le plat. Et voilà qu'aujourd'hui tu me frappes… Je prends la peau de reptile entre mes lèvres, m'imaginant être un serpent venimeux, je me rue une seconde fois sur lui.

Cette fois il ne peut esquiver l'assaut. Je l'enserre par la taille et mets ma tête sous son menton pour essayer de le renverser. Il place avec ruse une de ses jambes entre les miennes et, de ses deux mains, m'empoigne par les épaules, saute sur un seul pied, mais il ne parvient pas à me déstabiliser. Par hasard, je te vois, toi, le bâtard né de l'accouplement du bœuf Simmenthal et de la vache mongole, debout à l'écart, silencieux, il y a tant de tristesse et d'impuissance dans tes yeux, sur le moment j'éprouve du mécontentement à ton égard. Alors que je suis là à en découdre avec l'ennemi qui t'a déchiré un morceau de l'oreille et t'a abîmé les naseaux, pourquoi ne me viens-tu pas en aide ? Il suffirait que tu vises son dos de ta tête pour le faire tomber. En mettant un peu de force, tu pourrais l'envoyer valser en l'air, une fois qu'il serait au sol, je pourrais le maintenir ainsi et il aurait perdu. Mais tu ne bouges pas. [À présent, je sais pourquoi tu ne bougeais pas, il s'agissait de ton propre fils. Mais moi, j'étais ton ami le plus proche.] Moi qui suis si fraternel avec toi, qui t'étrille, qui chasse les boas qui te feraient du mal, qui pleure sur toi, tu as du mal à choisir, tu souhaiterais que ce duel cesse, que nous nous séparions, que nous nous serrions la main, nous disions des paroles de réconciliation, que nous soyons comme autrefois des frères qui s'entendent bien. À plusieurs reprises, sa jambe se prend dans les roseaux, il manque trébucher, mais il rétablit son équilibre par quelques sautillements. Je suis presque au bout de mes forces, je souffle comme un bœuf, je suis oppressé. Pris de panique, je sens soudain une vive douleur aux oreilles, en fait ce sont ses mains qui se sont déplacées de mes épaules vers les oreilles. J'entends alors la voix de castrat de Hu Bin retentir à mon côté :

« Bravo, bravo ! Frappe, frappe, frappe ! »

Puis j'entends Hu Bin battre des mains. Je suis abruti par la douleur et distrait par Hu Bin, et puis, bien sûr, il y a la déception de voir que tu ne viens pas à mon secours, ma jambe gauche est accrochée par la sienne, je tombe sur les fesses, immédiatement il est sur moi et m'appuie contre le sol. Il a son genou sur mon ventre, la douleur soudaine est insupportable, j'ai bien l'impression d'avoir pissé dans mon pantalon. De ses deux mains il tire mes oreilles pour me plaquer fermement la tête au sol. Je vois le ciel, d'un bleu intense, les nuages blancs, le soleil aveuglant, puis le visage de Ximen Jin-long, long et maigre, anguleux, ses lèvres minces et volontaires, au-dessus une moustache d'un noir de jais, l'arête du nez est prononcée, dans ses yeux brille une lueur ténébreuse. Ce type-là n'est pas de pure race jaune, comme le bœuf il a peut-être du sang mêlé. En regardant son visage, je peux imaginer comment était Ximen Nao, que je n'ai jamais vu, mais j'ai souvent entendu parler de lui. Je voudrais l'injurier avec toute ma colère, mais comme mes oreilles sont tirées si fort que la peau de mes joues en est très tendue, il m'est difficile d'ouvrir la bouche. Il en sort des mots incompréhensibles, même pour moi. Il me soulève la tête avant de l'appuyer de nouveau lourdement au sol, puis il dit en détachant chaque mot :

« Alors, tu adhères ou non ?

– Non… je n'adhérerai pas… » Je crache mes mots vers le haut avec de la salive.

« À compter d'aujourd'hui, je te frapperai chaque jour, jusqu'à ce que tu acceptes d'entrer dans la commune populaire et, de plus, je frapperai chaque fois un peu plus fort !

– Quand je serai rentré à la maison, je le dirai à maman !

– C'est elle qui m'a dit de te frapper !

– S'il faut adhérer, attendons que père soit rentré ! »
J'utilise le ton du compromis.

– Non, tu dois adhérer avant son retour, et ton entrée
ne suffit pas, il faut que tu viennes avec le bœuf !

– Mon père ne t'a pas maltraité, ne sois pas ingrat
envers lui.

– Si je vous amène à adhérer à la commune populaire, ce sera l'expression de ma gratitude. »

Pendant tout le temps que dure ma polémique avec
Ximen Jinlong, Hu Bin fait des cercles autour de nous.
Il est très excité, il se gratte l'oreille, il se frotte les mains,
applaudit, il émet des bruits sans fin avec sa bouche.
Ce type que sa femme fait cocu a un mauvais fond, se
croyant supérieur, il éprouve de la haine pour tout le
monde, mais, d'un autre côté, il n'ose pas faire de
l'opposition, devant notre dispute il éprouve un malin
plaisir, les malheurs et les souffrances des autres sont
un exutoire à ses propres peines. C'est alors que tu
décides de te faire menaçant.

Le descendant du bœuf Simmenthal et de la vache
mongole, la tête baissée, fonce sur le postérieur de Hu
Bin, le corps tout maigrelet de ce dernier s'envole dans
les airs comme une vieille veste ouatinée, plane à l'horizontale à deux mètres du sol, avant de subir l'attraction
terrestre et de retomber à l'oblique au beau milieu des
touffes de roseaux. Au moment même où il atterrit, il
pousse un hurlement déchirant qui n'en finit plus, qui
part en zigzags, comme la queue de la vache mongole.
Hu Bin se relève, se heurte aux roseaux qui s'agitent,
qui bruissent. Mon bœuf charge de nouveau, Hu Bin
une fois de plus est projeté dans les airs.

Ximen Jinlong lâche prise, bondit sur ses pieds,
ramasse son fouet pour aller frapper mon bœuf. Je me
relève, enserre sa taille par-derrière, ses pieds quittent le
sol, je le plaque à terre. « Je t'interdis de frapper mon
bœuf ! Espèce de traître qui a perdu toute conscience

morale ! Espèce de sale rejeton de propriétaire foncier qui renie tout lien de parenté, qui rend le mal pour le bien ! » Ce putain de rejeton lève soudain son derrière et m'envoie bouler plus loin, il se relève, se retourne, commence par m'appliquer un coup de fouet, puis va au secours de Hu Bin. Ce dernier se dégage tant bien que mal des roseaux, il pousse de drôles de jappements, on dirait un chien qui aurait la patte estropiée, il fait piètre figure et son allure est comique. Voici l'arroseur arrosé, il y a une justice du cœur.

[Sur le moment, j'avais trouvé qu'il y avait une ombre au tableau : tu aurais dû corriger d'abord Ximen Jinlong avant de t'en prendre à Hu Bin, je sais maintenant que tu as eu raison d'agir ainsi, un tigre, si cruel soit-il, ne mange pas ses enfants, tu étais excusable.]

Ximen Jinlong [ton fils], son fouet à la main, te poursuit. Hu Bin court devant, courir, à vrai dire, n'est pas le mot juste. Cette vieille capote militaire, marque de sa gloire passée, a perdu tous ses boutons lors de son vol plané, elle s'ouvre par moments, on dirait les ailes brisées d'un oiseau mort. Le chapeau qu'il portait sur la tête est tombé, il a été enfoncé dans le sol par les sabots du bœuf. Au secours… au secours ! En fait, il ne prononce pas du tout ces sons, mais je sais que ce qu'il essaie de dire est qu'on vienne à son secours. Mon bœuf, plein de courage et qui connaît la nature humaine, le course sans lâcher prise. [Voilà que surgit devant mes yeux l'image de cette course, alors qu'il gardait la tête baissée, tandis que ses yeux reflétaient une lumière rouge feu, irradiant de tous les côtés, traversant le temps de l'Histoire.] Les sabots soulèvent des mottes de terre blanche alcaline qui, comme des éclats d'obus, vont frapper les roseaux, viennent frapper nos corps, à Ximen Jinlong et à moi-même, et vont même tomber avec force « splash » sur la surface qui dégèle à grands bruits. Je sens soudain l'odeur fraîche de l'eau et celle de la glace qui fond rapidement, ainsi que celle de la terre dégelée, et celle, infecte et chaude, de l'urine. La puanteur de l'urine des vaches est due au fait que les bêtes sont en chaleur, le printemps est là, le monde renaît, la saison des amours va commencer. Les serpents, les grenouilles, les crapauds, ainsi que de nombreuses autres bestioles s'éveillent de l'hibernation d'un long hiver, toutes sortes d'herbes et de légumes sauvages sont dérangés dans leur sommeil, des vapeurs blanches montent en spirales de la terre, le printemps est là. C'est ainsi que nous l'accueillons en cette année 1965 : le bœuf coursant Hu Bin, Ximen Jinlong pourchassant le bœuf et moi talonnant mon frère aîné.

Hu Bin, tel un chien se précipitant sur de la merde, pique du nez contre le sol. La grosse tête du bœuf, à plusieurs reprises, le pousse et, du coup, je revois la scène du forgeron forgeant les ustensiles en fer. À chaque coup de tête du bœuf, Hu Bin pousse un cri tragique d'une voix faible. Son corps semble s'être aplati, allongé et élargi. Étalé sur le sol, il fait penser à une bouse de vache. Ximen Jinlong les rattrape, il agite son fouet, en frappe brutalement ta croupe, clac, clac ! chaque coup trace une balafre ensanglantée. Mais tu ne te retournes pas, tu ne te rebelles pas, moi qui m'attendais à ce que tu bouges brusquement la tête pour l'expédier dans les airs, qu'il retombe tout droit au beau milieu de l'eau, brisant la glace cassante pour aller au fond d'un trou, et qu'il y reste le temps de se noyer à en être à moitié mort, qu'il se gèle à en être à moitié mort, à moitié mort de noyade et à moitié de froid, or cela reviendrait à le faire mourir entièrement, non, il vaudrait mieux qu'il n'en meure pas tout de même car sinon ma mère en serait trop peinée, je sais qu'il lui est plus cher au fond de son cœur que je ne le suis. Je casse quelques roseaux et pendant qu'il te frappe avec son fouet sur l'arrière-train, je le fouette à la nuque avec les roseaux. Ça l'énerve, il se retourne et m'envoie un coup de fouet, aïe, maman ! Le coup est redoutable, ma vieille veste ouatinée en est toute déchirée, le fouet a balayé ma joue, y laissant une balafre où le sang suinte. Puis il se retourne.

Alors que j'attendais que tu le charges, tu n'en fais rien. Mais lui semble nerveux, il recule. Tu pousses un meuglement sourd. Ton regard est si triste. [Ton mugissement était le cri d'un père appelant son fils.] Lui, bien sûr, n'a rien compris. Tu t'approches pas à pas, en fait ton intention est de le caresser, mais lui ne comprend pas. Il pense que tu vas le charger, il agite brusquement son fouet pour te frapper. Le coup est précis et cruel, le bout du fouet est entré dans ton œil. Tes pattes de devant ont une faiblesse et tu t'agenouilles sur le sol, oui, tu t'agenouilles, les larmes coulent à flots de tes yeux, elles bruissent en glissant, gouttent avec bruit. Effrayé, je crie :

« Ximen Jinlong, espèce de brigand, tu as rendu mon bœuf aveugle ! »

Il te vise à la tête, frappe de nouveau, plus fort, entamant la chair de ton front, le sang goutte en grappes. Mon bœuf ! Je me rue vers toi, je protège ta tête. Mes larmes tombent sur tes cornes nouvellement poussées. Je te protège de mon corps malingre. « Ximen Jinlong, frappe, mets en charpie ma vieille veste ouatinée, les pièces s'envoleront à profusion comme morceaux de papier, transforme ma peau et ma chair en boue qui ira éclabousser les herbes fanées alentour, mais tu ne dois pas frapper mon bœuf ! » Je sens ta tête qui tremble contre ma poitrine, je saisis une poignée de terre alcaline et en frotte ta blessure, j'arrache de l'intérieur de ma veste une poignée d'ouate pour essuyer tes larmes. J'ai si peur que tu sois devenu aveugle, mais comme le

dit le proverbe : « Une patte de chien ne peut être estropiée, les yeux d'un bœuf ne peuvent être rendus
aveugles », tes yeux sont intacts.

Pendant tout le mois qui suivra, nous répéterons à peu
près le même rituel : Ximen Jinlong m'exhorte à profiter
de l'absence de père pour adhérer à la commune populaire avec mon bœuf. Je ne suis pas d'accord, alors il
me frappe. Du coup, mon bœuf charge Hu Bin. Ce dernier, affolé, va se cacher derrière mon frère aîné. Quand
Ximen Jinlong se retrouve face au bœuf, il se produit
une situation de blocage, aucun des deux ne cède,
quelques minutes plus tard on se retire chacun de son
côté et le jour se passe sans incident. Ce qui avait été au
départ une lutte sans merci s'est transformé en un petit
jeu. Ce qui me rend heureux et fier est le fait que Hu
Bin redoute mon bœuf plus qu'il ne redouterait un
tigre, sa bouche qui s'ouvrait auparavant pour dire des
mots acerbes comme autant de flèches empoisonnées
n'ose plus désormais se montrer si arrogante. Dès que
mon bœuf l'entend devenir un peu trop loquace, il
baisse la tête et meugle longuement, les yeux injectés
de sang, fait mine de lever les sabots pour le courser.
Hu Bin a si peur qu'il ne peut que se cacher derrière
mon frère aîné, Ximen Jinlong. Quant à ce dernier, il
ne frappe plus mon bœuf, peut-être a-t-il perçu quelque
chose ? Car en fin de compte vous êtes père et fils, vos
âmes devraient se comprendre. Quand il me frappe, cela
devient un rituel, car depuis cette rixe je porte une baïon-
nette à la taille et un casque sur la tête. Ces deux trésors,
je les avais volés dans un tas de ferraille l'année de
l'affinage de l'acier, je les avais gardés cachés dans
l'étable, à présent j'ai trouvé l'occasion d'en tirer parti.

Chapitre seizième

Jeune fille en fleur au printemps a son petit cœur en émoi.
Le bœuf Ximen aux labours fait une démonstration de force.

[Ah, bœuf Ximen, les labours du printemps 1966 ont été pour nous la plus heureuse des saisons. À l'époque, le « talisman » rapporté de la préfecture jouait encore son rôle. Tu étais devenu un grand bœuf, notre étable basse et exiguë était bien inconfortable pour toi. À l'époque, les petits taureaux de la commune populaire avaient tous été castrés. À l'époque, bien que de nombreuses personnes eussent averti mon père que te mettre un anneau dans le nez faciliterait le travail, ce dernier ne devait tenir aucun compte de ces conseils. J'approuvais sa décision, j'étais convaincu, moi aussi, que les liens qui nous unissaient avaient déjà dépassé les simples rapports entre un paysan et un animal de trait, nous étions des amis de cœur, mais aussi des compagnons d'armes qui combattions ensemble contre la collectivisation, qui persévérions ensemble à travailler pour notre compte, au coude à coude, conjuguant nos efforts.]

Les deux mille mètres carrés qui nous appartenaient, à mon père et à moi, étaient encerclés par les champs de la commune populaire. Nous étions proches de la rivière, il s'agissait de terre rapportée, d'une épaisse couche de bonne terre fertile propre aux labours. « Fiston, avec ces deux mille mètres carrés de sol riche et un bœuf solide, nous pouvons tous les deux manger à en avoir la peau du ventre bien tendue », me disait mon père. Après son retour de la préfecture, il s'était mis à souffrir d'insomnie, souvent, quand je me réveillais d'un bon sommeil, je le voyais assis tout habillé sur le kang, adossé au mur, qui fumait avec bruit. La forte odeur du jus de pipe m'écœurait vaguement. Je demandais :

« Papa, tu ne dors pas ?

– J'y vais tout de suite, répondait-il. Allez, dors, je vais ajouter un peu de fourrage à la mangeoire du bœuf. »

Je me levais pour pisser [comme tu le sais, je faisais pipi au lit, pendant ta vie d'âne et celle de bœuf tu as certainement vu de la literie mise à sécher dans la cour.] Dès que Wu Qiuxiang voyait ma mère qui portait le matelas en coton pour l'étendre au soleil, elle appelait ses filles : « Hé, Huzhu, et toi, Hezuo, venez vite voir, Jiefang du bâtiment ouest a encore dessiné une mappemonde sur son matelas ! » Alors les deux fillettes accouraient et, avec un bâton, elles désignaient les traces d'urine sur le tissu : « Voilà l'Asie, et puis l'Afrique, ça, c'est l'Amérique latine, et là l'océan Atlantique, et là l'océan Indien… » J'avais tellement honte que j'aurais voulu entrer à jamais sous terre ou bien brûler le matelas avec une torche. Si Hong Taiyue avait vu la scène, il aurait dit : « Hé, Jiefang, mon gars, ce matelas, tu peux te le mettre sur la tête et aller attaquer le blockhaus ennemi, les balles ne le perceront pas, les éclats des bombes rebondiront dessus ! » Il ne faut plus reparler des hontes d'autrefois, car, par bonheur, depuis que je vivais seul avec papa, cela m'était passé comme ça, sans aucun traitement, cette énurésie avait été une des raisons pour lesquelles je m'étais prononcé contre la collectivité, pour le statut de paysan indépendant.

Le clair de lune ruisselle comme de l'eau, notre petite pièce en est toute nimbée d'argent, et même les rats qui mangent les miettes de nourriture tombées sur l'âtre sont transformés en animaux argentés. De l'autre côté du mur montent les soupirs de mère, je sais qu'elle aussi souffre souvent d'insomnie, elle continue à se faire du souci pour moi, elle espère que père adhérera très bientôt à la commune populaire, et moi avec lui, afin que la famille puisse vivre en harmonie ; comme si mon père, cet homme obstiné entre tous, pouvait répondre à ces souhaits ! La beauté du clair de lune a chassé en moi toute envie de dormir. Je brûle de voir ce que fait le bœuf dans l'étable à la nuit noire : reste-t-il éveillé toute la nuit ou bien dort-il comme les humains ? Et s'il dort, est-il couché ou debout ? Garde-t-il les yeux grands ouverts ou les ferme-t-il ? Je mets sur mes épaules un vêtement ouatiné et me glisse sans bruit dans la cour, je vais pieds nus, le sol est frais mais pas glacé. Dehors le clair de lune est plus dense, le gros abricotier scintille tout argenté, son ombre clairsemée se projette à terre. Je vois mon père en train de tamiser le fourrage, sa silhouette semble plus grande qu'en plein jour, un rayon de lune éclaire le tamis et les deux grandes mains de père. Un bruit de frottement monte. On dirait que le tamis s'agite seul dans les airs et que les mains de père en sont des accessoires. La mangeoire est remplie, on entend alors le bruit que fait la langue du bœuf en se tordant pour attraper le fourrage. Je vois les yeux lumineux de la bête, je sens son odeur chaude. J'entends père dire : « Vieux Noiraud, vieux Noiraud, demain nous allons commencer les labours. Tu dois bien manger pour avoir des forces. Demain

225

nous allons faire de la belle ouvrage pour montrer à ceux qui se sont précipités à la commune populaire que Lan Lian est le meilleur paysan sous le ciel, et que son bœuf, lui aussi, n'a pas son pareil ! » La bête remue son énorme tête, comme si elle répondait à père. Ce dernier reprend : « Ils m'ont demandé de te mettre un anneau dans le nez, des conneries, oui ! Mon bœuf est comme un fils pour moi, il comprend les hommes. Moi, je te traite bien, je ne te considère pas comme un bœuf mais comme un être humain, est-ce qu'on attache un anneau dans le nez d'un homme ? D'autres encore me disent de te faire castrer, foutaises ! Je leur ai dit : "Allez, rentrez chez vous faire castrer vos fils !" Vieux Noiraud, dis-moi, n'ai-je pas raison ? Avant toi, j'ai eu un âne, vieux Noiraud, c'était vraiment le meilleur âne au monde, travailleur, comprenant la nature humaine, impétueux, s'il n'avait pas été victime de la campagne d'affinage de l'acier, il vivrait encore. Mais par ailleurs, s'il vivait encore, tu ne serais pas là, je t'ai repéré au premier coup d'œil à la foire. Vieux Noiraud, j'ai toujours l'impression que tu es sa réincarnation, qu'il y a entre nous une affinité prédestinée ! »

Le visage de mon père est dans l'ombre, je ne le distingue pas, je ne vois que ses deux grandes mains agrippées aux bords de l'auge, ainsi que les yeux du bœuf pareils à des gemmes bleues. Ce bœuf, quand nous l'avons acheté, était roux, puis sès poils sont devenus de plus en plus foncés, leur couleur s'approche déjà du noir, aussi mon père l'a-t-il appelé Noiraud. J'éternue, mon père en est alarmé, affolé, il se précipite à l'extérieur, il sort de l'étable comme ferait un voleur.

« Ah, c'est toi, fiston ! Qu'est-ce que tu fais planté là ? Rentre vite te coucher !

– Papa, pourquoi tu ne dors pas ? »

Père lève la tête et regarde les étoiles, il dit :

« C'est bon, je vais dormir, moi aussi. »

Dans ma torpeur, je sens que père de nouveau se lève sans bruit. J'ai des soupçons, une fois qu'il est dehors, je me lève à mon tour. Dès que j'entre dans la cour, j'ai l'impression que le clair de lune est encore plus lumineux qu'à l'instant, on dirait de la soie qui voltige dans l'air, d'une blancheur immaculée, lustrée, rafraîchissante, on se dit qu'on pourrait en déchirer des pans pour s'en vêtir ou bien en faire des boules et se les fourrer dans la bouche. Je regarde du côté de l'étable, elle est devenue immense, claire et spacieuse, sans la moindre part d'ombre, les bouses au sol sont comme des petits pains bien blancs. Mais ni père ni le bœuf ne sont à l'intérieur, j'en suis très surpris, car je suis vraiment sorti de la maison juste après père et je l'ai bien vu entrer dans l'étable, comment peut-il avoir disparu en un laps de temps si court, et non seulement lui, mais le bœuf aussi ? Se seraient-ils transformés en rayons de lune ? Je m'avance jusqu'au portail, je vois qu'il est ouvert, tout s'éclaire soudain dans mon esprit : ils sont sortis. Mais que vont-ils donc faire si tard dans la nuit ?

La grand-rue est silencieuse, les arbres, les murs, la terre, tout est argenté, même les gros caractères noirs des slogans sur les murs sont d'une blancheur aveuglante : « Repérer la clique dirigeante qui dans le Parti a pris la voie capitaliste », « Mener jusqu'au bout le mouvement des Quatre Liquidations[1] ». Ces slogans ont été écrits par Ximen Jinlong, il est vraiment doué, je ne l'ai jamais vu s'exercer à tracer de gros caractères,

1. Vaste mouvement (de 1963 à 1966) initié par le comité central du PCC. À la campagne il portait sur le travail, la comptabilité, les stocks, les richesses, dans les villes sur l'idéologie, la politique, l'organisation et l'économie. S'il devait permettre de modifier le style et la gestion économique de certains cadres dirigeants, sa radicalisation eut des effets si néfastes que Mao Zedong rectifia le tir et recentra les attaques au sein du Parti.

pourtant, tenant d'une main le seau plein d'encre, de l'autre un gros pinceau en fils de chanvre tout imbibé d'encre, il les a reproduits du premier coup sur le mur. Le style est plein, le trait correct et vigoureux, chaque caractère a la taille d'une brebis engrossée, l'ensemble suscite des soupirs admiratifs de la part de ceux venus les regarder. Mon frère est déjà devenu le jeune du village le plus cultivé, le plus estimé, même les étudiants membres du groupe de travail des Quatre Liquidations l'apprécient et s'en sont fait un ami. Mon frère aîné est membre des Jeunesses communistes, j'ai entendu dire qu'il a déjà fait sa demande d'adhésion au Parti, il exprime activement son intention de se rapprocher du Parti, de mériter cette adhésion. Au sein du groupe de travail pour les Quatre Liquidations il y a Chang Tian-hong, plein de talents, un élève de la section de musique vocale à l'institut des beaux-arts de la préfecture, il a enseigné à mon frère aîné le bel canto. Pendant de nombreux jours cet hiver, les deux jeunes ont répété des chants révolutionnaires, avec des accents qui se prolongeaient comme des braiments d'âne ; ce tour de chant est devenu un vrai morceau du répertoire que l'on donne avant chaque assemblée générale des membres de la commune populaire. Ce jeune Chang vient souvent dans notre cour. Il est de haute stature, a les cheveux naturellement frisés, un visage petit au teint de neige, de grands yeux lumineux, une grande bouche, une moustache bleutée, une pomme d'Adam saillante, il ne ressemble guère aux jeunes gens du village. J'en ai entendu de nombreux, jaloux, lui donner le sobriquet de « Grand Âne brayant[1] ». Comme mon frère apprend le chant auprès de lui, il a obtenu le surnom de « Deuxième Âne brayant ». Ces deux ânes brayant ont le même caractère, sont comme frères, comme cul et chemise.

1. Expression qui désigne au départ un grand âne mâle.

Le mouvement des Quatre Liquidations s'en prendra à tous les cadres ; Huang Tong, chef de la milice populaire et chef de la grande brigade, sera suspendu de ses fonctions pour avoir détourné des fonds publics, quant à Hong Taiyue, secrétaire de la cellule du Parti, il connaîtra le même sort pour avoir fait cuire et mangé, dans la pépinière du village, une chèvre noire élevée par la grande brigade. Cependant ils seront très vite rétablis dans leurs charges, seul le magasinier de la grande brigade sera réellement destitué pour avoir volé à la brigade de production du fourrage destiné aux chevaux. Qui dit mouvement dit représentation théâtrale, qui dit mouvement dit spectacle, dit sons assourdissants de gongs et de tambours, drapeaux de couleur flottant au vent, slogans sur les murs, travail la journée, réunions la soirée. Et moi, petit paysan indépendant, j'aimerais bien, en fait, m'associer à ces réjouissances. Tout cela me donne vraiment envie d'adhérer à la commune populaire, de suivre les deux ânes brayant par le monde, de coller à leurs basques. Les actions marquées par le haut niveau culturel des deux garçons vont attirer l'attention des jeunes filles, et l'amour peu à peu va faire son œuvre. J'observe tout cela en spectateur, avec détachement, je sais que Ximen Baofeng, ma sœur aînée, en pince énormément pour Petit Chang, tandis que les deux jumelles Huang Huzhu et Huang Hezuo sont tombées amoureuses en même temps de mon frère aîné. Moi, personne ne m'aime. Peut-être me considèrent-elles encore comme un enfant qui ne comprend rien à ce genre de choses, mais elles ne savent pas que j'éprouve un amour violent : je suis tombé amoureux en secret de Huang Huzhu, la fille aînée de Huang Tong.

Bon, revenons à nos moutons. Donc je suis dans la grand-rue, mais je n'aperçois toujours pas trace de mon père ni du bœuf, se seraient-ils envolés dans la lune ? Je crois discerner père sur le dos de l'animal, ce dernier foule de ses sabots les nuages, sa queue s'agite pareille à un grand aviron, ils s'élèvent lentement. Je sais que c'est une chimère, si père avait eu l'intention de partir vers la lune sur le dos de son bœuf, il ne m'aurait pas abandonné. Je dois garder les pieds sur terre et les chercher ici-bas. Je m'arrête, me concentre, j'ouvre grand mes narines pour essayer de repérer une odeur, ça y est, je les sens, ils ne sont pas bien loin, vers le sud-est, près du mur de défense tout éboulé, là-bas se trouvait autrefois la fosse des enfants morts, les gens du village y jetaient les bébés morts prématurément ; elle a été comblée par la suite pour devenir l'aire de battage de la grande brigade. Le terrain est plat comme un atoll, il est entouré d'un mur en terre à mi-hauteur d'homme, près du mur sont disposés quantité de rouleaux de pierre de toutes sortes, des bandes de gamins y jouent, se poursuivent, ils vont tous les fesses à l'air, vêtus d'un simple tablier rouge sur le ventre, je sais qu'il s'agit des esprits des enfants morts. À chaque nuit de pleine lune, ils sortent et viennent s'amuser là. Ils sont vraiment mignons ces esprits enfants, ils se mettent en rang, sautent d'un rouleau en pierre à un autre. Le meneur est un garçon avec une petite natte dressée vers le ciel, il tient dans sa bouche un sifflet en métal qui brille, siffle en suivant une cadence bien marquée, les gosses sautent au son du sifflet en un ballet des plus ordonnés, vraiment plaisant à regarder. Je suis captivé, pour un peu je me joindrais à eux. Quand ils ont joué ainsi tout leur content à saute-mouton, ils grimpent sur le mur et s'assoient côte à côte, leurs petites jambes pendant dans le vide, ils chantent, frappant le mur en terre de leurs talons :

Visage bleu père, Visage bleu fils,
Visage bleu, tu vas bien ?
Je vais bien !

Pour Visage Bleu tout va bien, même très bien,
les céréales, il en a, et plein.
Travailler avec cet indépendant c'est bien ?
C'est très bien !

La chanson des enfants m'émeut, je sors de ma poche
une poignée de grains de soja noir grillés et les leur
distribue. Ils tendent leurs petites mains. Elles sont
couvertes d'un duvet jaune. Dans chacune, je mets cinq
grains. Ils ont tous les yeux lumineux, les dents blanches,
on a plaisir à les regarder. Alors du mur tout entier
montent des scrunch, scrunch, tandis que le clair de
lune est plein du parfum des pois grillés. Je vois père
et le bœuf en train de faire de l'exercice sur l'aire de
battage, sur le mur d'enceinte est arrivé un nombre
incalculable d'enfants rouges, je mets mes mains sur
mes poches, je m'inquiète de savoir ce que je vais faire
si jamais ils viennent tous me réclamer des graines de
soja. Père est vêtu d'un vêtement très près du corps,
agrémenté aux épaules de deux pièces de tissu vert
pareilles à des feuilles de nénuphar, il est coiffé d'un
haut chapeau en tôle qui ressemble à un porte-voix, le
côté droit du visage est barbouillé de fard rouge, faisant
le pendant à sa tache bleue à gauche, les deux moitiés se rehaussent l'une l'autre. Père est au milieu de
l'aire, il crie haut et fort, je ne comprends pas ses paroles,
on dirait des incantations, mais les petits enfants rouges
sur le mur qui entoure l'aire, eux, ont compris, c'est
sûr, car ils applaudissent, frappent le mur de leurs
talons, poussent des sifflements stridents, certains ont
sorti de sous leurs tabliers de petites trompettes et en
jouent bruyamment, d'autres ont attrapé sur les levées
de terre derrière le mur de petits tambours plats qu'ils
ont placés entre leurs jambes et ran-plan-plan, ran-
plan-plan, ils frappent dessus. Pendant ce temps, notre
bœuf, les cornes décorées de soie rouge, une grosse

fleur également rouge et en soie ornant sa tête – on dirait un nouveau marié rayonnant de joie –, galope en suivant les bords de l'aire. Tout son corps brille, ses yeux sont si lumineux qu'on les croirait de cristal, ses sabots sont comme quatre lanternes, il court avec grâce et aisance. Là où il passe, les petits enfants rouges sont pris de folie, vacarme de tambours et de cris. Ainsi, un tour après un autre, les ovations se succèdent comme des vagues. Après une dizaine de tours, le bœuf va rejoindre mon père au centre de l'aire. Père sort de sa poche un morceau de tourteau de soja et le fourre dans la bouche du bœuf, c'est sa récompense. Puis père caresse le front de la bête, lui donne des petites tapes sur la croupe et dit : « Regardez le prodige. » Puis il lance d'une voix plus claire et plus sonore que celle du Grand Âne brayant lorsqu'il apprend des chansons occidentales à mon frère aîné : « Regardez le pro-dige ! »

[Lan Qiansui, dit « Grosse Tête », me regarde, dubitatif. Je sais que mon récit le laisse incrédule. Cela remonte à tant d'années, tu auras oublié, peut-être que ce que j'ai vu après tout n'était qu'un rêve, une chimère, mais quand bien même ce serait le cas, il te concernait, ou plutôt, sans toi ce rêve n'aurait pas pris corps.]

Après avoir poussé ce cri, père fait claquer une fois son fouet sur le sol tout lisse, comme s'il avait frappé sur du verre, on entend un son cristallin. Le bœuf soudain lève ses pattes de devant, le corps dressé il se tient sur ses deux pattes de derrière. Prendre cette posture n'est pas difficile, c'est celle du taureau montant une vache, ce qui est autrement compliqué, c'est que ses pattes et son corps énorme restent suspendus en l'air, soutenus simplement par les pattes de derrière, et qu'il avance pas à pas. Même si sa démarche est très maladroite, les spectateurs en restent tout de même les yeux ronds et la bouche bée. Je n'aurais jamais pensé qu'un bœuf aussi lourd puisse marcher ainsi, et il ne s'agit pas simplement de faire quelques pas, mais bien d'effectuer un tour complet de l'aire. Sa queue traîne sur le sol, les deux pattes de devant sont repliées contre sa poitrine, comme des bras qui ne se seraient pas développés complètement. On voit son ventre, les testicules entre ses pattes, qui font penser à des coings, se balancent, on dirait que toute cette mise en scène n'est là que pour les exhiber. Sur le mur, les enfants rouges tapageurs sont tous devenus silencieux et en oublient de souffler dans les trompettes, de frapper les tambours, ils sont bouche bée, une expression d'hébétude sur leurs petits visages. Ils ne retrouvent leurs esprits que lorsque le tour est terminé et que la bête repose ses pattes de devant sur le sol, alors c'est un concert d'acclamations, d'applaudissements, de sons de tambours, de trompettes, de sifflets.

La suite de la manifestation est encore plus remarquable, le taureau baisse la tête, son front plat touche le sol, puis ses pattes de derrière montent vers le ciel. Cette figure peut être comparable à celle du poirier, mais bien plus difficile à réaliser. Notre taureau doit bien peser ses quatre cents kilos, utiliser la seule force de son cou pour hisser ainsi une telle masse corporelle semble pratiquement impossible. Mais il a accompli ce haut et difficile exercice. Permets-moi de décrire une fois de plus ces deux testicules pareils à des coings, ils sont collés au ventre et semblent tellement seuls et sans appui, tellement de trop…

Le lendemain matin, tu participes pour la première fois au travail des labours. Nous nous servons d'une charrue en bois, le soc brille comme un miroir, il a été forgé par des fondeurs de la province de l'Anhui. Pour la grande brigade, ce type de matériel est dépassé, là-bas on se sert de charrues en fer de la marque Fengshou, « Bonne Récolte ». Nous maintenons les traditions, nous n'utilisons pas ces produits industriels qui dégagent une odeur de vernis vous irritant le nez. Père dit que tant qu'à être paysans indépendants, autant mettre le plus de distance possible entre nous et la collectivité. Les charrues en fer de la marque Fengshou sont des produits de l'État, nous ne les utiliserons pas. Nous, nous portons des vêtements en grosse toile artisanale, nous fabriquons nous-mêmes nos outils, nous nous éclairons avec des lampes à huile de soja, nous battons le briquet pour allumer le feu. L'autre jour, la grande brigade de production a sorti neuf attelages pour les labours, on dirait qu'ils veulent entrer en compétition avec nous. Les tracteurs de la ferme d'État sur la rive est sont de sortie, eux aussi. De loin, ces deux engins de la marque Orient rouge, peints entièrement en rouge, semblent deux monstres rouges. Ils crachent une fumée bleue dans un vrombissement assourdissant. Chacune des neuf charrues en fer de la brigade de production est tirée par deux bœufs, elles sont disposées en formation, tel un vol d'oies sauvages. Ceux qui tiennent la charrue sont tous de vieux routiers, ils ont le visage fermé, comme s'ils étaient moins là pour labourer que pour une cérémonie solennelle.

Hong Taiyue, vêtu d'un uniforme noir flambant neuf, s'est rendu aux champs, il a beaucoup vieilli, ses cheveux sont maintenant poivre et sel, les muscles de ses joues se sont relâchés, les coins de sa bouche tombent. Mon frère aîné Jinlong le suit, il tient dans la main gauche un support en carton, dans la droite un stylo, il a l'air d'un journaliste. Je n'arrive pas à imaginer ce qu'il peut bien noter, est-il possible qu'il note la moindre des paroles prononcées par Hong Taiyue ? Ce dernier n'est qu'un simple secrétaire de la cellule du Parti d'un tout petit village, et même s'il a un bout de parcours révolutionnaire, il en va ainsi pour tous les cadres villageois, et donc Hong Taiyue n'a pas tant de mérites que ça, d'autant plus qu'il a bien failli « dégringoler de cheval » pendant les Quatre Liquidations, cette histoire de chèvre montre que sa prise de conscience n'est pas très élevée.

Quant à père, il ne se presse pas, il assemble la charrue de façon méthodique, puis il inspecte entièrement l'appareillage. Je n'ai rien à faire, je suis là en badaud. Ce qui hante mon esprit, c'est le numéro d'acrobatie réalisé la veille au soir par mon père et le bœuf sur l'aire de battage. En regardant le corps imposant de l'animal, je me rends encore mieux compte de la grande difficulté d'un tel numéro. Je n'ai pas posé de questions à père à ce sujet, je préfère penser que tout cela a réellement eu lieu, que ce n'était pas un rêve.

Hong Taiyue, les mains sur les hanches, fait la leçon à ses subordonnés. Il part de Jinmen, de Mazu[1], pour arriver à la guerre de Corée, la réforme agraire l'entraîne jusqu'à la lutte des classes, puis il déclare que les labours de printemps constituent la première bataille déclenchée contre l'impérialisme, le capitalisme et les paysans indépendants qui empruntent cette voie. Il déploie tous les talents avec lesquels il interprétait autrefois son numéro en frappant sur son os de bœuf ; malgré les bêtises qu'il débite, sa voix qui porte, son discours habilement enchaîné font si bien que les paysans qui tiennent les charrues, impressionnés, en restent pétrifiés comme des statues, et leurs bœufs aussi. Je vois la mère de notre bœuf, la vache mongole, sa queue longue, épaisse et tordue est son signe distinctif. Elle semble lancer souvent des regards en coin de notre côté, je sais

1. Quemoy et Matsu, îles au large des côtes du Fujian. Enjeu de la « crise du détroit de Taïwan » dans les années 54-55.

qu'elle regarde son fils. Ah ! arrivé à ce point de mon récit, j'ai honte pour toi. Au printemps dernier, quand je te menais paître sur les grèves, pendant que nous nous battions, Jinlong et moi, tu as monté la vache mongole. Mais c'était de l'inceste, ça, un haut méfait ! Certes, pour un bœuf cela n'est rien, sauf que tu n'es pas un bœuf ordinaire et que dans une vie précédente tu étais un être humain ! Bien sûr, il se peut aussi que cette vache mongole ait été une de tes amoureuses autrefois, mais finalement c'est elle qui t'a mis au monde.

[« Tel est le mystère de la réincarnation, plus j'y pense et plus mes idées s'embrouillent.

– Tu vas me faire le plaisir d'oublier tout de suite cette histoire ! dit Grosse Tête, à bout de patience.

– D'accord, oublions-la. »]

Je revois mon frère Jinlong, un genou au sol, son carton sur l'autre genou, maniant avec rapidité son stylo. Quand Hong Taiyue crie : « Que les labours commencent ! », les membres de la commune, maniant les charrues, prennent le long fouet qu'ils portent sur l'épaule, l'agitent et lancent de concert : « Ah, lé lé lé ! » Ce cri est un ordre clair pour les bœufs. L'armada des charrues de fer de la grande brigade de production progresse de façon continue, les socs soulèvent la terre, formant des vagues. Impatient, je regarde père et lui dis tout bas :

« Papa, on y va, nous aussi ? »

Père sourit, il dit au bœuf :

« Mon vieux Noiraud, à nous ! »

Père n'a pas de fouet, il se contente de cette simple parole prononcée doucement, alors notre bœuf se rue en avant. La résistance opposée par le soc contre la terre le retient d'un coup. Père dit :

« Moins de force, doucement. »

Notre bœuf est impatient, il avance à grandes foulées, tous ses muscles et ses tendons travaillent, la charrue tremble, de gros blocs de terre, tout brillants sur la tranche, sont repoussés vers l'extérieur. Père ne cesse de bouger le manche de la charrue pour réduire la résistance. Père a été valet de ferme, les labours n'ont plus de secret pour lui, mais celui qui est étonnant, c'est le bœuf, car c'est la première fois qu'il travaille, or, même s'il se montre un peu trop impétueux et s'il a quelque difficulté à bien régler sa respiration, il avance droit, père n'a pas à le diriger. Bien que notre charrue ne soit tirée que par un bœuf, alors qu'à celles de la brigade de production deux bœufs sont attelés, nous avons vite dépassé leur charrue de tête. Je suis fier, je cache mal mon excitation. Je cours devant, derrière, j'ai l'impression que notre charrue tirée par le bœuf est un bateau filant toutes voiles gonflées et que la terre se soulève comme des vagues. Je vois que les membres de la grande brigade de production regardent tous de notre côté tout en tenant leurs charrues, Hong Taiyue et mon frère aîné viennent droit vers nous. Ils restent à l'écart et nous observent avec hostilité. Arrivés au bout du sillon, alors que nous faisons demi-tour, Hong Taiyue se place devant nous et lance :

« Lan Lian, arrête-toi ! »

Notre bœuf avance à grandes foulées, ses yeux brillent, on dirait des braises, Hong Taiyue, sur ses gardes, fait un bond de côté sur le sillon de terre humide fraîchement labourée, il connaît bien sûr le caractère de notre bœuf. Il ne peut que rester derrière l'attelage pour dire à père :

« Lan Lian, je te mets en garde, arrivé en bordure et au bout de ton champ, tu n'es pas autorisé à empiéter sur les terres de la collectivité. »

Mon père répond sur un ton neutre, ni servile, ni arrogant :

« Pour peu que vos bœufs n'empiètent pas sur mes terres, le mien n'empiétera pas sur les vôtres. »

Je sais que Hong Taiyue cherche exprès à nous mettre des bâtons dans les roues, nos deux mille et quelques mètres carrés de terre sont une enclave au milieu de ceux de la grande brigade de production, notre champ a cent mètres de long et seulement vingt et un de large. Quand la charrue passera sur les limites de la propriété, pour faire tourner l'attelage, il sera difficile de ne pas empiéter sur les terres du voisin, mais le problème est le même pour les champs de la collectivité. Aussi mon père, fort de ce fait, n'a rien à craindre, mais Hong Taiyue reprend :

« Nous préférons perdre quelques pouces de terre plutôt que d'empiéter sur ton champ ! »

Les terres de la grande brigade de production sont très étendues, Hong Taiyue peut se permettre de tenir un tel discours. Mais nous ? Nous n'avons que ce champ, nous ne pouvons pas perdre un pouce de terrain. Mon père, sûr de lui, répond :

« Je ne perdrai pas un pouce de terre, mais je ne laisserai pas non plus la moindre empreinte de sabot sur les propriétés de la collectivité.

– C'est toi-même qui le dis !

– Oui, ce sont bien mes paroles.

– Jinlong, tu vas les suivre, dit Hong Taiyue. Si le bœuf empiète sur les champs de la collectivité… » Et il ajoute : « Lan Lian, si ton bœuf empiète sur les champs de la collectivité, comment réglera-t-on l'affaire ?

– On tranchera la patte de mon bœuf ! » déclare père, catégorique.

Je suis abasourdi en entendant de telles paroles. Entre notre champ et ceux de la collectivité il n'y a pas de démarcation bien définie, hormis une borne tous les cinquante mètres sur le pourtour, aussi une simple personne qui passerait par là ne pourrait pas garantir qu'elle ne le dépassera pas, sans parler d'un bœuf tirant une charrue.

Comme mon père a opté pour un labour centrifuge (c'est-à-dire qu'il commence par le milieu du champ), pendant un certain temps le problème ne va pas se poser, aussi Hong Taiyue dit à mon frère aîné :

« Jinlong, rentre au village et va rendre compte des faits sur le tableau noir, tu reviendras cet après-midi les surveiller. »

Quand nous retournons à la maison pour le repas, une foule s'est déjà rassemblée devant le tableau accroché au mur de la cour de la famille Ximen. Ce panneau a trois mètres de long sur deux de large, au village c'est un lieu de débat public. Mon frère aîné fait montre de tous ses talents, en quelques heures à peine il l'a transformé en un vrai plaisir pour les yeux. Avec des craies rouges, jaunes et vertes, sur le pourtour, il a dessiné des tracteurs, des tournesols, des végétaux verts, il a dessiné aussi des membres de la commune populaire qui tiennent la charrue, le visage rayonnant de joie, ainsi que les bœufs appartenant à la collectivité, tout aussi transfigurés. Dans le coin inférieur droit du tableau noir, il a représenté avec des craies bleues et blanches un bœuf famélique et deux personnages maigres, un grand et un petit. Je sais qu'il s'agit de père, de moi et de notre bœuf. Le gros titre de l'article au milieu est : « Dans la joie et les meuglements se font les labours de printemps. » Les idéogrammes du pourtour imitent les caractères d'imprimerie du type Song. Le corps de l'article, lui, est en écriture carrée régulière. À la fin de l'article, on lit ceci : « En contraste flagrant avec la scène vivante et animée des labours du côté de la commune populaire et de la ferme d'État, Lan Lian, le paysan indépendant et entêté du village, laboure avec

239

un seul bœuf, attelé à sa charrue en bois. Le bœuf est abattu, l'homme est découragé, silhouettes esseulées ; l'homme est pareil à un coq plumé, le bœuf à un chien perdu, tristesse et solitude, ils marchent dans une impasse. »

Je dis : « Père, vois comme il nous a arrangés ! »

Père porte la charrue en bois, il tire le bœuf, il a sur le visage un sourire étincelant et froid comme de la glace.

« Laisse-le dire, ce garçon a vraiment l'esprit vif et les mains habiles, tout ce qu'il dessine est ressemblant. »

Les regards convergent vers nous. Les gens se mettent alors à rire d'un air entendu. La réalité l'emporte sur la rhétorique, notre bœuf est solide comme un roc, et nous, les « visages bleus », sommes resplendissants, emplis de gaieté, le travail s'effectue au mieux, nous sommes satisfaits.

Jinlong se tient debout assez loin, il observe avec attention son chef-d'œuvre et les gens qui admirent. Huzhu, de la famille Huang, est appuyée contre le chambranle de la porte, elle mordille le bout de sa natte, elle regarde de loin Jinlong, le couve des yeux avec un air éperdu, on peut voir la profondeur de son amour. Baofeng, ma sœur aînée, arrive de la partie ouest de la grand-rue, portant au dos une trousse à pharmacie en cuir ornée d'une croix rouge ; elle a appris les nouvelles méthodes d'accouchement, elle sait aussi faire des piqûres et rédiger une ordonnance, elle est devenue une infirmière à plein temps au village. Hezuo, de la famille Huang, arrive à bicyclette de la partie est de la grand-rue, elle roule en zigzags, elle semble commencer tout juste à se tenir à vélo, elle ne parvient pas encore à le contrôler efficacement. À la vue de Jinlong appuyé contre le muret, elle lance : « Oh là là, c'est la catastrophe », tandis que les roues du vélo foncent sur mon frère. Ce dernier écarte les jambes, coince la roue en même temps qu'il saisit le guidon, Huang Hezuo, quant à elle, lui tombe pratiquement dans les bras.

Je vois Huang Huzhu se détourner, rejeter sa natte en arrière et, en tortillant des hanches, rentrer en courant dans la maison. J'en ai le cœur serré, j'éprouve de la compassion pour Huang Huzhu et de la haine pour Huang Hezuo. Cette dernière s'est coupé les cheveux, avec une raie comme les garçons. C'est la coupe à la mode au lycée de la commune populaire, le professeur qui fait office de coiffeur s'appelle Ma, son prénom est Liangcai, il est excellent au ping-pong, joue bien de l'harmonica, il porte le plus souvent un uniforme bleu tout blanchi d'avoir été lavé et relavé, il a les cheveux drus, les yeux d'un noir d'encre, un peu d'acné sur le visage, son corps dégage une fraîche odeur de savon. Il apprécie ma sœur aînée Baofeng, il vient souvent avec une carabine à air comprimé au village et tire sur les oiseaux, il fait mouche à chaque coup. Dès que les moineaux l'aperçoivent, ils s'enfuient désespérément vers le ciel. Le dispensaire du village est une pièce située à l'est de ce qui était autrefois le bâtiment principal de la famille Ximen, ce qui revient à dire que lorsque ce petit gars sentant bon le savon se montre au dispensaire, il ne peut échapper au champ de vision des miens que pour se retrouver dans celui de la famille Huang. Quand le gars s'empresse ainsi auprès d'elle, ma sœur fronce les sourcils, domine son aversion et répond du bout des lèvres, par bribes, quand il lui fait la conversation. Je sais que ma sœur est amoureuse de Grand Âne brayant, mais ce dernier est parti avec l'équipe de travail des Quatre Liquidations, il a disparu sans laisser de traces, il a disparu comme une belette dans une forêt touffue. Mère sait bien que ce mariage est impossible, elle ne se contente pas de soupirer, elle essaie de faire entendre raison à ma sœur avec des paroles graves mais compatissantes :

« Écoute, Baofeng, écoute-moi, je sais à qui tu penses, mais crois-tu que cela soit possible ? Lui habite la préfecture, c'est un étudiant, il est beau, a du talent, il a un bel avenir devant lui, comment s'intéresserait-il à toi ? Baofeng, écoute maman, ôte-toi cette idée de la tête, ne vise pas trop haut, petit Ma, lui, est un professeur nommé par l'État, il mange au râtelier de l'État, il est beau garçon, il est instruit, musicien, c'est un tireur d'élite, pour moi il fait partie du dessus du panier, et puisqu'il a un penchant pour toi, qu'est-ce que t'as à hésiter comme ça ? Dépêche-toi donc d'accepter, t'as pas vu comme les sœurs Huang le dévorent des yeux ? Si tu ne saisis pas cette occasion à portée de toi, d'autres le feront… »

Mère a raison, je trouve, moi aussi, que Ma Liangcai et ma sœur vont bien ensemble. Même s'il ne peut pas chanter avec autant de brio que Grand Âne brayant, quand il joue de l'harmonica, on dirait un concert de chants d'oiseaux, sa réputation de tireur d'élite fait qu'à sa seule vue les oiseaux fuient sans demander leur reste, autant de mérites que ne possède pas son rival. Mais ma sœur est têtue, elle tient certainement cela de son père géniteur. Malgré tous les efforts de mère qui ne craint pas d'user de la salive, c'est toujours la même réponse :

« Maman, pour mon mariage c'est moi qui décide ! »

L'après-midi, nous retournons labourer le champ ; Jinlong, portant une bêche en fer, ne nous quitte pas d'une semelle. Le fer de l'instrument est coupant, il brille d'un éclat froid, il peut trancher d'un coup le sabot d'un bœuf. Je suis révolté par sa façon de renier toute parenté, je ne cesse de lui envoyer des piques. Je lui dis qu'il est le chien courant de Hong Taiyue, que par son ingratitude il ne vaut pas plus qu'une bête. Il fait la sourde oreille et, si je me trouve sur son chemin, il s'énerve, prend de la terre avec la bêche et me l'envoie en pleine figure. Je voudrais lui rendre la pareille, mais chaque fois père me tance sévèrement. On dirait qu'il a des yeux derrière la tête et qu'il voit le moindre de mes gestes. Dès que je saisis une motte de terre, il rugit :

« Jiefang, tu fais quoi ?

– Je veux corriger cet animal ! » Mon ton est haineux.

Mon père s'en prend à moi : « Boucle-la, sinon je te mets les fesses en compote. C'est ton frère aîné, il est en mission officielle, ne l'empêche pas de faire son travail. »

Les bêtes de la grande brigade de production après deux tours de labour sont essoufflées, et c'est surtout vrai pour la vache mongole, même de loin on peut entendre le bruit montant de son poitrail et qui fait penser à celui que ferait, dans un monde à l'envers, une poule qui apprendrait à chanter comme un coq. Je me rappelle les paroles que m'avait glissées en cachette le jeune vendeur, il avait dit que cette vache était une « tortue chaude », qu'elle était inapte au dur labeur et que, l'été, elle ne pouvait rien faire. À présent je vois bien qu'il ne s'agissait pas de paroles en l'air car la vache mongole non seulement halète, mais elle écume, c'est effrayant. Puis elle pique du nez, les yeux révulsés, on la croirait morte. Tous les bœufs de la commune populaire s'arrêtent, les hommes tenant les charrues accourent ensemble et les commentaires vont bon train. Les mots « tortue chaude » sortent de la bouche d'un vieux paysan, quelqu'un dit qu'il faudrait aller quérir le vétérinaire, d'autres ricanent, disent qu'il sera sans recours devant ce mal.

Arrivé au bout du champ, mon père fait stopper le bœuf et dit à mon frère :

« Jinlong, inutile de nous suivre ainsi, j'ai dit que je ne laisserai aucune empreinte de sabot dans les champs de la collectivité, à quoi bon te fatiguer en vain ? »

Jinlong renifle de mépris, il ne daigne même pas prendre en considération les paroles de père. Ce dernier reprend :

« Mon bœuf n'empiète pas sur les terres de la collectivité, selon ce qui a été convenu, les bœufs et le personnel relevant de la collectivité ne devaient pas, de leur côté, piétiner mon champ, or toi tu n'as fait que marcher sur mes terres, et tu es encore là debout sur mon sol ! »

Jinlong demeure interloqué, puis, tel un kangourou effrayé, sort du champ en bondissant ; il reste sur le chemin tout proche de la digue.

Je lui lance avec perfidie : « On devrait te trancher les deux sabots ! »

Jinlong est tout rouge, sur le moment il ne trouve rien à répliquer.

Père dit : « Jinlong, nous avons été père et fils pendant un temps, nous pourrions faire montre d'un peu de compréhension l'un envers l'autre, non ? Tu aspirais à avancer dans la voie de progrès, non seulement je ne t'en ai pas empêché, mais je t'ai même grandement soutenu. Bien que ton vrai père fût un propriétaire foncier, il demeure pour moi un bienfaiteur, et si je l'ai critiqué, combattu, ce sont les circonstances qui m'y ont contraint, c'était pour la forme, mon affection pour lui reste cachée au fond de moi. Je t'ai toujours traité comme un fils, mais tu veux voler de tes propres ailes, je ne peux pas t'en empêcher. La seule chose que j'espère, c'est que tu gardes un peu de sentiment, que tu ne laisses pas ton cœur devenir de glace, devenir un bloc d'acier.

– Oui, c'est vrai, j'ai marché sur votre champ, dit Jinlong avec dureté, vous pouvez me trancher les pieds ! » Il jette violemment la pelle, le fer s'enfonce dans la terre, elle se dresse entre nous, il poursuit : « Si vous ne le faites pas, c'est votre problème, mais si votre bœuf ou vous-mêmes piétinez les terres de la collectivité, que ce soit exprès ou non, je ne ferai pas de quartier ! »

Je regarde son visage, ses yeux qui semblent jeter des flammes de cruauté, j'en ai soudain froid dans le dos, la chair de poule gagne mon corps tout entier. Ce frère n'est vraiment pas un personnage ordinaire, je sais qu'il fera comme il le dit, et que si l'un de nous vient à empiéter sur les terres de la collectivité, il tranchera sans pitié le pied ou le sabot. Dommage qu'un tel homme soit né en temps de paix, s'il était venu au monde quelques dizaines d'années plus tôt, et peu importe les rangs auxquels il se serait rallié, il serait devenu un héros, s'il s'était fait brigand, il aurait sûrement été un monstre sanguinaire ; mais nous sommes dans une période de paix, sa force de caractère, sa détermination, son impartialité n'ont guère de champ pour se déployer.

Père aussi semble très étonné, il ne lui lance qu'un coup d'œil et déjà son regard s'écarte à la hâte. Il dit, tout en regardant la pelle en fer fichée dans le sol :

« Jinlong, j'ai trop parlé, ce ne sont que sottises, ne prends pas cela trop à cœur. Pour te rassurer, et pour cet idéal qui m'habite, je vais labourer d'abord les pourtours du champ afin que tu voies, et s'il faut trancher quelque chose, le plus tôt sera le mieux, pour ne pas vous faire perdre de temps. »

Père marche jusque vers le bœuf, il lui caresse l'oreille, lui tapote le front et lui dit d'une voix sourde :

« Ah, mon bœuf, le bœuf… Oh, je ne dis plus rien, mais tu dois bien repérer les bornes délimitant le champ, avancer droit, ne pas dévier d'un pouce ! »

Père ajuste la charrue, vise la bordure, il lance doucement un cri et le bœuf avance. Mon frère aîné, tenant la bêche à deux mains, les yeux tout ronds, fixe les quatre sabots du bœuf. La bête ne semble pas sentir le danger latent derrière elle, elle ne ralentit pas sa progression, son corps est décontracté, son dos stable, si stable qu'on pourrait très bien poser dessus un bol rempli d'eau. Père tient le manche de la charrue, ses pieds foulent le sillon nouvellement ouvert, en ligne droite. Tout le mérite du travail revient en fait au bœuf, les yeux du bœuf sont placés sur les côtés de sa tête, je ne sais comment il s'y prend pour garder la ligne droite. Je vois seulement que le sillon ainsi creusé trace une séparation très nette entre notre champ et les terres de la collectivité, les bornes se retrouvent exactement au milieu du sillon. Quand il arrive à l'une d'elles, le bœuf ralentit l'allure pour permettre à père de soulever le soc.

Les empreintes des sabots sont juste à la limite de notre champ, au bout du tour, aucune ne dépasse, si bien que Jinlong ne trouve pas l'occasion de passer à l'acte. Père soupire longuement et dit à Jinlong :

« À présent tu peux rentrer sans plus t'inquiéter, non ? »

Jinlong s'en va. Il jette un regard déçu aux sabots impeccables du bœuf, je sais qu'il regrette de n'avoir pu trouver le prétexte pour les trancher. Le fer coupant de la bêche derrière son dos lance des éclats argentés, image que je ne devais plus jamais oublier.

Chapitre dix-septième

Des oies sauvages qui tombent, des morts, un bœuf en folie.
Un délire verbal peut avoir aussi valeur littéraire.

[« Est-ce que je continue à raconter la suite des événements ou bien prends-tu la relève ? » Je demande son avis à Grosse Tête. Les yeux mi-clos, il semble me regarder, mais je sais fort bien qu'il est ailleurs. Il sort une cigarette de mon paquet, la met sous son nez, la hume, fait la moue, ne dit rien, comme s'il réfléchissait à quelque grande question. J'interviens :

« Tu es bien trop jeune pour prendre cette mauvaise habitude. Si tu te mets à fumer à cinq ans, à cinquante est-ce que tu ne passeras pas à la poudre d'explosif ? » Il ne prête aucune attention à mes paroles, il a la tête penchée, les hélix de ses oreilles frémissent légèrement, il semble écouter attentivement quelque chose.

Je dis : « Je ne raconte plus, ce sont des choses que nous avons vécues tous les deux, il n'y a plus rien à dire d'intéressant. »

Il répond : « Ah non, puisque tu as commencé, tu dois aller jusqu'au bout. »

Je dis : « Je ne sais pas par où reprendre. »

Il lève les yeux au ciel avec mépris. « La foire ! Choisis ce qui est le plus réjouissant. »]

247

Sur les foires, j'ai vu de nombreuses séances de critiques où l'on promenait les gens par les rues, à chaque fois j'en étais tout excité, le cœur empli de joie.

Sur les foires, j'ai vu le chef de district Chen, celui qui s'était lié d'amitié avec mon père, montré ainsi à la foule, il avait la tête rasée, toute bleutée – il devait raconter plus tard dans ses Mémoires que, s'il s'était rasé le crâne, c'était pour éviter que les gardes rouges ne l'attrapent par les cheveux –, autour de sa taille était passé un déguisement en papier représentant un âne, au son des gongs et des tambours il courait, dansait en rythme, un sourire niais sur le visage. Il ressemblait vraiment à ces artistes amateurs qui se produisent au premier mois. Comme pendant la campagne pour l'acier il allait par monts et par vaux en inspection à califourchon sur notre âne noir, on lui avait donné à l'époque le sobriquet de « chef de district Lü[1] ». Dès le début de la Révolution culturelle, pour rendre plus divertissantes, plus attrayantes les séances de critiques contre ceux qui avaient pris la voie capitaliste et pour attirer un plus grand nombre de spectateurs, on faisait chevaucher aux mauvais éléments un de ces ânes en papier qui servaient pour les théâtres d'amateurs. Dans leurs Mémoires, bon nombre de cadres âgés décrivent avec des larmes et du sang la Chine de l'époque comme un enfer sur terre, plus terrifiant encore que les camps de concentration nazis. Notre chef de district, quant à lui, a relaté avec humour et de façon vivante les épreuves par lesquelles il était passé au début du mouvement. Il raconte ainsi que ce numéro, où il chevauchait un âne en papier et qui avait été présenté dans les dix-huit foires du district, avait été pour lui un véritable entraînement physique, et que la tension artérielle et l'insomnie

1. *Lü* signifie « âne » ; ce n'est pas un patronyme recensé.

dont il souffrait en avaient été guéries sans autre traitement. Il raconte comment les gongs et les tambours le mettaient dans un état d'excitation comparable à celui de l'âne qui gratte le sol de ses sabots et renâcle à la vue d'une ânesse, sauf que chez lui, c'était ses jambes et ses pieds qui tremblaient. En faisant le lien avec cette scène rapportée dans ses souvenirs, je devais comprendre pourquoi son visage affichait ce sourire niais. Il raconte donc que, dès qu'il entrait dans le cercle des gongs et des tambours et qu'il paradait dans la « peau » d'âne en dansant, il avait l'impression de se transformer peu à peu en un âne, l'âne noir de Lan Lian, le seul paysan indépendant du district. Il était alors dans un état second, merveilleux, fait d'insouciance et de légèreté, entre le réel et l'illusion. Il avait la sensation que ses pieds s'étaient divisés en quatre sabots, qu'un appendice caudal lui avait poussé, que tout ce qui était au-dessus du poitrail s'était fondu avec la tête de l'âne en papier, qu'il était pareil au centaure de la mythologie grecque. Ainsi il avait pu appréhender les joies et les souffrances qui sont celles d'un âne. Les foires pendant la Révolution culturelle n'étaient pas vraiment un lieu d'échanges de marchandises, la foule animée qu'on y voyait était là pour le spectacle.

On est au début de l'hiver, la plupart des gens ont mis leurs vestes ouatinées, quelques jeunes, par coquetterie, portent des vêtements sans doublure. Tous les bras sont ceints d'un brassard rouge. Sur ceux des jeunes gens, vêtus d'habits non doublés du style « militaire en civil » de couleur jaune ou bleue, le rouge du brassard paraît encore plus vibrant, alors qu'il détonne sur les vieilles vestes ouatinées noires, toutes luisantes de graisse et de crasse, des personnes âgées. Une vieille femme qui vend des poulets et qui en tient un par les pattes, la tête en bas, est debout à l'entrée de la coopérative d'approvisionnement et de vente, elle aussi porte un brassard rouge au bras. Quelqu'un lui demande :

« Alors comme ça, tante, vous faites partie, vous aussi, de la Garde rouge ? »

Elle grimace et répond :

« Est-il possible de ne pas en être ? C'est qu'il s'agit de faire la révolution !

– Et vous appartenez à quelle faction ? Celle des monts Jingang ou celle du Singe d'or[1] ?

– Va te faire foutre, inutile de me conter toutes ces fadaises, si mon poulet t'intéresse, achète-le, sinon dégage, merde à la fin ! »

La voiture de propagande arrive, il s'agit d'un gros camion de fabrication soviétique abandonné après la guerre de Corée, qui a été exposé longtemps aux intempéries, la couleur verte d'origine s'est estompée, sur la cabine on a soudé une structure en fer, y sont attachés quatre haut-parleurs de forte puissance, dans la partie arrière est arrimé un générateur. De chaque côté se tiennent alignés, debout, des gardes rouges en tenue imitant celle des militaires, ils se cramponnent d'une main au rebord du camion, tandis que de l'autre ils brandissent les *Citations du président Mao*. Ils ont le visage rouge, peut-être à cause du froid, à moins qu'il ne soit enflammé par l'ardeur révolutionnaire. Parmi eux se trouve une fille qui louche un peu, dont les coins de la bouche remontent et qui est tout sourire. Les haut-

1. Les monts Jingang, au Jiangxi, sont un haut lieu de la révolution communiste chinoise. Dans le roman *Voyage en Occident (Xi Youji)*, le Singe d'or est un fauteur de troubles, symbole de la révolte. Le nom complet de cette faction de la Garde rouge dans le roman est « faction du Singe d'or qui brandit son bâton fabuleux ». Mao Zedong avait lancé le slogan « Il est juste de se révolter », qui avait mis en branle la révolte de la jeunesse au début de la Révolution culturelle.

parleurs émettent des sons à faire trembler ciel et terre, si bien qu'une jeune paysanne effrayée en fera une fausse couche et un cochon s'en cognera la tête contre le mur de terre à en être tout estourbi ; des poules en train de pondre dans leur nid s'envolent effrayées, des chiens se mettent à aboyer furieusement à en perdre la voix. On diffuse d'abord *L'Orient rouge*[1], puis tout s'arrête. On entend le vrombissement du générateur et les sons stridents des haut-parleurs, puis une voix féminine, haute et claire, s'élève. Grimpé dans un vieil arbre, je vois qu'à l'arrière du camion il y a aussi une table et deux chaises, sur la table sont placés une machine et un micro entouré d'un tissu rouge, sur les chaises sont assis bien droits une jeune fille avec des petites nattes et un garçon avec une raie dans les cheveux. Je ne connais pas la fille, le garçon est Petit Chang, « Grand Âne brayant », celui-là même qui est venu dans notre village pour participer au mouvement des Quatre Liquidations. Je devais apprendre plus tard qu'il était déjà affecté dans la troupe de théâtre du district, et que, de plus, il s'était révolté et était le commandant de la faction Singe d'or ! « Petit Chang ! Petit Chang ! Grand Âne brayant ! » Mais ma voix est couverte par les haut-parleurs.

La jeune fille hurle dans le micro, les haut-parleurs amplifient ses cris qui en deviennent assourdissants, tout le canton de Dongbei peut ainsi entendre ce qu'elle raconte : « Chen Guangdi, qui a choisi la voie du capitalisme, ce maquignon qui s'est infiltré au sein du Parti, s'est opposé au Grand Bond en avant, aux Trois Drapeaux

1. *Dong Fanghong* fut considéré comme l'hymne national durant la Révolution culturelle. L'air provient d'une chanson traditionnelle du Shaanxi ; quant aux paroles, elles seraient l'œuvre d'un paysan de cette région.

rouges[1], est devenu le frère juré de Lan Lian, ce paysan indépendant qui s'entête dans la voie du capitalisme et s'est fait son protecteur. Sa pensée est réactionnaire, sa moralité est pourrie, il a forniqué plusieurs fois avec une ânesse, l'a engrossée, et cette dernière a mis bas un drôle d'avorton à tête humaine et à corps d'âne ! »

« Bravo ! » De la foule monte un concert d'acclamations. Les gardes rouges dans le camion, sous la conduite de Grand Âne brayant, lancent des slogans : « À bas Chen Guangdi, le chef de district à tête d'âne ! », « À bas Chen Guangdi, le chef de district à tête d'âne !! », « À bas Chen Guangdi, coupable de zoophilie avec une ânesse ! », « À bas Chen Guangdi, coupable de zoophilie avec une ânesse !! ». La voix de Grand Âne brayant, amplifiée par les haut-parleurs, devait s'avérer une voix de malheur. Car soudain, paf, paf ! des oies sauvages qui passaient haut dans les airs chutent comme des pierres. La chair de l'oie sauvage est succulente, très nourrissante, c'est un mets de roi, en cette période où l'alimentation des gens est largement insuffisante, on se dit qu'il s'agit d'un bonheur tombé du ciel. Or, en fait, ce devait être l'annonce d'un malheur imminent.

Sur le foirail, les gens sont pris de folie, ils se bousculent, poussent des cris aigus, ils sont plus effrayants que des chiens enragés par la faim. Ceux qui ont pu avoir une oie sont sans doute fous de joie, mais le volatile à peine arrivé dans leurs mains est immédiatement tiraillé par un nombre incalculable d'autres mains. Plumes et duvet volent, les ailes sont mises en pièces, les pattes tombent dans une main, la tête est arrachée avec

1. Les Trois Drapeaux rouges : les efforts révolutionnaires, le Grand Bond en avant, lancé en 1958, et la création des communes populaires. Il s'agissait de décentraliser l'industrie et de la mettre au service de l'agriculture. Le mouvement se soldera par un échec, avec trois années de famine (1959-1961).

une partie du cou, tenue bien haut dans les airs, le sang goutte. De nombreuses personnes, s'appuyant sur les épaules ou les têtes de ceux qui sont devant elles, bondissent comme des chiens de chasse à la curée. Certaines sont piétinées, aplaties, des ventres sont abîmés, des gens pleurent, poussent des hurlements stridents : « Maman !… Maman !… », « Aïe, au secours !… » La foule de la foire se resserre en quelques dizaines de groupes compacts qui ne cessent de rouler ; les lamentations s'élèvent de partout, se mêlent aux hurlements des haut-parleurs, « Ouille, ma tête… ». La pagaille devient une mêlée, une rixe. Quand on annoncera les chiffres après coup, dix-sept personnes seront déclarées mortes par piétinement, tandis que le nombre de blessés ne sera pas communiqué.

Des morts sont emportés par leurs proches, d'autres sont traînés jusqu'aux portes des abattoirs dans l'attente d'être enlevés, quant aux blessés, ils sont conduits à l'hôpital ou ramenés chez eux par leurs familles.

Certains essaient de gagner le côté de la route, d'autres marchent en clopinant, tandis que d'autres encore restent affalés sur le sol à sangloter à grand bruit. Les morts devaient être les premiers de la Révolution culturelle au canton de Dongbei, et même s'il devait y avoir par la suite de véritables luttes, bien orchestrées, pendant lesquelles briques et tuiles voleraient en tous sens, où l'on se servirait d'armes blanches et d'armes à feu, le nombre des morts resterait bien en dessous de celui compté cette fois-là.

Je suis en sécurité dans mon arbre. De là, je domine la scène et peux en suivre tout le déroulement, dans les moindres détails. J'ai vu comment sont tombées au sol les oies sauvages et avec quelle barbarie les gens les ont mises en pièces. J'ai vu sur les visages l'expression de la cupidité, de la folie, de la stupeur, de la souffrance, de la férocité ; j'ai entendu tout ce vacarme, les plaintes aiguës et les cris de joie frénétiques ; j'ai senti l'odeur du sang, des puanteurs acides, perçu des courants d'air glacés et des vagues d'air brûlant, j'ai pensé à la guerre, telle que les légendes la décrivent. Bien que les annales du district, compilées après la Révolution culturelle, expliquent le phénomène par le fait que les oies sauvages avaient contracté la grippe aviaire, je n'en crois pas moins mordicus que leur chute a été provoquée par les sons puissants et aigus des haut-parleurs retentissant jusqu'au ciel.

Quand le tumulte s'apaise enfin, la promenade par les rues de ceux qui sont critiqués peut reprendre. Les gens, après ce brusque incident, se montrent plus réservés, dans cette foire où la foule était si compacte on libère un passage grisâtre, il est jonché de traces de sang et des cadavres en bouillie des oies piétinées. Là où souffle le vent, une odeur fétide s'élève, les plumes tourbillonnent. La vieille marchande de poulets avance en clopinant, tout en essuyant ses larmes et sa morve dans son brassard rouge, elle braille : « Mes poulets, mes poulets… Espèces de brigands qui méritez d'être fusillés, rendez-moi mes poulets !… »

Le camion de fabrication russe s'arrête à la limite du marché aux bestiaux et du marché au bois, les gardes rouges, pour la plupart, descendent du véhicule, ils s'assoient, épuisés, sur un tronc sentant bon la résine. Maître Song, le cuisinier de la cantine de la commune populaire, celui qui a le visage grêlé, arrive avec une palanche de deux seaux pleins de soupe de haricots mungos pour réconforter les petits généraux venus de la ville, des seaux monte une vapeur chaude, le parfum de la soupe se répand alentour.

Song le Grêlé apporte un bol devant le camion et l'élève au-dessus de sa tête, il l'offre à Grand Âne brayant, le commandant, et à la garde rouge qui fait office d'annonceuse. Le commandant ne prête pas attention à lui, il crie dans le micro, emporté par la colère : « Que l'on fasse venir sous escorte les esprits malfaisants de bœufs et de serpents[1] ! »

Alors ces derniers, avec en tête Chen Guangdi, dit « le chef de district Âne », se ruent hors de la cour de la commune populaire, exultant de joie. Comme il a été dit plus haut, le corps du chef de district et l'âne en papier ne font plus qu'un, au tout début sa tête est encore celle d'un être humain, mais au bout d'un moment de danse un changement s'opère, semblable aux trucages que je pourrai voir plus tard dans les films. Ses oreilles se mettent à pousser peu à peu, elles se dressent, pareilles à ces larges feuilles de plantes tropicales qui se faufilent hors des troncs et des tiges, ou à ces phalènes grises sortant de leur cocon, elles brillent de la précieuse lueur grise que peut avoir le satin, elles sont agrémentées d'un long et fin duvet qui doit procurer à coup sûr une sensation très agréable à la main qui les caresserait. Puis son visage s'allonge, ses yeux s'agrandissent, s'aplatissent vers les côtés, son nez s'élargit et devient blanc, avec un court duvet qui doit procurer à coup sûr une sensation très agréable à la main qui le caresserait. Sa bouche pend, se divise en une partie haute et une partie basse, ses lèvres s'épaississent, elles doivent procurer à coup sûr une sensation très agréable à la main qui les caresserait. Ses incisives sont normalement cachées par ses lèvres d'âne, mais, à la vue des jeunes filles de la Garde rouge portant le brassard, il retrousse sa lèvre supérieure, découvrant deux rangées de dents d'une blancheur éblouissante. Nous avons élevé un âne et je connais bien le comportement de ces bêtes-là. Je sais que lorsqu'il retrousse ainsi sa lèvre supérieure, il va être en rut, faire sortir et

---

1. L'une des appellations dépréciant les accusés pendant les séances de critiques.

montrer son sexe énorme qui normalement reste caché. Mais, fort heureusement, le chef de district a gardé sa nature humaine, il ne s'est pas encore transformé totalement en âne, aussi, malgré sa lèvre retroussée qui montre ses dents, son sexe se tient-il tranquille. Juste derrière le chef de district vient Fan Tong, qui était le secrétaire de la commune populaire, c'est vrai, il a été le secrétaire de ce même chef de district, c'est lui qui adore manger de l'âne, et dans l'âne spécialement le sexe, aussi les gardes rouges lui en ont-ils sculpté un dans un gros navet blanc produit au canton de Dongbei : en fait ils n'ont pas eu trop d'efforts à faire pour lui sculpter ce sexe, ils ont manœuvré un peu le couteau à la tête du navet, l'ont noirci avec de l'encre, et le tour a été joué. L'imagination des gens aidant, il ne s'est trouvé personne qui n'ait compris ce que représente ce navet teint en noir. Le nommé Fan fait triste figure, en raison de sa corpulence il avance lentement, à pas désordonnés, sans s'occuper de la mesure donnée par les gongs et les tambours, ce qui sème la pagaille dans les rangs des esprits malfaisants. Les gardes rouges, armés de badines en osier, lui frappent le derrière, à chaque coup il fait un bond en l'air tout en poussant un gémissement. Alors on le frappe à la tête, il s'empresse de parer les coups avec le faux pénis d'âne qu'il tient à la main, la chose est coupée par une badine, on voit alors qu'il s'agit d'un navet blanc, croquant, tout juteux, et la foule de partir d'un bon rire. Les gardes rouges, eux aussi, ne peuvent s'empêcher de rire, ils retirent Fan Tong du groupe et le confient à deux jeunes filles de la Garde rouge, lui intimant de manger sur place ce « sexe d'âne » coupé en deux. Fan Tong dit que l'encre est toxique, qu'elle n'est pas comestible. Les deux jeunes filles sont toutes rouges, comme si elles avaient été victimes d'un grand outrage. « Espèce de voyou ! Sale voyou ! » Pas de coups de poing, juste des coups de pied. On passe alors à l'action. Fan Tong se roule par terre en tous sens, pleurant et gémissant, il crie : « Petits généraux, petits généraux, plus de coups, je le mange, oui, je le mange… » Il s'empare du navet et mord résolument dedans. « Allez, vite, mange ! » Il en prend une nouvelle bouchée, ses joues se gonflent, impossible de mâcher cela. Il s'empresse d'avaler, s'étrangle, ses yeux se révulsent. Sous la conduite du chef de district Âne, la dizaine d'esprits malfaisants y vont chacun de son numéro pour que la foule soit comblée par le spectacle. Les joueurs de gongs, tambours et cymbales ont le niveau de professionnels, ils appartiennent aux percussions de la troupe d'opéra du district, ils peuvent interpréter des dizaines d'airs, les membres des troupes villageoises d'amateurs ne sauraient rivaliser avec eux. En comparaison, les nôtres au village de Ximen ne sont que des polissons tout juste bons à produire un concert de casseroles pour effrayer les moineaux.

Le groupe des gens de notre village promenés par les rues arrive de la partie est de la foire. Sun le Dragon porte le tambour sur son dos, Sun le Tigre frappe sur l'instrument, Sun le Léopard fait résonner le gong, Sun Petit Tigre joue des cymbales. Les quatre frères sont des descendants de paysans pauvres, il est juste que ces instruments qui peuvent produire des sons puissants soient entre leurs mains. Devant eux viennent les esprits malfaisants engagés sur la voie du capitalisme et qui relèvent de notre village. Si Hong Taiyue a pu échapper à la campagne des Quatre Liquidations, il ne s'en est pas sorti aussi bien pendant la Révolution culturelle. Il porte un haut chapeau en papier sur la tête et un placard dans le dos. Les caractères vigoureux imitent le style Song, au premier regard on devine qu'ils ont été tracés par Ximen Jinlong. Hong Taiyue lève aussi dans sa main un os de bœuf sur les bords duquel sont fixés des anneaux en cuivre, et je repense à son passé glorieux. Le chapeau de papier est mal ajusté à sa tête, il le porte tout de guingois, il faut le redresser à temps sinon un jeune aux sourcils fournis, à l'arête du nez prononcée, lui donne un coup de genou au derrière. Le garçon est justement mon frère aîné, Ximen Jinlong. Son nom officiel est toujours Lan Jinlong. Il est très malin, il a refusé de changer de nom, sinon il serait entré dans la catégorie des propriétaires fonciers despotiques, aurait été considéré comme un sous-homme, mon père, tout paysan indépendant qu'il soit, appartient toujours à la catégorie des valets de ferme, cette appartenance glorieuse, par les temps qui courent, est sans prix.

Mon frère a revêtu une vraie veste militaire que lui a procurée son ami Petit Chang, dit « Grand Âne brayant ». Il porte aussi des chaussures en toile noire à semelles en caoutchouc blanc, serrées à la cheville, un pantalon en laine grattée bleu et encore, fait remarquable, un large ceinturon en vachette avec des boutons en laiton, celui-là même qui fait partie de l'uniforme des officiers de la huitième armée de route ou de la nouvelle quatrième armée[1]. Il a retroussé ses manches et le brassard de la Garde rouge est lâche sur le haut du bras. Celui que portent les paysans est confectionné dans du tissu rouge, les idéogrammes sont faits au pochoir avec de la peinture jaune. Le brassard de mon frère est en soie de première qualité, les idéogrammes qui se trouvent dessus sont brodés avec du fil de soie doré. Il n'en existe que dix dans tout le district, ils sont l'œuvre exquise, réalisée en travaillant jour et nuit, d'une technicienne aux doigts d'or de l'usine d'artisanat du district. Elle n'a pu en faire que neuf et demi car elle est morte en

1. Conduite par le Parti communiste chinois pendant la guerre de résistance contre le Japon.

crachant du sang avant de terminer le dernier, et son sang a souillé le brassard, c'est pathétique. Et c'est précisément ce brassard que porte mon frère, orné du seul idéogramme rouge, taché de sang, quant à la broderie des deux idéogrammes qui manquaient, elle a été effectuée par ma sœur Ximen Baofeng.

Mon frère a obtenu ce trésor quand il est allé rendre visite à Grand Âne brayant au quartier général de la Garde rouge de la faction Singe d'or. Les deux « ânes brayant » étaient tout excités de se retrouver après une si longue séparation, ils se sont serré les mains, se sont donné l'accolade, salutations en vigueur pendant la période de la révolution, puis ils se sont raconté ce qui s'est passé depuis, ainsi que la situation de la révolution au district et au village. Je n'étais pas présent, c'est vrai, mais je mettrais ma main au feu que Grand Âne brayant a dû demander des nouvelles de ma sœur, que l'image de cette dernière est restée présente dans son esprit.

Mon frère aîné s'est rendu au district pour demander des conseils. Quand la Révolution culturelle a éclaté, les gens au village voulaient tous passer à l'action, mais ils ne savaient pas comment s'y prendre. L'intelligence de mon frère lui a permis de saisir le fond du problème. Grand Âne brayant ne lui a dit qu'une seule phrase : « Il faut mener contre les cadres du Parti le même combat que celui qui a eu cours autrefois contre les propriétaires fonciers despotiques ! Bien sûr, les contre-révolutionnaires dans les rangs des paysans riches et des propriétaires qui ont été abattus par le Parti communiste ne doivent pas non plus pouvoir couler des jours heureux. »

Mon frère a compris à demi-mot, son sang semblait bouillonner dans ses veines. Au moment de se quitter, Grand Âne brayant lui a offert ce brassard inachevé ainsi qu'un écheveau de fil doré, il lui a dit : « Ta sœur est ingénieuse, elle a des doigts d'or, demande-lui d'en achever la broderie. » Mon frère a sorti alors de sa musette le cadeau de ma sœur destiné à Grand Âne brayant : des semelles intérieures délicatement brodées avec du fil de soie multicolore, un tel présent signifiait qu'elle s'offrait à lui. La broderie représentait des canards mandarins jouant dans l'eau[1]. Fil rouge, fil vert, tant de points d'aiguille et de fils formant un dessin exquis, exprimant l'obsession d'un tendre sentiment. Nos deux « ânes brayant » en étaient un peu rouges d'embarras. Grand Âne brayant a accepté le cadeau en disant : « Tu diras à la camarade Lan Baofeng que les canards mandarins, les papillons sont des symboles qui plaisent à la bourgeoisie foncière et que le prolétariat, quant à lui, prise les pins, le soleil rouge, l'océan, les cimes, les torches, la faucille, la hache, et que, si ça lui chante de faire de la broderie, elle n'a qu'à représenter ce genre de choses. » Mon frère a hoché la tête solennellement pour indiquer qu'il s'acquitterait de cette mission et qu'il transmettrait à sa sœur les paroles du commandant. Ce dernier a ôté la veste militaire qu'il portait et a dit solennellement : « Elle m'a été offerte par un ancien camarade de classe qui est maintenant instructeur politique à l'armée, vois, quatre poches, c'est une authentique veste d'officier, le type de la société Wujin[2] du district est même venu avec une bicyclette flambant neuve de la marque Grand Cerf d'or, pourtant je n'ai pas voulu de cet échange ! »

De retour au village, mon frère devait fonder le détachement de la faction Singe d'or de la Garde rouge à Ximen ; quand le drapeau s'est levé, la foule l'a salué. Les jeunes du village, qui déjà en temps ordinaire tenaient

---

1. Le couple de canards mandarins est le symbole de l'amour conjugal.
2. *Wujin* signifie « cinq métaux » et, par extension, « quincaillerie ».

mon frère en grande estime, avaient enfin l'occasion de lui donner leur soutien. Ils ont occupé la grande brigade, vendu un mulet et deux bœufs, dont ils ont obtenu mille cinq cents yuans. Ils ont acheté du tissu rouge, se sont activés à confectionner des brassards, des drapeaux, des lances ornées de glands rouges, ils ont acheté également des haut-parleurs, puis, avec l'argent restant, dix pots de peinture rouge pour peindre les portes, les fenêtres et, par la même occasion, les murs de la grande brigade, même le grand abricotier de la cour y est passé. Mon père, qui avait manifesté son opposition, devait recevoir, administrés par Sun le Tigre, des coups de pinceau en plein visage, et c'est ainsi qu'il s'est retrouvé avec une moitié du visage bleue et l'autre rouge. Père tempêtait, mon frère aîné observait la scène d'un œil indifférent et laissait faire.

Père, sans aucun sens de la situation, s'est avancé pour demander à Jinlong : « Mon petit monsieur, s'agit-il encore d'un changement de dynastie ? » Jinlong, les deux mains sur les hanches, bombant le torse, a dit sur un ton péremptoire : « Exact, on va changer de dynastie ! » Et père de poursuivre : « Ce que vous entendez par là, c'est que Mao Zedong ne sera plus président ? » Jinlong en est resté muet, puis, au bout d'un instant, il a explosé de colère : « Qu'on lui peigne en rouge l'autre moitié du visage ! » Les quatre frères Sun, Dragon, Tigre, Léopard et Petit Tigre, se sont rués sur lui, deux d'entre eux retenaient père par les bras tandis qu'un autre le tirait par les cheveux, le dernier, brandissant le pinceau, a barbouillé le visage entier de père d'une épaisse couche de peinture rouge. Père a vomi un torrent d'injures, la peinture lui entrait par la bouche, teignant ses dents en rouge également.

Il faisait vraiment peur à regarder, ses yeux étaient devenus deux trous noirs, la peinture sur les cils pouvait à tout moment couler dedans.

Mère est sortie de la maison en courant, elle a crié tout en pleurant : « Jinlong, ah, Jinlong, c'est ton père, enfin ! Comment peux-tu te comporter ainsi envers lui ? » Jinlong a dit sur un ton glacé : « Le pays entier est rouge, aucun coin n'est laissé de côté, faire la Révolution culturelle, c'est éliminer ceux qui empruntent la voie du capitalisme : les propriétaires fonciers, les paysans riches, les contre-révolutionnaires, mais aussi les paysans indépendants. S'il n'abandonnē pas cette voie et persiste à vouloir rester à son compte, nous le mettrons à macérer dans les seaux de peinture rouge ! » Père a ôté la peinture de son visage, d'une main, de l'autre, s'il agissait ainsi, c'est parce qu'il sentait que la peinture allait lui couler dans les yeux, il redoutait cela, mais, le pauvre, ces gestes devaient provoquer l'effet inverse ! La peinture le piquait, la douleur était telle qu'il en faisait des bonds et poussait de drôles de coassements. Quand il n'en a plus pu de sauter, il s'est roulé au sol, laissant son corps se couvrir de fiente de poule. Les volatiles élevés par mère et par Wu Qiuxiang, effrayés par le rouge de la cour et par cet homme au visage rouge, ne savaient plus trop où ils en étaient, n'osaient plus rentrer dans leur poulailler, ils s'envolaient sur le haut du mur, sur l'abricotier, sur le toit, leurs pattes pleines de peinture laissaient des empreintes rouges partout où elles passaient. Mère se lamentait, elle m'a appelé : « Jiefang, fiston, cours vite chercher ta sœur pour qu'elle vienne soigner les yeux de ton père… »

Tenant à deux mains une lance ornée de glands rouges arrachée aux mains d'un garde rouge, suffoquant de colère, je m'apprêtais à transpercer mon frère de part en part pour voir quel liquide coulerait du corps de ce type qui reniait toute parenté, pour moi son sang devait être noir. La supplique de mère et l'état pitoyable de père m'ont fait abandonner provisoirement l'idée de cribler mon frère de trous, sauver les yeux de père était plus important. Traînant la lance, j'ai couru jusque dans la grand-rue. « Z'auriez pas vu ma sœur ? » ai-je demandé à une vieille femme aux cheveux blancs, celle-ci, frottant ses yeux qui larmoyaient, a secoué à plusieurs reprises la tête en signe de dénégation, on aurait dit qu'elle n'avait rien compris à ma question. Je l'ai posée à un vieillard chauve. Il a ri, hébété, le dos courbé, et a montré ses oreilles, oh bon ! il était sourd, n'entendait rien. « Z'auriez pas vu ma sœur ? » J'ai tiré par l'épaule quelqu'un qui poussait une brouette, la brouette s'est renversée, les galets dans les paniers se heurtaient, ils glissaient, ils ont roulé sur la route avec un bruit clair. L'homme a secoué la tête lui aussi avec un sourire forcé, il ne s'est pas mis en colère, alors qu'il était en droit de le faire, il ne l'a pas fait. Il s'agissait de Wu Yuan, un paysan riche du village qui jouait fort bien de la flûte de bambou, il la faisait sangloter. Il avait beaucoup de noblesse et de distinction, c'était un homme de l'ancien temps, [d'après tes dires il aurait été un grand ami du propriétaire foncier despotique Ximen Nao]. J'ai continué ma course, derrière moi Wu Yuan ramassait les galets. Ils étaient destinés à la cour de la famille Ximen, selon un ordre qui venait de Ximen Jinlong, le commandant de la faction Singe d'or de la Garde rouge au village de Ximen. Je me suis heurté de plein fouet à Huang Huzhu qui arrivait elle aussi en courant, toutes les filles du village étaient coiffées à la garçonne avec une raie dans les cheveux, montrant leur cuir chevelu bleuté et leur nuque blanche, elle seule s'obstinait à garder sa longue natte qu'elle nouait même avec un cordon rouge, c'était le signe d'un esprit féodal, conservateur, obstiné, qui n'avait rien à envier à l'entêtement de père à rester paysan indépendant envers et contre tout. Pourtant, peu de temps plus tard, elle devait en tirer quelque utilité puisqu'elle jouerait le personnage de Li Tiemei dans l'opéra modèle révolutionnaire *Le Fanal rouge*[1], nul besoin pour elle de fausse natte, comme c'était le cas pour les actrices de la troupe du district qui interprétaient ce rôle, elle c'était de vrais cheveux, implantés un par un sur son cuir chevelu. Je devais connaître plus tard la vraie raison pour laquelle elle n'avait pas coupé sa natte : ses cheveux étaient pourvus de fins capillaires et, quand on les coupait, du sang suintait ; elle avait des cheveux drus, charnels au toucher, comme on en voit rarement. Remis de cette collision, je lui ai demandé : « Huzhu, t'aurais pas vu ma sœur ? » Elle a ouvert la bouche pour la refermer immédiatement, cette façon de faire m'a paru un signe de froideur, de mépris, ce n'était pas agréable du tout. Sans m'occuper davantage de ses mimiques, j'ai haussé le ton : « Je te demande si tu as vu ma sœur. Oui ou non ? » Elle m'a demandé à son tour, alors qu'elle connaissait parfaitement la réponse : « Mais qui est ta sœur ? » Huang Huzhu, espèce de salope, comme si tu ne savais pas qui est ma sœur ! Si tu ne le sais pas, alors tu ne sais pas qui est ta mère. Ma sœur Lan Baofeng est infirmière, médecin aux pieds nus. Et tu demandes qui c'est ? Huzhu, tordant sa petite bouche, sur un ton très méprisant, visiblement jalouse mais faisant semblant d'être très sérieuse, a dit : « Oh, elle, elle est à l'école, elle est collée à Ma Liangcai, va vite voir, ces deux chiens, un mâle et une femelle, plus dissolus l'un que l'autre, à l'heure qu'il est ils doivent à peu près en être à l'accouplement ! » Ses paroles m'ont surpris au plus haut point, je n'aurais jamais

1. Un des six opéras modèles révolutionnaires, présenté au festival du Printemps de Shanghai en février 1963. Il raconte l'histoire d'un travailleur des chemins de fer, communiste clandestin, et de sa famille pendant la guerre de résistance contre le Japon. Li Tiemei, la fille, succédera à son père, lequel s'est sacrifié pour la révolution dans la résistance à l'ennemi.

pensé que Huzhu, si conformiste, tiendrait des propos aussi grossiers.

[« Tout ça c'était la faute de la Révolution culturelle ! » fait remarquer sèchement Lan Qiansui, dit « Grosse Tête ». Ses doigts, sans raison, saignent, je m'empresse de lui tendre le remède miracle que je tiens prêt, il s'en met un peu, le sang s'arrête aussitôt.]

Son visage qui s'est empourpré, sa poitrine gonflée m'ont amené immédiatement à comprendre que, même si elle n'était pas forcément amoureuse en secret de Ma Liangcai, pourtant le voir coller ainsi ma sœur la mettait mal à l'aise. J'ai dit : « Je te laisse tranquille pour le moment, je m'occuperai de toi plus tard, espèce de traînée, toi qui es amoureuse de mon frère – et puis non, je ne le considère plus comme mon frère, et depuis longtemps d'ailleurs, il est de la mauvaise graine venant de Ximen Nao.

– Et ta sœur de même », a-t-elle dit. Sur le coup, je n'ai rien trouvé à répondre, j'avais l'impression d'avoir du gâteau de riz glutineux dans la bouche. « Elle n'est pas pareille à lui, ai-je fini par dire, elle, elle est bienveillante, douce, elle a bon cœur, son sang à elle est rouge, elle est humaine, elle, je la considère comme ma sœur.

– Elle ne sera bientôt plus humaine, elle a sur elle une sale odeur de chienne, c'est une bâtarde que Ximen Nao a eue avec une chienne, chaque fois que le temps est à la pluie, elle dégage une sale odeur de chienne », a repris Huzhu entre ses dents. J'ai positionné ma lance pour la transpercer, en période de révolution les exécutions peuvent être accomplies par le peuple, la commune populaire Jiashan a déjà décentralisé ce pouvoir jusqu'aux villages ; à Mawan on a ainsi, en un jour et une nuit, exécuté trente-trois personnes, la plus âgée d'entre elles avait quatre-vingt-huit ans et la plus jeune treize, certaines ont été assommées à coups de gourdin, d'autres pourfendues avec une hache. J'ai levé ma lance, visé sa poitrine qu'elle a redressée pour me l'offrir : « Vas-y, si tu en as le cran, enfonce-la, tue-moi ! De toute façon, j'en ai assez de vivre, et depuis longtemps. » Comme elle disait ces mots, les larmes se sont mises à rouler de ses beaux yeux. C'était à n'y rien comprendre, je ne saisissais plus rien du comportement de cette Huzhu qui depuis la petite enfance avait grandi avec moi, avec laquelle j'avais joué sur la grève, les fesses à l'air comme allaient tous les enfants, et qui avait soudain manifesté de l'intérêt pour mon petit oiseau entre mes jambes, qui de retour à la maison était allée pleurer auprès de sa mère, disant qu'elle en voulait un, elle aussi : « Pourquoi Jiefang en a un et pas moi ? » Wu Qiuxiang, debout sous le gros abricotier, m'avait grondé : « Jiefang, espèce de petit voyou, si tu oses encore malmener Huzhu, prends garde que je ne le coupe, moi, ton zizi ! » Tout le passé défilait devant mes yeux, mais en un clin d'œil cette Huzhu était devenue aussi mystérieuse que le gouffre aux tortues de la rivière. Je me suis détourné et j'ai pris la fuite. Je ne supporte pas les larmes de femme, dès qu'une femme se met à pleurer, le nez me picote. Dès qu'une femme se met à pleurer, je suis pris de vertiges. Cette mollesse de caractère devait me nuire toute ma vie. J'ai lancé :

« Ximen Jinlong a déversé de la peinture rouge dans les yeux de père, je vais chercher ma sœur afin qu'elle le soigne…

– C'est bien fait, dans votre famille on s'entre-dévore comme font les chiens… »

Ses paroles méchantes portaient loin. Mais je m'étais enfin débarrassé d'elle, je lui en voulais un peu, j'avais un peu peur d'elle aussi, et je l'aimais un peu également, bien qu'elle n'eût pas d'affection pour moi, cependant, somme toute, elle m'avait indiqué où se trouvait ma sœur.

L'école était située à l'ouest du village, tout contre le mur d'enceinte, il s'agissait d'une grande cour indépendante, close d'un mur en briques destinées aux tombes, les âmes des défunts étaient nombreuses dans ce mur, la nuit elles erraient alentour. Derrière le mur, c'était un grand bois noir de pins, il y avait des hiboux dans ce bois qui lançaient des cris aigus et tristes à vous donner la chair de poule. Que cette forêt n'eût pas été abattue pendant la campagne de l'affinage de l'acier pour servir de bois de chauffe tenait vraiment du miracle. La seule raison était la présence d'un vieux cyprès qui, lorsqu'on lui avait donné un coup de hache, s'était mis à saigner à gros bouillons, avait-on jamais vu chose pareille ? C'était comme les cheveux de Huzhu qui saignaient quand on les coupait. Il semblerait que tout ce qui peut être préservé a quelque chose de peu commun.

Effectivement, j'ai trouvé ma sœur dans le bureau de l'école. Elle ne parlait pas d'amour avec Ma Liangcai, elle bandait sa blessure. Il avait été blessé à la tête par un inconnu et ma sœur entourait son crâne de bandelettes en tous sens, ne laissant dégagés qu'un œil afin qu'il vît son chemin, deux narines pour respirer et une bouche pour parler, boire et manger. On aurait dit un de ces soldats du Guomindang blessés par l'armée communiste, tels qu'on les voit dans les films. Elle avait tout à fait l'air d'une infirmière, le visage impassible, on l'aurait dit sculpté dans du marbre froid et lisse. Les carreaux de la fenêtre étaient tous cassés et les bris de verre avaient été volés par les enfants, qui les avaient offerts à leur mère pour éplucher les pommes de terre. Les bouts de verre les plus gros avaient été enchâssés dans le treillis en bois des fenêtres de leur propre maison afin de voir de l'intérieur ce qui se passait dehors et de permettre à la lumière d'entrer. Le vent du soir au cœur de l'automne soufflait depuis la forêt de pins, il était chargé de l'odeur des aiguilles et de celle de la résine, il faisait s'envoler au sol les papiers sur la table du bureau. Ma sœur a sorti de sa sacoche en cuir rouge-brun une petite fiole, elle en a fait tomber quelques comprimés, a ramassé par terre une feuille de papier blanc et les a enveloppés dedans, elle lui a dit : « Deux par prise, trois fois par jour, après le repas. »

Il a répondu avec un sourire forcé : « À quoi bon gaspiller ainsi les médicaments, il n'y aura plus d'avant le repas et d'après le repas, je ne vais plus manger, je vais faire la grève de la faim pour protester contre ces actes de violence fascistes. Ma famille fait partie des paysans pauvres depuis trois générations, nous sommes des révolutionnaires purs, en quel honneur me frappent-ils ? »

Ma sœur lui a lancé un regard compatissant et a dit tout bas : « Professeur Ma, ne vous laissez pas aller à l'émotion, ce n'est pas bon pour votre blessure… »

Il a soudain saisi les mains de ma sœur entre les siennes et a dit, passant du coq à l'âne : « Baofeng, Baofeng, accepte, sortons ensemble… Cela fait si longtemps que je pense à toi, en mangeant, en dormant, en marchant, je ne sais plus que faire, j'en perds la tête, je me cogne souvent dans un arbre, dans un mur, les gens pensent que je réfléchis à quelque question en rapport avec le savoir, mais en fait c'est parce que je pense à toi… » Tant de paroles passionnées qui sortaient de cette bouche entourée de bandelettes, cela avait un côté absurde, son œil était particulièrement brillant, on aurait dit du charbon mouillé d'eau. Ma sœur s'est efforcée de dégager ses mains, elle a rejeté la tête en arrière et l'a secouée de gauche à droite pour éviter cette bouche au milieu du bandage. « Dis-moi oui… Allez, dis-moi oui… », répétait Ma Liangcai avec frénésie. Ce type avait complètement perdu la tête. J'ai lancé un « Grande sœur ! ». Puis, du pied, j'ai poussé la porte entrebâillée et je me suis rué à l'intérieur, tenant ma lance. Ma Liangcai s'est empressé de lâcher les mains de ma sœur et a reculé en vacillant, il a renversé une cuvette sur son support et l'eau sale s'est mise à couler sur le sol carrelé. « À l'assaut ! » ai-je crié en fichant ma lance dans le mur. Ma Liangcai s'est laissé tomber assis sur un tas de vieux papiers, il semblait prêt à défaillir de peur. J'ai arraché la lance du mur et j'ai dit à Lan Baofeng : « Grande sœur, les yeux de père, sur ordre de Jinlong, ont été peints en rouge, il a tellement mal qu'il se roule par terre, maman m'a dit de te faire venir, je t'ai cherchée dans tout le village, enfin te voilà, rentre vite pour trouver une solution et soigner les yeux de père... » Baofeng a mis sa trousse de secours sur son dos, elle a lancé un regard à Ma Liangcai, pris de convulsions, assis dans son coin, et m'a suivi en courant. Elle courait vite, déjà elle m'avait dépassé. La trousse en était secouée, elle lui battait les fesses avec bruit. Des étoiles sont apparues, à l'ouest, à l'horizon, il y avait cette étoile brillante qui suivait un croissant de lune.

Père se roulait par terre dans toute la cour malgré plusieurs personnes qui essayaient de le maintenir. Il se frottait avec force les yeux de ses mains en poussant des cris atroces, à vous faire dresser les cheveux sur la tête. La petite bande de mon frère s'était éclipsée, il ne restait que ses quatre chiens fidèles, les fils de la famille Sun, pour le protéger. Mère et Huang Tong retenaient père chacun par un bras pour l'empêcher de se frotter les yeux. La force de mon père était ahurissante, ses bras semblaient deux grands silures tout gluants, ils ne cessaient de leur échapper. Mère, hors d'haleine, lançait des injures : « Jinlong, espèce d'animal qui a perdu toute bonne conscience, même s'il n'est pas ton géniteur, c'est lui qui t'a élevé, comment as-tu pu commettre un acte aussi ignoble… »

Ma sœur a fait irruption dans la cour comme l'étoile salvatrice tombée du plus haut du ciel. Mère a dit : « Le père, tiens-toi tranquille, Baofeng est là. Baofeng, viens au secours de ton père, fais qu'il ne reste pas aveugle, ton père est un obstiné, mais ce n'est pas un méchant homme, il vous a bien traités, ton frère et toi, non ?… » Quoiqu'il ne fît pas totalement nuit, tout ce rouge dans la cour et sur le visage de père avait viré au vert bouteille. L'odeur de la peinture était forte. Ma sœur, haletante, a dit : « Vite, de l'eau ! » Mère a couru jusqu'à la maison, elle a rapporté une calebasse d'eau. Ma sœur a dit : « Comme si ça suffisait ! De l'eau, le plus sera le mieux ! » Elle a pris la calebasse et, visant le visage de père, elle a dit : « Papa, ferme les yeux ! » Père en fait avait les yeux fermés et il lui aurait été impossible de les ouvrir. Elle a déversé le contenu de la calebasse sur le visage de père. « De l'eau, encore, de l'eau ! » a-t-elle hurlé, la voix rauque, on aurait dit des sons émis par une louve. Que ma sœur, si douce, ait pu produire de tels sons m'a stupéfié. Mère est sortie de la maison avec un seau rempli d'eau, elle avançait en chancelant. Qiuxiang, l'épouse de Huang Tong, cette femme qui redoute la paix plus que tout au monde et souhaite aux autres toutes sortes de maladies bizarres, a apporté de chez elle, qui l'eût cru, un seau d'eau. Il faisait de plus en plus sombre dans la cour. Dans le noir ma sœur a donné des ordres : « Qu'on lui verse l'eau sur le visage ! » Ce qui a été fait, par calebasses entières, à grands bruits. « De la lumière ! » a ordonné ma sœur. Mère a couru jusque dans la maison et en est revenue, tenant une petite lampe à pétrole qu'elle protégeait de la main, elle avançait avec précaution, la flamme tremblait, vacillait, une brise a soufflé, elle s'est éteinte. Mère a fait un faux pas et est tombée. La lampe a dû être projetée très loin, j'ai senti l'odeur de pétrole qui s'élevait d'un coin du mur. J'ai entendu Ximen Jinlong donner un ordre à ses acolytes : « Allez allumer la lampe à gaz ! »

À part le soleil, les lampes à gaz étaient la source de lumière la plus vive dans notre village à cette époque. Sun Petit Tigre n'avait que dix-sept ans, mais il était le spécialiste au village et s'occupait de ces lampes, alors que les autres mettaient une demi-heure à les allumer, il y parvenait en dix minutes. Les autres déchiraient encore le filet en amiante, lui non. Il restait souvent hébété à regarder ce filet blanc éblouissant, quand il entendait le grésillement de la lampe, son visage était empreint d'une expression d'ivresse et d'hébétude.

Alors que la cour était plongée dans le noir total, le bâtiment principal s'éclairait peu à peu, on aurait dit qu'il y avait le feu à l'intérieur. Comme les gens s'étonnaient, on a vu Sun Petit Tigre sortir du quartier général de la Garde rouge, portant la lampe au bout d'un bâton, on aurait dit qu'il portait un soleil. Du coup, le rouge du mur, de l'arbre a resplendi sous la lumière, éblouissant, pareil à du feu. D'un regard, j'ai embrassé tous ceux qui se trouvaient là. Appuyée contre la porte de sa maison, il y avait Huang Huzhu, qui avait l'air d'une jeune fille d'une grande famille féodale, elle tripotait le bout de sa natte. Debout sous l'abricotier, regardant de tous côtés, se tenait Huang Hezuo, sa coupe de cheveux à la garçonne s'était allongée un peu, des petites bulles sortaient sans cesse entre ses dents. Wu Qiuxiang allait et venait dans la cour, affairée, comme si elle avait des tas de choses à raconter, mais personne ne lui parlait. Ximen Jinlong, les mains sur les hanches, était debout au beau milieu de la cour, le regard grave, les sourcils froncés, comme s'il réfléchissait à quelque question importante. Les trois autres frères Sun, ses trois chiens fidèles, étaient déployés en éventail derrière lui pour le protéger. Huang Tong, une calebasse à la main, puisait de l'eau et la déversait sur le visage de père. L'eau en rejaillissait, éclaboussait la lumière, sinon elle coulait le long de son visage. Père était à ce moment-là assis par terre, les deux jambes allongées, les mains appuyées sur les cuisses, le visage levé pour recevoir l'eau. Il était très calme, ne bondissait plus comme un beau diable, ne criait plus, sans doute l'arrivée de ma sœur l'avait-elle apaisé. Mère rampait sur le sol tout en répétant à voix basse : « Ma lampe ! Où est passée ma lampe ?... » Elle était couverte de boue, elle avait l'air misérable, à la lumière de la lampe à gaz ses cheveux paraissaient d'un blanc argenté. Elle n'avait pas encore la cinquantaine, mais elle était déjà si vieillie, mon cœur s'est serré de tristesse malgré moi. La peinture sur le visage de père semblait moins épaisse, mais la couleur rouge était toujours là, les gouttes d'eau roulaient, comme elles auraient roulé sur des feuilles de nénuphar. À l'extérieur de la cour s'étaient rassemblés de nombreux badauds, masse compacte de têtes noires. Ma sœur était debout, imperturbable, tel un général. « Qu'on apporte la lampe ! » a-t-elle dit. Sun Petit Tigre s'est approché à petits pas avec la lampe. Le second des frères Sun, Tigre, peut-être sur ordre de mon frère, est arrivé en courant du QG avec un tabouret, l'a placé à deux mètres de père, et il a dit à son frère d'y poser la lampe. Ma sœur a ouvert sa trousse à pharmacie, en a sorti du coton, à l'aide d'une pince elle l'a trempé dans l'eau, elle a commencé par nettoyer le pourtour des yeux de père, puis les paupières, ses gestes étaient précautionneux et pourtant très prompts. Puis elle a pris une grosse seringue, a aspiré de l'eau claire et a recommandé à père d'ouvrir les yeux tout grands. Mais c'était chose impossible. « Qui lui ouvre les yeux ? » a demandé ma sœur. Mère s'est relevée à la hâte, toute dégoulinante d'eau et de boue. Ma sœur a dit : « Jiefang, viens aider père à ouvrir les yeux. » Je n'ai pu m'empêcher de reculer de quelques pas, le visage laqué en rouge de père était trop terrifiant. « Allons, dépêche-toi ! » a repris ma sœur. J'ai fiché ma lance dans le sol, marchant dans l'eau et dans la boue, tel un coq foulant la neige, je me suis avancé sur la pointe des pieds, levant haut les jambes. J'ai regardé ma sœur, elle attendait, la seringue à la main. J'ai essayé d'ouvrir les yeux de père, il a poussé un gémissement perçant comme un couteau, comme un aiguillon, effrayé, j'ai fait un bond au-delà du cercle. Ma sœur s'est mise en colère : « Qu'est-ce qui te prend ? Tu veux que père reste aveugle ? » Huang Huzhu, qui était restée appuyée contre la porte de sa maison, s'est avancée de sa démarche souple. Elle portait un chemisier imprimé sous une veste à carreaux rouges, elle avait retourné le col du chemisier sur celui de la veste. Sa grosse natte ondulait dans son dos. [De nombreuses années se sont écoulées et la scène reste toujours aussi vivante dans ma mémoire.] De l'entrée de chez elle jusqu'à l'extérieur de l'étable, il devait y avoir une trentaine de pas. Ces trente pas, à la lumière de la lampe à gaz que seule celle du soleil pouvait éclipser, elle les a accomplis avec vraiment beaucoup de grâce, l'ombre projetée au sol était celle d'une belle femme. Tous la regardaient médusés, moi le premier, et plus que tout le monde, car tout à l'heure elle avait usé des mots les plus durs pour injurier ma sœur, et voilà qu'elle se proposait pour la seconder. Elle a lancé un « J'arrive ! », on aurait dit un petit rouge-gorge qui se serait approché en volant. Elle se moquait complètement de l'eau et de la boue sur le sol, de salir les semelles en tissu blanc de ses chaussures fabriquées avec soin. Elle était connue pour son ingéniosité et son adresse. Si ma sœur brodait des semelles intérieures remarquables, celles de Huzhu l'étaient davantage encore. Quand l'abricotier de la cour fleurissait, elle restait dessous à observer les fleurs tandis que ses doigts virevoltaient, elle transposait les fleurs de l'abricotier sur les semelles et les fleurs sur ces dernières étaient plus belles, plus séduisantes que les vraies. Les semelles s'entassaient sous son oreiller, sans destinataire. Les offrirait-elle à Grand Âne brayant ou à Ma Liangcai, à Jinlong, à moins que ce ne fût à moi ?

À la lumière très vive de la lampe ses yeux étincelaient, ses dents aussi, il ne faisait aucun doute qu'elle était une beauté aux fesses et à la poitrine rebondies, et moi, tout occupé à travailler avec père, je n'avais pas prêté attention à cette beauté que je côtoyais. Je suis tombé éperdument amoureux d'elle pendant le laps de temps qu'elle a mis à parcourir la courte distance de chez elle à l'étable. Elle s'est placée derrière père, s'est inclinée, a avancé ses mains blanches et effilées, et a ouvert les yeux de père. Ce dernier gémissait, j'ai entendu le bruit ténu qu'ont fait ses paupières en se décollant, ploc, ploc, on aurait dit celui des petites bulles émises par un poisson au fond de l'eau. J'ai vu que les yeux de père étaient comme une plaie, que du sang en coulait. Ma sœur a visé les yeux, actionnant la seringue, elle a envoyé un jet d'eau clair, brillant comme de l'argent, l'eau est entrée, lentement. À la longue, ma sœur a pu contrôler la puissance du jet, trop faible, l'eau ne suffisait pas, trop fort, c'était risqué pour les yeux. L'eau entrant dans les yeux devenait du sang qui coulait lentement. Père gémissait de douleur. Avec la même précision, la même agilité, ma sœur et Huzhu, qui semblaient pourtant irréconciliables, dans une entente tacite ont coopéré pour nettoyer l'autre œil. Puis elles ont lavé de nouveau les yeux à tour de rôle, l'œil gauche, l'œil droit, le gauche, le droit. Enfin, ma sœur a mis des gouttes oculaires dans les deux yeux et les a recouverts d'une bande. Ma sœur m'a dit : « Jiefang, ramène papa à la maison. » J'ai couru me poster derrière lui, ai placé mes mains sous ses aisselles et l'ai soulevé de toutes mes forces vers le haut pour qu'il se mît debout, comme on arracherait du sol un gros navet tout terreux.

C'est alors que nous avons entendu un bruit étrange monter de l'étable, entre rire et pleurs ou soupirs. C'était le bœuf.

[« Sur le moment, tu riais, pleurais ou soupirais ?
– Continue, dit Lan Qiansui, dit "Grosse Tête", d'un ton glacial, cesse de me poser des questions. »]

Tout le monde en a été surpris, tous les yeux se sont tournés ensemble dans cette direction, l'étable était tout illuminée, les yeux du bœuf étaient pareils à deux petits lampions déversant une lumière bleutée, le corps du bœuf rayonnait, on l'aurait dit recouvert d'une laque dorée. Mon père se débattait pour aller dans l'étable, il criait : « Bœuf, ô mon bœuf, tu es ma seule famille ! » Les paroles de père étaient emplies du plus haut désespoir, à les entendre, nous avons frissonné, même si Jinlong s'était révolté, ma sœur, ma mère et moi te chérissions, comment pouvais-tu dire que le bœuf était ta seule famille ? De plus, si l'on révélait le fin fond de l'histoire, ce bœuf avait certes un corps de bœuf, mais son esprit, son âme étaient ceux de Ximen Nao. Face à tous ces gens qui se trouvaient dans la cour : son fils, sa fille, sa première concubine, sa seconde concubine, son valet de ferme, et moi, le fils de ce domestique, toutes sortes de sentiments et de sensations contradictoires mêlant l'amour et la haine mijotaient dans une même marmite, comme une bouillie.

[« Les choses n'étaient peut-être pas aussi compliquées, reprend Lan Qiansui, dit "Grosse Tête", peut-être qu'à ce moment-là j'avais une herbe dans la gorge, ce qui a provoqué ce son étrange. Mais les choses les plus simples sont transformées en bouillie par ta narration incohérente, foisonnante, elle fait penser au manège désordonné de ces ours bruns qui cueillent les épis de maïs et les jettent parce qu'ils en ont déjà sous leurs bras.

– Mais le monde, à cette époque-là, était précisément une marmite de bouillie, et raconter les choses de façon claire est plutôt malaisé. Laisse-moi reprendre mon récit commencé plus haut. »]

La troupe des esprits malfaisants du village de Ximen, promenés par les rues, arrive de la partie est de la foire. Les sons des gongs et des tambours résonnent jusqu'au ciel, les drapeaux rouges se déploient. Parmi ceux qui sont montrés ainsi à la foule sous l'escorte de Jinlong et de ses gardes rouges, en plus de Hong Taiyue, l'ex-secrétaire de la cellule du Parti, on compte aussi le chef de brigade Huang Tong. En plus du chef fantoche du groupement de familles Yu Wufu, du paysan riche Wu Yuan, du traître Zhang Dazhuang, de Ximen née Bai, femme de propriétaire foncier, tous des scélérats connus depuis longtemps, il y a encore mon père, Lan Lian. Hong Taiyue grince des dents et fait les gros yeux, Zhang Dazhuang est accablé de tristesse, Wu Yuan pleure à chaudes larmes, Baishi est sale et hirsute. La peinture sur le visage de père n'a pas complètement disparu, ses yeux sont tout rouges et larmoient sans cesse. Les larmes de père ne sont pas l'expression de sa faiblesse de caractère, mais le résultat de l'atteinte de la cornée sous l'effet de la peinture. À son cou est accrochée une pancarte en papier sur laquelle mon frère a tracé de sa propre main en gros idéogrammes : « Paysan indépendant puant et obstiné. » Père porte sur l'épaule une charrue en bois, bien qui lui a été octroyé lors de la réforme agraire. Ses reins sont ceints d'une corde de chanvre, reliée à une longe attachée elle-même à un bœuf.

[Il s'agit de ce taureau qui est un avatar du propriétaire foncier despotique Ximen Nao, réincarné plusieurs fois en ce monde, c'est-à-dire toi. Et tu peux m'interrompre si tu en as envie, prendre le relais pour narrer ce qui s'est passé après. Ce que je raconte, moi, c'est le monde dans les yeux humains ; toi, tu parlerais de l'univers que voit le bœuf. Peut-être ton récit serait-il plus captivant. Tu ne veux pas raconter, en ce cas je poursuis.]

Tu es un taureau gigantesque, tes cornes sont d'acier, tes épaules sont larges, tes muscles et tes tendons sont développés, tes yeux rayonnent de lueurs mauvaises. À tes cornes sont suspendues de vieilles chaussures, c'est le petit drôle de la famille Sun, celui qui s'y connaît en lampes à gaz, qui les a accrochées là, comme ça, dans le seul but de te ridiculiser, et non pour signifier que toi, le bœuf, tu forniques aussi. Ce salaud de Jinlong voulait, au départ, que moi aussi je sois promené par les rues, mais j'ai saisi droit ma lance à glands rouges, prêt à en découdre avec lui. J'ai dit : « Le premier qui ose me promener par les rues, je le charge. » Jinlong est certes téméraire, toutefois, voyant que j'étais prêt à tout, il a lâché prise. Je me suis dit que si père s'était montré ferme comme moi, s'il avait pris le grand hache-paille et l'avait mis en travers de la porte de l'étable pour pourfendre le premier qui s'approcherait, mon frère aîné aurait également cédé. Mais, chose étrange, c'est père qui a cédé et qui s'est laissé bien gentiment passer la pancarte en papier autour du cou. Je me suis dit : il aurait suffi que le bœuf s'énerve, personne n'aurait pu accrocher ces vieilles godasses à ces cornes et le

277

montrer à la foule par les rues, mais le bœuf, lui aussi, s'est montré docile.

Au centre de la foire, c'est-à-dire dans l'espace libre devant la cantine de la coopérative d'approvisionnement et de vente, Petit Chang, dit « Grand Âne brayant », commandant en chef de la faction Singe d'or de la Garde rouge, fait la jonction avec Jinlong, « Second Âne brayant », commandant de l'annexe de la même faction au village de Ximen ; ils se serrent la main, effectuent le salut révolutionnaire, les yeux rayonnants, le cœur empli de ferveur rouge. Peut-être pensent-ils à la jonction établie par l'armée rouge des ouvriers et des paysans chinois à Jingangshan[1], à la nécessité d'aller planter le drapeau de la révolution partout en Asie, en Afrique et en Amérique latine, afin de sauver tous les prolétaires du monde entier de l'abîme de souffrances dans lequel ils sont plongés. Les rangs de la Garde rouge, ceux du district et ceux du village se sont rejoints, ainsi que leurs groupes d'éléments engagés dans la voie du capitalisme : Chen Guangdi, « le chef de district Âne », Fan Tong, le secrétaire « Pénis d'âne », Hong Taiyue, le frappeur d'os de bœuf, accusé d'être un élément étranger à sa classe et d'être engagé sur la voie du capitalisme, enfin Huang Tong, l'homme de main de Hong Taiyue, qui a pris pour femme la concubine d'un propriétaire terrien. Eux aussi regardent discrètement de côté et d'autre, tandis que leurs yeux expriment toutes les pensées réactionnaires qui les habitent. « Baisse la tête, plus bas, encore ! » Les gardes rouges leur appuient la tête vers le bas, plus bas, toujours plus bas, jusqu'à ce que leur postérieur soit relevé au maximum de sa hauteur, encore un effort, plof ! les voilà à genoux, par les cheveux ou par le col on les relève.

1. En 1930, la septième armée rouge rejoint la base soviétique centrale du Jiangxi dirigée par Mao Zedong.

Mon père refuse de baisser la tête, eu égard aux liens particuliers qui l'unissent à Ximen Jinlong, les gardes rouges se montrent indulgents. Il y a d'abord un discours de Grand Âne brayant, debout sur une table carrée apportée de la cantine. La main gauche sur la hanche, la main droite s'agitant dans les airs avec force gestes : celui de pourfendre avec un sabre, de brandir un poignard, ou encore de frapper du poing ou bien du plat de la main. Toutes ces manières ponctuent son discours qu'il prononce avec inflexions et pauses de la voix, de l'écume blanche apparaît aux commissures de ses lèvres, le ton est féroce, les mots sont creux, comme autant de préservatifs bien gonflés, enduits de rouge, en forme de courges d'hiver, avec à leur sommet comme un bout de sein, et qui danseraient dans les airs, se heurteraient, boum, boum ! avant d'éclater, paf, paf ! Dans l'histoire du canton de Dongbei, il y a cette anecdote plaisante à propos d'une jolie infirmière qui aurait fait exploser un préservatif en le gonflant et qui se serait blessée à l'œil. Grand Âne brayant est un orateur né, il s'efforce d'imiter Lénine, Mao Zedong. Mais c'est surtout quand il étend son bras droit à quarante-cinq degrés, la tête légèrement rejetée en arrière, le menton un peu en avant, le regard tourné vers les hauteurs, tandis qu'il lance : « Donnons l'assaut, encore et encore, contre les ennemis de classe ! », qu'il semble vraiment Lénine ressuscité, un Lénine sorti tout droit du film *Lénine en 1918* et venu jusque dans le canton de Dongbei. La foule reste silencieuse un moment, comme si les gorges des personnes présentes étaient prises dans un étau, puis c'est une salve d'acclamations, des jeunes cultivés crient : « Hourra[1] ! », tandis que d'autres, plus incultes, poussent des vivats, bien que ces ovations ne

---

1. *Wula*, transposition phonétique de « hourra », opposée ici à *wansui* (« dix mille ans »), qui est la formule usuelle.

soient pas destinées à Grand Âne brayant, ce dernier, pareil à un préservatif gonflé d'air, se sent pousser des ailes, ne comprenant pas de quoi il retourne. Il y en a aussi un pour maugréer en secret : « Ce bâtard, il ne faut pas le sous-estimer. » Il s'agit d'un vieillard qui est allé dans une école privée, qui connaît un nombre incalculable d'idéogrammes et qui, chez le coiffeur, dit souvent avec suffisance aux clients : « S'il est des idéogrammes que vous ne connaissez pas, n'hésitez pas à me demander, et si je ne peux répondre, je paierai la coupe. » Un jour, des enseignants du secondaire avaient cherché dans les dictionnaires des idéogrammes rares pour le mettre en difficulté, en vain. L'un d'entre eux en avait inventé un, il avait tracé un cercle au milieu duquel il avait dessiné un point et il lui avait demandé de quel caractère il s'agissait, l'autre avait dit en ricanant : « Tu comptais me coller, c'est chose impossible, ce caractère se prononce *peng*, il s'agit du bruit fait par une pierre lancée dans un puits. » Le professeur avait répliqué : « Vous vous trompez, ce mot, je l'ai inventé. » Et l'autre de rétorquer : « Tous les idéogrammes, au départ, sont fruit de l'invention. » Le professeur s'était trouvé réduit au silence, son interlocuteur arborait un sourire suffisant. À la fin du discours, Second Âne brayant saute sur la table pour prendre le relais, mais sa prestation ne sera qu'une pâle et maladroite réplique de la prestation de son compère.

À présent, il me faut parler de toi, le bœuf Ximen, de ta conduite lors de cette foire mémorable.

Au tout début, tu t'étais montré docile, tu avais suivi mon père pas à pas, mais ton image glorieuse collait mal avec cette soumission et cela me gênait plus que personne. Car enfin, tu étais un`taureau plein de vigueur, dans le passé tu avais fait des prestations peu ordinaires.

[Si, à l'époque, j'avais su que ton corps abritait l'âme arrogante de Ximen Nao, ainsi que la mémoire glorieuse d'un âne célèbre, j'aurais été encore plus déçu par ton attitude.]

Tu aurais dû résister, mettre la foire sens dessus dessous, tout comme font les taureaux en Espagne lors des férias organisées pour les corridas.

Mais non, tu étais resté là, la tête baissée, les chaussures abîmées accrochées à tes cornes, marques de l'humiliation, et tu ruminais tranquillement tandis que ta panse glougloutait. Et il en était allé ainsi du petit matin jusqu'à midi, du froid vif à la tiédeur, jusqu'à ce que le soleil se mette à chauffer.

Midi. De la cantine de la coopérative s'échappent des effluves parfumés de pains farcis grillés. Un jeune homme borgne, portant sur les épaules une veste ouatée déchirée, marchant clopin-clopant, arrive à la foire, traînant un chien jaune imposant.

Ce garçon est réputé comme chasseur de chiens, il est originaire d'une famille extrêmement pauvre, comme il était orphelin, l'État l'a envoyé gratuitement à l'école, mais il avait les études en horreur, il a gâché le bel avenir qui se présentait à lui, plutôt mourir que d'aller en classe, il a préféré vivre en toute liberté, puisqu'il ne voulait pas lui-même aller de l'avant, le Parti a baissé les bras. Il attrape les chiens et vend leur viande, il va libre comme l'air ; par les temps qui courent, tuer soi-même des animaux est illégal, qu'il s'agisse de porcs ou de chiens, l'abattage est l'apanage de l'État, pourtant les autorités ferment les yeux sur les agissements de ce garçon, et tout gouvernement, quel qu'il soit, ferait preuve de la même indulgence. Le garçon est l'ennemi de la gent canine, il n'est pas de très grande taille, n'a pas les jambes alertes, sa vue n'est pas bonne, un chien pourrait tout à fait venir à bout de lui sans grande difficulté, et pourtant tous les chiens, qu'ils soient doux comme des agneaux ou féroces comme des lions, comme des tigres, à sa vue mettent leur queue entre leurs pattes, ont le corps ramassé en boule, les yeux emplis de terreur, tandis que des aboiements plaintifs montent de leur gosier, ils se résignent et se laissent passer la corde autour du cou sans résistance pour mourir étranglés à une branche d'arbre. Puis le garçon les traîne jusqu'à son logis, qui est aussi son laboratoire, sous une arche du pont en pierre. Il leur ôte les poils avec de l'eau bouillante, les écorche, les lave dans l'eau de la rivière qui coule claire et indolente, les dépèce, jette les morceaux grands ou petits dans la marmite, ajoute du bois pour nourrir le feu, les flammes forcissent, l'eau blanchit, frémit, une épaisse fumée blanche monte de sous l'arche du pont, puis va se dispersant, longeant les rives, le fumet de la viande de chien embaume toute la rivière…

Un vent mauvais se lève, les drapeaux rouges claquent, une hampe est brisée, le drapeau tourbillonne, danse dans le ciel, retombe sur la tête du bœuf, alors tu es pris de folie, c'est précisément ce que j'espérais, il faut que cette farce connaisse une fin spectaculaire.

Tu commences par secouer violemment la tête en tous sens pour te débarrasser du drapeau rouge qui la couvre. J'ai fait moi-même cette expérience qui consiste à regarder le soleil au travers d'un drapeau rouge, tout est couleur de sang, on dirait un océan, et le soleil est comme noyé dans cette mer de sang, on éprouve soudain la sensation que la fin du monde est arrivée. Mais je ne suis pas un bœuf, je ne peux imaginer ce que tu ressens alors que le drapeau rouge te couvre la tête, toutefois, d'après la violence de tes mouvements, je peux affirmer que tu éprouves de la terreur. Ces deux cornes d'acier sous ce masque, pareilles à celles d'un taureau de corrida, si on leur avait fixé des poignards, auraient pu donner l'assaut, tout renverser sur leur passage. Tu as beau secouer la tête et agiter la queue plusieurs dizaines de fois, le drapeau n'est toujours pas tombé, alors tu t'énerves, tu te mets à courir à l'aveuglette, ta longe est attachée à la taille de père, tu dois faire près de cinq cents kilos, tu n'es ni trop maigre ni trop gras, à quatre ans seulement tu es dans la fleur de l'âge, tu as une force infinie, père ainsi traîné est comme une souris attachée à la queue d'un chat. Le bœuf, tirant mon père, se précipite dans la foule ; en montent cris perçants et hurlements. Dès lors, personne ne s'intéresse plus au discours de mon frère, si brillant soit-il. À dire vrai, les gens sont là pour voir du spectacle, ils se moquent pas mal de savoir si vous êtes révolutionnaire ou contre-révolutionnaire. Quelqu'un crie : « Qu'on lui ôte le drapeau rouge qu'il a sur la tête ! » Mais qui se risquerait à accomplir une telle prouesse, et qui en aurait envie ? Plus de drapeau, plus de spectacle ! Les gens s'écartent, criant, hurlant, et, malgré eux, se bousculent, les femmes pleurent, les enfants braillent, « Ah, bonne mère, on a marché sur mes œufs ! », « Un enfant a été piétiné à mort ! », « Vous avez brisé mon plat, salauds que vous êtes ! ». Peu de temps auparavant, quand les oies sauvages étaient tombées du ciel, les gens, venant de tous côtés, s'étaient massés au centre ; à présent que le bœuf fait des siennes, ils courent droit devant eux, devant l'animal, s'écartent de chaque côté, se pressent en une masse compacte jusque vers les murs, où la foule s'aplatit comme une crêpe, on se presse contre l'étal des bouchers, là on tombe à terre en même temps que les précieux morceaux de porc, la bouche contre la viande crue. Une des cornes du bœuf embroche quelqu'un par les côtes, tandis que ses sabots tuent un porcelet sous leur piétinement. Le vendeur, Zhu Jiujie[1], de l'équipe des

1. « Zhu aux neuf abstinences ». Ce nom est un clin d'œil au disciple Cochon aux huit abstinences qui accompagne le moine dans ses pérégrinations dans le roman classique *Voyage en Occident*.

abattoirs de la commune, aussi brutal qu'un membre de la famille impériale, brandit son couperet et l'abat avec force sur le crâne du bœuf, avec un « clac » énorme, la lame vient toucher une corne, le couteau rebondit sous le choc, tandis qu'une moitié de la corne tombe à terre. Le drapeau en profite pour glisser, le bœuf, sur le coup, est frappé de stupeur, il s'arrête net, la respiration haletante, tandis que ses flancs se soulèvent terriblement, il écume, les yeux injectés de sang. De la corne tranchée sort un liquide transparent, des filaments de sang s'y mêlent, c'est la quintessence du mâle, l'extrait de corne de bœuf dont on dit qu'il possède le pouvoir de renforcer la virilité, lequel serait même dix fois supérieur à celui du cœur de palmier de l'île de Hainan. Un des membres totalement corrompu de l'ancienne clique au pouvoir au comité provincial du Parti, dénoncé par les gardes rouges alors qu'il avait déjà les tempes toutes grisonnantes, avait pris pour femme une jeunesse de vingt ans ; comme il n'était pas à la hauteur, il s'était informé sur l'existence éventuelle d'un remède de bonne femme et on lui avait indiqué précisément cet extrait de corne de bœuf. Ses hommes de main, usant de violence, avaient exigé que chaque ferme relevant de la préfecture ou des districts lui offrît un jeune taureau robuste, non châtré et vierge, qu'on amenait dans un lieu tenu secret, là on coupait les cornes de la bête pour en extraire le précieux liquide destiné à fortifier le haut fonctionnaire. Et voilà qu'effectivement les tempes de ce dernier avaient foncé tandis que ses rides s'estompaient, que son sexe, de jour en jour, retrouvait de la vigueur, on aurait dit une mitrailleuse propre à faucher, sans autre forme de procès, une flopée de femmes.

Mais il me faut parler de père. Sa blessure n'est pas encore guérie, il ne voit qu'une masse rouge informe ; face à ce nouveau malheur, sur le moment il est complètement déboussolé, il n'a d'autre recours, au début, que de courir comme un fou, titubant, pour finir par se mettre en boule, en se protégeant la tête des mains – on aurait dit une boule brodée multicolore –, et rouler à la suite du bœuf. Heureusement, il porte une veste ouatinée qui le protège des chocs, si bien qu'il s'en tirera sans trop de dommages.

Le bœuf, sa corne sectionnée, s'arrête ; père en profite pour se relever et dénouer rapidement la corde autour de sa taille afin de se libérer de l'animal. Mais, très vite, il aperçoit la section de corne sur le sol et l'état pitoyable de la tête de l'animal, il pousse un grand cri et semble prêt à s'évanouir. Car, comme il l'a dit lui-même auparavant, ce bœuf est sa seule famille. De le voir ainsi blessé, comment ne serait-il pas angoissé, peiné, furieux ? Il aperçoit le gros visage rubicond, tout luisant de graisse, de Zhu Jiujie, le saigneur de cochons. Alors que nous sommes à une époque de vaches maigres pour le peuple chinois tout entier, les fonctionnaires et les saigneurs de cochons, eux, ont un visage resplendissant de santé, ils se pavanent, se rengorgent, mènent la belle vie. Mon père, paysan indépendant, ne s'occupe pas, en général, de ce qui se passe à la commune populaire, mais que ce saigneur de cochons, qui relève d'elle, ait tranché, qui aurait pensé une chose pareille, d'un coup de coutelas la corne de notre bœuf, et voilà que père pousse un grand cri : « Mon bœuf ! », avant de s'évanouir pour de bon. S'il n'avait pas perdu connaissance au bon moment, je sais que la première chose qu'il aurait faite aurait été de ramasser le couperet au lourd dos, et qu'il aurait pourfendu de toutes ses forces la grosse tête du saigneur de cochons, et je n'ose imaginer les conséquences désastreuses d'un tel acte. Heureusement, père s'est évanoui. Mais s'il a perdu connaissance, le bœuf, lui, a retrouvé ses esprits. Avec une corne ainsi coupée, on peut imaginer la souffrance qu'il ressent. Il meugle et, puissant, fonce droit devant lui, tête baissée, en direction du gros boucher. À cet instant, ce qui retient mes regards est le nombril sur le ventre du bœuf, il y a là une touffe de poils longs d'environ vingt centimètres, on dirait un énorme pinceau à poils de belette, qui s'agite, tremble, comme s'il rédigeait une dissertation littéraire en caractères de style sigillaire. Quand mes regards quittent ce pinceau magique, je vois le bœuf tourner la tête et percer le gros ventre de Zhu Jiujie de sa corne de fer non blessée. Le bœuf ne cesse de fouailler l'abdomen, alors que la corne n'est pas encore enfoncée jusqu'au bout, il balance brusquement la tête, de la cavité abdominale de Zhu Jiujie sortent avec force glouglous des paquets de graisse de couleur crème qui tombent sur le sol pour y former un amas de chair.

Après que la foule se fut dispersée, la première chose que devait faire mon père quand il revint à lui fut de ramasser le couperet, protégeant le bœuf qui n'avait plus qu'une corne, il ne prononça pas un mot, mais son attitude résolue signifiait clairement aux gardes rouges qui s'avançaient pour former cercle autour de lui : je jure de mourir avec mon bœuf. À la vue de toute cette graisse qui sortait du ventre de Zhu Jiujie les gardes rouges se souvinrent de la mauvaise conduite de l'homme, de la tyrannie qu'il exerçait grâce à sa puissance et à son influence, aussi, en fin de compte, se réjouirent-ils en secret du sort qui lui avait été fait.

Mon père put donc rentrer chez lui, tirant son bœuf et tenant le couperet à la main, comme un brave qui aurait survécu au peloton d'exécution. La lumière étincelante du soleil avait déjà disparu, des masses de nuages gris s'étaient approchées, des flocons de neige dansaient par pans entiers dans le petit vent du nord et tombaient sur le territoire du canton de Dongbei.

Chapitre dix-huitième

Huzhu, fée de la couture, montre son amour.
Jinlong dans le village enneigé se proclame roi.

[En ce long hiver où, quand la neige ne tombait pas à gros flocons, il neigeotait plusieurs jours de suite, la ligne téléphonique qui reliait notre village de Ximen à la commune populaire et au chef-lieu du district avait été coupée par ces fortes précipitations. À l'époque, au district, la diffusion se faisait par les lignes téléphoniques, aussi, quand le téléphone ne fonctionnait pas, les radios devenaient-elles muettes. Les routes étaient prises sous la neige et les journaux n'étaient pas distribués. Le village était coupé du reste du monde.

Tu dois te rappeler les grosses chutes de neige de cet hiver-là. Père, chaque matin, t'emmenait hors du village pour un petit tour. Par les jours de beau temps, quand le soleil rouge pointait à l'horizon, la terre recouverte de neige et de glace en était tout étincelante. Père tirait la longe de la main droite, tandis que, dans la gauche, il tenait le grand couperet pris au boucher. De sa bouche, de son nez, de ton mufle s'exhalait une chaude vapeur rose, du givre se formait sur les poils aux coins de tes lèvres, sur la barbe de père et sur ses sourcils. Vous marchiez face au soleil vers la campagne, la neige craquait sous vos pas.

Mon frère Ximen Jinlong, à la tête des quatre frères Sun – « les Quatre Gardiens de Bouddha au pilon de diamant[1] » –, flanqué d'une flopée de garnements désœuvrés, toute une armée inefficace, et, bien sûr, de nombreux adultes qui pensaient voir du spectacle, mon frère donc, se fiant à son ardeur révolutionnaire, laissant libre cours à son imagination, en toute indépendance, prenant des initiatives, devait mener la Révolution culturelle jusqu'au retour du printemps sur la terre.]

Ils ont érigé une plate-forme dans le gros abricotier et attaché des milliers de rubans de tissu rouge aux branches, on dirait de multiples fleurs sur l'arbre. Chaque soir, le quatrième des frères Sun, le nommé Biao, grimpe sur la plate-forme, gonfle les joues et donne du clairon pour rassembler les masses. Il s'agit d'un joli petit clairon en cuivre, à la poignée ornée de glands rouges. Quand Sun Biao a obtenu cet instrument, il s'est exercé chaque jour, gonflant ses joues, et le son qui en sortait faisait penser à un meuglement. La veille du Nouvel An, il en jouait déjà très bien. Les sons étaient mélodieux et pleins d'émotion, il s'agissait la plupart du temps d'airs populaires à la mode. Sun Biao est un jeune homme talentueux, il réussit tout ce qu'il entreprend. Sous la direction de mon frère aîné, un canon tout rouillé, fabriqué avec les moyens du bord, a été installé sur la plate-forme ; on a percé des dizaines de meurtrières dans le mur d'enceinte de la cour et, à côté des ouvertures, on a empilé des galets. Certes, il n'y a pas d'armes à feu, mais chaque jour des jeunes portant une lance ornée de glands ne se tiennent pas moins debout près des meurtrières, sur le pied de guerre. À intervalles

1. Dans la doctrine bouddhiste, le diamant est le symbole de la fermeté, de la puissance et de l'indestructibilité. Ces gardiens sont des statues à l'entrée des temples.

réguliers, Jinlong grimpe sur la plate-forme et, à l'aide de jumelles qu'il s'est fabriquées lui-même, regarde de tous côtés, comme ferait un grand général observant la situation de l'ennemi. Il fait un froid très vif, ses doigts gelés sont pareils à des carottes lavées dans de l'eau glacée ; ses joues sont toutes rouges, on dirait deux pommes au cœur de l'automne. Pour garder le style, il ne porte qu'une veste militaire et un pantalon non doublé ; les manches retroussées haut, il n'a pour se protéger du froid qu'une casquette de couleur kaki, imitation de celle des militaires. Ses oreilles sont couvertes d'engelures, du sang et du pus en sortent, son nez tout rouge ne cesse de couler. S'il a piteuse apparence, son moral, lui, est d'acier, ses yeux lancent des éclats de ferveur.

Mère, le voyant gelé à ce point, en une nuit lui a confectionné une veste ouatinée ; pour garder le style qui doit être celui d'un commandant, la veste a été coupée avec l'aide de Huzhu en forme de vêtement militaire. Le col est même bordé d'un liséré en fil de soie blanc. Pourtant mon frère refuse de la porter. Il dit sur un ton grave :

« Maman, ne sois pas si mère poule, l'ennemi peut venir donner l'assaut à tout moment, et alors que mes combattants sont tapis dans la glace et la neige, j'aurais le cœur à porter une veste ouatinée ? »

Mère regarde autour d'elle et voit les Quatre Gardiens au pilon de diamant, ainsi que tous ces petits drôles à la fidélité indéfectible, vêtus d'uniformes imités de ceux de l'armée, confectionnés dans une étoffe teinte de couleur kaki. Une eau claire coule de leur nez, dont le bout est aussi givré qu'une azerole. Toutefois tous ces petits visages sont empreints d'une gravité sacrée.

Chaque matin, mon frère se tient sur la plate-forme ; dans un mégaphone fait de plaques de tôle roulées, il improvise un discours à l'intention de ses troupes en contrebas, des villageois venus en badauds et du village entier recouvert de glace et de neige. Il prend les intonations qu'emploient les grands hommes et qu'il a apprises avec Grand Âne brayant :

« Je lance un appel aux petits généraux révolutionnaires, aux paysans pauvres et moyens-pauvres, afin que leurs yeux se dessillent, afin qu'ils redoublent de vigilance, qu'ils tiennent ferme leur position, jusqu'au dernier instant, et quand, au printemps prochain, la douceur reviendra, que les fleurs s'ouvriront, nous opérerons la jonction avec le gros des troupes du commandant en chef permanent. »

Son discours est sans cesse interrompu par de fortes quintes de toux, de sa poitrine sortent des sifflements, sa gorge produit des sons rauques, nous savons que les glaires remontent, mais si le commandant crachait à terre, cela nuirait manifestement à la mise en scène, aussi mon frère les ravale-t-il de façon répugnante. Son discours est également interrompu par les mots d'ordre lancés d'en bas. Le premier à les entonner est le second fils des Sun, nommé le Tigre. Il a une voix retentissante, il est un peu instruit et sait à quel moment il faut crier des slogans afin de construire, de façon la plus efficace, une atmosphère pleine de ferveur révolutionnaire.

Un jour où la neige tourbillonne, comme si, dans le ciel, on avait déchiré une dizaine de milliers d'oreillers en plume d'oie, mon frère aîné monte sur la tribune, élève le mégaphone. Alors qu'il s'apprête à crier dedans, il vacille, le mégaphone lui échappe des mains et tombe sur la plate-forme, il rebondit pour atterrir dans la neige, tandis que mon frère pique lui aussi du nez vers le sol, la chute de son corps se fait avec un bruit sourd. La foule reste ahurie un moment, puis les présents poussent à l'unisson des cris perçants, font cercle autour de lui, demandant à qui mieux mieux :

« Commandant, que se passe-t-il ? Commandant, qu'est-ce qui vous arrive ?… »

Mère se rue hors de la maison, pleurant et criant, il fait froid, elle porte sur les épaules une vieille veste de mouton fourrée, comme elle est corpulente, ainsi vêtue on dirait une énorme corbeille à céréales.

Cette veste faisait partie d'un lot de vieux vêtements en peau que Yang le Septième, de notre village, celui qui avait été responsable de la sécurité du quartier, avait acheté en Mongolie-Intérieure juste avant que n'éclatât la Révolution culturelle. Les vêtements étaient souillés de bouse de vache et de taches séchées de lait de brebis, il s'en dégageait une odeur de rance qui vous prenait aux narines. Ce trafic de vêtements en peau avait été suspecté d'être de la spéculation, et Yang le Septième avait été conduit, sous l'escorte des miliciens dépêchés par Hong Taiyue, jusqu'au bureau de police de la commune populaire afin d'y être rééduqué, les vêtements avaient été enfermés dans les entrepôts de la grande brigade dans l'attente du règlement de l'affaire. Quand la Révolution culturelle avait éclaté, Yang le Septième avait été libéré et renvoyé chez lui, il s'était rebellé avec Jinlong et était devenu le combattant le plus vaillant dans la critique et dans la lutte contre Hong Taiyue. Il flattait mon frère par tous les moyens, dans le vain espoir de devenir le commandant adjoint du détachement de la Garde rouge au village de Ximen, mais il avait essuyé un refus catégorique de la part de Jinlong :

« Le détachement de la Garde rouge au village de Ximen a mis en place une direction unique, il n'y aura pas de création de poste d'adjoint. »

Mon frère méprise en secret Yang le Septième. Ce dernier a une tête de chevrotain, des yeux de rat, il

roule sans cesse des prunelles, il a le cœur plein de
noirs desseins, il appartient à la catégorie des prolétaires voyous, il a une propension au sabotage, on peut
se servir de lui, mais en aucun cas on ne peut lui donner un poste important. Ce refus, que lui avait signifié
mon frère aîné lors d'un entretien confidentiel dans son
quartier général, je l'avais entendu de mes propres
oreilles. Après cet échec, le moral de Yang le Septième
avait été au plus bas, il avait lié partie avec le serrurier
Han le Sixième pour qu'il forçât la serrure des entrepôts de la grande brigade et récupérât son lot de vêtements en cuir, et il l'avait vendu au rabais dans la rue.
Il ventait et neigeait fort, la glace pendait sous les
auvents, pareille à des dents de scie longues et pointues, c'était le temps ou jamais de porter des vêtements
en peau. Les gens du village, qui s'étaient attroupés,
tournaient et retournaient ces vêtements sales qui perdaient leurs poils, en même temps que des crottes de
rat en roulaient. La puanteur qui en montait était terrible, elle polluait la neige gelée et l'air ambiant. Yang
le Septième avait du bagou, il était parvenu à faire
croire que chacune de ces vieilles vestes en peau avait
été une fourrure légère que l'empereur aurait portée. Il
avait soulevé une courte veste en peau de chèvre noire,
il avait frappé cette fourrure usée jusqu'à la corde,
toute pleine de crasse, paf, paf !

« Et on écoute, et on regarde, on touche, on essaie !
Écoutez-moi ce son pareil à celui d'un gong de bronze,
voyez, on dirait une soierie, du satin, regardez-moi la
couleur du pelage : c'est plus beau que de la laque
noire, quand on porte une telle veste, on transpire à
grosses gouttes. Quand on porte une telle veste, on peut
se rouler dans la neige sans même sentir le froid ! Or
pour cette veste presque neuve en poil de chèvre noire
je ne demande que dix yuans, c'est donné ! Oncle
Zhang, essayez-la, oh là là, mon cher oncle, cette veste,

292

on la dirait faite pour vous par le tailleur mongol, quelques centimètres de plus ou de moins et elle ne vous irait pas. Alors, c'est chaud ? Non ? Frottez votre front, vous transpirez à grosses gouttes et vous dites qu'elle n'est pas chaude ! Huit yuans ? Ah non, si on n'était pas de vieux voisins, je ne la vendrais pas même pour quinze yuans. Huit yuans ? Oncle, que voulez-vous que je vous dise ? L'automne passé j'ai fumé deux pipes de votre tabac, je vous suis redevable pour votre gentillesse ! Avec une telle dette, comment dormir et manger en paix ? Alors, va pour neuf yuans, et je vends à perte, c'est bradé, neuf yuans et vous partez avec la veste sur le dos, et arrivé à la maison, la première chose que vous ferez sera de chercher une serviette pour éponger votre tête en sueur, c'est qu'il ne faudrait pas prendre un coup de froid là-dessus. Vous restez sur vos huit yuans ? Huit et demi ! Si je cède, vous y gagnez, pourquoi faut-il que vous soyez mon aîné ? Si c'était quelqu'un d'autre, d'une bonne claque je te l'enverrais au fond de la rivière ! Vous n'en donnez que huit ! Hélas, avec un entêté comme vous le Seigneur du ciel lui-même ne se mettrait pas en colère, et si lui-même ne se met pas en colère, j'aurais l'air de quoi, moi, Yang le Septième, à m'énerver ? C'est comme si je vous cédais une seringue de mon sang, je suis du groupe O, comme le docteur Béthune, va pour huit yuans, mon vieux Zhang, c'est à ton tour d'avoir une dette de reconnaissance envers moi. »

Et, recomptant les billets crasseux :

« Cinq, six, sept, huit, le compte y est, la veste en cuir est à vous. Mettez-la vite et rentrez à la maison vous montrer ainsi à la tante. Je garantis qu'il suffira que vous restiez assis chez vous une heure pour que l'épaisse couche de neige sur le toit fonde et, de loin, on pourra voir votre toit tout fumant tandis que l'eau de la fonte formera un petit ruisseau dans la cour et que la glace sous l'auvent tombera avec fracas. Cette veste est en agneau, regardez, elle est en satin à l'extérieur, c'est qu'elle a été portée par la plus jolie fille de Mongolie à même la peau, approche le nez, ça sent quoi ? Ça sent la jeune fille ! Lan Jiefang, rentre chez toi chercher le porte-monnaie de ton vieux père, le paysan indépendant, achète cette veste pour l'offrir à ta sœur aînée Baofeng. T'imagines l'allure qu'elle aura avec cette veste en agneau et sa mallette d'infirmière quand elle ira en visite à domicile ? Alors que la neige voltigera plein le ciel, elle fondra arrivée à un mètre au-dessus de sa tête ! Une telle peau d'agneau, c'est comme un petit fourneau, vous enfermez un œuf dedans et il est cuit en moins de temps qu'il n'en faut pour fumer une pipe. Douze yuans, Lan Jiefang, comme ta sœur a accouché ma femme, cette veste, je te la fais à moitié prix, pour un autre, à moins de vingt-cinq yuans je ne lui en céderais même pas un poil. Comment ? Tu ne l'achètes pas ? Ha, ha, Lan Jiefang, et moi qui te prenais encore pour un gamin, te voilà devenu un petit gars, tiens, mais c'est que la moustache te pousse, et en bas ? À dix-sept, dix-huit ans, les poils de cul et la moustache poussent en même temps. Un petit gars de dix-sept, dix-huit ans a un sexe dur comme une corne de tau-reau ! Je sais, moi, que tu en pinces pour les fleurs jumelles de la famille Huang, mais à nouvelle société et à nouveau pays nouvelles lois, un mari, une seule femme sous un même toit, entre les deux il te faudra faire un choix, tu ne pourras pas avoir les deux pour toi. À l'époque où a vécu Ximen Nao, c'était chose possible, lui en a eu trois, sans compter les maîtresses à l'extérieur. Qu'est-ce que t'as à rougir comme ça ? Oh, c'est que ça touche à ta mère, ce n'est rien, rien du tout, ta mère aussi est une victime. Ça n'a pas été facile pour elle de t'élever, tiens, achète-la pour lui montrer ton respect. C'est quelqu'un de bon, quand elle était concubine dans la famille Ximen, c'est elle qui s'occupait des mendiants qui franchissaient la porte, elle était généreuse, leur donnait à chaque fois deux petits pains de farine blanche. Cela, les gens plus âgés le savent tous. Si tu me l'achètes pour ta mère, je baisse encore le prix, dix yuans, chut, plus bas, faut pas qu'ils entendent, dix yuans, cours vite chercher l'argent, je surveille ton bœuf. Mon garçon, si c'était ce bâtard de Jinlong qui voulait me l'acheter, je ne la lui vendrais pas, même pour cent yuans. Tu parles d'un commandant de détachement, il a décidé du nom de sa dynastie seul dans son coin, il s'est autoproclamé commandant ! Et je briguerais ce mauvais poste d'adjoint ? Eh bien, moi, je m'autoproclame généralissime des armées du pays, et je te balayerai toutes les armadas comme on roule une natte ! »

À l'extérieur de la foule un cri était monté :

« Voilà les gardes rouges ! »

Mon frère Jinlong venait en tête, l'air martial, protégé de chaque côté par les Quatre Gardiens au pilon de diamant débordants d'énergie, ils étaient escortés d'une foule de gardes rouges bruyants. Mon frère arborait une nouvelle arme à son ceinturon : un pistolet d'alarme réquisitionné auprès d'un professeur d'éducation physique du primaire, le nickel lançait des éclats argentés, l'arme avait la forme d'un pénis de chien. Les Quatre Gardiens portaient eux aussi un ceinturon en cuir, fait dans la peau d'un bœuf Luxi de la grande brigade de production, lequel venait tout juste de mourir de faim, le cuir non tanné était à moitié sec, il y avait encore des poils dessus, il s'en dégageait une odeur fétide. À leur ceinturon en vachette les Quatre Gardiens avaient accroché chacun un parabellum sculpté dans du bois d'orme par Du Luban, le menuisier, un expert s'il en était, on avait peint ces armes en noir, elles avaient servi aux membres de la troupe théâtrale du village lors de représentations, elles avaient l'air plus vraies que nature, si elles étaient tombées dans les mains d'un voleur de grand chemin, il aurait pu tout à fait s'en servir pour détrousser les passants. Celui que portait Sun le Dragon était évidé dans sa partie arrière, à laquelle on avait fixé un ressort, un percuteur, un embout fait avec de la poudre d'explosif jaune, ce dispositif donnait une détonation plus sonore que celle d'un vrai revolver. Pour son pistolet, mon frère se servait de papiers de pétards : dès qu'on appuyait sur la détente, deux coups partaient à la file. Les vauriens derrière les Quatre Gardiens portaient tous en bandoulière des lances ornées de glands rouges, les pointes brillantes avaient été astiquées à la meule, elles étaient acérées, une fois fichées dans un arbre, il fallait fournir de gros efforts pour les en arracher. Mon frère, à la tête de ses troupes, progressait rapidement. La neige immaculée, le rouge flamboyant des glands formaient un magnifique tableau. Quand le groupe avait été à une cinquantaine de mètres de l'endroit où Yang le Septième soldait son lot de vieilles marchandises en cuir, mon frère avait dégainé le pistolet d'alarme et avait tiré en l'air, pan, pan ! Deux filets de fumée blanche s'étaient élevés et s'étaient dispersés. Mon frère avait lancé un ordre :

« À l'assaut, camarades ! »

Une armée de gardes rouges, lance à la main, avait crié « À l'assaut, à l'assaut, à l'assaut ! » dans un vacarme montant jusqu'au ciel ; ainsi piétinée, la neige de la route était devenue de la gadoue, floc, floc, ils étaient déjà là. Sur un geste de mon frère, les gardes rouges avaient encerclé le vendeur et la dizaine d'acheteurs potentiels.

Jinlong m'avait lancé un regard mauvais que je lui avais rendu.

En fait, je me sentais bien seul, j'aurais tant voulu entrer dans sa Garde rouge. Leurs actes mystérieux et solennels me mettaient dans un grand état d'excitation. Les pistolets des Quatre Gardiens, même s'ils étaient faux, en imposaient, me titillaient. J'avais demandé à ma sœur de lui faire savoir que je souhaitais intégrer la Garde rouge. Il lui avait répondu : « Les paysans indépendants sont les cibles de la révolution, ils ne sont pas qualifiés pour adhérer à la Garde rouge ; qu'il vienne avec le bœuf rejoindre la commune populaire et je l'accepte sur-le-champ, je le nomme même chef d'une petite brigade. » Il avait parlé fort et ma sœur n'avait pas eu besoin de me rapporter ses paroles car je les avais entendues très distinctement. Mais mon adhésion et, de plus, l'entrée du bœuf avec moi n'étaient pas de mon seul ressort. Depuis ce qui s'était passé à la foire, père n'avait plus prononcé une seule parole, le regard fixe, une expression de stupidité brutale sur le visage, il tenait le grand couperet, comme s'il était prêt à tout moment à en découdre avec quelqu'un. Le bœuf, du fait de sa corne tronquée, était devenu, lui aussi, lent et stupide, de ses yeux mélancoliques il regardait les gens de travers, ses flancs se soulevaient tandis qu'il meuglait sourdement comme s'il allait, quand cela lui prendrait, éventrer de sa corne unique la personne en question. L'étable où logeaient père et le bœuf était devenue un coin où personne n'osait s'aventurer. Chaque jour mon frère, à la tête de ses gardes rouges, s'agitait dans la cour, et que je donne du gong et du tambour, que j'expérimente des canons de fortune, que je combatte les méchants et lance des slogans, père et le bœuf semblaient faire la sourde oreille. Mais je savais qu'il aurait suffi que quelqu'un osât s'introduire dans l'étable pour qu'il y eût meurtre. Vu les circonstances, même si père acceptait l'idée de mon adhésion avec le bœuf, la bête, elle, ne se laisserait pas faire.

Si j'étais allé dans la rue voir la vente des vestes en cuir, c'est que je m'ennuyais ferme.

Mon frère avait levé le bras et pointé le pistolet d'alarme sur la poitrine de Yang le Septième, et, tout en tremblant, il avait donné l'ordre suivant :

« Qu'on arrête le spéculateur ! »

Les Quatre Gardiens s'étaient avancés hardiment, chacun dans un angle différent avait appuyé son revolver sur la tête de Yang le Septième tout en criant à l'unisson avec les autres :

« Haut les mains ! »

Yang le Septième avait dit en ricanant :

« Les gars, qui comptez-vous intimider avec ces trucs en bois ? Si vous en êtes cap', faites feu, et moi je suis prêt à me sacrifier et à mourir en martyr pour le pays ! »

Sun le Dragon avait appuyé sur la détente, une détonation énorme s'était produite tandis que de la fumée jaune s'élevait, la crosse du revolver avait été brisée sous la secousse, du sang avait coulé entre le pouce et l'index du garçon, et une odeur de poudre avait empli l'atmosphère. Yang le Septième avait soudain pris peur, son petit visage s'était ratatiné, avait viré au jaune, un bon moment après il s'était mis à claquer des dents, regardant les trous faits par les explosifs dans sa veste ouatinée au niveau de la poitrine, il avait dit :

« Les gars, vous êtes fortiches ! »

Mon frère avait répondu :

« La révolution n'est pas un dîner de gala, c'est un acte violent[1]. »

Et l'autre de reprendre :

« Moi aussi, je suis garde rouge. »

Mon frère avait rétorqué :

« Nous, nous sommes les gardes rouges du président Mao, toi, tu fais partie d'une clique irrégulière. »

---

1. Citation de « *Rapport sur l'enquête menée dans le propos du mouvement paysan* », de Mao Zedong, datant de mars 1927 et reprise dans le « Petit Livre rouge ».

Yang le Septième allait poursuivre la polémique, quand mon frère aîné avait ordonné aux quatre frères Sun de le conduire au quartier général pour y être critiqué et combattu. Puis il avait demandé aux gardes rouges de confisquer toutes les vestes en cuir sur la meule au bord de la route.

La réunion de critiques contre Yang le Septième devait se tenir le soir même. Dans la cour on avait allumé un feu, le bois employé pour la combustion était constitué de chaises, tables, bancs, tabourets appartenant aux mauvais éléments, et ces derniers avaient dû fendre eux-mêmes en morceaux leur propre mobilier. Ainsi furent détruits de nombreux meubles précieux en bois de santal rouge ou de palissandre. Tous les jours, dans la cour, on allumait ainsi des feux de camp, si bien que la neige des toits avait fini par fondre. Une boue noirâtre coulait sur le sol. Mon frère savait que le bois de chauffage que l'on pouvait réquisitionner au village était limité, il avait eu une idée subite et ses sourcils s'étaient déridés. Il s'était soudain souvenu que Feng Ju, qui était allé en Mandchourie et dont le visage avait été blessé par un tigre, avait dit que les conifères contenaient des matières grasses et que leur bois frais pouvait aussi servir de combustible. Il avait donc envoyé les gardes rouges escorter les mauvais éléments du village pour abattre les arbres derrière l'école. Les troncs avaient été tirés par les deux chevaux efflanqués du village jusque dans l'avenue à l'extérieur du quartier général.

Les critiques retenues contre Yang le Septième étaient les suivantes : il se comportait comme un capitaliste, il avait insulté les petits commandants révolutionnaires, il avait tenté de mettre en place une organisation réactionnaire. Aussi avait-il été bourré de coups de poing et de coups de pied, et expédié à l'extérieur de la cour. Les vestes avaient été partagées par mon frère entre les gardes rouges de service de nuit. Depuis le début de la vague révolutionnaire, mon frère dormait tout habillé dans le bureau de la grande brigade, devenu le poste de commandement de la Garde rouge. Les Quatre Gardiens et une dizaine d'hommes de confiance l'accompagnaient toujours. Ils avaient installé un couchage fait de paille de blé recouverte de deux nattes de roseaux. Avec ces dizaines de vestes en peau, leurs nuits devaient être plus confortables.

Revenons à ce que nous disions plus tôt : mère portant sur les épaules une veste en peau arrive, se déplace, pareille à une énorme corbeille de céréales. Cette veste a été distribuée par mon frère à ma sœur, car elle est médecin des gardes rouges avant d'être médecin du village. Ma sœur, pleine de respect envers ses parents, a donné cette veste à mère pour qu'elle la protégeât du froid. Mère se précipite jusqu'à devant mon frère aîné, se met à genoux, lève son cou et dit, pleurant et criant :

« Mon fils, mais qu'est-ce qui t'arrive ? »

Mon frère a le visage tout violacé, les lèvres craquelées, du pus et du sang s'écoulent des engelures de ses oreilles, on dirait un martyr.

« Et ta sœur, où est-elle ?

– Elle est allée accoucher la femme de Chen Dafu. »

Mère pleure et crie :

« Jiefang, mon brave petit, va vite dire à ta sœur de revenir… »

Je regarde Jinlong, les gardes rouges, groupe privé de son chef, un flot de tristesse me submerge. En fin de compte, nous sommes nés l'un et l'autre de la même mère, s'il fait montre de sa force et si je suis un peu jaloux de lui, je n'en éprouve pas moins pour lui de l'admiration, je sais que c'est un génie, je ne souhaite pas sa mort. Je pars comme une flèche, une fois dans l'avenue je prends la direction plein ouest, après une course effrénée sur deux cents mètres j'enfile une ruelle

300

vers le nord, encore un cent mètres et j'arrive chez Chen Dafu, la première cour proche de la digue et entourée d'un mur de terre, à l'intérieur, une maison de trois pièces.

Le petit chien efflanqué aboie furieusement contre moi. Je ramasse un morceau de brique et le lance sauvagement. Il va frapper une patte de la bête, le chien rentre chez lui en gémissant et en boitant. Chen Dafu, portant un gros gourdin, sort, menaçant :

« Qui a frappé mon chien ? »

Je réponds, le sourcil hautain : « C'est moi qui l'ai frappé. »

À ma vue, ce gaillard bâti comme une tour en fer se radoucit aussitôt, son visage s'apaise, il se compose un sourire ambigu. Pourquoi a-t-il peur de moi ? C'est que je le tiens, d'une certaine façon. Je l'avais aperçu faire la chose avec Wu Qiuxiang, la femme de Huang Tong, dans le bosquet de saules près de la rivière, cette dernière, le visage rouge de honte, s'était enfuie, courbée en deux, oubliant sur place cuvette et battoir, du coup un vêtement à motifs s'en était allé au fil de l'eau. Chen Dafu avait renoué la ceinture de son pantalon et m'avait dit en me menaçant :

« Si tu parles, je te réduis en poussière ! »

J'avais répondu : « Je crains bien qu'avant que tu ne le fasses, Huang Tong t'aura déjà arrangé ! »

Il s'était immédiatement radouci, m'avait caressé dans le sens du poil, me proposant de me présenter pour épouse une nièce du côté maternel de sa femme. Dans mon esprit était apparue immédiatement l'image d'une fille aux cheveux clairs, aux petites oreilles, avec de la morve jaune au-dessus des lèvres. J'avais dit :

« Pffft ! Moi, je me fiche pas mal de la nièce aux cheveux clairs de ta femme, je préfère encore rester célibataire toute ma vie plutôt que de me marier avec cette mocheté-là !

– Eh bien, mon garçon, tu vises haut, mais il faut absolument que je te présente cette fille moche. »

J'avais répondu :

« Cherche une pierre pour me réduire en miettes. »

Et lui d'ajouter :

« Mon petit gars, on va conclure un pacte entre gentlemen : tu ne diras rien à personne de ce que tu as vu, je ne sers plus d'entremetteur pour cette nièce, mais si tu contreviens à cet accord, je demande illico à ma femme d'accourir chez toi avec elle et, une fois assise sur le kang, la fille laide racontera que tu l'as violée et on verra comment tu t'en sortiras ! »

Je m'étais dit : si cette fille laide et stupide assise sur mon kang répète que je l'ai violée, ce sera vraiment ennuyeux. Certes, on dit bien : « Un corps droit ne craint pas d'avoir ombre tordue », et aussi : « Merde séchée ne colle pas au mur », cependant, pris dans une telle affaire, il est difficile de se défendre. J'avais donc conclu avec Chen Dafu ce pacte entre gentlemen. Avec le temps, sa façon de se comporter avec moi m'avait permis de me rendre compte que celui qui avait le plus peur, c'était encore lui. Voilà pourquoi je me suis risqué à lancer un morceau de brique contre la patte de son chien au risque de le blesser. Je demande :

« Et ma sœur ? Je cherche ma sœur !…

– Mon gars, dit-il, ta sœur est occupée à accoucher ma femme. »

Je vois dans la cour les cinq morveuses alignées par ordre de taille et dis en me moquant :

« Ta femme est vraiment douée, pire qu'une chienne, elle met bas sans répit. »

Il répond en montrant les dents de colère :

« Le gars, faut pas dire ça, ce sont des paroles blessantes, t'es encore jeune, mais quand tu seras grand, tu comprendras. »

Je reprends : « Je n'ai pas de temps à perdre à bavarder avec toi, je viens chercher ma sœur. »

Je crie en direction des fenêtres de la maison : « Grande sœur, grande sœur, c'est mère qui m'envoie, Jinlong est à la dernière extrémité ! » On entend alors, montant de la maison, un vagissement sonore. Chen Dafu, comme s'il avait le feu aux fesses, bondit jusqu'à la fenêtre et demande d'une voix forte : « Alors, c'est quoi, c'est quoi ? » De la pièce filtre une voix féminine très faible : « Un branchu. » Chen Dafu, le visage caché dans ses mains, se met à tourner en rond dans la neige sous la fenêtre tout en pleurant : « Bouh, bouh, ciel, cette fois tes yeux se sont dessillés, ça y est, moi, Chen Dafu, j'aurai quelqu'un pour perpétuer l'offrande de l'encens aux ancêtres[1] ! » Ma sœur aînée sort comme l'ouragan et demande, inquiète, ce qui se passe. Je dis que Jinlong est au plus mal, qu'il a piqué une tête depuis la plate-forme et qu'il ne bouge plus ni pied ni patte.

Ma sœur fend la foule, s'accroupit près de Jinlong, elle avance un doigt pour tester les narines, elle lui tâte la main, puis le front, se relève et dit d'une voix solennelle : « Vite, qu'on le porte à l'intérieur ! » Les Quatre Gardiens soulèvent mon frère et marchent en direction du bureau. Ma sœur reprend : « Portez-le jusqu'à la maison, vous le déposerez sur le kang chaud ! » Ils changent immédiatement de direction et le déposent sur le lit de mère. Ma sœur regarde de travers Huzhu et Hezuo. Elles ont les yeux pleins de larmes, leurs joues portent des engelures qui, sur la peau très blanche de l'aînée, ressortent pareilles à des cerises trop mûres.

Ma sœur défait le ceinturon que Jinlong ne quitte jamais, de jour comme de nuit, elle le jette dans un coin

1. Le culte des ancêtres doit être assuré par un garçon, le fils aîné quand il y a plusieurs frères.

avec le pistolet d'alarme. Une petite souris sortie pour voir ce qui se passe est touchée net, pousse un cri aigu et meurt en saignant du museau. Ma sœur fait glisser le pantalon de mon frère qui découvre une partie des fesses toutes bleues, les poux grouillent. Ma sœur fronce les sourcils, avec une pince elle casse une ampoule, emplit la seringue de remède, puis pique au petit bonheur dans la fesse de mon frère. Elle fait deux piqûres d'affilée et suspend le flacon de perfusion. Ma sœur a une bonne technique, elle trouve la veine du premier coup. Wu Qiuxiang entre alors, apportant un bol de décoction de gingembre qu'elle veut faire prendre à mon frère. Mère consulte ma sœur du regard, celle-ci se contente de hocher la tête. Wu Qiuxiang entreprend donc de faire glisser le liquide dans la bouche de mon frère à l'aide d'une cuiller à soupe. Sa bouche remue comme celle de mon frère s'ouvre et se ferme, c'est une mimique inconsciente propre à toute mère quand elle donne à manger à son enfant et, quand ce dernier mâche la nourriture, elle fait de même. C'est la manifestation d'un sentiment sincère, il n'y a là aucune affectation. Je comprends alors qu'elle considère déjà mon frère comme son propre enfant. Je sais que les sentiments qu'elle éprouve pour mes deux aînés sont complexes, les liens entre nos deux familles sont embrouillés, et si elle agit ainsi, ce n'est pas en raison de ces liens très particuliers, mais parce qu'elle a perçu ce que ses deux filles éprouvent pour mon frère et jaugé la valeur manifestée par ce dernier pendant cette révolution. Elle a déjà décidé de lui donner l'une des deux sœurs en mariage afin qu'il devienne son gendre idéal. Rien que d'y penser, je fulmine et ne me soucie plus davantage du destin de mon frère. Je n'ai jamais éprouvé de sympathie pour Wu Qiuxiang, mais, paradoxalement, depuis que je l'ai vue filer le dos courbé au sortir du bosquet de saules, je me sens un peu plus proche d'elle car, depuis ce moment-là, chaque fois qu'elle me voit, son visage rosit soudain et son regard fuit le mien. J'ai remarqué à quel point elle a la taille et les membres souples, les oreilles blanches, avec un grain de beauté rouge sur le lobe. Elle a un rire bas, magnétique.

Un soir, alors que j'aidais père à nourrir le bœuf, elle s'est glissée furtivement à l'intérieur de l'étable et m'a fourré dans les mains deux œufs de poule tout chauds, puis elle a serré ma tête contre sa poitrine qu'elle a frottée contre mon visage en disant tout bas : « Brave fiston, tu n'as rien vu, hein ? » Le bœuf dans le noir tapait le pilier avec sa corne, ses yeux jetaient des flammes. Elle en a été effrayée, m'a repoussé, a tourné les talons et a déguerpi. J'ai suivi du regard sa silhouette enjôleuse sous la clarté des étoiles, je suis resté là, en proie à une sensation indéfinissable.

Je dois avouer que lorsque Wu Qiuxiang a frotté sa poitrine contre ma tête, mon zizi s'est durci, j'en ai eu un sentiment de péché et cela ne devait cesser de me tourmenter.

Je suis fou de la grosse natte de Huang Huzhu et cette passion se reporte sur sa personne. Je me berce d'illusions, nourrissant l'espoir que Wu Qiuxiang donnera à Jinlong Hezuo et ses cheveux coiffés avec une raie, et que Huzhu à la grosse natte me reviendra. Mais il est fort probable que ce sera l'inverse. Bien que Huzhu n'ait que quelques minutes de plus que sa sœur, et même si elle était sortie une seule minute plus tôt, elle aurait quand même été l'aînée, et c'est elle qu'on mariera d'abord. J'aime Huang Huzhu, la fille de Wu Qiuxiang, mais cette dernière, dans l'étable, m'a pris dans ses bras et a frotté sa poitrine contre mon visage si bien que mon zizi a durci, nous ne sommes déjà plus tous les deux irréprochables, et elle ne me donnera sûrement pas sa fille en mariage…

Je souffre, en proie à l'inquiétude, au remords, à un sentiment de culpabilité, d'autant plus que, quand je gardais le bœuf avec Hu Bin, j'ai entendu dans la bouche de ce vieux vicelard des tas de choses fausses sur le sexe, du genre : « Dix gouttes de sueur, une goutte de sang, dix gouttes de sang, une goutte de sperme », ou encore : « Si un garçon éjacule, il ne grandit pas en taille. » Mille pensées obscènes me tourmentent, j'ai l'impression que mon avenir est sombre et, à la vue de la haute stature de Jinlong et de la silhouette pleine et élancée de Huzhu, mon corps de gringalet me désespère, j'ai même pensé à la mort. Je me suis dit qu'être un bœuf sans rien dans la tête, ce devait être rudement bien.

[Plus tard, bien sûr, je devais savoir qu'un bœuf pense, lui aussi, et que, de plus, ses pensées sont très complexes, qu'il doit réfléchir non seulement sur ce monde d'ici-bas, mais aussi sur le monde des morts, sur la vie actuelle tout comme sur les vies antérieures et futures.]

Mon frère se remet de sa longue maladie, il a le teint cireux, il se force à sortir pour diriger la révolution. Pendant les quelques jours où il est resté dans le coma, mère l'a dépouillé de ses vêtements et les a mis à bouillir, tuant ainsi tous les poux, mais la veste militaire en dacron est ressortie toute fripée, comme si elle était passée par la panse d'un ruminant. Quant à la fausse casquette militaire, elle s'est décolorée et plissée, on aurait dit les testicules d'un taureau émasculé. Lorsque mon frère a vu ce qu'étaient devenus ses vêtements, il en a été si contrarié qu'il a sauté en tous sens comme un beau diable et que deux filets de sang noir ont jailli de son nez. « Mère, tu me donnes le coup de grâce », a-t-il dit. Mère en a été contrite, elle avait le visage et les

oreilles rouges, elle n'a rien trouvé à dire pour se justifier. Après cet accès de colère, mon frère s'est senti
envahi par la tristesse, il s'est mis à pleurer comme une
fontaine, il a grimpé sur le kang, s'est couvert la tête de
la couverture et a refusé de boire et de manger, il ne
répondait pas quand on l'appelait, et ainsi pendant deux
jours et deux nuits. Mère faisait des allées et venues
incessantes entre la chambre et l'extérieur, la bouche
couverte de cloques à force de répéter : « Oh ! Quelle
vieille imbécile j'ai fait, mais que j'ai été idiote ! » Ma
sœur, n'en pouvant plus, a tiré violemment la couverture et l'on a vu mon frère, le visage émacié, la barbe
hirsute, les yeux enfoncés. Ma sœur ne s'est pas laissé
abattre pour autant, elle lui a dit : « Tout ça pour un
misérable uniforme militaire ! Et tu voudrais que notre
mère se pende à une poutre pour ça ? » Mon frère s'est
assis, le regard éteint, et il a poussé un profond soupir,
avant même de dire quelque chose, ses larmes se sont
mises à couler : « Petite sœur, comment pourrais-tu comprendre tout ce que signifie cet uniforme pour moi ? Le
proverbe ne dit-il pas : "L'habit fait l'homme, comme
la selle fait le cheval" ? Si j'ai pu donner des ordres,
soumettre les méchants, c'est justement grâce à cet uniforme militaire. » Mon aînée a repris : « La chose est
faite et on ne peut plus revenir en arrière, est-ce que rester à faire le mort sur le kang va lui redonner son aspect
d'autrefois ? » Mon frère a réfléchi un moment. « Fort
bien, je me lève, je veux manger. » En entendant cela,
mère s'est activée à son fourneau, elle a étendu de la
pâte pour préparer des nouilles, fait sauter des œufs, une
odeur délicieuse a empli toute la cour.

Tandis que mon frère dévorait à belles dents, Huang
Huzhu est entrée, toute timide. Ma mère a dit avec
enthousiasme : « Ma fille, nous vivons dans la même
cour, et cela fait pourtant dix ans que tu n'es pas entrée
chez ta tante. » Mère a examiné Huzhu de la tête aux

pieds, de l'affection s'est inscrite dans son regard. Huzhu ne regardait ni mon frère ni ma sœur, pas plus que ma mère, elle fixait l'uniforme devenu une masse informe, elle a dit :

« Bonne tante, je sais que vous avez abîmé l'uniforme de Jinlong en le lavant, j'ai appris la couture et j'ai quelques connaissances sur les tissus, osez-vous me confier ce vêtement pour tenter le tout pour le tout et essayer de voir si on peut le récupérer ?

– Ma fille… » Ma mère a attrapé d'un coup la main de Huzhu, elle a poursuivi, les yeux brillants : « Ma bonne fille, ma chère fille, si tu parviens à redonner sa forme à l'uniforme de Jinlong, moi, ta tante, je te ferai le grand salut, m'agenouillerai trois fois devant toi et me frapperai neuf fois le front contre le sol ! »

Huzhu n'a emporté que la veste, quant à la fausse casquette, elle l'a envoyée valser d'un coup de pied près du trou de souris. Après son départ, l'espoir est revenu. Mère avait bien envie d'aller voir par quelle recette magique Huzhu remettrait les choses en ordre, mais une fois arrivée au niveau du gros abricotier, elle n'a pas osé aller plus loin car Huang Tong était sur le seuil de sa porte occupé à couper à grands bruits, à l'aide d'une pioche cruciforme, les racines d'un vieil orme. Les fragments de bois volaient en tous sens comme des éclats d'obus. Le plus redoutable était cette expression bizarre sur le visage de l'homme. Il faisait partie de la seconde catégorie de ceux du village engagés sur la voie du capitalisme, au début de la Révolution culturelle il avait été corrigé par Jinlong, de se retrouver ainsi mis sur la touche il avait certainement de la rage plein le cœur et il aurait bien voulu tuer mon frère. Mais je savais pertinemment qu'il était en proie à des émotions très contradictoires, il avait vécu plusieurs dizaines d'années, il était rompu à l'observation des intentions d'autrui, il avait certainement remarqué les sentiments de ses deux

308

trésors de filles pour mon aîné. Mère a demandé à ma sœur d'essayer de s'informer, mais cette dernière lui a ri au nez. Je ne sais pas trop où en sont les relations entre ma sœur et les deux filles Huang, mais d'après les paroles d'injures qu'a prononcées Huzhu entre ses dents à l'encontre de ma sœur, je crois comprendre qu'entre elles l'animosité et la rancune restent grandes. Mère m'a demandé d'aller voir un peu ce qui se passait, arguant du fait qu'un enfant était naturellement effronté. Mère me considère toujours comme un enfant et cela me chagrine profondément. Mais comme, au fond, je voulais savoir moi aussi comment Huzhu s'y prenait pour restaurer le vêtement de mon frère, je me suis approché furtivement de la maison des Huang ; à la vue de Huang Tong en train de couper avec hargne les racines de l'arbre, mes jambes ont molli.

Le lendemain matin, Huang Huzhu est venue chez nous, un petit baluchon sous le bras. Mon frère, tout excité, a sauté à bas du kang, les lèvres de mère ont remué confusément, mais aucun son n'en est sorti. Huzhu était calme, mais une expression de contentement marquait les coins de sa bouche et la pointe de ses sourcils. Elle a posé le baluchon sur le kang, l'a ouvert, montrant une tenue militaire pliée bien régulièrement et une casquette militaire toute neuve posée à plat dessus, quoique cette dernière fût une contrefaçon confectionnée dans un tissu blanc teint en kaki, le travail n'en était pas moins soigné, on aurait pratiquement pu la prendre pour une vraie casquette. Ce qui sautait le plus aux yeux était l'étoile rouge à cinq branches brodée sur le devant avec du fil de laine rouge. Elle a tendu la casquette à mon frère, puis elle a déplié l'uniforme en le secouant, même si l'on pouvait encore apercevoir quelques plis, dans l'ensemble il avait retrouvé son aspect originel. Les yeux baissés, le visage rosi, elle a dit, désolée : « La tante l'a fait bouillir trop longtemps, c'est tout ce que j'ai pu faire. » Ciel, cette immense humilité, comme aurait fait un lourd marteau, a frappé violemment le cœur de mère et celui de mon frère. Ma mère s'est mise à pleurer à chaudes larmes, quant à mon aîné, il n'a pu s'empêcher de saisir la main de Huzhu. Elle la lui a laissée un moment, puis a essayé lentement de la dégager, elle s'est assise de profil sur le kang. Mère a ouvert l'armoire, en a sorti un morceau de sucre candi et l'a cassé à la hache, elle en a donné un morceau à Huzhu. Comme cette dernière refusait, elle lui a fourré de force le morceau dans la bouche. La bouche ainsi pleine, elle a dit face au mur : « Mets-les, que je voie si rien ne cloche, s'il n'y a pas des retouches à faire. » Mon frère a ôté sa veste ouatinée, a revêtu la tenue militaire, placé la casquette sur sa tête, attaché son ceinturon en cuir, y a accroché le pistolet d'alarme, le commandant avait repris du poil de la bête, il semblait avoir plus d'allure encore qu'auparavant. Elle, dans le rôle du tailleur, ou plutôt de l'épouse, tournait autour de mon frère, et que je tire sur les pans du vêtement, et que j'ajuste le col, puis que je repasse devant pour placer correctement la casquette. Elle a dit avec des regrets dans la voix : « Elle est un peu serrée, mais je n'avais plus de tissu, il faudra t'en contenter, au printemps prochain j'irai au district chercher un morceau de toile fine et je t'en confectionnerai une autre. »

J'ai compris que je n'avais plus aucun espoir.

Chapitre dix-neuvième

Jinlong fait jouer une pièce pour fêter le printemps.
Lan Lian, quitte à mourir, s'accroche à son idéal.

Depuis qu'il est au mieux avec Huzhu, le caractère farouche de mon frère s'est beaucoup adouci. La révolution change la société, la femme change l'homme. Cela fait pratiquement un mois qu'il n'a pas organisé une de ces réunions de critiques et de lutte où l'on assène coups de poing et coups de pied, en revanche il a mis en place une dizaine de tours de chants d'opéras modernes révolutionnaires. Huang Huzhu, que l'on avait toujours connue timide et réservée, est devenue hardie et résolue, exubérante. Qui aurait pensé qu'elle avait une voix aussi belle et qu'elle serait capable de chanter autant d'airs des opéras modèles ? Quand elle interprète celui de belle-sœur A Qing, de Li Tiemei, mon frère chante celui de Guo Jianguang ou de Li Yuhe[1].

1. Li Tiemei et Li Yuhe, personnages principaux de l'opéra modèle révolutionnaire *Le Fanal rouge* (voir note 1, p. 205). A Qing et Guo Jianguang, personnages de l'opéra modèle révolutionnaire *Étincelles parmi les roseaux (Sha Jiabang)*, créé à Shanghai : l'histoire se passe pendant l'occupation japonaise, A Qing est membre du Parti communiste clandestin et tenancière de la maison de thé du village, elle cachera des soldats communistes blessés de la quatrième nouvelle armée, dont l'instructeur politique est Guo Jianguang.

Tous les deux forment vraiment un couple idéalement assorti. Il me faut bien reconnaître que les illusions que j'ai nourries à l'égard de Huang Huzhu étaient celles d'un crapaud rêvant de chair de cygne. Bien des années plus tard, Mo Yan, ce petit drôle, devait se confier à moi et me révéler que lui aussi avait nourri le même fol espoir, ainsi les petits crapauds auraient les mêmes rêves que les grands ! Pour un certain temps, dans la cour de la famille Ximen le violon et la flûte vont jouer de concert, les arias pour voix d'homme et ceux pour voix de femme vont retentir ensemble. Le centre de commandement de la révolution a connu un changement de nature, se transformant en un club littéraire et artistique. Ces séances de critiques et de lutte quotidiennes où l'on frappait les accusés, ces cris déchirants, qui avaient pu paraître excitants au début, ont fini par lasser. Ce changement soudain de la manière de faire la révolution chez mon frère est apparu comme quelque chose de nouveau, les gens en sont ravis.

Wu Yuan, le paysan fortuné qui sait jouer du violon chinois, a été incorporé à la formation musicale. Il en va de même pour Hong Taiyue, qui a une riche expérience du chant. Il dirige la formation en frappant sur son glorieux os de bœuf. Les mauvais éléments chargés de la corvée du déblaiement de la neige sur les routes, tout en maniant la pelle, chantonnent aux sons de la musique qui s'élève de la cour.

La veille du Nouvel An, mon frère et Huzhu, bravant les intempéries, se sont rendus à la ville du district. Ils sont partis au second chant du coq pour ne réapparaître que le jour suivant, à la tombée de la nuit. Partis à pied, ils reviennent sur un tracteur à chenilles de la marque l'Orient rouge, fabriqué à Luoyang. La puissance en chevaux-vapeur de ce tracteur est considérable, l'engin était destiné au départ à tirer une charrue pour les labours ou une moissonneuse, or, à présent, c'est le moyen de transport des gardes rouges de la ville du district. Il roule par tous les temps, sur les routes les plus boueuses. Le tracteur n'a pas pris le pont en pierre, si branlant qu'il menace de s'écrouler, passant par le cours d'eau gelé, la digue, il entre dans le village en suivant la route principale qui le traverse en son centre, fonce en direction de notre cour. Sans soucis, à pleins gaz, il vole littéralement ; ses puissantes chenilles font gicler la gadoue de tous côtés, laissant derrière elles deux profondes ornières. De la cheminée à l'avant s'élancent avec force des volutes de fumée bleue, on dirait autant de cymbales s'envolant, tournoyant, se heurtant, dzing, dzing, sons sonnants et résonnants qui apeurent les moineaux et les corbeaux, et tous ces oiseaux de pousser des cris aigus avant de s'envoler allez savoir où. On voit mon frère et Huzhu sauter de la cabine de conduite. Puis un autre jeune, au visage émacié, à l'air mélancolique, fait de même à son tour. Il a les cheveux en brosse, très courts, il porte une paire de lunettes à monture noire, les muscles de ses joues se contractent souvent, ses oreilles sont rougies par le froid, il est vêtu d'une veste d'uniforme ouatinée d'un bleu délavé, sur sa poitrine il arbore un énorme insigne du président Mao, le brassard rouge qui entoure non le haut du bras mais l'avant-bras est lâche. Tout dans son apparence laisse à penser qu'il s'agit d'un vieux routier qui a connu les plus grands moments de la Garde rouge.

Mon frère donne l'ordre à Sun Biao de sonner au plus vite du clairon pour réunir les troupes. Il lance le signal d'un rassemblement d'urgence. En fait c'est tout à fait inutile, tous les gens disponibles du village sont déjà là. Ils entourent le tracteur, ne sachant plus où donner du regard, tandis que les langues vont bon train et font des commentaires sur ce monstre à la force incommensurable. Certains qui s'y connaissent disent en le montrant du doigt : « Ce truc-là, suffit de lui souder un couvercle et d'y installer un canon et ça devient un tank ! » La nuit tombe déjà, il y a à l'ouest des nuages crépusculaires, toute une frange rouge, il va neiger encore demain. Mon frère ordonne d'allumer immédiatement les lampes à gaz et de faire un feu de camp ; c'est qu'il a une bonne nouvelle à annoncer. Après avoir donné ses instructions, il se lance dans une discussion avec le vieux routier. Huang Huzhu rentre en courant chez elle et demande à sa mère de préparer deux bols d'œufs, pour le nouvel arrivant et pour le conducteur resté sur le tracteur, elle les prie d'entrer se restaurer. Ils refusent d'un signe de la main, ils font de même quand on les invite à aller se réchauffer dans le bureau. Wu Qiuxiang, qui décidément ne comprend rien à rien, précédant Huang Hezuo, apporte les œufs tout fumants. Elle minaude, comme font les mauvaises femmes dans les films. Le vétéran refuse avec répugnance, Jinlong les tance à voix basse : « Remportez-moi tout ça, vous avez l'air de quoi ! »

Les lampes à gaz fonctionnent mal, elles crachotent un feu jaune, tandis qu'une fumée noire en sort. On allume le feu de camp, il projette une vive lumière, des branches de pin fraîches suinte la résine qui grésille, le parfum qui s'en exhale vous chatouille les narines. Mon frère grimpe sur la plate-forme dans la lumière tremblante du feu, il est surexcité, satisfait, on dirait un léopard qui aurait capturé vivant un faisan doré. Il déclare : « En ville, nous avons été reçus cordialement par le camarade Chang Tianhong, vice-responsable du comité révolutionnaire du district, nous lui avons rendu compte de la situation révolutionnaire au village. Le vice-responsable Chang a été très satisfait de notre travail révolutionnaire. » Et mon frère de poursuivre : « Il a envoyé le vice-chef du groupe de travail politique du même comité, le camarade Luo Jingtao, diriger le travail politique et proclamer la liste des membres du comité révolutionnaire du village de Ximen. Ah, camarades, crie mon frère, alors que notre commune populaire Voie lactée n'a même pas mis en place un comité révolutionnaire, notre village, lui, l'a fait ! Il s'agit là d'une grande initiative prise par le vice-responsable Chang, d'un immense honneur pour notre village, à présent j'invite le vice-chef de groupe Luo à monter sur l'estrade et à prendre la parole afin de proclamer la liste. »

Mon frère saute de la plate-forme pour aider le vice-chef Luo à monter. Ce dernier refuse de prendre place sur l'estrade, il est à environ cinq mètres du feu de camp, son visage est partagé en une partie éclairée et l'autre obscure, de sa poche il tire un papier blanc plié en quatre, il le déplie et lit d'une voix basse et enrouée :

« Sont nommés aux postes suivants : chef du comité révolutionnaire de la grande brigade du village de Ximen relevant de la commune populaire Voie lactée du district de Gaomi : Lan Jinlong, vice-chefs de ce même comité : Huang Tong et Ma Liangcai… »

Le vent pousse jusqu'à lui une épaisse fumée, il s'écarte, sans même avoir lu la date d'effet des nominations il tend le papier à Jinlong, dit un au revoir, serre à la hâte la main de mon frère, tourne les talons et s'en va. Mon aîné reste quelque peu interloqué par cette façon d'agir, sur le moment il ne trouve rien à dire, il se contente de faire la moue, puis il regarde l'autre sauter sur le tracteur et se faufiler dans la cabine. Aussitôt on entend un vrombissement, le tracteur fait un demi-tour sur place avant de reprendre la route par laquelle il est arrivé, laissant derrière lui un grand trou. Nous le suivons des yeux, nous voyons les deux rais de la puissante lumière blanche projetés par les yeux à l'avant, transformant la grand-rue en une ruelle illuminée. Les deux petits feux arrière semblent deux yeux rouges de renard…

Le troisième jour après l'établissement du comité révolutionnaire, au soir, le grand haut-parleur installé dans l'abricotier, vraout, vraout, retentit un moment, puis, soudain, on diffuse, assourdissante, la mélodie *L'Orient rouge*. La musique terminée, une voix de femme maniérée donne les informations du district. La présentatrice commence par célébrer chaleureusement la création du premier comité révolutionnaire à l'échelon des villages, celui de la grande brigade du village de Ximen dépendant de la commune populaire Voie lactée. Elle explique que l'équipe dirigeante dudit comité est composée des camarades Lan Jinlong, Huang Tong et Ma Liangcai, et qu'elle concrétise le principe révolutionnaire de la triple alliance[1]. La foule, tête levée, écoute avec attention, silencieuse, tous en secret admirent mon frère, si jeune, déjà chef et qui, qui plus est, entraîne à sa suite, aux postes de vice-chefs, son futur beau-père Huang Tong, ainsi que Ma Liangcai, lequel ne quitte plus sa sœur Baofeng.

Un autre jour passe, un petit gars vêtu d'un uniforme vert, portant sur le dos des revues et des lettres ficelées en un gros paquet, entre tout essoufflé dans notre cour. Il s'agit du nouveau facteur, il a l'air enfantin, dans ses yeux brille de la curiosité. Il pose les journaux et les lettres, et sort de sa sacoche une petite boîte en bois carrée avec une étiquette de recommandé, qu'il remet à mon frère. Puis il produit un cahier et un stylo, et demande à mon aîné de signer. Jinlong prend le coffret, regarde le nom de l'expéditeur et dit à Huzhu, à son côté : « Cela vient du vice-responsable Chang. » Je sais que la personne en question n'est autre que Grand Âne

---

1. Ou les Trois Intégrations. Pendant la période du Grand Bond en avant, l'expression désigne les trois forces présidant à la création littéraire et artistique : les dirigeants (l'idéologie), les créateurs (la technique) et les masses (la vie).

brayant, Petit Chang, le gars a fait carrière en se rebellant, il est vice-responsable du comité révolutionnaire du district, en charge de la propagande et des arts et lettres, cela, j'ai entendu mon frère en parler avec notre sœur. J'ai remarqué la complexité de l'expression qui est apparue sur le visage de cette dernière tandis que notre frère lui parlait de Petit Chang. Je connais son attachement pour lui. Mais voilà, l'ascension vertigineuse de Chang constitue un obstacle à l'amour qu'elle éprouve pour lui. L'amour entre un étudiant de l'institut des arts et une jeune fille de la campagne au joli minois est peut-être imaginable, mais les chances d'un mariage entre un jeune homme qui, à vingt ans, est déjà un cadre dirigeant du district et une jeune paysanne sont pratiquement nulles, quand bien même son minois n'aurait rien à envier aux plus célèbres beautés de tous les temps. Mon frère connaît bien sûr lui aussi les préoccupations de notre sœur, je l'ai entendu la conseiller : « Allons, redescends un peu sur terre, Ma Liangcai, au départ, était dans le groupe des conservateurs[1], puis il n'a plus fait de politique, mais comment est-il devenu vice-chef ? Est-ce que par hasard tu n'aurais pas compris les visées du vice-responsable Chang ? » Ma sœur, entêtée, a demandé : « C'est lui qui a tout arrangé pour Ma Liangcai ? » Mon frère a acquiescé en silence d'un hochement de tête. « Son idée est que je me marie avec Ma Liangcai ? » Mon frère a répondu : « N'est-ce pas une évidence ? » Ma sœur a insisté : « Il te l'a dit lui-même ? » La réponse a été la suivante : « Était-il besoin qu'il le dise ? Les grands personnages ont-ils besoin d'exprimer noir sur blanc leur intention ? Ils procèdent par allusions, à toi de comprendre ! » Et ma sœur d'insister : « Non, je veux aller le trouver, et s'il me demande d'épouser Ma Liangcai, alors je le ferai, et

1. Opposé à la faction de ceux qui se révoltaient.

dès mon retour ! » À ce moment de la discussion, ma sœur avait les yeux noyés de larmes.

Mon frère force le coffret avec des ciseaux rouillés, il soulève une couche de vieux journaux, deux couches de papier à fenêtre blanc, une couche de papier crépon jaune, apparaît alors un morceau d'étoffe rouge, sous l'étoffe il y a un insigne du président Mao en porcelaine dont le diamètre est celui d'une tasse à thé. Tenant l'objet à deux mains, mon frère pleure à chaudes larmes, allez savoir s'il est ému par le sourire bienveillant du président sur l'insigne ou par la profonde amitié de Petit Chang. Tenant toujours l'insigne à deux mains, il le montre à ceux qui sont présents. L'atmosphère est sacrée, solennelle. Après que chacun a pu admirer l'objet à tour de rôle, celle que je considère désormais comme ma belle-sœur effective, Huang Huzhu, avec beaucoup de précautions, accroche l'insigne sur la poitrine de mon frère, il pèse lourd, il tire sur la veste militaire.

La veille de la fête du Printemps, mon frère et son groupe doivent jouer en entier *Le Fanal rouge* ; le personnage de Tiemei sera interprété, cela va sans dire, par Huzhu, comme nous l'avons déjà dit plus haut, elle tire justement parti de sa grande natte. Mon frère devrait être Li Yuhe, mais sa voix mue, quand il se met à chanter, on dirait qu'il profère des miaulements, il a dû laisser ce premier rôle à Ma Liangcai. En toute justice, il faut reconnaître que Ma Liangcai ressemble davantage à Li Yuhe que mon frère. Ce dernier, bien entendu, ne consentirait pas à jouer Jiushan et encore moins Wang Lianju[1], il doit se résigner à interpréter le

---

1. Jiushan : le chef de la police militaire japonaise qui arrête l'héroïne et sa grand-mère. Wang Lianju : agent de liaison, membre du Parti communiste clandestin, qui passe du côté des traîtres.

rôle de l'agent de liaison qui saute du train pour faire parvenir le code secret et qui meurt en héros à sa première apparition sur scène. Mourir pour la révolution, voilà qui en revanche va bien à mon frère. Les autres rôles ont été raflés par les jeunes. Pendant tout l'hiver, les gens du village devaient manifester un vif intérêt pour les représentations théâtrales. Il y a répétition chaque soir dans le bureau du comité révolutionnaire, la lampe à gaz diffuse une vive lumière, on se bouscule à l'intérieur de la pièce, il y a même des gens assis sur les poutres. De nombreux badauds ont grimpé sur les fenêtres, se sont placés contre les fentes de la porte pour regarder, ils ont à peine jeté quelques coups d'œil qu'ils sont déjà repoussés par ceux qui se trouvent derrière. Hezuo a aussi obtenu un rôle, celui de la sœur aînée Guilian, la voisine de Tiemei. Au moment du choix des acteurs, Mo Yan suivait Jinlong comme son ombre et pleurnichait pour jouer un personnage. Mon frère a hurlé : « Dégage, ne viens pas nous déranger ! » Mo Yan a dit en plissant ses petits yeux : « Commandant, allez, donnez-moi un rôle, je suis un acteur-né. » Sur ces mots, il a fait le poirier dans la neige, puis une culbute. Mon frère lui a dit qu'il n'y avait vraiment plus de rôle à distribuer. Et Mo Yan d'ajouter : « Suffit d'en créer un. » Jinlong a réfléchi un moment avant de dire : « Bon, tu seras un petit espion. » Pour le personnage de grand-mère Li, un des rôles principaux, il faut interpréter une grande quantité de longs airs avec du texte, difficultés dont une jeune fille inculte ne saurait venir à bout. Tout compte fait, seule ma sœur aurait pu s'en sortir, mais ma sœur est restée de marbre, elle a refusé net.

Il y a au village un homme dont le visage est tout marqué de traces de variole, il s'appelle Zhang, Youcai de son prénom, il a une voix sonore, il s'est porté volontaire pour ce rôle, mais mon frère a refusé catégoriquement. Comme il a vraiment un bel organe, chaleureux et haut, Ma Liangcai, le vice-chef, artiste dans l'âme, a parlementé avec mon frère : « Chef, il faut protéger et non combattre l'enthousiasme révolutionnaire des masses. Laissons-le interpréter la tante Tian. » La chose a donc été décidée. Ce personnage doit chanter quatre phrases : « Si les pauvres ne s'aident pas entre eux, qui les aidera ? », « Deux courges sur une même tige », « Aidons la jeune fille à échapper au danger », enfin « Se sauver de la gueule du tigre et courir vers l'avenir ». À peine Zhang Youcai a-t-il ouvert la bouche que la toiture a semblé sur le point de se soulever et que le papier blanc aux fenêtres s'est mis à vibrer avec force bruissements.

Le choix de la personne pour le rôle de grand-mère Li n'était toujours pas arrêté ; voyant que la fin de l'année approchait et comme la représentation devait se tenir le premier mois de la suivante, le vice-responsable Chang a téléphoné pour annoncer que, très probablement, il allait venir diriger les répétitions afin d'encourager l'exemple donné par le village de Ximen dans la popularisation des pièces modèles révolutionnaires. Le courage de mon frère en a été galvanisé, mais lui-même était anxieux, il en a eu un abcès à la bouche, en a perdu la voix. Il s'est employé de nouveau à mobiliser notre sœur, quand il lui a appris que le vice-responsable Chang allait venir, cette dernière s'est mise à pleurer et a dit en suffoquant sous les sanglots : « Je jouerai. »

Depuis le début de la Révolution culturelle, en tant que petit paysan indépendant, je ressens une grande solitude. Tous dans le village, valides ou non, participent à la Garde rouge, sauf moi. Cette révolution a créé une grande animation, et je ne peux que regarder tout cela de loin avec envie. J'ai seize ans, l'âge de tous les possibles, de toutes les remises en question, or le fait que je sois ainsi fiché provoque chez moi un complexe d'infériorité, de la honte, des tourments, de la jalousie, des espoirs, des illusions, tant de sensations réunies en un seul cœur ! M'armant de courage, je suis allé au culot implorer Ximen Jinlong, celui qui me détestait au plus haut point et, pour entrer dans le courant de la révolution, j'ai baissé ma noble tête. Il a refusé catégoriquement. Et voilà que la séduction qu'exerce sur moi la troupe de théâtre me pousse à recommencer.

Jinlong sort des WC publics improvisés avec un écran en tiges de maïs à l'ouest du portail, il reboutonne à deux mains sa braguette, son visage est baigné de la lumière rouge du soleil. Des toits blancs recouverts de neige montent des volutes de fumée. Le gros coq au plumage éclatant et la vieille poule tout ordinaire sur le faîte du mur, le chien qui passe la queue entre les jambes, tout cela forme une scène simple et solennelle, propice au dialogue. Je m'avance à la hâte vers lui, lui barre le chemin. Il est surpris et me demande d'une voix rude : « Qu'est-ce que tu me veux ? » Je reste là à ne savoir que dire, tandis que mes oreilles chauffent et que je bredouille un bon moment avant de laisser échapper avec difficulté un « grand frère ». Depuis que j'ai suivi père comme paysan indépendant, c'est la première fois que je l'appelle ainsi. Je reprends en tournant autour du pot : « Grand frère… je voudrais entrer dans ta Garde rouge… je voudrais jouer le rôle du traître Wang Lianju… Je sais que c'est un personnage que personne ne veut interpréter, que les autres préfèrent encore faire les Japonais. » Il hausse les sourcils, me regarde de la tête aux pieds, puis des pieds à la tête, et me dit sur le ton le plus méprisant qui soit : « Tu n'as pas qualité pour le faire !…

– Mais pourquoi ? » demandé-je, fébrile. Et d'ajouter : « Pourquoi Lü le Chauve et Cheng Petite Tête, eux, ils peuvent quand même faire les soldats japonais, et pourquoi Mo Yan, lui aussi, il peut faire le petit espion, et pourquoi moi seul j'aurais pas qualité pour jouer ?

– Lü le Chauve est un fils de salarié agricole, le père de Cheng Petite Tête a été enterré vivant par le corps des retournés au pays, quant à Mo Yan, bien que sa famille soit de la classe des paysans moyens, sa grand-mère paternelle a protégé des malades et des blessés de la huitième armée de route, tandis que toi tu es un paysan indépendant ! Tu le sais, non ? dit mon frère. Un paysan indépendant est plus réactionnaire qu'un propriétaire terrien, qu'un paysan riche, eux acceptent bien honnêtement d'être rééduqués, tandis qu'un paysan indépendant s'oppose ouvertement à la commune populaire, ce qui revient à s'opposer au socialisme et, par là même, au Parti communiste et donc au président Mao, et cela mène à une impasse ! » Sur le mur le coq s'enhardit à pousser un long cocorico, j'en ai si peur que je manque de pisser dans mon pantalon. Mon frère regarde de tous côtés, ne voyant personne dans les environs, il me dit en baissant la voix : « Au district de Pingnan, il y a un autre paysan indépendant, au début du mouvement il a été pendu à un arbre et frappé à mort par les paysans pauvres et moyennement pauvres, et ses biens ont tous été confisqués. Sans ma protection déguisée, père et toi auriez déjà été expédiés aux sources jaunes[1]. Informe discrètement père de tout cela, pour que sa tête de pioche s'ouvre un peu, qu'il saisisse l'occasion d'intégrer la commune avec son bœuf derrière lui, qu'il se fonde dans la grande famille de la collectivité, qu'il mette tous les torts sur Liu Shaoqi, car avoir été berné n'est pas un crime, et le fait qu'il se retourne contre celui qui l'a induit ainsi en erreur lui vaudra des mérites. Mais s'il persiste dans son égarement, s'il continue à résister avec obstination, il sera comme la mante reli-

1. Le monde des morts.

gieuse de la fable, laquelle prétendait arrêter un char à elle seule, ce sera aller au-devant de sa propre ruine. Dis à père qu'être promené par les rues pour être montré à la foule est l'acte le plus clément, la prochaine fois, quand les masses s'éveilleront, je ne pourrai plus rien faire. Si les masses révolutionnaires veulent vous mettre à mort par pendaison, je ne pourrai que faire passer le devoir avant les liens de sang. Tu vois les deux grosses branches sur l'abricotier ? Elles sont à environ trois mètres du sol, il n'y a pas mieux pour une pendaison. Cela fait longtemps que je voulais te parler, mais jusqu'à ce jour je n'en avais pas trouvé l'occasion, voilà, je t'ai dit ce que je voulais te dire et je te demande de transmettre tout cela à père, s'il entre dans la commune, les portes s'ouvriront devant lui, ce sera une joie pour tous, pour lui et pour le bœuf, s'il n'adhère pas, tout deviendra difficile pour lui, la terre entière lui en voudra. Je vais te choquer, mais si, de ton côté, tu continues à suivre père, tu ne trouveras pas à te marier, aucune femme, eût-elle un handicap, n'accepterait d'épouser un paysan indépendant. »

Le long discours de mon frère m'a épouvanté, pour reprendre une expression en vogue à l'époque, il m'a touché jusqu'au fond de l'âme. Je regarde les deux grosses branches de l'abricotier, elles s'allongent en direction du sud-est, dans mon esprit apparaît immédiatement le spectacle tragique de père et moi, les deux « visages bleus », pendus là. Nos corps sont étirés, ils se balancent dans le vent glacé, ils ont perdu leur eau et la plus grande partie de leur poids, on dirait deux gros luffas tout ratatinés…

Je vais dans l'étable trouver père. C'est son refuge et son petit coin de paradis. Depuis cette promenade par les rues à la foire qui devait laisser dans l'histoire du canton de Dongbei un récit haut en couleur, mon père est pratiquement devenu muet, il reste là, hébété. Il n'a que la quarantaine passée et pourtant ses cheveux sont tout blancs. Ils étaient déjà très drus et ils le sont encore plus maintenant, ils se dressent, un à un, on dirait les piques d'un hérisson. Le bœuf est debout derrière la mangeoire, la tête baissée, avec une corne amputée de moitié il a grandement perdu de son prestige. Un rai de lumière illumine sa tête, si bien que ses yeux ont l'air de deux morceaux de cristal emplis de tristesse, d'un violet foncé, ils sont si humides qu'on en a le cœur serré. Notre bœuf au naturel impétueux est devenu un autre. Je sais qu'un taureau une fois castré change de tempérament et qu'il en va de même pour un coq qu'on a plumé, j'étais loin de penser que le même changement se produisait pour un taureau dont la corne a été abîmée. Quand elle me voit entrer dans l'étable, la bête me jette un regard, elle baisse les yeux, comme si elle avait deviné ce qui me préoccupe. Père est assis sur un coussin en paille à côté de la mangeoire, adossé à un sac de chanvre également rempli de paille, les mains fourrées dans les manches de sa veste ouatinée, il se repose, les yeux fermés, un autre rai de lumière éclaire tout juste sa tête et son visage. Ses cheveux blancs s'en trouvent légèrement teintés de rouge, quelques brins de paille y sont mêlés, on dirait qu'il vient juste de sortir d'une meule. Sur sa face la peinture rouge a pratiquement disparu, il en subsiste un tout petit peu sur le pourtour. La moitié bleue de son visage ressort davantage, la couleur en est plus accentuée, pareille à celle de l'indigo. Je tâte la tache bleue sur mon propre visage, j'ai l'impression de toucher du cuir rugueux. Elle est la marque de ma laideur. Quand j'étais enfant, on m'appelait « Petit Visage bleu », je ne trouvais pas cela déshonorant, bien au contraire, je m'en glorifiais ; en grandissant, celui qui se risquait à me donner ce nom devait s'attendre à ce que j'en découse avec lui. J'ai entendu quelqu'un dire que c'était à cause justement de nos visages bleus que nous étions des paysans indépendants, tandis que d'autres racontaient que, tous deux, nous nous cachions le jour pour ne rencontrer personne et que nous ne sortions que le soir pour labourer et cultiver la terre. C'est vrai qu'il y a eu quelques fois où, le soir venu, nous sommes allés travailler aux champs à la lumière de la lune, mais cela n'avait rien à voir avec nos taches bleues sur le visage. Ces gens mettent sur le compte de cette déficience physiologique notre anormalité psychologique : être paysan indépendant. Foutaises que tout cela. Notre choix a été entièrement dicté par nos convictions : garder notre indépendance. Le discours de Jinlong a ébranlé ces convictions, lesquelles, en fait, n'ont jamais été bien affirmées, même au tout début, et si je suis resté avec père, c'est parce que je pensais que ce serait plus excitant. Or, à présent, une chose plus grande, plus élevée dans le registre de l'excitation m'appelle. Bien sûr, je suis terrifié par ce qu'a relaté mon frère au sujet du paysan indépendant du district de Pingnan, de ces deux branches de l'abricotier... Mais ce qui me tracasse plus que tout encore, c'est ce que mon frère a dit au sujet des femmes, car il a raison, aucune d'entre elles, fût-elle affligée d'une infirmité, ne consentirait à se marier avec un paysan indépendant, lequel, de surcroît, a le visage bleu. J'en suis presque à regretter d'avoir suivi mon père dans cette démarche et même à lui en vouloir pour son choix. Je regarde avec répugnance son visage bleu, lui en veux incontestablement de m'avoir transmis cette tare. Père, tu n'aurais jamais dû te marier et, une fois marié, tu n'aurais pas dû avoir d'enfants !

« Père (ma voix est forte), père ! »

Père ouvre lentement les paupières et me regarde droit dans les yeux.

« Père, je veux entrer dans la commune ! »

Mon père a manifestement déjà compris la raison de ma venue car aucun changement ne se fait dans son expression. Il cherche sa pipe à l'intérieur de sa veste, la bourre et la fourre dans sa bouche, il bat le briquet, les étincelles éclaboussent la mèche en étoupe faite de tige de sorgho, il souffle dessus pour activer le feu, allume sa pipe, tire dessus avec bruit, aspire violemment quelques bouffées, deux filets de fumée sortent de ses narines.

« Je veux entrer dans la commune, allons-y avec le bœuf, adhérons ensemble… Papa, je n'en peux plus… »

Père ouvre brusquement les yeux et dit en martelant chaque syllabe :

« Espèce de renégat ! Si tu veux adhérer, eh bien, adhère, mais moi non, le bœuf non plus !

– Père, pourquoi ? » Je trouve sa réaction injuste, je suis vexé. « La situation générale du pays est telle que le paysan indépendant du district de Pingnan a été pendu par les masses révolutionnaires, et ce au tout début du mouvement. Mon frère aîné a dit que s'il t'a fait promener par les rues, c'était de sa part une protection déguisée. Il a dit encore que la prochaine campagne de lutte, après celle qui a eu cours contre les cinq mauvais éléments de la société[1], sera dirigée justement contre les paysans indépendants. Père, Jinlong a dit que la fourche des deux grosses branches de l'abricotier nous était destinée, père ! »

Père frappe le fourneau de sa pipe contre la semelle de sa chaussure, il se lève, attrape le tamis et se met à cribler du fourrage pour le bœuf. Je vois son dos, légèrement courbé, et son cou puissant, très brun, un souvenir de ma petite enfance me revient spontanément :

1. Propriétaires fonciers, paysans riches, mauvais éléments, contre-révolutionnaires et citoyens engagés sur la voie capitaliste.

nous étions allés à la foire acheter des kakis et j'étais à califourchon sur ses épaules. Je ressens de la tristesse, je lui dis avec émotion :

« Père, la société a changé, le chef de district Chen a été renversé, et ce directeur de département qui avait écrit cette lettre de protection a sûrement connu le même sort. Persister à rester indépendants, cela n'a plus aucun sens. Profitons de ce que Jinlong est responsable, entrons vite dans la commune, ce sera un honneur pour lui et une gloire pour nous... »

Père tamise sans bruit, il ne prête aucune attention à ce que je lui dis. Je sens l'irritation monter en moi.

« Père, ça ne m'étonne pas que les gens disent de toi que tu es pareil à une pierre puante et rigide dans une fosse d'aisance. Désolé, père, je ne peux pas t'accompagner jusqu'au bout dans cette impasse. Puisque tu ne penses pas du tout à moi dans tout ça, eh bien, je ne peux compter que sur moi-même pour m'en sortir. Je suis grand à présent, je veux m'intégrer dans la société, prendre femme, avancer sur un chemin radieux, quant à toi, sois prudent. »

Père verse le fourrage du tamis dans l'auge, caresse la corne tronquée du bœuf, tourne son visage vers moi, il reste là à me regarder, il me dit avec douceur, le visage très calme : « Jiefang, toi, tu es le fils que j'ai engendré, et moi, ton père, je souhaite bien sûr que tout se passe bien pour toi. La situation actuelle, je l'ai bien comprise. Ce petit drôle de Jinlong a le cœur plus dur que pierre ; le sang qui coule dans ses veines est plus venimeux que l'aiguillon du scorpion ; pour réussir sa "révolution", il est prêt à tout. » Père redresse la tête, plisse les yeux dans la lumière et dit, perplexe : « Le maître était pourtant un homme bon, comment a-t-il pu engendrer un fils aussi malfaisant ? » Père, les larmes aux yeux, dit : « Nous avons deux mille mètres carrés de terre, je t'en donne la moitié, tu entreras dans la commune avec. Cette charrue en bois, notre famille l'a eue en partage lors de la réforme agraire, elle est le "fruit de la victoire", tu l'emporteras, cette pièce d'habitation est pour toi. Emporte tout ce que tu peux, une fois entré dans la commune, si tu veux t'associer avec ta mère et les autres, alors fais-le, sinon bâtis-toi un foyer. Moi, ton père, je ne veux rien si ce n'est ce bœuf, ainsi que cette étable…

– Papa, pourquoi, mais pourquoi ? crié-je avec des sanglots dans la voix. Quel sens y a-t-il à ce que tu continues seul ? »

Père dit d'une voix sereine : « Aucun, je recherche seulement la tranquillité, je veux être maître de mon destin, je ne veux pas avoir quelqu'un derrière mon dos ! »

Je vais trouver Jinlong et lui dis :

« Grand frère, j'ai discuté avec papa : c'est bon pour l'adhésion. »

Tout enthousiaste, il serre les poings, se touche la poitrine et dit :

« Bien, fort bien, encore un résultat grandiose obtenu grâce à la grande Révolution culturelle ! Le seul paysan indépendant du district a fini par prendre la voie du socialisme. Voici une très bonne nouvelle, nous allons l'annoncer au comité révolutionnaire du district !

– Mais père, lui, n'adhère pas, continué-je, je viens seul, avec mille mètres carrés de terre, la charrue en bois et le semoir.

– Qu'est-ce qui lui prend ? » Le visage de mon frère s'est assombri, il demande, glacial : « Qu'est-ce qu'il compte faire au final ?

– Père a dit qu'il ne cherchait rien de spécial, simplement il est habitué à sa vie tranquille, il ne veut pas qu'on le dirige.

– C'est tout bonnement un vieux salaud ! » Mon frère frappe violemment la table ronde de son poing, la secousse manque de renverser l'encrier.

Huang Huzhu le réconforte par ces mots : « Jinlong, calme-toi.

– Comment veux-tu que je me calme ! dit Jinlong tout bas. Au départ je pensais faire deux cadeaux d'importance au vice-responsable Chang et au comité révolutionnaire du district, l'un étant la représentation du *Fanal rouge* par le village, l'autre que nous étions venus à bout du dernier paysan indépendant du district, voire de la province et, qui sait, de toute la Chine. Ce que Hong Taiyue n'est pas parvenu à réaliser, je l'aurais fait, ainsi j'aurais pu établir mon autorité à tous les niveaux. Mais avec ton adhésion sans la sienne il y a encore et toujours un paysan indépendant ! C'est impossible, en route, je vais lui parler ! »

Jinlong entre furieux dans l'étable, il n'y a pas mis les pieds depuis des années.

« Père, dit-il, bien que tu ne mérites pas que je t'appelle ainsi, tu vois, je le fais quand même. »

Père agite la main en signe de refus : « Ne m'appelle pas ainsi, surtout pas, je n'en suis pas digne. »

« Lan Lian, reprend Jinlong, je ne dirai qu'une seule chose, pour Jiefang et pour toi aussi, adhérez tous les deux. Ce que je dis aujourd'hui, ce ne sont pas des paroles en l'air, quand tu auras adhéré, je ne te ferai pas affecter à de lourdes tâches… et même si vous voulez rester sans rien faire, vénéré père, vous pourrez vous reposer, à votre âge vous méritez bien de prendre un peu de bon temps.

– Cette bonne fortune n'est pas pour moi, dit sèchement père.

– Monte sur la plate-forme et regarde alentour, dit Jinlong, regarde le district de Gaomi, la province du Shandong, regarde les vingt-neuf provinces, les municipalités, les régions autonomes autres que Taïwan, le pays entier est rouge, il n'y a qu'une tache noire et elle est dans notre village, c'est toi !

– Oh, merde, quel honneur ! La seule tache noire sur tout le territoire chinois ! dit père.

– Nous effacerons cette tache noire ! » reprend Jinlong.

Père attrape derrière l'auge une corde de chanvre souillée de bouse et la jette devant Jinlong en disant :

« Tu voulais me pendre à l'abricotier, non ? Vas-y ! »

Jinlong fait un bond en arrière, comme si la corde était un serpent venimeux. Il grimace, montre les dents, serre les poings, puis les desserre, fourre ses mains dans ses poches pour les en retirer aussitôt. Il sort une cigarette de la poche de sa veste (il s'est mis à fumer à partir du moment où il est devenu chef), l'allume avec un briquet jaune. Il fronce les sourcils, visiblement il est en train de réfléchir. Au bout d'un moment, il jette sa cigarette au sol, l'écrase sous son pied. Il me dit :

« Sors, Jiefang ! »

Je regarde la corde à terre, les corps de Jinlong et de père, l'un mince et élancé, l'autre robuste, calculant les chances de victoire de l'un et de l'autre, réfléchissant aussi à mon attitude s'ils en venaient aux mains : resterais-je spectateur ou prêterais-je main-forte, et, dans ce dernier cas, auquel des deux ?

« Si tu as quelque chose à dire, eh bien, dis-le, si tu as quelque capacité, eh bien, montre-le ! rétorque père. Jiefang, ne pars pas, tu vas regarder et entendre.

– C'est aussi bien, dit Jinlong. Et tu crois que je n'oserai pas te pendre à l'abricotier ?

– Oh, que si, tu es capable de tout.

– Ne m'interromps pas quand je parle, dit Jinlong, par égard pour notre mère je te laisse une chance, si tu ne veux pas adhérer, nous ne t'y contraindrons pas, on n'a jamais vu de prolétaire demander une faveur à quelqu'un qui a pris la voie du capitalisme. » Et de poursuivre : « Demain nous allons convoquer une grande assemblée pour accueillir Lan Jiefang au sein de la commune, il devra venir avec la terre, la charrue, le semoir, et avec le bœuf aussi. Nous ferons porter des fleurs rouges à Jiefang et au bœuf. Alors, dans l'étable, il ne restera plus que toi. En entendant les gongs et les tambours, le concert des pétards, dans ton étable vide tu auras le cœur gros. Te voilà rejeté par les tiens, ta femme n'habite plus avec toi, ton propre fils te quitte, le seul être qui ne t'ait pas trahi va être emmené de force ; dans ces conditions, quel intérêt y a-t-il pour toi de continuer à vivre ? À ta place (Jinlong donne un coup de pied dans la corde, jette un coup d'œil à la poutre de traverse), je fixerais la corde à cette poutre et me pendrais ! »

Jinlong s'en va.

« Espèce de sale bâtard… » Tout en lançant cette injure, père fait un bond, puis, abattu, s'affaisse sur le tas de paille.

Mon cœur est envahi par une immense tristesse, la méchanceté de Jinlong m'a bouleversé. Je sens soudain à quel point père est misérable et comme mon abandon est infâme, je me fais le complice d'un homme mauvais, son âme damnée. Je me précipite vers père et dis en pleurant :

« Père, je n'entrerai pas à la commune, je préfère vivre avec toi comme paysan indépendant, quitte à rester vieux garçon toute ma vie… »

Père prend ma tête entre ses bras, émet quelques sanglots, puis me repousse. Il essuie ses yeux, se redresse et dit : « Jiefang, te voilà un homme à présent, tu ne dois pas revenir sur tes paroles. Va, adhère à la commune, avec la charrue, le semoir, le bœuf… » Père jette un coup d'œil à la bête, laquelle justement le regarde. « Tu l'emmèneras aussi !

– Père, crié-je effrayé, tu vas vraiment faire ce qu'il a dit ?

– Rassure-toi, fiston. » Père se relève d'un coup du tas de paille et ajoute : « Toute route qu'on me forcerait à prendre, je ne la prendrais pas, père ira son propre chemin.

– Père, surtout n'allez pas vous pendre…

– Pas de risque, il reste tout de même à Jinlong un peu de bon cœur, il aurait tout à fait pu mettre sur pied un petit groupe pour me tuer, tout comme ont fait les habitants de Pingnan avec leur paysan indépendant, mais il a faibli. Il espère que je vais prendre les devants et, ainsi, la tache noire sur la carte du district, de la province, de la Chine entière se sera effacée d'elle-même. Mais moi, justement, je ne veux pas mourir, si eux veulent ma mort, je ne peux rien faire contre cela, mais s'ils s'imaginent que je vais me donner la mort, ils se font des idées ! Je veux vivre pour que reste cette tache noire sur la carte de Chine ! »

Chapitre vingtième

Lan Jiefang trahit son père et adhère à la commune.
Le bœuf Ximen se sacrifie pour la bonne cause.

Je devais donc entrer dans la commune populaire
avec mes mille mètres carrés de terre, la charrue, le
semoir, le bœuf. Alors que je te tire hors de l'étable, les
pétards retentissent dans toute la cour, les sons des
gongs et des tambours sont assourdissants. Une troupe
d'adolescents coiffés de casquettes grises, imitations
de celles des militaires, parmi l'odeur de la poudre et
des morceaux de papier brûlé, se disputent les pétards
munis de mèches. Mo Yan attrape par erreur l'un d'entre
eux qui n'en est pas pourvu, il se produit une énorme
détonation, il est blessé à la main entre le pouce et
l'index, il grimace de douleur, c'est bien fait pour lui,
oui, c'est bien fait. Quand j'étais petit, j'avais eu les
doigts abîmés par un pétard, l'image de père me mettant de la pâte pour soigner la plaie me revient soudain
à l'esprit. Je me retourne pour lancer un coup d'œil à
père, j'ai le cœur lourd. Il est assis sur le tas de paille
hachée, la corde sinueuse est posée devant lui. Je dis
avec inquiétude :

« Père, tu ne dois pas prendre tout cela trop à cœur… »

Père agite deux fois la main avec agacement à mon
intention. J'entre dans la lumière, laisse père dans
l'obscurité. Huzhu accroche à ma poitrine une grosse

fleur rouge en papier, elle me lance un regard tout en souriant. Son visage sent bon la crème de jour de la marque Tournesol. Hezuo accroche la même fleur à la corne tronquée du bœuf. La bête secoue la tête, la fleur tombe sur le sol. Hezuo pousse un cri exagérément aigu :

« Le bœuf veut faire de la résistance ! »

Elle tourne les talons et prend la fuite, se précipite contre mon frère. Mon frère, le visage glacial, la repousse, va tout droit vers le bœuf, il lui tapote le front, caresse la corne intacte, celle tronquée.

« Le bœuf, tu as pris le chemin radieux, dit-il, sois le bienvenu ! »

Je vois passer un éclat dans l'œil de l'animal, on dirait une flamme, mais en fait c'est une larme. Le bœuf de père est comme un tigre auquel on aurait arraché tous les poils de ses moustaches, il a perdu tout prestige, il est devenu aussi docile qu'un chat.

Comblé, j'entre dans la Garde rouge de mon frère, j'interprète le personnage de Wang Lianju dans la pièce *Le Fanal rouge*. Chaque fois que Li Yuhe me blâme par ces mots sévères mais justes : « Espèce de renégat », je pense immédiatement aux reproches que m'a faits père. Plus le temps passe et plus je me dis qu'en entrant dans la commune je l'ai trahi. Je redoute toujours que, ne parvenant pas à faire la part des choses, il ne lui vienne l'idée de mettre fin à ses jours, mais il ne devait pas se pendre à la poutre, pas plus qu'il ne devait se jeter dans le cours d'eau ; il a quitté la pièce pour aller dormir dans l'étable. Il y a construit un foyer dans un coin et se sert d'un casque en guise de casserole. Pendant toute la période suivante, n'ayant plus le bœuf pour tirer la charrue pour les labours, il retourne la terre à la pioche. Ne pouvant manier seul la brouette à une roue pour transporter le fumier, il se sert d'une palanche à deux paniers. Il n'a plus de semoir, il utilise un petit pic pour ouvrir les sillons et sème avec une calebasse. De 1967 à 1981, les mille mètres carrés de père, pris en étau au beau milieu des vastes terres de la commune populaire, resteront comme une épine dans le pied, le clou dans l'œil. Cette présence de père a quelque chose d'absurde et de solennel tout à la fois, on éprouve pour lui pitié et estime.

Pendant un certain temps au cours des années 70, Hong Taiyue, une fois retrouvé son poste de secrétaire de la cellule du Parti, se met dans la tête à plusieurs reprises l'idée de liquider ce dernier paysan indépendant, mais chaque fois son projet avorte devant l'attitude de père :

« Allez, pends-moi au gros abricotier ! »

Jinlong s'était imaginé que mon entrée dans la commune ainsi que la représentation réussie de ce modèle révolutionnaire pourraient faire du village de Ximen un exemple pour tout le district et que, dès lors, en tant que meneur du mouvement, il monterait en flèche. Mais les choses ne devaient pas se passer comme il l'avait supposé. Tout d'abord, Petit Chang, dont ma sœur et lui espéraient nuit et jour la venue à bord du tracteur pour diriger les répétitions, a fait défaut, puis est arrivée la nouvelle de sa destitution pour affaire de mœurs. Avec la chute de Petit Chang, mon frère perdait tout appui.

Une fois passé la fête de la Pure Clarté, le vent d'est commence peu à peu à se faire sentir, le soleil devient plus chaud, les souffles yang montent, la neige sur l'adret a presque fondu, les routes se sont transformées en cloaques, les terres sont boueuses. Les saules au bord de la rivière verdissent, le gros abricotier manifeste quelques velléités de floraison. Pendant tous ces jours, mon frère se montre nerveux, on dirait un lion en cage, il bondit en tous sens dans la cour. L'estrade en bois sous l'arbre est le lieu où il se tient le plus souvent. Il y reste debout, appuyé contre la fourche noire, à fumer cigarette sur cigarette. Cet excès de tabac provoque une laryngite, il ne cesse de tousser pour s'éclaircir la gorge et crache comme un malpropre au pied de l'arbre, on dirait autant de fientes tombées du ciel. Il a le regard vague et vide, il éprouve solitude et tristesse, il fait pitié.

Sa situation est rendue plus difficile encore en raison du redoux, il voudrait continuer les représentations de sa grande pièce révolutionnaire, mais les masses, déjà, ne lui obéissent plus. Quelques vieux paysans qui ont vécu dans l'indigence disent à mon frère qui reste là à fumer, hébété, sous l'abricotier :

« Commandant Jinlong, ne devriez-vous pas organiser les travaux des champs ? Si l'on ne s'occupe pas de la terre pendant une saison, elle ne s'occupera pas de nous de toute l'année. Les ouvriers peuvent vivre la révolution, l'État les paie ; mais pour survivre, tout simplement, les paysans, eux, ne peuvent compter que sur le travail de la terre ! »

Comme ils sont là à parler, mon père franchit le portail, portant à la palanche deux paniers de fumier. L'odeur du fumier frais dans l'air du début de printemps stimule l'ardeur des paysans.

« Si l'on parle de cultures, il ne faut pas oublier de cultiver aussi la terre de la révolution, il ne faut pas se contenter de produire, la tête dans le guidon, sans penser à la ligne révolutionnaire ! » Mon frère crache la cigarette qu'il a au bec, saute de l'abricotier, il a mal atterri, il fait une chute violente. Les vieux paysans s'avancent pour le relever, il grimace, repousse leurs vieilles mains et dit : « Je vais de ce pas au comité révolutionnaire de la commune pour recevoir les instructions, attendez tous bien tranquillement et, surtout, ne vous lancez pas comme ça à la légère dans l'action. »

Mon frère met de grandes bottes de pluie pour patauger dans la boue jusqu'à la commune. Avant de partir, il va se soulager debout dans les WC provisoires installés dans un coin de la cour et il y rencontre par hasard Yang le Septième. Depuis l'affaire des vestes en peaux, ce dernier s'est pris de haine pour mon frère, en apparence toutefois il continue de lui faire bonne figure.

« Commandant Ximen, où allez-vous de ce pas ? À voir votre équipement, on vous prendrait plus pour un agent de la police militaire japonaise que pour un garde rouge », lui lance Yang le Septième, tout sourire.

Mon frère, qui secoue son sexe, émet un grognement de mépris à l'encontre du personnage. Toujours souriant, ce dernier poursuit :

« Mon gars, ton appui est tombé, à mon avis tu ne pourras plus continuer à gambader bien longtemps. Un peu de finesse, laisse ta place à ceux qui connaissent la terre, jouer du théâtre, c'est pas ça qui remplira les ventres. »

Mon frère ricane et répond : « J'ai été nommé directement à ce poste par le comité révolutionnaire du district, lui seul peut m'en faire partir, le comité révolutionnaire de la commune n'a aucun pouvoir pour cela ! »

Il faut croire que tout est écrit par avance, comme mon frère répond avec arrogance à Yang le Septième, l'énorme insigne en porcelaine se décroche de sa poitrine et tombe dans la fosse d'aisances. Jinlong en reste interloqué. Yang le Septième aussi. Comme mon aîné, recouvrant ses esprits, va sauter dans la fosse pour le repêcher, Yang le Septième se reprend lui aussi, il empoigne mon frère par son vêtement à la poitrine et il crie :

« Arrêtez ce contre-révolutionnaire ! Il est pris en flagrant délit ! »

Mon frère devait être soumis, tout comme les mauvais éléments du village, à une surveillance par le travail manuel.

Après mon adhésion à la commune, on m'a affecté au bâtiment consacré à l'élevage du bétail de la grande brigade. Le sixième oncle Fang, qui travaille là, ainsi que Hu Bin, lequel a purgé sa peine, sont mes maîtres.

Dans cette étable se trouve rassemblé le bétail de toute la grande brigade, il y a un cheval noir aveugle qui a été autrefois un cheval de l'armée et qui, après cette infirmité, a été démobilisé, les marques sur sa croupe sont la preuve de son ancienne affectation. Il y a aussi un mulet gris, très vif, prompt à mordre et duquel il faut se méfier à tout instant. Ces deux bêtes sont destinées à tirer la lourde charrette du village équipée de pneumatiques. Le reste de la troupe est constitué de bœufs, vingt-huit bêtes en tout. En raison de son arrivée inopinée, notre taureau n'a pas de mangeoire, on lui en a improvisé une, à l'aide d'un demi-baril à essence, entre celle du cheval et celle des bœufs.

Quand j'ai été affecté à l'élevage, j'ai déménagé ma literie pour la porter sur le grand kang du bâtiment. J'ai donc fini par quitter cette cour à la fois chérie et détestée. Si j'ai déménagé, c'était aussi pour que père eût un endroit à lui, car depuis le jour où j'ai proclamé mon intention d'intégrer la commune, il dort seul dans l'étable. Certes, le lieu est correct, mais il n'en reste pas moins une étable, tandis qu'une maison, même délabrée, reste une maison. J'ai dit à père : « Vous allez retourner dormir à la maison. » J'ai ajouté : « Ne vous inquiétez pas, je prendrai bien soin du bœuf. »

Il y a une grande quantité de paille hachée dans le bâtiment, le kang est aussi brûlant qu'une tôle à faire cuire les galettes. Les cinq fils de l'oncle Fang dorment avec lui sur le kang. La famille vit dans l'indigence, ils n'ont pas de couvertures, les cinq garçons nus, maigres comme des clous, roulent en tous sens. Au point du jour, sous ma couverture, je retrouve deux gosses les fesses à l'air.

Il fait trop chaud sur le kang, cela fait mal à la peau, je me tourne et me retourne, comme une crêpe. Le clair de lune entre par la fenêtre délabrée, éclaire tous ces gosses nus, ils roulent en tous sens, tout en ronflant comme le tonnerre. Les ronflements de l'oncle Fang sont étranges, ils font penser au bruit d'un soufflet tout déplumé par l'usage, un bruit grippé, sec. Hu Bin dort à l'extrémité du kang, enveloppé dans sa couverture roulée serrée en un cylindre pour empêcher les gosses Fang de s'y immiscer. C'est un drôle de type, il porte des lunettes de moto même en dormant et, quand le clair de lune éclaire son visage, des lueurs furtives brillent, cela fait penser à un serpent venimeux.

Au beau milieu de la nuit, le cheval et le mulet raclent du sabot, s'ébrouent, les grelots au cou du mulet sonnent avec un bruit clair. Les ronflements de l'oncle Fang s'arrêtent net, il se lève en une roulade, en passant me donne une tape sur la tête et dit haut et fort :

« Debout, faut nourrir les bêtes ! »

C'est la troisième fois que nous ajoutons du fourrage dans les mangeoires, un cheval qui n'est pas nourri pendant la nuit n'engraisse pas et un bœuf n'est pas assez robuste. À la suite de l'oncle Fang, je mets un vêtement sur mes épaules et descends du kang. Je le vois allumer la lampe et le suis jusqu'au fond de l'étable. Le mulet et le cheval agitent la tête, tout excités, de leur côté les bœufs couchés derrière les barrières se lèvent les uns après les autres.

Oncle Fang me montre comment m'y prendre. En fait, c'est bien inutile. J'ai vu de nombreuses fois père donner à manger la nuit à notre âne et à notre bœuf. J'attrape le tamis et me mets à passer la paille pour le mulet et le cheval, puis la verse dans leur auge, les deux bêtes fouillent dans la paille, ne mangent pas, elles attendent le fourrage et l'eau. L'oncle Fang constate que je manie le tamis avec adresse, il ne dit mot, mais je sais qu'il est très satisfait. Il prend, dans la jarre à pâture, une louchée de tourteau de soja détrempé et la verse dans la mangeoire. Le mulet au mufle pointu s'empare du tourteau, oncle Fang lui frappe violemment le museau avec la fourche, sous le coup de la douleur la bête relève la tête. Il faut vite en profiter pour mélanger les ingrédients, le parfum de la paille se mêle à celui du soja. Le mulet et le cheval avalent le fourrage à grandes bouchées, vlouf, vlouf. À la lumière de la lampe à huile les yeux du mulet sont d'un bleu profond, mais ils n'ont pas la profondeur de ceux des bœufs. Quant à notre taureau à nous, il est très isolé, on dirait un de ces petits nouveaux qui arrivent d'une autre école. Les bovidés gardent la tête tournée vers nous, attendant la paille fraîche. Notre bœuf occupe une bonne place, il est le premier à être servi. Le fourrage de cette nuit-là consiste en des brisures de tiges de haricots et de vrilles de patates douces, c'est le meilleur fourrage pour les bœufs, très riche, parfumé et, de plus, il reste sur les tiges quelques grains de soja. Tandis que mon frère dirigeait les membres de la commune pour mener à bien la révolution, le travail dans le bâtiment d'alimentation du bétail a continué à se faire. Cela montre bien qu'oncle Fang est un paysan sérieux, il ne s'est pas montré une seule fois dans la cour de la famille Ximen, Hu Bin, lui, pareil à un serpent à lunettes, tournicote dans les parages de cette même cour. Sur les murs sont apparus des journaux à grands caractères dévoilant les antécédents douteux de mon frère aîné. Les caractères sont tracés avec force et virtuosité, au premier coup d'œil mon frère a compris que leur auteur était Hu Bin. Je distribue la pâture dans chaque mangeoire à l'aide d'une pelle à ordures, les bœufs mangent la tête baissée dans un brouhaha. Je m'attarde un moment devant notre bœuf, profitant d'un instant d'inattention de la part d'oncle Fang, je verse une demi-portion supplémentaire dans sa mangeoire. Je lui caresse la tête, le mufle, il sort sa langue râpeuse et me lèche la main. C'est le seul parmi les vingt-huit bœufs du village auquel on n'a pas encore passé d'anneau dans le nez. Je ne sais s'il pourra échapper à cette calamité.

Et tu n'y échapperas pas, alors que le gros abricotier attend la floraison, les labours de printemps commencent. Oncle Fang nous guide, Hu Bin et moi, de très bonne heure pour conduire les bœufs dans la cour, afin de les étriller avec un balai en bambou et les débarrasser de la boue et des poils morts, comme pour montrer aux gens les résultats de notre travail au terme de ce long hiver.

Yang le Septième a certes dénoncé les crimes de mon frère, lui faisant perdre son poste de chef et porter l'étiquette de contre-révolutionnaire actif, toutefois le bonnet de gaze[1] ne lui a pas échu. Le comité révolutionnaire de la commune a nommé Huang Tong chef du comité révolutionnaire de notre village, ce dernier a été pendant de nombreuses années chef de la grande brigade, c'est donc un expert en matière de direction de la production. Debout sur les bords de l'aire de battage, pareil à un général déployant ses troupes, il distribue le travail. Les membres de la commune dont l'origine de classe est bonne sont affectés à des travaux légers, les mauvais éléments, eux, partent aux labours. Mon frère est debout, dans le même groupe que Yu Wufu, le chef fantoche du groupement de familles, Zhang Dazhuang le traître, le paysan riche Wu Yuan, Tian Gui, le patron de la taverne, ainsi que Hong Taiyue,

1. Coiffure que portaient les mandarins impériaux.

341

engagé dans la voie du capitalisme. Il est furieux. Hong Taiyue, lui, a une expression moqueuse. Les mauvais éléments qui ont déjà subi de nombreuses années de rééducation gardent le silence. Les labours de printemps constituent pour eux un travail de routine, qui manie telle charrue, qui dirige quels bœufs, tout est bien établi. Ils sortent de l'entrepôt portant chacun sa charrue sur l'épaule, prennent les traits et s'occupent de tirer leurs propres bêtes. Ces dernières, quant à elles, les connaissent bien. Oncle Fang leur fait ses recommandations : « Les bœufs se sont reposés tout l'hiver, leurs os et leurs muscles sont faibles, le premier jour il faut y aller doucement, suivre la corde d'attrape, c'est tout. » Il aide Hong Taiyue à atteler correctement les animaux, un bœuf noir du Bohai est apparié à un grand bœuf Luxi. Hong Taiyue, en habitué, appelle les bœufs pour les mettre à l'attelage, bien qu'il ait occupé pendant plusieurs années les fonctions de secrétaire, c'est un paysan de souche, ses gestes montrent qu'il a du métier. Mon frère imite les autres, il place correctement la charrue, fait de même pour le trait, une moue aux lèvres, retenant sa colère, il demande :

« Je prends quelles bêtes ? »

Oncle Fang toise mon frère, il semble parler dans sa barbe, mais en fait c'est à mon frère qu'il s'adresse : « Quand on est jeune, cela ne fait pas de mal de se tremper dans les épreuves. » Il détache de son poteau la vache mongole à la queue tordue, elle s'est familiarisée avec mon frère lorsque, quelques années auparavant, au début du printemps, nous menions paître les bêtes au bord de la rivière, l'image du garçon s'est souvent reflétée sur ses pupilles. Elle reste debout, docile, près de lui, à ruminer, une grosse boule d'herbe mâchée redescend avec force glouglous dans sa gorge. Mon frère passe la corde autour du col de la vache, cette dernière collabore activement. Oncle Fang balaie du regard les poteaux où sont attachées les bêtes, il s'arrête sur notre taureau. Il semble remarquer pour la première fois les qualités de l'animal, ses yeux brillent, il émet quelques claquements de lèvres admiratifs et dit :

« Jiefang, amène par ici votre bœuf pour qu'on l'attelle avec sa mère… En fait, il peut très bien tirer la charrue à lui tout seul, reprend oncle Fang en tournant autour de la bête. Voyez-moi cette large tête, ce front plat, ce grand mufle, ces yeux qui brillent, ces épaules plus hautes d'une main que le reste du corps et qui lui permettent de labourer promptement, les pattes de devant tendues comme des flèches, déployant une force incommensurable, les pattes de derrière bien arquées, il file comme le vent. Dommage qu'il ait une corne amputée de moitié, sinon il serait exempt de tout défaut. Jinlong, ce bœuf te revient, pour ton père, il est toute sa vie, aussi ménage-le. »

Jinlong prend la longe, donne des ordres pour que la bête manœuvre afin de se trouver à la meilleure place pour recevoir le collier, mais le bœuf garde la tête baissée, tout occupé à ruminer. Jinlong tire sur la longe pour le forcer à avancer, mais le bœuf ne bouge pas d'un pouce. Comme il n'a pas d'anneau dans le nez, Jinlong a beau tirer, autant essayer de bouger un roc. Cet entêtement vaudra à la bête l'atroce supplice du perçage des naseaux. Ah, bœuf Ximen, tu aurais pu t'éviter tout cela si tu t'étais montré, comme tu le faisais avec père, plus compréhensif, plus docile aux ordres, tu aurais pu devenir le seul bœuf sans anneau dans l'histoire du canton de Dongbei. Mais non, tu as refusé, et plusieurs personnes n'ont pas pu te faire bouger. Oncle Fang dit :

« Sans anneau, comment le faire obéir ? Est-ce que Lan Lian avait par hasard quelque formule magique pour mener ce bœuf ? »

343

Ah, bœuf Ximen, mon ami, ils te lient les quatre membres avec une corde, au beau milieu de la corde passent un bâton, quand ils tordent le bâton, la corde se resserre, ton corps se ramasse en boule, tu ne peux rester campé sur tes pattes, tu tombes sur le sol. Selon oncle Fang, pour mettre un anneau dans les naseaux d'un bœuf, en général il n'est pas nécessaire de déployer une telle force, mais ils ont peur de toi, tous connaissent ton histoire héroïque, ils redoutent de ne plus pouvoir te contrôler si tu venais à laisser libre cours à ta nature sauvage. Une fois qu'ils t'ont terrassé, oncle Fang demande qu'on chauffe au rouge une tige de fer, qu'on lui apporte avec une pince. De nombreux gaillards te maintiennent la tête, appuyant même contre le sol ton unique corne. De ses doigts oncle Fang écarte tes naseaux, cherchant l'espace le plus mince de l'arête nasale pour y enfiler la tige. Le percement est brutal, on remue la tige pour élargir le trou, une fumée jaunâtre s'élève tandis que se répand une odeur de chair carbonisée, tu pousses des mugissements sourds tandis que ceux qui te maintiennent la tête appuyée au sol déploient la force qu'un nourrisson met à téter, n'osant relâcher la pression. Et qui manie la tige de fer ? C'est précisément mon frère aîné, Jinlong.

[À l'époque, je ne savais pas que tu étais la réincarnation de Ximen Nao, aussi il m'était impossible de comprendre dans quel état d'esprit tu te trouvais à ce moment-là. Celui qui te perçait les naseaux avec une tige en fer rougie au feu et passait un anneau en laiton en forme de tenon dans le trou ainsi formé était, qui l'eût cru, ton propre fils, que pouvais-tu bien ressentir ?]

Une fois l'anneau posé, ils te traînent jusque dans la campagne. Sur la terre printanière, tout renaît, c'est un débordement de vie. Ah, bœuf Ximen, mon ami, en cette belle saison tu vas être l'acteur d'une pièce tragique, ton obstination, ta capacité à supporter la douleur physique, ton refus de plier, fût-ce au prix de la vie, en surprendront plus d'un et feront claquer bien des lèvres d'admiration, et ton histoire circule encore de nos jours sur les lèvres des habitants du village de Ximen.

[Nous tous, sur le moment, avons trouvé cela inconcevable et, aujourd'hui encore, nous avons le sentiment que tu es une figure légendaire, et même moi qui connais pourtant ton passé bien particulier, tes actes dépassent mon entendement. Car tu aurais pu tout à fait te dresser pour résister, de ton corps gigantesque, de toute ta force latente dans les muscles et les tendons de ce corps, comme tu l'avais fait lors de la cérémonie d'entrée dans la commune qui s'était tenue dans la cour de la famille Ximen, ou lorsque tu avais chargé Hu Bin sur la grève, ou lors de la réunion de lutte et de critiques pendant cette foire. Tu aurais pu charger un à un tous ces membres de la commune populaire qui tentaient de te faire travailler, tu les aurais envoyés voler dans les airs, avant qu'ils ne retombent lourdement sur le sol et ne creusent autant de cavités dans la terre spongieuse de ce début de printemps. Ces hommes cruels en auraient eu les os cassés, les viscères chamboulés, de leurs bouches seraient sortis des coassements de grenouilles, et même en tenant compte du fait que Jinlong était ton fils, c'était de l'histoire ancienne, bien avant que tu ne renaisses dans le corps d'un âne, puis d'un bœuf. Au cours du cycle des renaissances[1], combien d'êtres humains mangent leur père ou commettent l'adultère avec leur mère, alors pourquoi avoir pris les choses avec tant de sérieux ? D'autant plus que Jinlong avait

1. Voir note 1, p. 45.

345

un comportement tellement anormal, tellement brutal, il a déversé sur toi sans ménagements toute sa frustration sur le plan politique, toute sa rancœur d'être soumis aux travaux forcés sous surveillance, bien sûr, il ne savait pas que tu avais été son père autrefois, il ne faut donc pas lui en vouloir pour cette ignorance, mais malgré tout on ne peut pas se montrer aussi cruel envers un bœuf ! Ah, bœuf Ximen, je me résous difficilement à te décrire les traitements atroces qu'il t'a infligés, après ton existence en tant que bœuf tu connaîtras quatre autres réincarnations, passant et repassant du monde d'ici-bas au monde des ombres, j'ai peut-être oublié bien des détails, mais je me rappelle parfaitement ce qui s'est passé ce jour-là, comme si cette journée s'était déployée tel un grand arbre luxuriant, et je me rappelle non seulement les branches principales de cet arbre, mais aussi les petits rameaux et même chaque feuille. Bœuf Ximen, tu vas écouter mon récit, il faut que je parle, car ce sont des choses passées, et elles relèvent par là de l'Histoire, redire l'Histoire pour ceux que cela concerne et qui en ont oublié les détails, tel est mon devoir.]

Une fois arrivé à la lisière du champ, tu te couches à terre. Les laboureurs sont tous des gens du village qui ont du métier, tous ont pu te voir labourer seul, tirant la charrue d'un pas rapide et assuré, si bien que la terre retournée par le soc formait des vagues. Or, à te voir ainsi couché, refusant de travailler, ils sont partagés entre curiosité et perplexité. Qu'est-ce qui lui prend, à ce bœuf ? Père travaille également dans son champ, il n'a plus de bœuf, aussi se sert-il d'une grande pioche pour retourner ses mille mètres carrés de terre. Le dos courbé, il est concentré sur son travail, donne coup de pioche sur coup de pioche, il ne laisse pas ses regards se promener. Quelqu'un dit : « Ce bœuf a la nostalgie du passé, il voudrait continuer à travailler avec Lan Lian ! »

Jinlong recule de quelques pas, il attrape le grand fouet qu'il porte à l'épaule, le brandit, rejette le bras en arrière pour prendre de l'élan et en frappe l'échine du bœuf. Immédiatement, une balafre blanche apparaît, mais la peau d'un bœuf en pleine force de l'âge, comme tu l'es, est souple, résistante aux coups et élastique, ce coup de fouet donné à un vieux bœuf affaibli ou à un veau dont le squelette ne serait pas développé entièrement aurait, à coup sûr, lacéré la peau et meurtri la chair.

Jinlong est en fait très capable, pour peu qu'il le veuille, il réussit mieux que quiconque dans tout ce qu'il entreprend. Ceux qui, au village, parviennent à manier ce fouet, long de quatre mètres, se comptent sur les doigts de la main, or Jinlong l'a à peine pris qu'il s'en sert comme un expert. Le bruit mat du fouet sur ton corps a résonné dans la campagne. Mon père l'a certainement entendu, pourtant il continue de retourner la terre, le dos courbé, la tête baissée. Je connais l'affection profonde que mon père éprouve pour toi, ce coup que tu as reçu l'a certainement peiné, mais il s'absorbe dans son travail, il ne s'est pas précipité pour te défendre. Mon père lui aussi supporte le fouet.

Jinlong applique vingt coups de fouet d'affilée, la fatigue le fait haleter, son front est en nage, mais toi, couché sur le sol, le menton contre la terre, tu gardes les yeux fermés hermétiquement, tu pleures à chaudes larmes, tandis que le pelage mouillé de ta face prend une teinte de plus en plus foncée. Tu ne bouges pas d'un pouce, ne bronches pas, les frissons sur ta peau indiquent que tu es encore en vie, sans cette preuve, si on disait que tu étais mort, personne n'en douterait, assurément. Mon frère s'approche de toi, jurant comme

347

un charretier, il te donne un coup de pied sur la joue et crie :

« Tu vas me faire le plaisir de te mettre debout ! Debout ! »

Tu gardes les yeux bien fermés, sans bouger le moins du monde. Jinlong rugit, furieux, il t'assène des coups de pied à la tête, à la face, au mufle, au ventre, de loin on dirait un sorcier en transe en train de danser. Tu supportes les coups, sans bouger d'un pouce. Pendant que Jinlong te frappe avec frénésie, la vache mongole à la queue de serpent, ta mère, qui est debout près de toi, tremble de tout son corps, sa queue tordue s'est raidie, on dirait un serpent gelé. Dans son champ, mon père travaille la terre profonde avec plus de force, de plus en plus vite.

Les autres laboureurs reviennent après avoir fait un sillon. Quand ils voient que le bœuf de Jinlong est encore couché sur le sol, ils trouvent la chose étrange et, l'un après l'autre, l'entoure. Wu Yuan, le paysan riche, qui est un homme bon, demande :

« Ce bœuf ne serait-il pas malade ? »

Tian Gui, qui veut toujours faire croire qu'il est progressiste, déclare : « Il a le corps bien gras, le pelage luisant, l'an passé encore il tirait la charrue de Lan Lian, or cette année il reste couché là à faire le mort, c'est de l'obstruction, il est contre la commune populaire ! »

Hong Taiyue jette un regard vers mon père qui travaille la terre la tête baissée et dit sèchement : « Tel bœuf, tel maître ! Qui se ressemble s'assemble !

– Faut le frapper, je ne peux pas croire qu'on n'y arrivera pas ! » renchérit le traître Zhang Dazhuang, et la foule de faire écho.

Alors sept ou huit meneurs de bœufs debout forment un cercle, prennent le fouet qu'ils portent sur l'épaule, le long fouet qui traîne derrière eux, le manche a une

348

bonne prise en main. Alors qu'ils vont se mettre à frapper, la vache mongole s'écroule comme tombe un pan de mur. Aussitôt ses pattes s'agitent, reprennent appui sur le sol. Elle tremble de tout son corps, son regard est empli de crainte, sa queue tordue s'est placée entre ses pattes. Les gens rient, il se trouve quelqu'un pour dire :

« Voyez-moi ça, on n'a même pas donné de coups et voilà cette bête paralysée de peur. »

Mon frère Jinlong détache la vache mongole et la mène à l'écart. La bête, comme si elle était graciée, reste là, tremblante encore, mais son regard est plus serein.

Ah, bœuf Ximen, tu demeures couché tranquillement, pareil à un monticule de sable, du coup les meneurs de bœufs font les importants, les uns après les autres, comme s'ils étaient en compétition ou voulaient faire montre de leur talent, ils agitent leur fouet, l'abattent sur ton corps. Un coup, un autre, un claquement, un autre. Le corps du bœuf se couvre de balafres en tous sens, du sang finit par suinter. Le bout des fouets est souillé de sang, les claquements en sont plus sonores, la force des hommes va croissant, ton échine, ton ventre sont pareils à une planche à hacher, sang et chair mêlés.

Dès le début des coups, mes larmes se sont mises à couler, je pleure, crie, supplie, je veux m'élancer à ton secours, me coucher sur ton dos, prendre une part de tes souffrances, mais mes bras sont retenus fermement par les badauds massés là, supportant la douleur que leur provoquent mes coups de pied et mes morsures, ils ne desserrent pas leur étreinte, ils veulent voir cette tragédie sanglante. Je ne comprends pas comment ces paysans si bons d'ordinaire, vieillards, adultes des deux sexes ou enfants, peuvent devenir aussi insensibles que fer et pierre.

Puis les hommes sont fatigués de frapper, ils frottent leurs poignets endoloris et s'approchent pour examiner la situation. Est-il mort ? Non. Tu gardes les yeux bien fermés, le fouet a lacéré tes joues, le sang qui coule de tes blessures a teint le sol en rouge. Tu halètes avec bruit, le mufle fiché dans la terre. Ton ventre tremble violemment, comme fait celui d'une vache qui va mettre bas.

On n'a jamais vu un bœuf aussi récalcitrant, ceux qui t'ont frappé poussent des exclamations venues du fond du cœur. L'expression de leurs visages n'est pas très naturelle, ils sont tous un peu honteux. Si le bœuf qu'ils ont ainsi battu avait fait montre d'une résistance farouche, ils se sentiraient meilleure conscience, mais ils ont frappé un animal résigné à son malheur, des doutes se lèvent en eux, de nombreux préceptes moraux venus des temps anciens, des légendes sur les esprits s'agitent dans leurs têtes. A-t-on bien affaire à un bœuf ? Ne s'agirait-il pas d'un esprit ? d'un bouddha ? Sa résignation devant la souffrance n'est-elle pas là pour éclairer ceux qui ont sombré dans l'égarement, afin qu'ils prennent conscience de ce qu'ils font ? Il ne faut pas user de violence envers autrui, envers un bœuf non plus ; il ne faut pas forcer quelqu'un à faire quelque chose contre sa volonté, et il en va de même pour un bœuf.

Tous ceux qui ont frappé semblent pris de compassion, ils exhortent Jinlong à arrêter, mais lui ne s'arrête pas, le versant de son caractère qui ressemble à celui du bœuf le brûle comme un feu diabolique, il en a les yeux rouges, les traits du visage déformés. Sa bouche est tordue, elle exhale une odeur fétide, il tremble de tout son corps, son pas est léger, on dirait un homme pris d'ivresse. S'il n'en est pas un, il a cependant perdu sa raison sous l'emprise d'un mauvais génie. Tout comme le bœuf préfère mourir plutôt que de se lever, prouvant par là sa volonté et son désir de sauvegarder sa dignité, mon frère coûte que coûte recourt à tous les expédients pour faire se lever le bœuf et prouver lui aussi sa volonté et son désir de sauvegarder sa dignité. C'est vraiment le cas de dire « les adversaires sont voués à se rencontrer » ou « avoir affaire à plus têtu que soi ». Mon frère, quant à lui, tire la vache mongole à la queue sinueuse comme un serpent jusque devant le bœuf Ximen, il fixe la longe, passée dans le nouvel anneau enfilé aux naseaux de ce dernier, sur le bâton transversal derrière le trait de la vache. Ciel, mon frère compte se servir de la force d'un bœuf pour tirer le bœuf Ximen par l'anneau du nez. Or, c'est bien connu, les naseaux sont la partie la plus fragile chez le bœuf et, si l'homme parvient à le faire travailler, c'est grâce à cet anneau passé au travers des naseaux. Le bœuf le plus sauvage, pour peu qu'on puisse le mener par le nez, devient instantanément docile. Bœuf Ximen, mets-toi vite debout, tu as déjà supporté des souffrances que la plupart de tes congénères n'auraient pu endurer, et si tu te mettais sur tes pattes maintenant, tu resterais digne du titre de héros. Mais tu ne te lèveras pas, je sais que tu ne te lèveras pas, car tu ne serais plus le bœuf Ximen.

Mon frère donne un violent coup de poing sur la croupe de la vache mongole qui tremble de tout son corps, ses reins se tordent et elle fait un bond en avant. Le trait est étiré fortement, les naseaux suivent bien sûr le mouvement, hélas, pauvres naseaux, ah, bœuf Ximen ! Jinlong, espèce de démon inhumain, laisse mon bœuf tranquille ! Je me débats, mais ceux qui me retiennent semblent des hommes de pierre, de glace. Les naseaux sont étirés, on dirait du caoutchouc grisâtre. Ah, pauvres naseaux de mon bœuf Ximen, humides, pareils aux pétales d'une fleur de trèfle mauve, les voilà sur le point d'être déchirés ! Et toi, vache mongole à la queue de serpent, recule donc, résiste, ne sais-tu pas que le bœuf Ximen couché au sol est ta progéniture ? Ne prête pas assistance à Jinlong dans son projet de faire le mal, résiste à sa violence, en inclinant ta tête aux cornes acérées, tu pourrais charger Jinlong au torse et arrêter ces atrocités ! Mais la vache mongole à queue de serpent, cet animal sans cœur, sous les coups de Jinlong, se rue en avant de toutes les forces de son corps. Le bœuf Ximen est obligé de redresser la tête, toutefois son corps ne bouge pas plus qu'avant, je vois que ses pattes de devant semblent prêtes à se plier, mais ce n'est qu'une fausse impression, tu n'as pas l'intention de te lever. De tes naseaux sortent comme des vagissements de nouveau-né, ces sons me brisent le cœur, hélas, bœuf Ximen. Puis les naseaux se fendent en leur milieu avec un bruit sonore. La tête de l'animal qui s'est redressée s'abat lourdement sur le sol. Les pattes de devant de la vache mongole lâchent et la bête tombe à terre pour se relever immédiatement.

Ah, Ximen Jinlong, tu devrais en rester là. Mais telle n'est pas son intention. Il est entièrement pris dans sa folie. Il gémit comme un loup blessé, il court jusqu'au bord du fossé, en revient avec quelques bottes de paille de maïs sur l'épaule ; il installe les végétaux derrière la croupe de l'animal, ce mauvais drôle veut-il brûler le bœuf ? C'est bien ça. Il met le feu aux tiges, une fumée blanche s'élève tandis qu'une odeur fraîche s'exhale, caractéristique de la paille de maïs brûlée. Les gens retiennent leur souffle, les yeux écarquillés, mais personne ne s'avance pour mettre fin à cet acte de violence. Hélas, bœuf Ximen, toi qui as préféré mourir plutôt que de te lever pour tirer la charrue de la commune populaire, je vois mon père rejeter sa pioche, ramper sur le sol tandis que ses mains s'enfoncent profondément dans la terre, et son visage aussi, il tremble de tout son corps, comme s'il avait une crise de paludisme. Je sais que mon père et le bœuf subissent le même supplice.

La peau et la chair du bœuf brûlent, une puanteur s'élève qui donne envie de vomir, mais personne ne vomit. Bœuf Ximen, ton mufle est dans la terre, ton échine semble un serpent suspendu par la tête, elle se tord avec des craquements. La corde du trait a été coupée par la combustion, il s'agit d'un bien collectif, il ne faut pas l'abîmer, quelqu'un court défaire la chevillette en bois de sophora sur le collier du bœuf et la lance plus loin, il piétine la corde pour étouffer le feu qui a pris dessus. Les flammes peu à peu s'éteignent, mais la fumée blanche continue de monter en spirale, la puanteur gagne la campagne entière, même les oiseaux dans le ciel se sont enfuis vers le lointain. Hélas, bœuf Ximen, la vue de ton corps déjà brûlé à moitié est insoutenable.

« Je vais te brûler à mort ! » hurle Jinlong, il court de nouveau vers la meule de paille de maïs, personne ne l'intercepte dans sa course, les gens veulent que Jinlong aille au bout de son crime, et même Hong Taiyue, le plus lucide, celui qui ne cesse d'exhorter tout le monde à protéger les biens de la collectivité, assiste à la scène, indifférent, en spectateur. En fait, le bœuf Ximen, une fois entré dans la commune appartient aux biens collectifs, le bœuf est un gros animal domestique, une source de production importante, massacrer un bœuf de labour est un crime grave, pourquoi les gens supportent-ils qu'un tel crime puisse se produire sans chercher à l'empêcher ?

Jinlong revient en courant, trébuchant, traînant encore quelques bottes de paille, mon demi-frère est à moitié fou.

[Jinlong, Jinlong, si tu avais su que le bœuf était la réincarnation de ton père, qu'est-ce que cela t'aurait fait ? Bœuf Ximen, ah, bœuf Ximen, alors que ton propre fils te traitait avec une telle barbarie, que ressentais-tu de ton côté ?]

Hélas, en ce monde si vaste, combien de griefs et de haines se sont accumulés ? Mais il se produit soudain quelque chose qui bouleverse tous les présents : bœuf Ximen, tu te mets sur tes pattes, tremblant de tout ton corps, tu n'as plus de trait, plus d'anneau dans les naseaux, plus de longe autour du cou, tu te redresses en qualité de bœuf libre, affranchi de toutes les servitudes et de toutes les entraves que les humains ont voulu t'imposer. Tu marches péniblement, tes membres, d'une faiblesse extrême, soutiennent difficilement ton corps, lequel oscille en avançant. De tes naseaux déchirés gouttent un sang bleu, un sang noir qui se rejoignent sur la peau de ton ventre, pour couler sur le sol, on dirait du goudron figé. Tu es couvert de plaies, que tu aies pu te mettre sur tes pattes et marcher relève du prodige, tu es soutenu dans cet effort par une noble conviction, c'est ton esprit qui est en marche, ta foi. La foule qui regarde la scène en reste médusée, les gens ont les yeux écarquillés, la bouche bée, pas un bruit, les trilles d'une alouette, dans les nuages, paraissent si tristes, si poignants. Le bœuf, pas à pas, marche vers mon père. Il franchit les limites des terres de la commune populaire, pénètre dans le champ de mille mètres carrés de Lan Lian, le seul paysan indépendant de toute la Chine, avant de s'abattre lourdement au sol.

Le bœuf Ximen est allé mourir sur le champ de mon père, sa démonstration devait réveiller la conscience de bien des gens qui avaient perdu la tête pendant le déferlement de la Révolution culturelle. Ah, bœuf Ximen, l'exploit que tu as accompli allait devenir une légende, un mythe. Après ta mort, quelques-uns, qui pensaient pouvoir manger ta chair, sont accourus, un couteau à la main, mais à la vue des larmes de sang versées par mon père, ainsi que de sa bouche pleine de terre, ils se sont éclipsés sans un bruit.

Mon père t'a enterré au beau milieu de son champ, il a édifié une immense tombe, ce « tombeau du bœuf loyal » qui deviendra un site célèbre du canton de Dongbei et qui le reste de nos jours.

En tant que bœuf, ton nom restera encore probablement très longtemps dans la postérité.

Troisième partie

Le cochon s'en donne
à cœur joie

Chapitre vingt et unième

Criant de nouveau à l'injustice, il se rend au palais du roi des enfers.
Dupé une fois de plus, il naît parmi la portée d'une truie.

Après s'être débarrassée de l'enveloppe corporelle du bœuf, mon âme inflexible s'attarde au-dessus du champ de Lan Lian. Ma vie en tant que bœuf a été si tragique ! Après m'avoir réincarné en un âne, le roi des enfers, lors de son verdict prononcé dans la salle d'audience, avait décidé que je serais réincarné dans un corps humain, mais voilà, je suis sorti par le canal pelvi-génital de la vache à la queue de serpent. Je suis pressé d'aller trouver le roi des enfers pour le blâmer de s'être ainsi joué de moi, mais, d'un autre côté, je m'attarde longuement au-dessus de Lan Lian, je ne parviens pas à m'éloigner. Je peux voir le corps tuméfié du bœuf et la tête de Lan Lian contre celle de l'animal, Lan Lian qui pleure et gémit à fendre l'âme, je vois aussi l'expression stupide sur le visage de mon asperge de fils, Ximen Jinlong, je vois aussi le petit Lan Jiefang, Visage bleu, qu'a mis au monde ma concubine Yingchun, et l'ami du Petit Visage bleu, Mo Yan, avec son visage sale, souillé par la morve et mouillé par les larmes, ainsi que bien d'autres visages qu'il me semble avoir connus. En même temps que mon âme quitte le corps du bœuf, les souvenirs concernant la vie de ce dernier s'effacent peu à peu, tandis que ceux de Ximen Nao se font à nouveau plus distincts. C'est que j'étais un brave homme qui a été fusillé alors qu'il n'aurait pas dû mourir, et cela, le roi des enfers ne peut que le reconnaître, mais il est difficile de réparer cette erreur. Le roi des enfers, indifférent à mes malheurs, en convient :

« C'est vrai, il y a eu une erreur. Alors dis voir un peu ce que tu comptes faire ? Je n'ai pas le pouvoir de te faire renaître en la personne de Ximen Nao, tu as déjà connu deux réincarnations, tu dois savoir que l'époque à laquelle vivait Ximen Nao est révolue, les enfants de Ximen Nao ont grandi, ce sont des adultes à présent, les os de Ximen Nao ont pourri, sont devenus poussière, son dossier a été brûlé, réduit en cendres, les anciennes dettes ont été rayées d'un coup de plume. Pourquoi donc ne peux-tu oublier ce passé malheureux et profiter d'une vie de bonheur ?

– Votre Majesté, dis-je douloureusement, agenouillé sur le sol glacé en marbre de la salle du trône du roi des enfers, Votre Majesté, c'est que je voudrais bien oublier tout ce passé, mais je n'y parviens pas. Ces souvenirs amers sont pareils à ces abcès qui vous rongent jusqu'à l'os, c'est comme un virus qui ne vous lâche pas, si bien que lorsque j'étais un âne, je ne pouvais oublier la haine qu'éprouvait Ximen Nao, que lorsque je vivais ma vie de bœuf, je ne suis pas parvenu à me défaire de ce sentiment d'injustice qu'éprouvait Ximen Nao. Cette mémoire ancienne me tourmente douloureusement, Votre Majesté.

– Est-ce que par hasard la potion de l'oubli pour les âmes préparée par la mère Meng, mille fois plus forte qu'une simple drogue soporifique, n'aurait aucun effet sur toi ? demande le roi des enfers qui semble ne plus rien y comprendre. Serais-tu par hasard allé directement à la terrasse d'où l'on contemple le pays natal sans boire ce breuvage ?

– Votre Majesté, à dire vrai, en tant qu'âne, je n'ai effectivement pas bu la potion de la vieille femme, mais quand j'ai été réincarné en bœuf, les deux sbires m'ont pincé le nez et m'en ont fait boire un bol de force, puis, de peur que je vomisse, ils m'ont fourré un vieux chiffon dans la bouche.

– Voilà qui est étrange, dit le roi des enfers aux juges à ses côtés. Est-ce que la mère Meng aurait osé fabriquer un ersatz ? »

Devant de telles suppositions, les juges font un signe de dénégation de la tête.

« Ximen Nao, il faut que tu le saches, ma patience est à bout, si toutes les âmes étaient aussi insupportables que toi, mon palais de roi des enfers en serait mis sens dessus dessous. Considérant les nombreuses bonnes actions que tu as accomplies dans ton existence antérieure en tant qu'être humain, considérant en outre toutes les souffrances que tu as dû endurer dans ta vie d'âne et dans celle de bœuf, pour cette fois nous faisons une exception à la loi en ta faveur en t'envoyant te réincarner dans un pays lointain ; là-bas la société est stable, les gens vivent dans l'opulence, les paysages sont splendides et l'année se déroule comme un éternel printemps. Ton père a trente-six ans, c'est le plus jeune maire de ce pays. Ta mère est une cantatrice douce et belle, qui a obtenu plusieurs prix internationaux. Tu seras leur fils unique, dès ta naissance tu seras pour eux leur trésor le plus précieux. Ton père fera une belle carrière dans la fonction publique, à quarante-huit ans il sera préfet. Ta mère, arrivée à l'âge mûr, abandonnera l'art pour le commerce et deviendra la directrice d'une célèbre société de cosmétiques. Ton père a une Audi, ta mère une BMW et toi tu rouleras en Mercedes. Tu auras honneurs et richesses à revendre, et toutes les femmes que tu voudras, et tout cela viendra compenser les souffrances et les injustices que tu as subies au cours de tes vies antérieures. »

Le roi des enfers tambourine sur la table avec ses doigts, il marque une légère pause, les yeux levés vers la voûte sombre du palais, il reprend avec un air entendu : « Je pense que ces dispositions te conviennent ? »

Mais ce petit père de roi des enfers, une fois de plus, devait me jouer un mauvais tour.

Pour cette réincarnation, à peine suis-je sorti de la salle d'audience qu'on me bande les yeux avec une étoffe noire. Sur la terrasse d'où l'on contemple le pays natal, le vent sinistre qui souffle, tout chargé de l'odeur fétide des enfers, me glace jusqu'aux os. La vieille femme, d'une voix rauque, se répand en invectives contre moi qui ai dénoncé sa roublardise auprès du roi des enfers. Elle me donne des coups retentissants sur la tête avec une solide cuiller en bois d'ébène, me tire les oreilles, puis me verse la potion dans la bouche, louchée après louchée. Le breuvage a un goût bizarre, on dirait qu'il a été préparé avec des crottes de chauve-souris et du poivre. « Je vais t'en faire boire à en crever, espèce de cochon stupide, ainsi tu as osé dire que ma potion était trafiquée ! Je vais t'en faire boire à en crever, je vais détruire tes souvenirs, tes vies antérieures, et tu ne te rappelleras que le goût des eaux ménagères et des excréments ! » Tandis que cette vieille roublarde me tourmente ainsi, les deux sbires qui m'escortent me tiennent fermement par les bras et ricanent, éprouvant un malin plaisir à voir mon infortune.

Après être descendu en chancelant de cette haute terrasse, soutenu sous les bras par les sbires, je suis mené bon train, mes pieds ne touchent même pas le sol, sensation de m'élever dans les airs. Je foule quelque chose de moelleux, on dirait l'ouate des nuages. À plusieurs reprises, je pense ouvrir la bouche pour m'informer de ce qui se passe, mais à peine ai-je desserré les lèvres qu'une patte duveteuse me fourre une boule infecte dedans. Je sens soudain une odeur aigrelette, on dirait celle d'une vieille lie, ou bien de tourteau de soja fermenté, mais c'est l'odeur de l'étable de la grande brigade du village de Ximen ! Ciel, la mémoire du temps où j'étais un bœuf est toujours là, est-il possible que je sois encore un bœuf et que tout ce qui vient de se passer soit un rêve ? Comme pour me débarrasser de ce sortilège, je me débats, ma bouche produit des petits cris aigus. J'en suis effrayé, je scrute ce qu'il y a autour de moi et découvre une dizaine de petites boules de chair qui gigotent. Il y en a des noires, des blanches, des jaunes, des bicolores noir et blanc. Devant les petites boules est couchée en travers une truie blanche. J'entends une voix féminine tout à fait familière crier de joie et de surprise :

« Et de seize ! Juste ciel, notre vieille truie a mis bas seize porcelets dans la même portée ! »

Je cligne des yeux pour faire partir le liquide qui les colle, certes je ne peux voir mon image, mais je sais que je me suis réincarné dans le corps d'un cochon, les petits drôles qui tremblent, rampent, couinent devant moi sont mes frères et sœurs, il me suffit de les regarder pour savoir à quoi je ressemble. Une vive colère m'habite, j'en veux à ce vieux roublard de roi des enfers de s'être, une fois de plus, moqué de moi. J'ai toujours eu en horreur les cochons, ce bétail malpropre. J'aurais préféré encore renaître dans le corps d'un âne ou d'un bœuf plutôt que d'être un cochon qui se vautre dans les excréments. Je décide de me laisser mourir de faim pour aller au plus vite dans l'autre monde afin de régler mes comptes avec le roi des enfers.

C'est une journée torride, d'après les tournesols près du mur de la porcherie, dont les feuilles sont déjà bien larges mais qui n'ont pas encore fleuri, je juge qu'on est au sixième mois du calendrier lunaire. Dans la porcherie volent des nuées de mouches, au-dessus desquelles tourbillonnent des essaims de libellules. Je sens mes pattes devenir plus fermes, tandis que ma vue s'améliore rapidement. Je distingue clairement qui sont les deux personnes qui ont aidé la truie à mettre bas : l'une est Huzhu, la fille aînée de Huang Tong, l'autre est mon fils, Ximen Jinlong. À la vue du visage familier de ce dernier, je ressens une tension sur mon épiderme entier, j'ai la sensation douloureuse que ma tête enfle, comme si un gigantesque corps humain, comme si une âme déchaînée étaient emprisonnés dans mon petit corps de porcelet. Ô ce sentiment d'être victime d'une injustice, ce sentiment qui m'étouffe, que je souffre, ah, que je souffre, qu'on me délivre, qu'on me laisse me dilater, faire éclater ce corps de cochon, sale, détestable, me dilater, retrouver ma silhouette imposante d'homme, du temps où j'étais Ximen Nao, mais tout cela est manifestement impossible. J'ai beau me débattre de toutes mes forces, je n'en suis pas moins soulevé du sol et me retrouve dans la main de Huang Huzhu. Elle me pince l'oreille en disant :

« Jinlong, ce petit cochon semble atteint de convulsions.

– On s'en tape, de toute façon la vieille truie n'a pas assez de mamelles, alors s'il en meurt quelques-uns, ce ne sera pas plus mal, fait Jinlong avec de l'aversion dans la voix.

– Mais non, il ne faut pas en perdre un seul. » Huang Huzhu m'essuie le corps avec une étoffe rouge très souple. Ses gestes sont doux, c'est très agréable. Je ne peux m'empêcher de pousser des petits grognements, ces cris détestables que poussent les cochons.

« Ils sont nés ? Y en a combien ? » Une voix d'homme puissante se fait entendre à l'extérieur de la porcherie.

Cette voix que je connais bien me fait fermer les yeux de désespoir. J'ai reconnu Hong Taiyue, et j'ai compris, au son de sa voix, qu'il a retrouvé son poste. Roi des enfers, ah, roi des enfers, tu m'as berné avec tes belles paroles, m'assurant que j'allais renaître comme héritier d'une famille de notables dans un pays étranger, et au lieu de cela tu m'as jeté dans la porcherie du village de Ximen, et me voilà porcelet ! J'ai été complètement dupé, c'est une machination, une infamie, une perfidie ! Je me cabre de toutes mes forces, échappe à la main de Huang Huzhu, tombe à terre. Je m'entends pousser un cri perçant avant de m'évanouir.

Quand je reviens à moi, je vois que je suis couché dans une grande feuille de courge, au-dessus de moi le feuillage touffu d'une branche d'abricotier me protège de l'ardeur du soleil. Je sens l'odeur de la teinture d'iode, je vois aux environs immédiats, éparpillées, des ampoules étincelantes. Je ressens une douleur à l'oreille, aux fesses, je sais qu'on vient tout juste de me sauver la vie. Ils ne veulent pas que je meure. Dans mon cerveau surgit soudain un joli visage, c'est elle, sans aucun doute, qui m'a fait ces piqûres, oui, c'est elle, c'est bien elle, ma fille Ximen Baofeng. Au départ elle a étudié la médecine humaine, mais elle soigne souvent les bêtes. Elle porte un chemisier à carreaux bleu ciel dont les manches lui arrivent au coude, elle est très pâle, son regard est mélancolique, comme si elle était accablée de tourments, c'est son expression de toujours. Elle allonge un doigt glacé, touche mon oreille et dit à ceux qui sont à côté :

« Rien de grave, on peut le remettre dans la porcherie à téter. »

À ce moment-là, Hong Taiyue s'avance, de sa grosse main il caresse mon poil lustré comme du satin et dit :

« Baofeng, ne crois pas que si on te demande de soigner les cochons, c'est faire injure à tes capacités !

– Secrétaire, cette idée ne m'a même pas effleurée. »
Baofeng range sa trousse, elle ajoute sur un ton ni servile, ni arrogant : « Pour ma part, je ne fais pas de différence entre soigner un animal et soigner un être humain.

– Se rendre compte de cela, c'est une bonne chose,
dit Hong Taiyue. Le président Mao a lancé un appel
pour que soit pratiqué en grand l'élevage des porcs,
cela relève de la politique, s'acquitter correctement de
cette tâche, c'est montrer son dévouement au président
Mao. Jinlong, Huzhu, c'est compris et entendu ? »

Huang Huzhu répond par plusieurs « oui » à la file,
Jinlong, l'épaule appuyée de biais contre le tronc de
l'arbre à kakis, la tête penchée de côté, fume une cigarette de mauvaise qualité à neuf centimes le paquet.

« Jinlong, je t'ai posé une question ! dit Hong Taiyue,
mécontent.

– Ne suis-je pas tout ouïe, tout oreille ? dit Jinlong la
tête penchée de côté. Faut-il que je récite par cœur tous
les articles des hautes directives du président Mao
concernant l'élevage des cochons ?

– Jinlong, dit Hong Taiyue en me caressant le dos, je
sais que tu ne décolères pas, mais il faut que tu le
saches : Li Renshun, du village Taiping, a enveloppé un
poisson salé avec un journal sur lequel était imprimé le
précieux portrait du président Mao, il en a pris pour
huit ans, il est encore actuellement en rééducation par
le travail à la ferme de la grève, ton cas est autrement
plus grave !

– Oui, mais moi je ne l'ai pas fait exprès, mon cas
n'est pas de la même nature que le sien !

– Si tu l'avais fait exprès, on t'aurait fusillé ! dit
Hong Taiyue en s'emportant. Sais-tu pourquoi je t'ai
protégé ? » Hong Taiyue jette un coup d'œil à Huang
Huzhu et continue : « C'est pour Huzhu et pour ta mère,
qui se sont mises à genoux devant moi et m'ont supplié ! Bien sûr, le plus important reste que, dans le fond,

j'ai gardé bonne opinion de toi malgré ta mauvaise origine, tu as grandi depuis tout petit sous le drapeau rouge, avant la Révolution culturelle nous t'avons formé, tu es allé au collège, tu as de l'instruction, et nous autres qui faisons la révolution avons besoin de gens comme toi. Ne va pas t'imaginer qu'en te demandant d'élever les cochons nous t'employons au-dessous de tes capacités, dans la situation actuelle c'est le poste le plus glorieux mais le plus pénible. Ton affectation constitue une mise à l'épreuve que te fait subir le Parti, la ligne révolutionnaire du président Mao ! »

Jinlong jette son mégot, se redresse, la tête baissée il écoute les réprimandes de Hong Taiyue.

« Vous avez de la chance – non, un prolétaire ne parle pas de chance mais de situation – ! » Hong Taiyue, me soutenant sous le ventre, m'élève très haut en l'air tandis qu'il poursuit : « La truie du village a mis bas seize bébés cochons d'un coup, c'est un phénomène rarissime au niveau du canton et même de la province. Le district cherchait justement un modèle dans l'application de la directive "pratiquer en grand l'élevage des porcs". » Hong Taiyue baisse le ton et ajoute, l'air mystérieux : « Un modèle, tu comprends ça ? Tu comprends le sens de ce mot ? Dazhai est devenu un modèle pour avoir aménagé des champs en terrasse, Daqing pour son pétrole, Xiadingjia pour ses vergers, Xujiazhai pour son groupe de vieilles danseuses, pourquoi notre village de Ximen ne pourrait-il en devenir un à son tour pour l'élevage de ses porcs ? Et si toi, Lan Jinlong, quelques années auparavant tu as joué des pièces révolutionnaires, tu as fait venir de force Jiefang et le bœuf de ton père à la commune, n'était-ce pas pour devenir un modèle ? »

Jinlong relève la tête, les yeux brillants d'excitation, je connais le caractère de mon fils, je sais que si son cerveau se met en route, il trouvera quelque invention de génie et qu'il sera à l'origine d'un exploit qui plus tard pourra sembler absurde, ridicule, mais qui, à l'époque où nous vivons, lui vaudra des acclamations.

« J'avance en âge, poursuit Hong Taiyue, et si j'ai repris du service, je vise seulement à mener à bien les affaires de notre village, à ne pas me montrer indigne de la confiance des masses révolutionnaires et de mes supérieurs, mais il n'en va pas de même pour vous autres, vous, vous êtes jeunes, vous avez tout l'avenir devant vous. Travaillez bien et les fruits de votre travail seront pour vous, et si vous rencontrez des problèmes, je prends tout sur moi. » Hong Taiyue poursuit, désignant les membres de la commune qui s'affairent à creuser une tranchée et à édifier un mur dans le verger d'abricotiers : « En l'espace d'un mois, nous allons édifier une porcherie paysagère de deux cents box, mettre en pratique l'objectif de "cinq cochons par personne", qui dit plus de cochons dit plus de lisier, et qui dit plus de lisier dit plus de céréales. Quand les greniers sont pleins, l'on ne craint rien, creuser des trous profonds, stocker de grandes quantités de céréales, ne pas chercher l'hégémonie, soutenir la cause de la révolution mondiale, chaque porc est un obus lancé contre les impérialistes, les révisionnistes, les contre-révolutionnaires[1]. C'est la raison pour laquelle les seize porcelets mis bas par notre vieille truie sont en fait autant de ces projectiles et nos vieilles truies sont autant de porte-avions déclenchant l'offensive générale ! À présent, vous comprenez vous autres l'importance de votre affectation à ce poste, non ? »

Tout en écoutant les propos pleins de promesses de Hong Taiyue, je ne quitte pas Jinlong du regard. Après mes maintes réincarnations, les liens de parenté qui

---

1. Hong Taiyue cite à la file des slogans lancés par Mao Zedong à cette époque-là.

m'unissent à lui ont fini par s'affaiblir peu à peu pour devenir un souvenir, tout comme les signes effacés sur un registre généalogique. Les paroles de Hong Taiyue, pareilles à un excitant puissant, stimulent le cerveau de Jinlong, il en a le cœur qui bat et le sang en ébullition, il se frotte les mains, prêt à passer à l'action. Il se place devant Hong Taiyue, les muscles de ses joues se contractent par habitude, provoquant de légers tremblements de ses oreilles, grandes et minces, je sais qu'il s'agit là d'un indice, qu'il va se lancer dans un grand discours creux, pourtant cette fois il n'en est rien – les vicissitudes de la vie humaine ont visiblement fait mûrir le gars. Il me prend des mains de Hong Taiyue, me serre contre sa poitrine, si bien que je sens tout proches les battements farouches de son cœur ambitieux, il penche la tête, m'embrasse sur l'oreille. [Dans les documents ultérieurs, ce baiser sera élevé au titre d'élément important de l'action exemplaire de Lan Jinlong, travailleur modèle dans l'élevage des porcs : pour sauver le petit cochon asphyxié lors de sa naissance, Lan Jinlong a pratiqué sur ce dernier la respiration artificielle par le bouche-à-bouche, si bien que ce bébé cochon voué à une mort certaine, qui avait le corps couvert de plaques rouges, a retrouvé la vie, poussé des couinements. Le cochon a été sauvé, mais Lan Jinlong s'est évanoui de fatigue dans la porcherie]. Il déclare, ferme et décidé, à Hong Taiyue :

« Secrétaire Hong, dorénavant je considérerai les cochons comme mon père et les truies comme ma mère !

– Voilà qui est bien dit ! approuve Hong Taiyue, ravi. Nous avons besoin de jeunes comme toi qui se dévouent aux cochons de la collectivité comme s'ils étaient leurs propres parents. »

Chapitre vingt-deuxième

Cochon le Seizième accapare les mamelles de la truie.
Bai Xinger a l'honneur de devenir éleveuse.

Ces gens, dans leur exaltation, ont beau magnifier les
cochons, ceux-ci n'en restent pas moins ce qu'ils sont :
des cochons. Malgré l'affection profonde qu'on me
témoigne, je m'en tiens à ma décision de faire la grève
de la faim pour mettre un terme à mon existence en tant
que cochon. Je veux aller trouver le roi des enfers, mettre
le tribunal sens dessus dessous, obtenir de renaître dans
le corps d'un humain et dans des conditions honorables.

Quand on me rapporte dans la porcherie, la vieille
truie s'est déjà allongée sur un tas de brisures de paille,
les pattes tendues, avec devant elle, tout contre son
flanc, une rangée de petits cochons. Chacun est à une
mamelle, ils tètent comme des fous avec des bruits de
succion. Ceux qui n'ont pu conquérir un téton poussent
des petits cris d'impatience, essayant de se faufiler
désespérément entre ceux qui tètent. Certains réussissent,
éjectant ces derniers, d'autres grimpent sur le ventre de
la truie, sautant, couinant. La truie ferme les yeux, pousse
des grognements, à la voir ainsi, j'éprouve de la pitié,
mais aussi de la répugnance.

Jinlong me met dans la main de Huzhu, se penche,
retire un petit cochon qui tétait. La bouche de ce petit
drôle étire le téton de la truie comme un élastique. Le

téton vacant se retrouve aussitôt dans la bouche d'un autre petit cochon.

Jinlong écarte tous ces galopins qui ont accaparé les mamelles et ne veulent plus les lâcher, il les dépose à l'extérieur du mur de la porcherie – ils y font un beau tapage, vociférant des injures dans une langue pas encore bien coulante –, devant le ventre de la truie il ne reste plus que dix petits. Deux mamelles sont opérationnelles. Elles sont toutes rouges et enflées d'avoir été tétées, à les voir, je suis dégoûté. Jinlong me reprend des bras de Huzhu et me pose devant le ventre de la truie. Je ferme fortement les yeux, à mes oreilles les bruits de succion, que je trouve infamants, qui sortent de la bouche de mes frères et sœurs me remuent les entrailles, mais je n'ai rien à vomir. Je l'ai dit, je souhaite mourir, je ne peux absolument pas fourrer dans ma bouche cette mamelle porcine toute sale. Je sais fort bien que le mamelon une fois dans ma bouche, je perdrai une bonne partie de ma nature humaine et qu'irrémédiablement je glisserai dans le gouffre de l'animalité, que je serai pris par ma nature porcine, que son tempérament, ses penchants, ses désirs s'infiltreront en moi avec le lait maternel, et que je deviendrai un cochon qui gardera tout juste quelques bribes de sa mémoire humaine, accomplissant ainsi ce cycle dégoûtant, honteux.

« Allez, bois, mais bois donc ! » Jinlong, me soulevant, approche ma bouche d'une énorme mamelle, la bave laissée par mes frères et sœurs sans vergogne vient souiller ma bouche, me donne envie de vomir. Je garde les lèvres fermées, serre les dents avec force, résistant à cette mamelle provocante.

« Quel idiot, ce cochon, le téton est à portée de sa bouche et il ne cherche même pas à ouvrir les lèvres ! » Jinlong, tout en me grondant, me met une petite tape sur le postérieur.

« Tu es trop brutal ! » dit Huzhu. En même temps qu'elle repousse Jinlong, elle me prend, de son doigt si doux elle me gratte légèrement le ventre, c'est des plus agréables, je me mets à pousser des petits grognements, c'est plus fort que moi, mais les sons que je profère, même si ce sont bien les grognements d'un cochon, à l'écoute paraissent cependant déjà moins perçants. Huzhu roucoule à mon intention : « Petit trésor, Cochon le Seizième, espèce de petit idiot, tu ne sais pas comme c'est bon, le lait de maman. Allez, tu vas goûter, viens, goûte voir un peu, si tu ne bois pas ce lait comment pourras-tu grandir ? » J'apprends par son bavardage que je suis le seizième de la portée, c'est-à-dire le dernier sorti du ventre de la vieille truie ; malgré mes antécédents peu ordinaires, malgré cette sagesse acquise en observant le monde d'ici-bas et l'autre monde, et malgré ma position entre le monde des hommes et celui des bêtes, à leurs yeux je ne suis qu'un simple petit cochon. C'est pour moi source de grande affliction, mais le plus douloureux est encore à venir.

Huzhu m'affriole en promenant la mamelle sur ma bouche et sur mon groin. Je sens mes narines me chatouiller, j'éternue violemment. Je sais, par la main de Huzhu, qu'elle en est surprise, puis je l'entends éclater de rire : « Ça alors, si on m'avait dit que les cochons éternuaient ! » Et de continuer : « Le Seizième, Cochon le Seizième, si tu es capable d'éternuer, tu dois être capable de téter ! » Elle vise ma bouche, tire sur la mamelle et presse doucement dessus à plusieurs reprises, un liquide chaud jaillit jusque sur mes lèvres, je ne peux m'empêcher de passer plusieurs fois ma langue dessus, oh là là ! Dieu du ciel, je n'aurais jamais pensé que le lait de truie, le lait de ma maman truie, était en fin de compte si succulent, si parfumé, il glisse en vous comme du velours, comme de l'amour. En un instant j'en oublie toute honte, en un instant mes impressions sur le

372

contexte ambiant s'en trouvent modifiées, en un instant j'ai le sentiment que la vieille maman truie, couchée sur la paille, occupée à nous allaiter, nous, la ribambelle de frères et sœurs, est sublime, sainte, majestueuse, belle. Je m'empare sans plus attendre de cette mamelle, j'en aurais presque mordu en même temps le doigt de Huzhu. Alors des gorgées de lait humectent ma gorge, pénètrent dans mon estomac, mes intestins, alors je sens que mes forces en même temps que mon amour pour ma mère la truie grandissent à chaque minute, à chaque seconde, alors j'entends Jinlong et Huzhu battre des mains joyeusement et rire, grâce à ma vision périphérique je vois leurs visages jeunes s'épanouir comme des amarantes, je vois leurs mains se prendre, et même si des fragments de souvenirs de mon histoire passent dans mon cerveau comme des éclairs ou des étincelles, à ce moment-là je veux tout oublier, je ferme les yeux, jouissant du plaisir du bébé cochon qui tète.

Les jours suivants, je deviens le plus tyrannique des seize petits. Mon appétit est si grand que Jinlong et Huzhu en sont stupéfaits, je manifeste un don très développé dans le domaine de la nourriture. Je parviens toujours par les gestes les plus rapides et les plus précis à accaparer la meilleure mamelle, celle qui sécrète le plus de lait du ventre de la maman truie. Mes stupides frères et sœurs, une fois le téton dans la bouche, ferment les yeux, tandis que moi je les garde bien ouverts tout le temps de la tétée. Quand je tire comme un fou sur la plus grosse mamelle, je cache un autre téton avec mon corps. Mes yeux surveillent, vigilants, les deux côtés. Dès qu'un de ces pauvres idiots manifeste quelque velléité de prendre de force ce téton, je le repousse violemment avec mon postérieur. Avec une vitesse effarante je vous mets à sec une mamelle, puis m'attaque à une autre. Je suis fier de moi, mais, bien sûr, j'éprouve aussi un peu de honte, pendant ces quelques jours j'ai bu plus de lait que n'auraient pu en boire trois petits cochons réunis. Mes efforts ne sont pas vains pour les humains, par ce corps qui croît à toute vitesse je les paie en retour. L'intelligence, le courage que je déploie, ce corps qui en impose de jour en jour me valent d'être considéré d'un autre œil. Je comprends alors que pour être un cochon authentique, il faut manger, faire du lard avec frénésie, c'est ça qu'attendent les humains. Alors tant pis pour la vieille maman truie qui m'a mis au monde, car pour elle c'est une vraie guigne. Ma passion pour ses mamelles la lasse au plus haut point. Même quand elle mange debout, je trouve le moyen de me faufiler sous elle, de lever la tête pour saisir un téton dans ma bouche. « Ah, fiston, me dit-elle, laisse maman prendre un peu de nourriture, sans quoi comment aurais-je du lait pour vous nourrir, vous autres ! Tu n'as donc pas vu à quel point maman est maigre et faible ? Elle ne tient plus debout sur ses pattes de derrière. »

Sept jours après la naissance, Jinlong et Huzhu emportent huit de mes frères et sœurs pour les placer dans une porcherie voisine et les nourrir à la bouillie de millet. La personne responsable d'eux est une femme, si le mur m'empêche de voir à quoi elle ressemble, je peux l'entendre parler. Cette voix m'est si familière, elle est si mélodieuse, toutefois je ne parviens pas à mettre un visage et un nom dessus. Chaque fois que je veux concentrer tous mes efforts pour ouvrir une piste dans ma mémoire, une terrible envie de dormir m'assaille. Savoir manger, dormir, engraisser, telles sont les caractéristiques du cochon, et je les ai toutes. Parfois les bavardages pleins d'amour maternel de la femme de l'autre côté du mur deviennent pour moi comme une berceuse. Elle nourrit six fois par jour les huit petits cochons, l'odeur de la bouillie de maïs ou de celle de millet se répand par-dessus le mur. J'entends mes frères et sœurs manger tout en couinant de plaisir, j'entends aussi les « mes petits cœurs, mes trésors » qui emplissent le bavardage de cette femme, j'en déduis qu'elle a un bon naturel, considérant les petits cochons comme ses propres enfants.

Un mois après ma naissance, mon corps fait plus du double de celui de mes frères et sœurs. Les douze mamelles opérationnelles de maman truie sont pratiquement accaparées par moi seul. Si d'aventure l'un de ces petits vauriens que la faim rend hystérique se précipite au mépris du danger sur un téton, de mon groin je le repousse doucement sous le ventre et l'envoie rouler dans un coin du mur derrière la truie. Cette dernière se lamente d'une voix faible : « Le Seizième, ah, le Seizième, laisse-les manger un peu, tu veux bien ? Vous êtes tous chair de ma chair, que l'un de vous meure de faim et j'en serai meurtrie ! » Les paroles de maman me révoltent, je ne leur accorde aucune attention, je la tête avec tant de violence qu'elle en a les yeux tout révulsés. Puis je m'aperçois que mes pattes de derrière peuvent, qui l'eût cru, comme les sabots d'un âne, avec force et agilité faire des ruades. Ainsi je n'ai plus besoin de lâcher le téton, de libérer ma bouche pour venir à bout de ceux qui chercheraient à me voler la nourriture, dès qu'ils approchent, je vois rouge, pousse des cris aigus, arque le dos, lance mes pattes de derrière – parfois une seule, parfois les deux – et pose mes sabots, aussi solides que de la tuile, sur leur tête. Les autres ainsi frappés ne peuvent que tourner en couinant, injuriant, emplis d'envie et de haine, et quand ils ont trop faim, ils lèchent les restes dans l'auge de la truie.

Jinlong et Huzhu ont tôt fait de repérer ce petit manège. Ils font venir Hong Taiyue et Huang Tong, debout de l'autre côté du mur de terre, les deux hommes m'observent. Je sais bien qu'ils évitent de faire du bruit pour que je ne les remarque pas. Je fais celui qui ne les a pas vus. Je tète avec exagération, si bien que maman truie en gémit à n'en plus finir. D'une ruade d'une patte ou, plus redoutable, des deux pattes, j'arrange si bien mes pauvres frères et sœurs qu'ils roulent tous à terre dans une belle cacophonie de couinements. J'entends Hong Taiyue dire avec jubilation :

« Putain, c'est pas un cochon, c'est carrément un ânon !

– Mais oui, ça alors, il est capable de ruer ! » ajoute en écho Huang Tong.

Je lâche le téton tout flasque, me mets debout sur mes pattes de derrière et me promène dans l'enclos en me pavanant. Je redresse la tête, pousse des grognements à leur intention, module ma voix pour émettre des sons bizarres afin d'accroître leur surprise.

« Qu'on emporte aussi les sept autres petits cochons, dit Hong Taiyue, celui-là, on va le garder comme porc reproducteur, il tétera seul la truie pour qu'il se fortifie. »

Jinlong saute dans l'enclos, il appelle : « *Luo luo !* », se penche, s'approche des petits. La maman truie lève la tête pour l'intimider. Avec des gestes agiles, il a déjà soulevé deux petits cochons. La truie charge, il la repousse d'un coup de pied. Les porcelets sont suspendus à l'envers dans les mains de Jinlong, la bouche grimaçante, ils couinent. Huzhu tant bien que mal en récupère un, tandis que Huang Tong intercepte le second. Au bruit, je comprends qu'on les a placés dans la porcherie voisine avec les huit autres imbéciles qui ont été prélevés avant. J'entends comment ces derniers se pressent pour mordre les deux autres petits saligauds, cela me réjouit du fond du cœur, je n'éprouve aucune pitié. Le temps pour Hong Taiyue de fumer une cigarette et Jinlong a déjà transporté les sept idiots. De l'autre côté du mur, c'est la pagaille, les huit premiers

376

arrivants et les sept derniers se mordent dans une belle mêlée. Et moi je suis là, à les écouter, insouciant. Je glisse un regard du côté de maman truie, je sais à quel point elle est affligée, mais aussi soulagée. Car, en fin de compte, elle est une truie ordinaire, elle ne peut pas être aussi éprouvée que pourrait l'être un humain. D'ailleurs, regardez, elle a déjà oublié la douleur que lui cause la perte de cette flopée de petits, debout près de l'auge elle cherche à manger.

Une odeur de nourriture se répand, de plus en plus proche. Huzhu, un seau de pâture à la main, arrive à la porte de l'enclos. Elle porte un petit tablier blanc sur lequel sont brodés en rouge vif les mots « Porcherie du Verger des abricotiers de la grande brigade du village de Ximen ». Elle porte en outre deux manchettes blanches, un chapeau souple, blanc également et qui lui donne l'allure d'un mitron. Avec une louche en fer, elle verse la nourriture dans l'auge. La maman truie relève la tête, ses sabots de devant sont plantés dans le récipient. La pâture lui tombe sur la face, on dirait des paquets de merde jaune. Cette nourriture dégage une odeur aigrelette de chose en décomposition qui me dégoûte au plus haut point. C'est une pâture fermentée élaborée en commun par ces intellectuels de haut rang relevant de la grande brigade du village de Ximen que sont Lan Jinlong et Huang Huzhu : ils ont fait fermenter dans une jarre des fientes de poule, des bouses de vache, des végétaux, auxquels ils ont ajouté de la levure. Jinlong prend le seau et verse tout son contenu dans l'auge. La truie mange, bon gré mal gré.

« Elle ne mange que ça ? demande Hong Taiyue.

– Avant on ajoutait deux louchées de tourteau de soja, dit Huzhu, depuis hier Jinlong a décidé qu'on ne lui en donnerait plus. »

Hong Taiyue se penche au-dessus du mur, tout en examinant la truie il déclare : « Pour garantir la croissance de ce petit cochon, il faut faire à la mère un régime spécial, lui donner une alimentation renforcée. » Et d'ajouter : « Ne reste-t-il pas un grenier plein de maïs ?

– Ce sont des provisions en prévision d'une guerre ! répond Huang Tong. Pour se servir dessus il faut l'autorisation du comité révolutionnaire de la commune.

– Mais nous, nous élevons des cochons en prévision d'une guerre ! reprend Hong Taiyue. Si une guerre éclate, comment l'armée de libération, si elle est privée de viande, pourra-t-elle la gagner ? » Voyant que Huang Tong hésite encore, Hong Taiyue dit sur un ton résolu : « Qu'on ouvre le grenier, s'il se produit un événement fâcheux, j'en assume la responsabilité. Cet après-midi, je vais aller à la commune pour faire un compte rendu et demander des instructions, "pratiquer en grand l'élevage des porcs" l'emporte sur toutes les autres tâches politiques, je pense qu'ils n'oseront pas faire obstruction. Le plus important est de… » Hong Taiyue continue sur un ton mystérieux : « Nous allons agrandir l'élevage de cochons, augmenter le cheptel porcin, le moment venu les céréales dans les greniers du district seront destinées à cet usage. »

Sur les visages de Huang Tong et de Jinlong passe un sourire entendu. À ce moment-là, le parfum de la bouillie de millet se rapproche peu à peu pour s'arrêter devant la porte du mur de la porcherie voisine. Hong Taiyue déclare :

« Ximen née Bai, à partir de demain la tâche de nourrir cette truie te reviendra.

– Bien, secrétaire Hong.

– Commence par verser la moitié de ce seau de bouillie dans l'auge de la truie.

– Bien, secrétaire Hong. »

Ximen née Bai, Ximen née Bai, ce nom m'est connu, je réfléchis de toutes mes forces, essayant de me souvenir quel lien existe entre lui et moi. Un visage familier paraît devant l'enclos. À la vue de cette bonne grosse figure usée par la vie, mon corps se met à frémir sans fin, comme s'il était parcouru par un courant électrique, dans le même temps les vannes de ma mémoire s'ouvrent brusquement et le passé afflue comme une marée. Je crie : « Xinger, tu es encore en vie ! », mais les mots à peine sortis de ma gorge deviennent un long hurlement aigu. Ce son effraie non seulement ceux qui sont devant l'enclos, mais il me surprend moi-même. Alors, très malheureux, je reviens à la réalité, au présent, or à présent je ne suis plus depuis longtemps Ximen Nao, je suis un cochon, le petit de la truie blanche dans l'enclos.

Je m'efforce de calculer son âge, mais le parfum des tournesols vient m'embrouiller. Les fleurs sont écloses, la tige principale est aussi vigoureuse qu'un tronc d'arbre, les feuilles sont noires, énormes, les fleurs ont la taille d'un visage, les pétales semblent forgés dans de l'or, les piquants blancs des feuilles et des tiges ont bien un centimètre de long, tout cela donne un effet de force brute. Si je ne parviens pas à calculer son âge exact, je sais qu'elle a passé la cinquantaine car des cheveux blancs marquent ses tempes et autour de ses yeux étirés se pressent de nombreuses rides, ses dents, si blanches et si bien alignées autrefois, sont maintenant jaunâtres et très usées. Il me semble subitement que, pendant de nombreuses années, cette femme s'est nourrie de foin. Elle mangeait de la paille sèche et des tiges dures de légumineuses qu'elle mastiquait avec force scrunch, scrunch.

Elle puise la bouillie avec une louche en bois et la verse lentement dans l'auge. La vieille truie se met debout sur ses pattes de derrière en appuyant ses pattes de devant contre la porte de l'enclos, attendant cette nourriture succulente. Les petits crétins de l'autre côté, affriolés par l'odeur, se mettent à pousser des cris assourdissants.

Au beau milieu des bruits de déglutition de la truie et des petits cochons, Hong Taiyue, sur un ton grave, fait des remontrances à Ximen née Bai. Si ses paroles semblent très dures, son regard laisse voir clairement un peu de douceur ambiguë. Ximen née Bai se tient debout les bras ballants, dans une attitude pleine de respect, au soleil ses cheveux blancs scintillent comme de l'argent. Par les larges interstices du portail, je peux voir ses jambes trembler légèrement.

« As-tu bien compris le sens de mes paroles ? demande Hong Taiyue d'une voix sévère.

– Soyez tranquille, secrétaire Hong, dit Ximen Baishi tout bas mais sur un ton très assuré, je n'ai pas eu d'enfants, ces bébés cochons sont comme mes propres fils et filles !

– Voilà qui est bien, renchérit Hong Taiyue satisfait, nous avons besoin de femmes comme toi qui élèvent les bébés cochons de la collectivité comme s'ils étaient leurs propres enfants. »

Chapitre vingt-troisième

Zhu le Seizième emménage dans son nid tranquille.
Diao Xiaosan, dupé, mange des pains imbibés d'alcool.

[« Le gars, ou plutôt, l'ami, on dirait que tu en as assez, je vois que tes paupières toutes gonflées recouvrent déjà tes yeux ; on dirait même que des ronflements montent de ton nez, me dit sur un ton acerbe Lan Qiansui, le garçon à la grosse tête. Si tu n'éprouves pas d'intérêt pour la vie du cochon, je vais te raconter celle du chien.

– Non, non, pas du tout, cela m'intéresse beaucoup, vous savez, pendant tout ce temps où vous étiez un cochon, je n'ai pas toujours été à vos côtés. Au début j'ai travaillé dans la porcherie, mais je n'étais pas chargé de vous nourrir, puis j'ai été affecté avec Huang Hezuo à l'usine de traitement du coton et, en ce qui concerne les étapes qui ont établi votre réputation grandissante, j'en ai surtout entendu parler. J'écouterais volontiers votre récit, je veux tout savoir sur ce que vous avez vécu, sans que soit omis le moindre détail. Ne faites pas attention à mes paupières, quand elles cachent mes yeux, elles sont le signe que j'écoute avec la plus grande attention votre récit.

– Ce qui s'est passé ensuite a été très complexe, je ne choisirai donc que les choses les plus essentielles, les plus spectaculaires », dit le garçon à la grosse tête.]

Ximen née Bai a beau soigner la nourriture de ma vieille maman truie, comme je continue à téter avec fureur – il faudrait dire carrément : à extraire son lait –, elle finit paralysée. Ses deux pattes de derrière, pareilles à des luffas tout desséchés, vont à la traîne, elle s'efforce d'avancer péniblement en prenant appui sur ses pattes de devant. Ma corpulence n'est déjà guère différente de la sienne. Mon pelage est lustré, comme enduit d'une couche de cire ; ma peau est toute rose, parfumée. Ma pauvre maman, quant à elle, est sale, crottée à mi-corps, elle sent mauvais, chaque fois que je veux m'emparer d'une mamelle, elle couine déses- pérément, tandis que des larmes jaillissent de ses yeux triangulaires. Elle avance, traînant son corps invalide, cherche à m'éviter, me supplie : « Fiston, mon gentil petit gars, aie pitié de maman, tu m'as vidée jusqu'à la moelle, ne vois-tu pas dans quel état pitoyable je suis ? Te voilà devenu un cochon adulte, tu pourrais tout à fait être sevré. » Mais je ne me soucie pas le moins du monde de ses supplications, je la culbute de mon groin tout en fourrant deux tétons dans ma bouche, au milieu des cris de maman truie, si perçants qu'on croirait qu'on l'égorge, je sens que ces mamelles qui autrefois sécré- taient un lait succulent sont taries, insipides, on dirait du vieux caoutchouc, elles peuvent tout juste produire en petite quantité un liquide visqueux, fétide et salé qui tient plus du poison que du lait. Je la repousse avec répugnance, elle fait une culbute. Elle crie de douleur, m'insulte avec colère : « Le Seizième, espèce d'ani- mal, tu as perdu toute bonté naturelle, tu es un démon, ton géniteur n'était pas un cochon, c'était un loup… »

Ximen née Bai essuie les réprimandes de Hong Taiyue pour la paralysie des membres postérieurs de la truie. Tout en pleurant, elle s'explique : « Secrétaire, ce n'est pas faute d'avoir fait les choses consciencieusement, mais c'est ce petit cochon, il est terrible, vous n'avez pas vu comment il tète, il est aussi féroce qu'un loup, qu'un tigre, et s'il avait tété une vache, il vous l'aurait mise dans le même état… »

Hong Taiyue se penche par-dessus le mur de l'enclos pour regarder, sous le coup d'une impulsion je lève mes pattes de devant et me mets sur mes pattes de derrière. Je n'ai pas pensé que cet exploit, seuls les cochons dressés dans un cirque sont capables de l'exécuter, or je fais cela avec aisance. Je pose mes sabots sur la crête du mur, ma tête touche presque le menton de Hong Taiyue. Il sursaute, recule, regarde s'il n'y a personne en vue et dit tout bas à Ximen née Bai :

« Je t'ai grondée à tort, j'envoie tout de suite quelqu'un pour faire sortir ce roi des cochons, il sera élevé à part.

– J'en ai parlé depuis longtemps au vice-chef Huang, mais il a dit qu'il fallait attendre votre visite et que vous vous pencheriez sur le problème…

– Quel crétin, dit Hong Taiyue, il n'ose jamais prendre de décision, même dans des cas aussi simples !

– C'est que tout le monde vous respecte. » Ximen née Bai jette un coup d'œil à son interlocuteur, puis s'empresse de baisser la tête, elle dit en marmonnant : « C'est que vous êtes un vieux révolutionnaire, que vous êtes un homme droit, juste…

– C'est bon, dorénavant, épargne-moi ce genre de tirades », dit Hong Taiyue en faisant un geste de refus de la main. Tenant sous son regard le visage tout rougissant de dame Bai, il ajoute : « Tu habites toujours dans les deux pièces du gardien des tombes, tu pourrais emménager dans l'étable, avec Huang Huzhu et les autres.

– Ah non, répond dame Bai, mon origine sociale n'est pas bonne, je suis vieille et sale, je ne voudrais pas ennuyer toute cette jeunesse… »

Hong Taiyue jette plusieurs regards appuyés à dame Bai, puis il tourne la tête et dit tout bas en fixant des yeux les feuilles énormes des tournesols :

« Née Bai, née Bai, ah, si tu n'appartenais pas à la catégorie des propriétaires fonciers, comme ce serait bien…

– Grouic, grouic », je couine pour exprimer les sentiments complexes qui m'agitent. À dire vrai, sur le moment je n'éprouve pas une trop grande jalousie, mais les liens de plus en plus subtils qui se tissent de jour en jour entre Hong Taiyue et dame Bai instinctivement ne me plaisent pas trop.

[L'affaire, bien sûr, ne devait pas s'arrêter là, et je t'en raconterai en détail l'issue tragique, bien que tu la connaisses déjà.]

Ils me transfèrent donc dans une porcherie particulièrement spacieuse. Avant de quitter le lieu où je suis né, je jette un regard à la vieille truie blottie contre le mur, hébétée, je n'éprouve aucune compassion pour elle. Mais on aura beau dire, je suis quand même venu au monde par ses voies génitales, j'ai pris à ses mamelles de quoi grandir, elle m'a fait la grâce de m'élever, je dois la payer en retour, mais je ne sais vraiment pas comment. Finalement, je pisse dans son auge, car on dit que l'urine d'un porc jeune contiendrait des hormones en grande quantité, qu'elles auraient un effet curatif extraordinaire sur cette paralysie, due à un allaitement excessif, dont souffre la truie.

Ma nouvelle demeure est le box le plus spacieux de tout un alignement de box individuels, situé à cent mètres des deux cents porcheries nouvellement construites. Derrière le mien est planté un gros abricotier dont la moitié de la couronne occupe l'espace au-dessus de moi. Le box est découvert, avec une avancée de toit plus longue à l'arrière du bâtiment que devant, si bien que la lumière du soleil peut entrer sans rencontrer d'obstacle. Le sol est entièrement pavé de briques carrées, dans un coin il y a un trou et au-dessus une grille afin de faciliter l'évacuation des excréments. Dans l'espace réservé au repos est placé un tas de paille de blé doré qui dispense sa fraîche senteur. J'arpente ma nouvelle demeure en long et en large, reniflant l'odeur des briques neuves, celle de la terre fraîche, du bois de sterculier et des tiges de sorgho. Je suis très satisfait. Comparée à la porcherie basse et sale dans laquelle vit la vieille truie, ce box est d'un haut standing. Il est clair, bien ventilé, tous les matériaux de construction sont aux normes pour la protection de l'environnement, il n'y a aucun gaz nocif. Regardez-moi ces pannes, elles viennent tout juste d'être taillées dans des troncs de sterculiers, la coupe est blanche comme neige, en suinte une sève âcre. Les tiges de sorgho faisant office de haie sont aussi des produits frais, leur suc n'est pas encore tari, elles dégagent une odeur aigre-douce, je suis sûr qu'il doit être agréable de les mâcher. Mais elles sont partie prenante de mon habitation, je ne vais quand même pas aller jusqu'à la démolir pour satisfaire ma gourmandise. Toutefois, je me réserve la possibilité d'en mordre un petit bout, juste pour goûter. Je peux me mettre debout aisément sur mes pattes de derrière et marcher comme un être humain, mais cet exploit doit, dans la mesure du possible, être tenu secret. J'ai le pressentiment d'être né à une époque des plus fastes pour la gent porcine, de toute l'histoire de l'humanité le statut de cochon n'a jamais été aussi noble, exister en tant que cochon n'a jamais eu autant de portée, d'impact, des millions de personnes, répondant à l'appel des dirigeants, nous rendent un culte suprême. Je me dis que pendant cet âge d'or de nombreuses personnes doivent souhaiter renaître dans le corps d'un cochon dans une existence ultérieure, et qu'elles doivent être plus nombreuses encore à ressentir profondément que l'être humain ne vaut pas un cochon. Comme je pressens que je suis né au bon moment, de ce point de vue je me dis que le roi des enfers ne s'est pas montré trop injuste envers moi. Je compte bien accomplir des merveilles pendant cette ère des cochons, mais le moment n'étant pas encore venu, il me faut jouer les idiots, cacher mes talents, attendre mon heure, profiter des occasions, renforcer mes tendons et mes os, m'étoffer encore, tremper ma volonté, jusqu'à l'arrivée de ces jours flamboyants. Ainsi ce prodige qui consiste à marcher sur deux pattes ne peut être montré à la légère, j'ai le sentiment que ce tour me sera très utile ; pour ne pas me rouiller, je continue à m'exercer, mais la nuit, quand tout le monde dort.

De mon groin solide je pousse dans le mur, immédiatement une cavité se forme. De mes sabots de derrière je piétine le sol, une brique se casse en deux. Je me mets debout, ma bouche est contre la haie, je mords doucement, un morceau de tige de sorgho tombe dans ma bouche. Pour ne pas laisser de traces, je mâche le bout et l'avale, sans rien recracher. Je me mets debout dans la cour (nous dirons que c'est la cour), me suspends par les sabots de devant à une branche de l'abricotier grosse comme un manche de houe. Ce test exploratoire va me servir de base de départ. Cette pièce qui pour un porc ordinaire est une maison splendide, résistante, pour moi c'est un joujou en papier que je pourrais raser en même pas une demi-heure. Bien sûr, je ne vais pas me montrer aussi stupide, avant que le moment ne soit venu, je ne vais pas me hasarder à détruire mon habitation, bien plus, je vais en prendre soin. Je veux être vigilant quant à l'hygiène, à la propreté, définir les coins où uriner, où déféquer, surmonter mon envie folle de tout fouiller de mon groin afin de laisser de moi la meilleure impression. Avant d'être tyran, soyons bon citoyen. Je suis un cochon dont le vaste savoir couvre les périodes anciennes aussi bien que modernes, et mon modèle à moi, c'est Wang Mang de la dynastie des Han[1].

Ce qui me réjouit le plus est que j'ai, eh oui, j'ai l'électricité : une ampoule de cent watts accrochée à l'extrémité de la plus haute poutre.

[Je devais apprendre plus tard que les deux cents nouvelles porcheries avaient toutes l'électricité, mais leurs ampoules n'étaient que de vingt-cinq watts.]

Le cordon qui permet d'allumer la lampe pend contre le mur. Je lève un sabot et coince le fil dans la fente, je tire doucement, clac, l'ampoule s'allume, c'est vraiment amusant, le vent printanier de la modernisation, à la suite du vent d'est de la Révolution culturelle, a fini par souffler sur le village de Ximen. Vite, éteignons, qu'ils ne s'aperçoivent pas que je suis capable d'allumer la lampe. Je sais bien que, s'ils ont installé l'électricité dans les porcheries, c'est pour surveiller de près tous nos mouvements.

[Je devais imaginer un dispositif installé dans nos box qui permettrait à ces gens-là d'observer confortablement de chez eux le moindre de nos gestes. Une telle installation verra finalement le jour, il s'agit du système de vidéo-surveillance en circuit fermé utilisé communément à l'heure actuelle dans les usines, les ateliers, les salles de classe, les banques, voire les toilettes publiques. Mais je te le dis, s'ils avaient eu ce dispositif et avaient installé une caméra dans mon box, de mon côté je l'aurais recouverte d'urine, et c'est cette urine qu'ils auraient eue plein la vue.]

1. Ministre des Han qui usurpa le trône (45 av. J.-C.-23 ap. J.-C.).

Mon emménagement se fait alors que l'automne est déjà bien avancé, la lumière du soleil est moins blanche, plus rouge. Elle teinte les feuilles de l'abricotier, lesquelles n'ont rien à envier aux feuilles rouges des Collines parfumées. [Je savais, bien évidemment, où sont situées ces collines, tout comme je n'ignorais pas que le rouge symbolise l'amour, et que sur les feuilles rouges on peut inscrire un poème.]

Tous les jours, à la tombée de la nuit et au petit matin, quand le soleil se couche ou bien quand il monte, c'est le moment où les éleveurs prennent respectivement leur dîner ou leur petit déjeuner, c'est aussi celui pendant lequel un grand calme règne dans les porcheries. Alors je me mets debout sur mes pattes de derrière et recroqueville mes pattes de devant sur mon torse pour cueillir des feuilles rouges sur l'abricotier, je les fourre dans ma bouche et les mâche. Elles sont fraîches et amères, riches en fibres, elles ont la vertu de faire baisser la tension et de nettoyer les dents. Je mâchouille mes feuilles [tout comme les jeunes dans le vent plus tard mâcheront du chewing-gum]. Je regarde du côté du coin sud-ouest les rangées de box, alignées comme les bâtiments d'une caserne, des centaines d'abricotiers masquent les porcheries, à la lumière également rouge du couchant ou du levant les feuilles des arbres brillent, comme du feu, comme des nuages empourprés, c'est une scène d'une incomparable beauté.

[À cette époque-là, les gens étaient dans la gêne pour les besoins les plus courants, ils étaient relativement insensibles aux charmes de la nature. Si ces abricotiers et les porcheries avaient été gardés jusqu'à aujourd'hui, on aurait pu tout à fait faire venir les citadins pour admirer les couleurs de l'automne ; au printemps on aurait organisé une fête des fleurs d'abricotier, et on les aurait fait manger et dormir dans les porcheries, ils auraient pu ainsi goûter réellement aux charmes de la vie agreste.]

Je divague, je m'en excuse, c'est que je suis un cochon à l'imagination débordante, j'ai dans la tête tant de visions étranges, souvent les fantasmes que je mets en scène me font si peur que j'en pisse et que j'en pète, ou bien ils me font rire aux éclats. Des cochons qui pissent et qui pètent, on en voit partout, mais pour ce qui est de rire aux éclats, je suis le seul de mon espèce, je reviendrai plus loin sur ce fait, aussi je ne m'étendrai pas davantage dessus pour l'instant.

Nous sommes un de ces jours pendant lesquels les feuilles des abricotiers sont rouges, ce doit être le 10 du dixième mois lunaire [oui, c'est bien ça, c'était cette date-là, je me fie à ma mémoire]. Au petit matin, alors que le soleil commence tout juste à monter dans le ciel, énorme, rouge, souple, Lan Jinlong, qui n'a pas montré son nez depuis longtemps, est de retour. Le gars, flanqué des quatre frères Sun qui ont été dévoués à son service autrefois, ainsi que de Zhu Hongxin, le comptable de la grande brigade, avec seulement cinq mille yuans en poche, a acheté, dans les régions montagneuses des Yimeng, mille cinquante-sept cochons, ce qui fait une somme inférieure à cinq yuans par tête, c'est un prix renversant. Je suis justement en train de faire mes exercices matinaux dans ma demeure distinguée : des doigts ongulés de mes pattes de devant je me suis agrippé à la branche d'abricotier qui avance au-dessus de ma cour et je fais des exercices de barre fixe, essayant de me hisser vers le haut. La branche est souple et résistante, d'une grande élasticité, elle me permet de me soulever du sol, les feuilles rouges de l'abricotier, toutes couvertes de givre, tombent à profusion. Ces gesticulations ont trois objectifs : le premier de faire un peu de sport, le deuxième d'éprouver un moment cette sensation de bonheur du corps échappant à l'attraction terrestre, enfin de pouvoir traîner avec mes doigts jusqu'à ma litière les feuilles d'abricotier tombées à terre. Je me suis fait une couche des plus douillettes. J'ai comme un pressentiment que l'hiver sera rude et il me faut penser à me protéger du froid. Alors que je suis agrippé à ma branche, tout jouasse, j'entends le vrombissement d'un moteur, je lève les yeux et vois trois voitures tirant des remorques sur la route en terre au-delà du Verger des abricotiers. Les véhicules sont couverts de poussière, comme s'ils sortaient tout juste du désert, la couche de poussière est telle que l'on ne parvient plus à deviner leur couleur d'origine. Les voitures entrent en cahotant dans le Verger et s'arrêtent dans l'espace libre laissé derrière les nouvelles porcheries. L'endroit est jonché de briques et de morceaux de tuiles, ainsi que de paille de blé souillée de boue. Les trois véhicules font penser à des monstres empêtrés par leur trop longue queue, il leur faut un bon moment avant de s'arrêter convena-blement. Alors je vois Lan Jinlong, sale et hirsute, des-cendre de la cabine du conducteur du premier véhicule, tandis que Zhu Hongxin, le comptable, et Sun le Dra-gon, l'aîné des frères Sun, sortent de celle de la seconde. Puis les trois autres frères Sun et ce petit diable de Mo Yan se mettent debout dans le troisième véhicule. Ces quatre loustics ont le visage couvert d'une épaisse couche de poussière, on dirait vraiment les guerriers en terre cuite de Qin Shihuang. J'entends alors des couine-ments de plus en plus forts s'élever des véhicules et des remorques, qui finissent par former un seul cri aigu. Je suis excité au plus haut point, je sais que les jours de prospérité pour la gent porcine ont débuté. Je ne vois pas encore à quoi ressemblent ces cochons des régions montagneuses des Yimeng, je ne peux qu'entendre leurs cris et sentir l'odeur bizarre de leur urine et de leurs excréments. J'ai cependant le pressentiment qu'ils doivent être des types repoussants.

Hong Taiyue arrive comme le vent sur un vélo flambant neuf de la marque Grand Cerf d'or. [En ce temps-là une bicyclette était une marchandise très recherchée, seuls les secrétaires de cellule des grandes brigades pouvaient s'en acheter une grâce à un ticket de rationnement.]

Hong Taiyue pose son vélo au bord de l'espace libre, contre un abricotier dont on a taillé de moitié la couronne, il ne prend même pas la peine de mettre l'antivol, ce qui montre à quel point il est excité. Comme il accueillerait des soldats revenant d'une expédition lointaine, il court les bras ouverts en direction de Jinlong, [ne vas pas t'imaginer que c'était pour une accolade, cette manifestation de courtoisie propre aux étrangers qui n'était pas encore à la mode à l'époque du slogan « pratiquer en grand l'élevage des porcs »]. Ses bras retombent brusquement lorsqu'il arrive devant Jinlong, il avance une main, lui tapote l'épaule et demande :

« Tu les as achetés ?

– Mille cinquante-sept, mission accomplie, avec dépassement du quota ! » répond Jinlong, son corps soudain vacille et, avant que Hong Taiyue n'ait pu le retenir, il pique du nez.

À sa suite, les quatre frères Sun et Zhu Hongxin, le comptable, qui tient sous le bras une serviette noire en vinyle, se mettent eux aussi à vaciller, seul Mo Yan est encore plein d'allant, tout en agitant les bras, il braille :

« Nous sommes de retour après avoir gagné le combat ! Oui, nous avons gagné ! »

Le soleil tout rouge les éclaire, donnant une touche pathétique à cette scène. Hong Taiyue demande aux cadres et aux miliciens de la grande brigade de porter ou de soutenir jusqu'à la rangée de maisons où habitent les éleveurs ces acheteurs de porcs méritants, qui ont travaillé dur, ainsi que les trois chauffeurs. Il lance des ordres d'une voix forte :

« Huzhu, Hezuo, trouvez-moi quelques femmes pour préparer des pâtes, cuire des œufs, afin de les réconforter, quant aux autres, venez tous décharger les véhicules ! »

Comme les plaques à l'arrière des remorques sont retirées, je peux voir ces choses terribles. Ça, des cochons ? Comment mériteraient-ils cette appellation ! Ils sont de toutes tailles, crottés, le poil de différentes couleurs, ils exhalent une puanteur qui vous prend au nez. Je m'empresse de coincer entre mes ongles quelques feuilles d'abricotier et de les fourrer dans mes narines. Et moi qui croyais qu'ils allaient ramener une ribambelle de jolies petites truies pour me tenir compagnie, afin que le futur roi des cochons que je suis puisse jouir à fond de succès galants. Je ne m'attendais pas à cette horde de monstres issus du croisement entre le loup sauvage et le sanglier ! Je décide, dans un premier temps, de ne plus les regarder, mais leur accent très prononcé pique ma curiosité.

[Mon vieux Lan, bien que j'aie une âme humaine, je n'en reste pas moins un cochon, ne mets pas trop d'espoirs en moi. De la curiosité, tous les hommes en ont, que dire des cochons ?]

Pour réduire l'impact de leurs cris aigus sur mes tympans, je froisse deux feuilles d'abricotier, les roule en boule, m'en bouche les oreilles. Prenant la force dans mes pattes de derrière, levant celle de devant, je saisis les deux branches de l'arbre pour élargir mon champ de vision, afin que la scène qui se déroule sur le terrain vague à côté des nouvelles porcheries s'imprime sur ma rétine. Je sais qu'une lourde tâche repose sur mes épaules et que, dans les années 70, je serai appelé à jouer un rôle important dans l'histoire du canton de Dongbei. Je sais aussi que mes exploits, au final, seront inscrits par ce petit drôle de Mo Yan dans un livre canonique, aussi me faut-il prendre soin de ma personne, préserver ma vue, mon odorat, mon audition, autant de conditions indispensables pour engendrer la légende me concernant.

Je pose mes doigts de devant et mon menton sur les branches, afin de diminuer la pression supportée par mes pattes de derrière. Les branches ploient sous mon poids et tremblent légèrement. Un pic-vert, collé contre l'écorce, la tête penchée, me regarde avec curiosité de ses petits yeux noirs. Je ne parle pas le langage des oiseaux, impossible de communiquer avec lui, mais je sais que mon apparence l'étonne. Au travers des feuilles bien découpées mais clairsemées de l'abricotier je vois ces types qu'on décharge des véhicules, ils ont tous piètre allure, la tête leur tourne, ils ont la vue trouble, leurs pattes se dérobent. Il y a une truie avec un long groin en forme de lanterne et des oreilles taillées en pointe, sans doute en raison de son âge et de sa faible constitution a-t-elle mal supporté les secousses du trajet car elle s'évanouit dès sa descente de voiture. Elle est couchée sur le flanc à même le sable, les yeux révulsés, la bouche crachant une écume blanche. Il y a aussi deux petites truies, avec une tête assez régulière et qui semblent nées de la même mère, elles vomissent, le dos arrondi. Leurs vomissements semblent aussi contagieux qu'une grippe, si bien que la moitié des cochons se mettent à vomir à leur tour dans la même posture. Les autres types sont soit bancals, soit affalés par terre, d'autres encore se grattent le dos contre l'écorce rude des abricotiers, et cratch, et cratch, ciel, quelle peau grossière ils ont ! Mais bien sûr, ils doivent avoir des poux, la teigne, j'aurai à être vigilant, à me tenir à bonne distance d'eux. Un porc noir retient mon attention. Il est maigre et agile, avec un groin extraordinairement long, sa queue traîne sur le sol, ses soies sont fournies et raides, il a le poitrail large, le cul pointu, de grosses pattes, des yeux minuscules mais un regard perçant, deux canines jaunâtres s'échappent de ses lèvres. Le gars est pratiquement un sanglier qui n'a pas été domestiqué. C'est la raison pour laquelle, alors que les autres, après ce long voyage, sont à bout de force et se donnent ainsi en spectacle, lui se promène tranquillement et regarde le paysage, on dirait un de ces petits voyous sifflotant les bras croisés. Quelques jours plus tard Jinlong devait lui choisir un nom éclatant : Diao Xiaosan, Troisième Petit Rusé. Il s'agit d'un personnage négatif de la pièce modèle révolutionnaire *Shajiabang*, très en vogue. Mais oui, c'est cette graine d'engeance qui, après avoir volé son balluchon, veut enlever la jeune fille. Il y aura beaucoup de pièces mettant en scène Diao Xiaosan et moi-même, mais je les laisse de côté pour l'instant.

Je vois les membres de la commune, sous la direction de Hong Taiyue, faire entrer les cochons dans les deux cents box des cinq rangées de porcheries. Le processus pour attraper les bêtes est chaotique et tumultueux. Ces types au quotient intellectuel très bas, habitués à paître en liberté dans les régions montagneuses des Yimeng, ignorent que ce qui les attend ici, c'est la belle vie opulente, ils s'imaginent qu'on les envoie à l'abattoir, ils pleurent de désespoir, poussent des hurlements aigus, se cognent les uns contre les autres, se sauvent de tous côtés, mettent leurs dernières forces comme fait une bête aux abois en un ultime sursaut. Hu Bin, qui a commis tant de méfaits du temps où j'étais un bœuf, a été touché au bas-ventre par un porc blanc devenu fou. Après être tombé à la renverse, il s'est assis péniblement, le visage blême, de la sueur froide perle sur sa tête, il gémit en se tenant le ventre, ce malchanceux a

un cœur noir, il se prend pour quelqu'un qui a du talent
et veut se mêler de tout, mais c'est toujours lui qui
trinque, il est vraiment détestable et pitoyable tout à la
fois. [Sans doute te rappelles-tu, du temps où j'étais un
bœuf, comment j'avais arrangé le gars sur les grèves
du canal ?] Je ne l'ai pas revu depuis plusieurs années,
il a beaucoup vieilli, perdu des dents et, quand il parle,
de l'air chuinte de sa bouche, et moi, en tant que cochon,
je n'ai que six mois, ce sont les années de la jeunesse,
l'âge d'or. Ne parlons pas de la dure loi du karma, car
les réincarnations ont aussi leurs avantages. Il y a encore
un porc châtré à l'oreille coupée, avec un anneau en fer
dans le nez, l'animal, dans sa rage, a mordu le doigt
de Chen Dafu. Ce salaud qui a eu une liaison avec
Qiuxiang braille de façon exagérée, comme si toute la
main avait été sectionnée alors qu'il a juste un doigt de
blessé. Comparées à ces hommes incapables, les femmes
mûres aux gestes lents, parmi lesquelles on compte Yingchun, Qiuxiang, Bai Lian, Zhao Lan, s'approchent des
cochons acculés au mur, elles se penchent, tendent les
bras, tout en appelant « Petit, petit ! » avec un sourire
amical. Malgré la puanteur qui se dégage du corps
de ces cochons des Yimeng, elles ne montrent pas la
moindre répugnance. Leur sourire est sincère. Même si
elles profèrent des grognements apeurés, les bêtes ne
se sauvent pas. Les femmes allongent le bras, sans
redouter la saleté, elles les gratouillent. Les cochons ne
résistent pas plus aux chatouilles que les hommes aux
flatteries. Leur combativité s'en trouve minée en un instant, les uns après les autres ils vacillent, se couchent sur
le sol, plissant les yeux. Les femmes profitent de la
situation, prennent dans leurs bras ces cochons capturés en douceur et, tout en les gratouillant entre les
pattes, elles les amènent jusque dans les porcheries.

Hong Taiyue les félicite largement pour leur réussite,
tandis qu'il ne ménage pas ses sarcasmes envers les

hommes et leurs façons brutales. Il dit à Hu Bin resté assis à gémir sur le sol : « Par exemple ! Le cochon t'aurait-il mangé la zigounette ? T'as l'air de quoi ? Debout ! Va te cacher dans un coin, t'es ridicule ! » Et il s'adresse à Chen Dafu : « Et toi, t'es un homme peut-être ? Et quand bien même t'aurais deux doigts sectionnés, y aurait pas de quoi brailler comme ça ! »

Chen Dafu répond en serrant fermement son doigt :

« Secrétaire, c'est un accident du travail, l'État doit me dédommager pour les soins médicaux et les frais de rétablissement ! »

Hong Taiyue rétorque :

« Alors rentre chez toi et attends que le Conseil des affaires d'État et que la commission militaire du comité central du Parti t'envoie un hélicoptère pour te faire soigner à Pékin, qui sait si le chef du comité central en personne ne t'accordera pas une entrevue !

— Secrétaire, pourquoi te moquer ainsi de moi, je suis peut-être idiot mais je sais distinguer les bonnes et les mauvaises intentions ! »

Hong Taiyue crache à la figure du comptable, lui donne un coup de pied au derrière tout en l'injuriant :

« Et puis merde, dégage ! Ah oui, tu es idiot, et pourquoi tu ne l'es plus quand tu cours les femmes ? Ni quand tu batailles pour les points de travail ? »

Tout en parlant, il lui botte de nouveau le derrière. Chen Dafu esquive et dit : « Depuis quand, au Parti communiste, on frappe les gens ?

— On frappe pas les bons, mais pour des fainéants de ton espèce y a pas d'autre remède, tu ferais mieux de dégager de ma vue, rien que de te voir, ça me met le moral à zéro ! Est-ce que le contrôleur de points de travail de la deuxième petite brigade est arrivé ? Ce matin, ceux qui ont participé au transfert des cochons auront droit à un demi-point, sauf Hu Bin et Chen Dafu !

– Et pour quelle raison ? rugit Chen Dafu en élevant le ton.

– Oui, pour quelle raison ? rugit Hu Bin sur un registre plus aigu.

– Aucune, vos têtes ne me reviennent pas, c'est tout !

– Les points de travail, les points de travail, c'est vital pour les membres de la commune ! » Chen Dafu en oublie sa blessure au doigt, il serre le poing et l'agite devant les yeux de Hong Taiyue, et crie : « Tu me retires des points de travail, tu veux faire mourir de faim ma femme et mes enfants, c'est ça ? Ce soir je viens dormir chez toi avec eux ! »

Hong Taiyue dit avec mépris : « Parce que tu crois que moi, Hong, je suis quelqu'un qui se laisse intimider ? J'ai fait la révolution pendant des dizaines d'années et j'en ai rencontré, des mauvais coucheurs, alors pour ce qui est de ta tactique à la con, à d'autres ! »

Hu Bin pense faire du raffut à la suite de Chen Dafu, mais sa femme Bai Lian lui administre une gifle de sa grosse main pleine d'excréments de porc, puis elle adresse un sourire d'excuse à Hong Taiyue.

« Secrétaire, ne vous abaissez pas à son niveau en discutant avec lui. »

Hu Bin ravale ce qu'il voulait dire, il a l'air de celui qui se sent victime d'une injustice et qui se retient de pleurer.

« Allons, debout, lui dit Hong Taiyue. Est-ce que tu attends par hasard d'être soulevé dans une chaise à quatre porteurs ? » Alors Hu Bin, très vexé, se lève et rentre chez lui, le cou dans les épaules, à la suite de l'imposante Bai Lian.

Dans un beau vacarme, les mille cinquante-sept porcs des Yimeng, pour la plupart, ont pu être enfermés, il n'en reste que trois à l'extérieur. Une vieille truie jaune, morte, un porcelet noir taché de blanc, mort lui aussi. Le dernier est le sanglier noir, Diao Xiaosan, lequel s'est faufilé sous un véhicule et refuse mordicus de sortir de là ; le milicien Wang Chen arrive du bâtiment réservé à l'élevage du bétail, une perche en bois de sterculier sur l'épaule, dans l'intention de le faire sortir, mais à peine a-t-il introduit la perche qu'elle est mordue par Diao Xiaosan. Aucune des deux parties ne veut céder dans ce qui devient une lutte de traction au bâton. Même si je ne peux voir le sanglier sous le véhicule, il m'est possible d'imaginer son aspect : il mord la perche, les soies hérissées, de ses yeux jaillissent des éclairs mauvais. À la base, il ne s'agit pas d'un cochon domestique, mais d'une bête sauvage. Il m'apprendra énormément par la suite. D'adversaire il deviendra mon conseiller. Comme je l'ai dit plus haut, mon histoire avec Diao Xiaosan sera relatée dans un récit haut en couleur au cours des chapitres suivants.

Le milicien, de taille imposante, est justement l'adversaire qu'il faut, si la perche a quelque marge de manœuvre, cela se joue dans un mouchoir de poche. La foule est médusée. Hong Taiyue se penche de côté pour regarder sous le véhicule. Beaucoup l'imitent. Je peux voir leur drôle d'air et je m'efforce d'imaginer le cochon là-bas dessous, ce brave opiniâtre, indocile, son air canaille. Finalement, quelqu'un a l'idée de s'avancer pour prêter main-forte à Wang Chen. J'éprouve du dédain pour ces gens-là. Quand on se mesure à quelqu'un, il faut se montrer équitable, y aller à un contre un, se mettre à plusieurs contre un cochon, quels êtres humains sont-ce là ! Je m'inquiète de voir si le cochon sous le véhicule va être dégagé par la perche, comme on tire un navet du sol, mais immédiatement j'entends un bruit éclatant, tandis que les hommes qui tiraient sur la perche sont culbutés en arrière et tombent les uns sur les autres. Le bâton a été cassé, la coupe est toute blanche, manifestement, il a été sectionné par Diao Xiaosan.

La foule ne peut s'empêcher d'applaudir. Il en va ainsi pour toutes choses en ce monde, les petits délits, les petites bizarreries sont considérés comme détestables, alors que les grands délits et les choses très bizarres font l'objet d'admiration. Le comportement de Diao Xiaosan ne relève certes pas de la dernière catégorie, mais il se situe largement au-dessus de la première. Quelqu'un enfonce de nouveau la perche sous le véhicule, mais le même bruit se fait entendre, l'homme affolé jette la perche et prend la fuite. Les langues vont bon train, certains proposent de recourir au fusil de chasse, d'autre à la lance, d'autres encore au feu. Toutes ces propositions barbares rencontrent l'opposition du secrétaire Hong. Il déclare, l'air grave : « Vos idées sentent plus mauvais que de la merde, nous devons "pratiquer en grand l'élevage des porcs", et, bien sûr, des porcs vivants et non des porcs morts ! » Alors quelqu'un suggère d'envoyer une femme courageuse sous le véhicule pour le gratouiller, le plus féroce des porcs devrait malgré tout témoigner des égards à ce qui relève du féminin, non ? Le plus féroce des porcs, ainsi gratouillé par une femme, ne perdra-t-il pas d'un coup son caractère farouche ? L'idée est bonne, mais qui sera désignée ? Immédiatement la question se pose. À ce moment-là, Huang Tong, qui remplit toujours les fonctions de vice-chef du comité révolutionnaire mais qui, en fait, n'a aucun pouvoir, lance : « Si on donne une bonne récompense, il y aura bien une femme courageuse ! Celle qui parviendra à soumettre ce sanglier aura les points de travail de trois journées ! » Hong Taiyue dit sèchement : « Eh bien, que ta femme y aille ! » Wu Qiuxiang se cache derrière les autres et s'en prend à Huang Tong : « Tu parles trop et tu te mets en mauvaise posture ! Eh bien, moi, je ne le ferai pas, même pour des points de travail de trois cents jours ! » Alors qu'on est là dans l'embarras, Ximen Jinlong, tout au fond du Verger des abricotiers, sort du bâtiment de cinq pièces servant de dortoir aux éleveurs et de cuisine pour préparer la nourriture des cochons. Comme il franchit la porte, les deux beautés de la famille Huang le soutiennent chacune d'un côté, au bout de quelques pas il les repousse. Elles le suivent côte à côte, comme deux charmants gardes du corps. Derrière eux viennent Ximen Baofeng, qui porte sur le dos sa trousse de secours, Lan Jiefang, Bai Xinger, Mo Yan et toute une bande. Je vois le visage de Ximen Jinlong, grave, aux traits tirés par la fatigue du voyage, je vois les seaux en bois emplis de nourriture que portent à la palanche Lan Jiefang, Bai Xinger et les autres, une dizaine de personnes en tout. Malgré les feuilles d'abricotier qui obstruent mes narines, je peux quand même humer la bonne odeur de la pitance. Il s'agit d'une bouillie faite de tourteaux de coton, de patates douces séchées, de bris de graines de soja noir, de feuilles de patates douces. À la lumière dorée du soleil, les seaux exhalent une vapeur d'un blanc laiteux. Le parfum de la nourriture se répand avec elle. Je vois de la vapeur encore déferler, pareille à des nuages, de la porte du bâtiment. La présence de ces personnages en ce petit matin, même s'ils sont mal assortis, tout naturellement vient ajouter une touche de solennité, on pense à ces équipes de logistique chargées de ravitailler le front. Je sais que ces porcs de montagne des Yimeng, si affamés qu'ils en sont aplatis comme des crêpes, vont pouvoir sur-le-champ faire marcher allégrement leurs mandibules, en fait une vie de bonheur commence pour eux. Vu que je suis d'extraction aristocratique, je devrais m'épargner la honte de vous fréquenter, mais puisque me voilà réincarné en cochon, force m'est de hurler avec les loups, de vous considérer comme mes semblables. Mes frères et sœurs, permettez-moi d'appeler sur vous les bénédictions du ciel, je vous souhaite santé et appétit ! Je vous souhaite de vous adapter vite à la vie d'ici, de bien pisser, bien chier et de faire du lard pour le socialisme ; car, pour reprendre leurs propres dires, un cochon est une usine à engrais en miniature, tout sur le corps du cochon est précieux : sa chair est exquise, la peau permet de fabriquer du cuir, les soies des brosses, les os peuvent servir à produire de la colle forte, et il n'est pas jusqu'à notre vésicule biliaire qui n'entre dans la composition de médicaments.

Quand les gens voient Jinlong arriver, ils s'exclament à l'unisson : « Voilà qui est bien, tout va s'arranger ! Le nœud doit être dénoué par celui qui l'a fait. Puisque Jinlong a pu traîner ce sanglier depuis les monts Yimeng jusqu'ici, il va trouver un moyen de le faire sortir de dessous le véhicule. » Hong Taiyue tend à Jinlong une cigarette et la lui allume. Que le secrétaire offre une cigarette, c'est un traitement de faveur, ce n'est pas une mince affaire. Jinlong a les lèvres blêmes, de gros cernes sous les yeux, les cheveux en bataille, il a l'air mort de fatigue. Dans cette opération il n'a pas ménagé ses forces et a accompli un brillant exploit, il s'est taillé un beau prestige parmi les membres de la commune et a regagné la confiance du secrétaire Hong. Cette cigarette offerte, cette grande faveur qui lui est faite, semble l'avoir grandement surpris. Il pose la cigarette à demi consumée sur une brique (elle est immédiatement ramassée par Mo Yan qui a bien l'intention de la fumer), ôte sa vieille veste militaire toute délavée et rapiécée aux épaules et au bord des manches, montrant un polo cramoisi au col rabattu et qui porte, imprimé en blanc sur la poitrine, « Jingangshan » calligraphié dans le style de Mao. Il retrousse ses manches, se penche pour se glisser sous le véhicule. Hong Taiyue le retient et lui dit :

« Jinlong, il ne faut pas agir étourdiment, ce cochon est pratiquement fou. Je ne veux pas qu'il soit blessé, et encore moins qu'il ne te blesse. Vous êtes tous les deux précieux pour notre grande brigade du village de Ximen. »

Jinlong s'accroupit et regarde sous le véhicule. Il ramasse un morceau de tuile tout couvert de givre et le jette. Je suppose que Diao Xiaosan a mordu dans l'objet et qu'il le brise entre ses dents avec bruit tandis que ses petits yeux lancent des lueurs féroces à vous faire froid dans le dos. Jinlong se relève, les lèvres entrouvertes, un sourire monte à ses joues. Cette expression, chez ce petit drôle, m'est très familière, quand elle apparaît sur son visage, c'est le signe qu'il a une idée, et une idée d'une ingéniosité inexprimable. Il va parler à l'oreille de Hong Taiyue, comme s'il avait peur d'être entendu par Diao Xiaosan sous son véhicule. Mais il s'inquiète pour rien car je suis persuadé que, moi excepté, tous les autres cochons de la terre n'entendent rien au langage des humains, et si moi je le peux, c'est que je suis l'exception qui confirme la règle, car le breuvage de la mère Meng sur la terrasse d'où l'on regarde le pays natal ne produit pas sur moi l'effet attendu, sinon je serais comme tous les êtres vivants qui se réincarnent, après un bol de cette potion j'aurais oublié bel et bien mes vies passées et à venir. Je vois un sourire s'épanouir sur le visage de Hong Taiyue, il tapote l'épaule de Jinlong et dit en riant :

« Mon garçon, heureusement que tu es là ! »

En un temps record, Ximen Baofeng arrive en courant, deux pains à la vapeur bien blancs dans les mains. Je vois que les pains sont tout détrempés, il s'en dégage une forte odeur d'alcool. Je devine immédiatement la ruse employée par Jinlong, il veut saouler Diao Xiaosan afin qu'il perde toute capacité de résistance. Moi, à la place de Diao Xiaosan, je ne tomberais pas dans le piège, mais lui n'est finalement qu'un cochon, certes il possède une force brutale immense, mais, manifestement, son quotient intellectuel n'est pas très élevé. Jinlong lance les deux pains sous le camion. Je répète mentalement : « Le gars, surtout ne va pas les manger, sinon tu tombes dans leur piège ! », mais Diao Xiaosan les a apparemment mangés car je vois l'expression de joie sur les visages de Jinlong, de Hong Taiyue et des autres devant la réussite de ce subterfuge. Puis je vois Jinlong battre des mains en criant : « Vidé ! Il est vidé ! » Il a appris cela dans des romans classiques, décrivant la scène où les brigands, à l'auberge, versent dans l'alcool une drogue soporifique, puis applaudissent et scandent ces mêmes mots, tandis que les clients, de fait, sont vidés de leurs sièges. Jinlong se glisse sous le véhicule et en tire Diao Xiaosan, ivre mort, dont la tête dodeline en tous sens. Le sanglier grogne, il a perdu toute capacité de résistance, se laisse porter et jeter dans le box à côté du mien. Ces deux box sont indépendants, aménagés spécialement à l'intention des porcs reproducteurs. Avoir fait entrer Diao Xiaosan dans celui-ci indique clairement qu'on entend l'élever lui aussi comme tel. Je trouve, pour ma part, cette décision absurde. Mes pattes sont robustes, mon corps est svelte, j'ai la peau bien rose et les soies très blanches, j'ai une petite bouche et de larges oreilles, je suis, dans la gent porcine, un jeune très fringant, que je sois considéré comme un animal reproducteur est dans l'ordre des choses, mais Diao Xiaosan – vous connaissez tous déjà son allure –, ce type de race inférieure, quels rejetons pourra-t-il bien donner ?

[Bien des années après, je devais comprendre que la décision de Jinlong et de Hong Taiyue était la bonne. Dans les années 70 du siècle passé, on manquait de matières brutes. L'approvisionnement en viande de porc connaissait une grande pénurie, à l'époque on aimait particulièrement manger de la viande de porc grasse fondant dans la bouche, alors qu'à présent, avec l'important accroissement du niveau de vie, les gens sont de plus en plus difficiles, manger la chair des animaux domestiques ne les contente plus, ils préfèrent les viandes sauvages, les descendants de Diao Xiaosan pourraient faire office de viande naturelle de sanglier. Mais ce sont là des propos a posteriori que je laisserai de côté pour le moment.]

Bien entendu, en tant que cochon dont l'intelligence surpasse celle du commun de ses congénères, je n'oublie pas de veiller à ce que je dois faire pour moi. Quand je les ai vus se mettre en branle et porter Diao Xiaosan de ce côté, j'ai deviné tout de suite leur intention. J'ai dégagé sans tarder mes pattes des branches de l'abricotier et je suis allé en catimini m'allonger sur le tas de paille et de feuilles sèches dans le coin du mur, et là je fais semblant de dormir. J'entends le bruit sourd de la chute du corps de Diao Xiaosan jeté dans le box voisin, les grognements de ce dernier et aussi les éloges appuyés que font de moi Hong Taiyue et Jinlong. J'ouvre furtivement un œil et j'aperçois tout ce monde de l'autre côté du mur. Le soleil est déjà haut dans le ciel, leurs visages resplendissent comme s'ils étaient poudrés d'or.

Chapitre vingt-quatrième

Pour fêter la bonne nouvelle, les membres de la commune allument un feu de camp.
S'instruisant en cachette, le roi des cochons écoute une belle prose.

[L'ami, ou plutôt le gars, me dit Lan Qiansui avec l'accent canaille des voyous de Pékin, pour continuer, rappelons-nous ensemble cette fin d'automne radieuse et ce jour le plus lumineux de cette période.

Les feuilles du Verger des abricotiers étaient de la couleur du cinabre, au ciel pas un nuage à l'horizon, c'était la première fois, et ce devait être la dernière, que se tenait, sur les lieux mêmes de l'élevage de cochons du Verger des abricotiers de la grande brigade de notre village de Ximen, une réunion sur la « pratique de l'élevage en grand des porcs ». On devait faire l'éloge de cette journée, la qualifiant de « créative », le journal de la province publia un long reportage, et les cadres concernés par cette manifestation, à l'échelon du district comme du canton, furent tous promus à un grade supérieur. Cette rencontre devait entrer dans les annales du district de Gaomi, et surtout devenir un événement glorieux dans l'histoire de notre village de Ximen.]

Pour prendre les dispositions nécessaires à la tenue de la réunion, les membres de la grande brigade du village de Ximen, sous la conduite de Hong Taiyue, sous le commandement de Jinlong, sous la direction de Guo Baohu, vice-chef du comité révolutionnaire de la commune et cadre en garnison à la brigade, ont travaillé jour et nuit pendant toute une semaine. Fort heureusement, il s'agit d'une saison morte pour les travaux des champs, sur les terres il n'y a plus de cultures sur pied. Que tout le village soit occupé par cette réunion ne risque pas de retarder les travaux agricoles, et quand bien même serions-nous en période de presse qui marque les trois grands travaux d'automne – moisson, labours, semailles –, cela n'aurait guère d'incidence. Les temps veulent que la politique soit placée avant toute chose, la production étant reléguée au second rang, l'élevage des cochons relevant de la politique, et la politique étant tout, le reste doit lui céder la place.

À partir du moment où a été connue la nouvelle selon laquelle la réunion sur le terrain pour l'élevage des cochons au niveau du district se tiendrait ici, une atmosphère de fête a régné dans le village tout entier. Cette bonne nouvelle a d'abord été annoncée par haut-parleur, avec des accents d'enthousiasme, par Hong Taiyue, le secrétaire de la cellule de la grande brigade. Puis les gens du village sont descendus spontanément dans la rue.

Il est plus de neuf heures du soir, L'Internationale a déjà retenti dans les haut-parleurs, les autres jours, à cette heure-là, les membres de la commune s'apprêtent à dormir sur leur kang, tandis que les nouveaux mariés de la famille Wang, à l'ouest du village, vont commencer leurs ébats amoureux, mais la bonne nouvelle a ému les cœurs, changeant la vie des gens.

[Pourquoi ne me demandes-tu pas : comment un cochon, dans sa porcherie au cœur du Verger des abricotiers, pouvait-il savoir ce qui se passait dans le village ? Je ne te raconterai pas d'histoires : à ce moment-là, j'avais déjà commencé mes excursions nocturnes en sautant hors du box pour inspecter la porcherie et flirter avec les truies des monts Yimeng, puis je me suis aventuré dans des endroits plus risqués, c'est pourquoi j'étais au courant de tous les secrets du village.]

Les membres de la commune marchent dans la rue avec des lampions et des torches, pratiquement tous les visages sont souriants. Pourquoi sont-ils si contents ? C'est que lorsqu'un village est cité comme modèle, ce sont d'immenses profits en perspective. Les villageois se sont tout d'abord rassemblés dans la cour du quartier général de la grande brigade, attendant qu'apparaissent le secrétaire de la cellule et les personnages en vue de cette même grande brigade. Hong Taiyue, une veste doublée sur les épaules, se tient debout dans la lumière crue de la lampe à gaz, la joie qui l'habite transfigure son visage, on dirait un miroir en bronze frotté avec du papier d'émeri. Il déclare : « Membres de la commune, camarades, la réunion sur le terrain concernant "l'élevage en grand des porcs" va se tenir dans notre village, c'est la preuve de la sollicitude du Parti à notre égard, mais c'est également une mise à l'épreuve, nous devons fournir les plus grands efforts pour bien préparer cette réunion et saisir l'occasion de cette bouffée d'oxygène pour porter à son sommet le travail de l'élevage des cochons, actuellement nous n'en élevons que mille, nous voulons en élever cinq mille, dix mille, et quand nous en serons à vingt mille, nous irons à la capitale pour annoncer cette bonne nouvelle au président Mao ! »

Après ce discours la foule ne se disperse toujours pas, surtout les garçons et les filles, au plus beau de leur jeunesse et dont l'énergie ne trouve pas à se dépenser. Ils brûlent de l'envie de se rebeller, de tuer et

d'incendier, de donner le dernier assaut aux impérialistes, aux révisionnistes et aux contre-révolutionnaires,
alors comment pourraient-ils aller dormir par une telle
nuit ? Les quatre frères Sun, sans même attendre l'autorisation du secrétaire, se précipitent dans le bureau,
sortent de l'armoire les instruments de musique qui
sont restés enfermés là depuis longtemps. Quant à ce
petit drôle de Mo Yan, qui ne veut décidément jamais
être en reste, même s'il doit s'attirer partout l'aversion
des gens, et qui passe outre, effronté qu'il est, il se
retrouve de toutes les fêtes. C'est ainsi qu'il s'empare
le premier d'un tambour et se le met sur le dos. Les
autres trouvent sous l'armoire les drapeaux de couleur
agités pendant la Révolution culturelle, alors, aux sons
assourdissants des gongs et des tambours, sous les drapeaux déployés, la petite troupe descend dans la rue et
défile d'est en ouest, avant de revenir en sens inverse,
faisant s'envoler, avec force croassements d'effroi,
les corbeaux perchés dans les sophoras. Le défilé se
regroupe au milieu du Verger des abricotiers. À l'ouest
de mon box, au nord des deux cents stalles affectées
aux cochons des Yimeng, sur le terrain vague où Diao
Xiaosan est tombé ivre mort, Mo Yan, l'imprudent,
allume un feu de camp avec des branches d'abricotier
abattues pour la construction des porcheries. Les
flammes sont ardentes, elles crépitent, exhalant le parfum caractéristique des tiges chargées de fruits. Au
début Hong Taiyue a eu l'intention de réprimander Mo
Yan, mais devant le spectacle animé de cette jeunesse
chantant et sautant autour du feu il ne peut se retenir
d'entrer lui aussi dans la ronde. Les gens exultent, les
cochons dans la porcherie sont alarmés. Mo Yan ajoute
sans cesse de nouvelles branches au brasier, la lumière
du feu fait resplendir son visage, qui ressemble à ceux
des petits démons tout juste repeints dans les temples.
Bien que je n'aie pas encore été officiellement sacré roi

des cochons, j'ai déjà établi mon autorité sur la gent porcine. À une vitesse record, je transmets la nouvelle aux occupants des premiers box de chaque rangée. Je déclare à la truie Chou bleu, la plus intelligente des cinq occupantes du premier box de la première rangée :

« Préviens tout le monde de ne pas avoir peur, l'ère de gloire des cochons est arrivée ! »

Je fais de même avec Cri de loup sauvage, un porc châtré, le plus sournois des six occupants du premier box de la deuxième rangée :

« Préviens tout le monde de ne pas avoir peur, l'ère de gloire des cochons est arrivée ! »

Je tiens le même discours à la plus jolie des cinq occupantes du premier box de la troisième rangée.

Folie de papillon a les yeux tout ensommeillés, elle est là, pleine de candeur naïve, je ne peux m'empêcher de déposer un baiser sur sa joue, ce qui lui fait pousser un petit cri. Après quoi, réprimant les battements de joie de mon cœur, je cours jusqu'au premier box de la quatrième rangée et m'adresse aux quatre porcs châtrés appelés les Quatre Gardiens au pilon de diamant[1] :

« Prévenez tout le monde de ne pas avoir peur, l'ère de gloire des cochons est arrivée ! »

Ils me demandent, l'esprit un peu embrumé : « Qu'est-ce que tu dis ?

– La réunion sur le terrain pour "l'élevage en grand des porcs" se tiendra chez nous, l'ère de gloire des cochons est arrivée ! » hurlé-je, puis je retourne en galopant jusque chez moi, avant d'être sacré roi je ne veux pas que les humains connaissent le secret de mes vagabondages nocturnes. Et quand bien même ils le sauraient, ils ne pourraient m'empêcher de continuer – j'ai déjà élaboré au moins trois combines ingénieuses pour sortir librement de la porcherie –, mais il vaut mieux

1. Cf. note 1, p. 223.

encore feindre la stupidité. Je galope, essayant d'éviter la lumière du feu, mais il n'y a pratiquement aucun endroit où me cacher, ce gigantesque brasier qui monte jusqu'au ciel illumine tout le Verger, je me vois dans ma course, moi, le futur roi des cochons, je vois mon corps brillant, comme moulé dans un vêtement de soie, on dirait un éclair dont la trace lumineuse étincelle. En approchant du box du roi des cochons, je prends mon élan et m'envole, de mes ongles des pattes de devant, si agiles qu'ils pourraient graver des contrefaçons de sceaux officiels et fabriquer de faux dollars américains, je m'agrippe aux branches retombantes de l'abricotier, la trajectoire décrite par mon corps est aussi fluide que celle d'un fuseau servant à tisser, alors, profitant de l'élasticité des branches et de l'inertie de mon corps, je m'envole cette fois par-dessus le mur pour retomber dans mon repaire.

J'entends un cri perçant, j'ai la sensation que mes sabots se sont enfoncés dans quelque chose d'élastique. Je jette un regard scrutateur et ne peux empêcher le feu de la colère de monter. En fait, profitant de mon absence, le bâtard sauvage d'à côté, Diao Xiaosan, le porc des Yimeng, dort à son aise, affalé sur ma précieuse couche. Mon corps immédiatement se met à me démanger, mon regard immédiatement devient féroce. Je vois cet animal repoussant, sale, couché sur mon nid aménagé avec tant de soin. Pauvre paille dorée ! Dommage pour les feuilles d'abricotier d'un rouge vif et au parfum léger ! Ce bâtard a souillé ma couche, y a laissé ses poux sales et ses desquamations de teignes, de plus j'ose affirmer que ce ne doit pas être la première fois qu'il agit ainsi. La colère gronde en moi, mes forces se concentrent dans mon crâne, j'entends les grincements stridents de mes dents. Et l'autre pourtant sourit sans vergogne et dodeline de la tête à mon intention, puis, comme si de rien n'était, va pisser sous l'abricotier. Et moi qui suis un cochon si bien élevé, si soucieux de propreté, qui me soulage toujours au même endroit, au coin du mur sud-ouest de la porcherie, là où il y a un trou communiquant avec l'extérieur, qui vise toujours avec précision ce trou pour que l'urine s'écoule dehors sans pratiquement laisser de trace à l'intérieur ! Or il se trouve que l'emplacement sous l'abricotier est celui où j'effectue mes exercices physiques, à cet endroit le sol est brillant et lisse, on dirait des plaques de marbre, c'est là où j'effectue mes tractions vers le haut pour me hisser jusqu'aux branches de l'arbre, et quand mes sabots entrent en contact avec le sol, ils produisent un son clair, or voilà cet emplacement idéal gâté par l'urine puante de ce bâtard ! Si on tolère cela, que ne saurait-on tolérer ? [Il s'agit d'une phrase de chinois classique, très en vogue à l'époque et que l'on n'emploie que rarement de nos jours. Chaque époque a ses tics de langage.]

Je fais circuler amplement mon souffle pour rassembler mes forces et, avec le courage d'un maître de *qigong* qui se jette la tête la première sur une stèle, je vise le postérieur de ce bâtard ou, pour être plus exact, je vise ses deux énormes testicules et fonce farouchement dessus. La violence du choc me fait reculer de deux pas, mes pattes de derrière me lâchent et je me retrouve assis sur le sol. Dans le même temps je vois l'animal lever haut le postérieur et lâcher une selle liquide, foncer en sifflant comme un obus dans le mur pour revenir sous l'effet du rebond. Tout cela se passe dans un laps de temps très court, entre rêve et réalité. La situation bien réelle est la suivante : ce bâtard, pareil à un cadavre, est couché au pied du mur, à l'endroit même où je fais mes gros besoins, là seulement est le lieu où peut s'allonger ta sale carcasse. Le corps entier de l'autre est pris de convulsions, ses pattes sont regroupées ensemble, son dos est arqué comme celui d'un chat sauvage menaçant, il a les yeux révulsés, comme le sont ceux de ces intellectuels bourgeois qui expriment leur profond mépris à l'encontre du peuple travailleur. J'ai vaguement le tournis, mon groin est quelque peu endolori, de mes yeux perlent des larmes, vu la force déployée, celle que met un nourrisson à téter, si je n'avais pas foncé dans le corps de ce bâtard, j'aurais traversé le mur, y laissant un trou tout rond. Une fois calmé, je ressens un peu de peur, certes le forfait commis par ce bâtard, souiller ainsi sans autorisation ma couche parfumée, est détestable, mais ce n'est pas un crime passible de mort, il fallait certes lui donner une leçon, mais l'occire de la sorte est visiblement exagéré. Bien sûr, même si Ximen Jinlong, Hong Taiyue et les autres en venaient à juger que j'ai tué Diao Xiaosan, cela n'aurait pas non plus de conséquence pour moi. Ils n'en nourriraient pas moins l'espoir que ma zigounette engendrera des bébés cochons. D'autant plus que Diao Xiaosan est mort dans mon box ou, pour reprendre une expression du dialecte de Shanghai, il a « passé les bornes », se mettant lui-même sur le chemin de la ruine. Pour un être humain son territoire est sacré, il le défend avec son sang et avec sa vie, pourquoi n'en irait-il pas de même pour celui d'un cochon ? Les animaux marquent leurs propres frontières, le tigre, le lion, le chien ne font pas exception. Si j'avais sauté dans son box et l'avais tué à coups de morsures, j'aurais été en tort, mais c'est lui qui est venu dormir sur ma litière, qui a pissé là où je fais ma gymnastique, s'il a trouvé la mort, il n'a à s'en prendre qu'à lui-même. À tourner ainsi les idées dans ma tête, je me sens plus calme. La seule chose qui me désole, c'est de l'avoir attaqué soudain par-derrière tandis qu'il urinait, certes je n'ai pas profité sciemment de l'occasion, mais en fin de compte ce n'était pas très loyal, et si cela se savait à l'extérieur, ma réputation en prendrait un coup. J'en conclus que ce bâtard est bel et bien mort. À dire vrai, je ne souhaitais pas sa mort, car j'ai senti en lui une vitalité sauvage et exubérante, venue tout droit des forêts et des montagnes, des grands espaces, et qui fait penser aux peintures rupestres des temps reculés et à la tradition orale des poèmes épiques desquels se dégage ce souffle artistique primitif.

[Et c'est cela justement qui faisait défaut à cette époque marquée par le règne du bluff ; mais c'est vrai aussi pour les temps présents, où l'on assiste au triomphe du maniérisme et des modes.]

Je sens naître en moi le sentiment que j'ai trouvé en fait quelqu'un à ma hauteur, les yeux pleins de larmes je m'approche de lui, lève un sabot et lui gratouille la peau du ventre qu'il a épaisse. Elle se contracte un peu, des grognements sortent de ses narines. Ah bon, il n'est pas mort ! Je m'en réjouis secrètement, gratte encore, et lui de pousser d'autres grognements, tandis que le noir de ses pupilles réapparaît, mais son corps reste comme une chiffe molle, il ne peut toujours pas remuer. Je me dis que ses testicules ont dû recevoir un choc destructeur, or cette partie du corps est justement un point vital pour les mâles. Quand les femmes du village un peu vives et expérimentées se battent avec des hommes, elles se penchent pour attraper ces trucs, et si elles y parviennent, l'homme devient alors comme de la glaise entre les mains de la femme, elle en fait ce qu'elle veut. Je me dis que même si ce bâtard n'est pas mort, il n'en restera pas moins mutilé, a-t-on jamais vu deux œufs cassés retrouver leur aspect d'origine ?

Je devais, à la lecture de la *Gazette de référence*[1], apprendre que l'urine des mâles vierges des espèces

1. Publication interne du Parti qui donnait des nouvelles internationales et qui existe toujours (titre souvent traduit par *Nouvelles de référence*).

animales a le pouvoir de ramener à la vie, le *Compendium de materia medica* de Li Shizhen[1], spécialiste de la médecine dans les temps anciens, mentionne le fait mais ne l'étudie pas de façon exhaustive. La *Gazette de référence* est le seul journal qui parvient encore à dire la vérité, tous les autres mentent ou se livrent à des verbiages creux. Je devais devenir accroc à cette publication, à vrai dire une des raisons importantes pour lesquelles je sors ainsi toutes les nuits, c'est pour aller au quartier général de la grande brigade écouter en cachette Mo Yan lire cette gazette, c'est un périodique que ce petit drôle apprécie lui aussi. Malgré ses cheveux clairs, ses oreilles gercées par le froid, ses petits yeux ne formant qu'une fente, sa laideur, sa vieille veste ouatinée et ses sandales de paille toutes déchirées, il n'en est pas moins un drôle de type, il aime sa patrie et s'intéresse à ce qui se passe dans le monde, pour gagner le droit de lire la *Gazette de référence*, il s'est adressé lui-même à Hong Taiyue et a obtenu de faire bénévolement ce travail de gardien de nuit au quartier général de la grande brigade.

Or le quartier général se trouve dans la salle principale de la maison de la famille Ximen, il y a un téléphone ancien à manivelle et, fixées au mur, deux énormes piles sèches. Le mobilier se compose d'un bureau à trois tiroirs et d'un misérable lit aux pieds branlants, dont l'un est même cassé, ces meubles ont appartenu à Ximen Nao, mais à présent, sur le bureau, est placée une lampe à abat-jour en verre, c'est une source lumineuse rare pour l'époque, et Mo Yan, ce petit drôle, lit le journal à ce bureau sous la lampe, endurant l'été les piqûres de moustiques et le froid l'hiver.

Le portail de la cour a été débité comme bois de chauffage pour alimenter les hauts fourneaux pendant

1. Ouvrage imprimé en 1578.

la campagne de l'acier, depuis ce temps cette entrée fait penser à ces bouches de vieillards édentées, elle est hideusement béante, mais c'est commode pour me glisser dans la cour lors de mes déplacements nocturnes furtifs.

Avec cette troisième réincarnation, les souvenirs de Ximen Nao peu à peu deviennent vagues, mais quand je vois Lan Lian, avec sa silhouette aussi gauche que celle d'un ours, sortir pour aller cultiver son champ, profitant d'une nuit de lune, quand j'entends les plaintes de Yingchun que ses articulations font souffrir, quand j'entends les coups et les insultes échangés par Qiuxiang et Huang Tong, je me sens nerveux.

Même si je connais une grande quantité d'idéogrammes, il me serait difficile de trouver l'occasion de lire. Mo Yan, ce petit drôle, passe ses soirées entières à lire le journal en long et en large, et, qui plus est, à haute voix, allant même parfois jusqu'à le réciter par cœur les yeux fermés. Ce petit drôle a vraiment de l'énergie à revendre, ce qu'il peut être ennuyeux ! Aller jusqu'à réciter ce canard ! Ses petits yeux en sont tout rouges, son front est noirci par la fumée de la lampe, il supporte autant qu'il peut pour profiter de cette lampe, et ce aux frais de la princesse. Et c'est grâce à sa bouche que moi, je devais devenir le cochon le plus cultivé, le plus savant au monde pendant ces années 70. Je devais apprendre que le président américain, Richard Nixon, accompagné d'une suite considérable, avait atterri sur l'aéroport de Pékin à bord d'un avion « esprit des années 76 » bleu, blanc et argenté, et que le président Mao Zedong l'avait reçu dans son bureau tapissé d'ouvrages brochés à la chinoise. En plus des interprètes, étaient présents le Premier ministre du Conseil des affaires d'État, Zhou Enlai, ainsi que le secrétaire d'État américain, Henry Kissinger. Mao Zedong avait dit avec humour à Nixon : « Lors des dernières élections américaines, j'ai voté pour vous ! », et le président américain avait répondu avec autant d'humour : « Entre deux maux, vous avez choisi le moindre ! » Je devais apprendre également que les cosmonautes à bord d'*Apollo 17* avaient marché sur la lune et qu'ils avaient effectué sur le sol lunaire des observations scientifiques, qu'ils avaient prélevé une grande quantité d'échantillons de roche, qu'ils avaient planté le drapeau américain, puis qu'ils avaient pissé tout leur content et que, vu la faiblesse de l'attraction lunaire, leur urine avait jailli en grosses éclaboussures pareilles à des cerises jaunes. Je ne devais pas rester ignorant du fait que les avions américains avaient bombardé le Vietnam, faisant retourner ce pays, en une nuit, à l'âge de pierre. Je savais de même que le panda Zhizhi, offert par la Chine aux Anglais, s'était éteint, à notre plus grand regret, âgé de quinze ans, au zoo de Londres le 4 avril 1972, au terme d'une longue maladie incurable. C'est ainsi que je devais découvrir encore que, parmi certains intellectuels japonais, boire de l'urine pour se guérir était devenu une mode et que celle des jeunes gars non mariés était très chère, valait même plus que les meilleurs vins… Je devais apprendre tant de choses que je ne peux pas toutes les énumérer. Mais le plus important reste que je ne suis pas de ces crétins qui apprennent pour apprendre, moi, c'est pour me servir de ces connaissances comme exemple dans la vie pratique et, sur ce point, Ximen Jinlong, ce garnement, me ressemble un peu, après tout, quelques dizaines d'années auparavant, j'étais son père.

Je vise la bouche ouverte de Diao Xiaosan et envoie dedans un jet de mon urine de jeune porc. Tout en regardant ses dents jaunâtres, je me dis : espèce de bâtard, moi, du coup, je te lave les dents ! Le jet d'urine chaude est puissant, j'ai beau le contrôler, des gouttes éclaboussent ses yeux, je me dis à moi-même : espèce de bâtard, et en plus je te mets du collyre dans les yeux, car cette urine a des propriétés antiseptiques, lesquelles ne sont pas moindres que celles de la chloromycétine. Diao Xiaosan, ce bâtard, fait claquer ses lèvres et avale mon urine, ses grognements se font plus forts, il ouvre également les yeux, c'est vraiment un liquide qui a un pouvoir de résurrection, quand j'ai fini de pisser, au bout d'un petit moment il se met sur son arrière-train, puis sur ses pattes, et essaie de faire quelques pas, la partie postérieure de son corps se dandine comme la queue d'un poisson se mouvant difficilement dans de l'eau peu profonde. Il s'appuie contre le mur, secoue la tête, comme s'il sortait tout juste d'un long rêve, puis il se met à vomir des injures :

« Cochon Ximen, j'encule ta grand-mère ! »

Tiens, ce bâtard sait donc que je suis le cochon Ximen, cela me surprend au plus haut point. Après diverses réincarnations, à vrai dire, je ne parviens pas souvent à établir un lien entre moi et ce traîne-malheur de Ximen Nao ; les gens du village, à plus forte raison, ne connaissent pas mon origine de classe ni mes antécédents, et voilà que ce bâtard sauvage venu des monts Yimeng m'appelle « cochon Ximen », c'est vraiment une énigme difficile à élucider. Mon point fort est le suivant : tout ce qui ne peut trouver de solution, après réflexion je l'oublie purement et simplement ! Je suis le cochon Ximen, bon, soit, mais le cochon Ximen est le vainqueur et toi, Diao Xiaosan, tu as perdu. Je dis :

« Le nommé Diao, ce jour je t'ai juste fait voir un peu de quel bois je me chauffe, ne crois pas avoir été humilié pour avoir bu ma pisse, tu dois t'en montrer reconnaissant, car sans elle, à l'heure qu'il est, tu ne respirerais plus et, dans ce cas, tu ne pourrais assister à la grande cérémonie de demain, or, en tant que cochon, cela reviendrait à avoir vécu pour rien ! Aussi tu dois non seulement me remercier, moi, mais remercier aussi les intellectuels japonais qui ont inventé ce mode de traitement, remercier Li Shizhen, remercier Mo Yan, qui chaque nuit lit assidûment la *Gazette de référence*, sans tous ces gens tu aurais les pattes raides et le sang figé dans tes veines, et tous les poux que tu héberges, privés de nourriture, fuiraient ton corps à la débandade. Il ne faut pas croire que les poux sont des bestioles gauches, leurs gestes sont des plus lestes qui soient, on raconte qu'ils savent voler. Comment le pourraient-ils puisqu'ils n'ont pas d'ailes ? En fait, le fin mot de l'histoire est qu'ils savent utiliser la force du vent pour se déplacer rapidement. Si tu étais mort, ils voleraient jusque sur mon corps, et je serais dans la poisse, car un cochon couvert de poux ne peut prétendre au titre de roi des cochons. C'est pourquoi je ne voulais pas que tu meures, je t'ai donc sauvé la vie, je vous prie de dégager, toi et tes poux, de rejoindre votre nid, de retourner d'où vous êtes venus.

– Le gars, dit Diao Xiaosan en grinçant des dents, les choses ne sont pas encore terminées entre nous. Tôt ou tard je t'en ferai baver ! Tu apprendras alors que le tigre ne se nourrit pas de pain blanc et que le sexe du dieu tutélaire est en pierre. »

En ce qui concerne ce dernier point, on peut trouver une réponse dans le roman de ce petit drôle de Mo Yan, *Récit de la nouvelle pierre*. Il y décrit un tailleur de pierre qui, n'ayant pas d'enfants, pour accumuler des bonnes actions sur cette terre, dans une pierre en granit très dur a sculpté une divinité tutélaire et l'a installée dans le temple du dieu des récoltes. La statue étant en pierre, le sexe du dieu l'est aussi. L'année suivante, la femme du tailleur de pierre devait mettre au monde un bébé masculin avec une bonne grosse tête et de grandes oreilles. Les gens du village s'accordèrent pour dire que le tailleur était récompensé pour le bien qu'il avait fait. Quand l'enfant eut grandi, il devint un

brigand violent et irascible, frappant son père et sa
mère, il se conduisait comme un animal. Quand les gens
voyaient le tailleur se déplacer avec difficulté sur sa
jambe brisée par les coups de bâton administrés par son
fils, ils ne pouvaient s'empêcher en secret de soupirer,
en proie à mille sentiments, sur le fait que les changements du cours des choses étaient imprévisibles et que
la juste rétribution des actes était un registre de dettes
bien embrouillé.

Quant aux menaces de Diao Xiaosan, je ne les prends
pas au sérieux. Je dis que j'attends respectueusement,
me préparant à tout moment à devoir combattre, une
même montagne ne peut accueillir deux tigres, deux
ânes mâles ne peuvent manger à la même auge, le sexe
du dieu tutélaire est peut-être en pierre, mais les paroles
de la déesse de la terre ne sont pas non plus d'argile.
Dans une porcherie, il ne peut y avoir qu'un seul roi.
Nous deux, tôt ou tard, devrons nous affronter dans une
lutte à mort, la séquence d'aujourd'hui ne compte pas,
aujourd'hui nous sommes à égalité, coup bas contre
coup bas, la prochaine fois nous nous mesurerons franchement, de façon équitable, avec transparence, et je te
battrai à plates coutures. Nous pourrons choisir pour
arbitres quelques anciens, impartiaux, de haute moralité, aux vastes connaissances, rompus aux règles des
compétitions. « À présent, monsieur, je vous demanderai de bien vouloir quitter mon dortoir. » J'élève une de
mes pattes de devant et fais un geste poli de congédie-
ment. Les ongles de mon sabot scintillent à la lumière
du feu de camp, on les dirait sculptés dans un jade précieux.

Je pensais que le type allait quitter ma splendide
demeure d'une façon qui m'étonnerait, mais ses agissements devaient me décevoir profondément. Il se fait
plus mince et force pour passer entre les barreaux de la
porte de fer. Sa tête a beaucoup de difficultés à les

franchir, il la remue tant et si bien que la grille en est secouée à grands bruits, une fois la tête passée, le reste suit tout naturellement. Je n'ai pas besoin de le regarder davantage pour savoir qu'il entre chez lui par le même procédé. Se faufiler par les trous pour passer une porte, c'est une astuce qu'emploient les chats et les chiens. Un cochon digne de ce nom, et qui a une haute idée de lui-même, ne saurait opter pour une telle manière de faire. Quand on est un cochon, soit on mange et dort, on dort et mange, on fait du lard, on fabrique de la viande pour le bonheur de son maître, lequel vous enverra à l'abattoir, soit on fait comme moi, on ruse, on agit en sorte qu'ils ne s'aperçoivent de rien car ils seraient pris de panique. Aussi, quand j'ai vu Diao Xiaosan se faufiler par la grille comme un chien galeux, sur le plan du mental je l'ai trouvé vraiment petit.

Chapitre vingt-cinquième

Lors de la réunion sur le terrain, les hauts fonction-
naires argumentent avec éloquence.
À la cime de l'abricotier, le cochon merveilleux
accomplit des prodiges.

Je suis vraiment désolé, jusqu'à présent je n'ai pas
encore décrit cet événement spectaculaire que devait
être la réunion sur le terrain concernant l'élevage des
porcs. Pour qu'elle se tienne, tous les villageois membres
de la commune allaient passer une semaine à en faire
les préparatifs, mais je vais maintenant consacrer à ce
récit un chapitre entier.

Qu'on me permette de commencer par le mur
d'enceinte de la porcherie. Il vient d'être chaulé pour,
d'après ce qu'on dit, l'aseptiser. Sur le mur blanc sont
inscrits des slogans en grands idéogrammes de couleur
rouge. Tous ces mots d'ordre ont un lien avec l'élevage
des porcs et avec la révolution dans le monde. Qui
d'autre aurait pu les écrire que Ximen Jinlong ? Des
deux jeunes du village qui ont le plus de talent, Jinlong
incarne l'orthodoxie, tandis que Mo Yan peut être qualifié de non-conformiste.

Il a sept ans de moins que Jinlong. Quand ce dernier
sera au sommet de sa gloire, Mo Yan, pareil à une
grosse pousse de bambou, accumulera des forces sou-
terraines. Personne ne fait attention à lui. Il est d'une

laideur étonnante, a un comportement étrange, il raconte souvent des histoires à dormir debout, c'est un personnage honni de tous. Même ses proches pensent que ce gosse est un bêta. Un jour, sa sœur, désignant le visage du garçon, a posé avec insistance cette question à leur mère : « Maman, maman, il est vraiment de toi ? Est-ce qu'il ne serait pas plutôt un bébé abandonné que papa aurait trouvé derrière les mûriers un matin alors qu'il ramassait les excréments ? » Les frères et sœurs aînés de Mo Yan sont tous de taille élancée, leurs traits sont fins, ils n'ont rien à envier sur ce plan à Jinlong, Baofeng, Huzhu ou Hezuo. La mère a répondu en soupirant : « Quand je l'ai mis au monde, ton père a rêvé qu'un petit diable, traînant un énorme pinceau, entrait dans la pièce principale de la maison, et alors qu'on lui demandait d'où il venait, l'autre a répondu qu'il venait des enfers où il avait servi de secrétaire au roi. Et comme ton père restait là, perplexe, il a entendu monter de la pièce intérieure des vagissements sonores, l'accoucheuse s'est montrée et a déclaré : "Une heureuse nouvelle pour vous, patron, votre dame a mis au monde un héritier." » Je crois que ces propos ont été créés de toutes pièces par la mère de Mo Yan pour améliorer l'image de son fils dans le village, des histoires semblables sont légions dans les romans historiques populaires.

[À présent, si tu vas dans notre village de Ximen, devenu une nouvelle zone de développement économique de la ville de Fenghuang, tu verras, dans ce qui était autrefois des champs fertiles, des constructions mi-occidentales, mi-chinoises. La version de cette histoire qui voudrait que Mo Yan serait un secrétaire du roi des enfers réincarné en ce monde devait connaître une vogue en son temps. Si les années 70 du siècle dernier ont été celles de Ximen Jinlong, Mo Yan devait attendre dix ans avant de manifester ses talents.]

Pour l'heure surgit devant mes yeux la scène suivante :
dans le cadre des préparatifs de la réunion sur l'élevage
des porcs, Jinlong, armé d'une brosse, barbouille le
mur blanc de slogans. Il porte des manchettes bleues et
des gants blancs, Huzhu, de la famille Huang, l'aide en
tenant le seau de peinture rouge, Hezuo, sa sœur, quant
à elle, tient le seau de peinture jaune. L'air est plein de
la forte odeur de la peinture. Les slogans au village ont
toujours été tracés avec de la poudre dont on se sert
pour les publicités, si cette fois on utilise de la peinture,
c'est que le district a déboursé une somme suffisante
pour les frais afférents à la manifestation. Jinlong écrit
les mots avec beaucoup de classe, la grosse brosse trempée dans la peinture rouge trace la partie principale des
idéogrammes, la petite brosse imbibée de peinture jaune
sert à souligner les traits, ces deux couleurs, rouge et
jaune, attirent particulièrement les regards. [On pensera aux jolies filles actuelles, avec leurs lèvres rouges
et leurs yeux bleus dans un visage poudré.] Ils sont
nombreux, regroupés derrière lui, à le regarder écrire,
les louanges n'ont pas de cesse. La femme de Ma Liu,
la grande amie de Wu Qiuxiang, encore plus coquette
qu'elle, dit d'une voix maniérée :

« Mon petit Jinlong, si moi, ta grande belle-sœur,
j'avais vingt ans de moins, je ferais tout pour être ta
femme, et si je ne pouvais être l'épouse principale, je
consentirais à être ta concubine ! »

Quelqu'un qui se trouve à côté intervient :

« Tu n'aurais même pas cette chance ! »

La femme de Ma Liu, tenant sous son regard limpide
comme l'eau vive Huzhu et Hezuo, ajoute :

« C'est bien vrai, avec ces fleurs jumelles pareilles à
des immortelles, je n'aurais même pas cette chance.
Mon petit, il va te falloir cueillir ces deux fleurs. Si tu

tardes trop, prends garde qu'elles ne soient goûtées comme primeurs par un autre ! »

Les deux sœurs sont toutes rouges, Jinlong est un peu gêné lui aussi, il lève sa brosse et dit, menaçant :

« La ferme, espèce de dévergondée, méfie-toi, je pourrais te clore la bouche d'un coup de brosse ! »

[Je sais que la mention des relations entre les deux sœurs Huang et Jinlong ne t'est pas agréable, à toi, Lan Jiefang, mais puisque nous feuilletons ce vieux registre d'histoire, on ne peut pas ne pas parler de cela, et quand bien même je n'en parlerais pas, Mo Yan, ce petit drôle, lui, ne pourrait s'empêcher de le relater dans ses livres à la triste réputation, et chaque habitant du village de Ximen peut retrouver sa propre trace dans ses récits.]

Bon, une fois les slogans écrits, les arbres qui n'ont pas été chaulés le sont, et les branches des abricotiers sont ornées de banderoles colorées accrochées par les écoliers, agiles comme des singes.

Un mouvement auquel ne participent pas les élèves des écoles reste peu animé, les jeunes apportent toujours de l'effervescence. Même si les ventres crient famine, il règne une atmosphère de fête. Sous la direction de Ma Liangcai et de la jeune enseignante à la grosse natte, nouvellement nommée et qui parle si bien la langue commune, les écoliers du village de Ximen, dont le groupe dépasse la centaine, pareils à des écureuils rassemblés pour un meeting, se faufilent dans les arbres, en dégringolent. À cinquante mètres de ma porcherie, en plein sud, se dressent deux gros abricotiers, distants d'environ cinq mètres mais dont les couronnes se touchent. Des gamins joueurs et turbulents ont ôté leurs vieilles vestes ouatinées pour se retrouver torse nu, vêtus d'un seul pantalon ouatiné tout déchiré et dont l'entrejambe laisse voir la ouate abîmée, laquelle fait penser à ces moutons du Xinjiang au pelage fin et à la queue sale. Ils jouent à Tarzan, empoignant les branches souples des couronnes des arbres pour se balancer, une fois le maximum d'inertie atteint, ils lâchent tout et, pareils à de petits singes, ils se propulsent jusque sur l'autre couronne, échangeant leurs places en un ballet ininterrompu.

Fort bien, continuons de parler de ce grand meeting. Tous les arbres ont été décorés et l'on dirait de vieilles diablesses à la tête parée de rubans multicolores. De chaque côté de la route qui traverse la porcherie du nord au sud on a planté, tous les cinq mètres, un drapeau rouge. Dans le terrain vague on a édifié une estrade en terre, protégée par des nattes de roseaux et fermée par des tentures rouges sur deux côtés, au centre est placée une banderole avec, cela va de soi, une inscription. Une telle installation pour ce type de réunions étant bien connue de tous les Chinois, je ne m'attarderai pas là-dessus.

Ce dont je voudrais parler, c'est du trajet effectué par Huang Tong au magasin de détail de la coopérative d'approvisionnement et de vente sis à la commune populaire. Il est allé jusqu'à ce bazar avec une charrette à deux roues tirée par un âne pour acheter deux grandes jarres fabriquées à Boshan et trois cents bols en porcelaine de Tangshan, dix louches de fer, dix livres de casso-nade et autant de sucre blanc. Ce qui signifie que, pen-dant tout le temps que se tiendra le meeting, les gens pourront boire à l'œil de l'eau sucrée. Je sais que, sur cette course, Huang Tong a une fois de plus fait un petit profit, car j'ai vu son trouble tandis qu'il livrait la marchandise au magasinier de la grande brigade et rendait des comptes au comptable. Par ailleurs, le type a dû manger pas mal de sucre en chemin, même s'il a mis les différences de poids sur le compte de la coopérative, le fait qu'il a vomi caché derrière un abricotier était bien la preuve qu'une grande quantité de sucre fermentait dans son estomac.

Je voudrais aussi parler d'une idée folle de Ximen Jinlong. Comme les personnages principaux de cette réunion sur le terrain pour « l'élevage en grand des porcs » sont ces derniers, précisément, de leur apparence dépendra la réussite de la fête. Ou pour reprendre les termes que Jinlong a employés en s'adressant à Hong Taiyue : « On aura beau, par des paroles fleuries, louer la porcherie du Verger des abricotiers, si les cochons n'ont pas belle apparence, cela ne servira à rien. Le clou de la manifestation étant la visite de la porcherie par le corps entier des délégués participant au meeting, si les cochons ont piteuse apparence, cela viendra ruiner l'événement, alors l'espoir que notre village pourrait devenir un modèle sur ce plan pour tout le district, toute la province, voire pour le pays entier, cet espoir-là tombera à l'eau. » À son retour en politique, Hong Taiyue a manifestement vu un successeur en la personne de Jinlong et il le forme à cet effet, de plus, depuis que ce dernier est allé acheter les porcs aux monts Yimeng, il est clair que ses paroles pèsent davantage. La proposition de Jinlong va obtenir un soutien énergique de la part du secrétaire Hong.

L'idée de Jinlong est de laver par trois fois avec de l'eau additionnée d'alcali tous les porcs des Yimeng et de leur tailler les poils trop longs avec une tondeuse à cheveux. Il expédie donc de nouveau Huang Tong et le magasinier jusqu'à la coopérative pour qu'ils achètent cinq grosses marmites, deux cents livres de bicarbonate de sodium, cinquante tondeuses et cent savons de la marque Luoguo, les plus chers et les plus parfumés sur le marché. Mais les difficultés de la mise à exécution de ce projet devaient dépasser tout ce que Jinlong avait envisagé. Imagine la malice de ces porcs venus des régions montagneuses des Yimeng, vouloir les toiletter est chose impossible à moins de les saigner à l'arme blanche au préalable. Les opérations ont débuté trois jours avant le meeting, mais au terme d'un après-midi d'efforts aucun cochon n'était prêt, de plus le magasinier a été mordu à la fesse.

L'avortement du projet cause bien du souci à Jinlong, deux jours avant la tenue du meeting il se frappe soudain le front : « Ce que je suis idiot ! Vraiment, quelle andouille ! Mais pourquoi suis-je aussi stupide ! » Il a repensé à la façon dont il a, peu de temps auparavant, anesthésié Diao Xiaosan, rendu fou furieux, en lui faisant avaler des pains imbibés d'alcool. Il va sur-le-champ rendre compte de son idée au secrétaire Hong. Pour ce dernier aussi tout s'éclaire. Et de se presser à la coopérative pour acheter de l'alcool. Bien entendu, pour saouler les cochons, nul besoin d'alcool de qualité, de l'alcool sec de pommes de terre à cinquante centimes la pinte fera fort bien l'affaire. Les pains seront confectionnés dans chaque foyer, puis on revient sur cet ordre, ces cochons capables d'ingurgiter des cailloux n'ont pas besoin de pains de farine de blé blanche ou même de farine de maïs, il suffit de verser directement l'alcool dans leur pâture quotidienne. On dispose donc de grosses jarres d'alcool près des marmites de pâtée, et l'on verse trois louchées d'alcool par seau de nourriture, et l'on mélange le tout avec un tisonnier, et toi, Lan Jiefang, ainsi que ceux de ton groupe, vous allez être chargés de porter les palanches jusqu'à la porcherie et de verser la pâture dans les auges. De la porcherie du Verger des abricotiers montent des effluves d'alcool, les cochons, peu portés sur ce genre de boisson, avant même de goûter à la nourriture, sont enivrés rien qu'en respirant les vapeurs.

Je suis un porc reproducteur, j'aurai bientôt à assumer un travail bien particulier, or pour l'accomplir il

427

faut être doté d'une robuste constitution, cela, le chef de la porcherie, Ximen Jinlong, l'a mieux compris que quiconque. Depuis le début, je bénéficie donc d'un traitement de faveur sur le plan de la nourriture. Je n'ai pas de tourteau de coton car il contient du gossypol, soupçonné de détruire les spermatozoïdes. Ma nourriture est riche, faite de tourteaux de soja, de patates séchées, de son, ainsi que d'une petite quantité de feuilles de la meilleure qualité, il s'en dégage une odeur délicieuse et elle aurait tout aussi bien convenu à l'alimentation des humains.

[Avec le temps et le changement des mentalités, les gens devaient comprendre que la nourriture que je recevais à l'époque était une vraie nourriture saine, surpassant de loin en valeur nutritive celle de la viande, du poisson ou des céréales raffinées comme le riz blanc, plus sûre aussi.]

Mais voilà qu'ils ajoutent à ma nourriture également une louchée d'alcool, en toute objectivité il faut reconnaître que je tiens assez bien l'alcool, je n'irais pas jusqu'à dire que je peux boire à l'infini sans être ivre, mais quand même, avec un demi-litre je garde l'esprit clair et la vivacité de mes gestes, bien différent en cela de ce crétin de Diao Xiaosan, mon voisin, lequel, après avoir ingurgité deux pains imbibés d'alcool, s'est immédiatement affalé sur le sol comme un tas de boue. Mais une louchée représente pour le moins un litre, mélangé à l'excellente nourriture d'une moitié de seau son effet devait se faire déjà sentir au bout d'une dizaine de minutes.

Putain, la tête me tourne, mes pattes sont comme du coton, j'ai l'impression de flotter avec légèreté, de marcher sur de la ouate, mon corps s'élève dans les airs, les bâtiments sont de guingois, les abricotiers se balancent

428

en tous sens, les cris des cochons des Yimeng, si déplaisants en temps ordinaire, s'insinuent dans mes oreilles comme des chansons populaires mélodieuses. Je sais que j'ai trop bu. Mon voisin, Diao Xiaosan, lui, dort, montrant le blanc de ses yeux, il ronfle comme le tonnerre, lâche des pets nauséabonds, aussi sonores que des roulements de tambour. Mais moi, j'ai envie de danser, de chanter. Car enfin, je suis le roi des cochons, je sais garder des manières exquises jusque dans l'ivresse. Oubliant qu'il me faut cacher mes compétences, voilà que, au vu et au su des présents, je m'élance, saute, avec de plus en plus de rebonds, on dirait un cosmonaute sur la lune. D'un élan je place mon corps déjà assez imposant sur l'abricotier, deux branches soutenant mes quatre pattes, si bien que je me balance de haut en bas. Les branches d'abricotier sont souples et résistantes, très élastiques, des branches de saule, elles, auraient cassé sous mon poids. C'est ainsi que je suis monté dans l'arbre, comme soulevé par les vagues déferlantes de la mer.

Je peux voir Lan Jiefang et les autres s'affairer de tous côtés dans la porcherie, portant les seaux pleins de nourriture, je peux voir aussi les marmites installées provisoirement à l'extérieur du Verger et la vapeur rose qui monte de l'eau chaude, et aussi mon voisin Diao Xiaosan, ivre mort, les quatre pattes dressées vers le ciel, on pourrait lui ouvrir le poitrail qu'il ne laisserait même pas échapper un gémissement. Je vois également les deux jolies jumelles des Huang, la sœur de Mo Yan et les autres, avec leur vêtement de travail bien blanc sur lequel, au niveau de la poitrine, sont imprimés des idéogrammes tracés dans le style Song et signifiant « Porcherie du Verger des abricotiers ». La tondeuse à la main, elles reçoivent les conseils de maître Lin, le coiffeur des cadres de la commune populaire, venu tout exprès. L'homme a les cheveux drus, on dirait un porc-épic, il a le visage émacié, les articulations des mains noueuses, et il parle avec un accent du Sud qui rend ses propos si difficiles à comprendre que les jeunes filles ont une expression de profonde perplexité.

Je vois sur l'estrade entourée de nattes de roseaux la maîtresse chargée d'enseigner la langue commune, elle porte une grosse tresse, elle fait répéter avec patience les différentes parties au programme. Très vite nous finissons par savoir que le spectacle s'intitule *Honghong, le petit cochon à Pékin*, il s'agit d'un chant très en vogue et qui emprunte sa mélodie à la chansonnette populaire *J'attends mon amoureux*, il est accompagné de mouvements dansés. Le rôle de Honghong est interprété par la plus jolie fillette du village, les autres acteurs sont tous masculins, ils portent des masques de petits cochons empreints d'une candeur naïve. Je vois les enfants danser, j'entends leurs chants, les cellules artistiques de mon corps me démangent, je vibre, entraînant dans mon rythme les branches de l'abricotier qui vibrent à leur tour avec bruit, je me mets à chanter à pleine voix, je ne m'attendais pas à produire un grognement, lequel m'effraie moi-même. Et moi qui pensais pouvoir tout à fait chanter dans la langue des humains ! J'en suis déprimé, certes, mais je ne perds pas confiance, j'ai vu des merles huppés parler le langage des hommes, j'ai entendu dire que des chiens et des chats étaient capables eux aussi de tels exploits, de plus, en y repensant bien, dans mes deux vies précédentes en tant qu'âne et en tant que bœuf il me semble que, dans des moments cruciaux, j'ai proféré, d'une voix assourdissante, des sons humains.

Mes cris attirent l'attention des femmes en train d'apprendre à se servir des tondeuses à cheveux. La sœur aînée de Mo Yan est la première à pousser un cri de surprise : « Oh, regardez ! Le cochon a grimpé dans

430

l'arbre ! » Mo Yan, qui a toujours espéré travailler à la porcherie mais qui n'a pas encore obtenu l'autorisation de Hong Taiyue, et qui s'est mêlé au groupe, dit en plissant les yeux : « Ça fait bien longtemps que les Américains sont allés sur la lune, alors qu'un cochon grimpe à un arbre, y a pas de quoi en faire tout un plat ! » Toutefois ses paroles se perdent au milieu des cris d'étonnement des femmes et personne ne les entend. Il dit encore : « Dans les forêts tropicales humides de l'Amérique du Sud il y a une race de sangliers qui bâtissent leurs nids dans les fourches des branches des arbres, bien qu'il s'agisse de mammifères, ils ont des plumes sur le corps, pondent des œufs qui incubent sept jours avant que les petits ne brisent la coquille ! » Mais, cette fois encore, ses paroles sont couvertes par les cris des femmes et personne ne les entend. Je ressens soudain le désir de me lier intimement avec ce petit drôle, je voudrais lui crier : « Le gars, toi seul me comprends, quand on aura un moment, je t'inviterai à boire un canon ! », mais cet appel se perd lui aussi parmi les cris des femmes.

Sous la conduite de Ximen Jinlong, ces dernières se ruent vers moi, ravies. Je lève ma patte de devant gauche et l'agite vers elles en disant : « Bonjour ! », elles ne comprennent pas, mais elles perçoivent les sentiments amicaux qui m'animent, et de rire en se tenant les côtes. Je dis sur un ton glacé : « Qu'est-ce qu'il y a de si drôle ? Un peu de sérieux, voyons ! » Elles ne comprennent pas davantage, mais continuent de rire aux éclats. Ximen Jinlong déclare en fronçant les sourcils : « Le gars a effectivement quelque talent. Si seulement lors du meeting après-demain tu pouvais grimper à l'arbre comme tu le fais à présent ! » Il ouvre la barrière de la porcherie et dit à ceux qui le suivent : « Venez ! On commence par ce gars-là ! » Il s'avance jusqu'à l'abricotier et me gratouille le ventre avec un certain savoir-vivre, ce qui me transporte au septième ciel. Il me dit : « Zhu le Seizième, nous allons te baigner, de tondre, te toiletter pour faire de toi le cochon le plus beau de la terre, j'espère que tu vas te montrer coopératif pour donner l'exemple à tes congénères. » Il fait un geste à l'intention de ceux qui se trouvent derrière lui, quatre miliciens se ruent vers moi, sans me laisser le temps de dire ouf, chacun m'attrape par une patte, me tirent de l'arbre. Leurs gestes sont brutaux, ils ont de la force, mes os et mes muscles me font mal, impossible de me débattre. Je les injurie, furibond : « Espèces de connards ! Quel manque de respect, c'est un outrage ! » Mais mes insultes furieuses leur entrent par une oreille et ressortent par l'autre, ils me traînent sur le dos jusqu'à la marmite pleine d'eau bicarbonatée, ils me soulèvent et me jettent dedans. Une peur montée du plus profond de mon âme me donne une force mystérieuse, les deux louchées d'alcool avalées avec la nourriture se transforment immédiatement en sueurs froides. Je retrouve soudain toute ma lucidité, je repense comment, avant l'instauration de la nouvelle loi sur les abattoirs, la peau du cochon était mangée avec la chair, à l'époque le cochon était jeté ainsi dans une marmite d'eau bicarbonatée, massacré, on lui ôtait les soies, on le faisait en raclant au couteau, puis on tranchait la tête et les pieds, on l'ouvrait tout du long avant de l'accrocher à un support pour vendre sa chair. Je prends appel sur mes quatre pattes et bondis hors du chaudron, mes gestes ont été si vifs qu'ils en sont tous stupéfaits. Mais, malheureusement, à peine sorti je retombe dans un autre chaudron plus grand encore, où je disparais brusquement sous l'eau chaude. Je suis aussitôt en proie à une délicieuse sensation difficile à exprimer et qui anéantit en moi toute volonté. Je n'ai déjà plus la force de m'extirper de là. Les femmes forment un cercle, sous les directives de Ximen Jinlong elles me frottent avec une brosse aux poils rudes, je gémis d'aise, les yeux mi-clos, je manque de m'endormir. Puis les miliciens me soulèvent hors du chaudron, le vent frais sèche mon corps, je me sens tout alangui, je suis comme sur un petit nuage. Les femmes actionnent rasoirs et ciseaux sur mon corps, tondent presque ma tête en me laissant une crête au milieu et en rasant en brosse courte et dure les soies de mes tempes. Selon ce qu'a prévu Jinlong, les femmes devraient dessiner avec les ciseaux une fleur de prunus de chaque côté de mon ventre, mais cela se transforme en une tonsure. Jinlong, n'y pouvant mais, écrit deux slogans à la peinture rouge, à gauche « Pour la révolution pratiquer la repro-duction » et à droite « Pour le peuple créer du bon-heur ». Pour embellir le tout il peint en rouge et en jaune des fleurs de prunus, de tournesol, si bien que mon corps entier se transforme en une colonne publici-taire. Une fois son travail terminé, il recule de quelques pas pour admirer ce chef-d'œuvre, le léger sourire de celui qui vient de jouer un mauvais tour, mais surtout une expression de satisfaction s'affichent sur son visage. Le cercle des badauds applaudit et fait mon éloge, affir-mant que je suis un cochon superbe.

Si l'on pouvait traiter de la même façon tous les porcs, chacun, à son tour, constituerait une œuvre d'art singulière et vivante. Mais c'est un travail particulière-ment compliqué, rien que le bain dans l'eau bicarbo-natée s'avère impossible à réaliser. Le meeting est imminent, Jinlong est donc contraint de changer son plan. Il conçoit un visage peint, aux traits simples mais donnant un résultat assez artistique, et confie la tâche de son exécution à vingt jeunes gens, garçons et filles confondus, à l'esprit vif et à la main adroite, puis il dis-tribue à chacun un pot de peinture et deux pinceaux. Ils profiteront de l'état d'ivresse des porcs pour leur des-siner un masque. Les cochons blancs seront en rouge, les noirs en blanc, les autres en jaune. Au début les jeunes s'appliquent, mais quand ils ont peint quelques bêtes, ils se mettent à bâcler la besogne. Bien qu'il fasse frais étant donné que la saison est avancée, l'odeur des porcs n'en est pas moins repoussante. Travailler dans ce contexte ne plairait à personne. Tout en s'exécutant à contrecœur, les filles, toujours plus consciencieuses que les garçons, ne vont pas jusqu'à faire n'importe quoi comme ces derniers. Eux peignent les bêtes en dépit du bon sens, si bien que le corps de nombreux cochons blancs est parsemé de taches rouges, on dirait des traces de chevrotines. Les cochons noirs avec leur masque blanc semblent autant de ministres félons emplis de fourberie. Mo Yan, ce petit drôle, s'est glissé indûment dans leur groupe, il dessine à la peinture blanche des lunettes à large monture sur la figure carrée de quatre cochons noirs, puis il peint en rouge les pieds de quatre truies blanches.

Le meeting sur le terrain consacré à la « pratique en grand de l'élevage des porcs » débute enfin. Puisque j'ai révélé mon aptitude à grimper aux arbres, je n'ai plus besoin de me gêner. Pour que les porcs se tiennent tranquilles tout le temps de la manifestation, afin que les dirigeants en gardent une excellente impression, on double la proportion des éléments nutritifs de leur pâture ainsi que la quantité d'alcool à y mélanger, tant et si bien que, quand les festivités commencent, les porcs sont tous ivres morts. Des vapeurs prononcées d'alcool flottent au-dessus de la porcherie du Verger des abricotiers. Jinlong, sans la moindre vergogne, affirme qu'il s'agit de l'odeur de la saccharification réussie des aliments, laquelle permet de réduire énormément la part d'éléments riches tout en gardant une étonnante valeur nutritionnelle, ainsi nourris les porcs se tiennent tranquilles, sans courir ni sauter de tous côtés, ils ont tout le loisir d'engraisser et de dormir. Comme pendant de longues années la question clé de l'élevage des porcs a été celle de la pénurie de céréales, l'invention de la saccharification de la nourriture résout fondamentalement le problème et ouvre une voie praticable aux communes populaires dans leurs efforts pour le développement de l'élevage des cochons.

Sur l'estrade, Jinlong parle d'un ton assuré : « Je m'adresse à nos dirigeants, à nos camarades, pour affirmer solennellement que nos expérimentations sur la nourriture saccharifiée viennent combler une lacune existant sur le plan international ; nous avons utilisé des feuilles d'arbre, des herbes folles, de la paille pour élaborer cette nourriture, en fait cela revient à transformer ces choses en une délicieuse viande de porc à haute valeur nutritionnelle pour les masses populaires et, par là, à creuser la tombe des impérialistes, des révisionnistes et des contre-révolutionnaires… »

Je suis allongé à la fourche de l'arbre, une petite brise passe sur la peau de mon ventre. Des moineaux effrontés, en bandes, atterrissent sur ma tête, de leurs petits becs durs ils picorent la nourriture qui a éclaboussé jusqu'à mes oreilles tandis que je mangeais à grandes lampées. Ces petits becs touchent des endroits très irrigués en vaisseaux sanguins, très innervés et donc très sensibles, cela finit par engendrer un engourdissement juste un peu douloureux, comme l'est un traitement par l'acupuncture sur l'oreille, c'est une sensation des plus agréables qui provoque une forte envie de dormir, tandis que mes paupières semblent collées par du sirop. Je sais que Jinlong, ce garnement, espère que je vais dormir comme un bienheureux sur ma branche, il pourra alors raconter n'importe quoi grâce à son bagou capable de ressusciter un cochon mort, mais moi je ne veux pas dormir, dans la longue histoire de l'humanité ce doit être sans doute la première fois que se tient une rencontre aussi imposante en l'honneur des cochons, y en aura-t-il jamais une autre, c'est chose difficile à dire, et si je m'endors en une telle occasion, j'en aurai des regrets pendant des millénaires. Vu mon train de vie, j'aurai tout loisir de dormir quand je le voudrai, mais pour l'heure ce n'est pas possible. J'agite mes oreilles, les faisant battre avec bruit contre mes joues, je me dis que les gens comprendront par là que ces oreilles sont des oreilles typiques de cochon, et non des oreilles de chien dressées sur la tête comme le sont celles des cochons des monts Yimeng. Bien sûr, à présent les oreilles de nombreux chiens des villes retombent comme de vieilles chaussettes, les gens à notre époque sont désœuvrés, ils font s'accoupler des animaux qui n'ont rien à faire ensemble et il en sort des monstres bizarres, il s'agit là d'un blasphème, et ils subiront un jour ou l'autre la punition de Dieu. Je secoue mes oreilles pour chasser les moineaux, j'allonge la patte pour cueillir une feuille d'abricotier rouge sang, mets la feuille dans ma bouche pour la mâchonner. Son âpreté a la même action que celle du tabac : dissiper sur-le-champ toute envie de dormir. Je peux alors observer, de ma position dominante, les sens en alerte, écouter religieusement tout ce qui se dit dans ce meeting, tout enregistrer dans mon cerveau, et ce beaucoup mieux que les machines les plus performantes actuelles, car ces dernières ne peuvent retranscrire que les sons et les images, tandis que moi, je note les odeurs et mes propres sensations.

[Ne te lance pas dans une controverse avec moi, car ton cerveau est mis en déroute par la petite-fille de Pang Hu, et bien que tu aies à peine dépassé la cinquantaine, tu as le regard éteint, les réactions lentes, ce sont là manifestement les symptômes du gâtisme chez les vieillards, aussi tu ne devrais pas te cramponner ainsi à tes opinions et entreprendre avec moi un débat inutile. Je peux te dire, avec un grand sens des responsabilités, qu'à l'époque où s'est tenu ce meeting sur le terrain à propos de « l'élevage en grand des cochons » le village de Ximen n'avait pas encore l'électricité. C'est vrai, comme tu le dis, à cette époque, dans les champs devant le village, on plantait des poteaux électriques en béton, mais il s'agissait de la ligne à haute tension destinée à alimenter la ferme d'État, laquelle était reliée à la région militaire de Jinan et immatriculée sous le nom de « caserne indépendante du corps de l'édification de la production ». Les cadres étaient tous des militaires en service, le reste du personnel étant des jeunes instruits de Qingdao et de Jinan, une telle unité de travail avait bien sûr besoin d'être fournie en électricité, quant à notre village, il avait fallu attendre une dizaine d'années de plus avant qu'il ne fût desservi. Ce qui signifie que lors de la tenue du meeting, quand la nuit tombait, seule la porcherie était éclairée, le village, lui, était plongé dans une obscurité d'un noir d'encre.]

Et oui, je l'ai déjà dit plus haut, mon box est équipé d'une ampoule de cent watts, et j'ai appris à l'allumer et à l'éteindre avec mon sabot, mais cette électricité est produite dans la porcherie même. Ou, pour reprendre une expression en vigueur, il s'agit d'« électricité maison », fournie par un moteur diesel de douze chevaux entraînant un générateur. C'est une invention de Ximen Jinlong.

[Si tu ne me crois pas, va t'enquérir de ce point auprès de Mo Yan, lequel, laissant libre cours à sa fantaisie, a commis une mauvaise action qui devait devenir célèbre et que je vais te raconter dans la foulée.]

Sur chacun des deux piliers de chaque côté de la scène est accroché un gros haut-parleur qui amplifie au moins cinq cents fois la voix de Ximen Jinlong, je suppose que le canton de Dongbei tout entier peut entendre les vantardises de ce garnement. Au fond de l'estrade, on a placé la tribune officielle : six tables d'écoliers apportées de l'école et alignées pour n'en former qu'une seule, tout en longueur, recouverte d'un tissu rouge. Derrière, six bancs, venant également de l'école primaire, sur lesquels ont pris place des fonctionnaires du district ou de la commune populaire, dans leurs uniformes bleus ou gris. Celui du cinquième à partir de la gauche est tout délavé, son propriétaire est un cadre au niveau d'un régiment et qui vient tout juste d'être transféré dans le civil. Il est le responsable de l'équipe dirigeante pour la production au comité révolutionnaire du district. Le premier à partir de la droite est Hong Taiyue, le secrétaire de la cellule du Parti de la grande brigade du village de Ximen, il s'est rasé de près et s'est fait couper les cheveux, pour cacher sa calvitie avancée il porte une casquette grise imitant celle des militaires. Son visage resplendit de santé et de joie, on dirait un lampion en papier huilé dans la nuit. Je le soupçonne de rêver à une promotion éventuelle, et son modèle en la matière est Chen Yonggui, l'homme de Dazhai, car si le Conseil des affaires d'État venait à mettre en place un quartier général pour « l'élevage en grand des cochons », qui sait s'il ne serait pas nommé au poste de vice-commandant. Parmi ces cadres, certains sont gros, d'autres maigres, ils regardent vers l'orient, vers le soleil rouge, aussi ont-ils tous le visage resplendissant, les yeux plissés. L'un d'entre eux, un homme corpulent au teint noiraud, porte des lunettes noires, fait encore rarissime, une cigarette au bec il a l'air d'un chef de bandits. Ximen Jinlong fait son discours assis à une table placée au-devant de l'estrade et recouverte également d'un tissu rouge. Sur la table est posé un micro enveloppé de soie rouge [à l'époque ce truc relevait de la haute technologie, les gens en avaient peur], Mo Yan, toujours aussi curieux, profite d'une occasion pour sauter sur l'estrade, il essaie de pousser deux aboiements, lesquels, amplifiés par les haut-parleurs, ébranlent le Verger des abricotiers et se propagent jusque dans la campagne lointaine, ce qui amuse beaucoup l'assistance qui s'extasie sur cette invention. Mo Yan, ce petit drôle, a raconté cela dans un de ses textes. Donc, lors de ce meeting sur le terrain pour « l'élevage en grand des cochons », le courant qui fait fonctionner la sonorisation ne provient pas de la ligne à haute tension de l'État, mais du générateur alimenté par le moteur diesel de la porcherie. Une courroie circulaire en caoutchouc, longue de cinq mètres, large de vingt centimètres, relie le générateur au moteur diesel. C'est tout bonnement prodigieux, et les gens du village, pas très futés, ne sont pas les seuls à s'en étonner, puisque moi-même, un cochon aux capacités intellectuelles exceptionnelles, je m'y perds. Car enfin, c'est quoi, ce courant électrique invisible, comment est-il produit et comment disparaît-il ? Quand des bûches brûlent, elles laissent de la cendre, les aliments une fois digérés deviennent des matières fécales, mais l'électricité ? Que devient-elle ? Arrivé à ce point de mes réflexions, je repense à la scène de l'installation des machines par Ximen Jinlong dans les deux pièces aux murs montés en briques rouges au sud-est du Verger des abricotiers, construction qui s'appuie contre un gros arbre.

La journée il travaillait avec ardeur, le soir il lançait un défi de nuit pour l'éclairage, et comme dans cette affaire entrait une trop grande part de mystère, elle avait attiré de nombreux villageois curieux, les personnages que j'ai mentionnés plus haut étaient pratiquement tous présents. Mo Yan, ce poison, avait joué des coudes pour être au premier rang, non seulement pour regarder, mais pour prendre la parole à tout bout de champ, provoquant l'aversion de Jinlong. Plusieurs fois Huang Tong l'avait traîné à l'extérieur par l'oreille, mais au bout d'une demi-heure à peine l'autre s'était de nouveau fait une place tout devant, et d'allonger le cou pour regarder, tandis que sa salive en gouttait presque sur le dos de la main couverte d'huile de graissage de Ximen Jinlong.

Je n'avais pas osé me forcer un passage à l'intérieur pour voir ce qui se passait, je ne pouvais pas davantage grimper dans le gros abricotier car le tronc de ce foutu arbre avait bien deux mètres de haut et, de plus, il était glissant. Par ailleurs, ses branches étaient comme celles des peupliers blancs du grand Nord-Ouest, elles poussaient en hauteur, regroupées, en forme de torche. Toutefois le ciel avait eu pitié de moi, car derrière cette construction il y avait une énorme tombe où était enterré un chien fidèle, un chien noir, qui avait trouvé la mort en sautant dans les eaux tumultueuses du canal pour sauver une enfant tombée à l'eau.

Debout sur la tombe, je me retrouvai juste en face du trou de l'ouverture ; comme la construction avait été faite dans la hâte, à cette époque-là la fenêtre n'était pas encore posée, je pouvais embrasser du regard tout ce qui se passait à l'intérieur. La lampe à gaz brillait d'une vive lumière blanche, à l'extérieur il faisait très sombre, contraste rappelant cette formulation en vogue à l'époque : « Les ennemis sont en pleine clarté et nous restons dans l'ombre. » J'avais tout le loisir de regarder, car si moi je pouvais les voir, eux ne me voyaient pas. J'observais Jinlong feuilleter le manuel couvert de graisse de machine et parfois, tout en fronçant les sourcils, faire des calculs au crayon sur un espace libre d'un vieux journal. Hong Taiyue avait sorti une cigarette et l'avait allumée, il en avait tiré une bouffée, puis l'avait placée dans la bouche de Jinlong. Le secrétaire

Huang faisait grand cas des connaissances, des gens capables, c'était un homme ouvert, fait plutôt rare chez les cadres dans ces années-là. Il y avait les sœurs Huang, qui passaient leur temps à éponger la sueur de Jinlong avec leur petit mouchoir. Je te voyais, impassible, regarder Huang Hezuo, tandis que la jalousie marquait tout ton visage lorsque c'était sa sœur qui entrait en action.

[Tu es quelqu'un qui présume trop de ses forces mais qui ose penser et agir, la suite des événements devait le prouver, la tache bleue sur ton visage n'a eu aucune incidence sur la séduction que tu as exercée sur les femmes, et elle est même devenue pour toi un laissez-passer en la matière. Comme devait le dire une chanson populaire qui circulait à la fin des années 90 au chef-lieu du district :

> N'allez vous fier à ce visage bleu diabolique,
> pour l'amoureuse c'est un être angélique,
> il abandonne femme et enfant,
> de la ville du district il fugue vers Chang'an.

Je ne cite pas ces phrases pour me moquer de toi, mais parce que j'ai de l'estime pour toi. Un vice-chef de district tout ce qu'il y a de plus digne, qui ose ainsi filer à l'anglaise avec sa maîtresse et qui subsiste à la force du poignet, en travaillant dur ! Tu es bien le seul en ton genre !]

Mais trêve de bavardage ! Une fois la machine installée, l'essai pour produire de l'électricité devait s'avérer concluant. Jinlong devint en fait le deuxième personnage du village à détenir un pouvoir réel.

[Malgré ton fort parti pris à l'encontre de ton demi-frère et aîné, tu as profité de sa réussite, sans lui est-ce que tu aurais pu être chef de l'escouade chargée de l'élevage du bétail ? De même, sans lui est-ce que tu aurais pu avoir l'opportunité, à l'automne suivant, d'entrer dans l'usine de transformation du coton comme ouvrier sous contrat ? Et sans cette chance est-ce que tu aurais pu ensuite devenir fonctionnaire ? Si tu es tombé aussi bas aujourd'hui, il ne faut pas t'en prendre aux autres, mais bien à toi-même qui n'as pas été capable de gérer ta zigounette. Ah, pourquoi ai-je besoin de mentionner tout cela ? Laissons Mo Yan coucher ces paroles dans ses œuvres romanesques.]

Le meeting se déroule selon l'ordre prévu, sans anicroche, après la présentation de cette expérience de pointe par Jinlong le fonctionnaire du poste de commandement pour la production au district, celui qui est vêtu d'un vieil uniforme militaire, fait un discours de clôture. Il s'avance d'un air martial et parle debout, sans papier, improvisant sur place avec un talent débordant et une prestance peu commune. Quelqu'un qui a tout l'air d'un secrétaire accourt le dos courbé depuis le fond de la scène, redresse le micro sans parvenir davantage à le hausser jusqu'au niveau de la bouche de l'orateur, avant de finir par trouver une solution qui le tirera de cet embarras : il prend un tabouret derrière la table et le pose dessus, place à son tour le micro sur le tabouret. Le gars est vraiment astucieux, cela lui vaudra, une dizaine d'années plus tard, d'être promu chef du bureau du comité du Parti du district. Déjà la voix retentissante de cet ancien officier roule comme le tonnerre dans toutes les directions !

« Chaque porc vivant est un obus lancé contre le bastion réactionnaire tenu par les impérialistes, les révisionnistes et les contre-révolutionnaires… » Le fonctionnaire brandit le poing et s'époumone. Sa voix et ses gestes me font penser, moi, ce cochon qui possède une grande expérience et des connaissances étendues, à la séquence d'un film célèbre. Bien sûr, je me pose également cette question : si l'on pouvait réellement être placé dans le tube d'un canon et propulsé dans les airs, la sensation de voler que l'on éprouverait alors ne provoquerait-elle pas vertiges et tremblements ? Et si, de plus, il s'agissait d'un cochon bien gras qui tombait sur le blockhaus des impérialistes, révisionnistes et contre-révolutionnaires, est-ce que cela ne réjouirait pas ces salauds ?

Il est déjà plus de dix heures du matin, le responsable n'a nullement l'intention d'arrêter là son discours, je vois en bordure du meeting près des deux jeeps vert prairie, les deux chauffeurs en gants blancs appuyés contre la remise, l'un fume désœuvré, l'autre regarde sa montre avec ennui.

[Les jeeps à l'époque étaient incontestablement plus prisées que les Mercedes ou les BMW actuelles, de la même façon, à l'époque toujours, une montre était plus recherchée que ne l'est de nos jours une bague avec un diamant.]

La montre éblouit dans la lumière du soleil, attire les regards de nombreux jeunes. Derrière les jeeps, il y a, bien alignées, des centaines de bicyclettes, elles représentent le moyen de transport des cadres du district, de la commune, du village, et elles sont le signe de la qualité de leurs propriétaires, de leur position sociale. Une dizaine de miliciens, le fusil à la main, forment une ligne de défense en arc de cercle pour surveiller ces biens précieux.

« Nous devons enfourcher le vent d'est impétueux de la grande Révolution culturelle, rendre effectives les plus hautes directives de notre grand dirigeant, le président Mao, pour la campagne de "l'élevage en grand des porcs", apprendre de l'expérience de pointe réalisée par la grande brigade du village de Ximen et porter à un niveau politique élevé le travail de l'élevage des cochons… » Le dirigeant du poste de commandement de la production agite les bras en tous sens avec des gestes énergiques, il prononce son discours avec force et ferveur. De la mousse brille aux coins de sa bouche, elle fait penser à celle des crabes ligotés avec des liens en paille de riz.

« Qu'est-ce qui se passe donc ? me demande Diao Xiaosan, l'air ahuri, en se mettant sur ses pattes au-dessus de son nid à pipi, il plisse ses yeux tout rougis par l'alcool et lève son groin grossier. Je n'ai aucune envie de m'occuper de ce crétin. Lui essaie bien de lever ses pattes de devant et de poser son menton sur le faîte du mur pour voir à l'extérieur, mais les vapeurs de l'alcool lui font perdre toute capacité à maintenir son équilibre. Alors qu'il vient juste de se dresser, ses pattes de derrière ont une faiblesse et il retombe parmi ses excréments. L'hygiène n'est décidément pas le fort du type – il chie dans tous les coins de son box –, c'est vraiment une plaie pour moi que de l'avoir comme voisin. Certes, si sa tête est bien peinturlurée en blanc, ses deux défenses qui dépassent des lèvres sont, quant à elles, peintes en jaune, on dirait deux dents en or, comme en ont les nouveaux riches.

J'aperçois une silhouette sombre s'extraire avec ruse hors de la foule (ils sont nombreux à être venus écouter les discours, le chiffre de dix mille participants serait sans doute exagéré, mais il y en a bien quatre à cinq mille), elle file d'abord vers les deux grandes jarres en porcelaine fabriquées à Boshan qu'on a placées sous les abricotiers, elle regarde à l'intérieur. Je sais que le type pense boire de l'eau glucosée, mais tout a été liquidé depuis longtemps par les gens venus participer au meeting.

[Ils avaient bu non par soif, mais pour le sucre, denrée rarissime à l'époque, on s'en procurait avec une carte de rationnement, et une bouchée de sucre était une félicité sans doute plus grande même que celle qu'on peut éprouver de nos jours en faisant l'amour avec la femme qu'on aime.]

Les dirigeants de la grande brigade du village de Ximen, pour faire bonne impression sur le district tout entier, ont organisé spécialement une grande assemblée générale des membres de la commune. Au cours de la réunion, ils ont proclamé les points auxquels il conviendrait de prêter attention lors de la tenue du meeting sur le terrain. L'un de ces points stipulait qu'il était interdit à tous les membres de la commune relevant du village, adultes ou enfants, d'aller boire l'eau glucosée des jarres et que les contrevenants se verraient retirer cent points-travail. À voir la façon répugnante dont les gens des autres villages se sont disputés pour cette boisson, j'en ai eu honte pour eux. Mais je suis surtout fier de la grande prise de conscience des habitants du village de Ximen, ou plutôt de leur capacité à se dominer. Certes j'ai pu lire de la complexité dans leur regard quand ils voyaient les autres boire à satiété, certes j'ai bien compris qu'elle était le reflet des sentiments qui les agitaient, mais, malgré tout, je les admire, ils se sont dominés, et cela n'a pas dû être facile.

Mais voilà qu'un petit drôle ne peut se contenir davantage, pas besoin de décliner son identité, tu sais bien, toi aussi, de qui il s'agit. C'est l'enfant le plus glouton qui ait jamais existé depuis la fondation du village, il y a un siècle et demi, mais oui, c'est Mo Yan [ce singe qui, actuellement, porte un bonnet de lettré et joue le gentleman]. Ce petit drôle a enfoncé la moitié de son corps dans la jarre, on dirait un cheval étanchant sa soif, pressé de boire l'eau restant au fond, mais il a le cou trop court et la jarre est profonde. Il trouve alors une louche en métal blanc et tandis que d'un bras, de toutes ses forces, il incline la jarre pour que le restant d'eau glucosée s'accumule sur un côté, de l'autre il puise le liquide à la louche. Quand il relâche le bras, la lourde jarre reprend sa place initiale. À voir avec quelles précautions il tient bien horizontalement l'ustensile, je comprends qu'il a réussi à recueillir quelque chose. Il approche la louche de sa bouche ou bien approche la bouche de la louche, c'est selon, puis, lentement, il redresse le cou. L'expression de son visage m'apprend que, pour ce gredin, le plaisir de goûter à une chose si sucrée vaut tous les autres bonheurs du monde, si éphémère soit-il. Comme il racle la dernière goutte d'eau glucosée, la louche crisse sur le fond de la jarre avec un bruit qui me fait mal aux dents, ce son, plus discordant que celui du haut-parleur le plus aigu, me porte sur les nerfs, j'espère vivement que quelqu'un va venir mettre un terme à la conduite de ce petit drôle qui fait honte au village de Ximen. Si elle devait se poursuivre quelques minutes de plus, il serait à craindre que je ne tombe de la branche de l'arbre. J'entends le remue-ménage fait par de nombreux cochons dérangés par ce bruit, ils crient, tout somnolents d'ivresse : « Arrêtez de racler le fond, arrêtez donc, cela nous fait trop mal aux dents ! » Ce petit drôle a couché les deux grosses jarres sur le sol, il s'est faufilé à l'intérieur, sans doute pour lécher le fond. Pousser la gourmandise à ce point, cela tient aussi du prodige ! Il finit par en ressortir et je constate que ses habits déchirés sont tout luisants, je sens l'odeur sucrée qui se dégage de lui, si l'on était au printemps, des abeilles ou bien des papillons voletteraient alentour, mais nous sommes au début de l'hiver, ces insectes ont disparu. Seules une dizaine de grosses mouches s'activent près de lui en bourdonnant, deux d'entre elles se posent même sur sa tignasse sale et hirsute, qui semble faite de morceaux de feutre.

« … Nous devons avec un enthousiasme décuplé, des forces centuplées, généraliser l'expérience progressiste du village de Ximen, le premier responsable de chaque commune, de chaque grande brigade doit s'impliquer lui-même là-dedans, les organisations de masse, ouvriers, jeunes, femmes, doivent coopérer de toutes leurs forces. Il faut tendre au maximum la corde de la lutte des classes, renforcer le contrôle sur les propriétaires fonciers, les paysans riches, les contre-révolutionnaires, les mauvais éléments et les droitiers, être sévères dans la gestion de leurs cas, il faut avant tout se prémunir contre les activités de sabotage des ennemis de classe clandestins… »

Mo Yan, une expression béate sur le visage, se dirige en sifflotant et en tanguant vers les deux pièces des machines. Il capte mon attention, je le suis du regard. Je le vois entrer, le moteur diesel tourne à vive allure, le frottement de la chaîne en fer de la courroie sur le volant produit un cliquettement cadencé. L'électricité vient de là, puis se presse d'aller opérer dans les hautparleurs :

« Les magasiniers de chaque grande brigade doivent contrôler rigoureusement la gestion et l'utilisation des pesticides pour prévenir les vols perpétrés par les ennemis de classe à fin d'empoisonner l'alimentation des cochons… »

Jiao Er, du service de surveillance des machines, s'est endormi adossé contre le mur, face au soleil, si bien que Mo Yan peut mettre à exécution son projet de sabotage. Il dénoue sa ceinture, fait glisser son pantalon déchiré sur ses fesses, puis, tenant son sexe à deux mains (jusqu'alors je n'avais pas encore compris où il voulait en venir), vise la courroie qui tourne à toute vitesse, un jet d'urine brillant part. Avec un bruit bizarre, la courroie tombe sur le sol, pareille à un énorme boa mort. Les haut-parleurs soudain deviennent muets. Le moteur tourne dans le vide avec un bruit strident. Le meeting, avec ses milliers de participants, semble d'un coup sombrer dans l'eau. Le bruit du discours du fonctionnaire devient faible et monotone, on dirait celui de bulles crachées par une carpe et remontant du fond. C'est vraiment une affaire qui gâche tout, je vois Hong Taiyue se lever, tandis que Ximen Jinlong fait de même et sort des rangs de la foule pour courir à grandes enjambées vers la salle des machines. Je sais que Mo Yan a causé une catastrophe et qu'il va le payer cher !

Le fauteur de troubles est incapable de s'esquiver, il reste debout devant la courroie avec un air stupide où on lit aussi de la perplexité. Je devine que ce petit drôle est en train de réfléchir au fait qu'un peu d'urine ait pu faire sauter ainsi subitement la courroie. Ximen Jinlong entre en courant dans la salle des machines, la première chose qu'il fait est de donner une claque sur le crâne de Mo Yan, la seconde de lui flanquer un coup de pied au derrière avant de se baisser pour attraper la courroie, qu'il accroche d'abord à la roue motrice avant de la tirer, de la traîner pour arrimer l'autre extrémité au volant du moteur. Comme il pense l'avoir replacée, il la lâche, elle saute de nouveau et si elle ne tient pas, c'est à cause de l'urine de Mo Yan, c'est un vrai sabotage. Jinlong, à l'aide d'un bâton, maintient la courroie en place, se penche, puis il appuie une bougie d'un noir luisant sur la courroie qui tourne, la bougie s'amenuise avec la force de frottement, la courroie finit par tenir en place. Jinlong gourmande Mo Yan :

« Qui t'a dit de faire ça ?

– Moi tout seul…

– Et pourquoi ?

– Pour éviter que la courroie chauffe. »

Le dirigeant du poste de commandement de la production a été coupé dans son élan par cette interruption de courant qui affecte les haut-parleurs, il met à la hâte un terme à son discours. Après un moment de pagaille, Jin Meili, la jolie institutrice du village de Ximen, monte sur scène pour présenter le programme. Avec un certain accent mais d'une voix fraîche et agréable, elle proclame à l'adresse des spectateurs au pied de l'estrade, mais surtout à celle de la dizaine de fonctionnaires qui ont changé de place sur des sièges de chaque côté de l'estrade : « Je déclare ouverte la représentation culturelle donnée par l'équipe de propagande de la pensée de Mao Zedong de l'école primaire du village de Ximen ! » À ce moment-là l'électricité est déjà revenue, dans les haut-parleurs on entend à tout bout de champ des sons aigus pareils à des coups de marteau, ils s'élèvent dans les airs comme s'ils voulaient transpercer en vol les oiseaux qui passent. Pour la circonstance, Jin Meili a abandonné sa longue natte et arbore une coupe relativement à la mode : la coupe au carré à la Kexiang[1] qui lui donne encore plus fière allure, la rend plus gracieuse, plus vive. Je vois que les fonctionnaires assis sur la scène ont tous les yeux braqués sur elle. Certains regardent sa jolie tête, d'autres sa taille fine, Cheng Zhengnan, le premier secrétaire de la commune populaire Voie lactée, a, quant à lui, le regard rivé sur ses fesses. [Dix ans plus tard, après maintes tribulations, elle sera sa femme, lui étant devenu le secrétaire du comité politique et juridique du district. Leur différence d'âge, vingt-six ans, qui à l'époque suscitera bien des blâmes, ne choquerait plus de nos jours.]

1. Héroïne de *La Montagne des azalées*, l'un des opéras modèles révolutionnaires pendant la Révolution culturelle.

Après avoir proclamé le début de la représentation, la maîtresse d'école se retire sur un côté où une chaise lui est destinée, sur le siège est posé un bel accordéon dont les touches en émail scintillent sous le soleil brillant. Près de la chaise se tient debout Ma Liangcai, l'air très solennel, une flûte en bambou à la main. La maîtresse d'école passe la bretelle de l'instrument à son épaule, s'assied posément, déplie l'accordéon et joue une superbe musique ; dans le même temps, de la flûte de Ma Liangcai s'élèvent des sons ravissants, clairs et gais, sonores à faire se fendre les pierres. Après ce bref interlude, des petits cochons révolutionnaires bien dodus s'avancent sur leurs courtes pattes grassouillettes, affublés sur le poitrail de tabliers rouges en tissu sur lesquels est brodé en jaune le mot « fidélité », tant bien que mal ils sautent sur la scène. Il s'agit de porcelets mâles, plus stupides et naïfs les uns que les autres, couineurs en diable, il leur manque de la jugeote, de la profondeur, il leur faudrait un meneur. À ce moment, la petite truie nommée Honghong, chaussée de petits souliers rouges, monte sur la scène en faisant des culbutes. La mère de cette enfant est une jeune instruite de Qingdao qui a un riche tempérament artistique, avec de tels gènes la fillette assimile tout ce qu'elle apprend. Son entrée en scène suscite une volée d'applaudissements, tandis que celle de la flopée de porcelets n'est accueillie que par des rires bizarres. Moi, leur vue me réjouit du fond du cœur, jamais l'on n'a vu un seul cochon être représenté sur une scène réservée aux humains, il s'agit là d'une percée historique, d'un honneur et d'une fierté pour nous autres cochons. Rien que pour cela, sur mon abricotier, j'élève une de mes pattes de devant et, de loin, adresse un salut révolutionnaire à la maîtresse d'école qui a mis en scène cette danse. Il me faut aussi en adresser un à Ma Liangcai car il joue vraiment pas mal de la flûte traversière. Et aussi à la maman de Honghong, qu'elle ait pu se marier à un paysan et engendrer une progéniture aussi remarquable mérite d'être relevé, elle a transmis à sa fille ses gènes de danseuse et cela force le respect, le fait qu'elle reste debout derrière la scène à accompagner vocalement la fillette mérite encore plus mon estime. Elle a une voix de mezzo-soprano mélodieuse et pleine de vigueur. [Mo Yan, ce petit drôle, devait écrire plus tard dans une de ses œuvres romanesques qu'elle avait une voix d'alto, ce qui lui avait valu des moqueries de la part des mélomanes.] Sa voix s'élève de sa gorge et danse dans les airs comme une lourde soie colorée : « Nous sommes des petits cochons rouges révolutionnaires, venus de Gaomi, nous voici à Tian'anmen… »

[De telles paroles à notre époque seraient manifestement peu appropriées, mais en ce temps-là elles étaient tout ce qu'il y a de plus normal. Ce spectacle de l'école primaire de notre village devait participer à tous les festivals du district et, de plus, il devait remporter le prix de la meilleure interprétation. Les petits cochons acteurs furent reçus par le secrétaire Lu, le plus haut dirigeant de la région de Changwei, la photo du secrétaire avec dans ses bras la petite truie Honghong a paru dans les journaux de la province. Cela relève de l'Histoire, et l'Histoire ne se falsifie pas si facilement.]

La petite truie marche sur les mains au milieu de la scène, elle lève haut ses deux pieds chaussés de petits souliers rouges qui ne cessent pas de marquer la mesure. L'assistance applaudit chaleureusement, l'effervescence règne sur la scène et au pied de l'estrade…

La représentation se termine dans un vrai triomphe, puis vient le moment de la visite. Après les enfants, c'est à mon tour d'entrer en scène. Depuis ma réincarnation en cochon, il me faut reconnaître en toute justice que

Jinlong ne me méprise pas, même si, il y a encore peu de temps, en tant que père et fils, nous avons entretenu des relations particulières, je m'efforce de me montrer sous mon meilleur jour pour amuser les dirigeants et lui faire honneur.

Je bouge un peu, la tête me tourne, j'ai des mouches devant les yeux, mes oreilles bourdonnent.

[Une dizaine d'années plus tard, quand je ferais la fête au clair de lune à la ville du district avec mes frères et sœurs de la gent canine, je comprendrais, après avoir bu de l'alcool des cinq céréales du Sichuan, du *maotai* de Guizhou et du brandy français, oui, je comprendrais, à ce moment seulement, la raison de ces maux de tête, de ces éblouissements et de ces bourdonnements d'oreille qui m'avaient pris ce jour-là, pendant le meeting sur le terrain, et que ces préjudices ne remettaient pas en cause ma résistance à l'alcool, mais étaient dus à cette eau-de-vie de patate douce de mauvaise qualité !

Il me faut bien sûr reconnaître qu'à l'époque on ne parlait déjà plus trop de morale, mais cela n'allait tout de même pas jusqu'aux forfaits d'aujourd'hui où l'on se sert d'alcool industriel pour couper l'eau-de-vie, nuisant grandement à la santé des gens, ou, comme le résumerait fort bien le berger allemand, celui qui gardait la résidence des hôtes de la municipalité et qui avait de l'expérience, de grandes connaissances et parlait comme un livre, du temps où je serais réincarné en chien : « Dans les années 50 les gens étaient plus purs, dans les années 60 ils étaient complètement exaltés, dans les années 70 assez timorés, dans les années 80 ils étaient observateurs et dans les années 90 franchement mauvais. » Excuse-moi, je suis toujours pressé de rapporter des faits qui se passeront bien après l'histoire que je raconte, c'est un procédé habituel de ce petit

drôle de Mo Yan, et je me suis laissé influencer imprudemment.]

Depuis qu'il a compris la gravité de sa faute, Mo Yan
reste debout bien sagement dans la salle des machines,
attendant que Jinlong vienne le punir. Jiao Er, qui était
chargé de la surveillance du local et qui s'est réveillé
de son petit somme, à la vue de Mo Yan immobile se
met à l'injurier :

« Espèce de garnement, qu'est-ce que tu fais planté
là ? T'as l'intention de saboter le matériel ?

– C'est grand frère Jinlong qui m'a dit de rester là !

– Et tu lui donnes du "grand frère" ? Pfft, il ne vaut
pas même ma queue dans mon pantalon ! répond Jiao
Er avec insolence.

– Bien, bien, reprend Mo Yan, je m'en vais lui rapporter tout ça illico.

– Tu vas me faire le plaisir de revenir ! » Jiao Er saisit Mo Yan par le col et le tire si violemment que les
trois boutons de la vieille veste ouatinée de ce dernier
s'envolent, le vêtement s'ouvre, montrant le ventre pareil
à une jarre en terre. « Ose lui rapporter ça et tu verras
comment je te réglerai ton compte ! » Jiao Er serre les
poings et les agite devant Mo Yan. « Plutôt mourir que
me taire », rétorque Mo Yan sans se démonter.

Qu'ils aillent se faire foutre, ces deux-là, Jiao Er et
Mo Yan sont la lie du village, laissons-les se disputer
dans le local des machines. Passons à la visite de cette
foule déferlante guidée par Jinlong. Elle est déjà arrivée devant mon box. Avant même les explications de
Jinlong, les visiteurs sont aux anges. Ils en ont vu, des
cochons couchés sur le sol, mais un cochon sur la
branche d'un arbre, ça, jamais. Ils en ont vu, des slogans
tracés en rouge sur les murs, mais jamais sur le ventre
d'un cochon. Les cadres du district et de la commune
populaire s'esclaffent, les cadres de la brigade de

production qui viennent derrière se mettent à rire bêtement à leur tour. Le responsable du poste de commandement de la production, celui qui porte un vieil uniforme
militaire, demande à Jinlong tout en me regardant fixement :

« Il a grimpé tout seul ?

– Oui, c'est bien ça.

– Est-ce qu'il peut exécuter pour nous un petit numéro ?
demande le responsable. C'est-à-dire descendre de
l'arbre, puis grimper de nouveau ?

– Bien que cela semble un peu difficile, je vais faire
de mon mieux, répond Jinlong. Ce cochon possède une
intelligence peu commune, ses pattes sont vigoureuses,
mais il est récalcitrant, le plus souvent il n'en fait qu'à
sa tête, il ne supporte pas d'être commandé. »

Jinlong, à l'aide d'un rameau, me pique doucement à
la tête et d'une voix suave, sur le ton de la négociation,
il me dit :

« Zhu le Seizième, réveille-toi, arrête de dormir, descends pisser un peu ! »

C'est clair, il me demande de descendre pisser, alors
qu'en fait il voudrait que je montre à cette horde de
fonctionnaires l'habileté extraordinaire que je déploie
pour monter dans l'arbre ; ce mensonge me déplaît profondément, même si je comprends parfaitement pourquoi il se creuse ainsi la cervelle pour trouver une
solution. Je vais le satisfaire, mais sans plier l'échine
aussi facilement, ce n'est pas parce qu'il me demande
de faire quelque chose que je vais m'exécuter sur-le-
champ, sinon je ne serais plus un cochon avec son tempérament, mais un pékinois prêt à se rouler par terre
pour plaire à son maître. Je fais claquer ma bouche
plusieurs fois, bâille longuement, lève avec mépris les
yeux au ciel, m'étire longuement, suscitant rires et
commentaires : « Quoi ! Un cochon, ça ? On dirait carrément un être humain, il sait tout faire ! » Espèces

d'andouilles ! Parce que vous croyez que je ne comprends pas tout ce que vous dites ? Je comprends le dialecte de Gaomi, celui de la région des monts Yimeng, de Qingdao, et j'ai même appris une dizaine de phrases d'espagnol de la bouche de cette jeune instruite de Qingdao, laquelle nourrit l'espoir hypothétique de partir un jour étudier à l'étranger. Je rugis une phrase d'espagnol, et ces andouilles qui restent là, ébahies, avant d'éclater de rire. Je vais vous faire rire, rire à en crever, ça fera faire des économies au peuple. C'est pour pisser qu'on me demande de descendre, mais pour ce faire nul besoin de descendre, suffit de se mettre debout, de viser loin. Pour jouer ce mauvais tour à ma façon, je vais contrevenir à mes sacro-saintes règles d'hygiène en la matière, je m'installe confortablement et lâche un jet d'urine retenu depuis longtemps, jouant sur la vitesse et le débit. Et ces andouilles de se tordre de rire. Les yeux arrondis de reproches, je leur dis d'un air grave : « Qu'est-ce qu'il y a de drôle ? Un peu de sérieux ! Je suis un obus lancé contre le bastion réactionnaire des impérialistes, révisionnistes et contre-révolutionnaires, si l'obus pisse, cela prouve que la poudre là-dedans est mouillée, et ça vous fait rire ! » Ces andouilles ont sans doute compris ce que je dis, et de pouffer, et de s'esclaffer. Le cadre en uniforme militaire change de visage, son expression figée se perce de petits fragments de sourire, comme autant de taches de son dorées, il dit en me désignant du doigt :

« C'est vraiment de la bonne race de cochon, il faudrait lui donner une médaille d'or ! »

Bien que j'aie toujours méprisé honneurs et richesses, ces flatteries sortant de la bouche d'un haut fonctionnaire me grisent malgré tout, je veux faire le poirier, comme la petite truie Honghong sur la scène, et le faire sur la branche d'abricotier qui tremble, c'est d'une grande difficulté, mais en cas de réussite cela fera sensation.

De mes pieds de devant j'agrippe fermement la branche, lève mes pattes de derrière, dresse le postérieur, tête en bas, je me retrouve coincé entre deux branches. Les forces me manquent, ce matin j'ai trop mangé, j'ai la bedaine lourde. Je m'appuie de toutes mes forces sur la branche, la fais bouger, vibrer, je compte me servir de cet élan pour accomplir ce mouvement difficile. Fort bien ! On se redresse. Je vois la terre, mes deux pattes de devant supportent une pression énorme, tout le sang de mon corps afflue à ma tête, les yeux me font mal, comme s'ils allaient sortir de leurs orbites, tenir, tenir bon dix secondes et ce sera la victoire. J'entends une salve d'applaudissements, je sais que j'ai réussi. Mais malheur, ma patte de devant gauche glisse, je perds mon équilibre, tout devient noir devant mes yeux, je sens que mon crâne heurte quelque chose de dur avec un bruit sourd, puis je perds connaissance.

Merde alors, tout ça à cause de cette putain d'eau-de-vie de mauvaise qualité !

Chapitre vingt-sixième

De jalousie Diao Xiaosan démolit son box.
La ruse de Lan Jinlong permet de passer l'hiver.

L'hiver 1972 fut une épreuve critique pour les cochons de la porcherie du Verger des abricotiers. Après le meeting sur le terrain, le district avait bien alloué dix tonnes de pâture à la grande brigade du village de Ximen en guise de récompense, mais il ne s'agissait que de chiffres avancés par le district, il fallait encore compter avec la pression du comité révolutionnaire de la commune et, pour la réalisation concrète de l'opération, sur le nommé Jin Rensong, le chef du centre de gestion des céréales de la commune, celui qui raffolait de la chair de rats et qu'on avait surnommé « Jin le Rat ». Ce chef de centre fit livrer des patates douces séchées et du sorgho tout moisis pour avoir été entreposés plusieurs années, la qualité n'y était pas, la quantité non plus. Il fallait retrancher en outre au poids global au moins une tonne de crottes de rats, qui plongèrent notre porcherie pendant tout l'hiver dans une puanteur bien spéciale. Eh oui, après le meeting sur le terrain nous avons mené pendant un certain temps la vie de patachon des capitalistes et des bourgeois, nous régalant sans souci, mais un mois ne s'était pas écoulé que le grenier à céréales de la grande brigade à plusieurs reprises se trouva dans une situation d'urgence, le temps de son côté se refroidissait de jour en jour, cette neige, qui à première vue semblait si romantique, apportait avec elle un froid acéré alors que nous souffrions déjà de la faim.

Il neigea tant cet hiver-là que c'en était anormal, il ne s'agit pas là d'exagération de ma part, c'est la stricte vérité. Le bureau de météorologie ainsi que les registres du district ont enregistré le phénomène. Mo Yan en a fait mention lui aussi dans son *Récit de l'élevage de cochons.*

Mo Yan, depuis tout petit, adore mystifier les gens, ce qu'il a rapporté dans son roman mêle le vrai et le faux, si bien que le lecteur est partagé entre le doute et l'adhésion. Ainsi, si le lieu et le temps de ce récit sont véridiques, si les scènes avec la neige le sont aussi, le nombre des cochons et leur provenance sont pure falsification. Il a écrit que les porcs venaient des monts Wulian alors qu'il est clair qu'il s'agissait des monts Yimeng, il a parlé de plus de neuf cents cochons alors qu'il y en avait mille cinquante-sept, mais ce sont là des petits détails, et nous n'avons pas à chicaner sur la véracité des propos qu'un romancier inscrit dans son œuvre.

Malgré le profond mépris que j'éprouvais à l'encontre des cochons des monts Yimeng, je n'en appartenais pas moins à la même espèce animale qu'eux, à ma grande honte. « Le renard s'afflige de la mort du lièvre, on pleure sur ses semblables », les cochons des monts Yimeng périrent les uns après les autres, si bien que sur la porcherie planait une lourde atmosphère de tragédie. Pour ménager mes forces, réduire la perte de chaleur, pendant toute cette période je diminuai le nombre de mes escapades nocturnes. M'aidant de mes sabots, je transportais dans un coin les feuilles d'arbre en miettes et le foin réduit en poudre, mes pieds avaient tracé des lignes sur le sol, formant un dessin réticulaire. Je restais allongé au beau milieu de ce tas, les joues appuyées sur mes pattes de devant, à regarder la neige tourbillonner à gros flocons, à respirer son odeur fraîche si particulière, tandis que montaient en moi des vagues de tristesse. Pourtant, pour dire la vérité, je ne suis pas un cochon enclin à la mélancolie, je suis plutôt un fêtard, je suis porté par une conscience combative, les larmoiements petits-bourgeois, c'est pas mon style.

La bise siffle, la glace épaisse sur la rivière se fend avec fracas, bang, bang, bang, on pense aux coups frappés à la porte en pleine nuit par le destin. La neige accumulée devant la porcherie semble ne faire plus qu'un avec celle qui fait ployer les branches des abricotiers. Du verger montent par moments les sons secs de branches cassant sous le poids de la poudreuse, accompagnés toujours d'une série de bruits étouffés : celui des paquets de neige qui s'affaissent. En de telles nuits, mon horizon est constitué par cette blancheur immaculée. Comme il y a une pénurie de gasoil, on a arrêté la production d'électricité et j'aurais beau tirer avec force sur le cordon de la lampe, quitte à le casser, je ne pourrais pas obtenir la moindre lueur. De telles nuits englouties sous la neige constituent un décor propice aux contes de fées, elles devraient être un instant pour la rêverie, mais contes et rêves sont brisés par la faim et le froid. Il me faut rendre cette justice à Ximen Jinlong car, même dans les périodes les plus aiguës de pénurie d'aliments pour cochons, et lors même que les collègues des monts Yimeng vivent chichement, se sustantant avec des feuilles d'arbre macérées jusqu'à la décomposition et des peaux de graines achetées à l'usine de transformation du coton, il continue à me garantir une proportion du quart de ma nourriture en pâture d'excellente qualité. Bien sûr, ce ne peut être que des patates séchées fermentées, mais c'est toujours mieux que des feuilles de légumineuses ou que des peaux de graines de coton.

Je reste allongé, endurant ces longues nuits, pris entre le rêve et la réalité. Quelques rares étoiles se montrent parfois dans le ciel, leur éclat resplendit comme les feux des diamants sur la gorge des reines. Je ne parviens pas à dormir d'un sommeil paisible, attristé par les bruits émanant des cochons des monts Yimeng se débattant entre la vie et la mort. Je repense au passé et mes yeux s'emplissent de larmes. Elles coulent sur les soies de mes joues et, un instant après, se gèlent en perles. Mon voisin, Diao Xiaosan gémit lui aussi, il supporte les conséquences de son manque d'hygiène. Il n'y a pas un endroit sec dans son nid, le sol est jonché d'urine et d'excréments pris en glace. Il court comme un fou, hurle comme un loup, répondant aux « Hou, hou ! » des vrais loups en rase campagne. Il ne cesse de proférer des injures haut et fort, s'en prenant à l'injustice du monde. Toujours, à l'heure des repas, je l'entends se répandre en invectives, contre Hong Taiyue, Ximen Jinlong, Lan Jiefang et surtout Bai Xinger, chargée spécialement de notre nourriture, Bai Xinger, ma veuve, laquelle a survécu à Ximen Nao, ce propriétaire terrien despotique retourné à la terre depuis bien longtemps déjà. Dame Bai arrive toujours pour nous nourrir en portant sur une palanche deux seaux pleins de pâture. À cause de ses pieds bandés, elle avance clopin-clopant, se tortillant sur le sentier où la neige a verglacé. Elle va vêtue d'une vieille veste ouatinée, la tête couverte d'une écharpe bleue, l'air chaud qui s'échappe de sa bouche et de son nez se transforme en givre sur ses sourcils et ses cheveux. Ses mains sont grossières, sa peau gercée, on dirait du bois desséché, brûlé. Quand elle s'approche avec ses seaux, elle s'aide, pour marcher, de la louche à long manche comme d'une canne. Si les seaux fument peu, l'odeur qui s'en dégage, en revanche, est violente.

Elle permet de juger de la qualité de la nourriture. Le premier seau contient toujours ma pâture, le second celle de Diao Xiaosan.

Dame Bai pose sa palanche, avec la louche elle ôte la couche épaisse de neige accumulée sur le mur de terre, puis elle se penche en avant et se sert de la louche pour nettoyer mon auge. Des deux mains, avec de pénibles efforts, elle soulève le seau de nourriture et, par-dessus le mur, déverse la pâture noirâtre dans ma mangeoire. Alors, incapable d'attendre plus longtemps, je me précipite dessus si bien qu'il m'en tombe sur la tête, dans les oreilles, elle me nettoie de tout cela avec la louche. La nourriture n'est pas bonne, impossible de la mastiquer longuement, sinon un goût de pourriture vous emplit la bouche puis le gosier. En entendant les « miam, miam » que je fais en avalant à grosses bouchées, dame Bai ne manque pas de faire mon éloge, en proie à des sentiments divers :

« Zhu le Seizième, ah, le Seizième, t'es vraiment un brave cochon qui ne chipote pas à propos de la nourriture ! »

Dame Bai ne va nourrir Diao Xiaosan qu'après s'être occupée de moi. Elle a l'air heureuse en me voyant manger avec tant d'élégance. Je me dis que, sans les cris frénétiques de Diao Xiaosan, pour un peu elle le négligerait. Je ne pourrai oublier la tendresse de son regard en ces moments-là, je sais, bien sûr, pourquoi elle est si gentille avec moi, mais je ne veux pas penser trop loin, car finalement cela remonte à tant d'années, êtres humains et animaux appartiennent à deux ordres différents.

J'entends le bruit que fait Diao Xiaosan en mordant la louche, je le vois prendre appui sur le mur avec ses pattes de devant, se mettre debout et laisser sa face hideuse dépasser du faîte. Il grince des dents, ses yeux sont injectés de sang. Dame Bai frappe son groin allongé comme elle frapperait un bois sonore. Elle verse la nourriture dans son auge. Elle l'injurie tout bas :

« Espèce de sale porc, tu manges et tu chies plein ton nid, et tu n'es pas encore gelé sur place, espèce de démon ! »

L'autre, après avoir mangé une bouchée, se met à déverser des injures :

« Ximen née Bai, tu es partiale et rusée ! Tu as versé la meilleure nourriture dans le seau destiné au Seizième, et dans mon seau ce n'est que de la bouillie de feuilles. J'encule vos mères à tous, salauds que vous êtes ! »

Et que je te lance des injures, lesquelles finissent par se transformer en pleurs. Mais Ximen née Bai ne se soucie pas de ses insultes, elle soulève son seau et, s'appuyant sur sa canne, s'en va en se dandinant.

Diao Xiaosan, cramponné à son mur, lorgne de mon côté, il grogne contre moi, sa salive dégoûtante tombe dans mon enclos. J'ignore délibérément ses regards pleins d'envie et de haine, et mange vite, la tête baissée. Il poursuit :

« Le Seizième, y a plus de justice en ce monde. Nous sommes tous les deux des cochons, alors pourquoi deux poids, deux mesures ? C'est parce que je suis noir et que t'es blanc ? C'est parce que t'es d'ici, et que moi je viens d'ailleurs ? Ou bien parce que tu serais plus beau que moi ? C'est même pas dit… »

Qu'aurais-je bien pu répondre à un imbécile pareil ? Il n'y a jamais eu beaucoup de justice en ce monde, ce n'est pas parce que le chef militaire va à cheval que les soldats doivent en faire autant. Oui, c'est vrai, ce fut le cas pour la cavalerie du maréchal Boudenny de l'Armée rouge, mais le chef montait un fin coursier alors que ses hommes allaient à dos de canasson, le traitement n'était pas le même non plus.

« Un jour je les mordrai tous, je leur ouvrirai la peau du ventre et je tirerai sur leurs boyaux… » Diao Xiaosan pose ses pattes de devant sur le mur mitoyen qui sépare nos deux enclos et dit entre ses dents : « Là où il y a oppression, là il y a de la résistance, tu ne me crois pas ? T'es pas obligé de me croire, mais moi je n'en démordrai pas !

– T'as tout à fait raison. » Je me dis qu'il n'est pas nécessaire de froisser le type, aussi j'abonde en son sens : « Je te fais confiance pour ce qui est de la force et de la capacité, et je m'attends à ce que tu accomplisses un exploit extraordinaire !

– S'il en est ainsi, dit-il en salivant, tu vas bien laisser à ton vieux frère les restes de ta mangeoire ? »

La vue de son regard avide et de son groin peu ragoûtant provoque en moi une profonde répulsion, il n'avait déjà pas bonne presse à mes yeux, à présent il est tombé encore plus bas dans la fange. Je calcule : que son groin immonde souille ma mangeoire, cela, je ne le souhaite absolument pas, mais d'un autre côté repousser une demande aussi basse ouvertement semble difficile. Je dis en usant de faux-fuyants :

« Mon vieux Diao, en fait, tu sais, ma nourriture n'est pas si différente de la tienne… Tu raisonnes comme un gosse qui croit toujours que le gâteau dans l'assiette des autres est plus gros que le sien…

– Par la bite de ta mère, tu me prends pour un crétin ou quoi ? dit Diao Xiaosan, fou de rage. Pour la couleur je peux me tromper, mais pour ce qui est de l'odeur ! Et, en fait, même pour la couleur on ne me la fait pas. » Il se penche pour déterrer dans son auge un morceau de pâture, l'élève avec son sabot et le lance sur le bord de ma mangeoire, la chose contraste visiblement avec les restes. « Allons, regarde bien, ce que tu manges, toi, et ce que je mange, moi. Merde alors, on est tous les deux des mâles, pourquoi cette différence de traitement, et si t'es un "étalon pour la révolution", est-ce que, par hasard, je serais un "étalon pour la contre-révolution" ?

C'est bon pour les humains, ces distinctions, mais chez les cochons est-ce que ça existe, les classes ? Y a là-dedans qu'idées égoïstes et intérêts personnels. J'ai bien vu le regard que Ximen née Bai porte sur toi, c'est carrément celui d'une femme pour son mari ! Est-ce qu'elle voudrait par hasard qu'on te croise avec elle ? Eh bien, si cela devait se faire, au printemps prochain elle mettrait bas une portée de petits monstres à tête humaine et à corps de cochon, ou à tête de cochon et à corps humain, voilà qui serait magnifique ! » dit Diao Xiaosan avec méchanceté. Ces calomnies pleines de perfidie doivent adoucir son vague à l'âme, il part d'un rire mauvais.

De ma patte de devant je prends le morceau de nourriture qu'il a lancé et le rejette à l'extérieur du mur. Je dis avec mépris : « En fait, j'étais en train de réfléchir à la façon d'accéder à ta demande, mais comme tu viens de m'humilier, désolé, mon vieux, je préfère encore jeter mes restes de nourriture dans ma merde plutôt que te les donner à manger. » M'aidant de mes sabots, je les puise dans l'auge et les jette à l'endroit consacré où je fais mes gros besoins. Je retourne m'allonger sur mon nid bien sec et dis très tranquillement : « Votre Excellence, si le cœur vous en dit, eh bien, mangez donc ! »

Des lueurs mauvaises dansent dans les yeux de Diao Xiaosan, ses dents grincent avec bruit, il lance : « Zhu le Seizième, les anciens disaient : "On ne voit les jambes que lorsqu'on sort de l'eau", "Le fleuve coule trente ans à l'est, puis trente autres à l'ouest", "Les comptes se règlent tranquillement, au pas de l'âne", toute chose a fait son temps, le soleil tourne, il n'éclairera pas toujours ton petit nid ! » Sur ces mots, sa face hideuse disparaît soudain du faîte du mur. Je l'entends tourner en rond avec nervosité de l'autre côté du muret, de plus, par moments, donner de la tête dans la porte en fer ou bien gratter le mur de ses sabots. Puis j'entends un bruit étrange, toujours de l'autre côté, j'essaie de deviner de quoi il retourne et je mets un moment avant de comprendre : ce petit drôle, pour se réchauffer certes, mais aussi pour déverser sa bile, s'est, qui l'eût cru, mis debout sur deux pattes et de son groin il tire les tiges de sorgho du toit de sa porcherie, endommageant en même temps le mien.

Posant mes pattes de devant sur le mur, je tends la tête à l'intérieur et proteste contre son acte de sabotage : « Diao Xiaosan, je t'interdis de faire ça ! »

Il saisit une tige entre ses dents et la rejette avec force, puis il la sectionne en plusieurs bouts avec ses crocs. « Putain, dit-il, putain, s'il faut y rester, on y restera ensemble ! Quand il n'y a pas de justice en ce monde, les diablotins détruisent le temple. » Il se met debout et saisit dans sa bouche une tige de sorgho, puis, profitant de la force de gravité de son corps, il tire violemment vers le bas, aussitôt un trou apparaît, une tuile rouge vient se fracasser sur le sol, des paquets de neige tombent sur sa tête, il se secoue, les lueurs féroces dans ses yeux vont heurter le mur, sont comme des bris de verre. Le type est visiblement devenu enragé. Il poursuit son acte de sabotage, je lève la tête en direction de mon toit, je suis sur des charbons ardents, je tourne en rond, j'ai envie de sauter par-dessus le mur pour l'empêcher de continuer. Cependant engager un combat contre un cochon enragé comme celui-ci, cela se solderait à coup sûr par des blessures des deux côtés.

Sous le coup de l'émotion, je pousse des cris aigus, étonnamment proches du bruit d'une sirène de défense anti-aérienne. Quand je m'étais essayé à chanter des chants révolutionnaires, me pinçant la gorge pour parvenir à en imiter les sons, cela n'avait pas donné grand-chose de bien, or voilà que, dans l'urgence de l'action, mes cris reproduisent fidèlement le bruit d'une sirène d'alarme. Ce doit être une réminiscence de mon enfance, quand, pour prévenir l'attaque-surprise des impérialistes, des révisionnistes et des contre-révolutionnaires, sur le district entier on effectuait des manœuvres de défense anti-aérienne. Dans chaque village, chaque organisme, les haut-parleurs diffusaient d'abord des grondements sourds. « Ce sont ceux des bombardiers lourds ennemis volant à haute altitude », disait un speaker d'une voix enfantine, s'ensuivait un sifflement strident à vous percer les tympans. « Les avions ennemis descendent en piqué ! » Alors c'étaient des lamentations et des hurlements, puis cette injonction : « Les cadres révolutionnaires et les paysans pauvres et moyennement pauvres de tout le district sont invités à reconnaître attentivement cette alerte anti-aérienne d'usage international, en l'entendant vous devez tous arrêter le travail en cours, vous réfugier dans les abris, si vous n'en trouvez pas, il faut vous plaquer au sol la tête entre les mains. »

Pareil à un acteur de théâtre amateur qui trouve enfin le ton juste après des années d'exercices, je suis plongé dans la félicité. Je tourne en rond en hurlant. Pour que le son se propage plus loin encore, je saute soudain sur la branche de l'abricotier, la neige accumulée sur l'arbre, comme de la farine, comme de la ouate, dense ou éparpillée, moelleuse ou compacte, tombe à terre. Au milieu de toute cette neige, les rameaux de l'abricotier apparaissent, pourpres, lisses, cassants, on dirait ces coraux du fond des mers dans les légendes. Je grimpe sur les branches, une fois parvenu au sommet je peux embrasser du regard toute la scène offerte par la porcherie et le village dans leur ensemble. Je vois les fumées monter des toits, tous ces milliers d'arbres pareils à de gros pains ronds cuits à la vapeur, je vois d'innombrables personnes sortir en courant de leur petite maison qui menace de s'écrouler à tout moment sous le poids de la neige. La neige est blanche, les formes humaines sont noires. Les gens s'enfoncent jusqu'aux genoux dans l'épaisse couche, ils avancent avec diffi-

culté, se balançant de gauche à droite, chancelants. Le
bruit de sirène que je produis les inquiète fort. Ximen
Jinlong, Lan Jiefang et les autres ont été les premiers à
se glisser hors de la maison aux cinq pièces bien chauf-
fées. Ils ont d'abord fait un tour, la tête levée vers le
ciel (je sais qu'ils cherchent les bombardiers des ennemis
impérialistes, révisionnistes et contre-révolutionnaires),
puis ils se plaquent au sol, la tête entre les mains. Un vol
de corbeaux passe en croassant au-dessus d'eux. Ils ont
fait leur nid dans le bois de peupliers, sur la rive est du
canal, avec cette couche de neige qui recouvre la campagne il leur est difficile de trouver de la nourriture,
tous les jours ils viennent nous disputer notre pitance
dans la porcherie du Verger des abricotiers. Les hommes
se relèvent, regardent le ciel qui vient de se dégager,
puis la terre gelée couverte de neige, pour finir par trouver le lieu d'où vient l'alarme.

Lan Jiefang, à présent il faut que je parle de toi. Tu te
précipites vaillamment, levant haut le long fouet en
bambou dont se servent les charretiers. Tu fais deux
chutes sur le petit sentier qui traverse le bois, à cause
de la pâture pour cochons qui a coulé et s'est prise en
glace. À la première tu es tombé à plat ventre, on aurait
dit un chien féroce cherchant à se précipiter le premier
sur une merde, la seconde fois tu es parti à la renverse,
telle une tortue exposant son ventre au soleil. La
lumière est radieuse, le spectacle de la neige est d'une
beauté extraordinaire, les ailes des corbeaux sont comme
enduites de pigments d'or. La partie bleue de ton
visage rayonne, elle aussi. Tu ne comptes pas parmi les
personnages importants du village de Ximen et, à part
Mo Yan qui discute tout bas avec toi, pratiquement personne ne t'adresse la parole. Et même moi, le cochon, je
n'éprouve guère de considération pour toi, le soi-disant
chef de l'équipe des employés chargés de l'alimentation des bêtes. Mais à présent que tu t'approches,

traînant ton long fouet, je m'aperçois avec stupéfaction que tu es déjà devenu un jeune homme très élancé. Après coup je devais compter sur mes doigts, tu as déjà vingt-deux ans, effectivement tu es un adulte.

J'enserre la branche, la tête tournée vers le soleil qui perce au travers des nuages pourpres, j'ouvre la bouche et profère de nouveau avec force modulations les sons d'une alerte anti-aérienne. Les gens sont rassemblés tout essoufflés au pied de l'arbre, avec une expression de perplexité, ne sachant s'il faut en rire ou en pleurer. Un vieillard nommé Wang dit, inquiet :

« Le pays est fichu, des monstres apparaissent ! »

Mais Jinlong le fait taire immédiatement :

« Oncle Wang, attention à ta langue ! »

Ce dernier sait qu'il a laissé échapper une parole malheureuse, il se frappe la bouche de sa paume et reprend : « Je vais t'apprendre, moi, à dire n'importe quoi, oui, que je t'y reprenne ! Secrétaire Lan, j'espère que vous ne m'en tiendrez pas rigueur et que vous pardonnerez au petit vieux que je suis pour cette première faute ! »

Jinlong vient déjà d'être accepté comme nouvel adhérent au Parti communiste et, de plus, il assume les fonctions de membre du comité de la cellule du Parti et de secrétaire de la cellule des Jeunesses communistes de la grande brigade du village de Ximen, il est dans une période où il se laisse aller, non sans arrogance, à ses grandes ambitions. Il dit à oncle Wang, avec un signe de la main :

« Je sais, moi, que tu as lu des livres pernicieux comme *La Romance des Trois Royaumes*[1] et que tu as réagi à

1. Roman composé à la fin des Yuan ou au début des Ming (première édition en 1494), qui raconte l'histoire romancée de la période des Trois Royaumes (220-265). Bon nombre des personnages historiques qu'il met en scène étaient déjà des héros populaires bien avant la parution du roman.

chaud, pour faire montre de ton savoir, sinon, rien que pour cette petite phrase, tu pourrais être passible de flagrant délit. »

L'atmosphère devient subitement grave. Jinlong ne laisse pas passer une telle occasion, il fait un discours dans lequel il affirme que, quand le climat est dégradé au plus haut point, c'est le meilleur moment pour les impérialistes, les révisionnistes et les contre-révolutionnaires de tout poil de lancer des attaques-surprises et, bien sûr aussi, pour les ennemis de classe cachés dans le village d'accomplir leurs actes de sabotage. Jinlong poursuit par des louanges à mon adresse : « Alors qu'il n'est qu'un simple cochon, son niveau de conscience est bien plus élevé que celui de beaucoup d'humains ! »

Je jubile, j'en oublie même la raison pour laquelle j'ai proféré cette alerte. Alors, comme fait une vedette de la chanson portée par les applaudissements du public au pied de la scène, une fois de plus je me racle la gorge et m'égosille. Je ne suis pas encore arrivé au bout de ma prestation que je vois Lan Jiefang se précipiter sous l'arbre en agitant son fouet dont l'ombre passe devant mes yeux, je ressens une violente douleur à la pointe de mes oreilles, emporté par le poids de ma tête trop lourde pour mes pattes, je pique du nez vers le sol et me retrouve planté à mi-corps dans la neige.

Quand je parviens avec peine à me dégager de là, je vois des traces de sang, mon oreille droite est fendue sur trois bons centimètres. Cette blessure devait me suivre pendant les années glorieuses de la seconde partie de ma vie, elle a marqué le début de la rancune tenace que j'ai toujours éprouvée pour toi, Lan Jiefang. Même si plus tard je devais comprendre pourquoi tu m'avais frappé avec tant de cruauté et si je t'ai pardonné sur le plan théorique, sur celui des sentiments je ne trouve pas d'explication.

Ce coup de fouet bien appliqué et qui devait me laisser des traces pour la vie n'est rien en comparaison de ce qui attend mon voisin Diao Xiaosan. Mon escapade dans l'arbre pour imiter une alerte anti-aérienne a un côté sympathique, alors que ses imprécations contre la société, la démolition du toit sont autant de purs actes de sabotage à mettre à son actif. Si Lan Jiefang devait rencontrer l'opposition de plusieurs personnes pour son geste envers moi, la correction sanglante qu'il inflige à présent à Diao Xiaosan va faire l'objet d'éloges de la part de la foule. « Frappe, frappe à mort ce bâtard ! », telle est la phrase qui revient sur toutes les bouches. Au début Diao Xiaosan fait des bonds violents, si bien qu'il en brise même, en se ruant dessus, deux barreaux en acier de la grille pourtant gros comme le doigt, mais au bout d'un moment il est à bout de forces. Des gens ouvrent la porte et, le traînant par les deux pattes de derrière, l'amènent jusque dans la neige. Le ressentiment qu'éprouve Jiefang ne s'est pas encore calmé, il est campé sur ses jambes écartées, les reins légèrement ployés, la tête un peu penchée, le fouet est taché de sang. Son long visage bleu, émacié, est tout crispé, comme il serre les dents, ses joues sont gonflées, à chaque coup de fouet il jure : « Salope ! Pute ! » Quand sa main gauche est fatiguée, il prend le fouet dans la droite, et vice versa, le gars n'en finit pas de faire des allers-retours. Au début, Diao Xiaosan a roulé sur le sol, après plusieurs dizaines de coups de fouet il est devenu tout raide, on dirait un tas de viande morte. Jiefang n'arrête pas pour autant. Tout le monde sait bien qu'il a saisi ce prétexte pour déverser le ressentiment qui s'est accumulé dans son cœur, personne n'ose s'avancer pour l'empêcher de continuer. Il est clair que la vie de Diao Xiaosan est en péril. Jinlong s'avance, lève la main, saisit le poignet qui frappe et dit sèchement : « Toi, ça suffit comme ça ! » Le sang de Diao Xiaosan a souillé la neige immaculée. Si le mien est rouge, le sien est noir. Le mien est sacré, le sien est impur. Pour le punir de sa faute, on lui passe deux anneaux en fer dans les narines et une lourde chaîne entre les deux pattes de devant. Il doit dorénavant aller et venir dans son box en traînant cette chaîne qui fait un bruit épouvantable. Chaque fois que les haut-parleurs au milieu du village diffusent le célèbre air de Li Yuhe de l'opéra modèle révolutionnaire *Le Fanal rouge* : « Les chaînes ont beau entraver mes pieds et mes mains, ma ferme volonté s'envole libre vers le ciel », j'éprouve du respect pour mon vieil ennemi de voisin, comme s'il était devenu un héros, comme si j'étais le traître qui avait vendu ce héros.

C'est vrai, ainsi que l'a écrit ce petit drôle de Mo Yan dans son *Récit d'une vengeance*, l'approche de la fête du Printemps devait être, pour la porcherie du Verger des abricotiers, le moment le plus critique.

Il n'y a plus d'aliments, les deux meules de feuilles de légumineuses décomposées ont été liquidées, ce qui reste pour seule « nourriture », c'est un tas de graines de coton pourries mélangées à la neige. La situation est délicate, de plus Hong Taiyue, tombé gravement malade, est alité, il ne peut donc pas prendre les choses en main, tout retombe sur Jinlong. Lui-même, sur le plan sentimental, est dans l'embarras, celle qui a sa préférence est en principe Huang Huzhu, le sentiment qu'il éprouve pour elle est né lorsqu'elle l'a aidé à remettre en état la vieille veste militaire, et puis ils sont depuis longtemps comme mari et femme, mais voilà, Huang Hezuo ne cesse de le relancer, si bien qu'il a eu des relations sexuelles avec elle aussi. Les deux jolies jumelles ont grandi et elles parlent toutes les deux de se marier avec lui. Seuls Lan Jiefang et moi, le cochon au courant de tout, sommes dans le secret des dieux. Je suis, pour ma part, en dehors de tout cela, mais Lan Jiefang, qui aime passionnément Huang Huzhu sans être payé de retour, a sombré dans la souffrance et la jalousie.

[C'est cela qui t'avait poussé à me faire dégringoler de l'arbre d'un coup de fouet, puis, tel un bourreau cruel, à t'acharner sur Diao Xiaosan. À présent, en repensant au passé, ne trouves-tu pas que ce sentiment extrêmement douloureux que tu éprouvais à l'époque, comparé aux événements qui devaient suivre, ne mérite même pas d'être mentionné ? De plus, les choses en ce monde sont imprévisibles, les unions sont décidées par le ciel, si le destin a décidé qu'elle sera tienne, elle le sera, sinon Huang Huzhu aurait-elle fini un jour par partager ton lit ?]

Chaque matin on retrouve des cadavres de porcs raidis de froid, on les tire hors de la porcherie. Chaque nuit je suis réveillé par les sanglots des cochons des monts Yimeng, ils pleurent la mort de leurs congénères du même box. Chaque matin, au travers des barreaux de la grille, je peux voir Lan Jiefang ou bien un autre préposé à l'alimentation des cochons traîner les cadavres vers la maison à cinq pièces. Les cochons morts sont squelettiques, leurs pattes sont raides. Je constate que l'irascible Cri de loup sauvage est mort, ainsi que la dévergondée Chou bleu. Au début il en mourait quatre ou cinq par jour, mais à la fin du dernier mois de l'année le chiffre s'est mis à tourner autour de six ou sept. Le 23, à ma grande surprise, on en sort seize.

[Je compte grosso modo que, jusqu'à la veille du Nouvel An, plus de deux cents cochons s'en sont allés au paradis de l'Ouest. Leur âme s'est-elle vraiment retrouvée au paradis ? N'est-elle pas allée en enfer ? Je n'ai aucun moyen de le savoir, mais leurs cadavres s'entassaient dans un coin à l'ombre de la maison et étaient cuisinés sans fin par Ximen Jinlong et la bande, et cela, c'est un souvenir que je ne suis pas prêt d'oublier, même aujourd'hui encore.]

Il y a foule sous la lampe, autour du foyer où brûle un feu ardent, ce spectacle des cadavres des cochons coupés en mille morceaux qui tourbillonnent dans le chaudron a été décrit avec force détails par Mo Yan dans son *Récit de l'élevage de cochons*, il y parle du parfum des branches d'arbre fruitier servant de combustible, de l'odeur forte et immonde du corps des cochons dans le chaudron. Il dépeint aussi la voracité avec laquelle les gens affamés avalent à grandes bouchées la viande des cochons morts, si bien que le lecteur en a la nausée. Mo Yan, ce petit drôle, a vécu cette scène d'enfer et, sous sa plume, les visages ainsi que l'expression complexe et ambiguë qu'on y lit, dans le fort contraste entre la lumière et les ténèbres formé par la faible clarté de la lampe et l'éclat violent du feu, prennent une dimension picturale. Il a mobilisé toutes ses sensations pour décrire la scène, si bien qu'on a l'impression d'entendre le crépitement des flammes, le bruit de l'eau qui bout, celui des respirations haletantes ; on croit aussi sentir l'odeur de putréfaction venant des porcs morts, les souffles frais de la nuit de neige s'infiltrant par les fentes de la porte, sans oublier les propos qu'échangent les gens, comme des paroles dites en rêve.

Je vais juste ajouter quelque chose pour pallier les omissions de ce petit drôle : comme le troupeau de porcs de la porcherie du Verger des abricotiers est sur le point d'être entièrement décimé par la faim, c'est-à-dire, la veille du Nouvel An, alors que les pétards censés accueillir le nouveau et congédier l'ancien éclatent de façon sporadique, Jinlong lève son mouchoir pour tapoter son front en disant :

« J'ai trouvé ! La porcherie du Verger des abricotiers est sauvée ! »

La chair des cochons morts, on peut en manger une fois, à l'occasion, mais la seconde fois rien que l'odeur vous donne la nausée. Jinlong donne l'ordre de la transformer en pâture pour les autres bêtes. Au tout début, à l'odeur, j'ai trouvé que quelque chose clochait, aussi ai-je profité de la nuit pour me glisser hors de la porcherie et épier en cachette l'atelier où l'on prépare notre pitance, et c'est ainsi que je devais apprendre le fin mot de l'histoire. Je dois avouer que les cochons étant des animaux relativement stupides, en ce qui les concerne, le fait de manger des ressortissants de la même espèce n'a rien de très impressionnant, mais pour un esprit peu commun comme le mien cela déclenche toutes sortes d'associations d'idées douloureuses. Toutefois l'instinct de survie devait vite neutraliser toute souffrance morale. En fait, je cherche moi-même les ennuis : si j'étais un être humain, manger de la viande de porc serait dans l'ordre des choses ; en tant que cochon, si mes congénères mangent avec tant de délectation les cadavres de leurs semblables, qu'ai-je besoin de faire le dégonflard ? Mangeons, mangeons les yeux fermés. Après mes prouesses avec l'alerte anti-aérienne, ma pitance est devenue la même que celle de tous les autres cochons, je sais bien qu'il ne faut pas voir là une forme de punition de leur part, c'est dû au fait qu'il n'y a bel et bien plus du tout de fourrage de qualité dans la porcherie. Ma graisse fond de jour en jour, je suis constipé, mes urines virent au rouge. Je suis un peu mieux loti que les autres cochons, le soir je peux me glisser en cachette à l'extérieur et aller au village glaner quelques grosses feuilles de légumes pourris, mais il n'y en a pas toujours. C'est dire que, sans la nourriture spécialement concoctée par Jinlong pour nous, même moi, un cochon à l'intelligence au-dessus du commun, je ne pourrais pas passer ce long hiver et entrer dans la douceur du printemps.

Cette pâture bien particulière préparée par Jinlong avec les cadavres des porcs, du crottin de cheval, de la bouse de vache, des tiges broyées de patates douces devait sauver la vie aux cochons, y compris celle de Diao Xiaosan et la mienne.

Au printemps de 1973, de grandes quantités de fourrages et de grains nous furent affectées, la porcherie du Verger des abricotiers retrouva vie. Avant cela, les six cents et quelques cochons des monts Yimeng qui avaient péri avaient été transformés en albumine, en vitamines ainsi qu'en d'autres substances nécessaires à la vie, lesquelles devaient sauver les quatre cents autres porcs. Trois minutes de cris en hommage au sacrifice tragique de ces héros ! Au milieu de nos couinements, les fleurs d'abricotier s'ouvrirent, dans la porcherie le clair de lune coulait comme l'eau, le parfum des fleurs assaillait les narines, une saison romantique ouvrait lentement son lourd rideau sur une scène nouvelle.

Chapitre vingt-septième

Pris dans un océan de jalousie, les deux frères sont en folie.
Ce beau parleur de Mo Yan est victime des envieux.

Ce soir, alors que le soleil n'a pas encore disparu à l'horizon, la lune impatiente déjà s'est levée. Sous les lueurs rouges du couchant, au Verger des abricotiers l'atmosphère est à la douceur et aux amours. J'ai le pressentiment que, par une telle nuit, il va se passer quelque chose d'important. J'élève les pattes pour me suspendre à la branche et respirer de près le parfum des fleurs, comme par hasard je lève la tête, je vois une lune aussi grosse qu'un pneu et qu'on dirait découpée dans du papier d'étain, elle monte entre les branches. Au début j'ai du mal à croire qu'il s'agit de la lune, mais quand elle commence à diffuser ses lueurs, je n'ai plus de doutes.

Je suis un jeune cochon encore très enfantin, à la vue de choses étranges j'éprouve une excitation irrépressible, j'ai toujours envie de partager cela avec les autres, et sur ce point je rejoins tout à fait Mo Yan. Dans une prose intitulée *Splendeur des fleurs d'abricotier*, un midi, il raconte comment il a aperçu Ximen Jinlong et Huang Huzhu grimper l'un après l'autre dans un gros abricotier couvert de fleurs et faire si bien qu'une pluie de pétales tomba de l'arbre. Il s'est empressé de convier quelqu'un à admirer ce libertinage, il s'est précipité vers la pièce où l'on préparait la nourriture et a secoué Lan Jiefang qui faisait la sieste. Je cite :

Lan Jiefang se mit brusquement sur son séant, frottant ses yeux tout rougis, il demanda : « Qu'est-ce qu'il y a ? » Je vis les marques très nettes faites sur son visage par la natte de roseaux du kang, je lui dis sur un ton mystérieux : « Mon vieux, suis-moi ! » Je le conduisis, après avoir contourné les box indépendants qu'occupaient les deux verrats, jusqu'au cœur du verger. En cette fin de printemps, l'univers entier était languissant, les cochons dormaient tous profondément et même ce cochon, qui était un vrai simulateur, ne faisait pas exception. Des vols d'abeilles bourdonnaient, profitant le plus possible de la saison des fleurs au mépris de la fatigue, elles travaillaient dur. Les grives laissaient voir furtivement au travers des branches fleuries leurs belles lignes et poussaient des cris tristes, sons pareils à ceux d'une soierie qu'on déchire. Lan Jiefang, mécontent, bougonnait : « Merde à la fin, tu veux me montrer quoi ? » Je posai doucement mon index sur ma bouche pour lui faire signe de se taire. Je lui dis en baissant la voix : « Accroupis-toi, suis-moi. » Nous nous déplaçâmes lentement ainsi. Nous aperçûmes deux lièvres brunâtres qui se pourchassaient entre les abricotiers ; un faisan traînait sa superbe queue, il battit des ailes en criaillant et s'envola dans les buissons derrière les tombes à l'abandon. Nous contournâmes les deux pièces où était installé autrefois le générateur ; devant, c'était l'endroit où le verger était le plus touffu. Il y avait des dizaines de gros abricotiers antérieurs à la création de la porcherie, dont les troncs n'auraient pu être enserrés que par deux personnes et dont les couronnes énormes se rejoignaient presque dans les airs. Les branches étaient couvertes de fleurs à profusion, il y en avait d'un rouge profond, des roses et des blanches, de loin on aurait dit des nuages diaprés. Vu la taille des arbres, les racines étaient extrêmement développées, il fallait ajouter à tout cela la vénération qu'éprouvaient les gens de la campagne pour les grands arbres, ils avaient pu échapper aux catastrophes qu'avaient été le mouvement pour les hauts fourneaux en 1958 et celui de 1972 prônant l'élevage en grand des porcs. J'avais vu de mes propres yeux Ximen Jinlong et Huang Huzhu grimper dans l'arbre comme des écureuils en suivant le tronc légèrement incliné, mais à présent ils avaient bel et bien disparu. Là où soufflait la brise, la couronne s'agitait doucement, les pétales trop épanouis voltigeaient comme des flocons de neige, à profusion, s'accumulant sur le sol tels de précieux jades. « Mais qu'est-ce que tu veux me montrer à la fin ? » Lan Jiefang avait haussé le ton, serré le poing. L'obstination et l'irascibilité de Lan Lian père et fils étaient célèbres dans notre village de Ximen, et même dans tout le canton de Dongbei. Il ne fallait absolument pas que je provoque la colère de ce petit monsieur. Je lui répondis :

« Je les ai vus et bien vus, ils ont grimpé dans l'arbre…

– Qui ça, "ils" ?

– Mais Jinlong et Huzhu ! »

Je vis le cou de Lan Jiefang s'allonger brusquement vers le haut, comme s'il avait reçu en plein cœur un coup porté par un poing invisible, puis je vis ses oreilles remuer légèrement, la moitié bleue de son visage, sous le soleil, avait l'éclat de la jadéite. Il semblait hésiter, lutter, mais une force démoniaque le poussa jusqu'au pied du gros abricotier… Il leva la tête… la moitié de son visage était pareille à de la jadéite... Il proféra un hurlement plein de douleur et s'abattit soudain sur le sol... Les pétales tombaient à profusion, on aurait dit qu'ils allaient l'ensevelir... Les abricotiers de notre village de Ximen sont réputés à la ronde, au début des années 90, chaque année au printemps des gens de la ville venaient en voiture avec leurs enfants, attirés par leur renommée...

À la fin de son essai, Mo Yan écrit ceci :

Je ne pensais pas que cette histoire occasionnerait une telle souffrance à Lan Jiefang. Les gens le relevèrent de sous l'arbre et le portèrent sur le kang, ils lui desserrèrent les dents avec des baguettes pour lui verser une décoction de gingembre dans la bouche afin qu'il revînt à lui. On me pressa de questions pour savoir ce qu'il avait vu finalement dans l'arbre qui l'avait mis dans cet état. Je dis que c'était ce cochon qui avait emmené la petite truie appelée Folie de papillon et qui forniquait avec elle là-haut. Les gens soupçonneux dirent : « Comme si c'était possible ! » Quand Jiefang reprit connaissance, il se roula en tous sens, ainsi que fait un âne, sur le kang de la pièce destinée à la préparation de la pâture. Ces cris mêlés de pleurs ressemblaient à ceux du cochon quand il avait imité la sirène anti-aérienne. Il se frappait la poitrine, s'arrachait les cheveux, se triturait les yeux, se griffait les joues... Pour éviter qu'il ne se fît plus de mal encore, des gens bien intentionnés lui ligotèrent les mains avec une corde...

Je suis impatient de faire part aux autres de ce superbe phénomène astronomique : la lune et le soleil brillant ensemble dans le ciel, mais la crise de démence de Lan Jiefang a jeté la porcherie dans un beau désordre. Le secrétaire Hong, qui relève juste de sa maladie, arrive en courant dès qu'il apprend la nouvelle. Il s'appuie sur un bâton en saule, il a le teint cireux, les yeux enfoncés, sa barbe poivre et sel est tout emmêlée, cette grave maladie a fait de ce membre pur et dur du Parti communiste un vieillard. Il est debout devant le kang et, du bâton qu'il tient dans la main, il pilonne le sol, comme s'il voulait en faire sortir de l'eau. Les rayons lumineux aveuglants de la lampe rendent son visage plus blafard et celui de Lan Jiefang, allongé sur le kang et qui ne cesse de hurler, plus hideux encore.

« Et Jinlong ? » demande Hong Taiyue fou de rage.

Les gens se regardent, ils ont l'air de ne pas savoir où il est passé. Finalement, Mo Yan dit, gêné :

« Il doit probablement se trouver dans la pièce du générateur... »

Alors les gens repensent au fait que, pour la première fois, il y a de nouveau du courant depuis la coupure de l'hiver dernier, ils sont vraiment perplexes.

« Amène-le-moi ! »

Mo Yan file comme un rat rusé.

À ce moment-là, j'entends une femme pleurer tristement dans la rue du village. Mon cœur se serre, mon cerveau n'est plus oxygéné, un moment de passage à vide, puis le passé m'assaillit avec l'impétuosité des flots montants. Accroupi sur le haut tas de racines et de branches d'abricotier devant la salle destinée à la préparation de la pâture, je repense aux choses du passé, comme enveloppées de brume, tandis que j'observe le monde actuel, si complexe, si chaotique. Les os blanchis des cochons des monts Yimeng morts l'an dernier sont entassés dans un tamis devant cette salle, sous la lumière de la lune ils brillent de lueurs vertes clairsemées et dégagent par moments de vagues relents. Je distingue très vite une forme humaine qui semble danser, s'avançant au-devant du clair de lune, lequel, à ce moment de la nuit, a déjà la limpidité du mercure. La silhouette prend le petit sentier de la porcherie du Verger des abricotiers. Elle lève la tête vers le ciel, son visage a la dorure patinée d'une calebasse ayant servi à puiser l'eau de nombreuses années. Elle garde la bouche ouverte comme si elle se lamentait, on dirait un trou à rat tout noir. Elle a les bras croisés sur la poitrine; entre ses jambes arquées un chien pourrait se faufiler, elle marche les pieds en canard, l'amplitude des oscillations de son corps de gauche à droite est plus forte que la longueur de sa foulée. Elle court ainsi, avec disgrâce. Bien que tout dans son aspect soit fort différent de celui de la Yingchun qu'elle était du temps où je vivais ma vie de bœuf, je l'ai reconnue pourtant au premier coup d'œil. Je m'efforce de me rappeler son âge, mais ma sensibilité en tant qu'être humain est complètement enveloppée par celle du cochon jusqu'à ne faire plus qu'un avec elle, me laissant en proie à un état d'âme excitant et triste tout à la fois.

« Mon fils, que t'arrive-t-il ?... » Je regarde au travers de la fenêtre délabrée, la vois se précipiter devant le kang, pleurant et criant, elle allonge le bras pour bouger le corps de Lan Jiefang.

Ce dernier a les deux mains attachées, il ne peut pas remuer, alors il se met à donner de violents coups de pied dans le mur peu solide qui en est tout ébranlé, l'enduit gris tombe par pans, comme autant de grandes galettes de farine de maïs. À l'intérieur de la pièce, les gens sont pris au dépourvu. Hong Taiyue donne un nouvel ordre :

« Prenez des cordes et attachez-lui les jambes ! »

Lü Tête plate, un vieil homme qui travaille aussi à la porcherie, traînant une corde en chanvre, grimpe maladroitement sur le kang. Les jambes de Lan Jiefang ruent, pédalent, pareilles aux pattes d'un cheval enragé, si bien que Lü ne parvient pas à accomplir sa besogne.

« Attache-le ! » crie Hong Taiyue haut et fort.

Lü se penche en avant pour appuyer sur les jambes de Jiefang. Yingchun le retient avec force par le vêtement et dit, pleurant et criant : « Lâche mon fils !

– Qu'on l'aide et vite ! » crie Hong Taiyue.

Jiefang lance force injures : « Des bêtes, voilà ce que vous êtes ! Des porcs !

– Mais passez la corde ! »

Sun le Léopard, le troisième frère Sun, fait irruption dans la pièce.

« Monte vite sur le kang et prête-lui main-forte ! »

La corde entoure solidement les deux jambes de Jiefang. Les bras de Lü qui enserraient fermement les deux jambes se retrouvent pris avec, la corde est serrée.

« Donne du mou à la corde pour que je puisse dégager mes bras. »

Les jambes de Jiefang s'agitent, la corde vole comme un serpent fou.

« Aïe, ouille, bonne mère… » Lü part à la renverse et tombe du kang, tandis que, dans le même mouvement, il heurte Hong Taiyue. Le troisième frère Sun, somme toute, est jeune et costaud, il se laisse tomber assis sur le ventre de Jiefang et, sans prêter attention aux coups d'ongle donnés par Yingchun, pas plus qu'au flot de ses injures, avec force et rapidité il tire violemment sur la corde, anéantissant toute capacité de résistance de la part de Jiefang. Au pied du kang, Lü porte la main à son nez, du sang noir coule entre ses doigts.

[Le gars, je sais que tu ne veux pas admettre ces faits, mais je te prie de croire à ma sincérité totale. Quelqu'un sous l'emprise de la démence peut développer une force surhumaine, peut avoir des gestes relevant presque du prodige. Ce vieil abricotier aujourd'hui encore garde des plaies et des bosses grosses comme un œuf de poule, celles que tu lui as faites dans un moment d'égarement, cette année-là, en te frappant la tête sur son tronc. La dureté d'une tête humaine dans des circonstances ordinaires ne peut rivaliser avec un gros tronc d'abricotier, mais quand la folie vous saisit, votre tête en devient résistante. C'est la raison pour laquelle la légende raconte que, quand Gonggong a heurté de sa tête la montagne Buzhou, le pilier soutenant le ciel s'est brisé sur le sol. Le heurt de ta tête à toi a ébranlé l'abricotier, si bien que les fleurs, telle une neige drue, tel du duvet d'oie, sont tombées à profusion. La force du rebond t'a fait partir à la renverse, une énorme bosse est apparue sur ton front, pauvre abricotier, sa vieille écorce en est tombée, montrant le cœur blanc du tronc…]

Lan Jiefang, mains et pieds liés, se tortille sur le kang, il semble habité par une énergie formidable qui cherche à s'échapper. On pense à ces hommes, décrits dans les romans de cape et d'épée, qui ont un très bas niveau en arts martiaux et qui, après avoir assimilé la force intérieure surpuissante d'autrui, ne peuvent la garder en eux ; ils donnent l'impression d'être en proie à une grande souffrance, aussi ouvrir la bouche et pousser des lamentations est le seul moyen pour eux d'évacuer cette énergie accumulée. Certains de ceux qui sont là essaient de lui verser un peu d'eau froide dans la bouche pour éteindre le feu mauvais de son cœur, mais il avale de travers et est pris d'un violent accès de toux. Du sang, sous forme de vapeur, jaillit de sa bouche et de ses narines.

« Ah, mon fils !… », hurle Yingchun au milieu de ses pleurs et elle s'évanouit.

Certaines femmes peuvent boire du sang tranquillement, alors que d'autres s'évanouissent à sa seule vue.

À ce moment précis, Ximen Baofeng, sa trousse d'urgence sur le dos, entre précipitamment, la vue de sa mère évanouie par terre et de son frère crachant du sang sur le kang ne lui font pas perdre la tête. Elle est un « médecin aux pieds nus » qui a déjà une riche expérience du métier. Elle est toute pâle, le regard empreint de mélancolie. Ses mains, même en été, sont aussi froides que la glace. Je sais qu'elle aussi, l'amour la tourmente. La source de ses souffrances est Grand Âne brayant, alias Chang Tianhong, c'est un fait historique, j'ai pu le constater de mes propres yeux, et on peut aussi en trouver la trace dans les romans de Mo Yan. Elle ouvre la trousse et en sort une boîte en fer toute plate, elle y prend une aiguille argentée étincelante et pique avec force et précision dans le point d'acupuncture situé sur le sillon labial, Yingchun pousse un gémissement, ouvre les yeux. Baofeng fait signe à ceux qui sont là de traîner Jiefang, ficelé comme un fagot, jusqu'au bord du kang. Elle ne lui tâte pas le pouls, pas plus qu'elle ne lui écoute le cœur, ne lui prend la température ou ne mesure sa tension artérielle, on a l'impression que c'est une évidence pour elle, que c'est elle-même qu'elle soigne et non Lan Jiefang. Elle prend deux petites fioles, les tient entre ses doigts, puis elle les ouvre en les frappant avec une pince pour les percer, avec la seringue elle pompe jusqu'au bout le liquide dans les flacons, élève la seringue à la lumière de la lampe, elle pousse la seringue, une goutte brillante perle au bout de l'aiguille. Cette scène est sacrée, solennelle, classique et commune, dans les images de propagande, dans les films, au cinéma ou à la télévision, on voit souvent des scènes ou des plans similaires, celles qui font ce travail sont appelées « anges blancs », coiffées de bonnets blancs, vêtues de blouses, blanches également, elles portent un masque devant la bouche, lequel fait paraître leurs yeux plus grands et leurs cils plus recourbés. Dans notre village de Ximen, un tel accoutrement est impossible pour Ximen Baofeng. Elle porte une veste en gabardine bleue à col rabattu, un chemisier blanc dont le col vient recouvrir celui de la veste. C'est la mode du temps, les jeunes gens, filles et garçons, aiment exhiber des superpositions de cols, s'ils sont trop pauvres pour acheter des vêtements de dessous à plusieurs rabats, ils se procurent des faux cols pour quelques centimes. Mais le chemisier que porte Baofeng ce soir a bel et bien un col. Le teint pâle et le regard mélancolique de la jeune fille correspondent tout à fait au portrait de l'héroïne tel qu'on peut le lire sous la plume des écrivains. Avec un coton imbibé d'alcool, elle effleure le muscle développé du bras de Lan Jiefang, plante son aiguille, l'injection ne dure même pas une minute, elle retire la tête de l'aiguille. Elle ne l'a pas plantée dans la fesse comme il est d'usage, mais dans le bras, peut-être en raison de la situation particulière dans laquelle se trouve son demi-frère, ligoté par des cordes. Dans l'état de choc psychologique et de profonde souffrance où est plongé ce dernier, on pourrait tout aussi bien lui arracher un bras sans provoquer chez lui le moindre gémissement.

[Certes, il s'agit là de ma part d'une façon hyperbolique de relater les choses. Mais dans le contexte langagier de l'époque, une telle formulation n'aurait pas paru si appuyée. Les gens en ce temps-là, et toi aussi, Lan Jiefang, n'employaient-ils pas à tout bout de champ des expressions héroïques comme celles-ci : « Même si les monts Taishan devaient m'écraser, je ne plierais pas », « La décapitation, c'est tout au plus un coup de vent qui fait valser un chapeau », ou encore « J'accepte volontiers d'être réduit à néant » ? Mo Yan, ce petit drôle, passait pour un spécialiste de ces fanfaronnades. Après qu'il fut devenu, soi-disant, un écrivain, il est revenu quelque peu sur ces outrances langagières, déclarant qu'« une langue hyperbolique à l'extrême est le reflet d'une société marquée par la plus grande hypocrisie, la violence langagière constitue les prémices d'atrocités sociales ».]

Après avoir reçu ce tranquillisant, tu te calmes peu à peu, tes yeux fixes regardent dans le vide, mais un ronflement monte de ta gorge et de ton nez. La tension qui habite l'assistance se relâche, comme se relâche une peau de tambour détrempée ou une corde de violon dont on a desserré la cheville. Je ne peux m'empêcher moi-même de pousser un soupir de soulagement. Pourtant toi, Lan Jiefang, tu n'es pas mon fils, que tu sois mort ou vivant, fou ou idiot, je devrais m'en battre les fesses, non ? Et pourtant j'ai poussé ce soupir. Finalement, je me dis que tu es sorti du ventre de Yingchun, or ce ventre a été autrefois ma propriété dans cette vie lointaine où j'étais Ximen Nao. Je me dis que si je devais vraiment éprouver de la sollicitude pour quelqu'un, ce devrait être pour Ximen Jinlong, car c'est lui que j'ai procréé. À cette pensée, drapé du clair de lune bleu et calme, je me rue vers la pièce du générateur, les pétales d'abricotier tombent à profusion, on dirait des copeaux de lune. Dans le vrombissement frénétique du moteur diesel, le Verger tout entier vibre. J'entends les paroles confuses dites en rêve ou les chuchotis des cochons des monts Yimeng, ces derniers ont fini peu à peu par retrouver toute leur vitalité. Je vois le noir Diao Xiaosan, baigné par la fraîcheur bleutée du clair de lune, assis devant la porte grillagée de la fleur des cochons Folie de papillon. Sa patte de devant tient un petit miroir ovale encadré de plastique rouge qui reflète le clair de lune, dont les rayons vont illuminer le box et toucher à coup sûr les joues fardées de la jeune truie. Ce drôle montre ses longues canines en un sourire niais, sous l'emprise du désir il bave, un fil transparent comme celui du ver à soie coule sur son menton. La jalousie me pique, le feu de la colère se met à brûler en moi, les vaisseaux sanguins de mes oreilles se mettent à sauter comme des pois qu'on fait frire, c'est plus fort que moi, j'ai vraiment envie de me précipiter sur lui pour en découdre. Mais un éclair d'intelligence en cet instant de colère illumine mon esprit. Car enfin, selon les règles en vigueur dans le règne animal, le droit à l'accouplement se conquiert dans un combat sans merci au corps à corps, le vainqueur s'accouple tandis que le vaincu reste debout à l'écart. Mais moi, au bout du compte, je ne suis pas un cochon ordinaire, et Diao Xiaosan n'est pas un animal stupide, il devra certes y avoir un combat entre nous, mais l'heure n'est pas arrivée. Dans la porcherie du Verger des abricotiers, on peut déjà sentir l'odeur des truies en chaleur, mais elle n'est pas très forte, le moment des amours n'est pas encore venu, aussi je peux laisser Diao Xiaosan à ses émois.

Dans la pièce du générateur est suspendue une ampoule à incandescence de deux cents watts, ses rayons aveuglent, je n'ose la regarder. Je vois ce garnement de Ximen Jinlong assis sur les briques rouges qui pavent le sol, le dos appuyé contre le mur, ses longues jambes allongées droit devant lui, ses grands arpions nus posés l'un sur l'autre. L'huile qui goutte suite aux violentes vibrations du moteur diesel lui tombe sur les ongles des doigts et sur le cou-de-pied, on dirait du sang de chien épais et visqueux. Il a la chemise ouverte, laissant voir un gilet de corps pourpre. Il a les cheveux en bataille, les yeux injectés de sang, on le prendrait pour un fou avec son air féroce. À côté de lui se trouve une bouteille vert jade, l'étiquette indique qu'il s'agit du meilleur alcool que peuvent boire les habitants du canton de Dongbei : l'eau-de-vie de la marque Jingzhi. Cet alcool est fait avec du sorgho, il a le bouquet de la sauce de soja, il titre à soixante-deux degrés, sa force est celle d'un cheval fougueux à la crinière rouge, la plupart des gens tombent comme des mouches après deux verres. Ce n'est pas un alcool à leur portée, qu'ils peuvent consommer comme ça, à la légère. Le fait que Jinlong en boive est le signe de la souffrance qu'il ressent, il pense sans doute qu'en tombant ivre mort le tour sera joué, car je vois, couchée près de ses jambes, une bouteille vide, tandis que celle qu'il tient à la main est déjà bue à plus de la moitié. Avec cette quantité d'alcool brûlant dans le ventre, prompt à flamber, si le gars ne succombe pas, il devrait en rester à moitié idiot.

Mo Yan, ce petit drôle, se met au garde-à-vous à côté de Ximen Jinlong et dit en plissant ses petits yeux : « Grand frère Ximen, arrête de boire, c'est que le secrétaire Hong te demande pour te faire des remontrances !

– Le secrétaire Hong ? » Jinlong glisse un regard de mépris derrière ses yeux mi-clos. « Le secrétaire Hong, tu parles d'un pistolet ! Il me cherche pour me chapitrer, mais moi aussi je le cherche, et pour la même raison !

– Grand frère Jinlong, dit Mo Yan malintentionné, frère aîné Jiefang t'a surpris faisant la chose dans l'arbre avec sœur aînée Huzhu, ça l'a rendu fou immédiatement, une dizaine de petits gars costauds n'arrivaient même pas à le maîtriser, il a brisé entre ses dents un bâton en fer gros comme le doigt. Tu devrais aller le voir, après tout il s'agit de ton demi-frère.

– Mon demi-frère, qui peut se prétendre mon demi-frère ? Toi, tu l'es avec lui, oui !

– Frère aîné Jinlong, poursuit Mo Yan, que tu y ailles ou non, c'est ton affaire, en tout cas moi, j'ai fait la commission. »

Après avoir dit ce qu'il avait à dire, Mo Yan ne manifeste pas pour autant l'intention de partir. Il allonge un pied et fait venir la bouteille qui est à terre jusque devant lui, puis, d'un geste extrêmement prompt, il se penche et ramasse l'objet, plisse les yeux pour regarder dedans (devant lui ce doit être tout vert), il se verse dans la bouche l'alcool qui reste dans la bouteille, fait claquer sa langue avec bruit et se lance dans des éloges répétés : « L'alcool de Jingzhi, c'est du bon, il n'a pas volé sa réputation ! »

Jinlong lève la bouteille qu'il a dans la main, rejette la tête en arrière et déverse l'alcool dans son gosier, glou, glou, le parfum propre aux alcools forts se répand dans la pièce. Il lance la bouteille en direction de Mo Yan. Celui-ci lève celle qu'il tient dans la main. Les deux bouteilles se heurtent avec un bruit clair, les bris de verre tombent au sol, l'odeur d'alcool se fait plus forte dans la pièce. « Dégage ! rugit Jinlong. Putain, dégage ! » Mo Yan recule, recule encore. Jinlong attrape une chaussure près de lui, une clé à taraud et autres objets qu'il lance contre Mo Yan tout en l'injuriant : « Espèce de sale espion de rien du tout ! Dégage, et que je ne te voie plus ! » Mo Yan esquive les objets et marmonne : « Il est fou, l'autre n'est pas encore remis que celui-ci est devenu fou à son tour ! »

Jinlong se lève en chancelant, son corps se balance d'avant en arrière, comme un culbuto. Mo Yan franchit la porte d'un bond et atterrit dans la lumière de la lune qui inonde sa tête rasée, du coup celle-ci prend l'aspect d'une pastèque émeraude. Je me réfugie derrière un abricotier pour observer ces deux types singuliers. Je redoute que Jinlong ne se jette sur la courroie qui tourne à toute vitesse et ne soit transformé en pâté, mais rien de tel ne se passe. Il enjambe la courroie, puis repasse par-dessus dans l'autre sens tout en hurlant : « Cinglés… cinglés… Merde, on est tous cinglés ! » Il prend un balai dans un coin et le projette. Il lance aussi un seau en fer-blanc qui a contenu du gasoil. La forte odeur se répand dans le clair de lune et se mêle à la fragrance des fleurs de pêcher. Jinlong saute tout tordu jusqu'au

moteur diesel, baisse la tête, comme s'il voulait entamer une conversation avec le volant qui tourne à vive
allure. « Attention, fiston ! » crié-je pour moi-même, les
muscles de mon corps tendus à l'extrême, je suis prêt à
m'élancer à tout moment pour me porter à son secours.
Il garde la tête baissée, le bout de son nez semble
presque toucher la courroie qui tourne à toute vitesse.
« Fiston, attention, encore un centimètre et tu n'auras
plus de nez. » Mais ce tragique incident ne se produira
pas. Jinlong allonge un bras, il appuie sur le papillon
des gaz. Il l'enfonce à fond. Le moteur gueule comme
fait un homme dont on pince les testicules, la machine
vibre terriblement, des étincelles d'huile giclent en tous
sens, dans le collecteur une fumée noire déferle, l'écrou
fixé dans le socle en bois vibre, on a l'impression qu'il
va lâcher et s'envoler. En même temps, l'aiguille du
cadran du compteur électrique, qui indique la quantité
d'électricité produite, grimpe, dépasse vite le plafond,
l'ampoule puissante émet une lumière aveuglante, puis
il y a un bruit violent d'explosion, des morceaux de
verre brûlants volent dans toutes les directions, certains
vont s'écraser contre le mur, d'autres contre la char-
pente.

Je devais apprendre plus tard que toutes les ampoules
de la porcherie avaient explosé en même temps que
celle de la salle du générateur. Quand cette dernière
avait été plongée dans l'obscurité, ce fut le cas en même
temps de toutes les pièces de la porcherie qui étaient
éclairées. Je devais apprendre plus tard également que
Diao Xiaosan, qui était assis devant la porte de Folie de
papillon, prêt à prendre des libertés avec elle, effrayé
par le bruit de l'explosion, avait fourré le petit miroir
dans sa propre bouche, filé sans demander son reste
vers son box, et que sa silhouette fuyante faisait penser
à celle d'un chat sauvage dont le corps aurait été enduit
de graisse.

Le moteur diesel pousse quelques hurlements plus puissants encore avant de rendre l'âme. J'entends le bruit énorme que fait la courroie qui s'est rompue en allant fouetter le mur, mais j'entends aussi le hurlement de douleur que pousse Ximen Jinlong. Mon cœur s'arrête soudain de battre... Tout est fini ! Je me dis : « Ximen Jinlong, fiston, il y a neuf chances sur dix pour que ta petite vie soit anéantie ! »

Les ténèbres peu à peu se dissipent, le clair de lune entre dans la pièce. Je vois alors Mo Yan, lequel, effrayé par l'explosion, s'est jeté à terre, il a le derrière en l'air, comme fait l'autruche pensant à protéger sa tête mais pas le reste de son corps. À présent, il se relève lentement. Ce petit drôle est curieux et poltron tout à la fois, propre à rien et obstiné, stupide et rusé, il est incapable d'une bonne action qui lui permettrait de laisser son nom à la postérité, pas plus qu'il ne peut accomplir d'actes à sensation les plus abominables, il sera toujours un personnage qui cherche les histoires et s'attirera des récriminations. Je connais toutes ses infamies, je l'ai percé à jour. Ce petit drôle, dis-je, se relève, tel un loup craintif, et se glisse dans la pièce du générateur éclairée par la lune. Je vois Ximen Jinlong gisant couché de travers sur le côté à même le sol, son corps est quadrillé par le clair de lune passant au travers des petits-bois de la fenêtre, on dirait un cadavre déchiqueté par un obus. Un rayon de lune éclaire son visage et aussi ses cheveux hirsutes, quelques filets de sang bleuté brillent, comme des mille-pattes, ils descendent de la racine des cheveux jusque sur son visage. Ce petit drôle de Mo Yan se penche, la bouche ouverte, il avance deux doigts noirs comme une queue de cochon, touche le sang, met les doigts devant ses yeux, regarde, puis les met sous son nez, renifle, enfin il allonge la langue pour goûter. Que compte-t-il faire, ce petit drôle ? Il a un comportement étrange, incompréhensible, même moi, un cochon dont l'intelligence est bien au-dessus du lot, je n'arrive pas à deviner ce qu'il a dans la tête. Comme s'il pouvait, en regardant, en sentant, en goûtant le sang de Ximen Jinlong, donner un pronostic vital ! À moins qu'il n'essaie, par ces moyens complexes, de juger si ce qu'il a sur les doigts est vraiment du sang ou de la peinture rouge ? Alors que ses façons bizarres me mènent à des divagations de toutes sortes, ce petit drôle, comme s'il sortait d'un rêve, pousse un cri de frayeur, fait un bond sur place, puis s'ensuit un hurlement strident, alors il sort en courant de la salle du générateur et il crie, presque avec jubilation :

« Venez vite voir, venez vite, Ximen Jinlong est mort !... »

Peut-être m'a-t-il remarqué, caché tant bien que mal derrière mon abricotier, ou peut-être ne m'a-t-il pas vu du tout. Sous la lune, l'arbre et les fleurs chamarrées éblouissent de clarté. La mort soudaine de Ximen Jinlong est peut-être la nouvelle la plus importante qu'il ait connue de toute sa vie, nouvelle qu'il a été le premier à découvrir et qui mérite le plus d'être ébruitée. Il ne condescend pas à en informer les abricotiers. Il braille tout en courant, en chemin il glisse sur une merde de cochon et tombe la face contre terre. Je le suis. Comparé à lui et à sa démarche maladroite, je suis un maître ès cape et épée, capable de courir très vite.

Les gens, en entendant tout ce bruit, sortent de la pièce, le clair de lune leur fait le teint verdâtre. On n'entend plus les cris de Jiefang, ce qui prouve que le remède l'a assommé. Baofeng appuie un coton imbibé d'alcool contre sa propre joue, sur la plaie faite juste avant par les morceaux de l'ampoule qui a explosé. La blessure, une fois guérie, lui laissera d'ailleurs une vague cicatrice blanche, un souvenir de cette nuit de confusion totale.

Les gens suivent Mo Yan, certains en trébuchant, d'autres en marchant tout bancals, d'autres encore sont affolés, en résumé c'est une foule désordonnée qui court vers la salle des machines. Mo Yan est en tête, tout en courant, il tourne la tête pour décrire avec force exagération et ostentation la scène qu'il a vue. Je remarque que tous ceux qui sont là, qu'ils aient ou non des liens de parenté avec Ximen Jinlong, ont en aversion ce bavard incorrigible. Ferme ta sale gueule ! Je fais quelques pas en avant avec la rapidité de l'éclair et vais me cacher derrière un arbre, avec mon groin je déterre un morceau de tuile, comme il est trop gros, je le casse en deux entre mes dents, je le coince dans les fentes de mon sabot de devant droit, je prends appui de toutes mes forces sur mes pattes de derrière et me retrouve debout, comme un être humain, puis je vise avec précision le visage luisant, comme enduit d'une couche d'huile d'aleurite, de Mo Yan, je me projette en avant pour que mon sabot de devant soit soumis à une force d'inertie, alors, profitant de la situation, je lance mon morceau de tuile. Mais j'ai oublié de compter avec la force d'anticipation, le morceau n'atteint pas le visage de Mo Yan mais le front de Yingchun.

C'est vraiment une illustration du proverbe : « C'est toujours quand le toit fuit que la pluie tombe d'affilée », ou bien de celui-ci : « La belette ne mord que les canards malades. » Le bruit de la tuile heurtant le front de Yingchun me fait grelotter intérieurement, l'espace d'un instant la mémoire des temps anciens est activée : « Yingchun, ma chère épouse ! Ce soir, tu es la personne la plus malheureuse au monde. De tes deux fils, l'un est devenu fou, l'autre est mort, ta fille aussi a été blessée au visage et, pour tout arranger, tu as reçu ce coup violent venant de moi ! »

Je suis terriblement peiné, je pousse un long hurlement. Je pique mon groin dans le sol, je suis en proie à des remords, j'aurais dû broyer en morceaux cette tuile. Comme en un de ces accélérés si fréquents dans les films, je vois le cri atroce poussé par Yingchun danser tel un serpent dans la lumière de la lune, tandis que le corps de mon épouse, comme s'il était en ouate, s'abat à la renverse. N'allez pas penser que, étant donné ma condition de cochon, je ne comprends rien aux techniques de l'accéléré, tu parles, à notre époque, qui ne pourrait être metteur en scène ! Suffit de s'équiper d'un filtre, le tournage en accéléré se résume à pousser, tirer, prendre en panoramique, en gros plan, changer de fond ; quand le morceau de tuile vient heurter le front de Yingchun, il se brise en plusieurs éclats qui s'envolent dans des directions différentes, puis des gouttes de sang giclent. Bouge l'objectif, montre les gens bouche bée, le regard atterré… Yingchun est allongée sur le sol. « Maman ! » Ce cri vient de la bouche de Ximen Baofeng. Elle ne se soucie pas de sa propre blessure, le coton, tout aplati d'avoir été pressé, tombe à terre. Elle s'agenouille à côté de Yingchun, la trousse tombe également. De son bras droit elle entoure le cou de sa mère pour regarder la blessure que cette dernière a à la tête. « Maman, ô maman, qu'est-ce qui t'est arrivé ?… »

« Qui a fait ça ? » Hong Taiyue rugit de colère, il se rue en direction de l'endroit d'où est parti le morceau de tuile. Je n'esquive pas, et pourtant j'aurais pu tout à fait disparaître en un clin d'œil et sans laisser de traces. Ce coup-là, je me montre vraiment stupide, mais, bien que mon geste soit parti au départ d'une bonne intention, je suis prêt à en supporter le châtiment. Si Hong Taiyue prend l'initiative de fouiller les lieux pour arrêter le salaud qui a lancé la tuile, blessant autrui, ce n'est pourtant pas lui qui court le premier jusqu'à l'abricotier et me voit caché derrière. Il est déjà vieux, ses articulations sont rouillées, il a perdu agilité et rapidité. Celui qui bondit jusqu'à l'arbre, c'est, comme toujours, ce détestable Mo Yan, son corps leste comme celui d'un chat et sa curiosité quasi maladive s'accordent admirablement. « C'est lui ! » Il claironne sa découverte, heureux et surpris, à ceux qui se pressent derrière. Je suis assis tout raide, un grognement étouffé sort de ma gorge, j'entends par là montrer mes remords et dire que je suis prêt à accepter la punition. Je vois l'expression de perplexité qui marque les visages éclairés par la lune. « J'ose affirmer que c'est lui qui a fait le coup ! dit Mo Yan aux présents. Je l'ai même vu une fois de mes yeux se servir d'un bout de branche coincé entre ses doigts pour tracer des mots sur le sol ! » Hong Taiyue donne une violente tape sur l'épaule de Mo Yan et dit sur un ton moqueur :

« Le gars, tu l'aurais pas vu par hasard tenir un canif entre les doigts de son sabot et graver un sceau pour ton père, en style sigillaire de fleurs de prunus ? »

Mo Yan, incapable de prendre la température des choses, veut encore discutailler pour se justifier quand le troisième frère Sun, tel un chien qui aboie profitant de la puissance de son maître, se rue en avant et, lui tordant l'oreille, le pousse au derrière à l'aide de son genou jusqu'à ce qu'il se retrouve à l'écart, alors il lui dit tout bas :

« Le gars, ferme ton bec ! »

– Comment a-t-on pu laisser sortir ce cochon ? dit Hong Taiyue, mécontent, en guise de réprimande. Qui est chargé de nourrir les cochons ? Quel manque de responsabilité, il faudra retirer des points-travail ! »

Ximen née Bai, se balançant sur ses pieds bandés, comme si elle exécutait la danse du repiquage du riz, arrive en courant dans le sentier pavé de clair de lune. Les pétales de fleurs d'abricotier sont soulevés du sol par ses petits pieds, on dirait de légers flocons de neige. Les souvenirs déposés au profond de ma conscience, telle la vase au fond de l'eau, s'agitent, troubles, je sens par accès une douleur déchirante au cœur.

« Qu'on ramène le cochon dans son enclos ! C'est trop fort, oui, trop fort ! » rugit Hong Taiyue d'une voix grasse en toussant, puis il se dirige vers la salle du générateur.

Je me dis que l'inquiétude qu'elle éprouve pour son fils a dû faire revenir rapidement Yingchun à elle. Elle se débat pour se relever. « Maman, ô maman… », lance Baofeng, un bras autour du cou de Yingchun, tandis que, de l'autre main, elle ouvre la trousse de secours. Huzhu, qui a deviné ses intentions, impassible, lui tend avec la pince un coton imbibé d'alcool. « Mon Jinlong… » D'un coup de coude Yingchun écarte Baofeng et, s'appuyant d'une main sur le sol, elle se met debout avec des gestes violents, son corps oscille, elle éprouve manifestement des vertiges, pleurant et criant le nom de Jinlong, elle se rue en chancelant vers la salle des machines.

La première personne à y faire irruption n'est ni Hong Taiyue ni Yingchun, mais Huzhu, tandis que la seconde est Mo Yan. Bien que le troisième frère Sun l'ait emmené à l'écart pour lui infliger quelque correction corporelle, bien que Hong Taiyue l'ait tourné en dérision, lui, comme si de rien n'était, après s'être dégagé de la poigne de fer de Sun le Léopard, file comme l'éclair et entre d'un bond dans la pièce, juste derrière Huang Huzhu. Je sais que ce soir, si Hezuo est en fait victime d'une profonde injustice, Huzhu doit faire face à une situation embarrassante. Son libertinage avec Jinlong dans le vieil abricotier tout tordu a provoqué cet accès de démence chez Jiefang. Faire l'amour dans la couronne d'un abricotier dont les fleurs à foison font penser à du coton était au départ une belle chose, riche de suggestion, mais à cause de l'intervention intempestive de ce détestable Mo Yan l'affaire a mal tourné. Les méfaits de ce type-là sont nombreux dans tout le canton de Dongbei, c'est quelqu'un qu'on déteste dès qu'on le voit, et lui qui s'imagine être un brave petit gars que tout le monde adore !

Les gens font irruption dans la salle des machines éclairée par la lune, on dirait des grenouilles sautant dans un étang calme et resplendissant avec un bruit sonore à faire se briser en miettes les plus beaux jades. À la vue de Jinlong allongé par terre, le front ensanglanté, Huang Huzhu, transportée par sa passion, par la douleur, en oublie sur l'heure toute honte et toute retenue, comme ferait une tigresse pour protéger son petit, elle se jette sur le corps de son ami...

« Il a bu deux bouteilles d'eau-de-vie de Jingzhi, dit Mo Yan en désignant les bris des bouteilles sur le sol, puis il a appuyé à fond sur le papillon des gaz, paf ! l'ampoule a explosé. » Au milieu de la forte odeur de l'alcool et de celle non moins forte du gasoil, Mo Yan parle avec force gestes d'un air comique, on dirait un clown. « Qu'on le sorte ! » rugit Hong Taiyue, sa voix a le timbre d'un gong brisé. Sun le Léopard saisit le petit drôle par le cou et le fait sortir de la pièce, les pieds touchant à peine le sol. Et lui d'y aller encore de ses commentaires, comme si ne pas raconter ce qu'il a vu risquait de le faire mourir d'étouffement. Dites-moi voir un peu comment le canton de Dongbei, cette terre bénie qui a produit tant de héros, a bien pu voir naître un enfant aussi mauvais ? « Puis pan ! Avec un bruit étouffé la courroie s'est cassée. » Malgré Sun le Léopard qui le serre par le cou, Mo Yan n'en oublie pas pour autant d'ajouter force détails : « Elle s'est cassée à l'interface, selon moi. C'est sûrement la chaîne de l'interface qui l'a frappé à la tête. À ce moment-là, le diesel s'est emballé, il tournait à la vitesse de huit mille tours-seconde, la puissance développée était immense, que sa cervelle n'ait pas volé en éclats sous le coup,

c'est une chance inouïe dans ce grand malheur ! »
Écoutez-moi ça, il parle comme un livre, on dirait un
de ces lettrés de campagne repu d'ouvrages classiques.
« Je t'en foutrai, moi, une "chance inouïe" ! » Sun le
Léopard, dont le bras a une force surhumaine, soulève
Mo Yan et le jette avec force devant lui. Et même pen-
dant ce court vol plané l'autre n'a de cesse de jacasser.

Mo Yan atterrit devant moi. Je me dis que le type a dû
se briser en morceaux dans la chute, qui aurait cru
qu'après une roulade il se retrouverait assis ? Il lâche un
pet aussi long que malodorant, là, juste devant moi, ce
qui m'importune au plus haut point. Il crie dans le dos
de Sun le Léopard : « Sun le Troisième, ne va pas croire
que c'est un tissu de mensonges de ma part. Ce dont je
parle, je l'ai vu de mes propres yeux, et si j'ai un peu
brodé, cela reste dans une très faible proportion. »
Comme le troisième frère Sun ne prête même pas attention à lui, il se retourne et me dit : « Zhu le Seizième,
selon toi j'ai dit la vérité ? Ne fais pas l'idiot, je sais pertinemment que tu es un esprit de cochon, sauf parler le
langage des humains, tu sais tout faire. Le secrétaire dit
que tu peux graver un sceau en signes sigillaires, j'ai
compris qu'il a dit ça pour se railler de moi, mais je sais,
moi, que ce ne serait pas une difficulté pour toi, et que si
on te donnait les outils pour le faire, je suis sûr que tu
serais capable de réparer une montre. Je t'ai repéré
depuis longtemps. Quand j'étais de garde à la grande
brigade, j'ai découvert tes talents, et si chaque soir je
lisais à haute voix la *Gazette de référence*, c'était à ton
intention. Nous sommes tous les deux de vieux amis qui
s'entendent bien. Je sais par ailleurs que tu étais un être
humain dans une vie antérieure, que tu es lié aux gens du
village de Ximen par de multiples attaches. N'ai-je pas
raison ? Si oui, approuve de la tête. » Je regarde l'expression rusée imprimée sur son petit visage sale et qui laisse
à penser qu'il a tout percé à jour. Je réfléchis in petto : il

ne faut absolument pas laisser ce petit drôle parler à tort et à travers. Les murs ont des oreilles. Si les habitants du village venaient à connaître ma vie et ses secrets, alors cela risquerait de n'être plus drôle du tout. Je pousse des grognements et, profitant de son inattention, je le mords soudain au ventre. (Je ménage une certaine marge, je ne voudrais pas porter atteinte à sa vie.) J'ai le pressentiment que ce petit drôle aura du poids dans le canton de Dongbei, si la morsure est mortelle, avec le roi des enfers je ne m'en tirerai pas à bon compte (si je le mords trop fort, je vais broyer ses intestins). Je l'ai mordu assez légèrement au travers de sa chemise qui sent la sueur, pour ne laisser que la marque sanguinolente de quatre dents sur la peau de son ventre. Il pousse un cri de douleur, me prenant au dépourvu, il m'égratigne les yeux, puis se débat pour se dégager et file. En fait j'ai sciemment relâché mon étreinte, sinon comment aurait-il pu se déprendre ? Il m'a mis le doigt dans l'œil, mes larmes coulent à flots. Dans un brouillard, je le vois s'enfuir affolé à une dizaine de mètres de moi, soulever sa veste pour regarder sa blessure. Je l'entends grommeler des injures à mon adresse : « Zhu le Seizième, espèce d'individu sournois, perfide, ainsi tu oses me mordre, moi, ton aîné. Un jour tu sauras de quel bois je me chauffe. » Je ris subrepticement. Je vois ce petit drôle saisir quelques poignées de terre à laquelle sont mêlés des pétales de fleurs d'abricot et se les mettre sur le ventre. Il marmonne : « La terre, c'est de la terramycine, les fleurs, c'est pour le cœur, cela va combattre l'inflammation, désintoxiquer, oh ! Ça va aller ! » Puis il replace le pan de son vêtement, comme si de rien n'était, il file vers la pièce du générateur. À ce moment-là, dame Bai, se traînant plus qu'elle ne marche, arrive devant moi. Je vois son visage mouillé de sueur, je l'entends dire, tout essoufflée :

« Zhu le Seizième, ah, Zhu le Seizième, comment se fait-il que tu te sois sauvé ? »

Elle ajoute en tapotant ma tête : « Il faut être obéissant, rentre dans ton nid, à cause de ta fugue le secrétaire Hong m'en veut. Tu le sais, je suis femme de propriétaire terrien, mon origine de classe n'est pas bonne, c'était une marque de sollicitude de sa part que de m'avoir affectée à ta nourriture, alors il ne faut à aucun prix faire tomber le malheur sur moi… »

Me voilà en proie à des sentiments plus embrouillés qu'une pelote de chanvre, paf, paf, mes larmes tombent sur le sol avec bruit.

« Mais tu pleures, Zhu le Seizième ? » Elle a l'air un peu surprise, mais elle est surtout affligée, elle caresse mes oreilles, rejette la tête en arrière et dit, comme si elle s'adressait à la lune : « Mon mari, avec la mort de Jinlong notre clan, celui des Ximen, est complètement anéanti… »

Mais, bien sûr, Jinlong n'est pas mort, sinon la pièce serait terminée. Il reprend connaissance sous les soins prodigués par Baofeng, puis il pleure, tempête, saute en tous sens, ses yeux sont comme du sang, il ne reconnaît pas ses proches. « Je ne veux plus vivre, non, je ne veux plus vivre… » Il se griffe la poitrine. « Je suis mal, maman, je suis vraiment trop mal… » Hong Taiyue s'avance, le saisit par les épaules, le secoue, il rugit de colère. « Jinlong ! Ça rime à quoi ! Tu parles d'un communiste ! D'un secrétaire de cellule ! Vraiment, tu me déçois ! J'ai honte pour toi ! » Yingchun se précipite, écarte la main de Hong Taiyue, se met devant Jinlong pour le protéger et hurle à l'adresse du secrétaire : « Je t'interdis de traiter mon fils de cette façon-là ! », puis elle se détourne, prend dans ses bras Jinlong qui a une bonne tête de plus qu'elle et, lui caressant le visage, elle dit dans un chuchotis : « Mon brave petit, n'aie pas peur, maman est là, maman te protège… » Huang Tong secoue la tête en signe de désapprobation, son regard fuit celui des présents, il sort de la pièce en rasant le mur, appuyé contre le bâtiment, avec des gestes experts il se roule une cigarette dans du papier blanc. Dans le court instant où il craque une allumette et allume sa cigarette, je vois la barbe jaunâtre tout emmêlée de ce petit homme.

Jinlong repousse Yingchun et ceux qui s'avancent pour l'empêcher de passer, franchit la porte de biais, se rue à l'extérieur, le clair de lune, comme une tenture en gaze bleu ciel, s'enroule autour de ses bras, donnant du moelleux à sa chute. Il tombe sur le sol, là, comme fait un âne après le labeur, il se roule. « Maman, je me sens vraiment trop mal, encore deux bouteilles, allez, deux bouteilles, deux…

– Il est dingo ou bien il a trop bu ? » demande le secrétaire Hong d'une voix sévère à Baofeng. Les coins de la bouche de cette dernière frémissent, elle dit, tandis qu'apparaît sur son visage quelque chose qui ressemble à un ricanement : « Il doit être ivre. » Hong Taiyue regarde Yingchun, Huang Tong, Qiuxiang, Hezuo, Huzhu… et il secoue la tête d'impuissance, comme fait le plus faible des pères, il soupire longuement et dit : « C'est vraiment une honte ! » Sur quoi il part d'un pas chancelant. Il ne prend pas le petit sentier menant au village, mais il coupe de biais par le bois d'abricotiers, sur le sol jonché de pétales de fleur, il laisse l'empreinte bleu clair de ses pas.

Jinlong continue son numéro, il fait des roulades comme un âne. Wu Qiuxiang jacasse : « Qu'on aille vite chercher un peu de vinaigre pour lui en faire boire. Hezuo, hé, Hezuo, rentre à la maison chercher du vinaigre. » Hezuo a enserré de ses bras un abricotier, le visage collé contre l'écorce de l'arbre elle semble faire partie du tronc. « Huzhu, Huzhu, vas-y ! », mais la silhouette de Huzhu s'est déjà fondue au loin dans le clair de lune. Après le départ de Hong Taiyue, un grand nombre de personnes se sont dispersées, même Baofeng s'en est allée, sa trousse au dos. Yingchun crie : « Hé, Baofeng, fais une piqûre à ton frère, ses organes vitaux vont être brûlés par l'alcool !…

— Voilà du vinaigre, voilà du vinaigre ! » Mo Yan arrive comme l'éclair, portant une bouteille de vinaigre. Il court drôlement vite. Il fait vraiment du zèle. Ce gaillard exagère en toute chose, il s'adresse à l'assemblée comme s'il faisait ses propres louanges : « J'ai frappé à la porte du petit magasin, ce connard de Liu Zhongguang voulait que je paie comptant, j'ai dit : "C'est pour le secrétaire Hong, t'auras qu'à le mettre sur son ardoise." Sans hésiter, il m'a rempli une bouteille… »

Ce n'est pas chose aisée pour le troisième frère Sun que de maintenir Jinlong qui roule à terre en tous sens. Ce dernier donne des coups de pied, mord, sa force furieuse n'est pas inférieure à celle que déployait Jiefang peu avant. Qiuxiang lui fourre le goulot de la bouteille dans la bouche et laisse couler le contenu. Un son bizarre sort de sa gorge, comme celui que peut pousser un coq qui aurait avalé par mégarde un serpent venimeux, ses yeux se révulsent, on ne voit plus que le blanc, le clair de lune permet de distinguer cela très nettement. « Espèce de sans-cœur, tu as tué mon fils avec ton vinaigre… », crie Yingchun en pleurs. Huang Tong donne des tapes dans le dos de Jinlong. Un liquide aigrelet et dont la puanteur vous prend aux narines jaillit de la bouche et du nez de ce dernier…

Chapitre vingt-huitième

Hezuo à contrecœur épouse Jiefang.
Huzhu consentante s'unit à Jinlong.

Deux mois ont passé, non seulement Lan Jiefang et Ximen Jinlong ne sont pas guéris de leurs folies respectives, mais les deux sœurs Huang présentent elles aussi quelques signes de déséquilibre mental. Pour reprendre ce qu'en écrit Mo Yan dans son récit, toi, Lan Jiefang, tu es vraiment fou, Ximen Jinlong, lui, fait semblant de l'être. Feindre la folie, c'est se voiler la face avec un morceau de tissu rouge, toutes les infamies s'en trouvent dissimulées d'un coup. Il est fou, alors que peut-on dire ? Nous sommes à une époque où la porcherie du village de Ximen jouit d'une large renommée. Le district veut profiter d'un moment de répit avant les moissons pour organiser une nouvelle manifestation d'étude de l'expérience du village dans l'élevage des cochons, assortie d'une visite sur place. Y participeront aussi des gens venant d'autres districts. En un moment aussi crucial, la folie de Jinlong et de Jiefang prive Hong Taiyue de son bras gauche et de son bras droit.

Le comité révolutionnaire de la commune téléphone pour annoncer que le service logistique de la région militaire va envoyer également une délégation en visite d'étude et que des dirigeants de la région et du district

503

l'accompagneront en personne. Hong Taiyue convoque les gens importants du village pour discuter des mesures à prendre. Mo Yan, dans son récit, décrit Hong Taiyue avec sa bouche pleine de cloques et ses yeux injectés de sang. Il raconte aussi que toi, Lan Jiefang, es allongé sur le kang, les yeux fixes tu sanglotes sans cesse, comme un crocodile à qui on aurait coupé le nerf encéphalique, tes larmes sont aussi troubles que l'eau distillée sur le bord de la marmite servant à faire cuire la nourriture pour les cochons. Dans l'autre pièce Jinlong est assis, hébété, on dirait un poulet sauvé après avoir ingéré de l'arsenic, quand il voit quelqu'un s'approcher, il relève la tête et sa bouche se fend en un sourire niais.

Toujours selon ce qu'en dit Mo Yan dans son récit, alors que les personnalités de la grande brigade du village sont toutes plus abattues les unes que les autres et à court de stratégie, lui-même entre dans la salle de réunion avec un plan bien arrêté. On ne peut pas trop se fier à ce qu'il raconte, quant à ce qu'il écrit dans ses romans, c'est encore plus nébuleux, chimérique, cela peut tout juste servir de documents à titre consultatif.

Mo Yan raconte que, à peine a-t-il mis le pied dans la salle de réunion, Huang Tong l'en chasse. Non seulement il ne s'en va pas, mais, d'un bond, il se retrouve assis sur le bord de la table, laissant se balancer dans le vide ses deux petites quilles, pareilles à des luffas. À ce moment-là, Sun le Léopard, qui a déjà été promu chef de la milice et responsable de la sécurité publique, s'avance et le saisit par l'oreille. Hong Taiyue agite la main pour signifier à Sun le Léopard de le lâcher.

« Mon vieux, seriez-vous pris de folie, vous aussi ? demande Hong Taiyue sur un ton persifleur. La géomancie de notre village de Ximen serait-elle si spéciale qu'elle nous aurait donné un personnage éminent comme vous ?

– Je ne suis pas fou, écrit Mo Yan dans son tristement célèbre *Récit de l'élevage de cochons*, mes nerfs sont aussi tenaces et aussi costauds que des vrilles qui ne se rompraient pas quand bien même une dizaine de calebasses y seraient suspendues à faire de la balançoire. Aussi le monde entier peut bien être pris de folie, à moi cela n'arrivera pas », écrit-il, et de poursuivre : « J'enchaîne avec humour : "Mais vos deux grands généraux, eux, sont fous et je sais que cela vous tracasse, vous êtes tous là à vous gratter la tête en signe d'embarras, comme une bande de singes aux abois dans un puits.

– C'est exact, nous sommes effectivement sur des charbons ardents à cause de cette affaire, dit Hong Taiyue (toujours selon Mo Yan), nous ne sommes même pas ces singes dont tu parles, mais des ânes tombés dans un bourbier. Quel tour avez-vous dans votre sac, monsieur Mo Yan ? »

Et Mo Yan de poursuivre son récit :

Hong Taiyue salue, les deux mains serrées en poing, comme ces personnages éclairés, dans les romans anciens, qui s'inclinent devant les sages et méprisent les lettrés, sauf que lui, il le fait sur le mode de la raillerie et de la moquerie. La meilleure façon de faire face à une telle posture est de jouer les imbéciles pour que son trait d'esprit revienne à gratter du luth devant un bœuf ou chanter devant un singe. J'allonge un doigt et compte les poches sur la veste d'uniforme de Hong Taiyue, veste dont jamais il ne change et qui ne passe jamais au lavage au fil des saisons.

« Quoi ? » Hong Taiyue baisse la tête et regarde sa veste. « Cigarette, dis-je. Les cigarettes dans la poche de ta veste, celles de la marque Ambre. » Actuellement, un paquet de cette marque vaut trente-neuf centimes, il est aussi coté qu'un paquet de Daqianmen et ne fait même pas partie de l'ordinaire d'un secrétaire de commune populaire. Hong Taiyue, bon gré mal gré, sort le paquet et prend une cigarette.

« Espèce de petit garnement, aurais-tu le don de seconde vue ? En ce cas, te laisser moisir dans notre village de Ximen, c'est vraiment laisser tes talents mal employés. » Je tire sur ma cigarette, jouant les fumeurs expérimentés, je crache trois ronds de fumée, une colonne, puis je dis : « Je sais que vous me méprisez tous, vous me prenez pour un petit merdeux qui n'a pas encore jeté sa gourme, mais j'ai dix-huit ans, je suis un adulte déjà, c'est vrai, je suis de petite taille, j'ai un visage poupin, mais pour l'intelligence personne dans le village de Ximen ne peut se mesurer à moi !

– Vraiment ? » Hong Taiyue en riant jette un regard à la ronde. « J'ignorais que tu avais déjà dix-huit ans, et je savais encore moins que tu avais une intelligence hors du commun. » Et tous de partir d'un rire moqueur. Je fume ma cigarette et parle avec eux de façon méthodique, la maladie de Jinlong et de Jiefang est la maladie d'amour, aucun médicament ne peut y remédier, elle ne peut être conjurée que par une méthode ancienne, c'est-à-dire par le mariage, celui de Jinlong avec Huzhu et celui de Jiefang avec Hezuo, ce que l'expression populaire entend par « purger les humeurs par une grande joie ».

L'idée de vous marier le même jour, vous, les deux frères aux jumelles de la famille Huang, est-elle bien venue de Mo Yan ? Nul besoin de chicaner sur ce point. Mais votre cérémonie de mariage devait bien avoir lieu le même jour, et j'en ai vu moi-même le déroulement.

Bien que tout ait été organisé à la hâte, Hong Taiyue a pris personnellement les choses en main, il a traité cette affaire privée comme une affaire publique et mobilisé les femmes les plus expertes du village pour le seconder, aussi ce mariage devrait-il être célébré en grande pompe et dans la liesse générale.

La date a été fixée au seizième jour du quatrième mois du calendrier lunaire de la même année, jour de la pleine lune.

Une lune énorme, basse sur l'horizon, s'attarde dans le Verger des abricotiers, on dirait qu'elle est venue tout spécialement pour participer au mariage. Les flèches à plumes sur la lune ont été lancées dans la haute Antiquité par un homme dont la femme était devenue folle. Quelques petits drapeaux avec des étoiles ont été plantés par les cosmonautes américains. Sans doute pour célébrer vos unions, à la porcherie on a amélioré l'ordinaire des cochons : aux feuilles de patates douces qui exhalent une odeur de lie d'alcool on a ajouté de la farine faite de brisures de sorgho et de soja noir. Les cochons, après avoir mangé leur content, ont la panse bien pleine, le cœur léger, certains dorment couchés dans un coin, d'autres chantent sur le faîte du mur. Et Diao Xiaosan ? Je prends appui subrepticement sur le mur et pour me mettre debout et jeter un œil dans son enclos, je constate que le type a encastré le petit miroir dans le mur, il tient coincé dans son sabot droit un demi-peigne en plastique rouge qu'il a trouvé allez savoir où, il peigne les soies de son cou. Le type a bien meilleure apparence depuis quelque temps, ses joues se sont étoffées, faisant paraître son groin plus court, sa face hideuse s'est améliorée quelque peu. Le peigne au contact de sa peau rude produit un bruit insupportable, de plus des morceaux de peau, pareils à du son, flottent dans le clair de lune, comme ces « insectes de neige » en automne dans la péninsule japonaise d'Izu. Le gars, tout en se peignant, grimace devant le petit miroir, cette façon de se rengorger indique qu'il est amoureux. Mais j'affirme qu'il s'agit d'un amour non partagé, non seulement Folie de papillon qui est jeune et jolie ne risquerait

507

pas de jeter son dévolu sur lui, mais même une vieille truie qui aurait mis bas plusieurs portées ne s'intéresserait pas à lui. Diao Xiaosan m'aperçoit dans son petit miroir alors que je l'épie, il pousse un grognement et, sans tourner la tête vers moi, me dit :

« Le gars, pas besoin de regarder ! Tout être humain a envie d'être beau, et c'est la même chose pour les cochons. Je me pomponne, et je le fais au grand jour, alors pourquoi j'aurais peur de toi ?

– Si vous arrachiez ces deux crocs qui dépassent de vos lèvres, vous seriez encore plus beau, dis-je avec un sourire ironique.

– Ça, c'est impossible, répond gravement Diao Xiaosan. Bien que ces dents soient longues, il n'en reste pas moins qu'elles m'ont été données par mes parents, je n'oserais jamais les abîmer, là commence la piété filiale. Cette règle morale en cours chez les humains s'applique aussi aux cochons. Et s'il y avait des truies qui aimaient mes deux crocs, hein ? »

Diao Xiaosan a beaucoup d'expérience, il a vu le monde, a de vastes connaissances et un grand talent oratoire, je ne gagnerai rien à une prise de bec avec lui. Je me retire penaud, j'ai un renvoi, un drôle de goût dans la bouche. Je me dresse en m'aidant de mes pattes de devant appuyées à une branche et j'ouvre la bouche pour cueillir quelques abricots à demi mûrs que je mâche, la salive emplit ma bouche, j'ai une sensation d'acidité au niveau du collet des dents et de sucré sur la langue. La vue de ces fruits en abondance faisant ployer les branches accroît soudain mon sentiment de supériorité. Dans une petite quinzaine, quand les abricots seront mûrs, toi, Diao Xiaosan, tu ne pourras qu'en sentir le parfum, et la gourmandise taraudera le bâtard que tu es.

Après avoir mangé les abricots verts, je me couche pour entretenir mes forces tout en réfléchissant. Le temps file, insensiblement la saison des moissons du blé approche. Le vent du sud est omniprésent, les végétaux poussent avec exubérance, c'est la bonne saison des amours. L'air est plein de l'odeur des truies en chaleur. Je sais qu'ils ont sélectionné trente truies jeunes et robustes, bien sous tous rapports, pour la reproduction. Elles ont chacune leur enclos et la proportion d'aliments sélectionnés dans leur nourriture a été grandement augmentée. Leur peau devient chaque jour plus lustrée, leur regard plus lascif, la grande opération des accouplements va bientôt être lancée. Je connais parfaitement le statut qui est le mien dans la porcherie. Dans cette grande représentation, je serai le personnage principal, Diao Xiaosan le second. Il n'entrera en scène que lorsque je serai épuisé. Mais ceux qui s'occupent de nous ignorent que Diao Xiaosan et moi ne sommes pas des cochons ordinaires. Nous avons une capacité de réflexion très élaborée et des aptitudes physiques au-dessus du commun, nous sautons pardessus les murs comme si nous marchions sur un terrain plat. Pendant la nuit, quand nous restons sans surveillance, j'ai autant d'occasions que mon compère de m'accoupler. Cependant il faut respecter les règles en vigueur dans le règne animal, avant de m'accoupler, il me faut infliger une défaite à mon rival. Tout d'abord pour faire comprendre aux truies qu'elles m'appartiennent toutes, et puis pour réduire à néant la vitalité et le mental de Diao Xiaosan, afin de le rendre impuissant à la vue d'une femelle.

Comme je suis à réfléchir à la question, une lune énorme se repose au sud-est, au-dessus du vieil abricotier tout tordu. Tu sais que c'est un arbre des plus romantiques. Alors que les fleurs des abricotiers se paraient de leurs plus belles couleurs, Ximen Jinlong y a fait l'amour avec Huang Huzhu et Huang Hezuo, actes qui ont eu de lourdes conséquences. Mais toute chose a deux aspects. Si cette fantaisie a conduit à ta folie, elle a aussi provoqué cette opulence de fruits, inhabituelle, de l'abricotier. Cet arbre, qui depuis de nombreuses années ne produisait plus que quelques fruits symboliques, ploie aujourd'hui sous le poids des branches qui touchent presque le sol. Pour éviter qu'elles ne cassent, Hong Taiyue a ordonné qu'on les étaie. La plupart des abricotiers ne sont mûrs que passé la moisson des blés, mais cet arbre produit une espèce particulière, ses fruits sont déjà brillants, tout dorés, et leur parfum chatouille les narines. Pour préserver les abricots, Hong Taiyue a demandé à Sun le Léopard d'envoyer des miliciens monter la garde jour et nuit. Ces derniers patrouillent aux alentours, le fusil dans le dos. Sun le Léopard a donné l'ordre de tirer sur quiconque osera voler des abricots, en cas de mort d'homme il n'y aura pas de sanction. Certes, j'ai l'eau à la bouche rien qu'à la vue des fruits qui couvrent cet arbre romantique, mais je n'ose pas pour autant prendre de risques.

Si les fusils déchargeaient sur moi leur grenaille, ce ne serait pas une mince affaire. Ce que j'ai vécu il y a bien longtemps, je ne l'ai pas oublié, je continue à être pris d'épouvante à la vue de ce genre de pétoires. Diao Xiaosan, qui a plus d'un tour dans son sac, bien naturellement ne se risque pas, lui non plus, à agir à la légère. Une lune énorme couleur abricot est juste au-dessus de l'arbre, elle fait ployer davantage encore les branches. Alors que personne ne s'y attendait, un milicien à moitié cinglé tire un coup de fusil en direction de la lune. L'astre frémit, indemne, sa lumière se fait plus douce encore, m'apportant comme un message venu de la plus haute Antiquité. À mon oreille résonne une musique suave, je vois des êtres humains vêtus de feuilles d'arbres et de peaux de bêtes danser dans le clair de lune. Les femmes sont nues au-dessus de la taille, elles ont des seins épanouis aux tétons retroussés. Un autre milicien tire un coup de fusil, une flamme rouge sombre jaillit du canon, la mitraille, pareille à une nuée de mouches, se rue vers la lune. L'astre s'assombrit légèrement, sa face pâlit. La lune palpite un peu sur le faîte de l'abricotier, puis s'élève lentement. Pendant cette ascension, son volume va diminuant tandis que sa clarté augmente. Arrivée à une soixantaine de mètres environ du sol, elle reste suspendue un moment au même endroit, elle regarde longuement notre verger et la porcherie, comme si elle ne pouvait s'en détacher. Je me dis qu'elle est venue là tout exprès pour être de cette cérémonie de mariage, et que nous avons obligation de lui rendre une libation avec un bon alcool et des abricots dorés afin qu'elle voie en notre verger un endroit où jeter les amarres, mais voilà que ces deux miliciens irréfléchis ont tiré dans sa direction, si leurs coups de fusil ne peuvent porter atteinte à son intégrité physique, ils ont touché son âme. Malgré tout, le seizième jour du quatrième mois du calendrier lunaire, le Verger des abricotiers du village de Ximen, dans le canton de Dongbei relevant de Gaomi, reste le lieu au monde le plus propice pour admirer la pleine lune. Là, elle est énorme, toute ronde, si tendre, si triste.

[Je sais que Mo Yan, cette canaille, a écrit une nouvelle onirique qui s'intitule *Saut à la perche jusque dans la lune*. On y lit :

Pendant ces jours bien particuliers de cette période bizarre, dans notre porcherie fut organisée une cérémonie de mariage pour les quatre fous. Avec du tissu jaune nous confectionnâmes des vêtements qui transformèrent les deux mariés en concombre flétris, tandis que la tenue des mariées en rouge leur donnait l'apparence de carottes fraîches et juteuses. Quant au menu, il n'y avait que deux plats : des concombres servis avec des beignets et des carottes apprêtées de la même façon. Quelqu'un avait bien suggéré de tuer un cochon, mais le secrétaire Hong s'y était fermement opposé. Notre village de Ximen a gagné une grande réputation dans tout le district pour son élevage de porcs, ces derniers sont notre gloire, comment aurions-nous pu les tuer ? Hong Taiyue avait tout à fait raison sur ce point. Le menu ainsi concocté devait suffire à gonfler nos joues dans le plaisir de mastiquer de gros morceaux. L'alcool était d'assez mauvaise qualité, c'était de l'alcool de patates douces séchées vendu en vrac, on l'avait versé dans une jarre de cinquante kilos qui avait contenu de l'eau ammoniaquée. Le magasinier de la grande brigade responsable de l'achat du vin avait fait les choses avec négligence, il n'avait pas bien nettoyé la jarre, quand on servait l'alcool, il avait une odeur irritante. Qu'importe, les paysans sont comme les céréales dans les champs, ils sont habitués aux engrais, de l'alcool avec un goût d'ammoniaque, nous, ça nous plaisait mieux encore. C'était la première fois de ma vie que j'étais traité avec égard par les adultes, j'étais à la table d'honneur des dix tables du banquet, le secrétaire Hong était assis, très droit, presque en face de moi. Je savais que ce traitement était dû à mes judicieux conseils qui avaient permis de faire face à la situation de crise ; ce jour-là, j'avais fait irruption à la réunion de la grande brigade et avais donné mon avis, c'était un premier essai qui témoignait d'une grande maîtrise, ils n'oseraient plus me mépriser. Avec deux bols d'alcool dans le ventre, j'avais l'impression que la terre s'élevait et que mon corps recelait une force inépuisable. Je quittai le banquet, me ruai vers le verger quand j'aperçus une grosse lune dorée qui avait bien trois mètres de diamètre et qui restait sans bouger au-dessus de ce fameux abricotier couvert de fruits d'or. Manifestement, elle était venue pour me rencontrer. C'était cette même lune vers laquelle s'était enfuie Chang'e[1], et pourtant ce n'était pas elle ; c'était celle sur laquelle avaient marché les Américains, et ce n'était pas la même. C'était l'âme de cet astre. Ô lune, me voici ! Je courais comme sur un petit nuage, en passant je pris la perche de platane légère, élastique, qui servait à arroser. Je la tins à l'horizontale, bien droite devant ma poitrine, comme les chevaliers sur leur fin coursier tiennent leur lance. Je ne voulais absolument pas transpercer la lune, elle était mon amie. Je voulais me servir de la force de cette perche pour m'envoler vers elle. J'avais été de service de nombreuses années à la grande brigade, et j'avais lu assidûment la *Gazette de référence*, je savais que Boubka, le sauteur à la perche soviétique, avait battu le record de 6,15 mètres en hauteur. Je me rendais aussi très souvent au terrain de sport du lycée agricole et je m'amusais à regarder ce qui s'y passait, j'avais vu de mes propres yeux le professeur Feng Jinzhong faire une démonstration à Pang Kangmei, élève qui avait des dispositions pour cette discipline. J'avais entendu ce même professeur, lequel avait reçu une formation professionnelle mais qui, en raison d'une blessure au genou, avait été déclassé par la grande brigade d'éducation physique de la province et envoyé comme professeur d'éducation physique au lycée agricole, donner des explications sur les points essentiels de la technique du saut à la perche à cette Pang Kangmei, qui avait des jambes immenses, comme les pattes d'une grue couronnée et qui était la fille de Pang Hu, l'ex-responsable de la coopérative d'approvisionnement et de vente, à présent directeur de la cinquième usine de transformation du coton et aussi secrétaire de la cellule générale du Parti, marié à

1. Femme d'un archer célèbre de l'Antiquité, laquelle, après avoir volé à son mari un breuvage d'immortalité, se réfugia sur la lune où elle fut changée en crapaud. Elle est considérée par les Chinois comme la déesse de la lune.

Wang Leyun, laquelle avait été vendeuse dans la société de produits locaux de la coopérative d'approvisionnement et de vente, et qui était à présent comptable de la cantine de cette même usine. J'étais sûr de pouvoir sauter jusque dans la lune. J'étais sûr de réussir en faisant comme Pang Kangmei : courir à toute allure la perche à la main, la planter dans un trou et, en un bond, la tête vers le bas, les pieds vers le haut, me retourner en abandonnant la perche pour retomber avec élégance sur la lune comme la jeune fille retombait dans le bac à sable. Je me disais, comme ça, que cette lune qui se reposait au faîte de l'abricotier devait être souple et élastique, et que, à peine aurais-je atterri dessus, je rebondirais sans fin et la lune s'élèverait lentement, et moi avec elle. Les gens participant au banquet sortiraient en courant pour nous dire au revoir, à moi et à la lune. Peut-être Huang Huzhu viendrait-elle en volant ? Je dénouerais ma ceinture et l'agiterais en sa direction, espérant qu'elle nous rattraperait, saisirait ma ceinture, alors je mettrais toutes mes forces à la tirer jusqu'à moi, et la lune s'élèverait, nous transportant haut dans le ciel. Nous verrions les arbres et les toits des maisons rapetisser de plus en plus, les gens devenir comme des sauterelles, il nous semblerait entendre vaguement tous ces appels venant d'en bas, mais nous serions déjà suspendus dans l'immensité de l'air limpide…

Il s'agit d'un récit bâti incontestablement sur une série de divagations, c'est le souvenir, bien des années plus tard, des hallucinations vécues par Mo Yan en état d'ivresse. Personne n'est plus au courant que moi de tout ce qui s'est passé ce soir-là dans la porcherie du Verger des abricotiers. Tu n'as pas besoin de froncer les sourcils, tu n'as pas le droit de prendre la parole, tout ce que Mo Yan raconte dans ce roman est faux à 99 %, une seule phrase est vraie, celle-ci : Jinlong et toi, vêtus de faux habits militaires en tissu jaune, ressembliez à deux concombres flétris. Tu ne pourrais dire clairement ce qui s'est passé pendant le banquet de noces et encore moins dans le Verger des abricotiers. Et maintenant allez savoir si Diao Xiaosan ne se serait pas réincarné depuis longtemps à Java, et même si, dans une renaissance, il se trouvait être ton fils, il ne pourrait pas, comme j'ai pu le faire, et ce grâce au ciel, s'abstraire de la décoction de la mère Meng permettant d'oublier toute vie antérieure, aussi suis-je le seul narrateur autorisé, et ce que je raconte relève justement de l'Histoire, or ce que je nie, c'est la pseudo-Histoire.]

Ce soir, Mo Yan est ivre après avoir bu un seul bol d'alcool. Avant que, sous les vapeurs de l'alcool, il n'ait le temps de tenir des propos extravagants, le colosse Sun le Léopard le saisit par le cou et le traîne dehors, il le jette près de la meule de foin pourrie, ce petit drôle s'endort du sommeil de l'ivresse, affalé sur les os brillant de phosphorescences vertes des cochons des monts Yimeng morts pendant l'hiver ; sauter à la perche dans la lune, c'est sans doute un doux rêve que ce petit drôle a fait à ce moment-là. Ce qui s'est passé réellement, c'est que [écoute-moi avec patience] les deux miliciens qui n'ont peut-être pas réussi à se faire inviter au banquet de noces ont tiré au fusil en direction de la lune et ils l'ont fait s'envoler. Si la grenaille n'a pas provoqué la chute de l'astre, les plombs, en revanche, ont gaulé de nombreux fruits. Paf, paf, les abricots tombent, ils finissent par former une bonne couche sur le sol. Beaucoup d'entre eux sont éclatés, le jus jaillit de tous côtés, leur odeur sucrée vient se mêler à celle de la poudre, attire les cochons. Je suis en colère contre les gestes barbares des miliciens, alors que je reste là, interdit, navré, à regarder la lune s'élever lentement, je sens une ombre passer devant mes yeux, un déclic se fait, à la

515

vitesse de l'éclair je comprends, c'est évident : le noir Diao Xiaosan a sauté par-dessus le mur de son enclos, il se rue vers cet abricotier romantique. Si nous n'osions pas aller manger les abricots sur l'arbre, c'était que nous avions peur des fusils des miliciens, or après avoir tiré, avant au moins une demi-heure il leur est impossible de recharger leurs armes, nous avons le temps de manger tout notre content. Diao Xiaosan est vraiment un cochon clairvoyant, une minute d'inattention et j'aurais peut-être été dépassé par lui. Il n'y a rien à regretter. Je ne veux pas être en reste, pas question de sortir en courant, je saute par-dessus l'enclos. Il file en direction des abricots, et moi je fonce droit sur lui. Pour peu que je charge Diao Xiaosan, les abricots tombés sous l'arbre seront tous pour moi. Mais ce qui se passe ensuite me donne mille raisons de me féliciter. Alors que Diao Xiaosan se prépare à manger des abricots et que moi-même je vais le soulever sous le ventre, je vois le soldat dont la main droite n'a plus que trois moitiés de phalanges lancer une chose rouge, jetant des étincelles dorées, qui tourne en tous sens à toute vitesse au sol. Ça se gâte, il y a danger ! Je freine des quatre fers pour contrôler l'énorme force d'inertie de mon corps lancé vers l'avant, tout comme freine d'urgence une voiture lancée à toute vitesse. Je devais me rendre compte après coup que la partie supérieure de mes pattes de derrière était en sang pour avoir traîné sur le sol. Après avoir freiné, je fais une roulade, quittant la zone la plus dangereuse. Dans mon affolement, je vois Diao Xiaosan, ce bâtard, qui l'eût cru, prendre dans sa bouche, comme ferait un chien, ce gros pétard et donner un coup de collier énergique. Je sais qu'il veut rendre leur politesse aux deux miliciens, mais malheureusement ce pétard est à courte mèche, boum ! il explose au moment même où Diao Xiaosan fait son mouvement de tête, on dirait que de la bouche de ce dernier

516

jaillit une grenade crachant des flammes jaunâtres. Pour être honnête, il faut dire qu'en cet instant critique la réaction de Diao Xiaosan a été vive, il a pris la situation en main de façon énergique, avec le sang-froid et le courage que possède un vieux combattant qui a hanté longtemps les champs de bataille, dans les films on voit souvent de ces soldats vétérans relancer les grenades antichars envoyées par l'ennemi, mais voilà, ce qui aurait pu devenir une action d'éclat a tourné à la tragédie parce que la mèche du pétard était trop courte. Diao Xiaosan pique une tête au sol avant même d'avoir eu le temps de pousser le moindre gémissement. Une forte odeur de poudre se répand sous l'abricotier, puis se diffuse alentour. Je regarde Diao Xiaosan affalé à terre, je suis en proie à des sentiments complexes où à l'admiration, la tristesse, la peur vient se mêler un peu de jubilation, pour être franc, ce n'est pas là un sentiment digne d'un honnête cochon, mais il est bel et bien là, et il me faut faire avec. Les deux miliciens tournent les talons et s'enfuient, au bout de quelques pas ils s'arrêtent brusquement et se regardent, l'expression de leurs visages est celle d'une grande hébétude, puis, sans se concerter, ils s'approchent lentement de Diao Xiaosan. Je sais que ces deux brutes, à ce moment-là, sont inquiètes car, comme l'a déclaré Hong Taiyue, les cochons sont des trésors parmi tous les trésors, ils sont un symbole politique éclatant de cette époque, les cochons ont apporté gloire et profits à la grande brigade du village de Ximen, tuer sans motif valable un cochon et surtout un cochon désigné pour la reproduction (même s'il s'agit d'un suppléant) constitue un chef d'accusation, et pas des moindres. Alors que les deux compères sont debout devant Diao Xiaosan, l'air grave, et qu'ils penchent la tête, affolés, pour l'observer un peu, ce dernier pousse un grognement et mollement se met sur son séant. Sa tête oscille, comme ces tambourins à manche avec lesquels s'amusent les enfants, tandis que de sa gorge monte un bruit de halètement. Il se met debout, fait un tour, ses pattes de derrière faiblissent, il retombe brutalement sur le derrière. Je sais qu'il a des éblouissements et que sa bouche doit le faire terriblement souffrir. Une expression de joie apparaît sur le visage des deux miliciens, l'un d'eux dit : « J'aurais jamais pensé qu'il s'agissait d'un cochon. » L'autre dit à son tour : « J'ai cru que c'était un loup. » Le premier : « Tu voulais manger des abricots, fallait le dire, on t'en aurait ramassé une corbeille et on te l'aurait apportée dans ton enclos. » Le second : « vous pouvez en manger à présent. » Diao Xiaosan les injurie avec hargne, il le fait dans la langue des cochons que les miliciens ne comprennent pas : « Broute le con de ta mère, oui ! » Il se remet debout sur ses pattes et se dirige en titubant vers son nid. Non sans une certaine hypocrisie, je me porte à sa rencontre et lui demande : « Le gars, tu n'as rien ? » Il me jette froidement un regard de travers, crache un jet de salive sanguinolente et dit d'une voix pâteuse : « Mais c'est rien du tout… putain… quand j'étais dans les monts Yimeng, j'ai déterré une dizaine d'obus de mortier… » Je sais que ce type est comme ces ânes maigres qui n'en chient pas moins du crottin solide, cependant je ne peux pas ne pas admirer son endurance et son courage. L'explosion n'a pas été légère, il a de la poudre plein la bouche, la muqueuse buccale est blessée, un de ses crocs hideux, le gauche, a été sectionné de moitié, les soies sur les joues ont été brûlées pour une bonne partie. Je pensais qu'il aurait recours à un moyen maladroit comme se faufiler dans son nid par la fente des barreaux, mais non, il prend son élan et, d'un bond, il s'élève dans les airs avant de retomber dans la fange de son enclos. Je sais que, la nuit, il va souffrir la torture, et l'odeur des truies en chaleur aura beau être forte, les appels de Folie de papillon pourront bien être des plus lascifs, il ne pourra rien faire d'autre que rester affalé dans la fange à se repaître de chimères. Les deux miliciens, comme pour s'excuser, apportent des dizaines d'abricots dans le nid de Diao Xiaosan, je n'en suis pas jaloux. Il a payé le prix fort et ces quelques abricots sont son dû. Moi, ce qui m'attend, ce ne sont pas ces fruits-là, mais d'autres fruits, les plus délicieux de la terre : les petites truies pareilles à des fleurs épanouies, leurs visages souriants, elles ne cessent de tortiller leurs petites queues qui font penser à des chenilles épinglées à la tête par une punaise. Dans la deuxième partie de la nuit, quand tout le monde dormira, ma vie de bonheur pourra commencer. Frère aîné Diao, désolé.

La blessure de Diao Xiaosan me libère d'avoir à me soucier de mes arrières, je peux aller en toute confiance faire un tour jusqu'au grand banquet de noces. La lune, à une centaine de mètres du sol, me regarde avec un peu d'indifférence. J'élève mon sabot droit et envoie un baiser à cette lune brillante qui a été malmenée, puis, tordant ma queue en tire-bouchon, à la vitesse d'une étoile filante je me rends au nord de la porcherie, jusqu'à la rangée de pièces contre la route du village. Il y en a dix-huit, d'est en ouest, elles se répartissent ainsi : la pièce où se reposent les éleveurs de cochons, celle où l'on brise les composantes de la nourriture, celle où l'on fait cuire la pâture, l'entrepôt, le bureau de la porcherie, la salle de réception… Les trois pièces les plus à l'ouest ont été aménagées pour les nouveaux couples. Celle du milieu est la pièce principale commune, avec une chambre de chaque côté. Mo Yan, ce petit drôle, écrit dans son récit :

Dans la salle spacieuse on avait disposé dix tables carrées, et sur chacune étaient placées une cuvette avec des concombres mélangés à des beignets et une autre avec des beignets mélangés à des carottes, à la poutre était accrochée une lampe à gaz qui illuminait la pièce d'une lumière vive…

Ce petit drôle est encore en train d'inventer n'importe quoi, cette pièce mesure tout au plus cinq mètres sur quatre, comment pourrait-on y placer dix tables carrées ? Sans parler du village de Ximen, dans tout le canton de Dongbei on ne trouverait pas une salle pouvant contenir dix tables carrées et accueillir pour un dîner plus de cent personnes.

Le banquet de noces se tient en fait dans la longue bande d'espace dégagé devant la rangée de pièces. Dans un coin resté libre sont entassées des branches d'arbre pourries, de l'herbe en décomposition, là belettes et hérissons ont établi leur demeure. Des tables utilisées pour le festin, une seule est carrée. Il s'agit d'une table en bois de santal de Hainan aux bords sculptés, qui vient du bureau de la grande brigade et sur laquelle sont posés d'ordinaire un poste de téléphone à manivelle, deux bouteilles d'encre séchée et une lampe à pétrole avec abat-jour en verre. [Cette table sera prise par la suite par un Ximen Jinlong qui aura réussi, ce geste sera perçu par Hong Taiyu comme une contre-attaque menée par le fils d'un propriétaire terrien tyrannique contre les paysans pauvres et moyennement pauvres pour récupérer un privilège, et il la placera au beau milieu de son bureau clair et spacieux comme bien de famille. Oh, ce fils, fallait-il le blâmer ou chanter ses louanges ? Bon, entendu, n'anticipons pas.] On a apporté de l'école primaire vingt tables rectangulaires à deux places au plateau noir et aux pieds jaunes, les plateaux sont souillés de taches d'encre bleue et rouge, et des mots orduriers y sont gravés au canif, et on a apporté aussi quarante bancs laqués en rouge. Les tables rectangulaires sont disposées sur deux rangées et

520

les bancs sur quatre dans l'espace devant le bâtiment, comme pour former une salle de classe en plein air. Il n'y a pas de lampe à gaz et encore moins d'ampoule électrique, juste une lampe tempête en tôle qu'on a placée au milieu de la table carrée en bois de santal de Ximen Nao, elle diffuse une vague lumière jaune attirant des nuées de papillons de nuit, paf et paf, ils viennent heurter l'abat-jour avec bruit. En fait c'est un arrangement bien inutile car, cette nuit, la lune est toute proche du globe terrestre et la lumière ainsi dispensée permettrait à une brodeuse de voir son ouvrage.

Il doit y avoir une centaine de personnes, sexes et âges confondus, divisées en quatre rangées, elles sont assises les unes en face des autres. Devant ces plats exquis et cet alcool de choix, l'expression qu'on lit sur le visage des convives est faite essentiellement d'excitation et d'impatience. Mais ils ne peuvent pas encore commencer à manger. En effet, à la table carrée Hong Taiyue est en train de faire un discours. Certains enfants gourmands allongent la main en cachette vers les plats pour saisir un beignet qu'ils fourrent dans leur bouche.

« Camarades membres de la commune, ce soir nous célébrons les noces de Lan Jinlong et de Huang Huzhu, de Lan Jiefang et de Huang Hezuo, ce sont des jeunes gens éminents de notre grande brigade du village de Ximen, ils ont contribué d'une façon remarquable à l'édification de la porcherie de la grande brigade de notre village de Ximen, ce sont des modèles du travail révolutionnaire et des exemples en faveur du mariage tardif, applaudissons-les chaleureusement et adressons-leur nos plus chaleureuses félicitations… »

Je suis caché derrière un tas de branches pourries et j'observe en silence cette cérémonie. La lune, au départ, avait l'intention d'être présente, mais elle a été effrayée sans raison, aussi elle ne peut qu'observer, solitaire ; sa clarté me permet de voir très distinctement

521

l'expression du visage de chacun. Mon regard reste fixé essentiellement sur les convives de la table carrée, même si, à l'occasion, je coule un œil vers ceux qui sont assis dans les deux rangées. Sur le banc à gauche de la table d'honneur sont placés Jinlong et Huzhu, sur l'autre banc à droite ont pris place Jiefang et Hezuo. Huang Tong et Qiuxiang, de dos par rapport à moi (je ne distingue pas leurs visages), sont assis en face de Hong Taiyue, lequel, debout à la place d'honneur, fait son discours, et de Yingchun, assise tête baissée. Il est difficile, en regardant l'expression de son visage, de dire si elle est heureuse ou triste. Ses sentiments sont complexes, et c'est normal. J'ai soudain la sensation qu'il manque un personnage important à la table d'honneur de ce banquet, il s'agit de Lan Lian, le seul et célèbre paysan travaillant pour son compte du canton de Dongbei. Il est ton géniteur, Lan Jiefang, et aussi le père adoptif de Ximen Jinlong, le nom officiel de Jinlong est Lan Jinlong, de son nom à lui. Alors que ses deux fils se marient, il n'est pas présent, comment une telle chose peut-elle être acceptable !

Pendant les années de ma vie d'âne, puis de bœuf, j'ai pratiquement vécu avec Lan Lian du matin au soir et du soir au matin, mais ces liens se sont distendus depuis que je suis un cochon. Le passé, comme une marée, afflue dans mon cœur, l'idée de le revoir germe soudain en moi. Après le discours de Hong Taiyue, des sonnettes de bicyclettes se font entendre, trois cyclistes surgissent au beau milieu de la noce. Qui ce peut bien être ? Il s'agit de Pang Hu, qui a été autrefois responsable de la coopérative d'approvisionnement et de vente et qui occupe actuellement les fonctions de directeur de la cinquième usine de transformation du coton et de secrétaire de la cellule générale. Cette cinquième usine de transformation du coton est un nouvel établissement qui s'est installé dans le canton de Dongbei après la fusion du bureau du commerce du canton et de la société de coton et de chanvre, elle n'est qu'à quatre kilomètres de la grande brigade du village de Ximen. Depuis la digue derrière le village, on peut voir distinctement la lumière émise par la lampe à iode et à filament de tungstène installée sur le toit du bâtiment où se fait le conditionnement des marchandises. L'autre personne venue avec lui est sa femme, Wang Leyun, je ne l'ai pas revue depuis plusieurs années ; elle a grossi de partout, elle a le visage rayonnant de santé, on voit qu'elle est bien nourrie. La dernière personne qui l'accompagne est une jeune fille élancée, je reconnais au premier coup d'œil celle que Mo Yan décrit dans son roman : Pang Kangmei, c'est-à-dire le bébé qui du temps de ma vie d'âne a bien failli naître dans une touffe d'herbes au bord de la route. Elle porte un chemisier à fins carreaux rouges et deux petites nattes comme des pinceaux. À sa poitrine est accroché un insigne avec des caractères rouges sur fond blanc, il s'agit de celui de l'institut d'agronomie. Pang Kangmei, étudiante issue de la classe des ouvriers, paysans et soldats, est en section d'élevage à l'institut d'agronomie, elle reste debout sur place, elle a une demi-tête de plus que son père et une de plus que sa mère, elle est élancée et gracieuse, elle fait penser à un peuplier. Un sourire réservé passe sur son visage, et ce sourire est justifié, car étant donné son origine de classe et son statut social, elle est aussi inaccessible qu'une déesse. Pour ce petit drôle de Mo Yan, elle est l'élue de son cœur, dans maints de ses romans cette femme aux longues jambes apparaît souvent, sous des noms différents. Ainsi cette petite famille s'est déplacée spécialement pour venir participer à vos noces.

« Félicitations, toutes nos félicitations ! disent Pang Hu et Wang Leyun, tout sourire, en s'adressant à l'assemblée. Félicitations, et encore toutes nos félicitations !

– Oh là là ! » Hong Taiyue interrompt son discours, saute à bas de son banc et s'empresse de faire quelques pas en avant, il serre fortement les mains de Pang Hu et les secoue en tous sens, il dit, ému : « Responsable Pang… non, non, non… c'est secrétaire Pang, directeur Pang qu'il faut dire, vous vous faites vraiment rare ! J'ai entendu que vous aviez pris un poste de commandement dans notre canton de Dongbei et mis en place une usine, je n'ai pas osé aller vous importuner…

– Mon cher Hong, mon vieux, tu n'es pas drôle ! dit Pang Hu en riant. Tu organises un grand mariage au village et tu ne me fais même pas porter une lettre ! Aurais-tu peur pour votre vin de noces ?

– Que dites-vous là, un invité aussi distingué que vous, je me disais que même en vous envoyant un palanquin à huit porteurs, votre présence n'était pas assurée ! dit Hong Taiyue. Votre venue, pour notre village de Ximen, est vraiment…

– Un grand honneur pour notre humble chaumière… », dit d'une voix retentissante Mo Yan, assis au bout de la première rangée de tables. Son intervention attire l'attention de Pang Hu et surtout celle de Pang Kangmei, elle a un mouvement de sourcils marquant sa surprise et elle lui jette un regard appuyé. Tous les yeux convergent sur le visage de ce petit drôle. Et lui de grimacer un sourire de contentement, montrant ses grandes dents toutes jaunes, son allure serait difficile à dépeindre. Ce petit drôle ne rate jamais une occasion de se mettre en avant.

Pang Hu en profite pour dégager ses mains de celles de Hong Taiyue. Il les tend chaleureusement à Yingchun. Après plusieurs années de soins, la main de fer du héros qui dégoupillait les grenades est devenue blanche et grassouillette. Yingchun ne sait trop que faire, l'émotion et la gratitude qu'elle ressent font trembler ses lèvres et elle ne parvient pas à formuler une phrase entière. Pang Hu lui saisit la main et la lui secoue en disant : « Chère grande belle-sœur, quelle joie !

– Oui, oui, oui, tout le monde a le cœur en joie…, répond Yingchun les larmes aux yeux.

– C'est une joie, une joie partagée ! dit Mo Yan en mettant son grain de sel.

– Chère grande belle-sœur, comment se fait-il que je ne voie pas le frère aîné Lan ? » reprend Pang Hu, balayant du regard les gens assis bien droits sur les quatre rangées de bancs.

Cette question laisse Yingchun sans voix, tandis que sur le visage de Hong Taiyue apparaît une expression de grand embarras. Mo Yan ne peut pas laisser passer une telle occasion, il intervient :

« Oh, lui, il profite probablement du clair de lune pour biner ses mille mètres carrés de champ ! »

Sun le Léopard, assis à côté de Mo Yan, lui a sans doute écrasé le pied, car ce dernier pousse un cri exagérément aigu.

« Pourquoi tu m'écrases le pied ?

– Ferme-la, personne ne te vendra comme muet ! » lui dit tout bas Sun le Léopard avec hargne, il le pince à la cuisse. Mo Yan pousse un cri terrible et son petit visage devient livide.

« Bon, allez, allez ! » lance Pang Hu d'une voix forte pour sortir de l'impasse, puis il se penche pour tendre la main aux jeunes mariés et les féliciter. Jinlong a la bouche fendue dans un sourire niais, Jiefang, lui, grimace comme s'il allait pleurer, Huzhu et Hezuo sont indifférentes. Pang Hu appelle sa fille et sa femme : « Apportez les cadeaux !

– Ah, secrétaire Pang, c'est bien vous ! Votre venue est déjà un honneur pour nous, pourquoi fallait-il encore que vous fassiez des dépenses ? » dit Hong Taiyue.

Pang Kangmei apporte à plat sur les mains un cadre en verre sur la bordure duquel sont inscrits en rouge les mots suivants : « Meilleurs souhaits à Lan Jinlong et à Huang Huzhu, qu'ils soient compagnons dans la révolution ! », dans le cadre est inséré un portrait peint représentant le président Mao vêtu d'une longue tunique, tenant à la main un baluchon, un parapluie, et se rendant à Anyuan pour encourager la rébellion des mineurs. Wang Leyun porte un cadre de la même facture avec l'inscription suivante : « Meilleurs souhaits à Lan Jiefang et à Huang Hezuo, qu'ils soient compagnons dans la révolution ! » Il renferme une photo du président Mao en manteau de drap, debout sur la grève de Beidaihe. Normalement, de Jinlong ou Jiefang, l'un des deux aurait dû se lever pour recevoir les cadeaux, mais ces deux petits drôles sont restés assis à leurs places. Hong Taiyue ne peut faire autrement que d'engager Huzhu et Hezuo à se lever. Les deux sœurs ont toute leur raison, en recevant le cadeau, Huang Huzhu s'incline profondément devant Wang Leyun, quand elle relève la tête, ses yeux sont emplis de larmes. Elle porte une veste et un pantalon rouges, sa longue et épaisse natte noire tombe jusqu'en dessous des genoux, au bout est noué un cordon rouge. Wang Leyun caresse affectueusement la natte et demande : « Tu n'as pas envie de la couper, c'est ça ? »

Wu Qiuxiang, qui trouve là l'occasion de prendre la parole, répond : « Sa Tante, ce n'est pas cela, mais c'est que les cheveux de ma fille ne sont pas des cheveux ordinaires, quand on les coupe, du sang suinte.

– Voilà qui est étrange, rien d'étonnant à ce qu'ils donnent cette sensation d'onctuosité au toucher, c'est parce qu'ils sont reliés à des vaisseaux sanguins ! » dit Wang Leyun.

Après avoir reçu le cadre des mains de Pang Kangmei, Hezuo ne s'est pas inclinée, toute pâle, elle a murmuré un « merci ». Pang Kangmei lui a tenu amicalement la main en disant : « Tous mes vœux de bonheur. » En serrant cette main, Hezuo a tourné la tête de côté et avec des sanglots dans la voix elle a dit : « Merci… »

Hezuo a une coupe de cheveux à la mode, la coupe au carré à la Kexiang, elle a la taille fine, la peau brune, à mon goût elle est plus belle que Huzhu.

[Et toi, Lan Jiefang, que tu aies pu l'épouser a été vraiment une bonne affaire pour toi, et si quelqu'un dans l'histoire avait à se plaindre, ce serait elle et non toi. Tu aurais beau avoir plein d'atouts, cette tache bleue de la largeur de la paume qui mange ton visage ferait plutôt peur qu'autre chose. Tu aurais mieux fait d'aller monter la garde au palais du roi des enfers plutôt que d'être fonctionnaire ici-bas, et pourtant tu es arrivé à occuper ce poste, et pourtant tu n'es pas tombé amoureux de Hezuo. Tant de choses en ce monde échappent à la raison.]

Puis Hong Taiyue s'emploie à faire asseoir les trois personnes de la famille Pang. « Vous autres, dit-il sans laisser planer le moindre doute sur son intention, en désignant la place qu'occupe Mo Yan, serrez-vous un peu et libérez un banc. » Il y a un moment de pagaille, tandis que s'élèvent des plaintes parce qu'on se retrouve trop à l'étroit. Mo Yan transporte le siège ainsi libéré. Le carré de bancs entourant la table d'honneur se transforme en un polygone, Mo Yan ne perd pas une occasion de se faire remarquer : « Trois invités imprévus sont venus, honorons ce bon augure. » L'ex-héros volontaire ne doit pas bien saisir le sens de cette phrase car il reste là, le regard fixe, l'air surpris. On peut lire de la joie et de la surprise dans le regard de l'étudiante

Pang Kangmei, elle demande : « Oh, tu as lu *Le Livre des mutations*[1] ?

– Je n'oserais pas dire que mon talent vaut celui de Cao Zijian[2], et je n'ai malheureusement pas lu une somme de livres pouvant emplir cinq voitures[3] ! » Mo Yan se fait mousser sans vergogne dans cet échange de paroles avec Pang Kangmei.

« C'est bon, mon gars, arrête de réciter le *Classique en trois mots*[4] devant la porte de Confucius, t'es en présence d'une étudiante et toi, tu prétends la ramener avec tes citations, dit Hong Taiyue.

– Oh, mais c'est qu'il a réellement un petit quelque chose d'intéressant », dit Pang Kangmei en appuyant ses propos d'un signe de tête.

Mo Yan voudrait continuer de bavasser, mais Sun le Léopard, sur un signe de Hong Taiyue, se précipite, le dos courbé, feignant la bonne camaraderie, il saisit Mo Yan par le poignet et dit en riant : « Trinquons, trinquons ! »

« Trinquons, trinquons, trinquons ! » L'assemblée, qui attendait cela avec l'impatience d'un singe poussé par la gourmandise, se lève avec empressement, chacun tenant son bol d'alcool à deux mains, on entend alors le bruit clair des coupes s'entrechoquant. Puis on se ras-

---

1. Ouvrage analysant les mutations de l'univers, que certains datent de la dynastie des Hsia (2207-1766 av. J.-C.), un des cinq classiques.
2. Le poète Xie Lingyun (385-433 apr. J.-C.) disait de Cao Zijian (Cao Zhi, 192-232 apr. J.-C.) qu'il « détenait les huit dixièmes du talent disponible dans l'univers, alors que lui-même n'en détenait qu'un dixième, le dixième restant se répartissant entre tous les autres êtres ».
3. Expression venant du *Zhuangzi*, chapitre « Tianxia », ouvrage attribué à Zhuang Zhou (IVe siècle av. J.-C.).
4. Manuel très populaire pour l'apprentissage des idéogrammes.

sied dans un beau désordre, s'empare des baguettes, et de foncer sur le morceau repéré depuis longtemps. Comparés aux concombres et aux carottes, les beignets sont un aliment de premier choix, aussi plusieurs baguettes se portent-elles sur le même morceau. Mo Yan est universellement connu pour sa gourmandise, mais ce soir il se comporte avec assez d'élégance. S'il fallait en chercher la raison, cela ne tiendrait qu'à la seule personne de Pang Kangmei, même s'il a été renvoyé à une place inférieure, son esprit reste parmi les convives à la table d'honneur. Ses yeux se portent souvent de ce côté, l'étudiante Pang Kangmei a pris son âme, ou pour reprendre ce qu'il écrit lui-même dans un de ses récits sans queue ni tête :

Du moment où j'avais aperçu Pang Kangmei, mon horizon d'un coup s'était élargi. Huzhu, Hezuo, Baofeng, que j'avais jusque-là considérées comme des beautés célestes, étaient soudain devenues totalement rustres. Sans doute fallait-il sortir du canton de Dongbei pour trouver une fille comme Pang Kangmei, élancée, avec un joli minois, des dents très blanches, une voix claire et dont le corps dégageait un parfum discret…

Comme il a été dit plus haut, Mo Yan n'a bu que deux bols d'alcool et déjà il est ivre, Sun le Léopard le saisit par le col et le jette sur la meule d'herbes folles toute proche des os de cochons. À la table d'honneur, Jinlong boit à grandes lampées un demi-bol d'alcool, son regard éteint s'anime aussitôt. Yingchun, inquiète, répète : « Fiston, ne bois pas trop. » Hong Taiyue, sûr de ce qu'il fait, lui dit : « Jinlong, on met un point final à tout ce qui s'est passé jusqu'à ce jour ; une nouvelle vie commence pour toi. Pour la suite, tu dois te montrer à la hauteur. » Jinlong lui dit : « Pendant les deux mois qui viennent de s'écouler, j'avais l'impression que quelque chose coinçait dans mon cerveau, j'étais dans le brouillard, je viens de retrouver toute ma lucidité, il n'y a plus de blocage. » Tenant son bol à deux mains, il trinque avec les époux Pang Hu. « Secrétaire Pang, tante Wang, je vous remercie d'être venus participer à mes noces, merci aussi pour le précieux cadeau que vous nous avez offert. » Puis il trinque avec Pang Kangmei : « Camarade Kangmei, vous voilà étudiante, intellectuelle de haut rang, j'accueillerai avec joie les directives que vous voudrez bien nous donner pour le travail dans notre porcherie. Faites-le sans façon, votre spécialité est l'élevage du bétail, et si vous vous dites que vous n'y comprenez rien, je crains qu'ils soient peu nombreux en ce monde à pouvoir affirmer que pour eux la chose est claire. » Jinlong a cessé de jouer les imbéciles. Encore un peu de patience et Jiefang guérira de sa folie. Jinlong a retrouvé ses capacités qui lui permettent de prendre les choses en main, il lève son verre à qui il se doit, prodigue de même des remerciements, il en fait trop en élevant son bol et en souhaitant à Hezuo et à Jiefang un bonheur parfait et de rester unis jusqu'à la fin de leur vie. Huang Hezuo fourre dans les bras de Lan Jiefang le cadre avec le portrait peint du président Mao, se met debout, lève à deux mains un grand bol d'alcool. La lune fait un bond de plusieurs mètres dans le ciel, son corps rapetisse d'un coup, elle déverse une lumière pareille à du mercure, qui éclaire la scène très distinctement. Une belette sort la tête de la meule de foin et reste là à contempler le spectacle merveilleux du clair de lune, des hérissons téméraires viennent chercher de la nourriture jusque sous les pieds des gens. En moins de temps qu'il n'en faut pour le dire, Huang Hezuo lance directement le contenu de son bol à la face de Jinlong, puis jette le bol sur la table. Cet incident subit stupéfie l'assistance. La lune fait un nouveau bond de quelques mètres, sa lumière ruisselle comme du mercure sur le sol. Hezuo se met à sangloter, le visage dans les mains.

Huang Tong : « Ah, cette enfant… »

Qiuxiang : « Hezuo ! Qu'est-ce que ça veut dire ! »

Yingchun : « Aïe, aïe, aïe, ces enfants qui ne comprennent rien aux choses de la vie… »

Hong Taiyue : « Secrétaire Pang, venez, venez, venez, je trinque avec vous. Il y a quelques petits conflits entre eux. J'ai entendu dire que l'usine de transformation du coton a embauché des ouvriers sous contrat, je vais vous demander une faveur pour Hezuo et Jiefang afin qu'ils changent d'environnement, ce sont tous deux des jeunes gens exemplaires, il faut qu'ils aillent s'aguerrir à l'extérieur… »

Huang Huzhu lève le bol d'alcool qui est devant elle et le lance à la face de sa sœur. « Qu'est-ce que tu cherches, hein ? »

Je n'ai jamais vu Huang Huzhu se mettre dans une telle colère, ni pensé qu'elle pourrait seulement entrer dans cet état. Elle sort son petit mouchoir pour essuyer le visage de Jinlong. Ce dernier repousse sa main, mais elle revient à la charge. Hélas ! Le cochon intelligent que je suis a l'esprit tout embrouillé par les femmes du village de Ximen. Mo Yan, ce petit drôle, se relève de sa meule de foin et, comme un gosse dansant sur des pieds auxquels auraient été attachés des ressorts, il fait des bonds de travers jusque vers la table, il attrape un bol d'alcool, l'élève au-dessus de sa tête, je ne sais s'il imite Li Bai ou bien Qu Yuan[1], et il lance d'une voix retentissante :

« Lune, ô lune, je vais trinquer avec toi ! »

1. Li Bai (701-762 apr. J.-C.), Qu Yuan (340-278 av. J.-C.), poètes.

Il envoie l'alcool en direction de la lune, on dirait qu'un rideau d'eau bleuté s'étire dans les airs. La lune brusquement sombre, puis monte de nouveau lentement, elle s'élève ainsi jusqu'à une hauteur normale, telle une assiette d'argent, elle regarde avec indifférence le monde des humains.

Dans ce lieu le spectacle s'achève, les gens vont se disperser, il y a encore bien des choses à accomplir cette nuit-là, le temps est précieux, je n'ose m'attarder plus longtemps. J'ai bien envie d'aller voir mon vieil ami Lan Lian. Je sais qu'il a l'habitude de travailler les nuits de lune. Je me rappelle cette phrase qu'il aimait prononcer du temps où j'étais un bœuf : « Bœuf, ô bœuf, si le soleil leur appartient, la lune est nôtre. » Les yeux fermés, je pourrais trouver cette longue bande de terre encerclée par les champs de la commune populaire. Cette terre privée de mille mètres carrés est comme un récif au beau milieu de la mer qui n'est jamais englouti. Lan Lian est déjà connu dans toute la province comme mauvais exemple type. C'est une gloire pour moi que de l'avoir eu pour maître dans mes vies d'âne et de bœuf, une gloire toute réactionnaire. « Ce n'est que lorsque la terre nous appartient que nous pouvons être son maître. »

Avant d'aller rendre visite à Lan Lian, je passe par mon enclos. Je me déplace subrepticement, sans faire de bruit. Diao Xiaosan pousse plainte sur plainte, ce qui indique que ses blessures ne sont pas légères. Les deux miliciens, assis sous l'abricotier, fument, mangent des abricots. Je saute de l'ombre d'un arbre à celle d'un autre, je me sens léger comme une plume, maître de mes mouvements. En une dizaine de bonds je suis déjà hors du verger. Je me trouve face à un canal d'irrigation large de cinq mètres environ, empli d'une eau limpide et lisse comme un miroir. La lune dans l'eau me regarde fixement. Bien que je ne sois jamais allé dans l'eau depuis que je suis au monde, d'instinct je sais nager. Toutefois, pour ne pas inquiéter la lune reflétée dans le canal, je décide de sauter par-dessus. Je recule de dix mètres environ, prends une longue inspiration pour remplir mes poumons, puis me mets à courir, à courir comme un fou, la levée de terre blanchâtre au bord du canal est l'endroit par excellence d'où s'élancer, quand mes pattes de devant touchent ce sol dur, celles de derrière prennent leur appel, mon corps s'élève dans les airs, pareil à un obus sortant d'un canon. Je sens un vent frais au-dessus de l'eau qui effleure mon ventre, le temps que le reflet de la lune cligne de l'œil et j'atterris de l'autre côté. La terre humide du bord me procure une sensation désagréable aux pattes de derrière, c'est la seule ombre au tableau. Je prends la large route de terre nord-sud, les feuilles des peupliers qui la bordent luisent. Je suis en direction de l'est une route, de terre également, est-ouest, des faux indigos poussent avec exubérance de chaque côté. Je saute par-dessus un autre fossé, la route de terre que je prends me mène vers le nord cette fois. Je cours ainsi jusqu'à la digue, là je suis la route de terre qui la longe en direction de l'est. Je vois défiler sur les côtés, dans les champs de la grande brigade, le maïs, le coton ainsi que le blé, lequel est presque mûr, planté sur de vastes parcelles. Le lopin de mon ancien maître est proche. J'aperçois la longue bande de terre coincée entre les champs de la grande brigade. Ces derniers sont plantés à gauche de maïs, à droite de coton. Le terrain de mon ancien maître est à portée de vue. Lan Lian, quant à lui, fait pousser du blé sans barbes. Il s'agit d'une variété tardive que la commune populaire a déjà éliminée car le rendement est bas. Lan Lian ne met pas d'engrais, n'utilise pas non plus de semences sélectionnées, il ne fait rien contre la collectivité. Il est un spécimen du paysan à l'ancienne. [Avec notre regard actuel, les céréales qu'il cultivait étaient de vrais produits biologiques.] La brigade de production, quant à elle, pulvérise des quantités de pesticides, chassant les insectes nuisibles vers son champ. Je l'aperçois. Mon vieil ami, cela fait longtemps qu'on ne s'est vus. Tout s'est-il bien passé depuis, malgré tout ? Ô lune, descends un peu, donne plus de lumière, que je voie mieux. La lune descend lentement, on dirait un énorme ballon. Je retiens ma respiration, m'approche, me glisse subrepticement dans son champ de blé. C'est sa terre. Bien que le blé soit une variété ancienne, il pousse bien. Les épis lui arrivent au nombril. Ils n'ont pas de barbes, ils semblent jaunâtres sous le clair de lune. Il porte cette même veste chinoise boutonnée devant en toile grossière toute rapiécée que je connais bien, il a ceint ses reins d'une étoffe blanche, il est coiffé d'un chapeau fait de lanières de sorgho tressé. La plus grande partie de son visage est dans l'ombre portée par ce chapeau, malgré cela je peux distinguer cette moitié de visage bleue qui brille et l'éclat mélancolique et opiniâtre de ses yeux. Il tient une longue perche de bambou sur laquelle est attaché un bout de tissu rouge. Il agite cette perche, le tissu, pareil à la queue d'un bœuf, balaie les épis, les papillons nuisibles s'envolent avec des bruits d'ailes, traînant leurs pesants abdomens chargés d'œufs, et vont se poser sur le coton ou le maïs des champs de la brigade de production. Il a recours à cette méthode primitive et grossière pour protéger ses cultures, on pense, à le voir, qu'il lutte contre les insectes nuisibles, mais en réalité il fait de la résistance contre la commune populaire. Mon vieil ami, du temps où j'étais un âne, où j'étais un bœuf, je pouvais partager peines et joies avec toi, mais à présent me voilà cochon reproducteur, je ne peux plus t'aider. Au départ je pensais faire mes besoins dans ton champ pour apporter un peu d'engrais, puis je me suis dit que si tu venais à marcher dessus, ce qui à l'origine aurait été une bonne chose ne risquait-il pas de se transformer en son contraire ? Je pourrais peut-être casser les maïs entre mes dents, arracher les fleurs de coton dans les champs de la commune populaire, mais ce ne sont pas là tes ennemis. Mon vieil ami, il te faut supporter lentement, surtout ne te laisse pas influencer. Tu es le seul paysan travaillant pour son compte sur tout le vaste territoire de la Chine, persister dans ton choix, c'est gagner la victoire. Je lève les yeux pour regarder la lune, la lune m'adresse un signe de tête, soudain elle s'élève et se déplace très vite vers l'ouest. Il se fait tard, je dois rentrer. Comme je vais me glisser hors du champ de blé, je vois arriver à la hâte Ying-chun, un panier en bambou à la main. Les épis balaient sa taille avec force bruissements. L'expression qu'on lit sur son visage est celle d'une femme qui a été retardée pour porter à manger à son homme travaillant dur aux champs. Ils n'habitent plus ensemble, mais ils n'ont pas divorcé pour autant. Ils n'ont pas divorcé, mais depuis longtemps ils ne goûtent plus aux joies du lit, c'est pour moi une légère consolation. Cette façon de voir les choses est un peu éhontée, on pourrait s'étonner qu'un cochon s'intéresse aux relations amoureuses des humains, mais en fin de compte j'ai été son mari, Ximen Nao, autrefois. Une odeur d'alcool se dégage de son corps, dans la fraîcheur prononcée de l'air en pleine campagne. Elle s'arrête à deux mètres de Lan Lian, regardant son dos un peu voûté tandis qu'il agite sa perche pour chasser les insectes. La perche fait un mouvement semi-circulaire, avec un bruit de vent. Le vol des papillons est rendu maladroit par leurs ailes collées par la rosée et par leur abdomen pesant. Il est certainement conscient de la venue de quelqu'un derrière lui, et je suis persuadé qu'il sait que cette personne est Ying-chun, mais il ne s'est pas arrêté immédiatement, il a juste ralenti peu à peu le mouvement de la perche et sa propre marche.

« Le père… », finit par dire Yingchun.

Encore deux derniers balayages, la perche se fige en l'air. Lui ne bouge pas, on dirait un épouvantail à moineaux.

« Les enfants se sont mariés, nous en avons fini avec les soucis. » Après ces mots, elle pousse un long soupir. « Je t'ai apporté une bouteille d'alcool, tout mauvais qu'il puisse être, il n'en reste pas moins ton fils.

– Hum… » Lan Lian bredouille un son, la perche dans sa main s'agite encore deux fois.

« Le responsable Pang est venu avec sa femme et sa fille, il a offert à chaque couple un cadre avec une représentation du président Mao… » Yingchun a élevé un peu la voix, elle dit, émue : « Le responsable Pang a été promu directeur de l'usine de transformation du coton, il a accepté que Jiefang et Hezuo soient affectés comme ouvriers dans son usine, en réponse à une demande de Hong Taiyue. Le secrétaire Hong est très bon avec Jinlong, Jiefang et Baofeng, en fait c'est un brave homme, le père, mieux vaudrait pour nous obtempérer. »

La perche en bambou s'agite de nouveau violemment, quelques papillons nuisibles sont touchés en plein vol par le bout de tissu, ils tombent sur le sol en geignant.

« C'est bon, c'est bon, je retire ce que je viens de dire, ne va pas te fâcher, dit Yingchun. Fais comme tu l'entends, de toute façon tout le monde est habitué. Mais comme c'est le banquet de noces des enfants, j'ai fait tout ce trajet à cette heure avancée de la nuit pour t'apporter de l'alcool, bois-en un peu et je m'en vais. »

Yingchun retire du panier une bouteille qui scintille dans le clair de lune, elle ôte le bouchon et fait quelques pas en avant, elle la passe par le côté pour l'amener devant lui.

La perche cesse de s'agiter, l'homme est figé sur place. Je vois des larmes briller dans ses yeux, il met sa perche à la verticale, l'appuie contre son épaule, fait glisser son chapeau sur sa nuque, regarde la lune qui descend vers l'ouest, la lune, de son côté, bien sûr, le regarde, accablée de tristesse. Il prend la bouteille sans se retourner et dit :

« C'est peut-être vous qui avez raison, et moi le seul à être dans le tort, mais j'ai fait le serment avec mon sang d'aller jusqu'au bout, que j'aie tort ou non.

– Le père, quand Baofeng se sera mariée à son tour, je me retirerai de la commune pour rester avec toi.

– Non, s'il me faut être à mon compte, je dois être seul, je n'ai besoin de personne, je ne suis pas contre le Parti communiste, encore moins contre le président Mao, je ne suis pas non plus contre la commune populaire, ni contre la collectivisation, j'aime travailler pour mon compte, c'est tout. On dit toujours que tous les corbeaux sous le ciel sont noirs, et pourquoi ne pourrait-il y en avoir un blanc ? Eh bien, moi, je suis justement un corbeau blanc ! » Il jette de l'alcool en direction de la lune avec une exaltation que je ne lui connais pas, il crie d'une voix pathétique et triste : « Ô lune, ces dix dernières années tu m'as tenu compagnie pendant mon travail, tu as été la lanterne que le ciel m'a donnée. Tu m'as éclairé dans mes labours et mes binages, quand je semais ou que j'éclaircissais les plants, quand je moissonnais ou que je battais le grain… Tu restais silencieuse, jamais ne te fâchais ni ne te plaignais, j'ai une lourde dette de reconnaissance envers toi. Ce soir, laisse-moi te faire une libation avec cet alcool, pour t'exprimer tout ce que je ressens, ô lune, tu t'es donné bien du mal ! »

L'alcool transparent se disperse dans l'air, on dirait des perles d'un bleu profond. La lune frémit, elle cligne de l'œil à plusieurs reprises à l'intention de Lan Lian. Toute cette scène m'a profondément ému, à une époque où toutes les louanges vont au soleil[1], il y a encore quelqu'un pour entretenir avec la lune des liens si profonds ! Lan Lian verse dans son gosier l'alcool qui reste dans la bouteille, puis il lève cette dernière derrière son épaule et dit :

« C'est bon, tu peux t'en aller. »

Il se remet en marche, agitant sa perche de bambou, Yingchun s'agenouille sur le sol, élève haut ses mains jointes vers la lune. La lune, toute douceur, éclaire les larmes qui gouttent de ses yeux, ses cheveux poivre et sel et ses lèvres qui tremblent…

L'amour pour ces deux êtres me fait me lever sans penser aux conséquences. Je suis convaincu qu'ils sont en communion d'âme avec moi et qu'ils savent qui je suis, qu'ils ne me considèrent sûrement pas comme un esprit mauvais. Je m'avance jusque devant eux, suivant la rangée de blé, mes pattes de devant appuient sur les épis souples, élastiques. Je m'incline, les sabots de devant posés l'un sur l'autre, articulant quelque chose en guise de salutation. Ils me regardent, interdits, un peu surpris, un peu perplexes. Je dis : « Je suis Ximen Nao. » J'entends très clairement cette voix humaine qui sort de ma gorge, mais eux ne manifestent pas la moindre réaction. Au bout d'un long moment, Yingchun pousse un cri perçant. Lan Lian, appuyé sur sa perche, me dit :

« Esprit de cochon, si tu as l'intention de me mordre, fais comme bon te semble, mais je te prierais de ne pas endommager mes blés. »

Une tristesse infinie me submerge, les êtres humains et les animaux ne sont pas du même ordre, la communication se fait difficilement. Je repose mes pattes sur le sol et me faufile hors du champ, je suis submergé par un senti-

1. C'est-à-dire au président Mao.

538

ment de découragement. Mais comme je m'approche peu à peu du verger, je retrouve mon excitation d'avant, tous les êtres en ce monde ont leurs propres préoccupations, naissent, vieillissent, sont malades, meurent, connaissent chagrins et joies, séparations et retrouvailles, c'est la loi générale, on ne peut aller contre, puisque, à présent, il m'est donné de vivre dans le corps d'un cochon, assumons les devoirs qui sont les siens. L'obstination de Lan Lian l'a fait sortir du lot, moi, Zhu le Seizième, je veux me servir de ma grande intelligence et de mon courage ainsi que de mes capacités hors du commun pour accomplir des choses qui ébranleront le ciel et la terre, pour, sous les apparences d'un cochon, me faire un nom dans l'histoire des hommes.

Une fois dans le Verger des abricotiers, j'oublie complètement Lan Lian et Yingchun. En effet, je constate que Diao Xiaosan a si bien séduit Folie de papillon qu'elle est folle de désir, des vingt-neuf autres truies qui restent, quatorze ont déjà sauté hors de l'enclos, des quinze autres certaines se lancent contre la porte, d'autres gémissent en direction de la lune, le rideau s'ouvre lentement sur le prologue d'un accouplement grandiose.

Le personnage A ne s'est pas encore montré que le B, contre toute attente, lui a disputé la vedette et est déjà entré en scène, est-ce seulement possible !

Chapitre vingt-neuvième

Zhu le Seizième mène un grand combat contre Diao Xiaosan.
Le Chant du chapeau de paille accompagne la danse de la loyauté[1].

Diao Xiaosan est appuyé contre le fameux abricotier, soutenant de son sabot gauche un chapeau de paille empli d'abricots jaunes. Il ne cesse de prendre un de ces fruits entre les doigts de son sabot droit et de l'envoyer avec précision dans sa bouche. Il fait claquer ses lèvres et, une fois la chair mangée, il recrache le noyau à plusieurs mètres de là. Son allure dégagée me ferait presque douter que ce bâtard ait été blessé en mordant le pétard. Sous un frêle abricotier situé à quatre ou cinq mètres de là, Folie de papillon minaude, élevant dans une de ses pattes un petit miroir, tandis que dans l'autre se trouve une moitié de peigne en plastique, elle joue les coquettes. Hé, la truie, ta faiblesse est de rechercher les petits profits ! Pour un petit miroir et un demi-peigne minable, tu es prête à prendre le premier galant venu. À quelques mètres de là, la dizaine de truies qui ont sauté par-dessus le mur couinent sans retenue, regardant de ce côté. Diao Xiaosan, par

1. Danse de l'idéogramme « loyauté », populaire dans les années 60.

540

moments, lance un des abricots du chapeau dans leur direction, suscitant à chaque fois la ruée des truies sur le projectile. « Troisième grand frère, grand frère chéri, tu n'as d'yeux que pour Folie de papillon, pourtant nous aussi, nous t'aimons, nous sommes toutes consentantes pour te donner une descendance. » Les truies formulent des paroles dévergondées pour provoquer Diao Xiaosan, prêtes à lui procurer la sensation grisante de posséder tout un harem, de se sentir pousser des ailes. Tout frétillant, chantonnant un petit air, soutenant son chapeau du sabot, il se met à danser. Les truies qui ont fait le mur chantent en chœur avec lui, se mettent à tourner comme des toupies, tandis que d'autres se roulent sur le sol. Elles sont au-dessous de tout, se rendent ridicules, je les méprise profondément. Pendant ce temps-là, Folie de papillon a placé miroir et peigne entre les racines de l'arbre et elle s'approche de Diao Xiaosan en tortillant de l'arrière-train, en agitant sa petite queue en tire-bouchon. Quand elle est proche de lui, elle se retourne soudain pour lever haut son derrière. Je bondis, pareil à une gazelle des déserts d'Afrique, et retombe entre Folie de papillon et Diao Xiaosan, faisant si bien que l'agréable chose qu'ils allaient accomplir se change en rêve brisé.

Mon apparition fait baisser d'un cran le désir de la jeune truie. Elle tourne la tête, recule jusqu'à l'abricotier chétif, de sa langue pourpre elle roule dans sa bouche des feuilles tombées, toutes rougies par les insectes, et se met à les mâcher avec délectation. Frivolité, inconstance font partie de la nature des truies, on ne peut pas les en blâmer, cela seulement peut garantir que les spermatozoïdes porteurs des gènes les meilleurs pénétreront leur utérus et s'uniront à leurs ovules pour engendrer une éminente progéniture. C'est une vérité très simple que tous les cochons comprennent, comment Diao Xiaosan, qui a un quotient intellectuel

541

très élevé, ne le saurait-il pas ? Il me jette en bloc à la figure le chapeau et les abricots qui restent dedans et, dans le même temps, vomit des injures entre ses dents :

« Espèce de sale con, t'as mis à l'eau mon affaire ! »

J'esquive, l'œil vif et la patte preste, je saisis le bord du chapeau, je prends un appel sur mes pattes de derrière et me mets debout, mon corps tourbillonne, puis ma patte gauche s'arrête comme si elle avait pris racine, mon corps ainsi que ma patte droite suspendue en l'air en un éclair font un demi-tour, profitant de cette énorme force d'inertie, comme fait un athlète bien entraîné à lancer le disque, j'envoie le chapeau empli d'abricots, lequel dessine un superbe arc de cercle en direction de la lune, lointaine déjà. La mélodie émouvante du *Chant du chapeau de paille* retentit avec fracas :

> Lonlonla, lonlonlère,
> le chapeau de maman vole dans les airs,
> vole vers la lune,
> lonlonlère,
> parmi les bravos des petites truies.

Il n'y a pas seulement le troupeau des truies, tous les cochons de la porcherie capables de sauter le mur l'ont fait, ceux qui ne peuvent pas sauter se sont mis debout en s'appuyant au faîte du mur et regardent dans cette direction. Je me remets sur mes quatre pattes et je dis calmement, mais sur un ton péremptoire :

« Mon vieux Diao, mon dessein n'était pas de nuire à ton doux projet, c'était pour l'excellence génétique… »

Mes pattes de derrière prennent appui fortement sur le sol, mon corps s'envole, fonce droit sur Diao Xiaosan. Dans le même temps, Diao Xiaosan se précipite vers moi. L'impact se fait à environ deux mètres du sol, le heurt de nos groins est retentissant, j'éprouve la dureté du sien et je sens l'odeur forte et sucrée qui s'exhale de sa bouche. Mon museau me picote, à mes oreilles résonne *le Chant du chapeau de paille*, je retombe sur le sol. Je fais une roulade et me remets sur mes pattes, je lève mon sabot pour toucher mon groin, mes doigts sont souillés de sang bleu. Je jure tout bas : « Connard ! »

Diao Xiaosan lui aussi fait une roulade et se remet debout, lui aussi lève sa patte pour se toucher le nez, elle est souillée de sang bleu. Il jure tout bas : « Connard ! »

« Lonlonla, lonlonlère, le chapeau que maman m'a offert est perdu », *le Chant du chapeau de paille* tournoie, la lune revient en roulant, elle s'arrête au-dessus de nos têtes, ondulante, on dirait un dirigeable chahuté dans un courant atmosphérique, le chapeau de paille tourne autour d'elle dans un mouvement gracieux, comme un satellite. « Lonlonla, lonlonlère, le chapeau de maman est perdu… » Les cochons applaudissent ou frappent du sabot en mesure, ils chantent tous en chœur *le Chant du chapeau de paille*.

Je cueille une feuille d'abricotier, la mâche complètement, la recrache, la saisis entre les doigts de mon sabot, la fourre dans ma narine qui saigne, me prépare à lancer l'assaut du deuxième round. Je vois que les deux narines de Diao Xiaosan saignent, du sang bleu, qui goutte sur le sol, répandant une lueur pareille à un feu follet. Je me réjouis en secret, au premier round nous semblons être à égalité, en fait c'est moi qui ai pris un peu l'avantage. Je ne saigne que d'une narine, alors que lui saigne des deux. Je sais que l'explosif dont la puissance ne le cède en rien à celle d'un détonateur m'a aidé, sinon mon groin n'aurait pas fait le poids face à celui d'un cochon des monts Yimeng habitué à bouger de grosses pierres. Les yeux de Diao Xiaosan roulent, se font fuyants, comme s'il cherchait des feuilles d'abricotier, connard, toi aussi tu penses arrêter ton saignement de nez avec des feuilles ? Je ne t'en donnerai pas l'occasion ! Je pousse un long cri, mon regard perce ses yeux de ses deux poinçons, en même temps je bande tous les muscles de mon corps, accumulant la plus grande force possible, et soudain je bondis...

Le rusé Diao Xiaosan ne prend pas son élan en vue d'un choc frontal, non, il se glisse en avant comme une loche de vase, si bien que je manque mon coup. Mon corps dessine une trajectoire dans les airs et va s'enfoncer directement dans la couronne de cet abricotier tout tordu. J'entends à mes oreilles de grands craquements irréguliers et j'atterris sur le sol à la suite d'une branche de la grosseur d'un bol à thé. C'est ma tête qui a touché la terre en premier, puis mon dos a pris le relais. Je fais une roulade et me relève, tout tourne autour de moi, j'ai des mouches devant les yeux, de la terre plein la bouche. « Lonlonla, lonlonlère... » Les truies applaudissent en chantant. Je ne suis pas fou de ces truies, elles suivent le vent, elles tourneront leurs postérieurs vers le vainqueur. Ce dernier sera roi. Diao Xiaosan, très satisfait de lui, se met debout comme un être humain, salue, les sabots joints, en remerciement des applaudissements, envoie des baisers malgré le sang sale qui goutte de son nez et souille son poitrail, les truies lui font une ovation. Diao Xiaosan jubile, et voilà qu'il marche avec ostentation jusque sous l'arbre, jusqu'à moi, il prend dans sa bouche la branche que j'ai cassée sous mon poids, elle est pleine de fruits, il la tire de dessous mon postérieur. Tu y vas trop fort, connard ! Mais la tête me tourne. « Lonlonla, lonlonlère et lonlonla... » J'ai les yeux écarquillés de colère en le voyant remorquer à reculons cette lourde branche chargée d'abricots dorés. Il se presse sur quelques pas, s'arrête pour se reposer quelques secondes, puis continue de tirer. La branche traîne sur le sol avec bruit. « Lonlonla, lonlonlère et lonlonla, le troisième grand frère, c'est quelqu'un… » Je sens la colère monter, j'enrage de ne pouvoir me jeter sur lui… mais voilà, j'ai toujours des vertiges. Diao Xiaosan traîne la branche chargée de fruits jusque devant Folie de papillon. Il se redresse, recule sa patte de derrière droite d'une cinquantaine de centimètres, se penche, tend sa patte de devant droite comme un gentilhomme portant des gants blancs, il lui fait effectuer un demi-cercle désignant la branche : « Je vous en prie, mademoiselle… » « Lonlonlère et lonlonla… » Puis il fait un autre signe à l'adresse de la dizaine de truies et des cochons castrés qui se trouvent plus loin encore. La foule des suidés pousse des cris de joie, tous se ruent dessus, en un rien de temps la branche est mise en pièces. Quelques cochons émasculés, jouant d'audace, font mine de s'approcher de l'abricotier. Je vois une petite truie qui s'est accaparé une branchette emplie de fruits, toute contente elle agite la tête, ses larges oreilles lui battent les joues avec des claquements. Diao Xiaosan se met à tourner en envoyant des baisers, un vieux cochon castré à l'air sournois met ses pattes de devant dans sa bouche et produit un sifflement aigu. Les cochons se tiennent tranquilles.

Je m'efforce de reprendre mes esprits. Je sais que si je compte uniquement sur le courage brut, je vais en baver davantage. Ce n'est pas le plus grave, le pire est que toutes ces truies deviennent épouses et concubines de Diao Xiaosan et que, cinq mois plus tard, la porcherie compte des centaines de petits diables supplémentaires au long groin, aux oreilles pointues. Je tortille ma queue en tire-bouchon, bouge mes muscles et mes os, crache la terre que j'ai dans la bouche, ramasse en passant quelques abricots. Il y en a une bonne couche sur le sol, c'est moi qui les ai fait tomber dans ma chute. Ils sont mûrs à point, très sucrés, leur chair est un vrai miel. « Lonlonla, lonlonlère et lonlonla, le chapeau de maman tourne autour de la lune, tantôt doré, tantôt argenté… » Après avoir mangé quelques abricots, je me sens plus serein. Leur jus est agréable à ma bouche et à ma gorge. Pas d'impatience, je vais carrément prendre le temps d'un repas. Je vois Diao Xiaosan coincer un abricot entre les doigts de son sabot et le porter jusqu'à la bouche de Folie de papillon. Celle-ci fait des manières, refuse de le manger.

« Ma mère m'a dit qu'il ne faut pas manger comme ça les choses venant de vous autres mâles, dit Folie de papillon avec coquetterie.

– Ta mère t'a raconté n'importe quoi. » Diao Xiaosan insiste pour lui fourrer un abricot dans la bouche, puis il profite de l'occasion pour lui faire un baiser sonore sur l'oreille. La troupe des cochons derrière chahute : « *A kiss ! A kiss !* Lonlonla, lonlonlère et lonlonla… », sans doute ont-ils déjà oublié ma présence. Ils pensent sans doute que l'issue de la lutte est claire et que je baisse pavillon. La plupart d'entre eux viennent, comme Diao Xiaosan, des monts Yimeng, aussi prennent-ils parti pour lui. Putain ! C'est le moment ou jamais ! Je mobilise toute mon énergie et fonce droit sur lui, mon corps s'élève dans les airs, Diao Xiaosan refait le même tour de passe-passe, rusé, il s'échappe en se glissant sous mon ventre. Mon garçon, c'est justement ce que j'attendais. Je retombe bien stable sous l'abricotier chétif, c'est-à-dire juste à côté de Folie de papillon, j'ai changé ma place avec celle de Diao Xiaosan. Je lève mes pattes de devant et donne une gifle énergique sur la joue de Folie de papillon, puis je profite de la situation pour me jeter sur elle et la renverser. Elle pousse des cris perçants, pleure. Je sais que Diao Xiaosan va faire demi-tour et me charger violemment, or mes deux précieux testicules, énormes, sont le point le plus vulnérable de mon corps et ils vont faire l'objet de son attaque, coup de boutoir ou morsure, et tout sera terminé. Je bouge là un pion dangereux, je joue à quitte ou double, du coin de l'œil je m'efforce de regarder en arrière pour trouver la bonne mesure et le moment opportun. Je vois la grande bouche ouverte de cette bête féroce, de l'écume sanguinolente en jaillit, je vois la lueur mauvaise dans ses yeux. « Lonlonla, lonlonlère et lonlonla... » C'est le moment ou jamais, mes pattes de derrière se lèvent, celles de devant sont appuyées sur le corps de Folie de papillon, je vais m'aider de la force mise à faire le poirier, Diao Xiaosan, pareil à un obus sifflant, se précipite contre mon ventre, mon corps en retombant se retrouve tout juste à califourchon sur son dos. Sans lui permettre la moindre résistance, mes deux sabots de devant s'enfoncent avec précision et cruauté dans ses yeux qui lancent des éclairs mauvais. « Lonlonla, lonlonlère et lonlonla, le chapeau de maman a volé sur la lune, il a emporté mon amour et mon idéal... » Ce coup est vraiment un peu perfide et méchant, mais en un moment aussi stratégique les prêchi-prêcha hypocrites ne sont pas de mise.

Diao Xiaosan, avec moi sur son dos, se heurte à tout ce qu'il rencontre, il finit par me faire dégringoler de là. De ses yeux coule un sang bleu. Il se roule à terre en tous sens, les sabots sur les yeux il hurle : « Je ne vois plus rien... je ne vois plus rien... »

« Lonlonla, lonlonlère et lonlonla... » La troupe des cochons ne dit mot, ils ont tous une expression grave. La lune monte, s'éloigne, le chapeau atterrit en voltigeant, *le Chant du chapeau de paille* s'arrête net, seuls résonnent dans le verger les cris aigus et effroyables de Diao Xiaosan. Les cochons castrés rentrent dans leur enclos la queue entre les pattes, les truies, sous la direction de Folie de papillon, forment un cercle, se retournent, bien alignées, me font du charme, m'offrant leurs derrières. Leurs bouches murmurent ces mots pressants :

« Maître, maître adoré, nous vous appartenons toutes, vous êtes notre grand roi, nous sommes vos humbles concubines, nous sommes prêtes, nous voulons être les mères de vos enfants. Lonlonla, lonlonlère et lonlonla… » Le chapeau de paille qui est retombé sur le sol est aplati comme une galette par Diao Xiaosan qui roule en tous sens. J'ai le cerveau vide, il me semble entendre résonner encore à mes oreilles l'écho du *Chant du chapeau de paille*, puis ces sons deviennent comme des perles coulant dans la profondeur d'un étang, tout redevient normal, le clair de lune ruisselle comme de l'eau, la fraîcheur me saisit, je ne peux m'empêcher de frissonner de froid, j'ai la chair de poule. C'est donc ça, la lutte pour la conquête du pouvoir ? C'est ainsi qu'on obtient le titre de roi, d'hégémon ? Ai-je vraiment besoin de tant de truies ? À dire vrai, en ce moment je n'ai plus envie de m'accoupler avec elles, mais leurs derrières haut levés forment comme une muraille ronde indestructible qui m'encercle étroitement, m'empêche de me dégager. Je voudrais pouvoir enfourcher le vent, m'éloigner, mais une voix solennelle venue de très haut m'alerte : « Roi des cochons, tu n'as pas le droit de te soustraire, tout comme Diao Xiaosan n'a pas le droit de s'accoupler avec elles, c'est un devoir sacré qui t'incombe ! » « Lonlonla, lonlonlère et lonlonla… », *le Chant du chapeau de paille* fait penser à des perles montant lentement du fond de l'eau, c'est vrai, un monarque n'a pas de soucis domestiques, pour un monarque le pouvoir est au bout de sa queue. Je dois me consacrer aux devoirs de ma charge, m'accoupler aux truies, m'acquitter de mes obligations, répandre mon sperme dans leur utérus, sans m'occuper de savoir si elles sont laides ou belles, blanches ou noires, si elles sont vierges ou si elles ont déjà été montées par un autre. Le plus difficile reste de faire un choix, elles sont toutes si impatientes, si ardentes, par laquelle faut-il commencer, ou plutôt laquelle faut-il honorer[1] ? J'ai le sentiment pressant qu'il me faudrait l'aide d'un cochon castré pour gérer tout cela[2]. Il n'en manque pas, mais à présent il est trop tard. La lune va bientôt accomplir sa tâche de ce jour, à regret elle se cache à l'ouest, au faîte des abricotiers, elle laisse voir la moitié de sa face toute rouge. À l'est, au bord de l'horizon, se montre déjà du blanc argenté pareil au ventre d'un requin. L'aube va poindre, l'étoile du matin est particulièrement brillante. De mon groin dur je pousse un peu le derrière de Folie de papillon, pour montrer que je lui fais l'honneur de la choisir comme première partenaire. Elle gémit avec mille coquetteries : « Grand roi, ô grand roi… Toute sa vie votre servante a attendu cet instant… »

J'oublie momentanément tout ce qui s'est passé dans mes vies antérieures, pas plus que je ne me soucie de mes vies à venir, je ne suis plus qu'un authentique cochon mâle, je lève les pattes de devant et monte la truie Folie de papillon. « Lonlonla, lonlonlère et lonlonla… » *le Chant du chapeau de paille* éclate soudain. Sur ce fond sonore d'instruments à vent et à cordes jouant presto, une puissante voix de ténor s'élève, monte jusqu'au ciel : « Le chapeau de maman s'est envolé sur la lune, emportant avec lui mon amour et mon idéal… » Les truies, pas jalouses pour deux sous, forment une ronde, mordillant leurs queues en tire-bouchon, accompagnées par *le Chant du chapeau de paille* elles dansent autour de Folie de papillon et de moi. Ce sont d'abords des trilles d'oiseau dans le Verger des abricotiers, puis des nuages du levant, rouges comme le feu. Mon premier accouplement s'achève en beauté.

1. Expression employée lorsque l'empereur se rendait en personne dans un lieu.
2. C'est-à-dire un eunuque.

Quand je descends du corps de Folie de papillon, je vois Ximen née Bai arriver en se balançant avec sa palanche de nourriture, prenant appui sur sa longue louche. Je mets mes dernières forces à sauter le mur pour rentrer dans mon enclos, je n'ai plus qu'à attendre la nourriture apportée par dame Bai. Le soja noir et le son me font saliver en abondance. Je suis affamé. De l'autre côté du mur se montre le visage de dame Bai tout empourpré par les nuages du levant. Elle a des larmes dans les yeux, elle me dit, en proie à mille sentiments :

« Le Seizième, Jinlong et Jiefang se sont mariés, toi aussi tu t'es marié, vous êtes tous devenus grands... »

Chapitre trentième

Les cheveux magiques sauvent la vie de Xiaosan.
L'attaque du dragon au poison rouge fait périr les
cochons.

Le huitième mois de cette année-là, le temps fut particulièrement étouffant, il plut abondamment, on avait
l'impression que le ciel était percé. Le canal d'irrigation, près de la porcherie, débordait, la terre, gonflée
d'eau, levait comme de la farine. Quelques vieux abricotiers, ne supportant pas cet excès d'humidité, per-
dirent toutes leurs feuilles ; pitoyables, ils attendaient
la mort. De longs rejets poussaient sur les bois de peuplier et de saule utilisés pour les poutres des bâtiments
de la porcherie. Sur les tiges de sorgho formant les
haies apparut de la moisissure blanche. L'urine et les
excréments des porcs fermentaient, une odeur de moisi
et de pourri régnait partout. Les grenouilles auraient dû
se préparer à hiberner, mais voilà qu'elles recommen-
çaient à copuler, une fois la nuit tombée des champs
montaient par vagues des coassements, ce vacarme empê-
chait les cochons de dormir.

Peu de temps après, dans la lointaine Tangshan devait
se produire ce terrible tremblement de terre, l'onde de
choc se fit sentir jusqu'ici, faisant s'ébouler une dizaine
de porcheries aux fondations insuffisantes. La poutre
maîtresse de mon propre abri grinça. Puis il y eut une

pluie de pierres météoriques, une autre d'énormes étoiles filantes, accompagnées de grondements terribles et d'une vive lumière qui vous brûlait les yeux, déchirant le voile de la nuit d'encre elles tombaient sur le sol avec fracas, la surface de la terre en tremblait. À cette même époque, la vingtaine de truies engrossées par mes soins avaient le ventre comme un ballon, les mamelles gonflées, elles étaient sur le point de mettre bas.

Diao Xiaosan était toujours mon voisin mitoyen, après notre combat il avait eu une cécité totale de l'œil droit, quant au gauche, il lui restait encore un peu d'acuité visuelle. C'était un malheur pour lui et je regrettais profondément mon geste. Pendant les journées de printemps, deux truies n'avaient pas été engrossées par mes soins malgré mes efforts répétés, j'avais pensé demander à Diao Xiaosan de prendre le relais, ce qui aurait pu passer pour une forme d'excuse de ma part. Je n'aurais jamais imaginé que, l'air sombre, il me ferait la réponse suivante :

« Zhu le Seizième, ah, Zhu le Seizième, on peut donner la mort à un homme de cœur, mais non l'humilier ! Moi, Diao Xiaosan, je reconnais ma défaite, un peu de dignité, je te prie, ne me fais pas un tel affront ! »

Ses paroles me touchèrent profondément et je ne pus que regarder d'un autre œil celui qui avait été mon rival. Je te le dis, depuis sa défaite, Diao Xiaosan était devenu très réservé, il n'était plus glouton ni bavard comme avant, tous ces défauts avaient disparu. Et comme un malheur n'arrive jamais seul, une catastrophe plus grande encore allait lui tomber dessus. Je devais être plus ou moins impliqué dans l'affaire. Cela concernait les deux truies que je n'étais pas parvenu à engrosser ; les employés de la porcherie voulurent que Diao Xiaosan essayât à son tour. Diao Xiaosan devait rester assis derrière elles, silencieux, pas excité pour un sou, on aurait dit une statue de pierre glacée. Aussi les employés pensèrent-ils qu'il avait perdu toute capacité sexuelle. Pour améliorer la qualité du lard de ceux qui quittent le service, souvent on les châtre, c'est une invention ignominieuse de vous autres, les humains. Et c'est ce supplice cruel que dut subir Diao Xiaosan. La castration pour un porcelet non encore développé est une petite opération qui peut être menée à bien en quelques minutes, mais pour un porc adulte comme l'était Diao Xiaosan (dans les monts Yimeng il avait dû avoir des aventures amoureuses torrides) il s'agissait d'une intervention importante, au cours de laquelle sa vie resterait suspendue à un fil.

Une dizaine de miliciens le plaquent au sol sous le vieil abricotier au tronc tordu. Il se débat avec une violence inégalée, au moins trois des hommes vont avoir la main abîmée par ses morsures. Un homme lui tient chaque patte, le forçant à rester sur le dos, son cou est maintenu par une palanche en bois aux extrémités de laquelle pèse un milicien. On lui a fourré dans la bouche un galet lisse gros comme un œuf de cane, il ne peut ni cracher ni avaler quoi que ce soit. Celui qui perpètre le crime, muni d'un couteau, est un vieux bonhomme chauve, mis à part quelques poils poivre et sel épars sur les tempes et sur le derrière de la tête. J'éprouve pour cet homme une haine instinctive, quand j'entends les autres l'appeler par son nom, je me rappelle soudain ce Xu Bao, mon ennemi de longue date, que j'ai connu dans mes deux vies antérieures. Le type a vieilli, il est atteint d'asthme, au moindre mouvement il halète avec bruit. Quand les autres s'emparent de Diao Xiaosan, il reste à les regarder de loin, les bras croisés. Quand Diao Xiaosan est maîtrisé, il s'avance alors à grands pas. Dans ses yeux brille un éclat d'excitation tout professionnel. Ce type, qui mériterait la mort et qui est pourtant toujours en vie, tranche avec des gestes prompts les testicules de Diao Xiaosan, puis il prend dans sa besace une poignée de chaux siccative qu'il éparpille n'importe comment, alors, emportant les deux trucs d'un violet clair, gros comme des mangues, il fait un bond de côté. J'entends Jinlong lui demander : « Oncle Bao, ne faudrait-il pas recoudre un peu ? »

Xu Bao répond en haletant : « Mon cul ! »

Les miliciens crient et s'égaillent d'un bond de tous côtés. Diao Xiaosan se relève lentement, il crache le galet qu'il a dans la bouche, une atroce souffrance le fait trembler de tout son corps, les soies sur son dos sont hérissées comme les poils d'une brosse, le sang pisse de sa blessure. On ne l'entend pas geindre et encore moins pleurer, il serre très fort les dents qui grincent avec bruit. Xu Bao est debout sous l'abricotier, dans une de ses mains couverte de sang il tient les testicules de Diao Xiaosan, il les examine, cachant mal sa joie, des rides profondes envahissent son visage. Je sais que ce type cruel raffole de testicules de toutes sortes d'animaux. Les souvenirs du temps où je vivais dans le corps d'un âne me reviennent soudain à l'esprit, je me rappelle cette technique mettant fin à toute postérité nommée « dérober la pêche sous la feuille », et comment, après m'avoir pris mon testicule, il l'avait fait frire avec du piment et l'avait mangé. Plusieurs fois je pense sauter le mur pour mordre les testicules de ce connard afin de venger Diao Xiaosan et de me venger aussi, par la même occasion, et aussi de venger tous ces chevaux, ces ânes, ces bœufs et ces cochons qui ont eu affaire à lui. Je n'ai encore jamais éprouvé un sentiment de peur face aux humains, mais je dois reconnaître franchement que j'ai peur de ce bâtard de Xu Bao, il est, de nature, l'étoile de malheur de nous autres, les animaux mâles. Son corps délivre non une odeur ni une chaleur, mais un message qui nous donne la chair de poule, oui, il nous fait entrer dans un « champ », celui de la vie et de la mort, de la castration.

Notre Diao Xiaosan s'avance avec difficulté jusque sous l'abricotier, il appuie un de ses flancs contre le tronc et, lentement, il s'accroupit, à bout de forces. Le sang coule comme une petite source, teinte ses pattes de derrière en rouge, et aussi la terre qu'il a parcourue. Alors qu'il fait très chaud, il tremble comme un tamis qu'on secoue, ses yeux déjà se sont voilés, aussi ne peut-on voir son regard. « Lonlonla, lonlonlère et lonlonla… », la mélodie du *Chant du chapeau de paille* résonne avec lenteur ; mais les paroles ont été grandement déformées : « Maman, j'ai perdu mes testicules, ceux que tu m'avais donnés… » Les larmes emplissent mes yeux, pour la première fois j'éprouve la douleur profonde provoquée par cette grande compassion que nous ressentons pour nos semblables plongés dans le malheur, ainsi que de la consternation pour mon geste qui a manqué de noblesse lors de notre combat. J'entends Jinlong s'en prendre au vieux Xu Bao :

« Xu, mon vieux, merde, qu'est-ce que tu nous as fait là ? T'aurais pas sectionné une veine par hasard ?

– Le gars, on voit bien que t'y connais rien, ça se passe toujours comme ça avec les vieux mâles », répond Xu Bao. On dirait que tout cela ne le concerne pas.

« Et tu ne fais rien ? À perdre ainsi son sang, il va y rester avant peu, dit Jinlong, l'air préoccupé.

– Et alors, ce serait pas mieux comme ça ? reprend Xu Bao avec un sourire qui semble comme accroché à son visage. L'animal est un peu gras, au minimum on peut en tirer deux cents livres de viande. La chair des mâles est un peu plus dure, c'est vrai, mais c'est toujours meilleur que du tofu ! »

Diao Xiaosan ne devait pas mourir, mais je sais qu'il a effectivement pensé à la mort. Pour un mâle, subir un supplice aussi atroce est certes une souffrance pour le corps, mais, bien plus encore, c'est un coup dur porté au psychisme. À la souffrance physique vient s'ajouter un immense déshonneur. La plaie saigne énormément, le sang pourrait remplir deux cuvettes, il va être absorbé par le vieil abricotier, si bien que, l'année suivante, la chair dorée des abricots qu'il donnera sera emplie de filaments de sang d'un rouge vif. Avec cette grosse hémorragie, Diao Xiaosan semble tout ratatiné, affaibli. Je saute d'un bond de mon enclos, reste debout devant lui, je voudrais bien le consoler, mais je ne trouve pas les mots qui conviennent. J'attire à moi une section de vrilles de papaye qui court sur le toit de la salle des machines, désaffectée désormais, je cueille un fruit bien tendre et, le tenant dans ma bouche, je le porte jusque devant lui et lui dis :

« Frère aîné Diao, tu devrais manger un peu, peut-être que ça irait mieux après… »

Il penche la tête de côté et me regarde avec le peu d'acuité visuelle qu'il lui reste à l'œil gauche, il prononce les mots suivants, qui sifflent entre ses dents serrées : « Mon jeune frère le Seizième… Ce que je suis aujourd'hui, voilà ce que tu seras toi-même demain… Tel est notre destin, nous autres, cochons mâles… »

Sur ces mots, il laisse retomber sa tête, son squelette semble s'être disloqué.

« Mon vieux Diao, mon vieux Diao ! crié-je, tu ne peux pas mourir, mon vieux Diao… »

Mais vieux Diao ne me répond plus, alors, je me mets à pleurer à chaudes larmes. Le remords me ronge. Je fais mon examen de conscience, je me repens ; en apparence Diao Xiaosan semble avoir péri de la main de ce bâtard de Xu Bao, alors qu'en fait c'est moi le responsable de sa mort. « Lonlonla, lonlonlère et lonlonla… » Mon vieux Diao, mon brave frère, pars en paix, je souhaite que ton âme atteigne au plus tôt le séjour des morts et que le roi des enfers accorde une bonne issue à ta réincarnation future, que tu renaisses dans le corps d'un être humain. Pars libéré de tout souci, si tu éprouves encore de la haine, je m'en charge, je te vengerai, j'emploierai les mêmes moyens que Xu Bao, je lui infligerai en retour un châtiment corporel du même type…

Comme je suis là en proie à d'innombrables pensées, Baofeng, guidée par Huzhu, arrive à la hâte, sa trousse de secours au dos. Et, en ce même moment peut-être, Jinlong est assis dans le fauteuil en palissandre tout branlant dans la maison de Xu Bao, à manger, pour accompagner son bol d'alcool, la spécialité préparée de main de maître par ce dernier : les roubignoles de porc sautées aux piments. Le cœur des femmes est toujours plus enclin à la bonté. Il n'y a qu'à voir Huzhu, elle est en nage, en pleurs, on dirait que Diao Xiaosan n'est pas un cochon repoussant, mais un membre de sa propre famille avec lequel elle aurait des liens de sang. On est environ au troisième mois du calendrier lunaire, presque deux mois après votre mariage. Cela fait déjà un mois que Huang Hezuo et toi êtes allés travailler dans l'usine de transformation du coton de Pang Hu. Le coton commence tout juste à fleurir et à nouer ses fruits. Encore trois mois et le coton nouveau sera mis sur le marché.

[Pendant ce laps de temps, dans la vaste cour, moi, Lan Jiefang, avec le responsable de la salle de contrôle du coton ainsi qu'un groupe de jeunes filles affectées là et venant de différents villages et villes de districts, nous ôtions les mauvaises herbes, installions les bases des futurs tas, faisions les préparatifs pour acheter le coton. La cinquième usine occupait un espace de soixante-six hectares, clos de murs maçonnés en brique, les matériaux ayant été pris dans les tombes. Cette brillante idée venait de Pang Hu, elle avait permis de faire des économies sur les frais de construction de l'usine. Une brique neuve coûtait dix centimes, une brique de tombe revenait trois fois moins cher. Pendant longtemps, les gens ici ignorèrent que Huang Hezuo et moi étions déjà mariés. Je logeais dans le dortoir des hommes et elle dans celui des femmes. Dans une usine où le travail est saisonnier comme l'était l'usine de transformation du coton, il n'était pas pensable de mettre une pièce indépendante à la disposition de couples mariés. Et quand bien même on nous en aurait donné une, nous n'y aurions pas habité. J'avais le sentiment, quant à moi, que nos relations conjugales tenaient du jeu d'enfant, n'étaient pas réelles. Comme si nous allions nous réveiller et que quelqu'un serait là pour nous dire : « Dorénavant, elle sera ta femme et tu seras son mari. » C'était une situation extrêmement absurde et pratiquement inacceptable. Si j'éprouvais un sentiment, c'était pour Huzhu, non pour Hezuo. Ce devait être la source de mes souffrances pendant toute cette vie. Le matin du jour où nous entrâmes dans l'usine, je vis Pang Chunmiao. À cette époque, elle allait avoir six ans, des lèvres rouges et des dents blanches, des yeux comme des astres, une jolie peau lumineuse, on aurait dit un être de cristal, elle était adorable. Elle était en train de s'exercer à faire le poirier à l'entrée principale de l'usine. Elle portait un nœud en soie rouge dans les cheveux, un short marine, un chemisier blanc à manches courtes, des socquettes blanches et des sandales en plastique rouge. Sous les encouragements de tous, son corps s'inclina en avant, elle posa ses deux mains au sol, leva les jambes au-dessus de la tête, le corps arqué, elle se mit à marcher sur les mains. Et l'assemblée d'applaudir et de lui faire une ovation. Sa mère, Wang Leyun, courut jusqu'à elle, lui saisit les jambes et la remit droite en disant : « Mon trésor, mon petit trésor, ne fais pas la sosotte. » Et la petite de répondre comme si elle ne s'était pas assez amusée : « Mais j'ai encore plein de force… »

Cette scène apparaît toujours aussi vivante devant mes yeux, mais trente ans ont passé déjà… On pourrait dire que même si ces grands stratèges qu'ont été Zhu Geliang ou Liu Bowen avaient pu se réincarner à ce moment-là, ils n'auraient pas pu deviner que, peu d'années après, moi, Lan Jiefang, contre toute attente, et par amour, j'allais abandonner emploi et famille et partir en cachette avec cette petite fille, provoquant un énorme scandale dans l'histoire du canton de Dongbei. Mais je suis persuadé que le jour viendra où cet esclandre se transformera en une belle histoire. Mon ami Mo Yan, dans les moments les plus difficiles, a formulé une telle prédiction…

« Dis donc ! » Lan le Millénaire, Lan la Grosse Tête, donne un coup sur la table, on dirait celui frappé par un juge avec le morceau de bois destiné à effrayer l'accusé, il me fait revenir de mes souvenirs. « Pas d'inattention, écoute-moi parler, à l'avenir tu auras tout le temps de repenser à cette sale petite affaire, de la raconter, d'évoquer le passé grâce à elle, à présent tu dois rassembler toute ton énergie et écouter ce que je te dis, écouter la glorieuse histoire de ma vie dans un corps de cochon ! Où en étais-je ? »]

Ah, oui, ta sœur aînée Baofeng et ta belle-sœur Huzhu, à la vitesse du vent, arrivent sous l'abricotier tordu pour sauver Diao Xiaosan, qui a perdu beaucoup de sang suite à l'opération et qui est à l'article de la mort.

[« Jadis, combien de fois, à l'évocation de cet abricotier romantique qui avait poussé tordu, tu vomissais une écume blanche et t'évanouissais ; à présent, si l'on te mettait sous l'arbre, ne soupirerais-tu pas longuement, tel un vieux soldat rompu aux combats, couvert de cicatrices, visitant un ancien champ de bataille ?

Avec le temps, ce grand médecin, la peine la plus profonde cicatrise.

– Merde, à l'époque j'étais un cochon, alors la retenue !… »]

L'histoire raconte que Baofeng et Huzhu arrivent sous l'arbre pour faire un diagnostic et donner un traitement. Je suis debout à l'écart, tel un vieil ami, la face ruisselante de larmes. Au début elles pensent comme moi que Diao Xiaosan est mort, mais après examen elles s'aperçoivent que le cœur du type bat encore faiblement, bien que ce dernier soit à deux doigts de passer. Aussi Baofeng propose-t-elle, de son propre chef, d'administrer à Diao Xiaosan, par injection, des médicaments de sa trousse destinés aux êtres humains, un qui renforce le cœur, un qui arrête l'hémorragie, du glucose hautement concentré, et que sais-je encore. Ce qui mérite surtout d'être mentionné est que Baofeng va recoudre la plaie. Comme elle n'a, dans sa trousse, ni aiguille ni fil à usage médical, Huzhu, bien inspirée, arrache une aiguille qu'elle a au parement de son vêtement [comme tu le sais, les femmes mariées accrochent une aiguille à leur habit au niveau de la poitrine ou à leur chignon sur la nuque[1]], du coup elles ont l'aiguille mais pas le fil, Huzhu réfléchit un instant, puis elle dit en rougissant légèrement :

« Et si on se servait d'un de mes cheveux ?

– Un de tes cheveux ? interroge Baofeng.

– Ils sont longs, dit Huzhu, et ils sont pourvus de vaisseaux sanguins.

– Grande belle-sœur, dit Baofeng, émue, grande belle-sœur, tes cheveux devraient servir à recoudre des gens

1. Utile lors des rapports sexuels : elles piquent le dos du mari pour interrompre le coït.

distingués, les utiliser pour un cochon, c'est vraiment dommage !

– Mais non, petite sœur. » Huzhu aussi est assez émue. « Mes cheveux ne valent rien, tout comme la queue d'une vache ou la crinière d'un cheval, et si ce n'était cette maladie, clac, d'un coup je les aurais déjà coupés depuis longtemps. Mais si on ne peut pas les couper, on peut les arracher.

– Grande belle-sœur, tu es sûre qu'il n'y a aucun risque ? »

Baofeng est encore dubitative quand Huzhu a déjà arraché deux de ses cheveux. Ce sont les cheveux les plus magiques, les plus précieux en ce monde, ils mesurent environ un mètre cinquante, ils ont des reflets d'un doré sombre [à l'époque cette couleur était considérée comme horrible, mais de nos jours elle serait regardée comme le symbole de la distinction et de la beauté], beaucoup plus épais que la moyenne, rien qu'à les voir on peut apprécier à quel point ils sont lourds. Huzhu fait entrer un des cheveux dans le chas de l'aiguille, puis elle tend cette dernière à Baofeng. Baofeng lave la plaie de Diao Xiaosan avec de la teinture d'iode, puis, tenant à l'aide d'une pince l'aiguille avec son aiguillée constituée par le cheveu magique de Huzhu, elle entreprend de recoudre la plaie de Diao Xiaosan.

Huzhu et Baofeng s'aperçoivent de ma présence et de ma face ruisselante de larmes. Elles sont assez impressionnées par cette profonde démonstration d'affection. Huzhu a arraché deux de ses cheveux, un seul a servi pour recoudre la plaie, l'autre, elle l'a jeté, Baofeng le ramasse, l'enveloppe dans de la gaze et le place dans sa trousse de secours. Les deux belles-sœurs examinent un moment Diao Xiaosan, elles déclarent que désormais la guérison ne dépend plus que de lui, elles ont mis, quant à elles, tout leur cœur à le soigner, sur ces mots elles repartent ensemble.

Allez savoir, entre l'injection de Baofeng et le cheveu de Huzhu, lequel de ces deux procédés s'est avéré le plus efficace, toujours est-il que la blessure de Diao Xiaosan a cessé de saigner, que son rythme cardiaque est redevenu normal. Dame Bai lui apporte une demi-cuvette de bouillie de riz préparée uniquement avec des ingrédients de première qualité. Il s'agenouille sur le sol et boit lentement. Diao Xiaosan n'est pas mort, cela relève du miracle. Huzhu devait dire à Jinlong que tout le mérite en revenait à l'excellente compétence de Baofeng, mais j'ai le vague sentiment que c'est le cheveu de Huzhu qui a produit son effet.

Après son opération, Diao Xiaosan ne s'est pas jeté sur la nourriture, n'a pas engraissé rapidement comme on l'espérait (quand un cochon castré se met à faire du lard, n'est pas loin pour lui le temps de l'abattoir), il fait attention à ce qu'il mange, de plus je sais que, toutes les nuits, dans la porcherie, il fait des pompes, jusqu'à ce que la sueur lui coule le long de l'échine et que toutes les soies de son corps soient comme lavées à l'eau. J'éprouve de l'estime pour lui, mais aussi un peu de crainte. Je n'arrive pas à deviner ce que compte faire ce frère qui, après avoir subi un tel outrage et échappé de peu à la mort, reste plongé dans ses méditations la journée, fait de la culture physique le soir. En revanche je sais clairement que c'est un brave qui s'efforce de supporter son passage dans la porcherie. Il avait, à l'origine, l'étoffe d'un héros, le coup de couteau de Xu Bao lui a ouvert les yeux, a accéléré son évolution dans ce sens. Je suis persuadé qu'il ne recherche pas plus la tranquillité que le confort, qu'il ne restera pas à vie dans la porcherie. Il doit avoir à l'esprit quelque grand projet, celui de s'échapper de ce lieu… Mais un cochon presque aveugle, une fois dehors, comment s'en sortirait-il ? Bon, laissons là ces interrogations et continuons de raconter ce qui s'est passé ce huitième mois de l'année 1976.

Peu de temps avant que mes truies ne mettent bas, c'est-à-dire aux environs du vingtième jour du mois, après l'apparition de toutes sortes de phénomènes peu ordinaires, une épidémie brutale devait fondre sur la porcherie.

Cela a commencé avec un cochon castré répondant au nom de Fada du coup de boutoir, il s'est mis à tousser, à avoir de la fièvre, il ne mangeait plus, puis les quatre autres porcs castrés qui partageaient son enclos ont présenté les mêmes symptômes. Le personnel n'y a pas prêté attention car les occupants de ce box, les Fadas du coup de boutoir, sont les résidents de la porcherie les plus détestables, ce sont de ces petits cochons qui ne grandissent jamais, à les regarder de loin, on dirait des porcelets de trois à cinq mois ayant eu une croissance normale dans des conditions d'alimentation normale, mais, en s'approchant, on est effrayé par leur poil sec, leur peau rêche, leur face fourbe et hideuse. Ils savent comment vont les choses en ce monde, ont tous une riche expérience de la vie. Quand ils étaient dans les monts Yimeng, on les revendait sans doute tous les deux mois, car s'ils sont de gros mangeurs, ils ne prennent jamais de poids. Ce sont de vieux monstres qui gaspillent ainsi la nourriture. On a l'impression qu'ils n'ont pas d'intestin grêle et que ce qu'ils mangent, même les choses les plus exquises, passe de la gorge à l'estomac et de là tout droit au gros intestin, tout cela en à peine une heure, avant d'être expulsé, accompagné d'une puanteur qui monte jusqu'au ciel. Ils semblent souffrir constamment de la faim, ils grognent avec frénésie, leurs petits yeux en sont tout rouges, et quand ils n'arrivent pas à calmer leur appétit, ils donnent des coups de boutoir dans les murs, dans la porte en fer, à la longue ils deviennent enragés, vont jusqu'à vomir une écume blanche et à s'évanouir ; une fois sortis de leur syncope, ils reprennent leur petit manège. Ceux qui les ont vendus les avaient élevés pendant deux mois, puis, voyant que leur poids ne variait pas, qu'ils avaient de nombreux vices, ils s'étaient empressés de les mener à la foire pour s'en débarrasser à bas prix. Il y avait bien eu des gens pour s'interroger : pourquoi ne pas les tuer pour leur viande ? Tu as vu ces Fadas du coup de boutoir, je n'ai pas besoin d'en dire davantage. Quant à ceux qui se posent des questions, qu'ils regardent un peu ces cochons-là et ils ne mentionneront plus l'idée de les tuer pour manger leur viande. La chair de tels cochons vous dégoûte plus encore qu'un crapaud de cabinets. Aussi ces petits cochons tout vieux comptent-ils là-dessus pour prolonger la durée de leur vie. Ils ont fait l'objet de tractations successives sur les monts Yimeng avant d'être achetés par Jinlong à un prix vraiment dérisoire. Toutefois ils n'en restent pas moins des cochons. Ils sont venus gonfler le cheptel porcin vivant de la porcherie du Verger des abricotiers du village de Ximen.

Pourquoi les employés auraient-ils pris à cœur la toux, la fièvre et le manque d'appétit de ces cochons-là ?

Le responsable de leur nourriture et de l'entretien de leur porcherie est celui dont on a parlé à maintes reprises et dont en reparlera longuement dans la suite du récit : M. Mo Yan. À force de calculs, de détours et de flagorneries, il est devenu éleveur dans la porcherie. Son *Récit de l'élevage de cochons* devait lui valoir une large renommée, et s'il a pu écrire un tel livre, c'est incontestablement grâce à son expérience au sein de notre porcherie du Verger des abricotiers.

[On raconte que le célèbre metteur en scène Bergman aurait eu l'intention de le porter à l'écran, mais où aurait-il pu trouver autant de cochons ? Les cochons de nos jours, je l'ai bien vu, tout comme les poules et les canards, sont rendus à moitié idiots par les aliments tout préparés et les additifs chimiques, leur intelligence est réduite, où est passé le panache dont nous faisions montre, nous autres cochons, à l'époque ? Certains avaient le pied vigoureux, d'autres des capacités intellectuelles hors pair, d'autres encore étaient de fins matois ou bien savaient argumenter, bref chacun avait un type bien affirmé, un tempérament, à présent on ne trouverait pas au monde un cheptel porcin pareil à celui que nous formions. À présent ces gros bêtas bien blancs qui peuvent atteindre les trois cents livres à cinq mois ne pourraient même pas être retenus comme figurants. Aussi, à mon avis, le tournage du *Récit de l'élevage de cochons* par Bergman fait probablement partie désormais du domaine de l'illusion. Mais oui, bien sûr, tu n'as pas besoin d'attirer mon attention là-dessus, j'ai entendu parler de Hollywood, des effets spéciaux numériques, mais ces trucs-là ont un coût élevé et mettent en œuvre une technique compliquée, par ailleurs le plus important est que je ne crois pas qu'un cochon en images de synthèse puisse donner corps au panache que j'avais à l'époque, moi, Zhu le Seizième. La même remarque peut s'appliquer à Diao Xiaosan, à Folie de papillon et à ces Fadas du coup de boutoir.

Mo Yan continue à revendiquer ses origines paysannes, il passe son temps à écrire au comité international des Jeux olympiques pour qu'on ajoute une épreuve de binage, il pourrait alors s'inscrire comme participant. En fait ce petit drôle fait de l'intimidation, car même si le comité olympique inscrivait au programme une telle épreuve, il n'obtiendrait pas de place dans le palmarès. Les imposteurs redoutent avant tout leurs compatriotes, il peut donner le change aux Français, aux Américains, aux gens de Shanghai ou de Pékin, mais ce petit drôle ne peut nous duper, nous autres, ses pays. Toutes ces histoires de pacotille du temps où il était éleveur de cochons ne sont-elles pas, pour nous, du déjà vu et du resucé ? À l'époque, bien que je ne fusse qu'un cochon, j'avais un cerveau assez proche de celui d'un être humain. La situation toute particulière qui était la mienne m'a permis de comprendre la société, les campagnes et aussi Mo Yan.

Mo Yan n'a jamais été un bon paysan, il a les pieds à la campagne, mais sa tête est en ville. Il est de basse extraction sociale et pourtant il vise richesse et dignités ; il est laid, mais il court après les jolies femmes ; dès qu'il sait un petit quelque chose, le voilà qui se pique d'érudition. Que des gens comme lui parviennent, qui l'aurait cru, à s'introduire dans les rangs des écrivains, voilà qui est étrange ! L'on raconte même qu'à Pékin il mange des raviolis tous les jours, alors que moi, le noble cochon Ximen... Hélas ! Il est tant de choses que la raison ne saurait expliquer en ce monde, et il ne sert à rien d'épiloguer davantage. Pendant son séjour à la porcherie, il n'a pas été non plus un bon employé, et ne pas l'avoir eu comme responsable de ma nourriture a été une chance ; par bonheur, on m'avait attribué dame Bai. Je pense que le meilleur de tous les porcs élevé par ses soins serait probablement devenu fou au bout d'un mois. Je me dis aussi qu'heureusement pour eux les Fadas du coup de boutoir ont pu sortir de cet océan de souffrances, sinon comment auraient-ils supporté la méthode d'alimentation pratiquée par lui ?]

Évidemment, si l'on considère les choses sous un autre angle, quand ce dernier a commencé à travailler à la porcherie, au départ sa motivation était bonne. Il est d'une nature curieuse et, de plus, il aime bien laisser vagabonder son imagination. Dès le début, il n'a pas éprouvé d'aversion particulière pour ces Fadas du coup de boutoir, il pensait que si ces cochons n'engraissaient pas malgré leur prise de nourriture, c'était que le bol alimentaire ne restait pas assez longtemps dans leurs intestins, il s'est dit que si le transit intestinal pouvait s'effectuer sur un laps de temps moins court, ils assimileraient mieux les éléments nutritifs des aliments. Cette réflexion semblait avoir saisi l'essentiel du problème, il lui restait à passer à l'expérimentation. L'idée la plus minable a été celle de la pose à l'anus des cochons d'une soupape dont l'ouverture aurait été contrôlée par les employés, ce qui, bien sûr, était irréalisable. Il a alors commencé à chercher du côté de l'adjonction d'agents. La médecine chinoise, tout comme la médecine occidentale, ne manque pas de remèdes anti-diarrhéiques, mais ils sont onéreux et il fallait solliciter des gens pour s'en procurer. Au début, il a commencé à mêler à la pâture de la cendre végétale, ce qui lui a valu une bordée d'injures de la part des Fadas qui ont continué de plus belle leur manège de coups de boutoir. Mo Yan a persisté et signé, les Fadas, poussés dans leurs retranchements, ont dû manger ce qu'on leur donnait. Je l'ai souvent entendu leur dire tout en frappant le seau à nourriture : « Allez, mangez, mangez ! La cendre, c'est bon pour les yeux, ça éclaircit les idées et ça vous remettra d'aplomb le tube digestif. » Comme la cendre n'a eu aucun effet, il a fait un essai d'ajout de ciment, cette recette, bien que très efficace, n'allait pas sans présenter quelque danger pour la vie des Fadas. Ils ont eu si mal au ventre qu'ils s'en roulaient par terre, puis ils ont lâché quelques excréments pareils à des pierres, ce qui leur a permis d'avoir la vie sauve.

Les Fadas vouent à Mo Yan une haine mortelle, et lui-même a pris en horreur ces animaux incurables. Hezuo et toi-même partis pour l'usine de transformation du coton, il ne se sent déjà plus très à l'aise dans son travail. Il déverse le contenu d'un seau dans l'auge et dit à ces Fadas qui toussent, ont de la fièvre, geignent sans fin : « Espèces de démons, qu'est-ce qui vous arrive ? Voulez-vous faire la grève de la faim ? Voulez-vous vous suicider ? Très bien, c'est ce qui peut vous arriver de mieux ! Vous n'êtes même pas des cochons, vous ne méritez pas ce nom, vous n'êtes qu'une bande de contre-révolutionnaires qui gaspillez la précieuse pâture de la commune populaire ! »

Le lendemain ces Fadas devaient rendre leur dernier soupir, le corps couvert de plaies violettes de la grosseur d'une pièce de monnaie, les yeux écarquillés, il est évident qu'ils ne sont pas morts en paix. Comme il a été dit plus haut, pendant ce huitième mois il a plu sans discontinuer. Il fait une chaleur étouffante et moite, mouches et moustiques pullulent. Quand Guan, du centre vétérinaire de la commune populaire, arrive à la porcherie du Verger des abricotiers après avoir traversé à bord d'un radeau le cours d'eau qui connaît une brusque crue, les cadavres des Fadas sont déjà gonflés comme des outres et dégagent une puanteur qui vous prend aux narines. Chaussé de grandes bottes, couvert d'un imperméable en caoutchouc et portant un masque, Guan se tient debout à l'extérieur du mur d'enceinte de l'enclos, au premier coup d'œil à l'intérieur il lance : « Érysipèle aigu, il faut les brûler et les enterrer au plus vite ! »

Les employés de la porcherie (bien sûr y compris Mo Yan, qui ne peut y échapper), sous les directives de Guan, traînent les cinq Fadas hors de l'enclos jusqu'à un coin à l'est de la porcherie, là ils creusent une fosse – ils ont à peine bêché sur cinquante centimètres de profondeur que l'eau souterraine jaillit. On y jette les cadavres, on verse du pétrole dessus, on y met le feu et on les laisse brûler. C'est justement la saison où les vents de sud-est sont dominants, une épaisse fumée chargée d'une puanteur terrible enveloppe la porcherie et se dirige vers le village (cette bande de salopards a mal choisi l'endroit pour incinérer les cadavres). J'enfouis mon groin dans la terre pour faire obstacle à cette odeur, la plus épouvantable qui soit. Je devais apprendre après coup que, la nuit précédant l'incinération, Diao Xiao-san avait fait le mur, traversé le canal d'irrigation à la nage pour fuir vers les vastes campagnes de l'est, l'air terriblement corrompu de la porcherie ne devait avoir aucune incidence sur sa santé.

[Ce qui se passa ensuite, tu en as certainement entendu parler, mais tu ne l'as pas vu de tes propres yeux.] Le virus devait se propager rapidement, des huit cents porcs et plus que comptait le cheptel, y compris les vingt-huit truies sur le point de mettre bas, pratiquement aucun n'échappa à la contamination. Moi, si, grâce à mes bonnes défenses immunitaires, mais aussi parce que dame Bai a ajouté à ma pâture une grande quantité d'ail. Elle n'a cessé de me répéter : « Le Seizième, ô le Seizième, tu ne dois pas craindre son goût piquant car l'ail est le rempart contre tous les microbes. » Je savais pertinemment que cette maladie était redoutable, quand il y va de la survie, un peu de piquant dans la nourriture, la belle affaire ! Tous ces jours-là, plutôt que de dire que je mangeais un seau de pâture, autant dire que je mangeais un seau de purée d'ail ! J'en avais les larmes aux yeux, j'en suais toute l'eau de mon corps, ma muqueuse buccale en était tout abîmée, mais grâce à cela, par bonheur, je pus échapper à la catastrophe.

Une fois les cochons contaminés, un certain nombre de vétérinaires vinrent, traversant la rivière. Parmi eux il y avait une jeune fille, très robuste, au visage plein d'acné et qu'on appelait la responsable Yu du centre vétérinaire. Elle était très rigide, dirigiste. Quand elle téléphonait au district à partir du poste du bureau de la porcherie, on l'entendait à trois lieues à la ronde. Quelques vétérinaires, sous sa direction, avaient saigné les truies et leur avaient fait une piqûre. Au soir, le bruit avait couru qu'un bateau à moteur descendait la rivière avec des médicaments urgents. La plupart des cochons contaminés ne devaient pas moins mourir, alors la porcherie du Verger des abricotiers, qui avait connu ses heures de gloire, se retrouva en pleine débâcle. Les cadavres des porcs s'amoncelaient comme une montagne, impossible de les brûler, il ne restait d'autre solution que de creuser une fosse et de les enterrer. Mais comme à une profondeur de cinquante centimètres elle se remplissait d'eau, on n'a pas pu creuser davantage. Après le départ des vétérinaires, les gens, à court d'expédients, profitant de la nuit, ont transporté les porcs morts sur des triporteurs jusqu'à la digue et déversé les cadavres dans les eaux tumultueuses. Ceux-ci ont descendu le courant, nul ne sait ce qu'il est advenu d'eux en définitive.

Cette affaire réglée, on était au début du neuvième mois, après de nouvelles pluies diluviennes les enclos vacants, qui avaient été construits un peu trop sommairement sur des fondations peu solides, en une nuit s'étaient écroulés pour la moitié. J'entendais Jinlong pleurer, hurler dans la rangée de bâtiments. Je savais à quel point l'ambition dévorait ce vaurien, et combien il avait espéré pouvoir montrer ses talents lors des activités présidant à la visite de la délégation des membres responsables de la logistique à la région militaire, visite qui avait été repoussée en raison des pluies ; il avait pensé, par la même occasion, pouvoir grimper dans la hiérarchie. Or tout était bien fini, avec la mort des cochons et l'écroulement des bâtiments la porcherie n'était plus qu'un champ de ruines. Face à un tel spectacle, en repensant aux périodes de gloire qu'elle avait connues, j'ai eu le cœur navré.

Chapitre trente et unième

Ce lèche-cul de Mo Yan flatte le directeur Chang.
Plein d'amertume, Lan Lian pleure le président Mao.

Le neuvième jour du neuvième mois devait se produire un événement dont l'effet ne le céda en rien à
l'éboulement d'une montagne ou à un tremblement de
terre : la mort malheureuse de votre président Mao, suite
à une maladie incurable. Bien sûr, je pourrais utiliser la
première personne du pluriel et dire « notre » président
Mao, mais à l'époque j'étais un cochon, une telle formulation de ma part pourrait me faire suspecter d'irrespect.
Or derrière le village la rivière avait rompu ses digues,
ses eaux en crue avaient déferlé, brisant les poteaux
électriques, si bien que le téléphone du village était
devenu un simple élément du décor, tandis que le grand
haut-parleur restait muet. Jinlong devait apprendre la
nouvelle de la mort du président Mao par la radio.
Ce poste lui avait été offert par son grand ami Chang
Tianhong. Ce dernier avait été arrêté comme voyou par
le groupe de la sécurité publique du comité de contrôle
militaire, mais, faute de preuves suffisantes, il avait été
déclaré non coupable et remis en liberté. Après plusieurs
mutations, il avait été envoyé comme adjoint au directeur de la troupe d'opéra à voix de chat du district.
C'était un élément brillant sorti de l'institut de musique,
il s'agissait donc d'une affectation qui correspondait

précisément à sa spécialité. Il travaillait avec un enthousiasme croissant, en plus de la transposition, dans le répertoire de l'opéra à voix de chat des huit modèles révolutionnaires, on lui doit aussi l'écriture et la mise en scène d'un nouvel opéra, *Récit de l'élevage de cochons*, œuvre collant à la réalité et prenant pour matériaux les exploits de notre porcherie du Verger des abricotiers.

[Ce petit drôle de Mo Yan, dans la postface de son roman éponyme, a mentionné ce fait, il a même prétendu avoir participé à l'écriture de la pièce, j'affirme que cette assertion est pratiquement pure invention de sa part. Que, pour créer sa pièce, Chang Tianhong soit venu dans notre porcherie pour appréhender la vie, c'est vrai, que Mo Yan, tel un lèche-cul, l'ait suivi partout, c'est vrai aussi, mais qu'il ait participé à l'écriture de la pièce, c'est faux.]

Dans cet opéra moderne révolutionnaire à voix de chat, Chang Tianhong a mobilisé une imagination débridée, faisant parler les cochons sur scène, les divisant en deux factions, l'une prônant de bien manger et de bien chier afin de faire du lard pour la révolution, l'autre étant constituée d'ennemis de classe déguisés, avec à leur tête Diao Xiaosan, venu des monts Yimeng, et pour complices les Fadas du coup de boutoir, qui ne faisaient que manger sans jamais engraisser. Dans la porcherie les luttes ne se bornaient pas aux humains, les cochons aussi suivaient l'exemple, et c'étaient les conflits entre les animaux qui constituaient même la contradiction principale de la pièce, les humains devenant des figurants, laissant la vedette aux cochons. À l'université, Chang Tianhong avait étudié la musique occidentale, il était surtout très calé en opéra occidental, non seulement il innova avec audace sur le plan du contenu, mais dans celui de la conception des airs il réforma avec aplomb et impétuosité la mélodie traditionnelle de notre opéra à voix de chat. Pour le rôle du héros positif numéro un, Petit Blanc, le roi des cochons, il créa toute une série d'arias, de vrais morceaux de musique plus brillants les uns que les autres. [J'ai toujours pensé que Petit Blanc, le roi des cochons, c'était moi, pourtant Mo Yan, dans la postface de son *Récit de l'élevage de cochons*, a affirmé que ce personnage était symbolique, qu'il représentait une force vigoureuse toujours en progrès, toujours plus saine, en quête de liberté et de bonheur. Il est vraiment très fort en élucubrations et, surtout, il ne manque pas de culot.] Je savais que pour cette pièce Chang Tianhong avait dépensé une grande énergie, il pensait la constituer en modèle de combinaison d'éléments empruntés à la culture locale et à celle de l'étranger, où romantisme et réalisme se feraient valoir l'un par l'autre et où un contenu idéologique grave et une forme artistique pleine de vie feraient ressortir leurs mérites respectifs. Si le président Mao était mort quelques années plus tard, la Chine aurait peut-être compté un opéra modèle en plus. Ce neuvième modèle se serait appelé *Récit de l'élevage de cochons*, opéra à voix de chat de Gaomi.

Je me souviens de la scène où, par une nuit de lune, sous l'abricotier au tronc tordu, Chang Tianhong, tenant à deux mains la partition emplie de petits têtards, s'était essayé à chanter les arias du cochon Petit Blanc devant Jinlong, Huzhu, Baofeng, Ma Liangcai (à l'époque ce dernier était déjà directeur de l'école primaire centrale du village de Ximen) et d'autres jeunes concernés par cette affaire. Mo Yan, ce petit drôle, était là lui aussi. Il tenait à la main gauche un flacon en verre auquel était attaché un cordon en plastique vert et rouge, dans le flacon macéraient deux fruits de la scaphiglotte[1] dont

---

1. *Sterculiae scaphigerae*, grand arbre (de trente à quarante mètres) des régions tropicales.

Chang Tianhong se servait pour soigner sa gorge. Mo Yan était prêt à tout moment à dévisser le bouchon et à tendre le flacon au chanteur pour qu'il s'éclaircisse la voix. Il tenait dans sa main droite un éventail en papier huilé noir et éventait avec empressement le dos de Chang Tianhong (flatteries et flagorneries sont des attitudes répugnantes), et c'est de cette manière qu'il a pu participer à la création de l'opéra à voix de chat *Récit de l'élevage de cochons*.

Tout le monde se souvient du surnom qu'avaient donné les villageois à Chang Tianhong : « Grand Âne brayant » ; c'était une insulte à son talent. Une dizaine d'années avaient passé, l'horizon des gens du village de Ximen s'était peu à peu élargi, et ils avaient une nouvelle appréhension de l'art vocal de Chang Tianhong. Lui-même, venu pour connaître la vie sur le terrain, créer un nouveau théâtre, avait énormément changé. La légèreté et l'arrogance qui le caractérisaient à l'époque, et qui avaient provoqué l'aversion des gens du village, avaient complètement disparu pour faire place à de la mélancolie, perceptible dans son regard ; il avait le teint très pâle, une barbe dure au menton et quelques cheveux blancs sur les tempes, on aurait dit un vrai décembriste russe ou un *carbonaro* italien[1]. L'auditoire le regardait avec vénération, attendant sa prestation. J'appuyai les coudes de mes pattes de devant à la branche vacillante de l'abricotier, et là, le menton sur mon sabot gauche, je regardai le spectacle nocturne de ces aficionados sous l'arbre, appréciant la présence de ces

1. Du 9 (22) au 18 (31) décembre 1905, le soviet de Moscou (les décembristes) décide une insurrection armée contre le régime tsariste. Le même mois, de nombreuses manifestations révolutionnaires ont lieu dans les campagnes. Les *carbonari* sont les membres d'une société secrète du royaume de Naples qui lutta contre la domination napoléonienne.

adorables jeunes gens. Je vis la main gauche de Baofeng posée sur l'épaule gauche de sa belle-sœur
Huzhu, tandis que son menton était appuyé sur l'épaule
droite de cette dernière, toute son attention était
concentrée sur le visage émacié de Chang Tianhong levé
vers la lune et sur ses cheveux qui ondulaient naturellement (ils étaient coiffés à la dernière mode : la raie au
milieu permanentée). Bien que son visage fût dans
l'ombre, son regard brûlant laissait voir une profonde
souffrance et de l'impuissance. En effet, et cela nous le
savions aussi, nous autres, cochons de la porcherie, Chang
Tianhong s'était lié d'amour avec Pang Kangmei, la
fille de Pang Hu, laquelle, après avoir été diplômée de
l'université, avait été affectée à la direction de la production du district, on racontait qu'ils allaient se
marier pour la fête nationale. Pendant toute la période
où Chang Tianhong resta à la porcherie pour mieux
connaître la vie, Pang Kangmei devait venir deux fois.
Elle était resplendissante de santé, avait le regard brillant,
les dents blanches, elle faisait montre d'une grande ouverture d'esprit, elle était chaleureuse, généreuse, elle n'affichait absolument pas ces manières détestables qu'ont
certains intellectuels et citadins. Elle devait laisser une
excellente impression aux habitants et aux animaux du
village de Ximen. Comme elle était responsable du sec-
teur de l'élevage à la direction de la production, lors de
ces visites elle avait tenu à chaque fois à observer le
bâtiment où l'on élevait le bétail, elle était allée voir les
mulets, les ânes, les chevaux et les bœufs. J'avais dans
l'idée que Baofeng savait que Pang Kangmei était vraiment la femme qui convenait le mieux à Chang. Pang
Kangmei, quant à elle, semblait connaître les pensées de
Baofeng. Un soir, à la tombée de la nuit, je les avais
vues discuter longtemps sous l'abricotier au tronc
tordu, pour finir Baofeng sanglotait doucement appuyée
contre l'épaule de Kangmei, tandis que cette dernière,

les yeux pleins de larmes, caressait les cheveux de Baofeng pour lui témoigner toute sa sollicitude.

La trentaine de phrases des arias du *Récit de l'élevage
de cochons* que s'essayait à chanter Chang Tianhong
commençait par : « En cette nuit brillent les étoiles » ; la
deuxième phrase était : « Le vent du sud apporte le parfum des abricotiers, submergé par l'émotion je ne puis
trouver le sommeil » ; la troisième : « Moi, Petit Blanc,
appuyé à la branche, je me dresse et regarde au loin
l'azur » ; ensuite, dans l'ordre : « Il me semble voir sur
le monde flotter les drapeaux rouges, s'ouvrir de vives
fleurs » ; « Le président Mao a lancé un appel pour que
dans la Chine entière se développe l'élevage des porcs ».
Puis venait toute une tirade : « Un cochon est un obus
lancé sur les impérialistes, les révisionnistes, les contre-
révolutionnaires, et moi, Petit Blanc, en tant que mâle,
j'ai la lourde tâche d'entretenir mes forces, de conserver
mon énergie pour répondre à l'appel et copuler avec
toutes les truies de la terre… »

J'avais le sentiment que le rôle interprété par Chang
Tianhong était le mien, que le chant ne sortait pas de sa
bouche mais de la mienne, que ce qui était chanté là
venait de mon cœur. Mon sabot gauche s'agitait, battant la mesure, j'étais en proie à une grande excitation,
j'avais le corps enfiévré, mes testicules se contrac-
taient, mon long fouet sortait de son fourreau, j'aurais
voulu sur-le-champ m'accoupler avec les truies, le faire
pour la révolution, œuvrer pour le bonheur du peuple,
exterminer les impérialistes, les révisionnistes, les contre-
révolutionnaires, et sauver tous les damnés de la terre
plongés dans de cruelles souffrances. « En cette nuit
brillent les étoiles, ah, comme brillent les étoiles… »
Dans les coulisses l'accompagnement vocal se faisait
entendre, cochons et humains ne trouvaient pas le sommeil. Chang Tianhong possédait une voix claire et sonore,
on disait qu'elle pouvait couvrir trois octaves dans les

hautes, elle était éclatante, elle brillait comme un diamant. Son corps restait stable, il ne faisait pas de gestes inutiles comme les chanteurs de seconde zone. Au début nous nous appliquions à discerner les paroles qu'il chantait, mais à la longue les paroles perdaient leur sens, nous étions grisés par sa voix. Aucun des instruments de musique de la terre, aucun des sons merveilleux produits par les animaux, comme, par exemple, le chant du rossignol souvent mentionné dans les romans russes, ou celui des grandes baleines au cœur des océans, ou celui des grives que les vieillards chinois gardent en cage, rien de tout cela n'aurait pu rivaliser avec la voix de Chang Tianhong. Dans ses écrits, ce petit drôle de Mo Yan, qui ne connaît rien de rien à la musique occidentale, qui a sans doute assisté à quelques concerts en ville ou encore lu quelques biographies de musiciens, grappillant ainsi de vagues connaissances musicales, place la voix de Chang Tianhong sur un plan d'égalité avec celle du chanteur italien Pavarotti. Je n'ai jamais vu chanter Pavarotti, ni écouté un disque de lui, je n'ai aucune envie de le faire, mais je reste persuadé que la voix de Chang Tianhong est la plus belle du monde, qu'elle est celle du premier grand âne brayant à l'échelle mondiale. Quand il chantait sous l'arbre, les feuilles frémissaient doucement, les notes voltigeaient dans les airs comme une soie multicolore, les jades des monts Kun se brisaient et les phénix chantaient, les verrats étaient comme possédés, les truies dansaient. Si le président Mao était mort plusieurs années plus tard, cette pièce à coup sûr aurait pu connaître un franc succès. Au niveau du district d'abord, puis à celui de la province, puis le mouvement aurait gagné Pékin, et l'on aurait installé une scène pour la représenter devant le temple des ancêtres de l'empereur. Ainsi Chang Tianhong serait devenu célèbre, le district de Gaomi n'aurait pas pu le garder, son mariage avec Pang

Kangmei en aurait également été mis quelque peu en péril. Mais il est vraiment regrettable que cette pièce n'ait pu être jouée et, sur ce point, Mo Yan a dit quelques mots que, pour une fois, je partage entièrement. Il a dit qu'elle était le produit d'une période de l'Histoire bien particulière, caractérisée par l'absurde mais empreinte aussi de solennité, qu'il s'agissait d'un spécimen vivant néomoderne. Je ne sais si ce livret ainsi que la liasse épaisse des feuillets de la partition existent encore.

En voilà beaucoup sur un sujet qui n'a pas de lien direct avec le développement de notre récit. Je voudrais parler de cette radio. Le transistor de la marque Fanal rouge fabriqué par la quatrième usine de radios et de transistors de Qingdao était un cadeau de Chang Tianhong à Jinlong, bien qu'il n'eût pas précisé qu'il s'agissait d'un cadeau de mariage, et, malgré qu'il eût été offert au nom de Chang Tianhong, c'est Pang Kangmei, partie en mission à Qingdao, qui l'avait acheté là-bas. Bien qu'il s'agît d'un cadeau pour Jinlong, Pang Kangmei l'avait remis personnellement à Huang Huzhu et lui avait montré comment placer les piles, mettre l'appareil en marche, l'éteindre et choisir les stations. En tant que cochon qui quittait souvent son nid nuitamment pour faire un petit tour, le soir même je devais voir le trésor en question : Jinlong avait installé une table à l'endroit où s'était tenu le repas de leurs noces, il avait allumé une lampe tempête et avait placé la radio au beau milieu de la table, il avait choisi une station dont la diffusion était la plus sonore et la qualité du son la plus nette, pour que les employés de la porcherie, hommes et femmes, qui faisaient cercle puissent apprécier. Le truc était rectangulaire, volumineux, il faisait cinquante centimètres de long sur trente de large et trente-cinq de hauteur. Sur le devant, il y avait un tissu de velours or, brillant, portant la marque Fanal rouge, la carcasse semblait être en bois dur marron. Il était très bien fini, la plastique était belle, on avait envie de s'avancer pour le toucher. Mais qui aurait osé le faire ? Un appareil d'une telle précision, son prix ne devait pas être modeste, en cas de détérioration, comment payer le dédommagement ? Seul Jinlong essuyait le cadre avec une étoffe en soie rouge. Les gens avaient fait cercle à une distance de trois mètres, ils pouvaient entendre une femme chanter d'une voix aiguë : « La montagne est rouge de fleurs flamboyantes… » Ils ne se souciaient guère de savoir ce qu'elle chantait au juste, ce qui les intéressait, c'était de comprendre comment une femme pouvait se cacher dans cette boîte pour chanter. Moi, bien sûr, je n'étais pas d'une ignorance aussi crasse, nous avions quelques connaissances en électronique. À l'époque je savais que, par le monde, il existait de nombreux transistors, mais qu'il y avait aussi, bien supérieurs aux radios, des postes de télévision, je savais que des Américains avaient marché sur la lune, que les Russes avaient lancé des vaisseaux spatiaux et que le premier être vivant à être allé dans l'espace était un cochon. Quand je dis « ils », il s'agit des employés de la porcherie, mais, bien sûr, je n'inclus pas Mo Yan dans leur groupe, grâce à la lecture de la *Gazette de référence* il avait des connaissances sur tout l'univers. Et il y avait les belettes et les hérissons qui se cachaient derrière la meule de foin, ils étaient fascinés par les sons qui sortaient de cette boîte. J'ai entendu une belette à la taille fine dire à un mâle à son côté :

« Celle qui chante là, dans la boîte, c'est une belette comme moi ?

– Comme toi ? Pffft ! » avait répondu le mâle avec dédain.

Le neuvième jour du neuvième mois à deux heures de l'après-midi, la situation pouvait être décrite ainsi : d'abord le ciel : bien qu'il y eût encore de gros nuages noirs, dans l'ensemble le ciel était dégagé. Le vent était orienté nord-ouest, force quatre à cinq. Un vent de nord-ouest est garant du beau temps, cela, les paysans du Nord le savent tous. Le vent galopait, chassant les paquets de nuages vers le sud-est, sur le sol du Verger des abricotiers se projetait par moments l'ombre des nuages. À présent parlons de la terre : des vapeurs s'en élevaient, de nombreux crapauds, gros comme le sabot d'un cheval, progressaient dans le verger. Les hommes maintenant : la dizaine d'employés, portant de l'eau de chaux, en pulvérisaient sur les porcheries qui ne s'étaient pas éboulées. Les cochons semblaient avoir été pratiquement décimés, l'avenir de la porcherie était sombre, les visages étaient mornes. Ils passèrent mes murs à l'eau de chaux et aussi les branches d'abricotier qui pendaient devant mon enclos. Comme si la chaux pouvait exterminer l'érysipèle porcin ! Foutaises, du pipeau, oui ! Par leur conversation, je devais apprendre que, de tout le cheptel de la porcherie, moi compris, il restait un peu plus de soixante-dix bêtes. Depuis l'épidémie, je n'osais plus m'aventurer à l'extérieur de peur d'être contaminé. J'aurais bien voulu savoir de quelles races étaient ces rescapés. Y avait-il parmi eux mes frères et sœurs germains ? Y avait-il des porcs de race sauvage comme Diao Xiaosan ? Comme j'étais là à rêvasser, comme les gens de la porcherie étaient en train de tirer des plans sur la comète, comme la peau d'un cochon mort et enterré explosait sous terre avec un bruit sourd sous l'effet du soleil, comme un gros oiseau à queue multicolore que moi-même je ne connaissais pas malgré ma grande expérience et mes connaissances étendues se posait sur l'abricotier au tronc tordu, lequel avait perdu toutes ses feuilles à cause des eaux, comme Ximen née Bai, tout excitée à la vue de ce splendide volatile perché sur une branche et dont la queue retombait pratiquement jusqu'à terre, laissait échapper de ses lèvres tremblantes le mot « phénix », Jinlong, le transistor dans les bras, sortit en courant et en trébuchant de sa chambre nuptiale. Il avait le teint terreux, l'air égaré, les yeux arrondis, il dit d'une voix rauque :

« Le président Mao est mort ! »

Mort, le président Mao ? N'était-ce pas une blague ? Une rumeur ? Une calomnie perfide ? Dire que le président Mao était mort, n'était-ce pas chercher soi-même la mort ? Comme si le président Mao pouvait mourir un jour ! N'avait-on pas dit que le président Mao pourrait vivre au moins jusqu'à cent cinquante-huit ans ? D'innombrables doutes et interrogations tournèrent dans la tête des Chinois à l'annonce de cette nouvelle, et même moi, le cochon, j'étais en proie à une perplexité et à une stupeur sans pareilles. Mais à la vue de l'expression solennelle de Jinlong, de ses yeux emplis de larmes, nous devions comprendre qu'il ne mentait pas, qu'il n'aurait pas osé proférer un tel mensonge. Dans le transistor, l'honnête speaker de la radio populaire centrale, d'une voix légèrement nasillarde, sur un ton imposant, annonçait la nouvelle de la mort du président Mao au Parti, à l'armée, au peuple de toutes les nationalités du pays. Je regardai le ciel où roulaient les nuages noirs, les arbres dépouillés de leurs feuilles, les porcheries à moitié écroulées, j'écoutai les coassements des grenouilles dans les champs, ils montaient par vagues, décalés par rapport au moment, j'écoutai aussi le bruit que faisait la peau des cochons morts en éclatant, je pouvais sentir une odeur de chair crue, de moisi et de pourri, une pestilence, je me remémorai tous les faits étranges qui s'étaient succédé ces derniers mois, la disparition soudaine de Diao Xiaosan et ces paroles mystérieuses qu'il avait prononcées, alors je compris : le président Mao était bel et bien mort.

Voici ce qui se passa ensuite : Jinlong, le transistor à plat sur les mains, pareil à un fils pieux portant l'urne des cendres de son père, se dirigea vers le village, l'air solennel. Les employés de la porcherie jetèrent tous les outils qu'ils tenaient à la main et le suivirent, le visage grave. La disparition du président Mao n'était pas seulement une perte pour les hommes, elle en était une aussi pour nous autres cochons. Sans le président Mao pas de Chine nouvelle, sans Chine nouvelle pas de porcherie du Verger des abricotiers de la grande brigade du village de Ximen, sans la porcherie du Verger des abricotiers de la grande brigade du village de Ximen pas de Zhu le Seizième ! Aussi suivis-je la troupe qui marchait dans la rue, c'était un geste parfaitement justifié, marquant une profonde émotion.

À ce moment-là les radios de Chine parlaient d'une même voix, à ce moment-là tous les équipements des stations de radio fonctionnaient parfaitement, à ce moment-là Jinlong avait monté au maximum le volume de son transistor Fanal rouge. Il marchait avec quatre piles d'un volt et demi chacune, la puissance de l'amplificateur était de quinze watts, dans le calme ambiant, où l'on n'entendait pas le moindre bruit de machine, le son portait dans tout le village.

Chaque fois qu'il rencontrait quelqu'un, Jinlong lui annonçait, avec de la douleur dans la voix, prenant invariablement cette attitude que nous lui avions vue : « Le président Mao est mort ! » À cette nouvelle, certains restaient bouche bée, les yeux arrondis de stupeur, d'autres retroussaient les lèvres dans une grimace, d'aucuns encore faisaient des signes de dénégation de la tête ou se frappaient la poitrine et tapaient des pieds de désespoir, puis ils allaient derrière lui pour se placer bien sagement au bout du rang. Comme nous approchions du centre du village, une longue file s'était déjà formée derrière moi.

Hong Taiyue sortit des services de la grande brigade, il allait poser des questions en nous voyant quand Jinlong lança : « Le président Mao est mort ! » La première réaction de Hong Taiyue fut de lever le poing pour en marteler la bouche de Jinlong, mais son geste s'arrêta en l'air, il balaya du regard tous les villageois, âges et sexes confondus, il regarda le transistor dans les bras de Jinlong, qui vibrait d'être poussé ainsi à fond, alors il ramena son poing et se mit à battre violemment sa poitrine tout en poussant un cri strident et triste : « Ah, président Mao… vous voilà parti… et nous, comment allons-nous continuer à vivre ?… »

La radio diffusa de la musique. Dès que retentit la mélodie lente, douloureuse, Wu Qiuxiang, la femme de Huang Tong, la première, éclata en sanglots, sans retenue, suivie par toutes les femmes du village. Elles pleurèrent à en avoir la tête qui tournait, sans se soucier de la boue, elles tombèrent assises par terre, certaines frappaient le sol de leurs deux mains (très vite de l'eau surgit), d'autres, le visage levé vers le ciel, avaient porté un petit mouchoir devant leur bouche, d'autres encore cachaient leurs yeux, elles pleuraient sur des registres différents. À la longue, leurs voix se firent plus théâtrales :

« Nous étions la terre, le président Mao était le ciel. Avec la mort du président Mao, le ciel nous tombe vraiment sur la tête… »

Parmi les sons douloureux de la musique et les pleurs des femmes, certains hommes poussèrent des exclamations de tristesse tandis que d'autres pleuraient en silence. Les propriétaires terriens, les paysans riches et les contre-révolutionnaires, à l'annonce de la nouvelle, avaient accouru eux aussi, ils restaient debout à bonne distance, à pleurer en cachette.

Mais moi, je relevais finalement de l'ordre animal, la tristesse ambiante était certes contagieuse, j'avais bien le nez qui me picotait et les yeux qui me brûlaient, mais je gardais encore l'esprit lucide. Je circulais dans la foule, observais, réfléchissais, dans l'histoire moderne de la Chine aucune autre mort n'avait pu avoir un impact aussi fort que celle de Mao Zedong. Certaines personnes qui n'avaient pas versé la moindre larme à la mort de leurs propres parents eurent cette fois-là les yeux rouges à force de pleurer celle du dirigeant. Mais en toute chose il y a toujours des exceptions. Alors que le millier et plus d'habitants que comptait le village de Ximen, y compris les propriétaires terriens et les paysans riches, qui étaient logiquement les ennemis de Mao Zedong, criaient et pleuraient, que tous ceux qui travaillaient avaient jeté leurs outils en entendant la nouvelle, deux personnes pourtant n'éclatèrent pas en sanglots, pas plus qu'elles ne versèrent de larmes en silence, elles continuèrent de vaquer à leurs affaires, préparant leur vie future.

Il s'agissait de Xu Bao pour l'une, de Lan Lian pour l'autre.

Xu Bao s'était glissé indûment dans la foule, il me suivait dans mes déambulations. Au début je n'avais pas fait attention à son manège, mais bien vite je devais remarquer ses yeux brillants d'avidité et de cruauté. Comme je percevais son regard continuellement fixé sur mes deux testicules imposants, aussi gros que des papayes, je ressentis une frayeur et une colère comme je n'en avais jamais éprouvé auparavant. En un tel moment, que Xu Bao eût des vues sur mes testicules montrait que la mort du président Mao ne l'avait pas affecté le moins du monde. Je me disais que si j'avais pu informer ces personnes en proie à l'affliction des intentions de Xu Bao, ce dernier aurait peut-être été battu à mort sur place par la foule en colère. Mais voilà, à mon grand dommage, je ne pouvais articuler des sons humains, et puis les gens étaient tout à la douleur que leur causait cette mort, personne ne faisait attention à Xu Bao. Fort bien, Xu Bao, me dis-je, je reconnais avoir eu peur de toi autrefois, à présent mes craintes liées à ta technique, rapide comme l'éclair, sont encore là pour un tiers de ce qu'elles étaient avant, mais puisqu'un personnage comme le président Mao meurt lui aussi, moi, Zhu le Seizième, je peux faire fi de ma mort. Je t'attends de pied ferme, Xu Bao, espèce de bâtard, ce soir c'est soit la mort du poisson, soit la rupture du filet.

L'autre personne qui n'avait pas versé de larmes sur la mort de Mao Zedong était Lan Lian. Alors que tous les autres, dans la grande cour de la maison de la famille Ximen ou à l'extérieur, criaient leur douleur, lui était assis, seul, sur le seuil de la petite pièce de l'aile ouest à aiguiser une faucille toute rouillée avec une pierre gris foncé. Chlac, chlac ! Le bruit faisait mal aux dents et vous portait au cœur, il était en porte-à-faux et lourd de sens caché. Jinlong, poussé à bout, fourra le transistor dans les bras de sa femme Huang Huzhu, au vu de tous les villageois il courut jusque vers Lan Lian, se pencha et lui arracha la pierre à aiguiser des mains, puis il la précipita au sol. Elle se brisa en deux. Il dit entre ses dents :

« Est-ce que c'est un comportement humain, je te le demande ?! »

Lan Lian plissa les yeux, toisa Jinlong qui tremblait de rage, prenant sa faucille, il se leva avec lenteur et répondit :

« Il est mort, mais moi je veux continuer à vivre. Je dois moissonner mon champ. »

Jinlong attrapa près de l'étable un seau en fer tout délabré au fond percé et le lança contre Lan Lian. Ce dernier n'esquiva pas le coup, il laissa l'objet percuter sa poitrine, le seau retomba à ses pieds.

Jinlong vit rouge, il souleva la perche d'une palanche, l'éleva, comme il allait en frapper Lan Lian à la tête, il en fut heureusement empêché par Hong Taiyue, sinon

Lan Lian aurait eu la tête en sang. Hong Taiyue dit, mécontent :

« Mon vieux Lan, tu pousses un peu trop loin le bouchon ! »

Des larmes montèrent lentement dans les yeux de Lan Lian, ses genoux fléchirent, il tomba à genoux au sol et dit sur un ton où le chagrin se mêlait à la colère :

« S'il y a bien quelqu'un qui aimait le président Mao, c'est moi, c'est pas vous autres, espèces de connards ! »

Les présents en restèrent muets, ils le regardèrent, abasourdis.

Lan Lian, frappant le sol d'une main, pleurait toutes les larmes de son corps.

« Ah, président Mao ! Moi aussi, je fais partie de votre peuple, ma terre, c'est vous qui me l'avez donnée, la travailler seul, c'est un droit que vous m'avez donné. »

Yingchun s'avança jusque devant lui en pleurant, elle voulut le tirer pour le faire se lever, mais les genoux de Lan Lian semblaient avoir pris racine dans le sol.

Les jambes de Yingchun eurent une faiblesse, elle tomba elle aussi à genoux devant lui.

Elle avait piqué une fleur de chrysanthème blanche dans ses cheveux, un gros papillon jaune, pareil à une feuille morte, descendit en planant de l'abricotier, il ondoya avant de se poser sur la fleur.

Porter une fleur blanche dans les cheveux pour pleurer la mort d'un proche est une coutume villageoise. Les femmes accoururent en foule devant Yingchun et arrachèrent des fleurs à ce pied de chrysanthème blanc, puis elles les fixèrent dans leurs cheveux. Sans doute espéraient-elles toutes que le gros papillon volerait jusqu'à leur tête, mais lui, après s'être posé sur la fleur dans les cheveux de Yingchun, replia ses ailes et ne bougea plus.

Chapitre trente-deuxième

Xu Bao, poussé par l'avidité, perd la vie.
Zhu le Seizième cherche la lune et devient roi.

Je quitte subrepticement la cour de la famille Ximen, quitte ces gens, un peu déconcertés, qui entourent Lan Lian. J'aperçois les yeux vicieux de Xu Bao caché dans la foule. Je calcule que ce vieux brigand n'osera pas me suivre immédiatement et que j'ai tout le temps nécessaire pour me préparer à l'affronter comme il convient.

La porcherie est déserte, l'heure est entre chien et loup, c'est le moment du repas, les quelque soixante-dix porcs rescapés couinent, réclamant la pâtée. J'ai bien·envie d'ouvrir leurs barrières en fer pour les faire sortir de leurs enclos, mais je crains d'être importuné par des milliers de questions. Les gars, réclamez, criez, je ne peux pas m'occuper de vous pour le moment car j'ai vu la silhouette de Xu Bao se glisser derrière l'abricotier au tronc tordu. En fait, pour être exact, j'ai perçu le souffle exterminateur que dégage ce vieux type cruel. Mon cerveau tourne à toute allure pour réfléchir à la contre-offensive. Me réfugier dans mon nid, contre le mur, faire de lui un écran protecteur pour mes testicules me paraît l'option la meilleure. Je me mets sur le ventre, prends un air stupide, mais je suis sûr de mon plan. J'attends tout en observant autour de moi, mettant à profit cet instant de répit pour mieux passer à l'action.

Allez, Xu Bao, approche, tu comptes me prendre mes testicules pour accompagner ton vin, eh bien, moi, je vais réduire les tiens en bouillie entre mes dents pour venger les animaux que tu as mutilés.

Le soir tombe peu à peu, des vapeurs crépusculaires montent du sol. Les cochons, las de crier famine, se sont tus. Le silence règne sur la porcherie, on n'entend plus, venant du sud-est, que les coassements épisodiques des grenouilles. J'ai la sensation que le souffle exterminateur s'approche, je sais que le type se prépare à passer à l'acte. Son petit visage sec comme une noix se montre de l'autre côté du mur, il n'a ni cils ni sourcils, il est imberbe. Non ! Il me sourit. Du coup, ça me donne envie de pisser. Mais, putain, t'auras beau me faire des risettes, je me retiendrai. Il ouvre la porte de l'enclos, reste debout sur le seuil, me fait un signe de la main tout en criant : « Petit, petit ! » Il veut me faire sortir. Je comprends immédiatement son noir dessein : il va profiter du moment où je franchirai le seuil pour m'ôter les testicules. Connard, c'est bien vu, mais moi, Zhu le Seizième, j'ai pas l'intention du tout de tomber dans le panneau. Je vais suivre la ligne que je me suis fixée, et le ciel aura beau me tomber sur la tête, je ne bougerai pas, on pourra toujours me présenter les mets les plus exquis, je ne succomberai pas à la tentation. Xu Bao lance à l'entrée de l'enclos une moitié de petit pain à la farine de maïs. Hé, connard, ramasse-le et mange-le toi-même. À l'extérieur, Xu Bao a déployé toutes ses ruses, moi, allongé au pied du mur, je n'ai pas bougé d'un pouce. Et le type de jurer, hargneux :

« Merde alors ! Ce cochon, c'est un être surnaturel ! »

Si Xu Bao s'en tient là, aurai-je le courage de le poursuivre pour engager la lutte avec lui ? Difficile à dire, et puis ça ne sert à rien, car le point crucial est que Xu Bao n'a pas abandonné la partie, ce bâtard fou de testicules est attiré par les miens, énormes entre mes pattes de derrière, aussi, sans se soucier de la gadoue dégoulinante, le voilà qui entre dans l'enclos, le dos courbé !

Je suis tiraillé entre la peur et la colère, on dirait un enchevêtrement de flammes bleues et jaunes brûlant dans mon cerveau. Le moment de la vengeance est arrivé, je vais assouvir ma haine. Je serre fortement les mâchoires, contrôle ma fureur. Surtout, garder son sang-froid ! Mon petit vieux, approche, allons, viens, plus près encore. Attirer l'ennemi chez soi, c'est choisir le combat rapproché, le combat de nuit, allons, viens ! Il hésite, à trois mètres de moi il fait des mimiques, des grimaces pour m'attirer dans son piège, connard, tu te mets le doigt dans l'œil jusqu'au coude. Allons, approche, avance, je ne suis qu'un cochon stupide, incapable de constituer la moindre menace pour toi. Xu Bao, sentant sans doute qu'il l'emporte haut la main sur le plan du quotient intellectuel, relâche toute vigilance et s'approche lentement de moi. Il pense sans doute me déloger de mon coin, toujours est-il qu'il s'avance, le dos courbé, jusqu'à se retrouver à un mètre de moi. Je sens tous les muscles de mon corps se tendre comme un arc armé d'une flèche ; il suffit que je charge, il a beau être agile comme un singe, il ne pourra pas m'échapper.

En ce bref instant, il me semble que mon corps n'est pas commandé par la volonté, mais qu'il se lance à l'assaut de façon spontanée. La violence de ce choc atteint Xu Bao au bas-ventre. Son corps est projeté doucement dans les airs, son crâne rebondit sur le mur avant de retomber à l'endroit consacré où j'ai l'habitude de faire mes besoins. Il est déjà au sol que le cri de douleur qu'il a poussé flotte encore au-dessus de lui. Il a perdu toute combativité, il est étendu comme un cadavre au milieu de mes excréments. Pour tous mes amis qui ont été mutilés par lui, je décide de mettre quand même mon projet à exécution : lui rendre la monnaie de sa pièce. J'éprouve un peu de répulsion, de la répugnance à passer à l'action, mais puisque j'en ai décidé ainsi, il me faut aller jusqu'au bout. Alors je le mords violemment à l'entrejambe. Mais je ne sens pas grand-chose dans la bouche, j'ai l'impression d'avoir juste le tissu du pantalon. Tenant fermement ce dernier, je tire dessus, l'entrejambe du pantalon se déchire, révélant un spectacle affreux : en fait ce Xu Bao est né eunuque. Je comprends tout d'un seul coup, la vie de Xu Bao, la haine qu'il éprouve à l'encontre des testicules des animaux mâles, pourquoi il est devenu expert dans l'ablation des testicules et son avidité. En fait c'est un pauvre type. Peut-être accorde-t-il foi à ces dires, relevant de l'ignorance, selon lesquels on peut pallier des carences physiques en mangeant ce qui vous manque, autant espérer voir pousser des courges sur une pierre ou bourgeonner un arbre mort. Dans la forte pénombre du crépuscule, je distingue deux coulées d'un sang bleuâtre, pareilles à des vers de terre, qui sortent de son nez. Le type est donc si faible qu'une simple chute sur la tête le laisserait ainsi en danger de mort ? J'avance une patte jusque sous son nez pour voir s'il y a encore un souffle, rien, hélas ! Le type a vraiment trépassé. J'ai entendu le médecin de l'hôpital du district expliquer aux paysans les premiers secours, j'ai observé comment Baofeng a secouru un jeune qui s'était noyé. Alors je reproduis scrupuleusement les gestes, je mets son corps bien droit, j'appuie mes pieds de devant sur sa poitrine, appuie, appuie, mobilisant toute la force de la partie avant de mon corps, j'entends ses côtes craquer, je vois qu'un sang plus abondant coule de ses narines, mais aussi de sa bouche…

Assis sur le seuil de l'enclos, je réfléchis un moment, je dois prendre la décision la plus importante de ma vie : le président Mao est mort, le monde des hommes va connaître d'énormes changements or, en ce même moment, je suis devenu un porc féroce qui a une dette de sang pour avoir tué un être humain, si je reste dans la porcherie, ce qui m'attend, c'est l'abattoir, le couteau du boucher. Il me semble entendre les appels d'une voix lointaine :

« Frères, révoltez-vous ! »

Avant de me sauver dans la campagne, j'aide mes compagnons rescapés de la fièvre porcine à ouvrir les portes de leurs enclos, je les libère. Je saute sur un endroit surélevé et leur lance :

« Frères, révoltez-vous ! »

Ils me regardent, dans le brouillard, ils ne comprennent pas mes intentions. Seule une petite truie toute maigre qui n'a pas encore atteint sa pleine croissance, au corps tout blanc, avec deux fleurs noires sur le ventre, sort en courant du groupe et me dit : « Ô grand roi, je pars avec toi. » Les autres se mettent à tourner en rond pour chercher pâture ou bien regagnent paresseusement leurs enclos, se couchent dans la fange, attendant qu'on leur apporte leur pitance.

Guidant la petite truie, je m'avance en direction du sud-est. Le sol est meuble, on s'y enfonce jusqu'au milieu de la patte. Nous laissons derrière nous les quatre ornières profondes de nos pieds. Arrivés au bord du canal d'irrigation où l'eau a plusieurs mètres de fond, je demande à la petite truie :

« Comment tu t'appelles ?

– Les autres m'appellent Petite Fleur, ô grand roi.

– Et pourquoi ?

– Parce qu'il y a deux fleurs noires sur mon ventre, ô grand roi.

– Tu viens des monts Yimeng, Petite Fleur ?

– Non, ô grand roi.

– Alors d'où viens-tu ?

– C'est que je n'en sais rien, ô grand roi.

– Les autres ne m'ont pas suivi, qu'est-ce qui t'a poussée à le faire, toi ?

– Parce que je vous vénère, ô grand roi. »

Je me sens quelque peu ému, mais aussi plein de compassion devant la pureté et l'honnêteté de cette petite truie, pour lui montrer mon amitié, je la soulève de mon groin sous le ventre avant de reprendre :

« C'est bon, Petite Fleur, nous voici débarrassés du contrôle qu'exerçaient sur nous les hommes, nous avons recouvré la liberté qui était celle de nos ancêtres. Mais ce qui nous attend maintenant, c'est la dure vie dans la nature, il nous faudra supporter bien des souffrances, si tu regrettes ton geste, il est encore temps.

– Je ne regrette rien, ô grand roi, répond Petite Fleur sur un ton résolu.

– Bien, c'est parfait, Petite Fleur. Sais-tu nager ?

– Oui, ô grand roi, je sais nager.

– Fort bien ! » Je lève une de mes pattes de devant et lui donne une petite tape sur le postérieur avant de sauter le premier dans le canal d'irrigation.

L'eau est tiède et douce, c'est très agréable d'être plongé dedans. Au départ, je pensais traverser à la nage le canal et poursuivre sur la terre ferme, mais, une fois dans l'eau, je change d'idée. L'eau du canal en apparence semble immobile, mais en fait, quand on est immergé en son sein, on se rend compte qu'elle coule vers le nord à la vitesse de cinq mètres au moins par minute. Dans cette direction, il y a la rivière avec ses eaux tumultueuses. Autrefois le gouvernement mandchou s'en est servi pour le transport des grains, par ailleurs les bateaux en bois transportant les arbres à litchis pour l'impératrice et les femmes de second rang de l'empereur ont navigué sur ses eaux, et c'est vers elles que coulent celles du canal d'irrigation. Autrefois des haleurs, le dos courbé, piétinaient sur ses deux rives, les muscles de leurs mollets étaient plus durs que de l'acier, tandis que leur sueur gouttait sur le sol. « Là où il y a oppression, il y a résistance », a dit Mao

Zedong. « Les grands principes marxistes, tout enchevêtrés qu'ils soient, se ramènent en fin de compte à une seule phrase : il est juste de se révolter ! » C'est aussi une phrase prononcée par Mao Zedong. Nager dans cette eau tiède ne demande pas d'efforts, car les corps flottent et le courant pousse. Il suffit de faire quelques légers mouvements avec les pattes de devant pour se sentir avancer rapidement comme ferait un requin. Je me retourne pour jeter un coup d'œil à Petite Fleur, la gamine me suit de près, ses quatre petites pattes s'agitent à la hâte, elle a la tête levée, ses petits yeux lancent des éclats, elle respire fortement.

« Comment ça va, Petite Fleur ?

– Grand roi… tout va bien… » Parler avec moi lui met le groin dans l'eau, elle éternue, fait quelques mouvements désordonnés.

Je place une de mes pattes de devant sous son ventre et la soulève doucement afin que la plus grande partie de son corps se retrouve émergée. Je lui dis : « Ma petite, tu es une brave fille, nous autres, cochons, sommes des nageurs de premier ordre et c'est une chose innée chez nous, le secret dans tout ça : ne pas s'affoler. Pour que ces gens détestables ne découvrent pas nos traces, j'ai décidé de ne pas aller par voie terrestre mais par voie maritime, tu tiendras le coup ?

– Grand roi, je crois que oui…, répond Petite Fleur tout essoufflée.

– C'est bon, viens, grimpe sur mon dos ! » Elle ne veut rien savoir, elle continue de s'acharner. Je nage sous elle, comme je remonte à la surface, elle se retrouve à califourchon sur mon dos. Je lui lance : « Enserre-moi fort, quoi qu'il arrive, ne te relâche pas ! »

Portant Petite Fleur, je suis le canal d'irrigation à l'est de la porcherie du Verger des abricotiers, j'arrive dans la rivière. Elle coule vers l'est, ses flots sont impétueux. À l'ouest, à l'horizon, le feu embrase les nuages irisés aux métamorphoses animalières incessantes : dragon vert, tigre blanc, le lion et le chien sauvage lancent des milliers de rais d'une lumière pourpre qui font resplendir l'eau de la rivière. En raison de brèches sur les deux rives, le niveau a nettement baissé, sur le côté intérieur des deux digues apparaît un banc de sable sur lequel poussent de luxuriants saules à piquants rouges, leurs branches flexibles s'inclinent vers l'est, révélant les traces de l'assaut du courant rapide. Sur les branches et les feuilles s'est déposée une épaisse couche de vase. Malgré la décrue, il suffit de se trouver dans l'eau pour ressentir son impétuosité, son côté grandiose, et avoir peur. D'autant plus qu'ainsi éclairée par une moitié de ciel en feu, la rivière paraît encore plus grande, sans l'avoir vu de ses propres yeux, il est impossible de s'en faire une idée.

[Je te le dis, Lan Jiefang, quand je repense à ce parcours que j'ai effectué, moi, le cochon, dans la rivière, je considère qu'il s'agit d'une prouesse à inscrire dans les annales du canton de Dongbei. Toi, petit drôle, à cette époque-là, en amont, sur l'autre rive, pour éviter que votre usine de transformation du coton ne soit engloutie sous les flots, vous étiez tous grimpés sur la digue pour faire le guet.]

Portant sur le dos Petite Fleur, j'avance vers l'est au fil de l'eau, goûtant ce monde poétique que l'on retrouve dans la poésie des Tang. Flotter sur les vagues au milieu du courant. Les vagues nous pourchassent, nous sommes pourchassés par elles, vagues poussant d'autres vagues. Ô rivière, d'où te vient cette force gigantesque ? Chargée de limon, de tiges de maïs, de sorgho, de patates douces et de grands arbres déracinés, tu cours vers la mer de Chine sans jamais revenir, tu as laissé s'échouer entre les bosquets de tamaris les cochons morts de notre porcherie du Verger des abricotiers, et là leurs cadavres ont gonflé, ont pourri, dégageant une odeur pestilentielle. À leur vue, je sens que ma descente du courant avec Petite Fleur est une façon de sortir de la condition de porc, de l'érysipèle et de l'ère déjà révolue de Mao Zedong.

Je sais que Mo Yan, dans son roman *Récit de l'élevage de cochons*, a décrit ces cadavres jetés au fil de la rivière :

> Plus d'un millier de cadavres des cochons de la porcherie du Verger des abricotiers déferlaient sans cesse en rang, pourrissaient dans l'eau, gonflaient, éclataient, rongés par les vers, mis en pièces par les gros poissons, ils finirent par disparaître dans l'immensité des flots de la mer, engloutis, dissous, transformés en toutes sortes de substances, entrant ainsi dans le cycle grandiose et qui jamais n'a de fin de la conservation de la matière…

On ne peut pas dire de ce petit drôle qu'il n'a pas une belle écriture, mais il a manqué son sujet, car s'il m'avait vu, moi, Zhu le Seizième, portant Petite Fleur sur mon dos au beau milieu du courant d'un or sombre, descendre la rivière, chassant les vagues, il n'aurait pas décrit les morts, mais aurait chanté les vivants, il nous aurait célébrés, il aurait chanté mes louanges ! Moi qui suis la vitalité, l'ardeur, la liberté, l'amour, le prodige le plus réussi de la vie en ce monde.

Nous descendons au fil de l'eau, à la rencontre de la lune du seizième jour du huitième mois du calendrier lunaire, lune bien différente de celle qui présidait à vos noces. L'autre était tombée du ciel, alors que celle-ci a émergé de l'eau. Elle est pleine, elle aussi, énorme et, au moment de son apparition, elle était d'un rouge sang, on aurait dit un nouveau-né sortant du vagin de l'univers, elle vagissait, dégoulinant de sang, changeant la couleur des eaux de la rivière. Si l'autre était douce et triste, venue tout exprès pour vos épousailles, celle-ci, pathétique et désolée, est venue accompagner de sa présence la mort de Mao Zedong. J'aperçois ce dernier, il est assis sur la lune – sous son poids, l'astre prend une forme oblongue –, les épaules couvertes du drapeau rouge, une cigarette aux doigts, il redresse légèrement sa tête pesante, il a un air pensif.

Portant Petite Fleur sur mon dos, je descends au fil de l'eau, à la poursuite de la lune, à la poursuite de Mao Zedong. Nous voudrions nous approcher davantage de l'astre pour mieux distinguer le visage du président. Mais voilà, comme nous avançons, la lune aussi, de son côté, fait de même, j'ai beau fendre le courant de toutes mes forces, à la vitesse d'une torpille à fleur d'eau, la distance entre la lune et moi ne varie pas. Sur mon dos, Petite Fleur me bat les flancs de ses pieds de derrière, elle lance des « Mets la gomme, allez, mets la gomme ! », comme si j'étais sa monture.

Je me rends compte que nous ne sommes pas les seuls, Petite Fleur et moi, à poursuivre la lune. Sur cette rivière, carpes aux nageoires dorées, anguilles au dos bleuté, grosses tortues à carapace ronde... tout ce peuple aquatique, en foule, poursuit la même quête. Lors de leurs évolutions, les carpes, au moment favorable, sautent sans cesse hors de l'eau, leurs corps plats brillent de mille éclats sous le clair de lune, on dirait autant de joyaux. À la surface, les anguilles mènent leur nage sinueuse, argentée, glissant sur l'eau pareille à de la glace. Quant aux grosses tortues, dont le corps semble si gauche, grâce à la poussée subie par ce même corps tout plat, à cette jupe flexible qui entoure leur carapace, ainsi qu'à la force de propulsion de leurs pattes pourvues de palmes charnues et qui fendent l'eau vigoureusement, elles filent à vive allure à la surface, tels des aéroglisseurs. À plusieurs reprises, j'ai le sentiment que les carpes rouges ont volé jusque dans la lune et qu'elles sont retombées à côté de Mao Zedong, mais, à mieux y regarder, je comprends qu'il s'agit d'une fausse impression. Quelles que soient les prouesses respectives dont ils font montre dans cette poursuite acharnée, tout ces animaux aquatiques restent à une distance inchangée de la lune.

Comme nous descendons ainsi la rivière au fil de l'eau, sur les tamaris, qui étaient encore recouverts peu de temps auparavant par les eaux de la crue, des légions de lucioles ont allumé leurs lanternes à la pointe de leurs abdomens, si bien que sur les grèves, de chaque côté, c'est un déferlement de lumières, donnant l'impression que deux rivières surélevées, de couleur verte, encadrent les eaux rouges du milieu. C'est là un de ces prodiges que l'on voit rarement en ce monde, dommage que ce petit drôle de Mo Yan ne l'ait pas observé.

[Dans les jours de ma réincarnation en tant que chien, j'entendrai Mo Yan te dire que grâce à son *Récit de l'élevage de cochons* son style se démarquerait des œuvres d'autres romanciers dans lesquelles on constate une parfaite maîtrise des arcanes de l'écriture romanesque, tout comme au beau milieu de l'océan la baleine, malgré son corps lourd, sa respiration grossière, sa viviparité accomplie dans le sang, fait la différence avec les requins, arrogants et insensibles, au corps élégant, aux mouvements agiles. Je me souviens que tu l'avais exhorté à l'époque à écrire quelque chose d'élevé, sur l'amour, l'amitié, les fleurs, les pins ; car enfin, écrire sur les cochons, ça rimait à quoi ? Est-ce que le mot « porc » pouvait être combiné avec l'adjectif « éminent » ? À l'époque, tu avais encore un emploi dans l'administration, et bien que tu eusses déjà couché en cachette avec Pang Chunmiao, en apparence tu passais encore pour quelqu'un de respectable, aussi pouvais-tu te permettre de tenir de tels propos à l'intention de Mo Yan. Cela m'avait fait grincer des dents de fureur, et ce n'était pas l'envie qui m'avait manqué de bondir te mordre afin que tu boucles ta noble bouche, mais eu égard à la considération que nous nous portions depuis tant d'années, je m'étais retenu de passer à l'acte. En fait de « noblesse », ce qui importe, ce n'est pas sur quoi l'on écrit, mais comment on le fait. D'ailleurs, il n'y a pas de critère unifié à propos du vocable « noble ». Prenons ton exemple, celui d'un homme marié qui, après avoir engrossé une pucelle d'au moins vingt ans sa cadette, a abandonné son poste de fonctionnaire et sa famille pour fuir avec elle. Même les chiens du district t'ont reproché cette conduite abjecte, alors que ce petit drôle de Mo Yan a déclaré que ta démission et ta fugue amoureuse étaient des comportements nobles. Aussi, à l'époque, me suis-je dit que si Mo Yan nous avait vus, Petite Fleur et moi, avec toute la gent aquatique, pourchasser la lune et Mao Zedong, et s'il avait décrit la scène dans son *Récit de l'élevage de cochons*, ses ambitions se seraient peut-être réalisées. Oui, c'est vraiment dommage qu'il n'ait pas vu cette scène splendide ce soir du 9 septembre 1976, c'est-à-dire le seizième jour du huitième mois lunaire, formée par la rivière aux flots impétueux, les saulaies sur chaque rive et la digue, c'est la raison pour laquelle son roman est prisé par une minorité de personnes et déprécié par bon nombre d'honnêtes gens.]

Aux confins du canton de Dongbei et du district de Pingdu, il y a un îlot nommé « Embouchure ensablée de la famille Wu » qui partage les eaux de la rivière en deux bras, l'un coulant vers le nord-est, l'autre vers le sud-est, après un méandre les deux défluents confluent de nouveau près des deux localités. La superficie de cet îlot est environ de huit kilomètres carrés, Gaomi et

Pingdu se sont disputé à maintes reprises la souveraineté sur ce territoire, avant qu'il ne soit purement et simplement attribué à la région militaire de la province pour y installer une unité. Cette dernière devait y établir un élevage de chevaux, puis la structure organique fut supprimée, l'îlot redevint un lieu désolé, livré aux bosquets de tamaris et aux roseaux.

La lune transportant Mao Zedong flotte jusque-là, soudain elle fait un bond, s'arrête un moment au milieu des tamaris, puis reprend plus rapidement encore son ascension. Les eaux de la rivière se séparent, se déversent brusquement comme une violente averse. Quelques animaux aquatiques très réactifs suivent le courant, la plupart, en raison de l'inertie et de la force centrifuge (et aussi, en fait, à cause de l'attraction de la lune ainsi que celle, toute psychologique, créée par Mao Zedong), s'envolent tout droit avant de retomber à la cime des tamaris et parmi les roseaux. Je te prie d'imaginer un peu la scène : les eaux torrentueuses de la rivière qui se divisent soudain en deux bras, et, de l'intervalle ainsi créé, des armées de carpes rouges, d'anguilles blanches, de grosses tortues à la carapace noire, dans une posture des plus romantiques, qui s'envolent vers la lune et qui, une fois parvenues au point critique, sont happées par l'attraction terrestre, et qui, malgré le bel arc lumineux qu'elles tracent, retombent de façon assez tragique. Un bon nombre d'entre elles, écailles arrachées et nageoires abîmées, ouïes déchirées, carapaces brisées, deviennent la pâture des renards et des sangliers qui les attendent sur place de pied ferme. Quelques-unes seulement, grâce à leur force physique exceptionnelle ou à leur bonne étoile, résistent, rebondissent dans l'eau pour s'en aller flottant vers le sud-est ou le nord-est.

Bien que, en cet instant précis, je me sois, moi aussi, envolé dans les airs, mon corps pesant, lequel, de plus, supporte le poids de Petite Fleur, après avoir atteint une hauteur de trois mètres, commence à redescendre. L'élasticité extrême de la couronne des tamaris joue les amortisseurs et nous évite toute blessure. Quant aux renards, vu notre taille, aucune crainte d'être dévorés par eux. Pour ce qui est des sangliers, au poitrail exagérément développé par rapport à leur derrière pointu, nous sommes de familles proches, ils ne mangeraient pas des animaux de la même espèce qu'eux. Sur cet îlot, nous sommes en sécurité.

Comme y trouver pitance est chose aisée, que la qualité des aliments est riche, renards et sangliers sont gros au-delà des convenances. Que les renards mangent du poisson, c'est normal. Mais lorsque nous voyons une dizaine de sangliers faire de même, nous en restons stupéfaits. Ils ont déjà appris à faire la fine bouche et ne consomment que la tête et les œufs, ne daignant même pas renifler la chair de l'animal.

Les sangliers nous regardent, sur leurs gardes, ils se massent peu à peu autour de nous. Leurs yeux lancent des lueurs mauvaises, le clair de lune fait ressortir leurs défenses de façon terrifiante. Petite Fleur se serre contre mon flanc, je sens son corps trembler terriblement. L'emmenant avec moi, je recule, recule encore, il faut éviter, dans la mesure du possible, de nous retrouver complètement débordés par leur déploiement en éventail. Je les compte, ils sont neuf, mâles et femelles confondus, ils doivent bien peser autour de cent kilos, ils ont tous une tête allongée, rigide, grossière, au groin étiré, des oreilles de loup, pointues, de longues soies d'un noir luisant. Ils sont trop bien nourris, de leur corps rayonne une force sauvage. Je pèse deux cent cinquante kilos, j'ai le corps pareil à un petit bateau. Depuis mes réincarnations successives d'homme en âne, puis en bœuf, j'ai acquis de l'intelligence et de la force, dans un combat seul à seul ils ne sont pas de taille à rivaliser avec moi, mais si je dois affronter les neuf à la fois, c'est pour moi la mort assurée. Sur le moment, je ne pense qu'à une seule chose : reculer, reculer jusqu'au bord de la rivière, couvrir la retraite de Petite Fleur, lui permettre de se sauver, puis me mesurer avec eux en force et en intelligence. Ils ont mangé tant de têtes et d'œufs de poisson que leurs capacités intellectuelles approchent déjà celles des renards. Bien sûr, ils ne sont pas dupes de mes intentions. Je vois deux d'entre eux faire une manœuvre de contournement par les côtés, ils pensent nous encercler avant que nous n'ayons atteint le bord de l'eau. Je prends brusquement conscience que continuer à reculer ainsi, c'est se mettre dans une impasse, il faut y aller à l'audace, déclencher une attaque, opérer une diversion, briser leur encerclement, se rendre sur un espace ouvert au centre du banc de sable, opter pour la technique de la guérilla de Mao Zedong, les manœuvrer, les défaire un à un. Je me frotte à Petite Fleur, lui fais part de mon intention. Elle dit à voix basse :

« Grand roi, échappez-vous, ne vous occupez pas de moi.

– Comme si c'était possible ! Nos destins sont liés, les sentiments que nous éprouvons l'un pour l'autre sont ceux qui lient un frère aîné à sa sœur cadette[1], tant que je serai en vie, tu le seras aussi. »

Je me lance soudain à l'assaut contre un sanglier qui avance de front, il recule, pris de panique, mais mon corps fait un brusque virage et charge une laie qui se trouve au sud-est. Nos têtes se cognent avec un bruit de poterie brisée, je vois son corps rouler à quelques mètres. Une brèche est ouverte dans leur encerclement, mais je sens déjà leurs souffles bruyants derrière moi. Je pousse un grand cri et me rue en direction du sud-est.

---

1. Les appellations « frère aîné » et « sœur cadette » sont chargées d'ambiguïté, elles désignent aussi deux amoureux.

Mais Petite Fleur ne m'a pas suivi. Je freine court sur mes sabots, me retourne brusquement pour me porter à son secours, pauvre Petite Fleur, la seule qui ait bien voulu me suivre, la fidèle et loyale Petite Fleur a été saisie à l'arrière-train par les mâchoires d'un mâle vaillant et féroce. Sous les cris atroces de Petite Fleur, la lune devient pâle comme un linge, je rugis : « Lâche-la ! », puis, risquant le tout pour le tout, je me rue sur l'animal. « Grand roi... sauvez-vous vite, ne vous occupez pas de moi ! » crie Petite Fleur.

[À ce point de mon récit, est-il possible que tu n'éprouves pas la moindre émotion ? Ne mesures-tu pas la noblesse de nos comportements, bien que nous ne fussions que d'humbles cochons ?]

Le type maintient l'arrière-train de Petite Fleur entre ses mâchoires et l'avale peu à peu, les cris et les pleurs de Petite Fleur me mettent dans un état proche de la folie, comment ça, proche de la folie, putain, ils me rendent complètement fou, oui. Mais les deux sangliers qui se sont jetés vers moi à revers obstruent le chemin qui me mène au secours de Petite Fleur. Je n'ai plus le temps de parler de stratégie, de tactique, je vise l'un des deux et le charge. Il ne peut esquiver le coup à temps, je le mords férocement à la gorge. J'ai la sensation que mes dents ont traversé sa peau dure et résistante pour aller toucher les os de son cou. Il fait une roulade et prend la fuite, j'ai la bouche pleine d'un sang fétide et de soies qui me gratouillent. Alors que je le tenais à la gorge entre mes crocs, son compère m'a mordu férocement à une patte de derrière. J'ai rué comme ferait un cheval ou un âne (technique que j'ai apprise dans cette vie antérieure où j'étais un âne justement), le coup l'a atteint à la joue. Je me retourne brusquement pour le charger, il décampe en hurlant. La douleur que je ressens à ma patte est insoutenable, la canaille m'a arraché un lambeau de peau, le sang coule, mais, sur le moment, je n'ai pas le temps de m'en soucier, je bondis en faisant siffler l'air et je rentre dans le lard de la graine d'engeance qui tient ma Petite Fleur entre ses mâchoires. J'ai la sensation que, sous la violence de l'impact, les viscères de ce salaud ont éclaté, il tombe raide mort sur le sol sans même avoir eu le temps de pousser un grognement. Ma Petite Fleur n'a plus qu'un souffle de vie. Je la relève avec mes pattes de devant, ses intestins sortent avec bruit de son ventre déchiré. Je ne sais vraiment pas comment m'y prendre avec ces choses gluantes qui dégagent un souffle chaud et fétide. Je reste là, comme un empoté. Je ressens une profonde douleur intérieure, je lui dis :

« Petite Fleur, ô Petite Fleur, mon petit trésor, je n'ai pas su te défendre… »

Petite Fleur fait un effort pour ouvrir les yeux, son regard est bleuâtre, froid, elle respire difficilement, du sang et de la mousse sortent de sa bouche, elle dit :

« Je ne t'appellerai pas "grand roi"… mais "grand frère"… D'accord ?

– Comme tu veux, comme tu veux…, dis-je tout en pleurant. Ma brave petite sœur, tu es ce que j'ai de plus cher au monde…

– Grand frère… je suis heureuse… vraiment très heureuse… » Sur ces mots, sa respiration s'arrête, ses quatre pattes se raidissent, on dirait des bâtons.

« Ah, petite sœur… » Je me relève en sanglotant, avec la résolution d'en finir, pareil à Xiang Yu[1] au bord du fleuve Wu, je m'approche pas à pas des sangliers.

1. Xiang Yu (233-202), général des Qin, il se souleva contre eux et se proclama roi. Il entra en conflit avec le fondateur de la dynastie Han, perdit la bataille et se dirigea jusqu'au fleuve Wu, un affluent du cours supérieur du fleuve Bleu, où il se suicida.

Ils se sont regroupés, ils se replient, affolés mais en bon ordre, je lance brusquement l'assaut. Ils se dispersent, m'encerclent. Sans m'occuper de stratégie, je donne de la tête, des crocs, du groin, des épaules, c'est une façon désespérée de se battre, qui les blesse, les uns après les autres, et qui m'occasionne, à moi aussi, de nombreuses blessures. Alors que le combat se trouve déplacé au centre du banc de sable, devant les bâtiments désormais délabrés, couverts de tuiles, qui avaient servi pour l'élevage des chevaux et avaient été abandonnés par l'armée, près d'une auge en pierre à moitié ensevelie dans la terre, je vois une silhouette familière qui se tient assise.

« Mon vieux Diao, c'est toi ? m'écrié-je.

– Mon vieux frère, je savais que tu viendrais. » Après ces quelques mots à mon intention, Diao Xiaosan tourne la tête vers les sangliers et déclare :

« Je ne peux plus être votre roi, c'est lui votre vrai roi ! »

Les sangliers, après un moment d'hésitation, ensemble ploient leurs pattes de devant sur le sol en une génuflexion et crient, le groin contre le sol :

« Vive notre grand roi, dix mille années à lui ! »

Je voudrais dire quelque chose, mais au point où en sont les choses, qu'y a-t-il à ajouter ?

C'est ainsi que, sans comprendre ce qui m'arrive, je deviens le roi des sangliers sur ce banc de sable et accepte leur hommage. Le roi des hommes, quant à lui, assis sur la lune, est parti à une distance de trois cent quatre-vingt mille kilomètres de notre terre, la lune énorme a rapetissé jusqu'à la taille d'une assiette d'argent et, même avec des lunettes astronomiques à fort grossissement, il serait difficile de distinguer nettement la silhouette de ce roi des hommes.

Chapitre trente-troisième

Zhu le Seizième songe à rentrer au pays.
Hong Taiyue, ivre mort, fait du grabuge au banquet.

« Les jours et les mois tissent leur navette, le temps passe comme une flèche. » Quatre ans ont passé sans que je m'en sois rendu compte depuis que j'assume la charge de roi des cochons sur ce banc de sable désolé, j'entre dans la cinquième année.

Au début, j'ai essayé de mettre en place la monogamie, pensant que cette réforme, représentative de la civilisation des hommes, soulèverait des acclamations, j'étais loin d'imaginer que, bien au contraire, elle rencontrerait une si vive opposition, non seulement de la part des laies, mais même les sangliers, manifestement avantagés en la matière, devaient exprimer leur mécontentement par des grognements. Ne sachant plus que penser, je suis allé faire part de mes interrogations à Diao Xiaosan. Il était couché dans la hutte en paille que nous lui avions édifiée pour qu'il fût à l'abri du vent et de la pluie. Il m'a dit sèchement :

« Tu peux ne plus être roi, mais en tant que roi, tu dois agir en conformité avec les usages. »

Il m'a fallu reconnaître tacitement cette pratique impitoyable de la jungle. Tandis que je m'accouplais au hasard avec les laies, les yeux fermés, je pensais à Petite Fleur, à Folie de papillon, à la vision floue d'une certaine ânesse, et même aussi à des silhouettes de femmes encore plus vagues. J'ai essayé de mon mieux d'esquiver, de bâcler le travail, pourtant, même en agissant ainsi, le banc de sable s'est peuplé en quelques années de plusieurs dizaines de petits bâtards aux taches multicolores, certains ont des soies jaune doré, d'autres d'un noir bleuté, d'autres encore ont le corps tout tacheté, comme celui de ces chiens que l'on voit souvent dans vos publicités à la télévision. Ces bâtards, pour la plupart, présentent encore les caractéristiques corporelles des sangliers, mais leur intelligence est un cran au-dessus de celle de leurs mères. Au fur et à mesure de leur croissance, je n'ai plus été en mesure d'accomplir des accouplements aussi nombreux. Chaque fois que les laies sont en chaleur, je pratique le jeu de la disparition soudaine. Quand le roi n'est pas là, les laies brûlantes de désir doivent se montrer moins exigeantes. Aussi tous les mâles ont-ils l'occasion de s'accoupler. Les générations suivantes se sont de plus en plus diver-sifiées, certains animaux ressemblent à des moutons, d'autres à des chiens ou à des lynx, le plus terrible est cette petite bâtarde, un petit monstre avec un long groin qui fait penser à la trompe d'un éléphant.

Nous voici en avril 1981, alors que les abricotiers sont en pleine floraison et que les laies sont en chaleur, je nage jusqu'à la rive sud depuis l'endroit où la rivière se sépare en deux bras. L'eau est tiède en surface, froide en profondeur. À la limite des deux températures, il y a des bancs de poissons en migration qui remontent à contre-courant. L'esprit qui les anime pour retourner à la rivière mère, à aller courageusement de l'avant au mépris des dangers et des difficultés, sans craindre de devoir verser leur sang ou de se sacrifier, cet esprit-là me bouleverse profondément. Je reste debout sur le banc de sable à regarder tous ces corps grisâtres agiter avec ardeur queues et nageoires, avancer vaillamment, je médite longuement.

Toutes ces années, même quand je jouais à la disparition subite, je n'ai jamais quitté l'îlot. La végétation y est luxuriante, dans la partie sud-est s'élève une dune allongée sur laquelle poussent des dizaines de milliers de pins de Masson au tronc gros comme un bol et, à leur pied, des arbustes touffus. Chercher un endroit où se cacher est simple comme bonjour. Mais cette année je me suis mis soudain à avoir des idées bizarres (en fait pas si bizarres que ça, il s'agit d'un besoin psychologique impératif, j'ai le sentiment qu'il me faut retourner une fois encore à la porcherie du Verger des abricotiers, au village de Ximen, me rendre comme à un rendez-vous décidé plusieurs années auparavant et dont on ne peut changer la date).

Cela fait presque quatre ans que je me suis enfui de la porcherie en compagnie de la truie Petite Fleur, et pourtant, même les yeux bandés, je pourrais retourner là-bas, car le doux vent de l'ouest est tout chargé du parfum des fleurs d'abricotier ; là-bas, en fin de compte, est mon pays natal. Je marche en direction de l'ouest, suivant le chemin étroit mais très plat en haut de la digue. Au sud de cette même digue c'est la vaste campagne, au nord des bosquets de tamaris ondulent à perte de vue. Sur les deux versants de part et d'autre de la digue poussent des faux-indigos décharnés, sur lesquels grimpent en tous sens des tiges folles de cucurbitacées avec des grappes de fleurs blanches, lesquelles exhalent un parfum lourd, proche de celui des lilas.

Le clair de lune, bien sûr, est très beau, mais, comparé à celui de ces deux nuits que je t'ai décrites avec force images, la lune ce soir est haute dans le ciel, elle semble un peu distraite. Elle n'a pas réduit sa hauteur, ni changé de couleur pour venir me tenir compagnie, me pourchasser, non, on dirait une femme de l'aristocratie, assise dans un carrosse, coiffée d'un chapeau à plumes à la voilette d'un blanc immaculé, elle semble pressée de suivre son chemin.

Arrivé au champ irréductible de mille mètres carrés de Lan Lian, j'immobilise mes sabots qui marchent pressés vers l'ouest à la poursuite de la lune. Je regarde en direction du sud et vois que, dans les terres de la grande brigade du village de Ximen, de chaque côté de ce champ, on a planté des mûriers aux larges feuilles, sous les arbres des femmes, à la lumière du clair de lune, cueillent les mûres. Ce spectacle m'émeut, je sais que les campagnes de l'après-Mao Zedong ont connu des changements. Le champ de Lan Lian est encore cultivé en blé, toujours la même variété ancienne. Les réseaux radiculaires très développés des mûriers plantés sur les parcelles jouxtant sa terre visiblement pompent la fertilité du sol, et au moins quatre rangées de blé montrent que les plants en souffrent : ils sont courts, chétifs, les épis ne sont pas plus gros que des mouches. C'est probablement une machination insidieuse de la part de Hong Taiyue pour punir Lan Lian : on va voir comment s'en sortira ce paysan travaillant pour son compte ! J'aperçois sous le clair de lune, près des mûriers, une longue silhouette dansante. Le dos nu, l'homme creuse une tranchée profonde et étroite entre sa propre terre et les mûriers de la commune populaire, il a juré de rivaliser avec cette dernière, de nombreuses racines jaunes sont coupées par sa bêche en fer bien affûtée. Cela semble un fait inhabituel. Si creuser une tranchée dans son propre champ n'est pas un tort en soi, trancher les racines des arbres de la commune populaire peut vous valoir d'être soupçonné de vouloir porter atteinte aux biens de la collectivité. J'observe de loin le corps de Lan Lian, aussi gauche que celui d'un ours brun, ses gestes brusques, sur le moment je ne sais trop que penser. Si on laisse les mûriers de chaque côté monter jusqu'au ciel, le champ de Lan Lian, paysan travaillant pour son compte, deviendra une terre stérile. Je comprendrai vite que mon appréciation des faits est complètement erronée. En effet, la grande brigade de production est déjà en pleine débâcle, la commune n'a plus de populaire que le nom. La réforme des campagnes est entrée dans l'étape de la redistribution du sol aux paysans. Les terres le long du champ de Lan Lian sont devenues privées, et chacun décide librement d'y cultiver des céréales ou d'y planter des mûriers.

Mes pas m'ont conduit jusqu'à la porcherie du Verger des abricotiers, si les arbres sont toujours là, il n'y a plus trace des bâtiments. Bien qu'il n'ait pas de marque distinctive, je reconnais au premier coup d'œil le vieil abricotier au tronc tout tordu. Il est entouré d'une barrière de protection en bois sur laquelle a été cloué un écriteau avec ces mots : « Propriété de Zhu Sijin ». À sa vue, je repense à Diao Xiaosan qui a arrosé les racines de l'arbre de son sang. Sans cet événement, la chair des abricots n'aurait pas porté des filaments de sang, et ces mêmes abricots n'auraient pas été reconnus comme les plus précieux de tous les fruits et achetés chaque année à prix d'or par les autorités du district. Plus tard je devais apprendre aussi que les abricots de cet arbre avaient permis à Jinlong, lequel remplaçait maintenant Hong Taiyue au poste de secrétaire de la cellule du Parti de la grande brigade, de nouer des liens étroits avec les dirigeants du district et de la municipalité, préparant ainsi la voie à la carrière qu'il devait faire et à son enrichissement futur. Je repère aussi, bien sûr, le vieil abricotier dont les branches pendaient jusque dans mon enclos, même si ce dernier n'existe plus matériellement. Cet endroit où j'ai passé mon temps à dormir ou à rêvasser est à présent planté d'arachides. Je me remets brusquement debout et pose mes pattes de devant sur les deux branches, tout comme je le faisais pratiquement chaque jour autrefois. Ce geste me fait éprouver très clairement la sensation que mon corps est devenu énorme, lourd, comme je ne me suis pas mis debout ainsi depuis fort longtemps, je suis visiblement rouillé. Bref, ce soir-là, j'erre de-ci de-là dans le Verger des abricotiers, à revenir ainsi sur les lieux du passé, la nostalgie me prend et les sentiments qui m'agitent sont le signe que j'ai atteint la maturité. Et c'est vrai, dans ma vie de cochon on peut dire que j'ai connu bien des vicissitudes.

Je m'aperçois que les deux rangées de bâtiments où travaillaient les employés de la porcherie et où ils logeaient sont déjà affectées à la culture du ver à soie. Les pièces sont bien éclairées, je comprends que le village de Ximen a été raccordé à l'électricité d'État. Je vois Ximen née Bai, elle travaille, courbée devant les claies, elle a les cheveux blancs. Elle tient à deux mains un van fait avec des tiges de tamaris dénudées avant d'être tressées ; il est rempli de feuilles de mûrier bien charnues ; elle disperse les feuilles sur les claies très blanches, alors immédiatement monte un bruit qui évoque celui d'une pluie fine. Je vois que votre chambre nuptiale a été transformée aussi en atelier d'élevage des bombyx, cela signifie que vous avez déjà trouvé un nouveau logement.

J'avance en direction de l'ouest sur la route qui passe au milieu du village, goudronnée à présent et dont la largeur a été doublée. Les maisons basses au toit de chaume et aux murs en terre ont disparu, à leur place ont surgi des bâtiments couverts de tuiles rouges, tous de la même hauteur et de la même largeur de façade, bien alignés. Au nord, dans l'espace resté libre devant un petit immeuble à deux niveaux, une centaine de personnes, pour la plupart des femmes et des enfants, entourent un poste de télévision de la marque japonaise Toshiba, doté d'un écran de cinquante-trois centimètres.

Elles regardent une pièce télévisée à épisodes intitulée *L'homme qui venait de la mer*. C'est l'histoire merveilleuse d'un beau jeune homme qui a des pieds palmés. Il peut nager avec l'élégance d'un requin. J'observe avec quelle concentration ces femmes et ces enfants du village gardent le regard fixé sur l'écran minuscule, faisant à tout instant claquer leurs langues d'admiration. Le poste de télévision est posé sur un tabouret carré de couleur bordeaux, lequel a été placé sur une table, carrée elle aussi. Près de cette installation est assis un vieillard aux cheveux grisonnants, il porte un brassard rouge avec l'inscription « Sécurité », les mains appuyées sur un bâton long et mince, il fait face aux spectateurs, il a le regard perçant d'un vieux professeur surveillant des examens. Sur le moment, je ne sais pas qui il est...

[J'interviens : « C'est le colonel Wu Fang, le frère aîné de Wu Yuan, le paysan riche, ce colonel qui a été directeur de la radio du quartier général de la cinquante-quatrième armée du Kuomintang, fait prisonnier en 1947, condamné, après la Libération, à la prison à perpétuité sous l'inculpation de contre-révolutionnaire historique, exilé dans le grand Nord-Ouest pour être rééduqué par le travail. Il vient juste de rentrer après avoir été relaxé, comme il n'est plus apte au travail vu son âge et qu'il n'a personne pour prendre soin de lui, il bénéficie du régime dit des "cinq garanties[1]", de plus il reçoit de l'administration civile du district une allocation mensuelle de quinze yuans... »

Pendant plusieurs jours de suite, le récit de Grosse Tête s'est fait au débit d'une eau lâchée hors des vannes, avec une part de réel et une autre d'imaginaire, je l'ai écouté, partagé entre le rêve et l'éveil, je l'ai suivi dans

1. Nourriture, habillement, chauffage, soins médicaux, sépulture.

l'enfer ou dans le royaume des eaux, si bien que j'en suis tout étourdi, que j'en ai les yeux qui papillotent. Je me suis risqué à l'occasion à avoir mon propre point de vue, mais j'ai été immédiatement embobiné par ses paroles, comme on peut se retrouver empêtré dans des algues. Je suis déjà prisonnier de sa narration. Pour éviter cela, je saisis enfin l'occasion de parler de l'histoire de Wu Fang afin que le récit se rapproche des faits réels. Grosse Tête, en colère, saute sur la table et de ses pieds chaussés de petites chaussures de cuir il se met à trépigner sur place. « La ferme ! » Il sort son sexe de sa braguette ouverte, ce sexe gros et laid qui, dès la naissance, semblait ne pas avoir de prépuce et forme un contraste flagrant avec son âge, et il m'arrose. Son urine présente une forte odeur de vitamine B, le jet entre dans ma bouche, ce qui provoque chez moi une quinte de toux, et mon esprit qui vient juste de retrouver un peu de lucidité est de nouveau en proie à la confusion.

« La ferme et écoute-moi ! Le moment n'est pas encore venu pour toi de prendre la parole, mais tu auras ton tour. »

Il a un air enfantin et en même temps très mature. Il me fait penser à l'enfant rouge, le petit démon dans le récit du *Pavillon de l'ouest*[1] – dès que ce petit drôle fait une moue, de violentes flammes jaillissent de sa bouche –, je pense aussi au jeune héros Natuo de l'*Histoire romancée de l'investiture des dieux*[2], qui met en ébullition le palais du Dragon – ce garnement marche sur des roues de feu, il tient à la main une lance à pointe dorée, il secoue ses épaules et le voilà avec trois

1. Pièce de théâtre de Wang Shifu, fin du XIIIᵉ siècle (dynastie des Yuan).
2. Roman de la dynastie des Ming (1368-1644), racontant des faits merveilleux de la haute Antiquité.

têtes et six bras –, je pense aussi à Tianshan Tonglao dans le roman de Jin Yong, *Demi-Dieux et Semi-Démons*[1], laquelle, à plus de quatre-vingt-dix ans, a un visage de jeunette ; quand cette toute petite vieille prend son appel, elle se retrouve en un bond au sommet d'un arbre qui touche le ciel et elle siffle comme un oiseau. Je pense au cochon doté de grands pouvoirs du roman de mon ami Mo Yan, *Récit de l'élevage de cochons*.

« Ce cochon-là, c'est moi », dit avec un air féroce et assez satisfait le bébé à la grosse tête en regagnant sa place.]

Bien sûr, je devais savoir par la suite que ce vieillard était Wu Fang, le frère aîné de Wu Yuan, le paysan riche, et aussi que Jinlong, qui avait pris la succession du poste de secrétaire de la cellule du Parti de la grande brigade, l'avait chargé de veiller sur le téléphone du bureau de cette même grande brigade et de sortir l'unique poste de télévision en couleur du village pour en faire profiter les membres de la commune. Je devais apprendre aussi que Hong Taiyue s'était montré très mécontent de cette affaire et qu'il avait mandé Jinlong pour lui faire entendre raison. Sa veste sur les épaules, traînant ses chaussures, il avait un peu l'air bohème.

On raconte qu'il est comme ça depuis qu'il a quitté son poste de secrétaire de la cellule du Parti. Bien sûr, il n'a pas passé le flambeau de son plein gré, il y a été poussé, vu son âge, par le comité du Parti de la commune populaire. Et qui était le secrétaire de ce comité à l'époque ? C'était Pang Kangmei, la fille de Pang Hu, la plus jeune secrétaire d'un comité du Parti dans toute la province, une nouvelle star brillante de la politique. [Nous aurons maintes occasions de reparler d'elle

1. *Tianlong babu* de Jin Yong, auteur contemporain de romans de cape et d'épée.

ci-dessous.] On raconte que Hong Taiyue, passablement imbibé d'alcool, est arrivé au QG de la grande brigade [c'est-à-dire dans l'actuel petit bâtiment à deux niveaux nouvellement construit]. Wu Fang, chargé de surveiller les entrées, lui a adressé un signe de tête et s'est incliné, on aurait dit un responsable fantoche d'un groupement de familles devant un officier japonais. Hong Taiyue a eu quelques grognements de mépris et est entré dans le bâtiment la poitrine bombée, la tête haute, on raconte que, tout en désignant le crâne chauve du gardien assis en bas près du portail et tout dévoué à sa tâche, il a fait des reproches indignés à Jinlong :

« Mon gars, tu as commis une grave erreur politique ! Mais qu'est-ce que c'est, ce type ? Un colonel directeur de la radio du Guomindang, il aurait mérité d'être fusillé vingt fois, et lui avoir laissé sa sale vie sauve, c'était déjà traiter son cas avec beaucoup de clémence. Mais toi, voilà que tu lui permets de jouir des cinq protections ! Qu'est-ce que tu fais de ta position de classe ? »

On raconte que Jinlong a sorti une cigarette d'importation et l'a allumée avec un briquet qu'on aurait dit en or et fonctionnant au butane, puis il a fourré la cigarette allumée dans la bouche de Hong Taiyue, comme si ce dernier avait été un homme mutilé des deux bras, incapable de s'allumer lui-même une cigarette. Jinlong a installé Hong Taiyue dans le fauteuil en cuir pivotant, mobilier plutôt rare à l'époque, tandis que lui-même, relevant le derrière, prenait place sur la table. Il a déclaré :

« Oncle Hong, j'ai été formé par vous et je suis votre successeur. En tous points je voudrais pouvoir marcher sur vos traces. Mais le monde ou plutôt les temps ont changé. Le traitement de faveur accordé à Wu Fang a été décidé par le district, non seulement il a les cinq garanties, mais il reçoit également une allocation mensuelle de quinze yuans. Mon vieux, vous êtes furieux ?

Vous n'avez pas à l'être, c'est moi qui vous le dis, car il s'agit de la politique nationale. Vous mettre dans cet état ne servira à rien. »

On raconte que Hong Taiyue lui aurait répondu sur un ton mauvais :

« Alors nous aurions fait la révolution pendant toutes ces dizaines d'années pour rien ? »

Jinlong a sauté de la table, a fait faire un demi-tour au fauteuil pivotant pour que Hong Taiyue se retrouve face au toit en tuiles rouges tout neuf illuminé par la lumière radieuse du soleil au-delà de la fenêtre et il a repris :

« Mon vieux, ne répétez surtout pas ce que vous venez de dire à l'extérieur. Si les communistes ont fait la révolution, ce n'était pas du tout pour renverser le Guomindang, pour faire fuir Tchang Kaichek, le vrai but qui a poussé le Parti communiste à conduire le peuple dans cette révolution était d'assurer à ce dernier de passer des jours meilleurs, de vivre dans l'aisance. Si le Guomindang et Tchang Kaichek ont été renversés, c'est qu'ils faisaient obstacle à ce projet. Ainsi, mon cher, comme nous faisons aussi partie du peuple, ne nous embarrassons pas de grandes idées, soutenons ceux qui nous assurent une vie meilleure. »

On raconte que Hong Taiyue, furieux, lui aurait lancé :

« Conneries que tout ça, un révisionniste, voilà ce que tu es ! Je vais te dénoncer auprès des autorités provinciales ! »

On raconte encore que Jinlong lui aurait répondu en riant :

« Mon vieux, comme si les autorités provinciales avaient le temps de s'occuper de nos petites affaires ! Pour moi, du moment que vous pouvez boire votre petit verre, manger de la viande, avoir un peu d'argent, pas besoin de vous mettre martel en tête ni de vous occuper de ce qui ne vous regarde pas. »

Hong Taiyue n'en démordait pas :

« Mais ce n'est pas possible, c'est une question de ligne, à coup sûr il y a du révisionnisme au comité central. Ouvre les yeux, tout cela n'est qu'un début, les changements qui vont suivre vont très probablement illustrer ce vers du président Mao : "Devant ces changements radicaux, d'émotion je soupire[1]." »

Je m'attarde une dizaine de minutes derrière la foule qui regarde la télévision avant de me mettre à courir vers l'ouest [tu sais bien où je voulais me rendre]. Je n'ose pas progresser sur la route, je sais que l'attaque mortelle que j'ai lancée contre Xu Bao m'a fait une réputation dans tout le canton de Dongbei, si on m'aperçoit, ce sera une belle pagaille en perspective. Non que je ne sois pas à même de me mesurer à eux, je redoute d'être amené par les circonstances à blesser malgré moi des innocents ; je n'ai pas peur d'eux, j'ai peur des ennuis possibles. Je progresse donc dans l'ombre des rangées de maisons qui bordent le côté sud de la route. Très vite j'arrive à la cour de la famille Ximen.

Le portail est grand ouvert, le vieil abricotier est toujours là et, de plus, ses fleurs s'épanouissent à profusion, on dirait des fleurs en étain, leur parfum flotte par-dessus les murs. Je reste caché dans l'ombre près du portail, je vois, placées sous l'arbre, huit tables carrées recouvertes de nappes en plastique, une lampe provenant du bâtiment a été accrochée provisoirement à une branche. Une dizaine de personnes sont attablées. Je les reconnais, tous étaient de mauvais sujets à l'époque. Il y a là Yu Wufu, le chef fantoche du groupement des familles, le traître Zhang Dazhuang, Tian Gui, le patron de la taverne, le paysan riche Wu Yuan… À une autre

---

1. Il s'agit du quatrième vers du huitain *Occupation de Nankin par l'Armée populaire de libération*, daté d'avril 1949, qui reprend un schéma prosodique classique.

table, je vois Yang le Septième, le responsable de la sécurité publique, qui a déjà les cheveux tout grisonnants, il y a encore deux frères Sun, Sun le Dragon et Sun le Tigre. Sur leur table règne déjà un beau désordre de fin de repas, quant aux convives, ils sont bien éméchés. Je vais l'apprendre par la suite, Yang Qi fait du commerce de perches de bambou (il n'a jamais été un honnête cultivateur), il fait venir par voie ferrée les bambous géants depuis les monts Jingang jusqu'à Gaomi, puis par la route de Gaomi au village de Ximen. Là, il vend le tout à Ma Liangcai qui projette de construire une nouvelle école, c'est un commerce juteux. En un rien de temps, Yang le Septième est devenu très riche. Aussi a-t-il été convié à trinquer à une table sous l'abricotier en tant que personnage le plus riche du village. Il porte un costume à l'occidentale gris et une cravate rouge vif, il a retroussé ses manches, laissant voir sa montre électronique. Son petit visage, tout maigrichon à l'origine, offre à présent des joues bien rebondies. Il sort une cigarette américaine d'importation d'un paquet couleur bronze et la tend à Sun le Dragon, lequel est occupé à ronger un pied de cochon cuit dans la sauce de soja, il en sort une autre et la lance à Sun le Tigre, lequel s'essuie la bouche avec une serviette en papier, puis il aplatit le paquet dans sa main et crie en direction de l'aile est du bâtiment :

« Hé, la patronne ! »

Cette dernière, sans tarder, accourt à l'appel. Hé ! C'est donc elle ! Wu Qiuxiang, elle, patronne ! Je vois alors qu'un pan du mur à l'est du portail de la cour a été blanchi à la chaux et qu'on y a tracé à la peinture rouge les mots suivants : « Bar Parfum d'automne[1] ». Wu Qiuxiang est déjà arrivée en courant derrière Yang le Septième. Elle a poudré son visage, elle sourit, une

---

1. « Parfum d'automne » est le prénom de la patronne.

serviette sur l'épaule, elle a noué à sa taille un tablier bleu, cela lui donne l'air intelligent et capable, chaleureux et très professionnel, elle fait penser à la belle-sœur Aqing[1]. Les temps ont vraiment changé : avec les réformes, l'ouverture, le village de Ximen a connu une grande mutation. Wu Qiuxiang, le visage rayonnant de joie, demande :

« Patron Yang, quels sont vos ordres ?

– C'est moi que tu insultes comme ça ? dit Yang Qi en faisant les gros yeux. Je ne suis qu'un petit négociant en perches de bambou, je ne mérite pas le titre honorable de patron.

– Allons, pas tant de modestie, patron Yang, avec la vente de dix mille perches de bambou et plus, à raison de dix yuans de gain par unité, vous avez gagné cent mille yuans, si avec cent mille yuans en poche, vous n'êtes pas un patron, qui le serait alors dans le canton de Dongbei ? » Wu Qiuxiang en rajoute, elle pointe un doigt contre l'épaule de Yang le Septième. « Voyez-moi ça, on est habillé de pied en cap pour au moins mille yuans, non ?

– Cette bonne femme ! À force de me souffler dans l'oreille tes éloges perfides, paf ! tu finiras par me faire éclater comme autrefois les cochons morts de la porcherie du Verger des abricotiers, et tu seras contente, hein ! lui dit Yang le Septième.

– C'est bon, patron Yang, tu ne gagnes pas un sou, tu es si pauvre que tes maigres pièces tintinnabulent dans ta poche, ça te va, ce discours ? Je n'ai même pas ouvert la bouche pour t'emprunter de l'argent que tu me fermes la porte au nez », dit Wu Qiuxiang avec une moue, feignant la colère, puis elle ajoute : « Allez, que veux-tu ?

1. Héroïne de l'opéra révolutionnaire *Shajiabang*. Voir plus haut, note 1 p. 242.

– Ah, tu es en colère ! Ne fais pas ta bouche en cul-de-poule sinon je vais avoir envie de relever ma queue !

– Putain, dégage ! » Wu Qiuxiang donne un coup de sa serviette poisseuse sur la tête de Yang le Septième. « Allons, accouche, tu veux quoi ?

– Un paquet de cigarettes de la marque Bons Amis.

– C'est tout ? Pas d'alcool ? » Wu Qiuxiang lance un regard aux deux frères Sun et dit : « Ces deux-là ne sont pas encore ivres, non ? »

Sun le Dragon dit d'une voix pâteuse :

« Comme c'est le patron Yang qui invite, nous y allons avec modération.

– Connard, ce sont des injures que tu envoies à ton frère aîné ? »

Yang le Septième frappe sur la table et reprend, feignant la colère :

« Bien que moi, ton aîné, je ne possède pas cent mille yuans, j'ai tout de même de quoi vous offrir à boire à tous les deux ! Et puis votre purée de piment de la marque Rouge est vendue partout sous le ciel, nous ne pouvons pas installer à perpétuité deux grosses marmites en fer à ciel ouvert, non ? Pour la prochaine étape, si j'étais vous, je construirais vingt vastes et beaux ateliers, j'y installerais deux cents chaudrons, recruterais deux cents ouvriers, et je ferais passer vingt secondes de publicité à la télévision afin que la purée de piment de la marque Rouge soit connue au-delà de Gaomi, hors du Shandong, dans le pays tout entier, et alors tous les deux, il vous faudra embaucher du personnel pour compter vos sous. Et moi, Yang, je pourrai me vanter d'avoir adulé, par anticipation, les deux gros richards que vous serez ! » Yang Qi pince les fesses de Wu Qiuxiang et reprend : « Ma poule, apporte encore deux petites jarres noires !

– C'est de l'alcool de trop mauvaise qualité ! dit Wu Qiuxiang, puisque vous invitez de gros richards, faut pour le moins du Petit Tigre !

– Merde alors, Wu Qiuxiang, tu sais vraiment saisir les occasions, dit Yang Qi un peu contraint. C'est bon, va pour du Petit Tigre ! »

Les deux frères échangent un regard, Sun le Tigre prend la parole :

« Grand frère, l'idée du patron Yang n'est vraiment pas mauvaise du tout. »

Sun le Dragon dit en bégayant un peu :

« Je les vois, moi, ces yuans, comme des feuilles d'arbre, tomber du ciel avec fracas.

– Vous deux, reprend Yang le Septième, à votre avis, pourquoi Liu Bei s'est-il rendu par trois fois avec des cadeaux dans la chaumière de Zhu Geliang[1] ? Parce qu'il avait bien mangé et n'avait rien d'autre à faire ? Non, il y allait pour prendre des conseils sur la façon de pacifier l'empire. Les propos de Zhu Geliang devaient éclairer Liu Bei sur la direction à prendre, dès lors l'empire fut partagé en trois. Ce que moi, Yang, je vous dis, cela vaut cette fameuse visite ! Quand votre commerce sera florissant, n'oubliez pas de remercier le stratège !

– Acheter de grands chaudrons, construire des ateliers, engager des ouvriers, faire le commerce en grand, tout ça, c'est bien beau, mais où trouver l'argent ? demande Sun le Tigre.

– Demandez à Jinlong de vous aider à obtenir un prêt ! » Yang le Septième se frappe la cuisse et reprend : « Repensez à l'époque où Jinlong a installé sa plate-forme dans cet abricotier pour faire la révolution, vous

1. Liu Bei (161-223), voulant unifier l'Empire, alla prendre conseil auprès du stratège Zhu Geliang (181-234), à Long-zhong. En 208, il fut vainqueur contre Cao Cao, autre chef militaire qui luttait pour l'hégémonie, lors de la célèbre bataille de la Falaise rouge. En 221, il établit le royaume de Shu à Chengdu, rival de deux autres royaumes, celui de Wei à Luoyang, celui de Wu à Nankin.

autres les quatre frères, vous étiez vraiment ses fidèles chiens courants.

– Mon vieux Yang, toute parole qui passe par ta bouche est déformée, c'est quoi cette histoire de "fidèles chiens courants" ? C'est "proches compagnons d'armes" qu'il faut dire ! corrige Sun le Tigre.

– C'est bon, va pour "proches compagnons d'armes", reprend Yang le Septième, de toute façon, vous autres frères, vous êtes dans ses petits papiers.

– Mon vieux Yang, demande Sun le Dragon en bégayant, cet emprunt, il nous faudra quand même le rembourser, non ? Si on gagne de l'argent, bien sûr, ce sera une bonne chose, mais si on en perd ? Comment on remboursera ?

– Vous êtes vraiment bouchés comme des cochons ! lui dit Yang le Septième. L'argent du Parti communiste, ce serait dommage de pas le dépenser. Si on gagne de l'argent, on peut avoir l'intention de les rembourser, mais eux ne le voudront peut-être même pas ; si on en perd et s'ils réclament malgré tout le remboursement, on n'aura pas un sou à leur donner. Et puis, dire que cette purée de piment de la marque Rouge est vouée à une impasse, faudrait vraiment qu'à la place de bois de chauffage on se serve de billets de banque, sinon comment pourrait-on perdre de l'argent ?

– Bon, alors on demande à Jinlong de nous aider à emprunter de l'argent ? dit Sun le Tigre.

– Oui, répond Sun le Dragon.

– Et on achètera des gros chaudrons, on recrutera du personnel, on construira des bâtiments et on fera de la publicité ?

– Va pour l'achat, le recrutement, la construction et la publicité !

– Parfait ! Vos cerveaux en chêne massif commencent enfin à s'éclairer un peu ! approuve Yang le Septième en se tapant sur la cuisse. Votre aîné fournira le bois dont vous aurez besoin pour la construction. Les bambous géants des monts Jingang sont solides et flexibles, ils poussent droit, ils sont imputrescibles, ils coûtent moitié moins que les pannes en sapin, c'est un produit qui a vraiment un bon rapport qualité/prix, si vous construisez vingt ateliers, il vous faudra quatre cents pannes, si vous utilisez des bambous, cela vous fera un gain de trente yuans, et rien que ce rapport-là vous fera économiser douze mille yuans !

– Tout ça pour nous vendre tes bambous ! » fait remarquer Sun le Tigre.

Wu Qiuxiang apporte deux flacons de Petit Tigre et deux paquets de cigarettes Bons Amis, Huzhu la suit, une assiette d'oreilles de porc au concombre et à la purée d'ail dans la main droite, et dans la gauche une autre avec des cacahuètes grillées à l'huile. Wu Qiuxiang pose l'alcool sur la table, les cigarettes devant Yang le Septième et persifle : « N'aie crainte, ces deux assiettées, je les offre aux deux frères Sun pour accompagner l'alcool, je ne les mets pas sur ton compte.

– Patronne Wu, tu n'as donc pas d'estime pour moi, Yang ? » Yang le Septième tapote sa poche toute renflée. « Moi, Yang, je ne gagne pas des masses, mais tout de même, j'ai de quoi payer une assiettée de concombre.

– Je sais bien que tu as de l'argent, dit Qiuxiang, mais cette assiettée, c'est pour flatter les deux frères Sun, à mon avis avec votre purée de piment de la marque Rouge ça va chauffer. »

Huzhu, souriante, pose les deux assiettes devant les frères Sun. Ils se lèvent à la hâte et s'empressent de dire : « Grande belle-sœur, vous vous êtes donné cette peine pour nous…

– Je n'avais rien à faire, je suis venue donner un coup de main…, leur fait Huzhu en souriant.

– Hé, la patronne, y en que pour les gros patrons, viens donc un peu t'occuper de nous ! » À la table voisine, Wu Yuan qui tient entre les doigts la carte emballée dans du plastique, l'agite vers une phalène blanche et ajoute : « On passe commande.

– Buvez tout votre content, ne lui faites pas faire des économies. » Qiuxiang remplit les verres des deux frères, puis ajoute en jetant un regard en coin à Yang le Septième : « Je vais m'occuper de ces salauds.

– Ces salauds en ont vu de toutes les couleurs, il est normal qu'ils puissent avoir un peu de bon temps comme tout le monde, dit Yang le Septième.

– Des propriétaires terriens, des paysans riches, un chef fantoche de groupement de familles, des traîtres, des contre-révolutionnaires… » Wu Qiuxiang, désignant les personnes autour de cette table, dit sur un ton où le sérieux le dispute à la plaisanterie : « Les salauds du village de Ximen sont pratiquement tous au complet. Comment ? Vous voilà rassemblés, qu'est-ce que vous voulez ? Vous révolter ?

– Hé, la patronne, n'oublie pas que tu étais la concubine d'un propriétaire foncier despotique !

– Oui, mais moi, je suis différente de vous.

– Comment ça, différente ? dit Wu Yuan. Ces qualificatifs qu'on nous a donnés, "noir", "de fer", "portepoisse", tout ça, c'est du passé. À présent, nous sommes comme tout le monde, nous sommes de dignes membres de la commune populaire ! »

Yu Wufu déclare : « Cela fait un an que je ne porte plus d'étiquette. »

Zhang Dazhuang claironne à son tour : « Nous ne sommes plus placés sous surveillance[1]. »

Tian Gui, resté un peu craintif, jette un coup d'œil à Yang le Septième et dit tout bas : « On n'est plus frappés avec des gaules en rotin.

1. Celle des masses populaires.

– Aujourd'hui c'est le premier anniversaire de notre réhabilitation dans notre statut de citoyens à part entière, nous avons été débarrassés de toutes les étiquettes qu'on nous avait collées sur le dos. Pour nous qui avons été placés sous surveillance pendant plus de trente ans, c'est un jour de fête, dit Wu Yuan. Nous voici tous réunis pour boire quelques coupes, je n'ose pas dire pour célébrer l'événement, non, juste pour boire un peu d'alcool… »

Yu Wufu prend à son tour la parole, tout en clignant de ses yeux rougis : « Même en rêve, on n'aurait jamais pu imaginer cela, non, même en rêve… »

Tian Gui dit, avec des larmes dans les yeux : « … Mon petit-fils, qui l'aurait dit, l'hiver dernier est entré dans l'armée de libération, oui, l'armée de Libération… et pour la fête du Printemps, le secrétaire Jinlong en personne a accroché au-dessus de notre porte une plaque portant les mots "famille honorable"…

– Il nous faut remercier notre dirigeant clairvoyant, le président Hua ! » dit Zhang Dazhuang.

– Hé, la patronne, dit Wu Yuan, nous autres, nous sommes des poubelles, tout ce que nous mangeons, nous le trouvons délicieux[1], alors fais pour nous servir juste un petit quelque chose, nous avons tous déjà dîné, nous n'avons pas faim…

– Il faut fêter ça comme il faut, dit Qiuxiang. En principe je suis moi-même une femme de propriétaire terrien, mais, heureusement pour moi, j'ai tiré avantage de mes relations avec Huang Tong. Et puis, on aura beau dire, notre secrétaire, ce bon vieux Hong, est un brave homme, si nous avions été dans un autre village, Yingchun et moi, nous aurions subi le même sort que vous. De nous trois, la plus éprouvée reste Baishi.

1. Jeu de mots intraduisible. L'expression « bon à rien » signifie au sens propre « sac à paille » et ici « ventres en sacs à paille » rendue par « poubelles ».

– Maman, pourquoi raconter tout cela ! » Huzhu, qui apporte théières et bols, effleure le dos de Qiuxiang, puis s'adresse aux clients, souriante : « Oncles, grands-oncles, un peu de thé pour commencer !

– Puisque vous me laissez carte blanche, je décide pour vous, dit Qiuxiang.

– Tout à fait, tout à fait, reprend Wu Yuan. Huzhu, tu es l'épouse du secrétaire et tu nous sers de ta main du thé, il y a quarante ans c'eût été une chose impensable.

– Pas besoin de remonter si loin ! marmonne Zhang Dazhuang. Il y a deux ans c'était impossible à imaginer… »

[« Je parle depuis bien longtemps, tu ne veux pas dire quelques phrases pour exprimer ce que tu ressens ? » me dit Grosse Tête.

Je fais non en secouant la tête et réponds : « Jiefang n'a rien à dire.

– Lan Jiefang, je t'ai décrit sans me lasser ce qui s'est passé ce soir-là dans la cour de la famille Ximen, si je t'ai fait part de tout ce que j'ai vu et entendu en tant que cochon, c'était dans le but bien précis de faire entrer à présent en scène un personnage, un personnage important, il s'agit de Hong Taiyue. Après que la grande brigade du village de Ximen a construit un bâtiment pour l'administration, les bureaux originels situés dans les cinq pièces du bâtiment principal de la demeure des Ximen sont devenus le logement de Jinlong et de Huzhu. Par ailleurs, lorsque Jinlong a annoncé que tous les mauvais éléments du village étaient réhabilités, il a proclamé l'abandon du patronyme Lan pour celui de Ximen. Tout cela avait un sens caché qui échappait au vieux révolutionnaire Hong Taiyue, resté fidèle à ses idéaux. »]

Or, à ce moment précis, Hong Taiyue flâne par les rues ; la pièce télévisée est terminée, Wu Fang, très à cheval sur les règlements, sans se soucier des jacassements des jeunes gens, éteint résolument le poste qu'il rapporte dans le bâtiment. L'un des jeunes, qui a quelques connaissances historiques, lance tout bas avec animosité quelques injures : « Espèce de vieux Guomindang, on se demande pourquoi le Parti communiste ne t'a pas fusillé ! » Face à la méchanceté de ces paroles, le vieux Wu Fang, bien qu'il ne soit pas sourd, fait celui qui n'a rien entendu. La lune est si brillante, le temps si agréable, les jeunes désœuvrés traînent dans les rues, certains flirtent, d'autres jouent au poker sous les réverbères. L'un d'eux, qui a une voix de canard, s'égosille :

« Ce jour, Shanbao est allé en ville pour toucher son prix, il a gagné une moto, ne devrait-il pas nous offrir une tournée ?

– Et comment ! Gain inespéré doit être partagé, malheur à qui à la règle ne se plie. En route, Shanbao, allons au bar Parfum d'automne ! »

Quelques jeunes s'avancent vers le réverbère sous lequel l'intéressé, accroupi, joue au poker et ils le tirent pour le mettre debout. Le gars se débat, il donne des poings contre ceux qui essaient de l'entraîner, on dirait une mante religieuse. Furieux, il les injurie : « Y a que les salauds qui gagnent un prix, y a que les salauds qui gagnent une moto !

– Mais c'est que tu as peur, tu préférerais être un salaud plutôt que reconnaître que tu as gagné !

– Si j'avais gagné le prix… », marmonne Shanbao. Soudain, il se met à crier : « Moi, j'ai gagné le prix, j'ai gagné une voiture, ça vous enrage, hein, espèces de bâtards ! » Sur ce, il s'accroupit contre le poteau électrique et dit, très en colère : « Je ne joue plus, je rentre dormir, c'est que demain matin, aux aurores, je dois aller en ville toucher mon prix ! »

Et tous les présents d'éclater de rire. Il revient, une fois de plus, à celui qui a la voix de canard de faire la proposition suivante : « Ne mettons pas Shanbao dans l'embarras, sa femme est un vrai boulier quand il s'agit de tenir les comptes. On va faire pot commun, deux yuans chacun, et aller chahuter un moment chez Wu Qiuxiang. La soirée est si belle, ceux qui sont mariés peuvent rentrer chez eux, mais les autres, qu'est-ce qu'ils vont faire à la maison ? Conduire un avion ? Jouer de la mitrailleuse ? Allons, que ceux qui ne sont pas mariés me suivent chez Wu Qiuxiang, c'est une femme de cœur, on peut lui tâter les seins, lui pincer les cuisses, attirer son visage pour lui rouler un patin ! »

Depuis sa retraite, Hong Taiyue a contracté peu à peu les mêmes symptômes que Lan Lian : il reste enfermé chez lui le jour pour en sortir dès que la lune se montre. Si Lan Lian profite du clair de lune pour travailler son champ, lui, par les nuits de lune, marche en titubant dans le village. Une fois parcouru les grandes rues, il enfile les ruelles, on dirait un veilleur de nuit faisant sa ronde, comme il en existait autrefois. Ce qui fera dire à Jinlong : « Le vieux secrétaire de cellule a une prise de conscience élevée, chaque nuit il nous sert de garde. » Tel n'était pas, bien sûr, au départ le propos de Hong Taiyue. En fait, c'est qu'il n'arrive pas à se faire à ce qu'il voit, il a le cœur lourd, il se sent oppressé par un sentiment d'injustice ! La nuit, il avance par les rues en tanguant tout en buvant de l'alcool, il utilise une gourde tout aplatie dont on dit qu'elle a servi dans l'armée de Libération. Il porte un uniforme militaire en mauvais état, un ceinturon en cuir, des sandales de paille, des bandes molletières comme en avaient les travailleurs armés de la huitième armée de route, il lui manque juste un pistolet sur les fesses. Il fait deux pas, boit une lampée, boit une lampée, puis lâche quelque juron.

Quand il a vidé sa gourde, la lune est déjà basse à l'ouest, lui tangue en tous sens sous l'effet de l'alcool, parfois il parvient à rentrer chez lui, tout vacillant, d'autres fois il s'écroule près d'une meule de foin ou sur une pierre à broyer mise au rebut, et il dort là, jusqu'à ce que le soleil rouge se lève. Maintes fois des gens levés tôt pour se rendre à la foire l'ont aperçu en train de dormir adossé à une meule de foin, les moustaches et les sourcils couverts de givre, le visage tout rosé, au mépris du froid, ronflant comme un bienheureux, si bien qu'ils n'ont pas osé le faire sortir de ses rêves. Parfois il lui arrive aussi, sous le coup d'une impulsion, de se rendre en tanguant jusque dans les champs à l'est du village pour une prise de bec avec Lan Lian. Bien sûr, il n'ose pas mettre un pied sur les terres de ce dernier, il se tient sur celles d'un autre propriétaire et, de là, il entame une joute oratoire. Lan Lian, occupé par son travail, n'épilogue pas trop en réponse, le laissant jacasser intarissablement. Mais dès qu'il ouvre lui-même la bouche, l'autre a toujours une phrase méchante en réplique, aussi dure qu'une pierre ou aussi tranchante qu'un couteau, à lui jeter à la figure et qui le laisse sans voix, furieux à en avoir le tournis et la tête lourde.

Ainsi, quand on est passé à l'étape qui consistait à mettre en application le « système de responsabilité de la production selon le travail », Hong Taiyue a dit à Lan Lian : « Ne s'agit-il pas de restaurer le capitalisme ? Dis voir, ne s'agit-il pas d'une incitation matérielle ? » Lan Lian a répondu d'une voix sourde : « La scène la meilleure est à venir, on verra bien ! »

Quand la réforme dans les campagnes est arrivée à l'étape du « système de responsabilité selon la production familiale », Hong Taiyue, debout à la lisière du champ de Lan Lian, a lancé des injures tout en trépignant : « Putain, la commune populaire, les trois modes de fonctionnement, à savoir la brigade comme fondement, chacun fait selon ses moyens, rétribution selon le travail, tout ça, on n'en veut plus alors ? »

Lan Lian a répondu sur un ton sec : « Tôt ou tard on en viendra à travailler pour son compte. »

Hong Taiyue a répliqué : « Tu rêves. »

Lan Lian : « On verra. »

Quand la réforme en est arrivée au « système de responsabilité forfaitaire pour chaque foyer », Hong Taiyue, ivre mort, pleurant bruyamment, est venu une fois de plus à la lisière du champ de Lan Lian. Furieux, il a lancé injure sur injure, comme si Lan Lian était le décideur de cette grande réforme :

« Lan Lian, espèce d'enculé, on te donne raison, mon salaud, ce "système de responsabilité", est-ce que cela ne revient pas à travailler pour son propre compte ? Trente ans de souffrances pour retomber avant la Libération ! Mais je ne jette pas l'éponge, je vais aller à Beijing, sur la place Tian'anmen, au mausolée du président Mao, pour pleurer sur son cercueil, tout lui raconter, les dénoncer, oui, les dénoncer, ah, ce pouvoir inébranlable, ce pouvoir rouge, qui a changé de couleur, et de quelle façon… »

Hong Taiyue, partagé entre douleur et colère, n'avait plus toute sa raison, il s'est roulé par terre, oubliant les limites des terres, il s'est retrouvé dans le champ de Lan Lian. En fait Lan Lian était en train de couper les légumineuses en se roulant ainsi, Hong Taiyue faisait s'ouvrir les cosses, les grains sautaient avec un bruit de pétarade. Lan Lian a appuyé sa serpette sur le corps de Hong Taiyue et lui a dit d'une voix rude :

« Tu as roulé jusque dans mon champ, selon les règles que nous avons instaurées autrefois je devrais te trancher le pied ! Mais aujourd'hui je suis heureux, je te fais grâce ! »

Hong Taiyue a fait une culbute qui l'a ramené dans le champ voisin, s'aidant d'un petit mûrier tout chétif pour se relever, il a dit :

« Je ne jette pas l'éponge, mon vieux Lan, j'aurais bataillé plus de trente ans pour te voir, toi, dans ton bon droit, et j'aurais sué sang et eau pour m'entendre dire que je suis en tort… »

Lan Lian s'est radouci : « N'as-tu pas reçu, toi aussi, une part de terre ? Est-ce qu'on aurait osé te spolier de quelque façon ? Non, personne n'oserait faire ça. Ne reçois-tu pas chaque mois ta retraite de cadre qui s'élève à six cents yuans annuels ? Tu touches aussi trente yuans par mois de pension en tant que blessé de guerre, est-ce que quelqu'un oserait te les retirer ? Non, personne n'oserait faire ça. Tu n'y as pas perdu car pour tout ce que tu as accompli le Parti a fait la conversion en argent et te le redonne chaque mois, somme par somme. »

Hong Taiyue a répliqué : « C'est deux choses distinctes, ce sur quoi je ne jette pas l'éponge, c'est le fait que toi, mon vieux Lan Lian, tu as constitué manifestement la pierre d'achoppement pour la marche de l'Histoire, et alors que tu avais été manifestement rejeté au dernier rang, comment se fait-il que tu sois devenu l'avant-garde ? Tu en fais des gorges chaudes, hein ? Tout le canton de Dongbei, tout le district de Gaomi te louent pour ta clairvoyance !

– Je ne suis pas un sage, Mao Zedong, lui, en était un, Deng Xiaoping en est un aussi, a dit Lan Lian boule-versé, les sages peuvent remuer ciel et terre, mais moi, que puis-je faire ? Je ne reconnais qu'une seule vérité irréfutable : si même les frères en viennent à partager les biens familiaux, comment un groupement de personnes répondant à des patronymes différents, mises ensemble de force, pourrait-il fonctionner ? Je n'aurais jamais pensé être amené à me rallier à cette vérité immuable, a dit Lan Lian en pleurant à chaudes larmes. Mon vieux

Hong, le vieux chien que tu es, a passé la moitié de sa vie à me mordre avec acharnement, à présent tu ne peux plus me mordre ! J'ai été le crapaud qui cale le pied de table et j'ai tenu pendant trente ans, aujourd'hui je peux enfin me redresser ! Donne-moi ta gourde…

– Comment, toi aussi tu as l'intention de te mettre à boire ? »

Lan Lian, d'un pas, a franchi la limite de son champ et s'est emparé de la gourde aplatie que Hong Taiyue tenait à la main, il a penché le cou en arrière et a bu jusqu'à ce que la gourde soit complètement à la verticale, puis il a jeté la gourde, s'est mis à genoux et, tourné vers la lune, il a dit entre la tristesse et la joie :

« Mon vieux, tu en es témoin, je m'en suis sorti après avoir tant enduré. Désormais, je peux, moi aussi, cultiver ma terre sous le soleil… »

[Ces événements, je ne les ai pas vus de mes propres yeux, ce sont des on-dit que je rapporte. Comme nous avons sur place ce Mo Yan qui écrit des romans, de nombreux faits de son imagination se sont trouvés mêlés à la réalité, et il est bien difficile de faire la part du vrai. Je devrais te parler de ce que j'ai vécu moi-même, vu et entendu de mes propres yeux et de mes propres oreilles, mais, et j'en suis vraiment désolé, le contenu des romans de Mo Yan se presse, se glisse dans le moindre interstice de mon récit et le fait bifurquer dans autant de directions. Nous savons que Mo Yan a écrit un roman pas très connu intitulé *Un combattant post-révolutionnaire*, œuvre qui, à sa publication, n'a attiré l'attention de personne, et je situerais le chiffre de ceux qui ont lu ce livre au-dessous de la centaine. Pourtant ce roman façonne vraiment un personnage type avec une individualité très marquée. Le Vieux Tie[1] est un conscrit

1. *Tie* signifie « fer » et donc ce qui résiste.

arrêté en chemin pour être enrôlé dans l'armée du Guomindang, puis, fait prisonnier par l'armée de Libération, il est plus tard incorporé dans cette même armée, il
sera blessé, démobilisé, et rentrera au pays. C'est le type
de petit personnage, plus vrai que nature, qui calcule
tout. Or ce petit personnage s'imagine être un grand
homme, il croit toujours que le moindre de ses gestes
aura une répercussion sur le destin du pays, voire sur le
cours de l'Histoire. Quand les gens appartenant aux
quatre mauvaises catégories furent débarrassés de l'étiquette qu'on leur avait collée, quand ceux qui avaient été
déclarés droitiers virent lever la fausse accusation qui
pesait sur eux, quand, dans les campagnes, fut mis en
application le système de la « responsabilité selon la
production familiale », il tenait à porter l'uniforme militaire pour se rendre auprès des autorités supérieures afin
de leur faire part des problèmes que tout cela posait et,
au retour, il proclamait dans tout le village qu'il avait été
reçu par tel ou tel haut personnage, que ce dernier lui
avait confié que le révisionnisme était apparu au sein du
comité central et qu'il s'y déroulait une lutte des lignes.
Les gens du village l'appelaient tous le « cinglé de la
révolution ». Il ne fait aucun doute que ce personnage du
Vieux Tie est très proche de celui de Hong Taiyue, Mo
Yan n'a pas mentionné son vrai nom, visiblement pour
ne pas lui faire perdre la face.]

Comme je l'ai dit, je suis réfugié dans l'ombre à
l'extérieur de la cour de la famille Ximen et j'épie ce
qui se passe à l'intérieur. Je vois Yang le Septième,
pratiquement ivre, tenant à deux mains un bol rempli
d'alcool, se diriger en tanguant vers la table de ceux qui
étaient considérés autrefois comme des salauds. Ces
derniers, réunis pour un motif peu banal, sont enclins à
se lancer dans l'évocation de ce passé tragique, chacun
en est tout excité et tombe dans un état second qui n'est

pas le fait de l'alcool. À la vue de cet ancien responsable de la sécurité publique, celui-là même qui, au nom de la dictature du prolétariat, les frappait avec une gaule en rotin, ils sont d'abord surpris et aussi un peu en colère. Arrivé près de leur table, Yang le Septième s'y appuie d'une main, tenant son bol d'alcool de l'autre, il a la langue pâteuse, mais les mots qu'il prononce restent encore distincts :

« Mes frères, mes amis, moi, c'est-à-dire Yang le Septième, si je vous ai offensés autrefois, aujourd'hui Yang le Septième, c'est-à-dire moi, je vous fais toutes mes excuses… »

Il pense verser dans sa gorge le contenu du bol, mais c'est son cou qui reçoit la plus grande partie de l'alcool. Sa cravate mouillée le gêne, il veut la desserrer, mais voici qu'à l'inverse il la resserre, à s'étrangler lui-même, son visage devient violacé, comme s'il ne pouvait chasser cette souffrance, comme s'il voulait par cette forme de suicide se faire pardonner.

Zhang Dazhuang, considéré comme traître autrefois, très magnanime, se lève pour apaiser Yang le Septième et l'aide à dénouer sa cravate qu'il suspend à une branche. Yang le Septième a le cou tout violacé, les yeux exorbités, il dit :

« Mes amis, Willy Brandt, le chancelier de l'Allemagne de l'Ouest, bravant la neige, s'est agenouillé devant le mémorial dressé en l'honneur des martyrs juifs, il entendait par ce geste reconnaître et racheter les crimes perpétrés par l'Allemagne nazie, à présent moi, Yang le Septième, responsable jadis de la sécurité publique, je m'agenouille pour reconnaître et racheter les crimes que j'ai perpétrés envers vous ! »

Il se met à genoux, la forte lumière de la lampe rend son visage blafard, la cravate rouge à la branche de l'abricotier pend, symbolique, comme une épée sanguinolente au-dessus de sa tête. Même si la scène a quelque chose de comique, elle n'en est pas moins touchante. Ce Yang le Septième, si fruste, si insupportable, sait, qui l'eût cru, que Willy Brandt s'est agenouillé pour racheter ses crimes et peut, suivant sa conscience, s'excuser auprès de ceux qu'il a frappés autrefois ; du coup, je le regarde d'un autre œil. Je repense vaguement au geste de Willy Brandt, il me semble avoir entendu Mo Yan lire à haute voix cette histoire, il s'agissait d'une nouvelle donnée également par la *Gazette de référence*.

Wu Yuan, le chef de ce groupe d'anciens « salauds », s'empresse de relever Yang le Septième. Mais ce dernier enserre un pied de la table entre ses bras, il ne veut absolument plus se relever et, contre toute attente, éclate en sanglots.

« Je suis coupable, oui, coupable, le roi des enfers me fera fouetter par ses sbires… Oh là là, que ça fera mal… mais que ça fera mal… »

Wu Yuan lui dit : « Mon vieux Yang, tout ça, c'est du passé, nous, on a tout oublié, alors pourquoi continuer à te faire du mouron à cause de ça ? Et puis t'étais forcé d'agir ainsi par les relations sociales de l'époque, si toi, Yang le Septième, tu ne nous avais pas frappés, un Li le Septième ou un Liu le Septième l'aurait fait de toute façon. Allons, relève-toi, je te prie, relève-toi, nous avons fini par nous en sortir, nous avons été réhabilités, tandis que toi, de ton côté, tu as fait fortune. Et si ta conscience te tourmente, prends un peu de l'argent que tu gagnes, fais un don pour réparer un temple. »

Yang le Septième braille : « Je ne donnerai rien, le peu d'argent que j'ai, je l'ai gagné durement. Pourquoi je devrais le donner pour réparer les temples ?… Je vous demande de me frapper, rendez-moi la monnaie de ma pièce, autant de coups que je vous ai donnés, ce n'est pas moi qui ai des dettes envers vous, c'est vous qui en avez envers moi… »

Pendant ces instants de pagaille (car une bande de jeunes a afflué dans la cour et regarde Yang le Septième faire son cirque tout en chahutant), je vois arriver Hong Taiyue, il avance en titubant à chaque pas. Quand il passe près de moi, je sens la forte odeur d'alcool qu'il dégage. C'est la première fois depuis mon évasion, il y a bien des années, que je peux observer de près celui qui a été autrefois le plus haut dirigeant de la grande brigade du village de Ximen. Il a les cheveux tout blancs, mais toujours aussi droits, vigoureux, récalcitrants. Son visage est enflé, sa bouche édentée, ce qui lui donne l'air un peu stupide. Comme il franchit le portail, tous ces gens qui font un tapage incessant dans la cour se taisent ensemble, montrant par là qu'ils craignent encore un peu ce personnage qui a administré le village de Ximen pendant de nombreuses années. Mais déjà des jeunes se mettent à le taquiner :

« Hé, oncle Hong, vous êtes revenu, vous avez été pleurer sur le cercueil du président Mao ? Vous avez vu le secrétaire du comité provincial ? Le révisionnisme s'est installé au comité central, que comptezvous faire, vous autres ?… »

Wu Qiuxiang se porte vite à sa rencontre, les « salauds » d'autrefois, comme mus par un réflexe conditionné, se lèvent, dans la précipitation du geste le vieux Tian Gui balaie le bol et les baguettes qui étaient devant lui, et ils tombent à terre.

« Ah, notre bon vieux secrétaire ! » lui lance-t-elle sur un ton empreint de chaleur et de familiarité, elle le prend par le bras. La scène me fait soudain repenser à celle d'un film que j'ai vu sur l'aire de battage du temps où j'étais un bœuf : la femme débauchée d'un ennemi de classe déguisé en train de séduire un cadre révolutionnaire. Pour les jeunes gens présents, elle évoque cette scène d'un des opéras révolutionnaires modèles où la belle-sœur Aqing, communiste clandestine, invite Hu Chuankui, le commandant des troupes disparates. Les voilà qui se mettent à imiter de façon affectée la façon dont la belle-sœur Aqing récite son texte : « Commandant Hu, quel bon vent vous amène ? » Hong Taiyue n'est manifestement pas habitué à cet élan d'affection un peu exagéré de la part de Wu Qiuxiang, il dégage son bras, mais la violence du geste manque le faire tomber, Qiuxiang s'empresse de le soutenir, cette fois il se laisse faire et est ainsi conduit à une table propre à laquelle il s'assied. Comme son siège est un banc sans dossier, il risque à tout moment de partir en avant ou en arrière. Huzhu, prompte à la détente, lui apporte vite une chaise et l'aide à s'asseoir dessus en toute sécurité. Il pose un bras sur la table, se met de profil et observe attentivement tous ces gens sous l'arbre ; il a le regard flou, n'arrive pas à le faire converger vers un point précis. Qiuxiang, avec des gestes coutumiers, essuie la table devant Hong Taiyue et lui demande affectueusement :

« Ah, notre bon vieux secrétaire, vous prendrez quoi ?

– Qu'est-ce que je vais bien pouvoir prendre ?… Qu'est-ce que je vais bien pouvoir prendre ?… » Tout en clignant des yeux, les paupières lourdes, il frappe un coup brusque sur la table, jette dessus avec force sa gourde révolutionnaire toute cabossée et rugit, furieux : « Tu me demandes ce que je vais prendre ? De l'alcool ! Et puis tu me mettras dedans cent grammes d'explosif !

– Notre bon vieux secrétaire, dit Qiuxiang en riant, selon moi, vous êtes déjà bien assez imbibé, plus d'alcool pour aujourd'hui, vous reprendrez ça demain, aujourd'hui je vais demander à Huzhu de vous préparer un bol de soupe de carpe pour vous redonner les idées claires, vous me boirez ça bien chaud, puis vous rentrerez dormir chez vous. Alors, qu'est-ce que vous en dites ?

– C'est quoi, cette histoire de soupe ? Parce que tu me crois ivre ? » Il fait de gros efforts pour ouvrir grand ses paupières tout enflées (il a de l'humeur jaune au coin des yeux), il gronde, mécontent : « Moi, je ne suis pas saoul, et quand bien même je serais imbibé jusqu'à la moelle, mon esprit resterait aussi clair que la lune dans le ciel, qu'un miroir brillant, tu pensais me conter des histoires, pffft ! C'est raté ! Et l'alcool, il est où ? Vous autres, petits patrons capitalistes et petits commerçants ou négociants, vous êtes comme des oignons au cœur de l'hiver, racines et peau desséchées mais vaillants à l'intérieur, et, pour peu que le climat soit propice, prêts à germer et à fleurir. Vous ne connaissez que le fric, pas vrai ? Que le fric et pas la ligne politique. Eh bien, moi, justement, j'ai du fric ! Qu'on m'apporte de l'alcool ! »

Qiuxiang fait un clin d'œil à Huzhu. Celle-ci sort à la hâte. Apportant un bol blanc, elle dit :

« Bon vieux secrétaire, buvez d'abord ceci. »

Hong Taiyue boit une gorgée, il crache, s'essuie la bouche dans sa manche, balance avec un bruit fracassant la gourde en aluminium sur la table, il crie sur un ton entre la tristesse et le tragique :

« Huzhu, je n'aurais jamais pensé que toi aussi tu chercherais à me berner… Je veux de l'alcool et toi tu me donnes à boire du vinaigre. Ça fait bien longtemps que mon cœur est imbibé de vinaigre et que ma salive en est tout acide, et toi, en plus, tu m'en ferais boire encore ! Et Jinlong ? Où il est, ce petit saligaud ? Va me le chercher, je vais lui demander un peu si dans le village de Ximen le Parti communiste est encore au pouvoir.

– Bravo ! » Les jeunes, qui pensaient au départ s'amuser, faire du tapage, en entendant les invectives lancées par Hong Taiyue contre Jinlong, ne peuvent se retenir d'applaudir. Ils disent : « Oncle Hong, puisque la patronne ne vous laisse pas boire de l'alcool, nous, on vous en offre ! » Un petit gars, tout intimidé, apporte une bouteille de bière et la pose devant Hong Taiyue. « Hup ! » rugit ce dernier, le petit gars en est effrayé, comme un petit kangourou il fait un bond de côté. Hong Taiyue dit avec mépris en montrant la bouteille de bière verte : « Ça, de l'alcool ? Pfft ! De la pisse de cheval, oui ! Qui en veut le boive… Et l'alcool que j'ai demandé ? » Il est réellement en colère, il balaie la bouteille de bière et l'envoie sous la table, paf ! le bruit fait sursauter ceux qui sont assis alentour. « Est-ce que mon argent serait du faux ? Le proverbe ne dit-il pas : "Plus la maison est grande, plus le client est roulé dans la farine" ? Je n'aurais pas pensé que dans un petit bar de rue on traiterait ainsi les clients !

– Notre bon vieux secrétaire ! » Qiuxiang accourt à la hâte, deux petites jarres noires à la main. « Ma fille vous adore. Si vous n'avez pas bu votre content, il suffisait de le dire. C'est pas une question d'argent, ce bar, nous l'avons ouvert pour que vous puissiez boire de l'alcool, buvez votre saoul ! »

Wu Qiuxiang ôte le bouchon des petites jarres noires, verse l'alcool dans la gourde en aluminium de Hong Taiyue et la lui tend en disant :

« Allons, buvez ! Voulez-vous commander quelque chose pour manger avec ? Des oreilles de cochon ? De la sole ?

– Ouste, ouste, du balai ! » Hong Taiyue agite la main pour chasser Wu Qiuxiang, sa main tremble (elle tremble même terriblement, s'il prenait un verre, il renverserait à coup sûr l'alcool contenu dedans), il s'empare brusquement de la gourde, baisse la tête, boit longuement avant de rejeter le cou en arrière, respire profondément, puis immédiatement reprend une longue gorgée, puis il pousse un grand soupir, son corps tendu se relâche brusquement, la peau et la chair flasques de son visage s'affaissent, deux larmes jaunes coulent de ses yeux.

Depuis le moment où il est entré dans la cour, il est devenu le point de mire de tous les regards. Pendant le temps de sa prestation, agrémentée de mots savoureux, en veux-tu, en voilà, tous, y compris Yang le Septième, à genoux sur le sol, ont pratiquement conservé une mimique figée : la bouche ouverte, ils le regardent, fascinés. Ils ne reprennent vie que lorsqu'il se met à boire avec concentration.

« Vous autres, vous devez absolument me battre, me rendre tous les coups que je vous ai donnés autrefois…, se lamente Yang le Septième, si vous ne le faites pas, vous n'êtes pas des êtres humains, et si vous n'en êtes pas, c'est que vous êtes issus d'un accouplement avec un cheval, de la fornication d'un âne, de l'union d'un coq et d'une poule, c'est que vous êtes des animaux au poil aplati sortis d'une coquille… »

À peine l'un a-t-il fini son numéro que l'autre occupe à son tour le devant de la scène, la prestation de Yang le Septième provoque l'hilarité de la bande de jeunes désœuvrés. Un petit gars espiègle s'éclipse du groupe en douce pour venir faire couler lentement le contenu d'une demi-bouteille de bière le long de la cravate rouge suspendue à l'arbre. Le liquide suit la pointe triangulaire pour aller tomber, comme un collier de perles, sur la tête de Yang le Septième. Dans le même temps, les deux frères Sun, excités autant par le plan grandiose d'enrichissement échafaudé par Yang le Septième que par les effets de l'alcool, alors que l'on ne s'y attendait pas, se mettent à brailler à la ronde en faisant des gestes comme s'ils jouaient à la mourre : « Deux braves frères… du piment rouge… huit chevaux… cent mille yuans… »

« Si vous ne me frappez pas, vous n'êtes pas mieux que ce cochon qui a mordu à mort Xu Bao, ou que ce monstre qu'on voit au cirque et qui a été mis bas par une ourse brune, laquelle s'était accouplée avec un mâle d'une autre espèce. » Yang le Septième pousse des cris frénétiques. « Personne ne me fera me relever, je resterai à genoux jusqu'à ce que de l'eau sorte de terre. »

Celui qui a convoqué les « salauds », en l'occurrence Wu Yuan, dit, contraint et forcé : « Yang le Septième, monsieur le Septième, septième ancêtre, on s'avoue tous vaincus, ça vous va ? Si vous nous avez frappés autrefois, c'était en tant que représentant du gouvernement, on vous demandait de nous rééduquer, si vous ne vous étiez pas exécuté, aurions-nous pu nous amender ? Nous avons fait peau neuve, nous sommes devenus d'autres hommes, et c'est grâce à vous, qui nous avez frappés avec votre gaule en rotin ! Allons, levez-vous, mais levez-vous ! »

Wu Yuan s'adresse aux « salauds » : « Venez, venez, venez vous joindre à moi pour trinquer avec Yang le Septième et le remercier de la faveur qu'il nous a faite en nous éduquant. »

Les « salauds », un à un, lèvent leur coupe avec l'intention de rendre cet hommage à Yang le Septième, mais ce dernier, le visage barbouillé de mousse de bière, s'obstine : « Pas de ça, ça ne marche absolument pas avec moi, si vous ne me frappez pas, je ne me lève pas, quand on a tué, on paie de sa vie, quand on a fait un emprunt, on le rembourse, vous avez une dette envers moi, vous devez vous en acquitter. »

Wu Yuan regarde autour de lui et dit, bon gré mal gré :

« Monsieur le Septième, puisque vous insistez et qu'il semble impossible pour nous de ne pas obtempérer, en tant que représentant du groupe, je vais me permettre de vous donner une gifle, et ainsi la dette que nous avons envers vous sera remboursée.

– Une gifle, ça ne marche pas, dit Yang Qi, à l'époque je vous ai donné au minimum trois mille coups de gaule, aujourd'hui vous devez me donner autant de gifles, pas une de moins.

– Ah, Yang le Septième, espèce de bâtard, tu vas vraiment me rendre fou, tu as complètement gâché nos retrouvailles entre compagnons d'adversité. C'est ça, tes excuses ? C'est un autre moyen pour nous traiter sans ménagements… Moi, aujourd'hui, sans m'occuper des conséquences, même si tu étais une étoile au firmament, je vais te donner une gifle… »

Wu Yuan se penche et applique une gifle sur le visage en forme de poire de Yang le Septième.

Le bruit est retentissant, Yang le Septième vacille, il manque être renversé sous le coup, mais il se redresse.

« Allez, frappez ! crie-t-il d'une voix véhémente. Cette gifle en vaut une seule, on est loin du compte, si vous n'arrivez pas à trois mille, vous n'êtes pas dignes du titre d'êtres humains. »

C'est alors que Hong Taiyue, qui boit en silence, balance violemment sa gourde sur la table. Il se lève, gardant l'équilibre malgré son corps qui fait le pendule, il pointe fermement, bien droit, on dirait la gueule d'un canon installé sur un voilier pris dans le clapot, l'index de sa main droite vers la table de ceux qu'on considérait jadis comme des salauds.

« Vous vous révoltez ! Vous autres, propriétaires terriens, paysans riches, traîtres, espions, contre-révolutionnaires historiques, vous, ces ennemis du prolétariat, vous osez, comme tout un chacun, vous attabler ici pour boire. Vous allez me faire le plaisir de vous lever tous ! »

Bien que Hong Taiyue ait quitté son poste depuis plusieurs années, il a gardé encore son prestige, on lui obéit au doigt et à l'œil, il a le ton et la mine sévères, si bien que ces mauvais éléments, tout juste réhabilités, bondissent, comme mus par un réflexe conditionné, certains ont le visage ruisselant de sueur.

« Quant à toi… » Hong Taiyue, le doigt pointé sur Yang le Septième, l'admoneste avec encore plus d'emportement. « Quant à toi, espèce de traître, de chiffe molle, de rebut, qui te mets à genoux devant les ennemis de classe, tu vas me faire le plaisir de te relever ! »

Alors que Yang le Septième manifeste l'intention de se relever, sa tête vient heurter la cravate mouillée suspendue à la branche de l'arbre, ses jambes faiblissent, comme privées de squelette, son postérieur glisse par à-coups vers l'arrière pour venir heureusement se caler contre l'abricotier.

« Vous autres, vous autres, vous autres… » Hong Taiyue semble se tenir debout sur un petit bateau ballotté par le vent et les vagues, son corps tangue sans fin, son doigt est pointé au hasard vers les gens assis aux tables disposées à ciel ouvert, il commence son discours, qui s'avère être pratiquement identique à celui du « cinglé de la révolution » dans le roman de Mo Yan intitulé *Un combattant post-révolutionnaire*. « Vous autres, les salauds, gardez-vous bien de crier trop vite victoire ! Regardez le ciel… » Il veut lever la main pour désigner le ciel, manque de tomber, « Ce qui est sous le ciel[1] appartient encore à notre Parti communiste, simplement on peut y observer quelques nuages passagers. Eh bien, moi, je vous le dis, on a beau vous avoir réhabilités, ça ne compte pas, c'est du provisoire et, dans peu de temps, on vous fera de nouveau porter une étiquette, une étiquette impérissable, en fer, en acier, en cuivre, et on la soudera à votre corps à l'aide d'un chalumeau pour que vous la portiez jusqu'à votre mort, jusque dans votre cercueil, voilà la réponse que je vous donne, moi, un authentique communiste ! » Pointant du

1. « Sous le ciel » (*tianxia*) désigne le pays, le monde et aussi le pouvoir.

doigt Yang le Septième qui ronfle déjà, adossé à l'abricotier, il lance des invectives contre lui : « Espèce de déserteur ! Non seulement tu t'agenouilles et capitules devant les ennemis de classe, mais tu spécules, tu creuses sous le mur de l'économie collective. » Il se met de biais pour montrer Wu Qiuxiang du doigt. « Et toi, Wu Qiuxiang, à l'époque, si tu n'as pas été cataloguée, c'est parce que j'ai vu que tu étais pitoyable, mais ta vraie nature, celle de la classe exploiteuse, est toujours bien là, dès que le climat est propice, elle prend racine et bourgeonne. Eh bien, moi, je vous préviens : nous autres du Parti communiste, membres du parti de Mao Zedong, nous avons traversé les épreuves de maintes luttes de lignes au sein de ce parti, nous autres, communistes, qui sommes trempés par la tempête de la lutte des classes, nous autres, bolcheviques, nous ne plierons pas, jamais nous ne plierons ! Répartir les terres entre les paysans, qu'est-ce que c'est que cette répartition ? Cela revient à faire que les paysans pauvres et moyennement pauvres revivent de rudes épreuves et subissent de nouveau les pires souffrances ! » Il lève haut le poing tout en criant : « Nous n'arrêterons pas la lutte, nous voulons abattre Lan Lian, décapiter ce drapeau noir ! C'est le devoir qui s'impose à ceux des membres du Parti et aux paysans pauvres et moyennement pauvres qui ont une conscience politique dans notre village ! Ces ténèbres sont passagères, ce froid l'est aussi… »

Le vrombissement d'un moteur se fait entendre, deux rais d'une lumière blanche aveuglante se projettent, venus de l'est. Je me plaque à la hâte contre le mur pour éviter d'être découvert. Le bruit s'arrête, les phares s'éteignent, de la vieille jeep vert prairie sautent Jinlong, Sun le Léopard et d'autres. [Ce type de véhicule est considéré de nos jours comme une poubelle, alors que dans les campagnes au début des années 80 il jouissait d'un statut privilégié, s'imposant avec

arrogance. D'où l'on voit bien que Jinlong, ce secrétaire d'une cellule de village du Parti, n'était pas rien,
la prospérité qu'il connaîtrait plus tard pointait déjà le
bout de son nez.]

Le discours de Hong Taiyue est magnifique, je suis
captivé, submergé par l'émotion, la cour de la famille
Ximen est une scène vivante, le gros abricotier, ces
tables et ces bancs en constituent le décor, et ceux que
je vois sont des acteurs, tout à leur prestation. Leur jeu
est remarquable, il atteint la perfection ! Le vieux Hong
Taiyue, acteur hors pair dans le pays tout entier, pareil
à ces hauts personnages qu'on voit dans les films, lève
un bras et lance haut et fort : « Vive la commune populaire ! »

Jinlong entre la tête haute, suivi de près par Sun le
Léopard et les autres. Tous les regards se portent sur
celui qui est à présent le plus haut dirigeant du village
de Ximen. Hong Taiyue le fustige tout en le montrant
du doigt :

« Ximen Jinlong, j'ai manqué de clairvoyance à ton
sujet. J'ai pensé que, dans la mesure où tu étais né sous
le drapeau rouge et où tu avais été élevé sous ce même
drapeau, oui, j'ai pensé que tu étais des nôtres, je
n'aurais jamais imaginé que le sang qui coule dans tes
veines est toujours le mauvais sang de Ximen Nao.
Ximen Jinlong, tu as joué la comédie pendant ces
trente années, et moi je suis tombé dans le panneau… »

Jinlong fait un clin d'œil à l'adresse de Sun le Léopard et des autres, ils s'avancent à la hâte, soutiennent
Hong Taiyue sous les aisselles. Ce dernier, tout en se
débattant, lance des injures :

« Espèces de contre-révolutionnaires, vous êtes bien
les dignes rejetons de la classe des propriétaires terriens, ses chiens couchants, jamais je ne me soumet-
trai !

644

« – C'est bon, oncle Hong, la représentation est pratiquement finie. » Jinlong suspend la gourde aplatie au cou de Hong Taiyue et dit : « Allons, rentrez dormir chez vous, j'ai déjà dit à la tante Bai qu'on allait trouver un jour pour vous marier, te voilà en passe de t'acoquiner avec la classe des propriétaires ! »

Sun le Léopard et les autres se dirigent vers l'extérieur, soutenant Hong Taiyue sous les aisselles, les jambes de ce dernier traînent comme deux gros luffas, mais il ne se débat pas moins pour essayer de tourner la tête, il rugit contre Jinlong :

« Je ne céderai pas ! Le président Mao s'est montré dans mes rêves, il m'a dit que le révisionnisme avait fait son apparition au comité central… »

Jinlong s'adresse aux autres en riant : « Vous devriez vous disperser, vous aussi, non ?

– Secrétaire Jinlong, permettez aux "salauds" que nous sommes de porter un toast à votre santé…

– Jinlong… frère aîné… secrétaire, nous voulons fabriquer en grand notre purée de piment de la marque Rouge, la rendre célèbre dans le monde entier, aidez-nous à trouver dix mille yuans…, dit Sun le Dragon en bégayant.

– Jinlong, tu dois être fatigué, non ? demande Qiuxiang à son cher gendre sur un ton particulièrement affectueux. Je vais dire à Huzhu de te préparer un bol de nouilles moustaches de dragon[1]… »

Huzhu, la tête baissée, se tient sur le seuil de la porte de la cuisine, sa chevelure merveilleuse enroulée au sommet de sa tête. Son expression et sa coiffure lui donnent l'air d'une dame de cour déçue et pleine de rancœur.

Jinlong dit en fronçant les sourcils : « Il ne faut plus tenir ce commerce. La cour doit retrouver son aspect d'autrefois. Que tout le monde déménage !

1. Il s'agit de nouilles particulièrement fines.

– Pas question, Jinlong, proteste Wu Qiuxiang, ce commerce marche trop bien.

– Dans un petit bled comme celui-ci, ça ne risque pas d'aller loin. Si tu veux que ça marche, va en ouvrir un au bourg, à la ville du district ! »

À ce moment-là, Yingchun, un bébé dans les bras, se montre à la porte au nord de l'aile ouest de la bâtisse. [Cet enfant était Lan Kaifang, le fils que toi, Lan Jiefang, avait eu avec Huang Hezuo. Et toi qui disais que tu n'avais pas d'attachement pour Hezuo, si tel était le cas, comment auriez-vous pu avoir un fils ? Est-ce que par hasard cela existait à l'époque, les bébés-éprouvettes ? Pfft ! Espèce d'hypocrite !]

« Grand-mère du petit, dit Yingchun à Qiuxiang, ferme boutique, je t'en prie, tous les soirs ça fait un tapage, ça sent le noir de fumée et l'alcool, ton petit-fils n'arrive pas à s'endormir. »

Tous les personnages qui devaient entrer en scène sont là. Il ne manque que Lan Lian, il arrive à son tour. Portant sur le dos, à la bêche, un fagot de racines de mûrier, il franchit le portail sans regarder personne, il marche jusqu'à Wu Qiuxiang et lui dit :

« Les mûriers de votre champ ont poussé leurs racines jusque dans le mien, je les ai coupées, je vous les rends.

– Oh là là, voyez-moi ce vieil obstiné ! Dis voir un peu ce que tu es capable de faire encore ! » lui lance Yingchun, étonnée.

Huang Tong, qui est resté à dormir sur une chaise longue en rotin, s'avance, il dit en bâillant :

« Si la peine ne te rebute pas, rabote les racines de tous les mûriers, à l'heure actuelle il faut vraiment être bête comme cochon pour penser vivre du travail de la terre !

– Dispersion ! » Jinlong, tout en fronçant les sourcils, tourne des talons et pénètre dans l'imposant bâtiment principal de la demeure des Ximen.

L'assistance se disperse en silence. Le portail de la cour de la famille Ximen se referme lourdement. Un grand calme règne dans le village, la lune qui n'a pas de demeure où rentrer et moi-même restons les seuls à flâner. Le clair de lune, pareil à du sable glacé, se déverse sur moi…

Chapitre trente-quatrième

Hong Taiyue se met en colère et perd sa virilité.
Oreille cassée, profitant de la pagaille, s'empare du
trône.

Mo Yan, dans son *Récit de l'élevage de cochons*,
donne une description minutieuse de la scène où j'arrache
entre mes dents les testicules de Hong Taiyue, faisant
de lui un mutilé. C'est ainsi qu'il raconte comment j'ai
profité de ce que ce dernier faisait ses besoins sous un
abricotier au tronc tordu pour l'attaquer par surprise
par-derrière ; il raconte aussi le clair de lune, le parfum
des fleurs d'abricotier, les abeilles butinant le pollen à
la clarté de la lune, c'est ainsi qu'on trouve cette phrase
d'une beauté parfaite au premier coup d'œil : « Sous le
clair de lune, le sentier sinueux traversant le Verger des
abricotiers semblait un ruisseau où coulerait du lait. »
Ce petit drôle me dépeint comme un cochon anormal,
ayant une étrange prédilection gustative pour les testicules des humains, il va carrément jusqu'à mesurer la
valeur d'un homme de cœur à l'aune de ses vues mes-
quines. Que l'on pense à l'héroïsme dont j'ai fait preuve,
moi, Zhu le Seizième, dans cette première moitié de
ma vie, à ma prestance imposante, comment aurais-je
pu attaquer par surprise un homme en train de déféquer ? Cette description qui ne méprise pas le sordide
m'a donné, à la lire, la nausée. Il a encore écrit que,

pendant ce printemps-là, dans le canton de Dongbei, j'aurais perpétré des crimes tous azimuts, mordant jusqu'à ce que mort s'ensuive une dizaine de bœufs roux des paysans, et en plus par des méthodes ignobles. Il décrit comment je profitais de ce que les bœufs déféquaient eux aussi pour les mordre à l'anus, tirer sur les boyaux. Ce qui donne ceci : « Et les boyaux blanchâtres sinueux étaient partout, souillés de terre et de sable… Les bœufs, en proie à une souffrance extrême, couraient comme des fous dans la rue, traînant derrière eux leurs intestins, ils finissaient par tomber raides morts sur le sol… » Ce petit drôle a mis en œuvre toutes les forces perverses de son imagination pour me peindre sous les traits d'un vrai démon. En fait, l'auteur de ces actes criminels perpétrés contre le bétail était un loup complètement désaxé venu des régions montagneuses de Changbai, qui se dépla-çait subrepticement, sans jamais laisser la moindre trace de son passage. Aussi tous les crimes qu'il commettait étaient-ils mis sur mon compte. Plus tard, ce loup devait se réfugier dans notre îlot de Wujiazui, je n'eus pas besoin d'aller moi-même au combat, ma féroce progéni-ture le piétina, l'aplatissant comme une galette avant de le mettre en pièces.

En fait, voilà ce qui s'est réellement passé.

Ce soir-là, je suis resté à flâner par les rues et ruelles, tenant compagnie à la lune solitaire, oubliant de ren-trer. Nous voici, une fois de plus, errant dans le Verger des abricotiers, je vois Hong Taiyue. Il me semble qu'il se glisse hors de la tombe du chien fidèle. Il pisse lon-guement sous l'abricotier au tronc tordu. La gourde aplatie pend sur sa poitrine, il sent l'alcool à plein nez, ce type qui a toujours admirablement tenu l'alcool est devenu un ivrogne invétéré. Ou, pour reprendre les termes employés par Mo Yan : « Avec le contenu du verre, il dissipait sa tristesse. » Une fois soulagé, il se met à lancer des injures d'une voix tapageuse :

« Lâchez-moi, espèces de chiens couchants... Vous voudriez ligoter mes pieds et mes mains, clore ma bouche, mais c'est chose impossible ! Vous aurez beau me hacher menu, vous ne pourrez pas mettre en pièces mon cœur de communiste, il est indestructible ! Espèces de fils de pute, vous me croyez ou non ? Non, eh bien, moi si... »

Attirés par ses paroles, la lune et moi le suivons, déambulons d'un arbre à l'autre dans le verger. Si par mégarde un abricotier vient à le heurter, il le gratifie de coups de poing et le sermonne, écumant de rage :

« Merde, alors comme ça, toi aussi, tu oses me bousculer ! Je vais te faire goûter la violence du poing de fer du prolétariat... »

Il tangue ainsi jusqu'à l'atelier d'élevage des vers à soie et tambourine à la porte. Elle s'ouvre, je vois le visage lumineux de dame Bai. Elle tient encore à deux mains un van empli de feuilles de mûrier. La fraîche odeur des feuilles ainsi que le bruit, pareil à celui d'une pluie d'automne, que font les vers à soie en mangeant s'échappent en même temps qu'un flot de lumière, vont se mêler au clair de lune. Elle a les yeux arrondis de surprise, tout au moins c'est l'impression qu'elle donne :

« Secrétaire Hong... Vous ?...

– Tu croyais que c'était qui ? » On voit bien qu'il s'efforce de garder son équilibre, mais il ne cesse de heurter de ses épaules les claies superposées. Il reprend sur un ton des plus bizarres :

« J'ai entendu dire qu'on t'avait retiré, à toi aussi, ton étiquette, celle de propriétaire terrien, je suis venu pour te féliciter...

– C'est grâce à vous... » Dame Bai pose son van, soulève le pan de son vêtement pour tamponner ses yeux. Elle reprend : « Pendant toutes ces années, sans votre sollicitude j'aurais succombé sous leurs coups...

– Tu dis n'importe quoi ! fait Hong Taiyue, furieux. Nous autres communistes, en ce qui te concerne, avons toujours appliqué l'humanisme révolutionnaire !

– Je comprends, secrétaire Hong, pour moi c'est clair… » Dame Bai semble tenir des propos incohérents : « Depuis longtemps j'ai quelque chose à vous dire, mais tant que j'étais cataloguée, je n'ai pas osé le faire, maintenant, ça va mieux, on m'a débarrassée de mon étiquette. Me voilà membre de la commune comme tout le monde…

– Qu'est-ce que tu as à me dire ?

– Jinlong m'a envoyé quelqu'un pour m'expliquer que je devais prendre soin de vous…, dit dame Bai toute confuse, j'ai répondu que si vous, de votre côté, vous ne me rejetiez pas, je consentais à m'occuper de vous jusqu'au bout…

– Bai Xinger, ah, Bai Xinger, pourquoi faut-il que tu relèves de la catégorie des propriétaires ? grommelle Hong Taiyue à voix basse.

– On m'a ôté cette étiquette, je suis une citoyenne à part entière, je suis membre de la commune. Il n'y a plus de classes…, murmure dame Bai.

– Conneries ! » Hong Taiyue s'échauffe de nouveau, il s'approche pas à pas de dame Bai. Même si on t'a ôté cette étiquette, tu n'en restes pas moins une propriétaire, le sang qui coule dans tes veines est celui de ta classe, c'est un sang vénéneux ! »

Dame Bai recule, elle recule jusqu'aux claies. Malgré les paroles qu'il vient de dire entre ses dents serrées, Hong Taiyue est trahi par la douceur de son regard, on y lit la profondeur de ses sentiments. « Tu resteras toujours notre ennemie ! » rugit-il, pourtant ses yeux humides brillent, il allonge la main et saisit la poitrine de dame Bai, celle-ci gémit, elle résiste :

« Secrétaire Hong, mon sang est mauvais, prenez garde qu'il ne vous souille…

« – Je vais exercer ma dictature sur toi, et je te le dis, même débarrassée de ton étiquette, tu n'en fais pas moins partie de la race des propriétaires ! » Hong Taiyue entoure la taille de dame Bai de ses mains et promène sa bouche à l'haleine avinée, hérissée de barbe, sur son visage ; sous leur poids, les claies faites de tiges de sorgho tressées se renversent avec fracas, les vers grouillent sur leurs corps, certains sont écrasés, les rescapés continuent de manger les feuilles de mûrier...

Juste à ce moment-là la lune est cachée par un nuage, dans ce flou vaporeux les souvenirs du temps où j'étais Ximen Nao, bons ou mauvais, me reviennent en bloc à l'esprit. Quand je suis dans l'état de cochon, j'ai les idées claires, mais dès que je passe à celui d'être humain, mon cerveau s'embrouille. Certes, je suis mort depuis bien des années, et peu importe que ce soit de mort injuste ou non, que cette mort soit méritée ou non, aussi dame Bai a-t-elle tout à fait le droit de faire la chose avec un autre homme, mais je ne peux supporter que Hong Taiyue la besogne tout en l'injuriant, c'est humiliant pour elle et pour Ximen Nao. C'est comme si des dizaines de lucioles volaient dans ma tête, elles finissent par s'agglutiner, par devenir une boule de feu, et ce feu brûle, ardent, mes yeux ne sont plus que phosphorescences émeraude, les vers à soie sont verts, les êtres humains sont verts eux aussi. Je me rue en avant, ma première intention était de soulever Hong Taiyue du corps de dame Bai, mais ses testicules se retrouvent contre ma bouche, je n'ai vraiment aucune raison de ne pas les arracher de mes dents...

Certes, cette colère d'un moment aura une suite de conséquences fâcheuse. Dame Bai, la nuit même, se pendra à la poutre de l'atelier. Hong Taiyue sera conduit à l'hôpital du district où il recevra les premiers secours qui le mettront hors de danger, mais il deviendra un type à part, impulsif, violent. Le plus ennuyeux étant que je serai considéré, quant à moi, comme une bête féroce redoutable, auréolé d'un peu plus de légende au fil des relations : j'aurais la férocité du tigre, la cruauté du loup, la ruse du renard, le courage brut du sanglier, du coup une grande opération de chasse au cochon sera mise sur pied, elle mobilisera beaucoup de monde et s'avérera fort coûteuse.

Ce petit drôle de Mo Yan a raconté comment, après avoir mordu et blessé Hong Taiyue, j'ai continué de faire des miennes par tout le canton de Dongbei, portant atteinte aux bœufs de labour ; il a raconté en outre que, pendant fort longtemps, les gens n'osèrent plus faire leurs besoins dans la nature, de peur de se voir arracher les intestins et d'en mourir. Comme il a été dit plus haut, il s'agit de pures inventions de sa part. La vérité est la suivante : après ce moment d'égarement qui m'a poussé à mordre Hong Taiyue, je suis retourné la nuit même sur l'îlot de l'Embouchure ensablée. Quelques truies se sont avancées, mielleuses, je les ai rejetées, excédé. J'avais le pressentiment que l'affaire ne s'arrêterait pas là, je suis donc allé trouver Diao Xiaosan pour discuter avec lui des contre-mesures à adopter.

Je lui ai raconté le gros de l'affaire, il m'a dit en soupirant :

« Zhu le Seizième, il semble bien que l'amour soit quelque chose qui s'oublie difficilement, je me suis aperçu depuis longtemps qu'entre née Bai et toi il y avait une secrète entente. À présent, ce qui est fait est fait, ça ne sert à rien de se demander si tu as bien ou mal agi, nous allons en découdre furieusement avec eux ! »

Ce qui se passa ensuite, Mo Yan l'a décrit de façon précise : Diao Xiaosan me demanda de convoquer tous les sangliers jeunes et forts à une réunion sur la dune devant la forêt de pins. Le vieux Diao, pareil à un vieux commandant, parcourut l'histoire glorieuse des combats que nos ancêtres avaient engagés contre les humains ainsi que contre les tigres et les léopards. Diao Xiaosan devait nous transmettre une ruse inventée par nos pères :

« Grand roi, dis aux gamins d'aller s'enduire de résine dans les pins, puis de se rouler dans le sable, et ainsi plusieurs fois de suite... »

C'est ainsi qu'un mois plus tard nos corps se sont retrouvés couverts d'une armure jaune d'or que couteaux et fusils n'auraient pu transpercer, au contact d'une pierre ou d'un tronc d'arbre ils faisaient crrr, crrr. Au début, nous nous sommes sentis un peu gauches, mais très vite nous nous y sommes habitués et avons même fini par trouver cela normal. Le vieux Diao nous a instruits sur les connaissances élémentaires du combat, concernant par exemple le camouflage, les attaques-surprises, comment mener un siège, détaler, etc. Ses explications étaient bien argumentées, on aurait dit qu'il avait été trempé dans cent batailles. Et nous de pousser des soupirs admiratifs à n'en plus finir, de lui répéter qu'il avait dû être stratège dans une vie antérieure. Lui ricanait, ce qui nous l'a rendu encore plus énigmatique. Le loup capable de tout a traversé le canal et s'en est venu imprudemment sur l'îlot, au début il n'a fait aucun cas de nous, mais quand il a planté ses crocs, il s'est rendu compte que notre chair était aussi impénétrable que du fer, imperméable aux blessures. Sur le coup, il en est resté amorphe. Il fut, je l'ai déjà dit, aplati comme une galette, puis mis en pièces par mes descendants.

Au huitième mois lunaire, la pluie d'automne tombe sans discontinuer, les eaux des fleuves montent, et il suffit d'une belle nuit de lune pour que de grandes quantités de tortues échouent comme d'ordinaire sur l'îlot pour avoir tenté de rattraper la lune. C'est pour nous une source importante de nourriture, une occasion de faire des provisions d'éléments nutritifs. Comme sur l'îlot les bêtes sauvages sont de plus en plus nombreuses, la lutte pour la nourriture s'est faite chaque jour plus âpre. Il y a eu des combats acharnés entre sangliers et renards pour se disputer les sphères d'influence, grâce à nos carapaces de résine et de sable mêlés protégeant nos corps, nous sommes parvenus à repousser les renards hors des territoires représentant de vraies mines d'or pour la chasse et à occuper, à nous seuls, la pointe du triangle au milieu de la rivière. Lors de ce violent combat contre la horde des renards, il y a eu beaucoup de blessés ou d'invalides parmi mes descendants. Nos oreilles et nos yeux ne sont pas protégés. Les renards, au moment le plus crucial de ce combat décisif, laissaient s'échapper de leur anus une odeur pestilentielle d'une toxicité extrême qui vous prenait aux narines, vous piquait les yeux. Ceux d'entre nous qui étaient d'une constitution robuste pouvaient encore tenir le coup, mais les plus faibles en restaient terrassés sur place. Alors les renards accouraient et, de leurs crocs aigus, déchiquetaient les oreilles des cochons ou plantaient leurs griffes acérées dans leurs yeux. Par la suite, Diao Xiaosan devait mettre en action une autre stratégie : les rangs des cochons ont été partagés en deux groupes, l'un donnant l'assaut et assurant le combat, l'autre constituant une réserve dans l'attente des ordres. Quand les renards répandaient leur odeur pestilentielle et se ruaient pour mordre et mettre en pièces l'adversaire, les réservistes, qui s'étaient bouché les narines avec de l'armoise aux vertus assainissantes, se lançaient vaillamment à l'assaut. Diao Xiaosan, notre expert en stratégie, savait que les renards ne peuvent lancer plusieurs pets à la file et que, si le premier a une odeur forte, celle du second est plus atténuée, donc moins efficace. Bien sûr, les cochons que l'odeur incommodait au point de s'évanouir combattaient eux aussi avec courage, ne craignant point de voir leurs yeux arrachés et leurs oreilles déchiquetées, ils ne lâchaient pas l'adversaire, donnant l'occasion aux réservistes de lancer l'assaut à leur tour et d'exterminer l'ennemi. Après plusieurs combats d'envergure, plus de la moitié des renards de l'îlot ont été blessés ou tués, les lieux étaient jonchés de leurs cadavres en lambeaux, en haut des tamaris luxuriants étaient accrochées leurs énormes queues touffues, rejetées çà et là. Les mouches repues séjournaient sur les tamaris, leurs branches flexibles changeaient de couleur, s'épaississaient si bien qu'elles retombaient bas, comme des branches d'arbustes couvertes de fruits. Après les combats avec les renards, les sangliers de l'îlot sont devenus une troupe pleine de combativité. Cela a été pour eux une vraie guerre, remarquablement efficace sur le plan de l'entraînement, cela a été aussi le prologue au grand combat qui devait avoir lieu entre les hommes et les suidés.

Malgré les prévisions que Diao Xiaosan et moi avions faites sur l'organisation d'une battue aux sangliers par les habitants du canton de Dongbei, quinze jours se sont écoulés depuis la fête de la mi-automne et il ne s'est toujours rien passé. Diao Xiaosan a envoyé aux renseignements de l'autre côté du canal quelques petits sangliers choisis pour leur intelligence. Mais pareils à ces petits pains à la viande de mouton qu'on lance à des chiens, ils ne devaient jamais revenir. Je suppose qu'ils ont dû, pour la plupart, tomber dans les pièges tendus par les humains, et qu'après les avoir capturés ces derniers les ont écorchés, leur ont ouvert le ventre et ont haché menu leur chair pour en faire des petits pains farcis. C'est que le niveau de vie s'est considérablement amélioré, les gens, dégoûtés de la viande de porc domestique, commencent à rechercher le gibier.

Aussi au cœur de l'automne est apparu un mouvement pour la chasse au sanglier, sous la bannière ronflante et pompeuse suivante : « Exterminer le démon suidé pour délivrer du mal le peuple », il s'agissait en réalité d'une chasse barbare destinée à satisfaire les palais des aristocrates du pouvoir.

De nombreux événements importants commencent comme un jeu, ainsi cette guerre entre humains et suidés, laquelle devait durer six mois à partir du matin du premier jour des congés pour la fête nationale.

Le soleil brille haut dans le ciel dégagé, l'air automnal est vivifiant, l'îlot embaume du parfum des chrysanthèmes d'Inde, il y a aussi celui de la résine de pin, ainsi que la senteur médicamenteuse de l'absinthe. Certes, il y a également de nombreuses odeurs désagréables, mais nous n'en parlerons pas. Cette longue période de paix a fait se relâcher les cordes de nos nerfs, les sangliers passent le temps à se rassasier sans se soucier de rien d'autre. Certains jouent à cache-cache dans les bosquets, d'autres montent sur les hauteurs pour regarder le paysage ou parlent d'amour. Un petit mâle, très habile de ses pieds, a cueilli des branches souples de saule et en a tressé une couronne dans laquelle il a fiché des chrysanthèmes d'Inde et il l'a passée autour du cou d'une petite laie, cette dernière remue la queue, appuyée contre le sanglier, elle semble si heureuse qu'on la dirait prête à fondre comme un chocolat.

Et c'est par cette belle journée qu'une dizaine de bateaux arrivent. Ils sont décorés de drapeaux rouges, sur celui qui vient en tête, motorisé, à coque de fer, il y a en outre des gongs et des tambours qui font un bruit assourdissant. Au début, aucun de nous n'a pensé qu'il fallait voir là prélude au massacre. Tous se sont même imaginé qu'il s'agissait d'une activité faisant partie d'une excursion préparée par une organisation syndicale ou par la Ligue de la jeunesse communiste relevant d'une usine ou de quelque organisme.

Debout en haut de la dune avec Diao Xiaosan, je regarde les bateaux accoster à la pointe de la grève, je vois leurs occupants en descendre et mettre pied sur la terre ferme en poussant toutes sortes de cris. Je relate à tout moment à Diao Xiaosan ce que je vois, celui-ci incline la tête, dresse les oreilles pour écouter les bruits au loin. « Il doit bien y avoir une centaine de personnes, lui dis-je, on dirait des touristes. » Quelqu'un donne un coup de sifflet. « Ils se rassemblent sur la grève, on dirait qu'ils tiennent réunion », dis-je. La voix de celui qui a sifflé arrive par bribes, portée par le vent. Il dit que les gens doivent former un rang, Diao Xiaosan répète à mon intention les paroles de l'homme : ratisser en filet, ne pas ouvrir le feu à la légère, les forcer à aller vers l'eau.

« Comment ça, ils ont des fusils ? demandé-je, étonné.

— Ils viennent pour lancer un assaut contre nous, dit Diao Xiaosan. Ils donnent le signal, rassemblent leurs troupes.

— À toi, dis-je. Hier, en mangeant du poisson, j'ai eu la gorge piquée par une arête. À toi. »

Diao Xiaosan inspire longuement, rejette la tête en arrière, ouvre à demi la bouche pour lancer une série de cris stridents et éclatants qui font penser à une sirène anti-aérienne. Sur l'îlot les arbres oscillent, des vagues parcourent les herbes folles, venus de toutes parts, de nombreux sangliers, de tailles différentes, jeunes et vieux, convergent vers la dune. Les renards, les blaireaux à la tête bariolée, les lièvres, effrayés, courent à l'aveuglette ou se glissent dans leurs terriers, d'autres encore tournent en rond sur place, dans l'expectative.

Voici mon armée : plus de deux cents sangliers, la tête levée, leur grande bouche ouverte, munie de défenses saillantes, leurs petits yeux brillants ; comme leur corps est enduit de résine et de sable, ils sont pratiquement tous de la même couleur jaunâtre, la plupart sont liés à moi par des liens de parenté ou d'amitié, ils attendent, excités, inquiets, grinçant des dents et trépignant sur place, brûlants d'envie de passer à l'action. Je leur dis :

« Les enfants, la guerre a éclaté. Ils sont armés de fusils, nos techniques à nous sont les suivantes : les duper, jouer au chat et à la souris, il ne faut surtout pas nous laisser pousser vers l'est, nous devons nous faufiler dans leur dos ! »

Un mâle au tempérament violent bondit hors du groupe et lance :

« Je suis contre ! Nous devons nous regrouper, pénétrer leurs rangs de face et les chasser vers la rivière ! »

Ce mâle, dont le nom d'origine n'est pas connu, a pour sobriquet « Oreille cassée ». Il doit peser environ cent soixante-quinze kilos, sa tête énorme est couverte d'une épaisse couche de résine et de sable jaune, il lui manque la moitié d'une oreille, il s'est distingué pendant la grande guerre contre les renards. Il a les masséters très développés, les dents acérées, je me rappelle la scène où il a broyé le crâne d'un renard, c'est le plus puissant de mes combattants. Il n'est pas de ma lignée, il est le chef des sangliers de l'îlot, il était encore tout petit lors de leur combat contre moi, depuis il a grandi. J'ai déclaré voilà longtemps déjà que je n'étais pas attaché au statut de roi, mais je ne souhaite pas pour autant laisser mon trône à ce gars cruel. Diao Xiaosan se met sur ses pattes pour m'apporter son soutien :

« Obéis aux ordres du roi !

– Le roi nous demande de capituler, il nous faudrait donc accepter ? » bougonne Oreille cassée, mécontent.

J'entends plusieurs cochons maugréer de concert avec lui, j'ai le cœur lourd, je sais qu'il m'est devenu difficile de conduire cette armée ; si je ne soumets pas

Oreille cassée, il y aura scission, mais confronté à un ennemi puissant, je n'ai pas le temps de régler ces querelles intestines. Je dis sur un ton rude :

« Exécution ! Dispersion ! »

La majorité des cochons s'exécutent, ils entrent dans les bois et dans les herbes, mais une quarantaine d'entre eux, qui sont manifestement de farouches partisans d'Oreille cassée, le suivent et se dirigent, l'air dégagé, vers la troupe des humains.

Ces derniers, après avoir entendu les instructions, forment une ligne toute droite orientée est-ouest et progressent pas à pas. Certains portent des chapeaux de paille, d'autres des chapeaux de voyage en toile, d'autres des lunettes noires ou de vue. Quant aux vêtements, on trouve veste ou costume, chaussures en cuir ou chaussures de marche. Certains, qui tiennent des gongs ou des tambours, en jouent en marchant, d'autres, qui ont des pétards dans leurs poches, les font éclater tout en avançant ; d'autres encore, un bâton à la main, frappent l'herbe devant eux, d'autres, portant un fusil, avancent en braillant... Il n'y a pas que des jeunes, on aperçoit aussi des vieillards aux cheveux et aux tempes grisonnants, au regard perçant, au dos voûté ; et dans le groupe on compte aussi une dizaine de jeunes filles coquettes.

Pan... pan... C'est la double détonation produite par le fameux pétard dont le nom populaire est « double tir », qui explose en produisant de la fumée jaune sur le sol, de la fumée blanche en l'air.

Dong... C'est le bruit d'un gong en mauvais état, de ceux dont se servent les troupes de théâtre du Sichuan.

« Allez, montrez-vous, allez, si vous ne vous montrez pas, nous ouvrons le feu !... » Ces cris sont proférés par ceux qui tiennent les bâtons.

Cette troupe désordonnée ne semble pas être venue pour une battue aux sangliers, mais pour effrayer les moineaux comme en 1958[1]. Je repère ceux de la cinquième usine de manufacture du coton, car je t'ai reconnu, toi, Lan Jiefang. Tu es déjà un ouvrier régulier de l'usine, chef de l'équipe de vérification. Il en va de même pour ta femme, Huang Hezuo, elle a également un poste régulier : elle est cuisinière à la cantine. Tu as retroussé les manches de ta veste anthracite, on peut voir une montre briller à ton poignet. Ta femme fait elle aussi partie de la troupe, elle est venue sans doute pour rapporter la viande de sanglier afin d'améliorer l'ordinaire des ouvriers de la filature. Il y a des personnes de la commune populaire, de la coopérative d'approvisionnement et de vente, des gens venant de tous les villages du canton de Dongbei. Celui qui porte un sifflet en fer-blanc accroché autour du cou a visiblement le commandement des opérations. Qui cela peut-il bien être ? Ximen Jinlong. En un certain sens c'est mon fils, aussi, en un certain sens également, ce combat entre humains et suidés est un combat entre le père et le fils.

Les cris de la troupe effraient les cigognes sur les tamaris, elles s'envolent par bandes, les nids innombrables tremblent dans les arbres, du duvet se met à flotter dans les airs. Ils ont levé la tête pour regarder les oiseaux, leur excitation va croissant. Quelques renards bondissent de leurs terriers, ils roulent comme des flammes au profond des herbes. Les gens jubilent, ils progressent d'environ mille mètres avant de se heurter de plein fouet au corps de risque-tout mené par Oreille cassée.

La troupe pousse un cri perçant : « Le roi des cochons ! », le rang qui s'est relâché se resserre dans la

1. En 1958 fut lancée une campagne nationale pour l'extermination des moineaux, laquelle devait se solder par une catastrophe écologique.

confusion. Les hommes et les bêtes sont à une cinquantaine de mètres les uns des autres, tous arrêtent leur progression, cela rappelle les affrontements des armées anciennes. Oreille cassée est assis tout devant ses troupes, escorté d'une vingtaine de mâles féroces. Pour le rang des hommes, c'est Ximen Jinlong qui est en tête. Il tient à la main une carabine, en plus du sifflet il a autour du coup des jumelles verdâtres. Je sais que la face hideuse d'Oreille cassée et son air arrogant lui ont soudain sauté à la vue car il fait un bond d'effroi. « Qu'on donne des gongs ! » hurle-t-il, pris de panique. « Criez ! » lance-t-il de nouveau. Il pense encore se servir des méthodes employées dans la lutte contre les oiseaux, gongs et cris, pour intimider la horde de sangliers, les faire courir vers l'est jusqu'à la rivière. Nous l'apprendrons par la suite : au bout de l'îlot, là où les eaux confluent de nouveau, ont jeté l'ancre deux bateaux à la coque de fer, marchant avec un moteur diesel de douze chevaux, sur chacun d'eux se trouve un chasseur expérimenté et un groupe de combat formé de militaires démobilisés. Les trois chasseurs de loups de l'époque sont parmi eux. Qiao Feipeng, qui a été mordu autrefois par l'âne Ximen, a vieilli, sa bouche est tout édentée. Liu Yong et Lü Xiaopo sont, quant à eux, en pleine force de l'âge. Il s'agit de tireurs d'élite, ils se servent de fusils automatiques de type 69, de fabrication chinoise, dont le chargeur peut contenir quinze balles, et dotés de la fonction de tir à répétition. Ces fusils sont précis, très performants, leur seul défaut est la faiblesse de pénétration des balles, à une distance de cinquante mètres elles peuvent tant bien que mal traverser la carapace que nous nous sommes faite pour nous protéger, toutefois au-dessus de cent mètres leur effet meurtrier est pratiquement anéanti. Lors de la bataille une partie des sangliers se sauvera jusqu'à l'extrémité de l'îlot, une dizaine d'entre eux trouveront la mort, touchés par balle à la tête, mais la plupart reviendront indemnes.

Dans les rangs des humains les gongs résonnent à l'unisson, une clameur monte jusqu'au ciel, mais ce n'est que pure intimidation, personne n'ose s'avancer plus loin. Oreille cassée pousse un cri et va hardiment de l'avant pour donner l'assaut. Une dizaine de personnes portent une carabine, seul Jinlong, dans la précipitation qui suit, trouve le moyen de tirer. La grenaille va frapper un tamaris, détruisant un nid d'oiseau qui n'a rien à voir avec tout ça et blessant une cigogne malchanceuse, sans même atteindre le moindre poil de sanglier. Dès le début de l'assaut donné par la horde, les gens de Jinlong ont fait demi-tour et se sont enfuis. Parmi les cris effrayés de la foule, ceux des femmes sont les plus aigus, et parmi ces cris-là ceux de Huang Hezuo montent, tragiques. Sa course a été entravée, elle est tombée et Oreille cassée l'a mordue aux fesses. Elle en gardera une fesse en moins et une démarche bancale pitoyable. Les sangliers foncent dans la foule, bousculant sans discernement ce qui se trouve sur leur passage. Les gens hurlent, comme des diables ou des loups. Dans la confusion, les sangliers reçoivent des coups de fusil ou de bâton, mais, dans l'ensemble, les bêtes n'en sont pas blessées pour autant. Quelqu'un, dans la mêlée, donne un coup de lance dans la gorge d'un sanglier cyclope, le blessant grièvement. Jiefang s'est en fait déjà réfugié sur le bateau, mais quand il voit que Hezuo est blessée, il saute hardiment et, armé d'un trident à fumier, il se rue sur la grève pour se porter à son secours. [Tout en soutenant Hezuo d'une main et en reculant, laissant traîner sur le sol la fourche, tu te montres assez courageux. Ta conduite devait t'attirer une haute réputation et me faire éprouver une profonde admiration pour toi.] Après avoir retrouvé ses esprits, Jinlong arrache des mains d'un homme un fusil de fabrication locale au canon court mais de gros calibre et appelle quelques braves à se porter en renfort. Il a sans doute été inspiré par le courage de son frère cadet. Il est téméraire et bon tireur, il vise Oreille cassée et tire, on entend un son fracassant, l'éclat du feu se lance avec violence contre le ventre du sanglier. Les grenailles ne peuvent pénétrer l'épaisse carapace, mais donnent naissance à de vives flammes. Oreille cassée commence par s'enfuir, puis il s'allonge sur le sol pour s'y rouler et éteindre le feu. Le commandant en chef est blessé, les sangliers battent en retraite. Quand le coup est parti, la crosse en bois du fusil a volé en éclats, le visage de Jinlong est barbouillé de poudre, ses mains sont fissurées entre le pouce et l'index, et le sang ruisselle.

Ce combat occasionné par la désobéissance d'Oreille cassée s'achève à l'avantage de la horde de sangliers. Les chaussures, chapeaux de paille, bâtons et autres objets abandonnés par les gens dans leur fuite prouvent la victoire des suidés. Aussi Oreille cassée, plus arrogant que jamais, a-t-il à tout moment l'opportunité de me forcer à abdiquer, ceux qui le soutiennent parmi la horde dépassent manifestement la moitié déjà. Ils le suivent, déambulant sur l'îlot en traînant, comme autant de trophées de guerre, les objets laissés par les gens, célébrant leur victoire par ce défilé.

« Mon vieux Diao, que faire ? » Un soir de lune aux rares étoiles, je m'introduis subrepticement dans sa tanière, édifiée en haut de la dune, pour demander conseil à mon aîné si prudent et si avisé. « Et si j'abdiquais de mon plein gré et laissais ma place à Oreille cassée ? »

Diao Xiaosan est à plat ventre, le menton sur ses pattes de devant, celui de ses yeux qui a encore un reste de vision brille faiblement dans l'obscurité. De l'extérieur monte le bruit sonore de l'eau de la rivière, arrêtée par des branches d'arbre.

« Mon vieux Diao, parle, je suivrai ton conseil. »

Il pousse un long soupir, la faible lueur qui brille dans son œil s'éteint. Je le soulève de mon groin, son corps est tout mou, sans réaction. « Mon vieux Diao ! » criè-je, effrayé. « Tu es mort ? Ah, mais tu ne peux pas mourir comme ça… »

Mais vieux Diao est bel et bien mort et tous mes cris ne sauraient le faire revenir à la vie, j'ai le cœur lourd de tristesse.

Je sors de sa tanière et vois plein d'yeux verts briller dans le clair de lune. Devant la horde des sangliers est assis Oreille cassée, le regard chargé de lueurs féroces. Je n'ai pas peur, je me sens même étrangement soulagé. Je vois l'eau de la rivière pareille à du mercure en mouvement et qui rayonne d'une clarté aveuglante, j'entends les myriades d'insectes d'automne dans les herbes qui jouent de concert leur musique aux multiples variations, je vois les lucioles tisser leurs rubans de soie verte, je vois que la lune dans son voyage vers l'ouest est déjà au-dessus de la cinquième usine de transformation du coton, sous son ventre la lampe à iode à filament de tungstène, sur le toit de l'atelier d'emballage du coton brut, brille d'une vive lumière sautillante, on dirait un œuf vert qu'aurait tout juste pondu la lune, j'entends aussi le bruit étouffé produit par le marteau électrique de la presse à forger battant le fer à une cadence rapide, oppressante, les coups sont comme autant de poings très lourds qui, les uns après les autres, viennent frapper mon cœur.

Très calme, je m'avance jusque devant Oreille cassée et lui dis :

« Mon vieil ami Diao Xiaosan n'est plus, pour moi l'espoir est mort, aussi je cède volontiers mon trône. »

Oreille cassée ne s'attendait sans doute pas à ce que je prononce de telles paroles, mû par l'instinct, il recule de quelques pas pour parer à une attaque-surprise de ma part.

Je le regarde en face et reprends :

« Bien sûr, si tu tiens absolument à conquérir ce trône dans un combat, je suis d'accord pour te tenir compagnie jusqu'au bout ! »

Oreille cassée me regarde droit dans les yeux un bon moment, manifestement, de son côté, il est en train de calculer le pour et le contre, je pèse plus de deux cent cinquante kilos, ma tête est aussi solide qu'un roc, mes dents sont acérées comme des limes d'acier ou des forets de fer, tout cela, il le redoute. Il finit par dire :

« D'accord ! Mais tu es prié de quitter immédiatement l'îlot et de ne jamais y revenir. »

J'incline la tête pour montrer que je suis d'accord, lève une patte pour saluer tous mes sujets, me détourne et pars. Je marche vers le sud de l'îlot, entre dans le courant. Je sais que, non loin derrière moi, une bonne cinquantaine de sangliers m'accompagnent pour saluer mon départ et que leurs yeux sont emplis de larmes, mais je ne tourne pas la tête vers eux. D'un coup je plonge au fond de la voie d'eau, je m'escrime à nager sous la surface jusqu'à l'autre rive, les yeux fermés, laissant mes larmes se mêler à l'eau de la rivière.

Chapitre trente-cinquième

Les flammes sont lancées, Oreille cassée perd la vie.
Volant sur le bateau, Zhu le Seizième se venge.

Quinze jours plus tard, les sangliers de l'îlot devaient connaître un grand malheur. De cela Mo Yan, dans son *Récit de l'élevage de cochons*, a fait une description détaillée :

Le 3 janvier 1982, un petit détachement partit pour la battue aux sangliers. Avec Qiao Feipeng, le vieux chasseur expérimenté, comme conseiller et, à la tête du groupe, Zhao Yonggang, soldat démobilisé, lequel avait participé à la guerre de contre-attaque défensive anti-vietnamienne et, de plus, s'y était couvert de gloire pour ses faits d'arme. Les hommes prirent place à bord du bateau à moteur, ils mirent pied à terre en faisant beaucoup de raffut sur l'îlot. Ils n'avancèrent pas à couvert, furtivement, à la façon des petits détachements de chasseurs, ils faisaient même exprès de faire du bruit. Ils avaient du répondant. Ils étaient dix en tout, équipés de mitraillettes de type 56 et de sept cents balles fabriquées tout exprès pour transpercer les cuirasses. Si ces balles ne pouvaient percer l'acier des tôles d'un tank, elles feraient l'affaire contre les sangliers, quand bien même la carapace de résine et de sable qui enduisait leurs flancs serait plus épaisse qu'une galette. Ce qui rassurait surtout les chasseurs, ce qui leur donnait envie de passer à l'action, ce n'était pas les mitraillettes ni les balles, mais trois lance-flammes. Ces trucs avaient une forme bizarre, on aurait dit ces lance-poudre servant à pulvériser les insecticides dont les paysans se servaient à l'époque de la commune populaire. La partie avant était constituée par un tuyau en fer à embout pointu et un dispositif de percussion, la partie arrière était un cylindre tout rond. Ceux qui les manipulaient étaient des soldats démobilisés passés par l'épreuve du feu, pour éviter les brûlures ils portaient au visage et à la poitrine un épais appareillage de protection en tissu d'amiante.

Et Mo Yan de poursuivre :

Le vacarme fait par le petit détachement en mettant pied à terre devait attirer l'attention des sangliers. Oreille cassée tout juste intronisé brûlait d'asseoir son prestige dans un grand combat avec les humains. En apprenant la nouvelle, l'excitation se montra dans ses petits yeux rouges, il poussa immédiatement le cri aigu du rassemblement. Les deux cents sangliers et plus que comptait l'îlot, comme les hommes de main soumis dans ces sectes hétérodoxes des romans de cape et d'épée, répondirent à l'unisson par des vivats respectueux.

Dans le passage suivant Mo Yan dépeint la scène du massacre, qui fut cruel et violent, je ne pus en terminer la lecture. En fin de compte, je faisais partie de la même famille qu'eux. Voilà ce qu'il écrit :

Comme pour le premier combat, de ce côté-ci, c'étaient les rangs des sangliers, Oreille cassée était toujours assis devant la formation de combat, derrière lui était déployé, en forme d'ailes d'oie sauvage, un échelon d'une centaine de sangliers, il y avait aussi deux colonnes, de cinquante cochons chacune, qui prirent rapidement en tenailles par les ailes, si bien que la petite troupe des chasseurs se retrouva encerclée sur trois côtés, avec derrière elle les flots impétueux de la rivière. Une telle disposition des troupes semblait déjà une certitude de réussite, mais la dizaine de chasseurs ne donnaient pas l'impression d'avoir mesuré le danger. Trois d'entre eux venaient devant, tournés vers l'est, face au gros contingent de sangliers et au roi Oreille cassée, qui faisaient front. À leurs côtés, deux hommes, l'un regardant le sud, l'autre le nord, face aux hordes de cochons sur les ailes. Les trois hommes qui portaient les lance-flammes étaient derrière, ils regardaient de tous côtés, l'air insouciant. Ils progressaient vers l'est en bavardant et en riant, le cercle des suidés se rétrécissait peu à peu. À une cinquantaine de mètres du roi Oreille cassée, sur un ordre de Zhao Yonggang, les sept mitraillettes firent feu en même temps sur les trois côtés, elles étaient sur la position en rafale. Ce furent d'abord trois tirs fixes, puis trois autres, puis tous les chargeurs furent vidés de leurs balles. Tactactac, tactactac, tactactac, tactactac... La puissance et la rapidité de tir de ces armes dépassaient tout ce que les sangliers auraient pu imaginer. Les sept armes avaient envoyé cent quarante balles en à peine cinq secondes, parmi les rangs des suidés au moins trente bêtes avaient été abattues, touchées pour la plupart à la tête ; après avoir traversé le crâne, la tête de balle avait explosé dans la boîte crânienne. Les bêtes mortes avaient une expression des plus pitoyables, pour certaines la cervelle avait jailli du crâne, d'autres avaient les yeux qui sortaient de leurs orbites. Oreille cassée, mû par son instinct de roi, avait baissé la tête au moment des tirs, une volée de balles lui avait déchiqueté son oreille valide. Il avait poussé un cri de douleur avant de se ruer sur le petit groupe des chasseurs, mais les trois hommes restés à l'arrière et qui portaient un lance-flammes sur le dos, avec des gestes expérimentés qui témoignaient d'un long entraînement, avaient fait trois pas en avant, puis ils s'étaient jetés à plat ventre par terre et avaient actionné leurs engins en même temps, trois éclats de lumière, trois dragons de feu, furent crachés dans les trois directions, leur bruit réuni évoquait celui que peut faire une centaine d'oies blanches prises de colique. À la partie avant de ce dragon de feu il y avait des flammes violentes et visqueuses, elles se ruèrent sur le roi des suidés, Oreille cassée, et l'enveloppèrent, les flammes s'élevèrent dans un grondement, elles pouvaient bien avoir trois mètres de haut, le roi disparut, on ne vit plus qu'une boule de feu qui filait à vive allure, qui roulait, vingt secondes plus tard environ elle cessa tout mouvement et se consuma sur place. Les sangliers qui se trouvaient à la tête des ailes devaient connaître le même sort. L'épaisse couche de résine dont était enduit le corps des bêtes, facilement inflammable, avait facilité le travail du combustible dense envoyé par les lance-flammes. Des dizaines de sangliers avaient été touchés, ils couraient, poussaient des cris perçants, seuls quelques-uns plus malins s'étaient roulés à terre sur place, les autres fuyaient à la débandade. Ils entrèrent dans la saulaie, parmi les herbes, provoquant un gigantesque incendie. D'épais nuages de fumée noire roulaient au-dessus de l'îlot, l'odeur de brûlé était partout, asphyxiante. Les bêtes qui n'avaient pas été touchées par les balles ou par les flammes, terrorisées, avaient perdu toute lucidité, pareilles à des mouches sans tête, elles se cognaient dans tout ce qui se trouvait sur leur passage. Le petit détachement de chasseurs, en position debout, leur mitraillette en main, tirèrent, faisant

mouche à chaque coup, et c'est ainsi qu'ils expédiè-
rent les sangliers au royaume du roi des enfers...

Mo Yan écrit encore :

Cette boucherie frénétique, vue à l'aune de la protection de l'environnement, avait manqué manifestement
de mesure. Comment avait-on pu tuer de façon aussi
affreuse tant de sangliers, prendre le risque de provoquer un incendie ? Dans le même ordre d'idées, Zhu
Geliang, le ministre de Shu, avait longuement soupiré
et avait versé des larmes après avoir incendié l'armée
aux armures faites de lianes[1]. En 2005, j'ai visité
Panmunjon, à la frontière de la Corée du Nord et celle
du Sud, j'ai vu un no man's land sur une largeur de
deux kilomètres de chaque côté du trente-huitième
parallèle. Des hordes de sangliers s'y pourchassaient,
se battaient, les nids d'oiseaux pullulaient dans les
arbres, des vols d'aigrettes tournoyaient à leurs cimes,
j'ai repensé à ce massacre que nous avions organisé
sur l'îlot de l'Embouchure ensablée et j'ai éprouvé de
profonds remords, même si l'objet de cette tuerie était
une horde de sangliers capables des pires choses. Ce
massacre perpétré à l'aide de lance-flammes avait
provoqué un incendie qui devait brûler une grande
étendue de forêts de pins de Masson et de bosquets de
tamaris, quant aux landes d'herbes sauvages, elles
avaient été les plus touchées. Des autres êtres vivants
de l'îlot, ceux qui avaient des ailes avaient pu s'envoler,
tandis que ceux qui n'en avaient pas s'étaient réfugiés
dans des trous ou s'étaient jetés à l'eau, mais la plupart
avaient péri carbonisés...

1. Celle de Cao Cao. Voir note 1, p. 481.

Depuis les bosquets de tamaris sur la rive sud de la rivière, je vois de mes propres yeux l'épaisse fumée et les flammes au-dessus de l'îlot, j'entends les pétarades des fusils, faisant penser à celles produites par des pois qu'on fait frire, j'entends aussi les hurlements frénétiques des sangliers. Je sens bien sûr ces odeurs mêlées, asphyxiantes, apportées par le vent du nord-ouest. Je sais que, sans cette abdication, j'aurais à coup sûr subi la même infortune que les autres sangliers, mais le plus étrange est que je ne m'en félicite pas pour autant, je trouve que, au lieu de devoir continuer à vivoter, il aurait mieux valu pour moi périr avec eux dans cette mer de feu.

Passé cette catastrophe, je traverse le canal pour me rendre sur l'îlot, je vois des étendues d'arbres transformés en poteaux calcinés et les cendres carbonisées des sangliers. Je vois sur les rives de l'îlot les cadavres tout gonflés des animaux. Je sens des bouffées de colère, puis des vagues de douleur monter en moi, ces deux sentiments finissent par s'entrelacer, comme un serpent venimeux à deux têtes qui me mordrait le cœur…

Je ne pense pas à la vengeance, ce qui me plonge dans les affres, c'est un sentiment d'anxiété, je ne trouve pas la paix, ne serait-ce que pour un court instant. Je suis dans l'état d'esprit du soldat avant un grand combat : je ne suis pas dans mon assiette. Je remonte la rivière à contre-courant. Quand la fatigue se fait sentir, je me faufile dans les bosquets touffus de saules de chaque côté de la voie d'eau, tantôt à gauche, tantôt à droite. Je progresse, suivant les traces d'une odeur. Elle est formée de celle du gasoil mêlée à celle des cadavres carbonisés des suidés, parfois viennent s'y adjoindre celle, âcre, du tabac et celle de l'alcool de mauvaise qualité. Au bout d'une journée entière passée à pister cette odeur se forme peu à peu dans mon esprit l'image de ce bateau à moteur cause de crimes innombrables, cette vision se montre à moi comme fait un paysage quand la brume épaisse se dissipe.

Le bateau en question doit avoir environ douze mètres de long. La coque est recouverte de tôles d'acier de deux millimètres d'épaisseur soudées les unes aux autres, les soudures sont grossières, de la couleur bleutée de l'acier, sur les bords pointus sont accrochées des algues vert émeraude. Sur un support d'acier, à la proue, est fixé un moteur diesel de douze chevaux qui entraîne une hélice. Il s'agit d'un monstre en fer, grossier et rudimentaire. Il transporte les chasseurs à contre-courant. La troupe comprenait dix hommes, les six militaires démobilisés, leur mission accomplie, ont déjà pris un autobus pour regagner la ville du district où ils travaillent. Parmi ceux qui sont restés sur le bateau, il y a Zhao Yonggang, le chef de la brigade, Qiao Feipeng, Liu Yong et Lü Xiaopo, chasseurs. Sous la pression cumulée de l'accroissement brutal de la popu-lation, de la pénurie accrue des terres, de la destruction de la végétation, de la pollution industrielle et d'autres nombreux facteurs, les lièvres et les faisans ont disparu eux aussi du territoire de Dongbei, les chasseurs ont dû remiser leurs fusils, les trois hommes en question font exception. Leur exploit, qui les a amenés à usurper tous les mérites de l'âne dans la mort des deux loups, leur a déjà acquis une renommée dans le canton entier. Cette battue aux sangliers va faire d'eux des héros loués par tous, le centre de la traque des médias. Ils transportent le cadavre de Diao Xiaosan comme un spécimen de cette battue, ils remontent vers la ville du district, à cinquante kilomètres de là. La vitesse maximale de ce bateau à moteur à coque de fer est de dix kilomètres-heure, le long de ce trajet la navigation est uniforme, en partant au petit matin on peut arriver à la tombée de la nuit. Mais ils ont fait de cette navigation une manifestation destinée à mettre en valeur leurs exploits. Chaque fois qu'ils atteignent un village situé au bord de la rivière, ils s'approchent de la rive et mouillent pour que les gens viennent voir le cadavre du soi-disant roi des suidés, ils portent le cadavre de Diao Xiaosan sur la berge et le déposent dans un espace libre pour que les villageois puissent le contempler de près. Quelques richards détenteurs d'appareils photo saisissent l'occasion pour prendre en souvenir des clichés des leurs et des amis ou de bons voisins avec le roi des sangliers. Les journalistes de la presse ou de la télévision du district les suivent de près pour couvrir ce superbe événement qui les met dans une veine d'écriture frivole. D'où ces « tous les habitants sont dans la rue », « un mur de spectateurs » qui émaillent leurs articles. Le chasseur nommé Lü Xiaopo a imaginé de vendre des billets, il a fait part de cette idée au chef de brigade, Zhao Yonggang : un yuan par personne pour regarder, deux yuans pour une photo, trois pour une photo quand le sujet touche les défenses, cinq si le sujet est à califourchon sur le sanglier, dix pour une photo avec la bête et les chasseurs. Ces propositions plaisaient assez aux deux autres chasseurs, mais elles devaient essuyer un refus de la part de Zhao Yonggang. Ce dernier mesure un mètre quatre-vingts, il a la taille fine et de belles épaules, les bras plus longs que la moyenne, il claudique un peu du pied gauche, son visage est émacié, il a un air résolu, on peut dire en le voyant qu'on a affaire à un homme, un vrai. Chaque fois que le groupe de chasseurs arrive dans un lieu, il est reçu avec une grande hospitalité par les cadres locaux. Lors des banquets on échange de nombreux toasts, sur la table sont disposés des mets recherchés. Le déroulement de la battue est toujours narré par Qiao Feipeng, tandis que Liu Yong et Lü Xiaopo viennent compléter le récit en ajoutant des détails, et à chaque nouvelle narration on brode, réduisant la distance entre les faits réels et la fiction, pendant ce temps Zhao Yonggang boit en silence, une fois ivre, il n'en finit plus de ricaner et personne ne comprend rien à son attitude.

Cette description des banquets, bien naturellement, vient des romans de Mo Yan. Pour ma part, je ne peux pas, au vu et au su de tous, monter sur la berge à leur suite, je me borne à les suivre sur la rivière.

Le dernier soir de tous ces soirs qui leur ont appartenu, le vent froid est coupant, la lune presque pleine est blafarde, on dirait le visage d'une personne morte empoisonnée au mercure, une même clarté obscure éclaire la surface immobile de l'eau. La vitesse du courant s'est manifestement réduite, là où l'eau est peu profonde, près de la rive, s'est déjà formée une mince pellicule de glace, elle diffuse une lumière bleue, aveuglante, qui vous emplit d'effroi. Assis dans les bosquets de tamaris sur la rive droite, je regarde au travers des branches nues où restent quelques feuilles flétries ; je ne quitte pas des yeux l'appontement rudimentaire fait de rondins qui s'enfonce dans l'eau ; j'observe avec attention le bateau à la coque de fer contre lui. Ici, c'est le premier bourg important du district de Gaomi, il s'appelle Lüdian, le « village des ânes », car un siècle auparavant il était peuplé de maquignons faisant le commerce de ces animaux. Le petit immeuble à trois niveaux de l'administration est illuminé, sur les murs on a appliqué des briques en poterie pourpre, on dirait une couche de sang de porc. Le banquet en l'honneur des héros de la battue aux sangliers se tient dans la vaste salle à l'intérieur, on entend sans cesse s'élever les bruits des toasts portés. La place en face du bâtiment (puisque même au village de Ximen on a édifié une place, il faut bien qu'il y en ait une au bourg) resplendit de lumières, il y règne un brouhaha. Je sais qu'il s'agit des voix de ceux qui admirent le cadavre de Diao Xiaosan, je sais également qu'il doit y avoir des policiers chargés de la sécurité, armés de bâtons, montant la garde auprès de ce même cadavre, car une rumeur largement répandue assure que les brosses en poil de sanglier peuvent blanchir les dents les plus noires, aussi les jeunes gens qui font un complexe à ce sujet convoitent-ils les soies du roi des suidés.

À vingt et une heures environ, selon mes propres estimations, mon attente porte ses fruits. Ce sont d'abord une dizaine de solides gaillards transportant le cadavre de Diao Xiaosan sur une porte posée sur quatre gros bâtons qui s'approchent de l'appontement en braillant. Deux belles jeunes filles vêtues de rouge, tenant des lanternes rouges en papier, viennent devant eux, leur montrant le chemin, derrière suit un vieillard à barbe blanche ; de sa voix morne il chante, pour accompagner leur marche, une chanson à la mélodie fort simple, aux paroles insipides : « Hé, roi des suidés, prends le bateau ! Hé, roi des suidés, prends le bateau ! »

Une puanteur se dégage du cadavre de Diao Xiaosan, il semble tout raidi, et s'il n'est pas entré en décomposition, c'est grâce au temps, très froid. On l'installe sur le pont, ce qui a pour effet de faire baisser de façon tangible le tirant d'eau du bateau. En fait, me dis-je, de nous trois, Oreille cassée, lui-même et moi, Zhu le Seizième, c'est lui le vrai roi, bien qu'il soit mort, il semble encore en vie, couché sur le ventre dans le bateau, il en impose toujours. Le clair de lune blafard accentue son allure digne et grave, on pourrait croire qu'il va sauter dans le canal ou sur la terre ferme.

Les quatre chasseurs, qui tanguent sous l'effet de l'ivresse, apparaissent enfin. Ils s'avancent vers l'appontement, soutenus par les cadres locaux. Deux toutes jeunes filles habillées de rouge, tenant à la main une lanterne, rouge également, montrent le chemin. Je me suis rapproché jusqu'à un endroit situé à une dizaine de mètres seulement de l'embarcadère en bois. L'odeur de l'alcool mêlée à celle du tabac qui se dégage de leurs corps a déjà contaminé l'air ambiant. Pourtant, à ce moment-là, je suis calme, très calme, comme si je n'étais pas concerné par ce qui se passe sous mes yeux. Je les regarde monter sur le bateau.

En prenant place à bord, ils échangent des politesses avec ceux qui les ont accompagnés, des remerciements hypocrites, les gens sur le ponton font de même à leur adresse. Ils s'asseyent. Liu Yong entraîne le volant du moteur en tirant sur la corde, s'employant à le mettre en action, en raison du froid, sans doute, la machine a du mal à démarrer, il faut allumer du feu pour la chauffer. Il se sert d'une boule de coton imbibée de pétrole, les flammes sont jaunâtres, elles chassent le clair de lune, éclairent le visage au teint foncé de Qiao Feipeng, sa bouche qui rentre, elles éclairent le visage rebondi de Lü Xiaopo ainsi que son gros nez rouge, elles éclairent de même celui de Zhao Yonggang sur lequel se dessine un sourire sarcastique, elles éclairent encore les défenses endommagées de Diao Xiaosan. Le calme qui m'habite se fait plus grand encore : celui d'un vieux moine devant l'effigie du dieu.

Le moteur diesel finit par se mettre en marche, sur la rivière son bruit abominable vient heurter l'air et le clair de lune. Le bateau se meut lentement. Je marche vers l'embarcadère, avançant en me pavanant sur la glace fragile du bord, comme ferait un cochon domestique, je passe à côté de l'escorte venue saluer le départ des chasseurs. Dans la panique qui s'ensuit, les lanternes tenues par les jeunes filles se transforment en deux boules de feu, créant un climat empreint d'héroïsme comme pour mieux mettre en valeur le saut que je vais accomplir.

Je ne pense à rien, tout comme l'a dit, sur le mode du perroquet qui apprend à parler, ce petit drôle de Mo Yan, je ne suis qu'action, que mouvement, je ne suis plus qu'une sensation physiologique proche de l'indifférence à l'égard de ce qui m'entoure, sensation anormale, exaspérée, incongrue. Je ne pense à rien, je n'éprouve aucun sentiment, le vide s'est fait dans mon cerveau. Je saute avec légèreté, avec tellement de légèreté, cette même légèreté dont fait preuve Qingying, le serpent blanc métamorphosé en belle femme, dans la scène romantique du chant d'introduction de la pièce *La Légende de Serpent blanc* de l'opéra de Pékin traditionnel[1]. Il me semble entendre résonner à mes oreilles l'interlude plein de romantisme et de gaieté joué par le violon à deux cordes. Il me semble percevoir aussi ce son de gong indiquant que le bateau se met en marche. C'est comme si j'entrais dans une histoire romantique qui se passerait sur le lac de l'Ouest à Hangzhou et qui n'aurait rien à voir avec cette rivière dans le canton de Dongbei relevant de Gaomi, et cette histoire sera transmise en chanson de bouche à oreille, interprétée tout en étant chantée, et chantée tout en étant jouée. C'est vrai, en cet instant-là, je n'éprouve que des sensations, je ne pense à rien, j'ai presque l'impression d'être dans un rêve, un rêve qui réfracterait le réel. Je sens soudain le bateau couler, au moment où l'eau recouvre presque le plat-bord, il s'élève lentement, alentour ce n'est plus de l'eau, ce sont des bris de verre bleutés qui jaillissent de tous côtés, sans bruit, et s'il y a bien quelque bruit, il semble lointain, très lointain, comme ces voix venues de la rive que l'on peut vaguement percevoir quand on est tout au fond de l'eau, et ce que l'on soit un être humain ou un cochon.

1. Pièce construite sur une légende populaire. L'immortelle Serpent blanc, accompagnée de sa suivante, descend ici-bas à Hangzhou, elle y épouse un mortel, Xu Xian, mais elle sera emprisonnée par le moine Fahai sous la pagode Leifeng.

[Tu es un ami très proche de Mo Yan, je te prie de lui transmettre cette clé de l'écriture romanesque : chaque fois que l'on arrive à un point important de l'intrigue, quand, dans la description d'un personnage, on n'est pas sûr de trouver le ton juste ou que l'on ne dispose pas de moyens d'expression assez forts, il suffit d'expédier le personnage en question au fond de l'eau. C'est un monde où l'absence de bruits et de couleurs l'emporte sur leur présence, c'est bien cela, faire comme si tout se passait au fond de l'eau. S'il m'écoute, c'est un grand auteur. C'est bien parce que tu es mon ami que je te dis cela ; comme Mo Yan est ton ami, il est le mien également, et c'est pourquoi je te charge de lui faire part de ce que je te dis.]

Le bateau penche violemment, Diao Xiaosan semble vouloir se mettre sur ses pattes. La lune, pareille au romancier confronté à ce problème que nous venons d'évoquer, a l'esprit vide, elle aussi. Liu Yong, qui se penche pour enclencher la machine, pique une tête dans le canal, il provoque des éclaboussures qui semblent, à leur tour, des bris de verre bleutés. Le diesel tressaute, crache une fumée noire, le bruit est très faible, c'est vrai, j'ai l'impression d'avoir les oreilles pleines d'eau. Lü Xiaopo oscille, il a la bouche bée, en sort un souffle aviné, il se balance d'avant en arrière, il a la moitié du corps hors du bateau, ses reins sont appuyés contre le dur plat-bord en tôle d'acier, puis il finit lui aussi par piquer une tête dans l'eau, l'eau éclabousse, sans bruit, toujours cette impression de bris de verre bleutés. Je saute, saute, mon poids de cinq cents livres fait danser la petite embarcation. Qiao Feipeng, conseiller auprès du détachement de chasseurs et auquel j'ai eu à faire il y a de nombreuses années, voit ses jambes faiblir, il tombe à genoux au fond du bateau, frappe son front contre le pont à plusieurs reprises, c'est d'un comique !

Je ne pense à rien, je ne vais pas chercher tous les vieux fatras enfouis au fond de mon cerveau, je baisse la tête, la relève, l'expédie hors du bateau. Sans bruit, l'eau éclabousse ses débris de verre. Il ne reste plus que Zhao Yonggang, celui qui a l'air d'un brave, il tient un bâton en bois (qui dégage un parfum frais qui est peut-être celui du bois de sapin, mais je ne réfléchis pas davantage à la question), il vise mon crâne et m'en assène des coups répétés. J'entends un bruit qui semble venir du plus profond de mon cerveau et se transmet jusqu'à mes tympans. Le bâton s'est cassé en deux, une partie est tombée dans l'eau tandis que l'autre reste dans sa main. Je n'ai pas le temps de m'occuper de savoir si j'ai mal à la tête ou non. Je fixe du regard la moitié de bâton qu'il tient dans la main et qui remue le clair de lune tout comme on remue de l'amidon de haricots mungos dissous dans l'eau. Le bâton est pointé vers moi, vers ma bouche. Je le mords. Il tire dessus. Violemment. Il a vraiment une force immense. Je vois son visage devenu tout rouge, on dirait une lanterne rivalisant d'éclat avec le clair de lune. Je pousse un soupir, on pourrait croire à une ruse de ma part, mais en fait j'ai soupiré machinalement. Il tombe à la renverse dans l'eau. À ce moment-là, tous les bruits, toutes les couleurs, toutes les odeurs arrivent avec fracas.

Je prends mon élan et saute dans la rivière, faisant jaillir des gerbes d'eau sur plusieurs mètres de haut. L'eau est glacée et visqueuse, on dirait de l'alcool qui serait resté longtemps en cave. Au premier coup d'œil, je vois les quatre hommes qui coulent puis remontent à la surface de l'eau. Liu Yong et Lü Xiaopo étaient ivres, au départ ils n'avaient déjà plus aucune force dans les bras et les jambes, pas plus qu'ils n'avaient les idées claires, au point où ils en sont à présent je n'ai pas besoin de leur donner un coup de main pour qu'ils meurent. Si Zhao Yonggang, celui qui a l'air d'un brave, peut s'en sortir et regagner la rive, eh bien, qu'il ait la vie sauve ! Qiao Feipeng s'agite près de moi, son nez violacé se montre à la surface de l'eau, il souffle bruyamment, c'est détestable. Je frappe son crâne chauve avec mes pattes, il ne bouge plus, sa tête plonge, son derrière flotte.

Je descends la rivière, suivant le courant, le liquide d'un blanc argenté que forment l'eau et le clair de lune ressemble à du lait d'ânesse proche de l'état de congélation. Derrière, le moteur diesel sur le bateau hurle comme un forcené, tandis que de la rive monte un brouhaha de cris d'effroi. Une voix crie :

« Tirez, mais tirez donc ! »

Les fusils du petit groupe des chasseurs de sangliers ont été emportés par les six soldats démobilisés rentrés les premiers à la ville. À l'avenir, exterminer en temps de paix les sangliers avec des armes de pointe comme celles-ci vaudra des sanctions à ceux qui en prendront l'initiative.

Je plonge soudain au fond de l'eau, comme un grand romancier, je laisse tous les bruits derrière moi et au-dessus de moi.

Chapitre trente-sixième

Innombrables pensées, souvenirs du passé.
Au mépris de ma vie je sauve les enfants.

Je devais mourir trois mois plus tard.

Cela devait se passer un après-midi sans soleil.

Dans le cours d'eau derrière le village de Ximen, sur la surface grisâtre prise en glace, joue une bande d'enfants. Certains ont une dizaine d'années, d'autres sept ou huit ans, il y en a encore quelques-uns qui ont trois ou quatre ans. D'aucuns glissent à toute vitesse sur des luges en bois, d'autres s'amusent en frappant sur des toupies, en bois également. Je suis accroupi au milieu du bosquet, je regarde la nouvelle génération du village de Ximen. J'entends une voix familière crier depuis la berge :

« Kaifang... Gaige... Fenghuang... Huanhuan... Mes trésors, c'est l'heure de rentrer !... »

Je vois une femme âgée debout sur la rive opposée, le vent glacé souffle dans le foulard bleu qu'elle porte sur la tête. Je la reconnais, il s'agit de Yingchun. C'est juste une heure avant ma mort, les souvenirs de ces dizaines d'années qui viennent de s'écouler m'envahissent avec l'impétuosité des flots, si bien que j'en oublie mon corps de verrat. Je sais que Kaifang est le fils de Lan Jiefang et de Huang Hezuo, que Gaige est celui de Ximen Baofeng et de Ma Liangcai, que Huanhuan est le fils adoptif de

682

Ximen Jinlong et de Huang Huzhu. Quant à Fenghuang, elle est la fille de Pang Kangmei et de Chang Tianhong. Je sais aussi que cette dernière est en fait la fille de Ximen Jinlong, et que la graine a été semée sous le fameux abricotier si romantique du verger. Alors que les fleurs étaient en pleine floraison et que le clair de lune brillait immaculé, Ximen Jinlong avait plaqué contre le tronc de l'arbre Pang Kangmei, laquelle était à l'époque secrétaire du comité du Parti de la commune populaire, et il avait semé dans l'utérus de la plus belle fille de tout le district de Gaomi la graine des gènes de qualité de notre famille, les Ximen. Selon ce que ce petit drôle de Mo Yan raconte dans son roman, comme Jinlong soulevait la jupe de Pang Kangmei, cette dernière, de ses deux mains, lui avait tiré les oreilles et lui avait dit tout bas mais d'une voix sévère : « Je suis la secrétaire du comité du Parti ! » Jinlong l'avait pressée avec force contre le tronc de l'arbre et lui avait répondu : « C'est précisément toi, la secrétaire du Parti, que je vais entreprendre, si les autres t'achètent avec de l'argent, moi c'est avec ma queue ! » Après quoi Kang Pangmei était devenue toute molle. Les fleurs d'abricotier tombaient comme des flocons de neige sur leurs corps. Vingt ans plus tard, Pang Fenghuang ne pouvait que devenir une beauté sans égale : la graine était bonne, la terre aussi, l'environnement au moment des semailles était plein de poésie, beau comme un tableau, le ciel n'aurait pas permis qu'elle fût laide !

Les enfants s'amusent comme des fous, ils ne veulent pas revenir sur la berge, Yingchun, finalement, descend la digue avec précaution. À ce moment-là, la glace craque, les enfants tombent dans la rivière gelée.

Sur le moment, je ne suis plus un cochon mais un être humain, pas un héros, rien qu'un homme de cœur qui ne recule pas devant son devoir. Je saute dans l'eau glacée et saisis de mon groin (sans être un suidé pour autant) le vêtement d'une petite fille et je nage ainsi jusqu'à la partie de la couche de glace qui n'a pas cédé, je la hisse, la projette dessus. Yingchun a regrimpé la digue et elle hurle en direction du village. Merci, Yingchun, celle de mes femmes que j'ai préférée. Je ne trouve pas l'eau si froide, elle me paraît même un peu tiède, le sang circule dans tout mon corps, je nage avec force et agilité. Je ne cherche pas à sauver spécialement les trois petits qui ont des liens de parenté avec moi, je sauve celui sur lequel je tombe.

Sur le moment, je n'ai pas la tête vide, je pense à des tas, des tas de choses. Je voudrais prendre le contre-pied de ce qu'on appelle la « narration idiote ». Je pense à des tas de choses, comme fait Anna Karénine avant de se coucher sur les voies pour trouver la mort dans le roman éponyme de Tolstoï ; comme fait ce fils dans la nouvelle de Mo Yan *Explosion*[1], après avoir reçu une gifle retentissante de la main de son père ; comme Ouyang Hai, dans le célèbre roman *Le Chant de Ouyang Hai*, paru à la veille de la Révolution culturelle, dans le bref instant où il traverse la voie ferrée pour pousser de toutes ses forces le cheval effrayé, avant d'être percuté par un train et de perdre la vie. Un jour est aussi long qu'un siècle, une seconde l'emporte sur vingt-quatre heures.

Je saisis le pantalon ouatiné d'un petit garçon et expédie ce dernier sur la surface gelée. Je revois cette douce scène, il y a bien des années : Yingchun entoure d'un bras un enfant tout en donnant le sein à l'autre petit, ce parfum enivrant de lait bien particulier qui

---

1. Traduite en français par Marie Laureillard aux éditions Caractères. Les autres récits du personnage Mo Yan cité dans le texte, mis à part *Récit d'une vengeance*, n'ont jamais été publiés.

émane des bébés semble se dissoudre dans la rivière gelée. Je tire un à un les enfants, les hisse sur la glace. Ils avancent à quatre pattes droit devant eux, comme ils sont intelligents ! C'est le bon geste : marcher à quatre pattes droit devant soi, surtout ne pas essayer de se mettre debout ! J'attrape dans ma bouche le pied du petit drôle le plus grassouillet de la troupe et le ramène du fond de l'eau. Au moment où nous émergeons, il crache un chapelet de bulles d'air, on dirait un poisson. En ce bref instant, je repense à Chen Guangdi, le chef du district : lorsqu'il se retrouvait seul avec un âne, ses yeux étaient emplis de douceur. À peine posé sur la glace, le gros garçonnet la fait s'effondrer de nouveau, de mon groin je soutiens le ventre grassouillet et je nage de toute la force de mes quatre pattes (malgré ces quatre pattes, je n'en suis pas moins un être humain), m'efforçant de garder la tête vers le haut, je le rejette plus loin, heureusement la glace n'a pas cédé. Une immense force d'inertie me fait sombrer au fond, l'eau entre dans mes narines, je suffoque. Je sors la tête au-dessus de la surface, tousse, essoufflé. Je vois une foule dévaler la digue. Espèces d'imbéciles, ne descendez surtout pas ! Je plonge de nouveau au fond de l'eau pour remonter un enfant. Un enfant à la face toute ronde, quand il émerge, son visage semble tout givré, comme recouvert d'une couche de sirop de sucre transparent. Je regarde les gamins que j'ai sauvés et qui progressent à quatre pattes sur la glace. On entend des pleurs, or pleurer signifie qu'on est bien vivant. Allez, les enfants, mettez-vous tous à pleurer. Je repense à ces jeunes filles qui, les unes après les autres, ont grimpé dans l'abricotier de la cour de la famille Ximen. Voilà que celle qui est tout en haut a lâché un pet, s'est ensuivi un brouhaha de rires, puis elles se sont laissées dégringoler de l'arbre, et de rire encore. Je vois immédiatement leurs visages hilares, celui de Baofeng, celui de Huzhu, celui de Hezuo. Je plonge au fond de l'eau à la poursuite du garçon qui a été emporté beaucoup plus loin par le courant. Au-dessus de nous, la couche de glace est épaisse, l'oxygène me manque, j'ai la sensation que ma poitrine va exploser. Je tire l'enfant tout en remontant à la surface, heurte violemment la glace, elle ne s'est pas brisée. Je recommence mon geste, en vain. Je me retourne à la hâte, avance à contre-courant, avance, quand j'émerge à la surface, j'ai la sensation que tout est rouge sang devant mes yeux. Est-ce le soleil couchant ? Au prix d'un effort pénible, je pousse l'enfant, l'enfant tout suffocant, jusque sur la glace. Dans tout ce rouge, je distingue les personnes présentes : il y a Jinlong, Huzhu, Hezuo, Lan Lian et bien d'autres... On dirait des êtres de sang tellement ils sont rouges, ils tiennent à la main des perches, des cordes, des crochets en fer, ils se pressent, nombreux, marchant à quatre pattes sur la glace, s'approchent des bambins... Vous êtes vraiment intelligents, mes braves, à ce moment-là j'éprouve envers eux de la reconnaissance, et même envers ceux d'entre eux qui m'ont infligé une correction. Je pense à cette scène : je suis caché dans une forêt aux essences rares, les branches des arbres sont en or, les feuilles en jade, je regarde une représentation théâtrale mystérieuse sur une scène qui semble bâtie dans les nuages. Sur la scène, les sons de la musique s'attardent, une actrice chante, vêtue d'un costume irisé fait de pétales de lotus assemblés entre eux. Que je suis ému ! Je ne comprends pas pourquoi je suis ému comme ça. Je ressens une grande chaleur, l'eau est chaude, comme c'est agréable ! Tout en pensant cela, je sombre lentement au fond de l'eau. Deux sbires dont le visage bleu me semble connu me disent en souriant :

« Dis donc, le gars, te revoilà ! »

Quatrième partie

Le tempérament du chien

Chapitre trente-septième

L'âme toujours en peine est réincarnée dans la peau d'un chien.
Le petit trésor suit sa mère en ville.

Les deux sbires me tirent par les bras hors de la rivière gelée. Je leur dis, furieux :

« Espèces de salauds que vous êtes, emmenez-moi vite auprès du roi des enfers, j'ai des comptes à régler avec ce vieux clébard !

– Hé, hé, dit l'un des sbires en riant avec malice, ça fait des années qu'on ne t'avait vu. Toujours aussi irascible !

– C'est vraiment le cas de dire : "Un chat ne pourra s'empêcher d'attraper des souris et un chien de manger de la merde" ! enchaîne l'autre sbire sur un ton moqueur.

– Lâchez-moi ! dis-je, très en colère. Vous croyez que je ne suis pas capable de trouver tout seul ce vieux clébard ?

– Du calme, du calme, reprend le premier sbire, on est de vieux amis, pendant toutes ces années tu nous as manqué un peu.

– On t'emmène de ce pas voir le vieux clébard », dit l'autre sbire.

Les deux employés de l'enfer me traînent à vive allure le long de la grande rue du village de Ximen, je sens un vent glacé arriver d'en face, quelques légers flocons de neige, pareils à du duvet, viennent se coller sur mon visage. Derrière nous, des paquets de feuilles mortes roulent à terre. En passant par la cour de la famille Ximen, les deux sbires s'arrêtent brusquement, l'un me tire par le bras gauche et la jambe gauche, tandis que son collègue me tire par l'autre côté, ainsi ils me portent en un mouvement de balancier, d'avant en arrière, pareil à celui d'un rondin frappant une cloche. Ils me lâchent en même temps pour me propulser en avant, j'ai l'impression de voler, je les entends crier à l'unisson :

« Allez, va voir ton vieux clébard ! »

Je sens un bourdonnement dans ma tête, comme si j'avais réellement heurté une cloche, tout devient noir devant mes yeux, je perds momentanément connaissance. Quand je reviens à moi, nul besoin de te le dire car tu as déjà deviné : je suis réincarné en chien, je suis venu au monde dans la niche qui se trouve chez ta mère, Yingchun. Ce voyou de roi des enfers, pour éviter que je fasse du tapage dans son tribunal, a, qui l'eût cru, opté pour cette mesure pleine de bassesse, il a simplifié le processus de réincarnation en me jetant pratiquement tout droit dans l'utérus de la chienne, pour que je me faufile hors du vagin à la suite des trois autres chiots.

La niche est plus que rudimentaire : sous l'auvent du toit, deux murets faits de morceaux de briques empilés supportant quelques bâtons sur lesquels est étalé du papier feutre bitumé. Telle est la niche de ma maman chienne (c'est comme ça, je n'y puis rien, puisque je suis sorti de son derrière, il me faut bien l'appeler ainsi), elle va être aussi la niche de mon enfance. On y a introduit un van de feuilles d'arbres auxquelles se mêlent des plumes de poule, il nous tient lieu de literie.

La neige tourbillonnante tombe de plus en plus fort, le sol est très vite recouvert ; grâce à la lumière de la lampe sous l'auvent, la niche est éclairée. Je vois les flocons tomber par les fentes du papier feutre bitumé. Le froid pénètre jusqu'aux os, je tremble malgré moi. Je me serre contre le giron chaud de ma mère, mes frères et sœurs font de même. Ces diverses réincarnations m'ont permis de comprendre une vérité très simple : il faut se plier aux coutumes du pays où l'on se trouve. Naître dans une porcherie et ne pas boire le lait de la truie, c'est se condamner à mourir d'inanition, naître dans une niche et ne pas se serrer contre la chienne, c'est probablement risquer de mourir de froid. Notre maman est une grande chienne blanche, mais ses deux pattes de devant et le bout de sa queue sont entièrement noirs.

Incontestablement, notre maman est une bâtarde, mais notre père, lui, est un chien de race, un berger allemand importé, féroce, qui appartient aux frères Sun. Je devais le voir un jour, il était de haute stature, avait le dos et la queue noirs, le ventre et les pattes couleur de réglisse. Lui (disons « notre père ») était attaché par une lourde chaîne en fer dans la cour de l'usine de préparation de la purée de piments de la marque Rouge des frères Sun. La nourriture dans sa gamelle venait visiblement d'un repas de banquet : il y avait un poulet entier cuit, un poisson entier et une carapace foncée, entière, de tortue. Mais il ne regardait même pas ces mets. Il avait des yeux jaune d'or injectés de sang, des oreilles pointues et l'air sinistre et cruel.

Donc notre père est de pure race, notre mère est bâtarde, et nous quatre sommes des bâtards de la tête à la queue. Même si une fois grandis nous allons affirmer nos différences, à la naissance elles se remarquent à peine. Seule Yingchun sans doute peut se rappeler l'ordre selon lequel chacun est né.

Ta mère, Yingchun, portant à deux mains une écuelle avec du bouillon d'os, vient nourrir notre maman chienne. La vapeur qui en monte tourbillonne devant son visage ; les flocons de neige, pareils à des phalènes blanches, dansent au-dessus de lui. Je viens de naître, aussi ma vue est-elle mauvaise, je ne distingue que très vaguement sa tête, mais je sens l'odeur bien particulière qui émane de son corps, celle de feuilles de cédrèle qu'on froisse entre les doigts, le fumet du bouillon d'os, pourtant très prononcé, ne parvient pas à la couvrir. Ma maman chienne lape avec précaution le bouillon, slurp, slurp. Ta mère prend le balai pour faire tomber la neige sur le toit de la niche, la lumière pénètre par les fentes, et le froid avec ; ce qui partait d'une bonne intention s'avère néfaste. Elle, une paysanne, comment ne sait-elle pas que la neige est la couverture des jeunes plants de blé, comment n'a-t-elle pas fait le rapprochement avec la neige qui couvre notre niche ? Quelle femme stupide ! Si elle a une grande expérience des soins à donner aux enfants, elle manque de connaissances en sciences naturelles. Si elle était érudite et douée comme moi, elle saurait que les Esquimaux habitent dans des maisons faites de neige entassée, que les chiens de traîneau des équipes d'exploration du pôle Nord se glissent la nuit dans un trou de neige pour se prémunir contre le froid, et elle n'aurait pas balayé la neige de notre niche et nous ne nous serions pas retrouvés, au petit matin, à l'agonie à cause du froid. Mais il est vrai que si nous n'avions pas été gelés à ce point, nous n'aurions pas joui de la faveur immense d'aller nous réchauffer sur son kang bien chaud.

Tout en nous portant jusque-là, ta mère ne cesse de répéter :

« Mes trésors, mes pauvres petits trésors… »

Non seulement elle nous porte sur son kang, mais elle fait entrer notre maman chienne dans la maison.

Nous voyons alors ton père, Lan Lian, accroupi devant le foyer en train de faire du feu. Au-dehors le vent se déchaîne, la neige galope, le tirage dans la cheminée est d'une force inouïe, les flammes dans le foyer sont violentes, elles mugissent. Aucune fumée ne s'en dégage, la pièce est emplie du parfum étrange que dégagent les branches de mûrier en brûlant. Le visage de Lan Lian a la teinte du bronze patiné, une lueur dorée scintille sur ses cheveux blancs. Il porte d'épais vêtements ouatinés, fume la pipe, il a l'air d'un patriarche heureux. Depuis la répartition des terres entre les paysans, ces derniers sont leurs propres maîtres, lui, en fait, a été réhabilité dans le statut qui était le sien lorsqu'il travaillait pour son compte. Du coup, ton père et ta mère prennent de nouveau leurs repas ensemble et dorment sur le même kang.

La partie de ce kang la plus proche du feu est très chaude, nous allons vite nous remettre. Nous gigotons sur le kang. À voir mes frères et sœurs chiens, je peux deviner à quoi je ressemble, la situation est la même que celle où je m'étais retrouvé à naître dans le corps d'un cochon. Nos gestes sont gauches, petites boules de poils, nous sommes certainement adorables. Il y a quatre enfants sur le kang, ils ont tous environ trois ans, une fille et trois garçons. Et nous, les chiens, nous sommes trois mâles et une femelle. Ta mère s'étonne, joyeuse :

« Le père, dis voir un peu si c'est pas une heureuse coïncidence, ils sont le même nombre ! »

Lan Lian lui répond par un grognement qui ne l'engage en rien, il sort du foyer une capsule d'œuf de mante de mûrier et l'ouvre, les œufs sur les deux rangées exhalent de la vapeur blanche et une bonne odeur.

« Qui a pissé au lit ? demande ton père. Qui a pissé les mangera.

– Moi, j'ai pissé au lit ! » enchaînent deux garçons et la fille.

Seul l'autre garçon n'a rien dit. Il a deux oreilles charnues, il fait les gros yeux tandis que sa petite bouche bougonne quelque chose, il a l'air en colère. Tu le sais, bien sûr, il s'agit de l'enfant adopté par Ximen Jinlong et Huang Huzhu, on raconte que le père et la mère étaient à l'époque élèves en première année du lycée. Avec de l'argent on peut tout, Jinlong, qui est par ailleurs très influent, a graissé des pattes, arrondi les angles. C'est ainsi que Huzhu, quelques mois avant l'accouchement, s'était fabriqué un faux ventre de femme enceinte avec des éponges, mais les gens du village savaient tous de quoi il retournait exactement. L'enfant fut appelé Ximen Huan, Huanhuan pour les intimes, les époux Ximen le couvent comme un trésor.

« Celui qui a pissé au lit n'a rien dit, et ceux qui n'ont rien fait crient à tort et à travers », dit Yingchun. Elle prend les œufs tout chauds dans le creux de sa main et les fait rouler d'une paume dans l'autre, tout en soufflant dessus, puis elle les tend à Ximen Huan en disant : « Huanhuan, mange-les. »

L'enfant pioche dans les mains de Yingchun et, sans même regarder les œufs, il les jette à terre, ils tombent justement devant notre maman chienne. Cette dernière les mange sans plus de façon.

« Cet enfant ! » dit Yingchun à l'intention de Lan Lian.

Lan Lian secoue la tête et répond : « Tel père, tel fils ! »

Les quatre enfants regardent avec curiosité les quatre chiots que nous sommes, à tout instant ils tendent la main pour nous toucher. Yingchun leur dit :

« Un chacun, ni plus ni moins, ça tombe bien. »

Quatre mois plus tard, alors que les boutons de l'abricotier de la cour de la famille Ximen commenceront à s'ouvrir, Yingchun déclarera à Ximen Jinlong et à

Huang Huzhu, à Ximen Baofeng et à Ma Liangcai, à Chang Tianhong et à Pang Kangmei, à Lan Jiefang et à Huang Hezuo :

« Je vous ai fait venir pour vous demander de reprendre chez vous vos enfants. Premièrement, nous deux, nous sommes illettrés, les laisser ici risquerait de retarder leur développement ; deuxièmement, nous sommes âgés, nous avons les cheveux blancs, la vue affaiblie, nous sommes un peu durs de l'oreille, avons perdu des dents, avons travaillé dur la plus grande partie de notre vie, nous méritons de passer quelques jours sans trop de soucis. Camarade Chang, camarade Pang, nous avoir laissé nous occuper de votre enfant fut un grand bonheur pour nous, mais j'en ai parlé avec votre oncle Lan, Fenghuang est une petite princesse, il vaudrait mieux pour elle aller au jardin d'enfants de la ville. »

Le dernier moment devait ressembler assez à une cérémonie solennelle de passation des pouvoirs.

Les quatre enfants sont alignés debout à gauche du kang, les quatre chiots sont assis de l'autre côté. Yingchun prend Ximen Huan dans ses bras, lui donne un baiser au visage, se retourne et le tend à Huzhu, qui le serre contre elle. Yingchun prend sur le kang le plus âgé des chiots, lui caresse la tête et le pose dans les bras de Ximen Huan en disant :

« Huanhuan, c'est le tien. »

Yingchun refait le même manège pour Ma Gaige, le chiot qui est attribué au fils de Baofeng est le second de la portée.

« Gaige, il est à toi. »

Yingchun prend Pang Fenghuang dans ses bras, à la vue de son petit visage tout rose, si joli, ses yeux s'emplissent de larmes, elle lui pose un baiser sur chaque joue, se retourne et, comme à contrecœur, la tend à Pang Kangmei en disant :

« Trois petits gars au crâne rasé ne valent pas une petite immortelle. »

Elle soulève du kang la jeune chienne, la troisième de la portée, lui tapote la tête, lui caresse le museau, lui lisse la queue avant de la poser dans les bras de la petite fille en disant :

« Fenghuang, celle-là est pour toi. »

Yingchun prend enfin dans ses bras Lan Kaifang, qui a, lui aussi, la moitié du visage bleue, elle caresse cette marque bien visible, soupire longuement et dit, laissant libre cours à ses larmes de vieille femme :

« Mon pauvre enfant, tu n'as pas de chance… Jamais tu ne… »

Elle donne le garçon à Hezuo, cette dernière serre très fort son fils contre sa poitrine, comme une de ses fesses a été mutilée par les crocs du sanglier, pour préserver son équilibre elle doit incliner un peu le corps. Toi, Lan Jiefang, tu essaies de lui prendre cette troisième génération de visages bleus, mais Hezuo refuse.

Yingchun me soulève dans ses bras, moi, Chien le Quatrième, elle me dépose dans les bras de Lan Kaifang en disant :

« Kaifang, c'est ton chien, le Quatrième est le plus intelligent de tous. »

Pendant toute la scène, le vieux Lan Lian devait rester accroupi près de la niche, cachant les yeux de la vieille chienne avec un tissu noir, lui caressant la tête pour l'apaiser.

Chapitre trente-huitième

Jinlong avec extravagance affirme son idéal.
Hezuo en silence se souvient de ses vieilles rancœurs.

[Je manque bondir de ma chaise en rotin, mais je parviens à me dominer. J'allume une cigarette, tire dessus lentement pour calmer ma mauvaise humeur. Je regarde à la dérobée les yeux aux reflets bleutés de Grosse Tête, je lis en eux l'air hostile et froid du chien qui a vécu quinze ans chez moi, inséparable de mon ex-femme et de mon fils. Mais en un rien de temps je me rends compte que ce regard est semblable à celui de mon fils mort Lan Kaifang, il exprime cette même froideur, cette même hostilité, ce même refus de pardonner.]

À l'époque, j'avais déjà été muté à la coopérative d'approvisionnement et de vente du district en tant que chef de la section de travail politique, à vrai dire, on pouvait me classer, moi aussi, parmi ceux qui se piquaient de littérature, je publiais souvent quelque petit article dans la partie centrale, très réduite, des pages du journal provincial sous le surnom de « Général des colonnes du centre ».

Mo Yan, à cette même époque, était déjà détaché à un poste d'appoint à l'équipe de reportage de la section de propagande du comité du Parti du district, bien qu'il

697

eût encore sa carte de résidence à la campagne[1], il n'en était pas moins dévoré d'ambition et sa réputation d'arrogance était établie dans tout le district. Il écrivait nuit et jour, avait les cheveux en bataille, son corps dégageait une forte odeur de tabac ; dès qu'il pleuvait, il ôtait tous ses vêtements pour leur faire prendre la pluie, ce qui devait l'amener à écrire, pour son plaisir, quelques vers humoristiques : « Les vingt-neuf provinces me prennent pour un dingue, car j'ose dire au ciel de nettoyer mes fringues. » Mon ex-femme Huang Hezuo était assez bien disposée à l'égard de ce malpropre, chaque fois qu'il venait, elle lui offrait thé et cigarettes. Notre chien et mon fils semblaient avoir une dent contre lui. À son arrivée, le chien sautait, aboyait furieusement, la chaîne à son cou cliquetait. Mon fils, une fois, en cachette, l'avait libéré, la bête s'était ruée comme l'éclair, Mo Yan avait trouvé la force nécessaire en ce moment critique pour prendre son élan et atterrir, comme aurait fait l'un de ces passe-muraille expérimentés, sur le toit de notre pavillon latéral.

Peu de temps après ma mutation à la coopérative d'approvisionnement et de vente du district, Hezuo avait été, de son côté, mutée au restaurant de la gare qui relevait de la coopérative. Son travail consistait à faire frire des beignets torsadés. L'odeur de friture ne la quittait pas, elle se faisait plus prononcée par temps de pluie. Je n'ai jamais dit que Huang Hezuo n'était pas une femme bien, d'ailleurs je ne la critiquerai jamais. Pendant la procédure de divorce, elle me demandait sans cesse en pleurant : « Mais enfin qu'est-ce que tu me reproches ? » Mon fils aussi me pressait de questions : « Papa, mais qu'est-ce qu'elle t'a fait, maman ? » Mes

1. Le *hukou*, carte de résident, est toujours en vigueur : ceux qui sont résidents à la campagne ne peuvent pas s'installer en ville.

parents me réprimandaient : « Fiston, tu n'es pas un si haut fonctionnaire, alors en quoi Hezuo ne serait-elle pas digne de toi ? » Mes beaux-parents m'insultaient : « Lan Jiefang, espèce d'animal à face bleue, pisse un coup et mire-toi dans la flaque ! » Mes supérieurs m'exhortaient avec des paroles graves mais pleines de bons sentiments : « Camarade Jiefang, un être humain doit se faire une juste idée de lui-même ! » C'était vrai, je le reconnaissais, Huang Hezuo était irréprochable et, de plus, elle n'était pas indigne de moi, loin de là. Mais voilà, je ne l'aimais pas.

Le jour où ma mère redonna les enfants et partagea les chiens, Pang Kangmei, qui était alors vice-chef du département de l'organisation du comité du Parti du district, demanda à son chauffeur de faire une photo de famille. Les quatre couples que nous formions, les quatre enfants et les quatre chiens furent donc rassemblés sous le vieil abricotier de la cour de la famille Ximen, nous donnions l'impression de constituer un groupe uni, mais en fait chacun nourrissait des desseins inavoués. La photographie fut tirée en de nombreux exemplaires et accrochée aux murs des six familles, mais à présent il ne doit même plus en rester une.

Après avoir fait cette photo de groupe, Pang Kangmei et Chang Tianhong insistèrent pour que nous fassions le trajet du retour avec eux dans leur voiture ; alors que j'étais là, hésitant, Hezuo refusa, arguant du fait qu'elle voulait passer une nuit dans la maison de ses parents. Quand la voiture de Pang Kangmei fut loin, voilà qu'elle prit l'enfant et le chien dans ses bras et insista pour que nous partions. Personne ne parvint à la faire changer d'avis. La vieille chienne s'échappa des bras de mon père, le tissu noir qui recouvrait ses yeux se relâcha et descendit jusque sur son cou, lui faisant comme un collier. Elle se précipita sur Hezuo, je n'eus pas le temps de réagir, les crocs de la chienne s'étaient plantés profondément dans la fesse droite de Hezuo, qui poussa un cri tragique, faillit tomber, mais tint bon. Elle s'entêta de nouveau dans l'idée de partir. Baofeng entra en courant dans la maison chercher sa trousse de secours, elle s'occupa de la plaie. Jinlong m'entraîna à l'écart, me tendit une cigarette, il s'en alluma une, la fumée enveloppait nos visages. Je le vis, les sourcils froncés, retrousser sa lèvre supérieure, se boucher une narine pour laisser la fumée épaisse sortir par l'autre narine. Je l'avais vu fumer un nombre incalculable de fois, mais jamais comme ça. Après ces mimiques, il me lança un regard appuyé et sur un ton dont on ne savait trop s'il était empreint de compassion ou de moquerie il me demanda :

« Alors, ça ne marche plus ? »

Je ne regardai pas son visage, je regardai dans la rue au-delà du portail deux chiens qui se coursaient, ainsi que, sur la vaste place, un homme en train de faire un petit tour sur sa moto rouge. Sur la scène délabrée, un groupe était en train d'accrocher avec force cris une banderole où étaient inscrits tout de guingois les mots suivants : « Break dance des femmes du sud de la Chine ». Je dis sur un ton glacial :

« Mais non, tout va bien !

– Alors tant mieux, dit-il. En fait, tout est dû à un malheureux concours de circonstances. Mais tu jouis d'une bonne réputation, alors les femmes… » De son pouce gauche il frotta son index et son majeur pour évoquer la richesse, puis il posa ses deux mains sur ses oreilles comme pour imiter les ailes d'un chapeau de lettré et ajouta : « Avec ça, elles accourent toutes au coup de sifflet. »

L'allusion me parut claire, il fallait éviter de toutes mes forces de penser à ces histoires passées.

Baofeng, soutenant Hezuo, s'avançait vers moi, mon fils tenait d'une main Chien le Quatrième, tandis que son autre main tirait le coin du vêtement de Hezuo, il avait la tête levée vers elle et la regardait. Baofeng me tendit une boîte de vaccin contre la rage et me dit :

« De retour à la maison, conserve-la au frigo, toutes les explications sont sur la boîte, rappelle-toi bien, il faudra faire l'injection en temps voulu, sinon…

– Merci, Baofeng », dit Hezuo. Elle me jeta un regard glacial et reprit : « Même les chiens me détestent. »

Wu Qiuxiang, un bâton à la main, courait après la vieille chienne. Cette dernière se faufila dans sa niche, elle montrait les dents, ses yeux lançaient des lueurs mauvaises, elle cherchait à intimider celle qui la poursuivait.

Huang Tong, qui avait déjà le dos tout voûté, était debout sous l'abricotier, il se mit à vociférer des injures contre mon père et ma mère tout en les montrant du doigt :

« Vous autres, les Lan, vous ne savez même pas reconnaître ceux qui sont de votre famille, rien d'étonnant à ce que votre chien fasse de même ! Vous allez me faire le plaisir de l'étrangler tout de suite, sans quoi je mets le feu à la niche ! »

Mon père, qui tenait un balai en bambou tout déplumé par l'usage, l'agita avec force à l'intérieur de la niche, la vieille chienne poussait des cris déchirants.

Ma mère accourut en se balançant, elle dit, pleine de regrets :

« Mère de Kaifang, je suis vraiment désolée, si cette vieille chienne a mordu, ce n'est pas intentionnellement, mais elle voulait protéger son petit… »

Sans s'occuper de l'insistance des deux mères, ni de celle de Baofeng et de Huzhu pour la retenir, Hezuo s'entêta à vouloir partir. Jinlong regarda sa montre et dit :

« Le premier bus est déjà passé, le second ne sera là que dans deux heures. Si ma vieille voiture ne vous rebute pas trop, je vous reconduis. »

Hezuo lui lança un regard en coin, ne salua personne, elle tira l'enfant par la main et partit toute de guingois vers l'arrière du village. Notre fils Kaifang, son chiot dans les bras, se retourna plusieurs fois avec regret.

Mon père nous rattrapa, marcha à mon côté. Avec l'âge, la couleur bleue de la moitié de son visage s'était quelque peu atténuée, à la lumière du couchant il paraissait vieilli. Je regardai ma femme qui marchait devant, mon fils et le chiot, je m'arrêtai et dis :

« Papa, rentre !

– Hélas ! » Père soupira longuement et dit, abattu : « Si j'avais su que cette tache était héréditaire… j'aurais mieux fait de rester célibataire.

– Papa, tu ne dois pas penser ainsi, dis-je, je n'ai jamais trouvé que c'était un déshonneur, et si Kaifang venait à s'en plaindre, quand il aura grandi, on lui fera une greffe de la peau, avec les progrès de la science il y a maintenant des solutions.

– Jinlong et Baofeng, finalement, ne nous sont pas aussi proches. C'est pour vous que je me fais du souci à présent, dit père.

– Père, ne t'en fais pas, pense plutôt à toi.

– Ces trois dernières années ont été pour moi les meilleurs jours de ma vie, reprit père, nous avons plus d'une tonne et demie de blé et plusieurs centaines de kilos d'autres céréales, et même si nous n'engrangions rien pendant les trois ans à venir, nous ne mourrions pas de faim, ta mère et moi. »

La jeep de Jinlong arriva de l'est en bondissant, je dis : « Papa, rentre, je reviendrai te voir quand j'aurai un moment.

– Jiefang… » Père marqua une pause, il avait le regard rivé sur le sol. Il reprit avec tristesse : « Ta mère m'a dit qu'en cette vie, qui se marie avec qui, c'est le destin qui en décide. » Père marqua une nouvelle pause et poursuivit : « Ta mère m'a chargé de t'exhorter à ne pas faire d'infidélités, elle a dit que dans les milieux officiels "répudier sa femme, c'est nuire à sa carrière", telle est l'expérience des anciens, mets-toi bien ça dans la tête.

– Père, je comprends. » Je regardai le visage repoussant et à la fois plein de dignité, je ressentis soudain du chagrin. Je repris : « Dis à maman qu'elle ne s'inquiète pas. »

Arrivé à notre niveau, Jinlong arrêta la jeep. J'ouvris la portière et m'assis à la place à côté du conducteur.

« Je te cause un tracas énorme… », dis-je.

Jinlong pencha la tête, jeta par la fenêtre le mégot qui pendait à sa bouche et me coupa la parole : « Énorme, ma queue, oui ! »

Je ne pus m'empêcher de pouffer de rire, je lui dis : « Quand le petit sera là, surveille ton vocabulaire ! »

Il répondit par un grognement : « En fait ça n'a pas d'importance, un homme, dès quinze ans, doit connaître les choses du sexe, ainsi il n'aura pas à se plaindre à propos des femmes. »

Je rétorquai : « Alors il faut commencer avec Ximen Huan, voyons si on pourra en faire un grand homme. »

Il reprit : « Reste à voir s'il en a ou non l'étoffe. »

La jeep arriva à hauteur de Hezuo et de Kaifang, elle stoppa, Jinlong se pencha à l'extérieur et dit :

« Jeune belle-sœur, cher neveu, allez, montez ! »

Kaifang, son chiot dans les bras, Hezuo remorquant Kaifang, qui allait la tête droite malgré son corps bancal, dépassèrent la jeep.

« Oh, mais c'est qu'on a son petit caractère ! » Jinlong donna un coup au milieu du volant, la jeep émit un bref bruit de klaxon, les yeux fixés devant lui, sans les détourner, il me dit :

« Le gars, tu dois agir en connaissance de cause, elle n'a jamais été très accommodante. »

La jeep lentement les rattrapa, Jinlong actionna de nouveau le klaxon, se pencha à l'extérieur et lança :

« Tante de mon fils, est-ce que tu trouverais la voiture de ton beau-frère trop moche ? »

Hezuo continuait d'avancer la tête haute, elle avait le regard dur, fixé droit devant elle. Elle portait un pantalon gris clair, aplati d'un côté, bien rempli de l'autre, une tache de sang, à moins que ce ne fût de la teinture d'iode, transparaissait. J'éprouvais pour elle une réelle compassion, mais mon cœur était plein en même temps de répulsion à son égard. Sa nuque bleutée que laissaient voir ses cheveux coupés court, ses oreilles maigres, sans lobes, cette verrue sur sa joue avec deux poils noirs, l'un plus court que l'autre, et cette odeur qui émanait de son corps, laissée par les différentes phases de la fabrication des beignets, tout cela me dégoûtait.

Jinlong avança la jeep, la plaçant au beau milieu de la route, il poussa la portière, sauta de voiture et resta à côté, les mains sur les hanches, l'air buté. J'hésitai un instant avant d'ouvrir à mon tour la portière et de sortir du véhicule.

À la voir rester ainsi sur ses positions, je me suis dit que si Huang Hezuo avait eu des pouvoirs magiques tels qu'on les décrit dans les légendes, elle aurait pu devenir une géante, me piétiner, piétiner Jinlong, aplatir sous ses pieds la jeep et passer tout droit son chemin, sans se détourner de son but. Le soleil couchant illuminait son visage. Ses sourcils trop fournis formaient presque un seul trait à leur naissance, elle avait les lèvres minces, ses yeux noirs pas très grands semblaient prêts à déborder de larmes. J'éprouvais de la compassion pour elle, je trouvais qu'elle n'avait vraiment pas la vie facile, mais mon cœur n'en restait pas moins empli de répugnance envers elle.

L'expression de contrariété apparue sur le visage de Jinlong se changea soudain en un sourire un peu léger, il usa d'une autre appellation :

« Jeune belle-sœur, je sais que te faire prendre place à bord d'une telle voiture, c'est te faire offense, je sais que tu méprises un peu le gars de la campagne que je suis et que tu préférerais rentrer en ville à pied plutôt que de prendre place dans ma voiture, mais si toi tu peux marcher, Kaifang ne le peut pas, lui, et par égard pour mon neveu ménage-moi une porte de sortie, à moi, son oncle. »

Jinlong s'avança, se pencha et prit dans ses bras Kaifang et Chien le Quatrième. Hezuo essaya bien de les retenir, mais l'enfant et son chien étaient déjà dans les bras de Jinlong. Ce dernier ouvrit la porte arrière et fourra son fardeau dans la jeep, l'enfant cria « Maman ! » avec comme des pleurs dans la voix. Le petit chien aboyait. J'ouvris l'une des portes latérales et, tout en la regardant avec rancœur, je lui dis sur un ton railleur :

« Je vous en prie, madame ! »

Elle eut un moment d'hésitation, Jinlong lui dit avec le même sourire léger :

« Tante de Huanhuan, si ce n'était la présence de l'oncle de Huanhuan, je vous aurais bien portée, vous aussi, jusque dans la voiture. »

Les joues de Hezuo s'empourprèrent brusquement. Elle jeta un bref regard à Jinlong, un regard si ambigu. Je savais, bien sûr, à quoi elle pensait. En fait, le sentiment de répugnance que j'éprouvais à son égard n'était pas lié à ce qui s'était passé entre elle et Jinlong, de la même façon que, si je tombais amoureux d'une femme mariée, je n'éprouverais pas d'aversion pour elle à cause des relations qu'elle aurait entretenues avec son époux avant moi. Hezuo finit quand même par monter en voiture, mais pas de mon côté, du côté de Jinlong. Je claquai ma portière. Jinlong ferma lui aussi la sienne.

La voiture démarra, elle progressait en vrombissant. Dans le rétroviseur du côté de Jinlong, je la voyais qui serrait contre elle notre fils, lequel avait son chien dans ses bras refermés, j'étais très contrarié, je ne pus retenir un grognement :

« Tu as poussé le bouchon un peu loin ! »

À ce même moment, la jeep roulait sur l'étroit petit pont en pierre. Elle ouvrit brusquement la portière, prête à sauter du véhicule. Jinlong tint le volant de la main gauche, tandis que son bras droit partait vers l'arrière, il l'attrapa par les cheveux. De mon côté, je me penchai soudain et la retins par le bras. L'enfant pleurait, le chien aboyait. La voiture arriva au bout du pont. Jinlong éleva son bras et me balança un coup de poing en pleine poitrine tout en me criant :

« Salaud ! »

Il sauta de la jeep, essuya de sa manche la sueur sur son front, donna un coup de pied dans la portière et tempêta :

« Toi aussi, tu es une salope ! Tu peux mourir, lui aussi, moi aussi, mais Kaifang ? Un enfant de trois ans, quels sont ses torts ? »

Kaifang pleurait dans la voiture, Chien le Quatrième aboyait avec rage.

Les mains dans ses poches, Jinlong fit deux tours sur lui-même, lâcha un « pfff ». Il ouvrit la portière, avança le haut du corps à l'intérieur de la voiture, avec un mouchoir il essuya les pleurs et la morve sur le visage de Kaifang tout en essayant de le consoler : « Allez, mon grand, c'est fini, ne pleure plus. La prochaine fois que tu reviendras, tonton viendra te chercher en Santana. » Il en profita pour donner une tape sur la tête de Chien le Quatrième tout en l'injuriant :

« Sale chien, merde alors, qu'est-ce que t'as à hurler comme ça ! »

La jeep volait, laissant derrière elle, dans un nuage de poussière, voitures à cheval, à âne, tracteurs à chenilles, monoculteurs, bicyclettes, passants. À cette époque-là, de la grand-route menant du village de Ximen au chef-lieu du district, seul le centre, large de cinq mètres environ, était goudronné, les côtés de la voie étaient encore en terre sablonneuse. [À présent, la route reliant le village de Ximen, zone spéciale de mise en valeur, à cette même ville est à huit voies en béton, bordée de houx bien entretenus, avec, distants de dix mètres, taillés en pagode, des genévriers, alors que sur le terre-plein central sont plantés des massifs de rosiers jaunes et roses.] La jeep ne cessait de vibrer, avec force grincements, Jinlong, comme s'il faisait la tête, conduisait à vive allure, de temps à autre il frappait le volant, le klaxon était parfois bref comme un jappement de chien ou bien strident comme un hurlement de loup. Agrippé à la barre en fer, j'y allai de l'humour :

« Hé, le gars, les vis des roues sont bien bloquées ?

– T'inquiète, répondit Jinlong, je suis champion du monde de course automobile. » Comme il disait cela, la voiture ralentit sensiblement. Après avoir traversé Lüdian, la route longeait, sinueuse, la rivière, la surface de l'eau était nimbée d'or. Une petite vedette peinte en blanc et bleu descendait le courant. Jinlong reprit la parole : « Kaifang, mon cher petit neveu, tonton est très ambitieux, il veut faire du canton de Dongbei un petit paradis sur terre, faire de notre village de Ximen la perle de la rivière, si bien que votre misérable chef-lieu de district en deviendra les faubourgs, tu me crois ou non ? »

Kaifang ne répondit rien. Je me retournai vers lui : « Tonton t'a posé une question ! » Mais ce petit drôle s'était endormi, il bavait sur la tête de Chien le Quatrième, le chien avait les yeux grands ouverts et le regard vague, il devait avoir le mal des transports ! Hezuo avait la tête tournée du côté de la rivière, je voyais la moitié de son visage où poussait cette verrue, elle faisait la moue, elle semblait encore en colère.

Alors que nous allions entrer en ville, nous aperçûmes Hong Taiyue sur un vieux vélo (relique de l'époque de l'« élevage en grand des porcs »). Il était coiffé d'un chapeau de paille tout défoncé, le dos courbé, il jouait des épaules tandis que ses pieds montaient et descendaient avec acharnement sur le pédalier, la sueur mouillait le dos de son vêtement tout couvert de terre jaune.

« Hong Taiyue, dis-je.

– Je l'avais vu, acquiesça Jinlong, il se rend sans doute au comité de district pour porter plainte.

– Contre qui ?

– Contre le premier venu. » Jinlong marqua une pause avant de reprendre en riant : « Lui et notre ancêtre sont les deux faces de la même pièce de monnaie. » Jinlong joua du klaxon et le dépassa comme l'éclair, il ajouta : « C'est impossible pour Taiyue de se mettre dans la position de l'aîné et pour Lan Lian dans celle du cadet, mais en fait ils sont frères dans l'infortune ! »

Je me retournai, je vis le vélo de Hong Taiyue chanceler à plusieurs reprises, mais ce dernier ne tomba pas. Il était déjà tout petit. Le son aigu de la bordée d'injures qu'il nous avait lancée au passage rattrapa la jeep :

« Ximen Jinlong ! J'encule tes ancêtres ! Espèce de fils de pute de rejeton de propriétaire foncier tyrannique…

– Ses litanies, je les connais par cœur, dit Jinlong en riant, en fait c'est un vieillard adorable ! »

Jinlong arrêta la voiture devant la maison, il n'arrêta pas le moteur, il dit :

« Jiefang, Hezuo, nous avons passé la trentaine et nous voici déjà quadragénaires, et dans cette vie nous avons au moins appris quelque chose, c'est que l'on peut toujours en vouloir à quelqu'un, mais il ne faut pas s'en vouloir à soi-même !

– Voilà une belle maxime, ajoutai-je.

– Du vent ! reprit-il. Le mois passé, à Shenzhen j'ai fait la connaissance d'une fille superbe qui avait cette phrase à la bouche : "Tu ne pourras pas me changer !" J'ai dit : "Je me changerai moi-même !"

– Qu'est-ce que ça veut dire ? demandé-je.

– Alors reste un imbécile ! » Il fit faire demi-tour à la jeep comme il eût fait tourner un taureau à l'aide d'un tissu rouge, il me tendit sa main gantée de coton blanc, serra les nôtres à deux reprises, en un geste bizarre et gauche, puis s'en fut. Une poule jaune d'une voisine, qui s'était faufilée sous la voiture, fut aplatie comme une crêpe. Il sembla ne pas s'en être rendu compte. Je ramassai la poule, allai frapper chez la voisine, personne ne vint ouvrir. Je réfléchis un moment, je sortis vingt yuans que je coinçai dans la patte de la poule, je fourrai le volatile sous la porte. À cette époque, on pouvait encore élever poules et oies au chef-lieu du district, mes voisins d'en face avaient épandu du gravillon dans la moitié de la cour et y élevaient deux autruches.

Hezuo était debout dans la cour, elle dit à notre fils et au chien :

« Voici notre maison. »

J'attrapai la boîte de vaccin antirabique dans ma serviette, la lui tendis en lançant d'un ton sec :

« Mets-la vite dans le réfrigérateur, il faut une piqûre tous les trois jours, surtout n'oublie pas.

– Ta sœur aînée a dit qu'on meurt à coup sûr de la rage ? » demanda-t-elle.

J'acquiesçai d'un signe de tête.

« N'est-ce pas justement ce que tu souhaites ? » répliqua-t-elle en s'emparant d'un geste brusque de la boîte de vaccin, elle se détourna et entra dans la cuisine où se trouvait le frigo.

Chapitre trente-neuvième

*Lan Kaifang est ravi à la vue de sa nouvelle maison.
Chien le Quatrième regrette son ancienne niche.*

Pour ma première nuit dans votre maison, je suis traité avec de grands égards. Moi, un chien, je vais dormir dans la chambre d'un être humain ! Quand ton fils a eu un an, il a été ramené au village de Ximen pour être élevé par ta mère, depuis il n'est jamais revenu, aussi, comme c'est le cas pour moi, cette maison lui semble étrangère, en même temps qu'elle excite sa curiosité. Je le suis, courant de-ci, de-là, très vite je me familiarise avec l'agencement des pièces.

Elle n'est vraiment pas mal du tout, cette demeure. Comparée à la niche sous l'auvent de la maison de Lan Lian au village de Ximen, c'est tout bonnement un palais. On entre dans une grande salle carrée au sol carrelé de rouge de Laiyang[1] luisant de cire sur lequel on glisse. Ton fils, en pénétrant dans la pièce, a été fasciné par ce sol, il a baissé la tête pour y regarder son reflet, j'ai fait de même. Puis il s'est mis à patiner, comme s'il glissait sur une surface gelée. Cette sensation m'a fait me souvenir vaguement de l'immensité de la rivière derrière le village de Ximen, de sa surface prise en glace, trans-

1. Pierre connue dans sa variante verte ; le rouge est plus rare.

parente comme du jaspe vert, au travers on pouvait apercevoir l'eau qui coulait lentement et les poissons nager avec plus de lenteur encore, l'image d'un énorme cochon apparaît petit à petit à la surface du marbre, j'en suis épouvanté, j'ai l'impression qu'il va me manger. Je relève la tête à la hâte, je ne le regarde plus. Je vois que le bas des murs tout autour est habillé de boiseries orangées en hêtre. Je vois aussi que le reste des murs ainsi que le plafond sont d'un blanc immaculé, je vois la suspension bleu pâle en forme de branche, comme une enfilade de clochettes de muguet. Je vois encore, accrochée sur le mur en face, une immense photo : une forêt, un étang d'eau verte, deux cygnes et, près de l'étang, un parterre de tulipes d'or. La pièce à l'est est un bureau exigu tout en longueur, dont l'un des murs est caché par des étagères qui ne portent que quelques dizaines de livres de formats différents. Contre un autre mur, il y a un lit et, à la suite, un bureau et une chaise. Le sol est en chêne de Mongolie, que l'on a vitrifié. Quand, du vestibule, on va vers l'ouest, il y a un couloir au fond duquel se trouve une chambre, à droite il y a une autre chambre, elles sont équipées d'un lit et leur plancher aussi est en chêne. Derrière l'entrée, c'est la cuisine.

Quel luxe, c'est top ! Telles sont mes réflexions sur le moment. Même si, peu de temps après, quand je ferai connaissance avec la maison des maîtres de ma sœur aînée, je comprendrai ce qu'il faut entendre par « décoration moderne », par « décoration somptueuse ». Mais bon, puisque votre demeure est aussi la mienne, et même si, comparée à celles des autres, elle peut paraître laide, à moi, elle me plaît. Un chien ne se plaint pas de la pauvreté de sa maison, surtout qu'en l'occurrence ce n'est pas le cas. Il y a quatre pièces principales, deux pièces dans l'aile est et trois dans l'aile ouest, une cour de trois cent cinquante mètres carrés, quatre gros sterculiers et, au milieu, un puits avec une source au débit vigoureux. Cette maison et cette cour sont là pour dire que toi, Lan Jiefang, tu vis bien, même si tu n'occupes pas un poste important dans l'administration, tu as tout de même des capacités, tu es un personnage.

Et puisque nous sommes un chien, quelle que soit l'importance de la demande, il nous faut remplir nos devoirs de chien, c'est-à-dire dans chaque endroit nouveau lever la patte pour marquer notre territoire. Il ne s'agit pas seulement de cela, mais aussi de pouvoir nous repérer à l'odeur au cas où, perdu, nous ne retrouverions plus le chemin de la maison.

La première pisse est pour la partie droite de la porte. Je lève la patte de derrière droite et pss, pss, en deux jets je te parfume l'air ambiant. Il me faut économiser mes munitions, il y a encore bien d'autres endroits à marquer de mon parfum. Le deuxième arrosage se fait contre les boiseries du salon, deux jets là aussi, l'odeur reste la même, économisons. Le troisième bénéficiaire est ta bibliothèque, Lan Jiefang. J'en suis juste au premier jet quand tu me décoches un coup de pied, je retiens la miction suivante. Durant la longue dizaine d'années qui devait suivre, je ne devais jamais oublier ce coup de pied-là. Bien que tu aies été le maître de cette maison, moi je ne t'ai jamais considéré comme tel, j'ai même fini plus tard par voir en toi un ennemi. Ma maîtresse a été tout naturellement cette femme avec une moitié de fesse, tandis que le garçon avec la moitié du visage bleu était mon deuxième maître. Quant à toi, merde, dans mon cœur, pfft, tu comptais pour rien.

Ta femme met une corbeille dans le couloir, elle tapisse le fond de la corbeille avec du papier journal, ton fils y place une balle en cuir, voilà ma niche. C'est bien sûr parfait, et nous avons même un joujou, c'est le début de la richesse. Mais les beaux jours ne durent qu'un temps, la moitié de cette première nuit ne s'est pas écoulée que tu jettes ma corbeille dans la pièce à charbon, dans l'aile ouest. Et pourquoi donc ? C'est que, dans le noir, je me suis mis à repenser à ma niche du village de Ximen, au giron tiède de ma maman chienne, à l'odeur de cette vieille femme si bonne. Je n'ai pu m'empêcher de gémir, les yeux pleins de larmes. Pourtant ton fils qui dort contre ta femme s'est bien levé, lui, au milieu de la nuit pour chercher sa grand-mère. Car enfin, les hommes et les chiens réagissent de la même façon ! Ton fils a déjà trois ans et moi, cela fait tout juste trois mois que je suis né, en l'honneur de quoi m'empêcherait-on de penser à ma mère ? D'autant plus que, si je languis de ma maman chienne, ta mère à toi me manque aussi. Mais parler de tout cela ne servirait à rien, au milieu de la nuit tu ouvres la porte, tu prends ma corbeille à deux mains et la jettes près du tas de charbon en m'injuriant : « Sale clébard, si tu cries encore, je t'étrangle ! »

En fait, tu ne dors même pas, tu t'es réfugié dans le bureau, sur la table est placé avec ostentation un exemplaire des *Œuvres choisies* de Lénine, ça alors, un type comme toi, qui a la tête farcie de pensées bourgeoises corrompues, lire Lénine ! Ah, pouah ! Tu as toujours bien su manœuvrer, tu t'es servi de ce prétexte pour éviter de dormir avec ma maîtresse. Tu restes là, à fumer cigarette sur cigarette, les murs de la pièce en sont tout jaunis, comme si on y avait appliqué un enduit.

De la lumière filtre par les fentes de la porte, traversant le salon, elle se glisse sous celle du couloir, accompagnée par l'odeur de la fumée. Certes, je pleure, mais j'accomplis en même temps mon devoir de chien. Je m'efforce de mémoriser l'odeur générale qui se dégage de ton corps, cachée sous celle du tabac et qui a une dominante âcre, alors que celle de ta femme, masquée par l'odeur de graillon et celle de la teinture d'iode, est à dominante acide, quant à celle de ton fils, elle est la synthèse de vos deux odeurs, et je la connais depuis longtemps. Au village de Ximen, je pouvais, en fermant les yeux, prendre dans ma gueule ses chaussures parmi tout un tas d'autres. Mais toi, pourtant, t'es un drôle de citoyen pour oser me faire déménager des pièces principales de la maison sur le tas de charbon dans l'aile ouest. Quel chien voudrait habiter dans la même pièce que les humains, à respirer l'odeur de leurs pieds ou de leurs pets, la puanteur qui se dégage de leurs aisselles, ou encore celle, acide, que leur bouche exhale ? Mais je suis encore bien petit. Si tu me laissais malgré tout passer, ne serait-ce qu'une nuit, dans la chambre, tu te montrerais charitable, mais toi, tu parles !... Cette hostilité entre nous date de ce jour-là.

Les pièces latérales sont sombres, mais pour le chien que je suis ce peu de lumière permet quand même de distinguer les objets. L'odeur du charbon est forte, s'y mêlent celle du salpêtre et celle de la sueur des mineurs, ainsi que l'odeur âcre du sang. Ce sont de gros morceaux de charbon brillants [à l'époque, on pouvait tout avoir par les coopératives d'approvisionnement et de vente, lesquelles géraient les matériaux]. Se chauffer avec un charbon de cette qualité n'est pas à la portée de tous les ménages. Je bondis hors de ma corbeille et me rends dans la cour, je vais renifler l'eau qui monte avec impétuosité du puits, puis le parfum des fleurs de sterculier, les remugles des latrines au pied du mur sud-ouest, l'odeur des ciboules et des épinards plantés dans un petit carré de potager, celle de la levure, des saucisses à l'ail, du riz sur provenant de l'aile est, ainsi que toutes sortes d'autres odeurs : celles du bois, des ustensiles en fer, des colles plastiques, des appareils électriques. Nous faisons pss, pss sur les quatre sterculiers, sur le portail, partout où c'est nécessaire. Nous avons marqué ainsi le territoire de notre maison, nous avons quitté le giron maternel pour un lieu inconnu, désormais il nous faudra nous débrouiller seul.

Nous faisons un tour de la cour pour nous habituer à l'environnement. En passant devant les pièces principales, dans un moment de faiblesse, nous nous ruons pour aller gratter à la porte tout en gémissant, mais nous nous reprenons bien vite.

Quand je retourne dans la corbeille dans l'aile ouest, j'ai l'impression d'avoir grandi. Je vois une moitié de lune grimper dans le ciel, face toute rouge, on dirait une jeune paysanne timide. Le ciel étoilé est d'une profondeur infinie, les fleurs mauves des sterculiers semblent, sous la lumière trouble de la lune, des multitudes de papillons vivants prêts à entamer leur danse gracieuse. J'entends les sons inconnus et mystérieux qui montent de la ville dans cette seconde partie de la nuit ; je renifle ces odeurs complexes, j'ai l'impression de me trouver dans un monde immense et nouveau, j'attends avec espoir le lendemain.

Chapitre quarantième

Pang Chunmiao verse des perles de larmes.
Lan Jiefang pose un premier baiser sur la bouche cerise.

Pendant six ans, moi, Lan Jiefang, de chef du bureau politique de la coopérative du district que j'étais au départ, j'ai en fait gravi très vite les échelons pour devenir vice-secrétaire du comité du Parti de cette même coopérative, puis responsable de cette institution et, dans le même temps, secrétaire du comité du Parti, et enfin vice-chef de district, chargé de la culture, de l'instruction et de la santé. Malgré les commentaires de toutes sortes que cela a suscités, je n'ai rien à me reprocher. Même si Pang Kangmei, laquelle de chef du département de l'organisation est devenue vice-secrétaire chargé du travail de l'organisation, a pu naître à l'hôpital du district parce que mon père y a conduit sa mère à dos d'âne, même si mon aîné Ximen Jinlong, de même mère que moi mais de père différent, entretient avec elle des relations privilégiées, même si je connais bien ses parents et sa sœur cadette, même si mon fils et sa fille sont dans la même classe, même si notre chien est né de la même mère que le sien, malgré tous ces « même si », c'est à la force du poignet que moi, Lan Jiefang, je me suis hissé au poste de vice-chef de district. Grâce à mes efforts, à mes capacités, aux relations que j'ai construites avec mes collègues et à l'appui des masses que j'ai su obtenir, et pour le dire d'une façon plus ronflante, grâce, bien sûr, à la formation qui m'a été donnée au sein de l'organisation et à l'aide de mes camarades, jamais je ne me suis servi de l'influence de Pang Kangmei. Elle semble d'ailleurs ne pas être bien disposée à mon égard. Peu après ma prise de fonction, je l'ai rencontrée par hasard dans la cour du comité du district, voyant que nous étions seuls, elle devait me dire ces mots inattendus :

« Monstre de laideur, j'ai voté contre toi, mais tu es quand même passé. »

Ce fut comme si j'avais reçu un coup de massue, sur le moment j'en suis demeuré sans voix. J'ai quarante ans, j'ai déjà pris de l'embonpoint, mes cheveux s'éclaircissent. Elle a le même âge que moi, mais est toujours aussi svelte, sa peau reste lustrée, son visage rayonne de jeunesse, le temps semble ne pas avoir laissé de trace sur son corps. Pétrifié, je l'ai regardée s'éloigner, avec son tailleur couleur café bien coupé, ses souliers en cuir marron à petits talons, ses mollets musclés, sa taille fine et son derrière rebondi, j'étais en proie à des sentiments contradictoires.

Sans cette affaire avec Pang Chunmiao, j'aurais peut-être grimpé plus haut encore, allant jusqu'à occuper le poste de chef dans un autre district, ou bien de secré-taire, au pire je serais à l'Assemblée populaire, à la Conférence consultative politique du peuple chinois, j'aurais une charge secondaire, je vivrais bien et j'entre-rais gentiment dans la vieillesse, alors qu'à présent j'ai défrayé la chronique, j'ai encaissé coup sur coup et je me retrouve terré dans cette petite cour à vivoter. Pour-tant je ne regrette rien.

[« Je sais que tu ne regrettes rien, dit Grosse Tête, en un certain sens tu es aussi un vrai gaillard. » Il a un

717

petit rire guilleret, je vois sourdre sur son visage l'expression qui était celle de notre chien, tout comme le négatif se transforme en image sous l'action du révélateur.]

Quand ce petit drôle de Mo Yan l'a amenée pour la première fois dans mon bureau, je devais prendre brusquement conscience à quel point le temps avait passé vite. J'avais toujours eu l'impression que j'étais un familier des Pang, il me semblait que je rencontrais souvent les membres de cette famille, mais lorsque je faisais des efforts pour me souvenir d'elle, l'impression qu'elle m'avait laissée était celle d'une petite fille marchant sur les mains à l'entrée de la cinquième usine de transformation du coton.

« Tu... Ça alors, comme te voilà grande !... » Je la considère des pieds à la tête comme fait quelqu'un de l'autre génération, je dis, en proie à mille sentiments : « À l'époque, tu as levé les jambes comme ça, comme ça... »

Un nuage rosé flotte sur son visage très clair, des gouttes de sueur perlent sur son nez. On est le dimanche 1er juillet 1990. La température est élevée, mon bureau se trouve au deuxième étage, la fenêtre ouverte donne sur un platane d'Orient à la couronne fournie, dans les branches les cigales y vont de leurs stridulations qui crépitent comme la pluie. Elle porte une robe rouge à l'encolure en forme de cœur bordée de dentelle, elle a le cou très fin, les clavicules creusées, à une cordelette rouge qui entoure son cou est suspendu un petit morceau de pierre vert émeraude qui doit être du jade. Des yeux immenses, une petite bouche, des lèvres pulpeuses. Elle n'est pas maquillée, ses dents semblent un peu serrées, elles sont très blanches. Fait inattendu, une grosse natte à l'ancienne pend derrière sa nuque, cela me fait une impression bizarre.

[Mo Yan, ce petit drôle, a écrit une nouvelle intitulée *La Natte*, dans laquelle il raconte les amours extra-conjugales d'un vice-chef du département de la propagande d'un comité de district et d'une jeune vendeuse de bandes dessinées à la librairie Chine nouvelle. Le dénouement de cette histoire est étrange, très différent de notre histoire à nous, mais il est clair qu'il l'a prise comme modèle. L'amitié avec un romancier peut mal tourner si l'on devient matériau pour ses écrits, merde alors, tu parles d'un loustic, celui-là !]

« Asseyez-vous, asseyez-vous. » Tout en servant du thé, j'ajoute : « Les années ont passé trop vite, petite Chunmiao, en un rien de temps te voilà devenue une jeune fille élancée et gracieuse.

– Petit oncle Lan[1], ne vous donnez pas cette peine, à l'instant le professeur Mo m'a offert de la limonade dans la rue, dit-elle en s'asseyant, réservée, tout au bord du canapé.

– Tu t'es trompée, tu t'es trompée, la façon dont tu l'as appelé est incorrect, dit ce petit drôle de Mo Yan, le chef de district Lan est du même âge que ta sœur aînée, et la mère du chef de district est la mère adoptive de ta sœur aînée !

– Tu dis n'importe quoi ! » Je lance un paquet de cigarettes Chine devant Mo Yan et poursuis : « Qu'est-ce que c'est que cette histoire de mère adoptive ? Nous n'avons jamais établi entre nous de liens aussi vulgaires. » Je pose devant elle une tasse remplie de thé Longjing et lui dis : « Appelle-moi comme tu veux,

1. L'appellation employée est « frère cadet de mon père ». Les termes désignant les liens de parenté sont très précis en chinois.

719

n'écoute pas ces croassements de corbeau… Il paraît que tu travailles à la librairie Chine nouvelle ?

– "Chef de district Lan". » Mo Yan fourre le paquet de cigarettes dans sa poche et prend une cigarette dans mon propre paquet en poursuivant : « Ça fait un peu trop bureaucratique, hein ? Mlle Pang, vendeuse au rayon de la littérature enfantine à la librairie Chine nouvelle, cheville des amateurs en arts et lettres et qui sait jouer du violon, danser la danse du paon, chanter des airs lyriques, et qui a même publié de la prose dans le supplément du journal de la province !

– Vraiment ? m'écrié-je, étonné. N'est-il pas dommage en ce cas de l'avoir affectée à la librairie Chine nouvelle ?

– Qui prétend le contraire ? réplique Mo Yan. Je lui ai dit : "En route, allons voir le chef de district Lan, demandons-lui de t'affecter à la station de télévision du district."

– Professeur Mo… » Elle est écarlate, elle me regarde et continue : « Je n'ai jamais dit ça…

– Tu n'as que vingt ans, c'est bien ça ? demandé-je. Tu devrais passer l'examen d'entrée à l'université ou à l'institut des arts.

– Je suis nulle en tout…, dit-elle en baissant la tête. C'est juste pour m'amuser, je ne réussirai pas les examens, une fois dans la salle j'ai le trac, je m'évanouis…

– Aller à l'université n'est pas une obligation, reprend Mo Yan. Les artistes ne sont pas formés à l'université, regarde, moi par exemple !

– Tu es de plus en plus sans vergogne, dis-je, quand on se vante et qu'on se fait mousser comme toi, on ne peut pas devenir un grand talent.

– Mais c'est que je suis quelqu'un de présomptueux et de méprisant, de fou furieux !

– Dois-je faire venir Li Zheng ? » dis-je.

Li Zheng est médecin traitant à l'hôpital psychiatrique de la ville, notre ami.

« Pas d'éclat, pas d'éclat, parlons de choses sérieuses, dit Mo Yan. Puisque nous sommes entre nous, je me permets de ne pas t'appeler "chef de district", mais "frère aîné". Frère aîné Lan, tu dois vraiment prendre soin de notre jeune sœur.

– C'est évident, dis-je, mais il y a la secrétaire Pang, je crains que ma contribution ne soit inutile, non ?

– C'est justement ce qui fait le charme de notre petite sœur Chunmiao, dit Mo Yan, elle ne sollicite jamais son aînée.

– Bon, dis-je, écrivain suppléant, qu'est-ce que tu as écrit récemment comme roman ? »

Mo Yan commence à raconter avec volubilité le roman qu'il est en train d'écrire, je fais celui qui écoute respectueusement, mais je pense à tout ce qui m'attache à la famille Pang.

Je jure devant le ciel qu'en cet instant-là je ne l'ai pas regardée comme une femme, et ce devait être le cas encore bien après ce jour-là. Je l'ai regardée avec sympathie, avec juste le sentiment que les choses humaines sont bien changeantes, le ventilateur sur pied posé dans un angle oscillait sans bruit, soufflant vers moi son parfum pur et frais, et j'en éprouvais une sensation d'euphorie.

Pourtant, deux mois plus tard, il devait en aller tout autrement.

C'est encore un dimanche après-midi, il fait tout aussi chaud, les stridulations des cigales se sont tues dans le platane, deux pies sautillent au faîte de l'arbre, jacassant avec bruit. Les pies sont des oiseaux de bon augure, leur venue me fait pressentir un bonheur proche. Elle arrive, seule, ce Mo Yan avec son bec de corbeau a intégré, grâce à mon appui, une classe pour écrivains dans une université, cela a permis de régler le problème des diplômes. À son retour, je devais l'aider à se reconvertir[1]. Pendant toute cette période, elle est venue me voir à plusieurs reprises, une fois avec une boîte de thé Tête de singe de Huangshan, me disant que c'était un cadeau offert à son père, parti faire un voyage là-bas, par un camarade d'armes. Je lui ai demandé des nouvelles de la santé de son père, elle m'a dit qu'elle était excellente, qu'il avait fait l'ascension sans canne. J'en ai été grandement surpris et admiratif, le son de sa prothèse heurtant le sol résonnait à mes oreilles. Je lui ai reparlé de cette histoire de télévision, je lui ai assuré que, si elle avait envie d'y aller, c'était une chose des plus simples, un mot et l'affaire serait réglée. Non, lui ai-je dit, que ma parole ait autant de poids, ce serait en fait grâce à la position de sa sœur. Elle s'est défendue, nerveuse : « Vous ne devriez pas prendre au sérieux ce que dit le professeur Mo Yan, vraiment, je n'ai pas de telles visées. » Elle a ajouté : « Je ne souhaite aller nulle part sinon rester à la librairie Chine nouvelle à vendre des bandes dessinées. Quand des enfants viennent en acheter, je leur en vends, quand il n'y a pas de clients, je les lis, et je suis très contente de mon sort. »

Cette librairie se trouve en face, un peu de biais, dans la rue de l'administration du district, à une distance à vol d'oiseau qui ne dépasse pas les deux cents mètres, chaque jour, quand j'ouvre la fenêtre, je peux apercevoir en contrebas ce vieux bâtiment à un étage. La peinture rouge des quatre idéogrammes de l'enseigne, calligraphiés dans le style de Mao, s'est écaillée, si bien que, de loin, on a l'impression qu'il leur manque des bras et des jambes. Cette jeune fille n'est effectivement pas comme les autres, alors que beaucoup de gens se creusent la cervelle, usant de toutes sortes de viles combines pour

1. Quitter son statut de paysan pour celui d'ouvrier ou de citadin.

722

nouer des relations avec la toute-puissante Pang Kang-mei, elle se garde de tout cela. Elle pourrait, sans que cela lui coûte le moindre effort, trouver un travail facile et grassement payé, mais non. Comment une jeune fille avec un tel contexte familial peut-elle manquer d'ambition à ce point, se contenter ainsi de son sort ? Une question grave se pose à moi : puisqu'elle n'a aucun service à me demander, pourquoi est-elle venue me trouver ainsi à plusieurs reprises ? Ces années de jeunesse devraient être celles des élans amoureux. C'est vrai, on ne peut dire d'elle qu'elle soit une beauté. Elle n'est pas une pivoine pimpante, mais elle dégage un air de pureté et de fraîcheur infinies, une délicatesse semblable à celle des chrysanthèmes. Les jeunes gens qui la courtisent sont-ils donc si rares qu'elle éprouve le besoin de nouer des relations avec un homme laid comme moi, avec la moitié du visage bleu et qui a déjà la quarantaine ? Si elle n'avait pas une sœur qui tient jusqu'à mon destin professionnel entre ses mains, cela pourrait se comprendre, mais puisqu'elle a bel et bien une telle sœur, c'est à n'y rien comprendre.

Elle est venue six fois en l'espace de deux mois, cela fait la septième. Les autres fois elle s'est assise à la même place que lors de sa première visite, vêtue de la même robe rouge, avec le même manque d'assurance, la même expression de réserve. Mo Yan l'a accompagnée deux fois, quand ce dernier est parti, elle est venue d'elle-même. Quand Mo Yan est là, sa bouche a une telle puissance de feu qu'aucun silence embarrassé n'est à redouter. En son absence, une certaine gêne s'installe. Je ne trouve rien d'autre à faire que prendre quelques livres concernant les arts et les lettres qui se trouvent sur l'étagère et de les lui donner, elle en feuillette un et dit qu'elle l'a déjà lu. Je lui en donne un autre et obtiens la même remarque. Je lui dis alors d'en chercher un elle-même qu'elle n'aurait pas lu. Un jour, elle a tiré de la rangée un *Manuel de prévention des maladies courantes des animaux domestiques* publié par la maison d'édition Lectures de nos campagnes en disant qu'elle ne l'avait pas lu. Je n'ai pu étouffer un rire et lui ai dit : « Tu es vraiment une drôle de fille. Eh bien, lis-le. » J'ai pris quant à moi une pile de documents que je me suis mis à parcourir en diagonale. Je la regardais à la dérobée, elle était assise, bien calée sur le canapé, les jambes serrées, le manuel posé sur ses genoux relevés, complètement absorbée dans sa lecture, elle lisait tout haut mais sans élever la voix, comme font les vieux paysans peu cultivés. J'ai ri en douce. Quelques rares personnes sont venues me trouver. À la vue de cette jeune fille, elles se sont montrées un peu embarrassées, mais lorsque je leur ai dit qu'il s'agissait de la cadette de Pang Kangmei, l'expression de perplexité qu'elles avaient d'abord affichée s'est changée immédiatement en une profonde déférence. Je savais bien, moi, à quoi elles pensaient. Elles ne s'imaginaient pas du tout qu'il pourrait exister entre le chef de district Lan et Pang Chunmiao un amour secret, elles pensaient que les relations entre le chef de district Lan et la secrétaire Pang n'étaient pas ordinaires. Il me faut reconnaître que si ce n'est pas à cause d'elle que je ne suis pas rentré chez moi le week-end, son apparition m'a toutefois encore moins donné envie de le faire.

Cette fois, elle ne porte pas cette robe rouge, je me dis qu'il faut voir là l'effet de la plaisanterie que j'ai faite à ce sujet la fois précédente. Je lui ai dit : « Chunmiao, hier j'ai téléphoné à oncle Pang pour qu'il t'achète une nouvelle robe. » Elle a répondu en rougissant : « Comment avez-vous pu faire une chose pareille ? » Je me suis empressé d'ajouter : « C'était pour te taquiner. » Cette fois, elle est vêtue d'un jean bleu foncé et d'un petit haut blanc à manches mi-longues, avec un décolleté en forme de cœur également, bordé de quelque dentelle tricotée, elle porte au cou le même jade vert au bout d'un cordon rouge. Elle est assise à la même place, son visage est anormalement pâle, elle a le regard fixe. Je m'empresse de lui demander : « Ça ne va pas ? » Elle me lance un coup d'œil, fait une moue et éclate en sanglots. Ce dimanche-là, certains font des heures supplémentaires. Complètement décontenancé, je m'empresse d'ouvrir la porte. Ses pleurs, pareils à un vol d'oiseaux, s'envolent jusque dans le couloir. Je me dépêche de refermer la porte. De ma vie je n'ai encore rencontré une situation aussi délicate, je me triture les mains, j'ai l'air d'un lion impatient qu'on vient d'enfermer dans une cage, je tourne en rond tout en l'exhortant tout bas : « Chunmiao, Chunmiao, ne pleure pas, ne pleure pas… » Elle pleure, sans retenue, de plus en plus fort. J'ai envie d'ouvrir de nouveau la porte, mais immédiatement je comprends qu'il ne faut absolument pas faire une telle chose. Je m'assieds à côté d'elle, ma main droite moite de sueur prend sa main droite glacée, mon bras gauche entoure ses épaules, ma main gauche lui tapote le dos, je l'exhorte à plusieurs reprises : « Ne pleure pas, ne pleure pas, si tu as un souci, dis-le-moi, à moi, ton grand frère, dans le district de Gaomi même la personne la plus effrontée n'oserait malmener notre petite Chunmiao. Dis à ton frère aîné qui t'a causé ce chagrin, j'irai lui dévisser la tête à cent quatre-vingts degrés… » Mais elle ne fait que pleurer. Elle pleure les yeux fermés, la bouche grand ouverte, pareille à une petite fille capricieuse. Ses larmes, comme des perles, coulent à la file. Je bondis sur mes pieds, pour me rasseoir. Une jeune fille pleurant à chaudes larmes sans retenue un dimanche après-midi dans le bureau du chef de district, cela rime à quoi ?

Je devais me dire par la suite que, si j'avais eu à ma disposition un emplâtre antalgique contre les blessures et les rhumatismes, j'en aurais décollé un pour le lui plaquer sur la bouche. Je devais me dire par la suite que, si sur le moment je m'étais montré plus déterminé, si j'avais, comme un kidnappeur, fait une boule d'une de mes chaussettes et la lui avais fourrée dans la bouche, les événements auraient pris un tout autre cours. Mais sur le moment j'ai choisi le moyen qui pourra sembler le plus stupide ou le plus intelligent selon le point de vue que l'on adopte : lui tenant une main, j'ai attiré son épaule vers moi et j'ai plaqué ma bouche sur la sienne…

Sa bouche est minuscule, la mienne énorme, elle la scelle, comme une tasse à thé recouvre une coupelle à vin. Ses pleurs se ruent avec violence dans ma gorge, provoquent un vrombissement dans mes oreilles, immédiatement après, ils résonnent encore un bref instant, elle ne pleure plus. Je suis alors anéanti par une sensation étrange que je n'ai jamais éprouvée à ce jour.

Bien que je sois marié et père d'un enfant, on criera peut-être au mensonge, mais pendant ces quatorze années de vie commune je ne me suis accouplé avec elle (je ne peux que le dire ainsi, car il n'y avait aucun amour là-dedans) que dix-neuf fois, quant à l'embrasser, je m'y suis forcé une fois, et encore, c'était après avoir vu un film étranger, sous l'influence d'une scène torride. Je l'ai enlacée, ai tendu mes lèvres vers elle. Elle tournait la tête en tous sens, elle a réussi à m'éviter, par la suite il m'est arrivé de rencontrer sa bouche dans un moment d'égarement, toutefois la sensation que j'en garde est celle de dents qui s'entrechoquent dans une relation pleine d'hostilité, de plus la puanteur de viande avariée exhalée par sa bouche m'a asphyxié tant et si bien que ma tête en bourdonnait. J'ai immédiatement relâché mon étreinte et j'ai abandonné toute velléité de ce genre. Dans cette vingtaine d'accouplements qu'on aurait pratiquement pu compter sur les doigts de la main, je me suis efforcé d'éviter sa bouche. Je l'ai exhortée à aller consulter un dentiste à l'hôpital, elle m'a regardé avec un air indifférent et m'a demandé : « Et pourquoi donc ? Mes dents sont en parfait état, pourquoi devrais-je aller voir un dentiste ? » J'ai dit : « J'ai l'impression que tu as mauvaise haleine. » Elle a rétorqué, furieuse : « Et toi, tu as la bouche pleine de merde. »

Comme je devais le dire par la suite à Mo Yan, ce premier baiser cet après-midi-là devait me bouleverser jusqu'à l'âme.

Je déguste, suce avec force ses lèvres délicates et charnues, on dirait que je voudrais l'avaler tout entière. Je comprends alors pourquoi, dans les romans de Mo Yan, des hommes fous de passion en viennent toujours à dire à la femme qu'ils aiment : « Comme je voudrais pouvoir t'avaler toute ronde ! » Pendant ce baiser, son corps se raidit soudain comme un piquet, elle a la peau glacée, mais très vite elle devient toute molle, son corps très maigre semble s'étoffer, ne plus avoir d'os, il est chaud comme un calorifère. Au début j'ai gardé les yeux ouverts, mais je les ai vite fermés. Ses lèvres gonflent dans ma bouche, sa bouche s'est ouverte, une fraîche odeur, pareille à celle d'un pétoncle, emplit ma cavité buccale. Sans qu'on me l'ait jamais dit, de moi-même j'enfonce ma langue dans sa bouche pour aller titiller la sienne, nos langues se trouvent, se prennent. Je sens son cœur palpiter comme un petit oiseau contre ma poitrine, à cet instant-là ses deux bras enserrent mon cou. J'oublie tout ce qui existe en ce monde, seuls comptent ses lèvres, sa langue, son odeur, sa chaleur, ses gémissements, ils ont pris possession de mon être tout entier.

Je ne sais combien de temps a duré cette séquence, tout est soudain interrompu par la sonnerie du télé-phone. Je relâche mon étreinte pour aller répondre, mes jambes sont prises d'une faiblesse et, alors que je ne m'y attends pas, je me retrouve à genoux. J'ai l'impression d'être en apesanteur, ce baiser m'a rendu léger comme une plume. Je ne réponds pas au téléphone, mais je débranche la prise pour mettre fin à cette maudite sonnerie. Je la vois, renversée sur le canapé, toute pâle, les lèvres rouges et enflées, on dirait une morte. Je sais, bien sûr, que tel n'est pas le cas, car des larmes roulent sur ses joues. Je les essuie avec un mouchoir en papier. Elle ouvre les yeux, ses bras frêles entourent mon cou, elle murmure : « J'ai la tête qui tourne. » En me levant, je l'emporte avec moi, sa tête s'est appuyée contre mon épaule, ses cheveux me chatouillent les oreilles. Dans le couloir retentit la voix sonore d'un employé qui aime chanter, ce petit gars est unique dans l'imitation des chants populaires du nord du Shaanxi, tous les dimanches après-midi je l'entends dans le cabinet de toilette rincer la serpillière tout en chantant : « À Xikou est parti mon frère aîné, moi, ta petite sœur, j'ai vraiment du mal à te retenir… »

Je sais que lorsque son chant s'élève, nous ne sommes plus que deux dans le bâtiment, alors il fait le ménage. Je retrouve ma raison, la repousse, entrebâille la porte. Puis je lui dis avec hypocrisie : « Chunmiao, je suis désolé, j'ai agi sous l'impulsion d'un moment… » Elle me demande en pleurant à chaudes larmes : « Tu ne m'aimes pas ? » Je m'empresse de répondre : « Oh si, je t'aime, je t'aime tant… » Elle veut se jeter dans mes bras, je lui saisis la main et lui dis : « Ma brave Chunmiao, l'employé va venir faire le ménage. Rentre d'abord, dans quelques jours je te parlerai longuement… » Après son départ, je reste cloué sur le fauteuil pivotant en cuir à écouter le bruit de ses pas s'estomper au bout du couloir.

Chapitre quarante et unième

Lan Jiefang, hypocrite, se moque de sa première épouse.
Chien le Quatrième se fait garde du corps de l'écolier.

En fait ce soir-là, dès que tu es arrivé au portail, j'ai senti sur ton corps une odeur agréable, non seulement pour les êtres humains, mais aussi pour les chiens. Cette odeur était bien différente de celle que tu pouvais contracter en serrant la main d'une femme, en déjeunant avec elle, en dansant enlacé à elle. Elle était même différente de celle après l'amour.

[« Rien ne saurait échapper à mon odorat », me dit Lan Qiansui, alias Grosse Tête, les yeux brillants, interrompant son récit.

Son expression et son regard me font comprendre que celui qui me parle n'est pas cet enfant surdoué mis au monde par Pang Fenghuang et dont les liens avec moi sont si complexes qu'il est impossible de les qualifier de quelque façon que ce soit, mais le chien que nous avons eu et qui est mort depuis de nombreuses années.

« Rien ne saurait échapper à mon odorat, reprend-il, sûr de lui. Pendant l'été de 1989, tu t'es rendu au bourg de Lü sous prétexte de superviser le travail, mais en fait c'était pour festoyer et jouer au poker avec tes potes, Jin

Douhuan et Lu Taiyu, respectivement secrétaire pour l'un et chef du bourg de Lü pour l'autre, sans oublier Ke Li Dun, responsable de la coopérative d'approvisionnement et de vente de ce même bourg. Presque tous les cadres du district, le week-end, se précipitaient à la campagne pour se distraire de cette façon. Je sentais sur tes mains les odeurs respectives de tes compagnons de plaisir, ils étaient tous venus à la maison, dans le magasin d'odeurs de mon cerveau les leurs étaient archivées. Une fois les odeurs reconnues, je pensais immédiatement à leurs visages, à leurs voix, tu pouvais donner le change à ta femme, à ton fils, mais pas à moi. À midi vous aviez mangé de la tortue pêchée dans la rivière et du poulet à l'étuvée, spécialité locale, et puis des larves de cigales et des chrysalides de vers à soie et des tas de bazars que, par flemme, je ne citerai pas ici. Tout cela, c'est des broutilles, ce qui est important, c'est que dans l'entrejambe de ton pantalon j'ai perçu une forte odeur de sperme froid et l'odeur du latex des préservatifs. Cela voulait dire qu'après avoir fait bonne chère vous étiez allés courir la gueuse pour "tirer du canon". Le bourg de Lü est au bord de la rivière, c'est une région qui offre une grande richesse de produits, le paysage est superbe, le long du cours d'eau se succèdent des dizaines d'estaminets et de salons de coiffure et de beauté, là de jolies filles pratiquent, plus ou moins ouvertement, le plus vieux métier du monde. De cela d'un accord tacite vous ne parlez pas. Moi, un chien, je ne me sens pas concerné par le problème de "nettoyage de l'industrie du sexe" et si je déballe tes aventures galantes, c'est afin de montrer que même si une femme a eu des rapports sexuels avec toi, son odeur est toujours restée extérieure à ta propre odeur, une bonne douche et un peu de parfum parvenaient pratiquement à l'éliminer, sinon à la masquer. »]

Mais il n'en alla pas de même cette fois-ci, ce n'était pas une odeur de sperme, ni l'odeur de ses sécrétions à elle, pourtant, de façon très nette, il y avait une odeur fraîche qui s'était mêlée à la tienne et qui l'avait transformée. J'ai compris alors qu'entre toi et elle s'était formé déjà un amour profond, et que ce sentiment s'était infiltré dans votre sang, dans votre moelle à l'un et à l'autre, et qu'aucune force au monde ne pourrait plus vous séparer.

L'expression que l'on pouvait lire sur ton visage ce soir-là était celle d'un combat perdu d'avance. Après le dîner, voilà que tu t'es mis à faire la vaisselle dans la cuisine, puis tu as cherché à savoir comment cela se passait pour ton fils à l'école. Ces manifestations inhabituelles ont touché ta femme, elle t'a préparé du thé sans qu'on le lui demandât, cette nuit-là tu as fait une fois l'amour avec elle. Selon tes calculs, c'était la vingtième fois que cela vous arrivait, ce devait être aussi la dernière. Vu la densité de l'odeur, j'ai estimé que la qualité de votre vie sexuelle, cette fois-ci, était à peu près satisfaisante, mais je savais que tout cela était peine perdue. En effet, au cours de ce processus, une sorte de mauvaise conscience relevant des règles de la bonne conduite devait inhiber momentanément la répugnance toute physiologique que tu éprouvais à son encontre, quant à l'odeur que cette autre femme avait infusée dans ton corps, elle n'était qu'à l'état embryonnaire, mais il était clair qu'au terme de sa germination, dès qu'elle aurait formé pousses et fleurs, aucune force ne pourrait plus te faire revenir auprès de ta femme. Au changement de ton odeur, j'ai pressenti que tu avais entamé une nouvelle vie, et que cela signifiait un arrêt de mort pour ta famille d'alors.

Cette question des odeurs est, pour un chien, d'une importance vitale. Nous percevons le monde, le connaissons par l'odorat, par lui nous jugeons de la nature des choses et décidons de l'attitude à adopter à leur égard, c'est instinctif chez nous, cela ne nécessite aucun entraînement. Si les gens dressent des chiens pour les employer à ces fins, ce n'est pas tant pour affiner leur odorat que pour les amener à exprimer par leur comportement ce que les humains au nez défaillant pourront alors appréhender grâce à eux rien qu'en les regardant. Ils les dressent ainsi, par exemple, à prendre dans leur gueule la chaussure d'un criminel cachée dans un tas d'autres chaussures. Si l'on se place du point de vue du chien, ce qu'il extirpe de la pile n'est pas une chaussure mais une odeur, or ce que l'homme, lui, voit, c'est l'objet. Alors cessez de trouver à redire au fait que je flaire toute chose à longueur de journée, et si je te raconte tout cela, c'est que je voulais te faire comprendre que, en présence d'un chien, tu n'as pas de secrets, tu es nu comme un ver.

Donc, ce jour-là, dès que tu as franchi la porte, il ne m'a fallu qu'une seconde pour reconnaître l'odeur de Pang Chunmiao, son image est alors apparue immédiatement dans mon cerveau. D'un autre côté, les vêtements qu'elle portait ce jour-là se sont faits de plus en plus nets, ce qui s'était passé dans ton bureau s'est déroulé devant mes yeux. J'en savais même encore plus que toi, car j'ai senti sur toi l'odeur de ses règles, et ce fait, toi, tu ne le connaissais pas.

Depuis mon arrivée chez vous jusqu'au jour où tu as embrassé Pang Chunmiao, pendant presque sept ans, de chiot tout duveteux je me suis transformé en un grand chien puissant. Ton bébé de fils est devenu, quant à lui, un écolier en quatrième année de primaire. Ce qui s'est passé entre-temps aurait pu donner matière à un gros pavé, mais, tout aussi bien, être réglé d'un jet de stylo. Il ne serait pas exagéré de dire que, dans cette petite ville de district, j'ai levé la patte sur chaque coin de rue, sur chaque poteau électrique, et qu'à chaque fois mes traces ont été recouvertes par celles d'autres chiens. La population de la ville était de plus de quarante-sept mille six cents âmes, à laquelle s'ajoutait régulièrement une population flottante de deux mille âmes. Quant aux chiens, on en comptait plus de six cents. Cette ville était la vôtre, mais aussi la nôtre. Vous y aviez vos rues, vos quartiers, vos organisations, vos dirigeants. Il en allait pratiquement de même pour nous.

Parmi les six cents chiens de la ville, les deux tiers étaient des locaux, ils s'accouplaient au hasard, leur lignée était anarchique, ils n'étaient pas très futés, poltrons, égoïstes, c'étaient des bons à rien. Il y avait encore plus de cent vingt bergers allemands à l'échine noire, mais peu étaient de pure race. Parmi les restants, on comptait une vingtaine de pékinois, quatre rottweilers à la queue dénudée, deux vizslas hongrois, deux huskys norvégiens, deux dalmatiens hollandais, deux sharpeïs, un chien de chasse anglais au poil doré, un chien de berger australien et aussi un dogue tibétain et une dizaine d'autres bêtes qui n'avaient de chien que le nom, comme ces chiens russes au museau pointu et ces chihuahuas. Il y avait en outre un chien d'aveugle jaune dont j'ignorais l'origine, il ne quittait pas d'une semelle Mao Feiying, sa maîtresse, lorsque cette dernière jouait du violon chinois sur la place, il restait bien tranquillement allongé à ses pieds et ne faisait aucun cas des chiens qui s'approchaient et se montraient un peu trop affectueux. Il y avait encore un basset hound, ce « gentleman anglais court sur pattes », nouvellement acquis par la patronne de l'institut de beauté habitant au bâtiment 1 de la cité des Pêchers. Cet animal avait les pattes courtaudes, le corps plat et long comme un banc. Sa forme en elle-même était déjà suffisamment laide, or, pour tout arranger, il avait des oreilles pareilles à des galettes et qui tombaient jusqu'à terre. Ses yeux étaient injectés de sang comme s'il avait de la conjonctivite. Les locaux formaient une horde d'écervelés, aussi la ville de Gaomi, la nuit, était-elle pratiquement notre royaume, à nous autres chiens-loups à l'échine noire.

Moi, Chien le Quatrième, je n'étais pas mal nourri dans votre maison, comme tu étais fonctionnaire, si tu ne te montrais pas généreux pour la « bouche » inférieure, tu l'étais pour l'autre bouche. Les jours de fête surtout, les mets exquis affluaient, dans des conditionnements de toutes sortes. Après le réfrigérateur, vous aviez installé un congélateur, de nombreuses denrées alimentaires n'en continuaient pas moins de s'avarier et de sentir mauvais. C'était pourtant de bonnes choses ! Poulet, canard, poisson étaient des marchandises répandues, nul besoin d'en parler, mais ces choses rares comme les sabots de chameau de Mongolie, les pattes de tigre du Heilongjiang, les pattes d'ours de Mudanjiang, les sexes de cerf des monts Changbai, les salamandres géantes de Guizhou, les méduses de Weihai, les ailerons de requin du Guangdong… tout cela, les mets les plus raffinés, à peine arrivé à la maison était placé au réfrigérateur ou au congélateur, mais finissait toujours dans mon estomac. Tu mangeais rarement à la maison. Ta femme était un ventre à beignets, elle les faisait frire, les vendait, en mangeait, elle se mettait rarement à préparer toute autre denrée. J'étais vraiment un toutou gâté sur le plan de la nourriture. De nombreux propriétaires de chiens avaient un statut plus élevé que le tien, mais aucun de leurs animaux ne mangeait aussi bien que moi. Je les entendais dire que, quand les gens offraient des cadeaux à leurs maîtres, il s'agissait d'argent ou de bijoux en argent et en or, alors que chez nous c'était de la nourriture. Autant dire que ces cadeaux, plutôt que d'être destinés à toi, Lan Jiefang, étaient offerts à moi, Chien le Quatrième. À manger ainsi toutes sortes de mets exquis, alors que je n'avais pas encore un an, j'étais devenu le plus gros des quelque cent vingt chiens-loups à échine noire que comptait la ville. À l'âge de trois ans, je faisais déjà soixante-dix centimètres de haut et mesurais cent cinquante centimètres de la tête à la queue, alors que je pesais mes soixante kilos. Toutes ces données avaient été mesurées par ton fils, elles n'étaient absolument pas exagérées ni falsifiées. J'avais deux oreilles pointues, des yeux marron-jaune, une grosse tête solide, des crocs blancs bien acérés, une grande gueule de crocodile, des poils d'un noir de jais sur l'échine alors que ceux du flanc étaient jaune paille, une queue pointue à l'horizontale et, bien sûr, un odorat et une mémoire peu communs. Pour être franc, dans toute la ville de Gaomi, il n'y avait que le dogue tibétain marron qui eût été capable de lutter avec moi, mais le type, parachuté de ses hauts plateaux enneigés sur ce rivage de la mer Jaune, était dans un état comateux à longueur de journée, il paraît qu'il s'agissait d'une forme d'ivresse liée à un excès d'oxygène, sans même parler de bagarre, quelques pas de course rapide le mettaient hors d'haleine. Sa maîtresse était la patronne de la boutique qui avait le monopole de la vente de la purée de piment de la marque Rouge, elle était la femme de Sun le Dragon, du village de Ximen, elle avait les cheveux teints en rouge, toutes les dents en or, c'était une habituée des instituts de beauté, le dogue la suivait partout en haletant tandis qu'elle avançait en dodelinant de son corps obèse. Si ce chien, sur les hauts plateaux, pouvait se mesurer avec un loup, une fois arrivé à Gaomi le gars ne pouvait que faire le toutou, la queue entre les pattes. J'en ai dit suffisamment, je pense que tu as compris ? Si les cadres de Gaomi relevaient tous de l'autorité de Pang Kangmei, les chiens de la ville, quant à eux, étaient sous ma domination. Mais comme, en fin de compte, les humains et les chiens appartiennent au même monde, les vies des uns et des autres se devaient d'être étroitement liées.

Je vais d'abord parler un peu de mon activité quotidienne consistant à accompagner ton fils jusqu'à l'école et à revenir le chercher. À l'âge de six ans, il était entré dans le meilleur établissement scolaire du district, l'école Phénix. Elle était située à deux cents mètres au sud-ouest de l'administration du district, formant avec elle et avec la librairie Chine nouvelle un triangle isocèle. À l'époque j'avais déjà trois ans, j'étais dans la fleur de l'âge. J'avais parcouru tout le territoire de la ville, et nous ne nous vantons pas si nous disons que cent chiens répondaient à un seul de nos aboiements. À un appel leur demandant de nous communiquer leurs positions respectives, en moins de cinq minutes, de tous les coins de la ville, les aboiements montaient comme en un immense chœur. On avait organisé une association canine avec pour pilier les chiens-loups à échine noire, nous en étions le chef, cela va de soi. Elle était divisée en vingt sections selon les rues et les quartiers, les présidents de chaque section étant tous des chiens-loups, quant aux fonctions de vice-président, comme il s'agissait d'un rôle de potiche, on les avait laissées aux chiens bâtards et aux métis sinisés, cela nous avait permis de montrer à quel point les chiens-loups étaient magnanimes. Tu veux savoir quand s'effectuait ce travail ? Je vais te le dire : c'était en général au petit matin, d'une heure à quatre heures, que ce fût par des nuits de lune brillante ou par des nuits étoilées, par des nuits d'hiver au vent froid et pénétrant ou par des nuits d'été pleines de vols de chauves-souris, si je n'avais rien de spécial à faire, je marchais, me faisais des amis, me battais, j'aimais, je tenais réunion… En tout cas, ce que les humains font, nous le faisions aussi. La première année je me faufilais à l'extérieur par l'égout, l'été de la deuxième année je mis fin à cette pratique déshonorante, je prenais mon élan à l'entrée de la porte de la pièce de l'aile ouest, je sautais d'abord sur la margelle du puits, puis, de là, en biais, je passais rapidement sur l'appui de la fenêtre, puis sur le faîte du mur, d'où je m'envolais pour atterrir au beau milieu de la spacieuse ruelle des Fleurs-Célestes devant votre porte. La margelle du puits, le rebord de la fenêtre, le faîte du mur étaient très étroits, quand je dis que je sautais dessus, en fait il s'agissait juste de les prendre comme point d'appui, comme fait une libellule glissant à la surface de l'eau, ou comme on court sur des rondins flottant dans le courant d'une rivière, mes gestes étaient beaux et précis, effectués d'une seule coulée. Au parquet du district sont conservés des documents vidéo de mes trois étapes pour sauter le mur. En effet, dans ce parquet, au bureau anti-corruption, il y avait un procureur ambitieux qui s'appelait Guo Hongfu ; il s'était déguisé en ouvrier électricien chargé de vérifier les lignes et il avait installé en cachette, sous l'auvent de ta maison, une caméra sténopéique punctiforme, qui ne devait trouver aucune preuve contre toi, mais avait filmé les trois étapes qui me permettaient de sauter le mur. Le chien de Guo Hongfu était vice-président de la section de notre cité des Prunus rouges, il s'agissait d'une petite chienne russe au pelage flamboyant, au museau pointu, qui aurait presque pu s'infiltrer dans ces hordes de renards de Hokkaido. Serré contre ses pieds dans la chambre à coucher, j'avais visionné la cassette vidéo. La même nuit, près de la fontaine sur la place des Fleurs-Célestes, elle m'avait dit avec force minauderies :

« Ah ! notre président, vos gestes pour franchir le mur en trois étapes sont si admirables, c'est à vous couper le souffle ! Mes maîtres ont repassé la séquence une bonne dizaine de fois d'affilée tout en applaudissant, mon maître a dit qu'il vous recommanderait pour participer à la grande démonstration des numéros d'acrobatie des animaux de compagnie. »

J'avais eu un grognement de dédain et avais dit sèchement : « Animaux de compagnie ? Est-ce que nous en serions un ? » Museau pointu avait compris qu'elle avait fait une gaffe, elle s'était empressée de s'excuser, elle balayait le sol de sa queue, charmante. Elle avait même sorti un joujou en caoutchouc qui sentait la crème de la poche de son gilet en laine naturelle, dont on disait que c'était sa maîtresse qui le lui avait confectionné tout exprès, et m'avait tendu l'objet, que j'avais refusé. En fait, ce genre de truc devient très vite un joujou pour chien-chien, il salit l'honneur de la gent canine.

Je vais parler tout de suite de mes activités consistant à accompagner ton fils jusqu'à l'école et à aller le rechercher le soir. Cesse de nous reprocher d'être trop bavard, si je n'explique pas toutes ces choses de façon claire, tu ne comprendras rien à la suite du récit.

Ton fils était vraiment un enfant très respectueux envers ses parents, quand il a commencé à aller à l'école, c'est ta femme qui le conduisait à vélo et allait le rechercher de même. Mais les horaires de l'école coïncidaient avec ceux du travail de ton épouse. C'était très dur pour elle. Or, quand les choses étaient trop difficiles, ta femme devenait ronchon, et quand elle devenait ronchon, elle s'en prenait à toi, et alors ton fils fronçait les sourcils, d'où l'on voit bien que l'enfant t'aimait. Il avait dit :

« Maman, tu n'as plus besoin de m'accompagner ni de venir me chercher, je peux me débrouiller tout seul. »

Ta femme avait répondu :

« Sûrement pas ! Si une voiture te renverse, qu'est-ce que tu feras, hein ? De même, si un chien te mord ? Si un enfant brutal te fait du mal ? Si une voleuse d'enfants t'enlève ? Et si un méchant te kidnappe ? »

Ta femme avait prononcé à la file cinq « si ». Il est vrai qu'à l'époque la sécurité n'était pas fameuse. Il y avait d'abord six marchandes ambulantes venues du sud qui traînaient dans la ville du district et qu'on nommait communément des « tapoteuses », elles étaient habillées en marchandes de fleurs, de bonbons, de volants au pied en plumes de poules colorées, elles gardaient sur elles un remède magique, et quand elles apercevaient un bel enfant, elles lui donnaient une tape sur la tête, et l'enfant devenait comme idiot et les suivait bien sagement. Et il y avait aussi l'histoire du fils de Hu Lanqing, directeur de la Banque du commerce et de l'industrie, qui avait été enlevé contre une rançon de deux millions de yuans, on n'avait pas osé avertir la police et, en fin de compte, on n'avait versé qu'un million huit cent mille yuans pour le retrouver. Ton fils avait tapoté son visage bleu en disant :

« Les voleuses ne volent que les jolis enfants, mais moi, même si je les suivais de mon plein gré, elles me chasseraient. Et s'il s'agissait d'un kidnapping, qu'est-ce que tu pourrais faire contre eux, toi, une femme ? Tu ne peux même pas courir », avait-il continué en regardant le derrière estropié de ta femme.

Elle en avait été peinée, ses yeux avaient rougi, elle avait dit en hoquetant :

« Mon fils, tu n'es pas laid, c'est moi, ta mère, qui suis moche, je n'ai qu'une fesse… »

Ton fils avait enserré de ses bras la taille de sa mère et lui avait dit :

« Maman, tu n'es pas laide, tu es la plus belle des mamans. Maman, vraiment, ce n'est pas la peine que tu m'accompagnes, je vais demander à notre Chien le Quatrième de venir avec moi. »

Les regards de ta femme et de ton fils s'étaient alors portés sur moi, j'avais aboyé avec assez de virilité pour leur montrer que je m'engageais à remplir ce devoir :

aucun problème, vous pouvez compter sur moi pour tout !

Ta femme et ton fils s'étaient avancés jusque devant moi. Le garçon avait passé ses bras autour de mon cou et avait dit :

« Petit Quatrième, tu veux bien m'accompagner jusqu'à l'école ? Maman n'est pas en bonne santé, c'est dur pour elle de travailler.

– Ouah ! Ouah ! Ouah ! » Mes aboiements avaient fait bruire les feuilles des sterculiers, fait pousser des cris d'effroi aux deux autruches dans la cour des voisins. Ils signifiaient : « Tout… ira… bien ! »

Ta femme m'avait tapoté la tête, j'avais remué la queue à son intention.

« Tout le monde a peur de notre petit Quatrième. N'est-ce pas, fiston ?

– Oui, maman, avait dit ton fils.

– Bon, petit Quatrième, je te confie Kaifang, vous venez tous les deux du village de Ximen, vous avez grandi ensemble, vous êtes comme deux frères, n'est-ce pas ?

– Ouah, ouah, c'est tout à fait ça ! »

Ta femme, un peu triste, m'avait caressé la tête, puis elle avait détaché la lourde chaîne de mon collier, m'avait fait un signe de la main pour m'inviter à la suivre, comme nous étions arrivés au portail, elle avait dit :

« Petit Quatrième, écoute bien : le matin je vais très tôt au travail vendre les beignets. Je préparerai votre déjeuner. À six heures et demie tu entreras dans la maison pour réveiller Kaifang, vous déjeunerez, à sept heures et demie vous partirez pour l'école. La clé de la maison sera autour du cou de Kaifang. Il faut absolument penser à fermer la porte, s'il oublie de le faire, tu le tireras pour l'empêcher de partir. Puis vous prendrez le chemin de l'école, ne suivez pas les raccourcis mais la grande rue, quitte à faire un détour, ce n'est pas bien grave, la sécurité avant tout. Sur la route marchez à droite, avant de traverser regardez d'abord à gauche, une fois au milieu regardez alors à droite, faites attention aux motos, surtout à celles conduites par ceux qui portent des blousons noirs en cuir, ce sont tous de vrais bandits, des daltoniens qui confondent le rouge et le vert. Quand tu auras conduit Kaifang jusqu'à la porte de l'école, petit Quatrième, tu courras un bout de chemin en direction de l'est, tu traverseras la rue, puis tu continueras en direction du nord jusqu'au restaurant de la gare, je serai sur le bord de la place à faire frire des beignets, tu aboieras deux fois en ma direction, alors je serai rassurée. Après quoi tu rentreras au plus vite à la maison. Tu prendras le raccourci depuis la ruelle du marché Nongmao tout droit vers le sud, quand tu auras traversé le pont sur la rivière des Fleurs célestes, tu prendras vers l'ouest et tu seras rendu à la maison. Te voilà grand, tu ne peux plus passer par l'égout, et même si tu le pouvais, je ne te laisserais pas faire, c'est trop sale. Comme le portail sera fermé à clé, tu ne pourras pas entrer. Je sais que je vais t'ennuyer, mais il te faudra attendre mon retour assis devant l'entrée. Si tu crains le soleil, tu te mettras de l'autre côté de la ruelle, à l'extérieur du mur de la voisine de la maison de l'est, il y a un pin stupa qui te donnera de l'ombre. Tu pourras somnoler allongé dessous, mais surtout il ne faudra pas t'endormir pour de bon, il te faudra monter la garde de notre maison. Il y a des voleurs qui sont munis de passes, ils jouent les habitués du foyer, frappent, et si personne ne vient ouvrir, ils forcent alors la porte. Tu connais toute notre parenté, il te suffira de regarder si un inconnu essaie de forcer la porte avec un outil, tu n'iras pas par quatre chemins, tu t'approcheras de lui et le mordras. À onze heures du matin je serai de retour, tu pourras te désaltérer un peu, et tu prendras immédiatement le raccourci pour te rendre à l'école et ramener

Kaifang à la maison. L'après-midi, après l'avoir recon-
duit à l'école, il te faudra encore venir aboyer deux fois
de mon côté, puis tu reviendras en courant pour garder
la maison un moment, avant de courir de nouveau
jusqu'à l'école. À l'école primaire Phénix, il n'y a que
deux cours l'après-midi, après la classe il est encore
très tôt, il faudra le surveiller, qu'il rentre à la maison
faire ses devoirs, ne pas le laisser traîner… Petit Quatrième, petit Quatrième, tu as bien compris ?

– Ouah, ouah, ouah, j'ai bien compris. »
Tous les matins, avant d'aller travailler, ta femme
posait le réveil sur le rebord extérieur de la fenêtre et
m'adressait un sourire. Pour un chien, le sourire de sa
maîtresse est toujours beau. Je la suivais du regard,
ouah, ouah, au revoir ! Ouah, ouah, sois tranquille !
Son odeur quittait la ruelle pour se diriger vers le nord,
puis vers l'est, puis de nouveau vers le nord. L'odeur
s'atténuait, se mêlait aux effluves matinaux de la ville,
devenait un fil ténu. Si je l'avais pistée, concentrant toute
mon énergie, elle m'aurait mené jusqu'à sa bassine à
friture devant la porte du restaurant de la gare, mais
c'était inutile. Je faisais un tour dans la cour, j'avais le
sentiment d'être le maître de maison. Le réveil sonnait
avec violence. Je faisais irruption dans la chambre de
ton fils, une odeur d'enfant m'assaillait. Je ne voulais
pas aboyer trop fort de peur de l'effrayer. Comme
j'étais gentil avec lui ! J'allongeais la langue et léchais
son petit visage bleu couvert d'un fin duvet. Il ouvrait
les yeux et disait : « Petit Quatrième, c'est l'heure ?
– Ouah, ouah, lui répondais-je en prenant une petite voix,
debout, c'est l'heure. » À la suite de quoi il s'habillait,
se brossait vaguement les dents, faisait une toilette de
chat. On mangeait, c'était pratiquement toujours du lait
de soja et des beignets ou du lait de vache et des beignets. Parfois je mangeais avec lui, parfois non, je

savais ouvrir le réfrigérateur et le congélateur. Il fallait sortir à l'avance les produits congelés et attendre qu'ils soient décongelés pour les manger, sans quoi les dents auraient eu à en pâtir. Protéger ses dents, c'est protéger sa vie.

Le premier jour nous empruntâmes l'itinéraire donné par ta femme, car son odeur n'était pas très loin derrière nous. Elle nous suivait, nous observant, on peut comprendre le cœur d'une mère. Je marchais derrière ton fils, à une distance d'un mètre. Au moment de traverser une rue, je regardais de tous côtés tandis que mes oreilles ne chômaient pas non plus. Une voiture située à deux cents mètres roulait vers nous sans excès de vitesse, nous aurions pu tout à fait traverser, c'est ce que pensait faire ton fils, mais je le retins en prenant son vêtement entre mes dents. « Petit Quatrième, qu'est-ce que tu fabriques ? demanda ton fils. Poltron, va ! » Mais je ne le lâchai pas, je voulais rassurer ma maîtresse. Je ne desserrai les dents que lorsque la voiture fut passée, puis, prenant une expression de vigilance extrême, comme si j'étais prêt à tout moment à sacrifier ma vie pour sauver mon maître, je traversai avec ton fils. D'après l'odeur que dégageait ta femme, je sus qu'elle était rassurée. Elle nous suivit jusqu'à la porte de l'école. Je la vis filer sur son vélo, tourner à l'est en direction du nord. Je ne marchai pas, mais la suivis au petit trot en gardant une distance de cent mètres. J'attendis qu'elle eût posé sa bicyclette, revêtu ses habits de travail, qu'elle se fût postée devant sa bassine et qu'elle se mît à travailler, alors je courus en bondissant jusqu'à elle. « Ouah, ouah ! », je lançai deux petits jappements pour la prévenir, afin de la rassurer. Un sourire de soulagement apparut sur son visage, dans son odeur il y avait un parfum d'amour.

À partir du troisième jour nous commençâmes à prendre le raccourci. J'avais réveillé ton fils à sept heures et non plus à six heures et demie. Vous allez vous demander comment je savais lire l'heure. Quelle bonne plaisanterie ! Il m'arrivait parfois d'allumer le poste de télévision pour regarder les matchs de football, je regardais la Coupe d'Europe, la Coupe du monde. Je ne regardais jamais la chaîne Nos amies les bêtes, tous ces trucs ne semblaient pas des chiens vivants, on aurait dit des joujoux électroniques en peluche. Putain ! Certains chiens deviennent les animaux favoris des hommes et il y arrive aussi que des chiens fassent des humains leurs animaux domestiques. Que ce fût à Gaomi, au Shandong, en Chine ou dans le monde, s'il était un chien qui agissait ainsi, c'était bien moi ! Le dogue, quand il était au Tibet, était l'égal des hommes, il était fort, il avait sa dignité, mais une fois à l'intérieur du pays il s'était avili, il n'y avait qu'à voir comment le type était toujours collé aux fesses de la femme de Sun le Dragon, sa tête féroce ne lui était d'aucune utilité, il était là à haleter très délicatement, à se tortiller, il avait la même maladie que Lin Daiyu[1]. Hélas, quelle pitié ! Ton fils, lui, est mon animal favori, ta femme également. Et ta petite maîtresse Pang Chunmiao l'est aussi. Si ce n'était nos relations anciennes, à te voir revenir ainsi tout imprégné de l'odeur fraîche de mulette de son corps et parler de divorce à ta femme, je t'aurais tué d'un coup de crocs.

Nous franchîmes le portail, traversâmes l'avenue du Temple-Longwang orientée est-ouest et marchâmes en direction du nord, nous prîmes la ruelle du Van, traversâmes le pont des Cent-Fleurs, et de l'ouest du marché Nongmao nous prîmes en direction du nord par la

1. L'héroïne tuberculeuse du roman *Le Rêve dans le pavillon rouge*, de Cao Xueqin (traduit par Jacqueline Alézaïs et Li Tchehoua, révisé par André d'Hormon, Gallimard, coll. « Bibliothèque de la Pléiade », 1979-1981, 2 vol.).

ruelle Tanhua, qui était assez longue, jusqu'à l'avenue du Peuple devant l'administration du district, nous tournâmes à gauche, deux cents mètres plus loin nous arrivions à l'école primaire Phénix. Bien que tout le long du trajet nous eussions avancé comme des poules en train de pondre, il nous avait fallu tout au plus vingt-cinq minutes. En courant, cela aurait pris quinze minutes. Je savais qu'après avoir été chassé de la maison par ta femme et ton fils, de la fenêtre de ton bureau, muni de jumelles de fabrication russe, tu nous regardais débou-cher de la ruelle Tanhua.

L'après-midi, après la classe, nous ne nous pressions pas pour rentrer à la maison. Ton fils ne cessait de demander : « Petit Quatrième, maman est où en ce moment ? » Je concentrais tous mes efforts pour trou-ver le fil de l'odeur de ta femme, en une minute je par-venais à la localiser. Si elle était devant sa bassine à frire les beignets, j'aboyais deux fois en direction du nord, si elle était vers la maison, mes aboiements étaient pour la direction opposée. Si elle était déjà rentrée, je tirais comme un beau diable ton fils pour le ramener au bercail, sinon, oh là là, alors nous batifolions.

Ton fils était vraiment un brave petit, il n'a jamais traîné dans la rue après l'école, cartable au dos, comme font les méchants enfants, d'un étal à un autre, d'un magasin à un autre. Sa seule faiblesse était d'aller à la librairie Chine nouvelle pour y emprunter des bandes dessinées et, à l'occasion, en acheter quelques-unes. La responsable des ventes et des prêts de ce rayon était ta petite chérie, mais à l'époque dont je parle elle n'était pas encore ta maîtresse. Elle était particulièrement bien avec ton fils, je sentais de l'affection dans son odeur, et ce n'était pas dû seulement au fait que nous étions de bons clients. Je n'avais pas fait trop attention à son visage, j'étais enivré par son odeur. J'avais bien en nez les deux cent mille odeurs de la ville, de celles des végétaux à celles des animaux, en passant par celles des minerais, des produits chimiques, sans oublier celles des denrées alimentaires, des produits de beauté, mais aucune de ces odeurs ne me plaisait autant que celle de Pang Chunmiao. Pour être juste, dans toute la ville il devait y avoir une quarantaine de belles femmes dont l'odeur était magnifique, mais brouillée, pas assez pure, certaines au moment où on les respirait étaient agréables, mais déjà elles s'altéraient. Seul le parfum qui émanait de Pang Chunmiao était frais et pur comme l'est la source qui coule dans la montagne ou le vent qui passe dans les pins, il ne subissait pas d'altération. J'aspirais à recevoir d'elle quelques caresses, mais bien sûr ce désir n'avait rien de commun avec celui que peuvent éprouver ces animaux favoris dont je parlais, je… et puis merde, les chiens les plus imposants ont aussi leurs moments de faiblesse. Normalement, en tant que chien, je n'aurais pas dû entrer dans la librairie, mais Pang Chunmiao m'avait accordé ce privilège. C'était le lieu commercial le plus désert de la ville du district, il n'y avait en tout et pour tout que trois vendeuses, deux femmes d'un certain âge et Pang Chunmiao. Les deux premières flattaient leur jeune collègue, nul besoin d'expliquer pourquoi. Mo Yan, ce petit drôle, comptait parmi les rares habitués de la librairie, c'était le lieu où il pouvait parader, allez savoir si son attitude vantarde était quelque chose de profondément ancré en lui ou bien si cela relevait de la moquerie spontanée. Il aimait bousculer les expressions toutes faites pour produire un effet drolatique. C'est ainsi qu'une locution comme « Tous deux sont trop jeunes pour penser à mal » devenait « Tous deux sont trop jeunes pour penser… », de même les formules « Au premier regard tomber amoureux » et « Le chien profite de la puissance de son maître » se transformaient respectivement dans sa bouche en « Au premier regard tomber… » et « Le chien profite de la puissance… ». Son arrivée transportait de joie Pang Chunmiao et, bien sûr, les deux autres vendeuses suivaient le mouvement. Du personnage on aurait pu dire, pour reprendre sa façon à lui de s'exprimer, qu'il était « laid comme un… », mais c'était justement cet homme « laid comme un… » qui, curieusement, plaisait à cette jeune fille à l'odeur si magnifique. La raison était aussi à chercher du côté de l'odeur. Celle qui se dégageait de la personne de Mo Yan faisait penser à celle de ces constructions en terre où les planteurs de tabac font griller les feuilles récoltées. Or Pang Chunmiao était une accro de la nicotine qui s'ignorait.

Un jour, Mo Yan avait aperçu Lan Kaifang plongé dans la lecture d'une bande dessinée devant le comptoir de prêt dans un coin de la salle, il s'était avancé pour lui tirer l'oreille. Puis il avait expliqué à Pang Chunmiao qu'il s'agissait du fils du responsable Lan de la coopérative du district. La jeune fille avait répondu qu'elle l'avait deviné depuis longtemps. C'est alors que j'avais jappé par deux fois pour attirer l'attention de Kaifang sur le fait que sa maman avait terminé sa journée, son odeur s'était déjà déplacée jusqu'à l'entrée de la compagnie de fournitures électriques Wujin, et si l'on tardait à se mettre en route, on ne pourrait pas la gagner de vitesse. Pang Chunmiao avait dit : « Lan Kaifang, rentre vite chez toi, ton chien te le rappelle. » Elle avait ajouté à l'intention de Mo Yan : « Ce chien est vraiment intelligent, parfois Kaifang est perdu dans sa lecture, et si l'enfant ne réagit pas à ses appels, il entre en courant, l'attrape par son vêtement et le tire à l'extérieur. » Mo Yan avait avancé la tête pour me regarder et avait dit : « Ce type est vraiment méchant comme la… » Mo Yan « laid comme un… » avait donc dit de moi que j'étais « méchant comme la… », quant à Pang Chunmiao, qui « avait l'âge d'un jeune… », elle m'avait adressé un sourire. Mo Yan « laid comme un… » avait dit avec un soupir d'admiration « venu du fond du… » : « C'est vraiment un brave chien ! Il se donne corps et… à son jeune maître. » Et les deux autres d'éclater de rire, ah, ah, ah !

Chapitre quarante-deuxième

Lan Jiefang fait l'amour au bureau.
Huang Hezuo vanne les haricots dans la pièce laté-
rale est.

Après ce premier baiser, j'ai pensé reculer, fuir, j'étais heureux et effrayé, et, bien sûr, bourrelé de remords. Mon accouplement avec ma femme, le vingtième et qui devait être le dernier, fut le produit de cet état d'esprit contradictoire. Malgré tous mes efforts pour faire au mieux, finalement l'affaire devait être bâclée.

Pendant les six jours qui suivirent, que je fusse à la campagne ou en réunion, en train de couper un ruban ou de participer à un banquet, que je fusse assis en voiture ou sur un tabouret, debout ou en train de marcher, éveillé ou endormi, mon esprit était plein de l'image floue de Pang Chunmiao (plus mes liens avec elle se faisaient étroits, plus son image devenait vague), j'étais plongé dans le même état de bouleversement que lorsque je me trouvais avec elle. Je savais que, de toute façon, je ne pourrais pas y couper. Et même si une voix me mettait en garde : « Restes-en là, restes-en là », elle se faisait de plus en plus faible.

Ce dimanche à midi, des officiels sont venus de la préfecture, je me suis rendu au banquet donné dans la résidence des hôtes de l'administration du district, dans la grande salle du bâtiment des hôtes de marque j'ai rencontré Pang Kangmei. Elle portait une longue robe bleu foncé et au cou un collier de perles à l'orient discret, elle était légèrement maquillée, pour parler comme ce petit drôle de Mo Yan, « femme charmante entre deux... elle n'est pas trop défraî... ». Dès que je l'ai vue, mon cerveau a été comme dans du coton. L'invité, un chef de service du département de l'organisation du comité provincial, a travaillé autrefois à Gaomi, il s'appelle Sha Wujing, nous avons entretenu une amitié pendant les trois mois où nous avons été camarades dans l'école du comité provincial du Parti, il s'agit bien d'un hôte de marque du département de l'organisation, mais comme il a manifesté expressément le désir de me rencontrer, je suis venu lui tenir compagnie. Pendant ce repas, je me suis senti sur des charbons ardents, je n'arrivais pas à m'exprimer et ma langue fourchait, j'avais l'air d'un idiot. Pang Kangmei présidait, assise confortablement, elle exhortait tout le monde à boire et à manger, elle enchaînait les mots d'esprit, si bien que le chef de section en restait muet, le regard égaré. Pendant le banquet, je me suis aperçu, par trois fois, qu'elle me jetait des regards appuyés et glacés qui m'ont percé comme auraient fait des forets. La fin du repas tant attendue est enfin arrivée, et elle a accompagné le chef de section jusqu'à sa chambre, souriante, elle a salué tout le monde. Sa voiture était là la première, au moment de prendre congé d'elle j'ai senti de la répugnance dans sa poignée de main, elle devait pourtant me dire sur un ton plein de sollicitude : « Ah, vice-chef de district Lan, vous n'avez pas bonne mine, si vous êtes malade, ne laissez pas cela traîner ! »

Assis dans la voiture, je pèse les mots qu'elle a prononcés et j'en ai froid dans le dos. Je ne cesse de me faire cette mise en garde : « Lan Jiefang, si tu ne veux pas perdre ton rang et ta réputation, il va te falloir freiner des quatre... » Mais voilà, quand je me retrouve debout à la fenêtre du bureau, à regarder en direction du sud-est la peinture bariolée de l'enseigne de la librairie Chine nouvelle, toutes mes craintes et mes inquiétudes s'envolent, pour ne plus laisser place qu'à la pensée d'elle, pensée à jamais gravée en moi, sentiment que je n'ai jamais éprouvé pendant ces quarante années de ma vie. Je prends les jumelles à fort grossissement en usage dans l'ex-armée soviétique et qui ont été achetées, à ma demande, en Mandchourie, règle la distance focale et braque l'objet sur l'entrée de la librairie. Les battants de la porte brune pourvus de poignées en fer sont entrebâillés, les poignées sont couvertes de taches de rouille, parfois quelqu'un sort, alors mon cœur se met à battre la chamade, j'espère ardemment que sa silhouette élancée se montrera, qu'elle traversera la rue légère et gracieuse et que, toujours aussi légère et gracieuse, elle arrivera près de moi, mais ce sont d'autres personnes qui sortent de la librairie, des lecteurs au visage inconnu, jeunes ou personnes âgées des deux sexes. Ces visages offerts à mon regard ont tous une expression assez semblable, à la fois morne et mystérieuse. Je ne peux alors m'empêcher de donner libre cours à des idées insensées : se serait-il passé un incident à la librairie ? Lui serait-il arrivé quelque chose de fâcheux ? À plusieurs reprises je pense me rendre sur les lieux sous le prétexte d'acheter des livres afin de voir de quoi il retourne au juste. Mais le peu de lucidité que je conserve me retient de le faire. Je regarde la pendule murale électronique, il est tout juste treize heures trente, il reste encore une heure et demie avant l'heure fixée pour le rendez-vous. Je pose les jumelles avec l'idée de me forcer à faire un petit somme sur le lit de camp placé derrière le paravent. Mais je ne parviens pas à me calmer. Je me lave les dents, la figure, me rase, me coupe les poils du nez. J'examine mon visage dans le miroir, il est à moitié rouge, à moitié bleu, vraiment laid, je me mets à l'injurier : « T'es vraiment le musée des horreurs ! » Toute mon assurance va s'écrouler en un instant. Malgré moi, je repense aux propos irréfléchis que m'avait tenus ce garnement de Mo Yan, visiblement pour me flatter : « Mon vieux, avec votre visage, qui tient pour moitié de Guan Yu et de l'autre de Dou Erdun[1], très viril, vous êtes un tombeur. » Je sais fort bien que ce sont là des paroles en l'air, mais ma confiance en moi revient peu à peu. À plusieurs reprises je crois entendre le bruit clair de pas qui se rapprochent depuis le bout du couloir, je me précipite pour ouvrir la porte et aller à sa rencontre, mais je ne vois que le couloir vide. Je prends place là où elle s'est assise et, pour supporter les affres de l'attente, je feuillette ce *Manuel de prévention des maladies courantes des animaux domestiques* qu'elle a lu avec tant de sérieux, l'expression qu'elle avait alors passe devant mes yeux. Le livre porte la trace de son odeur et ses empreintes. « La peste porcine : il s'agit d'une maladie à propagation virale, qui se déclare rapidement et pour laquelle le taux de mortalité est très élevé… » Et elle trouve du plaisir à de telles lectures, c'est vraiment une drôle de fille…

J'entends enfin des coups bien réels frappés à la porte. Je ressens un froid extrême, je tremble de tout mon corps, en claque des dents malgré moi, j'ouvre précipitamment la porte, son sourire charmant gagne tout droit mon âme. J'oublie tout, les paroles que j'ai préparées, les sombres allusions de Pang Kangmei,

1. Guan Yu, général célèbre, allié de Liu Bei, mort dans une embuscade en 219, est considéré comme le dieu de la guerre et une haute figure de la mythologie populaire. Dou Erdun, paysan pauvre travaillant pour un propriétaire foncier, expert en arts martiaux, se fit brigand et se révolta contre les Qing et contre la tyrannie.

cette peur, comme celle qu'on éprouve devant un abîme. Je l'enlace, l'embrasse. « Enlace-moi », « Embrasse-moi ». Nous flottons sur un petit nuage, sombrons au fond de l'eau. « Je ne veux rien d'autre que toi. Je n'ai plus peur de rien, je ne veux que toi… »

Entre les baisers nous ouvrons les yeux, nous regardons, si proches. Des larmes ? Elles sont léchées, le goût est frais et salé. « Ma petite Chunmiao, pourquoi ? Est-ce un rêve, pourquoi ? » « Grand frère Lan, je suis à toi, tout entière, prends-moi… » Je lutte de toutes mes forces, tel un homme en train de se noyer qui voudrait saisir une paille de riz mais n'en trouve pas. Et de s'embrasser de nouveau. Après de tels baisers où l'on croit frôler la mort, la suite devient inévitable.

Nous sommes allongés enlacés sur l'étroit lit de camp, sans être gênés par l'exiguïté de la couche. « Chunmiao, ma douce petite sœur, j'ai vingt ans de plus que toi, je suis un être laid, j'ai peur de te faire du mal, je mérite la mort… » Ce sont des propos incohérents. Elle me caresse le menton, le visage. Sa bouche contre mon oreille, elle me souffle dans un chatouillement : « Je t'aime…

– Mais pourquoi ?

– Je n'en sais rien.

– Je saurai me montrer responsable…

– C'est inutile, je suis consentante. Après l'avoir fait cent fois, je te quitterai. »

On dirait un vieux bœuf affamé en face de cent brins d'herbe tendre.

Nous arrivons vite à cent, mais il nous est impossible de nous séparer.

Ces premiers cent atteints, nous voudrions que cela ne finisse jamais. Tout en me caressant, elle me dit en pleurs : « Regarde-moi bien, il ne faudra pas m'oublier…

– Chunmiao, je veux t'épouser.

– Je ne veux pas.

– J'ai déjà pris ma décision, ajouté-je, quand bien même ce qui nous attend serait un gouffre de dix mille pieds, je n'ai pas d'autre choix.

– Alors on sautera ensemble », réplique-t-elle.

Le soir, de retour à la maison, j'abats mes cartes devant ma femme. Elle est en train de vanner des haricots mungos dans la pièce latérale. C'est un travail qui demande beaucoup d'adresse, mais elle s'avère très experte. À la lumière de la lampe, suivant le mouvement de vibration que ses mains impriment au van de gauche à droite et de haut en bas, des milliers et des milliers de grains sautent, roulent en avant, en arrière. Les impuretés qui se trouvent parmi les haricots s'envolent par la bouche du van.

« Pourquoi fais-tu ça ? demandé-je pour dire quelque chose.

– Ce sont des haricots que le grand-père a fait porter. » Elle me lance un coup d'œil, elle ôte un gros gravillon du van et ajoute : « Ces haricots ont été plantés par le grand-père, toute autre chose peut bien pourrir, mais cela, on ne peut le laisser se gâter, je les vanne, je vais les faire germer pour Kaifang. »

Et elle reprend son mouvement, on entend le frottement des haricots sur le van.

« Hezuo, dis-je avec une soudaine détermination, autant divorcer. »

Elle suspend son geste, elle reste à me regarder avec stupeur, comme si elle n'avait pas compris ce que je lui ai dit. J'insiste :

« Hezuo, je suis indigne de toi, divorçons. »

Le van s'abaisse lentement devant sa poitrine, s'abaisse encore, quelques grains se mettent à rouler, puis des dizaines, des centaines, puis des myriades de grains se déversent sur le sol en une cascade verte, roulent sur le revêtement en pierre polie.

Le van s'échappe de sa main. Son corps se met à osciller, en rupture d'équilibre, comme je m'apprête à aller la soutenir, elle s'est déjà appuyée sur la planche à hacher où sont posés quelques oignons ainsi que des beignets ratatinés. Une main sur la bouche, elle se met à sangloter, tandis que des larmes jaillissent dans ses yeux. Je lui dis :

« Je te demande vraiment pardon, mais je te supplie de te montrer coopérative. »

Elle ôte avec violence sa main de devant sa bouche, de son index droit recourbé elle évacue les larmes sous son œil droit, elle fait de même avec son index gauche pour l'œil gauche et siffle entre ses dents :

« Tu devras attendre ma mort ! »

Chapitre quarante-troisième

Huang Hezuo fait des galettes pour déverser sa colère.
Chien le Quatrième boit pour épancher sa tristesse.

Alors que, imprégné de la violente odeur restée sur toi après avoir fait l'amour frénétiquement avec Pang Chunmiao, tu abats tes cartes devant ta femme dans la pièce latérale, je me trouve assis sous l'auvent à regarder pensivement la lune. Avec un si beau clair de lune, je me sens quelque peu pris de folie.

C'est une nouvelle nuit de pleine lune, les chiens de la ville entière doivent se réunir sur la place des Fleurs-Célestes. Deux choses sont au programme de la réunion de ce soir. La première est une commémoration pour le dogue tibétain, ce dernier n'ayant pu s'adapter à la faible altitude, ses fonctions respiratoires sont allées en se détériorant jusqu'à l'hémorragie interne qui a entraîné sa mort. La seconde est la fête du premier mois de la naissance des petits de ma sœur aînée[1]. Quatre mois auparavant, elle s'est unie librement avec le chien de traîneau norvégien dont le maître est le président de la commission consultative politique du district, elle s'est retrouvée engrossée et a mis bas, à

1. Selon la coutume, après un mois de repos pour l'accouchée on célèbre la naissance du bébé.

terme, trois petits bâtards à la face blanche et aux yeux marron. D'après les dires du chien russe au museau pointu qui appartient à Guo Hongfu et qui se glisse souvent chez Pang Kangmei, ce qui pêche chez les trois petits de ma sœur, malgré leur robustesse et leur vivacité, c'est leur regard perfide, on dirait trois petites canailles. En dépit de leur apparence médiocre, ils ont été retenus par de riches familles et la somme versée n'est pas modeste : il s'agit pour chacun de dix mille yuans.

Le sharpeï aide de camp chargé des liaisons a déjà lancé le premier signal, et que j'aboie, et que je te réponde, les appels lancés sur des intonations variées, comme autant de vagues, se rassemblent. Ouah... Ouah... Ouah !... De mon côté, je lance trois abois vers la lune pour les informer de ma position. Malgré le grave incident qui vient de se produire chez mes maîtres, il me faut remplir mes devoirs de chef de l'association.

Toi, Lan Jiefang, tu es parti à la hâte, en passant, tu m'as lancé un regard appuyé. Je t'ai accompagné d'un jappement. Le gars, me suis-je dit, c'en est fini pour toi de la belle vie. Je t'en veux un peu, mais pas tant que ça. Comme je l'ai dit plus haut, l'odeur de Pang Chunmiao dont ton corps porte l'empreinte atténue l'animosité que j'éprouve à ton encontre.

Grâce à ton odeur, je sais que tu te diriges vers le nord, tu n'es pas en voiture, tu marches sur le chemin que j'emprunte pour accompagner ton fils à l'école. Ta femme fait un grand vacarme dans la pièce latérale, je la vois lever son couperet qui lance des lueurs glacées et hacher avec rage les oignons et les beignets sur la planche à découper, tandis que s'exhalent, de façon très prononcée, l'odeur piquante des premiers et celle, rance, des seconds. Or pour l'heure ton odeur est déjà sur le pont des Fleurs-Célestes, elle se mélange aux

remugles de l'eau sale qui coule dessous. À chaque
coup de couperet, la jambe gauche de ta femme tremble,
tandis que sa bouche profère ces mots : « Je te hais ! Je
te hais ! » Ton odeur est arrivée à la partie ouest du
marché Nongmao, là on a construit une rangée de maisons basses où vivent une dizaine de marchands de
vêtements venus du sud du fleuve Bleu, ils élèvent tous
ensemble un chien de berger australien qui a pour surnom Face de mouton, le gars a un long poil qui lui
couvre les épaules, une face ovine, il tient pour les deux
tiers du chien et pour le reste du mouton. Il a essayé
autrefois de barrer le chemin à ton fils, la tête haute,
montrant les crocs, il a proféré à la file de drôles d'aboiements en guise de démonstration de force. Ton fils a
reculé jusqu'à moi. J'ai renoncé à faire usage de mes
crocs pour donner une leçon à ce nouveau venu qui ne
connaissait rien aux usages. L'intérieur des maisons de
marchands de vêtements est humide et sale, le type
était infesté de puces, et voilà qu'il se permettait de
barrer le chemin à un écolier que nous protégions
jusqu'à l'école. J'ai vu devant moi un caillou pointu, je
me suis retourné brusquement et de ma patte de derrière
gauche j'ai raclé le sol, la pierre a volé pour atterrir sur
son nez. Il a poussé un cri perçant, baissé la tête et fait
un tour sur lui-même, un sang noir a coulé de son nez,
il avait les yeux pleins de larmes. Je lui ai dit sur un ton
sévère : « Putain, t'es miro ou quoi, espèce de mouton ! »
Dès lors, il devait devenir un fidèle ami, ou comme le
dit le proverbe : « Sans bagarre, pas d'amitié. » Je jappe à
plusieurs reprises en direction du marché Nongmao
pour donner mes ordres au chien de berger : « Face de
mouton, menace un peu cet homme qui passe devant
chez vous. » Peu après, j'entends les aboiements de Face
de mouton, on dirait les hurlements d'un loup. Je flaire
ton odeur comme je suivais un fil rouge, elle se déplace
comme une flèche le long de la ruelle Tanhua, derrière

suit, sans la lâcher, un fil d'odeur brune, c'est celle de Face de mouton qui te course, te menaçant de ses crocs. Ton fils sort en courant du bâtiment principal, voyant ce qui se passe dans la pièce latérale est, il se met à crier, effrayé : « Maman, mais qu'est-ce que tu fais ? » Ta femme, qui n'a pas encore évacué toute sa haine, donne deux coups de couperet en plus dans le tas d'oignons hachés menu, puis elle jette son couteau, se détourne pour essuyer son visage avec sa manche et dit :

« Comment se fait-il que tu ne dormes pas encore ? Tu vas en classe demain, non ? »

Ton fils s'avance jusque dans la pièce latérale, va se placer devant ta femme et dit d'une voix stridente :

« Maman, tu pleures !

— Pleurer ? Mais de quoi ? Ce sont les oignons qui me piquent les yeux !

— Mais qu'est-ce qui te prend de hacher les oignons si tard dans la nuit ? marmonne ton fils.

— Va dormir et ne t'occupe pas du reste, si tu arrives en retard à l'école, tu recevras de ma part une bonne raclée ! » rugit ta femme hors d'elle-même tout en reprenant le couperet. Ton fils en est effrayé, il recule en marmonnant. « Reviens ! » dit ta femme, le couperet à la main. Elle caresse la tête de ton fils en disant :

« Mon fils, il va falloir que tu me fasses honneur, que tu travailles bien en classe, maman va te faire des galettes aux oignons.

— Maman, maman, crie ton fils, je n'en veux pas, ne t'affaire pas ainsi, tu es déjà bien assez fatiguée comme ça… »

Ta femme pousse ton fils à l'extérieur de la porte en disant : « Maman n'est pas fatiguée, mon cher enfant, allez, va dormir… »

Ton fils fait quelques pas avant de tourner la tête pour demander : « Papa est rentré, non ? »

Ta femme marque une pause avant de reprendre : « Il est rentré, mais est ressorti, il fait des heures supplémentaires… »

Ton fils dit en marmonnant : « Mais pourquoi donc fait-il toujours des heures supplémentaires ? »

Toute cette scène me rend assez triste. Si dans la société canine je suis assez indifférent, dans cette famille humaine j'éprouve toutes sortes de douces émotions. Dans la ruelle des Fleurs-Célestes passe un jeune qui empeste l'alcool à cent pas, il roule sur une bicyclette dont l'odeur de rouille est très forte, les paroles mièvres de son chant s'égrènent dans l'air : « Tu es toujours trop gentil, trop gentil, tu portes tous les fardeaux… »

J'aboie furieusement contre les sons qui flottent encore. En même temps, j'ai la sensation que les deux odeurs continuent leur course, elles sont presque arrivées au bout de la ruelle Tanhua. Je m'empresse d'envoyer un signal à Face de mouton : « C'est bon, abandonne. » Les fils des odeurs se séparent, la rouge poursuit vers le nord, la marron revient en direction du sud.

« Face de mouton, tu ne l'as pas mordu au moins ?

– J'ai juste touché un peu la chair, je pense qu'il ne saignera pas, mais je crois que le type a pissé dans son pantalon.

– Bien, à tout de suite. »

Ta femme fait effectivement des galettes aux oignons. Elle prépare la pâte. Chose étrange, elle pétrit une boule de la moitié d'un oreiller. En ferait-elle pour toute la classe de ton fils ? Elle malaxe la pâte, ses épaules décharnées se haussent au gré des gestes de ses mains, « femme battue est pâte pétrie », ce qui veut dire que sous les coups la femme devient sage et vertueuse, tout comme la pâte, à force d'être malaxée, devient ferme et élastique. Elle se met à transpirer, sa veste est mouillée au niveau des omoplates. Elle pleure par intermittence, larmes de colère et larmes de chagrin, larmes de regrets sur les choses passées, certaines gouttes tombent sur le devant de sa veste, d'autres sur le dos de ses mains, tandis que d'autres vont s'écraser sur la souple boule de pâte. Cette dernière est de plus en plus molle, il s'en exhale une odeur sucrée. Elle ajoute un peu de farine et continue de pétrir. Parfois elle sanglote tout bas, mais, immédiatement, de sa manche elle étouffe ces sanglots. Elle a de la farine sur le visage, ce qui lui donne un air à la fois comique et pitoyable. Parfois elle arrête sa besogne et, les deux bras ballants, les mains pleines de farine, elle tourne en rond dans la pièce, elle semble à la recherche de quelque chose. Une fois son pied glisse, elle se retrouve assise par terre, à cause des haricots ; elle reste là, hébétée, le regard fixe, comme si elle observait un lézard sur le mur, puis elle frappe le sol de ses mains et éclate en sanglots. Au bout d'un moment elle se remet debout et entreprend de nouveau de pétrir la pâte. Au bout d'un moment encore elle rassemble dans une coupe en émail les oignons et les beignets finement hachés, elle verse de l'huile dessus, réfléchit un instant, ajoute du sel, réfléchit de nouveau, puis elle reverse de l'huile. Je sais que cette femme a l'esprit complètement dérangé. Tenant d'une main la coupe et de l'autre des baguettes, elle remue le tout, puis elle se remet à tourner dans la pièce, regardant à droite et à gauche, comme à la recherche de quelque chose. Les haricots sur le sol la font glisser de nouveau. Cette fois la chute est mauvaise, elle se retrouve presque allongée sur le dos sur le sol dur en pierre polie, lisse et froid, mais, comme par miracle, la coupe ne lui a pas échappé des mains et, même plus, elle est restée bien droite. Comme je vais bondir à son secours, elle a déjà redressé lentement la moitié supérieure de son corps. Elle ne s'est pas mise debout, elle est restée assise, elle laisse échapper quelques sanglots pleins de tristesse, comme ceux d'une petite fille, qui s'arrêtent net. Elle s'avance en se traînant sur les fesses, une fois, puis deux fois, à cause de son handicap chaque mouvement imprime à son corps une oscillation de gauche à droite de forte amplitude. Pourtant la coupe avec la farce qu'elle tient dans la main est restée bien à l'horizontale. Elle se penche en avant, la pose sur la planche à découper, son corps brusquement part à la renverse, un peu décalé sur la gauche. Elle ne se met pas debout, les jambes tendues devant elle, elle penche le haut du corps en avant, sa tête baissée touche presque ses genoux, on dirait qu'elle exécute d'étranges mouvements de qigong. La nuit est bien avancée, la lune est à son point culminant et dispense son éclat le plus vif. Les sons de la vieille pendule murale des voisins côté ouest dans le silence de la nuit ont quelque chose d'effrayant. Il ne reste plus qu'une heure avant notre grande assemblée canine. J'entends les nombreux chiens déjà réunis près de la fontaine de la place des Fleurs-Célestes et ceux qui affluent, suivant les rues et les ruelles. Je suis un peu préoccupé, mais je ne peux me résoudre à partir, je crains que cette femme ne se laisse aller à quelque acte stupide dans la cuisine. Je sens l'odeur de la corde en chanvre dans un carton au coin du mur, celle du gaz qui fuit très légèrement au raccord du tuyau en caoutchouc, et aussi celle de l'insecticide dans une bouteille enveloppée de plusieurs couches de sacs en papier huilé, tout cela suffirait à envoyer quelqu'un à la mort. Bien sûr, elle peut tout aussi bien se trancher le poignet ou la gorge avec son couteau, s'électrocuter, se lancer tête baissée contre un mur, ou bien, après avoir soulevé le couvercle en béton, se jeter dans le puits de la cour. Bref, il y a des tas de raisons pour me retenir d'aller présider la réunion de la pleine lune. Face de mouton et la chienne russe au museau pointu de Guo Hongfu, qui font le trajet ensemble, m'appellent derrière le portail, ils grattent la porte avec leurs griffes. La chienne russe au museau pointu dit avec affectation : « Hé, président, nous vous attendons. » Je les informe en baissant la voix : « Partez devant, une affaire importante me retient ici, si vraiment je n'arrivais pas à temps, le vice-président Ma présiderait la réunion. » Il s'agit d'un chien-loup à échine noire dont le maître est le directeur Ma de l'usine de production intégrée de viande, le chien est appelé par le nom de son maître. Tout en flirtant, ils se dirigent vers le sud par la ruelle des Fleurs-Célestes. Je me remets à observer ta femme.

Elle finit par relever la tête. Elle commence d'abord par regrouper dans ses paumes les haricots autour d'elle, puis elle s'assied et, se traînant sur une fesse avec difficulté, elle entreprend de rassembler les grains sur le sol. Elle en fait un tas pointu, on dirait une délicate tombe. Elle reste là à le fixer du regard. Au bout d'un moment d'hébétude, les larmes se remettent à couler sur son visage. Elle saisit brusquement une poignée de grains et les disperse dans les airs, elle fait de même avec une autre poignée. Les haricots volent dans la pièce, certains vont frapper les murs, d'autres le réfrigérateur, d'autres encore entrent dans la jarre à farine. Par deux fois dans la pièce résonne le bruit de grêlons tombant sur des feuilles mortes. Elle s'arrête au bout de deux poignées. Du pan de son vêtement elle essuie son visage, se penche en avant pour attraper le van, elle prend les haricots à deux mains et les verse dessus jusqu'à ce que le tas y passe. Elle repousse l'ustensile, se met debout avec difficulté, s'avance jusqu'à la planche à découper, se remet à pétrir légèrement la pâte, mélange un peu la farce, puis elle divise la boule et forme les galettes. Elle pose une poêle à fond plat sur le fourneau. Elle tourne le bouton du gaz et allume le brûleur. Elle verse avec mesure un peu d'huile dans le fond de l'ustensile. Quand elle place dans la poêle chaude la première galette aux pousses d'oignon hachées, des grésillements montent de la cuisine, tandis qu'une odeur délicieuse vient vous chatouiller les narines et se propage dans la cour, puis dans tout le quartier et enfin dans la ville entière, alors je me sens libéré de mon inquiétude. Je lève la tête pour regarder la lune qui descend vers l'ouest, prête l'oreille aux bruits qui montent de la place des Fleurs-Célestes, en flairant l'odeur qui vient de là-bas je sais que la réunion n'a pas encore commencé. On m'attend.

Pour ne pas l'effrayer, je n'emprunte pas mon élégant « parcours oblique en trois étapes », mais je saute le mur ouest du côté des cabinets en prenant appui sur un tas de vieilles tuiles, je passe par la cour des voisins, puis franchis leur mur ouest qui est bas, j'atterris dans une étroite ruelle, me dirige vers le sud, tourne à gauche et prends la ruelle des Fleurs-Célestes, je cours comme un fou en direction du sud, tandis qu'un vent léger se forme à mes oreilles, le clair de lune ruisselle comme de l'eau, coule sur mon dos. Au bout de la ruelle se trouve l'avenue Lixin. À l'embranchement de ces deux voies sur la droite, faisant l'angle, c'est la boutique d'un grossiste de bière dépendant de la coopérative du quartier à l'entrée de la ville, les bouteilles sont ficelées avec du ruban plastique en bottes de dix, et ces bottes forment elles-mêmes un petit monticule qui scintille sous le clair de lune. Je vois six chiens-loups, tenant chacun dans la gueule un pack de bières, traverser l'avenue à la queue leu leu. Ils sont à égale distance les uns des autres, vont à la même allure, avec le même air. On dirait des soldats bien entraînés. Pour ce genre d'exercices il faut des chiens-loups, tout autre canidé ne pourrait pas faire l'affaire. J'éprouve de la fierté d'appartenir à cette race. Je n'ose pas les saluer car ils auraient à me répondre et les six packs de bières s'écraseraient avec fracas sur le sol. Je les dépasse d'un bond, une fois laissés derrière les lilas d'été, dont les branches ploient sous une profusion de fleurs, en biais, on débouche sur la place des Fleurs-Célestes. Au milieu de la place, tout autour de la fontaine, des centaines de chiens sont assis en masses compactes, à ma vue ils se lèvent tous et m'acclament en chœur.

Escorté par les vice-présidents Ma et Lü et par une dizaine de présidents de section, je saute sur la tribune présidentielle. Il s'agit d'un socle en marbre sur lequel se dressait à l'origine une réplique de la Vénus de Milo, mais la statue a été volée. Assis sur le socle, je récupère mon souffle. Celui qui verrait la scène de loin pourrait penser qu'il s'agit d'une imposante statue de chien. Mais, désolé, nous ne sommes pas une statue, nous sommes vivant et même débordant de vie, le roi des chiens du district de Gaomi, perpétuant les excellents gènes de ces chiens vigoureux que sont les grands chiens blancs locaux et les bergers allemands au dos noir. Avant de prononcer mon discours, je me concentre pendant deux secondes, grâce à mon odorat en une seconde je sens où en est ta femme : l'odeur des galettes aux pousses d'oignon hachées est très prononcée dans l'aile est de la maison, tout semble normal. L'autre seconde est pour flairer ta situation à toi : ton bureau est enfumé, tu es penché sur le rebord de la fenêtre à contempler, rêveur, la ville sous le clair de lune, la situation semble assez normale aussi de ton côté. Face à tous ces yeux brillants devant le socle, à ces pelages scintillants, je prononce haut et fort :

« Chers amis, je déclare ouverte notre dix-huitième réunion de pleine lune ! »

Les aboiements se fondent en une seule masse.

Je lève ma patte droite et l'agite à leur intention, attendant que les acclamations s'apaisent.

Je déclare d'abord : « Ce mois-ci, notre cher frère le dogue tibétain nous a malheureusement quittés, poussons ensemble trois grands hurlements pour accompagner son âme de retour vers les hauts plateaux. »

Les centaines de chiens poussent ensemble trois aboiements qui ébranlent toute la ville. J'en ai les yeux embués de larmes en pensant à la mort du dogue tibétain et de voir la sincérité des sentiments exprimés par la foule des chiens.

Je déclare ensuite : « Place aux chants, aux danses, aux palabres, alcool et douceurs sont là pour fêter le premier mois des trois petits trésors de Chienne la Troisième. »

La foule des canidés lance une ovation.

Ma sœur aînée est debout au pied du socle, elle me tend un des chiots. Je dépose un baiser sur la joue du petit, puis je l'élève pour le montrer à la foule qui l'acclame. Je lâche le chiot. Ma sœur me tend une petite femelle, je répète les mêmes gestes, la présentation à la foule attire la même ovation. Le manège se reproduit encore une fois pour le dernier de mes neveux, je l'embrasse au petit bonheur la chance, le montre, le lâche. La foule des canidés pousse des cris de joie.

Je saute de mon perchoir. Ma sœur s'avance et dit aux trois petits chiots : « Dites bonjour à tonton, votre oncle maternel. »

Les chiots bredouillent un « tonton ».

Je dis sur un ton glacial à ma sœur : « On dit qu'ils sont vendus ? »

Mon aînée répond, très fière : « Tu penses, je venais à peine de mettre bas qu'on se bousculait à la porte pour les acheter. Finalement, ma patronne les a vendus au secrétaire Ke du bourg de Lü, au chef de bureau de l'industrie et du commerce, M. Hu, et à celui du bureau de la santé, M. Tu, quatre-vingt mille yuans chacun.

– Ah bon, ce n'était pas cent mille ? dis-je du même ton glacial.

– Ils en avaient donné cent mille, mais mon patron leur a restitué à chacun deux mille. Mon maître n'est pas quelqu'un à qui l'argent fait tourner la tête.

– Merde alors ! dis-je. Ça, de la vente de chiens ? Mais c'est manifestement… »

Mon aînée me coupe la parole d'un cri strident et me dit : « Leur oncle !

– C'est bon, je ne dis plus rien », dis-je tout bas à ma sœur. Puis je m'adresse, d'une voix forte cette fois, à la foule des canidés : « Que l'on danse, que l'on chante, que l'on boive ! »

Un doberman allemand aux oreilles pointues, à la taille fine, s'avance vers moi avec deux bouteilles de bière, il ouvre la gueule pour ôter avec ses crocs les capsules, la mousse déborde abondamment, l'odeur du houblon se répand, il dit : « Président, je vous invite à boire. » Je prends la bouteille de bière et la choque sur la sienne qu'il tient contre lui.

« Cul sec ! » dis-je, et lui aussi.

Nous enfonçons les goulots dans nos gueules, tenant la bouteille à deux pattes, et la bière coule avec force glouglous. Les chiens défilent pour proposer un toast, je ne refuse à personne, très vite derrière moi se forme un tas de bouteilles. Un pékinois blanc avec une petite natte sur la tête et un nœud autour du cou, tenant dans la gueule une saucisse au jambon produite par l'usine de production intégrée de viande, roule jusque vers moi comme une petite boule de poils. De son corps émane le parfum distingué du N° 5 de Chanel, ses longs poils immaculés luisent comme de l'argent.

« Président…, dit-elle avec un léger bégaiement, pré… président, voici pour vous une saucisse au jambon. »

De ses petits crocs serrés elle déchire le film d'emballage, puis de ses deux pattes elle élève la saucisse jusqu'à ma bouche. J'accepte et en croque un morceau gros comme une noix, je le mâche lentement, avec majesté. Le vice-président Ma arrive avec une bouteille de bière, il trinque contre la mienne et me demande :

« Alors, quel goût ça a ?

– C'est pas mal, dis-je.

– Merde, je leur ai demandé d'en traîner une caisse jusqu'ici, mais ils en ont apporté en tout plus de vingt. Demain, à l'entrepôt, ça ne va pas être la fête du vieux Wei ! dit le vice-président Ma non sans jubilation.

– Vice-président Ma, je vous invite… à un toast…, dit le petit pékinois en faisant assaut de charme.

– Président, voici Mary, elle arrive tout juste de Pékin, me dit le vice-président Ma en désignant le petit pékinois.

– Qui est ton maître ? » lui demandé-je.

Elle répond en paradant : « Ma maîtresse est… est Gong Ziyi, la quatrième beauté de Gaomi !

– Gong Ziyi ?

– Mais oui, la responsable de la résidence des hôtes.

– Oh, c'est elle !

– Mary est vive et intelligente, elle comprend vite, je la verrais bien travailler comme secrétaire pour vous, dit le vice-président Ma sur un ton qui en dit long.

– On en reparlera plus tard. »

Ma froideur est visiblement un coup porté à Mary, elle coule un regard en coin aux chiens qui ripaillent sans retenue près de la fontaine et dit avec dédain :

« Vous autres, chiens de Gaomi, vous êtes trop barbares. Nous autres, pékinois, quand nous organisons une party au clair de lune, nous nous mettons sur notre trente et un et dansons avec grâce sur des airs ravissants, nous parlons d'art, et, si nous buvons, c'est un peu de vin rouge ou de l'eau glacée, et si nous mangeons, c'est pour prendre une petite saucisse au bout d'une pique, on grignote pour le plaisir, ça n'a rien à voir avec eux,

768

regarde ce type avec ses poils noirs et ses pattes blanches… »

Je vois un chien local assis dans un coin, devant lui sont placés trois bouteilles de bière, trois saucisses au jambon et un tas de gousses d'ail. Il boit une gorgée de bière, mordille dans une saucisse, puis prend dans ses pattes une gousse d'ail qu'il lance avec adresse dans sa gueule. Comme s'il était tout seul, il mâche avec bruit, il est tout à la joie de manger. Les quelques chiens qui se trouvent à ses côtés sont pratiquement ivres, certains hurlent longuement la tête rejetée en arrière, d'autres rotent sans fin, d'autres encore tiennent des propos sans queue ni tête. Bien sûr, je suis mécontent d'eux, mais je ne supporte pas le style de petite bourgeoise de la pékinoise Mary. Je dis :

« Il faut se plier aux coutumes du pays. Puisque te voilà à Gaomi, la première chose à faire, c'est te mettre à manger de l'ail !

– Pouah ! s'écrie la pékinoise Mary avec emphase. Ça pique trop, ça sent trop mauvais ! »

Je lève la tête pour regarder un peu la lune, je sais que le moment est presque venu. En été les jours sont longs et les nuits courtes, nous disposons tout au plus d'une heure encore, les oiseaux vont se mettre à chanter, ceux qui élèvent des oiseaux vont venir avec leurs cages pour leur faire faire un tour, ceux qui s'exercent à l'épée vont tous arriver sur la place des Fleurs-Célestes. Je tape sur l'épaule du vice-président Ma et dit :

« On lève la séance. »

Le vice-président abandonne sa bouteille de bière, rejette le col en arrière et, face à la lune, lance un hurlement aigu. Les chiens lancent à qui mieux mieux les bouteilles de bière qu'ils tiennent contre eux, quel que soit leur état, ivres ou non, ils retrouvent leur allant, prêts à écouter ce que je vais leur dire. Je saute sur le socle et m'adresse à eux en ces termes :

« La réunion de ce soir s'achève et dans trois minutes il ne doit plus y avoir un seul chien sur la place. Pour une prochaine réunion, vous attendrez que la date vous soit communiquée. Dispersion ! »

Le vice-président Ma émet de nouveau un hurlement. Alors les chiens, traînant leur panse bien lourde, partent comme des fous dans toutes les directions. Ceux qui ont beaucoup bu s'éclipsent en tanguant, en roulant, en rampant, mais ils n'osent pas s'attarder un instant de plus. Ma sœur aînée et son chien de traîneau de mari prennent leurs petits dans leurs gueules pour les déposer dans une voiture d'enfant d'excellente qualité importée du Japon, l'un tirant, l'autre poussant, ils partent comme des flèches. Les trois petits lascars sont debout, les pattes appuyées sur le bord de la voiture, ils jappent d'excitation. Trois minutes plus tard, la place bruyante est plongée dans le silence, il ne reste qu'un champ de bouteilles couchées en tous sens et qui scintillent, ainsi que les saucisses au jambon qui n'ont pas été terminées et dégagent leurs effluves parfumés, il y a aussi la puanteur des centaines de merdes laissées là. Je hoche la tête avec satisfaction, prends congé du vice-président Ma en tapant ma patte dans la sienne.

Je rentre sans bruit à la maison, je vois que ta femme est encore dans l'aile est à faire cuire ses galettes. Elle semble avoir trouvé dans ce travail plaisir et apaisement, un sourire mystérieux se dessine sur son visage. Sur un sterculier, un moineau se met à pépier. Une dizaine de minutes plus tard, la ville entière est enveloppée par les chants d'oiseaux, le clair de lune s'estompe peu à peu, l'aube arrive, furtive.

Chapitre quarante-quatrième

Jinlong veut créer un village touristique.
Jiefang transmet son amour par les jumelles.

… Il me semble être là à annoter un document qui a trait à Jinlong ; il veut faire du village de Ximen un village de tourisme culturel qui garderait entièrement l'aspect qu'il avait du temps de la Révolution culturelle. Dans un rapport de faisabilité, il écrit ceci, en forme de plaidoyer : « La Révolution culturelle, tout en détruisant la culture, a mis en place une certaine forme de culture. » Il entend réécrire sur les murs les slogans qui ont été décapés et réinstaller les haut-parleurs, rebâtir la plate-forme d'observation dans l'abricotier ainsi que la porcherie du Verger des abricotiers, dont les bâtiments ont été éboulés par les pluies. Il veut, par ailleurs, installer à l'est du village un golf d'une superficie de plus de trois cents hectares, les paysans qui seraient ainsi privés de leurs terres interpréteraient des rôles, retrouvant les occupations qui étaient les leurs pendant la période de la Révolution culturelle, à savoir : tenir des séances publiques de critiques et de dénonciations, escorter par les rues ceux qui ont « pris la voie capitaliste », jouer les pièces modèles révolutionnaires, exécuter la danse de la loyauté, etc. Il écrit dans son rapport : « On pourrait reproduire en série les objets qui avaient cours pendant cette période, comme les brassards,

771

les lances, les insignes à l'effigie du président Mao, les tracts, les journaux muraux à grands caractères... On pourrait aussi faire participer les touristes à des séances où seraient évoquées les souffrances passées, leur faire regarder des pièces traitant de ce sujet, manger un repas commémorant ces souffrances, écouter les paysans pauvres raconter la vie dans l'ancienne société... » On lit encore dans le rapport : « Il faut faire de la demeure des Ximen un musée de l'exploitation individuelle de la terre et créer des figures en cire de Lan Lian, de son âne avec sa patte de bois, de son bœuf à la corne cassée. » Et ceci : « Ces activités ayant un petit goût de postmodernisme intéresseront certainement les citadins et les étrangers, du coup ils sauront se montrer généreux. Ainsi, dans le même temps où leur bourse s'aplatira, la nôtre gonflera. » Le rapport dit encore ceci : « Après la visite du village du temps de la Révolution culturelle, nous les ferons entrer sans transition dans les bruits familiers, le luxe et les plaisirs de notre société épicurienne actuelle. » Dévoré d'ambition, il veut accaparer toutes les terres à l'est du village jusqu'à l'Embouchure ensablée de la famille Wu pour construire un terrain de golf comme il n'y en a aucun autre en ce monde, ainsi qu'une ville d'attraction avec tous les divertissements existant sur terre. Il veut encore construire sur l'îlot des thermes pareils à ceux des palais de la Rome antique, une ville de jeux comme Las Vegas, ainsi qu'un jardin de sculptures représentant le combat poignant qui s'est déroulé là, dix ans plus tôt, entre les hommes et les sangliers, le rôle de ce parc à thème serait de faire réfléchir le visiteur sur la question de la protection de l'environnement, de faire entrer dans les mentalités l'idée que tous les êtres ont une intelligence et, bien sûr, de faire connaître et de vanter massivement l'exploit de ce cochon qui a risqué sa vie pour sauver les enfants sur la rivière gelée. Le rapport mentionne aussi la création d'un centre de conférences et d'expositions, avec chaque année un grand symposium international pour attirer visiteurs et capitaux étrangers…

À la lecture de ce rapport de faisabilité qui sollicite l'avis des instances supérieures compétentes du district et dans lequel Jinlong se prend très au sérieux, en parcourant également les réponses officielles des principaux responsables de l'administration du district louant hautement le projet, je secoue longuement la tête tout en soupirant. Par nature, je suis conservateur. J'éprouve une passion pour la terre, j'adore l'odeur de la bouse de vache, j'aime la vie champêtre, j'éprouve un grand respect pour mon père, ce paysan à l'ancienne qui vit de son champ, mais de nos jours ce type de personnage n'est plus dans le coup. Quant à moi, je suis, contre toute attente, tombé follement amoureux d'une femme au point de parler de divorce avec mon épouse, ce schéma tout à fait classique est manifestement inopportun. Il m'est impossible de donner mon point de vue sur ce type de rapport, je me contente donc d'entourer mon nom d'un cercle. Je repense soudain à quelque chose : un tel rapport fumeux et extravagant est le fruit de quelle plume ? Le visage de Mo Yan se montre à la fenêtre, avec un sourire malicieux. Comme je suis là à m'étonner que ce visage puisse apparaître ainsi à une baie située au deuxième étage, à une dizaine de mètres du sol, j'entends un tumulte de voix dans le couloir. J'ouvre la porte à la hâte pour voir ce qui se passe, j'aperçois Huang Hezuo, un couteau de cuisine dans une main, tirant de l'autre derrière elle une longue corde, les cheveux en désordre, un filet de sang au coin de la bouche, le regard éteint, elle s'avance vers moi en boitant. Mon fils la suit, son cartable au dos, le visage vide de toute expression, il tient à la main un paquet de beignets tout chauds et gouttant l'huile. Derrière vient encore le chien puissant, pareil à un petit veau. On a passé autour du cou de l'animal la gourde en résine que mon fils emporte à l'école, sur la gourde sont dessinés des motifs de dessins animés, comme la bretelle est trop longue, à chaque pas la gourde vient frapper ses pattes.

Je pousse un cri d'épouvante, sors de mon rêve, prends conscience du fait que je suis allongé tout habillé sur le canapé, j'ai des sueurs froides sur le front, l'esprit vide. J'ai la gueule de bois, effet secondaire des somnifères, les lueurs de l'aube qui filtrent par la fenêtre me blessent les yeux. Je me lève au prix de gros efforts, me lave le visage au petit bonheur, regarde la pendule électronique murale, il est déjà six heures et demie. La sonnerie du téléphone retentit, je réponds. Silence. Je n'ose commettre l'imprudence de parler, j'attends, mal à l'aise.

« C'est moi, dit-elle en hoquetant légèrement, je n'ai pas fermé l'œil de la nuit.

— Rassure-toi, je vais bien.

— Je vais t'apporter quelque chose à manger.

— Non, surtout ne viens pas, dis-je, non que je craigne quelque chose, j'oserais même debout sur le toit crier dans un mégaphone que je t'aime, mais je suis incapable d'envisager les conséquences de cet acte.

— Je comprends.

— Dans les prochains jours nous allons nous voir moins souvent, il faut éviter de lui donner une prise.

— Je comprends, j'ai le sentiment d'avoir des torts envers elle.

— Tu ne dois absolument pas penser cela, et si quelqu'un est en faute, c'est bien moi, d'autant plus qu'Engels l'a déjà dit bien avant : "Un mariage sans amour est tout ce qu'il y a de plus immoral", aussi, en fait, nous ne sommes coupables de rien.

— Je t'ai acheté quelques petits pains. Je les laisse au concierge ?

— Surtout ne viens pas, dis-je, ne crains rien, je suis comme les lombrics, je ne mourrai pas de faim. Peu importe de quoi sera fait l'avenir, pour l'instant je suis encore vice-chef de district, je vais aller manger à la résidence des hôtes, on trouve tout là-bas.

– J'ai tellement envie de te voir.

– Moi aussi, tout à l'heure, quand tu iras au travail, à la porte de la librairie tourne ton visage vers ma fenêtre, comme ça je te verrai.

– Mais moi, je ne pourrai pas te voir.

– Tu sentiras ma présence. D'accord, mon trésor, ma petite Chunchun, ma petite Miaomiao ?... »

Je ne vais pas manger à la résidence des hôtes. Depuis que j'ai des liens charnels avec elle, j'ai l'impression d'être un crapaud amoureux, je n'ai aucun appétit, tout à ma passion inépuisable. Cependant il me faut manger malgré tout. Je sors les petits en-cas de toutes sortes qu'elle a apportés et en fourre au hasard quelques-uns dans ma bouche, je serais bien incapable de dire quel goût ils ont, je sais seulement qu'ils me procurent un peu de chaleur, un peu d'énergie, pour tenir le coup.

Je me colle contre la fenêtre avec mes jumelles et commence ces devoirs bien rodés. J'ai un tableau horaire très précis dans ma tête. Le sud de la ville n'est pas encore peuplé de hauts bâtiments, la vue est dégagée, si je le voulais, je pourrais même amener jusqu'à mon regard les visages des vieillards qui font leur gymnas- tique matinale sur la place des Fleurs-Célestes. Je braque mes jumelles sur la ruelle du même nom. Le numéro 1 est celui de ma maison. Le portail est fermé. Sur la porte, il y a un dessin et une légende tracés à la craie par un ennemi de mon fils. À gauche il s'agit d'un garçon grimaçant, la moitié de son visage est bar- bouillée en blanc, l'autre moitié est laissée telle quelle, deux bras grêles sont levés au-dessus de la tête comme pour indiquer qu'il capitule, les jambes, tout aussi grêles, sont écartées, dans l'entrejambe on voit un organe sexuel disproportionné, dessous il y a un fil blanc qui tombe jusqu'en bas du portail et qui représente sans aucun doute de l'urine. Sur le vantail droit est dessinée une fillette avec deux petites nattes nouées haut sur la tête, des yeux grands comme des clochettes et une bouche en forme de croissant de lune. Elle aussi a deux bras grêles levés au-dessus des épaules, des jambes pareillement grêles et écartées, avec au milieu un trait blanc qui descend jusqu'au bas du portail. À gauche du dessin du garçon sont tracés trois gros idéogrammes tout de guingois : « Lan Jiefang », tandis qu'à droite de celui de la fille est écrit tout aussi maladroitement : « Pang Fenghuang ». Je comprends le sens de ces images. Mon fils et la fille de Pang Kangmei sont camarades de classe, Pang Fenghuang est le chef de sa classe. Dans ma tête passent les visages de Chunmiao, Pang Hu, Wang Leyun, Pang Kangmei, Chang Tianhong, Ximen Jinlong et ceux de biens d'autres personnes encore, mon esprit est un vrai dépotoir.

Je lève légèrement mes jumelles, la ruelle soudain se rétrécit et je tiens la place sous mon regard. La fontaine s'est tue, une foule de corbeaux alentour se disputent de la nourriture. Il s'agit apparemment de saucisses de jambon déchiquetées. Je ne peux pas entendre le vacarme fait par ces oiseaux, mais je sais qu'ils croassent. Dès qu'un corbeau s'envole avec dans son bec de la nourriture, une dizaine de ses congénères se ruent hardiment sur lui. Ils se battent dans les airs en une masse confuse, les plumes arrachées flottent, on dirait ces cendres de papier brûlé lors des cérémonies mortuaires. Le sol est jonché de bouteilles de bière, une employée du nettoyage qui porte un bonnet blanc et un masque, un grand balai à la main, se dispute à propos de ces bouteilles avec un vieux chiffonnier qui traîne derrière lui un sac en peau de serpent. Le département de l'hygiène est sous mon autorité, je sais que le ramassage et la vente des déchets, et notamment la collecte des bou-

teilles de bière, sont, pour les employées, une importante source de revenus. Chaque fois que le vieux
chiffonnier place dans son sac une bouteille, l'employée
le frappe de son balai. Les coups pleuvent à la volée et,
chaque fois, le vieil homme se redresse pour se ruer
vers la femme, une bouteille à la main. Cette dernière
prend la fuite, son balai derrière elle. En fait, le vieil
homme fait semblant de la poursuivre, et vite il retourne
à sa place, s'accroupit pour remplir à la hâte son sac de
bouteilles tandis que la femme revient à la charge en
levant son balai. Ce petit manège me fait penser au programme Le Monde des animaux que j'ai vu à la télévision, le vieux chiffonnier a tout l'air d'un lion, quant à
l'employée, on dirait une hyène.

Dans une nouvelle de ce petit drôle de Mo Yan intitulée *La Pleine Lune*, j'ai lu l'épisode où, à chaque nuit de
pleine lune, les chiens de Gaomi se rassemblent sur la
place des Fleurs-Célestes pour un grand meeting. Est-ce
que par hasard ces bouteilles de bière et ces débris de
jambon seraient les vestiges d'une telle manifestation ?

J'abaisse les jumelles, la ruelle des Fleurs-Célestes
surgit. Mon cœur bondit soudain : Huang Hezuo vient
d'apparaître. Conduisant sa bicyclette, elle descend péniblement les trois marches devant le portail. En se retour-
nant pour fermer la porte, elle aperçoit les dessins sur
les vantaux. Après avoir franchi le petit escalier, elle
regarde autour d'elle, puis traverse la ruelle, arrache
une poignée d'aiguilles de pin et s'en revient pour effacer avec force les traits tracés à la craie. Je ne puis
apercevoir son visage, mais je sais qu'elle est certainement en train de s'en prendre à l'auteur de ce méfait.
Les dessins sont brouillés. Elle enfourche sa bicyclette,
roule sur quelques dizaines de mètres, un pâté de maisons la cache à ma vue. Comment s'est passée la nuit
pour elle ? A-t-elle fait une nuit blanche ou a-t-elle bien
dormi, comme à l'habitude ? Je n'en sais rien. Même si

777

pendant toutes ces années je ne l'ai jamais aimée, elle n'en reste pas moins la mère de mon fils, or ce lien étroit nous unit. Sa silhouette réapparaît sur la grande artère qui mène à la gare. À bicyclette aussi, elle éprouve des difficultés à rester bien droite. Elle pédale avec hâte, son corps oscille grandement. Je vois son visage, comme recouvert d'une couche de cendres. Elle porte une chemise grise sur le devant de laquelle il y a un motif de couple de canards mandarins jaunes. Je sais qu'elle possède de nombreux vêtements, poussé par je ne sais quelle disposition intérieure, lors d'une de mes missions, je lui ai acheté douze robes, mais elle les a enfouies au fond d'une malle. Je pensais que, quand elle passerait près de l'administration du district, elle jetterait peut-être un coup d'œil en direction de la fenêtre de mon bureau, mais pas du tout, elle passe à vive allure, le regard droit devant elle. Je pousse un long soupir, je sais qu'elle ne me lâchera pas aussi facilement, mais puisque les hostilités sont déclenchées, il va me falloir tenir bon jusqu'au bout.

Je dirige mes jumelles vers la porte de la maison. La ruelle des Fleurs-Célestes n'a de ruelle que le nom, il s'agit en fait d'une rue, large de plusieurs dizaines de mètres. Tous les parents de la partie sud de la ville qui accompagnent leurs enfants à l'école Phénix passent par là. C'est précisément l'heure de l'ouverture de l'école, la ruelle s'anime. Les écoliers des grandes classes viennent pour la plupart seuls à bicyclette, des vélos tout-terrain pour les garçons, alors que pour les filles il s'agit de modèles plus classiques. Les garçons ont presque tous le nez dans le guidon, le derrière en l'air, frôlant au passage les filles, quand ils ne se glissent pas soudain entre deux d'entre elles.

Mon fils et son chien sortent de la maison. L'animal se faufile dehors le premier, puis c'est au tour du gar-çon de se glisser de biais par la porte qu'il a à peine entrebâillée. C'est astucieux, car ouvrir en grand les deux lourds battants de fer pour les refermer ensuite demande du temps et de l'énergie. Une fois la porte fermée à clé, ils sautent du haut des marches, puis prennent la direction du nord. Il me semble que mon fils salue un garçon qui passe à bicyclette, tandis que le gros chien lance quelques aboiements à l'adresse de ce dernier. Ils passent devant le salon de coiffure Fleurs célestes, en face se trouve un petit magasin spécialisé dans la fabrication d'aquariums en verre et qui vend aussi toutes sortes de poissons d'agrément. La porte de la boutique est orientée à l'est, la lumière ruisselle. Le patron est un retraité qui a très bien vieilli, il a été comptable autrefois dans un centre de stockage et de transport du coton. Il est occupé à déménager à l'extérieur les aquariums remplis de poissons. Mon fils et son chien s'accroupissent devant un aquarium rectangulaire et restent là à observer avec concentration les poissons rouges au gros ventre qui nagent maladroitement à l'intérieur. Le patron, à ce qu'il me semble, dit quelque chose à mon fils, comme celui-ci garde la tête baissée, je ne peux voir sa bouche, aussi je ne saurais affirmer s'il a répondu ou non.

Ils continuent leur chemin en direction du nord et arrivent au pont des Fleurs-Célestes. Sans doute mon fils a-t-il fait mine d'aller sous le pont, toujours est-il que le chien l'a retenu en mordant le pan de son vêtement. C'est vraiment un bon chien fidèle. Mon fils résiste, mais il n'est pas à la hauteur. Il finit cependant par ramasser un morceau de brique qu'il lance sous le pont, faisant jaillir de l'écume. Je me dis qu'il a dû viser des têtards. Un chien roux aboie à l'adresse du mien et agite amicalement la queue. Le toit couvert de plastique vert du marché Nongmao étincelle sous le soleil. Mon fils semble devoir s'arrêter à chaque boutique, mais le chien le presse d'avancer, lui mordant le pan de son vêtement, le poussant aux chevilles. Une fois entrés dans la ruelle Tanhua, ils accélèrent l'allure. Alors mes jumelles se mettent à naviguer entre la ruelle Tanhua et l'entrée de la librairie Chine nouvelle.

Mon fils prend dans sa poche un lance-pierres et vise un oiseau sur le poirier du vice-chef de district Chen, un collègue, descendant de maître Tanhua, lequel vécut pendant les années Daoguang[1] de la dynastie des Qing. Les branches chargées de fleurs passent par-dessus le mur, l'oiseau était posé sur l'une d'elles. Pang Chunmiao apparaît à l'entrée de la librairie, on dirait qu'elle tombe du ciel. Mon fils, mon chien, je n'ai plus la tête à m'occuper de vous.

Chunmiao porte une robe blanche, si je dis qu'elle se dresse, élancée et gracieuse telle une statue de jade, il ne faut absolument pas voir là propos d'amoureux transi pour qui la femme aimée est la plus belle, non, elle est vraiment élancée et gracieuse. Son visage tout propre n'est pas maquillé, je crois sentir le parfum pur et frais de savon au santal, l'odeur de son corps qui m'enivre, me transporte, me fait défaillir. Elle sourit, ses yeux brillent, ses dents qu'on voit à peine ont un éclat de porcelaine, elle me regarde, elle sait que je l'observe. C'est l'heure où tout le monde se rend au travail, dans la rue c'est un va-et-vient de véhicules et de passants, des motos crachant une fumée noire se faufilent jusque sur les trottoirs, des vélos téméraires roulent en sens interdit, les voitures arrogantes jouent du klaxon, et voilà que je me mets à aimer toute cette animation que je déteste d'ordinaire.

Elle reste là, debout, jusqu'à ce que ses collègues soient entrées. Avant de pousser la porte à son tour, elle appuie un doigt sur ses lèvres, puis le lance dans ma direction. Son baiser, comme un papillon, traverse la rue, vole

1. 1821-1851.

jusqu'à ma fenêtre, virevolte devant mes yeux avant de se poser sur ma bouche. C'est vraiment une fille épatante, qui n'hésite pas à prendre tous les risques pour toi, de mon côté, je suis prêt à tout sacrifier pour elle.

La secrétaire m'apporte une convocation m'invitant à me rendre, dans la matinée, à une session conjointe dans la salle de conférences du comité du district afin de débattre de la question de la création d'une zone de mise en valeur touristique au village de Ximen. Doivent participer à cette réunion les membres permanents du comité du Parti du district, tous les vice-chefs de district, tous les responsables des départements de l'administration et du comité de district, ainsi que les directeurs des diverses banques. Je sais que, sur ce coup, Jinlong joue gros, que ce qui l'attend, et ce qui m'attend moi-même, ne semble pas être un lit de roses, que le chemin ne sera pas facile. J'ai le pressentiment que le destin des deux frères que nous sommes sera tragique. Mais nous n'allons pas nous arrêter pour autant. De ce point de vue, nous sommes vraiment frères dans le malheur.

Avant de quitter le bureau, une fois mis en ordre mes documents, je prends de nouveau les jumelles et me poste à la fenêtre. Je vois le chien de mon fils traverser la rue, précédant ma femme, et se diriger tout droit vers la porte de la librairie Chine nouvelle. J'ai lu plusieurs écrits de Mo Yan dans lesquels il parle des chiens, les décrivant comme plus intelligents que les humains, j'en ai toujours ri, ne voyant là que billevesées, mais à ce moment précis je suis convaincu qu'il a raison.

Chapitre quarante-cinquième

Chien le Quatrième suit Chunmiao à la trace.
Huang Hezuo se mord au doigt pour écrire avec son
sang.

Comme j'accompagne ton fils à l'école, une Mercedes gris métallisé s'arrête lentement devant l'entrée du bâtiment. Une fillette habillée comme une princesse se glisse à l'extérieur. Ton fils lui fait un signe de main très à l'occidentale : « Hé ! Pang Fenghuang ! » La fillette lui répond avec le même geste : « Hé ! Lan Kaifang ! » Ils entrent l'un à côté de l'autre dans l'école.

Je suis du regard la voiture qui s'éloigne à vive allure. L'odeur de Kang Pangmei tourbillonne autour de ma truffe. Autrefois la dominante de son odeur était celle des planches de sophora fraîchement coupées, mais à présent viennent s'y mêler celles de la monnaie toute neuve, des parfums français, des vêtements de luxe, des bijoux précieux. Je me retourne pour jeter un coup d'œil sur le campus exigu de l'école. Cet établissement, qui connaît une surpopulation aggravée par sa bonne réputation, ressemble à une cage dorée, pleine de petits oiseaux au plumage splendide. Ils sont alignés sur le terrain de sport, les yeux fixés sur le drapeau rouge qui s'élève aux sons de l'hymne national.

Je traverse la rue, tourne en direction de l'est, prends au nord, je me dirige lentement vers la place de la gare.

Ce matin, ta femme m'a lancé quatre galettes aux pousses d'oignon. Je n'ai pas eu le cœur de me montrer ingrat devant cette marque d'attention, j'ai mangé le tout, elles pèsent sur mon estomac comme si elles s'étaient agglomérées en une brique. Le chien de chasse hongrois du restaurant Dajie, après m'avoir flairé, émet deux jappements en guise de salut à mon intention. J'ai la flemme de lui répondre. Ce matin, je n'ai pas l'esprit léger. J'ai le pressentiment que ce jour sera une journée de troubles pour tous, chiens ou humains. Et, effectivement, avant même que j'aie le temps d'arriver jusqu'à la bassine à friture de ta femme, elle vient à ma rencontre. Je jappe deux fois à son intention pour l'informer que ton fils est bien arrivé à l'école. Elle saute de son vélo et me dit :

« Petit Quatrième, tu es témoin, il veut nous abandonner. »

Je la regarde avec compassion, m'approche d'elle en remuant la queue afin de la consoler. Malgré cette odeur de graillon qui se dégage de son corps et que je déteste, elle n'en reste pas moins ma maîtresse.

Elle met en place la béquille de sa bicyclette avant de s'asseoir sur le bord du trottoir pour me faire signe de me poster devant elle. Je lui obéis. Les sophoras secouent leurs fleurs blanches sur le sol. Non loin, il y a une poubelle en céramique en forme de panda dont les remugles vous assaillent. Par moments un tracteur à trois roues, comme ceux dont on se sert dans les champs, transportant des légumes, crachant une fumée noire, avance vers le sud en vibrant terriblement, mais il est arrêté au carrefour par un agent. La circulation est vraiment par trop anarchique dans cette ville, la veille deux chiens sont même morts écrasés. Ta femme me dit en me caressant la truffe :

« Petit Quatrième, il me trompe avec une autre. J'ai senti sur lui une odeur de femme. Ton odorat est meilleur que le mien, tu l'as certainement flairée, toi aussi. »

Elle prend dans le panier du vélo un sac en cuir noir aux bords usés et en sort une feuille de papier blanc qu'elle déplie, apparaissent deux longs cheveux noirs, elle les met en contact avec ma truffe et me dit :

« C'est à elle, ils étaient sur le vêtement qu'il a laissé à la maison. Le chien, aide-moi à la trouver. »

Elle range avec soin les cheveux, prenant appui avec les mains sur le bord du trottoir, elle se lève et me dit : « Chien le Quatrième, aide-moi à la trouver. » Je vois que ses yeux sont humides, mais que des flammes en jaillissent.

Je n'hésite pas un instant, il s'agit de mon devoir. En fait, je n'ai nul besoin de flairer les deux cheveux pour savoir qui il faut chercher. Je vais devant au petit trot, sans trop me presser, à la recherche de ce filet d'odeur aussi délié qu'un vermicelle de soja. Ta femme me suit à bicyclette. Son corps estropié lui permet de pédaler vite, à une vitesse plus lente elle éprouverait des difficultés à garder son équilibre.

Comme nous arrivons devant la porte de la librairie Chine nouvelle, j'hésite. La délicieuse odeur de Pang Chunmiao me fait éprouver pour elle un attachement inconditionnel, mais à la vue de la démarche claudicante de ta femme je parviens à prendre une décision. Je suis un chien, il me faut être fidèle à ma maîtresse. Je jappe par deux fois devant la librairie. Ta femme pousse la porte pour me faire entrer. Je jappe deux fois dans la direction de Pang Chunmiao qui essuie le comptoir avec un chiffon humide, puis je baisse la tête. Je ne puis affronter le regard de la jeune fille.

« Ce serait-elle ? Comment est-ce possible ? » me dit ta femme. Je gémis tout bas. Ta femme relève la tête, elle regarde fixement le visage empourpré de Pang Chunmiao, elle dit sur un ton empli de douleur, de désespoir et de perplexité tout à la fois : « Ce serait toi ? Comment est-ce possible ? Pourquoi faut-il que ce soit toi ? »

Les deux autres vendeuses jettent alors des coups d'œil méfiants. Celle qui a une face rougeaude et dont la bouche empeste le tofu fermenté et l'oignon m'admoneste vertement :

« À qui est ce chien ? Dehors ! »

L'autre, dont le derrière exhale une odeur de pommade contre les hémorroïdes, dit tout bas :

« N'est-ce pas le chien du chef de district Lan ? C'est son épouse… »

Ta femme se retourne, les fixe d'un regard haineux, elles s'empressent de baisser la tête. Ta femme s'adresse d'une voix forte à Pang Chunmiao :

« Sors un moment, le professeur principal de mon fils m'a dit de venir te trouver ! »

Ta femme pousse la porte, elle me fait sortir d'abord, puis elle franchit la porte de biais. Sans se retourner, elle va près du vélo, ouvre le cadenas, poussant sa machine, elle suit le bord de la route tout droit vers l'est. Je la suis. J'entends le bruit de la porte de la librairie. Nul besoin de me retourner pour savoir que Pang Chunmiao est sortie après nous, son odeur s'est faite plus prégnante sous l'effet de la nervosité.

Ta femme s'arrête devant la boutique de vente en gros et au détail de la purée de piment de la marque Rouge. Je m'assieds à son côté, face à l'énorme publicité au-dessus de la devanture du magasin. Une femme levant une bouteille de ce produit m'adresse un large sourire de sa bouche fardée de rouge. Son expression manque de naturel, c'est précisément celle de quelqu'un qui vient de manger du piment et qui ressent douleur et satisfaction tout à la fois. « La purée de piment de la marque Rouge, préparée selon une recette ancestrale, est un vrai délice qui vous assurera santé et beauté. » Alors je repense au dogue tibétain disparu et une légère tristesse m'envahit. Ta femme a les deux mains appuyées contre le tronc d'un platane d'Orient, ses jambes tremblent légèrement. Pang Chunmiao s'avance, hésitante, avant de s'arrêter à trois mètres d'elle. Ta femme a les yeux fixés sur l'écorce de l'arbre, la jeune fille, elle, regarde le sol. De mon œil gauche j'observe ta femme, de l'autre Pang Chunmiao.

« Quand nous sommes entrés dans l'usine de transformation du coton, tu n'avais que six ans, dit ta femme, nous avons vingt années de plus que toi, nous ne sommes pas de la même génération. »

Le chien d'aveugle au poil jaune, conduisant l'artiste Mao Feiying, passe entre nous deux. Ce chien ne participe jamais à nos réunions au clair de lune, mais son dévouement à toute épreuve pour sa maîtresse lui a gagné l'estime de tous. L'aveugle porte un sac contenant son violon, elle tient la laisse en cuir passée autour du cou de l'animal. Le corps légèrement incliné vers l'arrière, la tête penchée comme si elle écoutait avec attention, elle claudique imperceptiblement.

« C'est sûr, il se sera joué de toi, dit ta femme, il est marié et toi, tu étais vierge. Il s'est montré complètement irresponsable, c'est un comportement bestial, il t'a fait beaucoup de tort. » Ta femme se tourne et appuie une épaule contre l'arbre, elle fixe Pang Chunmiao d'un regard méchant, elle reprend : « Avec son visage à moitié bleu, il ressemble pour un tiers à un être humain et pour tout le reste à un démon, que tu t'attaches à lui, c'est comme planter une belle fleur dans de la bouse de vache ! »

Deux voitures de police toutes sirènes hurlantes passent à vive allure, les passants leur lancent un regard de travers.

« Je lui ai déjà annoncé la couleur : s'il veut divorcer, il devra attendre que je ne sois plus de ce monde ! dit ta femme en proie à une vive indignation. Tu es une fille raisonnable, ton père, ta mère, ta sœur sont des personnages très en vue, si ton histoire avec lui venait à être connue, ils perdraient la face et ne pourraient même pas se mettre à l'abri, poursuit ta femme. Pour moi c'est égal, une femme avec une moitié de fesses n'a plus d'honneur à sauver, si tu me provoques, je suis capable de tout, je ne crains pas de perdre la face. »

Les enfants de l'école maternelle des organismes de l'administration du district sont en train de traverser la rue, encadrés en tête et en queue de rang par une employée, tandis que deux autres femmes, placées au milieu, courent d'un bout à l'autre de la file, tout en criant sur différents registres. Toutes les voitures se sont arrêtées pour les laisser passer.

« Quitte-le, va chercher l'amour, te marier, enfanter, et moi, je te garantis que je ne porterai pas atteinte à ta réputation, reprend ta femme. Moi, Huang Hezuo, si je suis laide et si mon destin est misérable, je n'en suis pas moins quelqu'un de parole ! » Ta femme s'essuie les yeux avec le dos de sa main droite, puis elle fourre son index dans sa bouche, les muscles de ses joues saillent. Elle retire son doigt, je sens immédiatement une odeur de sang. Il suinte du bout de son index. Elle lève le bras et, sur l'écorce lisse du platane d'Orient, elle trace les idéogrammes suivants, auxquels il manque des traits :

« Quitte-le. »

Pang Chunmiao pousse un gémissement, la main sur la bouche elle se détourne et se met à courir en trébuchant. Elle court ainsi pendant quelques mètres, puis marche avant de reprendre sa course, et ainsi de suite. Cela ressemble assez aux mouvements que nous faisons, nous autres chiens. Sa main n'a pas quitté sa bouche. Je la suis du regard avec tristesse. Elle ne franchit pas la porte de la librairie, mais prend une ruelle juste à côté. C'est la ruelle des Moulins-à-Huile, y habitent des huiliers fabriquant de l'huile de sésame. Le maître d'un de nos chefs de section loge là, comme il consomme souvent de la pâte de sésame, ce type-là a le poil particulièrement luisant.

Je vois le visage blême de ta femme, cela me glace le cœur. Je sais bien que Pang Chunmiao, ce tendron, n'est pas de taille à lutter avec elle. Mais pour ta femme aussi c'est éprouvant, elle retient ses larmes. Je me dis qu'elle devrait partir, m'emmener avec elle, mais elle n'en fait rien. Son doigt saigne toujours, il ne faut pas gâcher ce sang. Elle complète avec patience les traits manquant aux idéogrammes tracés, forcissant le dessin là où il est imprécis. Il reste encore du sang, elle ajoute derrière les idéogrammes un point d'exclamation. Il reste encore du sang, elle en trace un second. Et encore un.

« Quitte-le !!! »

C'est devenu un slogan qui attire les regards. Ta femme semble n'avoir pas encore exprimé tout ce qu'elle voulait dire, mais en rajouter conduirait manifestement à ruiner l'effet obtenu. Elle secoue son doigt, le met dans sa bouche pour sucer le reste du sang, puis elle glisse sa main gauche dans le col de son vêtement et arrache l'emplâtre antalgique qui est posé sur son omoplate gauche pour l'enrouler autour de son index. Elle l'a collé le matin même, il adhère encore bien, l'opération se fait aisément.

Elle examine une fois de plus, consciencieusement, le slogan écrit avec son sang, qui est aussi une exhortation et une mise en garde à l'adresse de Pang Chunmiao, un sourire de satisfaction se dessine sur son visage. Elle prend vers l'est, poussant son vélo, elle longe le bord de la chaussée, je la suis à une distance de trois mètres. Elle se retourne par moments pour regarder l'arbre, comme si elle redoutait que quelqu'un n'efface ce qu'elle a tracé.

Au feu, nous attendons le signal avant de traverser avec toujours autant d'appréhension. Parce qu'il y a beaucoup de types à moto en blouson de cuir noir qui se moquent complètement des feux de circulation, ou de voitures luxueuses que rien n'arrête, même pas les feux. Et aussi parce que récemment est apparu un « gang des fonceurs en Honda », constitué de petits jeunes de dix-huit ans environ, montés sur des motos, toutes les mêmes, qui font exprès de heurter les chiens et qui, une fois qu'ils les ont renversés, de crainte qu'ils ne soient pas morts, leur repassent dessus, jusqu'à ce que les boyaux sortent sur le sol, ils repartent alors comme le vent, en sifflotant. D'où leur vient une telle haine contre les chiens ? J'ai beau me creuser la cervelle, je ne trouve aucune explication.

Chapitre quarante-sixième

Huang Hezuo fait le serment d'alarmer son idiot de
mari.
Hong Taiyue, à la tête d'une foule, manifeste au dis-
trict.

La réunion conjointe en vue de discuter le dossier de
la folle idée de Jinlong devait se poursuivre jusqu'à
midi. La succession de Jin Bian, le vieux secrétaire du
comité du district (qui n'est autre que le petit forgeron
qui a ferré les sabots de l'âne noir de mon père), au
poste de vice-responsable de l'assemblée du peuple de
la ville auquel il avait été promu, devrait être assurée,
selon un scénario établi, par Pang Kangmei. Elle est la
fille d'un héros, elle est passée par l'université, elle a
l'expérience du travail à la base, tout juste la quarantaine, elle présente bien et est irréprochable sur le plan
de la moralité, ses supérieurs l'apprécient, ceux qui
sont sous ses ordres lui apportent leur soutien, elle possède toutes les conditions requises. Lors de la réunion,
comme le débat s'éternise et que chacun campe sur ses
positions, Pang Kangmei va avoir le dernier mot : « On
le fait ! Dans une première étape, on va investir trois
cents millions de yuans, répartis équitablement entre
les différentes banques, puis on va créer un groupe
chargé de l'appel de capitaux auprès des investisseurs
chinois et étrangers. »

Tout le temps de la réunion, je me suis montré inquiet, à plusieurs reprises j'ai pris le prétexte de me rendre aux toilettes pour courir téléphoner à la librairie Chine nouvelle. Pang Kangmei me lançait des regards pénétrants. J'émettais un rire contrit, montrais mon ventre et sortais à la hâte.

J'ai donné trois coups de téléphone au magasin de vente au détail. La troisième fois, la femme à la voix rude m'a dit, exaspérée :

« Encore vous ! N'appelez plus, la femme boiteuse du chef de district Lan est venue la chercher et elle n'est pas encore de retour. »

J'ai téléphoné à la maison, personne n'a répondu.

Assis à la place qui me revient dans la salle de conférences, je suis comme sur des charbons ardents. Je dois faire peur à voir. Toutes sortes de scènes tragiques me viennent à l'esprit, la pire de toutes étant que, dans quelque coin isolé de la ville, ou bien très peuplé, ma femme a tué Pang Chunmiao avant de mettre fin à ses jours. Pour l'heure, près de leurs cadavres se presse une foule de badauds venus voir le spectacle, une voiture de police traînant sa sirène aiguë file vers les lieux à toute vitesse. Je regarde à la dérobée Pang Kangmei qui parle d'un ton assuré, tenant à la main la baguette du tableau noir, la pointant sur le plan conçu par Ximen Jinlong, et je pense, indifférent à tout cela : dans une minute, dans une seconde, tout de suite, dans cette salle de conférence, le scandale va éclater avec fracas, comme une bombe portée par un kamikaze, et des morceaux de chair accompagnés d'éclats d'obus vont voler en tous sens…

On décrète la fin de la réunion, sous des applaudissements dont la signification est complexe. Sans plus me soucier de rien d'autre, je me rue hors de la salle. J'entends quelqu'un dire derrière moi, non sans malveillance : « Le chef de district Lan a dû s'oublier dans son froc. »

Je me précipite vers ma voiture. Le chauffeur, Petit Hu, s'empresse d'en sauter. Sans attendre qu'il se retourne pour m'ouvrir la portière, je l'ai devancé et me suis faufilé à l'intérieur.

« En route ! dis-je avec impatience.

– C'est bloqué, répond Petit Hu qui n'en peut mais…

Et c'est vrai, le chef du bureau responsable de la circulation fait partir les véhicules selon l'ordre défini par les fonctions de leurs propriétaires. La première voiture à avancer est la Mercedes gris métallisé de Pang Kangmei, bien garée sur la voie empruntée par les voitures devant le passage de l'immeuble des bureaux de l'administration du district. Derrière viennent la Nissan du chef de district, l'Audi noire du président de la commission consultative politique, l'Audi blanche du responsable de l'assemblée du peuple… Ma Santana est derrière le numéro 20. Tous les véhicules sont déjà en marche, les moteurs tournent avec un vrombissement régulier. Certains, comme moi, se sont déjà glissés dans l'habitacle, d'autres discutent à voix basse de chaque côté du portail jusqu'à ce que leurs voitures soient avancées, tout le monde attend Pang Kangmei. Son rire clair se fait entendre dans le hall d'entrée de l'immeuble, je voudrais tirer sur ce rire, comme sur la longue langue d'un caméléon, afin de l'amener à l'extérieur. Elle finit par se montrer. Elle porte un tailleur bleu saphir, sur le col à revers de la veste est accrochée une broche qui lance des lueurs argentées. Selon ses propres dires, tous ses bijoux seraient des faux. Chunmiao m'a raconté une fois sans réfléchir que les bijoux de sa sœur pourraient remplir un plein seau. Chunmiao, mon amour, mon corps et mon âme, où es-tu ? Alors que je ronge mon frein de ne pouvoir sauter de la voiture pour partir en courant dans la rue, Pang Kangmei a fini par prendre place dans sa Mercedes. Les véhicules sortent les uns derrière les autres de l'enceinte, les gardes de la sécurité se mettent au garde-à-vous, le visage fermé. Une fois sortie, la file prend à droite, je demande avec agacement à Petit Hu :

« Où allons-nous ?

– Au banquet en l'honneur de Ximen Jinlong. » Petit Hu me tend un carton d'invitation rouge et doré.

Je me rappelle vaguement que, pendant la réunion, quelqu'un m'a glissé à l'oreille : « Comme s'il y avait quelque chose à débattre encore ! Le banquet pour fêter le projet est déjà préparé. » Je dis précipitamment :

« Fais demi-tour.

– Pour aller où ?

– Au bureau. »

Manifestement, cela ne plaît pas à Petit Hu. Je sais que, pour eux, participer à ce genre de banquets leur donne l'occasion de s'en mettre plein les joues, mais aussi de recevoir un cadeau. Le président Ximen Jinlong est bien connu pour ses largesses. Afin de l'apaiser, mais aussi pour donner une excuse à ma conduite, je lui dis :

« Tu n'es pas sans savoir quels sont mes rapports avec Ximen Jinlong. »

Petit Hu ne bronche pas par bienséance, il se détourne, la Santana file tout droit jusqu'à l'administration du district. C'est le jour du grand marché Nanguan, les gens s'y rendent qui à bicyclette, qui sur son tracteur, en charrette à âne ou à pied, toute cette foule afflue dans l'avenue du Peuple. Petit Hu n'a de cesse de jouer du klaxon, mais il ne peut qu'avancer lentement, au rythme du flot des véhicules.

« Ces putains d'agents de la circulation sont tous partis boire un coup ! » jure Petit Hu tout bas.

Je ne réponds rien. Comme si j'étais d'humeur à m'occuper de savoir si les agents de la circulation sont tous partis boire un verre ! La voiture finit par s'approcher du portail. Une foule, comme sortie de terre, nous entoure.

Je vois quelques vieilles femmes en haillons se laisser tomber sur les fesses devant mon véhicule et se mettre à battre le sol de leurs mains, tout en braillant, les yeux secs. Des hommes dans la force de l'âge, avec des gestes de prestidigitateurs, déploient des banderoles sur lesquelles sont inscrits les mots « Rendez-moi ma terre », « À bas les fonctionnaires cupides et corrompus ». Je vois encore, à genoux derrière les vieilles femmes qui se lamentent, prenant à témoin le ciel et la terre, une dizaine de personnes élever au-dessus de leurs têtes une étoffe blanche couverte d'idéogrammes. Je vois, des deux côtés de l'arrière de la voiture, des gens sortir de l'intérieur de leurs vêtements des tracts multicolores et les éparpiller dans la foule. Ils le font avec des gestes experts, pareils à ceux des gardes rouges pendant la Révolution culturelle ou à ceux des hommes chargés, lors des funérailles à la campagne, de disperser du papier-monnaie. Une marée humaine afflue, m'encercle. Les amis, je suis bien le dernier à qui vous devriez vous en prendre. Je vois Hong Taiyue, avec sa tête toute blanche, soutenu par deux petits gars, sortir de derrière le pin stupa à l'est du portail et s'avancer vers ma voiture. Il se place entre les vieilles femmes assises et les paysans à genoux, dans un espace à peine plus grand qu'une meule qu'on lui a manifestement réservé. C'est un groupe de pétitionnaires[1] organisés et

1. Il s'agit là d'une coutume ancestrale qui avait cours sous l'Empire : quand les gens ne parvenaient pas à faire entendre leurs doléances à celui qui les administrait directement, ils se rendaient auprès des autorités supérieures, au *yamen*, résidence du sous-préfet, pour leur remettre une pétition. Ici, ils se rendent au siège de l'administration du district.

qui ont un plan d'action. Le meneur est bien naturellement Hong Taiyue. Lui, qui a une si vive nostalgie de
cette grande collectivité qu'avaient créée les communes
populaires, ainsi que mon père, qui s'est obstiné à
garder son statut de paysan indépendant, sont deux
personnalités singulières du canton de Dongbei, pareils
à deux énormes ampoules électriques rayonnant en
tous sens, pareils à deux drapeaux, l'un rouge, l'autre
noir, flottant haut. Il sort de sa besace l'os coxal de
bœuf percé de neuf trous, sur le pourtour duquel sont
accrochés des anneaux en laiton et dont la couleur a
jauni, il l'élève, l'abaisse, l'agite avec une dextérité
extrême, lui faisant produire des sons cadencés. Cet os
de bœuf a été un accessoire important de sa glorieuse
histoire, tout comme l'est pour un soldat un sabre qui a
tranché des têtes ennemies. Agiter cet os pour rythmer
ses récitatifs, tel est son talent bien particulier. Il commence ainsi :

Et ran, et ran, et ran, l'os frappé, nous allons parler.
Et de quoi aujourd'hui ? De Ximen Jinlong et de sa
    frénésie à vouloir restaurer…

Les gens se pressent, plus nombreux encore, marée
de voix, brouhaha qui soudain s'apaise.

L'histoire raconte que dans le canton de Dongbei
le joli petit village de Ximen, ainsi nommé,
avec autrefois sur sept hectares un verger d'abricotiers,
pour sa réussite dans l'élevage des porcs acquit sa
    renommée,
pour l'abondance de ses moissons, ses animaux
    domestiqués,
la ligne révolutionnaire du président Mao était toute
    clarté.

Arrivé à ce point de sa complainte, Hong Taiyue lance soudain l'os de bœuf en l'air, puis il tourne brusquement sur lui-même, et les gens voient alors distinctement comment sa main derrière son dos, adroite et précise, récupère l'objet. Pendant cet exercice, le bruit émis par l'os n'a pas cessé, on dirait que l'objet est magique, qu'il est doté de vie. « Bravo ! », des acclamations retentissent soudain, suivies d'applaudissements désordonnés. L'expression sur le visage de Hong Taiyue change subitement, il reprend ses récriminations :

Au village vivait Ximen Nao, propriétaire tyrannique,
il laissa un rejeton, un loup bâtard cynique.
Jinlong, ce petit drôle, enfant déjà était beau parleur hypocrite,
il entra à la Ligue, au Parti, jouant les progressistes,
s'empara du pouvoir, devint secrétaire, lança des contre-attaques frénétiques,
entreprit une restauration, partagea les terres pour une exploitation privée,
la commune populaire de la carte fut rayée,
réhabilita les mauvais éléments de la société,
esprits de buffles et de serpents[1] en furent tout réjouis.
À ce point de mon récit me voilà bien marri,
morve et larmes coulent sans répit...

Il lance son os de bœuf, le rattrape de la main droite, de la gauche il essuie les larmes qui coulent à gauche ; jette de nouveau l'os de bœuf, le rattrape cette fois de la main gauche et de la main droite essuie les larmes du côté droit. L'os de bœuf semble une belette blanche qui saute entre ses deux mains. Tonnerre d'applaudis-

1. Pendant la Révolution culturelle, un slogan en vogue était « Balayer les esprits de buffles et de serpents », c'est-à-dire ceux que l'on considérait comme les mauvais éléments de la société (il s'agissait le plus souvent des intellectuels).

sements. On entend vaguement le bruit d'une voiture de police. Hong Taiyue, cédant complètement à la colère et à l'indignation, reprend sa complainte :

Nous voici en 1991. Ce vaurien a pensé un plan machiavélique,
il veut chasser du village tous les habitants, créer un lieu destiné aux touristes,
ruiner des hectares de bonnes terres pour un terrain de golf, une maison de jeux,
un bordel, des thermes, faire de Ximen, village socialiste,
un parc de loisirs impérialiste.
Camarades, pays, frappez-vous la poitrine[1] et pensez un peu :
ne faut-il pas remettre en œuvre la lutte des classes ?
liquider Ximen Jinlong ? Fi de ses richesses, de sa brutalité, de ses soutiens,
peu importe que son frère Jiefang soit chef de district,
l'union fait la force, les réactionnaires, nous les exterminerons,
oui, à jamais les exterminerons...

Les badauds font du tapage, certains jurent, d'autres rient, d'autres encore sautent ou trépignent, devant la porte de l'administration du district c'est une belle pagaille. Au départ, je pensais trouver un moment approprié pour descendre de voiture et, grâce aux liens qui nous unissaient autrefois au village, les exhorter à quitter les lieux. Mais dans sa complainte voilà que Hong Taiyue a fait de moi le protecteur de Jinlong. Si je me risque à mettre le nez dehors, face à cette foule ainsi chauffée, je n'ose pas envisager ce qui pourrait se passer. Je mets des lunettes noires qui mangent mon visage, je

---

1. Pour affirmer quelque chose.

regarde derrière moi dans l'espoir que la police arrivera au plus vite pour rompre cet encerclement. Je vois une dizaine de policiers, à l'extérieur de la foule, qui agitent leurs matraques. (En fait, ils crient eux aussi au milieu de la foule. Avec les gens qui ne cessent d'affluer ils se sont retrouvés encerclés à leur tour.)

Je remets mes lunettes correctement, me couvre la tête avec un chapeau de voyage bleu pour dissimuler de mon mieux ma moitié de visage bleue, puis j'ouvre la portière.

« Chef de district, surtout, ne sortez pas de la voiture ! » me crie Petit Hu effrayé.

Je me glisse hors de la portière, le dos courbé, je me rue droit devant moi. Une jambe s'allonge, me fait trébucher, je me retrouve bel et bien par terre. Les branches des lunettes se sont cassées, le chapeau a volé d'un côté. Mon visage touche le sol en ciment brûlant, chauffé par le soleil de midi, j'ai très mal aux lèvres et au nez. Un sentiment de désespoir infini me terrasse, mourir ainsi à mon poste en fait simplifierait bien les choses, et ce serait tout à mon honneur, mais je repense à Pang Chunmiao, je ne peux pas mourir sans la revoir, ou son cadavre si elle a trouvé la mort. Je me relève, alentour, immédiatement, retentissent des rugissements pareils aux roulements du tonnerre.

« Lan Jiefang, Visage bleu ! C'est lui le protecteur de Ximen Jinlong !

– Attrapez-le, empêchez-le de se sauver ! »

Tout devient noir devant mes yeux, puis c'est un éblouissement. Les visages des gens autour de moi sont déformés, comme le devient un fer à cheval une fois trempé, ils scintillent de l'éclat bleu de l'acier. Je sens qu'on me tord les bras pour me retenir et qu'on me les met derrière le dos. Mes narines sont brûlantes, me démangent, j'ai l'impression que deux vers rampent jusque sur mes lèvres. Quelqu'un derrière moi appuie sur mes fesses avec son genou, certains me décochent des coups de pied dans les tibias, quelqu'un encore me pince méchamment le dos. Je vois que le sang de mon nez coule goutte à goutte sur le sol cimenté pour se transformer immédiatement en vapeur noire.

« Jiefang, c'est bien toi ? » J'entends une voix familière s'élever devant moi, je m'empresse de me calmer, faire que ma tête tout étourdie retrouve sa faculté de penser, que ma vue brouillée puisse voir les objets. Je distingue alors ce visage, marqué par toute une vie de souffrance et de haine, celui de Hong Taiyue. Curieusement, le nez me picote, les yeux me brûlent, des larmes en jaillissent, je suis comme quelqu'un dans le malheur qui rencontre un parent, je dis en hoquetant : « Oncle, laissez-moi aller…

– Lâchez-le tous, lâchez-le… » J'entends Hong Taiyue crier, je le vois agiter son os de bœuf comme un chef d'orchestre jouant de sa baguette, tout en vociférant : « Il faut lutter avec les mots, pas avec les armes ! Jiefang, tu es chef de district, tu es le père du peuple[1], il faut que tu soutiennes la population du village de Ximen, il ne faut pas laisser Ximen Jinlong commettre tous ses méfaits, dit Hong Taiyue. Ton père au départ avait l'intention de venir présenter la pétition lui aussi, mais comme ta mère est malade, il n'a pu exécuter ce projet.

– Oncle Hong, bien que je sois né de même mère que Jinlong, depuis tout petits nous n'avons pas le même tempérament, cela, vous le savez bien. » J'essuie le sang de mon nez et reprends : « Moi aussi, je suis opposé à son projet, laissez-moi aller.

– Vous avez entendu ? dit Hong Taiyue en agitant son os de bœuf. Le chef de district Lan nous soutient !

1. Expression désignant sous l'Empire le mandarin local et, la plupart du temps, le sous-préfet ; toujours en vigueur, elle s'applique ici au sous-chef de district.

– Je me ferai l'écho de votre point de vue auprès des instances supérieures, quittez vite les lieux ! » Je fends la foule devant moi et ajoute d'un ton sévère : « Ce que vous faites là est illégal !

– Il ne faut pas le laisser partir, il doit écrire une lettre de garantie ! »

Je sens soudain la moutarde me monter au nez, j'allonge le bras, j'attrape l'os de bœuf de Hong Taiyue et l'agite comme j'aurais fait d'un couperet, les gens qui me barraient le chemin s'écartent un à un, l'os s'abat sur une épaule, puis sur une tête, quelqu'un crie : « Le chef de district frappe le peuple ! » Eh bien, soit, je frappe, oui, je me mets dans mon tort, au point où j'en suis tout cela ne veut plus rien dire, dégagez tous. Je me sers de l'os pour me frayer un chemin et briser l'encerclement, je pénètre dans l'immeuble de l'administration, grimpe les escaliers quatre à quatre, me rue jusqu'au deuxième étage, je suis de retour dans mon bureau. De la fenêtre je vois le miroitement des têtes de la foule derrière le portail, quelques détonations sourdes se font entendre tandis qu'une fumée rose flotte, je sais que les policiers, poussés à la dernière extrémité, ont lancé des gaz lacrymogènes, la foule s'agite, je lâche l'os de bœuf, ferme la fenêtre, pour le moment ce qui se passe à l'extérieur ne me concerne plus. Je ne suis pas un bon cadre, je fais passer mes problèmes personnels avant les souffrances du peuple, je me réjouis même de son malheur qui le pousse à présenter cette pétition illégale, il reviendra à Pang Kangmei et aux autres de gérer ce beau gâchis. Je m'empare du téléphone, fais le numéro de la librairie Chine nouvelle, personne ne décroche. J'appelle à la maison, tombe sur mon fils. La colère qui m'habitait diminue soudain de moitié, je lui dis, m'efforçant de prendre le ton le plus calme possible :

« Kaifang, dis à maman de venir répondre.

– Papa, pourquoi tu t'es disputé avec maman ?

– Oh, ce n'est rien, dis-lui de venir répondre.

– Elle n'est pas là, le chien non plus n'est pas allé me chercher à l'école, dit mon fils, elle n'a rien préparé à manger, elle m'a juste laissé un mot.

– Quel genre de mot ?

– Je vais te le lire, dit mon fils. "Kaifang, fais-toi quelque chose à manger, si ton père téléphone, dis-lui de venir me voir à la boutique de purée de piment de la marque Rouge sur l'avenue du Peuple." Qu'est-ce que tout ça veut dire ? »

Je ne lui donne aucune explication. Fiston, pour le moment je ne peux pas t'en donner. Je lâche l'écouteur, lance un coup d'œil à l'os de bœuf sur le bureau, j'ai vaguement le sentiment que je devrais emporter quelque chose, mais cela ne me revient pas. Je descends l'escalier à la hâte, je vois une belle pagaille devant le portail, les gens sont regroupés en une masse compacte, une odeur âcre vous prend au nez, vous pique les yeux, c'est un tumulte de toux, d'injures, de cris aigus. Quand la pagaille s'arrête d'un côté, elle reprend d'un autre. Me bouchant le nez, je contourne le bâtiment pour sortir par la petite porte dans l'angle nord-est, je marche dans la rue qui passe derrière, je cours en direction de l'est, arrivé à la ruelle des Cordonniers, près du cinéma, j'oblique en direction du sud pour déboucher tout droit dans l'avenue du Peuple. Les artisans inquiets qui réparent les chaussures de chaque côté de la ruelle font certainement le lien entre la course affolée du vice-chef de district Lan et l'agitation devant la porte de l'administration. Si certains habitants de la ville ne connaissent pas forcément Pang Kangmei, je suis, pour ma part, connu de tout le monde.

Arrivé à l'avenue du Peuple, je la vois, et je vois le chien, assis derrière elle, je te vois, toi, ce bâtard ! Dans l'avenue, la foule se sauve en désordre, la circulation est anarchique, véhicules et piétons se retrouvent ensemble, les klaxons sont assourdissants. Je traverse la rue par bonds, comme un enfant jouant à la marelle. Certains m'ont remarqué, d'autres non. Je me retrouve devant elle, tout essoufflé. Elle garde le regard fixé sur l'arbre, et toi, le bâtard, tu ne me quittes pas des yeux, regard morne de chien.

« Où l'as-tu expédiée ? » demandé-je d'une voix rude.

Sa bouche se tord, les muscles de ses joues se crispent, sur son visage apparaît comme un ricanement, mais son regard ne se détourne pas pour autant, il reste fixé sur l'arbre.

Je vois d'abord sur le tronc quatre masses noires, verdâtres, je regarde avec attention et constate qu'il s'agit de mouches qui grouillent, des mouches bleues, les plus dégoûtantes. Je redouble d'attention et distingue de gros idéogrammes et trois points d'exclamation. Je sens l'odeur âcre du sang, j'en ai des vertiges, des éblouissements, manque tomber, me dis que la pire chose s'est sans doute produite. Elle l'a tuée, s'est servie de son sang pour écrire ces mots. Je m'efforce malgré tout de me ressaisir pour lui demander :

« Qu'as-tu fait d'elle ?

– Rien. » Elle donne deux coups de pied à la file dans le tronc de l'arbre, les mouches affolées s'envolent avec des bourdonnements effrayants, elle lève son index entouré de l'emplâtre antalgique et me dit : « C'est mon sang, j'ai écrit ces mots avec mon sang, pour l'exhorter à te quitter ! »

Je me sens soulagé d'un énorme poids, une fatigue extrême m'envahit, je me retrouve malgré moi à croupetons, ma main, crispée comme une patte de poulet, attrape les cigarettes dans ma poche, j'en allume une, aspire une longue bouffée. Je sens la fumée s'insinuer dans ma tête comme un petit serpent ondulant, il circule dans les petits sillons du cerveau, y diffusant une sensation de joie et de soulagement. Au moment où les mouches se sont envolées, ces mots sales et pathétiques m'ont sauté aux yeux, mais déjà elles les ont recouverts de nouveau, les rendant méconnaissables, difficiles à identifier...

« Je lui ai dit, poursuit ma femme qui continue à ne pas me regarder et parle d'une voix blanche, mécanique, que si elle te quitte, je ne broncherai pas d'un pet. Elle pourra tomber amoureuse, se marier, enfanter, couler des jours tranquilles, mais dans le cas contraire nous périrons toutes les deux ensemble ! » Ma femme se retourne brusquement, lève devant mon visage son index entouré de l'emplâtre antalgique, elle a le regard brillant, pareil à celui d'un chien acculé contre un mur, elle crie d'une voix suraiguë : « Je vais me servir de mon index ensanglanté pour écrire ce scandale sur le portail de l'administration du district, sur celui du comité du district, sur celui de la commission politique consultative du district, sur celui de l'assemblée du peuple du district, sur ceux du bureau de la sécurité publique, du tribunal, du parquet, sur ceux des théâtres, des cinémas, de l'hôpital du Peuple, sur le tronc de chaque arbre, sur chaque mur... jusqu'à épuisement de mon sang ! »

Chapitre quarante-septième

Pour jouer les héros, le fils gâté vise la montre de prix.
Pour éviter les suites fâcheuses, l'épouse abandonnée rentre au pays.

Vêtue d'une robe cramoisie lui couvrant les pieds, ta femme est assise toute droite à la place à côté du conducteur dans ta Santana. Des effluves de camphre émanent sans discontinuer de sa robe et vous assaillent les narines. La poitrine et le dos du vêtement sont constellés de paillettes rondes brillantes, par association d'idées, en les voyant, je me dis que si on la poussait dans la rivière, elle se transformerait sur-le-champ en poisson. Elle a vaporisé de la laque sur ses cheveux et étalé du fard sur son visage, ce dernier, blanc comme de la chaux, contraste avec son cou brun, on dirait qu'elle porte un masque. Elle arbore un collier en or et, aux doigts, deux bagues, en or également, elle a des airs de femme riche, vivant dans le luxe. Le chauffeur Petit Hu tire une tronche en lame de couteau, mais quand ta femme lui fourre dans la main une cartouche de cigarettes, il retrouve sa face de lune.

Je suis assis avec ton fils sur la banquette arrière. À côté de nous sont empilées une dizaine de boîtes multicolores contenant de l'alcool, du thé, des gâteaux, des étoffes. C'est la première fois que je retourne au village de Ximen depuis que je suis entré en ville dans la jeep de Ximen Jinlong. À l'époque j'étais un jeune chiot d'un peu plus de trois mois, depuis je suis devenu un grand chien qui en a vu de dures. Tout excité, je n'ai pas assez de mes yeux pour contempler le paysage par la fenêtre. La route est droite et large, de chaque côté la végétation est luxuriante ; il y a peu de circulation, Petit Hu conduit comme un fou, la petite voiture vole comme si elle avait des ailes. J'ai l'impression que ces ailes me pousseraient plutôt entre les côtes. Je vois arbres et fleurs sur les bords reculer, puis se coucher les uns après les autres, j'ai le sentiment que la route est un mur noir qui s'élève lentement, tandis que la rivière qu'elle longe se dresse à sa suite et que nous grimpons vers le haut sur cette route noire qui mène au bord du ciel, tandis que l'eau de la rivière, elle, se déverse comme une cascade…

Au regard de mon excitation et de mon imagination débridée, ton fils, près de moi, paraît extrêmement calme. Il est concentré sur le jeu qu'il tient à la main : un Rubik's Cube, il se mord les lèvres, ses pouces s'agitent avec dextérité, chaque fois qu'il se trompe, il tape du pied, énervé, tandis que prrr, de l'air sort de sa bouche.

C'est la première fois que ta femme rentre au village sous ta bannière et avec ta voiture de fonction, les autres fois elle a pris l'autocar ou bien y est allée à bicyclette, ton fils sur le porte-bagages. C'est la première fois également qu'elle y va richement parée, comme l'épouse d'un fonctionnaire, et non mal coiffée, pas maquillée et vêtue de vieux habits tout maculés de taches de graisse. C'est aussi la première fois qu'elle apporte des cadeaux de prix au lieu de quelques livres de beignets encore tout chauds. Enfin, c'est la première fois qu'elle m'emmène avec elle, au lieu de m'enfermer dans la cour en me laissant la garde de la maison.

Depuis que, à sa demande, j'ai débusqué ta petite amoureuse Pang Chunmiao, elle s'est montrée beaucoup mieux disposée à mon égard, ou plutôt elle fait bien plus cas de moi. À présent, elle jacasse souvent à mes oreilles, me racontant ses soucis, je suis une grande poubelle en plastique dans laquelle elle déverse les détritus de ses propos. Non seulement je suis son confident, mais elle voit aussi en moi un conseiller, pas forcément le plus approprié. Elle me demande souvent, indécise :

« Hé, le chien, dis-moi ce que je dois faire. »

« Hé, le chien, dis-moi un peu : est-ce qu'elle va le quitter ? »

« Hé, le chien, dis-moi, il a une réunion à Jinan, est-ce qu'elle va aller le retrouver ? »

« Hé, le chien, dis-moi, est-ce que cette réunion à Jinan ne serait pas une feinte, est-ce qu'en fait il n'a pas prévu de partir quelque part se cacher avec elle pour lui donner du plaisir ? »

« Hé, le chien, dis-moi, existe-t-il vraiment des femmes qui ne peuvent vivre sans cela ? »

À ces innombrables questions je ne réponds rien, je ne peux faire autrement que rester muet. Je la regarde en silence, mes pensées, suivant le fil de ses questions, bondissent avec une amplitude qui les conduit soit au paradis, soit en enfer.

« Hé, le chien, à toi d'arbitrer. Qui est dans son tort : lui ou moi ? »

Elle est assise sur un petit tabouret carré, le dos contre la planche à hacher dans la cuisine, et aiguise couteau, raclette et ciseaux rouillés avec une pierre rectangulaire, elle semble vouloir saisir le moment où elle se confie à moi pour redonner de l'éclat à tous les ustensiles en fer de la maison, elle dit :

« Je n'ai pas sa jeunesse ni sa beauté, mais j'ai été jeune et belle autrefois, pas vrai, le chien ? Et puis, oui, je ne suis plus jeune ni belle, et lui alors ? N'en va-t-il pas de même pour lui ? Il n'était même pas beau quand il était jeune ; en voyant sa moitié de visage bleue, quand j'allume la lampe la nuit, j'ai si peur que j'en tremble. Le chien, le chien, si je n'avais pas été déshonorée par ce voyou de Ximen Jinlong, aurais-je accepté de me marier avec lui ? Ah, le chien, toute ma vie j'ai été un jouet entre les mains de ces deux frères… »

À ce point d'émotion, les larmes jaillissent de ses yeux, tombent sur sa poitrine, elle reprend :

« À présent je suis vieille, laide, lui est devenu fonctionnaire, il est monté en grade, il a réussi, il veut m'abandonner comme on jette de vieilles chaussures ou chaussettes. Le chien, dis-moi un peu : où est la justice dans tout cela, et le sens moral ? »

Elle s'acharne à aiguiser son couteau et dit d'une voix saccadée :

« Je vais tenir le coup ! Je vais être forte ! Je vais me débarrasser de toute la rouille qui est sur moi, comme je fais pour ce couteau, je brillerai ! »

Elle essaie le tranchant de la lame sur le bout de son doigt, l'opération laisse une trace blanche, l'objet est devenu un outil efficace, elle dit :

« Demain nous rentrerons au pays, le chien, toi aussi tu seras de la partie, nous irons avec sa voiture, pendant cette dizaine d'années je ne m'en suis pas servie une seule fois, je n'ai rien fait aux frais de la princesse, j'ai voulu préserver la bonne réputation dont il jouissait ; le crédit que lui accordent les masses s'est, pour moitié, bâti grâce à mon aide. Ah, le chien, les gens bons sont toujours dupés, tout comme les chevaux d'excellence sont destinés à être chevauchés. Nous ne nous laisserons plus faire, nous allons, comme toutes ces femmes de fonctionnaires, nous montrer, il faut que les gens sachent que Lan Jiefang a une épouse et que son épouse peut, elle aussi, faire son entrée dans le monde… »

La voiture franchit le grand pont de la Fortune qu'on vient d'édifier et roule dans le village de Ximen, le petit pont en pierre très bas d'autrefois a été abandonné à droite du nouveau pont. Une bande de gamins, les fesses à l'air, est debout sur le vieux pont, les uns après les autres, avec toutes sortes de figures, ils plongent ou dégringolent dans la rivière, faisant se lever des éclaboussures, des grappes, des gerbes, des paquets d'eau. À ce moment-là seulement, les doigts de ton fils cessent de s'agiter sur le jeu, il regarde par la fenêtre, une expression envieuse se montre sur son visage. Ta femme lui dit :

« Kaifang, ton cousin Huanhuan est parmi eux. »

Je me rappelle vaguement les petits visages de Huanhuan et de Gaige. Celui du premier était tout maigre, propret, tandis que l'autre cousin était joufflu, son teint était blanc, mais il avait toujours de là morve au-dessus de la lèvre supérieure. Leur odeur enfantine reste emmagasinée dans ma mémoire. Comme je me la remémore, des milliers de senteurs liées au village de Ximen, huit ans auparavant, affluent comme un grand fleuve.

« Ils sont bien grands déjà pour jouer encore les fesses à l'air », murmure ton fils. Est-ce le dédain ou l'envie qui lui fait dire cela ?

« Quand on sera à la maison, il faudra être tout sucre, tout miel, être poli, dit ta femme. Il faudra faire plaisir à tes quatre grands-parents et gagner l'estime des parents et des amis.

– Alors tu devrais enduire mes lèvres de miel !

– Cet enfant ! C'est ça, continue à me mettre en colère ! dit ta femme. Ces pots de miel sont pour tes grands-parents, et c'est toi qui les leur donneras, tu leur diras que tu les as achetés pour eux.

– Comme si j'avais de l'argent ! dit ton fils sur un ton boudeur. Et ils devraient me croire ! »

Pendant cette prise de bec entre ton fils et ta femme, la voiture s'est engagée dans l'avenue, de chaque côté, sur les murs des maisons en brique rouge couvertes de tuiles, construites au début des années 80, alignées au cordeau comme les bâtiments d'une caserne, est écrit en gros caractères à la chaux blanche le mot « démolition ». Dans les champs au sud du vieux village, les pelleteuses vrombissent, deux grues, leurs bras orange, énormes, levés très haut, attendent tranquillement. Le chantier du nouveau village de Ximen est déjà ouvert.

La voiture s'arrête devant le portail de la vieille demeure de la famille Ximen. Petit Hu actionne le klaxon, une foule de personnes afflue immédiatement de la cour. Je sens leurs odeurs, vois leurs visages. À leurs odeurs s'ajoutent d'anciennes données, ils se sont empâtés, leurs visages se sont ridés, ceux, bleu, de Lan Lian, foncé, de Yingchun, jaune, de Huang Tong, blanc, de Qiuxiang, rouge, de Huzhu.

Ta femme ne s'est pas empressée de sortir de la voiture, elle attend que le chauffeur Petit Hu se retourne pour lui ouvrir la portière. Elle descend en relevant sa robe, comme elle n'a pas l'habitude de marcher avec des talons, elle manque tomber. Je la vois s'efforcer de garder son équilibre afin de masquer la déformation de sa fesse gauche. Je constate que cette dernière est gonflée, il s'en dégage une odeur de mousse de caoutchouc. Pour ce retour au village qui revêt une signification particulière elle n'a vraiment pas ménagé sa peine.

« Ma fille ! » s'écrie Wu Qiuxiang, rayonnante, elle est la première à se précipiter vers elle ; à voir la fougue avec laquelle elle s'est élancée, on pourrait croire qu'elle va la serrer dans ses bras, pourtant, une fois arrivée devant elle, elle se fige soudain. Je vois l'expression sur le visage de cette femme qui a été élancée autrefois et qui à présent a des bajoues et du ventre : la tendresse le dispute à la flatterie, je vois comment elle avance ses doigts déformés pour caresser les morceaux brillants sur la robe de ta femme, elle dit avec emphase (c'est là l'intonation qui lui est propre) : « Oh là là, mais c'est ma seconde fille ? Je me demandais quelle immortelle était descendue ici-bas. »

Ta mère, Yingchun, appuyée sur une canne, s'approche, elle a la moitié du corps presque paralysée, elle lève son bras qui semble très faible et dit à ta femme :

« Et Kaifang ? Et mon trésor de petit-fils ? »

Le chauffeur ouvre la portière, sort les cadeaux, je bondis de la voiture.

« C'est Chien le Quatrième ? Ciel, il est aussi grand qu'un veau ! » dit Yingchun.

Ton fils descend de voiture sans grand enthousiasme.

« Mon Kaifang…, lance Yingchun. Que ta grand-mère te voie ! Depuis tous ces mois, te voilà bien grandi.

– Bonjour, grand-mère », dit ton fils. Il dit encore à ton père qui s'est approché, lui aussi, et lui caresse la tête : « Grand-père ! » Ces deux visages bleus, l'un rude et âgé, l'autre tendre et frais, forment un tableau vivant agréablement contrasté. Ton fils, tour à tour, salue ses autres grands-parents, sa tante. Ta mère le corrige comme il s'est trompé d'appellation pour cette dernière. Huzhu lance alors : « C'est égal, ce qu'il a dit était plus affectueux. » Ton père demande à ta femme : « Et son papa ? Comment se fait-il qu'il ne soit pas venu, lui aussi ? » Ta femme répond : « Il est allé participer à une réunion dans la capitale de la province.

– Entrez, entrez ! dit ta mère sur le ton autoritaire d'un chef de famille tout en frappant le sol avec sa canne.

– Petit Hu, dit ta femme, tu peux disposer, reviens nous chercher à trois heures précises. »

La foule, escortant ta femme et ton fils, portant les boîtes de toutes les couleurs, entre dans la cour de la famille Ximen. Tu crois que je me sens délaissé ? Pas du tout, alors que les gens sont là à se réjouir du bonheur d'être en famille, un chien au pelage blanc à taches noires bondit hors du portail de la famille Ximen. L'odeur familière de mes frères assaille avec violence mes narines, le passé afflue très distinctement à mon esprit.

« Chien l'Aîné ! Grand frère ! m'écrié-je, tout excité.

– Petit Quatrième, mon quatrième petit frère ! » s'écrie-t-il, ému à son tour.

Nos aboiements alertent Yingchun, elle se retourne, nous regarde avec attention.

« L'Aîné, le Quatrième, dites donc, les deux frères, ça fait combien d'années que vous ne vous êtes revus ? Laissez-moi compter un peu… » Yingchun compte sur ses doigts : « Un, deux, trois ans… Oh là là, cela fait huit ans, pour un chien ça correspond presque à une génération chez les humains…

– Tu n'y es pas du tout, dit Huang Tong qui n'a pas eu l'occasion de se faire entendre, vingt ans de la vie d'un chien correspondent à cent années de vie humaine. »

Nous nous touchons la truffe, nous léchons les joues, puis nous nous frottons le cou, nous heurtons aux épaules pour exprimer notre joie et notre émotion de nous retrouver après une si longue séparation.

« Petit Quatrième, je pensais bien ne plus jamais te revoir en cette vie, dit mon aîné en pleurant à chaudes larmes. Si tu savais comme le cadet et moi-même avons pensé à toi et à ta sœur !

– Et lui ? demandé-je, inquiet, tout en écartant les narines en quête de son odeur.

– Chez le cadet, récemment il y a eu un deuil, dit Chien l'Aîné avec compassion. Tu te souviens de Ma Liangcai ? Oui, le mari de la sœur de ton maître, quelqu'un de bien, il jouait de toutes sortes d'instruments de musique, écrivait, dessinait, réussissait tout ce qu'il entreprenait, il était directeur d'école primaire, un beau métier pourtant. Être enseignant du peuple, qui lui aurait manqué de respect ? Eh bien, il a trouvé le moyen de démissionner pour seconder Ximen Jinlong. Il a essuyé des critiques de la part de je ne sais quel dirigeant du bureau de l'éducation, de retour à la maison il s'est montré très déprimé, a bu quelques verres d'alcool, a dit qu'il sortait se soulager, il s'est levé tout chancelant, est tombé le nez en avant et il est mort sur le coup. Hélas, l'être humain n'a qu'une vie, la végétation ne dure qu'un automne, pourquoi en irait-il autrement pour nous autres, chiens ? Comment se fait-il que tes maîtres n'aient pas été informés de l'affaire ?

— Mon maître ces derniers temps est occupé à faire la cour à une jeunette. Devine un peu de qui il s'agit ! De la sœur cadette de la maîtresse de notre sœur. De retour à la maison, il lui a fait part (du menton je désigne Hezuo, appuyée contre l'abricotier dans la cour et qui parle avec Huzhu, et je poursuis tout bas) de son intention de divorcer. Cela l'a rendue quasiment folle, ces quelques jours elle commence tout juste à aller mieux, tu vois comment elle s'est mise aujourd'hui, c'est pour couper toute retraite à Lan Jiefang.

— Aïe, c'est bien vrai, chaque famille a ses moments difficiles, dit Chien l'Aîné. En tant que chiens, nous ne pouvons qu'exécuter les ordres, servir nos maîtres, nous n'avons pas à nous mêler de ces choses ennuyeuses. Attends, je vais chercher le Second, pour que les trois frères se trouvent réunis.

— Nul besoin, l'Aîné, que tu prennes cette peine, dis-je, nous autres canidés, ne sommes-nous pas capables de nous faire entendre à cent lieues à la ronde ? »

Comme je lève le cou pour aboyer, j'entends l'Aîné me dire :

« Inutile d'aboyer, le cadet est là. »

Je vois arriver de l'ouest le cadet et sa maîtresse, Baofeng. Le chien vient devant, derrière Baofeng suit un garçon efflanqué. L'odeur de Gaige émerge de ma mémoire, ce petit drôle a vraiment beaucoup poussé. Certains disent que nous autres chiens voyons les humains plus petits qu'ils ne sont, pffft, foutaises. Nos yeux distinguent parfaitement ce qui est grand et ce qui est petit.

Mon frère aîné s'écrie :

« Le cadet, devine qui est là ?

– Deuxième frère aîné ! » hurlé-je en m'élançant à sa rencontre. Le cadet est un chien noir, c'est celui d'entre nous qui a hérité le plus de gènes de notre père, sa tête ressemble un peu à la mienne, mais son corps est beaucoup plus petit. Nous, les trois frères, nous regroupons, et de se heurter, de se frotter les uns contre les autres pour exprimer la joie des retrouvailles après une si longue séparation. À la suite de cette manifestation bruyante, ils prennent des nouvelles de la Troisième, je leur dis qu'elle va bien, qu'elle a mis bas trois chiots, lesquels ont été vendus un bon prix, et que ses maîtres se font ainsi une source de revenus. Je demande des nouvelles de notre maman chienne, ils restent silencieux un instant, lèvent vers moi leurs yeux pleins de larmes et me disent :

« Maman n'est pas morte de maladie mais bien de vieillesse, le corps intact, le vieux maître Lan Lian lui a construit tout exprès une caisse avec des planches de bois et l'a enterrée dans son précieux champ, il lui a été témoigné de grands égards. »

Le bel enthousiasme dont nous faisons preuve attire l'attention de Baofeng. Elle me regarde, un peu étonnée. Je me dis que ma taille et mon air imposant doivent lui faire peur.

« Tu es Chien le Quatrième ? me demande-t-elle. Comment as-tu pu arriver à une taille pareille ? C'est que tu étais un tout petit chiot à l'époque ! »

Pendant qu'elle me regarde attentivement, moi aussi je l'observe. Après quatre réincarnations, les souvenirs du temps où j'étais Ximen Nao, même s'ils ne sont pas entièrement effacés, ont été refoulés tout au fond de ma mémoire par quantité d'événements qui se sont produits depuis. Je crains qu'à tourner et retourner ce lointain passé, la confusion ne s'installe dans mon cerveau et que tout cela n'aboutisse à de la schizophrénie. Les affaires du monde forment un livre que l'on tourne page après page. Si l'on veut voir plus avant, il ne faut pas trop feuilleter les vieux livres d'histoire ; nous autres chiens devons aussi avancer avec notre temps, faire face à la vie réelle. Dans les pages de l'Histoire passée j'étais son père et elle était ma fille, mais dans la présente vie je ne peux être qu'un chien tandis qu'elle est la maîtresse de mon frère et la sœur cadette utérine de mon maître. Elle a le visage blême, si ses cheveux ne sont pas blancs, ils sont flétris comme des herbes au-dessus d'un mur après les gelées. Elle est vêtue de noir, l'empeigne de ses chaussures est recouverte de toile blanche. Elle porte le deuil de Ma Liangcai, de son corps émane une odeur morne venue de son contact avec le mort. Dans tous mes souvenirs, elle garde une expression mélancolique, sur son visage très pâle apparaissait rarement un sourire, et s'il lui arrivait de rire, c'était comme la réverbération d'un sol enneigé, une lumière glacée et désolée que l'on ne pouvait plus oublier. Le petit gars derrière elle, Ma Gaige, tient de son père cette silhouette efflanquée. Ce visage tout rond au teint blanc qu'il avait quand il était petit s'est allongé, s'est ratatiné, ses oreilles se sont décollées. Il a à peine dépassé les dix ans et pourtant il a de nombreux cheveux blancs. Il porte un short bleu, une chemisette blanche (l'uniforme des écoliers du village de Ximen) et une paire de chaussures blanches en caoutchouc, il tient à deux mains une cuvette en plastique verte pleine de cerises violettes si fraîches que l'eau vous en monte à la bouche.

Sous la conduite de mes deux frères, je fais un tour du village. Quand j'étais petit, je quittais très peu la maison, aussi, en dehors de la cour de la famille Ximen, je n'ai guère gardé de souvenirs de ce village. Mais c'est là où je suis né, où j'ai été élevé, ou, comme le dit ce petit drôle de Mo Yan dans un de ses écrits, « le pays natal est la terre du sang », aussi, pendant tout ce temps de la visite, je me sens tout de même ému. Je crois reconnaître des visages, flaire de nombreuses odeurs qui n'existaient pas autrefois, en perds d'autres qui m'avaient été familières. Celles par exemple, très fortes, des vaches, des mules ont presque complètement disparu, tandis que des cours de nombreuses maisons monte une pénétrante odeur de fer rouillé, ce qui me fait comprendre que le rêve de mécanisation de l'agriculture qui hantait les villageois du temps de la commune populaire s'est effectivement réalisé après la répartition des terres pour une exploitation privée. Je trouve que le village baigne dans cette atmosphère d'excitation et d'inquiétude qui précède les bouleversements, sur les visages passe une expression étrange, comme si un grand événement était sur le point de se produire.

Pendant tout ce trajet, nous rencontrons de nombreux chiens. Ils saluent tous chaleureusement mes frères, tandis qu'ils me jettent des regards où le respect se mêle à la crainte. Mes deux aînés se rengorgent tout en paradant :

« Voici notre petit Quatrième, il habite actuellement dans la ville du district, il est le président de l'association canine de cette ville, c'est qu'il a sous son autorité plus de dix mille chiens ! »

Mes aînés voient vraiment large, ils ont multiplié au moins par dix le nombre des chiens qui vivent dans la ville.

À ma demande, ils me conduisent sur la tombe de notre maman chienne pour que je puisse m'y recueillir un moment. Je sais que ce n'est pas la seule raison qui m'a poussé à formuler cette requête, il y a là-dedans des tas de choses liées à mon histoire qu'il me serait difficile de leur expliquer. De Ximen Nao à l'âne Ximen, puis au bœuf Ximen, puis au cochon Ximen, et ce jusqu'au chien Ximen, je suis lié à ce bout de terrain, pareil à une île solitaire, par tant de liens de chair et de sang. Je vois que les terres à l'est du village ont été plantées de luxuriants pêchers, et je me dis que si j'étais venu un mois plus tôt, j'aurais vu un océan de fleurs. À présent, les feuilles sont verdâtres et les branches reçoivent des grappes de pêches sauvages. Le champ de Lan Lian s'obstine à faire du genre, serré entre les forêts de pêchers, les céréales qui y poussent semblent chétives et opiniâtres. Il a planté, malgré tout, ces graminées dont l'espèce est proche de l'extinction, je pars à la recherche au fond de ma mémoire du nom de ces céréales et des connaissances que je peux avoir sur elles. Il s'agit du panic, une plante résistant à la sécheresse, à l'humidité, poussant sur les terres pauvres, sa vigueur opiniâtre ne le cède en rien à celle des herbes sauvages. À une époque où les gens mangent à leur faim et engraissent, des céréales aussi grossières pourraient peut-être devenir pour eux un remède salvateur.

Devant la tombe de la maman chienne, nous, les trois frères, restons debout silencieux un moment, puis nous hurlons longuement vers le ciel pour exprimer notre affliction. Ce que nous entendons par « tombe » est juste un petit tertre pas plus grand qu'une corbeille, or même là-dessus pousse cette céréale. Près de la tombe sont alignés trois autres tertres, l'Aîné, montrant le plus proche, dit : « On raconte qu'un cochon a été enterré là, il s'agissait d'un animal qui accomplissait les pires actes, mais aussi capable de se sacrifier pour autrui.

Ton petit maître et celui du cadet ainsi qu'une dizaine d'autres enfants du village ont été repêchés par lui dans les trous de la rivière gelée. Les enfants ont été sauvés, mais l'animal y a laissé la vie. Les deux tertres plus loin sont les tombes respectives d'un bœuf et d'un âne, mais d'aucuns disent qu'il n'y a rien d'autre qu'un licou dans l'une, et dans l'autre un sabot d'âne façonné dans du bois. Ces événements remontent à si longtemps, nous n'avons pas pu en savoir plus. »

Au bout du champ est édifiée une vraie tombe. Elle a la forme ronde d'un pain cuit à la vapeur, elle est faite de pierres blanches jointoyées avec du ciment, il y a devant une stèle en marbre sur laquelle sont gravés de grands caractères carrés, arrondis dans les angles, signifiant : « Tombe de feu maître Ximen Nao et de son épouse dame Bai ». À la vue de cette scène, mon cœur palpite malgré moi, une tristesse infinie m'envahit, des larmes humaines jaillissent à flots de mes yeux de chien. Mes deux aînés me tapotent l'épaule de leurs pattes et me demandent : « Petit frère, pourquoi une telle tristesse ? » Je secoue la tête pour sécher mes larmes et réponds : « Ce n'est rien, simplement j'ai repensé à un ami. » L'aîné me dit : « C'est Ximen Jinlong qui l'a fait édifier pour son géniteur, la deuxième année après sa nomination comme secrétaire. Il n'y a en réalité dans la tombe que les tablettes commémoratives de ses parents. Quant au squelette de Ximen Nao, c'est désolant, mais il a été dévoré par nos ancêtres affamés. »

Je fais trois tours autour de la tombe, puis je lève une patte de derrière et envoie une pisse pleine de mille sentiments contradictoires sur la stèle.

Mes deux aînés blêmissent de terreur, ils me disent :

« Petit Quatrième, tu ne manques pas de culot ! Si Ximen Jinlong venait à l'apprendre, il te fusillerait avec le premier fusil venu. »

Je pars d'un rire amer et dis : « Eh bien, qu'il le fasse ! Si seulement, après cela, il pouvait m'enterrer dans ce lopin de terre… »

Mes deux aînés échangent un regard et disent pratiquement en même temps :

« Le Quatrième, il vaudrait mieux rentrer, il y a trop d'âmes en peine ici, trop de miasmes, et c'est plus dangereux qu'un simple rhume. »

Sur ces mots, ils me poussent et nous sortons en courant du champ. À partir de ce moment-là, je devais comprendre quelle serait mon ultime demeure. Même si j'habite la ville, une fois mort, il faudra m'enterrer ici.

Comme nous posons nos pattes de devant dans la cour de la famille Ximen, Ximen Huan, le fils de Ximen Jinlong, y entre sur nos talons. Je distingue son odeur, malgré les remugles de vase et le fort relent de poisson qui y sont mêlés. Il va le torse et les pieds nus, il ne porte qu'un short court en nylon élastique, un tee-shirt de marque est posé n'importe comment sur son épaule, il tient à la main une brochette de petits poissons aux écailles blanches. Une montre d'assez bonne qualité brille à son poignet. Ce petit garnement m'a repéré au premier coup d'œil, il jette ce qu'il tient à la main pour se précipiter vers moi. Il a manifestement envie de se mettre à califourchon sur mon dos, mais comment un chien qui se respecte accepterait-il d'être chevauché par un humain ? Je fais un écart pour l'éviter.

Sa mère, Huzhu, sort du corps du bâtiment, elle lui lance, très en colère :

« Huanhuan, où étais-tu passé ? Comment se fait-il que tu rentres si tard ? Ne t'ai-je pas déjà dit que ta petite tante et ton cousin Kaifang allaient venir ?

– Je suis allé attraper des poissons. » Il ramasse la brochette de poissons et ajoute sur un ton qui ne va pas avec son âge : « Des hôtes si distingués viennent nous voir et on ne leur servirait pas du poisson ?

– Aïe, toi alors ! » Huzhu ramasse le vêtement que Ximen Huan a jeté au sol et reprend : « Comme si deux petits poissons allaient faire l'affaire ! » Huzhu passe sa main sur les cheveux de Ximen Huan pour en faire tomber la vase et les écailles, puis elle demande soudain, comme si elle se rappelait quelque chose : « Huanhuan, et tes chaussures ? »

Ximen Huan dit en riant : « Je ne vais pas te raconter d'histoires, ma chère maman, mes chaussures, je les ai changées contre des poissons.

– Oh là là, quel enfant prodigue ! crie Huzhu d'une voix stridente. Ces chaussures, ton père a demandé tout exprès à quelqu'un de les acheter à Shanghai pour toi, c'était des Nike à plus de mille yuans la paire, et tout ça pour deux misérables petits poissons ?

– Maman, il n'y en a pas que deux. » Ximen Huan se met à compter consciencieusement les poissons sur la baguette de saule, il dit : « Il y en a neuf. Pourquoi tu dis qu'il n'y en a que deux ?

– Regardez bien comme cet enfant est stupide ! » Huzhu arrache la brochette de petits poissons des mains de Ximen Huan, l'élève et dit aux gens qui affluent hors de la maison : « Il est parti aux aurores à la rivière sous le prétexte d'aller prendre des poissons pour les invités, il y est resté tout ce temps pour ne rapporter qu'une brochette de petits poissons, et encore, il les a échangés contre une paire de Nike toutes neuves, alors dites voir un peu s'il n'est pas complètement idiot ? » Huzhu, pour l'intimider, lui frappe l'épaule avec la brochette et ajoute : « Avec qui tu as fait ce troc ? Tu vas me faire le plaisir de le refaire dans l'autre sens !

– Maman… » Ximen Huan lui lance un regard en coin de ses yeux atteints d'un léger strabisme. « Quand on est un homme, on n'a qu'une parole. Il ne s'agit que d'une paire de chaussures, non ? On en achètera une autre, de toute façon mon papa a de l'argent !

– Petite canaille, je t'interdis de parler ! dit Huzhu. Tu racontes n'importe quoi. Comment ça, ton papa a de l'argent ?

– Si lui n'en a pas, qui en a alors ? poursuit Ximen Huan avec un regard en coin. Mon papa, c'est un richard, l'homme le plus riche du monde !

– C'est ça, vante-toi, fais l'andouille ! dit Huzhu. Quand ton père va rentrer, on verra bien s'il ne te met pas les fesses en compote !

– Qu'est-ce qui se passe ? » lance Ximen Jinlong tout juste sorti de sa Cadillac. La voiture poursuit sa marche sans à-coups et sans bruit. Il a un look décontracté, son crâne et ses joues sont rasés, il a pris un peu de ventre, il tient à la main un portable rectangulaire, il a tout à fait l'allure d'un grand patron. Après avoir été mis au courant par Huzhu, il donne une tape sur la tête de son fils et lui dit : « Sur le plan économique, changer une paire de Nike qui coûte mille yuans contre neuf petits poissons, c'est stupide. Sur le plan de la morale, maintenant, pour honorer des hôtes, ne pas hésiter à troquer des chaussures à mille yuans contre des poissons, c'est une conduite de brave. En l'occurrence, je ne te ferai ni louanges ni reproches, en revanche ce pour quoi je voudrais te féliciter (Jinlong donne une vigoureuse tape sur l'épaule de son fils), c'est d'avoir dit : "Quand on est un homme, on n'a qu'une parole", et ce qui est dit est dit. Ce troc, il ne faut pas revenir dessus.

– Alors ? » dit Ximen Huan, tout fier, à Huzhu. Il lève la brochette de poissons et claironne : « Grand-mère, prends les poissons, tu vas faire de la soupe pour les invités !

– C'est ça, gâte-le, si ça continue comme ça, qu'est-ce qu'on va en faire ? » marmonne Huzhu en lançant un regard à Jinlong. Elle se retourne, saisit le bras de son fils et dit : « Mon petit seigneur, rentre vite te changer, regarde dans quel état tu es devant les invités… »

« Qu'il est imposant ! » Avant d'entrer dans la maison, Ximen Jinlong m'a aperçu, il a fait cette louange à mon adresse accompagnée d'un geste du pouce, puis il salue un à un les gens qui sont sortis pour l'accueillir. Il cite ton fils en exemple : « Kaifang, mon cher neveu, rien qu'à voir ton intelligence, on se dit que tu n'es pas de la catégorie ordinaire. Ton père est chef de district, et toi tu seras chef de province ! » Il console Ma Gaige : « Mon petit gars, redresse les reins, tu ne dois pas avoir peur ni être triste, tant que je serai là, tu ne mourras pas de faim. » Il dit à Baofeng : « Ne te laisse pas ronger par le chagrin, on ne peut ressusciter les morts. Moi aussi, cela me crève le cœur, lui disparu, c'est comme si on m'avait amputé d'un bras. » Il fait un signe de tête à l'adresse des deux couples de grands-parents. Il dit à ta femme : « Petite belle-sœur, je vais porter plusieurs toasts à ta santé ! Ce midi-là, pour fêter l'approbation de notre projet d'aménagement, j'ai organisé un grand banquet et j'ai laissé Jiefang confronté seul aux ennuis. Hong Taiyue, cette vieille baderne, est un adorable entêté, cette fois-ci il a été incarcéré et je souhaite qu'il en acquière un peu d'expérience. »

Pendant le repas, ta femme se montre mesurée, gardant la dignité qui sied à l'épouse d'un chef de district, Ximen Jinlong porte des toasts, fait passer les plats avec tout l'enthousiasme d'un vrai chef de famille. Le plus actif est encore Ximen Huan, manifestement il est au fait de tout ce qui concerne les banquets, comme Ximen Jinlong le laisse faire, il devient encore plus foufou. Il se verse un verre d'alcool et fait de même pour Kaifang, et dit d'une voix pâteuse :

« Kaifang, mon gars, bois ce… ce verre, j'aimerais discuter de quelque chose avec toi… »

Ton fils regarde ta femme.

« Pas la peine de regarder ma tante… C'est une affaire entre hommes, c'est à nous de décider, viens, je lève… je lève mon verre à ta santé !

« – Huanhuan, assez ! dit Huzhu.

– Bon, tu trempes juste les lèvres », dit ta femme à ton fils.

Les deux petits diables trinquent, Ximen Huan rejette le cou en arrière et vide son verre cul sec, puis il le lève devant Kaifang et dit :

« J'ai bu le premier pour… pour t'honorer ! »

Kaifang humecte ses lèvres et repose le verre.

« Oh toi… t'es pas un pote…, dit Ximen Huan.

– Assez ! » Ximen Jinlong tapote la tête de Ximen Huan et poursuit : « Tu t'en tiens là, tu ne dois pas forcer les gens ! Forcer les autres à boire, ce n'est pas la conduite d'un brave !

– Pa… papa… je t'obéis. » Il pose son verre, ôte sa montre, la pousse devant Kaifang et reprend : « Grand cousin, c'est une Longines, assemblée en Suisse, je l'ai troquée contre un lance-pierres avec le patron Han Guo, à présent je voudrais la troquer contre ton chien !

– Impossible ! » dit ton fils sur un ton résolu.

Ximen Huan n'est manifestement pas content, il ne fait pas d'histoires, mais déclare sur un ton tout aussi assuré :

« Je suis sûr qu'un jour tu accepteras !

– Fiston, pas d'histoires, dit Huzhu, dans quelques mois tu vas aller au lycée en ville, quand tu voudras voir le grand chien, tu iras chez ta tante, voilà tout. »

Alors les conversations tournent autour de moi. Ta mère dit : « Je n'aurais jamais pensé qu'issus de la même mère, une fois grandis, ils seraient de tailles aussi différentes.

– L'enfant et moi, heureusement que nous avons le chien, dit ta femme, son père est occupé jour et nuit, et moi je dois aller travailler, et c'est le chien qui garde la maison et qui accompagne Kaifang à l'école et le ramène à la maison !

– C'est effectivement un chien extraordinaire et qui en impose. » Ximen Jinlong pince un pied de cochon mariné dans la sauce de soja et le lance devant moi en disant : « Chien le Petit Quatrième, illustre invité qui n'oublie pas son pays natal, reviens souvent à la maison. »

Je suis alléché par le fumet du pied de cochon, mon ventre se met à gargouiller, mais mon regard croise ceux de mes aînés, je n'y touche pas.

« Rien à dire, quand on est différent, on l'est pour toute chose ! s'exclame Ximen Jinlong. Huanhuan, tu devrais te mettre à l'école de ce chien. » Il prend deux autres pieds de cochon et en lance un devant chacun de mes aînés, puis il reprend à l'adresse de son fils : « Pour avoir du savoir-vivre, il faut avoir de l'allure ! »

Mes deux frères, trop impatients pour attendre, attrapent leurs pieds de cochon dans leurs gueules et se mettent à les mâcher avec avidité, de leurs gorges montent des grognements involontaires d'intimidation. Je n'ai toujours pas touché à mon pied de cochon, je regarde ta femme, les yeux brillants, j'attends qu'elle me fasse un geste d'autorisation pour mordre une petite bouchée, que je me mets à mâcher lentement, sans bruit.

Il me faut garder ma dignité de chien.

« Papa, tu as tout à fait raison. » Ximen Huan reprend la montre qu'il a posée devant Kaifang, il poursuit : « Moi aussi, je veux avoir de la classe ! »

Il se lève, entre dans la maison et en ressort en traînant un fusil de chasse.

« Huanhuan, mais qu'est-ce que tu nous fais là ? » lance Huzhu, qui se lève, effrayée.

Ximen Jinlong est resté imperturbable comme de si rien n'était. Il dit en souriant :

« Eh bien, moi, je voudrais bien voir comment mon fils va s'y prendre pour montrer qu'il a de la classe ! Tu vas tuer le chien de ton oncle ? Ce ne serait pas là la conduite d'un gentilhomme. Tuer notre chien et celui de ta tante ? Ce le serait encore moins !

– Papa, tu me sous-estimes ! » lance Ximen Huan, très en colère. Il passe le fusil à son épaule, malgré l'aspect chétif de son corps le geste est étrangement expérimenté, c'est manifestement un mordu précoce. Il contorsionne ses épaules pour accrocher la précieuse montre au tronc de l'abricotier, puis il recule à plus de dix mètres. Il charge le fusil d'un geste exercé, au coin de sa bouche se dessine un sourire impitoyable comme en ont les adultes. La montre scintille sous le soleil ardent de midi. J'entends le cri d'effroi poussé par Huzhu reculer au loin tandis que le tic-tac de la montre se fait impressionnant. J'ai la sensation que le temps et l'espace sont figés en une bande de lumière aveuglante, alors que les tic-tac, comme d'énormes ciseaux noirs, découpent cette bande en fragments. Le premier coup de fusil de Ximen Huan manque la cible, il laisse dans le tronc de l'abricotier un trou blanc gros comme une tasse à thé. Le deuxième coup fait mouche. Pendant le bref instant où la balle pulvérise la montre…

… les chiffres se désagrègent, le temps a volé en éclats.

Chapitre quarante-huitième

Provoquant la colère de tous, il est jugé par les trois cours.
En parlant de liaison illicite, les frères se fâchent.

Jinlong m'a téléphoné. Il a dit que ma mère était à la dernière extrémité. En entrant dans la grande salle de la maison familiale, je comprends que je suis tombé dans un piège.

Mère est effectivement malade, mais elle n'est pas à deux doigts de la mort. Appuyée sur sa canne en bois de clavalier couverte d'épines dures, elle est assise sur un banc dans la partie ouest de la pièce, sa tête aux cheveux blancs ne cesse de branler, des larmes troubles jaillissent sans fin de ses yeux.

Père est assis à sa droite, entre eux deux reste un espace où une personne pourrait prendre place. À ma vue, père ôte une de ses chaussures, rugissant tout bas, il bondit jusqu'à moi, puis, sans me donner la moindre explication, il vise ma joue gauche et me frappe impitoyablement avec la semelle.

Je perçois un vrombissement au creux de mon oreille, je vois trente-six chandelles, ma joue me cuit. Je constate, au moment précis où père bondit, que le banc se relève soudain tandis que mère, suivant le mouvement, tombe sur le sol avant de partir à la renverse. La canne qu'elle tient à la main s'élève haut dans les airs, comme une lance, comme pour viser ma poitrine. Je me souviens d'avoir crié : « Ah ! maman… », avec l'intention de me précipiter pour la relever, mais mon corps machinalement a reculé, reculé jusqu'à la porte, et je me suis retrouvé assis sur le seuil. Alors que j'éprouve une vive douleur, mon coccyx ayant heurté le chambranle, mon corps bascule et, au moment précis où l'arrière de ma tête heurte avec violence l'escalier, me voilà allongé en piteuse posture, entre l'intérieur et l'extérieur de la pièce, la tête en bas et les pieds en l'air.

Personne ne vient m'aider. Je me relève tout seul. Mes oreilles bourdonnent, j'ai un goût de rouille dans la cavité buccale. Je vois père, entraîné par le retour de la force du choc sur ma joue, faire plusieurs tours sur lui-même, quand il est de nouveau bien campé sur ses jambes, il revient à la charge, serrant la chaussure à deux mains. Son visage est moitié bleu, moitié pourpre, ses yeux lancent des lueurs mauvaises. Père, qui a supporté tant d'épreuves pendant des dizaines d'années, a eu d'innombrables colères, je suis habitué à la façon dont elles se manifestent, mais dans celle-ci se mêlent toutes sortes de sentiments : une tristesse infinie et une grande honte. Il n'a pas fait semblant en me frappant avec la semelle de sa chaussure, il n'y est pas allé de main morte. Si je n'étais pas dans la force de l'âge, avec une ossature solide, il aurait pu m'aplatir la tête avec ce coup. Et pourtant j'en reste tout sonné. Comme je me relève, j'ai le tournis et je ne sais plus trop où j'en suis, pendant un moment j'oublie où je me trouve, les gens devant mes yeux semblent des fantômes en apesanteur, brillants de phosphorescences.

Il me semble que c'est Ximen Jinlong qui retient ce vieillard au visage bleu de lancer un second assaut contre moi. Une fois ceinturé, il a encore l'air d'un poisson sombre frétillant au bout d'un hameçon. Il me lance sa chaussure, toute noire, pesante.

Je n'esquive pas le coup, à ce moment-là la partie de mon cerveau chargée de commander ce type d'actions est en dormance. Je regarde les yeux tout ronds cette chaussure laide et démodée voler vers moi telle une chose étrange, voler vers ce corps qui me semble étranger. Elle atterrit sur ma poitrine, s'y attarde un bref instant, puis, maladroitement, culbute pour tomber au sol. J'ai sans doute eu l'idée de baisser la tête pour regarder cette chose étrange, mais mon geste inopiné et sans aucun sens est stoppé par les vertiges et les éblouissements que j'éprouve. Je perçois quelque chose de chaud et d'humide à ma narine gauche, puis un chatouillement, comme la reptation d'une bestiole. Je tâte de la main, au milieu de terribles vertiges je distingue un liquide vert dispensant une lueur d'un or sombre. Je crois vaguement entendre la douce voix de Pang Chunmiao dire au plus profond de mon oreille : « Tu saignes du nez. » Avec ce saignement, j'ai comme la sensation qu'une fente s'ouvre dans le chaos de mon cerveau et qu'un vent frais s'y infiltre, élargissant petit à petit la zone rafraîchie, je suis délivré de mon état d'hébétude, mon cerveau se remet à fonctionner normalement, mon système nerveux retrouve son état habituel. C'est la deuxième fois en une dizaine de jours que je saigne du nez. La première fois, c'est arrivé devant la porte de l'administration du district, quand les pétitionnaires de Hong Taiyue m'ont fait un croche-pied et que je me suis retrouvé affalé, pareil à un chien cherchant à manger de la merde, le nez écorché d'avoir heurté le sol. Ah ! je retrouve la mémoire. Je vois Baofeng relever mère. Mère a la bouche tordue, de la salive coule sur son menton, elle dit d'une voix indistincte :

« Mon fils… il ne faut pas frapper mon fils… »

La canne en bois de clavalier de mère est restée au sol, on dirait un serpent mort, une chanson connue résonne au creux de mon oreille tandis que quelques abeilles volent autour de cette mélodie : « Mère, oh, mère, ma chère mère aux cheveux blancs… » Je ressens de profonds remords, une grande affliction, les larmes coulent dans ma bouche, elles sont étonnamment parfumées.

Mère se débat contre Baofeng, elle a une force effrayante, Baofeng à elle seule ne parvient pas à la retenir. À l'attitude de mère, je devine qu'elle veut ramasser cette canne pareille à un serpent mort. Baofeng a compris l'intention de mère, tout en retenant cette dernière entre ses bras, elle allonge une jambe pour rapprocher la canne, elle libère une de ses mains, ramasse l'objet et le met dans la main de mère. Cette dernière lève la canne pour en frapper de plusieurs coups père qui est retenu par Jinlong, mais elle n'a plus assez de force pour manier ce lourd bâton en bois de clavalier, celui-ci retombe sur le sol, mère relâche ses efforts, elle jure de façon indistincte :

« Espèce de sans-cœur… Je t'interdis de frapper mon fils… »

Cette confusion va durer longtemps avant de s'apaiser petit à petit. J'ai pratiquement recouvré tous mes esprits. Je vois que père est accroupi au pied du mur sud de la salle, la tête entre les mains. Je ne peux distinguer son visage, je ne vois que ses cheveux en bataille, pareils aux piquants d'un hérisson. Le banc a été remis sur ses pieds, Baofeng s'y est assise, serrant mère contre elle. Jinlong se baisse pour ramasser la chaussure, la pose devant père et me dit sur un ton glacial :

« Mon vieux, au départ je ne voulais pas me mêler de cette sale affaire, mais ce sont les anciens qui me l'ont demandé, en tant qu'appartenant à la jeune génération, j'ai dû obtempérer. »

Le bras de Jinlong trace un demi-cercle, mon regard suit la courbe. Je vois mes parents qui ont fini de jouer leur rôle, plongés dans le chagrin et l'impuissance, je vois Pang Hu et Wang Leyun assis très dignes à la célèbre table carrée (en leur présence je ressens une honte insoutenable), je vois à l'est de la salle, assis l'un à côté de l'autre sur un banc, Huang Tong et Wu Qiuxiang, et aussi Huang Huzhu, debout derrière sa mère et qui ne cesse de lever sa manche pour essuyer ses larmes. Et même dans une situation aussi tendue, je ne néglige pas pour autant la fluorescence envoûtante qu'émettent ses cheveux épais, vigoureux et magiques.

« Ton intention de divorcer de Hezuo est connue de tous, reprend Jinlong, ton histoire avec Chunmiao l'est tout autant.

– Espèce de Petit Visage bleu sans âme ni conscience… », crie Wu Qiuxiang d'une voix suraiguë tout en pleurant. Elle tend les bras, prête à se ruer sur moi, mais elle est retenue par Jinlong. Huzhu la fait asseoir de force sur le banc. Elle continue de lancer des injures : « Quels torts ma fille a-t-elle envers toi ? En quoi n'est-elle pas digne de toi ? Lan Jiefang, Lan Jiefang, en agissant ainsi tu ne crains donc pas de t'attirer les foudres du ciel ?

– Quand ça te chantait de l'épouser, tu l'as épousée, et maintenant que tu as envie de divorcer, tu divorcerais comme ça ? Quand notre Hezuo s'est mariée avec toi, t'étais quoi ? À présent que tu arrives tout juste tant bien que mal à avoir l'air de quelque chose, tu voudrais nous marcher dessus, c'est ça ? Tu crois qu'on peut s'en tirer à si bon compte en ce monde ? dit Huang Tong, furieux. Je vais aller au comité du district, au comité de la province, au comité central !

– Mon vieux, dit Jinlong sur un ton grave et plein de sentiment, que tu divorces ou non, cela ne concerne que toi en principe, même les parents n'ont pas le droit de s'immiscer là-dedans, mais les implications de cette affaire sont trop importantes, si la chose venait à être ébruitée, les effets seraient très grands. Tu devrais écouter le point de vue d'oncle Pang et de tante Pang. »

Au fond de moi-même, je n'accorde guère d'importance à ce que pensent mes parents et les époux Huang Tong, mais devant les Pang je ne sais plus où me mettre.

« On ne devrait plus t'appeler "Jiefang", mais "vice-chef de district Lan" ! » dit Pang Hu sur un ton moqueur en toussotant. Il lance un regard à sa femme, tout empâtée à son côté, et demande : « En quelle année sont-ils entrés à l'usine de transformation du coton ? » Sans attendre sa réponse, il reprend : « C'était en 1976. À l'époque, toi, Lan Jiefang, tu connaissais quoi ? Tu étais tout foufou, tu ne connaissais rien à rien. Pourtant je t'ai affecté à la salle de vérification pour que tu apprennes le métier de contrôleur de la qualité, c'était un travail facile et honorable. Bien d'autres petits jeunes plus doués que toi, de meilleure apparence et avec un profil plus séduisant que le tien portaient de lourdes corbeilles pesant plus de cent kilos, travaillaient huit, voire neuf heures, d'affilée, courant au petit trot sans faire de pause, travail sans intérêt et tu le sais très bien. Toi, tu étais saisonnier, au bout de trois mois tu aurais dû être renvoyé chez toi à la base, mais j'ai repensé à ce qu'avaient fait pour nous ton père et ta mère, et je ne t'ai pas renvoyé au village. Puis la coopérative du district ayant besoin de main-d'œuvre, je me suis battu envers et contre tous pour t'envoyer là-bas. Tu veux savoir ce que m'ont dit à l'époque les dirigeants de la coopérative ? Ils m'ont dit : "Vieux Pang, comment peux-tu nous recommander un sbire des enfers au visage bleu ?" Et tu veux savoir ce que je leur ai répondu ? J'ai répondu : "Ce petit gars est un peu repoussant, mais il est honnête et loyal, de plus il a des dons littéraires." Bien sûr, par la suite tu t'es montré à la hauteur, tu es monté petit à petit dans la hiérarchie, j'en ai été heureux pour toi, j'étais fier de toi, mais tu n'es pas sans savoir que sans ma recommandation pour ton entrée dans la coopérative du district et sans le soutien secret de notre Kangmei, toi, Lan Jiefang, tu ne serais pas ce que tu es aujourd'hui, n'est-ce pas ? Tu as richesses et dignité, et tu veux à présent répudier ta femme et te remarier, depuis les temps anciens c'est chose courante, si tu n'as pas peur de perdre âme et conscience, si tu ne crains pas d'être accablé d'injures, alors divorce, remarie-toi, qu'est-ce que cela a à voir avec nous ? Mais merde, qui aurait cru qu'il s'agissait de notre Chunmiao et que tu oserais... Mais quel âge a-t-elle, Lan Jiefang ? Elle a tout juste vingt ans de moins que toi ! C'est encore une enfant ! Tes agissements ne sont même pas dignes de ceux d'un animal ! Est-ce ainsi que tu réponds à l'attente de tes parents ? Que tu te montres digne de tes beaux-parents ? De ta femme et de ton fils ? Et de ma jambe de bois ? Ah, Lan Jiefang, j'ai échappé de peu à la mort, j'ai été irréprochable toute ma vie, préférant être brisé plutôt que de plier. Quand ma jambe a été pulvérisée par la mine, je n'ai pas versé une seule larme, pendant la Révolution culturelle les gardes rouges ont dit que j'étais un faux héros, ils m'ont frappé à la tête avec ma jambe de bois, là encore je n'ai pas versé une seule larme, mais toi tu m'as... » Le vieux Pang Hu a le visage sillonné de larmes, sa femme les lui essuie tout en pleurant elle aussi, il repousse sa main et dit avec colère : « Lan Jiefang, tu me chies dessus alors que je t'ai fait la courte échelle... » Il se penche en avant, le souffle court, respirant bruyamment, il arrache sa prothèse, la soulève à deux mains, la lance devant moi, puis il reprend sur un ton pathétique : « Vice-chef de district Lan, au nom de cette jambe de bois, au nom de cette longue amitié qui me lie à ton père et à ta mère, je t'en prie, quitte Chunmiao. Si tu veux te détruire, ce n'est pas de notre ressort, mais tu ne peux pas entraîner notre fille à la perte avec toi ! »

Je ne m'excuse auprès de personne. Leurs paroles, surtout celles de Pang Hu, sont comme autant de coups de couteau, elles me percent la poitrine, j'ai des milliers de raisons pour leur présenter mes excuses, mais je n'en fais rien ; j'ai mille prétextes pour rompre tout lien avec Pang Chunmiao, me réconcilier avec Hezuo, mais je sais que tout cela m'est déjà impossible.

Il y a peu de temps, Huang Hezuo a essayé de faire une démonstration de force avec ses idéogrammes sanglants, j'ai effectivement songé à tout arrêter, mais, comme le temps s'écoulait, la pensée de Pang Chunmiao me mettait la tête à l'envers, je n'en mangeais plus, n'en dormais plus, j'étais incapable de travailler. Et puis, merde, je n'avais plus envie de travailler du tout.

De retour de cette réunion dans la capitale provinciale, la première chose que j'ai faite a été d'aller trouver tout droit Pang Chunmiao au rayon de littérature enfantine à la librairie Chine nouvelle. À son poste se tenait debout une femme inconnue au visage violacé, elle m'a dit avec une grande froideur que Chunmiao était en arrêt-maladie. J'ai vu avec quel air sournois les vendeuses au visage connu me regardaient. Allez-y, regardez-moi, injuriez-moi, tout cela m'est bien égal. Je me suis rendu au dortoir des employés célibataires de la librairie, sa porte était fermée à clé. J'ai grimpé sur la fenêtre, j'ai vu son lit, sa table, la cuvette sur son support et le miroir rond accroché au mur, j'ai vu aussi l'ours en peluche rose à la tête du lit. Chunmiao, ma chérie, où es-tu ?

Après bien des détours et des hésitations, je suis arrivé à la maison de Pang Hu et de Wang Leyun, elle est sise aussi dans une cour, comme à la campagne. Un cadenas était mis sur le portail. J'ai appelé haut et fort, ce qui a provoqué les aboiements furieux et sans fin du chien des voisins. Bien qu'il fût évident pour moi que Chunmiao ne s'était pas réfugiée chez Pang Kangmei, je me suis armé de courage et suis allé frapper à sa porte. Il s'agissait du dortoir numéro 1 du comité du district, des petits immeubles à un étage entourés de hauts murs, là tout semblait sur le qui-vive. J'ai décliné mon identité de vice-chef de district pour pouvoir entrer, donnant le change tant bien que mal. J'ai frappé chez elle. Le chien dans la cour aboyait furieusement. Je savais qu'une caméra de télésurveillance était installée au-dessus du portail, s'il y avait quelqu'un à la maison, ils pouvaient me reconnaître. Mais personne n'est venu ouvrir la porte. Le gardien qui m'avait laissé entrer est arrivé, alarmé, il ne m'a pas donné l'ordre de partir, mais il m'a supplié de le faire. Je me suis exécuté. J'ai marché jusqu'à l'avenue, la circulation était dense, j'aurais voulu crier dans la rue : « Chunmiao, où es-tu ? Je ne peux vivre sans toi, sans toi je préfère mourir. Renommée, situation, famille, argent... tout cela et tout le reste, je n'en veux plus, je ne veux plus que toi. Je veux te voir une dernière fois, si tu dis que tu as l'intention de me quitter, eh bien, je me tue sur-le-champ, après tu partiras... »

Je ne leur présente pas mes excuses, et encore moins ne formule mon opinion. Je tombe à genoux face à mes parents qui m'ont mis au monde et qui m'ont élevé, je frappe mon front contre le sol, je change de direction et fais de même à l'adresse des époux Huang, quoi qu'on en dise, ils restent mes beaux-parents. Puis je me mets face au nord et salue avec plus de pompe et plus solennellement les époux Pang. Je les remercie pour leur soutien et pour leur aide, je les remercie en outre d'avoir enfanté et élevé pour moi Chunmiao. Puis, tendant à deux mains cette prothèse chargée d'histoire et de gloire, je m'avance sur les genoux, la pose sur la grande table carrée. Je me relève, recule jusqu'à la porte, salue profondément, me redresse, me détourne, puis, sans prononcer une parole, je prends l'avenue en direction de l'ouest.

À l'attitude de Petit Hu, le chauffeur, j'avais compris que ma carrière de fonctionnaire avait pris fin. À mon retour de la capitale de la province, dès que je l'ai revu, il s'est plaint que ma femme ait emprunté en mon nom la voiture de fonction. Pour mon retour au pays, voilà qu'il a prétexté une panne de circuit électrique afin de ne pas sortir la voiture. Je suis venu en profitant d'un véhicule du bureau de l'agriculture. À présent, je marche vers l'ouest, c'est la direction de la ville du district, mais ai-je vraiment l'intention de retourner en ville ? Que vais-je y faire ? Je dois aller là où est Chunmiao, mais où est-elle ?

La Cadillac de Jinlong m'a rattrapé, elle s'arrête sans bruit. Il ouvre la portière et me dit :

« Monte !

– Pas la peine !

– Monte ! dit-il sur un ton qui n'admet pas de réplique. J'ai quelque chose à te demander. »

Je monte dans sa luxueuse voiture.

J'entre dans son luxueux bureau.

Appuyé à la renverse contre le moelleux canapé en cuir cramoisi, il rejette longuement la fumée de sa cigarette, le regard fixé sur le lustre triangulaire en cristal il dit, très à l'aise :

« Mon vieux, dis voir un peu : est-ce que la vie n'est pas un songe ? »

Je ne réponds rien, j'attends la suite.

« Tu te rappelles quand nous menions paître les bœufs sur les grèves ? À cette époque-là, pour te forcer à entrer dans la commune populaire, je te frappais une fois par jour. Qui aurait pensé qu'une vingtaine d'années après la commune populaire s'effondrerait comme un château de sable ? Même en rêve nous n'aurions pu imaginer une chose pareille, que tu deviendrais vice-chef de district et moi président du conseil d'administration, tant de choses sacro-saintes qui à l'époque méritaient qu'on se sacrifie pour elles aujourd'hui ne valent plus tripette. »

Je reste muet, je sais bien que ce n'est pas de cela qu'il souhaite m'entretenir.

Il se redresse, écrase dans le cendrier sa cigarette qui n'est consumée qu'à un tiers, il dit en évitant de me regarder :

« Il y a plein de jolies femmes en ville, pourquoi es-tu allé te frotter à cette petite, maigre comme un singe ? Si t'en pouvais vraiment plus, t'aurais dû m'en parler. Quel est ton type ? Au teint mat, au teint blanc, grosse, maigre, je peux te trouver tout ce que tu veux. Et si tu veux faire un extra avec une étrangère, c'est facile, les petites Russes ne coûtent pas plus de mille yuans la nuit !

– Si tu m'as fait venir pour me raconter ça, dis-je en me levant, je m'en vais !

– Stop ! » Il frappe avec colère sur la table, la cendre de cigarette s'envole du cendrier, il poursuit : « T'es un vrai salaud ! Même le lièvre ne mange pas l'herbe au bord de son terrier, surtout quand elle n'est pas bonne ! » Il allume de nouveau une cigarette, s'étrangle avec la fumée, se met à tousser, éteint la cigarette. « Tu connais mes relations avec Pang Kangmei, non ? C'est ma maîtresse ! La zone de mise en valeur touristique du village de Ximen, pour tout t'avouer, c'est notre business à tous les deux, et tout ce bel avenir va être ruiné par ton affaire de cul !

– Vos problèmes ne m'intéressent pas, dis-je, je ne m'occupe que de mon histoire avec Chunmiao.

– Ainsi tu n'entends toujours pas renoncer à elle ? Tu as vraiment l'intention d'épouser cette petite fille ? »

Je fais un signe énergique de la tête.

« Impossible, c'est tout bonnement impossible ! » Ximen Jinlong se lève, il se met à faire les cent pas dans son vaste bureau, il vient se placer devant moi, m'envoie soudain un direct en pleine poitrine et me dit sur un ton qui ne laisse aucun doute : « Tu vas cesser immédiatement toute relation avec elle, tu peux t'en remettre à moi pour te trouver des filles à besogner qui seront à ton goût, et à la longue tu finiras par comprendre que toutes les femmes se valent.

– Désolé, dis-je, tes paroles me dégoûtent, tu n'as aucun droit de t'immiscer dans ma vie privée et je n'ai absolument pas besoin que tu prennes tes dispositions en ce sens. »

Je me prépare à partir, il m'agrippe par l'épaule pour me retenir et me dit sur un ton radouci :

« Bien sûr, l'amour, merde, ça existe peut-être. Nous avons discuté d'un plan de compromis : tu vas commencer par temporiser, tu ne vas pas demander le divorce et pour un temps ne pas rencontrer Pang Chunmiao. Je vais te faire nommer dans un autre district, ou plus loin encore, dans une municipalité, ou à la capitale provinciale, au moins au même grade, et quand tu auras travaillé un certain temps, on te fera monter dans la hiérarchie. À ce moment-là, je te garantis que tu pourras divorcer d'avec Hezuo. Au pire, tu en seras pour une somme d'argent, trois cent mille yuans, cinq cent mille, voire un million, car merde, il n'existe aucune femme qui, à la vue de l'argent, n'ouvrirait pas les yeux tout ronds ! Puis tu feras venir Chunmiao et vous pourrez alors vous aimer tranquillement ! En fait… » Il marque une pause avant de reprendre : « Non que la chose nous réjouisse, cela va demander beaucoup d'énergie, mais que pouvons-nous faire, je suis ton frère et elle est sa sœur aînée !

– Merci, dis-je, merci pour votre admirable plan où tout est prévu, mais voilà, je n'en ai pas besoin, non, vraiment pas besoin. » Arrivé sur le seuil de la porte, je fais quelques pas en arrière et ajoute : « Tu viens très justement de le rappeler : tu es mon aîné et elle est sa grande sœur, aussi je vous conseille de ne pas vous montrer trop gourmands, vaste est le filet de la justice céleste ! Moi, Lan Jiefang, j'ai une liaison en dehors du mariage, il ne s'agit après tout que d'une question de moralité, mais vous, si vous allez trop loin...

– Et tu entends me donner des leçons ! dit Jinlong avec un sourire sarcastique. Alors il ne faudra pas me faire de reproches si je ne prends plus de gants avec toi ! Et à présent tu vas me faire le plaisir de ficher le camp !

– Où avez-vous caché Chunmiao ? lui demandé-je sur un ton glacial.

– Dégage ! » L'invective et sa colère sont arrêtées par les deux battants capitonnés de cuir de la porte.

Je marche dans l'avenue du village de Ximen et, sans raison, j'ai les yeux remplis de larmes. Le soleil qui descend sur l'horizon est éclatant, au travers de mes larmes je vois une lumière irisée. Des gosses, par encore adultes, m'emboîtent le pas. Quelques chiens les imitent. Je file, avançant à grandes enjambées, les enfants ne suivent pas le rythme, pour voir mes larmes ou bien mon visage bleu repoussant, ils doivent me doubler en courant, puis avancer à reculons tout en m'observant.

Quand je passe devant la cour de la famille Ximen, je ne jette même pas un regard de ce côté, même si je sais que, à cause de moi, mes parents ne vivront peut-être plus très longtemps encore en ce monde, que je suis un fils indigne, mais voilà, je ne renonce pas pour autant.

Au bout du grand pont, Hong Taiyue me barre le chemin. Il est à moitié ivre, il sort du bar, il semble avancer sans toucher terre. Il saisit mon vêtement à hauteur de la poitrine dans la tenaille de ses doigts et crie haut et fort :

« Jiefang, espèce de petit salopard ! Vous m'avez mis en prison, moi, un vieux révolutionnaire ! Vous avez détenu un soldat loyal du président Mao ! Un brave qui s'opposait à la corruption ! Oui, vous pouvez mettre mon corps en prison, mais pas la vérité ! Un matérialiste pur et dur n'a peur de rien, moi, Hong Taiyue, je n'ai pas peur de vous ! »

Quelques hommes sortent du bar et éloignent Hong Taiyue de moi. Les larmes qui troublent ma vision m'empêchent de distinguer leurs visages.

Je prends le pont, une lumière dorée étincelle sur la rivière, on dirait une voie grandiose. J'entends Hong Taiyue brailler derrière moi :

« Espèce de petit salopard, rends-moi mon os de bœuf ! »

Chapitre quarante-neuvième

*Bravant les trombes d'eau, Hezuo nettoie les WC.
Après avoir reçu une sévère raclée, Jiefang fait son
choix.*

Les fortes précipitations de ce soir qui font suite au
cyclone numéro 9 peuvent être considérées comme un
phénomène rare. En général, les jours de pluie, je suis
toujours apathique, somnolent, mais cette fois je n'ai
pas la moindre envie de dormir, j'ai l'ouïe et l'odorat
exacerbés. Quant à ma vue, en raison de la violence des
éclairs bleus et blancs, elle est un peu trouble, mais
cela ne m'empêche pas le moins du monde de distinguer très nettement les gouttes de pluie sur les brins
d'herbe dans le moindre recoin de la cour, et même,
dans le bref instant où un éclair illumine soudain le
ciel, je vois parfaitement les cigales toutes frissonnantes
blotties sur les feuilles des sterculiers.

La pluie a commencé à tomber à sept heures du soir,
et à neuf heures elle ne semble pas encore prête à
s'arrêter. À la lueur des éclairs, je la vois se déverser
sous l'auvent couvert de tuiles du bâtiment principal de
votre maison jusqu'à former une large cascade. Les
ailes de l'habitation ont un toit plat, les bouches d'évacuation des eaux pluviales en tuyau PVC de dix centimètres de diamètre lancent des colonnes d'eau s'arquant
avec une force impétueuse, qui tombent sur l'allée

cimentée. Le caniveau qui la jouxte est obstrué par des choses diverses, très vite l'eau déborde, elle recouvre le passage, les escaliers devant la porte ; des hérissons qui séjournaient dans le tas de bois au pied du mur sont emportés, ils se débattent dans l'eau, leurs chances de survie paraissent bien hypothétiques.

Je m'apprête à aboyer haut et fort pour alerter ta femme, mais, avant même que j'aie proféré le premier cri, la lampe sous l'auvent s'allume et éclaire toute la cour. Ma maîtresse apparaît dans l'entrebâillement de la porte. Elle est coiffée d'un chapeau de paille, les épaules couvertes d'un plastique blanc et vêtue d'un seul caleçon qui montre ses jambes maigres, portant, en savates, des chaussures en caoutchouc aux lacets cassés. La cascade qui se déverse sous l'auvent met de guingois le chapeau de paille, qu'un coup de vent aussitôt fait s'envoler. En un instant, l'eau mouille ses cheveux. Elle se rue tout droit jusque dans l'aile ouest, tire une pelle en fer de dessus le tas de charbon derrière moi, puis se précipite de nouveau sous la pluie.

Elle court, dégingandée, l'eau accumulée dans la cour lui arrive aux genoux. Un éclair zèbre le ciel, sa lueur éclipse celle, jaune, de la lampe, illumine son visage blafard sur lequel des paquets de cheveux sont collés, son aspect me fait peur.

Tout en traînant sa pelle, elle se faufile dans le passage au sud du portail. J'entends monter de là un grand fracas, je sais que le lieu est particulièrement sale, s'y sont déposés des feuilles d'arbres décomposées, des sacs en plastique apportés par le vent et les crottes des chats errants. On entend de grands bruits d'eau, l'eau accumulée dans la cour semble baisser à vue d'œil. Le caniveau est débouché, mais ta femme n'a pas reparu. On entend sans cesse le bruit de la pelle qui écope, heurtant briques et morceaux de tuile. Cet espace exigu est plein de l'odeur de ta femme. C'est vraiment une femme dure à la peine, résistante, absolument pas délicate.

L'eau de la cour se rue à l'envi vers le caniveau, les objets divers qui flottent dessus se déplacent aussi dans cette direction. Il y a, entre autres, un petit canard en plastique rouge, une poupée qui ouvre et ferme les yeux, en plastique également, ce sont des cadeaux que Pang Chunmiao a donnés en récompense à ton fils certaines fois où j'ai accompagné l'enfant à la librairie Chine nouvelle pour lire des bandes dessinées. Le chapeau de paille suit aussi le mouvement, mais il s'échoue sur la partie du passage qui est déjà à découvert ; tout près, une branche du rosier, qui penche suite à un affaissement du sol, touche la surface de l'allée, un bouton à moitié éclos s'appuie sur le bord du chapeau, composant un tableau très singulier.

Ta femme finit par réapparaître là-bas. Bien que le plastique soit toujours attaché à son cou, elle est trempée comme une soupe. À la lueur des éclairs, son visage semble encore plus terreux, plus blafard, et ses jambes plus grêles. Elle traîne sa pelle, le dos un peu voûté, elle a vraiment l'air de ces démones dans les légendes. Toutefois sur son visage on lit très clairement de l'apaisement. Elle ramasse le chapeau de paille, le secoue, ne le remet pas sur sa tête, mais l'accroche à un clou au mur de l'aile est. Puis elle redresse le rosier qui penchait. Son doigt a dû être piqué par une épine, elle le suce.

La pluie semble avoir un peu diminué, elle lève la tête pour regarder le ciel, la pluie fouette son visage comme si c'était une assiette à motifs bleus. Tombe, mais tombe donc, tombe plus fort encore ! Elle dénoue carrément le plastique, laissant voir sa silhouette squelettique. Elle a la poitrine ratatinée, avec deux bouts de seins pareils à des jujubes collés aux côtes. Elle se dirige clopin-clopant jusqu'aux WC qui se trouvent au sud-ouest de la cour. Elle soulève le couvercle en ciment, les remugles se répandent sous la pluie.

Le chef-lieu du district se trouvant à un stade d'aménagement mi-chinois, mi-occidental, il n'existe pas encore de système complet de tout-à-l'égout. Les habitants des maisons sans étage possèdent pour la plupart des WC à ciel ouvert, comme à la campagne, la gestion des excréments est pour eux un vrai casse-tête. Ta femme se lève souvent au beau milieu de la nuit pour aller en cachette les déverser dans la rivière, près du marché Nongmao. C'est une pratique courante chez les habitants du quartier. Ta femme, portant son seau, avance clopin-clopant, la trouille au ventre, rasant les murs en direction de la rivière des Fleurs célestes. À la voir ainsi, j'ai le cœur serré, aussi je m'efforce de ne pas faire mes besoins à la maison, en règle générale je pisse sur les pneus de l'Audi du directeur de l'usine de fibres en polypropylène, ton voisin ouest, celui qui se conduit si mal, j'adore l'odeur produite par l'urine canine au contact des pneus, une odeur étrange de poils grillés, je suis un chien qui a un grand sens de la justice. En règle générale, je fais mes gros besoins dans les parterres de la place des Fleurs-Célestes. La merde de chien est un engrais de premier choix, je suis un brave toutou qui possède des connaissances scientifiques et la notion de l'intérêt public, je transforme la puanteur du produit en parfum de fleur.

C'est la raison pour laquelle, chaque fois qu'il pleut, ta femme arbore un sourire de contentement. Debout à côté des WC, elle agite une grande louche en bois à long manche pour vider leur contenu dans l'eau de pluie qui va l'entraîner impétueusement vers le caniveau. En de tels moments, tout comme elle, j'espère que la pluie va tomber plus fort encore pour que le nettoyage soit plus efficace, que la cour soit lavée à grande eau et qu'il en soit de même pour cette ville recelant tant d'immondices.

On entend déjà les raclements de la louche sur le fond des WC, je sais que le travail de ta femme touche à sa fin. Elle pose l'ustensile, s'empare d'un balai en tiges de bambou tout déplumé par l'usage et frotte avec bruit les parois des WC, après un moment elle racle de nouveau avec la louche, il me semble voir déjà ces WC à ciel ouvert tels qu'ils seront le lendemain matin : un étang d'eau claire. À cet instant, ton fils, debout sur le seuil de l'habitation principale, lance haut et fort :

« Maman, arrête ! Allez, rentre ! »

Ta femme semble ne pas avoir entendu les cris de l'enfant, elle remue son balai dans la rigole cimentée qui va des WC au caniveau, c'est là que conflue toute l'eau de la cour, ce qui facilite son travail.

Il y a des pleurs dans les cris de l'enfant, ta femme ne prête aucune attention à lui. Ton fils est un garçon très respectueux envers ses parents, comme je te l'ai déjà dit, pour alléger les charges de sa maman, tout comme moi, il ne fait ses gros besoins à la maison que quand il n'a pas d'autre solution. Parfois tu nous as vus courir comme des fous dans la ruelle Tanhua, non parce que ton fils avait peur d'arriver en retard, son objectif premier n'était pas la salle de classe, mais les WC de l'école.

[Arrivé à ce point de mon récit, je voudrais encore revenir en arrière pour raconter une histoire qui devrait donner des remords au vaurien que tu es.] Un jour, ton fils avait de la fièvre et la diarrhée, pour ne pas alourdir les taches de maman, comme d'habitude il courait comme un fou vers l'école, mais, ne pouvant plus se retenir, il s'est accroupi derrière le bosquet de lilas du salon de beauté et de coiffure les Coquettes. Une femme en est sortie, les cheveux teints de toute une palette de couleurs, elle a empoigné le foulard rouge de ton fils et a serré jusqu'à ce qu'il tourne de l'œil. Cette femme tyrannique est la maîtresse de Bai Shiqiao, le vice-chef de la brigade de police criminelle du bureau de la sécurité publique du district, personne dans toute la ville n'oserait la provoquer. Elle a lancé à ton fils une bordée d'injures qui allait mal avec le parfum qu'elle portait, la scène devait attirer de nombreux badauds. La foule a fait chorus avec elle pour invectiver ton fils. Il pleurait, se confondant en excuses : « Tata, j'ai eu tort, oui, j'ai eu tort. » La femme, qui ne voulait rien entendre, lui a proposé deux solutions et lui a laissé le choix. La première, de le traîner jusque devant la maîtresse ; la seconde, de manger ce qu'il avait déféqué. Le brave vieux qui vendait les poissons rouges est sorti avec sa pelle dans l'intention de ramasser la merde, mais la femme l'a tant et si bien injurié que l'autre a battu en retraite sans un mot. En cet instant crucial, ah ! Lan Jiefang, moi, Chien le Quatrième, je devais manifester la plus grande loyauté qu'un chien puisse montrer à son maître. J'ai retenu ma respiration et j'ai avalé la chose. L'adage « Un chien restera toujours un mangeur de merde » est vraiment une imbécillité, comment un chien comme moi, généreux, digne, intelligent, pourrait-il ?... Mais j'ai surmonté mon dégoût et me suis exécuté. J'ai décampé jusqu'au marché Nongmao, où je me suis rincé la bouche au robinet qui coule à flots vingt-quatre heures sur vingt-quatre et n'a toujours pas été réparé, j'ai mis ma tête en arrière et ai laissé le jet puissant pénétrer dans ma gorge. Je suis retourné à la hâte auprès de ton fils et j'ai regardé fixement, avec haine, le visage aplati, outrageusement fardé de la femme, ainsi que sa bouche ensanglantée comme une blessure. Les poils de mon cou se sont hérissés, de ma gorge est monté un grondement comme celui du tonnerre. La femme, qui tenait toujours ton fils par son foulard rouge, a lâché prise, elle a reculé lentement jusqu'à la porte de la boutique, a poussé un cri perçant et s'est éclipsée à l'intérieur, claquant la porte violemment. Ton fils a pris ma tête entre ses mains et s'est mis à sangloter. Ce jour-là, nous avons marché lentement, sans nous retourner, même si nous savions que de nombreux regards nous suivaient.

Ton fils se précipite avec un parapluie et arrive en courant jusque devant ta femme, il l'abrite dessous. Il dit en pleurant :

« Maman, rentre, vois comme tu es trempée…

– Petit idiot, pourquoi tu pleures ? Devant de telles trombes d'eau on ne se réjouira jamais assez ! » Ta femme repousse le parapluie sur la tête de ton fils en disant : « Cela fait si longtemps qu'il n'est pas tombé autant d'eau, c'est la première fois depuis notre arrivée dans cette ville, c'est vraiment une bonne chose, notre cour n'a jamais été aussi propre. » Ta femme montre les WC et les tuiles toutes brillantes sur le toit, l'allée pareille au dos d'un poisson noir, les feuilles sombres et luisantes des sterculiers, elle dit, tout excitée : « Ce n'est pas seulement notre maison qui a été lavée, mais celles de toute la ville, sans cette bonne pluie la ville empesterait, pourrirait. »

Je lance deux aboiements pour montrer que je suis d'accord avec ce qu'elle vient de dire. Ta femme reprend :

« Tu as entendu ? Non seulement cette grosse pluie rend maman heureuse, mais même le chien l'est aussi. »

Ta femme pousse ton fils dans la maison. Ton fils et moi, l'un debout sur le seuil du bâtiment principal, l'autre assis sur celui de la pièce latérale, restons à la regarder se laver, debout sur le passage au milieu de la cour. Elle ordonne à ton fils d'éteindre la lumière sous l'auvent, immédiatement la cour est plongée dans l'obscurité, mais les éclairs qui se succèdent ne cessent d'éclairer son corps. Elle se sert d'un savon vert tout gonflé par la pluie et le passe sur son corps et sur ses cheveux. Puis elle se frotte, la mousse abondante lui fait une tête énorme, une odeur de vanille se répand alentour. Les gouttes de pluie se font éparses, leur bruit frappant toute chose s'affaiblit, dans la rue l'eau coule avec fracas, après un éclair on entend les roulements du tonnerre. Une brise se lève, la pluie qui restait sur les sterculiers se déverse en cascade. Ta femme se rince avec l'eau accumulée dans la cuvette et dans le seau près de la margelle du puits. Chaque fois qu'un éclair éclate, je peux voir ses fesses difformes, ses cheveux très noirs.

Ta femme finit par rentrer dans la maison. Je sens l'odeur de la serviette frottant ses cheveux et son corps. Puis j'entends le bruit de la penderie qu'on ouvre en même temps que je perçois l'odeur sèche des vêtements imprégnés des effluves des boules de camphre. Alors je pousse un soupir. Maîtresse, glisse-toi vite sous la couette, je te souhaite un bon sommeil.

La vieille pendule murale des voisins ouest sonne douze coups, il est juste minuit, le bruit de l'eau dans la large ruelle des Fleurs-Célestes est sonore, comme il l'est dans toutes les avenues et ruelles de la ville. Pour cette cité qui n'a pas le tout-à-l'égout et dont le sol pourtant a vu naître de nombreuses constructions modernes, cette pluie diluvienne est sans aucun doute une catastrophe. La pluie passée, la situation devait montrer que seuls les WC et les cours des maisons situés sur les hauteurs avaient été nettoyés, alors qu'un bon nombre des habitations des terres basses s'étaient retrouvées dans un état pitoyable, envahies par des eaux sales charriant excréments et objets divers.

Beaucoup de camarades de classe de ton fils devaient passer cette nuit interminable accroupis sur une table. Quand la crue s'était retirée, même l'avenue du Peuple, qui est censée être la façade de cette ville de district, devait apparaître recouverte par de la vase, dans laquelle étaient allongés les cadavres gonflés et puants de petits animaux crevés, comme ceux de chats ou de rats. Des séquences apparaîtront en boucle trois jours de suite au journal télévisé de la chaîne du district. On pourra y voir Pang Kangmei, qui vient de prendre ses fonctions comme secrétaire du comité du district, à la tête des fonctionnaires du comité et de l'administration du district, évacuer les immondices, équipée de chaussures en caoutchouc, les jambes de son pantalon retroussées, armée d'une pelle.

Les douze coups de minuit viennent tout juste de sonner quand je perçois une odeur très familière venant de l'avenue Limin. Puis c'est celle d'une jeep perdant abondamment de l'essence, puis le bruit de gerbes d'eau soulevées au passage de la voiture ainsi que le grondement d'un moteur s'égosillant, odeurs et bruits se rapprochent peu à peu. Partis de l'avenue Chengnan, ils prennent la ruelle des Fleurs-Célestes pour finir par s'arrêter devant la porte de votre maison qui est aussi la mienne, bien sûr.

Sans même attendre qu'ils aient actionné l'anneau servant de heurtoir, je me mets à aboyer furieusement comme en face d'un ennemi redoutable, je vole plutôt que je ne bondis au travers de la cour jusqu'à la porte, une dizaine de chauves-souris qui y étaient suspendues s'envolent et se mettent à tournoyer dans le ciel nocturne, sombre, sans la moindre lueur stellaire. À la porte, il y a ton odeur et celle d'inconnus. Le portail ainsi cogné émet un son creux, effrayant.

La lampe sous l'auvent s'allume, ta femme, un vêtement sur les épaules, s'avance dans la cour, elle demande d'une voix forte : « Qui est-ce ? » De l'autre côté du portail, on ne répond pas, mais on continue de frapper avec entêtement. Je me mets debout en appuyant mes pattes de devant sur la porte et j'aboie furieusement vers l'extérieur. Je sens ton odeur, mais ce qui me fait aboyer ainsi sans fin, ce sont les émanations maléfiques qui t'entourent et qui me font penser à des loups emportant un agneau. Ta femme boutonne correctement son vêtement et entre dans l'embrasure du portail, elle allume la lampe, sur le mur sont tapis une dizaine de gros geckos, il y a encore quelques chauves-souris qui ne se sont pas envolées et qui sont restées suspendues dans les espaces libres du linteau en ciment préfabriqué au-dessus du portail.

« Qui est-ce ? » demande de nouveau ta femme. Derrière la porte, on répond d'une voix indistincte : « Ouvre et tu sauras. » Ta femme reprend : « À une heure aussi avancée de la nuit, comment voulez-vous que je sache qui vous êtes ? » Derrière la porte, on dit tout bas : « Le chef de district Lan a reçu une raclée, on le raccompagne ! »

Ta femme hésite, ôte le cadenas, tire le verrou et entrebâille juste la porte. Ton visage hideux, Lan Jie-fang, les cheveux collés en paquets, apparaît effectivement à nos yeux. Ta femme hurle de frayeur et leur ouvre sur-le-champ. Les deux hommes font porter leurs efforts vers l'avant et te balancent à l'intérieur comme ils feraient d'un cochon mort. Ta femme, qui ne s'y attendait pas le moins du monde, se retrouve au sol, aplatie sous le poids de ton corps pesant. Les hommes s'en vont, sautent en bas des marches. Je me jette comme l'éclair sur l'un d'entre eux, mes griffes l'atteignent au dos. Il s'agit de trois personnes vêtues d'imperméables de caoutchouc noir, portant des lunettes noires. Deux des hommes sont à l'extérieur de la voiture, le dernier est assis à la place du chauffeur. On a laissé le moteur tourner, l'odeur de l'essence et celle du lubrifiant s'affirment avec force au milieu de toute cette eau. Les imperméables mouillés par la pluie sont extrêmement glissants, l'homme échappe à mes griffes. D'un bond il est au milieu de la rue, se glisse devant la jeep. Comme j'ai manqué ma cible, je me retrouve, quant à moi, à l'eau. Elle recouvre mon ventre, ralentissant mes mouvements. Mais je mets toutes mes forces pour me jeter sur l'autre homme qui s'apprête à se faufiler dans le véhicule. Son imperméable qui traîne derrière lui protège les fesses, je ne peux que le mordre au mollet. L'homme pousse un cri étrange et ferme brusquement la portière, le bas du pan de l'imperméable se retrouve coincé dedans, de mon côté ma truffe heurtée par la portière très dure est tout endolorie. Son compère monte de l'autre côté. La voiture démarre en trombe, faisant jaillir de hautes gerbes d'eau, je course la jeep un moment, mais l'eau sale m'empêche de progresser par bonds rapides, je nage, plutôt que je ne cours, parmi les choses sales qui flottent.

Avec beaucoup de difficultés j'avance à contre-courant, le corps incliné, pour arriver en bas des marches du portail. Une fois là, je m'ébroue avec force pour me débarrasser de l'eau et des choses sales sur moi. D'après les traces laissées sur le mur d'en face, je comprends que le volume de l'eau qui coule dans la rue a grande-ment diminué. Une heure auparavant ta femme était là, à s'escrimer à curer les WC, le courant d'eau sale à ce moment-là devait déferler avec force dans la ruelle, si les trois canailles étaient arrivées alors, la jeep aurait été noyée sous les eaux. D'où venaient-ils ? Où sont-ils repartis ? À quatre pattes sur les marches, j'ai beau essayer d'affiner le mieux possible mon flair, je ne parviens pas à déceler leur position exacte. L'odeur de la forte pluie et des eaux en crue est trop complexe, trop sale, et même mon nez hors pair doit reconnaître son impuissance. Je retourne dans la cour et vois le cou de ta femme passé sous ton aisselle gauche, tandis que ton bras gauche pend sur sa poitrine à elle, se balançant comme un luffa flétri. Le bras droit de ta femme enserre ta taille. Ta tête est de travers sur la sienne. Son corps semble prêt à chaque instant à se briser sous ton poids, mais elle supporte de toutes ses forces et, de plus, te traîne vers l'avant. Tes deux jambes ont encore une certaine énergie, même si les gestes sont maladroits, malgré tout elles parviennent à se mouvoir, cela indique que tu es encore vivant et, même, que tu es parfaitement conscient.

J'apporte mon aide à ma maîtresse en refermant le portail et je fais les cent pas dans la cour afin d'atténuer le sentiment pesant d'angoisse qui m'étouffe. Ton fils, vêtu seulement d'un caleçon et d'un tricot de corps, accourt, il hurle : « Papa ! » Tout en pleurant, faisant comme sa maman, il se glisse sous ton aisselle droite pour alléger le fardeau que doit supporter ta femme afin que ton corps soit en équilibre. Tous les trois, vous parcourez environ une trentaine de pas, du milieu de la cour jusqu'au lit de ta femme, mais le trajet est long et difficile, j'ai l'impression que vous marchez ainsi pendant une éternité.

J'en oublie que je suis un chien aux poils mouillés par l'eau sale de la rue, j'ai l'impression d'être un humain lié à votre destin, je gémis de chagrin, je vous suis jusqu'à ce lit. Ton corps est souillé de sang, tes vêtements sont déchirés, peut-être ont-ils été mis en lambeaux par les coups d'un fouet en cuir, de l'entre-jambe de ton pantalon monte la puanteur de l'urine, sans aucun doute tu t'es oublié sous toi. Si ta femme mène une vie des plus sobres, elle n'en aime pas moins la propreté, et pourtant elle te laisse t'allonger sur son lit dans cet état, cela prouve qu'elle tient encore beaucoup à toi.

Tout comme elle n'a pas vu d'inconvénient à ce que tu t'allonges sur son lit malgré ton corps sale, elle me permet, dans l'état où je suis, de m'asseoir dans la chambre. Ton fils, agenouillé devant le lit, pleure et crie :

« Papa, qu'est-ce qui t'est arrivé ? Qui t'a arrangé ainsi ? »

Tu ouvres les yeux, lèves les bras, caresses un peu la tête de ton fils. Des larmes jaillissent de tes yeux.

Ta femme apporte une cuvette d'eau chaude et la pose sur le tabouret devant le lit. Je sens l'odeur du sel qu'elle a mis dans l'eau. Elle jette une serviette dans la cuvette, puis elle entreprend d'ôter tes vêtements. Tu te débats, essaies de soulever ton corps, ta bouche dit « Non », mais elle insiste et repousse tes bras, elle s'agenouille près du lit et défait les boutons de ta veste. Je vois bien que tu ne souhaites pas des soins venus d'elle, mais tu ne peux pas refuser, ton fils aide sa mère à te déshabiller entièrement, tu es allongé nu sur le lit de ta femme. Elle essuie ton corps avec la serviette imbibée d'eau salée. Ses larmes tombent sans cesse sur ta poitrine. Ton fils pleure lui aussi, tu fermes les yeux, les larmes coulent sur les cheveux de tes tempes.

Pendant tout ce temps-là, ta femme ne t'a posé aucune question, et toi, de ton côté, tu ne lui as rien dit, seul ton fils laisse passer quelques minutes avant de te redemander inlassablement la même chose :

« Papa, qui t'a mis dans cet état ? Je vais aller le trouver pour te venger ! »

Tu ne réponds rien, ta femme se tait elle aussi, vous semblez vous comprendre sans mot dire. À court d'expédients, ton fils me demande alors :

« Petit Quatrième, qui a battu papa ? Conduis-moi jusqu'à lui pour que je fasse vengeance ! »

Je gémis tout bas pour lui exprimer mes regrets, les violentes pluies provoquées par le typhon ont brouillé les odeurs.

Ta femme, aidée de ton fils, te passe des vêtements propres, un pyjama en soie blanche large et confortable, ainsi vêtu, ton visage semble encore plus bleu, plus foncé. Ta femme jette tes vêtements sales dans la cuvette, sèche le sol avec la serpillière, puis tapote la tête de l'enfant en disant :

« Kaifang, il va bientôt faire jour, va dormir un moment, demain il te faudra quand même aller en classe. »

Portant la cuvette, elle s'en va entraînant ton fils, je les suis.

Elle lave tes vêtements avec l'eau de pluie du seau, les met à sécher sur une corde, puis elle entre dans la pièce latérale est, allume la lampe, le dos contre la planche à hacher, elle s'assied sur le petit tabouret carré, ses coudes appuyés sur ses genoux, ses mains soutenant ses joues, les yeux fixes, elle semble penser à quelque chose.

Elle est dans la lumière, moi dans le noir. Je peux discerner clairement son visage. Ses lèvres violacées, son regard perdu. Cette femme, à quoi pense-t-elle ? Il m'est impossible de le savoir. Elle reste assise ainsi jusqu'à ce que les ténèbres se dissipent, à l'approche de l'aube.

C'est un petit matin particulièrement bruyant, de chaque coin de la ville montent des bruits de voix. Certains habitants sont ravis, d'autres en proie à la tristesse, d'autres encore sont pleins de ressentiment, quand ils ne lancent pas des injures. Le ciel est toujours encombré de nuages noirs, la pluie tombe encore, faible ou forte tour à tour. Ta femme se met à préparer le repas. Il me semble qu'elle confectionne des nouilles, oui, c'est bien cela, des nouilles. L'odeur de la farine paraît encore plus fraîche que d'habitude au milieu de la pestilence ambiante. J'entends tes ronflements, le gars, tu as fini par t'endormir. Ton fils se lève, les yeux pleins de sommeil, il court se soulager aux WC, on entend un grand bruit d'eau. À ce moment-là, l'odeur de Pang Chunmiao traverse ce bouillon d'émanations multiples, s'approche rapidement, sans hésiter, elle arrive au portail de ta maison. Je pousse un seul aboiement et déjà je baisse la tête car j'ai le cœur lourd, un sentiment de tristesse sans pareille, telle une main énorme, me serre à la gorge.

La porte résonne sous les coups de Pang Chunmiao. Elle a frappé de façon résolue, énergique, où pointe, il me semble, un peu de colère. Ma maîtresse court ouvrir la porte, les deux femmes se regardent de chaque côté du seuil. Elles paraissent avoir des milliers de choses à se dire, pourtant elles ne se parlent pas. Pang Chunmiao fait irruption dans la cour marchant à grands pas, ou plutôt, pour être plus précis, au petit trot. Ta femme la suit, clopin-clopant. Elle avance le bras, comme pour retenir la jeune fille. Ton fils accourt jusqu'au milieu du passage et fait plusieurs tours sur lui-même, son petit visage est tout crispé, on y lit de la panique, puis il poursuit sa course jusqu'au portail qu'il referme.

Au travers des carreaux, je vois Pang Chunmiao s'engager à la hâte dans le petit couloir, pénétrer dans la chambre de ta femme, et, immédiatement, j'entends ses cris et ses pleurs. Je vois ta femme entrer derrière elle dans la pièce, elle pleure encore plus bruyamment. Ton fils est accroupi près de la margelle du puits, tout en pleurant il puise de l'eau pour se laver le visage.

Les sanglots des deux femmes cessent, dans la pièce des négociations difficiles semblent avoir commencé. Quelques bribes de paroles m'échappent, coupées par les hoquets et les pleurs, mais je peux entendre entièrement ceci :

« Vous êtes sans cœur, vous autres, de l'avoir mis dans cet état ! dit Pang Chunmiao.

– Pang Chunmiao, je n'ai jamais rien eu contre toi autrefois et n'en ai pas plus à présent, ce ne sont pas les jeunes gens qui manquent sous le ciel, pourquoi faut-il que tu viennes désunir notre famille ?

– Grande belle-sœur, je sais à quel point j'ai des torts envers vous, j'ai essayé de le quitter, mais c'est impossible, c'est mon destin…

– Lan Jiefang, à toi de décider », dit ta femme.

Après un moment de silence, je t'entends dire :

« Hezuo, je te demande pardon, mais je veux partir avec elle. »

Je te vois te lever, aidé par Pang Chunmiao. Vous traversez le couloir, sortez de la maison, entrez dans la cour. Ton fils déverse devant vous la cuvette d'eau qu'il tient à deux mains, puis il s'agenouille sur le passage. Ainsi à genoux, il lève son visage empli de larmes et dit :

« Papa, tu ne dois pas quitter maman… Tante Chunmiao pourrait rester… Mes deux grand-mères n'étaient-elles pas l'une et l'autre les épouses du grand-père Ximen ?

– Fiston, cela se passait dans l'ancienne société…, réponds-tu avec tristesse. Kaifang, veille bien sur ta maman, elle n'a rien à se reprocher, c'est papa qui est en tort, même si je quitte cette famille, je prendrai soin de vous, de mon mieux et de toutes mes forces.

– Lan Jiefang, tu peux partir, mais il faut que tu gardes ceci en mémoire : tant que je serai en vie, ne viens pas me parler de divorce. » Ta femme, debout à la porte de la salle, dit cela avec un sourire sarcastique, mais des larmes roulent de ses yeux. Elle tombe en descendant les marches, mais, bien vite, elle se relève. Elle vous dépasse, va vers ton fils et lui dit avec emportement : « Relève-toi, un homme digne de ce nom ne se met à genoux devant personne ! » Ta femme et ton fils restent debout dans la terre rendue boueuse par la pluie et vous laissent le passage.

Pang Chunmiao, reproduisant les gestes de ta femme cette nuit, lorsqu'elle t'a soutenu jusqu'à la maison, passe son cou sous ton aisselle gauche, tandis que ton bras gauche pend sur sa poitrine, son bras droit à elle enlace ta taille. Vous avancez ainsi péniblement, le poids de ton corps menace à tout moment de faire s'écrouler la frêle jeune fille, mais elle parvient à se redresser, témoignant d'une force qui émeut jusqu'au chien que je suis.

Vous avez franchi le portail. Un sentiment ambigu me pousse à vous accompagner jusque-là, debout sur les marches je vous suis des yeux. Vous avancez dans la ruelle des Fleurs-Célestes, passant là où l'eau sale est la moins profonde. Ton pyjama en soie blanche est très vite souillé par les éclaboussures de boue. Il en va de même pour les vêtements de Pang Chunmiao. Elle porte une jupe rouge, très voyante par ce temps brumeux. La bruine s'envole, les passants ont revêtu un imperméable ou s'abritent sous un parapluie, ils vous dévisagent avec curiosité.

Je retourne dans la cour en proie à des sentiments divers, vais à ma niche, me mets à plat ventre et reste là à regarder la pièce latérale est. Ton fils sanglote, assis sur le tabouret. Ta femme pose un bol plein de nouilles fumantes sur la table des repas devant ton fils et lui lance :

« Mange ! »

Chapitre cinquantième

Lan Kaifang barbouille son vieux père de boue.
Pang Fenghuang arrose de peinture sa petite tante.

Finalement, Chunmiao et moi étions de nouveau réunis. Il faut un quart d'heure à un homme en bonne santé, marchant à allure régulière, pour se rendre de la maison à la librairie Chine nouvelle. Mais cela devait nous prendre près de deux heures. Selon les dires de Mo Yan, ce fut un itinéraire romantique mais un parcours difficile, une conduite honteuse et un acte noble tout à la fois, c'était battre en retraite et lancer l'offensive, capituler et résister, montrer sa faiblesse mais aussi faire une démonstration de force, c'était tout à la fois une provocation et un compromis. Il devait employer encore bien d'autres termes antagonistes, dont certains m'agréent alors que d'autres me semblent délibérément fumeux. En fait, me disais-je, mon départ de la maison, soutenu par Chunmiao n'a été ni noble ni glorieux, il conviendrait plus justement de dire qu'il y avait là-dedans du courage et une grande franchise.

À présent, quand j'évoque les faits, dans mon esprit apparaissent des parapluies bariolés et des imperméables de toutes les formes et de toutes les couleurs, la gadoue et l'eau sale qui recouvraient le sol et les poissons qui respiraient difficilement dans les voies boueuses, ainsi que des crapauds à la file. Ces pluies torrentielles du début des années 90 avaient mis en évidence l'existence, sous les apparences d'une prospérité factice, des vices cachés de cette époque.

La chambre-dortoir où logeait Chunmiao devait nous servir provisoirement de nid d'amour. [« Au point où j'en étais, je n'avais plus rien à cacher », dis-je à Grosse Tête, dont l'intelligence pénètre le fond de toute chose.] Nous ne nous étions pas réunis seulement pour nous embrasser et faire l'amour, mais, en entrant dans sa chambre, ce fut pourtant ce qui se passa malgré mes nombreuses blessures et la douleur insupportable qu'elles occasionnaient. Nos larmes coulaient dans la bouche de l'autre, nos peaux frissonnaient de plaisir, nos âmes se fondaient l'une dans l'autre. Je ne lui avais même pas demandé comment elle avait passé tous ces derniers jours. De son côté, elle ne m'avait pas non plus posé de questions sur ceux qui m'avaient mis dans cet état. Nous nous pendions au cou l'un de l'autre, nous enlacions, nous embrassions, nous caressions, rejetant tout le reste.

... Ton fils, contraint par ta femme, s'efforce d'avaler la moitié de ses nouilles, auxquelles sont mêlées des dizaines de larmes. Ta femme, en revanche, a l'appétit aiguisé, elle mange sa portion accompagnée de trois gousses d'ail, termine celle de ton fils avec deux autres gousses. Elle en a le visage tout rouge, des gouttes de sueur perlent à son front et au bout de son nez. Elle essuie la frimousse de l'enfant avec une serviette et dit sur un ton résolu :

« Fiston, redresse-toi, mange, travaille bien en classe pour devenir un brave à l'esprit indomptable ! Ils souhaitent notre mort, ils pensent se moquer de nous, ils rêvent ! »

J'escorte ton fils à l'école. Ta femme m'accompagne jusqu'au portail. Le garçon se retourne et enserre la taille de ta femme, cette dernière lui tapote le dos et lui dit :

« Voyez-moi ça, il est plus grand que moi, un vrai petit gars…

– Maman, surtout ne va pas…

– Sottises ! dit ta femme en riant. Est-ce que je vais me pendre, me jeter dans le puits, prendre du poison à cause de deux rebuts du genre humain ? Va et sois tranquille, maman sous peu va aller au travail. Les petites gens ont autant besoin de mes beignets qu'ils ont besoin de maman. »

Comme à l'ordinaire nous prenons le raccourci. La rivière des Fleurs célestes a monté jusqu'à la hauteur du petit pont. Le toit fait en plaques de plastique du marché Nongmao a été en partie soulevé par le vent, quelques marchands du Zhejiang pleurent, assis devant des étoffes et des vêtements détrempés. On est au petit matin, pourtant l'air est déjà étouffant, sur la boue rampent des vers de terre violacés apportés par la pluie, une nuée de libellules rouges voltigent très bas. Ton fils saute haut et, d'un geste adroit, attrape l'une d'entre elles. Il refait le même mouvement avec succès. Serrant les deux insectes entre ses doigts, il me demande :

« Hé, le chien, tu veux les manger ? »

Je fais non de la tête.

Il leur ôte la queue, puis il les lie ensemble avec une tige d'herbe. Il les lance en l'air avec force. « Allez, volez », dit-il. Les deux libellules font des tonneaux en l'air avant de tomber dans la boue.

Une rangée des bâtiments de l'école primaire Phénix s'est écroulée pendant la nuit, c'est vraiment une chance dans le malheur, car si cela s'était produit durant les heures de classe, Pang Kangmei, qui fait l'état des lieux après le sinistre, n'aurait pas tenu des propos aussi grandiloquents. Avec tous ces débris de tuiles et ces détritus, le campus de l'école, déjà très encombré, présente un désordre indescriptible. De nombreux enfants sautent par-dessus les décombres. Ils n'ont pas de chagrin, sont plutôt surexcités. Devant l'entrée de l'école stationnent une dizaine de voitures luxueuses, toutes maculées de boue, Pang Kangmei porte des bottes de pluie roses mi-hautes, elle a remonté les jambes de son pantalon au-dessus du genou, ses mollets très blancs sont souillés de boue. Elle porte un bleu de travail, des lunettes noires, elle tient à la main un mégaphone et s'égosille :

« Enseignants, camarades, les pluies diluviennes apportées par le typhon numéro 9 ont causé d'immenses pertes dans tout le district ainsi qu'à notre école. Je sais que vous avez tous le cœur lourd, au nom du comité et de l'administration du district je vous fais part de notre sympathie la plus profonde. Je propose un congé de trois jours, pendant ce temps nous allons organiser les forces, évacuer les immondices, régler le problème des salles de classe. En bref, en un mot, dussé-je, moi, Pang Kangmei, secrétaire du comité de district, travailler assise dans la boue, il faut que les enfants puissent avoir classe dans des salles spacieuses, claires, sécurisées ! »

Le discours de Pang Kangmei est applaudi chaleureusement, de nombreux enseignants ont le visage inondé de larmes. Pang Kangmei poursuit :

« Dans ces moments critiques où il s'agit de se relever des calamités naturelles, tous les cadres du district doivent se rendre sur les lieux et faire un travail de premier ordre avec honnêteté, zèle et dévouement, si quelqu'un ose faillir à son devoir, travailler sans enthousiasme et déléguer ses tâches à un autre, il sera puni avec sévérité ! »

… En un moment aussi crucial, en tant que vice-chef de district responsable de l'éducation et de la santé, j'étais là, à me cacher dans une petite chambre, lové contre mon amante, l'aimant à en perdre la vie, c'était vraiment… une attitude ignoble, éhontée… même s'ils m'avaient rossé, même si j'ignorais que des salles de classe de l'école s'étaient effondrées et même si nous nous aimions corps et âme, toutes ces bonnes raisons ne tenaient pas la route. Aussi, quelques jours plus tard, alors que je remettais à l'organisation du comité de district ma lettre de démission de ma fonction et de ma qualité de membre du Parti, Lü, le vice-chef de cette même organisation, devait me dire sur le ton du sarcasme :

« Mon vieux, dans les deux cas vous n'êtes déjà plus qualifié pour démissionner, ce qui vous attend, c'est d'être destitué de votre poste, d'être exclu du Parti et de la fonction publique ! »

Nous restions lovés l'un contre l'autre du matin jusqu'à l'après-midi, au bord de la mort, pour renaître à chaque fois. La petite chambre était moite et étouffante, la sueur mouillait les draps, nos cheveux étaient trempés comme après une violente pluie. J'aspirais goulûment l'odeur de son corps, regardant dans l'obscurité les lueurs phosphorescentes qui naissaient dans ses yeux sous l'effet de la passion. Je lui disais, partagé entre la joie et la tristesse :

« Chunmiao, ma Chunmiao… même si je devais mourir sur-le-champ, je serais comblé… »

Ses lèvres, déjà rouges de turgescence et d'où suintaient même quelques filaments de sang, se collaient sur ma bouche, ses bras s'enroulaient très fort autour de mon cou, nous sombrions de nouveau entre la vie et la mort. Je n'aurais jamais pu imaginer qu'une jeune fille si frêle pût receler dans son corps une telle énergie à aimer, ni qu'un homme d'âge mûr, couvert de blessures comme je l'étais, se montrerait capable d'être à l'unisson dans le combat au milieu du ressac effrayant

860

de l'amour. Ou, comme l'a écrit Mo Yan dans un roman :
« Il est un type d'amour qui est un poignard au cœur. »
Mais cette formulation est insuffisante. Il est un type
d'amour qui vous met le cœur en miettes ; il est un type
d'amour qui fait saigner les cheveux. Plongés dans un
tel amour, les gens tolérants pourraient-ils nous pardonner ? L'aimer en lui faisant ainsi l'amour avait effacé
la haine éprouvée pour ces assassins qui m'avaient
entraîné, les yeux bandés, dans cette pièce sombre pour
me rouer de coups, ils m'avaient causé un traumatisme
osseux à un seul endroit, la jambe, le reste n'était que
contusions. Les coups avaient été portés avec une grande
dextérité, on aurait dit des cuisiniers chevronnés capables
de faire griller les biftecks selon les exigences des
clients. Non seulement la haine que j'éprouvais envers
eux avait disparu, mais également celle envers les
commanditaires de cette raclée. Je devais en passer par
là pour vivre cet amour profond et passionné avec
Chunmiao, sans quoi j'aurais été sur des charbons
ardents, je n'aurais pas connu la paix de l'âme. Aussi,
hommes de main et commanditaires, je vous remercie
du fond du cœur, merci, ô merci… merci… Dans les
yeux de Chunmiao, qui brillaient de l'éclat des perles,
je pouvais voir mon visage, de sa bouche au parfum
d'orchidée j'entendais les mêmes paroles, elle ne cessait de dire : « Merci… ô merci… »

… L'école a décidé d'un congé, les écoliers dansent
de joie. Cette catastrophe naturelle qui a causé tant de
pertes et révélé de graves problèmes est pour les enfants
une chose nouvelle, amusante, réjouissante, excitante.
La dispersion dans l'avenue du Peuple du millier d'écoliers que compte l'école Phénix rend plus anarchique
encore la circulation, qui l'est déjà suffisamment.
Comme tu l'as fort bien raconté, ce matin la chaussée
est semée de carpes bâtardes aux ouïes ouvertes grosses

comme la paume de la main, au ventre argenté, battant de la queue, elles ont une vitalité opiniâtre ; il y a aussi des carpes argentées, mortes à peine sorties de l'eau, et de grosses loches d'étang couleur abricot fourrées dans la vase, leur élément. Les plus nombreux sont les crapauds, de la taille de noix, qui bondissent en tous sens dans l'avenue sans but précis, c'est ainsi que certains essaient de sauter d'un bord à l'autre de la chaussée, tandis que d'autres s'évertuent à fuir en sens inverse. Au début de nombreux habitants, portant seaux ou sacs en plastique, ont ramassé les poissons dans la rue, mais bien vite ces mêmes personnes ont rapporté à la hâte le fruit de leur collecte et l'ont déversé dans la rivière et les canaux avoisinants, ou bien carrément sur la chaussée. Dans toutes les rues de la ville où circulent des voitures ont lieu des massacres barbares, le bruit des poissons broyés sous les roues vous fait palpiter le cœur d'effroi, si c'est vrai pour les humains, ce l'est aussi pour les chiens, en entendant le bruit des crapauds écrasés, nous sommes contraints à chaque fois de retenir notre respiration, de fermer les yeux, car ce bruit, telle une flèche sale, vous perce jusqu'aux tympans.

La pluie tombe par intermittence, pendant les pauses des rayons de soleil mouillés filtrent parfois des nuages, la ville entière exhale des vapeurs moites, les choses mortes commencent à entrer en putréfaction, dégageant leur pestilence. En de tels moments, il vaut mieux se réfugier à la maison. Mais ton fils ne manifeste pas la moindre envie de rentrer, peut-être pense-t-il profiter de la pagaille qui règne dans la ville pour flâner sans but par les rues afin de diminuer la pression qu'il ressent en lui ? Fort bien, je le suis. Je rencontre une dizaine de chiens de ma connaissance, ils me rendent compte à l'envi des pertes subies par la gent canine pendant cette calamité. Deux chiens sont morts, il s'agit, pour le premier, du chien-loup dans la cour de derrière de l'hôtel de la Gare, il a été écrasé par l'éboulement d'un mur ; le second est le chien de chasse à longs poils du marché de bois en gros sur le bord de la rivière, mort noyé après être tombé à l'eau par mégarde. À l'annonce de cette nouvelle, je lance deux longs hurlements dans la direction où ils ont connu cette infortune, leur exprimant par là même toute mon affliction.

Je suis ton fils, machinalement nous arrivons devant la librairie Chine nouvelle. Des groupes d'enfants se ruent à l'intérieur. Ton fils n'entre pas. Son visage bleu est glacé et fermé, on dirait un morceau de tuile vernissé. Nous apercevons alors Pang Fenghuang, la fille de Pang Kangmei. Elle porte un imperméable orange en plastique, des bottines de la même couleur en caoutchouc, on dirait une boule de feu éblouissante. Une femme jeune et robuste la suit, c'est manifestement son garde du corps. Derrière vient mon aînée, Chienne la Troisième, au pelage bien toiletté. Elle évite avec soin l'eau sale sur le sol, mais elle ne peut empêcher ses pattes de se salir. Les regards des deux enfants se croisent, la petite fille crache de colère devant ton fils. Elle l'insulte avec méchanceté : « Voyou ! » La tête du garçon, comme sous l'effet d'un coup de couteau en pleine nuque, s'incline jusque sur sa poitrine. Mon aînée me montre les crocs, la face contractée en une expression mystérieuse. Il doit bien y avoir une dizaine de chiens rassemblés devant la porte de la librairie. La pratique d'envoyer son chien accompagner ses enfants à l'école est toute nouvelle dans la ville, c'est moi qui ai montré l'exemple par mon dévouement et mon courage. Toutefois je garde mes distances avec eux. Il y a dans le groupe deux femelles avec lesquelles je me suis accouplé autrefois, elles essaient de m'approcher, traînant leurs mamelles relâchées, ma froideur les fait battre en retraite, toutes penaudes. Une dizaine d'écoliers des petites classes jouent à un jeu cruel et dégoûtant : ils cherchent dans la rue les crapauds vert clair et les fouettent doucement avec des badines, les ventres des bestioles gonflent peu à peu comme des ballons, alors les enfants les font éclater sous une brique. Le bruit ainsi produit m'est insupportable. J'attrape entre mes crocs les pans du vêtement de ton fils, lui exprimant par là mon envie de rentrer à la maison. Il me suit sur une dizaine de pas avant de s'arrêter soudain, sous le coup de l'émotion, son visage est bleu comme du jaspe, les yeux pleins de larmes il me dit :

« Le chien, nous ne rentrons pas, guide-moi, je veux les trouver ! »

… Pendant les instants où nous ne faisions pas l'amour, la fatigue nous laissait dans un état entre le rêve et l'éveil. Pendant tout ce temps, nos mains caressaient. Je sentais mes doigts enflés, la peau au bout avait été rendue fine et lisse comme de la soie par le frottement. Elle gémissait dans cet état de semi-éveil, disait des paroles passionnées : « Ce que j'aime, c'est ton visage bleu, au premier regard j'ai été folle de toi, la première fois où Mo Yan m'a amenée dans ton bureau, j'ai eu envie de faire l'amour avec toi. » Elle va même, dans un geste enfantin, jusqu'à prendre ses seins entre ses mains pour me les montrer : « Tu vois, c'est pour toi qu'ils ont grossi… » Alors que dans le district tout entier cadres et masses combattaient héroïquement les calamités, nos actes et nos paroles étaient complètement décalés, voire détestables et honteux, mais c'est la vérité et je ne peux te la cacher.

Nous entendîmes les coups frappés à la porte et à la fenêtre. Nous entendîmes aussi tes aboiements. Nous avions juré que si quelqu'un venait frapper, fût-ce Dieu, nous ne prêterions pas attention à lui, mais tes aboiements étaient comme un ordre auquel on ne pouvait déroger, ils me donnèrent l'envie de me lever au plus vite. Je savais que mon fils était avec toi. J'avais été grièvement blessé, mais l'amour était le meilleur remède à ces blessures, contre toute attente j'enfilai mes vêtements avec vivacité. Malgré la faiblesse de mes jambes et la tête qui me tournait, je ne tombai pas. J'aidai Pang Chunmiao, qui était molle comme une poupée de chiffon, à s'habiller et lui arrangeai grosso modo les cheveux.

J'ouvris la porte, un rayon de lumière moite et brûlant me blessa les yeux. Aussitôt une boule de vase noirâtre, pareille à un crapaud, arriva en volant vers moi. Je n'eus pas le temps d'esquiver, dans mon subconscient je n'en avais pas l'intention, cette boule de vase vint frapper mon visage avec bruit.

J'essuyai avec mes doigts la boue nauséabonde, un peu de limon était entré dans mon œil gauche et me piquait, mon œil droit y voyait encore. Je vis mon fils, furieux, et le chien, indifférent. Je vis que la porte et la fenêtre étaient couvertes de vase et qu'on avait creusé un trou dans l'eau boueuse devant la porte. Mon fils portait son cartable au dos, il avait les mains maculées de gadoue, laquelle avait éclaboussé son visage et son corps. Son expression se voulait être de la colère, mais ses yeux ne cessaient de s'emplir de larmes. Les miennes jaillirent, il me semblait avoir une foule d'explications à donner à mon fils, mais je ne pus que geindre, comme si j'avais mal aux dents :

« Fiston, vas-y, lance ! »

Je fis un pas à l'extérieur, m'appuyai contre le chambranle pour ne pas tomber, je fermai les yeux pour supporter la boue qu'il me lançait. Je l'entendais haleter bruyamment devant moi, des boules de vase chaudes et puantes volaient en déplaçant du vent. Certaines vinrent me frapper en plein nez, d'autres au front, d'autres s'écrasèrent sur ma poitrine, d'autres me touchèrent au ventre. L'une d'elles, très dure, contenant sans doute des bris de tuile, m'atteignit aux organes génitaux, ce grave assaut me fit pousser un gémissement, je me penchai en avant sous la souffrance, mes jambes se dérobèrent, je tombai à genoux, puis assis.

J'ouvris les paupières, lavées par les larmes, je pus regarder les choses des deux yeux. Je vis le visage de mon fils se déformer comme une semelle de chaussure sur un poêle, la boule de vase qu'il tenait à la main tomba à terre. Il éclata en sanglots et détala, cachant son visage dans ses mains. Le chien lança quelques aboiements furieux contre moi et suivit son petit maître en courant.

Pendant tout le temps où j'étais resté debout devant la porte à subir les impacts des mottes de gadoue, cible permettant à mon fils de décharger sa colère, Pang Chunmiao, mon amour adoré, était restée à mon côté. C'était moi que visait mon fils, mais elle avait été tout éclaboussée de boue. Elle me releva en me tenant sous les aisselles et me dit tout bas :

« Grand frère, il nous fallait subir cela… je suis heureuse… j'ai l'impression que notre faute s'en trouve allégée… »

Pendant tout le temps où mon fils m'attaquait avec de la boue, des dizaines de personnes s'étaient massées dans la galerie couverte à l'étage de l'immeuble des bureaux de la librairie Chine nouvelle. Je reconnus en elles des dirigeants et des employés de la librairie. Il y avait entre autres un nommé Yu, un homme de petite taille, lequel, pour obtenir une promotion au poste de vice-directeur, avait demandé à Mo Yan d'intercéder auprès de moi. Tenant en main un lourd appareil photo à haute définition, changeant d'objectif, il consigna intégralement ma piteuse apparence sous tous les angles. Plus tard Mo Yan devait me montrer une dizaine de photos bien choisies par le photographe, j'en fus stupéfait au plus haut point, il s'agissait vraiment d'œuvres qui auraient mérité un grand prix international de photographie. Qu'il s'agît du cliché où mon visage est la cible de la boue ou bien du gros plan où mon visage et mon corps sont couverts de boue alors que Pang Chunmiao, elle, n'est pratiquement pas éclaboussée et où elle a une expression de tristesse, le contraste est franc et la composition équilibrée. Quant à celui où la douleur me plie en deux après que la boue m'a atteint aux parties génitales et où Pang Chunmiao, effrayée, se penche pour me soutenir, ou bien celui où Pang Chunmiao et moi supportons l'attaque et où la boue est tombée de la main de mon fils alors qu'il fait toujours le geste de lancer, tandis que le chien, assis à côté de lui, enveloppe toute la scène de son regard vague, ces clichés pourraient avoir pour titre « Corriger le père » ou bien « Le père et sa maîtresse », ou tout autre intitulé du même genre, et entrer dans la catégorie type des photos à sensation.

Deux personnes descendirent de la galerie à l'étage et s'avancèrent hésitantes, je les reconnus, l'une était le secrétaire de la cellule du Parti de la librairie, l'autre le chef de la sécurité du magasin. Ils nous adressèrent la parole, mais sans nous regarder.

« Mon vieux Lan…, dit le secrétaire embarrassé, je suis vraiment désolé, mais nous n'avons pas le choix… Il vaut mieux que vous partiez d'ici tous les deux… Tu dois bien comprendre que nous appliquons la décision du comité de district…

– Nul besoin d'explication, dis-je, je comprends, nous allons partir tout de suite.

– Par ailleurs, dit le chef de la sécurité en bredouillant, Pang Chunmiao, tu es suspendue de tes fonctions pour enquête, tu es invitée à déménager au bureau de la sécurité à l'étage, nous t'y avons préparé un lit.

– Que je sois suspendue de mes fonctions, d'accord, dit Chunmiao, mais l'enquête ne se fera pas, je ne le quitterai pas d'un pouce, sauf si vous me tuez !

– L'important est que tout soit clair, bien clair, ajouta le chef de la sécurité, en tout cas nous t'avons dit tout ce que nous devions te dire. »

Nous soutenant l'un l'autre, nous allâmes jusqu'au robinet au milieu de la cour. Je dis aux deux hommes :

« Je suis vraiment désolé, je me sers encore une fois de votre eau courante pour laver la boue de mon visage, mais si vous n'êtes pas d'accord…

– Qu'est-ce que tu racontes là, mon vieux Lan ! lança le secrétaire. Ce serait bien mesquin de notre part. » Il jeta un regard prudent alentour avant de poursuivre : « En fait, que vous partiez ou non, peu nous importe, mais nous vous conseillons de partir le plus tôt possible. Grand Patron, cette fois il y a vraiment le feu à la baraque… »

Après avoir lavé la boue de nos visages et de nos corps, sous les regards des gens à la galerie qui nous épiaient à la dérobée, nous entrâmes dans la petite chambre exiguë et moite de Chunmiao, dont les murs étaient pleins de moisissures. Nous nous enlaçâmes, nous embrassâmes pendant plusieurs minutes. Je dis :

« Chunmiao…

– Ne dis rien », lança-t-elle, me coupant la parole. Et elle ajouta calmement : « Je te suivrai partout, même s'il faut escalader des montagnes de couteaux ou sauter dans une mer de feu ! »

… Le premier jour de la reprise des classes, au matin, ton fils et Pang Fenghuang devaient se rencontrer à l'entrée de l'école. Ton fils passe sans la regarder en tournant la tête de l'autre côté, mais elle s'avance avec superbe, lui tapote l'épaule du bout des doigts pour l'inviter à la suivre. Elle s'arrête sous un platane d'Orient à l'est du portail et, les yeux brillants d'enthousiasme, lui dit :

« Lan Kaifang, tu as très bien agi !

– J'ai fait quoi ? J'ai rien fait…, dit ton fils en hésitant.

– Pourquoi tant de modestie ? dit Pang Fenghuang. Quand ils ont rapporté les faits à maman, j'ai tout entendu. Maman a dit entre ses dents : "Ces deux êtres éhontés, c'est la correction qu'ils méritaient !" »

Ton fils tourne les talons et s'en va, Pang Fenghuang allonge le bras pour le retenir, lève le pied et lui en donne un coup au mollet en disant, furieuse :

« Pourquoi tu te sauves ? J'ai encore des choses à te dire ! »

Cette petite démone est d'une beauté délicate, on dirait une sculpture en ivoire superbement travaillée. Ses petits seins sont boutons de fleur naissants, impossible de résister à la beauté de ce tendron. Ton fils, en apparence, semble encore suffoquer de colère, mais au fond de lui il a depuis longtemps rendu les armes. Je ne peux m'empêcher de pousser de profonds soupirs : le père joue avec éclat sa pièce romantique, tandis que l'histoire d'amour du fils, elle, en est à l'état embryonnaire.

« Tu détestes ton père et moi je déteste ma petite tante, dit Pang Fenghuang. On dirait, du fait qu'elle a été élevée par mes grands-parents maternels, qu'elle n'a aucune affinité avec nous. Maman et mes grands-parents l'ont enfermée à la maison et l'ont, les uns et les autres, exhortée pendant trois jours et trois nuits d'affilée à quitter ton père, grand-mère s'est même mise à genoux devant elle, elle ne les a pas écoutés. À la fin, elle s'est sauvée en faisant le mur et elle est allée traîner avec ton père ! » Pang Fenghuang ajoute entre ses dents : « Tu as corrigé ton père, moi je veux corriger ma petite tante !

– J'ai décidé de ne plus m'intéresser à eux, dit ton fils, ils se comportent comme des chiens !

– C'est tout à fait ça, tu as raison, reprend la fillette, ils se comportent comme des chiens, c'est aussi ce que dit maman.

– Je n'aime pas ta mère ! dit ton fils.

– Alors, comme ça, tu oses ne pas aimer ma maman ? » Pang Fenghuang décoche un coup de poing à ton fils et poursuit sur un ton haineux : « Ma maman est secrétaire du comité de district, ma maman était sous perfusion assise dans la cour de l'école à diriger les opérations de lutte contre les calamités ! Vous n'avez pas la télévision chez vous ? T'as pas vu ma maman tousser et cracher du sang ?

– Notre poste est cassé, dit ton fils, je ne l'aime pas, un point c'est tout. Qu'est-ce que ça peut bien te faire ?

– Pffft, tu es jaloux ! dit Pang Fenghuang. Espèce de Petit Visage bleu, de petit monstre mesquin ! »

Ton fils attrape brusquement la bretelle du cartable de Pang Fenghuang et la tire avec force en avant, puis il lui donne une bourrade vers l'arrière. La fillette se cogne contre le tronc du platane.

« Tu m'as fait mal..., dit Pang Fenghuang. C'est bon, c'est bon, je ne t'appellerai plus Petit Visage bleu. Je t'appellerai Lan Kaifang. Nous avons été élevés ensemble, nous sommes de vieux amis, pas vrai ? Je veux corriger ma petite tante et tu dois m'aider à faire aboutir ce projet. »

Ton fils continue d'avancer. Pang Fenghuang d'un bond se place devant lui et lui dit, les yeux écarquillés de colère :

« Tu as entendu, oui ou non ? »

... Sur le moment, nous n'avions pas pensé partir au loin, nous projetions de trouver un endroit retiré où nous cacher jusqu'à ce que l'orage fût passé, puis opter

870

pour une procédure légale et régler la question de mon divorce.

Du Luwen, le nouveau secrétaire du bourg de Lüdian, qui était auparavant chef du bureau politique de la coopérative d'approvisionnement et de vente du district, poste auquel il m'avait succédé, était par ailleurs un de mes potes, je lui téléphonai depuis la gare routière pour lui demander de me trouver un logement dans un endroit retiré, il hésita un moment, mais finit par accepter. Nous ne prîmes pas le bus, mais filâmes en douce jusqu'à un petit village nommé Yutuan au bord de la rivière, au sud-est du chef-lieu du district. Nous louâmes au minuscule embarcadère un petit bateau en bois et descendîmes le courant. La batelière était une femme d'un certain âge au visage émacié, elle avait de grands yeux de biche, dans la cabine il y avait un petit garçon d'un an environ. Pour l'empêcher de sortir du plat-bord, elle avait attaché à sa cheville une ceinture en tissu rouge dont l'autre extrémité était fixée au treillage de la cloison de la cabine.

Du Luwen vint nous accueillir au débarcadère, il conduisait lui-même la voiture. Il nous installa dans trois pièces situées dans la cour derrière la coopérative. Cet établissement était pratiquement au bord du fiasco après les attaques des gestionnaires privés, les employés s'étaient pour la plupart mis à chercher ailleurs un autre travail, il ne restait que quelques personnes âgées pour garder les bâtiments. Le logement que nous occupions avait été celui du secrétaire, ce dernier était déjà allé prendre sa retraite en ville, l'appartement était entièrement meublé. Du Luwen montra un sac de farine, un sac de riz, deux bidons d'huile de cuisine et quelques autres denrées comme des saucissons et des boîtes de conserve et nous dit :

« Vous allez vous cacher ici, s'il vous manque quelque chose, passez-moi un coup de fil à la maison, ne sortez pas à la légère, nous sommes ici dans le fief de la secrétaire Pang, elle nous tombe souvent dessus à l'improviste. »

Alors commença pour nous une vie heureuse de patachons. À part faire la cuisine et manger, nous nous enlacions, embrassions, caressions, faisions l'amour, je dois te dire avec honte mais avec franchise que, comme nous étions partis à la hâte, nous n'avions pas pris de vêtements de rechange, aussi étions-nous nus la plupart du temps. Pour faire l'amour c'était normal, mais quand, un bol à la main, nous buvions du brouet de riz nus comme des vers, nous ressentions le côté extravagant et burlesque de la chose. Je disais à Chunmiao sur le ton de l'autodérision :

« Nous sommes dans l'Éden. »

Nous ne faisions pas de différence entre le jour et la nuit, rêves et réalité se confondaient. Un jour, alors que nous faisions l'amour, nous nous sommes endormis profondément, Chunmiao m'a soudain repoussé pour s'asseoir et m'a dit, prise de panique :

« J'ai rêvé que le petit garçon du bateau avait grimpé contre ma poitrine en m'appelant maman et en réclamant la tétée. »

… Ton fils n'a pu échapper au charme de Pang Fenghuang, pour aider cette dernière à mener à bien son projet de corriger sa tante, il a menti à ta femme.

Je suis le fil de ton odeur, mêlée à celle de Pang Chunmiao elle tresse une corde à deux brins, les enfants me tatonnent, sans faire le moindre écart nous prenons le chemin que vous avez emprunté pour vous rendre à l'embarcadère de Yutuan. Nous montons dans le petit bateau, la batelière est une femme d'un certain âge avec des yeux de biche, dans la cabine est attaché un petit garçon grassouillet à la peau mate, qui ne porte qu'un tablier rouge lui couvrant la poitrine et le ventre.

Quand l'enfant nous voit monter à bord du bateau, il en est tout excité. Il attrape ma queue et la fourre dans sa bouche.

« Vous allez où, les deux petits camarades ? nous demande cordialement la batelière debout à l'arrière du bateau, la godille à la main.

– Le chien, on va où ? » me demande Pang Fenghuang.

Je lance deux aboiements en direction de l'aval.

« On descend, dit ton fils.

– On descend, d'accord, mais il faut une destination ! dit la batelière.

– Godille en suivant le courant, le chien te dira quand on arrivera », dit ton fils avec assurance.

La batelière rit. Le bateau arrive au beau milieu du courant, il descend, suivant les vagues, tel un poisson volant. Pang Fenghuang ôte ses chaussures et ses chaussettes, s'assied sur le plat-bord et plonge ses deux pieds dans l'eau. Les bosquets de tamaris ondulent à perte de vue, il y a sans cesse des hérons qui volent au-dessus des arbres. Pang Fenghuang se met à chanter. Elle a une voix cristalline, les sons sortant de sa bouche font penser à ceux égrenés par les heurts de clochettes. Les lèvres de ton fils tremblent, parfois un ou deux mots solitaires en jaillissent. Manifestement, il connaît lui aussi l'air que chante la petite fille, mais il n'arrive pas à ouvrir la bouche. Le bébé sourit aux anges, on voit ses quatre dents, il bave, chante à sa manière en gazouillant.

Nous descendons au petit débarcadère du bourg de Lüdian. Pang Fenghuang paie grassement la course. Comme la somme dépasse de beaucoup le prix fixé, la femme aux yeux de biche semble effrayée.

Nous trouvons précisément votre cachette. La porte s'ouvre sous nos frappements, je vois la honte et la frayeur inscrites sur vos visages. Tu me jettes un regard dur et appuyé, je pousse deux jappements embarrassés qui signifient ceci : « Lan Jiefang, il faut me pardonner, tu as quitté la maison, tu n'es plus mon maître, c'est ton fils qui l'est à présent, or mon devoir est d'exécuter les ordres de mon maître. »

Pang Fenghuang ôte le bouchon d'un petit bidon en fer-blanc et arrose Pang Chunmiao de peinture.

« Petite tante, tu es une grosse pute ! » Après avoir lancé cette phrase à Pang Chunmiao qui en est restée bouche bée et les yeux ronds, Pang Fenghuang fait un geste de la main à l'intention de ton fils, pareille à un général au commandement énergique, elle lance : « Dispersion ! »

Je suis Pang Fenghuang et ton fils jusqu'au siège du comité du Parti du bourg, pour rencontrer le secrétaire, Du Luwen. Pang Fenghuang lui dit sur un ton impératif :

« Je suis la fille de Pang Kangmei, faites venir une voiture pour nous reconduire à la ville du district ! »

… Du Luwen vint jusqu'à notre « Éden » souillé par la peinture et nous dit en tournant autour du pot :

« Mes amis, selon l'idée stupide qui m'est venue, il vaudrait mieux que vous partiez loin. »

Il nous donna des vêtements propres et une enveloppe contenant mille yuans en disant :

« Ne refusez pas, c'est un prêt. »

Chunmiao, les yeux tout ronds, me regardait, ne sachant que faire.

« Donne-moi dix minutes, que je prenne le temps de réfléchir. » Je demandai une cigarette à Du Luwen, m'assis sur une chaise et fumai lentement. Arrivé à la moitié de la cigarette, je me levai et dis : « Je vais te demander de bien vouloir nous conduire ce soir à sept heures jusqu'à la gare ferroviaire du district de Jiao. »

Nous prîmes un train venant de Qingdao et se rendant à Xi'an. Quand il arriva à la gare de Gaomi, il était déjà neuf heures et demie du soir. Le visage collé contre la vitre sale, nous restâmes à regarder, sur le quai, les voyageurs portant sur le dos de lourds paquets, ainsi que l'air indifférent des quelques membres du personnel des chemins de fer. Les lumières de la ville du district brillaient au loin, sur la place de la gare de nombreux tireurs de pousses au noir et des petits marchands de nourriture appelaient le chaland. Ah, Gaomi, quand pourrons-nous revenir au grand jour ?

Nous allions à Xi'an chercher refuge auprès de Mo Yan. Une fois diplômé de la classe d'écrivains qu'il avait suivie, il travaillait pour un petit journal local. Il nous installa dans une pièce délabrée qu'il louait au « village au sud du fleuve », quant à lui, il alla dormir sur le divan de son bureau. Il nous donna une boîte de préservatifs ultrafins de fabrication japonaise et dit avec un rire bizarre et malicieux :

« C'est pas grand-chose, mais le cœur y est. Acceptez, je vous prie ! »

… Nous sommes en été, ton fils et Pang Fenghuang m'ordonnent de nouveau de partir sur vos traces, je les conduis à la gare. Je gémis tout bas face à un train qui va vers l'ouest. Cela veut dire que le fil de vos odeurs, tout comme ces rails brillants, s'étire très loin, vers un lieu où mon flair ne peut s'exercer.

Chapitre cinquante et unième

Ximen Huan dicte sa loi dans la ville du district.
Lan Kaifang se coupe un doigt pour prêter serment.

L'été de l'année 1996. Cela fait cinq ans que vous êtes en fuite. La nouvelle selon laquelle tu travailles au petit journal dont Mo Yan est le rédacteur en chef, tandis que Pang Chunmiao est cuisinière à la cantine du même journal, est arrivée depuis longtemps aux oreilles de ta femme et de ton fils, mais eux semblent t'avoir complètement oublié. Ta femme continue de faire frire des beignets et adore toujours autant en manger, ton fils est déjà en première année au lycée numéro 1 où il obtient d'excellentes notes. Pang Fenghuang et Ximen Huan sont aussi en première année dans ce même lycée. Leurs résultats à l'examen d'entrée ont été plus que médiocres, mais la première est la fille du plus haut dirigeant du district, tandis que l'autre est le fils du richard qui a déboursé cinq cent mille yuans pour la mise en place d'une « bourse Jinlong », et même s'ils avaient eu un zéro à l'examen, les portes du lycée numéro 1 leur auraient été grandes ouvertes.

Ximen Huan est venu étudier dans la ville du district à son entrée au collège, sa mère Huang Huzhu l'a accompagné pour s'occuper de lui. Ils habitent chez toi, ce qui met pas mal d'animation, et même un peu trop, dans cette maison solitaire et calme.

Ximen Huan n'est pas fait pour les études, pendant ces cinq années il a accompli un nombre incalculable de méfaits. La première année il avait encore un peu de retenue, mais dès la deuxième il devait devenir le tyran des faubourgs sud et sa mauvaise réputation n'avait rien à envier à celle de vauriens tels Liu le Petit Bossu des faubourgs nord, Wang Tête de fer des faubourgs est ou Yu le Sec des faubourgs ouest. Tous les quatre ont reçu du bureau de la sécurité publique du district le surnom « les quatre petites frappes ». Ximen Huan a accompli toutes les mauvaises actions à la portée d'un garçon de son âge (et même un bon nombre de celles que commettent les adultes), pourtant, à le voir, bien malin celui qui pourrait deviner qu'il est si mauvais. Toujours habillé correctement, portant des vêtements de marque qui lui vont bien, il sent bon le frais. Sa coupe de cheveux est entretenue régulièrement, son petit visage est blanc et propre, le mince duvet au-dessus de ses lèvres indique qu'il est encore très jeune, quant au léger strabisme dont il était affecté enfant, il s'est corrigé. Il est toute gentillesse envers autrui, la bouche mielleuse, il redouble de politesses envers ta femme, l'appelant « petite tante » avec beaucoup d'affection. Aussi, quand ton fils a dit à ta femme : « Maman, chasse Huanhuan, c'est un mauvais garnement », celle-ci a-t-elle pris la défense de son neveu :

« N'est-il pas très bien ? Il se conduit avec réserve, sait parler, et s'il a de mauvais résultats scolaires, c'est qu'il n'est pas doué pour ça. À mon avis, dans l'avenir il fera son chemin, et bien mieux que toi. Toi, tu es comme ton père, à tirer tout le temps une mine longue comme ça, on dirait que tous les habitants de la Chine ont des dettes envers vous.

– Maman, tu ne le connais pas, c'est un simulateur !

– Kaifang, a dit ta femme, quand bien même il serait un chenapan, s'il provoquait un malheur, son père

877

l'aiderait à arranger tout ça, ce ne serait pas à nous de nous en occuper. Et puis ta tante et moi sommes sœurs, et très proches l'une de l'autre, des jumelles, comment pourrais-je prononcer la phrase qui les chasserait ? Patience, encore quelques années, et quand vous serez diplômés, chacun suivra son petit bonhomme de chemin, à ce moment-là voudrions-nous le garder qu'il n'accepterait peut-être même pas ! Ton oncle est si riche, l'installer dans un appartement en ville est une bagatelle pour lui, non ? S'il loge chez nous, c'est afin qu'on soit aux petits soins les uns pour les autres, c'est également ce que souhaitent tes grands-parents. »

Avec toutes ces bonnes raisons irréfutables, ta femme devait refuser la suggestion de ton fils.

Si les mauvaises actions de Ximen Huan sont dissimulées à ta femme, à sa mère ou même à ton fils, il ne peut tromper mon flair. Je suis un chien de treize ans et, certes, mon odorat s'émousse, mais je suis encore parfaitement capable de discerner l'odeur des humains qui m'entourent et celles qu'ils laissent en tous lieux. J'ajouterai, entre parenthèses, que j'ai confié mon poste de président de l'association canine à un chien-loup à l'échine noire appelé Noiraud, dans les milieux canins du chef-lieu la position dominante des chiens-loups reste inébranlable. Après avoir cédé ma place, j'ai participé de moins en moins souvent aux réunions ordinaires des soirs de pleine lune sur la place des Fleurs-Célestes, et s'il m'est arrivé de m'y rendre, je m'y suis ennuyé. Nos réunions d'antan se faisaient parmi les chants et les danses, il y avait au menu viandes et alcools, amour et accouplements, mais les jeunes de la nouvelle génération ont un comportement incroyable, impossible à expliquer. Je donnerai quelques exemples : une fois, Noiraud était venu personnellement me relancer pour que je participe à une de leurs activités, romantique, mystérieuse, excitante. Touché par l'affection qu'il m'avait manifestée, je suis arrivé à l'heure dite sur la place des Fleurs-Célestes. J'ai vu accourir de tous côtés des centaines de chiens, nulle politesse d'usage, aucun flirt, on aurait dit que personne ne se connaissait ; encerclant la statue de la Vénus de Milo replacée sur son socle, tous ont rejeté le col en arrière et poussé à l'unisson trois aboiements, puis ils se sont détournés et sont repartis au galop, y compris Noiraud, le président de l'association. Arrivés comme l'éclair, ils s'en sont allés comme l'ouragan, en un instant je me suis retrouvé seul sur la place illuminée par le clair de lune.

J'étais là, regardant la Vénus qui scintillait d'un éclat bleu mystérieux, j'en suis venu à me demander si je ne rêvais pas. Plus tard, j'ai entendu dire qu'ils jouaient à un jeu à la mode, tout ce qu'il y a de plus « top », intitulé « apparition éclair », et que ceux qui y prenaient part appartenaient au « clan de l'apparition éclair ». J'ai entendu dire encore que, par la suite, ils ont opté pour des actes encore plus bizarres, mais je n'y ai jamais participé. J'ai le sentiment que le temps de la direction bohème que j'assumais, moi, Chien le Quatrième, est bel et bien fini, et qu'une nouvelle époque pleine de stimulants et d'extravagances a commencé. Il en va ainsi dans le monde des canidés, et celui des humains est assez semblable. Bien que Pang Kangmei soit encore en poste et, de plus, proclame à qui veut l'entendre qu'elle va bientôt être promue à une charge importante à l'échelon de la province, elle n'est plus très loin de la fin des deux ans de sursis qui lui ont été accordés après qu'elle eut fait l'objet d'un double avertissement de la part de la commission disciplinaire du comité du Parti, puis qu'un dossier avait été ouvert par le parquet, à la suite de quoi le tribunal l'avait condamnée et oui, à la peine de mort.

Après la réussite de ton fils à l'examen d'entrée au lycée, j'ai été relevé de ma tâche qui consistait à l'accompagner à l'école et à le rechercher. En fait, je pourrais fort bien rester chaque jour allongé dans la pièce latérale est à dormir avec paresse ou à repenser au passé, mais je ne le souhaite pas car, en agissant ainsi, j'accélérerais le vieillissement de mon corps et de mon cerveau. Ton fils n'a plus besoin de moi, alors chaque jour je suis ta femme jusqu'à la place de la gare et je la regarde faire frire ses beignets et les vendre. Et c'est ainsi qu'en flairant les odeurs des petits salons de coiffure et d'esthétique, des hôtels et des bistrots avoisinants, je repère souvent celle de Ximen Huan. Ce petit drôle fait semblant de se rendre bien sagement à l'école, le cartable au dos, mais en sortant de la maison il prend tout de suite un « gros cube » qui l'attend tout exprès au carrefour et qui fonce à vive allure jusqu'à la place de la gare. Le conducteur est un grand gaillard solide avec des favoris imposants, il se fait volontiers le chauffeur d'un écolier, le fait que Ximen Huan a la main généreuse en est visiblement la raison principale. La place de la gare est le territoire commun aux « quatre petites frappes », là ils boivent, mangent, courent les filles et jouent aux jeux de hasard. Les relations entre ces quatre chenapans sont aussi fluctuantes que le temps du sixième mois. Ils s'entendent parfois comme larrons en foire, jouant à la mourre et autres jeux à boire dans les bistrots, taquinant la gueuse dans les salons de coiffure et de beauté, faisant des parties de ma-jong et fumant dans les hôtels, se montrant comme cul et chemise sur la place, on dirait quatre crabes attachés ensemble par une même corde. Parfois ils se fâchent et plus rien ne passe entre eux, ils forment alors deux clans, et ce sont des prises de bec comme en ont les coqs aux yeux noirs. Parfois ils se mettent à trois contre un. Puis chacun se fait une petite coterie, et l'on a alors quatre bandes, lesquelles entretiennent des relations mouvementées, ils empoisonnent l'atmosphère dans les alentours de la place de la gare.

Un jour, ta femme et moi assistons de nos propres yeux à un violent combat à main armée, mais ta femme ignore que celui qui orchestre la bagarre est Ximen Huan, ce gentil garçon qu'elle porte dans son cœur. Il est midi, le soleil brille, cela se passe comme on dit « en plein jour » et cela commence par du tapage dans le bar nommé On y revient, situé dans la partie sud de la place, puis quatre petits jeunes gens se sauvent de l'établissement, la tête en sang, ils sont poursuivis par huit autres jeunes, dont sept sont armés de gourdins et un d'un balai à franges. Les quatre premiers se sauvent à la débandade autour de la place malgré leurs blessures au visage et au crâne, ils ne semblent pas effrayés ou avoir mal pour autant. Ceux qui sont à leurs trousses n'ont pas l'air d'être des monstres, certains mêmes sourient bêtement. Cette bagarre naissante semble finalement relever d'une sorte de jeu. Parmi ceux qui se sauvent il y a un grand maigre au crâne en pain de sucre, de la forme de ces bois creux dont se servaient autrefois les veilleurs de nuit, il s'agit de Yu le Sec, petit tyran des faubourgs ouest. En fait les quatre ne se sauvent pas vraiment car, pendant leur course, ils lancent une contre-attaque. Yu le Sec sort de sous son vêtement un racloir triangulaire, montrant par là sa position de leader du groupe, ses trois petits frères jurés arrachent alors leurs ceintures qu'ils font tournoyer, tout en criant : « Oh, oh ! », puis, à la suite de Yu le Sec, ils se lancent contre les poursuivants. Pendant un moment ce sont pluie de bâtons sur les crânes et coups de ceintures cinglants sur les joues, les cris de guerre se mêlent aux cris de douleur, la pagaille est totale. Les gens sur la place s'enfuient, les policiers, qui ont été avertis, sont encore en chemin. À ce moment-là, je vois Yu le Sec plonger le racloir qu'il tient à la main dans le ventre du petit gros qui agite son balai. Ce dernier pousse un cri atroce et s'effondre sur le sol. Voyant leur camarade grièvement blessé, les rangs des poursuivants se disloquent en un instant. Yu le Sec essuie son grattoir sur le vêtement du petit gros qu'il a blessé, siffle et, à la tête de ses trois frères, s'enfuit en longeant le côté ouest de la place.

Pendant que les deux bandes de mauvais garnements se poursuivaient et se battaient, j'ai vu Ximen Huan : derrière ses lunettes noires, assis, insouciant, une cigarette entre les doigts, à une table près de la fenêtre du bar Demeure des immortels, contigu au bar On y revient.

Ta femme, épouvantée, n'a fait que regarder le combat à main armée, elle n'a pas du tout remarqué la présence de Ximen Huan. Et quand bien même l'aurait-elle aperçu, elle n'aurait jamais pu imaginer que ce petit jeune au teint si clair pouvait être l'orchestrateur de cette bagarre. Il a sorti de la poche de son pantalon un téléphone portable dernier cri, l'a ouvert, l'a porté à sa bouche et a dit quelques phrases, puis il s'est assis de nouveau et s'est remis à fumer. Sa façon de fumer est à la fois experte et enfantine, on retrouve là le style des patrons des sociétés secrètes tel qu'on peut le voir dans les films policiers de Hong Kong ou de Taiwan.

Dans le même temps, Yu le Sec avec ses frères jurés sont déjà entrés dans la seconde ruelle Xinmin au sud-ouest de la place de la gare. Un « gros cube » qui arrive à toute vitesse heurte de front Yu le Sec, le conducteur est justement le grand gaillard aux favoris. Le corps de Yu le Sec s'envole sur le bas-côté de la rue, à voir la scène de loin, on a l'impression que son corps n'est pas fait de chair et de sang, mais de mousse habillée de vêtements. Il s'agit d'un accident de circulation dont la responsabilité incombe entièrement à Yu le Sec. On pourrait tout aussi bien dire qu'il s'agit d'un exploit héroïque contre les mauvais garnements, d'un acte de courage accompli au mépris de sa vie, par devoir, qui dénote une grande présence d'esprit dans un moment aussi critique. Le « gros cube » se couche sur le sol, poursuit sa route en glissant sur une dizaine de mètres, le type aux favoris est grièvement blessé lui aussi. C'est alors que je vois Ximen Huan se lever, mettre son cartable sur son dos, sortir du bar en sifflotant et se diriger vers l'école en donnant des coups de pied dans une pomme toute ratatinée.

J'aimerais encore te raconter ce qui s'est passé dans la cour de ta maison après que Ximen Huan a été relâ-ché au bout de trois jours de détention au commissariat de police de la gare pour participation à une bagarre.

Huang Huzhu, le visage marqué par la colère, secoue Ximen Huan à lui en déchirer ses vêtements, elle dit avec la douleur de celle qui en a assez de vivre :

« Huanhuan, ah, Huanhuan, vraiment tu me déses-pères, j'ai dépensé tant d'énergie, ne faisant plus rien d'autre, afin d'être avec toi, de m'occuper de toi pen-dant tes études ; ton papa n'a pas lésiné non plus sur l'argent, te donnant tout ce que tu demandais, te per-mettant de faire des études, et voilà comment tu… »

Comme elle prononce ces mots, ses larmes se mettent à couler. Ximen Huan, très calme, lui tapote l'épaule et lui dit tranquillement :

« Maman, sèche tes larmes, ne pleure pas, les choses ne sont pas du tout comme tu les imagines, je n'ai rien fait de mal, j'ai été accusé injustement, enfin, regarde-moi bien, est-ce que j'ai l'air d'un mauvais garnement ? Maman, je ne suis pas un chenapan, je suis un brave petit ! »

Sur ce, le brave petit se met à chanter et à gambader dans la cour avec une innocence feinte qui fait sourire Huang Huzhu au travers de ses larmes mais me fait grincer des dents, je suis écœuré.

Ximen Jinlong accourt à la nouvelle, il explose d'abord de colère, mais, trompé par les belles paroles de Ximen Huan, lui aussi finit par sourire. Cela fait bien longtemps que je n'ai pas vu Ximen Jinlong, cette fois je trouve soudain que le temps est sans pitié, et cela est vrai pour les riches comme pour les pauvres. Bien qu'il soit emballé entièrement dans des vêtements de marque, qu'il pratique souvent des sports nobles, tout cela ne l'empêche pas d'avoir la tête dégarnie, le regard trouble et de la brioche.

« Papa, retournez sans crainte t'occuper de tes grandes causes, dit Ximen Huan avec un petit rire. Qui connaît mieux son fils qu'un père ? Est-il possible que vous ne me compreniez pas ? Moi, votre fils, si j'ai bien quelques défauts, c'est de savoir un peu trop manier les belles paroles, d'être un gourmand, un paresseux, de rêvasser à la vue de jolies filles, mais tous ces petits travers, ne les avez-vous pas vous-même ?

– Fiston, dit Ximen Jinlong, tu as donné le change à ta mère, mais avec moi ça ne marche pas. Car si je ne parvenais pas, moi, à percer à jour ton petit jeu, alors je n'aurais plus rien à faire dans la société. J'estime que, ces dernières années, tu as accompli tous les forfaits qu'il t'était possible de commettre. C'est facile de faire une mauvaise action, il est rare cependant de ne passer sa vie qu'à cela, selon moi, désormais, tu devrais faire quelque bonne action.

– Papa, tout cela est fort bien dit, et je transforme toujours les mauvaises actions en bonnes actions. » Tout en parlant, Ximen Huan se colle contre son père, avec adresse il ôte la montre précieuse que porte ce dernier et dit : « Papa, vous portez des imitations, ce n'est pas digne de votre rang, autant me la donner et que ce soit moi qui perde la face en la mettant !

– Tu dis n'importe quoi, tu parles d'une imitation, c'est une authentique Rollex ! »

Quelques jours plus tard, une nouvelle est donnée par la chaîne de télévision du district : « Le lycéen Ximen Huan, décidant de ne pas garder pour lui l'argent qu'il a ramassé, a remis à l'école la somme énorme de dix mille yuans. » Mais voilà, la montre Rollex en or toute scintillante ne reparaîtra plus à son poignet.

Peu de temps après, Ximen Huan amène à la maison Pang Fenghuang, autre brave petite et non moins célèbre. Elle est déjà une vraie jeune fille habillée à la mode, gracieuse avec sa poitrine menue et saillante, son petit derrière relevé, son regard languissant, ses cheveux mouillés qui semblent coiffés à la diable. Huzhu et Hezuo, de la vieille école, ne parviennent pas à se faire aux tenues de Pang Fenghuang. Ximen Huan leur dit en cachette :

« Maman, petite tante, vous êtes vieux jeu, elle est mise à la dernière mode. »

[Je sais que ce qui te préoccupe, ce n'est ni Ximen Huan, ni Pang Fenghuang, mais ton fils Lan Kaifang. Eh bien, justement, dans la suite de ma narration il va entrer en scène.]

C'est un après-midi d'automne, le ciel est dégagé et l'air vif, ni ta femme ni Huang Huzhu ne sont à la maison, les jeunes gens se réunissent et ils les ont priées de s'absenter.

Sous un sterculier au nord-est de la cour a été installée une table carrée autour de laquelle les trois braves petits ont pris place. Y sont disposés des fruits de saison et, sur un grand plat, une pastèque coupée en tranches. Ximen Huan et Pang Fenghuang, avec leurs jolis minois, portent des vêtements du dernier cri, ton fils, quant à lui, est laid, habillé de façon démodée.

Aucun garçon ne pourrait rester insensible à une fille aussi jolie et aussi sexy que Pang Fenghuang, et ton fils ne fait pas exception. [Souviens-toi, je te prie, de la scène où il avait ramassé la boue pour t'en couvrir le corps, et aussi de l'épisode où il m'avait demandé de suivre votre trace jusqu'à Lüdian, et tu comprendras que ton fils, depuis bien, bien longtemps, était, de fait, le petit esclave de Pang Fenghuang, laquelle disposait de lui selon son bon vouloir. Les événements tragiques qui se produiront plus tard étaient, en fait, déjà en germe à ce moment-là.]

« Personne d'autre ne va venir, n'est-ce pas ? demande Pang Fenghuang avec indolence, renversée sur le dossier de sa chaise.

– Aujourd'hui la cour est notre royaume, à tous les trois, répond Ximen Huan.

– Et à lui ! » Je sommeille au pied d'un mur. Me désignant de son doigt fin et blanc, Pang Fenghuang se redresse. « Ce vieux chien… » Et elle poursuit : « C'est que notre chienne était sa sœur.

– Et il a aussi deux frères, dit ton fils, morose, au village de Ximen, et l'un est chez lui (ton fils désigne Ximen Huan), l'autre est chez ma tante.

– Mais la nôtre est morte, reprend Pang Fenghuang. Elle a eu trop de portées, depuis toute petite je me souviens qu'elle n'arrêtait pas de mettre bas. » Elle continue avec insouciance : « Ce monde est trop injuste, le chien part une fois qu'il a achevé l'affaire et laisse la chienne se débrouiller avec les difficultés.

– C'est pourquoi nous glorifions tous la figure de la mère, dit ton fils.

– Ximen Huan, tu as entendu ? dit Pang Fenghuang, tout sourire. Tu es incapable de dire des choses aussi profondes, et moi non plus, seul ce cher Lan le peut.

– Ne te moque pas, s'il te plaît, dit ton fils, mal à l'aise.

– Mais je ne me moque pas, je suis sincère en faisant ton éloge ! » Elle sort de son sac à bandoulière en cuir ivoire un paquet de cigarettes blanc de la marque Marlborough et un briquet en or incrusté de diamants et poursuit : « Puisque les vieilles ne sont pas là, on peut se laisser aller. »

De son ongle passé au Cutex, elle ouvre avec dextérité le paquet, une cigarette en sort. Elle prend la cigarette dans sa petite bouche rouge et charnue, actionne le briquet, une flamme bleue jaillit avec un grésillement. Elle jette le paquet de cigarettes et le briquet sur la table, aspire longuement une bouffée, puis se renverse en arrière, la nuque appuyée sur le dossier de la chaise, la bouche arrondie, le visage tourné vers le ciel bleu, avec des gestes experts mais un peu trop maniérés, on dirait ces femmes qu'on voit dans les pièces télévisées s'essayant à fumer.

Ximen Huan sort une cigarette, la lance à ton fils. Ce dernier fait un signe de refus avec la tête. C'est vraiment un bon petit gars. Pang Fenghuang souffle de mépris en disant :

« Allez, fume, arrête de jouer les enfants sages devant moi ! Et puis il faut que tu le saches : plus on s'y met tôt, plus on s'habitue à la nicotine. À huit ans, Churchill, le Premier ministre anglais, fumait la pipe de son grand-père et il a vécu jusqu'à plus de quatre-vingt-dix ans ; aussi, mieux vaut commencer jeune. »

Ton fils ramasse la cigarette, hésite un moment, mais il finit par la coincer dans sa bouche. Ximen Huan, empressé, l'aide à l'allumer. Ton fils ne cesse de tousser, il en a le visage tout congestionné, si noir qu'on dirait un cul de casserole. C'est sa première cigarette, mais il deviendra très vite accro au tabac.

Ximen Huan, tout en jouant avec le briquet en or incrusté de brillants de Pang Fenghuang, déclare :

« Putain, c'est classe !

– Il te plaît ? Alors prends-le ! dit Pang Fenghuang sans même jeter un regard à l'objet. Ce sont des cadeaux de tous ces salauds qui veulent obtenir un poste de fonctionnaire ou entreprendre des chantiers !

– Alors ta mère… » Ton fils, qui allait dire quelque chose, se retient.

« Ma mère aussi est une salope ! » Pang Fenghuang tient sa cigarette entre le pouce et le majeur[1], tandis que de l'autre main elle désigne Ximen Huan en disant : « Ton père est le plus grand salaud de tous ! Et le tien aussi. » La main de Pang Fenghuang se déplace en direction de ton fils. « Lui aussi, c'est un salaud ! » Et de poursuivre en riant : « Tous ces salauds sont des hypocrites, ils jouent la comédie. Ils nous rebattent les oreilles de grands principes pour notre éducation, attendant de nous que nous ne soyons pas comme ci, ni comme ça, mais eux, qu'est-ce qu'ils sont ?

– Eh bien, nous, nous voulons justement être comme ci ou comme ça ! déclare Ximen Huan.

– Parfaitement, ils veulent que nous soyons de braves petits, que nous ne fassions rien de mal, poursuit Pang Fenghuang. Qu'est-ce que c'est, un "brave petit", et qu'est-ce que c'est, un "garnement" ? Nous, justement, nous sommes tous de braves petits, et même la crème des braves petits ! » Pang Fenghuang lance son mégot en direction de la couronne du sterculier, elle n'a pas mis assez de force, le mégot tombe sur l'auvent couvert de tuiles, et là il exhale un mince filet de fumée bleue.

« Tu peux dire que mon père est un salaud, dit ton fils, mais pas qu'il joue les hypocrites, qu'il joue la comédie, sinon il ne serait pas dans une situation aussi misérable…

– Tiens, tiens, tu le protèges encore ! dit Pang Feng-huang. Il vous a abandonnés, ta mère et toi, pour partir seul vivre son aventure amoureuse… Ah oui, cette drôle de citoyenne qu'est ma jeune tante, elle aussi, c'est une petite salope !

1. En chinois l'expression est plus poétique : « main d'orchidée », selon la gestuelle des danses anciennes.

– J'éprouve de l'admiration pour mon oncle, dit Ximen Huan. Il est courageux, il laisse son poste de vice-chef de district, sa femme et ses enfants, et part avec sa petite amoureuse, comme ça, avec panache, c'est ça être cool !

– À ton père, dit Pang Fenghuang, on pourrait appliquer les termes employés par notre démon d'écrivain local Mo Yan : "Les plus braves sont les plus salauds, et ceux qui tiennent le vin sont les plus doués pour l'amour !" » Elle continue en faisant les gros yeux : « Bouchez-vous les oreilles, vous ne devez pas entendre la suite ! » Les deux jeunes gens obtempèrent, alors Pang Fenghuang s'adresse à moi : « Chien le Quatrième, est-ce que tu as entendu ce qui se dit ? Lan Jiefang et ma petite tante peuvent faire l'amour dix fois par jour, et ce pendant une heure à chaque fois. »

Ximen Huan pouffe. Pang Fenghuang lui donne un coup de pied au tibia et l'invective :

« Voyou, alors, comme ça, tu as tout entendu ! »

Le visage entier de ton fils a viré au bleu, la bouche boudeuse il ne dit rien.

« Quand vas-tu retourner au village de Ximen ? demande Pang Fenghuang. Tu m'y emmènes, on raconte que grâce à ton père on y a construit un paradis capitaliste.

– N'importe quoi ! dit Ximen Huan. Comment, dans un pays socialiste, pourrait-il y avoir un paradis capitaliste ? Mon père est un réformateur, un héros de son temps !

– Conneries ! rétorque Pang Fenghuang. C'est un beau salaud, ce sont ton oncle et ma petite tante qui sont les héros de leur temps !

– Ne parlez pas de mon papa, dit ton fils.

– Ton papa a enlevé ma petite tante, ma grand-mère en est morte de colère, mon grand-père en est tombé malade, et au nom de quoi je ne pourrais pas parler de lui ? dit Pang Fenghuang. Si tu me chauffes les oreilles, je vais aller à Xi'an lès dénicher et les ramener pour les promener par les rues en exemple.

– Mais oui, dit Ximen Huan, on pourrait aller à Xi'an leur rendre visite.

– Excellente idée, dit à son tour Pang Fenghuang. J'irai avec un autre bidon de peinture, et quand je verrai ma petite tante, je lui dirai : "Petite tante, je suis venue te peinturlurer." »

Ximen Huan part d'un bon rire. Ton fils baisse la tête sans souffler mot.

Pang Fenghuang donne des coups de pied dans la jambe de ton fils en disant :

« Mon vieux Lan, lâche-toi un peu ! On y va tous ensemble, qu'est-ce que t'en dit ?

– Non, je n'irai pas ! dit ton fils.

– T'es vraiment pas drôle ! lance la jeune fille. Je pars, je ne reste pas avec vous.

– Ne pars pas, dit Ximen Huan, le spectacle n'a pas encore commencé !

– Quel spectacle ?

– Les cheveux magiques, ceux de ma mère ! dit Ximen Huan.

– Oh là là, comment ai-je pu oublier cela ? Qu'est-ce que tu as dit ? Tu as dit que tu allais décapiter un chien et le recoudre avec des cheveux de ta mère et que le chien pourrait immédiatement manger et boire ?

– Je n'ai jamais fait une expérience aussi compliquée, dit Ximen Huan, mais si on se fait une coupure sur la peau et si l'on saupoudre la plaie avec de la cendre de cheveux de ma mère, en dix minutes la plaie est refermée sans laisser la moindre cicatrice.

– On raconte que ta mère ne peut pas se couper les cheveux car sinon ils saignent.

– Exact.

– On dit que ta mère a un cœur d'or et que, quand quelqu'un au village était blessé, on venait la trouver pour qu'elle donne des cheveux et à chaque fois elle en arrachait effectivement ?

– C'est vrai.

– Et elle n'est pas devenue chauve ?

– Non, plus elle les arrache, plus ils sont fournis.

– Oh ! Alors tu ne mourras jamais de faim, affirme Pang Fenghuang. Si ton père venait à perdre son poste et devenait un pauvre bougre sans le sou, ta mère pourrait t'élever en vendant ses cheveux.

– Non, même si je devais me faire mendiant, je ne laisserais pas maman vendre ses cheveux, affirme catégoriquement Ximen Huan, et ce bien qu'elle ne soit pas ma vraie mère.

– Hein ? » Pang Fenghuang est stupéfaite, elle demande : « Elle n'est pas ta vraie mère ? Alors qui est ta vraie mère ?

– On raconte que c'était une lycéenne.

– Une lycéenne qui a un enfant naturel, c'est le top. » Et elle ajoute, songeuse : « C'est encore mieux que ma petite tante.

– Alors qu'est-ce que t'attends pour en faire un ? dit Ximen Huan.

– Conneries ! dit Pang Fenghuang. Moi, je suis une brave petite.

– Parce que faire un enfant, c'est ne pas être une brave petite ? demande Ximen Huan.

– C'est quoi cette histoire de "braves petits" et de "chenapans" ? Nous sommes tous de braves petits ! affirme Pang Fenghuang. Allez, on passe à l'expérience, on décapite Chien le Quatrième ? »

Je me mets à aboyer furieusement. Cela signifie : « Petits bâtards, celui qui ose me toucher, je le tue entre mes crocs ! »

« J'interdis qu'on fasse du mal à mon chien ! dit ton fils.

– Comment faire alors ? dit Pang Fenghuang. Tout ce temps passé pour rien, vous m'avez bien eue. Je pars.

– Attends, dit ton fils, ne pars pas ! »

Il se lève pour aller dans la cuisine.

« Mon vieux Lan, tu fais quoi ? » crie Pang Fenghuang.

Ton fils ressort de la cuisine en serrant son majeur gauche avec sa main droite. Du sang coule entre ses doigts.

« Mon vieux Lan, t'es fou ou quoi ? s'exclame Pang Fenghuang.

– C'est bien le fils de son père ! dit Ximen Huan. Dans les moments critiques, il ose être lui-même.

– Et toi, le bâtard, arrête t'agiter le chiffon rouge ! lui lance Pang Fenghuang. Apporte vite les cheveux magiques de ta mère. »

Ximen Huan court jusque dans la maison, prend sept cheveux longs et épais, les pose sur la table et les brûle pour les réduire en cendres.

« Mon vieux Lan, ouvre la main ! » Pang Fenghuang tend le bras pour saisir le poignet de la main blessée de ton fils.

La blessure au majeur doit être importante. Je vois la jeune fille devenir toute pâle, elle a la bouche ouverte, les sourcils froncés, comme si elle avait mal elle aussi.

Ximen Huan ramasse les cendres des cheveux dans un billet de banque tout neuf et les verse sur le doigt blessé de ton fils.

« Ça fait mal ? demande Pang Fenghuang.

– Non.

– Lâche son poignet, dit Ximen Huan.

– Le sang va emporter les cendres, dit Pang Fenghuang.

– T'inquiète, dit Ximen Huan.

– Et si le sang ne s'arrête pas, dit Pang Fenghuang sur un ton mauvais, je te trancherai tes sales pattes de chien !

– T'inquiète. »

La jeune fille desserre lentement l'étreinte de sa main.

« Alors ? demande Ximen Huan en se rengorgeant.

– C'est vraiment magique ! » dit Pang Fenghuang.

Chapitre cinquante-deuxième

Jiefang et Chunmiao font semblant de jouer le jeu.
Taiyue et Jinlong périssent ensemble.

[Lan Jiefang, par amour tu as renoncé à toute carrière, à ta réputation et à ta famille, et même si la plupart des honnêtes gens te méprisent, des écrivains comme Mo Yan t'encensent. Pourtant, à la mort de ta mère, tu n'es pas allé à ses funérailles, ce manque à la piété filiale, je crains que même Mo Yan, qui n'est pourtant pas à court d'arguments fallacieux, n'ait bien du mal à l'excuser.]

… Je n'ai pas été informé de la mort de ma mère. Après m'être sauvé à Xi'an, j'ai vécu incognito, tel un bandit coupable d'innombrables forfaits. Je savais bien que tant que Pang Kangmei serait en place, le tribunal ne prononcerait pas mon divorce. Aussi vivre avec Chunmiao alors que je ne pouvais pas divorcer m'obligeait à me mettre à l'abri ailleurs. Dans les rues de Xi'an, je devais apercevoir à plusieurs reprises le visage familier de compatriotes. J'ai eu très envie de m'avancer vers eux pour les saluer, mais je ne pouvais que les éviter en baissant la tête et en cachant mon visage. Combien de fois, dans la petite pièce où nous logions, Chunmiao et moi, en pensant au pays, aux êtres qui nous étaient chers, n'avons-nous pleuré amèrement ! Nous étions partis pour notre amour et, à cause de lui, nous ne pouvions pas rentrer. Combien de fois n'avons-nous pas saisi le téléphone pour le reposer ou bien, après avoir glissé des lettres dans la boîte postale, n'avons-nous pas attendu la venue du préposé chargé de relever le courrier pour les récupérer sous des prétextes inventés de toutes pièces !

Les nouvelles du pays nous parviennent grâce à Mo Yan, mais lui, finalement, ne nous fait part que des bonnes, jamais des mauvaises. Il n'a peur que d'une chose : qu'il ne se passe rien sous le ciel, sans doute nous considère-t-il comme du matériau pour ses romans, aussi plus notre destin est tragique, plus notre histoire est compliquée, plus notre aventure est dramatique, plus cela correspond à ce qu'il souhaite. Bien que je n'aie pu assister aux obsèques de ma mère, l'ironie du destin a fait que je vais être amené à jouer le rôle du fils pieux. Un camarade de Mo Yan du temps où il suivait sa classe d'écrivains met en scène, pour la télévision, une pièce de théâtre sur l'élimination des bandits par l'armée de libération ; or il y a dans cette pièce un brigand surnommé Visage bleu qui tue sans sourciller, mais qui sert sa mère avec beaucoup de piété filiale. Pour me permettre de gagner un peu d'à-côtés, Mo Yan m'a présenté à son camarade. Ce dernier porte une énorme barbe, est chauve comme Shakespeare, avec un nez crochu comme celui de Dante. Dès qu'il voit ma figure, il dit en se frappant la cuisse : « Putain, pas besoin de maquillage ! »

… Nous sommes assis bien sagement dans la Cadillac envoyée par Ximen Jinlong et nous rentrons au village de Ximen. Le chauffeur au visage rougeaud ne veut pas que je monte dans la voiture. Ton fils dit, l'air furieux :

« Parce que tu crois que c'est un chien ? C'est un bon apôtre, de tous les membres de la famille c'est lui qui aime le plus grand-mère ! »

Comme nous sortons de la ville, il se met à neiger, c'est du grésil pareil à du sel fin. Quand la voiture entre dans le village, le sol est déjà tout blanc. Nous entendons les lamentations d'un parent lointain venu présenter ses condoléances : « L'univers entier porte ton deuil, ô grand-mère ! Ta bonté a ému le ciel et la terre, ô grand-mère ! »

Son cri, comme ferait le chant d'un soliste, déclenche un chœur de pleurs et de lamentations. J'entends ceux un peu rauques de Ximen Baofeng, ceux, sonores, de Ximen Jinlong, tandis que Wu Qiuxiang pleure de façon mélodieuse.

À peine descendus de voiture, Huzhu et Hezuo se mettent à gémir bruyamment en couvrant leur visage de leurs mains. Ton fils et Ximen Huan donnent chacun le bras à leur mère. Je les suis tout en sanglotant, en proie à une profonde affliction. À ce jour, l'aîné de mes frères est déjà mort, mon second frère aîné, bien amoindri, est couché au pied du mur, il lance un aboiement sourd à mon intention en guise de salut, mais je n'ai déjà plus le cœur à lui répondre. J'ai l'impression que quatre courants d'air froid montent en suivant mes pattes pour devenir un bloc de glace au milieu de mes viscères. Je tremble de tout mon corps, les membres raidis, je suis lent à réagir. Je sais que je suis devenu vieux.

Ta mère a déjà été mise en bière, vêtue somptueusement. Le couvercle est dressé à côté. Les habits mortuaires sont en satin violet, ornés de quelques idéogrammes d'un or sombre signifiant « longévité ». Jinlong et Baofeng sont agenouillés chacun à une des extrémités du cercueil. Baofeng a les cheveux en bataille, Jinlong les yeux rougis, tandis que sur le devant de son vêtement on voit une grosse tache d'humidité due aux larmes.

Huzhu et Hezuo se jettent à genoux devant la bière, tout en tapotant le bord elles poussent des lamentations aiguës.

« Mère, ô mère, pourquoi n'avez-vous pas attendu notre retour pour partir ? Ô mère, sans vous nous n'avons plus d'appui, abandonnés, orphelins, comment allons-nous vivre, ah… » Telle est la plainte que répète ta femme.

« Mère, ô mère, vous avez souffert votre vie durant, pourquoi faut-il que vous partiez alors que vous connaissiez des jours meilleurs ?… », se lamente Huzhu.

Cette pluie de larmes éclabousse le vêtement de ta mère ainsi que le papier mortuaire jaune qui recouvre le visage. Les larmes bues par le papier peuvent laisser accroire qu'il s'agit de celles de la morte.

Ton fils et Ximen Huan s'agenouillent derrière leurs mères respectives, l'un a le teint terreux, l'autre est pâle comme un linge.

Les organisateurs des obsèques sont les époux Xu Xuerong. La tante Xu pousse un cri d'effroi et remet droits les corps de Huzhu et de Hezuo en disant :

« Oh là là, voyez-moi ces enfants pieux ! Surtout n'allez pas asperger la morte de vos larmes, sinon elle ne pourra pas renaître dans un corps humain… »

Oncle Xu demande en regardant autour de lui :

« Les proches parents sont bien tous là ? »

Personne ne répond.

« Les proches parents sont bien tous là ? »

Les parents lointains qui se trouvent dans la pièce se regardent, personne ne répond.

L'un d'entre eux montre du doigt la pièce latérale ouest et dit tout doucement :

« Va demander au vieux patron. »

Je suis oncle Xu jusqu'à l'aile ouest de la maison. Ton père est assis au pied du mur, en train de tisser un couvercle de marmite avec de la paille de sorgho et une fine corde de chanvre. Au mur est accrochée une lampe à huile dont la lumière blafarde éclaire justement ce coin. Le visage de ton père est une masse informe, seuls ses yeux sont deux points lumineux. Il est assis sur un tabouret carré, il serre entre ses genoux le couvercle pratiquement formé, la cordelette fait schlac, schlac en passant entre les tiges de paille.

« Patron, dit oncle Xu, Jiefang a-t-il été prévenu par courrier ? S'il ne pouvait arriver à temps, je crains que…

– Qu'on ferme le cercueil ! dit ton père. Plutôt que d'élever des enfants, autant élever des chiens ! »

… En entendant dire que je vais tourner à la télévision, Chunmiao veut être aussi de la partie. Nous allons trouver Mo Yan, lequel sollicite de nouveau le metteur en scène. Après avoir vu Chunmiao, ce dernier déclare : « Bon, alors tu feras la petite sœur de Lan Lian. » Il s'agit d'une série en trente parties, racontant dix histoires sur l'extermination de bandits, lesquelles peuvent exister séparément et comportent chacune trois épisodes. Le metteur en scène me raconte en gros l'intrigue de la pièce. Un bandit surnommé « Lan Lian », après avoir été mis en déroute, s'est enfui au cœur de la montagne. Les soldats de l'armée de Libération savent qu'il est un fils pieux, ils persuadent la mère et la sœur du bandit de les aider, demandant à la première de faire la morte et à la sœur cadette d'aller dans la montagne informer son frère de ce décès. Lan Lian à l'annonce de cette nouvelle descend dans la plaine, vêtu de chanvre, portant le deuil, il se précipite dans la salle où est le corps de sa mère ; mélangés à la foule des villageois venus donner un coup de main, les soldats s'élancent sur lui et le terrassent. À ce moment-là, la défunte s'assied dans son cercueil et dit : « Mon fils, les soldats de l'armée de Libération traitent bien leurs prisonniers, rends-toi à eux ! »

« Vous avez compris ? demande le metteur en scène.

– Nous avons compris.

– Avec toute cette neige qui recouvre la montagne, impossible de tourner les scènes d'extérieur. Imagine-toi en bandit qui se cache depuis longtemps et qui, apprenant soudain la mort de sa mère, au mépris de sa vie revient pour assister aux funérailles. Parviendras-tu à ressentir tout ça ?

– Je vais essayer.

– Qu'on lui mette un vêtement de deuil ! »

Quelques femmes, parmi de vieux vêtements qui sentent le moisi, trouvent une longue tunique blanche qu'elles me font revêtir, elles dégotent aussi un bonnet de deuil dont elles couvrent ma tête, de plus elles me ceignent les reins d'une corde de chanvre. Chunmiao demande :

« Monsieur le metteur en scène, et moi, que dois-je faire ? »

Le metteur en scène lui dit :

« Imagine qu'il est ton frère de sang et ça ira bien. »

Je lui demande :

« Me faut-il aussi un fusil ? »

Le metteur en scène répond :

« Si tu ne l'avais pas dit, j'aurais complètement oublié que ce Lan Lian est un général portant deux pistolets. Accessoiristes, accessoiristes, trouvez-moi deux armes et mettez-les-lui ! »

Il s'agit toujours de ces mêmes femmes qui m'ont aidé à enfiler le vêtement de deuil, elles me passent deux pistolets en bois à la taille.

Chunmiao demande :

« Et moi, est-ce que je dois porter des vêtements de deuil ? »

Le metteur en scène déclare :

« Qu'on lui en fasse porter, à elle aussi.

– Comment un tel fusil peut-il faire du bruit quand on tire avec ? demandé-je à mon tour.

– Pourquoi veux-tu que ça fasse du bruit ? répond le metteur en scène. Quand ta mère s'assiéra dans le cercueil, tu dégaineras et jetteras les pistolets au sol, c'est tout. Compris ?

– Compris.

– Alors on tourne. Caméras ! »

La chambre mortuaire a été installée dans une rangée de maisons délabrées à l'ouest de Henancun où nous habitons. Chunmiao et moi avions pensé louer l'endroit pour faire des gros pains à la vapeur du Shandong, mais nous avions abandonné cette idée car le propriétaire en demandait un loyer trop élevé. Nous connaissons bien les lieux. Le metteur en scène nous demande de nous mettre un peu dans la peau des personnages afin que nous ne retrouvions pas à sec de larmes devant le cercueil, nous contentant de brailler. À la vue de Chunmiao enveloppée dans son grand vêtement de deuil, avec son petit visage émacié et son teint brouillé à cause de la sous-alimentation, une tendresse infinie mêlée de pitié m'envahit et les larmes, malgré moi, jaillissent de mes yeux.

« Ah, Chunmiao, ma chère petite sœur, tu aurais pu jouir d'un grand train de vie, et te voilà embarquée par malheur sur mon mauvais rafiot jusque dans ces contrées étrangères et reculées, à supporter tant de souffrances ! »

Chunmiao se précipite contre moi et pleure à en avoir le corps tout tremblant, on dirait une petite fille qui aurait cherché son frère sur une étendue immense.

Le metteur en scène crie : « Stop ! Stop ! Stop ! Vous en faites trop ! »

… Avant de fermer le cercueil, tante Xu ôte le papier jaune qui recouvre le visage de ta mère et dit :

« Fils et filles pieux, regardez-la pour la dernière fois, contrôlez-vous, pas de larmes sur sa face ! »

Le visage de ta mère est un peu enflé, luisant, cireux, on les dirait enduits d'une mince couche de poudre d'or. Ses yeux ne sont pas complètement fermés, deux rais de lumière glacée filtrent par les fentes, comme pour blâmer tous ceux qui verront sa dépouille mortelle.

« Ô mère, avec ton départ me voilà orphelin… », dit Ximen Jinlong en pleurant et en se lamentant. Deux parents s'avancent et, le prenant sous les bras, l'éloignent.

« Mère, ma mère, emmène ta fille avec toi… » Baofeng se cogne la tête avec bruit contre le bord du cercueil. Plusieurs personnes se précipitent vers elle, et l'entraînent plus loin. Ma Gaige, qui a déjà les cheveux poivre et sel malgré son jeune âge, retient sa mère dans ses bras pour l'empêcher de se jeter sur le cercueil.

Ta femme, agrippée au bord de la bière, ouvre la bouche et pousse un cri sans pleurer, puis elle tourne de l'œil et tombe à la renverse. Les gens s'empressent de l'emmener à l'écart, la massent entre le pouce et l'index, et lui pincent le sillon labial, ils s'évertuent ainsi un bon moment avant qu'elle ne retrouve sa respiration.

Oncle Xu lance un appel aux menuisiers qui attendent dans la cour, portant leur boîte à outils, ils entrent dans la pièce. Ils soulèvent avec précaution le couvercle, en recouvrent cette femme qui n'est pas morte en paix. Parmi les bruits des marteaux clouant le cercueil, une nouvelle vague de pleurs et de lamentations monte des bouches des enfants en deuil.

Les deux jours suivants, Jinlong, Baofeng, Huzhu et Hezuo, portant le grand deuil, restent assis jour et nuit sur les nattes à chaque extrémité de la bière à veiller la morte. Lan Kaifang et Ximen Huan sont l'un en face de l'autre sur des petits tabourets carrés devant le cercueil. Dans un plat en poterie brûle de la monnaie en papier. Sur la table carrée installée derrière la bière est placée la tablette de ta mère défunte, éclairée par deux grosses bougies blanches. Les cendres du papier s'envolent, la flamme des bougies vacille, formant un tableau solennel.

Puis c'est un défilé ininterrompu de personnes venues présenter leurs condoléances. Oncle Xu a chaussé ses lunettes de presbyte, il est assis à une table carrée sous le gros abricotier, il note, sans rien oublier, les dons en argent et les offrandes. La monnaie de papier offerte par les parents, les amis, les voisins et les pays forme un petit tas au pied de l'arbre. Il fait étrangement froid, oncle Xu doit sans cesse souffler sur la pointe gelée de son stylo, sur sa barbe se sont formées des fleurs de givre. Les branches de l'abricotier sont couvertes de gelée blanche, on dirait des fleurs d'argent sur un arbre de neige.

… Après les critiques du metteur en scène, nous faisons de notre mieux pour contrôler notre émotion. Je me dis in petto : « Je ne suis pas Lan Jiefang, je suis le bandit Lan Lian qui tue sans sourciller, jadis j'ai mis dans le poêle une grenade à main, laquelle, en explosant, a tué ma femme qui s'était levée tôt pour préparer le repas du matin. Jadis encore j'ai coupé avec un couteau la langue d'un garçon qui m'avait lancé à la figure mon sobriquet. Ma brave mère est morte et j'en ai le cœur brisé, mais mes larmes doivent être contrôlées, je veux cacher ma douleur au plus profond de mon cœur. Mes larmes sont très précieuses, je ne peux pas les laisser couler comme l'eau du robinet. » Mais voilà, quand je vois Chunmiao en vêtement de deuil, la figure crasseuse, mon propre vécu prend le dessus, mes émotions viennent remplacer celles que devrait éprouver le personnage. Au bout de plusieurs essais, le metteur en scène ne se montre toujours pas satisfait. Mo Yan est présent, le metteur en scène lui grommelle quelque chose. J'entends Mo Yan lui répondre : « Hé, le chauve, ne sois pas si consciencieux, il faut que tu rendes ce service, sinon je romps toute relation avec toi. »

Mo Yan nous prend à part et nous dit :

« Qu'est-ce qui vous arrive ? Vous avez les larmes trop faciles. Chunmiao peut pleurer comme une fontaine, mais pour toi, mon vieux, trois ou quatre larmes sont suffisantes. Car enfin, ce n'est pas ta mère qui est morte, mais celle du brigand. Trois épisodes, trois mille yuans pour chacun, deux mille pour Chunmiao, cela fait respectivement neuf mille et six mille, soit quinze mille en tout, avec cette somme vous vivrez pratiquement dans l'aisance. Je vais te donner un truc : quand on tournera la scène où tu pleures devant le cercueil, ne pense pas que la défunte est ta propre mère, car au village de Ximen elle mène une vie heureuse, vêtue de soie, mangeant des mets exquis. Dis-toi que dans le cercueil il y a quinze mille yuans ! »

… Bien que la route couverte de neige rende la conduite dangereuse, le jour de la sortie du cercueil plus de quarante voitures sont arrivées au village de Ximen. La neige dans les rues, souillée par les gaz d'échappement, après s'être transformée en une eau sale, a regelé en petits morceaux de glace grisâtre. Les voitures se sont toutes garées sur la place devant la cour de la maison des Ximen, le troisième frère Sun, un brassard rouge au bras, dirige la circulation. Comme on craint des allumages difficiles en raison du froid, on a laissé tourner les moteurs. Les chauffeurs sont restés à l'intérieur des voitures pour se réchauffer. Les gaz s'élèvent des échappements de la quarantaine de véhicules, se rassemblent en un brouillard blanc.

Les participants sont tous de gros bonnets. Il s'agit pour la plupart de fonctionnaires à l'échelon du district, il y a aussi quelques amis de Ximen Jinlong venus d'autres districts. Les gens du village, bravant le froid, les bras croisés, se sont rassemblés dans la rue devant la cour, ils regardent la scène animée sous leurs yeux, attendant le spectacle que sera la sortie du cercueil. Tous ces jours-ci, les gens de la famille ont presque oublié mon existence. La nuit je me serre contre mon aîné, la journée je circule entre l'intérieur et l'extérieur de la cour. Ton fils m'a donné deux fois à manger, la première fois il m'a lancé un pain à la vapeur, pour l'autre il s'agissait d'un paquet d'ailes de poulet prises en glaçons. J'ai mangé le pain, pas le poulet. Pendant ces jours, toutes les choses du passé liées à Ximen Nao qui s'étaient déposées au fond de ma mémoire n'ont cessé de s'agiter, de remonter, m'emplissant le cœur de tristesse. Il m'arrive parfois d'oublier mes quatre réincarnations, de me considérer toujours comme le maître de cette cour, en train de vivre avec douleur les funérailles de son épouse, à d'autres moments je retrouve mes esprits, je sais que les voies de ce monde sont différentes de celles d'outre-tombe, que les choses ici-bas sont évanescentes, que tout cela n'a plus rien à voir avec le chien que je suis.

Parmi la foule dans la rue, quelques anciens décrivent aux jeunes le grandiose enterrement que Ximen Nao avait organisé pour sa mère : c'est que le cercueil en bois de cyprès avait une douzaine de centimètres d'épaisseur et qu'il avait requis vingt-quatre solides gaillards pour le porter ! Les tentures bordaient le trajet sur les deux côtés de la route, tous les cinquante pas était installée une hutte faite de nattes, dans laquelle étaient disposées des offrandes pour le voyage de la morte : un cochon ou un mouton entier, des pastèques, de gros pains à la vapeur… Je m'écarte au plus vite, je ne veux pas m'enliser dans le bourbier des souvenirs. Pour l'heure, je ne suis rien d'autre qu'un chien vieillissant, auquel il ne reste plus beaucoup de temps à vivre. Je constate que presque tous les fonctionnaires venus assister aux obsèques portent des pardessus noirs unis et des écharpes noires. Quelques-uns ont des chapeaux, noirs également, en zibeline, ils doivent être chauves ou alors c'est qu'ils sont dégarnis, car ceux qui ne portent pas de chapeaux ont tous une abondante chevelure. Les flocons de neige sur leurs têtes forment un rappel intéressant avec les fleurs en papier blanc accrochées à leurs poitrines.

À midi, une voiture de police de la marque Drapeau rouge, ouvrant la route à une Audi noire, s'arrête en douceur devant la cour de la famille Ximen. Ximen Jinlong, en grand deuil, sort à la hâte de la cour. Le chauffeur ouvre la portière, Pang Kangmei, vêtue d'un manteau noir en cachemire, se glisse à l'extérieur. Son teint, peut-être à cause du noir, semble d'une blancheur extrême. Je ne l'ai pas vue depuis quelques années, elle a des rides profondes au coin des yeux et de la bouche. Quelqu'un qui doit être une secrétaire accroche une fleur blanche à sa poitrine. Elle est concentrée, il y a dans ses yeux une profonde mélancolie qui échappe à la plupart des gens. Elle tend sa main gantée de cuir noir pour serrer celle de Ximen Jinlong, je l'entends dire cette phrase pleine de sous-entendus :

« Modère ta douleur, garde ton sang-froid, pas de désordre ! »

Jinlong hoche la tête avec dignité.

À la suite de Pang Kangmei est sortie de voiture la « brave petite », Pang Fenghuang. Elle dépasse déjà sa mère en taille. C'est vraiment une jolie fille dans le vent. Elle porte un haut blanc en doudoune et un jean bleu foncé. Elle n'est pas maquillée, elle a une beauté pure.

« Voici ton oncle Ximen, lui dit Pang Kangmei.

– Bonjour, oncle ! dit Pang Fenghuang du bout des lèvres.

– Tout à l'heure tu frapperas ton front sur le sol devant le cercueil de grand-mère, lui dit Pang Kangmei avec émotion, elle t'a fait la faveur de t'élever. »

… Je m'efforce d'imaginer les quinze mille yuans dans le cercueil. Ils ne doivent pas être mis en liasses, mais éparpillés en désordre, prêts à s'envoler dès qu'on soulèvera le couvercle. Ça a l'air de marcher, alors je vois Chunmiao et la trouve comique, on dirait un diablotin en train de faire des manières. Sa tunique de deuil traîne par terre, parfois elle trébuche en se prenant les pieds dans le tissu, les manches du vêtement retombent, pareilles à celles des danseuses de l'opéra traditionnel. Elle grimace, pleure, montrant des dents pas très bien alignées. Elle ne cesse d'essuyer ses larmes avec sa manche, traçant sur son visage une traînée grisâtre, une autre noire, on dirait un de ces œufs conservés dans la chaux et tout juste sortis de la jarre. Mon humeur n'est plus aux larmes, bien au contraire, j'ai du mal à me retenir de rire. Mais je sais que si je me laisse aller à rire, les quinze mille yuans s'envoleront comme une nuée d'oiseaux. Pour retenir mon rire, je serre les mâchoires, ne regarde pas Chunmiao et entre à grands pas dans la cour. Je tire d'une main Chunmiao, je la sens qui piétine derrière moi, comme un enfant qui se querelle avec ses parents. Dans cette cour, on a produit illégalement du coton, bien qu'il soit recouvert par la neige, il dégage encore cette odeur de détritus moisis. Je me rue dans la pièce, en face de moi je vois un cercueil recouvert de vernis d'un brun tirant sur le violet, le couvercle est posé droit à côté, manifestement dans l'attente de ma venue on ne l'a pas encore cloué. Une dizaine de personnes sont debout autour de la bière, certaines portent le deuil, d'autres sont en habits de tous les jours, je sais que la plupart d'entre elles sont des soldats déguisés, bientôt ils vont me terrasser. Aux murs de la pièce colle une substance noirâtre, il s'agit des fibres et de la poussière qui s'envolaient quand on cardait le coton. Je vois la mère du bandit Lan Lian allongée dans le cercueil, le visage recouvert d'un papier jaune, portant un vêtement mortuaire en satin violet, orné d'idéogrammes d'un or sombre signifiant la longévité. Je me jette à genoux devant la bière et me mets à pleurer et à crier :

« Ô mère… votre fils indigne est arrivé trop tard… »

… Le cercueil de ta mère sort enfin du portail au milieu des lamentations des enfants et petits-enfants endeuillés et de la musique jouée par un célèbre orchestre paysan d'instruments à vent venu d'un district voisin. Les badauds, qui ont attendu longtemps, sont aussitôt en proie à une grande excitation. Deux personnes ouvrent la marche, tenant à la main une longue perche à laquelle est enroulé du tissu blanc, cela ressemble à ces objets dont on se sert pour effrayer les moineaux. Derrière viennent une dizaine d'enfants brandissant des bannières. Ils seront grassement récompensés pour leur prestation, aussi cachent-ils mal leur joie. Derrière la troupe des enfants porte-drapeaux marchent deux lanceurs de monnaie en papier, ils ont des gestes expérimentés, une grande adresse, l'argent ainsi propulsé à une dizaine de mètres dans les airs retombe à profusion en voltigeant. Derrière eux vient un petit tabernacle porté par quatre personnes et contenant la tablette de ta défunte mère. Sur la tablette est écrit en gros idéogrammes dans le style des Han : « Tablette de Bai Yingchun, mariée à maître Ximen Nao, partie pour rejoindre les autres esprits. » À la vue de cette tablette, on comprend immédiatement que Ximen Jinlong a arraché sa mère des mains de Lan Lian pour l'attribuer à son père à lui, changeant dans le même temps son statut de concubine. C'est contraire à la règle car Yingchun, qui s'est remariée, n'a plus la qualité requise pour être inhumée dans le caveau de famille, mais Ximen Jinlong a décidé de briser les conventions. Vient ensuite le cercueil pourpre de ta mère, de chaque côté marchent quatre personnes vêtues d'un pardessus noir avec une fleur blanche sur la poitrine, il s'agit de personnalités honorables. Seize robustes gaillards portent la bière, ils sont tous de la même taille, le crâne rasé et ont revêtu un uniforme jaune sur lequel sont imprimés deux idéogrammes signifiant respectivement « pin et grue »[1]. Il s'agit d'un contingent spécialisé envoyé par une entreprise de services pour mariages et enterrements d'un district proche. Ils marchent d'un pas posé, les reins bien droits, l'air grave, on n'a pas l'impression qu'ils peinent à la tâche. Derrière le cercueil viennent les enfants et petits-enfants en deuil, tenant à la main des cannes de douleur en bois de saule. Ton fils et Ximen Huan ainsi que Ma Gaige se sont contentés de passer une veste blanche par-dessus leurs vêtements de tous les jours, leur front est ceint d'une étoffe, blanche également, chacun soutient sa mère, laquelle porte l'habit de grand deuil en grosse toile de chanvre sans ourlets. Tous pleurent sans bruit. Jinlong, traînant sa canne de douleur, ne cesse de tomber à genoux, pleure sans se relever, des larmes rouges coulent de ses yeux. Baofeng n'a plus de voix, elle a le regard éteint, la bouche ouverte, elle ne verse pas de larmes, aucun bruit ne sort de ses lèvres. Ta femme semble écraser de son poids le frêle corps de ton fils, quelques lointains parents s'avancent et aident ce dernier à la soutenir. Elle est traînée plutôt qu'elle ne marche jusqu'à la sépulture. Les longs cheveux défaits de Huzhu attirent tous les regards. D'ordinaire elle en fait une natte qu'elle

1. Symboles de pureté et de longévité.

enroule et maintient sur la nuque par une résille noire,
si bien que, de loin, on dirait qu'elle porte un sac noir,
à présent, conformément aux rites, elle a revêtu le vêtement en grosse toile de chanvre sans ourlets, elle a
dénoué ses cheveux qui semblent une cascade noire
tombant du sommet du crâne jusqu'au sol. La pointe qui
traîne à terre prend beaucoup de saletés. Une parente
éloignée, qui a remarqué cela, avance de quelques pas
et se baisse pour ramasser les cheveux de Huzhu afin
de les mettre au creux de son propre bras. J'entends les
badauds se faire des remarques à l'oreille sur ces cheveux magiques. Certains disent : « Ximen Jinlong est
entouré de belles femmes, comment se fait-il qu'il ne
divorce pas ? C'est qu'il dépend de sa femme, ce sont
ses cheveux à elle qui décident de sa bonne fortune ! »

Pang Kangmei, tenant la main de sa fille, suit derrière les enfants et les petits-enfants, avec les fonctionnaires et des gens qui semblent être de gros richards.
Dans trois mois elle sera frappée du double interdit
– assignée à résidence et suspendue de ses fonctions –,
la durée de son mandat a expiré depuis longtemps, sa
mutation à un poste plus élevé se fait attendre, cela lui
donne sans doute le pressentiment qu'un grand malheur va s'abattre sur elle. Aussi on peut se demander
dans quelle disposition d'esprit elle se trouve tandis
qu'elle assiste à ces funérailles grandioses, publiques,
couvertes par les médias. Je suis un chien et, même si
ma vie n'a pas manqué d'épreuves, j'ai du mal à démê-
ler une question aussi complexe. Toutefois je me dis
que son comportement peut bien ne rien avoir à faire
avec tout le reste, sauf avec Pang Fenghuang, car cette
fille jolie et rebelle est, en fin de compte, la petite-fille
de sang de ta mère.

… « Ô mère, votre fils indigne est arrivé trop tard… »
Après avoir poussé ce hurlement, les recommandations

de Mo Yan s'envolent littéralement, l'affaire du tournage de la pièce télévisée intitulée *Visage bleu* me sort complètement de la tête. Je suis en proie à une illusion, non, ce n'est pas une illusion, j'ai le sentiment profond que c'est ma propre mère qui est allongée dans le cercueil, vêtue d'un habit mortuaire, le visage recouvert par un papier jaune. La scène de ma dernière entrevue avec ma mère, il y a six ans, apparaît distinctement devant mes yeux. La moitié de mon visage, tout enflée, me cuit, mes oreilles bourdonnent suite aux coups portés par mon père avec la semelle de sa chaussure, devant moi surgit la tête toute blanche de ma mère, ses yeux d'où coulent des larmes troubles, sa bouche édentée et qui rentre, sa main aux veines saillantes et sinueuses, couverte de taches brunes, aux gestes malaisés, sa canne en bois de clavelier restée sur le sol, le cri de douleur qu'elle a proféré pour me protéger… toute la scène est devant moi, mes larmes se répandent. « Ô mère, votre fils est arrivé trop tard. Ô mère, comment avez-vous vécu toutes ces années ? Moi, votre fils indigne, j'ai commis des actes pour lesquels on m'a couvert d'injures, mais la piété que j'éprouve pour vous est intacte, ô mère, votre fils indigne vous amène Chunmiao, mère, acceptez cette bru, je vous en prie… »

… La tombe de ta mère est édifiée au sud du fameux terrain de Lan Lian. Ximen Jinlong a quand même eu quelques scrupules et n'a pas ouvert la tombe où sont enterrés Ximen Nao et Baishi pour y mettre de force sa propre mère, ainsi il permet à son père nourricier et à sa belle-mère Wu Qiuxiang de ne pas perdre plus ou moins la face. À gauche du tombeau de Ximen Nao et de Baishi, il vient de faire construire pour sa mère une tombe somptueuse. La porte en pierre est ouverte, comme l'entrée d'un passage secret. Aux alentours de la tombe s'est déjà formé un mur humain très compact. Je vois de l'excitation sur le visage des badauds, je regarde la tombe de l'âne, du bœuf, du cochon et celle de ma mère chienne, cette terre dure comme pierre d'avoir été piétinée, une multitude de pensées se succèdent dans mon esprit. Je renifle la pisse dont j'ai arrosé quelques années auparavant la stèle de Ximen Nao et de Baishi, le sentiment affligeant que ma fin est proche afflue dans mon cœur. Je marche lentement jusqu'à l'espace libre près de la tombe du cochon, je l'arrose à plusieurs reprises, je m'allonge là, alors que les larmes brouillent ma vue, je me dis : « Pourvu que la famille Ximen ou les descendants futurs ayant des liens étroits avec elle comprennent mon intention et enterrent dans le lieu que j'ai choisi cette dépouille de chien qui m'a permis de renaître ! »

Les porteurs ont posé leur palanche. Ils sont contre le cercueil, on dirait une foule de fourmis jaunes s'unissant pour porter un énorme coléoptère. Leurs mains ont saisi la grossière tresse de chanvre attachée au fond du cercueil, sous la direction de leur chef qui agite un petit drapeau blanc ils suivent le long passage, faisant entrer la bière dans la tombe. Les enfants et les petits-enfants en deuil se sont tous agenouillés devant la sépulture, ils frappent leurs fronts contre le sol, pleurent et se lamentent. La troupe de musiciens forme un rang bien aligné derrière la tombe, sous la direction d'un homme coiffé d'un casque orné de glands rouges et tenant à la main une lance pointue décorée de la même façon elle se met à jouer une marche au rythme rapide, semant la confusion dans les pas cadencés des gaillards qui portent le cercueil jusque dans la tombe. Mais personne ne va blâmer les musiciens, la plupart des gens n'ont pas remarqué cette dysharmonie. Seuls quelques initiés regardent les instruments les uns après les autres : le trombone, le cornet à piston, le cor d'harmonie, tous d'un jaune d'or, étincellent dans le temps brumeux, donnant un peu d'éclat à ces funérailles mornes.

… Alors que je suis sur le point de m'évanouir à force de pleurer, j'entends crier derrière moi, mais je ne distingue pas ce qui se dit. « Ô mère, laisse-moi voir encore une fois ton visage… » J'avance le bras pour ôter le papier jaune qui recouvre le visage de la morte. Une vieille femme qui n'a rien de commun avec ma mère s'assied soudain et dit sur un ton des plus graves : « Mon fils, les soldats de l'armée de Libération traitent bien leurs prisonniers, remets tes armes et rends-toi ! » Je me retrouve sur les fesses, le cerveau vide. Les hommes qui entourent le cercueil se ruent sur moi et me terrassent. Deux mains glacées arrachent de ma taille une des armes, puis l'autre.

… Au moment précis où le cercueil de ta mère va entrer entièrement dans le passage menant à la tombe, un homme vêtu d'une large veste ouatinée s'élance de la foule des badauds venus voir le spectacle. Il s'avance en titubant, dégageant une forte odeur d'alcool. Tout en courant et trébuchant, il ôte sa veste et la lance derrière lui. Le vêtement tombe sur le sol comme un mouton mort. S'aidant des pieds et des mains, il escalade la tombe, son corps se balance comme s'il allait tomber, mais non, il se campe sur ses jambes. Hong Taiyue ! Hong Taiyue ! Il est debout, bien stable, et s'efforce de redresser son dos. Il porte un vieil uniforme militaire miteux brunâtre, à sa ceinture est attaché un détonateur rouge. Il lève haut un de ses bras tout en vociférant :

« Camarades, frères prolétaires, soldats de Vladimir Ilitch Lénine et de Mao Zedong, le moment est venu d'engager la lutte contre Ximen Jinlong, digne rejeton de la classe des propriétaires terriens, contre cet ennemi commun à tous les prolétaires du monde entier, ce saboteur s'il en est un sur terre ! »

Tous les participants en restent médusés, au bout d'un instant certains se détournent et se sauvent à la débandade, d'autres se jettent à plat ventre par terre, d'autres encore restent sur place à ne savoir que faire. Instinctivement, Pang Kangmei a attiré sa fille derrière elle, elle semble prise de panique, mais immédiatement elle se ressaisit. Elle fait quelques pas en avant et dit avec dureté :

« Hong Taiyue, je suis Pang Kangmei, la secrétaire du comité du Parti communiste chinois du district de Gaomi, je t'ordonne de cesser immédiatement cette conduite imbécile !

– Pang Kangmei, j'en ai rien à faire de tes grands airs ! Tu parles d'une secrétaire du comité de district du Parti communiste chinois ! Tu es de mèche avec Ximen Jinlong, tu t'entends avec lui comme larrons en foire pour restaurer le capitalisme dans le canton de Dongbei, lequel de rouge est passé au noir, vous êtes des traîtres du prolétariat, des ennemis du peuple ! »

Ximen Jinlong se met debout, repousse sur sa nuque son chapeau de deuil qui vole à terre, il fait un geste de la main comme pour calmer un bœuf en colère. Il s'avance lentement vers la tombe.

« Ne m'approche pas ! hurle Hong Taiyue en mettant la main à l'amorce qui est à sa taille.

– Oncle, mon brave oncle…, dit Ximen Jinlong aimable et souriant, c'est vous qui m'avez éduqué, je me souviens de tout votre enseignement. Oncle, la société se développe, les temps changent, tout ce que je fais, moi, Jinlong, va avec la marche de l'époque ! En toute bonne foi, interrogez-vous : ces dix dernières années, la vie de nos compatriotes n'est-elle pas allée en s'améliorant ?…

– Épargne-moi tes beaux discours !

– Oncle, descendez, dit Jinlong. Si vous jugez que j'ai mal travaillé, je laisse mon poste à quelqu'un de plus compétent. Le sceau du village de Ximen[1], si je vous le cédais ? »

Pendant cet échange entre Ximen Jinlong et Hong Taiyue, les gendarmes qui avaient ouvert la route à Pang Kangmei avec leur voiture de police se sont avancés en rampant vers la tombe. Comme ils vont s'élancer, Hong Taiyue saute du tertre et serre Ximen Jinlong dans ses bras.

Le bruit sourd d'une explosion retentit, une odeur de poudre et de sang frais se répand dans l'air.

Après un long, long moment, encore sous le coup de la peur, les gens s'avancent enfin en désordre et font cercle. Ils séparent les deux corps affreusement mâchés, Jinlong est déjà mort, Hong Taiyue halète, sur le coup personne ne sait comment s'occuper de ce vieil homme à l'agonie, les gens restent là à regarder, hébétés. Il a le teint cireux, sa voix extrêmement faible sort de sa bouche en même temps que du sang, il prononce des bribes de phrase : « C'est… le dernier combat… unissons-nous et demain… l'Internationale… sera… »

Plof, un flot de sang jaillit de sa bouche, monte à une trentaine de centimètres et va éclabousser le sol alentour. Ses deux yeux s'illuminent soudain d'une lumière semblable à celle émise par une plume de poulet qu'on brûle, ils brillent un instant, un autre, puis s'assombrissent pour s'éteindre à jamais.

1: Les officiels signent avec un sceau, symbole du pouvoir.

Chapitre cinquante-troisième

Quand on va mourir, bien et mal s'effacent.
Le chien, une fois mort, ne peut échapper à la réin-
carnation.

… J'ai sur l'épaule un vieux modèle de ventilateur
sur pied qu'un collègue du journal m'a donné lors de
son déménagement, Chunmiao, quant à elle, porte un
vieux four à micro-ondes offert par la même occasion.
Le dos ruisselant de sueur, nous faisons des pieds et
des mains pour sortir du bus. Sans dépenser un sou,
nous avons obtenu deux appareils électroménagers,
malgré la chaleur et la fatigue nous sommes particulièrement contents. Nous avons encore un kilomètre et
demi à parcourir de la station à la petite pièce où nous
logeons, comme elle n'est desservie par aucun bus et
comme nous ne voulons pas dépenser l'argent d'un
taxi, il ne nous reste plus qu'à y aller à pied en faisant
des pauses.

En juin la poussière vole à Xi'an, les citadins, abrutis
par la chaleur, torse nu, boivent des bières aux petits
étals sur le bord de la rue. Je vois un écrivain appelé
Zhuang Hudie, connu pour son libertinage, assis sous
un parasol, qui frappe en mesure le bord de son bol avec
ses baguettes en braillant un opéra du Shaansi : « Au-
delà du campement fortifié, le héros se déride malgré lui… » Ses deux maîtresses, aussi proches l'une de

l'autre que le seraient des sœurs, l'éventent. L'homme a un nez crochu, des yeux de busard, ses lèvres retroussées laissent voir ses dents, il ne paie pas de mine, pourtant il sait s'y prendre avec les femmes. Ses maîtresses sont toutes plus enjôleuses et plus amoureuses les unes que les autres. Mo Yan et lui sont compagnons de beuveries, le premier parle souvent du second dans son petit journal. Je fais un geste à Chunmiao pour qu'elle regarde Zhuang Hudie et ses maîtresses. Elle me dit, mécontente : « Je les avais repérés. Eh bien, moi, je trouve que les femmes à Xi'an sont vraiment stupides. » Et de poursuivre : « D'ailleurs toutes les femmes sont stupides. » Je pars d'un rire forcé, ne souffle mot.

Arrivés à notre petite niche, il fait déjà sombre. La grosse propriétaire vomit des injures à l'encontre des locataires qui arrosent le sol avec l'eau courante pour faire baisser la chaleur, tandis que les deux jeunes qui sont nos voisins d'à côté lui rendent ses insultes en riant de malice. Je vois, à la porte de notre logement, une silhouette efflanquée. La moitié bleue de son visage à la lumière du crépuscule semble de bronze. Je pose brusquement le ventilateur sur le sol, un grand froid m'envahit tout entier.

« Que se passe-t-il ? me demande Chunmiao.

– Kaifang est là. » J'ajoute : « Tu veux l'éviter ?

– Éviter quoi ? répond Chunmiao. Il faut bien que cette affaire ait un dénouement. »

Nous mettons un peu d'ordre dans nos vêtements, tout en portant nos vieux appareils électroménagers avec un semblant de décontraction, nous arrivons devant mon fils.

Il est maigre, plus haut que moi déjà, le dos un peu voûté. Malgré la chaleur, il porte une veste noire à manches longues, un pantalon noir, des chaussures de marche d'une couleur indéfinissable. Une odeur aigre se dégage de son corps, la sueur a fait des cercles sur son vêtement. Il n'a pas de bagages, mais tient à la main un sac en plastique blanc. En constatant le manque d'adéquation entre son âge et sa stature ou son visage, le nez me picote et des larmes jaillissent au coin de mes yeux. Je me débarrasse du vieux ventilateur et m'élance, sous le coup de l'émotion, dans l'intention de le serrer contre moi, mais devant sa froideur, pareille à celle d'un passant anonyme, mes bras se figent en chemin avant de retomber lourdement.

« Kaifang… », prononcé-je.

Il me regarde, glacial, comme si les larmes qui inondent mon visage lui répugnaient. Ses sourcils, pareils à ceux de sa mère, semblent ne former qu'une seule ligne, il dit avec un sourire sarcastique :

« Eh bien, bravo ! Ainsi voilà où vous avez atterri. »

J'en reste interdit, ne trouvant rien à répondre.

Chunmiao ouvre la porte, transporte les deux vieux appareils dans la pièce, allume la lampe de vingt-cinq watts et dit :

« Kaifang, puisque tu es là, entre, et si tu as quelque chose à dire, tu le diras à ton aise à l'intérieur.

– Je n'ai rien à te dire. » Mon fils jette un coup d'œil à notre petite chambre et continue : « Et je n'entrerai pas chez vous.

– Kaifang, on peut toujours dire ce qu'on veut, je n'en reste pas moins ton père, dis-je. Tu es venu de si loin, ta tante Chunmiao et moi t'invitons à manger à l'extérieur.

– Vous irez tous les deux sans moi, dit Chunmiao. Je vais lui préparer quelque chose de bon.

– Je ne mangerai pas de votre cuisine. » Il agite le sac en plastique qu'il tient à la main et continue : « J'ai ce qu'il faut.

– Kaifang… » Mes larmes jaillissent de nouveau. « Aie un peu de considération pour moi, ton père.

– Oh, ça va, ça va, dit mon fils qui en a assez. N'allez pas vous imaginer que je vous déteste, en fait je ne vous en veux pas du tout. Je n'avais aucunement l'intention de venir vous voir, c'est maman qui m'a demandé de le faire.

– Elle… Est-ce qu'elle va bien ? demandé-je avec hésitation.

– Elle a un cancer », dit ton fils d'une voix étouffée. Après avoir marqué une pause, il poursuit : « Il ne lui reste guère de temps à vivre, elle souhaiterait vous rencontrer, elle aurait beaucoup de choses à vous dire.

– Comment a-t-elle pu avoir ce cancer ? » demande Chunmiao en larmes.

Mon fils lui jette un regard, secoue la tête, restant sur la réserve, puis il me dit :

« C'est bon, j'ai transmis le message, à vous de décider si vous revenez ou non. »

Sur ces mots, il se détourne et part.

« Kaifang… » Je lui saisis le bras et dis : Nous partons avec toi, demain. »

Ton fils se dégage et répond :

« Je ne partirai pas avec vous, j'ai déjà acheté un billet pour ce soir.

– Nous partons avec toi.

– J'ai dit que je ne partirai pas avec vous !

– Alors nous t'accompagnons à la gare, dit Chunmiao.

– Non ! dit mon fils fermement. C'est pas la peine ! »

… Quand ta femme a su qu'elle avait un cancer, elle a choisi de retourner au village de Ximen. Ton fils, qui n'avait pas encore terminé le lycée, a insisté pour interrompre ses études et a décidé, de lui-même, de s'inscrire à l'examen pour entrer dans la police. À l'époque, ton frère juré Du Luwen, qui avait été secrétaire du comité du Parti du bourg de Lüdian, occupait les fonctions de commissaire politique au bureau de la sécurité du district. S'était-il souvenu de votre vieille amitié, à moins que ton fils ne fût une bonne recrue, toujours est-il qu'il a été admis et affecté à la brigade de la police criminelle.

Après la mort de ta mère, ton père est retourné habiter dans la petite pièce sud de l'aile ouest de la maison et a repris la vie solitaire et excentrique qui était la sienne quand il travaillait à son compte. On ne le voit plus du tout dans la cour de la grande demeure des Ximen. Il fait lui-même la cuisine, mais, le jour, sa cheminée crache rarement de la fumée. Il ne mange jamais les repas que lui apportent Huzhu et Baofeng, il les laisse moisir ou tourner à l'aigre sur le dessus du fourneau ou sur la table carrée. Il attend que la nuit soit profonde et les gens silencieux pour se lever lentement de son kang, comme un mort qui ressuscite. Selon les bonnes vieilles habitudes qu'il a prises pendant de si longues années, il verse une louche d'eau dans la marmite, y jette une poignée de céréales, fait mijoter ce brouet et, quand il est à moitié cuit, il le boit, ou bien il mâche carrément des céréales crues, prend quelques gorgées d'eau froide, puis il retourne s'allonger sur le kang.

Depuis son retour, ta femme habite la pièce au nord de l'aile, celle où a vécu ta mère, et c'est son aînée, Huzhu, qui prend soin d'elle. Malgré la gravité de sa maladie, je ne l'entends jamais se plaindre. Elle reste allongée, tranquille, parfois elle dort profondément, les yeux fermés, d'autres fois, les yeux grands ouverts, elle regarde le plafond. Huzhu et Baofeng ont collecté une grande quantité de remèdes populaires, comme du brouet avec de la chair de crapaud, du poumon de porc mijoté avec de la bourse-à-pasteur ou de la peau de serpent sautée avec des œufs, ou encore des lézards macérés dans de l'alcool, mais elle garde les dents serrées, refusant de manger ces choses-là. La pièce dans laquelle elle vit est séparée de celle de ton père par une simple cloison mince faite de tiges de sorgho et de boue, ils peuvent s'entendre distinctement tousser l'un l'autre et haleter, mais ils ne se parlent jamais.

Dans la chambre de ton père, il y a une jarre de blé et une autre de graines de soja, à la poutre sont suspendues deux tresses de maïs. Après la mort de Chien le Second, je me suis retrouvé seul et je m'ennuyais, j'étais abattu, et quand je ne dormais pas dans ma niche, je tournais désœuvré dans la maison. Après la mort de son père, Ximen Huan s'est mis à mener une vie dissolue au chef-lieu du district, et s'il lui arrivait de revenir au village, c'était pour demander de l'argent à Huzhu. À la suite de l'arrestation de Pang Kangmei, la gestion de la société de Ximen Jinlong a été prise en main par les secteurs concernés du district, le poste de secrétaire de cellule du Parti du village de Ximen est revenu, quant à lui, à un cadre envoyé par ce même district. Cette société n'était plus depuis longtemps qu'une façade, les prêts de plusieurs dizaines de millions accordés par les banques avaient été dilapidés jusqu'au dernier sou, Jinlong n'a laissé aucun bien à Huzhu et à Ximen Huan. Aussi, quand ce dernier eut puisé jusqu'au bout dans le petit pécule que Huzhu avait mis de côté, on ne devait plus le revoir dans la grande cour.

Huzhu occupe la partie principale de la demeure, chaque fois que j'entre dans sa chambre, je la vois occupée à découper des figurines en papier à la grande table carrée. Elle a des doigts d'or, les animaux et les végétaux de toutes sortes qu'elle découpe ont tous l'air vivants. Elle les coince dans un carton blanc, quand elle en a une centaine, elle va les vendre dans les petites boutiques de souvenirs, cela lui permet de mener une vie très simple. À l'occasion, je la vois se coiffer. Elle se met debout sur un tabouret pour laisser ses cheveux retomber jusqu'au sol. À la regarder se peigner ainsi, le cou incliné, j'ai le cœur serré, tandis que les yeux me brûlent.

Je ne manque pas non plus d'aller tous les jours chez ton beau-père. Huang Tong a déjà contracté une ascite, à le voir, il semble, lui aussi, n'en avoir plus pour bien longtemps à vivre. Ta belle-mère, Wu Qiuxiang, est encore en assez bonne santé, mais elle a les cheveux tout blancs, les yeux chassieux, il ne reste plus rien de son charme passé.

Je me rends le plus souvent dans la chambre de ton père. Je m'allonge devant le kang où il se repose, et nous restons là à nous regarder, les yeux dans les yeux, toutes les phrases que nous voudrions échanger passent dans nos regards. Parfois je me dis qu'il connaît mes antécédents, car il lui arrive de répéter ces paroles, comme prononcées en rêve :

« Mon vieux patron, tu es vraiment mort de mort injuste ! Mais en ce monde, pendant ces dizaines d'années, tu n'as pas été le seul dans ce cas… »

Je lui réponds en gémissant sourdement, mais aussitôt il dit :

« Mon vieux chien, pourquoi ces gémissements ? Est-ce que j'aurais dit quelque chose de mal ? »

Quelques rats grignotent sans scrupules les maïs suspendus au-dessus de sa tête. Ce maïs a été conservé comme semence, or pour les paysans protéger les semences, c'est comme protéger la vie, mais ton père, contrairement à ses habitudes, reste indifférent, il dit :

« Mangez, mangez, dans la jarre il y a du blé, du soja, et dans un sac il y a encore du sarrasin, aidez-moi à le manger, ce sera plus facile pour moi de partir… »

Par les nuits de lune, ton père sort de la cour, une pelle en fer sur l'épaule. Aller travailler aux champs au clair de lune, c'est une habitude qu'il a contractée depuis de nombreuses années, tout le monde le sait, et pas seulement au village, au canton de Dongbei c'est chose connue aussi.

Chaque fois que ton père sort, je le suis, au mépris de la fatigue. Il ne va nulle part ailleurs que dans son champ de mille mètres carrés. Ce lopin de terre, qui a résisté cinquante ans, est pratiquement devenu un cimetière. Y sont enterrés Ximen Nao et dame Bai, ta mère, l'âne, le bœuf, le cochon, ma mère chienne, Ximen Jinlong. Là où il n'y a pas de tombes poussent des herbes folles. C'est la première fois que le champ reste en friche. M'aidant de ma mémoire qui régresse terriblement, je trouve l'endroit que j'ai choisi, je me couche là et me mets à gémir tout bas. Ton père dit :

« Mon vieux chien, tu n'as pas besoin de pleurer, j'ai compris ce que tu veux me dire. Si tu meurs avant moi, je t'enterrerai moi-même ici. Et si c'est toi qui me survis, avant de partir je leur dirai qu'ils devront t'enterrer là. »

Ton père fait un trou avec sa pelle derrière la tombe de ta mère et me dit :

« Là, ce sera la place de Hezuo. »

La lune est mélancolique, le frais clair de lune scintille. Je suis ton père dans ses déambulations sur son champ. Un couple de perdrix est levé, battant des ailes, les oiseaux s'envolent vers les terres d'autrui. Leur vol ouvre deux fissures dans le clair de lune, mais, très vite, l'astre les colmate. À une distance de quelques dizaines de mètres au nord des tombes de la famille Ximen, ton père s'arrête, regarde tout autour de lui pendant un moment, frappe du pied la terre sous lui et dit :

« Cet emplacement est pour moi. »

Sur ce, il se met à creuser. Il fait un trou de deux mètres de long sur un mètre de large, à une profondeur de cinquante centimètres il s'arrête. Il s'allonge dans cette fosse peu profonde, regardant la lune, il se repose une demi-heure avant de se relever de la fosse, il me dit :

« Mon vieux chien, tu es témoin, la lune aussi, je me suis couché à cet endroit, je l'ai occupé, personne ne pourra plus me l'enlever. »

Puis ton père creuse une fosse aux proportions de mon corps là où je me suis couché. Me pliant à sa suggestion, je saute dans la fosse, y reste allongé un moment, puis remonte. Ton père dit :

« Mon vieux chien, cet emplacement te revient, la lune et moi en sommes témoins. »

Accompagnés par le clair de lune, quand nous sommes de retour dans la cour de la demeure de la famille Ximen, après avoir pris le chemin sur la digue, on est entré déjà dans la seconde moitié de la nuit avec le premier chant des coqs. Les dizaines de chiens du village, influencés par ceux de la ville, tiennent une soirée au clair de lune sur la place devant la maison. Je les vois assis en cercle, au milieu une chienne, une écharpe en soie rouge nouée autour du cou, chante à la lune. Bien sûr, pour des oreilles humaines cela sonne comme des aboiements furieux, mais en réalité sa voix est claire et harmonieuse, la mélodie est exquise et agréable à l'oreille, les paroles sont pleines de poésie. Le sens, en gros, est le suivant : « Lune, ô lune, tu me rends triste... Jeune fille, ô jeune fille, je suis fou à cause de toi... »

Ce soir, ton père et ta femme se sont parlé pour la première fois au travers de la cloison. Ton père a frappé contre le mur et a dit :

« Mère de Kaifang.

– Je vous entends, père, parlez.

– J'ai choisi un emplacement pour toi, à dix pas derrière la tombe de ta mère.

– Père, je suis tranquille, de mon vivant j'appartiens à la famille Lan, après ma mort je ferai partie des mânes de la famille Lan. »

... Même si je sais fort bien qu'elle n'acceptera rien venant de nous, je dépense cependant tout l'argent que nous possédons pour acheter une grande quantité d'« aliments nutritifs ». Kaifang, vêtu d'un uniforme trop grand pour lui, nous conduit au village de Ximen en side-car de la police. Chunmiao est assise dans l'habitacle, entourée de boîtes et de paquets bariolés. Je suis derrière mon fils, les mains crispées sur la poignée en fer. Kaifang a un air sévère, un regard de glace, bien que cet uniforme ne soit pas à sa taille, il en impose. Le bleu de son visage s'harmonise avec celui, plus foncé, de l'uniforme. Ah, fiston, tu as bien choisi ton métier, nous sommes des visages bleus, et c'est justement le visage impartial des exécuteurs de la loi.

Les troncs des ginkgos sur le bord de la route ont déjà atteint le diamètre d'un bol, la profusion des fleurs crème ou rouge foncé des lilas des Indes sur le terreplein central fait ployer leurs branches. Nous ne sommes pas revenus depuis plusieurs années et, c'est bien vrai, le village de Ximen a changé du tout au tout. Aussi, me dis-je, ceux qui trouvent que Ximen Jinlong et Pang Kangmei n'ont rien fait de bon n'ont pas une attitude objective.

Mon fils gare la moto devant le portail de la demeure de la famille Ximen, il nous conduit jusqu'au milieu de la cour et là il nous demande sèchement :

« Vous voyez d'abord grand-père ou maman ? »

J'hésite un instant et dis :

« Selon les anciens usages, il vaudrait mieux voir ton grand-père. »

La porte du vieillard est fermée. Kaifang s'avance, frappe. Aucun écho à l'intérieur. Kaifang se dirige vers la petite fenêtre, il frappe aux croisillons et dit :

« Grand-père, c'est Kaifang, ton fils est de retour. »

La pièce reste plongée dans le silence, un long soupir douloureux finit par se faire entendre.

« Père, votre fils indigne est de retour. » Je me mets à genoux devant la fenêtre, imité par Chunmiao, je dis au travers de mes larmes : « Père, ouvrez, je vous en prie, que je puisse vous voir un instant…

– J'ai honte rien qu'à te voir, dit père, j'ai juste quelques recommandations à te faire. Tu m'écoutes ?

– Oui, père…

– La tombe de la mère de Kaifang est à dix pas au sud à l'arrière de celle de ta propre mère, j'ai déjà édifié un tas de terre pour servir de marque. La tombe du vieux chien est à l'ouest de la tombe du cochon, j'ai déjà creusé pour lui une fosse. Quant à la mienne, elle est à trente pas au nord de celle de ta mère, j'ai pratiquement creusé le trou. À ma mort, je ne veux ni cercueil, ni musique, ni condoléances de la part des parents et amis, tu m'envelopperas d'une natte de roseau et tu m'enterreras sans bruit, tout simplement. Les céréales dans les jarres, tu les mettras toutes dans la tombe, qu'elles recouvrent mon corps et mon visage. Elles sont le produit de ma terre, elles doivent retourner à la terre. À ma mort, j'interdis qu'on me pleure, il n'y aura pas de quoi pleurer. Quant à la mère de Kaifang, c'est toi qui décideras de son enterrement, je ne m'en occupe pas. Si tu as encore un peu de piété filiale, exécute mes volontés !

– Père, j'ai bien enregistré, je ferai comme vous l'avez demandé, père, ouvrez votre porte, que je puisse vous voir un instant…

– Va voir ta femme, elle n'en a plus pour longtemps, quant à moi, je pense que je vais encore tenir un an au plus, je ne vais pas mourir tout de suite. »

Chunmiao et moi sommes debout devant le kang de Hezuo. Kaifang dit « Maman ! » avant de nous laisser et de se rendre dans la cour. Hezuo a eu vent de notre retour, visiblement elle s'y est préparée. Elle est assise sur le kang, vêtue d'une veste au boutonnage décentré

925

bleu foncé héritée de ma mère, elle est bien coiffée, s'est lavé le visage. Pourtant elle est méconnaissable tant elle a maigri, son visage ne semble plus être que de la peau jaune sur des os saillants. Chunmiao, les yeux pleins de larmes, l'appelle « sœur aînée », puis elle pose les boîtes et les cartons sur le bord du kang.

« Toujours cette manie de dépenser, dit Hezuo, vous les reprendrez quand vous partirez pour les rendre.

– Hezuo…, dis-je le visage inondé de larmes, c'est moi qui t'ai fait tout ce mal…

– Au point où en sont les choses, à quoi bon dire cela ? répond-elle. Pour vous deux la vie n'a pas été facile non plus ces dernières années. » Elle regarde Chunmiao et reprend : « Toi aussi, tu as vieilli », puis elle me regarde et dit : « Tu n'as presque plus de cheveux noirs… » Parler la fait tousser, son visage en est tout congestionné, après avoir exhalé un souffle empreint de l'odeur du sang, son visage redevient d'un jaune doré.

« Sœur aînée, vous devriez vous allonger…, dit Chunmiao. Sœur aînée, je ne pars pas, je vais rester pour vous soigner…, reprend Chunmiao en pleurant, affalée sur le bord du kang.

– Je ne le mérite pas…, dit Hezuo en faisant un geste de refus de la main. J'ai demandé à Kaifang d'aller vous chercher parce que je voulais vous dire que je n'en avais plus pour longtemps à vivre, vous n'avez plus besoin de vous cacher à droite ou à gauche… C'est moi qui ai été stupide, pourquoi ne vous ai-je pas aidés à l'époque…

– Sœur aînée…, dit Chunmiao en pleurant, tout est de ma faute.

– Ce n'est la faute de personne, dit Hezuo, c'est le destin qui a décidé de tout cela à l'avance, on ne peut échapper à son destin…

– Hezuo, dis-je, ne te décourage pas, nous allons aller dans un grand hôpital, voir un bon médecin… »

Elle répond avec un sourire navré :

« Jiefang, nous avons été mari et femme un moment, quand je serai morte, tu devras être gentil avec elle… C'est vraiment quelqu'un de bien, les femmes qui ont partagé ta vie n'ont pas eu du bon temps… Je vous supplie de bien vous occuper de Kaifang, lui aussi a souffert à cause de nous… »

Alors j'entends mon fils se moucher avec bruit dans la cour.

Hezuo devait mourir trois jours plus tard.

Après l'enterrement, mon fils resta assis, sans pleurer, sans bouger, de midi jusqu'au soir, devant la tombe de sa mère, les bras autour du cou du vieux chien.

Les époux Huang Tong, tout comme l'avait fait père, ne voulurent pas m'ouvrir leur porte. Je me mis à genoux devant et frappai par trois fois, avec bruit, mon front contre le sol.

Deux mois plus tard, Huang Tong mourait à son tour.

La nuit même, Wu Qiuxiang se pendait à une branche morte de l'abricotier au milieu de la cour, celle qui penchait vers le sud-est.

Après avoir réglé les funérailles de mes beaux-parents, Chunmiao et moi nous installâmes dans la maison de la famille Ximen. Nous logions dans les deux pièces latérales où avait vécu ma mère, puis Hezuo, séparés de père par une simple cloison. Il ne sortait jamais le jour, le soir, par la fenêtre, à l'occasion, nous l'apercevions de dos, silhouette courbée. Le vieux chien le suivait comme son ombre.

Qiuxiang, selon ses dernières volontés, fut enterrée à droite de Ximen Nao et de Baishi, Ximen Nao et ses épouses se trouvaient enfin réunis sous terre. Et Huang Tong ? Il fut inhumé au cimetière public du village, à deux mètres à peine de la tombe de Hong Taiyue.

… Nous sommes le 5 octobre 1998, le quinzième jour du huitième mois de la quatorzième année du calendrier lunaire, jour de la mi-automne. Ce soir-là, les membres de la famille Ximen sont enfin réunis. Kaifang est revenu à la hâte, à moto, de la ville. Dans l'habitacle du side-car, il y a deux boîtes de gâteaux de lune et une pastèque. Baofeng et Ma Gaige sont venus aussi. Ce jour-là encore, toi, Lan Jiefang, et Pang Chunmiao avez reçu votre certificat de mariage, après bien des tourments les amants forment enfin une famille, et même moi, le vieux chien, je suis heureux pour vous. Vous vous êtes agenouillés devant la fenêtre de ton père et vous l'avez imploré avec insistance :

« Père… nous voilà mariés, nous sommes mari et femme devant la loi, nous ne vous ferons plus perdre la face… Père… ouvrez votre porte, acceptez de recevoir votre fils et votre bru… »

La porte pourrie de la chambre de père s'est ouverte enfin. Vous vous êtes avancés sur les genoux jusqu'au seuil, en élevant bien haut le papier rouge du certificat de mariage.

« Père…, as-tu dit.

– Père… », a dit Chunmiao.

Ton père avait les mains appuyées contre la porte, son visage bleu ne cessait de se contracter nerveusement tandis que sa barbe bleutée frémissait sans fin, des larmes bleues coulaient de ses orbites bleues. La lune de la mi-automne versait déjà sa clarté bleutée. Ton père a dit en tremblant :

« Relevez-vous… Vous êtes enfin rentrés dans le droit chemin… Quant à moi, je n'ai plus de soucis… »

Le repas de la mi-automne a été installé sous l'abricotier, sur la grande table carrée sont disposés des gâteaux de lune, des pastèques et autres mets exquis. Ton père est assis face au sud, je suis à côté de lui. Toi et Chunmiao êtes placés à sa gauche, Baofeng et Gaige à sa droite, en face il y a Kaifang et Huzhu. La lune de la mi-automne, ronde, énorme, éclaire le moindre recoin de la cour de la demeure de la famille Ximen. Le vieil abricotier a séché sur pied il y a plusieurs années, pourtant, ce mois-ci, sur quelques branches du milieu sont apparues de nouvelles feuilles d'un vert tendre.

Ton père, tenant à deux mains un verre de vin, en lance le contenu en direction de la lune. L'astre frémit un peu, sa clarté soudain s'obscurcit comme si de la brume la voilait, mais très vite elle revient, plus douce, plus fraîche, tout dans la cour, toits, arbres, personnes, chien, semble plongé dans de l'encre limpide d'un bleu pâle.

Ton père verse le contenu du deuxième verre sur la terre.

Il verse le contenu du troisième verre dans ma gueule. Il s'agit d'un vin rouge que les amis de Mo Yan ont produit à Mishui grâce à un œnologue allemand, il a une robe rouge foncé, des arômes corsés, il est un peu âpre, une fois dans la gorge toutes les vicissitudes de la vie affluent à votre esprit.

… C'est la première nuit où Chunmiao et moi sommes unis légalement par le mariage. Nous sommes assaillis par toutes sortes de sentiments, nous mettrons longtemps avant de trouver le sommeil. Le clair de lune ruisselle dans la pièce par tous les interstices, nous baignant de sa clarté. Nous nous agenouillons nus l'un en face de l'autre sur le kang où ont dormi ma mère et Hezuo, et nous restons là, à examiner nos visages et nos corps respectifs, comme si nous venions tout juste de faire connaissance. Je prie en silence : mère, Hezuo, je sais que vous nous voyez, vous vous êtes sacrifiées, vous nous avez offert votre part de bonheur. Je dis tout bas à Chunmiao :

« Miaomiao, faisons l'amour, qu'elles voient que nous sommes heureux et en harmonie, alors elles pourront partir en paix… »

Nous nous enlaçons, comme deux poissons unis, virevoltant dans les flots du clair de lune, nous le faisons en pleurant des larmes de reconnaissance, nos corps se mettent à flotter, sortent par la fenêtre, arrivent à hauteur de la lune, au-dessous de nous ce sont les lumières des maisons, la terre violette. Nous les voyons : mère, Hezuo, Huang Tong, Qiuxiang, la mère de Chunmiao, Ximen Jinlong, Hong Taiyue, Baishi… Ils chevauchent de grands oiseaux blancs, s'élèvent vers ce vide que nos yeux ne peuvent voir…

… Dans la seconde moitié de la nuit, ton père sort de la cour, il m'emmène avec lui. Ton père, incontestablement, connaît à présent mes vies antérieures. Il reste avec moi sur le seuil du portail, regardant avec une nostalgie immense, et en même temps comme s'il n'éprouvait aucun attachement, tout ce qui est dans la cour. Nous nous dirigeons vers le terrain, la lune y est suspendue bas, comme si elle nous attendait.

Quand nous atteignons ce champ de mille mètres carrés, qu'on dirait forgé dans de l'or, la lune a déjà changé de couleur. Elle est d'un violet pâle, comme celui des fleurs d'aubergine, puis, lentement, elle devient bleue. À ce moment-là, tout autour de nous, le clair de lune, bleu comme la mer, et le ciel immense ne font plus qu'un, tandis que nous sommes de petits êtres vivants, au fond de l'océan.

Ton père s'allonge dans sa fosse et me dit doucement :

« Patron, allez-y, vous aussi. »

Je me rends jusque devant ma tombe, je saute dans le trou, je sombre, sombre jusqu'à ce palais bleu tout étincelant de lumières. Les sbires se parlent à l'oreille. Le roi des enfers dans la salle d'audience est un inconnu. Avant même que j'ouvre la bouche, il me dit :

« Ximen Nao, je connais tout en ce qui te concerne. Éprouves-tu encore de la haine ? »

J'hésite un instant avant de faire un signe de dénégation de la tête.

« Il y a trop de personnes en ce monde qui éprouvent de la haine, dit le roi des enfers avec tristesse, nous ne voulons pas que les âmes qui éprouvent du ressentiment se réincarnent dans un corps d'humain, mais il y en a toujours qui échappent aux mailles du filet.

– Je n'éprouve plus de haine, grand roi !

– Ce n'est pas vrai, je vois briller dans tes yeux quelques résidus de haine, dit le roi des enfers, je vais te faire renaître une fois encore dans la peau d'un animal, mais cette fois il s'agit d'un primate, déjà très proche de l'être humain, pour tout te dire, il s'agit d'un singe, ce sera pour un laps de temps très court, deux ans seulement. J'espère que, pendant ce temps-là, tu pourras épancher toute ta colère, alors viendra l'heure pour toi de redevenir un humain. »

... Selon les dernières volontés de père, nous dispersâmes dans la tombe le blé et le soja des jarres, le millet et le sarrasin des sacs, ainsi que le maïs suspendu à la poutre, de telle sorte que ces précieuses céréales recouvrissent son corps et son visage. Nous en répandîmes un peu aussi dans la tombe du chien, même si père ne nous avait pas demandé de le faire. Nous délibérâmes à plusieurs reprises avant d'enfreindre les dernières volontés de père : nous fîmes ériger une stèle devant sa tombe, et ce fut Mo Yan qui fut chargé de la rédaction du texte, lequel fut gravé par Han Shanjia, le vieux tailleur de pierre à l'habileté rare que j'avais connu du temps de l'âne : « Tout ce qui est venu de la terre retournera à la terre. »

Cinquième partie

Fin et commencement

1

La couleur du soleil

Chers lecteurs, le roman devrait s'arrêter à ce moment heureux de l'intrigue, mais de nombreux personnages ne sont pas encore arrivés au stade du dénouement, or ce que souhaitent la plupart des lecteurs, c'est de voir comment tout se termine. Alors laissons Lan Jiefang et Grosse Tête, les héros narrateurs, se reposer un peu, et c'est moi, leur ami Mo Yan, qui vais reprendre le flambeau et ajouter un appendice à cette histoire qu'on peut qualifier d'interminable.

Après avoir enterré leur père et le vieux chien, Lan Jiefang et Chunmiao avaient pensé passer le reste de leurs jours à cultiver le champ qu'il leur avait laissé, mais, par malheur, un hôte distingué arriva dans la demeure de la famille Ximen. Il s'agit de Sha Wujing, un camarade de classe du temps où Lan Jiefang était à l'école du comité provincial du Parti et qui était secrétaire du comité du district de Gaomi. Après avoir exprimé l'émotion qu'il ressentait en repensant au sort qu'avait connu son camarade et en voyant la désolation qui caractérisait la demeure de la famille Ximen si réputée, si imposante autrefois, il dit à Lan Jiefang avec une certaine générosité :

« Mon vieux, certes tu ne peux pas retrouver ton poste de vice-chef de district ni réintégrer le Parti, mais tu peux redevenir fonctionnaire et profiter d'une retraite.

– Je remercie le dirigeant que vous êtes pour sa bonté, mais ce n'est pas nécessaire. » Lan Jiefang ajouta : « Je suis à l'origine le fils d'un paysan du village de Ximen, qu'on me laisse finir ma vie ici.

– Tu te souviens de Jin Bian, le vieux secrétaire ? reprit Sha Wujing. Cette idée vient de lui aussi, c'est un vieil ami de ton beau-père Pang Hu, si vous retournez au chef-lieu du district vous pourrez prendre soin de ce dernier. Le comité permanent a donné son accord pour que tu sois nommé vice-conservateur du musée de la Culture, quant à la camarade Chunmiao, si elle a envie de retourner à la librairie Chine nouvelle, c'est tout à fait possible, si ce n'est pas le cas, nous trouverons un autre arrangement. »

Chers lecteurs, Lan Jiefang et Pang Chunmiao n'auraient vraiment pas dû revenir en ville, mais voilà, retrouver un poste de fonctionnaire, retourner à la ville et, de plus, pouvoir prendre soin du vieux beau-père, c'était évidemment une bonne chose. Mes deux amis faisaient partie du commun des mortels, ils n'avaient pas la faculté spéciale de prédire l'avenir, aussi rentrèrent-ils très vite. C'est le destin qui le voulait, impossible d'y contrevenir.

Ils habitèrent provisoirement chez Pang Hu. Ce héros, qui autrefois avait juré de ne plus considérer Chunmiao comme sa fille, était finalement un bon père, ajouté à cela qu'il était au déclin de l'âge, pleurait plus qu'autrefois, que son cœur s'était attendri ; en voyant toutes les épreuves par lesquelles sa fille et Lan Jiefang étaient passés, et comme ils étaient devenus officiellement époux devant la loi, il oublia ses vieilles rancunes, ouvrit grand sa porte et les accueillit.

Lan Jiefang se rendait chaque jour à vélo au musée de la Culture. Dans cette unité de travail déserte et silencieuse, le poste de vice-conservateur était purement nominatif, il n'avait rien à faire. Sa seule occupation était de lire quelques journaux assis à un bureau cassé à trois tiroirs, tout en buvant du thé et en fumant du mauvais tabac.

Chunmiao, quant à elle, avait choisi de retourner travailler à la librairie, dans le même rayon de littérature enfantine où elle était en contact avec une nouvelle fournée d'enfants. Ses anciennes collègues avaient pris leur retraite, remplacées par des jeunes filles d'une vingtaine d'années. Elle aussi se rendait à vélo à son travail. Le soir, elle faisait un détour par la rue qui prenait à l'oblique par rapport au théâtre et achetait deux cent cinquante grammes de gésiers de poulet ou une livre de viande de tête de mouton pour accompagner le petit verre que buvaient son vieux père et son mari ; aucun des deux ne tenait l'alcool, après trois verres ils étaient déjà un peu ivres. Ils parlaient, parlaient, on aurait dit des frères entretenant des relations fusionnelles.

L'année suivante, Chunmiao fut enceinte, la nouvelle transporta de joie Lan Jiefang qui avait déjà la cinquantaine, tandis que Pang Hu, octogénaire, en eut le visage sillonné de larmes. Avec trois générations vivant sous le même toit, une vie heureuse et pleine de joies s'annonçait, mais un malheur imprévu fit s'évanouir toutes ces espérances.

Cet après-midi-là, Chunmiao avait acheté à un stand de plats cuisinés de la rue en question une livre de viande d'âne cuite dans la sauce de soja, elle fredonnait tout en entrant dans l'avenue Lichuan quand elle fut heurtée par une voiture de la marque Drapeau rouge qui arrivait en sens inverse et qui la projeta en l'air. Le vélo n'était plus qu'un amas de ferraille, la viande d'âne se répandit sur la chaussée, l'arrière de la tête de Chunmiao vint cogner le bord du trottoir. Quand Lan Jiefang accourut à la hâte, Chunmiao ne respirait déjà plus.

Le véhicule en cause était la voiture spéciale de Du Luwen, le vice-président de l'assemblée du peuple du district, celui qui avait été secrétaire du comité du Parti du bourg de Lüdian, le chauffeur était le fils de Sun le Léopard, lequel était jadis le frère juré de Ximen Jinlong.

Je ne sais trop comment décrire ce que ressentit Lan Jiefang sur le moment. Parmi les grands écrivains, ils sont légions à s'être attachés à une telle scène et ils ont placé la barre très haut. L'écrivain russe Cholokhov, tant loué par les professeurs de littérature des universités et par les autres écrivains, dans son roman *Le Don paisible*, décrit ainsi les sentiments et les sensations de Grigori, l'amant d'Aksinia, après la mort de cette dernière, touchée par une balle perdue : « Une force inexplicable le poussa à la poitrine, il recula et tomba en avant… Il lui sembla s'éveiller d'un cauchemar, il souleva la tête et vit au-dessus de lui un ciel noir et un soleil noir aveuglant. »

Cholokhov fait tomber au sol son héros sans que ce dernier s'en rende compte. Et moi, que pourrais-je bien faire ? Est-ce que je fais tomber pareillement Lan Jiefang ? Cholokhov, toujours, dit que Grigori n'éprouve que vide en lui. Et moi ? Est-ce que je pourrais faire dire la même chose à Lan Jiefang ? Le héros de Cholokhov en levant la tête voit un soleil noir aveuglant. Dois-je pour autant en faire voir un à Lan Jiefang ? Et même si, au lieu de faire tomber Lan Jiefang, je lui fais faire le poirier ; et si, au lieu de lui faire dire qu'en lui tout est vide, je déclare qu'il est assailli par mille pensées, mille sentiments et qu'en une minute il a songé à toute chose en ce monde ; et même si, encore, je ne le lui fais pas voir un soleil noir aveuglant, mais un soleil blanc, gris, rouge, bleu – aurais-je fait preuve d'originalité pour autant ? Non, ce ne serait encore qu'imitation maladroite d'un classique.

Lan Jiefang enterra les cendres de Chunmiao dans le célèbre lopin de terre de son père. La tombe était toute proche de celle de Hezuo, aucune des deux sépultures n'avait de stèle. Au début elles étaient distinctes, mais quand la tombe de Chunmiao fut envahie à son tour par les herbes folles, on ne les différencia plus. Peu après la mort de sa fille, Pang Hu, le vieux héros, mourut à son tour. Lan Jiefang réunit les cendres de sa belle-mère Wang Leyun et celles de son beau-père, il les rapporta sur son dos au village de Ximen et les enterra à côté de la tombe de son père Lan Lian.

Un peu de temps passa, Pang Kangmei, qui purgeait sa peine, peut-être dans un moment d'égarement, se perça la poitrine avec le manche de sa brosse à dents dont elle avait rendu le bout pointu. Chang Tianhong récupéra ses cendres et alla trouver Lan Jiefang, auquel il dit :

« En réalité, elle fait partie de votre famille. »

Lan Jiefang, qui avait fort bien compris son intention, prit les cendres, les rapporta sur son dos au village de Ximen et les enterra derrière la tombe des époux Pang Hu.

2

Kama-sutra

Lan Kaifang conduisit à moto mon ami Lan Jiefang jusqu'au numéro 1 de la ruelle des Fleurs-Célestes, son ancienne demeure. Dans l'habitacle du side-car il y avait des objets d'usage courant. Mon ami était assis derrière son fils. Cette fois, au lieu de se tenir à la poignée du siège arrière, il avait enserré de ses bras la taille du garçon. Ce dernier était toujours aussi maigre, mais ses reins droits et solides le rendaient pareil à un pilier inébranlable. Tout le long du trajet de la maison des Pang jusqu'à la ruelle, mon ami n'avait cessé de pleurer. Ses larmes avaient mouillé un grand pan du dos de l'uniforme de son fils.

Ce retour dans son ancienne habitation ne devait pas apaiser l'âme de Lan Jiefang. Depuis ce jour où, bravant la pluie, il en était parti soutenu par Chunmiao, c'était la première fois qu'il franchissait le seuil de la maison. Les quatre sterculiers dans la cour avaient tellement poussé que les troncs s'approchaient des constructions tandis que les branches passaient par-dessus le faîte du mur de la cour et par-dessus le toit. Ou, comme le dit un vieil adage : « Ainsi vont les arbres, si supérieurs aux êtres humains ! » Mais mon ami n'avait pas de temps à perdre à s'affliger en comparant les hommes et la nature car, à peine entré dans la cour, il vit vaguement, au travers de la moustiquaire de la fenêtre ouverte de la pièce la plus à l'est de la partie principale de la maison, qui avait été autrefois son bureau, une personne assise et dont la silhouette familière lui était très proche. Huang Huzhu était là, concentrée sur ses découpages.

Il s'agissait manifestement de dispositions prises avec soin par Lan Kaifang. Mon ami avait vraiment de la chance d'avoir un fils avec un si grand cœur, avec un sens aussi développé des relations humaines. Lan Kaifang ne s'était pas contenté de servir d'intermédiaire pour réunir sa tante et son père, mais il avait aussi conduit à moto jusqu'au village de Ximen Chang Tianhong, qui se trouvait dans une situation désespérée, pour qu'il rencontre sa tante Baofeng, veuve depuis de nombreuses années. Chang Tianhong avait été autrefois l'amoureux idéal dans les rêves de Baofeng, elle ne lui était pas indifférente non plus. Le fils de Baofeng n'avait pas de grandes ambitions, c'était un paysan, bon, droit, travailleur, il approuvait ce mariage qui permettrait à ces deux êtres de mener une vie pleine et heureuse.

La première femme dont mon ami Lan Jiefang avait été amoureux était précisément Huang Huzhu, pour être plus exact, il était amoureux de sa chevelure, après bien des *kalpa*, ces deux êtres s'étaient finalement retrouvés. Lan Kaifang avait un logement à son unité de travail, il revenait rarement à la maison et même le week-end en raison de la nature de son emploi, il se faisait rare. Il ne restait qu'eux deux dans cette grande cour. Chacun vivait dans sa pièce, ils n'étaient ensemble que pendant les repas. Huzhu avait toujours été peu causante, et c'était encore plus vrai qu'avant. Quand Jiefang lui posait une question, si elle pouvait répondre par un sourire navré en place de paroles, elle le faisait. Au bout de six mois de cohabitation, un changement finit par se produire.

C'était un soir où la bruine tombait serré, après le dîner, au moment de débarrasser la table, leurs mains se rencontrèrent par hasard. Ils en éprouvèrent un sentiment étrange et leurs regards, en bonne logique, se croisèrent. Huzhu poussa un soupir, mon ami fit de même à sa suite. Huzhu dit doucement :

« Eh bien, si tu m'aidais à me coiffer… »

Mon ami la suivit dans sa chambre, il prit le peigne en bois de pêcher qu'elle lui tendait, avec précaution il défit la résille qui retenait ses lourds cheveux dans son dos, ses cheveux merveilleux, ses cheveux magiques se déroulèrent comme des vagues, pendirent jusqu'à terre, c'était la première fois que mon ami touchait ces cheveux qu'il adorait depuis sa jeunesse, leur parfum frais d'huile de citronnelle emplit ses narines, s'insinua jusque dans son âme.

Pour que cette chevelure qui avait plusieurs mètres de long puisse se dérouler entièrement, Huzhu fit quelques pas en avant tandis que ses genoux s'appuyaient sur le bord du lit. Mon ami la retint dans le creux de son bras et enfonça avec précaution et douceur le peigne dedans, section par section, mèche par mèche, il les coiffa. En fait, ses cheveux n'avaient nul besoin d'être peignés, ils étaient drus, lourds, luisants, ne s'emmêlant jamais, plutôt que de brossage il eût mieux valu parler de caresses, d'approche, de perception. Les larmes de mon ami coulaient sur les cheveux, on aurait dit des gouttes d'eau sur le plumage d'un canard mandarin, elles glissaient dessus avant de rebondir sur le sol.

Huzhu poussa un soupir, puis ôta un à un ses vêtements. Mon ami, soutenant sa chevelure, se tenait debout à deux mètres et plus d'elle, comme un enfant tenant la traîne d'une mariée entre à pas lents dans l'église et regarde, hébété, ce qui se passe devant.

« Eh bien, nous allons exaucer le souhait de ton fils… », murmura tout bas Huzhu.

Mon ami sanglotait, il écarta les cheveux comme il aurait repoussé les branches d'un saule pleureur, il marcha, marcha, finalement arriva au terme. Huzhu se mit à genoux sur le lit, attendant qu'il arrive.

Après avoir répété cette scène plusieurs dizaines de fois, mon ami espérait pouvoir faire l'amour face à face avec elle, mais elle lui dit fraîchement :

« Non, les chiens ne prennent pas une telle posture. »

3

Numéro de singe savant sur la place

En 2000, peu après le Nouvel An, deux montreurs de singe avec leur animal apparurent sur la place de la gare de Gaomi. Chers lecteurs, comme vous l'avez certainement deviné, ce singe était entré dans la chaîne des réincarnations de Ximen Nao, de l'âne au chien en passant par le bœuf et le cochon. Ce singe était bien sûr un mâle. Il ne s'agissait pas d'un de ces petits singes astucieux que l'on a coutume de voir, mais d'un énorme macaque. Son poil vert-de-gris, terne, faisait penser à de la mousse à moitié desséchée. Il avait les yeux très rapprochés, enfoncés dans leurs orbites, le regard méchant. Ses oreilles étaient collées contre son crâne, pareilles à deux amadouviers. Il avait le nez en trompette, la bouche largement fendue et qui semblait ne pas posséder de lèvre supérieure, il grimaçait pour un oui ou pour un non, montrant les dents, il avait une expression féroce. Il portait un petit paletot rouge qui lui donnait un air tout ce qu'il y a de plus comique. En réalité, nous n'avons aucune raison d'affirmer qu'il était féroce, ni qu'il était comique, n'en va-t-il pas ainsi de tous les singes portant des vêtements ?

Au cou du singe était attachée une mince chaîne en fer dont une extrémité était reliée au poignet d'une jeune fille. Nul besoin de le dire, vous autres, lecteurs, l'avez aussi déjà deviné, cette fille était Pang Fenghuang, qui avait disparu pendant de nombreuses années.

Le jeune homme qui était avec elle était Ximen Huan, dont on avait perdu la trace également. Ils portaient tous les deux des vêtements si sales qu'on ne distinguait même pas qu'il s'agissait à l'origine de doudounes, leurs jeans étaient de vrais haillons, quant à leurs chaussures, malgré la saleté, on voyait qu'il s'agissait de contrefaçons de grandes marques. Pang Fenghuang avait les cheveux teints en blond, ses sourcils étaient épilés en une ligne très fine, le droit avait un piercing, un anneau en or.

Gaomi s'était beaucoup développée ces dernières années, toutefois, comparée aux grandes villes, elle restait une petite agglomération. Comme dit le proverbe : « Dans une grande forêt, on trouve toutes sortes d'oiseaux », mais quand la forêt est petite, elle en loge peu. Aussi l'apparition de ces deux étranges volatiles et d'un singe féroce ne devait pas manquer d'attirer l'attention. Immédiatement, il y eut des curieux pour se rendre sur la place et faire leur petit compte rendu.

Insensiblement, la foule avait fait cercle, et c'était bien ce qu'avaient espéré Ximen Huan et Pang Fenghuang. C'est alors que le premier sortit un gong de son sac à dos et le fit résonner. Les rangs des badauds s'épaissirent, très vite la place fut une marée humaine compacte. Quelqu'un qui avait le regard particulièrement aiguisé reconnut Pang Fenghuang et Ximen Huan, mais la plupart des gens fixaient le singe, ahuris, sans prêter attention aux montreurs.

Ximen Huan frappait son gong à une cadence bien marquée, Pang Fenghuang défit entièrement la chaîne enroulée à son poignet afin que le singe eût plus d'espace pour évoluer. Ensuite, elle sortit de son sac à dos des accessoires, comme un chapeau de paille, une petite palanche, de minuscules corbeilles, une longue pipe, et les plaça à côté d'elle.

Accompagnée par les sons du gong, Pang Fenghuang se mit à chanter, elle avait la voix rauque, mais qui ne manquait pas de charme. La jeune femme servait d'axe aux évolutions du singe, la bête se mit debout et entreprit de marcher autour du cercle. Elle avait les pattes pliées, cela lui donnait une démarche boitillante, sa queue traînait sur le sol, l'animal regardait partout autour de lui.

Dong, dong, dong, fait le gong
à l'appel, mon singe, écoute bien,
aux monts Emei l'éveil avons atteint,
de retour au pays le titre de roi gagnerons,
pour tous les compatriotes ces acrobaties exécutons
et eux nous récompenseront.

« Place, place ! » Lan Kaifang, qui venait tout juste d'être nommé adjoint au commissaire du poste de police de la gare, repoussait la foule des badauds, jouait des pieds et des mains pour avancer jusqu'au centre. Il était fait pour ce métier, son passage à la brigade criminelle avait été marqué par deux exploits, et alors qu'il venait tout juste d'avoir vingt ans, il avait été promu, de façon dérogatoire, commissaire adjoint. Le quartier de la gare avait toujours été une zone sensible en matière de sécurité publique, l'avoir mis à ce poste montrait bien à quel point il était apprécié du bureau.

Joue le vieux, un chapeau sur la tête, la pipe au bec,
les mains derrière le dos, qui s'en va flâner à la foire.

Tout en chantant, Pang Fenghuang avait lancé le petit chapeau de paille juste devant le singe, ce dernier avait le regard vif et le geste prompt, il attrapa l'objet et se le vissa immédiatement sur la tête. Pang Fenghuang fit de même pour la pipe, l'animal sauta avec agilité en l'air pour attraper l'objet qu'il mit à sa bouche. Puis il croisa ses bras sur ses fesses, ploya le dos, arqua les jambes, sa tête dodelinait tandis qu'il roulait des calots en tous sens, il avait vraiment l'air d'un vieux bonhomme en train de flâner. Le comportement du singe suscita des rires et une salve d'applaudissements.

« Place, place ! » Lan Kaifang jouait des pieds et des mains pour avancer. En fait, dès qu'il avait entendu ce que rapportait la foule, son cœur avait bondi dans sa poitrine. Certes, il était au courant des rumeurs qui couraient en ville selon lesquelles Ximen Huan et Pang Fenghuang auraient été vendus par un passeur dans un pays d'Asie du Sud-Est, l'un comme ouvrier et l'autre comme prostituée, ou encore qu'ils seraient morts d'une overdose dans une ville du sud du pays, mais il sentait au plus profond de son être que ces deux-là étaient encore en vie, surtout Pang Fenghuang.

Les lecteurs n'auront pas oublié qu'il s'était coupé le doigt pour que Ximen Huan pût procéder à une expérience avec les cheveux magiques de Huang Huzhu, et que cette entaille qu'il s'était faite n'avait laissé aucun doute sur ses sentiments. Aussi, quand les gens avaient informé la police de ce qui se passait, il avait compris qu'il s'agissait d'eux. Il avait délaissé ce qu'il était en train de faire pour s'élancer vers la place. Pendant cette course, il n'avait pratiquement eu que la silhouette de Pang Fenghuang devant les yeux. La dernière fois qu'il l'avait vue, c'était pour l'enterrement de sa grand-mère paternelle. Ce jour-là, elle portait une doudoune toute blanche et un bonnet en laine lui enveloppant la tête, son minois était rouge de froid, on aurait dit une petite princesse pure comme le jade et la glace, ainsi qu'on en voit dans les contes d'enfant. Quand il entendit sa voix éraillée, Lan Kaifang, impitoyable envers les criminels et les délinquants, sentit son regard se troubler.

Joue le Deuxième Roi[1] portant les montagnes, poursuivant la lune,
et puis un phénix déployant ses ailes pour courser le
   soleil.

Pang Fenghuang prit avec le pied la petite palanche aux
deux extrémités de laquelle était fixée une minuscule corbeille, elle la lança soudain en l'air, montrant une grande
adresse : la palanche redescendit des airs, très stable, et,
sans pratiquement pencher d'un côté, elle retomba sur les
épaules du singe. Ce dernier la mit d'abord sur son épaule
droite, les corbeilles étaient l'une devant l'autre, la scène
représentait le Deuxième Roi portant sur les épaules les
montagnes et poursuivant la lune. Ensuite, il plaça la
palanche sur sa nuque, les corbeilles se retrouvant respectivement à gauche et à droite, et cette fois il jouait le
phénix qui déploie ses ailes pour courser le soleil.

      Nous venons d'exécuter plusieurs tours,
      chers compatriotes, montrez-vous généreux !

Le singe rejeta la palanche, attrapa au vol une assiette
en plastique rouge que lui avait lancée Pang Fenghuang, la tenant à deux mains, il réclama sa récompense au cercle de badauds :

      Nos oncles et nos tantes,
      grands-pères et grand-mères,
      nos frères et nos sœurs,
      même un petit sou, je ne crache pas dessus,
      qui en donnera cent
      sera Guanyin[2] sur terre descendue.

1. Erlang ou Erwang, divinité taoïste très populaire chargée
de réguler les eaux. Après la dynastie des Song, on trouve partout des temples qui lui sont dédiés.
2. Déesse de la miséricorde.

948

Tandis que Pang Fenghuang chantait, les gens lançaient de l'argent dans l'assiette ronde que le singe élevait au-dessus de sa tête. Il y avait de tout : un centime, deux, cinq, dix, cinquante centimes, et même des billets d'un, de cinq, de dix yuans, qui tombaient dans la sébile sans pratiquement faire de bruit.

Quand le singe arriva devant Lan Kaifang, celui-ci posa dans l'assiette ronde l'épaisse enveloppe qui conte-nait son salaire d'un mois et les allocations pour service les jours de fête. Le singe poussa un cri aigu, ventre à terre il fila jusqu'à Pang Fenghuang, la sébile entre les dents.

Dong, dong, dong ! Ximen Huan frappa trois coups dans le gong et, comme un clown au cirque, s'inclina profondément et dit en se redressant :

« Merci, monsieur l'agent ! »

Pang Fenghuang sortit alors l'argent de l'enveloppe, tenant la liasse dans la main droite, elle la frappa en cadence dans la paume de sa main gauche et la montra, puis plagiant *Les gens du Nord-Est sont tous de vrais Leifeng*[1], chanson qui faisait fureur, interprétée par une chanteuse à la mode, elle entonna haut et fort, non sans mauvais esprit :

> Nous, nous, gens de Gaomi,
> tous sommes de vrais Leifeng.
> Tu m'as donné une liasse de billets,
> quand on fait le bien, on reste méconnu.
> Lan Kaifang rabat sa visière,
> à la hâte tourne les talons,
> fend les rangs de la foule
> et part sans mot dire.

1. Héros désintéressé encensé pendant la Révolution culturelle.

4

Blessure cuisante

Cher lecteur, Lan Kaifang aurait pu se servir du pouvoir que lui conférait sa fonction et donner des raisons suffisamment plausibles pour chasser Ximen Huan, Pang Fenghuang et le singe de la place de la gare, mais il ne le fit pas.

J'étais comme un frère avec Lan Jiefang, aussi Lan Kaifang aurait dû être comme mon neveu, mais je connaissais à peine le garçon, je ne lui avais jamais dit une phrase entière de conversation. Je le soupçonnais de nourrir peut-être à mon encontre de profonds préjugés, car c'était moi qui avais amené Pang Chunmiao dans le bureau de son père, ce qui avait provoqué toute cette suite d'événements tragiques. En fait, mon cher neveu Kaifang, s'il n'y avait pas eu Pang Chunmiao, une autre femme serait apparue dans la vie de ton père. Cela faisait longtemps que je cherchais une occasion pour te le dire, mais je ne l'avais jamais eue.

Comme je n'étais pas en relation avec Lan Kaifang, je ne peux que deviner ce qui se passait en lui.

Je me dis que, dans le moment où il avait rabattu sa visière et s'était élancé hors du cercle de la foule, il devait être en proie à des sentiments divers. Il n'y avait pas si longtemps, Pang Fenghuang était la princesse du district de Gaomi et Ximen Huan en était le prince. La première était la fille du plus haut dirigeant du district, le second avait pour père le plus gros richard du coin.

Ils avaient de l'élégance, de la désinvolture, ne regardaient pas à la dépense, comptaient des tas d'amis, c'étaient deux jeunes d'exception qui attiraient de nombreux regards d'admiration et de jalousie. Pourtant, en un clin d'œil, honneurs et richesses étaient devenus leurs ennemis, étaient partis en fumée. Ces deux enfants gâtés en étaient réduits à une vie misérable, ils subsistaient en donnant des représentations sur la voie publique. Comment quelques soupirs de regret auraient-ils suffi à faire sentir ce contraste !

Je me dis que Lan Kaifang devait encore aimer profondément Pang Fenghuang, même si la princesse d'autrefois avait sombré dans la misère et gagnait sa vie comme artiste de rue, ce qui n'avait rien à voir avec l'avenir plein de promesses qui attendait le commissaire adjoint. Malgré tout, il ne pouvait surmonter le complexe d'infériorité ancré en lui. Même si son geste à l'instant était tout à son avantage, le plaçant dans la position de donateur, l'ironie cinglante et la satire mordante dont avaient fait preuve Pang Fenghuang et Ximen Huan montraient bien qu'ils éprouvaient toujours le même sentiment de supériorité et qu'ils ne faisaient aucun cas du petit policier au visage laid qu'il était. Cela devait anéantir définitivement toute confiance en lui et tout courage pour arracher Pang Fenghuang à Ximen Huan. Il n'avait pu que rabattre sa visière sur son visage et sortir du cercle des badauds.

La nouvelle selon laquelle la fille de Pang Kangmei et le fils de Ximen Jinlong étaient devenus artistes de rue et se montraient avec un singe sur la place de la gare devait vite faire le tour de la ville et se propager même jusque dans la campagne. Les gens, mus par des sentiments difficiles à déterminer, qui étaient pourtant évidents, affluèrent de partout sur la place. Pang Fenghuang et Ximen Huan, ces drôles de phénomènes, n'avaient aucune honte, ils semblaient avoir rompu tout lien avec leur passé. La place de la gare paraissait être pour eux un lieu inconnu dans un pays étranger, et c'était comme s'ils n'avaient jamais vu ceux qu'ils avaient devant eux. Ils ne ménageaient pas leur peine et se faisaient pressants pour solliciter les donateurs. Parmi les badauds venus regarder le numéro de singe savant, certains criaient carrément leurs noms, d'autres se répandaient en invectives contre leurs parents, mais eux faisaient ceux qui n'entendaient rien, sur leur visage s'affichait toujours le même sourire radieux. Cependant, si quelqu'un se risquait à tenir à Pang Fenghuang des propos impolis ou à avoir des gestes indécents à son égard, le singe imposant venait le mordre, vif comme l'éclair.

L'une des « quatre petites frappes » de l'époque, Wang Tête de fer, des faubourgs est, tenant à la main deux gros billets de cent yuans, les agita devant Pang Fenghuang en disant : « La fille, t'as un anneau dans le nez, et en bas ? Y en a un aussi ? Ôte ton pantalon pour montrer ça à ton aîné, et ces deux billets seront pour toi. » Les petits frères jurés de Wang Tête de fer reprirent en chœur dans un beau tapage : « Mais oui, ôte ton pantalon, qu'on voie un peu ! » Ils pouvaient dire les pires obscénités, Pang Fenghuang n'y prêtait aucune attention, elle tenait d'une main la chaîne et de l'autre agitait un petit fouet, poussant devant elle le singe pour qu'il fasse le tour et récolte l'argent.

> Mes respectables aînés, écoutez donc,
> avec ou sans le sou, c'est égal,
> ceux qui en ont un peu donneront,
> pour les autres vos bravos nous aideront.

Dong… dong… dong… Ximen Huan, lui aussi, était tout souriant, il frappait son gong en mesure, sans le moindre écart. « Ximen Huan, espèce de bâtard, elle est où, ta fierté d'autrefois ? Tu as tué mon frère aîné et tu n'as pas réglé cette dette, alors, vite, dis à ta femme de baisser son pantalon pour qu'on se rince un peu l'œil, sinon... » Derrière Wang Tête de fer ses petits frères jurés braillaient à qui mieux mieux. Le singe, portant sur la main sa sébile, s'avança clopin-clopant, jusque devant le voyou (certaines personnes devaient raconter que Pang Fenghuang aurait tiré un peu sur la chaîne, mais d'autres vinrent contredire cette assertion), il lança l'assiette derrière lui et bondit soudain pour se retrouver à califourchon sur les épaules du type. Ce fut alors un déchaînement de griffures et de morsures, les cris aigus du singe et les hurlements atroces de l'homme se fondirent, la foule se dispersa de tous côtés. Les premiers à prendre la fuite furent les amis de Wang Tête de fer. Pang Fenghuang, souriante, avait tiré sur la chaîne, elle continuait de chanter :

Honneurs et richesses ne sont pas prédestinés,
tout homme connaît des temps d'austérité.

Wang Tête de fer avait la tête bien amochée, il se roulait à terre en hurlant. Quelques policiers arrivèrent au galop avec l'intention d'embarquer Ximen Huan et Pang Fenghuang, le singe montra les dents et poussa des cris perçants à leur intention, un policier sortit son revolver. Pang Fenghuang serra l'animal contre elle, comme une mère protégeant son enfant. De nombreux badauds se massèrent de nouveau et prirent fait et cause pour les artistes de rue. Ils désignèrent Wang Tête de fer, qui se roulait à terre et hurlait, en disant : « Si on doit arrêter quelqu'un, c'est bien lui ! »

Cher lecteur, la psychologie des masses est tellement étrange ! Quand Pang Fenghuang et Ximen Huan avaient le dessus, les gens leur vouaient une haine implacable, espérant qu'ils feraient l'objet d'un grand malheur, mais quand, effectivement, ils s'étaient retrouvés dans la déveine, étaient devenus des faibles, leur compassion s'était portée sur eux. Les policiers connaissaient, bien sûr, eux aussi les antécédents de ces deux personnages et étaient encore plus au fait des relations particulières qui existaient entre eux et leur patron, l'adjoint au commissaire. Face à la foule indignée, ils firent des signes de la main pour demander aux gens de se disperser et ils ne soufflèrent mot. Un policier releva Wang Tête de fer en le tenant par le col et lui dit avec colère : « Va-t'en, arrête de jouer les malheureux ! »

L'affaire alerta le comité du district. Sha Wujing, le secrétaire, qui était un homme honnête et bienveillant, envoya le chef de cabinet accompagné d'un agent d'exécution trouver Pang Fenghuang et Ximen Huan dans le sous-sol de l'hôtel de la Gare. Le singe leur montra les dents, à eux aussi. Le chef de cabinet transmit aux deux jeunes gens les paroles du secrétaire du comité de district : il attendait d'eux qu'ils conduisent le singe dans le parc Phénix, nouvellement créé dans les faubourgs ouest de la ville, où il serait bien soigné, après quoi il les ferait affecter à des postes qui leur conviendraient. Pour des gens comme vous ou moi, c'était en fait une excellente proposition, mais Pang Fenghuang les avertit, les yeux pleins de colère, tout en serrant le singe contre elle : « Le premier qui touche à mon singe, il aura affaire à moi ! » Ximen Huan, de son côté, dit avec un sourire désinvolte : « Merci au dirigeant pour sa sollicitude, mais pour nous tout va très bien, allez plutôt vous occuper des ouvriers licenciés ! »

À présent, l'histoire de nouveau va prendre un tour tragique, cher lecteur, n'y voyez aucune intention de ma part, tout cela ne fait que suivre le destin des personnages.

L'histoire raconte donc qu'un soir, alors que Pang Fenghuang, Ximen Huan et leur singe mangeaient assis à un petit étal sur le bord de la rue au sud de la place de la gare, Wang Tête de fer, le crâne entouré d'un bandage, s'approcha subrepticement d'eux, le singe s'élança sur lui en poussant des cris perçants, mais la chaîne attachée au pied de la table le retint si bien qu'il fit une culbute. Ximen Huan se leva précipitamment, se retourna, fit face au visage hideux de Wang Tête de fer et, avant même de pouvoir dire « ouf », il reçut un coup de couteau en plein cœur. Peut-être Wang Tête de fer pensait-il par la même occasion tuer Pang Feng-huang, mais les hurlements frénétiques et les virevoltes du singe l'effrayaient à un point tel qu'il ne prit même pas le temps de retirer le couteau de la poitrine de Ximen Huan et qu'il détala comme un rat. Pang Feng-huang, affalée sur le corps de son ami, pleurait et se lamentait, le singe était assis à côté d'elle, ses yeux jetaient du feu, il regardait avec hostilité quiconque essayait d'approcher. Lan Kaifang, accouru à l'annonce de la nouvelle, ainsi que quelques policiers essayèrent de s'avancer, mais les cris enragés du singe les firent reculer. Un policier dégaina et visa le singe, mais Lan Kaifang lui prit le poignet.

« Fenghuang, attache ton singe, nous allons emmener Ximen Huan à l'hôpital pour essayer de le sauver », dit-il à Pang Fenghuang. Puis il se retourna et ordonna au policier qui tenait son arme : « Qu'on appelle une ambulance ! »

Pang Fenghuang prit le singe dans ses bras et lui cacha les yeux. Le singe se blottit sagement contre elle. On aurait dit une mère et son fils ne pouvant vivre l'un sans l'autre.

Lan Kaifang arracha le couteau de la poitrine de Ximen Huan, il mit sa main sur la plaie pour stopper le sang qui en jaillissait tout en criant : « Huanhuan ! Huan-huan ! » Ximen Huan ouvrit lentement les yeux, il dit, tandis que des bulles de sang sortaient de sa bouche :

« Kaifang… tu es mon aîné… pour moi… ça s'arrête là…

– Huanhuan, résiste, l'ambulance va arriver ! cria Kaifang tout en lui passant un bras sous le cou, le sang jaillissait avec violence de la plaie, coulait entre les fentes de ses doigts.

– Fenghuang… Fenghuang…, dit Ximen Huan d'une voix indistincte. Fenghuang… »

L'ambulance arrivait à vive allure, toutes sirènes hurlantes, les médecins en sortirent à la hâte avec brancard et trousse de secours, mais Ximen Huan avait déjà rendu l'âme dans les bras de Lan Kaifang.

Dix minutes plus tard, Lan Kaifang, de sa main encore souillée du sang de Ximen Huan, comme aurait fait un étau, serrait la gorge de Wang Tête de fer.

Chers lecteurs, la mort de Ximen Huan m'a envahi d'une profonde tristesse, mais cette mort, il faut être objectif, balayait tous les obstacles qui empêchaient Lan Kaifang de conquérir Pang Fenghuang, toutefois elle ouvrait le rideau sur une tragédie plus grande encore.

En ce monde, si bien des phénomènes mystérieux subsistent encore, avec les progrès de la science ils finiront par être élucidés, seul l'amour ne pourra jamais être expliqué. A Cheng, écrivain chinois, a écrit un article dans lequel il affirme que l'amour est une réaction chimique, théorie qui fait montre d'une grande originalité, qui a un petit parfum de nouveauté, mais si on peut fabriquer l'amour grâce à une équation chimique, et le contrôler de même, les écrivains n'auront alors plus l'occasion de déployer leur talent. Aussi, quand bien même A Cheng serait dans le vrai, je ne peux que m'opposer à cette assertion.

Assez de digressions, revenons à notre Lan Kaifang. Il régla lui-même l'enterrement de Ximen Huan, après avoir obtenu l'autorisation de son père et de sa tante, il enterra les cendres de son ami derrière la tombe de

Ximen Jinlong. Inutile de parler de la peine qu'éprouvèrent Huang Huzhu et Lan Jiefang. Pour ne parler que de Lan Kaifang, dès lors, tous les soirs, il se montra dans la pièce que louait Pang Fenghuang au sous-sol de l'hôtel de la gare. La journée, dès qu'il avait un moment libre, il se rendait sur la place pour voir la jeune femme. Cette dernière traînait son singe derrière elle, lui les suivait sans dire un mot, comme s'il eût été leur garde du corps. Un bon nombre de policiers du commissariat étaient mécontents de sa conduite, le vieux commissaire s'en vint le trouver et lui dit :

« Mon vieux, il y a tant de filles bien en ville, mais toi pour une montreuse de singe… Vois un peu l'allure qu'elle a ! Elle a l'air de quoi ?…

– Commissaire, relevez-moi de mes fonctions et si je n'ai plus la qualité pour être policier, je démissionne. »

Après de tels mots, il était difficile pour les autres de venir mettre leur grain de sel, à la longue les policiers qui avaient exprimé leur mécontentement changèrent de position. C'était vrai, Pang Fenghuang fumait, buvait, avait les cheveux teints en blond, portait un piercing aux sourcils, elle traînait à longueur de journée sur la place, effectivement elle n'avait rien d'une femme rangée, mais pouvait-elle pousser plus loin sa mauvaise image ? Alors les petits policiers finirent par devenir ses amis. Quand ils la rencontraient lors d'une patrouille sur la place, ils plaisantaient même avec elle :

« Hé, Cheveux blonds, arrête de faire souffrir notre adjoint au commissaire, il va bientôt être aussi maigre qu'un clou !

– Mais oui, il faut lui laisser un peu de répit ! »

Pang Fenghuang faisait toujours la sourde oreille à leurs taquineries, seul le singe leur montrait les dents.

Au début, Lan Kaifang avait exhorté avec force la jeune femme à aller habiter au numéro 1 de la ruelle des Fleurs-Célestes ou bien dans la demeure de la famille

Ximen, mais elle lui opposait un refus catégorique. Au bout d'un certain temps, il finit par trouver lui-même que si elle n'avait pas logé dans le sous-sol de l'hôtel de la Gare et si elle ne flânait pas sur la place, il n'aurait pas le cœur à continuer de travailler au commissariat. Peu à peu, les voyous et petites brutes locales finirent par savoir que cette jolie fille « teinte en blonde avec un piercing et un singe » était la maîtresse du petit policier au visage bleu et à la poigne de fer, ceux qui au départ pensaient pouvoir profiter d'elle avaient vite fini par renoncer à cette idée, qui oserait aller chercher sa pitance dans la bouche d'un tigre !

Laissons-nous aller à notre imagination pour décrire ce qui se passait lorsque Lan Kaifang se rendait le soir au sous-sol de l'hôtel de la Gare pour y retrouver Pang Fenghuang. Cet hôtel était à l'origine un bien collectif, après le changement de système il était devenu propriété privée. Un hôtel de ce type, si on avait appliqué rigoureusement la réglementation du bureau de la sécurité, aurait dû, au mieux, être fermé. Aussi, à la vue du visage de Lan Kaifang, la patronne affichait-elle un sourire prononcé à en faire suinter toute la graisse de sa face ronde et jaillir du miel de sa grande bouche écarlate.

Les premiers soirs, Lan Kaifang avait eu beau tambouriner à sa porte, Pang Fenghuang n'avait pas ouvert. Notre Kaifang était resté à l'extérieur, silencieux, pareil à un piquet. Il avait entendu la jeune femme pleurer dans la pièce et parfois rire comme une folle. Il avait entendu le singe pousser des cris aigus, gratter à la porte. Il avait senti par moments l'odeur de la cigarette ou celle de l'alcool, mais jamais de la drogue, ce dont il s'était réjoui en secret. Si elle avait touché à ce truc-là, c'en eût été fini pour elle. Il s'était demandé : admettons qu'elle y ait touché, est-ce que je serais toujours aussi fou d'elle ? Oui, quoi qu'elle fasse, même si elle était corrompue jusqu'à la moelle, je ne l'en aimerais pas moins.

Chaque fois qu'il allait la voir, il apportait un bouquet de fleurs ou un sac de fruits, si elle n'ouvrait pas, il restait debout à l'extérieur jusqu'à ce que vînt le moment de partir. Il laissait fleurs et fruits à la porte. La patronne de l'hôtel, au début, lui dit avec un manque de tact évident :

« Mon brave garçon, c'est pas les jolies filles qui manquent autour de moi, je vais en faire venir et vous choisirez celle qui vous plaira… »

Le regard dur qu'il lui décocha et le craquement des articulations de son poing lui firent si peur qu'elle en péta et pissa dans son froc, et qu'elle n'osa plus parler à tort et à travers.

Comme le dit le proverbe : « Tout vient à point à qui persévère. » Pang Fenghuang ouvrit sa porte à notre Kaifang. La pièce était sombre et humide, l'enduit sur les murs était tout cloqué. Du plafond pendait une ampoule diffusant une lumière blafarde, une odeur de moisi assaillait les narines. Il y avait deux lits étroits, deux canapés défoncés qui semblaient venus tout droit d'une décharge. Quand Kaifang s'y assit, il eut l'impression que ses fesses étaient au contact du sol cimenté. C'est à cette période-là que Kaifang avait parlé d'un déménagement. Sur le lit qu'elle n'occupait pas étaient encore posés quelques vieux vêtements de Ximen Huan. Le singe dormait là à présent. Il y avait aussi deux thermos et un poste de télévision en noir et blanc de trente-six centimètres, ramassé lui aussi visiblement dans la décharge. Et c'est dans ce décor miteux et sordide que notre Kaifang avoua cet « amour » qu'il avait gardé en lui pendant cette dizaine d'années.

« Je t'aime…, dit notre Kaifang, je suis tombé amoureux de toi depuis le premier jour où je t'ai vue.

– Mensonges ! ricana Pang Fenghuang. La première fois que tu m'as vue, c'était sur le kang de ta grand-mère au village de Ximen, à l'époque tu ne savais même pas encore marcher !

– C'est vrai, mais j'étais déjà amoureux de toi ! rétorqua notre Kaifang.

– Ça va, c'est bon, dit Pang Fenghuang en tirant sur sa cigarette, parler d'amour avec une femme comme moi, est-ce que ce n'est pas jeter des perles aux pourceaux ?

– Ne te rabaisse pas ainsi, dit notre Kaifang, je te comprends parfaitement !

– Foutaises ! ricana Pang Fenghuang. J'ai été pute, j'ai couché avec des milliers d'hommes ! Et même avec le singe ! Et toi, t'es là à me parler d'amour. Dégage, Lan Kaifang, va chercher une femme comme il faut avant que je ne te pollue à ton tour !

– Tu racontes n'importe quoi ! dit notre Kaifang en se mettant à sangloter, le visage dans les mains. Tu dis ça pour me leurrer, dis-moi que tu n'as pas fait tout ça !

– Que je l'aie fait ou non, en quoi ça te regarde, putain ? » Elle reprit durement : « Je suis ta femme ? Ta maîtresse ? Même mes parents n'ont jamais osé me faire sentir leur autorité, alors qu'est-ce qui te prend ?

– C'est parce que je t'aime ! rugit notre Kaifang.

– Je te défends d'employer ce mot, ça me dégoûte ! Dégage, pauvre Petit Visage bleu ! » Elle agita la main à l'intention du singe et lui dit sur un ton affectueux : « Gentil singe, allez, viens, on va coucher ! »

Le singe, d'un bond, atterrit sur son lit.

Notre Kaifang sortit son revolver et visa l'animal.

Pang Fenghuang serra le singe contre elle et dit avec colère :

« Lan Kaifang, c'est moi que tu devras tuer d'abord ! »

Le moral de notre Kaifang avait été grandement ébranlé. Depuis longtemps des rumeurs circulaient sur le fait que Pang Fenghuang s'était prostituée, dans son subconscient il y avait accordé foi, à moitié. Mais quand la jeune femme lui dit avec brutalité qu'elle avait couché avec des milliers d'hommes et qu'elle avait même forniqué avec le singe, ce fut comme si mille flèches lui perçaient le cœur.

Se tenant la poitrine, il grimpa les escaliers en trébuchant et sortit en courant de l'hôtel ; une fois sur la place, il fut pris d'une envie de tout détruire. Devant la porte d'un bar aux néons scintillants, il fut attiré à l'intérieur par deux femmes, vêtues de façon voyante et outrageusement maquillées. Il se retrouva assis sur un haut tabouret et but à la file trois verres de brandy. Puis, sous le poids de la douleur, sa tête s'inclina jusque sur le comptoir. Une femme teinte en blond, les yeux noircis, les lèvres rouge vif, avec un décolleté plongeant, s'avança vers lui (quand notre Kaifang allait voir Pang Fenghuang, il était en civil), elle allongea le bras pour caresser la moitié bleue de son visage (il s'agissait d'un papillon de nuit venu d'ailleurs et qui ne connaissait pas encore le renom du policier au visage bleu), notre Kaifang, par habitude due à sa profession, avant même que cette main eût touché la peau de son visage, lui serra le poignet. La femme se mit à pousser des cris perçants. Kaifang desserra l'étau de ses doigts et eut un petit rire d'excuse, la femme se pressa contre lui et lui dit en minaudant : « Frère aîné, tu as une poigne ! »

Notre Kaifang agita la main pour faire signe à la femme de s'en aller, mais cette dernière à l'inverse colla contre lui sa poitrine brûlante, un souffle chaud où se mêlaient des odeurs de tabac et d'alcool vint frapper son visage.

« Frère aîné, tu souffres tant que ça, tu t'es fait jeter par une petite ensorceleuse ? Toutes les femmes sont les mêmes, allons, laisse ta petite sœur te consoler… »

Notre Kaifang se dit avec haine : espèce de pute, je vais me venger de toi !

Il faillit dégringoler de son tabouret. Guidé par la femme, il prit un couloir obscur et entra dans une pièce pleine de lueurs furtives. La femme sans hésiter se mit dans la tenue d'Ève et se coucha sur le dos dans le lit. C'était un assez beau corps de femme : elle avait des seins développés, le ventre plat, des jambes minces. Notre Kaifang voyait un corps nu de femme pour la première fois, il en était un peu excité, mais, plus que tout, il était nerveux. Il hésitait. La femme perdait patience. La règle « Le temps, c'est de l'argent » est valable pour cette profession aussi. Elle se redressa et lui dit :

« Allons, viens ! Qu'est-ce que tu fais là, tout ahuri, à jouer les blancs-becs ? »

Comme elle se redressait et s'asseyait, sa perruque de blonde tomba, montrant un crâne allongé avec peu de cheveux. Un bourdonnement se produisit dans le cerveau de notre Kaifang, il vit le joli visage de Pang Fenghuang sous ses cheveux blonds si fournis. Il sortit de sa poche un billet de cent yuans qu'il jeta sur le corps de la femme et il s'en alla. La femme fit un brusque bond et se colla contre lui, pareille à une pieuvre. Elle l'insulta, très en colère :

« Espèce de fils de pute, tu te moques de moi ! Parce que tu crois pouvoir m'expédier comme ça avec cent yuans ? »

Tout en lui lançant des injures, la femme fouillait dans les vêtements de Kaifang, elle cherchait bien évidemment de l'argent, mais elle trouva le pistolet dur, froid. Sans lui laisser le temps de retirer sa main, de nouveau il lui serra fermement le poignet. La femme poussa un cri perçant qui s'arrêta en chemin. Kaifang la repoussa, elle recula de quelques pas et se retrouva assise sur le lit.

Une fois arrivé sur la place, notre Kaifang fut rafraî-
chi par le vent, l'alcool remonta dans sa gorge et écla-
boussa le sol. Après avoir vomi, il se sentit l'esprit plus
clair, mais cette souffrance qu'il ressentait au plus profond de lui-même ne pouvait se dissiper. Par moments
il proférait des imprécations entre ses dents, à d'autres
il était empli de tendresse, sa haine était pour Fenghuang,
son amour aussi. Au plus fort de la haine, l'amour s'élevait, déferlait, recouvrant tout, et, de même, quand
l'amour le possédait, la haine reprenait le dessus. Pendant les deux jours et les deux nuits qui suivirent, notre
Kaifang lutta dans les flots troubles et mêlés de ces
deux sentiments. Maintes fois il sortit son arme pour la
diriger contre sa poitrine (mon cher petit, ne commets
pas un acte aussi stupide !). La raison l'emporta finalement sur l'impulsion. Il se fit tout bas à lui-même le
serment suivant :

« Quand bien même elle serait une pute, je l'épouse-
rai ! »

Sa décision prise, il alla une fois de plus frapper à la
porte de Pang Fenghuang.

« Encore toi ? » dit-elle, ennuyée, mais elle perçut
immédiatement le changement qui s'était opéré en lui
pendant ces deux jours : son visage s'était encore émacié, il était plus bleu, ses sourcils épais qui se rejoignaient semblaient une énorme chenille au-dessus de
ses yeux. Ces derniers étaient si sombres qu'ils en
brillaient, qu'ils vous brûlaient, et même le singe, sous
l'assaut de ce regard, poussa des cris aigus et alla se
blottir dans un coin en tremblant. Elle dit, radoucie :
« Puisque tu es là, prends un siège. Du moment que tu
ne me parles pas d'amour, on peut être amis.

– Non seulement je veux te parler d'amour, précisément, mais en plus je veux t'épouser ! dit notre Kaifang avec rage. Que tu aies ou non couché avec dix

mille hommes, avec des singes, avec des tigres ou avec des crocodiles, je veux t'épouser ! »

Il y eut un silence, Pang Fenghuang dit en riant :

« Mon Petit Visage bleu, ne te laisse pas emporter par la passion du moment. On ne peut pas parler d'amour à la légère, et encore moins de mariage.

– Ce n'est pas mon cas, dit notre Kaifang, j'ai réfléchi pendant ces deux jours et ces deux nuits, j'ai tout compris. Je ne veux rien d'autre, je ne serai plus commissaire, je ne serai plus policier, je jouerai du gong pour toi, j'irai par les rues avec toi !

– Assez, tu as perdu la tête. Briser ta carrière pour une femme comme moi, ça ne vaut vraiment pas la peine. » Pang Fenghuang voulait peut-être atténuer l'impression d'étouffement qui régnait dans la pièce, car elle poursuivit sur le ton de la plaisanterie : « Pour que je me marie avec toi, il faudrait que ton visage devienne blanc. »

À bon entendeur salut. En présence d'un homme ensorcelé de la sorte, il aurait mieux valu ne pas se laisser aller à ce type de plaisanterie. Chers lecteurs, vous avez sans doute en mémoire l'image du lettré Sun Zichu dans le récit « Abao » des *Contes étranges du Pavillon du loisir*[1], lequel, à cause d'une simple plaisanterie de la part de Mlle Abao, tranche son doigt surnuméraire. Par la suite, il se transforme en perroquet pour aller se poser sur la tête du lit d'Abao. Après plusieurs morts et renaissances, il finit par épouser la jeune femme.

L'histoire d'Abao connaît une fin heureuse, chers lecteurs, celle de mon récit à moi n'est pas si belle. Je ne peux que répéter la même chose : il ne faut pas y

1. Recueil de contes fantastiques écrits par Pu Songling (1640-1715).

voir là une intention de ma part, les personnages n'ont fait que suivre leur destin.

Notre Lan Kaifang demanda un congé pour maladie et, sans même attendre l'autorisation des dirigeants, il se rendit à Qingdao où il dépensa toute sa fortune pour y subir une cruelle opération de la peau. Quand il se présenta dans le sous-sol de l'hôtel de la Gare, le visage enveloppé de gaze, Pang Fenghuang en resta pétrifiée. Le singe aussi. Ce dernier, peut-être influencé par l'image qu'il gardait de Wang Tête de fer, en voulait aux têtes bandées, il se jeta sur lui en montrant les dents. Notre Kaifang l'assomma d'un coup de poing. Il dit, comme possédé :

« Ça y est, j'ai changé de peau. »

Pang Fenghuang le regardait avec effroi, des larmes perlaient dans ses yeux. Notre Kaifang se mit à genoux devant elle, lui prit les jambes entre ses bras, posa son visage sur son bas-ventre. Pang Fenghuang lui caressa les cheveux et lui dit tout bas :

« Tu es idiot… Pourquoi es-tu aussi idiot ?… »

Alors ils s'enlacèrent. Comme Kaifang avait mal, elle embrassa doucement l'autre moitié de son visage. Il la porta sur le lit. Ils firent l'amour.

Du sang inonda le lit.

« Mais tu es vierge ! » s'écria notre Kaifang, surpris et heureux tout à la fois. Mais aussitôt ses larmes se mirent à couler, mouillant la gaze. « Tu es vierge, ma Fenghuang, mon trésor, alors pourquoi tous ces mensonges…

– Quoi, vierge ? dit Pang Fenghuang comme si elle boudait. Mais pour huit cents yuans, on peut se faire reconstituer l'hymen !

– Petite pute, tu essaies de me berner de nouveau, ma Fenghuang… » Notre Kaifang, au mépris de la douleur, embrassa le corps de la plus jolie fille de Gaomi et, à ses yeux, de la plus jolie fille au monde.

Pang Fenghuang caressait ce corps d'homme dur et élastique, comme fait de souples rameaux entrelacés, elle dit presque avec désespoir :

« Juste ciel, finalement, je n'ai pas pu me soustraire à toi… »

Chers lecteurs, je n'ai pas le cœur à continuer ce récit, mais puisqu'il y a eu un début, il faut bien qu'il y ait une fin, alors laissez-moi remplir le rôle du narrateur impitoyable.

Notre Kaifang, le visage entouré de gaze, retourna au numéro 1 de la ruelle des Fleurs-Célestes, son père et Huang Huzhu en furent tout effrayés. En effet, ils étaient désormais incapables d'affronter de nouveaux soucis. Kaifang ne répondit pas à leurs questions sur ce qui lui était arrivé, mais il leur dit, tout excité, tout heureux :

« Papa, tante, je vais me marier avec Fenghuang ! »

S'ils avaient tenu à la main de la vaisselle en verre, il aurait fallu la leur faire tomber des mains et qu'elle se brisât dans la chute.

Mon ami Lan Jiefang fronça les sourcils sous le coup de la souffrance et répondit sur un ton catégorique :

« Impossible, c'est tout à fait impossible !

– Mais pourquoi ?

– C'est comme ça !

– Papa, est-ce que par hasard vous accorderiez foi à ces rumeurs ? dit Kaifang. Je te jure que Fenghuang est une fille tout ce qu'il y a de plus pur… Elle est vierge…

– Ciel ! se lamenta mon ami. Mais c'est impossible, mon fils…

– Papa, dit Kaifang furieux, est-ce que par hasard tu aurais la prétention de m'empêcher de me marier ?

– Fiston… certes non… mais… je laisse ta tante te donner des explications… »

Mon ami retourna en courant dans sa chambre et s'enferma.

966

« Kaifang… mon pauvre enfant…, dit Huang Huzhu le visage ruisselant de larmes, Fenghuang est la fille naturelle de ton oncle, vous avez la même grand-mère paternelle[1]… »

Notre Kaifang arracha violemment la gaze qui recouvrait son visage, dans ce geste la peau nouvellement greffée partit avec le pansement, si bien que cette moitié de visage ne fut plus qu'une énorme plaie informe. Il se rua hors de la maison, enfourcha sa moto, comme il roulait trop vite, une roue heurta la porte du salon de coiffure et d'esthétique. À l'intérieur, les gens blêmirent de peur. Il souleva la roue avant, vira brusquement, la moto se rua comme un cheval emballé vers la place de la gare. Il n'entendit pas ce que devait dire la coiffeuse, qui était leur voisine depuis de nombreuses années :

« Ils sont tous cinglés dans cette famille ! »

Notre Lan Kaifang se rua en titubant jusqu'au soussol, d'un coup d'épaule il poussa la porte qui était restée entrebâillée, sa Fenghuang l'attendait dans le lit. Le singe comme un fou se précipita sur lui, cette fois il oublia la discipline que doit respecter un policier, il oublia tout, il tua le singe d'un coup de fusil, permettant à cette âme, victime d'une injustice et qui avait subi pendant un demi-siècle le cycle des réincarnations dans l'ordre animal, de trouver enfin la libération.

Pang Fenghuang s'était évanouie de peur face à cet événement soudain. Notre Kaifang leva son arme vers elle (mon petit, ne fais pas une idiotie pareille), il resta là à regarder son joli visage qu'on aurait dit sculpté

1. En Chine, si le mariage entre cousins était fréquent, le garçon ne pouvait épouser que sa cousine du côté de sa mère, l'union avec celle du côté paternel était considérée comme un inceste, ce tabou devait s'élargir à toute jeune fille portant le même patronyme : un jeune homme nommé Chen ne pouvait épouser une demoiselle Chen.

dans du jade – le plus beau visage en ce monde –, le canon s'abaissa sans force. Tenant son arme à la main, il se rua vers l'extérieur, pendant qu'il montait les marches – c'était comme s'il s'élevait depuis les enfers jusqu'au paradis –, ses jambes le trahirent et il tomba à genoux. Il appuya la gueule du revolver sur son cœur déjà meurtri (mon petit, ne fais pas une idiotie pareille), actionna la détente. Il y eut une détonation sourde, notre Kaifang resta étendu mort sur les marches.

5

Le bébé du siècle

Lan Jiefang et Huang Huzhu rapportèrent sur leur dos les cendres de Kaifang jusqu'à ce lopin de terre où les tombes se succédaient les unes aux autres, ils les enterrèrent près de celle de Huang Hezuo. Pang Fenghuang, le cadavre de son singe dans les bras, les suivit pendant tout le temps que durèrent l'incinération et l'inhumation. Elle pleurait de douleur, son joli visage était tout amaigri, en la voyant ainsi, on était vraiment pris de pitié. Tout le monde aura bien compris, Kaifang était mort, je n'ajouterai rien de plus. Le cadavre du singe commençait à sentir mauvais, comme on l'exhortait à le laisser, elle s'exécuta et demanda qu'il fût enterré dans le champ. Mon ami acquiesça sans hésiter. Ainsi, à côté des tombes de l'âne, du bœuf, du cochon, du chien, il y eut la tombe du singe. Quant à la question de savoir quelles dispositions prendre au sujet de Pang Fenghuang, mon ami se retrouva assez embarrassé. Il convia donc les deux familles pour en discuter. Chang Tianhong ne souffla mot, quant à Huang Huzhu, elle avait, elle aussi, du mal à dire quelque chose. Ce fut Baofeng qui intervint :

« Gaige, va la chercher et tâche de savoir ce qu'elle entend faire. Après tout, elle a été élevée sur le kang familial et, si elle est dans le besoin, nous lui devons assistance, même s'il faut lui donner tout ce que nous possédons. »

Gaige revint en disant qu'elle était déjà partie.

Le temps passe comme l'eau coule, toujours vers l'avant, on arriva à la fin de l'année 2000. À l'approche de ce nouveau millénaire, la ville de Gaomi était en liesse. Toutes les maisons étaient décorées de lanternes et de guirlandes, sur la place de la gare et sur la place des Fleurs-Célestes avaient été érigés de grands écrans de compte à rebours, sur les pourtours de la place se tenaient des artificiers de haut rang dont on avait loué les services, ils se préparaient, au moment où le nouveau succéderait à l'ancien, à illuminer le ciel nocturne avec un éclatant feu d'artifice.

À l'approche du soir, il se mit à neiger. Les flocons dansaient dans les lumières multicolores, donnant encore plus de charme à cette nuit. La ville entière semblait avoir quitté logis et maisons pour se rendre, qui sur la place de la gare, qui sur celle des Fleurs-Célestes, ou encore pour flâner dans l'avenue du Peuple, brillamment illuminée.

Mon ami et Huang Huzhu n'étaient pas sortis, qu'on me permette d'ajouter une phrase : ils n'avaient toujours pas fait de démarches en vue de se marier, pour eux cela n'était vraiment pas une nécessité. Ils avaient confectionné des raviolis, suspendu au portail deux lanternes rouges, les vitres étaient couvertes de papiers découpés exécutés par Huang Huzhu. Les morts ne pouvaient revenir à la vie, et les vivants, eux, devaient continuer à vivre. Pleurer, c'était vivre, rire aussi. Voilà ce que répétait souvent mon ami à sa compagne. Ils mangèrent des raviolis, regardèrent un moment la télévision, puis, comme à leur habitude, firent l'amour pour honorer la mémoire des morts. Cela commençait par une séance de coiffure, puis ils faisaient l'amour. Tout le monde est bien familiarisé avec ce processus, pas besoin de revenir là-dessus. Je voudrais dire ceci : comme ils étaient en proie à ces sentiments où tristesse et joie se mêlent, Huang Huzhu se retourna brusquement, étreignit mon ami et dit :

« À partir de ce jour, faisons les humains… »

Et leurs visages se mouillèrent de leurs larmes respectives.

À onze heures du soir, alors qu'ils étaient somnolents, ils furent éveillés par la sonnerie du téléphone. La communication venait de l'hôtel de la place de la Gare, une voix de femme les informa que leur belle-fille était sur le point d'accoucher dans la chambre 101 du sous-sol de l'hôtel et que la situation était critique. Ils en restèrent interloqués un bon moment avant de comprendre que la parturiente était peut-être Pang Fenghuang, dont on avait perdu la trace depuis longtemps.

À une heure pareille, ils ne purent trouver personne pour leur venir en aide, ils ne souhaitaient pas non plus qu'on les aidât. Se tenant par le bras, ils se ruèrent vers la place de la gare. Ils avaient du mal à garder leur souffle, couraient un moment, puis marchaient avant de se remettre à courir. Que de monde, mais que de monde dans les rues, dans les ruelles ! Au début le flot des personnes se dirigeait vers le sud, une fois traversé l'avenue du Peuple, la foule se ruait vers le nord. Ils étaient sur des charbons ardents, mais il leur était impossible d'avancer plus vite. Les flocons de neige voltigeaient sur leur tête, sur leur visage, ils dansaient dans la lumière, pareils à des fleurs d'abricotier tombant fanées à profusion. Fleurs d'abricotier tombant à profusion toutes fanées dans la cour de la demeure de la famille Ximen, fleurs d'abricotier tombant à profusion toutes fanées dans la porcherie du village de Ximen. Ces fleurs venaient de là-bas, voltigeaient jusque dans la ville, les fleurs d'abricotier de toute la Chine voltigeaient jusque dans la ville de Gaomi !

Ils jouèrent des coudes, au milieu la foule massée sur la place de la gare, on aurait dit deux enfants ayant perdu leurs parents. Sur l'estrade dressée pour l'occasion dans la partie est, une foule de jeunes dansait et chantait. Les fleurs d'abricotier voltigeaient sur la scène. Sur la place, des milliers de têtes se bousculaient, se mouvaient. Tous étaient vêtus de neuf, à l'unisson avec les gens sur l'estrade, ils chantaient, sautaient, applaudissaient, trépignaient, parmi les tourbillons de fleurs d'abricotier, parmi les fleurs d'abricotier tourbillonnantes. Les chiffres se succédaient sur l'écran géant. L'instant si excitant arrivait. La musique s'arrêta, les chansons aussi, le silence régna sur la place. Mon ami et sa compagne descendirent une à une les marches menant au sous-sol. La compagne de mon ami dans sa précipitation avait mal noué ses cheveux, une mèche traînait derrière elle, pareille à un long appendice.

Ils poussèrent la porte de la chambre 101 et virent le visage de Pang Fenghuang aussi blanc qu'une fleur d'abricotier. La partie inférieure de son corps baignait dans une mare de sang. Dans la flaque, il y avait un bébé tout maigre avec une tête énorme, et c'était juste le moment où le feu d'artifice éclatant illuminait la ville de Gaomi en l'honneur du nouveau siècle et du nouveau millénaire. Ce bébé venu au monde par les voies naturelles était le bébé du siècle. Dans le même temps, deux autres bébés du siècle étaient nés à l'hôpital du district, mais par césarienne.

Mon ami et sa compagne, en leur qualité de grands-parents, recueillirent l'enfant. Le bébé pleurait contre sa grand-mère. Le grand-père, les yeux pleins de larmes, recouvrit Pang Fenghuang d'un drap sale. Son corps et son visage étaient diaphanes. Elle avait perdu tout son sang.

Ses cendres furent, bien sûr, enterrées sur le fameux lopin de terre devenu un cimetière, à côté de la tombe de Lan Kaifang.

Mon ami et sa compagne prennent grand soin de cet enfant à la grosse tête. De naissance il a une drôle de maladie : il saigne sans fin, pour un oui ou pour un non, il est hémophile, et aucun remède ne lui réussit, il ne lui reste plus qu'à attendre la mort. La compagne de mon ami arrache ses cheveux, les brûle, mélange les cendres au lait qu'il boit et en saupoudre l'endroit qui saigne. La guérison n'est pas radicale, ce traitement permet cependant de remédier à une situation d'urgence. Ainsi la vie de l'enfant dépend-elle étroitement des cheveux de la compagne de mon ami. Tant qu'ils seront là, l'enfant vivra, sinon il sera condamné à mourir. Grâce au ciel, plus la femme de mon ami arrache de cheveux, plus ils repoussent, aussi nous n'avons pas à craindre que l'enfant s'en aille de mort précoce.

Cet enfant, depuis sa naissance, n'est pas comme les autres. Il est petit, maigre, avec une tête étrangement grosse, il a une mémoire étonnante et est doué pour les langues. Mon ami et sa compagne ont bien senti confusément que les antécédents de cet enfant n'étaient pas ordinaires, pourtant, après mûre réflexion, ils ont décidé de lui donner malgré tout le patronyme de Lan, et comme il est venu en même temps que les sons de cloche annonçant le nouveau millénaire, il a reçu comme prénom celui de Qiansui, « le Millénaire ». Le jour de son cinquième anniversaire, Lan Qiansui devait appeler mon ami et, se donnant des airs de conteur d'un long roman, il devait lui dire ceci :

« Mon histoire commence le 1er janvier 1950... »

Table

Le Clan du sorgho
Actes Sud, 1990

La Mélopée de l'ail paradisiaque
Messidor, 1990
Seuil, 2005
et « Points », n° P2025

Le Chantier
Scandéditions-Temps actuels, 1993
Seuil, 2007
et « Points », n° P2670

Le Radis de cristal
Philippe Picquier, 1993
et « Picquier poche », n° 148

Les Treize Pas
Seuil, 1995
et « Points », n° P1178

Le Pays de l'alcool
Seuil, 2000
et « Points », n° P1179

La Carte au trésor
Philippe Picquier, 2004
et « Picquier poche », n° 277

Beaux Seins, Belles Fesses
Seuil, 2004
et « Points », n° P1386

Enfant de fer
Seuil, 2004

Explosion
Caractères, 2004

Le maître a de plus en plus d'humour
Seuil, 2005
et « Points », n° P1455

Le Supplice du santal
Seuil, 2006
et « Points », n° P2224

La Joie
Philippe Picquier, 2007

Quarante et Un Coups de canon
Seuil, 2008

La belle à dos d'âne dans l'avenue de Chang'an
Philippe Picquier, 2011

Grenouilles
Seuil, 2011
et « Points », n° P2900

Le Veau
suivi de
Le Coureur de fond
Seuil, 2012

RÉALISATION : NORD COMPO MULTIMEDIA À VILLENEUVE-D'ASCQ
IMPRESSION : CPI BRODARD ET TAUPIN À LA FLÈCHE
DÉPÔT LÉGAL : SEPTEMBRE 2010. N° 103078-2 (70930)
IMPRIMÉ EN FRANCE

Éditions Points

Le catalogue complet de nos collections est sur
Le Cercle Points, ainsi que des interviews de vos
auteurs préférés, des jeux-concours, des conseils
de lecture, des extraits en avant-première…

www.lecerclepoints.com